蝶夢全集

義仲寺 落柿舎の協賛による事業

田中道雄
田坂英俊 編著
中森康之

和泉書院

雪堂画蝶夢像　宮崎県立図書館杉田文庫蔵。絹本一軸。文化十年作か。上方に、「朝がほや何たのしむも露のうち　先師蝶夢肖像題以遺吟」「末弟五升莽瓦全謹書享齢七十」の讃、右下に「法橋雪堂薫沐写」の落款。偃武画によるか。頭部の大きさを強調して描く(発句二七九四詞書参照)。

偃武画蝶夢像　大正十五年刊『蘭亭遺稿』前編口絵より転載。吉田偃武画。天明五年、五十四歳時の写生と思われる。『意新能日可麗』口絵の肖像、旭山模写の一枚刷肖像も本図に基づく。

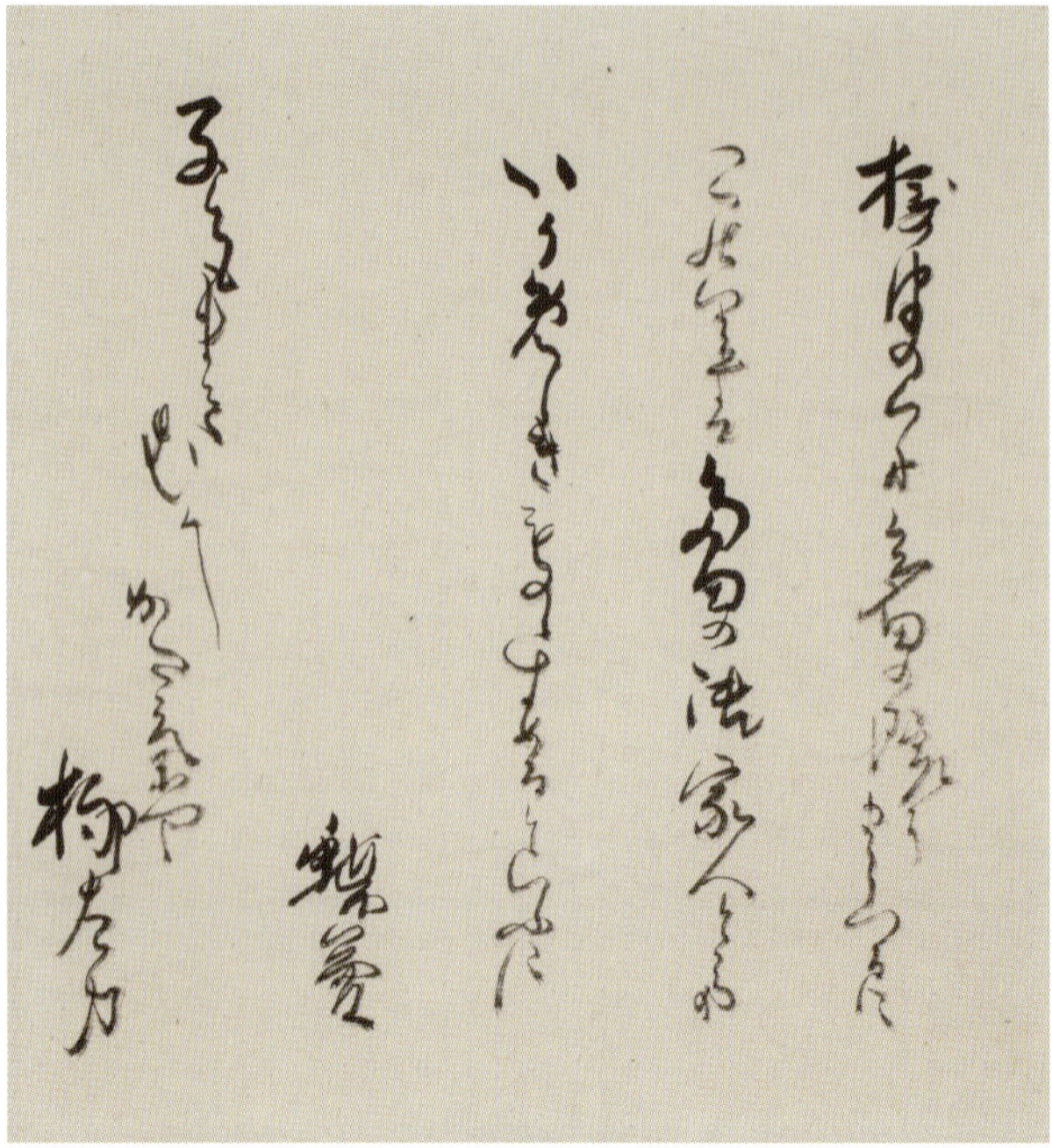

色紙「子どもまで」　田中蔵。「摂津のくに多田の院にまうづるに、この里は多田の御家人とて、いかめしきもの丶すめるといふに　子どもまでむかしかた気や柳太刀　蝶夢」。

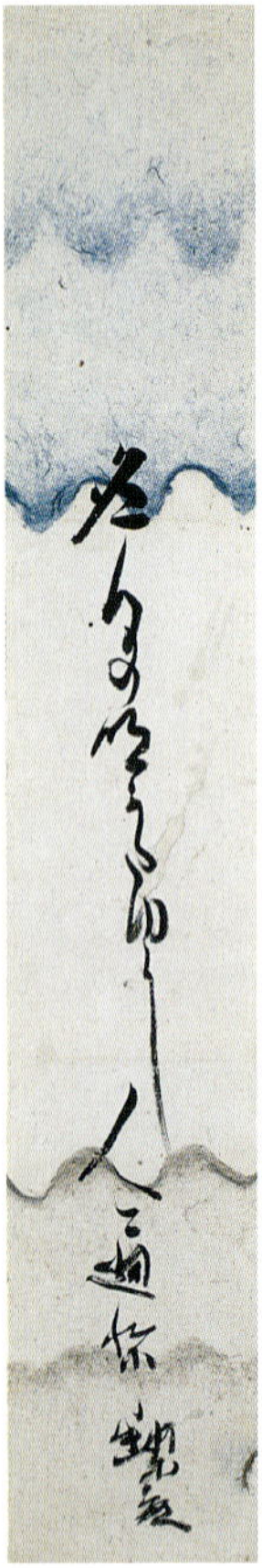

短冊「名月の」　公益財団法人　柿衞文庫蔵。「名月の明がたゆかし人通り　蝶夢」。

書簡・五月六日付け魯白宛
佐藤太兵衛氏蔵。

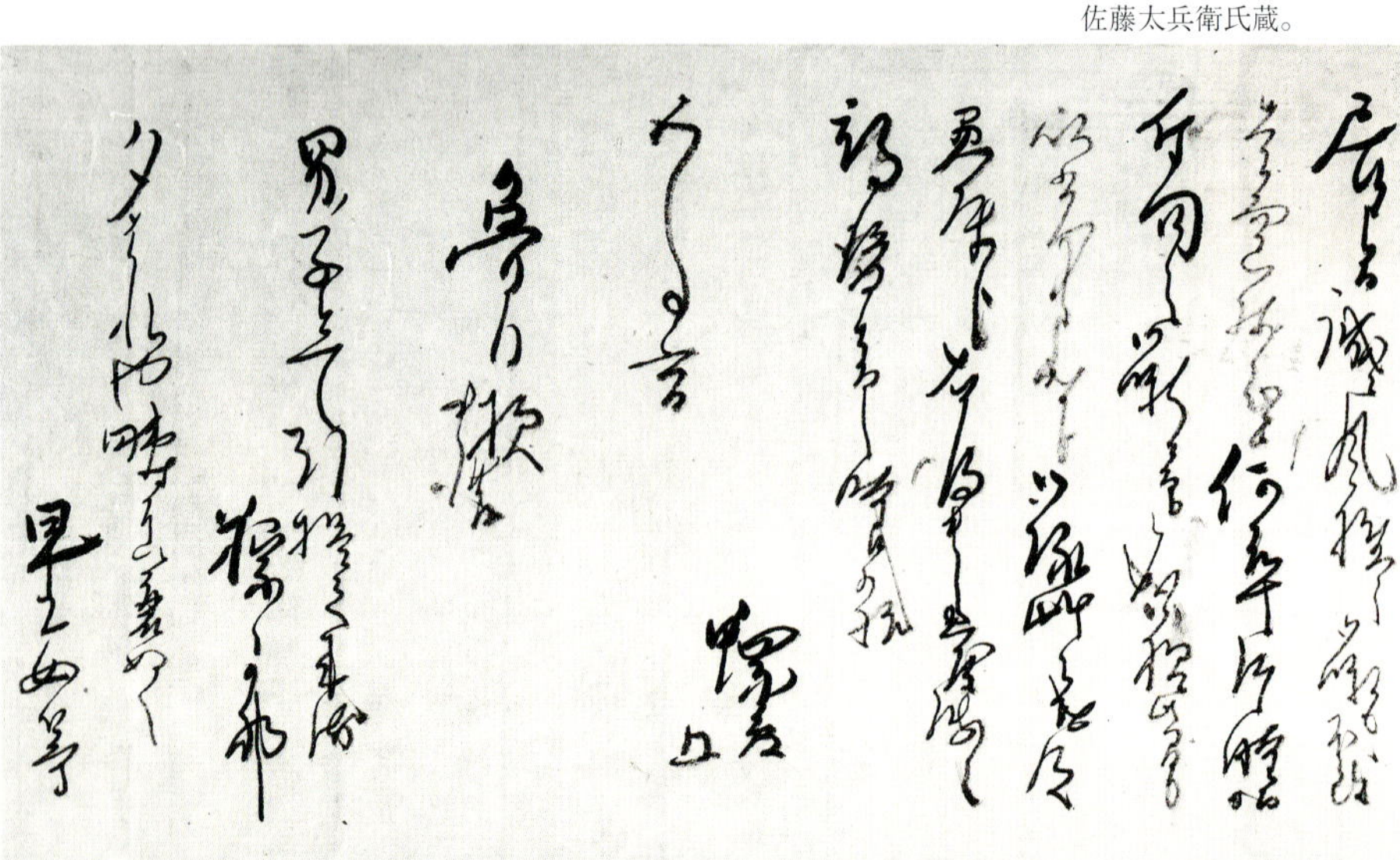

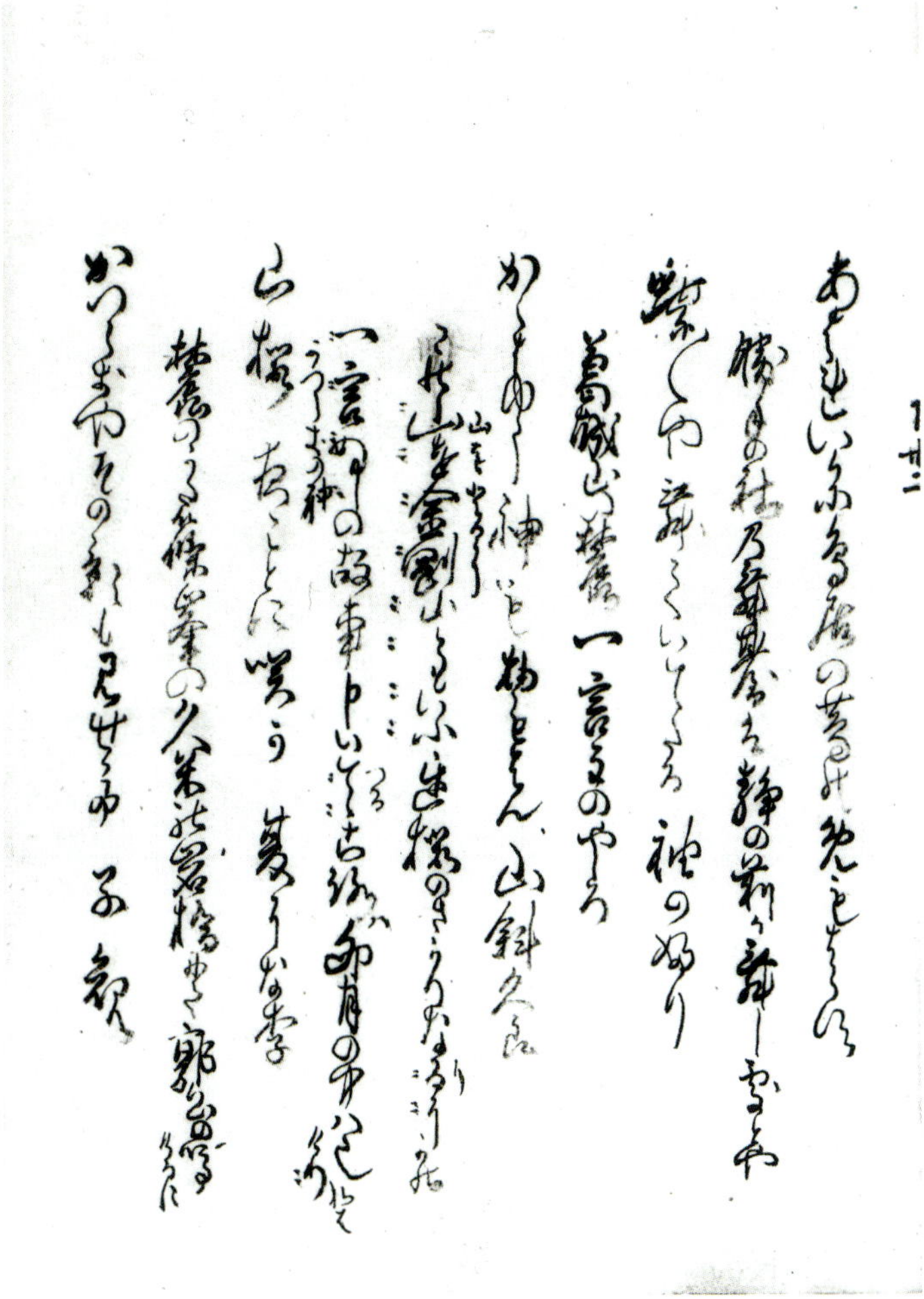

自筆稿本・草根発句集　東京大学総合図書館蔵。『草根発句集』洒竹甲本二十二丁目裏面。本文45頁参照。

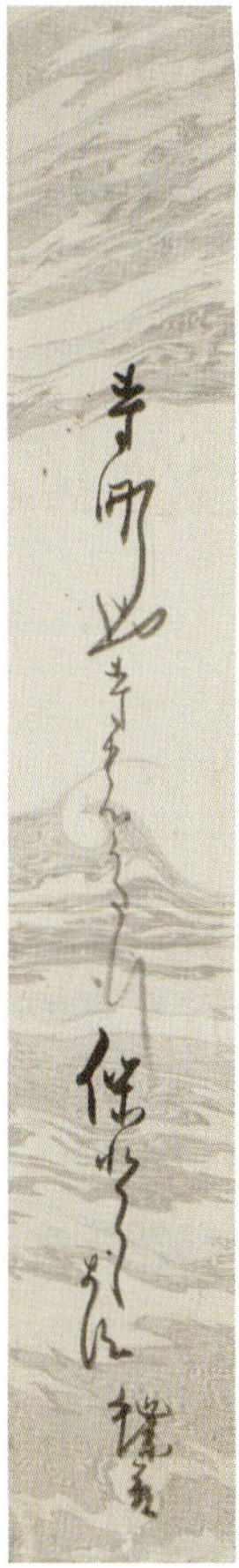

短冊「寺町や」
田中蔵。「寺町や寺のかた行ほと、ぎす　蝶夢」。雲英末雄氏恵与。

印記　公益財団法人　柿衞文庫蔵・宝暦十一年刊『白烏集』より採録。写真は実寸大。明和期も使用。

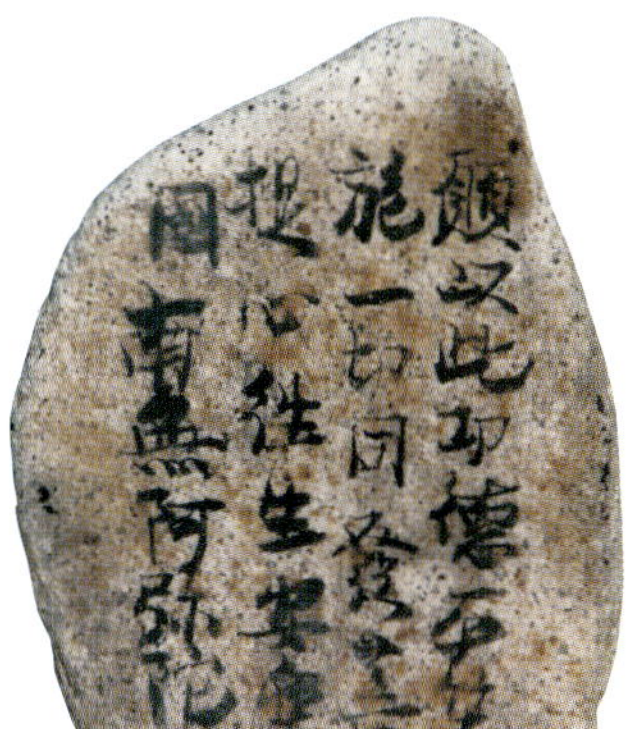

蝶夢筆回向文　帰白院蔵。解題740頁参照。藤堂俊英氏提供。

五升庵文草　国立国会図書館蔵。

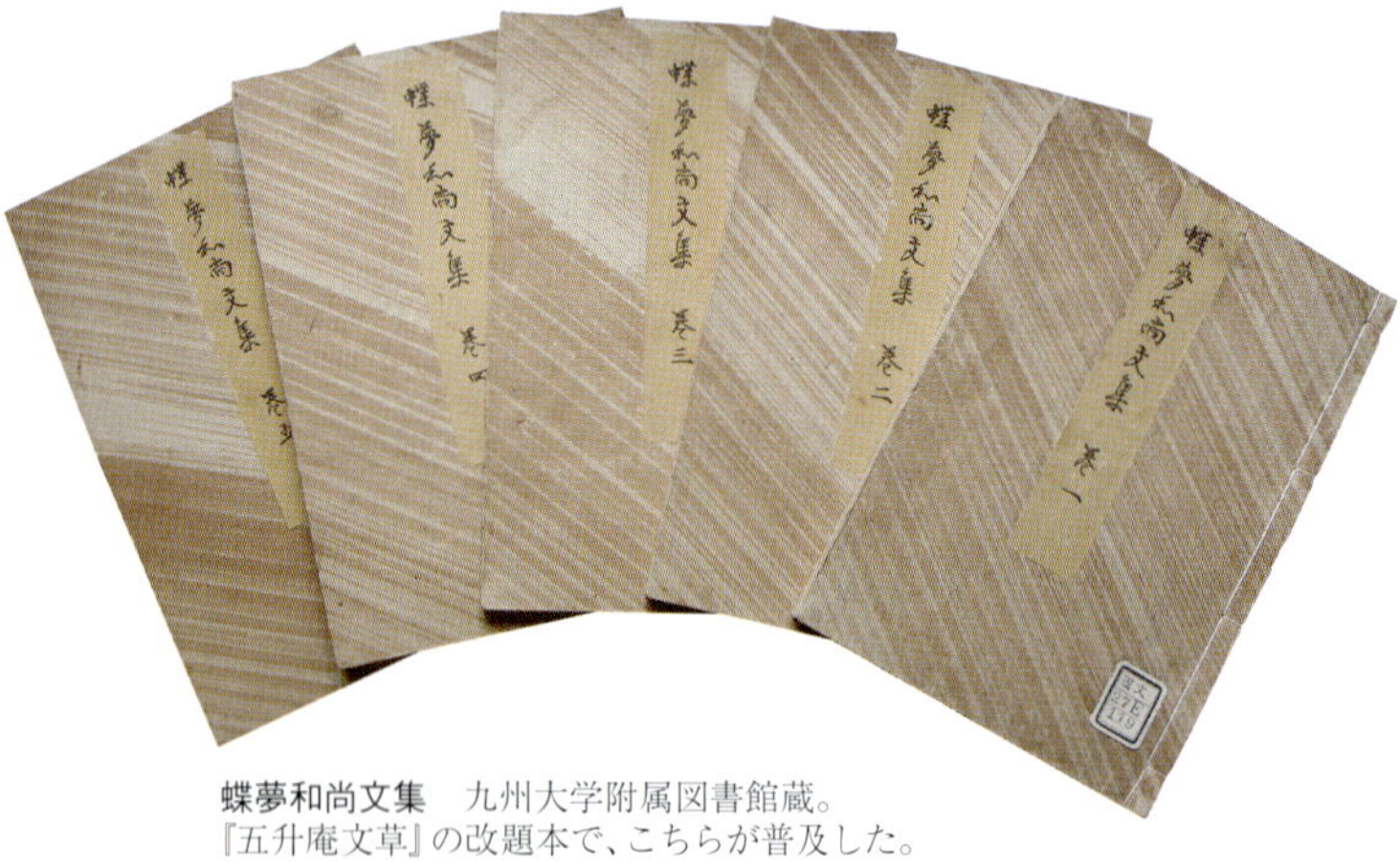

蝶夢和尚文集　九州大学附属図書館蔵。
『五升庵文草』の改題本で、こちらが普及した。

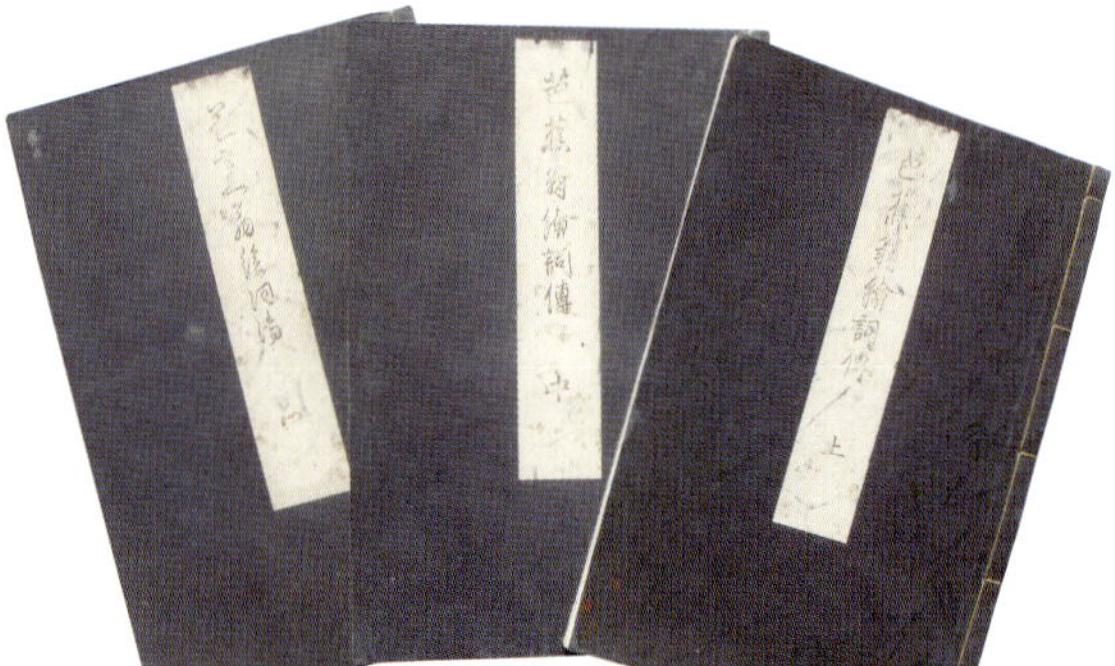

芭蕉翁絵詞伝版本　中野三敏氏蔵。

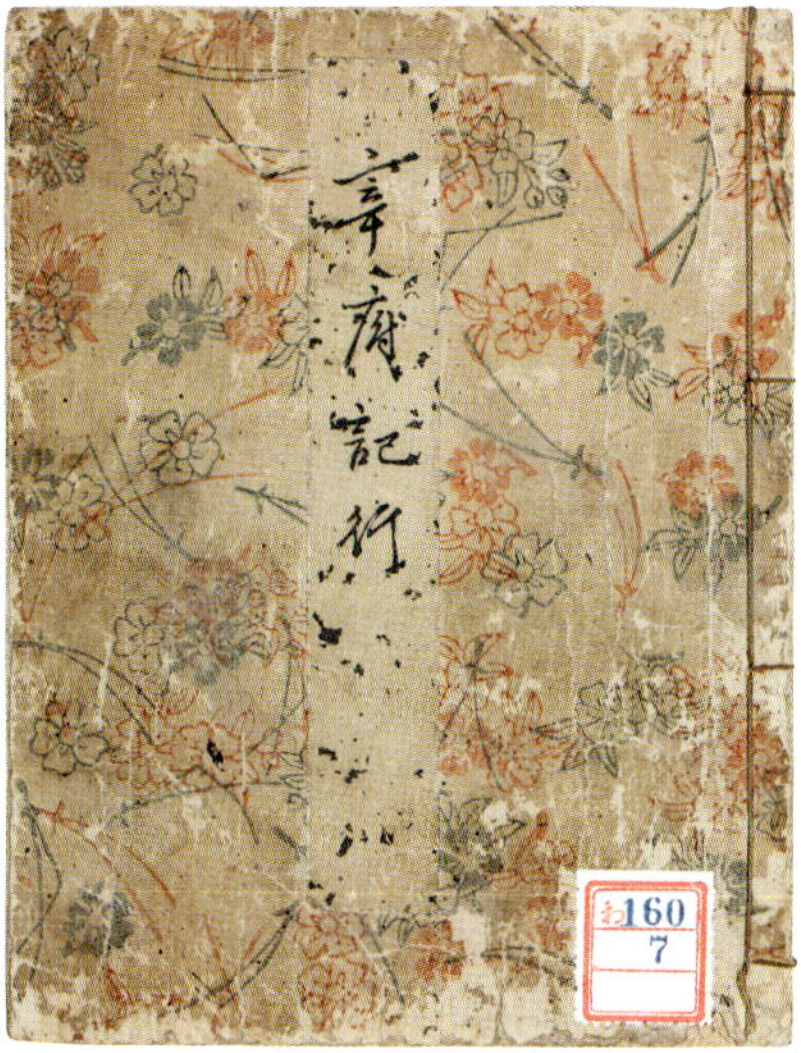

宰府記行　天理大学附属天理図書館蔵。

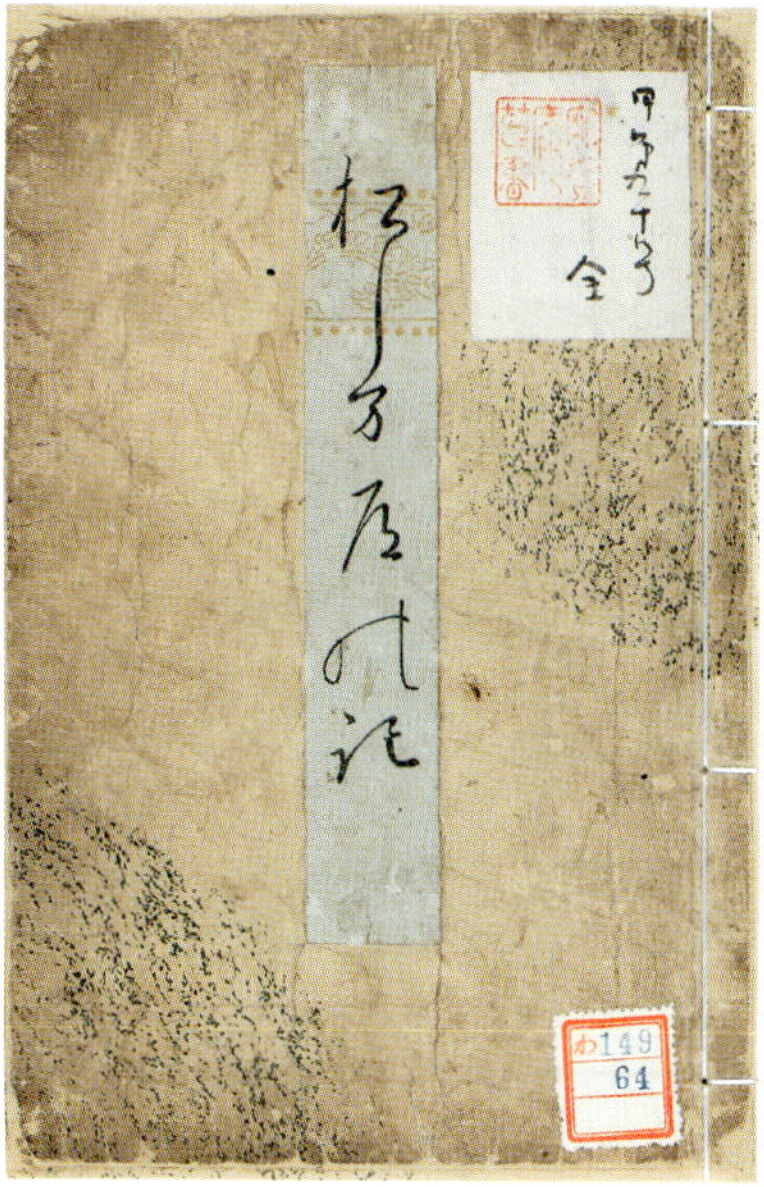

松しま道の記　天理大学附属天理図書館蔵。

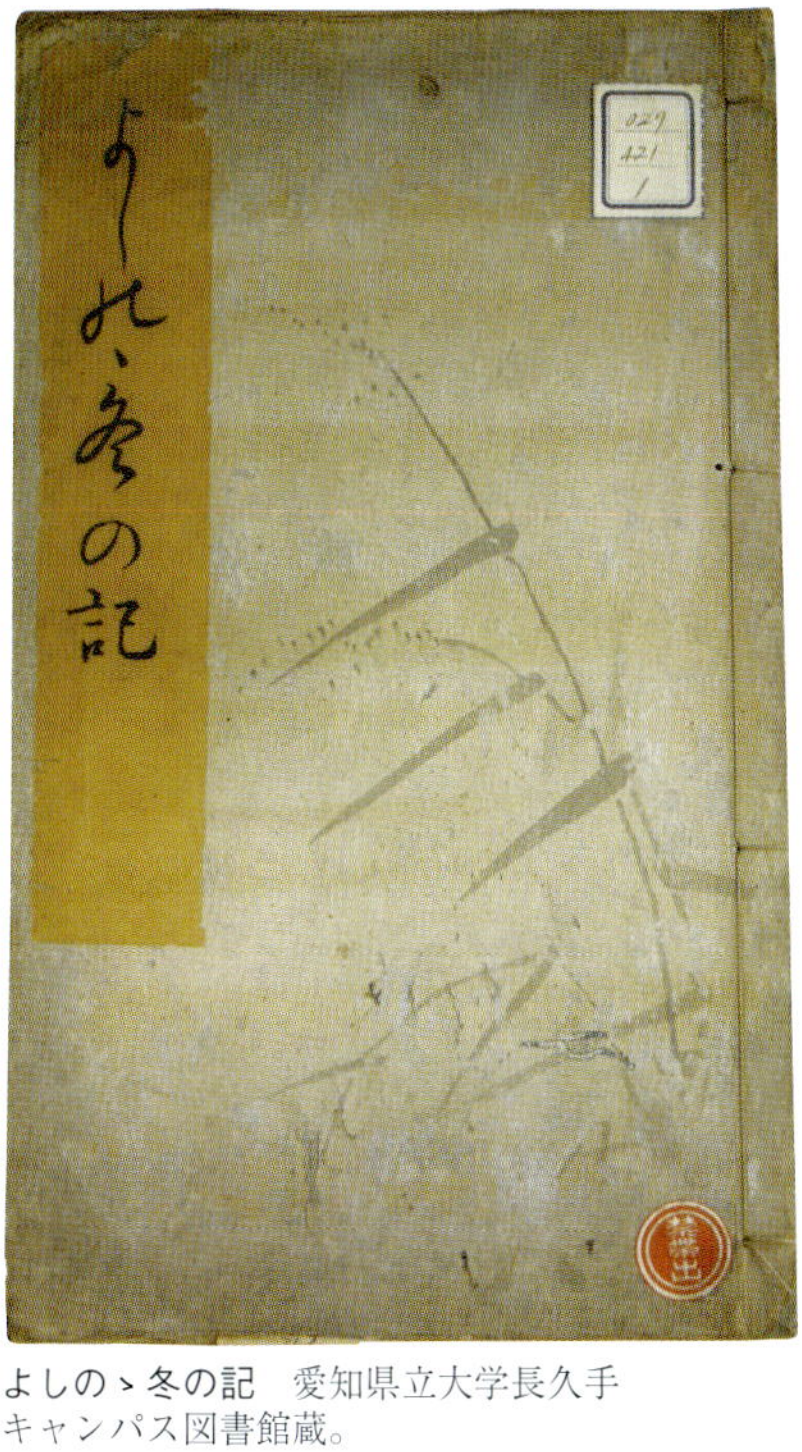

よしの＞冬の記　愛知県立大学長久手キャンパス図書館蔵。

養老瀧の記　愛知県立大学長久手キャンパス図書館蔵。

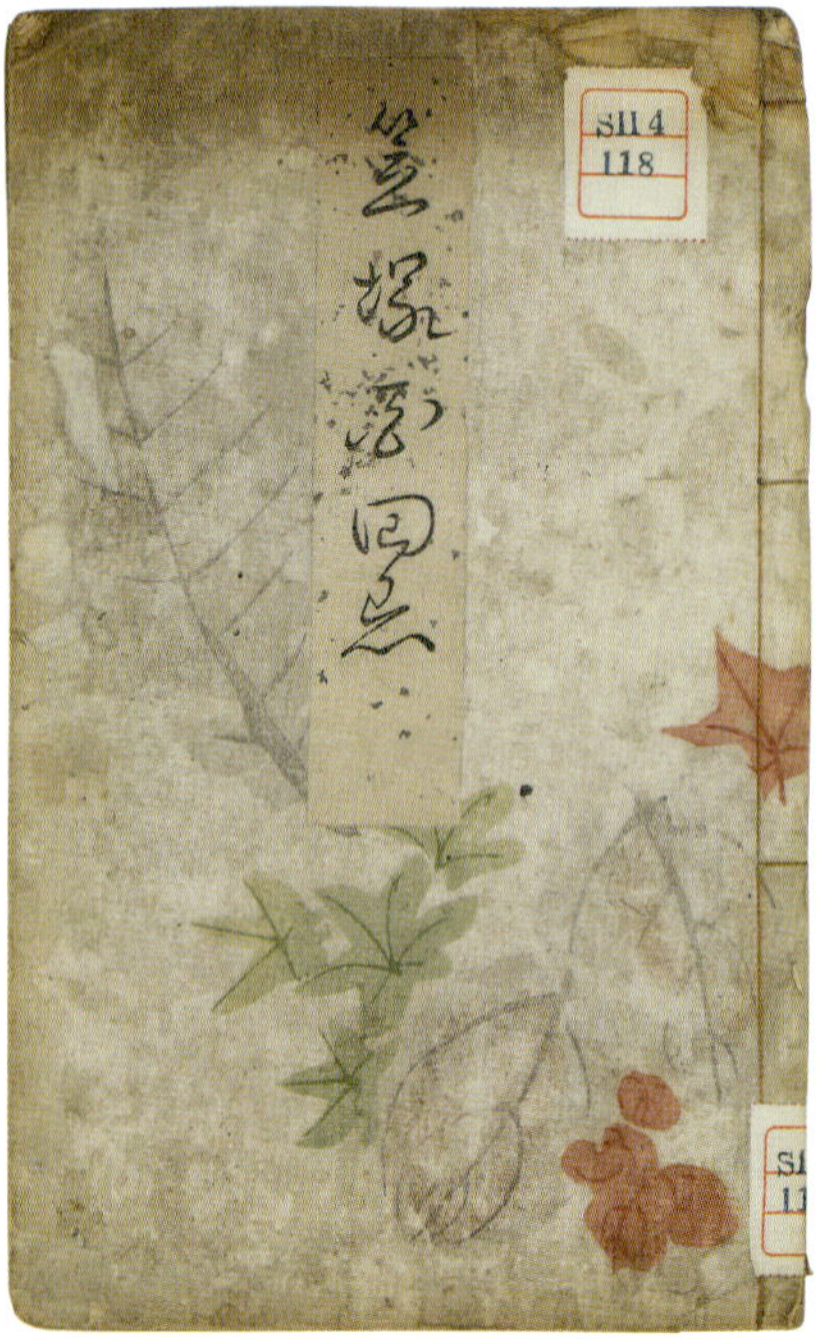

笠塚百回忌　富山県立図書館蔵。

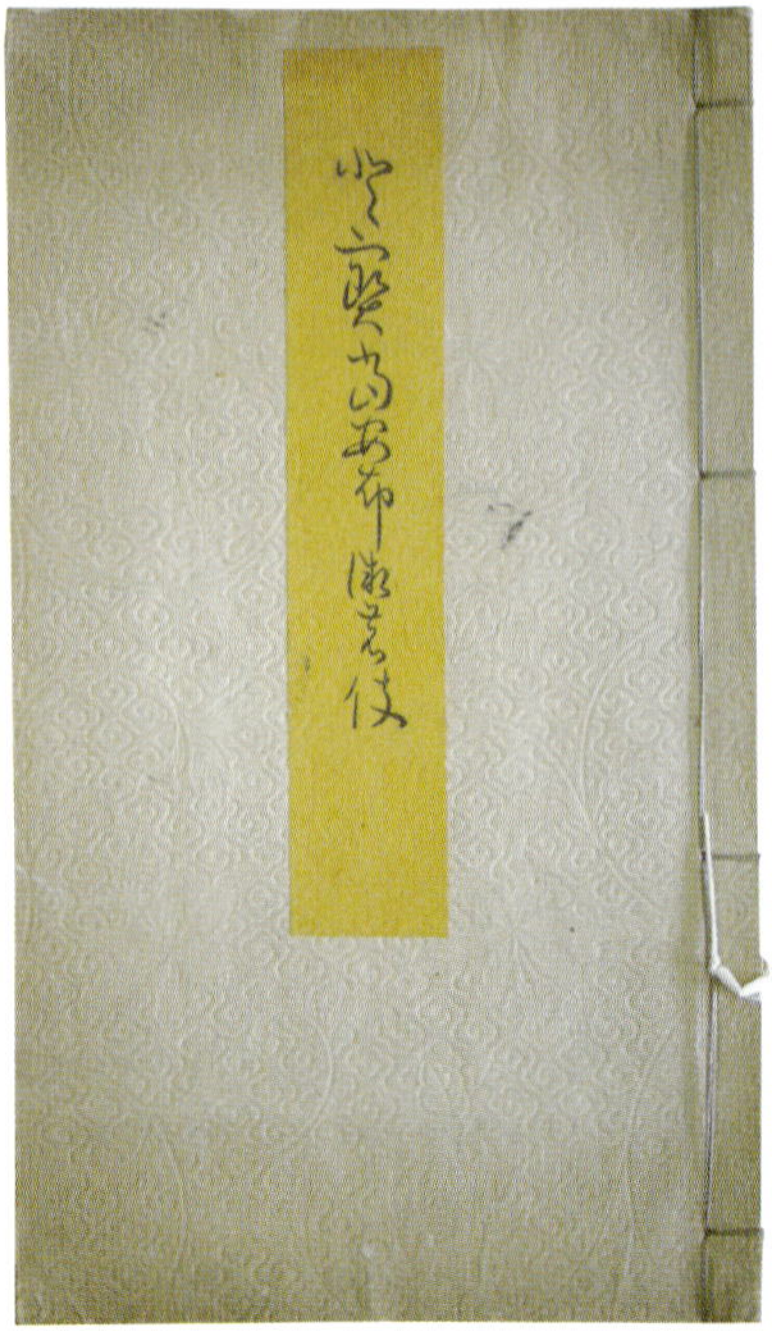

遠江の記　加藤誠氏蔵飛騨高山まちの博物館寄託。

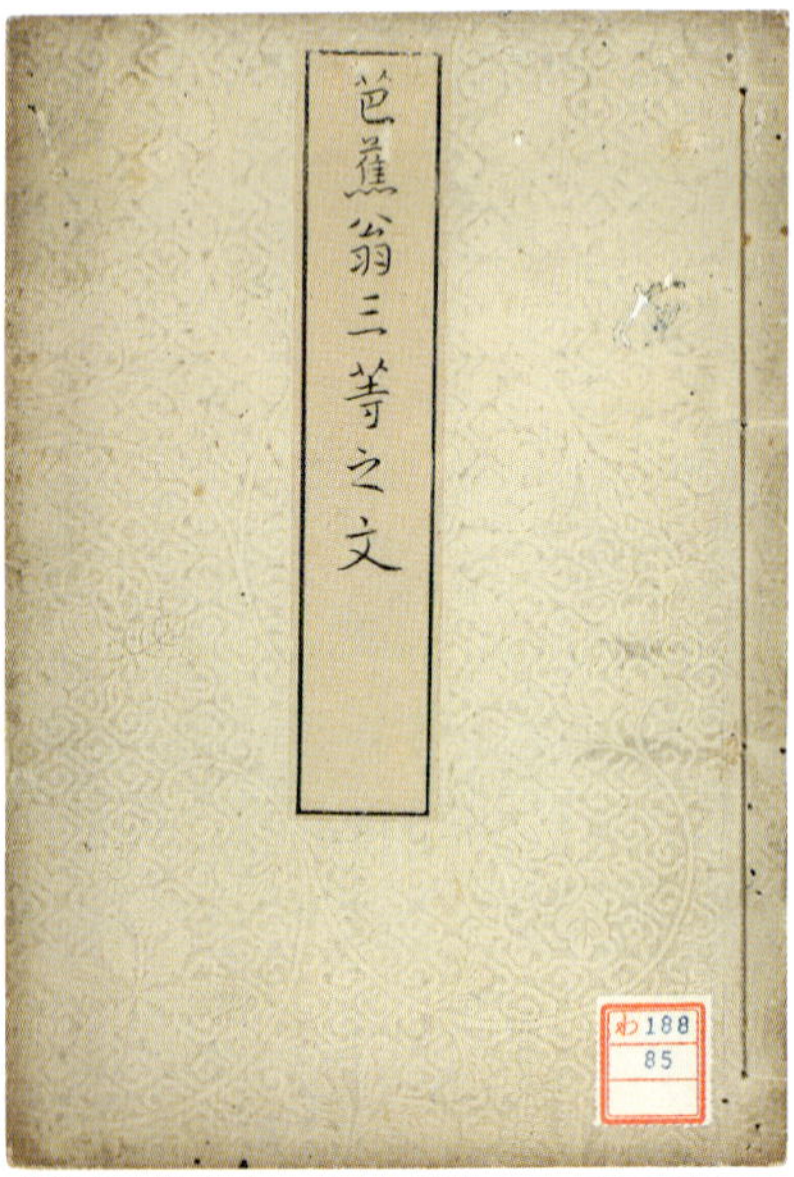

芭蕉翁三等之文　天理大学附属天理図書館蔵。

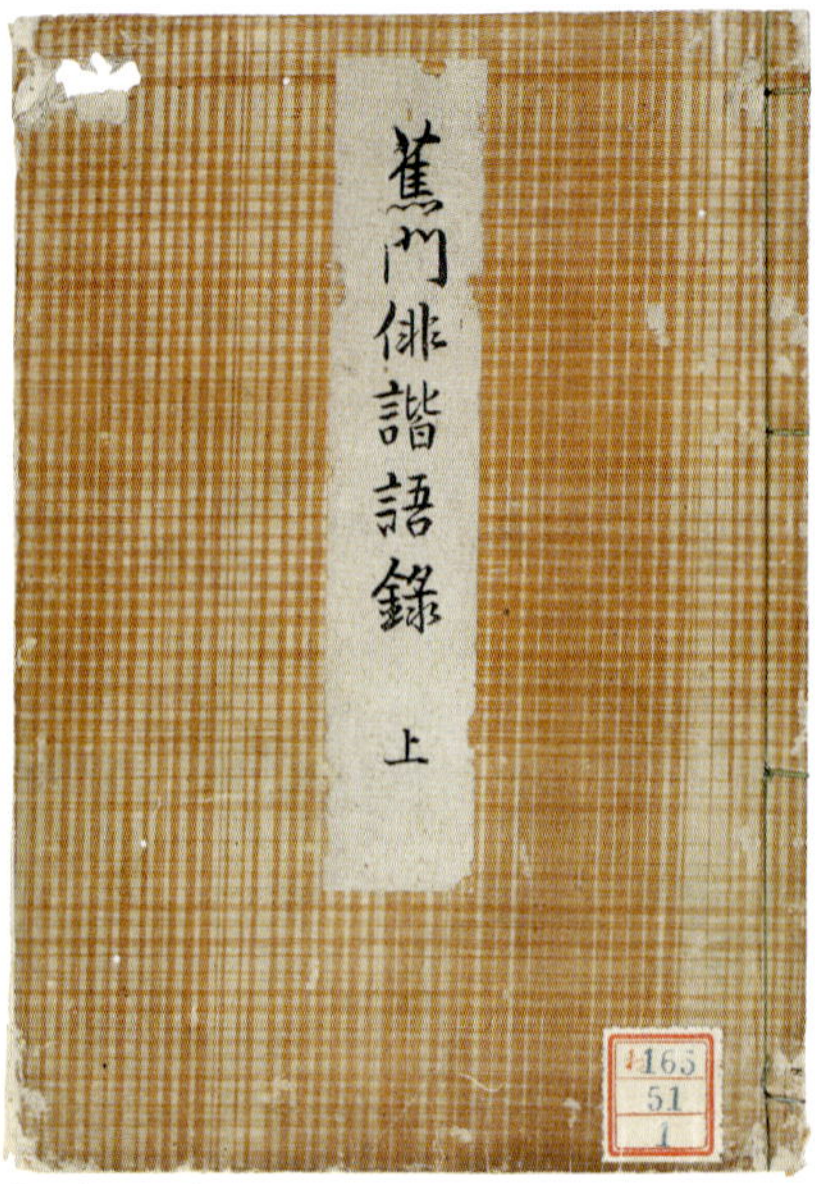

蕉門俳諧語録　天理大学附属天理図書館蔵。

芭蕉翁絵詞伝原本　義仲寺蔵。

絵詞伝版本彩色挿絵・藤堂家出仕　中野三敏氏蔵。
挿絵すべてに彩色を施す、特注本である。

芭蕉翁絵詞伝・芭蕉門古人真蹟の原本の写真は
義仲寺史蹟保存会提供。

絵詞伝原本内箱
義仲寺蔵。

絵詞伝原本の絵・那須野　義仲寺蔵。

絵詞伝原本表紙織込文様　義仲寺蔵。
松葉と「粟」「津」「文」「庫」の四文字。

粟津文庫の蔵書印
八代市正教寺蔵『芭蕉門古人真蹟』による。
写真は実寸大。

芭蕉翁絵詞伝原本・義仲寺の景（部分）　義仲寺蔵。
新しい粟津文庫を前面に大きく、続いて義仲塚・手向松・翁塚・芭蕉堂を一列に描く。

芭蕉門古人真蹟原本の木箱
義仲寺蔵。

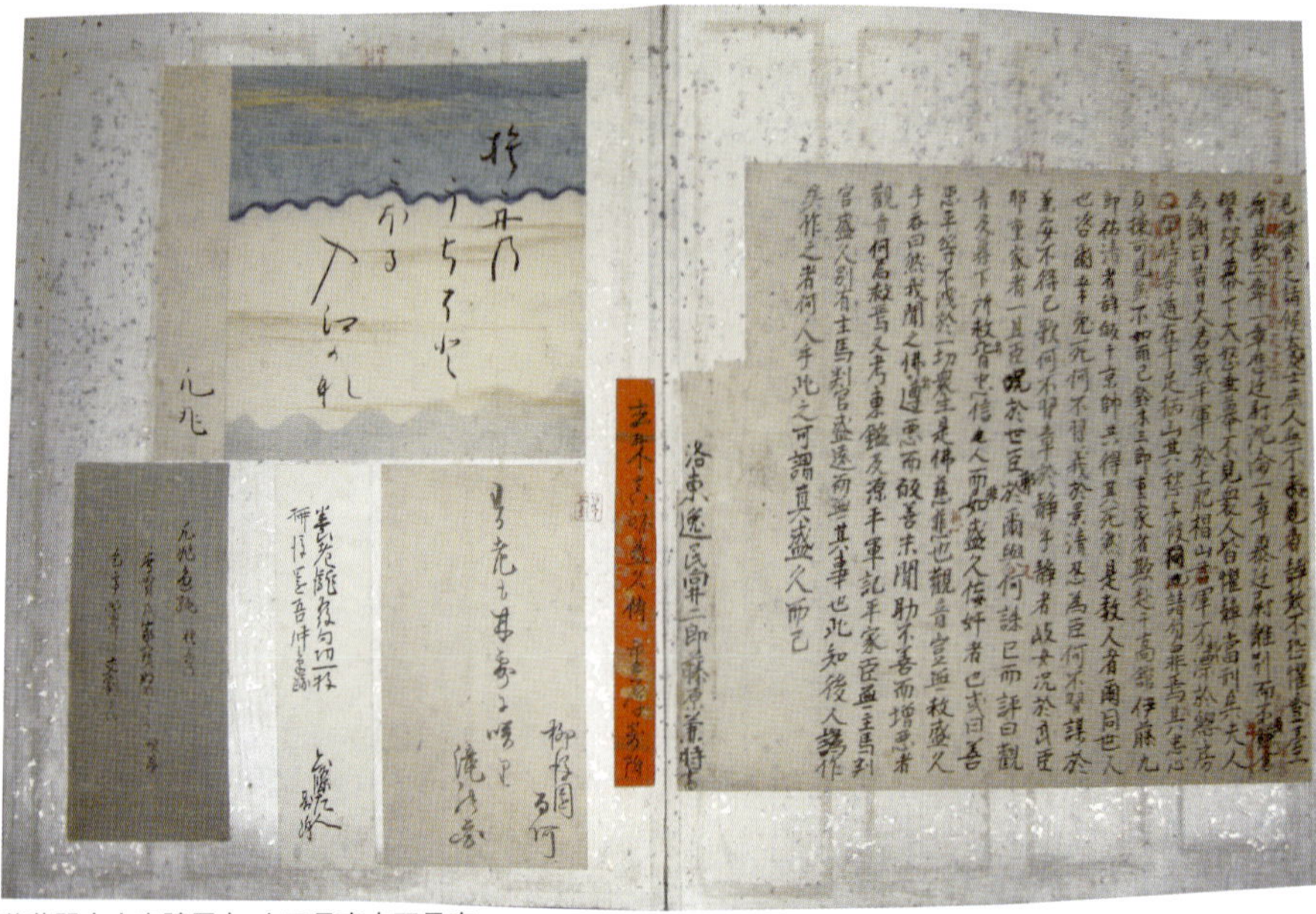

芭蕉門古人真蹟原本・九丁目裏十丁目表
義仲寺蔵。去来筆「盛久伝」末尾・凡兆色紙・吾仲発句切。重厚・蝶夢・左人の極め札を付す。

待望の全集——甦る文人僧蝶夢——

大阪大学名誉教授　島津忠夫

蝶夢の全集が出る。こんな喜ばしいことはない。もっとも喜んでいるのは泉下の当人であろう。おそらくこんな完全な全集がいま世に出るとは思ってもいなかったのではなかろうか。

この道の専門の田中道雄氏らの畢生の仕事に素人の私が序文を書くのはお門違いで、かつて長友千代治氏に頼まれて『浪花の噂話』の序文を書いた時、加藤将之氏の「序文功罪集」を引用して、まさに「序文有罪」の文であると書いたのだが、これもまさにそれに類することとは重々承知の上で、引き受けたのだった。

その依頼を受けたのは、もう何年前だったろうか。何度かもう大方できていると聞いてからでもかなり経っている。それだけ念を入れての周到な仕事である。はじめにごく軽い気持ちで引き受けたのは、私が蝶夢という俳僧の名を知ったのが、もう六十年以上も前のことであり、それ以来ずっと気にはなっていたからだった。私の京都大学に入学する前からの恩師西山隆二先生が何度も口にされていた。それは、昭和二十二年頃、大八洲という京都の出版社から「俳文学叢刊」が刊行されることになり、「二柳・蝶夢」を潁原退蔵先生から依頼されてたいへん喜んで話されていた昔を思い出す。結局、この出版社が途中で倒れ、二柳は「芭蕉研究」の復刊第二号に掲載の予定が、それも実現せず遺稿として残ったのを『大阪と蕉門』(昭和二十九年、西山隆二遺稿集刊行会刊)に収録したのだが、蝶夢はついに書かれなかったようだ。

蝶夢については、その後も関心は持ってはいたが、田中氏が次々と書かれる周到な論考や、それらが『蕉風復興運動と蕪村』(平成十二年、岩波書店刊)に結実するのを眺めているだけだった。それには、蝶夢の資料があちこちに偏在していてとても全貌を摑むことが困難だったことによる。それがこの全集によって、多くの人がその全貌に触れることができることは、蝶夢という文人僧の作品そのものの再評価にもつながるばかりでなく、大げさに言えば俳諧史の組み立てが変わるといってもよいであろう。

いま私の手元には、目次と解説「文人僧蝶夢」の校正刷があり、その解説を読んでいると、さまざまのことを考えさせてくれる。二柳と蝶夢との関わりがこういうことだったのかと思ったり、その時代の俳諧の流れと蝶夢の果たした役割について改めて知るのである。

蝶夢が『類題発句集』や『俳諧名所小鏡』を編纂したことに対して、「多年にわたる資料収集なくしてはあり得ない。根気よく丹念な作業を続けてきた、その成果としての編纂と刊行である」と書かれているが、それはそっくりこの全集についても言えることだと思う。

『芭蕉翁絵詞伝』が、『一遍聖絵』をモデルにして創られたとあることもいかにもと思ったことであった。

蝶夢の発句が数多く残されており、それが今までまとめられていなかったのが、「知れる限りは本書に収めた」とあり、そのこともたいへんなことだったと思われる。ただ、それによって蝶夢の句が多くの人の目に触れ、新しい評価を得ることになろう。

ぼうふりのわが世たのしき小瓶かな

などの佳句があることは、もっと取り上げられてよいと思うからである。小沢蘆庵の歌論との類似など今後大いに考えてみなければならない点かと思う。大隈言道の出た筑前福岡は蝶夢の門人がもっとも厚い街だったとあることも、野村望東尼の和歌のいくつかを私は思い出している。

最後に、これだけの大きな存在でありながら、なぜ今まで忘れられていたのか、ということで、組織としての門下を持たなかったから、ということは、これから俳諧史を考える上に非常に重要なことと私は思うのである。この全集のもたらす影響は極まりなく大きいと言えよう。

蝶夢全集——目次

俳論篇

編纂的著作

編纂した撰集

蝶夢和尚文集　巻一・巻二・巻三　細目

巻一

巻二

蝶夢文集拾遺一　細目

凡　例

一　本書は、五升庵蝶夢の全著作（連句・書簡を除く）を収めたものである。本文の翻刻に際して使用した底本の所蔵者名は、解題のそれぞれの項に記している。

二　翻刻にあたっては、次の方針に従った。

1　漢字の字体は、常用漢字字体・人名漢字字体・正字体など通行のものを重んじ、異体字・略字は、多くこれを排した。

2　次のイ・ロ・ハについては、1の原則外とした。

イ　別字体・別表記を併用するもの。

体・躰　俳・誹　叩・扣　回・廻　尓・爾　峰・峯　後・后　旗・籏　机・几　涙・泪　灯・燈
畑・畠　砧・碪　紙・帋　芦・蘆　花・華　袋・帒　裾・裙　賛・讃　選・撰　顔・皃　食・喰

ロ　『草根発句集』洒竹甲本・同乙本については、イのほかに、次の別字体をも併用する。

苫・笘　莚・筵　蓑・簑　跡・迹

ハ　次は、もっぱら正字体を使う。

棧　瀧　龍

3　片仮名表記の「ニ」「ハ」「ミ」は平仮名に改めた。数詞の場合の「ツ」は残した。

4　濁点・半濁点を補った。『草根発句集』洒竹甲本・同乙本に限って、この処置を施していない。底本の濁点は、「濁点ママ」と注記して区別した。

5　私に、句読点やカギ括弧などを施した。
6　私に、改行を加えた。

三　丁付は、発句篇の写本五点、紀行篇の『松しま道の記』『養老瀧の記』の俳諧部分、『湯あみの日記』『道ゆきぶり』、編纂した撰集の部に限って示した。表面に記し、裏面はウ文字で標示した。丁付は、原則として底本の丁付に一致し、底本の丁付に一致しない場合は（　）を付した。

四　括弧記号としては、（　）と〔　〕の二種類を用いている。
（　）の内は、基本的に編者の注記である。編者が加えた振り仮名等にも（　）を付している。
〔　〕の内は、基本的に異本が存在する場合の対校本文を示す。異同の主要なものを、行の右側の〔　〕、あるいは行の中に挿入した〔　〕に示した。対校した資料名は、解題のそれぞれの項に記している。

五　括弧記号については、前項以外に次の用法もある。
イ『草根発句集』洒竹甲本・同乙本・紫水本と『湯あみの日記』『道ゆきぶり』では、底本において行外に加筆された章句を、（　）を付して本文の行内に繰り込ませることがある。印刷面の煩瑣を避けるためである。
ロ　編者の長文の注記には、〔　〕を付す。

六　庵点〽は、斜線＼で代用した。

七　発句には一連番号を与えた。発句篇は句集ごとに一〇〇〇代から六〇〇〇代まで、文章篇は七〇〇〇代、紀行篇は八〇〇〇代である。

八　翻刻にあたっての、作業の分担は次の通りである。
草根発句集紫水本　蝶夢和尚文集巻一・二・三　紀行篇のすべて（湯あみの日記・道ゆきぶり・くらま紀行・富

士美行脚を除く）　芭蕉翁絵詞伝　　田坂
門のかをり　芭蕉翁三等之文　蕉門俳諧語録　　中森
その他　　田中

解題は、紀行篇を田坂、俳論篇と蕉門俳諧語録を中森が執筆し、その他を田中が担当した。田中は、全体にわたって加筆調整を施した。

なお本書には、内容の一部に歴史的差別にかかわる用語が認められる。本書の資料的意義を考慮して、あえて原文のまま翻刻したが、各位の人権意識に基づく利用を期待する。

扉などの書名の四文字は、木活字古版『東坡先生詩』（佐賀大学附属図書館蔵）から採った。
函は胡蝶の文様によるデザイン。

発句篇

草根発句集綿屋本

安永午出　草根発句集　全 」表紙

我、むかし家を出て東山の方丈に入て後、駆馬〔烏〕の頃ならん、書架に『枝葉集』といひける書の有けるを見て俳諧のおかしきを覚へしより、京極中川の院に住けるに、師の僧を般〔亮〕（余白）といひ法兄に〔一〕（余白）松といふ人の有けるに〔が〕、常にその心を語りけるを聞て、みづから蝶夢と名を付ぬ。

しかりてより後、都下の俳諧に遊びて空腹高心の人となりしに、さるべき因縁の時いたりてや、越の敦賀の浦にて芭蕉翁の正風躰を頓悟して、それより花月の時にふれて感じ、羈旅・懐旧の折に催れていひ出し発句を書集め置けるに〔が〕、ことし弥生〔三月〕のはじめ、草庵も一場の焼原とうせけるに、その」序集もともにうせて跡かたなし。

されば東福寺の正徹書記が、和歌の家の集を焼うしなひて後おもひ出て書つらぬるとて、「野火焼とも尽ず春風吹て又生ず」といひし白氏が言葉によりて「草根集」と名付しも、身の上に思ひ合せてなつかしく、その事の心のさも似たれば、忘草のわすれまじきためにもしほ草かき集たるをも、「草根句集」と題しておきぬ。

もしや後の見ん人に、むかしをしのぶ草の露ばかりのこゝろあらば、其言草の葉のつたなき、蓬のまがれる麻のすなほなるも見処なしとかなぐり捨ずして、「今は此人もかれ草の土の下に朽けるよ〔し〕」と名をいひ出給へや〔も〕と、安永午のとしの師走、雪降つみ窓のかげにて、五升庵のあるじ蝶夢みづから序。 」ウ

草根発句集

春

1001 呵られし跡のこゝちや今朝の春

寺務をのがれて隠居の春をむかふとて

1002 元日や今までしらぬ朝ぼらけ

閑居の元日

1003 餅くふて眠気付けり今朝の春

1004 中京や暖簾の奥に松と竹

自炊の身のすくやかなるをみづから祝して

1005 雑煮たく今朝や杓子の持はじめ

去年の秋、熊野の浦辺にて拾ひ来たりし」1 石を
硯にほらしめて、試筆の墨すり流して

1006 書初や尽ぬ千里の浜の石

1007 とし玉の蕪菜かろげや黒木売

1008 七種や揃はぬまゝに庵の春

1009 七種や南隣はよい拍子

1010 こと〳〵と薺をはやす小家哉

1011 芹薺我に事足る門田かな

1012 出這入に寄てははやす薺かな

1013 薺から見付出しけり門の畑

1014 起〳〵にたゝく薺やしどろなる

1015 七種やあまりは牛に祝はせる　」ウ

1016 御降（おさがり）やまづゆつたりと寐によし

1017 お下りや静な君が代のけしき

1018 若菜うり年寄し声のなくも哉

1019 下京やざゞめき通る若菜売

1020 芹の根や引ば氷の付て来る

1021 芹つむや蟹の鋏もうごく時

1022 水鳥のうちふるせりの白根かな

1023 御忌の鐘うきたつ春の響哉

「花はむかしに」と詠し古郷の梅を題して

1024 藪入のわすれぬものやうめの花

1025 うぐひすや杓のはなるゝ手水鉢

1026 舟引の顔で分行やなぎかな　」2

1027 陽炎や窓を背中に洗ひ髪
1028 春雨や的張て居る下川原
1029 遊び人(と)に罪つくらすや春の雨
1030 うれしくも踏まよいたり山桜
1031 ちる花やどふで今のは秋の風
1032 一日は内に居よとやはるの雨
1033 菅笠をよごして春の行ゑ哉
1034 北風は藪がおさへてむめの花
1035 橋守の居眠る顔へ柳かな
1036 寐て見たき所ばかりぞ春の草
1037 蛙子や何やらしれぬ水の草
1038 菜の花や鼻のよごれし牛の来る　」ウ
1039 筆のない茶屋の硯や山ざくら
1040 白波は蝶とちりゆく潮干哉
1041 背戸口は去年の雪や蕗の棠
1042 乙鳥や日南(ひなた)ぼこりの鼻のさき
1043 つけておく鍋によごるゝ柳哉
東山のあたりの花見あるきけるに、かしこに幕こゝに毛氈の目さましければ
1044 飯骨柳(めしごり)の出し所なき花見かな
乙酉のとし、双林寺閑阿弥にて興行
1045 糸遊にもつるゝ筆や墨直し
1046 それほどに草もうごかず雉子の声
1047 青柳やまだ川からの風寒し　」3
1048 うぐひすや障子に笹の影法師
1049 若草に土橋はせまく成にけり
1050 枝はまだするどき影や朧月
1051 鶯や今朝は硯もつかはるゝ
1052 加茂川のながれと見へず朧月
1053 ながき日や物語するわたし守
1054 散花や暫くは手へうけて見る
丙戌の年、双林寺閑阿弥にて興行
1055 その鳥の跡をよごすや墨直し
1056 入かゝる日を呼かける雲雀かな
1057 草ともに氷流るゝ野川かな
1058 ふつゝかな虻の声哉花さくら　」ウ

1059 慰につく晩鐘か春のくれ
1060 菅笠の紐付かへん春のあめ
1061 上京の屋根まだ白しむめの花
1062 春風にいつまで栗の枯葉哉
1063 手細工の筒の太さや桃の花
1064 亭房は下駄で登るや山ざくら
1065 うぐひすや寐ては居られぬ朝朗（ぼらけ）
1066 一枝づゝ日のあたるほどうめの花
1067 陽炎や洗ふた鍋を石の上

丁亥の年、双林寺閑阿弥にて興行

1068 遠近の筆をあつめて墨直し
1069 干物の筵をさがす柳かな
└4
1070 下もゐや墨の消たる菊の札
1071 淡雪や枝に残るは梅の花
1072 陽炎やぬきかけてある絵馬の太刀
1073 かげろふや橋の擬宝珠の影法師
1074 夕霞都の山はみな丸し
1075 細道の一すじ白き焼野かな
1076 蝶〳〵の来てはかこちしやけ野哉
1077 炭竃の上まで青し春の草
1078 竃の前にこがるゝ猫のおもひかな
1079 苗代や鳥の驚く鳥のかげ
1080 心あり顔に見ありく桜かな
1081 はれがまし桜がもとを墨ごろも
└ウ
1082 跡などゝおもふて来たに遅ざくら
1083 菜の花や行あたりたるかつら川

としごろ住なれし京極中川の庵も猶京中のかしましければ、東山岡崎の里にうつりて一つかねの草の戸をむすび世外の春をむかふに、汲ほすほどもなき住居ながら

1084 わが庵や鶯のなく藪もあり
1085 若草や雪のないのが京の道
1086 山上にうたふ声あり夕霞
1087 腰のして念仏申や蜆とり
1088 夜廻りも来ぬ夜となりぬ朧月
・
└5
1089 鳳巾（いかのぼり）東寺八坂の塔の間

1090 蝶〳〵や朝のうちから隙そうに
1091 はや道は草履になりぬ春の風
1092 曲られし枝悲しとや梨の花
1093 花守はまだ見付ずや初ざくら
1094 上臈ははや日傘なり初ざくら
1095 よし芦のめも見さだめず帰る雁
1096 焼原や針のある木のこけもせず
1097 男酔すほどにはあらじ雛の酒
1098 菜の花や東近江はまだ暮ず

丑のとし、東山閑阿弥にて興行

1099 消さじとの心ばかりや墨直し　」ウ
1100 正月の凧に成けりむめの花

伊賀の桐雨の許より、「年立や新年ふるき米五升」といへる祖翁の短冊をおくりけるに、よしやその隠操はまねぶべくもあらねどその貧閑の心をもわすれまじと、みづから住る庵を「五升庵」と名付て試筆の机にむかふ

1101 凍解や硯の水も遣ふほど
1102 雪解や久しぶりなる黒木売
1103 手間入らぬ一重からまづ初ざくら
1104 初ざくら庵にいられぬけしきかな
1105 水入菜都の土にこへもせず　」6
1106 囀りや木梟ばかりおしだまり
1107 春風や枝折の紙の日もすがら
1108 ふとふなりし柳の糸や朧月
1109 出代や侍らしふかしこまり

寅の年、東山双林寺閑阿弥にて興行

1110 年〴〵に濃くなる文字や墨直し
1111 春の日や祇園清水飽もせで
1112 春風や参宮道者の染幟
1113 幕うたん所見て来るや初ざくら
1114 ながき日や楽の太鼓の延拍子
1115 陽炎や川わたりたる車の輪
1116 行春や簾かゝげて二軒茶屋　」ウ
1117 長閑さや氷の上を水の行
1118 若草や冬は通りのなき所

1119 春風や草つみありく衣かづき
1120 凍解やうぐひすらしき足の跡
1121 春雨やをもげに軒のほし大根
1122 行雁や真野も堅田も直通(すぐどほ)り
1123 梅咲かすほどの日影に成にけり
1124 花ざかり餅屋の棚もさくらかな
1125 舞うたふ人はまだ来ず初ざくら
1126 誰やらが住小路なり夜の梅
1127 鳳巾入日の跡にうごくもの
1128 春雨や嵯峨へ三里の足駄がけ
」7
1129 桜狩いでや草履のきるゝまで
1130 さくら狩酒をもたねば連もなし
1131 人の来ぬ先にとぢるや山ざくら
1132 山吹や日影もたれて水に入
1133 流るゝも花の塵なり御溝水(みかはみづ)
1134 うぐひすや枕上ればまだ寒し
1135 とり付たやうにずはえの梅の花
1136 植し菜のおきも上らず春の雪

1137 一様に北枝もながき柳かな
1138 気のはらぬ詠(ながめ)ものなり朧月

奥州会津巨石勧進諷百番の題の中、葵の上の心を
」ウ
1139 朧月轅(ながえ)にとりつき泣は誰
1140 鳳巾よしや柳はかゝりても
1141 陽炎やもたれて眠る椽ばしら
1142 稲株のたふれて解る氷かな
1143 おくれじと顔つき出して帰る雁
1144 蝶〳〵や弁当につき花に飛び
1145 てふ〳〵や花はこちらと先にたち
1146 春の夜も何を哀に啼蛙

題嶺入

1147 くれて行花おしとてや虻のこゑ

題湖水春雨
」8

1148 新客にまだみぬ方の花見せん
1149 はるの雨ことに七本柳かな
1150 行春やこれからはたゞ昼寐せん

1151 雪垣のやぶれに春の日影かな
1152 草の戸も目の正月やむめ柳
1153 穢多村に一きは白し梅の花
1154 行戻りさはつて通る柳哉
1155 春もまだ人影見へぬ野山哉
1156 雁いくつさえかへりたる田面哉
1157 下京の空や色なる鳳巾
1158 雲雀なく野や百姓のうらやまし
1159 雲雀から晴上りけり野のけしき
1160 花守の耳に付けり蛇の声　└ウ
1161 夕風や鳳巾の中より三日の月
1162 出代や日枝を下りて三井の寺
1163 出がはりの覚束なしや酒の燗
1164 島からの文のしめりや海苔の塩

田家の雛祭を見る

1165 麦飯のむつかしげなり内裡雛
1166 落来や躑躅を分て柴車

閏有ける弥生晦日、春を惜む心を

1167 三月や二つありしも猶たらず
1168 草の戸も春見せ顔やむめの花
1169 鶯の巣守や竹の中の庵
1170 堀川や柳にかゝるちり芥　└9
1171 朧月吠ふともせぬ犬のかを
1172 春の夜に何をけふご（が）る雉子の声
1173 きじの声いかに野守が竹柱
1174 蝶〳〵や夜べの雨風しらぬ様
1175 飛小てふ荊に羽を引かけな
1176 啼雲雀草に居られぬ調子哉
1177 白浜に何のゆかりぞすみれ草
1178 藪陰や踏くだき行落椿
1179 山中に菜種花さく日和哉
1180 浜道や砂から松のみどりたつ
1181 囀りや籠からも雲をさし覗き
1182 おんぼりと朝あたゝかし軒の月　└ウ
1183 遊ぶ身に心いそがし松さくら
1184 兄弟の笠つきあふて茶摘哉

1185 桑つみや枝に夕日のあかねうら
1186 桑つみや妹はかるふ梢まで
1187 枯芦の根もしみ〴〵と春の水
1188 葉の一つない木も春の日影哉
1189 春の風たゞ（余白）竹のすゑ
1190 うぐひすの雪踏ゆへか足の痩
1191 藪入やさびしい嵯峨の奥なれど
1192 雪解やほのかに青き麦ばたけ

仙洞御所の外面を通りけるに、管弦の音すみわたりて優に、心ものびらかに覚へければ　⌊10

1193 夕霞藐姑射（はこや）の山の棟も見へ
1194 洛中や掃ちらさるゝ春の雪
1195 洛外や小路〳〵は去年の雪

慈鎮和尚の詠歌によりて

1196 うたひさわぐ真葛が原や春の風
1197 青柳や湖水はなれてうちけぶる
1198 朝風や東近江のむめにほふ
1199 鳳巾いづれの御所の夕ながめ

伏見の梅林、見にまかりけるに、いと寒かりければ

1200 梅白し芳野に雪を見るおもひ
1201 一枝や花うる店の初ざくら
1202 桃柳さはるや雛のひたいつき　・　⌊ウ
1203 船ばたにかけてほしたるわかめ哉
1204 初ざくら御定〔室〕の御門ひらきけり
1205 百姓のなりのきたなや麦菜たね

三月尽の日、湖南の羨江楼にて、翁の「近江の人と惜しみける」の古事など物がたりて

1206 音もせで春の行ゑやさゞれ波
1207 門口の流れにつけし躑躅かな
1208 摘んとや草引捨し茶の木原
1209 春の風柳にわたる音かろし
1210 草の根を満るともなふ春の水
1211 たふれたるなりにみどりや川柳
1212 上京や物の音空に朧月　⌊11
1213 夕がすみ西に光るはかつら川

1214 朧月京は往来も女がち
1215 門中に梅咲にけり西の京
草庵に梅一株あり。ひとゝせの火災にかれける片枝の、ことしは見し世の春にもをとらざる花の咲出けるに、いにしへ蜑のもしほ木の中よりたへなる香木をえり出して琴に作らせ、「蜑の焚さし」と名付給ひしためし思ひ出て、この梅の名を「琴木」とは名付ける
1216 片枝はすがりもやらずうめの花
1217 朧月よふ鳥の出てさえづらぬ
1218 梅つばき奥ある里の軒端哉　」ウ
1219 茎（くく）立に春も二ふし三ふし哉
1220 しら魚に疵ばしつけな籠のそげ
1221 村橋や踏ばしづみて啼蛙
1222 宵闇とおもへば雨をなく蛙
1223 畴（あぜ）道や顔を揃へて啼かわづ
1224 ふし漬の枝はみどりに芽立けり
1225 山桜霞もはれてさかりかな

1226 雨晴てはなやかな春の行ゑ哉
壁上に祖翁の米五升の短冊を掛て、小欲知足のこゝろを
1227 袋には米あり門にむめやなぎ
1228 正月や世並に匂ふ門のむめ　」12
1229 かくれ住門とも（余白）〔しらず〕梅匂ふ
1230 から〳〵と釣菜落けり春の風
1231 馬乗のかつぎ上行やなぎかな
去年植たる後園の梅の咲ければ
1232 梅は花咲ぬ是から鶴かはん
1233 背戸口や芥をくゞる春の水
1234 春の風いづく釿（テオノ）の音すなる
1235 春の夜やこゝにも酔し白拍子
1236 鳥の巣に顔出してまつ朝日哉
1237 引ちぎる古代の形や草のもち
三月節句に清水寺にて
1238 職人のひま有げなり花の陰　」ウ
雨の日、湖東の芦水と花見ありきて

1239 立よりて傘さしかけん花の朶〔枝〕

弥生の末、叡山の無動寺に桜のさけるに

1240 山ざくら鳥も囀らで猿のなく

1241 やまざくら散らずとも見る人もなし

1242 いつとなう蕨折〳〵登る坂

1243 人行ぬ道や背丈の花躑躅

1244 藪陰やその木は見へでちり椿

1245 春雨や机(を脱)をしやりて窓をみる

三条の客屋をすぐるとて

1246 旅人も間ばらに春の行ゑ哉

1247 春の行音しづかなり軒の雨

1248 蓬莱に松のみ残る日数かな

1249 村〳〵や万歳の鼓ほのきこゆ

1250 朝がたや隣の鐘も霞む声

1251 朝寐する南隣や梅のはな

1252 首立て行かた見るや小田の雁

1253 雁帰り鳥むらがる田面かな

└13

└ウ

草根発句集

夏

1254 行ぬける袂の風やころもがえ

1255 豆腐ある里とは見へず諫鼓鳥

1256 すゞしさや何所に行灯の置所

1257 葉桜や酔ふて寐たのも此あたり

1258 墨付た顔に持来る粽(ちまき)かな

1259 長雨に引のばされて栗の花

1260 門へ出て我家詠(ながむ)る蚊遣り哉

1261 ころ〳〵と邪魔な枕や土用干

1262 昼顔や牛から蝿の立て来る

1263 草とりやその手で汗はぬぐはれじ

1264 夕白(がほ)や蚊遣りの中によごされず

1265 すゞしさや船の来る間を草むしろ

1266 明て出る戸のやかましやほとゝぎす

1267 鑓(やり)もちも馬も一度に清水哉

└14

1268 暑き日や枕一つを持ありき
1269 起かへる草木の影や夏の月
1270 すゞしさや寐て居る顔へ松の針
1271 涼しさや竿にもつるゝ釣の糸
1272 すゞしさや火入に団(うちは)かざし置
1273 涼しさや枝をもる日も水のうへ
⌞ウ
1274 うき草や船の跡から花になり
1275 撫子や川のながれた跡ばかり
1276 煎餅うる人もまだ来ず蓮の花
1277 菅笠はもたせて行ん夏木立
1278 二階から投出したるあやめかな
1279 鑓持のゆがめて通る菖蒲かな
1280 戸の外は夜が明てあり郭公
1281 蚊遣り火や牛も戸口へ顔を出し
1282 すゞしさや飛こゆる石を水の行
1283 椽さきに朝はさびしき団かな
1284 けぶるのは人の住かもかんこどり
1285 青鷺の明りちかくや五月闇
⌞15

1286 まだ咲ぬ躑躅も見へてかんこ鳥
1287 蝙蝠や堂の唐戸のきしる音
1288 姑は高ふからげて田植うた
1289 杜宇つゞゐて暁の鐘のこゑ
1290 山かげの一入くらし子規
1291 夕顔やさすがちぎつて行もせず
1292 白雨(ゆふだち)やわか竹の葉の　（余白）
1293 曙や念仏でもどる鵜飼舟
1294 なでし子や布を押る石の間
1295 鯖つりやしらぬ火ならぬ波の上
1296 すゞしさや橋の下行楫(かぢ)枕
1297 月かくす杉の曇りや郭公
⌞ウ
1298 投わたし投わたす橋や燕子花
1299 坂なりにもるゝ日影や夏木立
1300 染るにも十日あまりや紅ぼたん
1301 葉ざくらやむすびし紙はまだ白し
1302 わが庵の軒より長きあやめかな
1303 明がたや煙りてもどる鵜飼ぶね

1304 今船が出るとておこす水鶏かな
1305 麦秋や日にくろみたる嫁が顔
1306 竹の子の行当りけり五月やみ
1307 梅の落る音のするなり五月闇
1308 むし干やむかしの人の袖のなり
1309 真桑むく手もと涼しき雫かな　└16
1310 すゞしさや一人〳〵の竹床几
1311 蟬なくや下も涼しき川の音
1312 蚊遣り火や門うち明て人はなし
1313 桶結の竹削る門に月すゞし
1314 くるしげに朝から啼や蟬の声
1315 涼しさや行灯あふつ蚊帳の裙
1316 若竹や雨の雫もよふもたず
1317 大粒な雨おそろしや芥子の花
1318 先達の鈴はいづくぞ木下やみ
1319 暗(き脱)よりくらきにわたる鵜船かな
1320 すゞしさや帆の行なりに高枕
1321 五月雨や垢のつめたき縄暖簾　└ウ

1322 早乙女に(余白)〔もらふて〕葺しあやめかな
1323 影うつす山の色までます田かな
1324 すい〳〵と雨もゆがまず麻ばたけ
1325 背戸口の夕日はへるや麻ばたけ
1326 五月雨や庭も納戸も茶のむしろ
1327 早乙女の歌も揃はぬ山田かな
1328 光るのは谷のながれか木下闇
1329 すゞしさやおもひ〳〵に横に寐る
1330 草とりや笠から汗の雫たり

四条の納涼に行けるに、あたりの川床几は美酒佳肴をつらねて酌かはす中に、硯箱ひとつ前に置たるも　└17

1331 何もなき床几ひろくて猶涼し
1332 糊たちの折目高さやはつ袷
1333 棒ふりやむかしは誰が水かゞみ
1334 蠅打や老のちからのどうよくさ
1335 蚊遣り火や幾すじ烟る縄のれん
1336 山畑や摘ぬ茶の葉に夏もたけ

1337 侍のものいふて行田うえかな
1338 涼しさや笹の日影のうすふなる
1339 草とりや日影重げに腰をのし
1340 麦打や夕日をまねく棹の影
住る村に雨乞ひしけるに、そのしるし有けるに、
歌もよまで歌賃の餅を吼（囉）ふ
⌞ウ
1341 夕立やしほれし草の庵まで
1342 夏山や幾重かさなる葉の匂ひ
築（筑）紫より八重の潮路をしのぎて帰り、草庵の窓の
下に枕を高ふして
1343 すゞしさや浪にはあらで竹の音
1344 瓦葺に風情付たるあやめかな
1345 葉柳や夏に隠るゝ人の門
1346 夏草や押分出る馬の顔
1347 雨だれのつたふて長し軒あやめ
1348 ほたる籠中に夏野の葉影かな
1349 折〳〵は顔もほのかに蛍うり
1350 三条へ出てこそ見たれ初茄子
⌞18

1351 水飯や（余白）もすゞしき水の音
1352 蚊柱やふとしく立る草の門
1353 夕すゞみ筵引する門の口
1354 かきつばた袖からげ行女の童
1355 茂る木や焔焇蔵の軒のつま
1356 待うちに四月も過ぬほとゝぎす
1357 ほたる見や船頭殿はわかひ声
1358 笹の葉の影朧なり蛍がり
1359 雲ちかふ梢に来るや啼蛙
1360 余の草の茂りて低し豆畑
1361 此ごろは屋根も音せず五月雨
1362 さみだれや庭にほと〳〵麦をうつ
1363 我軒は顔に菖蒲のさはりけり
1364 喰た跡の音おもしろや笹粽
1365 笠の端もや〳〵（ゝ）かくれけり二番草
1366 何となふ人さまよふや夏の月
1367 子の声の中にこがるゝ蚊遣り哉
1368 空色や青田のすへの鳥羽竹田
⌞ウ

1369 出女の裙うちたゝく団かな

1370 うすものゝ袂太きし汗ぬぐひ

1371 高燈籠となりの秋のはやみゆる

1372 寺町や寺の方行ほとゝぎす

1373 羽ぬけ鳥啼かば悲しき声聞ん

1374 雨にわきし虫かと見れば栗の花　└19

1375 下駄の歯に覚束なしや栗の花

庵の四隣、焼亡せし家どもの

1376 新麦の屋根きら〳〵と建にけり

六月廿三日未の刻ばかりより風吹出て堂塔竹木を
吹たふし、吹たふすその音のすさまじかりけるに

1377 はじめには涼しかりしがこはいかに

1378 何ものぞ芥子咲畑にはなひるは

1379 竹の子やかなぐり出る八重葎

1380 見入れ行牡丹の花や長者町

1381 いやが上もりあげし岡の若葉哉

1382 (余白)〳〵く群集の中や勝負の樹　└ウ

1383 軒口に折こむ六日のあやめ草

1384 鳴神のけふがる跡やほとゝぎす

1385 蝸牛か竹ちる中に落る音

1386 朝田からうたひ出しけり女ども

1387 月影に手もと興ある夕田かな

1388 なまなかにかき残されて苣(ちさ)の花

1389 麻の葉の下から涼し井の字窓

1390 ころ〳〵と小石うごかす清水哉

1391 涼しさや皿のり出ぬところてん

1392 見るからにむき目涼しや真桑ふり

1393 市中や一木の松の青あらし

1394 侍のそだち見へけり衣がえ　└20

1395 江戸衆や一様に黒き衣がえ

1396 子規啼や躑躅の竿の先

1397 傘に添て提るや燕子花

1398 ほとゝぎす起して聞す人もなし

1399 月もなき横町行やほたるうり

1400 ほたる飛かたへさしけり渡し守

1401 田の水やあふるゝ方へとぶほたる

1402 蛍籠つりて奥ある格子かな
1403 ほたる火のかげやとる人の爪はづれ
1404 茂る中にひらめく厚朴（ほほ）の広葉哉
1405 青すだれ昼寐せまほしき御殿哉
1406 宵月や蚊帳の中に草の影 └ウ
1407 青あらし志賀の磯田は植しまふ

四条納涼

1408 すゞしさや篝ちらめく人の顔
1409 蓮の花殊更白き匂ひかな
1410 月影の蚊帳にひらめく団かな
1411 芭蕉葉の（余白）風に窓すゞし

暮ぬより蚊帳に入て、和泉式部の於冥入冥の『法華経』の歌をおもひ出して、みづからいぎ（濁点ママ）たなきを笑ふ

1412 あかきよりあかきまで寐れど夜みじかし
1413 藪陰に這ふものは何くりの花
1414 谷の戸や水鶏かと聞ば樒うつ └21
1415 衣がへ紙すく手先はやすゞし
1416 刈入たわか草の匂ふ山田哉
1417 早苗とれさなへとれとや啼蛙
1418 まめやかに新茶さし出す山家哉
1419 朧なる岸の草葉やちるほたる

高倉清寿（聚）院にて座頭の納涼を見る

1420 やと誉る声にそよぐや若楓
1421 白雨や百姓門に出てながむ

糺川納涼

1422 川水やまた流るゝも汗ぬぐひ
1423 植付もすみしぞあがれ五月雨
1424 土用干や折目たゞしき白小袖 └ウ
1425 月のさす山田に亀の声すゞし
1426 わが家や団の風もこゝろよき

閑居

1427 蓮の花我に事足る小瓶かな
1428 荒磯やうち上る藻も花は見ず
1429 きら〳〵と雨もつ麦の穂さきかな
1430 男の子ども引提て来る粽かな

1431 （余白）　筍つゝむ墨の袖

1432 挑灯にあふたる跡や五月闇

⌊22

草根発句集

秋

1433 明て寐た窓から来るや今朝の秋

1434 星会やまだ秋の夜は長からず

1435 藪一重あちらは京ぞ虫の声

1436 鹿啼や京へ一里とおもはれず

1437 行灯をともさぬうちや秋のくれ

1438 待宵や覗て見たき嫁の皃

1439 散度に魚の飛つく柳かな

1440 朝皃や余の草はまだ起ぬうち

1441 名月やものいひそうな影法師

⌊ウ

1442 本道へ出れば月あり露しぐれ

1443 かさゝぎや四条に橋は引たれど

1444 いざよひや見に出る人を待合せ

1445 来た道は一つに成て花すゝき

1446 行秋や空のけしきも泪ぐみ

1447 秋風やむすぼうれたる瓜の蔓

1448 桔槔（ハネツルベ）ばかり立たる野分哉

1449 秋もやゝ扇でありく日影哉

1450 朝寒し川瀬に芋を洗ふ音

1451 吹たびにさゝやきあふやおみなへし

1452 目を明ばまだ門前の砧（きぬた）かな

1453 行燈の針の跡よむ夜寒かな

⌊23

1454 入日さす長屋の窓や唐がらし

1455 船引のみな手を組て秋の暮

1456 山道やくるゝつもりも夕もみぢ

1457 秋立て重げにそよぐ稲葉哉

1458 帷子の糊すさまじや今朝の秋

1459 秋もまだ日数はうすし初紅葉

1460 背負たる日の影軽し秋の風

1461 いねの穂を起して通る田道哉

1462 あちこちに垣の形あり花木槿
1463 蜻蛉や思案をしては飛て行
1464 女郎花牛が通ればたふれけり
1465 ふら〳〵と蚊帳の釣手の夜寒哉
」ウ
1466 夕虹や一すじくらきわたり鳥
1467 釣台に欠(あくび)して居る鱸かな
1468 稲船や鎌を片手に漕て行
1469 馬かたにおさへられたる新酒哉
1470 いざよひや坂登る間は闇かりし
1471 鴫たつやざぶ(濁点ママ)とうちこむ網の音
1472 星合や飽ぬ契りも一夜だけ
1473 蜻蛉や物に飽たる顔で行
1474 白川は低き在所やいねの花
1475 楽〻(さざなみ)波につゞゐて白し稲の花
1476 わが庵は嵯峨にも負じ虫の声
1477 鹿の音や北谷の鐘はきこへねど
」24
1478 蜻蛉や桶ゆふ竹にはぢかる〻
1479 とんぼふや簾の風を踏しめる

1480 名月や拝て這入る縄のれん
1481 鴨川にさ〻(棹脱)せばやけふの月
1482 油買に沙弥は下けり秋のくれ
1483 荻の葉や青ひうちから枯し音
1484 鯉飛て跡に音なし秋の水
1485 あれほどの老のちからや鳴子引
1486 嵯峨道のせまふなりたる尾花哉
1487 鹿追の声のこりけり山かづら
1488 うづら啼やかくる〻草も枯るとて
1489 秋のくれ耳遠き人にさし向ひ
1490 活かへる心地やけさの秋の風
」ウ
1491 かざし行扇に重しあきの風
1492 蚊帳とれば角〻〳〵広く夜は寒し
1493 嵯峨へ行道はこちらか虫の声
1494 鶏頭や一握りづ〻秋の色
1495 真那板にどさりと直す西瓜哉
1496 茸狩や山の錦を踏あらし
1497 ほつとして案山子のこける晩稲(おくて)哉

1498 匂ふことさへもひそかにきくの花
1499 風鈴の歌よみて見ん秋のくれ
1500 行秋や何枚のこる桐の枝
1501 立琴をかきならしけり夕あらし
└25
1502 朝顔や秋は朝から物淋し
1503 白露や草をこぼれて草の上
1504 夕ぐれや切籠(きりこ)の足に荻のこへ
1505 名月やきらめきわたる小石原
1506 蜩(ひぐらし)や晩鐘つけとせがみたて
1507 こぼしては又拾ふたり萩の花
1508 初潮や須磨に流せし茅の輪まで
1509 草の戸や何地を聞ても虫の声
1510 焚て居る竈を飛こふいとゞかな
1511 一つ喔(トリ)て幾日も喰や唐がらし
1512 垣覗く顔ではなふて瓢かな
1513 秋もはや冬瓜に霜を置初め
└ウ
1514 白菊や世の赤い実をあざ笑ひ
1515 後の月蚊の曇りさへなかりけり

1516 岡の家は屋根のみ見ゆる尾花哉
1517 船中はみな咳立る夜寒かな
1518 渋柿や三庄太夫が屋しき跡
1519 帷子は昼出た人か秋の風
1520 大粒に露も成りけり今朝の秋
1521 秋風やほつれかゝりしよし簾
1522 虫籠や嵯峨野の草の露もあり
1523 さわがしきものゝ哀やあきの風
1524 名月や露に袂の重きまで
1525 茸狩や顔で分入萩すゝき
└26
1526 わが庵の天窓(あたま)数なる瓢かな
1527 硯にも足をよごすなきり〴〵す
1528 きせ綿や老ゆく菊の花の皃
1529 虫なくや行燈にうつる唐がらし
1530 墓へ行道とて細し花木槿
1531 渋がきや街道中へ枝をたれ
1532 夕ぐれや折上し藻に虫の啼
1533 蟋蟀夜明の鐘のうれしけれ

1534 渋柿やいくつも鳥の觜の跡
1535 行秋やたふれては泣萩〔荻〕のこゑ
1536 糸ほどに身もやつれてや鹿の声
1537 （余白）〳〵にはたり〳〵と一葉かな　」ウ
1538 白露や木の間にたれし蜘の糸
1539 萩原や衣の袖を挙て行
1540 花すゝき小松が上に戦ぎけり
1541 寐るも惜しと出ていざよふ月夜哉
1542 盗人の跡ながむれば星月夜
1543 おくれても谷の長者や夕紅葉
1544 青ざめし野菊いかでや下もみぢ
1545 名月や橋にうごかぬ人の影
1546 綿くりや岩にせかるゝ瀧の音
1547 白露も幾粒添ていねの花
1548 九日も余所に見て居る野菊哉
1549 高灯籠祇園の町も秋は来ぬ　」27
1550 草の戸に友ぞ出来たりきり〴〵す
1551 秋かぜや背中（せな）に音する琵琶法師
1552 恐ろしや西瓜をくらふ口の露
1553 名月や野道を来ても晴がまし
1554 川中や月見る人の影一つ
1555 雨の月春の夜ほどは詠あり
1556 駒牽や逢坂で沓（くつ）うちかへよ
1557 長が許も糸弾やみて小夜きぬた
1558 綿とりのうたふて出る日和かな
1559 ふく綿の所だけなり朝の露
1560 疇豆に顔さし出す荷馬かな
1561 分行や袂にせまる草の露　」ウ
1562 流し木の押分落る尾花かな
1563 高灯籠秋の夜あかきはじめ哉
1564 草の戸の世には成けり今朝の秋
1565 一もとの広がりふしぬ庭の萩
1566 黄昏や芭蕉のくれば窓明し
1567 虫籠や売人は音もなかで居る

鴨川の辺りに遊びけるに、此夜は洛中の子女二星に奉るとて、梶の葉あるは色紙短冊におもふ事を

書て流すに、さしもの川水もいとせまきばかりな
れば
1568 拾ひ上て家〳〵の星の詩歌見ん
1569 朝寒や関の戸びらのきしるおと　└28
1570 棚の上にいつしか秋の扇かな
1571 きり〴〵す高野の夢の覚しとき
1572 売行や一たばねづゝ草の花
湖南の巨州が羨江楼にて月見催されけるに、宵の
ほどより雨降出ければ
1573 さらばとて楼をも下りず雨の月
更行ほどに雨晴けるに、月もいとさへて興に入け
るに、三井寺の鐘の聞へければ
1574 名月に寐よと鐘つくや寺法師
1575 船持し人は誰〳〵けふの月
十六夜、三井寺の観音楼にて
1576 いざよひやしばらく闇き浪間より　└ウ
1577 秋入の中にしづけしわが庵
九月九日、籬のもとの菊の咲ければ
1578 今日咲てかしこ顔なり菊の花
1579 曇らずば冷(すさま)じからんのちの月
1580 柿店の片隅に柚の色さびし
1581 唐黍の根のあらはなり秋の霜
1582 ちる一葉拾へば跡の奇麗なり
1583 いねの花秋の詠もいさましき
1584 朝顔や置かひもなき露の玉
1585 更行や白き切籠の猶しらけ
1586 やかましき嚊にはあらじ小夜碪(きぬた)
1587 衣うつやゝ撞やみし建仁寺
1588 角力(すまひ)とり春やむかしのむかふ髪
1589 山かげの長者が門や柿蜜柑
1590 猪追の太鼓のよはる夜明かな
1591 鹿笛の露につまるか音の低き
1592 しか笛に〔籟人〕(余白)の妻もさぞ泣ん
1593 大粒な音は芭蕉に降雨か
1594 秋の雨顔も出さずに蛙なく
1595 石川やころつく中に河鹿啼

└29

1596 梅檀は実のみぞもるゝ日影哉
1597 何の雫落てや森のしたもみぢ
1598 あれこれもあつめて垣の紅葉哉
1599 飛鹿や木の葉草の実うちこぼし

└ウ

草庵造作の後、九月九日にあふ
1600 垣ゆふて一もとほしや菊のはな
1601 残菊や生あまされて棚の下
1602 実もならで秋経る稲のつれなさよ
1603 柿釣りて冬まつ里の軒端かな
1604 ふじの実のから〳〵として秋ぞ行
1605 穴へ入るこゝろになりぬくれの秋
1606 廻り椽にまはりて見れど秋のくれ

九月尽の日、風雅の友と二人
1607 いざ泣ん秋といふのもけふ限り
1608 一雨に今朝こそ秋を覚へけれ
1609 天の川たゞよふ色や藪のすゐ

└30

1610 銀河(あまのかは)するは淀へや落こまん
1611 月影に片側は灯籠なくも哉
1612 芭蕉葉のまねきかへすや夕日影
1613 ながゝらぬ世に散もせず花木槿
1614 朝皃や露をちからに日にむかふ
1615 きり〳〵す啼や起出て茶や焚ん
1616 むしなくや肘(シヽ)のくひ入るおしまづき
1617 蜻蛉や四ッ辻をつとかい廻り
1618 肌寒や鞍の前輪に露光る
1619 初あらし雨戸たつるも今宵より
1620 名月や山は曇りて野は白し
1621 大寺やいづれの坊にうつ砧
1622 わびしさや砧につれて壁の土

└ウ

田家
1623 月見とや門に立出て藁をうつ
1624 いねの香や鎌うちたつる槌の音
1625 小刀を添て出たり盆の栗
1626 秋のくれ子守がうたふ声悲し
1627 あきの暮白き髭をや数へ見る
1628 秋の暮葬の戻りの人にあふ

九月尽の日、縄手にて芝居のはてけるを聞て

1629 四条さへわびしや秋のはて太鼓

1630 一廻りまはりて下りぬ小田の雁

1631 曙や寐御座つめたき秋と成 ⌞31

1632 別ばやしらけてしまふ天の川

1633 夕影や流にひたす蜻蛉の尾

1634 照月の中からさびし揚灯籠

1635 粟稗の見下しにけり茶の木原

八朔

1636 灯籠引て悲しき秋のはじめ哉

1637 曙や芭蕉をはしる露の音

1638 きり〴〵す古人に恥ぬ寐覚哉

1639 鹿の声いかで我強き山法師

1640 花もりや秋果ぬれば鳴子引

1641 鶏頭や露にたふれし草の中

1642 何作る鳴子音する塀の外 ⌞ウ

洛陽市中

1643 隣のは箔うつ槌か小夜砧

1644 うれしとてはしりも行ず放し亀

1645 うら枯や茎もあらはに萩すゝき

1646 落し水に横ぎる蟹のあゆみ哉

田家

1647 綿車米つく音や秋の暮

1648 みな落て梢にもたゞ一葉哉

1649 茄子木の葉も黄に成ぬ露時雨

1650 雁がねや入江のなりにたはむ影

1651 山中や何をたのみに秋の蝶

1652 椎の実の匂いのみする山路かな ⌞32

1653 いざよひや少しは闇もめづらしき

1654 うち守る垣根の草やけさの秋

小家がちなるわたりなれば

1655 星あふ夜女夫(めをと)喧嘩ぞ心なき

1656 つく鐘を数へて秋の寐覚かな

1657 夜すがらや壁に啼入る虫の影

草庵

1658 蟷螂の斧に疵つく柱かな

1659 何の家ぞひとり残りてうつ碪
1660 暮がたや雨もこまかに虫の啼

中秋無月

1661 立かくす雲に奥ある月見哉　└ウ
1662 きせ綿に菊もほこれる匂ひ哉
1663 わが影の覚へて痩ぬ後の月
1664 畠中へ日は入にけり蕎麦の茎
1665 売馬のはだ寒げなりゐびす薦(こも)
1666 花すゝき茨の中を出てそよぐ
1667 寐ん〳〵と寐覚をわぶる夜長哉
1668 落されて岩にくだける鮎の魚
1669 秋のくれさすがにわかき人は来ず
1670 山中や秋も果ぬに麦生ゆる
1671 谷陰や日は拝まねど村紅葉
1672 岨(そは)道や躑躅の枝の下もみぢ
1673 砂川やながれとまりし花すゝき　└33
1674 階子(はしご)田や見上ればするゐは刈らぬ色

隠居の九日

1675 けふといへど咲ふともせず籬の菊
1676 雨降りてしめやかな秋のはじめ哉
1677 鳴神の恋しらずかな星あふ夜
1678 蜩や盆も過ゆく墓の松
1679 ばせを葉やゆら〳〵として風わたる

八朔の夜

1680 灯籠引てこよひぞ秋の夜のけしき
1681 かき上て見れば川あり萩の花
1682 夕風や真すぐにたつ岨の萩
1683 稲の穂に芦の葉布(しけ)る汀哉　└ウ
1684 夕月に伸出て啼か草の虫
1685 照月に稲葉の高さ低さ哉
1686 秋の蚊のたゝみこまれし紙帳哉
1687 きり〳〵す行燈むければこゝゐ遠し
└34

草根発句集

冬

1688 木がらしや京に寐る夜とおもはれず　・
1689 しぐるゝや火桶の糊のかはくうち　・
1690 板橋のめつき〳〵いふ霜夜哉　・
1691 霜の夜や名のなき星の光まで　・
1692 石垣に行燈は引て啼千鳥
1693 寒菊やいろ〳〵の名のかれて後　・
1694 冬ごもり机の下の小鍋かな　・
1695 火達では膳ぐれつくや冬籠
1696 足もとに鶏のあぶなや煤払　・
1697 一とせやつひはら〳〵と百の銭　・　」ウ
1698 時雨るゝや船は夕日をのせて行　・
1699 いつ掃し障子のさんぞ冬ごもり
1700 麦蒔やうしろへ風の吹こぼし
1701 絵で見ればこはい物なり薬ぐひ
1702 初雪やもう豆腐屋が足の跡　・
1703 杖になるちからは見へず雪の竹　・
1704 寒菊や葉にのこりたる秋の色
1705 おそろしい風に匂ふや室の梅
1706 楫取の影法師細し小夜千鳥
1707 麦蒔や跡へ木の葉も蒔て来る　・
1708 釘打し跡も見へけり冬木立
1709 馬の尾を引ずつて行みぞれ哉　・　」35
1710 引潮のわすれて置し生海鼠哉　・
1711 初雪や配り足らいで日枝ばかり　・
1712 掃ながら開に出るや雪の門
1713 闇ひから子共の声や門の雪
1714 寒声やけふ習ふたをくり返し　・
1715 欄檻にもたれし跡や橋の雪　・
1716 節分や外も霰の豆をうつ　・
1717 硯箱に蜜柑の皮や冬ごもり　・
1718 足の湯のほかした形りに氷哉
1719 初雪やまだ梅が枝は咲ぬはづ

1720 葉のちりし事もわすれて帰り花　・
1721 茶の花や爰へもうちし麦の灰　・　└ウ
1722 夜の雪笹にこぼるゝ音ばかり　・
1723 炉開や雪の枝炭置はじめ　・
1724 ろびらきや日のさす方へひらた蜘
1725 ぬけ道は問ふに及ず落葉かな
1726 木がらしや葉のまじ（り脱）たる馬の髪
1727 埋火や硯の水も土瓶から　・
1728 寒月や四条の橋も我一人　・
1729 扨遅き酒の使や夜の雪　・
1730 枯草や橋はあれども下を行　・
1731 水湊に灰の立たる火桶哉
1732 猫の背とならびてぬくき火桶哉

禁裡を通りけるに、何がしの古御所にて　└36

1733 柊をさすや築地の崩まで

年内立春

1734 まだ餅もつかぬに来るや今朝の春　・
1735 鬧しい中へ来にけりけさのはる
1736 楽人と指さゝれけり年の暮　・
1737 炉開や赤ふ成たる鉄火箸
1738 芦の穂や磯うつ波もかれし音　・
1739 けさの雪いかにや比叡の伯父坊主
1740 しぐるゝや潮まく浜は日の光り
1741 かれし野や率都婆は踏て通られず　・
1742 客人はみな兵ぞふくと汁　・
1743 鳰どりや顔見合して又はいり　・　└ウ
1744 鼻たれて開に出るや雪の門
1745 雪の日や日枝はまことに京の富士
1746 月寒し按摩が笛の音一つ
1747 炭竈や猿は背中をあてゝ居る　・
1748 かれ原やくだけもやらで馬の骨
1749 冬がれや堂の閻磨（魔）の目の光り　・
1750 木がらしや田をこけありくつかね藁
1751 帰り花みじかき日にはよふ咲し
1752 蓮かれて魚のかくるゝ陰もなし
1753 谷川に踏かぶらせる木の葉かな

1754 馬の尾にはさまれて行霰かな　・
1755 水洟の横へ落たる雪吹かな　・
∟37
1756 椽ばなに綿ほしわたす小春かな　・
1757 雪垣や隣へ遠き家となり　・
1758 初雪や朝起すれば徳多し　・
1759 はつ雪や京から来べき友は誰
1760 竹折れて隠居見へたりけさの雪
1761 雪の原にうごめき出る人は誰
1762 折れるのもしらで負けり雪の竹
1763 息杖にくだくる音や霜ばしら　・
1764 今朝ばかり我に掃せよ雪の門　・

閑居歳暮

1765 何をせん昼寐もならず大三十日　・
1766 荻の葉も音なくなりて初しぐれ　・
∟ウ
1767 籾をする音にはあらで小夜しぐれ
1768 さよしぐれ火燵にもたれ初にけり
1769 留主事の香やはかくるゝ根深汁　・
1770 埋火やつゝめど出る膝がしら　・
1771 かれ原や先へ行のも革羽織
1772 雪の山何木はしらずおもしろや

三条の橋を通りけるに、初て雪の降ければ

1773 昼中の初雪惜や踏にじる
1774 俯向(ウツムイ)て後世案じるかあじろ守　・

年内立春

1775 押かけて来る春せはし煤の中　・
1776 葱汁のけふも匂ふや冬ごもり　・
∟38
1777 曙は夢見た顔やぬくめ鳥　・
1778 梅一枝買ばや庵の事はじめ　・
1779 小六月枯し綿木もゝ白し　・
1780 水仙や瓶の水際すさまじき　・
1781 水仙や木がらしに葉の細りしか　・
1782 山畑や落葉に麦の芽も見へず
1783 ちる木の葉中にちぎれし蔓もあり
1784 から鮭もそのこさ吹し腮(あぎと)かな
1785 木がらしやみな横向て土手を行
1786 竹はみなこけてくらさや宮の雪　・

嵐雪が「蒲団着て」と詠し東山は、草庵のうしろ
なれば　」ウ

1787 ふとん着た山をうしろに冬ごもり　・

1788 宵寐して果報の春を待夜かな　・

田上の里にて、家の軒にうちつる鹿を竿にかけた
るあり。その上に霜のいとゞ白ふ置たりけるに、
夢野の鹿の古事を思ひ出て

1789 つりてある鹿の背中の霜悲し

1790 竪(たて)横に車の跡や京の雪

1791 朝しぐれはや十月の景色哉

1792 夕しぐれあはれわが住軒端哉

1793 茶の花や順礼道は草たふれ

1794 青かりし大根も引て野は赤し　・

1795 木がらしや堂を吹ぬく千菜寺　・　」39

1796 さゝ啼や菜のなき枝に居りならゐ

1797 木枕の角すさまじき霜夜哉　・

雪のいとおもしろふ降ける朝、関東より御使とて
「何がし讃岐守殿御通りなるぞ、門はた掃除せよ」
と触て行けるを聞て

1798 此雪を掃除せよとは何事ぞ

築地の中を通りけるに

1799 年のくれ飛鳥井殿も餅の音　・

1800 一しぐれ門の菜の葉や背戸の竹

1801 遠山の雪かゝはゆき月夜哉

雪の降ける朝、「　院の御幸なり。火の用心せよ」
と家ごとを触けるに　」ウ

1802 風流の御幸なるべし今朝の雪

1803 白き毛の落も尽さずかれ尾花

1804 脛赤ふ大根洗ふ人わびし

1805 稲株のちよぼ／＼白き田面哉

1806 百姓の笑止な顔や今朝の雪

1807 見せたしと初雪降るや昼日中

1808 宝船松島の夢見まほしき

隣の隠者の庵に豆はやすを聞て

1809 何事ぞ草の扉に福は内　・

草庵、年内立春の心を

1810 しづかさに冬とおもわず庵の春
1811 葱の香や傾城町の夕あらし　└40
1812 ながく撞け年のなごりの暮の鐘
1813 竹の葉のそよぎしまへば小夜時雨
1814 木がらしや大路を〔白う吹さまし〕（余白）
1815 朝霜や土にひれふす大根の葉
1816 枯し蔓の哀れなはづよ朝がほの
1817 大原女やすねにたばしる玉あられ
1818 冬ごもり敷居にきしる笹の塵

何がし上人の山籠りにはあらず

1819 この火燵やがて出じ（濁点ママ）とおもひけり
1820 鴛鴦や羽虫とりあふ觜とはし　・
1821 水鳥の羽に顔入るゝ影寒し　・
1822 野の雪や高ひ所は茶の木原　└ウ
1823 雪降や物ぐるはしき犬の様
1824 雪のくれ馬も一つはほしきもの〔讃〕　・

米たまへ（余白）かしと（余白）おくりたる風流ならねど、餅の米に炭添ておくりける鯉遊がもとへ

1825 米くるゝ友ありてたのし年のくれ
1826 松立て隙ありげなり市の中
1827 これかへす道や是でも春来るか
1828 薬ぐひ萩の折箸持て寄る
1829 麦の芽のうごかぬ程に粉雪降る
1830 可愛さよ荷を負ふ牛の鼻の雪　・
1831 つき合す鼻息白し冬ごもり　・
1832 かしこまる人なら（余白）
1833 から鮭やいつのこし路の雪の痩　・
1834 初しぐれ音のするのは藪の竹
1835 菜畑に赤葉も見へぬはつ液雨（しぐれ）
1836 榾（ほた）たくや奈良の都の火をつたへ

閑居

1837 炉を開て友一人得し心かな
1838 つながれし馬の背高し初〔しぐれ〕（余白）　・
1839 木殺風（こがらし）や壁にからつく油筒　・
1840 室町や暖簾にほふ蛭子（えびす）講　・

└41

1841 三番と亥の子数へる寒さかな

1842 大根引馬の鞍にも土のつく ・

1843 白菊の赤ふなる迄老にけり 」ウ

1844 夜の雪窓の外まで炭匂ふ ・

1845 初雪や雀のはやふ起しはづ ・

1846 猪垣もやぶれたなりや冬の畑

1847 冬川や竹のあみ橋投わたし

1848 草の戸をうちたふすなよ雪の竹

1849 一とせに二度数へけりとしの豆

向ひの家に鬼とあざ名せし百姓あり

1850 豆うちや鬼の源兵衛は内に居る

閏十二月もほどなく暮ければ

1851 猶惜しや一月おほき年なれば

1852 上る日に跡なくきゐぬ初しぐれ

1853 炉開やことしは冷る膝がしら ・ 」42

1854 鐘聞ふ寺を数ゆる霜夜かな ・

1855 雪ぐもり酒買ておく庵かな

1856 ふくろうや雨戸明れば木の葉ちる ・

1857 ふくろうや築地ばかりの西の寺 ・

1858 葉もなくて寒げに立り桐の棠

1859 たゝみおくは翌(あす)をたのみや紙衾(ぶすま) ・

1860 浜ばたは菜の葉のしかむ寒さ哉

1861 たふれじと嵐にむかふ堰(ゐせき)かな

湖南冬桂(柱)亭にやどりて

1862 沖中の荒るゝか一夜鴨の声 ・

1863 麦畑に落つく音や寒の雨 ・

1864 いつとなふ手にあまりけりとしの豆 ・ 」ウ

1865 をし鳥や二つの島に啼かわす

1866 木殺風や半分あけし社家の門

1867 冬の日や障子に菊(蘭)の葉のうつる

1868 冬の日のさすや葉もなき桐の影

1869 しみ〴〵と刈田に冬の日影哉 ・

1870 大根にかひなき冬の日影哉 ・

1871 洞院や川水匂ふ葱洗ひ

1872 寒月や荷ひつれたる粥の湯気

1873 角立て師走の月の光り哉

1874 雪に腹すりて汀の家鴨哉

1875 はれらかや雪積上の朝月夜

1876 雪の原小高き所や茶の木（余白）〔原〕 ・

└43

1877 炭竃の口までうづむ落葉哉 ・

1878 夕ばへやしづかに鴛の浮てまふ

1879 横さまに鴛の流るゝ早瀬哉 ・

1880 木がらしやわめいて通る宿の番

1881 数十丁つゞけど桑の冬木哉

1882 冬がれや軒につりたる蚕子棚

1883 猶白し寒に入る夜の月の影 ・

山寺にて

1884 紙子着た我身もむかし男かな ・

1885 老僧の膝節ほそし榾の影 ・

1886 活て人の居るか雪つむ苫（とま）小船

└ウ

閑居節分

1887 豆をうつ声（余白）〔の中〕なる木魚かな

1888 年の夜と物もかぢらず嫁が君

1889 四ッ辻やどちへこかさん雪まろげ

1890 宵闇にけば〱しさよ屋根の雪 ・

1891 軒並に大根白し冬の月 ・

1892 犬の毛を目あてに行や夜興（よこう）引

1893 灸すへて心たのもし寒の入 ・

1894 隠者なれ人の跡なき門の雪

1895 線香かふて今は春待庵かな

1896 はしりながら呼声すなり小夜千鳥

└44

└ウ

草根発句集洒竹甲本

蝶夢自筆句集

洒竹珍蔵

（コノ面別筆）

」表紙

草根発句集

恋

2001 痩たかる女の顔やもゝのはな

2002 鬼灯やいはぬうらみを口のうち

2003 人まつかひとつ切籠のまたきえす

2004 花とりの切籠や誰か妹か家

2005 思ふこと書てはさかす火桶かな

2006 通ひ路の小路ふさきつ雪こかし

」1

2007 大原女や去年の雑喉寐をかたりもて

」ウ

送別

加賀の三日房か、讃岐のかたへ行に

2008 凍解やつなかぬ舟の何所へとも

美濃ゝ松夢法師か行脚を送る

2009 うき草や翌はいつくを咲ところ

江戸の玄武房か帰国の時

2010 行馬の尾にとりつくや蝿のこゑ

陸奥会津の可直・巨石を門送りして

2011 一まわり見たはかりなる踊かな

」2

加賀の既白禅師か別にのそみて、釈氏のならひに桑下の信宿さへせさる心を

2012 翌までといふはつならすけしの花

みちのく津軽の里桂か舟にのりて帰るに、扇に書ておくる

2013 こゝよりも帆に風そゆる扇かな

豊後の蘭里・竹馬か故郷にかへるを、高瀬川のほとりに見送りて

2014 舟にそふて散ゆく柳うらやまし

巴陵上人の越後の国へ行を

2015 すゝしくとわするな鴨の夕気色 」ウ

伊勢の春渚か薩摩の国へ行を

2016 夜は寒しかさねよ舟の笘(苫)まても

丹後の阿誰か帰参して、江戸へ下向しけるに

2017 いさましや富士を目あてに雪の旅

大津の智丸か江戸へ行ける餞に

2018 長居すな上野谷中の花の下

諸九尼のみちのくの松島一見に下りけるに、その国の人に文なと添て遣るとて

2019 案するな行さき〳〵に笑ふ山 」3

丹後の百尾か帰る日は、三月廿日なりけれは

2020 春のみか人まていんて庵さひし

幻住庵に住ける既白法師か、故郷へ帰るに

2021 なかめ捨て行か湖水の月をさへ

豊前の李完か、公の事はてゝ古郷へ帰れる時

2022 噺足らて十とせの秋もはや立し

2023 よし星の一夜なりともまた登れ

院使の供奉して、鯉風か東へ下りけるに

2024 こゝろせよ歌人達の月の旅

伊賀の朝雨か、親鸞上人の旧跡拝みに行けるに、
」ウ 「八百日ゆく越後の空」なと思ひつゝけて

2025 卯のはなの雪にもおもへ祖師の恩

備後の古声か、日ころ草庵に宿りしに、けふや離別の袂をひかへて

2026 こよひよりひろくてさひし蚊帳の中

諸九尼か、築(筑)紫のかたへさそらへ行に

2027 すゝしくと帆の下に寐て風引な

近江の素兄、薬を売に陸奥へ下るに、遙に白河の関こゆる思をなくさめて

2028 秋風にやつれてもとれ親のため 」4

加賀の紫狐か、廿四輩巡りける句帳に。
念死念仏の行者の名は宇右衛門といひ、蕉門俳諧

の行脚の号は紫狐とよふ。安心の落着は如来や証
誠し給ふらめ、風流の真心は野僧か受合申へし。
同行の信者はあはれ一宿を供養し給へ、同門の好
士はかならす一飯をめくみたまへかし

2029 此人や見えすきし旅の夏ころも

陸奥仙台の睡雲禅師か帰国せしに

2030 蹴ちらして帰れ雪つむ伊達の木戸　」ウ

伊賀の浮流法師か、築（筑）紫潟へ行けるに

2031 ゆくさきにかたる友あり秋のくれ

武蔵の柳几老人か、西国へ旅立に

2032 さき〳〵に待人のみそほとゝきす

重厚入道か、長崎へ下向しける餞別会

2033 羽風つよしもろこしちかく渡る鳥

備中の李夕か都に遊て、東は祇園、にしは法輪と
なかめありきける、別になりて

2034 此上に桜を見せて残多し

「飛騨の同喜入道か築（筑）紫へ行けるは、」5 やよひのは
しめなりけれは

2035 舟も何海も潮干てありくころ

篠袴の、　勅使の供奉にて関東へ行けるに（を送る詞）。
むかし物語の東下りに、「夢にも人にあはぬ」なと
きこえし細道も、かゝる御代の（は）ためしに、真砂敷
わたし御先に立て山路の露はらふ竹杖に、人馬は
いはす草も木ものへふすに（なるに）、まして年ことの御通
りなれは

2036 紅葉して蔦もまつらん宇津の山

伊勢の山暁か、国に帰るを餞するに　」ウ

2037 晴間みて友見送らむ五月雨

重厚入道か陸奥へ行に、かの古曾部の法師かふる
ことによりて

2038 秋かせの立まて居るな朝かすみ

遠江の虚白か、善光寺まうての餞に

2039 更しなや朧月とて見のこすな

效枝か首途にかはらけとりて（祝ふとて）。
其国こそ賀を加ふる国と詠したためしに（の聞へあるめて度に、）（なほ）守の御め
くみありて、なを行するゑのよろこひをくはふる幸

あるへし。されと初旅の覚束なしやと道のほとを
をしゆ」6
2040 花の春今は安宅に関もなし
2041 心してわたれ雪解の手取河
紀伊の香風か東行は、四月朔日也
2042 衣かえ身かろきすかたうらやまし
大津の青岢、多くの年月をへて東へ下られけるに
2043 水無月も面かはりせしふしの雪
筑前の秋水のぬしの帰国に扇をまいらせて、「そゆ
る扇の風なわすれそ」の古ことならねと、布帆
つゝかなく生の松原のめてたく」ゥ着せたまはん
ことを
2044 追手よく風ふきそへよこの扇
鴨の祐為朝臣の、和歌の道の事に吉備の国のかた
へ行給ふに、伊勢の土産の筆をまいらすとて、猶
行するゑ筆のかしらに花をさかせ給はん事を祝ひて
2045 浜荻のめをはれ筑紫かた迄も
其由僧都か、江府へ巻数捧て下向したまふは、梅
わか菜のころなれは
2046 青のりに鞠子のとろゝなつかしき
阿波の青橋か、秋のはしめみちのくへ行脚すとて」7
出立けるに、白河の古歌おもひいてゝ
2047 都からはや袖ふくよ秋のかせ
重厚入道、江戸へ行ける餞別に。
さる弱法師の身にも、母のうへの病を聞て、玄冬
素雪の時をいはす
2048 筍をほりしためしよ雪の簑」ゥ

留別

しはし旅立ころ
2049 草の戸の留主あつくるそきり〳〵す
但馬の城崎に湯あみせしに
2050 肌寒や湯の山をたちいつるとて
丹後の宮津に留錫して帰るに、人〳〵普向峠まて
見送るに

2051 袖のみか裙まてぬるゝ草の露

播磨の山李房か庵にありて別るゝとて」8

2052 朝風にはなれかねたる火燵かな

伊勢の入楚か神風館をいつるに

2053 小男鹿の踏あらしたつ花野哉

湖東の杜州か家にて

2054 とめられて流もやらす落し水

卯月八日、築紫（筑）のかたへ下向すとて

2055 見かへるや躑躅さしたる庵の屋根

長崎の夢清舎にやとりけるに、此ころのもてなしはいふへくもあらす。暁ちかく蚊帳の緑のいろのすゝしけなるにも目とゝまりて、行」ゥさきのはるかなるをも思ひわひて

2056 いかに寐む翌より蚤の飛むしろ

筑前の福岡の人〳〵、遠く香椎潟まて見送るに

2057 暑き日にはなれかねたり浜ひさし

草庵焼うせし後、塘雨とゝもに但馬の湯あみに行とて

2058 草の戸は焼ても何に名残おし

同しころ、大津の人〳〵の送り来れるに

2059 ふりかへりましと思へと志賀の花

重厚・浮流とゝもに、南都の御祭見に行とて」9

2060 踏しめる旅のこゝろやけさの霜

弥生のはしめ、吉野ゝ花見に行とて、白河橋にて

2061 立出る橋に名残の霜白し

沂風とゝもに出雲のかたへ行とて、七条わたりの道祖神のやしろの前にて

2062 朝かすみたてる首途の宮居かな

備前の孤島老人か家にやとりて

2063 喰たちに軒端はなれぬ雀の子

東のかたへ旅たつとて。比は三月のはしめ也けり」ゥ

2064 帰るまて散らすにまてよ軒の花

但馬の湯あみに、あたりちかき支百・昌竿の人〳〵あるしもうけしていたはられけるに、別るゝ日は九月尽なりけれは

2065 行秋や翌は湯もなき宿にねむ

三月尽の日、草津の駅より中山道のかたへわかれ
行とて

2066 都出てこれより春の別かな　」10

」ウ

羇旅

2067 綿ぬきや肩にこたへし頭陀ふくろ

2068 ほとゝきす啼や馬から落やせむ

2069 簑の毛のそよき出しけり五月はれ

2070 旅籠屋の風呂もあやや(め)の匂ひ哉

2071 さみたれや日に／＼簑の重ふ(う)なり

播磨の正条といふ駅の本陣にやとりけるに、許六
か「大名の寐間にもねたる寒哉」を思ひあたりて

2072 蚊のこゑもまはらに広き座敷かな　」11

2073 そほ降や簑の毛につくなたね花

熊野ゝ湯河といふ山里に宿りけるに、夜のものも
なくたゝ囲炉裡のかたはらにふして

2074 明かたや梢かしらよりしらみゆく

肥前の諫早の浦に宿りける、その隣の家に、おさ(を)
なきものゝこゑして、「実や遠国にて聞及にし宇治
の里、山のけしき河のなかれ」とうたふ唱歌を
きゝて、三百里の故郷(都)のかた頬(の)になつかしく

2075 目のまへにちらつくや宇治のちるほたる

長崎ちかき所にて、見なれぬ調菜をすへ(え)たるに　」ウ

2076 楊梅のやまもりわひし山折敷

高野山より熊野ゝおくへ分入るに

2077 紅葉より外は見しらぬ山路かな

大和の多武峯の奥、瀧か畑(畠)といへるあたりは、山
ふかくて花の咲へきけしきもなきに

2078 芳野へもちかうなりしか蝶の飛(は)

江東愛知川の本陣に宿る夜、九月十三夜なり

2079 大名の寐間もすさまし後の月

2080 出女の夜なへ揃ふや小夜きぬた

2081 簑の雪都の友に見せまほし　」12

2082 わか庵の蚊帳思ひあかす一夜かな

2083 麦の穂をつかみてありく眠さ哉

2084 飯みせや木曾路はなれて蝿のこゑ

冬のはしめ、但馬にて

2085 雪垣に世の中せまるおもひかな

備前の国にてある百姓の家に宿るに、やよひのは
しめなりけれは（にて）、雛かされる座敷なりけり

2086 思ひかけす雛と一間の旅ねかな

2087 折持て蕨煮させん晩の宿

2088 わか旅も麦のあからむ日数かな　」ウ

旅中、三月尽にあふ

2089 春の道もけふはかり也やれ草鞋

更衣の日

2090 旅ころもぬきかへんにもたゝ一ッ

四月朔日、下野の日光山より宇都宮に出て

2091 山出て綿ぬく気にはなりにけり

美濃ゝかゝみのに、一木の花のさかりなるに

2092 人足も駕下しけりはなのかけ

2093 衣うつ音（影）や風呂たく火のあかり

2094 馬つなけ新茶かほらす萱か軒　」13

旅行の更衣

2095 夜のため綿をもぬかす旅ころも

2096 麦にすれ菜たねにすれぬ旅衣

2097 家のなき所はあれと山さくら

三月尽の日、参河の国より勢田の雨橋亭に帰りて

2098 行春や今は捨へき旅はゝき

2099 朝寒や鞍の前輪に露光る

丹波より京へ帰るに、（初）雪のふりけれは

2100 京入りにはへあるけさや雪の簑

2101 めつらしき愛宕のうらや今朝の雪

〔天部余白左側ニ次ノ一句ヲ補記〕

秋のすゑ、ある所に宿もとむるに、夜のものゝい
ふせくて、蚤虱といふ類ひ身のうちにはいありき
て寐られねは

2102 音をたてぬ虫も物うく夜そ長き　」補記

」ウ

名処古跡

越前の角鹿の浦、笥飯の社前に遊行上人の砂持の因縁あり。月あかゝりける夜、（そのあたりを）せうようすとて

2103 上人の足あといくつ浜の月

おなし社へ、春夏のころまうてし時

2104 砂もちの砂やきれいに和布ほす

2105 卯のはなの散や遊行の砂の上

同、鐘か崎

2106 晩鐘やわか葉の中に沈むこゑ

同、木の芽峠は卯月のはしめ、雪なほあり

2107 夏来てもわつかに木のめ峠かな

同、帰山

2108 うくひすや帰る山辺に音も入れす

同、あさむりの橋

2109 荢も咲や名のある橋はしら

〔二一〇九句ノ上ニ貼紙シテ、次ノ二句ヲ記ス〕

」14

同、志比の永平寺　二句

2110 線香の折るゝ音あり夏木立

2111 夏木立もののめつらしき人の影　」貼紙

加賀の篠原に斎藤別当実盛の塚とて、しるしの石とてもなく、真砂をかき上し処なり。（鬢髭の白かりしを染しむかし語を）

2112 夏草も生ひす塚さへ白き砂

同、大聖寺の全昌禅寺は、蕉翁投宿し給ひし」ウ寺なり。其夜、曾良か「夜もすから秋風きくやうらの山」と口すさみしも思ひいてられて

2113 はつ蟬のこゑきくはかり裏の山

同、那谷山

2114 塔となり石となりけり村わか葉

同、安宅の関の跡

2115 花いはらものむつかしの関の跡

越中の埴生の八幡の社に、太夫房か願書を見る

2116 子規なけや願書にあらすとも

同、神通河の舟橋

」15

2117 一声の何艘わたるほとゝきす

越後の親不知子知らす

2118 親しらすわか身もしらぬ浪間かな

同、黒姫河は四月のはしめ、(なるに)雪水のましたるに

2119 時しらぬ雪解はかなし水こゝろ

2120 夏海や波もかくさて佐渡かしま

信濃の善光寺に通夜しける時(か)、(朝御帳とて如来の御帳を挙る時、参詣の老若の念仏するを)

2121 明方や一時に蚊のむせふこゑ

(同し寺の)御堂の下をめくるを戒壇巡りといふ。いとくらし

2122 かの道もかうかと悲し朧月

〔二一二二句ノ天部余白ニ、次ノ細字書込ミ〕

「かうかと楽し」か。「悲し」とは、所から信心不覚悟のやうにていかゝならん。大キ誤り申候。」書込ミ

」ウ

おなし国、更科山にて、夏のはしめ

2123 田ことみな月うつせとやまた植す

きさら着のすゑ、行けるには

2124 苗代や田毎に残る足の跡

やよひのころ登りて、『大和物語』の風情を

2125 よしや今姥すつるとも春の山

朝またきになかめて

2126 姥捨やとり残(さ)れて月かすむ

2127 片われや有明山に霞む影

おなし、木曾の薗原をたつねて、古歌の心を　」16

2128 山さくら有とはみえて風にほふ

2129 三月や木曾のおくまて花のちる

2130 紙幟今井樋口かゆかりかや

2131 夏木たちいとゝ岐岨路の空せまし

2132 棧(かけはし)や底はわか葉に青き水

2133 かけ橋としらてわたりぬ子規

2134 三度まて棧はしこえぬわか命

2135 木曾の谷やゝ出ぬけしか夕雲雀(なく)

風越の嶺を見やりて

2136 奥は雪残るか下す風寒し

」ウ

浅間山

2137 山の端やけふりの中に啼ひはり

上野の碓日嶺は、日本武尊の「吾嬬者那（耶）」と慕はせ給ひしとそ

2138 花くもり京なつかしと我いは（なか）む

下野の室の八島のやしろ

2139 春雨や森の草木のうちけふり

おなし、奈須野ゝ原

2140 鎌の刃も牛もとゝかぬ夏野かな

芦野ゝ里に道のへの清水といふあり。立よりて」17古人の風流にならふ

2141 風呂敷を下してすゝし柳陰

〔「下し」ハ、「もたせ」ヲ覆ッテ糊付ケシタ貼紙ニ記ス〕

陸奥千賀のうらより舟にのりて

2142 松しまや帆のふくるゝも青あらし

2143 筑波根や麦の穂するゝにくろきもの

武蔵の角田河に遊ふに、舟さす男の都とりを問ふ（むくつけにて）へき人（にも）にあらす。「木母寺（うひくしけに）はあの川島にや」といふもおほつかなし

2144 葉柳をあてに棹さす小舟哉

深河の芭蕉庵の跡は、松平遠江守とのゝ」ウ御館の中にあり。古池はその世のまゝなりとそ

2145 水くらし刈らぬあやめの五六尺

相模の鎌倉の懐古

2146 麦の穂や谷七郷も見えかくれ

建長寺

2147 かんこ鳥の声さへやみぬ板の音

箱根山の早雲寺、宗祇法師の墓

2148 道もあらてたゝ苔咲る（苔の）匂ひ（は）かな

駿河の宇都山の柴屋寺宗長法師の住し所也」18

2149 什物の文台かせよわか葉陰

2150 真砂地や山も若葉に清見潟

遠江の小夜の中山にて、子規の啼けるに

2151 こゝて聞も命なりけりほとゝきす

おなし、浜名の橋の跡を見る

2152 橋そむかし今は霞をわたる舟

参河鳳来寺の鏡堂とて、一ッ堂中(のに)鏡をつめり

2153 陽炎や誰おも影の鏡堂

同、長篠城墟に、天正のむかしを思へは一場の春
夢なり。天明の今をなかむれは

2154 麦なたね春をあらそふ色もなし

矢作のはし　」ウ

2155 永き日や数へてわたる橋はしら

八橋の寺にて『伊勢物かたり』の心を

2156 飯の茶は寺てもらふや燕子花

懐旧のこゝろは

2157 二番咲もむかしにゝたりかきつはた

尾張、熱田の宮

2158 大宮司の門口しるし松さくら

伊勢の阿漕か浦にて、秋のすゑ

2159 うらさひし草に沈し虫のこゑ　」19

おなし、星合の浜

2160 機織も牛飼も野にいねの秋

二見の浦に、九月十三夜の月を見る

2161 月さやか波に二ッの岩の影

同、若松のうら辺に花白く葉ことなる草を(あり)、名を
問に浜菊といふ。所からの(を)おかしけれは

2162 浜菊や難波て咲かは何の花

宇治の西行谷

2163 いにしへのわひしさもかくや秋の暮　」ウ

同、鸚鵡石

2164 この石やとうこたへても秋のくれ

折ふし鹿の啼けるに

2165 あはれさに石もこたふるや鹿のこゑ

斎宮の杜

2166 露しくれ玉ちる竹の都かな

2167 白露や明星か茶屋の門の畑(畠)

〔二一六七句ト二一六九句ノ中間ニ貼紙シテ、次ノ一句ヲ記ス〕

2168 落し水はては八十瀬の響かな　」貼紙

2169 春のかせ杖つき坂もしらてこゆ

2170 いつとなく我も杖突小坂かな

伊賀の誰其杜

2171 朝霧にゆくはたれその森の陰　」20

同、あはれその森

2172 森陰や何となう暮の秋のいろ

おなし国、田井の庄、兼好法師か塚にて、龍門原上の古こと思（書しも）ひいて丶

2173 古塚や名はうつもれす草匂ふ

2174 物悲し昼も露ちる塚の竹

おなし（国）、十楽庵は、頓阿法師の住し処也

2175 秋（古き）の松これにやよりて月を見し

同、あたりに朝子井あり。南都の宮女の身投し井とそ

2176 うら枯や古井にひたるもの丶蔓　」ウ

同し国、花垣の庄

2177 残菊や花守のすむ門の口

蕉翁の旧庵は、赤坂といふ所にあり

2178 散木の葉踏れし下駄の跡もなし

東麓庵・西麓庵も蕉翁の名付し庵なり

2179 時雨る丶や東麓庵は夕日さす

大和の室生山

2180 高野より古き木立や山の秋

初瀬寺

2181 廻廊や桜を分て幾めくり　」21

芳野山

2182 夕もみち照るや局に籠る影

2183 三よし野や花にかくる丶山いくつ

2184 曙や桜を出る山からす

神無月のはしめ、この山に分入るに、六田より安禅迄百町かほとはひたふるの木の葉の山なり。およそ此山の花は、山口の花ちれはおく山の花さかりにて、春とこしなへなるを

2185 落葉にはおく口もなし山さくら

この山は春をむねとして、騒人・風客の遊ふ所とし、」ウ 夏山・秋やまといひては御嶽さうしのまうつるなるも、冬（今は(朱)）の山ふみして『万葉集』のあかりたる世、『新葉集』のすゑの世のあはれなる風情も

心にこたえ（へ）覚えける

2186 人目かれし今そむかしのよし野山

一目千本なといふ所の花は散かてなから、木守勝手より奥は花咲へくもあらす

2187 花さかり分入るおくは梅匂ふ

西行上人のとく〳〵の清水

2188 我くめはぬるまぬ清水はつかしや

如意輪寺の南帝の陵を拝む 」22

2189 あはれいかに鳥居の蔦のめもはらす

勝手の社の舞台は、静の前か舞し処とや

2190 蝶〳〵や舞ていてたる袖のふり

葛城山の麓、一言主のやしろ

2191 かゝはゆう神もおもはん山さくら

この山を（山を登るに）金剛山ともいふ。遅桜のさかりなるに（り）、かの一言ぬしの（かつらきの神）故事申いてゝ（つる）、ころ卯月の中は（は）也けり（れは）

〔「この山」ハ、「同し」ヲ覆ッテ糊付ケシタ貼紙ニ記ス〕

2192 山桜夜ことに咲か夏になり

麓のかた篠峯の久米の岩橋にて、郭公の啼けるに

2193 かつらきやその影も見せて子規 」ウ

2194 岩はしやはかなく明し春の霜

法隆寺の西里、長谷河越前か家に宿りて（しに）、百済国より捧し（奉り）鐘をきく（のひゝくなるに）

2195 もろこしの鐘もきこゑ（え）ぬ霜の夜半

2196 夢殿をうかれ出るか蝶ひとつ

同寺の開帳に太子の赤衣（き）の御衣を拝しけるに、紙（多く）魚のくひて多く粉となれるを

〔「くひて多く粉と」ハ、「はみけるを」ヲ覆ッテ糊付ケシタ貼紙ニ記ス〕

2197 紅の塵やむかしの花匂ふ

門前に古道あり。高安への通ひ路とて今も「業平 」23 みち」といふ名の（を）おかし

2198 つほすみれなり平道のゆかり哉

奈良の興福寺、尊行院の庭に八重桜あり

2199 八重さくらふるき都の匂ひかな

2200 ちる桜景清門によりてみむ

神無月のはしめ、春日のやしろにまうてゝ
2201 昼と(も(朱))なく神(きて(朱))の留主もる鹿さひし
木辻の里
2202 鹿も角さはらは落むつほね口
2203 葩煮(はぜ)うりに付てまはるや町の鹿
猿沢の池にて、采女のむかしを 」ゥ
2204 蛙子やねくたれ髪とみたれあひ
西の京の不退寺にやとりける。この寺はむかし在五中将の古跡なり。寺の男(下(朱))の老たるか、まめやかにもてなしけれは
2205 わらひ汁むかし男の料理かな
2206 綿取のすかたも古き都かな
奈良坂
2207 すみれ草古き都の道とこそ
伏見の里は、翁のふしたりけれはいふとそ
2208 我もねてなかめむあさみ土筆 」24
2209 崩れにし三室の岸や蕗の棠
紀伊の熊野ゝ本宮、音なし川
2210 たま〳〵に音するものや河鹿啼
新宮の浜に、秦の徐福か塚あり
2211 はかなしや死ぬ(な脱)薬をほりし人も
2212 秋の空高し大雲小雲とり
2213 霧のうみはてなし坂の果もなし
岩代峠にて、有馬の皇子の松を見る
2214 罪ふかし結ひし松の色かへす
高野山の壇上へ、明ちかくまうてけるに、」ゥ 三鈷の松かえに月のかゝりけれは
2215 曙や何所から落て松の月
奥の院の御廟
2216 夜は長し三会の暁を嘸またむ
〔二二一六句ニ右端ガカカル貼紙アリ、次ノ五句ヲ記ス〕
おくの院の同し御廟にて、花のまた盛りなるを
2217 その暁を待か四月の山さくら
2218 把針者(ハシンシャ)に綿ぬかせまし旅衣
2219 魂棚の思ひや槙のうらわか葉
不動坂の四寸岩は、親の足跡といふに、父のむか

し登山せし事おもひいて丶

2220 恋しさや足跡くほき石の露

根来寺は荒はて丶、仏像の雨にぬれはてしを

2221 膝の箔いつ稲妻と散ゆきし　」貼紙

蛇柳

2222 葉のちりて猶すさましの柳かな

播磨の野中の清水にて、古歌の心を

2223 もと見たる水にはあらす厚こほり

石の宝殿

2224 石の戸もとさして留主の宮居かな　」25

曾根の松

2225 木からしにきくや千とせの松の音

〔「しに」ハ、「しや」ヲ覆ッテ糊付ケシタ貼紙ニ記ス〕

美作、久米の更山にて、三月尽の日

2226 行春の音やさら〱小松やま

末法万年に称名一行のさかへを
門繁昌

同し、誕生寺にまうて丶、時機相応の宗意随喜のこゝろ
こゝの
を椋の木に寄て

2227 椋の葉にひかりそへたる春日哉

備前の吉備の中山

2228 はつ蟬や細谷川の奥にきく

2229 散木の葉ほそ谷河の猶細し　」ウ

同し山のおく有木の別所に、成親大納言の塔あり。

五輪みなくつれて一ツのみ残れり

2230 月花もみな空輪に帰りしよ

藤戸の浦にて、浦の男の言しことを

2231 菜の花やけふ朔日の月かしら

備中、二万の里

2232 麦秋や二万の里人手か足らし

同、笠岡のみるか岡は、宗祇ほうし行脚の時、「山松の陰やうき見る」と云しよりいふとかや
ふ

2233 山松の落葉や舟と見るか岡　」26

備後の帝釈川の岩橋に、久米路の古事思ひいて丶

2234 なかき日にこの岩はしは懸たるか

おなし国、蔀山

2235 蔀やま日は下るれとも暮遅し（朱）

安芸の瀬野ゝ大山

2236 夏山や幾重かさなる木（葉）の匂ひ

伊都岐島、神燈の影の（に）、廻廊にみち（へ（朱））来れる潮に（の）うつりたるを

2237 涼しさや板の間から波かしら

2238 うれしけに回廊はしる鹿の子哉 」ウ

長門の赤間の関は、平家の一門の入水し給ふ処なり。家〳〵の門に立て歌うたふこゑを聞て

2239 むかしかたれ麦勧進の琵琶ほふし

筑前、芦屋

2240 白雨や一夜にふとるあし屋川

讃岐と備前との海の間に、都女郎・田舎女郎といふ岩立り。明しらむうみの上になかむれは

2241 帷子のうしろすかたや水浅黄

出雲の国、簸川上に三沢の温泉あり。此川は八岐大蛇の事なと神代のむかしかたりある」27 所なるをと、湯入りの女のさまを見て

2242 陽炎や湯壺にうつるみたれ髪

おなし国、大社にまうつるは、花さくころなり

2243 清〳〵し清地におくも花のちり

日御崎は、日沈みの宮と申せは

2244 なかき日をいつ日沈の宮居かな

八重垣のやしろにて、三月尽なりけれは

2245 八重かきをめくり〳〵て春くれぬ

2246 春風の吹やたは（わ）めし弓の浜

但馬の城崎の湯あみ 」ウ

2247 朝きりや河の中ゆく湯のけふり

2248 菊の香や山根落来る湯口より

2249 人もあらす湯壺に曇る朝の月

2250 夜半の月誰そや湯壺に高念仏

同し国、生野ゝ銀山、涼秀か家にて

2251 すし（す）ゝ（し）さやみな白かねの山下し

丹後の天の橋上

2252 名月や飛上る魚も金太郎

2253 はつ雪や六里の松に置たらす

2254 一すちの松はしくれす与謝の海 」28

2255 時雨るゝや松をへたての外のうみ
2256 冬海の浪も音なし内の海
2257 松か根にすけて内外の海すゝし
2258 稲むしろ海まて与謝の郡かな
2259 漕入れは秋風もなし内の海
2260 見わたすも枯木の浦や後の月
2261 夏草やくらはし河の水くらき

同し国、内宮にて、木立物ふりかう〱しきに

2262 神の代のうたひものかも蟬のこゑ

おなし、由良の湊を三月尽の日すくるとて　」ウ

2263 行春や海へ落こむゆらの河

〔二二六三句ノ後ニ貼紙シテ、次ノ一句ヲ記ス〕

2264 しふ柿や三庄太夫か屋敷跡　」貼紙

丹波の宇津といふ里に、鬱桜寺といふ寺あり。鬱然と桜の木立有しいはれとや。今はその名残りもあらぬに、寺の前に月のいとよくさし入けれは

2265 月見せむために桜はきりけるか
2266 ニ紅の里もいつしか雪白し（や一色さめし三霜の草）

2267 冬かれて木〱あらはなり老の坂
2268 さらぬたにころふを雪の老の坂

〔二二六八句ハ行間ヘノ補入〕

摂津のもとめ塚にて、古物語の心を

2269 抱なから虫のちりゆく木の葉哉
2270 麦秋や家に人なきすまの里　」29
2271 須磨なれや木の葉はさかるあし簾（秋風やちきれし須磨の）
2272 すまの山のうしろや春も松はかり
2273 時雨るゝや二三の谷は夕日さす

同し浦辺にて熊谷次郎か軍物語を思ふ

2274 扇にてまねけと冬の入日かな

生田の杜の花

2275 雨の後や一二の木戸も散さくら

昆陽池は、行基菩薩のいましめ今に有て

2276 さえつるもおもひなけなり池の鳥

多田院、この里は多田の御家人とて、ゆゑ有　」ウ
ものゝすゑ住めり。そか中に三矢籏兵衛といふ許にやとるに、弥生のはしめなるに

2277 子共にもむかしかた気や柳太刀
古曾部の金龍寺に登る、(に)花の盛なれと見る人はあらす。能因法師の(けにも)「山寺の春の夕くれ」と詠たまふけるも、目の前のけしき也

2278 来てみれは桜に虻のこゑもなし
同所に、能因の花の井あり

2279 花の井や日くろみの顔もうつせしか
浪花

2280 四ッはしやこちらはぬれぬ北しくれ　」30
四天王寺の念仏会にまうつ。けにもこの寺の舞楽のみ、都にはちすとかや

2281 古き面ふるきしらへや寺の秋
おなしく、聖霊会にまうて丶、住よしの浜のかたに出て

2282 陽炎や貝吹よせし跡の砂
家隆卿の墓此(は)所(にて)、日想観ありて「浪の入日ををかみつる哉」と詠給ひしも(とそ)

2283 名こりおし(とや)桜の中へ(の夕)入日かけ

西のみや(宮の蛭子の神)　」ウ

2284 足たらぬあるしも留主か神無月
住吉の宝の市は九月十三日なり。月のおもしろかりけれは、神詠の心を

2285 月の今宵霜やおくらん祢宜の顔
安部野に顕家卿の古墳あり(るに)

2286 もの悲しうらかれわたる野辺の草

〔二二八六句ノ後ニ貼紙シテ、次ノ一句ヲ記ス〕

龍門原上埋骨といへとも、と云し心に

2287 その骨のかく匂ひてや春の草　」貼紙
河内の天の河原は、『伊勢か物語』にも載たり

2288 天の川わか葉の雲の間(たえ)より
渚の院は、今も渚といふ里あり

2289 卯のはなやむかし桜も詠し跡　」31
鷲尾山は生駒の山の中なり。廿余町かほと咲し花の、芳野の山にもまかふへしや。もろこしにある山の、かたちの廬山のたゝすまゐににたれはとて、「小廬山」と名付ためしに

2290 分入れは小よし野なれや花の雲
四条縄手（なる）に楠正行（帯刀）の塚にて。懐古
2291 その跡よ土筆をれちかふ土手のはら
〔二二九一句ノ上ニ貼紙シテ、次ノ一句ヲ記ス〕
千破屋の城墟
2292 古城やほくれまき（つ）つ梅雨の雲
高貴寺は、弘法大師、「三宝之声一鳥聞」と賦給　」貼紙
ひし仏法僧の啼山なり。今はさる鳥のこゑもなし、
と僧（住）のかたるに　」ウ
2293 すゑの世や仏法としもさへつらす
〔二二九三句ノ後ニ貼紙シテ、次ノ一句ヲ記ス〕
2294 須磨寺や葉桜しけり奥せまし　」貼紙
弘河寺、西行上人の古塚
2295 わか竹に露の音あり塚のうへ
同寺に似雲法師の籠りゐて、「葛城百首」詠ける春
雨亭（といふ庵あり）にて。雨の降（日なり）けれは
2296 その春のあはれしれとや庵の雨
高安の里

2297 誰人の通ひ妻かも茶つみうた
若江といふ所に、木村長門守か石塔あり。折ふし　」32
蝶のむらかりけるに
2298 蝶〳〵や兜の匂ひたつねてか
若狭の後瀬の麓を通るに、夏のはしめに桜のまた
咲たるを
2299 遅さくらされは後瀬の山といふ
同し国、遠敷の神の前に流るゝ川は、奈良の二月
堂に神の奉らせ給ひて、其比はなかれすといふ
2300 さらはとて奈良へもやらす落し水
〔二三〇〇句ハ、詞書ト二三〇一句ノ間ニ補入〕
2301 けふ見れは田植の水になかれけり
〔コノ位置ヲ指示シテ、天部余白ニ次ノ一句ヲ補記〕
同し国、青羽（葉）山は札所の観音のおはする所也
2302 □（裁断、順）礼も来すうらかれの青羽山　」補記
美濃ゝ養老の瀑布
2303 養老や歯のなき我も水むすふ
おなしく、長等川の鵜飼を見る　」ウ

2304 篝ふるかたへ向けり鵜のかしら

2305 ものはかな鵜舟すきゆく跡の闇

鵜匠清三郎か家にて

2306 鵜縄ほす垣の雫や花木槿

野上の里は、遊（多く）ひあり（とも）し処なり

2307 此里のむかし模様や桃のはな

不破の関の藤河にわたせし橋の落たるに、「荒にし後は」と詠給ひける風情あり（おほえて）

2308 関はむかし橋さへ朽てo秋のかせ（水(朱)）

近江の醒井にて、日本武尊の古ことを　㇄33

2309 足洗ふ加減にぬるむ清水かな

2310 いさきよく鮎わき上る岩根かな

石塔寺に、阿育王の塔を拝む

2311 落椎やその八万の数の中

安土の総見寺、円通閣に登る

2312 かきりなやたゝ稲あかく湖白し

百済寺

2313 めつらしき木〱やくたらの寺の秋

松尾寺は金剛輪寺といふ。行基ほさちのはしめしとや

2314 古寺や秋悲しけに仏達

花沢の花の木は、世に類ひなき木なり　㇄ウ

2315 花の木も秋はよのつねの紅葉かな

竹生島にわたりて、世はなれし景色に、「三千世界眼中尽」と都良香の作られしに、「十二因縁心裡空」と天女の付給ひしことを思ひつ（まて）ゝけらる

2316 何地（どち）見ても心すみけり秋の湖

経正朝臣の秘曲弾し給ひし迄も

2317 撥音は聞ねと悲し島の秋

〔コノ位置ニ指示シテ、天部余白ニ次ノ二句ヲ補記〕

後の月を今津の浦に見るに、月出か崎いとちかし

2318 こよひ誰月出か崎に舟つなく

同し夜、湖上を見わたすに

2319 照月のくまとこそ見れ竹生島　㇄補記

浅妻の里、今は遊女あらん浜庇ならす

2320 しのはしや籾すりうたもむかしふり　㇄34

筑摩まつり、鍋かつきてわたるを見る

2321 つゝましとうつふくな鍋の落やせん

おなし浦辺を、秋のすゑ通りけるに

2322 面影や稲かつきたるかしらつき

小野ゝ宿は、むかし和歌所の伝領なりしこと、阿仏の長歌、為尹の述懐、正徹の道の記にもみえて、ゆへ(ゑ)ある旧跡なれはや

2323 家並や月見る窓に籬の菊

賤か嶽に登りて、中川久秀か墓をみるに、ことしは二百年にあたれりとて、豊後の」ゥ中河修理太夫と申より仮屋建ならへ(かまへ)て、仏事行れける比なり

2324 夏花たえすめて度墓や二百年

〔二三二四句ノ上ニ貼紙シテ、次ノ一句ヲ記ス〕

この山の鐘を長谷次郎といふ

2325 秋すてに音も老たり長谷次郎　」貼紙

2326 ほとゝきす啼てわたらむ与呉の湖

菅山寺

2327 銭なくれは蝙蝠さわく御堂かな

磨針手向

2328 詠(ながめ)やる目もさたまらす秋の雲

2329 蚊やり火や滋賀はむかしの夕煙

2330 さゝ波や志賀からうつは花の波　」35

滋賀の都懐古　三句

2331 蚊やり火や滋賀はむかしの夕けふり

〔二三三一句ハ、詞書ト二三三二句ノ間ニ補入。重複句〕

2332 雪あられ荒にしまゝの門田かな

2333 つり干菜むかしなからの軒端哉

同里に大伴黒主の社あり。まうてける折ふし、啄木といふ鳥の音しけるに、我もぬかつきて(くとて)

2334 宮はしらつゝきて鳥の願かな

その前に紀貫之の社とてあり。「水にすめる蛙まて、いつれか歌を詠さりけん」と書しことを

2335 あはれとみよ秋の蛙の音も立す

辛崎に十五夜の月を見る　」ゥ

2336 月一夜数へめくるや松のえた

2337 みとり立て湖せはめけり一ッ松

比叡山に八月のすゑ登りけるに、初紅葉（また〻（朱））か景色も
なかりければ

2338 草に木にかりの色なき御山かな

東塔の五智院にて

2339 昼日中露の雫や房の軒

〔次ノ詞書ノ初頭カラ、二三三九句ノ詞書ノ末尾マデ引イタ
線ガアリ、前デ一ツニマトメルコトヲ指示〕

待宵は枕湖亭、十五夜は浮巣庵となかめありきし
も、こよひは此寺にやとりて、所からの哀なるに、
月の色さへつねならす　」36

2340 よへまても見しはうき世の月なりし

「麓には千里の波をかたしきて枕の下に有明の月」
と詠給ふける歌思ひ出し、折ふし鹿さへ啼ければ

2341 月すめり枕の下に鹿もなく

夏のはしめ、横川に登りて

2342 うくひすもみな古こゑの深山かな

無動寺の一乗院は、慈鎮和尚の「有明の月」の御
歌より有明寺といふ。その余波をなかめて

2343 影のこる有明寺や木〳〵の闇

慈鎮和尚の御廟にて、『拾玉集』を思ひ出て　」ウ

2344 夏の山（かんこ鳥）厭離の百首かくてこそ（の歌のさま）

比良の山にはしめて雪を見る。この山は暮雪の名
ある山なるを

2345 はつ雪も目にこそ立れ比良の山

2346 木の葉浜こき出る風の一葉かな

白髭のやしろ　二句

2347 湖の何度かかはる村しくれ

2348 桑つみしむかしや神のものおほえ

坂田の神明は、垂仁天皇の御宇の鎮座とや

2349 夏木たち神代の杉の匂ひかな　」37

2350 梢はや老曾の森やはつもみち

五老井は許六か別業なり。往事を思ふに（今も）、〔その亭
あり、其井あり〕

2351 むかし恋し柱に残る蟬のから

〔「むかし恋し」ハ、「哀いかに」ヲ覆ッテ糊付ケシタ貼紙
ニ記ス〕

2352 山笹や尾花のくれは水すめり

堅田

2353 梅雨雲に我ものりてや浮御堂

2354 御仏の数に拝むや燕(つばくらめ)

〔二三五六句ノ前ニ貼紙シテ、次ノ一句ヲ記ス〕

勢田の橋の上に、惜春こゝろを

2355 春こゝにせまるなかめや勢田のおく　」貼紙

勢田

2356 長はしや半ハはくれて夕かすみ

2357 十六夜や勢多の夕日のさめてから　」ウ

石山寺梅下房の庭に、一木の梅の古木あり。いにしへ当寺に、匂ひの聖教と申せしもの（文の）ゝ有しを

2358 梅のはなその手のふれし名残かや

2359 順礼も夜はまい（ゐ）らす秋の月

2360 暁かたや石なめらかに初しくれ

2361 明ゆくや蛍跡なく湖白し

2362 夕くれや湖水をさしてとふ蛍

2363 むかしかく月も入りしか源氏の間

2364 冴る夜半石にも月の入むものか

〔二三六六句ノ前ニ貼紙シテ、次ノ一句ヲ記ス〕

大観亭より勢多のかたを見て

2365 雪月や朧になかき橋二ッ　」貼紙

2366 蜆かく竿のひかりや夕時雨　」38

2367 兎やかくも月まつほとや源氏の間

〔二三六七句ノ上ニ貼紙シテ、次ノ一句ヲ記ス〕

田上のおく、曾束の猿丸太夫の跡を尋ぬ。「秋は悲し」と詠る所といふ

2368 鳥も啼す今も悲しき木〳〵のやみ　」貼紙

2369 夏草に昼はたと〳〵し蛍谷

野路玉川

2370 焼し萩の根を見てありく川辺かな

2371 玉河や萩ともなしに稲を干

2372 信楽や茶の木にましるむらもみち

2373 小高きは炭竈なれやつむ木の葉

三井寺の観音閣へ、雪の朝上りて

2374 雪咲や夜の桜と見し処

2375 霞引や堅田の出崎水にうく　」ウ
2376 詠入れは竹生島あり夕かすみ
2377 朝日影（なきに）芦の芽こゆる波もなし
2378 いさよひや七浦はみな暮はてす
　逢坂　二句
2379 逢坂や行かふ蝶の目まきろし
2380 此ころや行も帰るも花をもつ
　国分山の幻住庵の旧跡に、しるしの石建ける折しも、時雨のさと降来りて哀なりけれは
2381 夕しくれむかしの庵もこちらむき
　同し処に経塚の石を立けるに呪願して
〔右ノ一行ヲ覆ウ貼紙アリ、次ノ詞書ニ改メル〕
　同し山のとく〳〵の水にて　」39
2382 石菖や今に匂へる岩ね（水(朱)）かな
　山城の井手の玉水
2383 たま水も曇れ〳〵となく蛙
　神童寺は北の吉野といふ
2384 春もまた北のよし野は木のめかな

2385 葉桜に北の芳野は猶さひし
　笠置山弥勒石は（に(朱)）、その仏像の見えされは
2386 覚束ないつを三会の暁の霜
　当山に皇居ありしころ、陶山・小宮山と云し兵の夜討せし、岨の道を見て（さかしきを見下しけるに）　」ウ
2387 おもひよらぬ岩のはさまやきしのこゐ
　宇治にて、卯月のころ
2388 夏来ても幾重かさねぬ茶の覆ひ
2389 幟立て人そむれつゝ茶の木原
2390 たれこめてこゐなつかしや茶つみうた
2391 何の家も茶を挽音や冬かまえ（へ）
〔コノ位置ニ左端ガクル貼紙アリ、次ノ一句ヲ記ス〕
　宇治川の岸辺に紅葉の多く見へけるに、古歌のすかたを
2392 河霧や（の）たへ〳〵寒き紅葉かな　」貼紙
　醍醐山の醍醐水のもとにて
2393 山さくら上り〳〵て水うまし
2394 はつ紅葉下の醍醐は青かりし

〔二三九四句ハ行間ヘノ補入〕

2395 やま桜つゝくや上の醍醐まて

日野山の方丈石にて、長明の書給ふ景を」40数ふ
るに

2396 岡の屋の舟さへ見えす麦なたね

2397 持ありて家はいつくへ蝸牛

『方丈記』のはしめの言葉によりて

2398 雪解や谷水ももとの水ならす

同記に書し薬園の跡を尋るとて

2399 草のめやたゝならぬ香は何くすり

折琴たてられしことを思ひ出て、ともなひける伶
人何かしに戯れて

2400 琴あらは春の調や所望せむ」ウ

狐河のわたしを、八月十四日の宵のころこゆると
て、薩摩守かむかしを思ふ

2401 引かへし友や誘むこの月夜

水無瀬河にて、「山本霞む」の御製を

2402 菜の花や山本までもうち曇

山崎関戸院なる宗鑑か井のもとにて、近衛殿の御
句に脇の句奉りしを

2403 つふら井や飲んとすれは蛙なく

花の寺、西行庵

2404 花咲と住捨しまゝか戸も明す」41

2405 秋風や人住ぬ庵の戸のひつみ

2406 漏る軒や今ては月をあるしとも

長嘯子の旧栖

2407 おもへはや身にしむ秋の山家の記

冴野ゝ沼、寺の前あり。八月十四日なりければ

2408 翌の月もさそやさえのゝぬまの中

大原のゝ神社は、代々御幸の有し所なるも

2409 萩すゝきいつく轍の跡もなし

〔コノ位置ヲ指示シテ、天部余白ニ次ノ一句ヲ補記〕

雪のはしめて降ける朝、大江山をこえて京へ入る
に

2410 初雪や麓は雨のかた木原」補記

八幡

2411 うれしけや放生川に魚踊る
〔「うれし」ハ、「思」ヲ覆ッテ糊付ケシタ貼紙ニ記ス〕」ゥ
2412 嵯峨野とや物なつかしき木瓜すみれ
2413 冬の野や虫さへ啼かて夕からす
〔二四一三句ハ行間ヘノ補入〕
2414 北嵯峨や家そこゝに野梅ちる
2415 命うれし翌またぬ花のあらし山
2416 山さくら川へりを行ける所まて
亀山の七老亭にて、嵐山を見る
2417 山桜ころひ落とも大井河
渡月橋
2418 名月や花より橋の人通り
野ゝ宮
2419 竹の葉の降つもりけり小柴垣
2420 冬木立とれを黒木の鳥居とも」42
妓王寺
2421 もえ出る春さへくれぬ草のいほ
如月十五日、清涼寺にまうてけるに、堂の前の梅の花の散かふ風もそゝろに尊くおほえられて
2422 梅檀のけふりか梅の花匂ふ
堂前に里人あつまり、松の葉を藤かつらもてゆひてたつ。これに火をかくれは、梅多羅、白き衣きて刀をぬき、火のあたりを三へんめくる。これを柱松明といふ。仏を茶毘し奉りし有さまとそ。薪尽火滅としめし」ゥ給ふけるも、二千四百三十四年の今日にいたることを
2423 松の葉や法の薪はなを尽す
2424 広沢も一ッて足るやけふの月
2425 水草（みくさ）かれてたゝ広沢となりにけり
高雄山の紅葉にまかりて、名にし三絶の鐘を見るとて、鐘楼守の老人に対して
2426 鐘つきも幾秋経しそ鬢の霜
金閣寺の覧古
2427 扉の箔冬の日影のありやなし
同、庭の九山八海石
2428 しくるゝや九ッの山八ッのうみ」43

龍安寺の大珠院に宿りけるに
2429 明かたや屋をこえて来る鴨の音
同寺の庭なる虎子渡の名石
2430 いたつらに石のみ立り冬の庭
北山花園八入の岡、常春庵
2431 この岡やまつ北山のはつもみち
同所に、公任大納言の朗詠谷あり
2432 谷陰や樵の歌と鹿のこゑ
2433 いり粉匂ふ梅津の里や五月雨
〔「五月」ハ、「春の」ヲ覆ッテ糊付ケシタ貼紙ニ記ス〕 ∟ウ
仁和寺　三句（朱）
2434 うつ幕の小路作りぬ花の陰
〔「うつ幕の」ノ右側ニ「幕串にトモ」ト傍記シテコレヲ抹消、「串は余り断過候はん」ト説明スル細字書込ミ〕
2435 幕の紋数へてありく花見かな
2436 花千本みな幕ならぬ陰もなし
鳴瀧の秋風か梅林の荒にしを
2437 薪に割し残りや匂ふ野らの梅

西加茂正伝寺の、楓橋といふ所にて
2438 秋のくれもろこしもかくさひしいか
加茂の上の社へ、筑紫の素柳といふ人を案内して
2439 橋本や何祈らすとまつ涼め ∟44
一乗寺の詩仙堂に（の（朱））詩仙を拝す（みゐる）（に対して）
2440 酔さめか李白か顔の寒けなる
2441 比叡にそふて雪も奥あるなかめ哉
2442 大日枝や小ひえわかれてけさの雪
一条堀河わたり、鍛冶対馬掾か門より詠れは、比叡の山のたゝすまゐ（ひ）、田子の浦にうち出し眺望にゝたりとて、都の富士とは爰よりとそいふ
2443 はつ雪や都のふしと今朝そ見る
2444 門中に梅咲にけり西の京
〔二四四四句ハ行間ヘノ補入〕
赤山の大燈国師守禅庵
2445 せめて一日我もこもらん夏の山 ∟ウ
九月のすゑ、深草の元政上人の墓にて

2446 塚そけに深草のおく秋の奥

2447 行〱て深草に出たりあきの暮

清水寺

2448 夕はえや舞台もたくる花の雲

2449 蝶〱の舞台飛けり（なり）花の中

2450 夕陽や甍をこして地主のはな

2451 音羽山や月さし下す花の中

〔二四五一句ハ行間ヘノ補入〕

2452 知恩院へまつはいりけり桜かり

清水の麓（に）、景清の牢の谷といふ所あり

2453 きさら着やこゝもひそかに梅柳

」45

東福寺の通天橋

2454 夕もみち水はさむけになかれゆく

2455 初午や松風寒き東福寺

修学寺の行宮、紅葉　二句

2456 山風もたゝならぬ色や散もみち

2457 散もみちさま〱有は鶴の糞

小北山は梓神子の住る所なり

2458 くたら野ゝはてや梓の弓の音

銀閣寺の蓮のさかりなるころ

2459 池水に箔はのこりぬ蓮の花

」ウ

2460 銀閣や地にも牡丹の花を敷

長坂のあたり杉坂に、小野道風朝臣をいはひて武
明神と申す宮の前に水あり。この水もて硯に入る
れは筆妙を得、といふに

2461 この水て書ともいかて五十雀

梅小路の土御門殿の前を通りけるに、天文台のみ（あり）
えけるに

2462 誰見てものとかな空よ啼ひはり

鳥羽の実相寺、貞徳翁の塔を拝む

2463 春の雨かさらぬはなし御傘

」46

貴舟のやしろ

2464 男さへすこき宮居や木下闇

鞍馬山、僧正か谷にて、牛若丸のむかし語を

2465 稲つまやこゝの岩角この木の根

〔コノ位置ヲ指示シテ、天部余白ニ次ノ一句ヲ補記〕

2466 梅咲し房もみえけり三の寅　」補記

一条の戻り橋(に)、浄蔵貴所を思ふ(のむかしかたりを)

2467 夕しくれ迎の傘に逢にけり

双か岡に兼好法師か墓(の)あり。「花とならひの岡野辺にあはれいく世の春を契らん」とありしを

2468 契り置し花さへ散りて松さひし

鷲峯山に登りて眺望するに、十六国みゆるといふ　」ウ

2469 須磨の夕日鳰の時雨や何地を見む

哀傷

播磨の寒瓜老人没せし時

2470 朝顔や年にうらみはなけれとも

豊後竹茂、赴音を聞て

2471 聞なれしこゑを悲しや帰るかり

松雀隠士、としころ聖護院の森陰に」47かくれて、月ことの会を興行ありけるも、今よりはと

2472 月花に立よる陰も落葉かな

駿河の葛才、身まかりけると聞て

2473 わか竹や雪にもあはて折るゝとは

東桐舎主人山只老人、九十余りして没せしに

2474 雪折や都に古き松なるを

粟津の可風死せしころ、断弦の思ひやるかたなくて

2475 琴弾て誰に聞さむ秋の暮

伊勢の麦浪かなくなりしたよりに

2476 さらぬたに泣たき空に雁のこゑ

粟津の龍か岡なる丈草・正秀か塚の傍に、文素・」ウ可風か石碑造立の供養に

2477 今日よりや露置そめむ塚の草

辻村の千梅叟うせける後

2478 うくひすや音を入てなほゆかしさも

鞍馬貫古、病かきりなりけるころ、夜かたりせしことなと、年経て思ひ出て

2479 おもひ出て悲し其夜の鹿のこゑ

蘭二法師往生せしに、宵暁となくかたらひしこと
を
2480 月の前やひとりかけたる影ほふし
江戸の鳥酔老人没せし後、遺詠を吟して」48
2481 葉さくらや花と詠しもはやむかし
伊賀の銀杖叟かかくれ住し釜水庵を、そのうせし
後見けるに、住人あらされ（て）は門戸さしたり
2482 雺（しぐ）る〻や一月ふりし軒の草
伊勢の二日房か、子を先たてしをなくさめて
2483 その杖の折れてはさそな雪の道
難波の寸馬か、いとけなきものをうしなひしに
2484 嘸ならん（あ）髪置の子を見るにつけ
丹後の竹圃か死せしに、六字の名号を句の」ゥ上
に置て回向しける中、弥の字
2485 みなやかて行秋なからわかき人
同し国、馬吹か父と兄と一時にうしなひしに
2486 跡の枝まもれ散る葉はせひもなし
備后の宜応か、妻の伊勢の国にて死せしを悲しと（とふらは）
その国（んと）へ行けるか、帰りてほとなくうせしと聞て
2487 そこの塵かしこの土とちる桜
丹後の甲山寺の文泉法印遷化しける後、塚にまう
て〻、今や都卒天上にやと
2488 なつかしやいつれの雲の嶺の中（おく）」49
但馬の木卯上人の父師の中陰に
2489 さひしからむ切籠きゐ（え）たる軒のさま
駿河の乙児か物故せしころ
2490 心悲しことにことしの秋の暮
播磨の蘿来か、盆の十六日にうせしを
2491 送り火やわきて悲しき影ひとり（つカ）
伊賀の素梅、「春の水」の秀逸有りしより、人も春
水庵とよひしもむかしに、墓所にまうて〻
2492 逝ものはかくとはしれと春の水
備中の暮雨先生うせける後、冠服のこと」ゥなり
ける面影を（の）心にうかみ出しに
2493 もろこしの吉野尋む花のはて
陸奥廻車といふ人、東海道の白菅のわたりにて死

せしと聞て、同道せし呑溟へ申おくる

2494 並松の葉とちりうせし音悲し

五禽か、子二人まて残して没せしをいたむ

2495 霜の夜やかの国からも子や思ふ

此行か早世しけるに、風雅のちからをうしなふ

2496 雪の竹杖ともならて折にけり

越前の蕉雨叟か廟参しけるに、「石碑に」50 墨入れよ」と人〳〵のすゝめけれは、筆をとりて

2497 一字つゝ泪そへけり墨直し

伊賀の朝竹か、四十にもならて古人となりけるを

2498 秋もまたて桐の一葉のなと散し

加賀既白、粟津泰勇をはしめ、なき人の多かりし文月、六道の寺にまうてゝ

2499 誰もこよかれもと悲し迎へ鐘

東武の秋瓜老人うせけるに、此道の宿老なりしを

2500 ふるき葉は残りすくなや冬木立

卯月のはしめ、山田か原の入楚身まかり、五月の」ゥ此比は、洞津の二日房うせけると聞て

2501 松竹もみな散うせてはては誰

文下老人、水無月十三日に往生しけるに

2502 よしや人暑き火宅に居ふより

土佐の乙周、すきし春、詠草をおくりて判の言葉をこひけるに、いまたその返事もせさるにうせしと聞て、かの詠草に判の詞書て友のかたへおくるに、季札とかやの古事を思ふ

2503 此文をかけてさらせよ墓の松

筑前の雨銘か、子にをくれしなけきをしらせけるに」51

2504 泣はつよ麻木の箸を折につけ

伊賀の野口伊予守と云し神職の人、名は東巴といひけるか、九月の三十日といふにうせけるを

2505 あはれ世や神も送らて終の道

世に此道をたしなむ人の、加賀の国に千代有といふことをしらさるなし。むへも五十年の作者にして、北国の一人たりしに、ことし秋のすゑ、例のなやみにて往生しぬと、その子の白烏か許より告

こしけるに、俳諧の道の光うしなひし心ちして」ゥ

2506 世はいかに見るあてもなき冬の山

むかし守武朝臣も、今はの時に「散花」の句を残されしとや。春渚老人もまた、同し伊勢の御神につかえ(へ)奉る身の、花の句を辞世とせしを思ひあはせて

2507 ちるはなやむかしも今も世のならゐ(ひ)

尾張の鳴海の蝶羅か卦(赴)音の、遅くきこゑけるに

2508 今きゝて一入かなし秋のかせ

但馬の野弓か、妻にを(お)くれけるに

2509 目の前にさためなき世や夕時雨

豊後蘭里の身まかりけるに

2510 右の手の折れしおもひや枝の雪」52

粟津の幻住庵に居ける、陸奥の祇川禅門か四十九日にあたれりける夜(は名月なりけるに)、旧庵に立よりて

2511 あはれ世や月のこよひも戸を明す

丹後の季友か、生涯風流に身をやつせしことを

2512 されはこそ終れる時も月の秋

美濃の君里先生の、母の喪に籠れるを

2513 哀いかに花の三月ともしらて

北山市原野ゝ冬柱僧都か塚へ、四十九日にあたれる日まうてけるに、塚のめくりはあはきたる山土なほ赤く、尾花のちからなけにしほ(を)れ、」ゥ思草のおもひたえたる色も胸にせまり、ひとりや苔の下に行らむとうちかこたれて

2514 秋のくれもとより石は物いはす

2515 驚きし秋風も四十九日かな

粟津の胡熊かうせけるに、今はむかし、浮巣庵のはらからなくなりて後は、此人をこそ風雅の血脈とたのみ思ひ(朱)しに

2516 さりともとたのみし草も雪の下

三井寺の得皮か、娘を節分の夜うしなひけるに

2517 うき世そや数さためなきとしの豆」53

吾東法師の遷化しけるその暁に、雪のはしめて降けれは

2518 はつ雪のけさにもあはぬ人かなし

黒谷の茶毘所に送りすとて
2519 わか弟子をやく煙かや冬の山
法兄あまた有けるもみなさき立て、ひとりこの入
阿上人をのみたのみ思ひけるに
2520 雪折し松の片枝の跡わひし
2521 腸のきるゝよとおもふ霜夜かな
四十九日にあたれる日、神楽岡の墓所にまうてけ
るに、雪のふりけれは、古き歌の思ひいてられて
」ウ
2522 はての日にはてなきものや春の雪
但馬の湖雨か後のわさに、六字の名号の字を置て
発句しける中に
2523 ふるさとの彼岸のさくら今そ見む
豊前の李完、むつきのはしめの消息に、「冬のすゑ
よりいとつよふなやみぬ。今はいくへくも覚えす。
此文を記念とも見よ」と書つらねて、
春もまた氷の魚の命かな
とあるをあはれと読しに、程もあらて二月三日往
生しぬと告こしける友かきの文も（を(朱)）、五月のはしめ
よみてける折節、郭公の啼けるに　」54
2524 血になくは鳥はかりかは我も今
石見の蝶鼓老人、こその冬のすゑ身まかりけるた
よりに、其国の神の古歌に思ひよせて
2525 今はとてうき世の年は見はてしか
附尾かうせける跡に、家のうちをみるに
2526 むさむやな火燵とりまく子幾人
備後東歩のなき跡にて
2527 にたなりに作りてなくや雪仏
丹後の東陌、往生しけるに
2528 浦の月此人なくて誰か見る
」ウ
備中の宜朝かなき跡とふとて、六字の御名を句の
上におきて
2529 なにとせむきのふのたよりけさの秋
諸九尼のはかなき便りを聞て、草庵にならひて住
たりけるむかしを申出て
2530 木からしや住し世をなく軒の松

2531
月忌にあたれる日
時雨るゝやはや一月のむかし人
安芸の風律老人、住し庵の庭に陸奥の碑になそら
へて、「京を去ること何百里」、あるは」55「厳島を
去ること何里」なとしるして、庵の名をも多賀庵
と名付しは（も）今はむかしに、その魂はいつくの浄土
にやと

2532
ほとゝきす庵を去ること何万里
伊勢の座秋、ありし世には風流のすきものにて、
時の文人・才子に扇面に物書せて翫ひける事おも
ひいてゝ

2533
人なくてはかなき冬の扇かな
菊二のぬし、喪にこもり居けるをとむらふとて、
蕉翁の其角か許へかゝる時にや有けむ、」ウ
卯のはなも母なき宿そすさましき
とありし、此句をおもひいたして

2534
正月も母なき宿そものさひし
伊賀の浮流法師をなけく言葉。
月といひ花といふ生死の一大事はつねのあらまし
なるを、今更にむねふくれ腸のきるゝやうに覚え
ぬるは、としころの契のみか、我、後の事までを
もたのみ思ひけることのたかひぬるを悲しと思ふ、
わたくしのなけきにや
〔天部余白ニ貼紙シテ「腸　此字ヨキト也」ト記ス。「腸」
ヲ大キク楷書シ、「ハラワタ」ト振仮名〕

2535
かきりなき五月の雨やわかこゝろ」56
初月忌は立秋の日なりけれは

2536
うつり来し日数悲しやけさの秋
法師か書捨し筆の跡を見て
〔「書捨し筆の跡」ハ、「物書しあと」ヲ覆ッテ糊付ケシタ
貼紙ニ記ス〕

2537
物書し団扇と見れ（は悲し）は捨られす
今はのきはに書ておくりける句に、
西向は病苦去たり夏のつとめ
と有しをはての日になかめて、「はてなきものは泪
なりけり」とすして

2538 けふになれとかはかぬ色や筆の露
桐雨ぬしか四十九日にあたれる日 」ウ
2539 今日きりになかしなくなよきり〳〵す
伊賀の長英、としころ茶を好みけるか、今は物す
きせし庭も冬かれて（わたり）、松のみひとり立し風情をあ
はれと見て
2540 口切にあはてや軒の松の風
親にさき立しなき人の心のほと哀に、を（お）くれし老
母をなくさめて
2541 時雨木からしけふかる音や世のならゐ（ひ）
古静かうせける後、いとゝ草庵のものさひしきに
2542 朝夕に来し人悲し秋のかせ 」57
江戸の陽子、身まかりけると聞て、兄の成美に申
おくる
2543 片枝折れし跡おもひやる秋のかせ
長崎の枕山老人、つねに一粒金丹といふ仙薬を服
せしも
2544 霜かれや千世経へき菊もかきり有
蕪村叟、世にいまそかりける時は、俳諧は其角か
洒落を学ひ、丹青は凱之か風流をうつして洛陽に
紙尊かりしも、たゝ一ツ（いかにせん）の小瓶にその骨をもりて
有けるにむかひて
2545 白骨や梅の匂ひはかりのもの 」ウ
丹後の将白老人、終りめてたしと聞えしに
2546 われも人もあやかりものよ花の雲
むすめの逸枝をなくさむるとて、文書ける折ふし、
行雁のこゑするに
2547 一度はわかるゝはつよ親の雁
用舟か生涯をあはれむ
2548 葉桜やうき世を酒にくらせしも
唯泉寺魯江上人往生せしに、そもやこの廿余年か
ほと、朝夕になれ、あるは年をこえてあはねとか
たみにうらみすして、おのれをしれる」58人なり
しも
2549 月の秋も今より誰となかめまし
伊勢の梅輩（篳(朱)）は、梅の匂ひを家の風に吹つたえ（へ）て、

さる作者なりしものを

2550 月雪に道つけし人の跡かなし

浪花の鶴人かうせしに、七月十四日、鴨川の辺りに出て水むすひ、遙に難波のかたに向ひて、「手向になせよ鴨河の水」の古ことをすして

2551 ゆく水の手向ともなれ魂むかえ

〔天部余白ノ全面ニ、次ノ二句ヲ補記〕

備中の湖嵐をいたむ。

此をのこや、そのよはひいとわかくて、風月の才、人にすくれてしちほうなれは、おのれか老ゆくにつれて、なほも十の指のことたのみ思ひしもはかなし。いつれの冬ならん、「荅しまゝの霜の菊」と口すさみしもあはれに

2552 花に香にたのみしものを霜のきく

今はむかしになりぬ。伊勢の素因ぬしか屋敷をとふらひしに、庭の柳を指さして、「この木は、道のへに清水なかるゝと聞えし木のゆかりよ」とかたられしも、今は物ありて人なしとや

2553 思ひ出るも悲しき冬の柳かな

」補記

尾張の千代倉常和老人、二月のそのころ」ゥ本ゐのことく往生しけると聞て

2554 きさら着のあはれや雪の跡もなき

湖南の尾花河の東舟か、父の喪に籠れるを

2555 松立ぬ門のさひしや春なから

後桃園院を葬奉りての後の日、泉涌寺にまうて、ゝ御車の牽捨たりけるを拝みて

2556 ちからなけにはらはふ牛や霜の草

〔天部余白ノ全面ニ、次ノ三句ヲ補記〕

但馬の木卯上人は、此道にちなみあること廿余年なりしも、この三とせかほとなやめる事ありと聞しも、多くの山川を隔てゝとふこともなかりしに、この秋、城崎に湯あみせしを聞て、「はやく来よ、命のあるうちに」なといひおこせしに、やかて病の床に尋よるに、二なふ悦ひて、こしかたの娑婆の上をかたり、行すゑの浄土のあはん事を契りけるか、四五日はかりを経て往生し給ひぬ、ときゝ

て
2557 我まちてなからへしものか霜の菊
鯉遊老人か牌前に、六字の御名を上におきて、
千々の思ひをのへける中に
2558 なにとせん草におく露の世のならひ
2559 むしもこゑ啼からしけり我のみか」補記
」59

懐旧

野坡三十三回忌を、湖白庵興行に
2560 今に尽ぬ言葉の塵や炭たはら
正秀五十廻忌に、龍か岡の塚にまうてゝ
2561 塚の石や萩すゝきにもうつもれす
春波か十七回忌、水野氏か興行に
2562 古茶のみてむかしの人のはなしせむ
可風か七廻忌を、新霊山にて興行有ける時
2563 夕霧や住し軒端のなつかしき」ウ
文考か五十回忌を、双林寺にて書林橘屋か仏事い
となみけるに、梅花仏の名を思ふて、その家の業
のさかふることを
2564 その梅の匂ひはたえす家の風
昌房の五十回忌を、曾孫雨橋興行せし
に、桜の句の辞世をよせて
2565 五十年も今のにほひや初さくら
草庵の蓮の瓶に、年ことに入阿弥陀仏の房より蓮
の根をこひて植させけるに、ことしは其房にあら
ぬ人の住かはりぬれは、蓮の根」60こふへきにも
あらぬに、古き根のかはらす咲出けるに、花もの
いはゝと思ふはかり匂ひことなるを立よりて
2566 蓮は咲と人影はあらす瓶の水
二月十六日、双林寺の西行上人の墓にまうてゝ、
「その望月」の歌を吟して奉るに、ことしは花の遅
かりけれは
2567 ねかはれしけふや桜はまたなから
同墓にて、いと寒かりし年
2568 今に寒しそのきさら着の夕あらし

あるとし、春雨の降しきりけれは 」ウ
2569 心あれなけふきさら着の今日の雨
2570 康頼の塚にも花や西行忌
〔二五七〇句ハ行間ヘノ補入〕
富鈴房か十七廻忌とや。老人世にいまそかりける
時、春秋の折にふれてせうよう（え）ありし（せし）にと、雪月
花時最憶君の情やるかたなし
2571 面影や（の）嵯峨や御室の（や）花の下
露沾のきみ、懐旧の言葉。
世に風雅の道といへは、和歌・連歌・俳諧の（三ツの）道は
此国のならはせなから、男はてゝら、女は二布し
ての賤しきく〳〵までをしりわきまふるは、俳
諧の徳なるへし。されは国郡を治る人は、俳諧の
」61 下情をしりて恵あるを名君とは申へかめれ。露
沾の君はその下情をしらしめ給んためにや、此道
に御心をよせさせ給ひて（けること）、今の世の好士もしり奉
らさるはあらすかし。ことしの秋は五十回忌にあ
たらせたまふとて、懐旧の発句奉るへきよし有け
るに
2572 よしや君今もかはらぬは月はかり
丈草禅師祥忌に、龍か岡にて
2573 ちりかてや匂ひわつかな（にトモ）岡の梅
同し先徳の八十回忌に
2574 なつかしや（の）春やむかしの岡の草 」ウ
高倉の清聚庵に　安徳帝の六百年の御忌に、（とて（朱））瞽者
の十老といふもの（の）共あつまりて『平家物語』をか
たるに。
経正都落
2575 行春や琵琶かへし申すそのこゝろ
小原御幸
2576 むかし思ふ目（へはトモ）にかゝりたる藤かつら
〔二五七六句ノ上部余白ニ、「たりか／なり」トゴク細字ノ
書込ミ〕
龍か岡の文素・可風か塚にまうつるに、石いと苔
むしたり。こはもとおのれか筆とれるもの（なるを）ゝ、か
くまてなれるよと、むかし覚へ（え）て（あはれなるに）

2577 我書し文字さへふりぬ萱すゝき

去来居士か八十年にあたれるうら盆に、真如堂の廟にて 」62

2578 萩すゝきむかしの嵯峨もかく（や）ありし

雲裡の遠忌にあつまりし人の中にも、其世の門人とては応澄・巨洲・蕗州のみなり

2579 ほとゝきす今は影みし人もなし

芭蕉忌の日、よし野より帰るさ、浪花の四天王寺の宿り塚にまうてゝ、元禄のむかしを思ふ

2580 まさしくも爰やかれ野ゝ夢の跡 」ウ

浮風七廻忌に、双林寺にて興行（千句）有けるに、（辞世の句を思ふ）

2581 ほとゝきす今はいつれの浄土にそ

何某か、七月十六日にうせける一周忌に

2582 一年のたつや麻木のけふるうち

湖東平田、明照寺の笠塚にて

2583 草につけ木につけ床し塚の秋

（「床し」ハ、「悲し」ヲ覆ッテ糊付ケシタ貼紙ニ記ス）

雲裡房十七回忌に、幻住庵にて（植し椎かもとを見めくりて）

2584 椎の木よ陰はしけれと物いはす

（二五八四句ハ、「庭に植し椎も茂りて十七年」ヲ覆ッテ糊付ケシタ貼紙ニ記ス）

唖瓜か一周忌に、在世に好けるものを

2585 おもひ出よ娑婆の豆腐に冬こもり 」63

加賀の松任、千代（尼）か許にて、住ける一間をみて

2586 青かりしむかしなつかし古すたれ

音長老師の一周忌に、廟参して

2587 石塔の文字さへ悲し（みえす）つもる雪

木曾寺にて、祖翁のありし世を思ふ

2588 しくるゝやむかし隣は無名庵

可風十三廻忌に、菊二興行

2589 其人の今あらはとや月の前

祇園の大雅堂か旧栖葛檐居にて、往事をおもふ

2590 門口も戸さして葛のうらかなし 」ウ

述懐

2591 貯は十八粥もせさりけり

2592 露霜に天窓の兀し瓢かな

いとつよふなやみける暁

2593 目を明はこの世のこゝろそきり〳〵す

2594 毛うけから白髪ちりけり秋のかせ

2595 芭蕉葉のさきへやれけり庵の簀戸

待宵といふ夜

2596 月見るも翌はたのまぬ此身かな

娑婆世界といふを訳して、堪忍土といふに

〔右ノ詞書ハ、余白ヘノ補記〕

2597 厚こほり水も心のまゝならす

2598 ゆるく歯の心細さよ秋のくれ

住める院の後に、半閑室をいとなみて

2599 うき世へ（朱）は襖一重そ冬こもり

2600 人並に我もはしらん年のくれ

2601 わか庵節（は）季候さへも来さりけり

」64

2602 わか庵は蚊も喰たらし独ほし

何某の連歌師ならねと

2603 露の字を質に置はやとしの暮

〔二六〇三句ノ上ニ貼紙シテ、次ノ一句ヲ記ス〕

四十になりける年のくれに

2604 老をよむはしめ也けり年の豆 」貼紙

四十の春をむかえ（へ）ける元朝

2605 初からす老のねさめのはしめかな 」ウ

〔コノ面ノ右上部ニ貼紙シテ、次ノ一句ヲ記ス〕

伊賀の桐雨の許より、「年立や新年ふるき米五升」といへる蕉翁の短冊をおくりける。よし（や）その隠操はまねふへくもあらね（と）、その清貧の心さしそわすれましと、住る庵を「五升庵」と名付て、試筆の机にむかふ

2606 凍解や硯の水も遣ふほと 」貼紙

正月のはしめ、歯のぬけ（衍）ゝけるに

2607 歯固もたのみなき世と今そしる

2608 いかにせん春風とてもはの落る

2609
三月七日、嵯峨の嵐山の花見にまかりける間に、里の家百余とゝもに、草庵も一時のけふりとなりにき。一夜やとるへき所もなけれは

今は身も焼野ゝきしと成にけり

今朝、庵を出けるまては、籬の山吹の物いはぬ色に咲みたれ、藪のうくひすの思ひなけにさえ（へ）つりし、」65その山吹もうくひすもいつち行けむ

2610 見わたせはすくろの薄さへもなし

草庵なけれは、入阿弥陀仏か許に有けるか、五月四日の夕くれ

2611 人の家にあやめ葺のもうらやまし

七夕のころ、また庵の造作ならさりけれは

2612 身の秋や星うつすへき盥なき

盂蘭盆会になりぬれと

2613 あはれ世やまつらむ魂の置処

2614 鳴神に蚊帳をたのむ心かな 」ウ

時雨もいたくもり山の辺より雨ふり出けるほと、ある家にて藁筵といふものをこひてうちかふりたる、我なから姿のあやしけなる。さるにても賤しきかきり貧しき限りの身なから、夏は丹波布の太きをいとひ、冬は河内木綿の重きをくるしといひて、やゝ身のほとをわすれにたるも、けふにいたりて、人として風雅の心なけれは世の変に驚き、旅をしらされは風雅の情をわきまへさること、今更に思ひあたりて 」66

2615 薦を着て身にしみにけり暮の雨

酉の夏のはしめ、塘雨・瓦全らと共に高野山に登りて、（て高野山に登り）この年月落たりける歯を衣嚢に入れて首に（朱）かけ、奥の院の骨堂に収るとて

〔「入れて首にかけ」ハ、「かけて」ヲ覆ッテ糊付ケシタ貼紙ニ記ス〕

2616 我骨を埋むとすれは夏寒し

2617 踊るこゑに寐覚る身とは成にけり

2618 翌日ありとたのむもはかな小晦日（こつごもり）

なすこともなくて、いたつらに閑居するを

2619 香もなくて草のかけなる野菊かな

2620 鶏頭のつよきも霜のかしら哉

2621 秋の蚊や年よれはものゝせはしなき　」ゥ

この三年はかりは、吾東大徳遷化し、附尾男身まかり、諸九尼またうせぬ

2622 おく霜やまはらに成し籬の菊

2623 歯のぬけし跡にふくむや秋のかせ

草庵の自適の三句

2624 ほうふりの我世たのしき小瓶かな

2625 いつとなく手にあまりけり年の豆

2626 炉開やことしは冷る膝かしら

〔二六二五句・二六二六句ノ上ニ貼紙シテ、次ノ二句ヲ記ス〕

2627 蓮の花我に事たる小瓶かな

2628 蓮瓶や世はそれたけの花そさく　」貼紙

2629 たゝみおくは翌をたのみや帋衾

2630 夕時雨あはれ我住む軒端哉　」67

〔コノ面ノ右端ニ貼紙シテ、次ノ一句ヲ記ス〕

2631 鶯の巣もりや竹の中の庵　」貼紙

2632 朝かほや何たのしむも露のうち

2633 朝顔やまつ今朝まては我も見る

病後

2634 名月や影すさましく障子さす

2635 なかゝらぬ世をちりもせす花木槿

能因法師の歌に、

七夕の苔の衣をいとはすは人なみ〳〵にかしやしてまし

2636 星にかす物もこれをや白木綿

2637 三条へ出てこそ見たれ初茄子

2638 顔見せの太鼓さひしき寐覚哉　」ゥ

2639 行としや光りをそゆる兀天窓

深草の法師は、

朽ねたり（はてぬ）折ふし人の問ひくるも心にかゝる谷の柴はし

とよめりけるものを

2640 我門や人の来ぬほと草茂れ

2641 虫干ん我は袋の米五升

「花もうへす人もとひ来ぬ住ゐ哉春にはるなき深山
辺の里」といふ歌にゝたり
2642 この庵やはるも春なき竹の風
御室あたりの花のさかりに 」68
2643 はれかまし桜かもとを墨ころも
2644 かくれ住む門ともしらす梅にほふ
2645 正月や世並に匂ふうめの花
少欲知足
2646 袋には米あり門に梅やなき
2647 芹なつな我に事足る門田かな
2648 草の戸や芹も薺ももらひもの
いたつらに五十年の春をむかえて、つら〱すき
こしかたを思ひつゝくれは、かの邯鄲の夢物かた
りなりけり 」ウ
2649 目を明は餅は煮へけり庵の春
〔「を明は」ノ右側ニ「さむれはトモ」と細字デ傍記シテコ
レヲ抹消、上ノ余白ニ「明はなるへし」ト細字書込ミ〕
日ころなやみて、秋立ける日
2650 はせを葉のまつやれもせす今朝の秋
同しころ、盆会に
2651 生てゐてけふはすはりぬ蓮のめし
2652 年の豆人に噛せて音聞む
2653 十廿と数へしものを年のまめ
湖北の刀祢坂をこゆるに、夏なから雪の積りたる
か橋のことく残りて、其上を往来するに
2654 人の世もかくや四月の雪のはし 」69
2655 名月も西へかゝれは人もなし
とし月、けふの奉扇会を興行しけるも、沂風法師
に譲りはへれは
2656 夏来ても我は用なき古扇
雪の降ける朝、前栽をなかめいたして
2657 蓮瓶のことしも破れす雪の庭
2658 埋火や灰に書見る友の数
2659 わひ人といはし梅あり餅も有
2660 なまなかにかき残されて苣の花

〔天部余白ノ左側ニ、次ノ一句ヲ補記〕
丹後の日間浦の五宝氏か家に、故浮流法師か残し置ける茶碗のありしを、わすれかたしとて、その浦辺に塚を築て「茶碗塚」と名つく。その供養の時に、この法師にこの檀那有ける事を
2661 かくてこそ塚うらやまし老の秋 」補記

」ウ

贈答

越後の鱸亭に訪れて
2662 雪解やこし路の人と物かたり
江戸の君月、たつね来れるに
2663 おもしろき笠見付たり初しくれ
巴陵上人、三年を歴て越後より帰りけるを
2664 夏山や見かはすはかり肥給ふ
丹後の馬吹か、薬製する家にて
2665 菊の香や茶にもくすりの水をくむ 」70
伊賀の冬李か屋敷へ請しられて
2666 燕や弓のかけたる長押まて
石見壺外か、端午の日、雨のふりけるに来れるを
2667 漏る軒をかくさんと葺しあやめ哉
播磨の写竹か子に、幼才をめてゝ棟松の名をあたふ
2668 うくひすの子のこゑゆかし春は猶
備後の李岱、春より尋来れるにあはす(たかひて)、卯月のはしめにあふ
2669 音も入れすけに鶯を聞にけり
陸奥の吹秋か、弥生のすゑに登り来しに 」ウ
2670 いかにせむ都も花のちりし跡
駿河の乙児か、はしめて草庵にやとりける夜
2671 めつらしと蚊も出そむる今宵かな
伊豆の如髪か旅宿にて、会もよふしける時
2672 切麦や椎の葉にもる物ならす
筑前の文沙か家にやとりしは、五月四日也
2673 風流な家居や軒もあやめ草
同し国、蝶酔か五竹庵に宿る

2674 まつ蚊屋のひろくてうれし庵より

肥前の苔峨か許に、長崎の往来に」71 やとりもとめて

2675 涼しさに二度まてよりぬ軒の松

似水か東山の茂松といふ家にて

2676 冬こもり京は障子のやふれより

丹後の支百か許（家）は、北海のかきりなれは

2677 すゝしさやもろこしからの風も来る

嵯峨の落柿舎をはしめて訪ふ

2678 こゝならん柿の葉のちる竹の門

伊勢の素因か屋敷の庭に、あし野ゝ柳なりとて植」ウしを見て、即興

2679 しはしとてとまるやちりし柳にも

〔「にも」ハ、「陰」ヲ覆ッテ糊付ケシタ貼紙ニ記ス〕

越後の宴池・畝司か、円山の端の寮にて会催せしに

2680 かゝる身もうかるゝ春の夕へかな

豊後の弄花、尋来れるに風月を談して

2681 虫ほしやかくすことなくとりひろけ

吉野ゝ苔清水の辺にて、武士ともの西行庵を尋けるに、案内し行て物語りするに、はしめて下野の松路なりとはしれり

2682 西行の庵て逢けり花の友

陸奥の丈芝に、十年ふりにあふ」72

2683 夏痩も見えてむかしの顔うれし

浮流法師か、伊賀の長者庵に入りし時

2684 雪山のむかし思ひて朝寐すな

雪の夜、阿誰か家を訪ふ

2685 こけて来しまこと見せけり雪の門

但馬の柳飛法師か、盗人にあひたるとて、

白波のひゝきこたふる寒かな（へて夜は寒し）

といひおくりけるに、草（わか）庵も火にうせ（焼）て後、造作の（も）半なりけるころなりけれは、返し

2686 荒壁にこの身も同し寒かな（の上も秋）（し）」ウ

播磨の五百枝、世をのかれて半捨房といひしか、今は半捨の半をも捨て「捨々庵」と名して、寂照

庵にこもりけると聞て
2687 出て見よ世間は梅の花もさく
湖東の大覚寺、其由（の観音房）法印（僧都）か房に宿る
2688 世はなれし風情は秋の朝寐かな
冬柱僧都か病床に、庭の花を手折ておくるに
2689 花の枝見たまへ蝶のなきはかり
湖東の芦水・里秋の男とも、風月の庵をつくりけ
ると聞て、申遣しける　」73
2690 尋よるによき庵てきぬ秋のくれ
越前掾長常、その家の業に堪能の名誉遠く朝鮮国
に聞えて、その国王より大国の天子に捧たまはん
とて、手炉といふものを作らせられける、（に）金銀も
て花鳥を刻めり。その巧の妙なることはいふも更
なり、其道に冥加ありて、わか国の名をもあくる（け、っ）
ならん（ゐには）、かならすその国にもめて給ひて、沈香亭
の御物とならむことを
2691 冬籠いかなる貴妃か手やふれん　」ウ

陸奥の漁光老人か旅宿にて
2692 案内せん鴨の青柳嵯峨の梅
元朝のまたきに草の戸をたゝくは、参河の古帆と
いふ人なり
2693 めつらしや万歳楽か国のこゑ
重陽の日、姨捨の月を見て、木曾路を帰り上りけ
る重厚入道・浮流法師に
2694 菊の香や山路もとりし人の袖
舞楽寺に建ける蕉翁の碑に、桐雨・槐主を案内し
て
2695 伊賀人に泪落させん山の秋　」74
年月を経て笠岡の人〳〵に対面するに、その日は
三月三日なりけれは、桃源とかいふ故事によせて
2696 みなわかき顔見る桃の節句かな
二条の城に侍（御番つとめ）ける何某の来りて、「城（郭）の内は、夕へ（宵）
暁となく郭公のなく」といふに
2697 ほとゝきす御城ならすはいて聞む
山水を見るは書を読かことく、見る趣の高下によ

るとや。武蔵の此巾老人か都上りは、七十に余りし老の足になかめありくこそ、誠に山水をみるの年ころなるへし　」ウ

2698 世の花もすきし青葉の都見よ

江戸の鶏口か、肥後の国に蕉翁の塚を築しことを告こしけるに

2699 もえ出るや踏ひろけたる道の草

〔二六九九句ノ上ニ貼紙シテ、次ノ一句ヲ記ス〕

江戸の泰里か（深川の）家にやとるに、庭の木立茂り筧の水涼しく、さる東の都と聞ゆる所ともおほえす

2700 静さは京かとそ思ふ夏木たち　」貼紙

湖北の去何か農家にて

2701 背戸門も日にます桑の茂り哉

同、虎山氏か棲禅の閑居に

2702 庭前や柏樹ならねと夏柳

おなし国、塘里か家にて

2703 門畑（畠）を見るからたのしふきめうか　」75

吉備の風葉先生のもとより、頭巾たひけるに

2704 これを着は頭の雪も解ぬへし

雪降ける朝つとめて、物外尼の（花月（朱））庵を訪ふに、都の友かきの情あるも、流石に程遠けれはとふらひ来るもなし。されは花月庵とはいふめれ、（朱）予は無下にちかけれは、たつね来りて

2705 今朝こそは雪の庵とやよひなまし

六条河原院の跡なる、浄華庵にて

2706 塩竈のゆかりや籬の草のめも

〔天部余白ノ全面、七六丁目表ノ天部余白ノ右半部ニ、次ノ一句ヲ補記〕

仏道にこゝろさしあらん人は、工巧技術等をしもやめよとや、（とて頓阿ほふしも和歌の道をやめんと申されし。〔朱書〕）そは世にある詞花言葉をのみもて遊ひて、まことの心をしらて月花にうかれたらん上をいましむるなるへし。蕉翁のをしへし風雅のことくは、まことの道に入るへきはしとそ。されはこそ此山の（こゝに）大師も、「我立杣」の御歌はよませ給ふものをや。中正房の名をもとめ給ふに、誦等

といふ文字をかうかへまゐらす。かの槃特尊者の、箒を誦して〔以下、七六丁目表ニ記ス〕箒をわするゝはかりのおろかなるも、つゐにその箒によりて道を得給ふとや。かならす仏の道のたすけなるへく、いかてさはりとはなるへきや

2707 月雪と掃もて行けよ道あらん 」補記

和泉の堺の津の、呉逸かかくれ家を訪ふに、」ウ 宗鑑入道か跡をしたひて、あたりの旅籠屋に飯をかひてくらふ、その風流にめてゝ宿をもとむ

2708 炉によりて下客といふとも一夜寐む

神楽岡の寺にて、相国寺の蕉中長老と終日遊ふに、長老はしめ徒弟の人〴〵詩を作れり。おのれにも「前」といふ字をあたえ（へ）給ふに、長老の日ころのなやみをこ（お）たる（り(朱)）給へや、と祝ひて

2709 木〳〵の芽や春にちかよる山の前

伊賀の残夢亭にて、あるしの一丹老人はしめ、冬李のぬしか歯かたきを 」76

2710 大根かむ音いさましやうらやまし

参河の無相法師か庵にやとりて、庵の世はなれしさまより、あるしも同行の心しりなれは

2711 長閑さの朝寐やおのか庵にして

遠江の味方か原をすくるに、雨のいたく降て東西をわかねは道を踏たかへぬるを、案内せし虚白ぬしか、「わかあやまちよ」とくるしかるを

2712 まとはすは花ある野山いかて見む

〔天部余白ノ左側ニ、次ノ一句ヲ補記〕

江戸の竺蘭を、やよひ十日、むさし野にゆかりある紫のゝ安良花にともなひて

2713 笠ぬきてやすらにかたれ花の下 」補記

おなし国、浜松の白輅か家にて、男女の子とも多く有て 」ウ 家門の繁昌を

2714 引間野や松みとりそふ十年ふり

〔二七一四句一行ハ余白ヘノ補記。転写時ノ脱ヲ補ウ〕

せちふんの夜、几董か方違に此庵に宿りけるに

2715 わか庵の宝舟そや紙ふすま

膳処（所）の鈴木氏か茶亭

2716 青あらし入るやくつるゝ風呂の灰

篠袴亭、歳旦開興行

2717 雪解やけふより遊ふ道かあき

神楽岡の西尾氏か家に月見けるに、淡路の松帆浦のちゝりといふものを焚てもてなされけるに

2718 山里の月見なりけりちゝり焼

〔天部余白ニ、次ノ二句ヲ補記〕

安芸の東吹か、入庵の句こひけるに。

むかしの宗鑑入道か一夜庵は娑婆をみしかく観せしにて、今の蓬莱斎か十二庵は春秋をとこしなへに楽しまんとなり

2719 月花と数へ立てや十二庵

鈴木脩敬先生か家に、庭の桜の花さかりに琴を弾（しらへ）て、「其駒」「我か門」なとうたはれけるに

2720 爪（弾脱カ）琴に膝へ飛けり花の塵

」補記

」77

釈教

2721 今朝の春めてたく申す念仏かな

老生（少）不定

2722 青いのも中にましりて落葉かな

無常迅速

2723 翌も咲すかたなれとも芥子（罌粟）の花

丹後橋立に、蕉翁の一声塚造立の時

2724 この塚の土落付よ初時雨

浮風七回忌に、双林寺に千句興行有しに

2725 千部よむこゑとも聞よ（いはん）子規

」ウ

播磨の法華山にて千句興行の時、二（発）句。（に）

普問（門）品の釈然得解脱

2726 むつかしきものぬき捨て夕すゝみ

還（また）着於本人

2727 夏虫や灯をとらんとて身をこかし

義仲寺芭蕉堂供養千句巻頭

2728 花もふり鳥もうたふや堂供養

堅田本福寺にて、千那五十回忌修行之時。
『観無量寿経』の不楽閻浮提濁悪世 」78
2729 この里の住居（ひ）いふせし麦ほこり
播磨明石人丸寺に、芭蕉翁の蛸壺塚造立供養之千
句巻頭。寄月呪願の心を
2730 月高し塚は木の葉の山になる迄
無常観
2731 芥子（けし）ちるや日数かゝつて咲しものを
加賀後川剃髪の時、垂辞。
南無仏ととなへ月花を吟するも、たゝ無二無三の
信心にあり
2732 よくたもて郭公には眠ること 」ウ
大和の壺坂の観世音にて、慈眼視衆生の心を
2733 照せ月草の下葉の露まても
湖南の唯泉寺にて、正秀五十回忌修行の時。
『阿弥陀経』の昼夜六時而雨曼多羅華
2734 しめやかかや菜をまくころの雨の音
除夜、仏前にうつくまりて
2735 年中の罪を数へん珠数の玉
文下老人の追善に、『法華経』不軽品の、
乃至遠見四衆亦復故往礼拝讃嘆
2736 物いふて行ん野すゑの案山子にも 」79
石山寺にて、貝ふく音の聞えけるに、
けふもはやむ（う）まの貝こそ聞ゆなれひつしのあゆ
みちかつきにけり
と詠し式部か古歌思ひいたして、無慚愧（わか）をはつ（なるを）
2737 昼寐すや午の貝にも驚す
江北海津観音堂、法楽勧進に、
慈眼視衆生
2738 おく露や米になる草疇の艸
誓願寺にまうて、光明遍照十方世界の心を 」ウ
2739 鮹を売るみせ（店）も十夜の月夜哉
聖一国師の五百年忌に、東福寺に詣（け）つるに、国
〳〵の雲水千五百人、山中の禅侶三百六十人あつ
まりける。大会（かはかりの）なれは、通（名にし）天橋の紅葉々（ことしはことに）も色をま
すけしきに、遺法（その）のさかむなることを随喜して

2740 五百年庭もあかるしちり紅葉
年ころの本ゐ［い］とけて、鳥部野丶寺に髪下し、衣を
染め、今はひたふるの持経者［鳥部の丶寺にかきこもりて］となりける、七哦入
道貞道法師かかはりし［を随喜して］姿［身］を随喜す［のあまりに］ 」80

2741 見るも涼し火宅出にし人のなり
湖南の国分山の幻住庵の［の跡なる］（法華）経（の）塚に［石を埋めし跡に］、雨
橋・扇律か石を建ける供養の呪願に
〔天部余白ニ、右ノ詞書ノ別案ヲ次ノヨウニ記ス〕
湖南の国分山幻住庵の旧跡に、蕉翁の漸写し給ふ
一石一字の法華の経塚有に、勢田の住人雨橋・扇
律か石を建ける時、供養の呪願に 」別案

2742 山の木の葉ちりうするとも六万字
草庵の隣の家に人のうせけれは、夜すから鉦の聞
ゆるに、九月尽［その日は］なりけれは

2743 行秋の音する枕念仏かな
粟田口にて［を］雪の降ける朝通りて、
一仏成道観見法界草木国土悉皆成仏の思ひをなし
て

2744 積雪や獄門の木も石仏も
芭蕉翁肖像開眼　飛驒其川興行 」ウ

2745 眼をひらき給へ紅葉にしくれ降
白骨観

2746 うつくしう作り立しも霜の菊
芭蕉翁開眼［画像］　願主湖南巨洲興行

2747 百年の影かはらすや道の春
丈草禅師の『寐転草』の書、再板せしを、二月廿
四日の忌日に龍か岡の廟前に手向て、遺徳［その］を讃嘆
す

2748 墨の香やふたゝひもえし岡の草
芭蕉翁画像開眼　願主遠江白輅［所望］ 」81

2749 柳みとり花くれなゐの時を見よ
高野大師の九百五十年の御忌に［を］、東寺にて［於て］、准御
斎会の勅会行れける。明［その］の日、結縁にまうてゝ舞
楽の跡なと拝み奉る

2750 蝶〳〵のけふも舞ゐる舞台かな
此日に参りあひてし事を歓喜して

2751 花の雲老すはかゝる地も踏し

〔天部余白ノ左側カラ八二丁目天部余白ニカケテ、次ノ一句ヲ補記〕

近江の国、伊香庄（立）谷に、新知恩院といふあり。応仁のみたれに、知恩院の住持のひしり、みつから祖師の木像を背負て、此谷に三年の春秋をすくしける跡の、今はめてたき道場となり、大谷山華頂寺と〔以下、八二丁目表ニ記ス〕厭離の人の住ぬへき所なり

2752 かくてこそ念仏も申せ秋のくれ　」補記

冬柱僧都七回忌に、『法華経』の句題、

無二亦無三　」ウ

2753 はつ瓜や市へとはしる狛の人

大和の多武峯の増賀上人の廟前に菩提樹の並木あり。落ちりし実を拾ふとて、後の世に、おのれこときを（お）ろものゝ（ために）無慚愧なるに教えんとて、かゝる木をや植置せ給ひけん、とその実を拾ふ

2754 さかせとや木の葉にましる菩提の実

〔天部余白ニ次ノ一句ヲ補記〕

丹後の田辺の妙法寺の楼に上りみるに、海山の景色はいふも更に、浦辺の苫屋のあはれなるは、「花も紅葉もなかりけり」といふへきに、折ふし御堂のかたに「無二亦無三、唯有一乗法」とすしけるこゑに

2755 二ッなく三ッなき景や秋のくれ　」補記

雪ふりける日、悉有仏性といふ事を

2756 仏にも作れるものよ庭の雪

遠江の鷲津の本興寺にまうてけるに、海の汀より並樹の桜あり。やゝ散りける（はて）に、」82門の額に「常霊山」とあり。こや『法華経』の常在霊鷲山のこゝろをやと、花によせて

2757 この寺や桜はちれと香は残り

伊賀の浮流法師か旧庵に、杜音といふ人の石碑建られける供養に

2758 なき跡に花咲せけり塚の苔

遠江の浜松の蓮華寺に宿るに、御堂に山吹のはな

多く生られたり。御燈の影にかゝやきて、彼仏光明最尊第一の心せらる

2759 山ふきの影や仏のひかりかと

〔天部余白ニ、次ノ一句ヲ補記〕

石山寺にひとゝせ奉りし（石）燈籠の前なる桜のほころひけるに

2760 花も火をともしそへけりこの春も　」補記

〔コノ面ニ貼紙シテ、次ノ二句ヲ記ス〕

可磨法師か追福に、経題の二句。

当起氷想　見氷映徹

2761 箸とれは唇さむし心太

福徳因縁　得生彼国

2762 はつ茄子こや富士にそふ駿河たね　」貼紙

〔右ノ上ニサラニ貼紙シテ、次ノ一句ヲ記ス〕

仏祖相承の書ものを、血脈とて身をはなたすして、はては其身と共に棺の中に入るゝ（ならひなり。つらく）事を思ふに、（かく）けかれたるなきからと共に灰とちり土と朽なんこと利益なしと、東の方へ旅立ける日、（衣嚢よりとう出て）勢田の橋の上より水うみに投入れて、皆蒙慈恩蠕動之類と廻向す

2763 法の水のめや蜆も鯉ふなも　」ゥ　」上の貼紙

神祇

伊勢の内宮法施、五十鈴川のこなたにて

2764 なほ照らせ河へたつとも夕紅葉

石見高角人丸明神、千五百回忌の時、『筆柿集』奉納に、（ありその序文を作り、また）法楽の発句に（は）神詠の言葉によりて

2765 見はてつる月もかはらす宮の春

筑前太宰府安楽寺勾当坊にて、法楽の百韻興行の時、巻頭に飛梅の神木を（たることを）　」83

2766 青梅や仰けは口に酢のたまる

南都の春日祭見にまかりけるに、十一月廿六日といふ丑みつ比、春日の杜のいとひろきに燈の一ツもともさて、浄衣に榊葉もちたる神人の、数もしれすうち（かこみて）かみて神幸ありけるさま、いとすせうに

かう〳〵し

2767 何事かしらねと寒し袖の色

住吉社法楽

2768 猶まもれ郭公さへまた聞す

二月廿五日、日雪いたく降けるに聖廟法楽 」ウ

2769 梅のみか二月の雪の花もちる

北野に通夜せんとて、江戸の登舟か登りけるに、
ともなひ行て参籠しけるは、五月廿四日の夜なり
けれは

2770 五月やみ道のあかりを見せ給へ

2771 拝殿にぬかつきし跡や松の花

湖東坂田の神明は、垂仁天皇の御宇の鎮座といふ

2772 夏木立神代の杉の匂ひかな

〔天部余白ノ左側ニ、次ノ一句ヲ補記〕

新嘗会行るゝ日は、洛中洛外の寺院に鐘をつく事
を停止あり。其夜いたく雪降けれは

2773 鐘一ッ音せて更ぬ夜の雪 」補記

」84

絵讃

月落烏啼の詩の図　土佐(左)百兎所持

2774 三ッふたつ夜明からすの声寒し

三夕の図　讃岐亀背所持

2775 かき餅のほしき顔なり秋のくれ

寒山拾得の箒なき図　丹後牧野角次郎所持

2776 掃く事もわすれて立りけさの雪

柳の下に傾城の立たる図　出羽文釘(カ)所持

2777 青柳やいつこの下を出やせむ 」ウ

桃の花に牛つなきたる図　備中宜朝所持

花山に馬をはなち桃林に牛をつなくとは、聖代の
ためしとや

2778 城山にうたふこゑあり桃の花

竹に雀の図　飛騨曾臼所持

梧桐にあらされは棲さる鳳のかしこきにもあらさ(ねと)
れと、この鳥のひとへに竹の翠の陰を宿としたる
は、かの此君と愛し七賢と称(呼れ)せしもろこしの人に

もにたり

2779 世の中の花を余所めに竹の中

波間より亀の首あけて気をふく図　備後風葉所持 ⌊85

2780 なかき日やあくひしに出る波のひま

箕に白菊の花を載たる図　美濃君里所持

螺鈿の花台にものせす蒔絵の花筥にも入さるは、この花の隠逸をしれりや

2781 秋入の塵もかふらて菊白し

糸瓜の絵　若狭花雪所持

2782 露しものはてや誰か子の顔のいろ

梅に若松の図　飛騨其川所持

2783 わか松や梅のにほひに背（なほ）の延る ⌊ウ

松に鳥の絵　備中李夕処持

2784 鳥の来て啄けとかへす松の色

義仲寺の蕉翁の像（真向の像）　丹波土田氏所持

2785 月雪にわき目もふらす鳰のうみ

予か肖像とて尚芳斎に絵かせしに讃　附尾所持

衣は墨に染ぬれとも心は染す、頭はけ歯落ぬれとも厭欣のおもひもあらす、口に風雅を談（かたりて）して風雅をしらす、我影に向ひてわか身（心）をはつ ⌊86

2786 筆持て何月花のうつけもの

拾得の立たる図　湖東呉琴所持

2787 寒山のもとるをまつか秋のくれ

布袋 中　湖南鯉遊所持

腹（はら）ふくらかに鼓をうち、口（を）おかしけに口笛をふきて思ひなけなるも、（その）袋に尻うたけたるは、よくも大事の宝なるへけれ

2788 かくしたる内そゆかしき春ふくろ

芭蕉葉 右

2789 物書けとたれしはせをの広葉かな ⌊ウ

糸瓜に蟋蟀 左

2790 きり〳〵す啼やへちまの水下る

布袋の眠れる図　松本氏所持

むかしより上戸の沙汰もなきに、かくまて腹のふくらかなるはきわ（は）めて餅好なるへし

2791 餅腹に眠気つきしか春の風

寿老人の像　陸奥漁光処(所)持

2792 ゆら〳〵と往来かふ春の日影哉

蕉翁椎の木陰に立る像　但馬野弓所持

2793 目の下に濁らぬ湖水すゝしとや

予か像(肖)とて、うしろむきたるに讃(法師の画)

この法師の頭の大きやかなる、わかうしろむきたるにいとよく似たりといふ。我いまた、わか後すかたをしらす

石山寺梅下所持　」87

2794 月雪になつかしわれかうしろ影

芋魁の図　備中李山所持

二百貫の銭にかへし味ひは、この時にあるへし

2795 おく霜に茎もいつしかまろかしら

芭蕉翁像(画)　瓦全所持

身を浮雲流水にまかせて、羇旅に世の」ウあはれを感し、心を万葉古今にかへして、俳諧に物のまことをつくす

2796 物いへよむかしの月や雪とはむ

山水の図　陸奥里桂処持

2797 秋の水すむやするとき山のかけ

河千鳥の絵　遠江已十所持

「川かせさむみちとり啼なり、と吟すれは六月も寒くなれり」とは和歌の情を称し(けるも)。丹青の妙をいはゝ

2798 (河)むらちとり日の六月も影さむし　」88

萩薄に臥猪の図　遠江白輅所持

かける時は猪武者のおそろしきも、眠れは臥猪の床と優にやさし

2799 萩すゝき錦着てねし夢やみる

邯鄲の夢の絵　美濃蘭戸所持

2800 目さますな世の月花もねふるうち

二見の浦図　備後提国所持

2801 垢離をかく人影もなし浦の秋

芭蕉翁の像(画)　但馬命侯所持

2802 花にこえ月に痩れし影やこれ　」ウ

摺鉢に鶯の絵　湖南雨橋所持
2803 すりこ木を梅の立枝とおもふかよ
小（大）原女の見かへりたる図　備中湖嵐所持
2804 雑喉寐せしその恋人のよふ声か
芭蕉翁の（絵）像　大和群山自画
「川風やうす柿着たる夕涼」の着なれ衣にや
2805 薄かきの袂やいつの衣かえ（へ）竹の葉のきれ〳〵なる図　播磨魚潜所持
2806 雪解やちきれ残りし笹いく葉
支考か消息の中に「発句なくて見るに」89かひなし、書添よ」といふに　備中路風所持
2807 発句ゆかしいつの月見の夕飯そ
文素老人か扇持し像（絵）　湖南唯泉寺所持
2808 猶見たし扇に書し発句あらむ
芭蕉翁像（画）　肥後何某所持
むかしより伝へたる誹諧ならす連歌によらて、別に俳諧の道をあきらめ、世に俳諧の道を示して、人に誹諧をもてまことの道に入らしむ

2809 わか家の仏たふとしかれ尾花
冬木立に（の）月影あり（に）村烏ある図　美作何某所持　」ウ
2810 声すさまし冬の夜明のむらからす
芭蕉翁像（絵）　備中雨森（杜陵）氏所持
2811 面影に立そふ影や枯尾はな
桃の実と花を持たる猿の図　筑後君山自画
2812 花に実にとこの仙家て手折しそ
芭蕉翁の雪月花を詠る図　但馬孤舟所持
この翁やこの道の聖にて、雪月花時最憶君なるへし
2813 なつかしの絵やいつの春いつの秋
同翁像（画）　枕流所持　」90
身を浮雲流水にまかせて西行・宗祇の遁跡をしたひ、心に飛花落葉を観して子美・楽天か風躰をまなふ
2814 踏分しかれ野ゝ道やおく深き
大雅堂か猿引の図（画し）　備中橋野氏所持
2815 世の中は朝三暮四や草の露

水飲の虎の図　播磨浄運寺所持

2816 すさましき影うつりけり秋の水

福禄寿（春甫か絵きし）の亀にのりたる（図）春甫か絵　左人所持 」ウ

2817 鶴よりも乗よかるらん夏のうみ

頼政卿の歌の心の図　湖北竹本氏所持

2818 けふみれは花の雪なり比良のみね

芭蕉翁のはせを葉の下に座せし像　因幡已千所持

2819 昔床しその深河の秋の雨

祖月か画たる猿の三番叟の図　播磨何某所持

2820 月はなにみな人まねのうき世かな

藁屋に七夕の竹立し図　美濃櫟原氏所持

2821 賤か屋もむすめもちてや星の歌 」91

天満宮聖像　但馬菊隠所持

2822 まさ〳〵と匂ふ御袖やうめのはな

蔦の生し木に鳥の居る図　参河古帆所持

2823 ものいはぬ鳥の来にけり蔦もみち

東圃か菊（画し）の墨絵　同　都巴所持

2824 うす墨やひそかに匂ふ夜のきく

三夕の図

2825 秋の暮何所なかめてもみなさひし

布袋のうつふける像　土佐白許所持

2826 あきのくれ福の神さへもの思ふ 」ウ

索道か、（絵の）几帳に菊茱萸袋かけたる図　虎白所持

2827 菊の香や世にかくれすむ女御子

泥亀の水くゝれる絵

2828 背中こす水すゝしいかぬま太郎

布袋の舟にて月見る絵

2829 月見とや舟に袋もすてゝおき

雨降るに琴を持て行図

2830 夕しくれ琴ぬらし行人ゆかし

熊谷蓮生法師ならん、馬上にうしろ」92向たる絵

2831 こゝろありや入月みむとうしろむき

牛の親、子つれたる図

2832 朝戸出やねふる子牛の背の露

老若の女の碪うち居る図　湖東仮興所持

2833 親と子の音へたてなや(カ)小夜碪
喩々の竹の絵に　丹波臼井氏所持
2834 酔さめし時絵書しか竹すゝし
英一湖か(画し)達摩の墨絵　井手亘理所持
2835 一筆にひくや霎(しぐれ)の無一物
」ウ
蒲(葡)萄の墨絵　二枚
2836 おく露やいとゝふと(た)うの玉ゆらく
2837 秋や更しふと(た)うにたまる墨の露
美信か筆の雀蛤となる図
2838 世はかくや蛤となる稲すゝめ
盥まはしの戯なす図
2839 すきはひは見るもあやうし草の露
狩野縫殿助か(画し)苗代の図(に鳴子の図)
2840 なはしろにはや鳴子引うき世かな
衣縫ひ居る古徳の像に
」93
2841 悟りたる身も夜は寒し衣ぬふ
応挙か(筆の)瀧ある山の図
2842 夏のやま瀧より外に音もなし

海北友雪か、笈負し法師の上を見て笑ひ居る図
山崎市兵衛所持
2843 大空の不尽の雪見しうれしさか
枯芦に鷺の立し図　参河畑七三郎所持
2844 鷺の毛の猶しら〱し冬の沢
〔「しら〱し」ハ、「〱白し」ヲ覆ッテ糊付ケシタ貼紙ニ記ス〕
祥然法師か不二の絵
2845 下手の絵も富士とは見ゆれ夕霞
」ウ
東圃か(筆の)鍾馗一人立たる図　浄華庵所持
2846 鬼もなき夜半となりけり朧月
同筆、鉢の木の梅の絵
2847 うめさくや雪の薪にきりもせす
洞月か筆の、ちりかゝる花の本に僧の眠れる図
2848 高鼾かくな桜やなほちらむ
士通か書し、桜の木のもとに僧の座禅する図
巴龍所持
2849 木のもとや眠らんとすれは桜ちる

芭蕉翁のうちゐめる像
花やかなる春は頭重くて、と聞えしも　└94
2850 うれしけにいつの花鳥の春なるそ
守春・守貫二筆にて書し、一幅に三夕の図
2851 誰か筆に書しもあはれ秋の暮
鹿の有ける下に六歌仙画たる図　丹後喜多女所持
2852 僧もなき女もなくや鹿のこゑ
長谷河等潤か筆の蜘の画　大津福田氏所持
2853 涼しくも夕日そ光るくものいと　└ウ

賀

粟津の文素、かしら下しける悦ひを
2854 一剃にせしやうき世の雲かすみ
年月住こし帰白道院の院務を弟子なる僧に譲りて
半閑室にかくるとて
2855 蝶〳〵や花に朝寐もおもふまゝ
播磨の竹の内氏か、親の七十の賀しけるに
2856 稀なりや雪に筍のこゝろさし
長崎の枕山か六十の賀に　└95
2857 竹の子やまたことしより千尋にも
筑前の風猪の本卦のよろこひに
2858 けふはまた春にかへるや氷もち
讃岐の何某か初老の賀、勧進
2859 わか竹や数へはしむる千代のふし
陸奥の蘭雅か催しける酒好ける人の年賀を（に）、寄酒（祝）といふ心にて
2860 酒の徳や老せぬ顔の桜いろ
但馬の木卯亭にて、二見形の文台開興行ありける　└ウ
時
2861 浦風をひらきはしむる扇かな
岡崎の庵にうつりけるに
2862 さひしさの音聞め（そ）む春の雨
鯉風か鷹の夢見たりける夢祝ひの会に
2863 勢ひも塒出（とやで）の鷹のすゐたのし
丹波の阿誰か、帰参の仰蒙りたるに

2864 かう殿に呼るゝも鷹なれはこそ
伊勢の神風館の入楚か七十の賀に

2865 顔も老ぬはつよ神かせ春の風
讃岐の帯河か剃髪の祝に」96

2866 かりの葉は落てまことの梢かな
文下入道ける時

2867 十徳のそなはる身なり冬ほたん
彦根の家士海老江氏、ことし九十六歳なるか、能書の聞えあり。発句おくられけるに、その長寿を賀して

2868 数しらす寿の字書らむ筆はしめ
但馬の髭風の四十の賀に

2869 松竹や千とせの門のはいり口
「玉霰」といふ酒を、はしめて醸しけるを祝ふ」ウ

2870 玉あられ汲とも尽し杓の音
備後の風葉くすしか六十の賀しけるに、不老門前日月遅のこゝろを

2871 門松や老ぬ薬は家に有
陸奥の巨石、初老の賀

2872 めつらしう老もてはやせ海老野老
五升庵焼亡の後、夏を経て造作いてきて、名月の日、入庵して

2873 今宵こそ月の宿とは成にけれ
播磨の魚潜上人、四十の初度に、未顕真実」97の句をなすを見て、なほ是より人天の化度なかゝらむ事を祝ひて

2874 八十の涅槃へはまた春長し
筑前の蝶酔か初老の賀に、今より幾春かけて白楽天か尚歯会、俊成卿の九十の賀にもならへやと

2875 老の名をはやし初めよ芹なつな
敬道か別業の棟上の時、棟札に書ける

2876 鶴も来て巣くはん棟の松檜
但馬の茂敬、七十の賀、勧進」ウ

2877 子に孫に幾門ふえし松と竹
安芸の風律老人か八十の賀。
世間の寿を祝ふには楽天に十歳をこえ、風月の才

を論せは清輔も十年のわらへなるへし

2878 あふくへき花の長者や尚歯会

備前の孤島か七十の賀に

2879 たくひあらし子さへ孫さへ花の春

参河の巴牛か七十賀しけるを

2880 口〱に祝ふとも尽し百ちとり

播磨の立季か五十の賀 」98

2881 百とせのなから男や春なかき

但馬の航翠、四十の賀しけるに、（その）祝言お（ひ）くりける

日、節分なりけれは

2882 めてたさを申つゝけむ厄払

丹後の木津庄に温泉の涌出し聞えあるに、養老の瀑布なと申すためしに、其家の幸なることを湯ぬしへ申おくる

2883 わか水やことに薬になるいつみ

子の年十二月四日　御即位あり。翌日その御庭拝見を許されけるに、（かしこけれと）有難き　御代に」ゥあひしことを、かしこけれと

2884 万歳の簸音すなり雪おこし

2885 雪も風も吹す日神の簸のかけ

年のはしめに男子も（ま）うけたるとて、餅おくりける

古静かもとへ

2886 わか餅のつよさいはゝむ男の子

美濃蘭戸か厄払の賀しけるに、宗長の記行に、役(厄)落しとて銭をつゝみて乞食の夜行にとらするに、「数ふれは我八十の雑事銭やくとていかゝ落しやるへき」といひしを 」99

2887 宗長の老にあやかれ老のはる

（蛙声大徳の）比叡山の五智院へ、夏のすゑ入院し給ふを

2888 いはふそよ扇は入らぬ山なれと

枕湖亭をいとなみけるに、はしめて行て遊ふに、前に湖水をたゝえ（へ）て山あり舟あり竹有梅あり

2889 事たりて今は雪まつ庵かな

澄月上人、古稀の春むかへ給ふ、そのよろこひ申さむに、かの僧正の白かねの杖ならねと、あらきゝぬにて頭巾てふものをてうして、」ゥかつけ奉

るとて

2890 梅かもとに千代ふる鶴のかしらかな
月ころの病あとなく治して、こゝろよき年を都にむかへられけるに、やゝ浦はの春なこめに波風長閑になりぬとて、孝子のむかへに登られしに具して、名に高砂の松の古郷に首途しける布舟のぬしをいはひて

2891 めてたさよ引つれ帰る鶴のこゑ
行雲老人、八十八の賀に、発句に升かきといふものを添ておくられけるに」100

2892 我見ても久しき門よ松と竹
松契多春　浪花長島春浦勧進

2893 千世ふへきあるしとそしる門の松
備中の何某といふ武士の、年賀の句こひしに

2894 見ぬ人のうへさへうれしち(千)よの春
備後の古声かもとへ、琢舟法眼か大黒天の絵をおくるに

2895 福の神入るや麦屋の門の秋
浪花の高安正二郎か、父の年賀しける賀筵へ申おくる

2896 祝へけふ雪の竹の子こほる魚」ゥ
法師か小僧のころより、加賀のくにゝ五竹といふ作者ありときゝしに、武蔵野に案内子とよひ、今(しも)は都に五竺(すみて)といひてこし(とし)稀なる春をむかふといふに

2897 すくやか名はかり古き海老野老
丹後の支百か初老の賀しけるに、その家に大木の松ともの多かりしを思ひいてゝ

2898 松もまた老めつらしやはつみとり
髭風入道の七とせをへて帰国しけるよろこひに、」101其家の酒の名によせて

2899 幾世経よ白菊つくる宿のおく
しらぬ人の年賀すとて句をこふに、ひた辞すれともゆるさねは、初老の年なるを

2900 めてたさを余所には聞しはつ鳥
大津の巨洲か六十の賀に。

その家は名にし水うみの辺りにすめは、かの白髭
の神とゝもに

2901 幾春も見よや桑田ににほのうみ

豊後の一幹老人、六十一の賀筵に、蜜に漬し松露
をおくるとて。」ウ
もろこしの帝は天上の露をなめさせ給ひて、不老
の方とせさせ給ふとや。この松露は名にし高砂の
松か根に生ひたるにて、千載の茯苓をくらへは齢
をのふなるといふを聞て、ためしめてたけれはま
い（ゐ）らせて、本卦の春を祝ふ

2902 わかかへる春や千とせの松の露

隠岐の国造のきみ、位階昇進ほいのことくし給ひ
ぬと聞て、飛騨たくみの作れる位山のいちゐの木
の扇をまゐらするも、なほ家の風」102吹つたえて
位山のいや高くのほり給んことを

2903 分のほれ一位に二ゐに夏木立」ウ

草根発句集洒竹乙本

（外題ナシ）」表紙

春

去年の冬、山科の里より頭白き烏を　大内に奉り
けるに、菅江の博士たち、めてたきためしなる勘
文を奏し給ひけるよし、うけたまはりて

3001 野からすの白きにあひぬ御代の春

筑前の岩瀬何かし、安楽寺の飛梅の霊木をもて彫
みたりける　菅神の聖像を譲けるを祭りて

3002 飛かへる梅かしこしな庵の春

聖護院のかりの　皇居いと近けれは

3003 初鶏や内裏にならふ里の春」1

此里は、聖護院の　内裡、粟田の　仙洞のちまた
なれは、朝参・院参の人のところせくて

3004 往来ふも衣冠の人や松の門

この三とせはかりは、都の貴賤、此ほとりにかり
に住けるも、もとの京に家作りてかへりぬれは

3005 へたてなき里人とちよ門の松

春くはゝれる年なれは

3006 わけてことし遊ふもなかき花の春 」ウ

元日、初子の日なりけれは、卓錐禅師・江雲処士
うちつれて神楽岡に上り、小松引て、去年つくり
ける泊庵の庭にうゑしを見て、そのかみ西行上人
の庵に松を栽て、
ひさに経てわか後の世をとへよ松
と口すさみ給ひけるをおもひいてゝ

3007 久にへて軒端と共に緑たて

〔「軒端と共に緑たて」ハ、「わか庵おほへ引し松」ヲ覆ッ
テ糊付ケシタ貼紙ニ記ス〕

此里に、上達部多く住たまふ比なれは

3008 烏帽子着てわか菜つむ野や絵のすかた 」2

聖護院の内裏の前、通りけるに

3009 うくひすや内侍所も鈴のなる

3010 鶯や竹にたはしる玉の声

信濃諏訪の自得勧進の蕉翁の水滴に

3011 うくひすの口やこれより月に花

〔三〇〇九句ノ上ニ「後」ト「一」、三〇一〇句ノ上ニ
「二」、三〇一一句ノ上ニ「三」ト細字デ記シ、イズレヲモ
抹消スル〕

立春、十三日なりけるに、その節分の夜より雪ひ
た降にふりにけれは

3012 門の雪夜へ鬼の来し跡やある

3013 淡ゆきやうつもるゝ葉におきる草 」ウ

3014 春なれや足あと多き野辺の雪

3015 打玉とつれてはしれる小犬かな

内裏造営の材木を、浪花津より東河を舟して近衛
河原に引上すに

3016 宮木引かもの川瀬や春のみつ

3017 さしもせて傘かたけつゝ春の雨

〔三〇一七句ハ行間ニ補入〕

3018 下もえの（る）溝や堅田の蚯蚓ほり

笠取山に梅を見る

3019 ぬくき花寒き匂ひや岨の梅 」3

睦月三十日より（の朝、四条河の東より火いて、、あくる）二月朔日まて、洛中内裏・仙洞を

はしめ奉り洛中に（数の十万（の）家〳〵は）ありとある神社仏閣こと〳〵く

炎上し、その火やゝ洛外におよへり。さる中に、

京極わたりなる和泉式部の墓の前に、軒端の梅と

いふ古木の、煙の中に花のほのめけるを

〔「三十日より」ノ「より」ハ、「明る」ヲ覆ッテ糊付ケシタ貼紙ニ記ス〕

3020 焼あとや軒端といふは梅一木

3021 雉子なく焼野のすゐや人もなく 」ウ

3022 きし啼やこけ残たる枯尾花

〔三〇二二句ノ上ニ「前」ト細字デ記シ、抹消スル〕

年ことに、花の比は遠近の花見ありきて、庭の桜

のさかりを見さりけるに

3023 此春や心のとめて庵のはな

3024 日一日まもりつめたり庵の花

3025 軒の花嵯峨や醍醐は道遠し

3026 花見るか門にたゝすむ物もらひ

一条殿下の、庵の（前）通らせ給ふに

3027 花の香に捲せたまふか輿の御簾 」4

3028 我花とたのむも雨の曇かな

3029 二三日花守となりぬ軒のはな

3030 門も出す花をほたしの日数かな

3031 我花と木陰はなれす虻のこと

3032 見かへりて行人うれし門の花

3033 散花になほうすつける夕日哉

3034 花の陰死ぬへく見ゆる人もなし

3035 拝まれて遅し彼岸の入日影

〔三〇三五句ハ行間ニ補入〕

3036 なかき日や三ッ四ッ残る蜆うり 」ウ

上巳の節句に雪の降けるに

3037 雪ちるやふところ手して紙ひゝな

閏ありける春もゆくに

3038 おなしことよ一月遅き暮の春 」5

夏

3039 穀断し腹にひゝくやかんこ鳥

3040 花躑躅長者か軒の竿長（高）し

〔三〇四〇句ハ行間ニ補入。三〇三九句ノ上ニ「後」、三〇四〇句ノ上ニ「前」ト細字デ記ス〕

洛中回録（緑）のゝち、仮の　皇居は隣村の聖護院なるに、むかし大永のころ、宗長か記行に「内裡は五月の麦の中に」と書し有さまなり（に、浅間しけなる所なり／くせまき　るに）

3041 麦秋や宮もわら屋も軒ならひ

五条わたりに夕顔町といふあり。こは」ウ何かしの巻の名をとゝめたるなるへし。火災の後はそのあたり家居もまはらに、かの物語のおも影おほへて

3042 夏草や夕顔町の小家かち

この町は、中ころ学士道春の住る所にて、ありし世の書ともに夕顔巷としるせしあり。荒もてゆきしさまは（この比ころ）

3043 今も見る蛍あつめし草の窓

3044 枯いろや夏野ゝ中の麦菜種 」6

3045 筍や蛇おちる（をこはかる）小野ゝ尼

3046 けしの花白く咲るそ罪なけれ

3047 葉桜に今は不明の御門かな

3048 手のひらに清水すくへは玉すゝし

3049 清水すゝし蟹も朽葉も涌上る

3050 いたゝいて目を洗ひけり苔しみつ

3051 むすふ手の袂へつたふ清水哉

竹亭陰合偏宜夏

3052 涼しさや竹の葉すりの板ひさし 」ウ

3053 壁落よ涼風入らむ月さゝむ

3054 丹塗て見るから暑き団扇かな

3055 くるしけに寐し人影や昼の蚊帳

三伏の中に雨の降さること、斯訶世界の思ひをなせり

3056 雨ふりし日を数へ見るあつさ哉

3057 夏痩の顔重たけや眉の墨

日ころ米の価のいとたうとく、米珠(は)の」7ことしといふはかりなれは、洛中洛外の家ことに粥をたきてくらふ

3058 水無月の粥すさましのうき世かな

」ウ

秋

魂まつるいとまに、貞徳老人の書るものを見るに

3059 魂棚やわか身に数ふ戴恩記

〔三〇五九句ノ上ニ「後四」ト細字デ記ス。余白ニ補記シタ詞書ノ上ニモ「後」ノ細字アリ、「後四」ト線デ結ブ〕

3060 硯こそあらへ書へきことしらす

「鵲のよりはの橋」と和歌に読るに、祇園あたりの遊女町に駕籠舁るおのこともを「よりは」といふと人のいふに、この夕くれ

〔「この夕くれ」ハ、「ある夕」ヲ覆ッテ糊付ケシタ貼紙ニ記ス〕

3061 鵲のよりはの駕や行ちかふ

近衛河原に、内裏造営の宮木をあつめて」8橋をわたされけれと、往来をゆるさねは

3062 橋もりも星は一夜そわたせかし

〔三〇六〇句ノ上ニ「前一」、三〇六一句ノ上ニ「〻二」、三〇六二句ノ上ニ「〻三」ト細字デ記ス〕

洛中炎上のゝち、家ともの建もそろはねは

3063 灯籠もまはらにさひし町の秋

物かたりのこゝろを

3064 むすめ住す所か切籠かけ深し

3065 鶏頭の花やつく〳〵うまれなり

〔三〇六五句ハ行間ニ補入〕

3066 白露をもり上さくやいねの花

ことしは米の価いと尊くて、飢人もいてくる(へき)はか

りなりしも

3067 人肥る早稲の葉分の風すゝし　」ゥ

3068 秋風に白き柳の葉うらかな

3069 刀豆や垣に落たる四日月

〔三〇六九句ハ行間ニ補入〕

3070 きたなくそなりぬ昨日の花むくけ

3071 墓守の家や木槿を花の墻

3072 白木槿たとはゝ水の泡といはん

3073 花野原わか牛の角も箔ぬらん

〔三〇七三句ハ行間ニ補入〕

洛中の人家、なほ建さる所多きに。二句

3074 絶〳〵に草の錦の小路かな

3075 虫啼や弾うたふたる家の跡

3076 蟷螂の斧の無骨（さよ）よ虫撰　」9

今宵の月見は、巴陵・巴川の人〳〵に誘れて真葛原の酒楼に登るに、月は霊山の尾上にいてゝ手に取るはかりなるに、酒さかなもとめ出て女のわらはに酌とらせ、更ゆくまで遊ふ。けにやむかし人の月見るとて「我身ひとつの秋」なとなけきしは、かならす酒酌ぬ月見なるへし

3077 酒のめは月や悲しきものならす

ひとりの小姫（三ツの）か糸かきならし、「月やは物を」とうたひ出せしは、折から心あり顔なり。その声の思ひなけなるは、」ゥ潯陽の江のほとりの四ツの緒にやうかはりたりや。何かしひしりかわらへを友とし、「かれは十六、我は六十」と書しも思ひつゝけゝ（ら）る

3078 君いくつ今宵の月とおなしとし

泊庵をいとなみて、はしめて名月の夜にあひしかは

3079 月させよこよひのためのこの庵

3080 翌は月もなき思ひして此夕へ

3081 さひしさを老ての後の月見かな

八月廿日の夜、大風吹て、庵の隣の家も二軒たふれぬ。まして木々もの（多く）吹折れけれは　」10

3082 影はるゝ木〳〵や野分の後の月

〔三〇八二句ハ右端余白ニ、詞書ハ前ノ面ノ左端余白ニ補記〕

火難のゝちは、錦綾小路とよひしあたりも、黍の穂、豆の蔓のはひわたりしさへ

3083 家かくす葉もうら枯てうらさひし

3084 うら枯や撫子ひとつ花あかき

〔三〇八四句ハ行間ニ補入〕

3085 竹伐てなほ紅葉しぬ櫨柞（はぜははそ）

3086 浅茅生や露なめらかに猪口茸

〔三〇八六句ハ行間ニ補入〕

3087 柿の木や人罪つくる庭深み

3088 鹿のこゑ山風落て絶んとす

3089 星月夜恋せし星もうちみたれ

3090 秋の雲つらぬく星の光かな

〔三〇八九句ト三〇九〇句ハ行間ニ補入〕

3091 酒瓶や既に九月も尽んとす

3092 読終る朝顔の巻や九月尽

」ウ

冬

小島検校か家に、平家の会ありけるに

3093 語るのも高野ゝ巻や夕しくれ

3094 木からしや角かたふけて車うし

3095 〔木からし〕ーーーにあふつや関の片扉

3096 ある時は時雨て参る十夜哉

3097 時雨しも霰となりぬ二の亥子

〔三〇九七句ハ行間ニ補入〕

3098 誰か子そ手炉の蒲団のから錦

3099 冬こもり養ひたてん鼠の子

〔三〇九九句ハ天部余白ニ記シ、「誰か子のつきに」ト指示〕

3100 帰はな蝶あらは音になきぬへし

〔三一〇〇句ハ行間ニ補入〕

3101 藺を植や冬田の中の深みとり

3102 人焚くか枯野ゝ中の瓦葺

3103 萩すゝき枯て山路の猶遠し

」11

けふ　還幸の時にあへる。大かた世にありとある人の、都ちかきはいふも更に、遙に海山を隔てし国〳〵よりもまう上り来るに、さるあやしのかたひ法師までも人なみに岡崎の野にはい出て、「あなたうと、けふの尊さや」とうたふ

3104 行幸おかむ道や枯草朽葉まで

還幸ましける明の日、内裏の跡にて。二句

3105 今日ははや（見れはトモ）ふるき都や菜大根　」ウ

3106 又もとの聖護院なり梟なく

雪のはじめて降ける日、新内裏を拝み奉る。二句

3107 御築地や雪の初花咲そろひ

3108 仰き見るはつ雪や紫震（宸）宜陽殿

還幸の御道作りけるに、雪ふりけれは

3109 玉敷る道とこそなれけさの雪

泊庵の造作の半に、雪のはじめてふれるに

3110 初雪に深（さ）こゝろむ軒端かな

3111 初雪や比叡のうしろの比良の山

〔三一一一句ハ左端ノ余白ニ補記〕

」12

3112 山裙や雪になたれし村尾花

3113 美しき女に逢ぬ冬の月

この三とせか程は、貴きいやしきともに此ほとりに住けるか、みなもとの京へ帰れるに

3114 見し人はいんて師走の月夜哉

大嘗会行れけるに、一月はかりは都の内外に鐘つける事停止ありけれは

3115 鐘のこゑも冴す仏法なきむかし

3116 花うりも梅匂はすや事はじめ

〔三一一六句ハ行間ニ補入〕

3117 片隅に古仏立けり年の市　」ウ

3118 炭負へる翁ころふな年の市

3119 松売や千代の古道わけて来る

〔三一一九句ハ行間ニ補入〕

3120 煤掃や壁に寒けき笹の音

3121 衣くはり我も（は）紙子（衣）をもらひけり

〔三一二一句ハ行間ニ補入〕

3122 青むしろゆたかに長き稲穂かな

3123 宝舟しくやいねよき冠者の君

節分

3124 燈たてゝ鬼のたゝすむ門もなし

泊庵の壁に、慈鎮僧正の御歌なる「心なき人をはよせし山のへの庵は中〳〵ぬしきらふなり」といふを、短冊に書てはりて（ると）

3125 心なき人をはよせし柊さして 」13

年内立春　二句

3126 すさましや瓶にきのふの寒の水

3127 軒の煤落けり今朝の春の風

3128 梅をゝり味噌すりて年のいとまなみ 」ウ

雑

送別

柴栗山先生の関東へ召れける時。

年ころの学徳いちしるしく、東の方まても聞えて、公のめしをかふむらせ給ひける先生のいさをしは申もさらに、かくかしこきを用ひ挙させ給ふ御代にうまれあひしは、大かたならぬ天か下のよろこひなるへし 」14

3129 世のためになほ踏分よ雪の道

筑前の雨銘ぬし、師走の中ころ東へ下られけるに、むかし宗祇法師か東下りに、ある君の「橘」といふ名香をたまはせけるためしに、「注連の内」といふ香をゝくりて

3130 旅人も梅かゝときけ事はしめ

沂風・一萍、九州のはなむけに。

ひとりは仏像造立のために俊乗坊かためしをゝひ、ひとりは俳諧修行の望に」ウ 芭蕉翁のふるきを慕ふ。かれは後生の縁をむすひ、これは今世の交をもとむ。その二人を加茂川のほとりに送るに

3131 行（け）や雁こゑをあはせて海山に

隠岐国造の帰国に。

公のめしによりて、遙なる海をこえてもて上りたま

ふ駅路鈴は、去年の　遷幸の御調度と成ぬ。その賞とて数の御たま物いたゝきて帰国し給ふに、船路なれと」15馬のはなむけす

3132 雲井まて音ひゝかせて帰る雁

塘雨老人か、ふたゝひ東へ下りけるに。世のつとめのいなみかたくて、老のゝち東海道のゆきゝも小夜の中山の中〳〵に、旅このめる身の本意ならんや。かの先徳の歌にもなくさみてよ

3133 またこゆる命をいはへ春の山 」ウ

羇旅

甲斐・信濃の国を見ありきて、むかし中務の御子の、

北になし南になしてけふ幾日富士の麓をめくり来にけむ

といへる御歌を思ひいてゝ

〔「見ありきて」ハ、「めくりありきて」ヲ覆ッテ糊付ケシタ貼紙ニ記ス〕

3134 春幾日富士をはなれぬ旅路かな

讃岐の志渡の浦辺にて、四国辺路(遍)の宿する家にとまりけるか、あやしの笘ふける家にあら筵しき、薪を施すはかりにて、米も」16手つからかしきて喰ふならゐなるに、（まして夜のものもあらねは）弟子の僧も、ものかつかせし老人も共にくゝまりていねぬ。江口の君か西行上人を宿せし歌の風情もかくてやと、あはれなるに

3135 みしか夜も心とまらぬやとりかな 」ウ

名処古迹

嵯峨のあらし山の花に、六如上人・蒿渓(蹊)居士なと遊ひけるに、（おの〳〵見る所を席書するに）円山右近か、川に花の流るゝを絵書るに

3136 丹波から来る水ならし花のちり

三月尽なりける時

〔詞書ハ行間ニ補入〕

3137 花鳥の春見をくるや大井河

3138 散さくらまて筏士よ酒くれむ

紫野ゝ高桐院に遊ふ。庭に細河三斎の物すき給ふ
袈裟の石鉢あり

3139 水鉢のむへ〳〵しさよ薄こほり 」17

栗生光明寺に、大師を荼毘し奉りし時に、あたり
の松に光明のさしけるを、今も「光明松」とはい
ふ。秋のすゑなりけれは

3140 まさしくそ松もかゝやく夕紅葉

九月尽の日、鳥羽縄手にて

3141 ものさひしけふはかりなる秋の山

伏見の梅山

3142 うめかゝや桃のかれ木もほの霞み

清水寺の舞台の花に 」ウ

3143 よき人か花の下ゆくうしろ影

春のはしめ、四天王寺にまうてけるに六時堂の鐘
をきく。かの黄鐘調はしらねと

3144 いと優に霞みわたれり鐘のこゑ

夏のすゑ、住吉にまうてゝ

3145 傾城の植しか御田のしとろなる

同しころ、津守神主か家にて

3146 古庭や松にかしはの夏こたち 」18

3147 須磨寺や咲花もたゝ二木三木

3148 花匂ふ上に月あり須磨とまり

播磨の曾根の松は、見しにもあらてかた枝のかれ
けるに

3149 松老て花さくこともわすれしか

書写山に登るに、山上に桜多し

3150 花さかり女人もゆるせ乙護法

讃岐の丸亀の浜辺に寺ありて、清水あり。」ウ むか
し法然上人、此国へ左遷の時、御舟この浜辺に着
けるか、海辺のならゐ水のからかりけれは、上人、
舟の械もて手つから出(土)をうかち給ふに、清泉ほと
はしり出しより「械堀(掘)の清水」といふ

3151 とく〳〵と夏さへかれす械の水

屛風か浦の弘法大師の誕生水を拝む。けふしも四
月八日、灌仏会なりければ
3152 岩かけや仏のあひし鉄気水
善通寺の西行上人の庵の跡に、古松あり。『山家」19
集』に「善通寺の庵の前に松の立りけるを見て、
ひさに経てわか後の世をとへよ松跡したふへき人も
なき身そ」
とよませ給ふより、所の人「久の松」といふ
3153 青あらしその後の世を松やとふ
3154 跡慕ふわか袖に入れちり松葉
ことし二月は、上人六百年にあたらせ給ふか」ウ
ゆゑにまふてぬるなり。
白峰は綾の松山にて、崇徳院を葬奉りし所なり。
御殿のさまは紫震(宸)殿をうつされぬとて、左右(に)の陣
の桜・橘を栽られたり
3155 橘や右近の陣の世をしのふ
3156 はかなさや御階の桜花残り
西行上人、この御陵にて、
よしや君むかしの玉の床とてもかゝらんのちは何に」20
かはせん
と詠りければ、御陵鳴動しけるといふ
3157 樫散るや玉の庭はく寺男
屋島の内裡跡とて、門のかたちを残せり
3158 麦の穂と立や内裏の門はしら
道の傍に太夫黒の馬の塚あり
3159 人はたゝ夏野ゝ草に埋るゝを
阿波の徳島の城の下に、横をれる山あり。『万葉
集』に舟主か「まゆのこと雲井にみゆる阿波の山」
と読るより、「眉山」といふ
3160 眉山や朝の雲はく青あらし」ウ
鳴門の潮の眺望に
3161 散みたす卯浪の花の鳴戸かな
淡路の福良の浜に、煙島といふあり
3162 雨しふくわか葉青葉やけふりしま
3163 うすく濃く絵島かくすや雨(梅)の雲
信濃ゝ木曾の谷深く分入て、木曾峠といふあり。

その西南の方を箒谷といふ所の（に）、諸木の茂りたる
中に（より）一木のみゆ。これ名にし箒木とそ

3164 はゝきゝやありとは見れと朝かすみ　」21

諏訪の湖

3165 御わたりの氷はとけて小鮒引

上の諏訪にまうつるに、けふは十軒堂といふ所に
て、鹿の頭七十五備ふるの神事あり

3166 声になく秋より悲し鹿の顔

御射山は、神戸といふ里の野山なり

3167 穂屋つくる秋なつかしや薄の芽　」ウ

甲斐の国、教来寺の関に入るに、富士の山真上に
見る（ゆ）。折ふし鶯の啼けるに

3168 黄鳥に富士のうら山見る日かな

3169 うら富士や麓は雪の弥生山

河口の湖に臨むに、富士はさなから湖中にひたり
て、田子の浦・清見潟にて海へ（遠く）たてたるなかめと
はことにして、この旅の思ひ出は此景にこそあれ

3170 行春やけふ迄生し甲斐のふし　」22

山梨郡に富士井とて、山のうつれる井あり

3171 かへる子や底から曇る不二の影

酒折の社にて、日本武尊のふることを

3172 我旅も幾夜か寝つる春の夢

身延山の鶯谷にて、うくひすのなきけれは
〔「鶯谷にてうくひすのなきけれは」ハ、「うくひす谷にて鶯の啼るに」を覆ッテ糊付ケシタ貼紙ニ記ス〕

3173 囀りも余の声はなし身のふ山

石和河のほとりに鵜飼寺あり。日蓮上人、鵜匠を
済度ありける所とや

3174 里の子よ魚なゝふりそ母子摘め　」ウ

三月尽の日、武蔵・下ふさの両国橋にて

3175 悠然と春ゆく水やすみた河

3176 猪牙舟や春の行ゑをゝふことし

3177 辻番に問へと聞すと郭公

鎌倉

3178 月影の谷とこそ見れ夏木立

伊豆土肥杉山の懐古

3179 かんこ鳥伏木の中に啼こゑか
遠江の奥山方広寺は、後醍醐の」23禅師の御子の禅師かくれ住給ひし所なり
3180 若葉くらし吉野も捨て入りし山
近江の与呉の眺望
3181 秋の水もすさましからすよこのうみ
（去何に案内せられて）竹生島にわたり、妙寿院とい
ふ僧坊に酒飯のみくらひて遊ふに、蝿のむらかり
けれは
3182 人間の来れはこそあれ蝿のこゑ
但馬の城崎の温泉に行て、奥の湯に浴す。口の湯
にかはりていとしつかなり」ウ
3183 湯あひるも老人多し籬の菊
3184 おくの湯や見る人まれに後の月
丹後の大内峠より眺望
3185 橋立や松を時雨のこえんとす
3186 高浪や内の海には鴨眠る
浜つゝきに花波の里あり
3187 小春とて花浪よする渚かな
河内の交野あたりにて
3188 わたり鳥今は禁野もなき世哉」24

哀傷

江戸の蓼太うせける時。前書あり
3189 むさし野に月なき秋の思ひかな
丹後の逸枝女、ありし世に使のたよりに、男ならやすくむかへん雪の道
と有しも今さらにあはれに、各留半座乗華台　待
我閻浮同行人のこゝろを
3190 先にいて我をむかへよ雪の道
祥然入道かなき跡に、松本の地福寺にまうてゝ」ウ
3191 露おくや七日〳〵の塚の草
曾秋か、母の思ひにこもりぬるに、はての日は九
月三十日にあたりけるに、「はてなきものは泪なり
けり」の歌の心もていひなくさむ

3192 悲しさもはてあるものそ九月尽
讃岐の歌童女か許より、夫の楚畔は過し文月八日
にうせぬとて、
この別れ秋まちし星の思ひより
といひおこせける返し
3193 あきらめよ天の星さへ会者定離」25
几董か霊に手向る詞并発句。
風雅に才高く、年のわかきをおしといふは、世の
人のなけきなり。娑婆のならゐならんにいかゝは
せん、ひとり法師か老の身ことに悲しむにたえさ
ることあり。常に云しは、「あたりちかく住はへれ
は、もし病にふし給ん時は薬まいらすへし。死せ
たまはん後は棺を舁ん」といひなくさめけるも
3194 跡さきに我をそ泣す草の霜
小八良と呼しむかふ髪より、詐善とよふ」ゥ剃髪
のすかたまて思ひつゝくれは
3195 見はてぬる人一代や雺るゝ間
五条の琴之尼か追善に、妙経の題目のかなを句の
上に置くに
3196 なにとせんつゐの別の夜みしかさ
3197 きのふけふとはての日ちかき秋悲し
播磨の青蘿か中陰もやゝみつる比
3198 数ゆるもはかなき秋の日数かな
湖南の新霊山の荷浄法師うせける後、」26住ける山
のかたをなかめわたすに、月のすみぬるに、御経
のこゝろを
3199 入し月のかけや常在霊鷲山
丹頂堂は、惟然房より世をつたえて、世々俳諧の
家といふへし。中にも寒鴻は箕裘の業を守りて伝
灯の光をかゝけしも、日ころの病おもくなりて、
日こそ多きにそのきさら着の望の暁に終りとりけ
る、あか仏の化縁尽て涅槃の相をあらはし給ふか
ことし」ゥ
3200 薪尽き火きえて跡の春寒し
二十余年かほと、堂上地下に奔走してひしりの道
をゝしへけるも、はては一ツの土饅頭のぬしとな

り、「和田荊山先生の墓」としるせしのみ

3201 菊かれて残る名札そはかなけれ 」27

懐旧

天明八年の秋八月十六日、嵯峨の天龍寺にて後醍醐天皇四百五十年の御忌執行ありけるにまうて丶、震（宸）影を拝み奉り、かしこけれとその世の御事申出奉りて

3202 三よし野も隠岐もつゐには嵯峨の秋

須磨の里に、似雲法師か花月庵をみるに、ありし世には塩竈を再興し此浦辺に風情をそへしも今はあらて、「うらさひしくも」とよみけん河原院のふ」ウる事迄も思ひよせて

3203 煙たえし庵や蚊やりたくかけも

西行上人の六百年に、双林寺の塔にまいるに、冬の木の葉のちりつもりしま丶なるに〔に、誰まうつるさまもなきも〕、中〳〵むかしおほへてあはれなるに

3204 塚に木の葉六百年の春を見る

上人のさよの中山の御歌思ひいて丶

けふにあふも命なりけり花のもと

3205 銀閣寺にて、東山殿三百五十回（ママ）の御わさありけるに、古き書画とも都鄙の好事の人の手向奉ることありしに、「参りあつまれる」28人の懐旧の心もてものせよ」とて、皆川先生、韻を分てす丶む。「斜」の字を得たり

3206 夏の山大文字焚し迹なゝ〔なら〕め

一条わたりに歌人梅月堂か家あり。〔この家も〕宝永のむかしの火にかゝりけるか、その比、先師禅量上人、歌学のために遠く常陸の国より上りおはして此家に留錫し給ひしか、内裏回録（禄）の時なれは工匠にとほしかりけれは、先師と具し給ふ浄人と二人して壁の下地をこしらへたひぬ、と聞く〔つたふと前のあるし〕と景平老人、物語ありけるより、この家のなつ」ウかしかりけるも、こたひの火に跡なく焼しを

3207 壁もまた土にかへりて春の草

浪花の若翁といふ人、「祖翁の百廻忌の懐旧俳諧興行す」と告こしけるに。

（『終焉の記』の）むかしをしのふに、「南の御堂の前に（静なる所に）うつし奉る」と書ける、その世の有さま思ひいてゝ

3208 夏花つむ今も花屋のうらさひし

むかし加賀の一笑のはらから、蕉翁に追善の句をこひしは一周忌の比なりしとそ。今の二笑、かのすゑにして、友かきに懐旧の」29句をすゝむるは百廻忌の時にあたれり

3209 吹つたふその秋風よ家のかせ

福田五来か先祖、一円ほうしといふ人の二百廻忌とて、餅いひを施しけるに

3210 軒長くたえすそかほるあやめ草

年ころひめ置し此道の古書六十部を、（ことしの）時雨会に粟津文庫に奉納すとて

3211 時雨ふりしものよ猿みの炭俵

」ウ

述懐

白眼看他世上人

3212 かんこ鳥なれも我声にゝしものか

うらかれわたる前栽に、一ツの蝶の羽をたれてあるを見るに、蝶とあた名せし身の外ならす、そゝろにあはれを催して

3213 身の果もかくや露霜の草のかけ

3214 かきり有に何をいらつそ秋の蟬

3215 空蟬やきたなきものは人のはて

」30

洛中炎上のゝち、東の方へさすらへ行て、五月のはしめ都に帰り上るとて、粟田口にて

3216 京入や暑き火宅にまたかへり

十五夜の月ことに晴ければ（ぬるに）、人の来る音信あれは、泊庵をあけておのれは五升庵にいねぬ

3217 老らくは月にもうとき宵寝かな

3218 さしこめて月にも背く庵かな

3219 名月やむかしは一夜ありきしに

良夜くもりて月見るへくもあらて、戸さして寝たるに、蒿渓(蹊)居士の来りて、」ゥ「こよひしも秋の一夜ともいはて、いきたなし」とわらひけるに

3220 月の夜も今はわすれし此身かな

九月十三夜

3221 月見んとうかれしははしめ後の月

年老ぬれは万の事懶く、をのつから風月の客にもなめけなるを

3222 にくさけな柊と見るな花もあり

唐高僧伝に、皎然つねに顧筆硯曰、我疲示役爾困

我愚

3223 行年や何してへりし硯石 」31

3224 人も見ぬ暦やすゑの二三日

この月の夜ころは粟津・大津の浦辺にありて、待宵は枕湖亭、十五夜は浮巣庵となかめありきしも、こよひは比叡の東塔なる五智院に宿りて見るに、所からのあはれなるに、月の影さへつねならす

3225 夜へまても見しはうき世の月なりし

「麓には千里の月を(波)かた敷て枕の下にあり明の月」の慈鎮和尚の御歌思ひ出し、折ふし鹿の啼けれは

3226 月すめり枕の下に鹿もなく 」ゥ

釈教

仏涅槃の日なれはと、京極あたりの寺〳〵の焼跡を拝みめくるに

3227 ねはん会や薪尽にし灰ほこり

眉間白毫　右旋婉転

3228 大仏の定を出けり稲ひかり

鶴林のためし思ひいてゝ

3229 時雨会や塚の芭蕉葉色かはる 」32

比叡の山の大会に結縁すとて、素絹に袈裟もて頭つゝみ、大衆にましはり大講堂に夜すから法華の論議聴聞す。折ふし雪降て、山風も音せていとしつかな(に)れは、心すめり。されと文々句々の理りはしらす

3230 聞わかね雪の深山の鳥のこゑ

過し劫火に焼残らせ給ひぬる阿弥陀仏の半面の、うらは炭となりしを、浪花へ（の仏師か許へ）もて下るとて、その炭の屑を淀川になかし奉りて、」ゥ 諸の魚鼈に回向すとて

3231 小鮒まて呑てうかめよ春の水

同し御仏を首に懸て比叡の山に登り、根本中堂の前にて、伝教大師、当山の八部谷の楓樹を御宿木となし、薬師如来彫刻し給ふ時に、「我立杣に冥加あらせ給へ」と詠せ給ふこと思ひいてゝ、折ふし木〳〵の霎の音しけるに

3232 露しくれわか仏にも冥加あれ

卯月のはしめ、同し山の灌頂に結縁せんと」33 登山して、道場の外陣に居るに、梵唄のこゑ、焼香のかほりみちて心すむに、また内陣にあゆみ入る（れ）に（は）、教授の阿闍梨の洒水なし給ふに、かたしけなさ身に入て覚ゆ

3233 卯の花や頂にそゝく一雫

此身なから都卒天宮にうまれいてし心ちす

3234 内院に入るや若葉の雲分て

臘八　三句

3235 臘八や雪の山出し足の跡

3236 明星に豆腐そ氷る石のうへ

3237 今朝はせめて仏のまねに霜踏ん 」ゥ

神祇

太秦の牛祭見に行に、あやしの面にあやしの紙の冠かふり、牛にまたかり出て読上る文のえせことは、いかなる世にいかなる人の作にや。その夜はことに月あかきに

3238 祭文や月曇るなといふことか

神無月のはしめ、春日にまうてゝ

3239 昼となく神の留主もる鹿さひし 」34

美濃ゝ結のさとの、むすふの神にて

3240 神垣やむすひあふたる夏の草

丹波梶原鴨明神奉納

3241 春立やこゝも二葉の山さくら

『後撰集』の歌に、「六月ふたつ有ける年、七夕は天の河原をなゝかへり後の三十日を御祓とはせよ」

とありけるに

3242 水無月を二ッくゝりし茅の輪哉

この日、神すさましく鳴けるに

3243 雷やみて茅の輪ぬけ出し思ひかな

」ウ

絵讃

美女二人立る絵　尾張大野　何某所望

汝等勿抱臭屍臥

種々不浄仮名人

3244 なまめける名のみ尾花よおみなへし

住吉躍の絵　番匠孫四郎所望

3245 くねる風俗をみなへし也男へし

」35

文台裏書　絵は芭蕉庵古池図　遠江　知白所持

3246 古池のぬなわやなかくくりかへし

孔雀の尾を喰ふ鼠絵　播磨龍野　何某所望

3247 文つくえに鼠の糞や冬こもり

竹絵　六条　二蛤所望

3248 うこかねとすゝしき竹の葉色かな

寒山拾得二幅対　探光斎周元絵　誰姿所望

箒

3249 春の日や庭はきすてゝまたや寝し

」ウ

書

3250 ひるかへる金剛経や秋の風

梅花に鳥の囀る絵　信濃諏訪　自得所望

3251 うめ咲て口をあかさる鳥もなし

浦の笘屋の絵　伊勢津　岡本宜庵所望

3252 隣なき浦のとま屋ゝ秋のくれ

西行上人の霞の不二の絵　飛騨高山　歌夕所望

江口の君は「心とむな」とよめりけれと

3253 心とめぬ人はあらしな春の富士

」36

座秋居士筆持る像　伊勢　永田三扣所望
3254 今や見ん無衰無変の花もみち
亀のありく絵　飛騨高山　一左所望
人は六識をうこかして、性をやふり百とせの命をまったくせす、亀は六の形を蔵して、気をやしなひて万歳の齢をたもつ
3255 そろ〳〵とあゆめはなかき日影かな
六歌仙の図　丹波　荻野氏所望
3256 まとゐして子規まてる風情かな 」ウ

賀

神沢杜口老人八十賀に。
年ころよひ暁となく机に向ひて、むかし今の事書すさひ給ふ文の数、弐百巻になれり。名付て「翁草」といふ。その名によせて、猶さかゆく八十のこの春よりは
3257 書初て百千につゝけ翁草

藤叔蔵先生の母公、八十の賀
3258 今よりはまたん九十や百千とり 」37
伴蒿蹊先生六十の賀に杖をゝくるとて。
そもこの杖は、兼盛ぬしか「よし田のさとの」とよみしにもあらす、有家朝臣の「百とせのちかつく坂に」と詠るにはまたすゑ遠き、六そしの足のすくやかなるにも
3259 つけや杖花の醍醐に月の嵯峨
筑前の波鷗のぬしか、年のはしめの消息に、」ウ
「七十のとしむかへぬ」といひこしけるに
3260 初春のまれにめてたき便りかな
播磨の姫路の、荻田氏か祖母の八十賀に
3261 子はうたひ孫は舞つゝ花むしろ 」38

こは京師帰白院の蝶夢法師か自筆の集にして、ゆくりなく余か帙中の秘となる。于時癸卯六月初旬也。 」ウ

迷雨楼

余、曩に蝶夢自筆の句集欠本一巻を得て私かに架中の珍としたりしに、今回珍書交換会に於て、図らずもこの一巻を手に入るゝことを得。于茲鴛鴦相偶して、初めて完きを致すことを得たり。于時明治卅六年十二月二日

大野洒竹識

（コノ面別筆）

」裏見返し

草根発句集宮田本

草根句集

」表紙

「苗にして秀ざるものはあらじ」とひじりもの給ひけらし。因縁所生の法はむなしき空にあり。明（月脱カ）の影いりなむとする山のはにこそ、尽ぬあはれはこもりにけれ。五升庵主人はやくよりする墨に袖をまかせ、宗を浄門にとなへられければ、幻阿といひしもまだいはけなきほどの名なりかし。其趣のもとゝありけるふ、ひとまきのふと」序1めとまりけるが、蕉翁のあとたづぬるはじめなりけりとか、みづからの言書にもきこへたりける。うき草のながれての世は、爰にとゞまりかしこにうつろふ折ふしごとのすさびに、発句てふものはみじかくてふかき心のたねとなりにしより、いく春秋をかへぬらん。此草は

中頃より後のにて、猶深く入たゝれけるにやあらん。一二句みし内に、「一日はうちに居よとや春の雨」といふ句ふときゝては、人のおやの物いふ」ゥ心ちしたり。こゝろをしめすかぞいろの雨こそおかしけれ、しばしもうちにはおらぬ心のひたすらむなしきものにもあらめ。かの「古池や蛙飛こむ水の音」にやあらん。雨過夜塘秋水深などいへる面影にやかよひぬらん。底意をそことおもひせば、猶ものあるに似たるべし。心花春風にみだるゝをひとはうちにといはぬものから、長き日くらし窓のふみみせたらんもまたおかし。

かく塵ひぢの山となりつゝ」序2いつしか齢たかう耳したがふと聞しも去年なりけらし。とし月のゆく先思ひやられて、衣の玉のおのが物からかいつけ〳〵うちをけるを、胡蝶夢覚たり周また誰ぞと心づきしきりにとうで、庵のとまりのみるめにわかちて三巻となれり。春夏秋冬はさらなり、吾妻のはて、つくしの海くまなきありきなどして、ひとつ名どころに十くさの句も口にまかせたるが人の耳にもとまれるは、おのづら」ゥ忘れがたみとてなむ、草枯の霜降月、麻の袂に携へ来て、これが序てふものゝやうに書てよとあるを、老のとも（も）どちははぢろふべきもあらず、真白髪を筆にゆひ、くりことのみかいつけぬるは、ひろき政よつのとし師走ばかりなりし。

八十頭陀　澄　月

ふゆの日のみじかきことの葉をしげみ」序3
霜がれしらぬくさ〳〵のたね」ゥ

むかし八ッばかりの年にや有けん、親の家を出て東山の寺に入て、経頌よみならひ伊呂波もじを手習ふいとま、文庫の中に入てみるに天竺の仏の書より唐のこと大和のこと棟に充るごとくなれど、まだいはけなき目に見るべきやうもなし。そが中に誹諧の『枝葉集』といふ草紙あり。こは師の師なる大とこの詩歌にすける、老の後はひたぶる」序4此道を翫れけるその名残なりけり。其書は四季のくさ〳〵を書たるものにて、春の門松、秋の魂棚などいふ世の中にあるとある事の耳ちかくよみやすければ、この書をのみ手なれける。

こゝに師のはらからの僧の京極中川に住けるありしが、弟子におくれてたよりなきを師のあはれとみて、「我につかふるごと、その許へ行て仕へよ」と命じけるゆへに、中川に行て給仕しけるが、その僧、かたのごとくに」ゥ俳諧の句を好みて般亮といふ。法劵(巻)の僧にもすき人ありければ常にその道をかたりけるを、傍に有て聞て興あることに思ひ、みづから名を蝶夢とぞ付ぬ。されどかならず南華のゆへあることわりをもしらず、たゞ夢うつゝのはかなき筆すさみに書しならん、今はおのれもわすれぬ。

それより寺の門前のわらべどもと共に、おのがじゝ句合などいふことをなして勝まけをいどむをむねとして風雅」序5 といふことをもわきまへざりしに、さるべき因縁の時いたりてや、越の角鹿の津に行ことありしに、その津の琴路が家にて俳諧一座有けるにまじはりて、はじめて芭蕉翁の教に深き道あるをしりてより、雪月花の折にふれてたゞあはれにもおかしくもこゝろに覚えしを、おのが目ひとつに見むとて書おきし発句どもの、京極中川の寺にありしころよりこの神楽岡崎の庵にかくれしまであまたありしを、過し」ゥ 安永の午の弥生、里の家に火おこりて草庵も春の焼原と成しに、その句あつめ置しも灰とちりうせぬ。

されば中ごろ、徹書記が和歌の家の集を焼うしなひて後にまた書つらぬると、「野火焼とも尽ず春風にまた生」といひし心にて「草根集」と名つけしも身の上に思ひあはせてなつかしく、事のさまのさも似たれば、そのうせた□(虫、る)後の句どもをなほ忘草のわすれまじきため」序6 もしほ草のかきあつめしを「草根句集」と題す。もしや後に見む人のむかしをしのぶ草の露、こゝろあらば「今はこの法師を(も)かれ草の土の下に朽にけるよ」といひもし給へやとおもふさへ、いと罪深く執あるものをや。そが上、よしなきえせごとどもをもむべ〳〵しげにかいつけ置むも人がましく、「身の後の名をも求るよ」と人のいはむもつゝましく、かりにも捨人のなすべきふるまゐならねど、かの西行」ゥ 上人自筆の『山家集』の法勝寺の火に焼し事を頓阿法師のしるせしことを見れば、さるばかり名利を厭ひはてたまひし道心者におはせしだにさる物書もおかせ給ひけぬ。これぞ「我にはゆるせ敷島の道」とかこたせたまひし御歌とひとしく、人ごとに一ッの癖ならんにや。まして一日一夜の八億四千の念と三途の業なるをも、花鳥に思ひをこらし風月に心を澄すならひなれば、おのづから邪念をさとり」序7 正念になりて、出離の善因とこそはならめ、何ぞ堕獄の縁とはなるべからず（ざ）るものを、とおもひかへして書るは、前の句集焼うしなひけるうまの年より一めぐり後の午の、天明ときこゆる六年、窓の葉音（荻の）さびしく軒の月の影あかき夜、蝶夢幻阿弥陀仏ことのはじめをはりを書。」ウ

草根発句集

春

院務をのがれ半閑室にかくれしとし

4001 元日や今までしらぬ朝ぼらけ

去年の秋、熊野ゝ浦辺にて拾ひ」1 来りし石を硯になして試筆すとて

4002 書ぞめやつきぬ千里の浜の石

4003 餅くふて眠気つきけり今朝の春

自炊の身のうへをいふに

4004 雑煮たく今朝や杓子の持はじめ

文字が関の石もて作れる壬生形の硯を、長門の人のおくれるをもて試筆するに

4005 忠岑の硯おこがまし筆はじめ」ウ

ことしは年子にあたり、立春元日にあり。公には践祚の御事おはしまして、いつよりも春のめづらしげなるを

4006 元日や雲かすみまであらたまり

元日、雪のおもしろく降りけるに

4007 明て今朝はるの初雪はな〴〵し

こぞより隣の家に馬を飼ひければ

4008 いさましく明行こえやはるの駒」2

豊後の此柱が贈りける梅ぼしに、甲斐の石牙が送りし打栗うちそへて盆につみたる所、あはれ草の

戸の正月なるべし

4009 蓬莱やぶんごの梅にかひの栗

丙午の元日、日蝕皆既なり

4010 蝕ばれて猶みがきなす初日かな

4011 雪積て奥ものふかし松の門

4012 正月のうれしきうへに月夜かな └ウ

閏正月ありけるとし

4013 餅のなきこの正月の雨さびし

4014 我庵の鏡ひらけよ鼠ども

そこはかとなく正月も立ゆくに

4015 蓬莱に松のみ残る日数かな

4016 左義長や煙たちそふ里の松

4017 横町や雪あるうへに玉をうつ

4018 玉打に馬乗よける大路かな └3

4019 とし玉の蕪菜かろげや黒木売

4020 綱打や藁ふみまぜる町の雪

禁裡にて、高橋采女正の鶴の包丁つとめられける
を拝見して

4021 包丁にかゞやく春の朝日かな

同じ日、舞御覧に、貴徳舞ふわらべの紅梅の作り
花かざしたるに

4022 紅梅のこぼれかゝるや児のかほ └ウ

4023 藪入やさびしき嵯峨のおくなれど

4024 養父入の日数せはしや春の夢

4025 やぶ入のわすれぬ軒や梅の花

4026 七種やあまりは牛に祝はせる

4027 なゝくさや南隣はよき拍子

4028 若菜うり年寄し声のなくも哉

4029 こと〳〵と薺はやせる小家かな

4030 出はいりに寄てははやす薺かな └4

4031 起〳〵にたゝくか薺しどろなる

4032 七条やざゞめき出る若なうり

4033 いつとなく鴨まで来たり若ながり

4034 草のめの土もち上る垣ねかな

4035 下もえや墨のみえざる菊の札

4036 茎立の春も二ふし三節かな

4037 川淀やつけし丸太に木のめふく
4038 独活の香や僧都の文の小みじかき 」ウ
4039 取付しやうに梅さくずはえかな
4040 誰やらが住小路なり夜のうめ

草庵に梅一株あり。ひとゝせの火にかゝりてかれけるが、わづかに残し枝のことしは見し世の春にもおとらず花の咲出けるにぞ、そのいにしへ蜑のもしほ木の中よりたへなる香木をとりいでゝ琴に作らせ「蜑の焼さし」と名付給ひしためしに、この梅の」5名をも「琴木」とは名つけける

4041 片枝はすがりもやらず梅の花

その梅の、井のもとにありて咲出るこのごろは、底さへ匂ふ心地して、草庵の名水なり

4042 この水や濁れる影はうめの花
4043 朝寐する南隣やうめの花
4044 穢多村に一きは白し梅のはな 」ウ
4045 洛外とおもへば寒しうめの花
4046 松とりし跡に風情や軒の梅
4047 梅やなぎ京の田舎ぞ住よけれ
4048 草の戸も目の正月やうめやなぎ
4049 宮寺や南おもてにうめ柳
4050 堀川や柳にかゝるちり芥
4051 行もどりさはつて通る柳かな
4052 青柳や湖水はなれてうちけぶる 」6
4053 たふれたるなりにみどりや川柳
4054 馬乗のかつぎ上ゆく柳かな
4055 青柳にすがりて上る堤かな
4056 明ゆくや柳二すぢ三すぢづゝ
4057 青〳〵と柳かゝれる築地かな
4058 片扉やなぎにぬれし小門かな
4059 若草や雪なきかたが京の道
4060 若くさに土橋せまく成りにけり 」ウ
4061 わか草にころび打居る小犬かな
4062 寐て見たき処ばかりぞ春の草

淀のわたりにて

4063 川島や妹舟さして蓬つむ

4064 うら道は去年の雪也蕗のたう
4065 水鳥のうちふる芹の白根かな
4066 芹引ばかほる菖蒲の古根かな
4067 芹引ば氷付たる白根かな　└7
4068 凍解て芹の上ゆくながれかな
4069 いて解て芹浮上る岸根かな
4070 吹雪する中にのどけし御忌の鐘
4071 山〳〵や跡ほど白く残る雪
4072 洛中や掃ちらさるゝはるの雪
4073 藪陰やあるがうへにも春の雪
4074 植し菜のおきもあがらず春の雪
4075 雪解や槙の板はし水たるむ　└ウ
4076 解る雪しのゝ落葉や谷通り
4077 はてしなく雪解しるゝ横小路
4078 雁ひとつさえかへりたる田面哉
4079 凍解や鷺と見ゆる足のあと
4080 稲株のたふれてとくる氷かな
4081 凍解てわかる水菜の千筋哉

4082 草ともに氷ながるゝ野川かな
4083 春風にいつまで栗の枯葉かな　└8
4084 春風や草摘ありく衣かづき
4085 道ははや草履になりぬ春のかぜ
4086 春風や笠着つれたる歌比丘尼

「真葛が原に風さわぐなり」と詠し祇園あたりにて

4087 うたひさわぐ真葛が原や春の風
4088 春のかぜ柳にわたる音かろし
4089 から〳〵と干菜落けり春のかぜ　└ウ
4090 知恩院の鐘めづらしや春の風
4091 はるの風いづく手斧の音のする
4092 春風や物だねかこふ筵ばり

噲々が家の前をすぐるに

4093 春風や酒旗ひるがへる下河原
4094 春雨や的張てゐる下河原
4095 遊び人に罪作らすや春の雨
4096 一日は内に居よとや春の雨　└9
4097 春雨やまだ鋤ぬ田もみどりそふ

4098 陽炎や酒桶匂ふ門の口

4099 かげろふや半ぬきたる絵馬の大刀

4100 陽炎や川わたりたる車の輪

4101 かげろふや笠かさねたる矢橋舟

4102 陽炎やもたれて眠る椽ばしら

祇園のほとりにて

4103 かげろふやいんの子付し子のひたひ　└ウ

4104 夕がすみ都の山はみな丸し

仙洞御所の外面を通るに、管弦の音の聞へけるに

4105 夕霞藐姑射の山の棟もみへ

4106 朝がたや隣の鐘もかすむ声

4107 わが寺の鐘とおもはず夕霞

4108 荷車の音も優なり朝がすみ

4109 ゆふ霞西に光るはかつら河　└10

4110 永日や太鼓の音の延拍子

4111 梅咲かすほどの日影に成りにけり

4112 雪垣の破れに春の日影哉

4113 胡鬼(こぎ)の子のゆら〳〵下る日影哉

4114 春の日や祇園清水あきもせて(せず)

4115 春の日や井桁によりて魚をみる

4116 重箱の百味もらひし彼岸哉

4117 中日やことにさくらに入る日影　└ウ

4118 枯芦の根もしみ〴〵と春の水

4119 背戸口や芥をくゞる春の水

4120 上京や物の音そらにおぼろ月

4121 朧月京はゆき来も女がち

4122 おぼろ月よく鳥の出てさへづらぬ

4123 春の夜やこゝにも酔し白拍子

4124 鳳巾［よ］うしや柳はかゝりても

4125 夕風や鳳巾の中より三日の月　└11

4126 いかのぼり東寺八坂の塔の間

4127 下京の空や色なる帋鳶

4128 はつ午の行来や一二三の橋

4129 初午や青嚢(みの)かりぬべき空ならず

奈良の二月堂の行ひを拝むに

4130 けしからねさへかえりたる沓の音

同じ所、南大門に薪の能をみる
4131 僧脇の顔をそむけるけぶり哉 」ウ
4132 涅槃会や空にも梅の花のちる
薪尽火滅のこゝろを
4133 涅槃会や火の気さめたる庫裏の竈
『涅槃経』を転読し奉りて。一句
4134 まことにと頭なづれは春寒し
4135 汝等比丘（ニョトウビク）の声きくごとしねはん像
4136 寐がへりて散梅を見よねはん像
4137 本尊はうしろにくらし涅槃像 」12
本法寺の涅槃像を拝むに、こは等伯が筆にして猫のかたちをのせたり。此絵書ける日ごろ傍にひとつの猫のありてしばらくもはなれざりければ、ゆへあらんと絵そへけるとぞ
4138 恋もせで音になく猫は有がたき
4139 人まねに猿もなくらん涅槃像
為度衆生故方便現涅槃の心を 」ウ
4140 これをみて油断すなとやねはん像

4141 白魚に疵ばしつけな籠の竹
4142 潮干るや人の中から淡路島
住吉に鎌を売ことあり。これをもちて老若海のかたへ行をみて
4143 鎌かふて我も干潟の和布（め）やからん
4144 しめやかな雨も女の節句かな
4145 桃柳さわるや雛のひたゐつき 」13
4146 勝鶏の蹴上て入るや砂けぶり
4147 出代や日枝を下りて三井の寺
4148 島からの文のしめりや海苔の塩
4149 炉塞て物うつとしや窓の山
4150 やすらひやみな下戸ならぬ男ども
4151 安良花（やすらひ）とはやすや太刀をかたげつゝ
双林寺の蕉翁の碑の墨直しに
4152 その鳥の跡をよごすや墨直し 」ウ
4153 遠近の筆をあつめて墨直し
4154 年〴〵に濃なる文字や墨直し
4155 ほこりたつうき世の嵯峨や御身拭

4156 黄鳥やねては居られぬ朝ぼらけ
4157 鶯や枕上ればまだ寒し
4158 うぐひすの雪ふむゆへか足の痩
4159 鶯やきのふ聞しは籠の声
4160 鶯やくらき藪出て梅の花 ⌞14

「廬山雨夜草庵の中」とは聞ど

4161 うぐひすや我草の戸は朝気色
4162 きじ啼やおのれところぶ柴車
4163 さるばかり草もうごかずきじの声
4164 大仏やうしろにひゞくきじのこゑ
4165 きじなくや盥にうつる背戸の山
4166 おくれじと顔つき出して帰るかり
4167 首立て行かた見るや小田の雁 ⌞ウ
4168 雁かへり鳥むらがる田面かな
4169 跡さきに行や紀のかり伊勢の雁

生間彦太郎が包丁を見る。帰雁といふは、大きやゝ(かカ)なる雁の羽うちひろげしを持出たり

4170 行もせで真那板に雁の便なけれ

花下鯉とは桜の作り花に鯉のいをそへぬ。朗詠 ⌞15
の句によりて其夜の風情を

4171 春の今宵帰らんことをわするなり
4172 雲雀から晴上りけり野ずへまで
4173 日は落て雲雀はしるや麦の中
4174 川くまやまだくらきのにひばり啼
4175 啼かはすこゑのむつまじ雀の子
4176 生飯(さば)のめしひろひ覚迺(え)ぬ雀の子
4177 蝶〳〵や花はこちらと先にたち
4178 てふ〳〵や夜べの雨風しらぬさま ⌞ウ
4179 蝶〳〵や盃につき花にとひ
4180 飛小蝶いばらに羽ねを引かけな
4181 戸明れば蝶の舞こむ日和かな
4182 鳥の巣に顔出す朝の日影かな
4183 かへる子や何やらしれぬ水の草
4184 板はしや踏ばしづみて啼かはづ
4185 疇道や顔をならべてなく蛙
4186 啼そむる蛙や秋のきり〴〵す ⌞16

4187 鞍おけと躍りあがるや春の駒
4188 何うらむうはなり声や猫のつま
4189 竈の前にこがるゝ猫のおもひかな
4190 なはしろや鳥の驚くとりの影
4191 焼原や針のある木のこけもせで
4192 野は焼てあらはす（に）雉子の羽色哉
4193 蝶〳〵の羽ねよごしたる焼野かな
4194 菜の花や鼻のよごれし牛の来る　」ウ
4195 なの花や行あたりたるかつら河
4196 菜の花のみだれて立る小雨哉
4197 なの花の陰にせばまる野川哉
4198 打かへす田土に敷や花すみれ
4199 白浜に何のゆかりぞすみれ草
4200 枯芝や中にほのめく菫ぐさ
4201 岨道や折ともなくてわらびもつ
4202 藪陰や踏くだき行落椿　」17
4203 藪道やその木は見えずちり椿
4204 椿落て跡なき村の小径かな

4205 雨（あま）ばれや落し椿のほぞの穴
4206 仏檀にほこりも立ず落つばき
4207 藪垣や竹につらぬく落椿
4208 山吹や日影もたれて水に入り
4209 まげられし枝悲しとや梨の花
4210 花守はまだ見付ずや初桜　」ウ
4211 上臈ははや日傘なり初桜
4212 一枝や花屋が店の初ざくら
4213 初桜御室の御門ひらきたり
4214 こゝろあり顔に見ありく桜かな
4215 さくらがり酒をもたねば連もなし
4216 雨におもひ添たる浅黄桜かな
4217 亭房は下駄で登るや山桜
4218 筆のなき茶屋の硯や山桜　」18
4219 人の来ぬ先にとぢるや山桜

嵐山七老亭

4220 けば〳〵しむかふ夕日の山ざくら
4221 日うら〳〵うすづく中に桜ちる

4222 花ざかり飯屋の店もさくら哉
4223 花守の耳にや付ん虻の声
4224 くれて行花おしとてや虻のこゑ
4225 奉行衆も棒をもたせず花のかげ
└ウ
4226 しばらくも縄引はりぬ花の垣
4227 花守や荒垣ゆふて咲をまつ
陸放翁が詩に、
何方応化身一徳　一樹梅花一枚翁
4228 嵯峨へ行ん芳野へや行む花盛
4229 花守をかねて鐘つく法師哉
峯入といふことを古歌によせて
4230 新客よまだ見ぬかたの花みせん
└19
日毎に知恩院・長楽寺の花見ありきければ
4231 門番に顔しられけり花ざかり
4232 跡見んと思ふて来たに遅桜
4233 花散てひまになりたる此身哉
4234 落来るや躑躅を分て柴車
4235 浜道や砂から松のみどりたつ

4236 つまみゆく堤の松のみどり哉
└ウ
4237 桑つみや枝に夕日のあかねうら
4238 摘（ん脱）とや草引捨し茶木ばら
4239 一尾根は摘兀（はが）したる茶山哉
4240 藤の花馬上の人の肩すぐる
4241 春の行音しづかなり軒の雨
閏ありける弥生晦日に
4242 三月や二ッありしがなをたらず
三月尽の日、湖南の羨江楼にて
└20
4243 音もせで春の行ゑやさゝら浪
三条のはしを過るとて
4244 旅人もまばらに春の行ゑかな
三月尽の日、鴨川の水いでゝ近衛河原のはし落たりけるに
4245 川水も春をゝしむか橋のなき
おなじ日、院の御幸ありて御築地の中を通さぬに
4246 心ありて春をとゞむる御門かな
└ウ

この春は閏月の有しも、いたづらに過行て
4247　ゆく春や思へば一月多かりし
きのふは嵯峨けふは醍醐と詠ありきけるも
4248　行春や踏きらしたる藁草履　」21
4249　行春やこれよりはたゞ昼寐せん　」ウ

附録

〔草根発句集洒竹乙本ノ春ノ部（三〇〇一〜三〇三八）ニ句数・配列トモ同ジ。ヨッテ三八句略〕　」22オ〜27ウ

夏

4250　行ぬける袂の風やころもがへ
4251　更衣袈裟むづかしく成にけり
4252　糊たちの折目高さやはつ袷
4253　江戸衆や一様に黒き衣がえ
4254　投わたしなげわたす橋や杜若　」28
4255　かきつばた袖からげゆく女の童
4256　汗入れて卯の花さむき峠哉
4257　卯花や塩まく砂に散まじり
4258　竿竹の花とゞけかし功（忉）利天
4259　門番に赤子のこゐや仏生会

奉扇会

4260　捧るもたゞ白地なる扇かな
祖翁の句によせて扇奉るとて　」ウ
4261　物書て引さき給へ此あふぎ
4262　けふよりは御帳かゝげん奉扇会
4263　指折れば行さき遠し夏百日
4264　寐みだれし髪かき上て夏書哉
4265　今日よりは比丘のまねして花摘ん
西行上人の「一首詠ては一躰の仏を造るの思ひをなす」と宣ひしに　」29
4266　せめてもと発句を夏書のすさみ哉
4267　昼ねせじとちかふをぞ我夏書哉
4268　青簾ひるねせまじの御殿かな

加茂まつり

4269 御車や葵かげろふ下すだれ

4270 牛の角ににげなき葵かつら哉

4271 牛のかぐ舎人の髪やあふひ草

朝とく築地のうち見入て

4272 大内の曙なれや青すだれ　└ウ

4273 麦打や夕日をまねく棹の影

4274 きら〳〵と雨もつ麦の穂さき哉

4275 刈入れし若葉の匂ふ山田かな

4276 夏来てもまだ草高き水田哉

4277 澄切て植る日をまつ水田かな

4278 はりのきにまだ植ぬ田も水青し

4279 朝田からうたひ出しけり早苗とり

4280 笠ぬいで歌はれらかな夕田かな　└30

4281 月影に手もと興ある夕田哉

4282 空色や青田のすへの鳥羽竹田

4283 草とりよ其手で汗もぬぐはれじ

4284 草取や日影重げに腰をのし

4285 草取の背中吹こす稲葉かな

4286 笠の端のやゝかくれけり二番草

4287 夏草やおし分出る馬の顔

4288 余の草の茂りて低し豆ばたけ　└ウ

4289 山畠や摘ぬ茶の葉に夏もたけ

4290 咲のぼり〳〵て小さし花あふひ

4291 染るにも十日あまりや紅牡丹

4292 見入れゆくぼたんの花や長者町

4293 真上なる日に向ひあふ牡丹かな

4294 竹の子やかなぐり出る八重むぐら

4295 大粒な雨おそろしやけしの花

4296 蟻の上に落かさなるやけしの花　└31

4297 背戸口へ夕日すけるや麻ばたけ

4298 うき草や舟の跡から花になり

4299 萍の花おゝひけり亀の甲

4300 引潮や浮藻の花のさわぎ立

4301 眠たきや柳絮(わた)ちる長つゝみ

4302 若葉してもすげなき梅の立枝哉

4303 いやがうへもり上し岡のわか葉かな
4304 坂なりにもるゝ日影や夏木立　」ウ
4305 ぬきん出し杉二もとや夏木立
4306 しげる木や焔焇蔵の軒のつま
4307 茂る中にひらめく朴の広葉かな
4308 光るのは谷のながれか木下闇
4309 町中や一木の松の青あらし
4310 青あらし四本にわたる掛り哉
4311 花樗ちるや癩(かたゐ)の石のうへ

孫樹連村晴といふ句題にて　」32

4312 雨雲や梅津かつらも樗さく
4313 二階から投出したるあやめ哉
4314 鐺持のゆがめて通る菖蒲かな
4315 わが庵の軒より長きあやめ哉
4316 瓦葺に風情つけたる菖蒲哉

旅より帰りて帰家穏座の思ひを

4317 あやめふく世店(居カ)はあれども我庵や

宗祇法師の風流を思ふ　」ウ

4318 わが髭もけふはにほひぬ菖蒲の湯
4319 軒口に折れし六日の菖蒲かな
4320 ちり塚に匂ふ六日(の脱)あやめかな
4321 五月雨一枚あくる雨戸かな
4322 地にへばる竹の古葉や五月雨
4323 さみだれや垢のつめたき縄暖簾
4324 五月雨や庭も納戸も茶のむしろ
4325 さみだれに影めづらしや軒の松　」33
4326 寒きまで(に)けふはおぼえぬ五月雨
4327 青雲を花に五月の雨間かな
4328 いろ〳〵に山をはなれぬ梅雨の雲
4329 梅の落る音のするなり五月闇
4330 竹の子に行あたりけり五月やみ
4331 挑燈にあふたる跡やさ月やみ
4332 抱おこす葵の花や五月晴
4333 雨の中に柘榴の花のあかさ哉　」ウ
4334 月かくす杉の曇りやほとゝぎす
4335 寺町や寺のかた行ほとゝぎす

4336 鳴神のけふがる跡や郭公
4337 待うちに四月をすぎぬ杜宇
4338 子規なくや躑躅の竿の先

大仏にて、野呂助右衛門が矢数をみる

4339 矢さけびの中や横ぎる杜鵑
4340 老をなく鶯や声もつくろはず
4341 たゝき捨てはしる音する水鶏哉
4342 まだ咲ぬつゝじもありて閑子鳥
4343 かたつぶり竹ちる中に落るおと
4344 ぼうふりやむかしは誰が水かゞみ
4345 蛍とぶかたへさしけりわたし守
4346 田の水やあふるゝかたへ飛ほたる
4347 蛍見や船頭どのはわかきこゑ
4348 くま笹の影朧なりちるほたる
4349 蛍籠つりておくある格子かな
4350 ほたる籠中に夏野ゝ葉影哉
4351 折〳〵は顔もほのかに蛍うり
4352 月もなき横町ゆくや蛍うり

34
ウ

4353 くるしげに朝から啼やせみの声
4354 放参の鐘ねむたさや蟬のこゑ
4355 夕月や一ッのこりしせみの声
4356 声のうらこゑの表てや木〴〵の蟬
4357 門へ出てわが家ながむる蚊遣哉
4358 蚊遣火や牛も戸口へ顔を出し
4359 かやり火や門うち明て人もなし
4360 子の声の中にこがるゝ蚊遣かな
4361 宵月や蚊帳の中に草の影
4362 虫干やむかしと今の袖のなり
4363 土用干や折目たゞしき白小袖
4364 ころ〳〵と邪魔な枕や土用ぼし
4365 土用干や花橘の袂くそ
4366 すゞしさや何処に行燈の置所
4367 涼しさや竿にもつるゝ釣の糸
4368 すゞしさや笹の日影のうすふなる
4369 夕すゞみ筵引する門の口
4370 夕顔に足さはりけり涼み床

35
ウ

筑紫かたより帰りて

4371 すゞしさや波にはあらで竹の音　」36

4372 涼しさや舟の来る間を草むしろ

浪華にて舟せうようすとて

4373 すゞしさや橋の下ゆく楫まくら

ひとり草庵の前栽に床几を出して

4374 涼しさや納涼の太鼓遠くきへ

四条の納涼を三条の橋より見るに

4375 涼しさや篝ちらめく人の影

座頭の納涼といふ事を見るに　」ウ

4376 やと誉るこゑにそよぐやわか楓

4377 暑き日や枕ひとつを持ありき

わが庵は竹の陰あり。もろこし人ならねど

4378 此君の陰をぞたのむこの暑さ

4379 野へ出れど風も通さずさらけ垣

4380 雨乞の太鼓よごれし夕日かな

4381 起かへる草木の影や夏の月　」37

4382 桶結の竹けづる門や夏の月

4383 月のさす山田に亀のこゑすゞし

4384 ころ〳〵と小石うごかす清水哉

4385 顔入れて馬の髪ひたす清水哉

4386 鑓もちも馬も一度にしみづかな

4387 結ぶ手に石菖にほふながれ哉

4388 真瓜むく手もとすゞしき雫哉

4389 見るからにむき目涼しや真桑瓜　」ウ

4390 世につれてさかしき形や初茄子

4391 うりの花なるもならずも露すゞし

4392 出女の裾うちたゝく団扇かな

4393 椽さきに朝はさびしき団かな

4394 月影の蚊屋にきらめくうちは哉

糺の納涼

4395 川水やまた流るゝも汗ぬぐひ

4396 丸めても袂に重し汗ぬぐゐ　」38

4397 夕風の重たくぞ思ふ日傘

4398 夏ごろもかひなや児が肩の骨

4399 誰が子ぞ蕗の葉かづく暮の雨

4400 雨もるやことしの竹の葉のならび
4401 若竹のゆらめき立ぬ雨の中
4402 わか竹の藍よりもこし竹の中
4403 わか竹に家かさなるや小野醍醐
4404 撫子や布をおさゆる石の間　」ウ
4405 石竹や節横をれてうちみだれ
4406 昼がほや野をゆく人の吐息つく
4407 ゆふ顔やさすがちぎつて行もせず
4408 夕顔やけふも出来ざる車の輪
4409 煎餅うる人もまだ来ず蓮の花
4410 蓮の花ことさら白き匂ひかな

祇園会　二句

4411 弦めそや汗のたばしる小手の上　」39
4412 宵山や町の真中に松の月
4413 川やしろ心太うる杉のおく
4414 形代に亀のゝるこそめでたけれ
4415 真瓜うりくゞりぬけたる茅輪哉
4416 幣（帛カ）串のそよめく水の影すゞし
4417 白張のうら吹かへす御祓かな　」ウ

附録

〔草根発句集洒竹乙本ノ夏ノ部（三〇三九～三〇五八）ニ
句数同ジ。配列モホトンド同ジ。ヨッテ二〇句略〕　」40オ～42ウ

秋

4418 明て寐た窓から来るや今朝の秋
4419 雨ふりてしめやかな秋のはじめ哉
4420 帷子の糊すさまじやけさの秋
4421 曙や寐御座つめたき秋となり
4422 高燈籠ぎおん町にも秋は来ぬ　」43
4423 うち守る垣根の草や今朝の秋
4424 こゝろよく秋立けさの朝寐かな
4425 秋もはや虫一ッなき三ッ鳴夜

立秋

4426 夏菊のなをうるはしや今朝の露
4427 一雨にけさこそ秋を覚えけれ
秋立ける日、築地の中を通りけるに、ある御所の
庭に朝鮮より来りしと」ウ 聞、柳の木の有が、一
葉のちりけるを見て
4428 もろこしの柳も散りぬけさの秋
4429 散るたびに魚の飛つく柳かな
4430 漕行ば柳ちりたまる舳さきかな
4431 わかればやしらけてしまふ天の河
4432 天の川するゐは淀にや落こまむ
此夜は洛中の子女、星に奉るとて梶の葉あるは色
紙短冊に思ふこと」44 書て流すに、鴨川もいとせ
ま(衍)りきばかりなり
4433 拾ひこし家〳〵の星の詩歌見ん
小家がちなるあたりなれば
4434 心なき夫婦喧嘩や星あふ夜
4435 鳴神の恋しらずかな星あふ夜
4436 たまにあふ星をおとすな稲光り

七夕に庚申ありける夜
4437 空あかくひらきて星も寐ぬ夜哉 」ウ
4438 売残る蓮の葉かなし夕日かな
4439 苧(を)がら蓮葉なき人を待宿わびし
4440 魂棚に問ずがたりや軒の荻
4441 家〳〵に鉦かすかなり魂まつり
4442 家〳〵の奥の灯影や魂まつり
4443 好物をおもひ出しけりたま祭
4444 何もなしたゞ鼠尾草の露ばかり
浮流・桐雨・子鳳など、続てうせけるころ 」45
4445 魂だなや思ひもうけぬ客人たち
入阿上人・吾東法師が魂を迎る夜、月のいとあか
かりければ
4446 魂かへれこのよき月の影にめでゝ
4447 魂祭(送り)麻がらの火の有やなし
4448 送火や川なりにたつ夕けぶり
4449 おくり火や目のわろかりし親のこへ
4450 山〳〵も燈すや妙の一字より 」ウ

4451 夕あらし舟の火影のうごきけり
4452 大もじや煙のすえの峯の松
4453 大文字や一筆山を染はじめ
4454 大もじや左りにくらき日枝の山
4455 西山は宵闇くらし大文字
4456 夕暮や切籠の足に荻のこゑ
4457 高燈籠秋の夜あかきはじめ哉
4458 遠里や稲葉のすへの高燈籠　」46
4459 照月の中から白し揚□(虫、ど)うろ
4460 月影に片側は燈籠なくも哉
4461 更ゆくや白き切籠の猶しらけ

三条を東に、岡崎へ帰るとて

4462 燈籠の京をはなれて道くらし
4463 盆なれや切籠影もる竹のおく
4464 摂待や茶碗につかる数珠の房
4465 文月やまだ秋めかぬ宵げしき　」ウ
4466 躍り子や大路せましと手引つれ
4467 かざし行扇に重し秋の風
4468 帷子は昼出し人かあきの風
4469 蚊帳ほす竿のしはりや秋の風
4470 さわがしきもの丶あはれやあきの風
4471 日覆ひの簾あふつや秋のかぜ
4472 草の葉や日の照うへを秋のかぜ
4473 たふれじと野分にむかふ堤かな　」47
4474 はねつるべばかり立たる野分かな
4475 茄子の木の根たゝく秋の日照哉

豆を日にほせばそのさやのわるゝとて音のするを「ほやく」とはいふなり。方言のおかしきを

4476 小筵に豆ほやきけり秋日でり
4477 はしり穂や葉分に白き朝の露
4478 さゞ波につゞひて白しいねの花　」ウ
4479 白河は低き在所や稲のはな
4480 照月に稲葉の高さ低さかな
4481 稲の穂をおこして通る田道哉
4482 入日さす長屋の窓や唐がらし
4483 一ッ囉(もろ)て幾日もくひぬ唐がらし

4484 恐ろしや西瓜をくらふ口の露

4485 色艶はさのみに老ず秋なすび

4486 垣覗く顔にはあらで瓢かな

」48

4487 わが庵の天窓数なるふくべ哉

4488 朝皃や秋は朝からものさびし

4489 朝顔や露をちからに日に向ふ

4490 花さびし咲ならびても朝顔の

4491 朝がほに向へばさめる頭痛かな

4492 荻の葉や青きうちから枯しおと

4493 こぼしてはまたひろひけり萩の花

雲丹坂の萩見にまかりて

」ウ

4494 山口やもつるゝ萩におく見へず

4495 一もとのひろご〔し〕りふらぬ庭の萩

4496 かきあげて見れば門〔川カ〕あり萩の花

草庵の所せげなるに行水せんとて

4497 かき上て盥なほしぬ萩のはな

4498 夕かぜや真すぐになる岨の萩

4499 物床し草花売が裙の露

島原の燈籠見にまかりけるに

」49

4500 門〳〵は夜の花野や灯のうつり

4501 葛の葉のうらもかへさず実の茂り

4502 黄昏や芭蕉のくれば窓あかし

4503 大粒な音はばせをに降雨か

4504 曙や芭蕉をはしる露の音

4505 墓へゆく道とてわびし花木槿

4506 あちこちに垣の形あり花むくげ

4507 来た道は一ッになりぬ花すゝき

」ウ

4508 嵯峨道や行すへせまき萩薄

4509 岡の屋の屋根のみ見ゆる尾花哉

4510 花すゝき小松が上に戦けり

4511 流し木の押わけ下る薄かな

4512 砂川やながれとまりし花薄

4513 村薄たばねて見れば又さびし

4514 鶏頭や一握づゝ秋のいろ

4515 けいとうや露にたふれし草の中

」50

4516 藪一重あちらは京ぞ虫の声

4517 嵯峨へ行道はこちらぞ虫の声
4518 草の戸や何地を向てもむしの声
4519 虫啼や行燈にうつる唐がらし
4520 むしのこゑ聞さだめねどみな悲し
4521 夜すがらや壁に啼入るむしの影
4522 しらむ夜や細りて残る虫のこゑ
4523 虫籠や嵯峨のゝ草の露もちり　」ウ
4524 踏分る藻に虫啼て浦さびし
4525 草の戸の友は出来たりきり〴〵す
4526 きり〴〵す行燈むくれば声遠し
4527 蟋蟀なくや起出て茶を焚む
4528 きり〴〵す夜明の鐘ぞうれしけれ
4529 硯にて足よごすなよきり〴〵す
4530 きり〴〵す古人に恥ぬ寐覚かな
4531 きり〴〵す高野ゝ夢のさめし時　」51
4532 雨やめば啼ごゑすなり蛬
4533 きり〴〵す啼やいづこぞ踊るこへ
4534 籠の目に髭出してなく蛬

4535 枕上のその告さめてきり〴〵す

神楽の蛬の詞によりて

4536 ねられねばねたさうれたさ蟋蟀

草庵

4537 鎌きりの斧に疵つく柱かな　」ウ
4538 蜩や盆もすぎゆく墓の松
4539 ひぐらしに門さしもせぬ野守哉
4540 とんぼうや物に飽たる顔で行
4541 蜻蛉や思案をしては飛て行
4542 とむぼうや桶ゆふ竹にはぢかるゝ
4543 とんぼうや簾の風を踏しめる
4544 夕影や流れにひたす蜻蛉の尾
4545 秋の蚊のたゝみこまれし帋帳哉　」52
4546 今にまだたけ〴〵しさよ秋の蜂
4547 山中や何をたのみに秋の蝶
4548 鹿笛の露につまるか音の低き
4549 鹿ぶえに籟人の妻もさぞ泣む
4550 糸ほどに身もやつれてや鹿の声

迎称寺入阿が許にて和歌の会ありけるとき、何かは卿の「山家聞鹿」といふ題をたまはりけるに」ウ

4551 鹿なくや京へ一里とおもはれず

4552 しか啼や山家の人は痩るはづ

4553 小男鹿や談合谷の夜半の声

4554 一廻りまはりて下りぬ小田の雁

4555 雁がねや入江のなり〔に〕ぬたわむ影

4556 雁啼や今宵の舟は何地枕

4557 鴫たつやほのかに光る竹いかだ

4558 鴫立やざぶとうちこむ網の音」53

月の夜ともいわず窓さしこめて寐たるは、我ながら雑(殺カ)風景なれ

4559 待宵の影をもまたず宵まどひ

4560 名月や山は曇りて野は白し

4561 明月や拝みてはいる縄暖簾

4562 明月やきらめきわたる小石原

4563 名月や露に袂のおもきまで

4564 明月や伸出て啼か草の虫

三井寺のあたりにやどりて

4565 名月も寐よと鐘つくか寺法師」ウ

膳所のある水楼にて

4566 明月やさゞ波出てぬれし影

同、泉水寺にて、出しほの月を

4567 月は今ぞ更れば潮のあらくなろ

大津にて月見んと催しけるに

4568 舟持し友は誰〳〵けふの月

勢田橋あらたに懸れるころ

4569 月影をよごしはじめや橋の板」54

4570 名月や起いでゝ見れば西の山

4571 川中や月みる人の影法師

4572 初夜四ッと月すみまさる今宵哉

農家

4573 月見とや門に立出て藁をうつ

「遊子残月にゆく」などおもひ出て

4574 名月の明がたゆかし人通り」ウ

「待宵な」「名月よ」といゝのゝしりたるも、流石

に宵闇の此ごろよりこそ、まことに月見るべき風
情になりぬ

4575 立さわぐ人影なくて月清し

中秋無月

4576 立かくす雲に奥ありけふの月

4577 雨の月春の夜ほどの詠かな

4578 滋賀へかりし舟いたづらに雨の月　」55

大津の映湖楼に月をもて遊ぶに、雨のふりけるに

4579 さらばとて楼より（をも）下りず雨の月

新更科の方へ行けるに、月見る人のまふけし、茶
を煮る竈うちけぶらせ床几ならべたれど、来る人
のなければ

4580 雨の月かこち顔なる老女かな

4581 ことさらに名月あかし雨の後

この夜、蝕なるに　」ウ

4582 出て見よ蝕するまでをけふの月

4583 いざよひや坂登る間はくらかりし

4584 寐るもをしと起ていざよふ月夜哉

4585 出し月のまだいざよふや藪のすへ

三井の観音に登り、得皮が楼にて

4586 いざよいやしばらくくらき浪間より

4587 雨の月いざよふほどは猶くらし

放生会　」56

4588 うれしとてはしりも行ず放し亀

4589 行燈の針の数よむ夜寒かな

4590 ふら〱と蚊屋の釣手や夜を寒み

4591 船中がみな咳立る夜寒かな

4592 夜寒さや明捨てある番つゞら

4593 朝寒し川瀬に芋を洗ふおと

4594 朝寒や関の戸びらのきしる音

4595 白露や木の間にたれし蜘の糸

4596 しら露や草をこぼれて草のうへ　」ウ

4597 売馬の露寒げなりえびす薦

4598 露けしや芋の葉陰に蟇のつら

4599 庵の戸や暁おきの芋の露

4600 茄子木の葉は黄になりぬ露時雨

4601 草の葉の庇にたれぬ露時雨
4602 本道へ出れば月あり露しぐれ
4603 たて黍の根もあらはなり秋の霜 」57
海辺を過るに、蜑の子のいとまなきさまを
4604 塩汲や秋の日うつる桶の底
4605 夜永さや唐へ行しは宵の夢
4606 鐘の声数ゆる秋の夜ごろ哉
4607 寐む〳〵と寐覚をわぶる夜長哉
八朔の夜なりけむ
4608 燈籠木も取れてくまなし星月夜
同じころ 」ウ
4609 燈籠引て悲しき秋のはじめ哉
草庵の前の家に女をむかへたるに
4610 秋の夜のあはれさめたる礫かな
4611 秋の雨顔も出さずに蛙なく
4612 暮がたや雨もこまかに虫の啼
4613 秋のくれ子守がうとふ声悲し
4614 風鈴の歌よみて見む秋の暮

4615 秋のくれたまに通るは葬の輿 」58
4616 秋の暮わが白き髭数へ見む
4617 まはり椽廻りて見れど秋の暮
4618 秋の暮さすがに若き人は来ず
三条の橋より南北をながむ
4619 見わたせばまだ燈もあげず秋の暮
4620 衣うつややゝ撞やみし建仁寺
4621 大寺やいづれの房にうつ砧
4622 わびしさや姥にはあらじ小夜砧 」ウ
市中
4623 隣のは箔うつ音か小夜きぬた
4624 あれほどの老のちからや鳴子引
4625 何作る鳴子音する塀の中
4626 花守や秋はてぬれば鳴子引
4627 落し水横ぎる蟹のあゆみかな
4628 水落て田面をはしる鼠かな
4629 水落て亀の尾を引田出かな 」59
4630 今はとて案山子たふるゝ晩稲哉

4631 刈入てにふのみ残る山田かな
4632 綿取のうたふて出る日和かな
4633 石川やころつく中に河鹿なく
4634 駒牽や逢坂で沓うちかへて
4635 すまひ取春やむかしのむかふ髪
4636 棚の下にいつしか秋の扇かな
4637 雪隠のうちに秋ふる団扇かな　└ウ
4638 さわがしう開かぬ菊ぞ秋の花

草庵普請いできしころ

4639 垣ゆふて一もとほしや菊の花
4640 きせ綿にほぐれぬ(る)菊の匂ひかな
4641 菊の花さかりや四十八垣外
4642 きくの香や柴の庵の奢り人

九日といふ朝、菊のひらきけるに

4643 けふ咲てかしこ顔也きくの花　└60

隠家の重陽に

4644 けふといへど咲ふともせず籬の菊
4645 匂ふことさへもひそかにきくの花
4646 仏壇に十日の菊のにほゐ哉
4647 残菊や生あまされて棚の下
4648 何の雫落てや森の下紅葉
4649 かくれても谷の長者や夕紅葉
4650 谷陰や日は拝まねどむら紅葉　└ウ
4651 藪垣や葉はわからずも蔓もみぢ
4652 岨道や躑躅こまかき下紅葉
4653 しぶ柿や海道中へ枝をたれ

若狭の熊川の関にて

4654 鳥さへとらず関屋の軒の柿
4655 山陰の長者が家や柿蜜柑
4656 青柿や秋の日影のちからなき
4657 なつかしきものよ家陰の柚の黄ミ　└61
4658 梅檀は実のみになりて陰さびし
4659 榧の実の匂ひのみする山路かな
4660 柿つりて冬待里の軒端かな
4661 門畠や葱(あさつき)植て冬をまつ

湖南蝗(鯉)遊亭

4662 町中の松影ふりぬ後の月
4663 曇らずばすさまじからん後の月
˪ウ
十三夜、雨ふりしに
4664 さらぬだに物たらぬ影を雨の月
4665 行秋やたふれてはなく荻のこゑ
4666 ゆく秋や何枚のこる桐のすへ
4667 行秋や隣に風呂を焚けぶり
4668 行秋や自然枯つきし藪の色
伏見の沢にて
4669 江の水に秋の行へや鳥のすぢ
甲賀の山中
˪62
4670 山一ッ〱暮けり秋のいろ
4671 行秋や空のけしきもなみだぐみ
九月尽の日、くれがた芝居の前をすぐるに
4672 四条さへ淋しや秋の果太鼓
九月尽の日、数(好)る同じ心の友とかたるとて
4673 いざ泣む秋といふのもけふかぎり
4674 長月のながきも尽ぬ糸車

˪ウ

附録

〔草根発句集洒竹乙本ノ秋ノ部（三〇五九～三〇九二）ヨリ一句少ナク、配列ハホトンド同ジ。ヨッテ三三句略。欠ケル一句ハ三〇六九句。〕
˪63オ～67ウ

冬

4675 荻の葉も音なくなりて初時雨
4676 籾をする音にはあらず小夜時雨
4677 伐つみし竹の青さやはつしぐれ
4678 音寒し木賊をわたる朝霎(しぐれ)
˪68
4679 しぐるゝや落せし跡の池の草
4680 時雨来るや十夜の鉦に哀そふ
4681 一霎門の菜の葉や脊戸の竹
4682 達磨忌ややゝぬくもりし敷ぶとん
義仲寺時雨会

4683 有がたやけふをわすれず時雨まで

4684 時雨会やぬれて参るは誰〱ぞ

芭蕉堂成就の後、はじめて時雨会執行の日 」ウ

4685 うれしさやけふを御堂の初霎

同、八十年に相当せしとし

4686 時雨るゝや百年ちかき塚のさま

4687 しぐるゝや龍が岡には夕紅葉

芭蕉堂の年経て、雨の漏るといふを

4688 しぐれもる音を手向む芭蕉堂

時雨会に其角が句のためしに、枯尾花を折て影前
に捧ること、当寺の例なり 」69

4689 しぐれ会やさゝぐる花も枯尾花

4690 そなふるも色香はあらず枯尾花

御影講の誦経、十夜の鉦たゝく中に、此会式は

4691 此寺やしぐれの音のしづかなる

会式の九十年にあたれることしまでも、この道と
こしなへに、当寺に元禄のむかしの其角が枯尾花
の」ウ俳諧、連綿たるを随喜す

4692 野に山にしぐれ〱て九十年

4693 一夜〱月おもしろの十夜かな

4694 室町や暖簾匂ふえびす講

4695 魚うりの棒のしはりや蛭子講

4696 小六月かれし綿木もゝ白し

4697 木がらしや京に寐る夜と思はれず

4698 こがらしや田をこけありくつくね藁 」70

4699 木殺凬や葉のまじりたる馬の髪

4700 凩やみな横向て土手の人

4701 木枯や大路を白う吹さまし

4702 こがらしの堂吹ぬくや干菜寺

4703 こがらしや壁にからつく油筒

4704 木枯や半分明（あけ）し社家の門

4705 凩やわめいて通る宿の番

4706 木がらしに向ひて踊る荷馬哉 」ウ

4707 こがらしの跡さりげなし石の橋

4708 拝殿に稲ほしてあり神の留守

4709 一月の落葉を掃て神むかへ

4710 貧乏神も連立て行け神送

朔旦冬至

4711 朔日や目にたつ麦の浅みどり
4712 炉開や日のさすかたへひらた蜘
4713 炉開や赤くなりたる鉄火ばし　」71
4714 炉びらきや木葉つらぬく竹火箸
4715 炉を明て友一人得し心かな
4716 埋火やつゝめど出たつ（る）膝がしら
4717 うづみ火や遺愛寺の鐘ちかう聞

山寺にて

4718 老僧の膝節細し榾のかげ
4719 水洟に灰の立たる火桶かな
4720 猫の背とならびてぬくき火桶哉　」ウ

何がし上人の山籠ならねど

4721 この火燵やがて出じと思ひけり
4722 独寐やたゝむも軽き帋衾
4723 足袋つゞる紀の関もりや竹暖簾
4724 蹴そらして白足袋さむき鐙哉

4725 硯箱に蜜柑の皮や冬籠

嵐雪が東山の句を思ふ

4726 蒲団着た山を背中に冬隠　」72
4727 冬ごもり敷居にきしる笹の塵
4728 山畠や落葉に麦のめもみへず
4729 ぬけ道は問ふに及ず落葉哉
4730 散木の葉中にちぎれし蔓もあり
4731 吹たむる落葉や坂のまがり口
4732 顔をうつ木のはぞ寒きくれの山
4733 枯し野や卒都婆は踏て通られず
4734 かれし野や先へ行しも革羽織　」ウ
4735 枯（し脱）野や堂の閻魔の眼の光り
4736 冬枯や軒につりたる蚕の棚
4737 岡崎の野道人なし十夜すぎ
4738 大根引てあれのみまさる野面哉
4739 枯草や橋はあれども下をゆく
4740 かれし蔓あはれなはづよ朝顔の
4741 白き毛の落も尽さず枯尾花

4742 蓬〔蓮〕かれて魚のかくるゝ陰もなし　」73
4743 色さめし古女房や帰りばな
4744 帰り花短き日にはよう咲し
4745 茶の花や順礼道は草たふれ
4746 さびしさや茶の木の花の中の道
4747 茶の花やこゝまでちりし麦の灰
4748 寒菊や竈風呂築る土のかげ
4749 寒菊や色〳〵の名のかれて後
4750 枇杷咲や是をもたのむ冬の庭　」ウ
4751 里坊や寒梅かざす茎の桶
4752 おそろしい風に匂ふや室の梅
4753 寒梅やものうたがへる越の人
4754 水仙や瓶の水際すさまじき
4755 水せんや木がらしに葉の細りしか
4756 釘打し跡も見えけり冬木だち
4757 数十町つゞけど桑の冬木かな
4758 葉の落て木のもとあかし桑畑　」74
4759 酒造る家たのもしや冬の里

4760 かくれなくかさなりあふや冬山（の脱）
4761 冬河や竹のあみ橋投わたし
4762 馬の跡かわかぬ冬の川原かな
4763 猪垣や〔も〕ゝぶれしなりや冬の畠
4764 冬の田やおのがまゝなる村がらす
4765 冬の日のさすや葉もなき桐の影
4766 冬の日や障子に菊〔蘭〕の葉のうつる　」ウ
4767 しみ〴〵と刈田に冬の日影かな
4768 〔足〕罡の湯をほかせしなりやはつ氷
4769 板はしのめつき〳〵いふ霜夜哉
4770 木枕の角すさまじき霜よ哉
4771 朝霜や土にひれふす大根の葉
4772 関守の鼻の赤さよ今朝の霜
4773 行燈に針さす音や霜の夜半

田上の里にある家の軒に、うちたる」75鹿を竿にかけたるあり。その上に霜のいと白くおきたるさまを見て、夢のゝふる事にさも似たるを

4774 つりてある鹿の背中の霜わびし

4775 初雪やまだ梅がえは咲ぬはづ
4776 初雪や京から来べき友は誰
三条大路にて
4777 昼中のはつ雪をしや踏にじる
4778 掃ながら明に出るや雪の門 」ウ
4779 闇いから子どもの声や門の雪
4780 扨遅き酒の使や夜のゆき
4781 欄干にもたれし跡や橋の雪
4782 鼻たれて明に出るや雪の門
4783 雪垣や隣へ遠き家となり
4784 竹折て隠家見たり雪の里
4785 雪の原うごめき出る人は誰
4786 今朝ばかり我に掃せよ雪の門 」76
4787 雪の山何木かしらずおもしろき
生は涯あり、知は涯なし、とぞさへ
4788 折るゝのもしらで負けり雪の竹
「何がし殿の御通りぞ、門掃よ」と触けるを聞て
4789 此雪を掃除せよとは何ごとぞ

4790 竪横に車の跡や京の雪
4791 夜の雪窓の外まで炭匂ふ
4792 稲株のちよぼ〳〵白し雪の小田 」ウ
4793 雪降やものぐるはしき犬のさま
4794 雪のくれ馬も一ッはほしきもの
4795 野ゝ雪や高き所は茶の木原
4796 可愛さよ荷を負ふ牛の鼻の雪
4797 雪曇り酒かふておく庵かな
4798 四辻や何地へこかさむ雪丸げ
4799 はれらかや雪つむ上の朝の月
卓錐禅師が庵を尋て 」77
4800 隠者なれ人のあとなき門の雪
雪のおもしろふ降ける朝、「院の御幸なり、火のことつゝしめ」と家ごとを触けるを
4801 風流の御幸なるべし今朝の雪
4802 積雪の中にも枇杷の広葉哉
物がたりに書し言葉によりて
4803 竹も寐てあたゝかげなり暮の雪 」ウ

4804 里中やくゞりてありく雪の竹
4805 逢ものは鷹匠ひとり雪の原
4806 片べらに雪や尾上に立る松
4807 足くびにたまるをぞしる夜の雪
4808 竹ふして今は行れぬ雪のみち
4809 鼻綱の雪のふきけすや牛の息

樗良といふもの丶、「心細し雪やは我を降埋む」と
いゝしを思ひいでゝ ⌐78

4810 降うづめ我は月雪に捨たる身
4811 馬の尾を引ずつ(衍)ゝてゆくみぞれかな
4812 軒並に大根白しふゆの月
4813 寒月や四条の橋に我ひとり
4814 寒月や綿着て戻る白拍子
4815 月寒し按摩が笛の音ひとつ
4816 角立て師走の月の光りかな
4817 猶白し寒に入る夜の月の影 ⌐ウ
4818 灸すえて心たのもし寒の入
4819 梅がえに薬ふる夜や寒の雨
4820 うめがへに莟(つぼみ)揃ひぬ寒の雨
4821 しと〱と雨に成けり寒がはり
4822 すさまじの月も一きは寒がはり
4823 臘八や凡夫は夜着にあたゝまり
4824 臘八や時雨は晴て暁の星
4825 月夜とて女の声の寒念仏 ⌐79
4826 寒念仏骨から出る声すなり
4827 あの世へもとゞかむ鉦のさゆる音
4828 更行やわなゝくこゑの寒念仏
4829 寒声やけふ習ひしをくりかへし
4830 寒声やまだ恋しらぬ人の声
4831 寒声に親里こひしとやうとふ
4832 寒ごゑの調子ひくめる日の出かな
4833 寒弾の血になくこゑや小夜あらし ⌐ウ
4834 絵でみればこはひ物なり薬喰
4835 薬喰萩の折箸持よらむ
4836 飯がいを手づから取や薬ぐひ
4837 客人はみな兵ぞふくと汁

4838 留守ごとの香やはかくるゝ根深汁
4839 葱の香や傾城町の夕あらし
4840 洞院や川水匂ふ葱洗ひ
4841 京中にこのさびしさや鉢扣
⌞80
4842 灰吹に拍子とらせりはちたゝき
4843 野や山や湯婆(たんぽ)にぬくき春の夢
4844 暁がたやたのむたんぽもさめし夢
4845 夜神楽や押ぬぐひたる笛の霜
4846 夜かぐらや衛士のたく火に蜜柑やく
4847 舞人の顔をそむける庭燎(かがり)かな

諒闇のころ

4848 世の中はさびし寒声のこゑもせず
⌞ウ
4849 諒闇や世間しづかに夜の雪
4850 水鳥の羽に顔入れて池寒し
4851 横さまに鳥の流るゝ早瀬かな
4852 鳰鳥や顔見合てまたしづみ
4853 かいつぶり顔出しにけり舟の跡
4854 おし鳥や羽虫とりあふ觜とはし

4855 夕ばへやしづかに鴛の浮て舞
4856 雪に腹すりて汀の家鴨かな
⌞81

湖南の志賀の図子冬柱の庵にて

4857 澳(おき)中の荒るゝか一夜鴨の声
4858 その声や橋をはづれて行千鳥
4859 闇がりにつくばふは誰川千鳥
4860 関屋にも幕を下して小夜千鳥
4861 木梟や雨戸あくれば木のはちる
4862 ふくろうや築地ばかりの西の寺
4863 梟や雪やみ月も入し後
⌞ウ
4864 ふくろうや竹の葉光る隣の燈
4865 浜風に菜の葉しらける寒さ哉
4866 何番と亥子数ゆるさむさかな
4867 梅一枝買ばや庵の事はじめ
4868 百貫の芋がしらかへ事はじめ
4869 松売や赤土こぼす門の口
4870 松うりや千代の古道分て来る
4871 足もとに鶏のあぶなや煤払
⌞82

4872 仏名会燈明あふつ起居哉
4873 豆をうつこゐの中なる木魚かな
4874 豆打やつゝましげなる聟のこゑ
　御所のあたりを過るとて
4875 柊をさすや築地の崩れまで
　節分の夜、月のいとおもしろきに女の声してざゞ
めき通るを、「安達が原の黒塚に鬼こもれり」と詠
しは」ゥ　兼盛が女どもの事なりと聞ば、百鬼夜行
の今宵しもをかしくて
4876 月夜よしうたひてありく鬼の声
4877 鬼ありく夜とはおもわず月あかし
4878 宝ぶね松島の夢見まほしき
　年内立春
4879 まだ餅もつかぬに来るや今朝の春
4880 せはしなき中へ来にけりけさの春 」83
4881 押かけて来る春せはし煤の中
4882 しづかさは冬と思はず庵の春
4883 朝寐せん師走の中に今朝の春
4884 町へ出れば節季候はやす世なりけり
4885 花匂ふ初瀬の午王を札納
4886 行年や飛鳥井殿も餅の音
　年の暮に、ある上達部の家に朗詠うとふこゐの聞
へけるに 」ゥ
4887 雪曇り霰ふるらしの声ぞすむ
4888 笏拍子年のいそぎの音もなし
　「米すこし銭もほし」といひし世にはかはりて、米
おくれる鯉遊がもとへ
4889 米くるゝ友ありてたのし年の暮
　晩鐘の音もやうかはりたる心地して
4890 ながく撞け年の名残のくれの鐘
4891 年の夜と物もかぢらず嫁が君 」84
4892 線香かふて今は春待庵哉
　西上人の「氷る筧の水ゆへに」と詠じ給ひけるに
4893 おもひ捨し春もまたるゝ餅の音
4894 松立ていとまありげや市の中
　新玉津島の社は俊成卿の古跡にて、ちかき世にも

季吟住り。今もさる人のすむといふ、その辺りを
通りて 」ウ

4895 年の夜もしづかや歌人すめる家

4896 いとまなきしはすの音や薬罐町

4897 ほの霞む暦もおくの日数かな

粟田口にて

4898 行歳は雪の車の輪形かな

除夜しづかに、仏に向ひて念仏するに

4899 線香の立ゆく年の余波（なごり）かな 」85
」ウ

附録

〔草根発句集洒竹乙本ノ冬ノ部（三〇九三～三一二八）ニ
句数・配列トモ同ジ。ヨッテ三六句略〕
」86オ～89ウ

草根発句集紫水本

草根発句集 」表紙

草根発句集 」扉

我、むかし家を出て東山の方丈に入て後、駆烏（くう）の比ならん、書架に『枝葉集』といひける書の有けるを見て俳諧のをかしきをおぼえしより、京極中川の院に住けるに、常師の僧を般亮といひ法兄に一松といふ人の有けるが、常に其こゝろを語けるを聞て、みづから蝶夢と名を付ぬ。

しかりてよりのち、都下のはいかいに遊びて空腹高心の人と成しに、さるべき因縁の時いたり」序1てや、越の敦賀の浦にて芭蕉翁の正風体を頓悟して、それより花月の時にふれて感じ、羇旅・懐旧の折に催されていひ出し発句を書集め置るが、ことし三月のはじめ、草庵も一

場の焼原とうせけるに、其集も共にうせて跡かたなし。

されば東福寺の正徹書記が、和歌の家の集を焼うしなひてのち思出て書つらぬるとて、「野火焼とも尽ず」ウ春風吹て又生ず」といひし白氏が言葉によりて「草根集」と名付しも、身の上に思ひ合せてなつかしく、其事の心のさも似たれば、忘草のわすれまじきためにもしほ草かき集たるをも、「草根句集」と題して置ぬ。

もしや後の見む人に、昔を忍ぶ草の露ばかりの心あらば、その言葉のつたなき、蓬のまがれる麻のすなほなるも見所なしとかなぐり捨」序2ずして、「今はこの人もかれ草の土の下に朽けるよ」と名をもいひ出たまへやと、安永午の年の師走、雪ふりつみし窓の影にて、

五升庵のあるじ蝶夢

みづから序。

『拾玉集』に、

人しれぬなげきのもとにつもりぬる
このことの葉をちらさずもがな

」ウ

草根発句集　上

春

寺務をのがれて、隠居の春をむかふとて

5001 元日や今までしらぬ朝朗

年ごろ住なれし京極中川の庵も猶市中のかしましければ、東山岡崎の里に移りて、一つかねの草の庵を結び世外の春を迎ふに、汲ほすほどもなき住ゐながら

5002 わが庵や鶯のなく藪も有

伊賀の桐雨の許より、「[年]春立や新年ふるき米五升」といへる祖翁の短冊を」1贈りけるに、よしや其隠操はまねぶべくもあらねど、その貧閑のこゝろをもわすれまじと、みづから住る庵を「五升庵」と名付て、試筆の硯に向ふ

5003 凍解や硯の水もつかふほど

元日、同じ短冊を壁にかけて、少欲知足のこゝろ
を

5004 帒には米あり門に梅柳

四十の春

5005 朝がらす老のねざめの始かな

5006 餅(もち)くふて眠気付けり今朝の春

いたづらに五十の春を迎へて、過こしかたを」ゥ
思ふに、邯鄲の市に夢みし人に似たり

5007 目覚れば餅はにえけり今朝の春

一夜のうちに同じ天地もかはりゆき、身の上のき
ぬらまで春の匂ひにうつろふと書る、『四季物語』
の心を

5008 紙ぶすま春の匂ひとや慰まむ

松子は朝鮮、昆布は蝦夷の物ながら、（松子は珍ら
しく、昆布はつねに見るものなれど昔はひろめと
訓じて、順の『和名抄』に載たりとぞ。めでたき
古名あれば庵の喰つみになして）

5009 蓬萊や海のあなたの貢もの

祖翁の書て洒堂へたまひける聖号を写し得奉て

5010 梅が香の冥加あらせ給へ硯にも」2

天明八年の春、皇居を聖護院へ移し給ひしかば、
さる宮人だつ、この岡崎にかり住ゐしも、内裏
めでたく成就在てふるとし還幸ならせ給ひ、宮人
だつ、みな家造りて、もとの都へ帰りぬれば

5011 へだてなき里人どしよ門の松

旧国が、古稀賀にかしらおろしけるに

5012 まれ人よ世の松竹の門もめげ

神沢杜口八十賀。年ごろ宵暁となく机に向て、む
かし今の事書すさび給ふける文の数二百巻、名付
て「翁草」といふ。其名によせて猶も末久しから
ん事を

5013 書初て百千に続けおきな草

年の始に男の子まうけたりとて餅おくりける古声」ゥ
がもとへ

5014 わか餅のつよさいはゝむ男の子

5015 とし玉の蕪菜かろげや黒木うり

5016 下京やざゞめき通る薺うり

5017 芹引けば菖蒲の匂ふ古根かな

5018 蓬萊に松のみ残る日数かな

5019 貯へは十八粥もなかりけり

5020 わが庵の鏡ひらけよ鼠ども

布袋の讃。腹はふくらかにはら鼓を」3うち、顔はにこ〳〵と口笛をふく。肩うち脱て思ひなげなるも尻〔う〕かたげたる袋ぞ、よくも大事の宝なるべけれ

5021 かくしたるうちぞ床しき春帒

みのゝ蘭戸が厄払の賀しけるに、宗長法師が記行に、厄落しとて年の数銭を包て乞食の夜行にとらするを、「数ふればわが八十の雑事銭やくとていかゞ落しやるべき」といひし心を

5022 宗長の老にあやかれ花の春

5023 いて解て千筋に乱る水菜かな

三四房が舟出に」ウ

5024 凍解や繋がぬ舟のどこへやら

こしの国へ、おほやけ事にくだりける人に

5025 こゝろせよ雪どけ比の手どり川

越後の黒姫川は、四月の始に雪解の水ましたり

5026 時しらぬ雪げはかなし水ごゝろ

5027 雪垣の破れに春の日影哉

5028 淡雪や埋もるゝ葉におきる草

5029 山〳〵や後（あと）ほど白くのこる雪

5030 背戸口や芥を潜るはるの水」4

5031 陽炎やもたれて睡る縁ばしら

祇園林にて

5032 かげろふやいんのこつけし子の額

瓢もて鯰おさゆる絵に

5033 かげろふやおさへかねたる人ごゝろ

鹿の静に歩める絵に

5034 春風や春日の使者の駆もせず

歯のぬけゝる時に

5035 いかにせむはる風とてもはの落る

伏見の梅林へ、橘南渓（谿）先生の案内にて

5036 水仙の畑ふみ分て梅の花 」ウ

5037 町中に梅咲にけりにしの京

5038 北嵯峨や家そこゝに野梅ちる

草庵に梅一もとあり。一とせの火にかゝりてかれたる片枝の、ことしは見し世の春にもおとらぬ花の咲出けるに、いにしへ蜑のもしほ木の中よりたえなる香木をえり出して琴につくらせ、「蜑の焼さし」と名付玉ひし例思出て、この梅をも「琴木」とは名付ける

5039 片えだはすがりもやらずうめの花

志賀の藤の堂に、紅白の梅有に

5040 さく中に赤き梅さへ京の跡 」5

播磨の半捨庵が、今は半捨の半の字をも捨て「捨々庵」と名のりて寂照庵にこもりけると聞て

5041 出て見よ世間は梅の花も咲

5042 青柳やみるから鴨のはゐり口

5043 青〳〵と柳のかゝる築地かな

芭蕉翁絵像開眼　白輅所望

5044 柳みどり花紅の時を見よ

5045 うぐひすの雪ふむゆゑか足の痩

すり鉢に鶯の賛　雨橋所望 」ウ

5046 すりこ木を梅の立枝とおもふかよ

雨中鶯の絵賛

5047 うぐひすや屏風のうちに雨雫

5048 島からの文のしめりや海苔の塩

いせの己(巳カ)四が年玉は

5049 青のりや見るがごとくに伊勢の海

5050 しら魚に疵ばしつけな籠のそげ(濁点ママ)

5051 夕がすみ都の山はみな丸し

醒が井にて、古ことを

5052 足洗ふ加減にぬるむ清水かな 」6

5053 浜道や砂から松の若みどり

絵讃

5054 わか松や梅の匂ひに脊の伸る

法隆寺の並松といふ所に、業平道といふ有。高安へ通ひ給ひし道とぞ

5055 つぼすみれ業ひら道のゆかりかな

5056 崩れたる三室のきしや蕗の薹

加茂の県主祐為の、歌道の事に西へくだり給ふに、
「舟路なれど馬の鼻むけす」とて、いせの浜荻もて
つくれる筆をまいらすとて

5057 はま荻の芽をはれ筑紫潟までも　」ゥ

よし野ゝ南帝の御陵を拝す。「忍ぶは何をしのぶ
草」の発句もまのあたりに

5058 哀いかに鳥居に蔦のめもはらず

日野山の方丈石に、薬園の跡を尋ぬ

5059 草の芽やたゞならぬ香は何薬

木辻を過るとて

5060 鹿の角さわらば落む局口

5061 ちう日や殊に桜に入日かげ

奈良二月堂の修法に、祖翁の発句思出て

5062 けしからね冴返りたる沓の音

薪能

5063 僧脇の顔を背ける煙かな　」7

5064 初午や松風寒き東福寺

田中の社の前を通るとて

5065 はつ午やあをかりぬべき空でなし

5066 本尊はうしろに高し涅槃像

二月十五日、嵯峨の清涼寺に詣けるに、折から堂
前の梅の散かふも身にしみ侍りて

5067 旃檀のけぶりか梅の花匂ふ

魚潜上人四十の初度に、未顕真実の句有けるを見
て

5068 八十の涅槃へはまだ春長し

二月十六日、双林寺なる西行上人の塚に詣けるに、
傍の梅散かゝりけるまゝ、『山家集』の歌思出て　」ゥ

5069 梅の花かたじけなさにこぼるゝか

同じ上人の六百回忌に、双林寺の塔に参て、さや
の中山のうたのこゝろを

5070 けふに逢ふも命なりけり花の陰

5071 上京や物の音空に朧月

5072 朧月京は往来も女がち
5073 そろ〳〵とあゆめば長き日影かな
5074 永き日や楽の太鼓の延拍子
5075 春の日や祇園清水倦もせで
5076 一日はうちに居よとやはるの雨 ⌞8
5077 春雨や嵯峨へ三里の足駄がけ
5078 春雨やたゝきて明る傘の煤
5079 菜の花や行当りたる桂川
5080 山中に菜たね花さく日和かな
5081 麦にすれ菜種にすれぬ旅衣

三河の長篠の古城にて、天正の昔を思へば一場の春の夢なり。天明の今を詠れば

5082 麦菜たね春をあらそふ色もなし

堅田の浮御堂に、恵心僧都の彫ませ給ふ千躰仏を

5083 燕も仏の数におがみけり ⌞ウ
5084 疇道や顔をそろへてなく蛙

山崎の宗鑑の跡にて

5085 つぶら井やのまむとすれば啼蛙

甲斐の富士井

5086 かへる子や底から曇る不二の影

月ごろの病おさまりぬとて、孝子が迎ひにのぼりけるに具して、名に高砂の松の古郷に首途しける布舟を祝て

5087 めでたさよ引つれ帰る鶴の声

遠江の入野ゝ浦より眺望

5088 むら松やみどりたつ中に不尽の山

上の太子の御陵

5089 須磨の山のうしろや春も松ばかり ⌞9
5090 そこをたてかしこをきれと春の草

人の家の荒はてしを

5091 壁もまた土に帰りてはるの草

丈草法師の『寝転草』再板の時、二月廿四日忌日なりければ、龍が岡の墓前に手向るとて

5092 墨の香や二たび萌し岡の草

久米路の岩橋にて、古物語の心を

5093 岩はしやはかなく明し春の霜

5094 蝶〻やよべの雨風しらぬさま
5095 蝶〻や弁当につき花に飛び　」ウ
5096 てふ〳〵や花はこちらと先にたち

法隆寺にて

5097 夢殿をうかれ出るか蝶の影

河内国若江村に、木村長門守が塔有にて

5098 蝶〻や兜の匂ひ尋てか
5099 大仏やうしろに響く雉子の声

豊国の社

5100 淋しさや雉子の咎る声ばかり

人の子の不孝を諫る文のはしに

5101 ついきけば腹が立ぞやきじの声
5102 いかのぼり東寺八坂の塔の間　」10
5103 鳳巾いづれの御所の夕ながめ

笠置山に登る。北に和束といへる山有。後醍醐帝の、藤房卿・宣房卿たゞ二人を召倶し給ひて、「さして行かさぎの山を出しより」と御製ありし所とぞ

5104 あの山へきれて落しか紙鳶
5105 焼原や針のある木の転けもせず
5106 首立て行かた見るや小田の雁

沂風・一萍に餞別。

ひとりは仏像造立のために俊乗坊がためしを追ひ、一人は俳諧修行の望みに芭蕉翁の古きを慕ふ。かれは後生の縁を結び、これは今世の交をもとむ。」ウ その二人を鴨川に送て

5107 ゆけや雁声を合せて海山に

隠岐の国造の帰国を送る。

公の召によりて、遙なる海をこえてもてのぼり給ひし駅路の鈴は、去年の　還幸の御調度となりぬ。其賞とて数の御賜物戴て帰国し給ふ、舟路なれど馬の鼻むけすとて

5108 雲井まで音響かせてかへる雁
5109 なく雲雀草におられぬてうし哉
5110 雲雀なく野や百姓のうら山し

土御門殿の前を通けるに、天文台の見えければ」11

5111 誰が見てものどかな空や鳴ひばり

5112 囀や籠からも雲をさし覗き

身延山の鶯谷にて、鶯の啼を

5113 囀りもよの声はなしみのぶ山

世の諺の「身延参」と云こゝろを

5114 沙汰なしに巣になく声や時鳥

甲斐の酒折の宮にて、日本武尊の古ことを

5115 わが旅もいく夜か寐つる春の夢

塘雨が二たび東へくだりけるに、さやの中山のう」ウ
たの心を

5116 またこゆる命を祝へはるの山

更科山にて、古物語の心を

5117 よしや今姨捨るともはるの山

諸九が松島行脚に、みちすがらのしる人の許へ文
添てやるとて

5118 案ずるな行先〴〵にわらふ山

諏訪湖

5119 御わたりの氷は解て小鮒引

5120 しめやかな雨も女の節供かな

5121 桃柳さわるや雛の額つき

男の袖の広きは其心をあらはし、女の袂の長きは
思ふ事慎めるなるべし

5122 帋雛や奈良の都の昔ぶり」12

5123 引ちぎる古代の形や草の餅

津の国多田の、三矢簱兵衛にて

5124 子共にも昔かたぎや柳太刀

年経て笠丘(岡)に来て人々に逢ふに、昔見しにもかは
らず桃源のこゝちぞする

5125 みな若き顔みる桃の節句かな

5126 痩たがる娘の形やもゝの花

美濃の野上

5127 この里のむかし模様やもゝの花

三月三日、清水寺にて

5128 職人のひま有げなり花の陰」ウ

筑紫へくだりける飛騨の風人に

5129 舟も何海も汐干てありく比

上の諏訪に、七十五頭の鹿を備ふるの神事を見るに

5130 声になく秋よりかなし鹿の顔

今宮

5131 やすらゐとはやすや太刀をかたげつゝ

三月十二日、東山閑阿弥にて墨直し興行に

5132 消さじとの心ばかりや墨直し

祖翁百回忌、暁台興行に

5133 手つだひて共にさゝげん花がたみ

同忌を東山の闌更催しに

5134 けふといへば花あり月も十二日 └13

5135 埃たつうき世の嵯峨や御身拭

5136 初ざくら御室の御門ひらきけり

よし野

5137 曙やさくらを出る山鳥

嵐山

5138 山桜川べりをゆける所まで

天龍寺の後の七老亭に遊て

5139 やま桜ころび落とも大井川

泊瀬

5140 回廊や桜を分て幾まがり

5141 山ざくら続くや上の醍醐迄 └ウ

醍醐水

5142 やま桜のぼり〳〵て水うまし

東大寺

5143 やまざくら景清門によりて見む

熱田

5144 大宮司の門口しるし松さくら

遠江の虚白が善光寺参に

5145 行さきは盛ぞ木曾の遅桜

清水寺

5146 夕ばえや舞台もたぐる花の雲

雨の日、東山の花見ありきて

5147 立よりて傘さしかけん花の枝 └14

美濃の各務野にて

5148 人足も駕おろしけり花の陰

みちのく人の尋来しに
5149 いかにせむ都も花の散し後
閑田蒿蹊先生の六十賀に杖おくるとて。
そもこの杖は、兼盛ぬしの「よし田の里の」とよみしにもあらず、有家朝臣の「百とせのちかづく坂に」と詠るにはまだ末遠き、六十の足のすくやかなるにも
5150 つけや杖花の醍醐に月の嵯峨
菊渓庵剃髪に。
修身斉家は世に随ふ道、
捨家棄欲は世を背く教 」ウ
5151 咲ばかり花とはいはじちるを見よ
猿の三番叟の絵に
5152 月花にみな人まねのうき世かな
邯鄲の図賛
5153 目覚すな世の月花もねぶきうち
おのれが肖像を写させて、「これに自讃せよ」といふ附尾が需に応ず。
衣は墨に染ぬれども心は染ず、頭はげ歯（濁点ママ）落たれども厭欣の心もあらず、口に風月を談じて風雅をしらず、我影にむかひてわが身をはづ
5154 筆もちて何月花のうつけもの 」15
出雲大社奉納に
5155 清（スガ）〳〵し清地にちるも花の塵
題峯入
5156 新客よまだ見ぬかたの花見せむ
南都の不退寺は、むかし在五中将の古跡なり。寺に老たる男の、いとまめやかにもてなしけるに
5157 蕨汁むかし男の料理かな
5158 折もちて蕨煮させん晩の宿
〔五一五七句ノ上ニ「後」、五一五八句ノ上ニ「前」ト細字デ記ス〕
5159 山吹や日影もたれて水に入
甲斐の信玄入道の古城にて
5160 膝くみし十八将よ木瓜すみれ 」ウ
5161 門口のながれに漬しつゝじかな

5162 落来るや躑躅を分て柴車
5163 兄弟の笠つき合ふて茶摘かな
5164 生飯のめし拾ひ覚えぬ雀の子
奈良
5165 葩煎(はぜ)うりに付てまはるや町の鹿
三条の客舎を過るに
5166 旅人もまばらに春の行へかな
うら富士
5167 行春やけふ迄生し甲斐の不二 └16
隅田川
5168 猪牙(ちよき)舟や春のゆくへを追ふごとし
久米のさら山にて
5169 行春の音やさら〳〵小松山
安徳天皇の六百年御忌に、高倉の清聚庵にて瞽者の十老と云もの集りて、『平家物語』をかたるに、「経政都落」を
5170 行春や琵琶かへし申す其こゝろ

夏

5171 行ぬける袂の風や更衣 └ウ
5172 旅ごろも脱かへむにもたゞ一ッ
5173 夜のため綿をもぬかず旅衣
5174 灌仏や雲に一声ほとゝぎす
葵祭
5175 牛の嗅ぐ舎人が髪や葵草
5176 御車や葵かげろふ下すだれ
筑摩祭に
5177 つゝましと俯くな鍋の落やせん
義仲寺の奉扇会に、細道の昔思出侍りて
5178 もの書て引さき給へこの扇 └17
5179 夏書すやねみだれ髪をかき上て
5180 鶯や老ては声もつくろはず
横川にのぼるに
5181 うぐひすもみな古ごゑの太山(みやま)かな

白峯の御陵に、左右の陣の桜・橘有
5182 はかなさや御階の桜花のこり
山水を観る事、書を読が如く、見る趣の高下によ
るとかや。此巾ぬしが都上りは、七十に余れる老
の足のすくやかに詠ありくこそ、誠に山水をみる
の器なるべけれ
5183 世の花も過し青葉の都見よ
こしへまかりける時 」ウ
5184 夏来てもわづかに木のめ峠かな
気比の社
5185 うの花のちるや遊行の砂の上
5186 ほとゝぎす続いて明の鐘のこゑ
5187 鳴神のけうがる跡や郭公
笠取の山家にて
5188 ほとゝぎす青梅落る拍子かな
5189 時鳥啼てわたらむ余呉のうみ
高野の山にて、心に三宝鳥のまたれける暁
5190 仏法と鳴かときけば杜宇

鴻巣の柳几の、長崎へ行ける句帳に
5191 さき〳〵に待人のみぞ郭公
加賀の後川が髪おろしける時、剃刀をあつるとて 」18
垂辞。
南無仏と唱へ月花を吟ずるも、たゞ無二無三の信
心によるべし
5192 よくたもて郭公にはねぶる事
天明炎上の後に
5193 夏草や夕顔町の小家がち
奈須野
5194 鎌の刃も牛も届かぬ夏野哉
讃岐の矢島の道の傍に、大夫黒の馬の塚在
5195 人はたゞに夏野の草にうづもるに
慈鎮和尚の御廟にて、『拾玉集』の心を
5196 夏山や厭離百首の歌のさま
四月の初、銀閣寺にて東山殿三百回忌の 」ウ 御わ
ざ在けるに、古き書画ども集て手向奉りける事あ
り。参つどへる人に「懐旧の心もてものせよ」と

て、皆川先生韻を分て勧むに、「斜」の字を得たり
5197 なつ山や大もじ焚し跡斜
讃岐虫明の迫門の気しきを、船中にて
5198 曙は春といひしも夏の海
阿波の鳴門
5199 散みだす卯浪の花の鳴門かな
備中生江の浜なる開衫楼にて
5200 ふところに入るやう浪も松風も
筑前の秋水ぬしの、雨銘くすしを伴て帰国に
5201 舟うたや卯浪の音もなかるべし └19
5202 きら〳〵と雨もつ麦の穂なみかな
屋しまの内裡
5203 麦の穂とたつや内裏の門柱
備中二万の里を通るとて
5204 麦秋や二万の里人手がたらじ
いせの日永の里を過るに
5205 ほと〳〵と麦つく臼の音睡し
堅田の本福寺にて、千那法師五十回忌修行の時、
『観無量寿経』の中、
不楽閻浮提濁悪世のこゝろを
5206 この里の住ゐいぶせし麦埃
赤間の関にて、歌うたふ法師の人の門に立るも、
所がらゆかしくて └ウ
5207 むかし語れ麦勧進の琵琶ほうし
5208 まめやかに新茶さし出す山家哉
5209 馬繋げ新茶かほらす萱が軒
角鹿の鐘が崎にて、祖翁の発句思出侍て
5210 晩鐘やわかばの中に沈むこゑ
ひえの山の灌頂に結縁に逢て、此身ながら都卒天
上に生出しこゝちす
5211 内院に入るやわか葉の雲分て
備の三石峠にて、肥後の文暁に逢て
5212 茂る葉の中にまぎれず顔と顔 └20
住吉の津守が家
5213 古庭や松に柏のなつこだち
比えの一乗院の庭より湖上を眺む。

慈鎮和尚の、「枕の下に有明の月」と詠給ふより世
に「有明寺」ともいふなり

5214 影のこる有明寺や木ゞの闇

木船

5215 男さへ凄き宮ゐや木下やみ

永平寺

5216 線香の折るゝ音あり木下やみ

5217 傘にそへて提るや燕子花

八橋

5218 二番咲も昔に似たりかきつばた

三河の人々に訪れて、七とせの昔を語る 」ウ

5219 きつゝなれし袖のゆかりや杜若

白眼看他世上人

5220 かんこどり汝も我声に似しものか

鎌倉建長寺

5221 閑古鳥の声さへ止ぬ板の音

土肥の杉山にて

5222 鳲鳩(かんこどり)ふし木の中に啼声か

5223 染るにも十日あまりや紅牡丹

5224 見いれ行ぼたんの花や長者町

5225 銀閣や地にもぼたんの花を敷

5226 何ものぞ罌粟さく畑に鼻ひるは 」21

いがの松舟老人薙髪に

5227 美しきけしさへちるにそれもよし

5228 竹子やかなぐり出る八重葎

5229 わか竹に家重なるや小野醍醐

野の宮

5230 竹の葉の降つもりけり小柴垣

5231 蝸牛や竹ちる中に落る音

方丈石

5232 持ありく家はどつちへかたつぶり

鎌倉の亀が谷の寿福寺の後の山に、実朝将軍の御
廟在。とある山を深く掘入て龕のごとくになし、
」ウ 岩の面に画書たれば「絵崫(窟)」とも、所の方言に
は「絵屋倉」ともいへり

5233 絵屋ぐらの色もいつしか蝸牛

5234 うき草や舟の跡から花になり
みのゝ松夢が行脚を
5235 浮草や翌はいづくを咲所
5236 引汐やうき藻の花のさわぎ立
湖北菅山寺
5237 銭ほれば蝙蝠さわぐ御堂かな
厳しま
5238 うれしげに回廊はしる鹿子かな　」22
5239 三条へ出てこそ見たれはつ茄子
浮風二十五回忌経題に、
福徳因縁得生彼国のこゝろを
5240 初茄子こや富士に添ふ駿河だね
5241 刈入しわか葉の匂ふ山田かな
5242 はりの木やまだ植ぬ田に影青し
5243 侍のものいふて行田植かな
5244 笠脱て歌はれらかな夕田かな
住吉御田植
5245 傾城のうへしや御田のしどろなる　」ウ

5246 青あらし志賀の磯田は植しまふ
5247 眉山や朝の雲はく青あらし
築(筑)紫安楽寺にて、法楽の百韻巻頭
5248 青梅や仰げば口に酢のたまる
加茂
5249 人力にすゞしき色や勝負の樹
鎌倉懐古
5250 谷〳〵は麦の埃や帋幟
5251 早乙女にもらふて葺し菖蒲かな
5252 鑓もちのゆがめて通るあやめかな　」23
5253 菖蒲葺てかほる錦の小路かな
5254 旅籠屋の風呂も菖蒲の匂ひ哉
深川芭蕉庵の跡は、今は松平遠江守殿の館の内に在。主の殿の古へを好給ひて、其古池は在し世のまゝなり
5255 水暗しからぬ菖蒲の五六尺
5256 男の子とて引提て来る粽かな
5257 結ぶ手に石菖匂ふながれかな

5258 月のさす山田に涼し亀のこゑ
5259 孑孑(ぼうふり)やむかしは誰が水かゞみ
草庵自適 └ウ
5260 ぼうふりのわが世たのしき小瓶かな
5261 わが庵は蚊も喰たらじ独法師
駿河の乙児が草庵にやどりける夜
5262 めづらしと蚊も出初たる今夜かな
善光寺
5263 暁がたや一時に蚊のむせぶ声
5264 宵月や蚊帳の中に草の影
5265 鳴神に蚊幮を頼むこゝろかな
5266 くるしげに寐し人影や昼の蚊屋
5267 蚊遣火の煙の中になく子かな └24
もと住ける寺に椴の木二もと在。いづれの年なりけん、鳴瀧より木作り男の鎌の柄に藁もて結つけもて来りて栽置るなりしが、年経て一抱に成ぬるに、此春の火に焼失ぬ。さてもかく二葉の木のさばかりになり終に煙とさへなりて、沙羅双樹の変相を示すを見れば、誠に人ほど命長きはなしと、老が身を顧て
5268 我はまだ灰ともならで蚊遣たく
長崎の枕山が家にとゞまりける此程のもてなし、いふべくもあらず
5269 いかに寐む翌から蚤の飛ぶ筵
暮ぬより蚊屋に入とて、和泉式部の「於冥入冥」の歌を思出て、自いぎたなきをわらふ └ウ
5270 あかきより明き迄ねれど夜短し
いせの二日坊が十三回忌に
5271 みじか夜の夢かやきのふ二日坊
かり初に逢し松扉老人の、程なく失しと聞て
5272 見しや夢語りしやうつゝ夏の夜
5273 いろ／＼に山を離れず入梅(つゆ)の雲
太宰府の天拝山を
5274 梅雨雲や天へ届きし嶺の松
5275 鼻つまむ程もしられず五月やみ
5276 この比は屋ねも音せず五月雨

浮流法師を哭。

月といひ花といふ生死の一大事は、つねの」25あらましなるを、今更のやうに胸ふくれ腸のきるゝやうに覚ゆるは、年比の契りのみか、我後の事をも頼み思ける事のたがひぬるを、かなしとおもふわたくしにや

5277 限りなき五月の雨や我こゝろ
5278 青雲を花に五月の雨間かな
5279 抱おこす葵の花やさ月ばれ
5280 ほたる飛ぶ方へさしけり渡し守
5281 田の水や溢るゝ方へ飛ほたる
5282 蛍籠夏野の草の葉影かな
5283 空色や青田の中の鳥羽竹田 」ウ
5284 草とりや笠から汗の雫たり
5285 草採の背中うちこす稲葉かな

長崎ちかきわたりは、めなれぬ調菜をすゆ

5286 楊梅（やまもも）の山もりわびし山折敷

竹生島にて

5287 人間の来ればこそあれ蠅の声
5288 声のうら声の表や木々の蟬
5289 夕月や一ッのこりしせみの声
5290 空蟬やきたなき物は人の果

或人の別荘のすたれたるに」26

5291 哀いかに柱にのこるせみのから
5292 ものはかな鵜舟過行あとの闇
5293 篝ふるかたへ向けり鵜のかしら
5294 井堰からもどる音なり啼水鶏
5295 鯖釣やしらぬ火ならぬ浪のうへ
5296 みな月や飯に魚なきひとり言

「川風寒み千鳥鳴なり」と吟ずれは、六月も寒くなるとは、昔の和歌の情を称す。今の丹青の姿を讃せんには

5297 むらちどり日の六月も影寒し 」ウ

青嵜が、年経て東へくだりけるに

5298 六月も面がはりせじ不二の雪

〔五二九七句ノ上ニ「後」、五二九八句ノ上ニ「前」ト細字

デ記ス〕

5299 ゆるぐ歯にあつれば寒し氷餅

5300 かけ香や菊水鉾の児の袖

豊前の李窓(完)の、家を譲りて薙髪しけるに

5301 心まゝに昼寐するらん簟(たかむしろ)

5302 月影の蚊帳にひらめく団扇かな

5303 縁先に朝はすゞしきうちは哉

日枝の山、五智院の住職賀に、扇をおくるとて

5304 祝ふぞよ扇はいらぬ山なれど

津軽の里桂に、別に望て扇に書て贈ける ㇗27

5305 窓からも帆に風そゆる扇かな

但馬の木卯亭にて、二見潟の文台開に

5306 浦風をひらき初る扇かな

5307 涼しさや竿にもつるゝ釣のいと

5308 すゞしさや舟の来るまを草枕

5309 ゆふがほに足さわりけりすゞみ床

日間の浦、支百亭

5310 すゞしさやもろこしからの風も来る

芦野ゝ道のべの清水にて

5311 風呂敷をおろして涼し柳陰

成相寺眺望 ㇗ウ

5312 松がねにすけて内外の海涼し

厳島

5313 涼しさや板の間から浪がしら

年比のほいとげて、鳥部野ゝ寺に髪おろし、ひたすらの持経者と成てこもりゐける七峨(哦)入道を随喜す

5314 見るも涼し火宅を出たる人の形

泥亀の絵賛

5315 背中こす水涼しいか沼太郎

蟹の絵讃。

父母教而不学　是子不愛其身

5316 世中や清水はなれて横に行

高倉の清娶(聚)庵にて、座頭の納涼を ㇗28

5317 やと誉る声にそよぐや青楓

葛の松原にて

5318 着たまゝの身こそ安けれ夏衣

加賀の紫狐が、廿四輩巡ける添書所望に。念死念仏の行者の名は宇右衛門といひ、俳諧行脚の号は紫狐とよぶ。安心の落着は如来や証誠し給ふらん、風流のまめやかなるは野僧が請合申べし。同行の信者は哀一宿を供養し給へ、同門の好士は必一飯を恵み給へ

5319 この人や見えすきし旅の夏衣

讃岐の海に、都女郎てふ岩有

5320 かたびらのうしろ姿や水浅黄　」ウ

筑前朝倉

5321 昼がほや木の丸殿のはしら石

5322 真桑むく手もと涼しき雫かな

5323 撫子や布をおさへる石の間

5324 石竹や節横をれてうち乱れ

鹿苑寺

5325 池水に箔は散けり蓮の花

5326 おき上る草木の影や夏の月

5327 雨乞の太鼓よわりし夕日哉

5328 夕立や百姓門に出て詠む　」29

5329 土用ぼしやはな橘の袂くそ

伊豆の如髪が、旅宿にて興行に

5330 きり麦や椎の葉にもる物ならず

5331 雷やみて茅の輪ぬけ出し心かな

5332 薄ぐれや秋を隣のわら庇　」ウ

草根発句集　下

秋

5333 草の戸の世にはなりけり今朝の秋

5334 うち守る垣ねの草やけさの秋

5335 明て寐し窓から来るやけさの秋

5336 よみがへる心やけさの秋のかぜ

5337 暁やねござつめたき秋となり

5338 星合やあかぬわかれも一夜だけ　」1

5339 高燈籠秋の夜明き始かな

5340 遠里や稲葉の末の高灯籠

5341 更行や白き切籠の猶しらけ

既白・乙児・蘿来つゞいて古人と成し七月、六道の珍皇寺にて

5342 誰も来よかれもとかなし迎鐘

入阿弥陀仏・吾東法師などの魂を初て迎へける夜、月おもしろうさしのぼりければ

5343 魂かへり来よこの月の影にめでゝ

彦根の城士海老江氏青丘、九十六歳にして発句見せにおこされけるに、其壮健を祝するとて

5344 盆の月夜毎に躍給ふべし　」ウ

5345 玉送り麻がらの火の有やなし

5346 大もじや左にくらき比えの山

5347 山〳〵も灯すや妙の一字より

5348 摂待や茶碗につかる珠数の総

眉間白毫　右旋婉転

5349 大仏の窓〔定〕を出にけり稲光

根来寺は、院々荒果て薄・かる萱生茂れる中に、かたばかりの堂あり。古き仏像の雨にぬれ給ふを見るも勿体なし

5350 膝の箔いついなづまと散うせし

鯉風が、鷹の夢祝とてするに　」2

5351 いきほひも塒出（とやで）の鷹の末たのし

5352 駒引や逢坂で沓うち替て

いせの素因が庭に、蘆野ゝ柳をねこじてうゑ〔へ〕たるにめでゝ

5353 しばしとてとまるや散し柳にも

杵築の蘭里・竹馬が帰るを、高瀬川に見送て

5354 舟にそふて散行柳うら山し

文素十七回忌に、六字名号を句の上に置て発句せし中に

5355 在し世のまゝや机にちる一葉

5356 秋風や結ぼゝれたる瓜の蔓　」ウ

5357 かたびらは昼出た人か秋の風

5358 あき風や背中（セナ）に音ある琵琶法師

阿波の青橘がみちのく行脚に、古歌の心を

5359 都からはや袖ふくやあきの風

5360 相撲(すまひ)とり春やむかしのむかふ髪

5361 蕣(あさがほ)や何たのしぶも露のうち

5362 花淋し咲並びても朝顔の

5363 一もとの広ごりふしぬ庭の萩

5364 女郎花牛が通ればたふれけり

美人の絵

汝等勿抱臭尿以　種々不浄仮名人

5365 なまめける名のみをばなよ女郎花

5366 あちこちに籬のかたちや花木槿

5367 きたなくもなりぬきのふの花木槿

5368 花すゝき小松が上に戦ぎけり

5369 はな薄うばらの中を出てそよぐ

湖東観音正寺の端山に、地獄越てふ処あり。芦
水・里秋らに案内せられて

5370 花すゝきせき合ふ衆合ぢごくかな

去来処士が八十年忌の秋、うら盆の日、真如堂の
墓に詣て

5371 萩薄むかしの嵯峨もかくや有し

可風が十七年忌に、龍が岡の墓へ参て見るに石碑
いと苔むしたり。こはもとおのれが筆とりしも
の丶、かくまで成けるよと哀にて

5372 わが書し文字さへふりぬ萱薄

5373 うり行や一たばねづゝ草の花

5374 おく露やいとゞ蒲(葡)萄の玉ゆらぐ

5375 きり〴〵す夜明の鐘のうれしけれ

5376 蟋蟀行燈むければ声遠し

病重かりける暁

5377 目を明ばこの世の音やきり〴〵す

5378 暮がたや雨もこまかに虫のこゑ

5379 よすがらや壁に鳴入るむしの声

5380 日ぐらしや盆も過行墓の松

5381 ゆふ影や流れにひたす蜻蛉の尾

5382 蟷螂や斧に疵つく柱かな

5383 曙や芭蕉をはしる露の音

絵賛
5384 もの書けとたれしばせをの広葉かな
住吉の宝の市、見にまかりて
5385 月こよひ霜や置らん祢宜の顔
〔五三八五句ノ上ニ「此句、九月十三夜、老ての後の月見哉の次に書べし」ト朱書〕 」ウ
5386 名月の暁がたゆかし人通り
与謝のうみに舟をうかべて
5387 名月や飛上る魚も金太郎
伊賀の雪芝が旧宅を宿とするに、今夜の月たゞにやはとて、今の主呉川いざなひて、曾秋・去何・杜音がやから野に出て遊ぶに、おのれは此木のもとゆかしくて
5388 名月やひとり野松の下にたつ
この月の夜ごろ、こゝかしこうかれありきて、六ツの窓に心の猿いとさわがしかりしも、今夜は比えの山にのぼり東塔にやどりて
5389 よべまでも見しは浮世の月なりし
院の御使の供奉に、東へ下りける人に 」5
5390 こゝろせよ歌人達の月の旅
5391 しら露や艸をこぼれて草のうへ
5392 今朝の露いなば芋の葉道もなし
いせの斎宮にて
5393 しら露の玉しく竹の都かな
東塔の五智院にて
5394 つむ榓(しきみ)露のたばしる折敷かな
5395 昼日半露の雫や房の軒
通阿比丘(の)十三回忌に、澄月上人勧進、秋懐旧を
5396 露けしなむかし菜摘し門の畑 」ウ
盥まはしの絵に
5397 すぎはひは見るもあやふし草の露
大雅堂が画し猿引の賛　笠丘湖嵐所望に
5398 よの中は朝三暮四や草の露
5399 初雁に逢ぬ後(のち)瀬の山の裙
5400 一まはり廻りておりぬ小田の雁
5401 雁啼やこよひの舟は何地まくら

5402 鶉鳴やかくるゝ草もかるゝとて

5403 鳩さゝぬひまや鳩吹岩がくれ

5404 つり台に欠して居る鱸かな 」6

芋魁絵賛　備中李山所望

二百貫の銭にかへし味は、この時に有べし

5405 置霜に茎もいつしか芋がしら

5406 色艶はさのみに老ず秋茄子

5407 白河はひくき在所や稲のはな

塘里が、物あきなはむといふをいさむ

5408 金もちになるなよ門のいねの花

5409 稲のほをおこして通る田道かな

5410 いな筵海まで与謝の郡かな

ことし六月の始つかたより、何となく諸人ら　禁
裏の御築地を巡り、南門の前にてぬかづき五穀成
就の祈とてする事の」ゥ侍りしが、其しるしにや、
田畑いつよりも見事に覚え侍る

5411 人肥る早稲の葉分の風涼し

5412 いな舟や鎌を片手に漕て行

5413 ほつとして案山子もこける晩稲かな

5414 鶏頭や一握づゝあきの色

5415 あれほどの老のちからや鳴子引

5416 鹿のこゑ山風落て絶んとす

5417 鹿追の声残けり山かづら

5418 水落て田面をはしる鼠かな 」7

白子の大悲閣に、不断桜をみる

5419 うらがれの木にも花咲たうとさよ

5420 綿とりのうたふて出たる日和かな

九月九日、草庵の籬のもとに

5421 けふ咲てかしこ顔なり菊の花

城崎にゆあびして、重陽に

5422 きくの香や山根落くる湯口より

几帳に菊茱萸袋かけたる画賛

5423 幾久の香や世にかくれすむ女みこ

髭風が、この七年ばかり鳰のうき巣のよるべさだ
めぬかり住ゐも、けふや古郷へ帰れる其よろこび
をいはむに、多くの子にうまごにかしづかれて」ゥ

もろ白髪の老を養ひなんと、その家の酒の名によせて
5424 いく世経よしら菊作る宿の奥(オク)
5425 きせ綿や老行菊の花の顔
馬瓢が山家にて、重陽に
5426 小輪な菊も山家の節句かな
丹後の馬吹が薬店に招かれて
5427 きくの香や茶にも薬の水をくむ
近江路や小野ゝ宿は、むかし和歌所の領にして、阿仏尼の長歌、為尹卿の述懐、徹書記の道の記にも見えたり
5428 家並や月みる窓にきくの花 」8
5429 仏檀に十日の菊の匂ひかな
いせの若松のうらわに、花白く葉の殊なる草の咲たるを浜菊といふとぞ。所がら興有て
5430 はま菊や難波で咲かば何の花
5431 淋しさを老ての後の月見かな
〔五四三一句ノ左上ニ、位置ヲ指示シテ「前の、宝の市の句、こゝに書べし」ト朱書〕
丹後岩瀧の浦べにて
5432 見わたすもかれ木の浦や後の月
九月十三夜、二見のうらにて
5433 月さやか浪に二ッの岩の影
太秦の牛祭見まし（ゝ脱）が、あやしの面にあやしの紙の冠さうぞき立、牛(ウシ)にまたがり出て読上る文ッのえせごとは、いかなる世にいかなる人の作にや、」ゥその夜は殊に月明かりければ
5434 祭文や月くもるなといふ事か
5435 小刀を添て出しけり盆の栗
近江の石塔寺にて、阿育王の塔を
5436 落椎や八万四千の塔の数
比叡の奥なる飯室の安楽律院に詣て、恵心僧都のみづから栽させ給ふ菩提樹をみるに、「むかしの樹は二株朽のこりて、今在は第三株めなり」といへば
5437 尊しな三世にくちず菩提の子

多武峯の増賀上人の廟前に、菩提樹の並木あり
5438 さかせとや木の葉にまじる菩提の実 」9
5439 山陰の長者が門や柿みかん
5440 渋柿や海道中へ枝をたれ
5441 ものゆかし北の家陰の柚の黄み
5442 初紅葉下の醍醐は青かりし
5443 信楽や茶山にまじるむら紅葉
初瀬寺
5444 夕もみぢてるや局にこもる影
5445 修学寺の行宮の紅葉をちり椛(もみぢ)たま〳〵在は鶴の糞
絵賛
5446 鳥の来てつゝけどかへず松の色 」ウ
岩代
5447 罪ふかし結びし松の色かへず
伊賀の千方が城墟にのぼるに
5448 石の壁這のぼる蔦の色もなし
下河原なる大雅堂が住ける葛擔居にて、往事を思ふ
5449 門口の戸さして葛のうらがなし
5450 馬かたにおさへられたる新酒かな
5451 夜長さや唐へ往しは宵の夢
5452 衣うつ音や風呂たく火の明り
5453 本道へ出れば月あり露しぐれ 」10
5454 秋雨や顔も出さずに蛙なく
時雨もいたくもる〔り〕山のほとりより降出しければ、とある農家にて藁筵てふ物を乞て打かぶりたる、我ながらあやしげなり。もとより賤しき限り貧しき際のこの身ながら、夏は丹波布のふときをいとひ、冬は河内木綿の重きをくるしみて、身の程をわすれにたるも、けふ此哀さに、「人として風雅の心なければ世の変に驚き、旅をしらざれば風雅の情をしらず」との古人の詞、ひしと思当り侍る
5455 筵着て身にしみつくやあきの雨
5456 鯉飛て後に音なし秋の水
青蘿が中陰に 」ウ

5457 かぞふるもはかなき秋の日数かな
天明八年の秋八月十六日、嵯峨天龍寺にて後醍醐
天皇四百五十年の御忌執行有けるにまゐりて、
震(宸)影を拝奉り、かしこけれど其世の御事申出奉て
5458 みよし野も隠岐もつひには嵯峨の秋
西山なる長嘯子の古跡にて
5459 おもへばや身にしむ秋の山家の記
5460 うり馬の肌寒げなり夷鷹
5461 行燈をともさぬうちぞ秋のくれ
北山正伝寺の楓橋の紅葉見にまかりて
5462 秋のくれもろこしもかく淋しいか　」11
大和の赤埴に、賢恵法師入定の地有
5463 入定の跡ながめけり秋のくれ
布袋のうつぶきたるに
5464 秋の暮福の神さへものおもふ
三夕の図に
5465 かきもちのほしい顔なり秋の暮
5466 秋のくれ子守からかふ声悲し
5467 行〳〵て深草に出たり秋の昏
弘川寺の西上人の墓に詣るに
5468 鳥も居ず竹のみ立り秋の暮
天王寺の念仏会に詣づ。「げにも此寺の」ゥ舞楽の
み都にはぢず」と書しごとく、末の世ともおぼえ
ずぞ
5469 古き面ふるきしらべや寺の秋
おなじく
5470 行秋の音する枕念仏哉
深草瑞光寺の元政上人の墓に参て
5471 塚やげに深草のおく秋の奥
5472 四条さへ寂しや秋の果太鼓
人と遊て
5473 いざ泣む秋といふのもけふ限り　」12

冬

丹後の花浪の里にて

5474 小春とてはな浪よする渚かな
5475 一夜〳〵月おもしろの十夜かな
5476 月夜よしと老人参る十夜哉
光明遍照念仏衆生摂取不捨の心を
5477 蛸をうる店も十夜の月夜かな
5478 岡崎の野道人なし十夜過
5479 魚売の棒のしわりや夷講
└ウ
5480 何番と亥のこかぞふる寒かな
義仲寺時雨会。
御命講の鐘つき、十夜の鉦たゝく中に
5481 この寺や時雨の音の静なる
5482 炉開や雪の枝炭置はじめ
5483 口きりや衣手寒き小服綿
5484 繋がれし馬の背高し初しぐれ
江戸の君月に逢て
5485 おもしろき笠見付たりはつ時雨
芭蕉翁笠張の像賛
5486 初しぐれ笠かふ銭もなかりしよ
└13

5487 一しぐれ門の菜の葉や脊戸の竹
樗峠眺望
5488 はし立や松を澍雨(しぐれ)のこえむとす
鹿苑寺の九山八海石
5489 しぐるゝや九ッの山八のうみ
印金堂
5490 時雨もるや哀むかしの耆人
双林寺にて芭蕉翁の百回忌興行に、東山の「柴の戸」
の発句思出て
5491 柴の戸や今も時雨るあみだ坊
小八郎と呼しむかふ髪より、詐善とよぶ剃髪の姿
└ウ
まで思つゞくれば
5492 見はてぬる人一代やしぐるゝま
5493 色さめし古女房や帰花
文下薙髪に
5494 十徳の備はる身なり冬牡丹
5495 冬の日や障子に蘭の葉の移る
5496 冬の日のさすや葉もなき桐の影

5497 藪陰や冬の日影の干菜寺

金閣覧古

5498 扉の箔冬の日影の有やなし

龍安寺の方丈の庭なる、虎子渡の石を」(14)

5499 いたづらに石のみ立り冬の庭

常陸の跌石を送る

5500 こがらしや富士をうしろに築破山(筑波)

5501 凩や壁にからつく油筒

〔五五〇〇句ノ上ニ「後」、五五〇一句ノ上ニ「先」ト細字デ記ス〕

北山に梓御子てふものゝ住る里を通るとて

5502 くだら野の果や梓の弓の音

津国をとめ塚にて、古物語の心を

5503 抱ながら虫の散行木葉かな

明石の人麿寺に、芭蕉翁蛸壺塚造立供養、山李坊
興行千句巻頭に

5504 月高し塚は木の葉の山となるまで

湖南国分山幻住庵の経塚に石を建ける」ウ供養の
日、呪願するとて

5505 山の木葉ちりうせるとも六万字

十月の初、よしの山にのぼりけるに、六田より安
禅まで百丁がほどは、ひたぶるの木の葉の山なり。
凡この山の花は、山口の花ちれば奥山の花盛にて、
春の色あるに

5506 落葉には奥口もなし山ざくら

讃岐の帯河、髪おろしけるに

5507 かりの葉は落てまことの梢かな

法隆寺にて、百済国より奉りしてふ鐘を聞て

5508 もろこしの鐘も聞えぬ霜の夜(ヨハ)

笠置山の弥勒石は、其仏像見えず

5509 おぼつかないつの三会の暁の霜」(15)

重厚・浮流と奈良の方へ行とて

5510 踏しめる旅のこゝろやけさの霜

(草)枯わたる前栽に一ツの蝶の落たるをみるに、蝶と
あだ名せし身の外ならず、そゞろに哀を催す

5511 身の果もかくや霜置る草の陰

巴川が子をうしなへるに
5512 霜の夜やふところあきし親ごゝろ
後桃園ノ院御葬送の後に、泉涌寺に参りて御車の
引捨たりしを拝奉て
5513 力なげにはらばふ牛や霜の草
盛化門院の御葬送をおがみ奉て
5514 霜の原きしる車の音悲し 」ウ
5515 明星に豆腐ぞ氷る石の上
5516 厚氷水もこゝろのまゝならず
大徳寺の高桐院に遊ぶに、庭に細川三斎の君の物
ずき給へる袈裟の水鉢在
5517 水鉢のむつ〳〵〔べ〕しさよ薄氷
鷹が峯は寒菊に名有
5518 寒菊や南下りの軒並び
白骨観
5519 美しう作りたてしも霜の菊
5520 水僊(仙)や瓶の水際すさまじき
萩の玉川も 」(16)
5521 萩かれて狼川のうき名かな
5522 白きもの落もつくさず枯尾花
5523 埋火や打けぶりたる竹の箸
5524 うづみ火や包めど出る膝がしら
東山正阿弥にて、芭蕉翁百年忌興行。
一間に遺像を祭りしに、かの冬籠の佛をそふ
5525 うづみ火や壁に翁の影ぼうし
5526 誰が子ぞ手炉の蒲団の唐にしき
嵐雪が「蒲団着て」と詠し東山は、草庵のうしろ
なれば
5527 ふとん着て山を背中に冬籠〔し〕 」ウ
5528 枕もとに柴の匂ひや冬隠
5529 つき合す鼻息白し冬ごもり
浮流法師が伊賀の友生村に住庵しける時
5530 雪山の昔おもふて朝寐すな
〔五五三〇句ノ上ニ「此句、雑の部ニ入ベキカ」ト朱書〕
5531 かくれなく重なり合ふや冬の山
5532 冬川や竹のあみばし投わたし

今夜人と遊て「一線を添る」といふ事云出て
5533 灯心をそへて遊ばむ冬至の夜
5534 雪ぐもり見やる僧都の御山かな
天橋立
5535 初雪や六里の松に置たらず 」(17)
一条堀川わたり、鍛冶対馬掾が軒より詠れば、比
えの山のたゝずまひ、田子のうらわにうち出し眺
望に似たり。これをなん昔人のかしこくも「都の
富士」とはいひ初けん
5536 初雪や都の不二と今朝ぞ見る
5537 暗いから子共の声や門の雪
5538 麦の芽のうごかぬ程に小雪ちる
5539 百姓の笑止な顔や今朝の雪
5540 今朝の雪いかにや比えの伯父坊主
5541 よるの雪篠にこぼるゝ音ばかり
5542 遠山の雪かゝはゆき月夜かな 」ウ
雪の降ける日、おもふ事有
5543 蓮瓶のことしもわれず雪の庭

柴栗山先生東行餞別会に。
年比の学徳いちじるく東へもきこえて、公の召を
蒙らせ給ひけるいさをしは申もさらに、かしこき
を用ひ挙させ給ふ御代に生逢しは、大かたならぬ
天が下のよろこびなるべし
5544 世のために猶ふみわけよ雪の道
院の御幸なりと触きこゆるに
5545 風流の御幸なるべしけさの雪
5546 たてよこに車の跡や京の雪
5547 雪のくれ馬も一ッはほしきもの 」(18)
三井寺の観音楼にて
5548 雪咲やよるの桜と見し所
5549 いきて人居るか雪つむ捨小舟
5550 かくふらば丈六にせん雪仏
5551 雪に腹すりて汀の家鴨かな
丹後の逸枝女なくなりしに。
一年の冬のこの比ならん、使おこせて「男ならや
すく迎へん雪の道」と有しも今さら哀に、各留半

座乗蓮華台待我閣浮同行人の文のこゝろを

5552 先にいて我を迎へよ雪の道 」ウ

5553 馬の尾を引ずつて行みぞれかな

5554 さゝ鳴や葉もなき枝に居並び

琉球人来朝に、日本詞おぼえたるをかしさを

5555 小ゝ啼もわかるうるまの言葉かな

5556 梟や笹の葉光る隣の火

5557 梟や雪やみ月も入し後

5558 梟や雨戸明れば木葉ちる

かりの皇居より還幸ならせ給ひて後

5559 又もとの聖護院なり梟なく

5560 石垣の行灯絶て鳴千鳥 」(19)

5561 鳰どりや顔見合せて又はゐる

5562 をし鳥や羽虫取合ふ觜とはし

5563 横さまに鴛のながるゝ早瀬かな

5564 沖中の荒るゝか一夜鳧(けり)のこゑ

与謝の内外の海、眺望

5565 高浪やうちの海には鳧睡る

5566 引汐のわすれて行しなまこかな

高安正次郎、父の年賀しけるに

5567 祝へけふ雪の筍氷る魚

5568 足袋つゞる紀の関守や縄簾 」ウ

5569 ひとりねや畳むもかろき帋衾

5570 たゝみ置は明日をたのみや紙襖

5571 紙子着しわが身もむかし男かな

5572 榾たくやならの都の火を伝へ

5573 老僧の膝ぶし細し榾の影

堺の呉逸が隠家をとふに、宗鑑入道の後を慕て、
あたりの家に飯かふてくふ、其をかしさを

5574 炉のもとに下客といふと一夜ねん

かの上人の山居ならで

5575 この火燵やがて出じと思ひけり 」(20)

宮津の阿誰が、帰参の仰蒙りけるに

5576 殿様によばるゝも鷹なればこそ

5577 から鮭も其こさ吹し腮かな

5578 葱の香や傾城町の夕あらし

5579 留守事の香やはかくるゝ根深汁

5580 薬ぐひ萩の折箸持てよる

夜興引

5581 くらき夜や落葉ふみ分る犬の音

5582 おそろしき風に匂ふや室の梅

5583 軒並に大根白し冬の月 」ゥ

一乗寺の詩仙堂

5584 酔ざめや李白が顔の寒げなる

5585 猶白し寒に入夜の月の影

5586 すさまじや瓶にきのふの寒の水

5587 空也忌やうや〳〵しげに古瓢

5588 寒念仏骨から出る声すなり

5589 月夜とて女のこゐの寒念仏

5590 京中にこの寂しさや鉢叩

巴陵法師に、四方竹の杖を贈るとて

5591 お霜月四方に弘通せらるべし 」(21)

御即位のあくる日、御庭おがませを許されけるにまゐりて。二句

5592 万歳の籏音すなり雪おこし

5593 雪も風もふかず四〔日カ〕神の籏の影

大掌（嘗）会の比は、都の内外に鐘つく事を許されねば

5594 霜の鐘も冴ず仏法なき昔

新掌（嘗）会の御神楽にて、洛中鐘つく事もあらねばいと静なるに、雪の降ければ

5595 鐘一ッ音せで更ぬよるの雪

5596 夜かぐらやおし拭ひたる笛の霜

十一月下の六日の丑みつ比、春日の森のいと広きに灯一ツもともさで、浄衣に」ゥ榊葉もたる神人の数もなう打かこみて神幸有ける風情、いとすせうなり

5597 何事かしらねど寒し袖の色

5598 達磨忌にこは一喝の雷の音

5599 大師講や粥力なき山法師

臘八に

5600 せめて今朝仏のまねの霜踏む

5601 仏名会ともし火あふつ起居かな

神楽岡崎の山館にて蕉中大典禅師と遊ぶに、禅師、詩つくり給ふとておのれにも、「前」の韻のもじをあたへ給へば、日比の病わすれ給へや、と祝する心にて　」(22)

5602 木〳〵の芽や春に近よる山の前
5603 いとまなき音や師走の薬鑵町
5604 すゝ掃や仏の膝の鳩の糞
5605 花匂ふ泊瀬の牛王も札納
5606 梅一枝買ばや庵の事始

何がしの古御所にて

5607 柊をさすや築地の崩れまで
5608 としの豆人に嚙せて音きかむ
5609 松うりや千代の古道分て来る　」ウ
5610 松立て隙有げなり市の中

去何が「明る春こそ初老に成ぬる」といひきこえけるに、申遣しける

5611 いとなめよ老に入初る門の松

築地の内を通りけるに

5612 としのくれ飛鳥井殿も餻の音

年内立春

5613 おしかけて来る春せはし煤の中

栗山先生、東出立に

5614 いさましや年の内から春の駒
5615 人も見ぬ暦や末の二三日　」(23)

節分の夜、几董を宿して

5616 わが庵の宝舟ぞや帋衾

小(大)原女のふり返りたる絵に

5617 雑喉ねせし其恋人のよぶ声か

「米たまへ、銭すこし」と讃送れる風流ならねど、餻の米に炭添て遣(おくり)ける鯉遊がもとへ

5618 米くるゝ友どち持て年の暮

宋の高僧伝に、皎然のつねに顧硯曰、我疲爾役爾困我愚云々

5619 行としや何して減りし硯石

御仏の焼させ給ひしより五年を経て、やゝこの冬ぞ成就し給ひぬ。今日まではかなき命の有てこそ

と、うちなかれぬ」ウ

5620 丈六にかさなる年の日数かな

この年月は丈六のあみだ仏を彫ませ、芭蕉翁の『絵詞伝』を書しむ。これ皆、遠近の道俗を勧化して成ぬ。今より後は一よの竹の下、庵に引籠て、静に世の外の思ひに住せん

5621 から鮭のやくにもたちて年暮ぬ」(24)

」ウ

○

音長老師の一周忌に

5622 石塔のもじさへ悲し霜の下

菊二がおもひに在けるに、むかし蕉翁の、其角が喪にこもりし時、「卯花も母なき宿ぞすさまじき」と有けるを、折からに思出て

5623 正月も母なき宿ぞ物さびし

蕪村老人、世にいまそかりける時は、俳諧に其角が洒落を学び、丹青は顧凱之が風流を写して洛下（世）に紙尊かりしも、今は一ツの瓶に其骨をもりて有けるに

5624 白骨や梅の匂ひはかりのもの

四月のはじめ、山田原に入楚没し、五月の」(25)この比は、洞津の二日坊みまかりける、と聞て

5625 松竹もみな散うせて果は誰

君里が、母の喪にこもりけるに

5626 哀いかに花の三月ともしらず

風律老人、年比住る庵の庭に、みちのくの多賀城の碑になずらへて、「京を去事何百里、厳島を去こと何里」などいふ事をしるし、庵の名をも「多賀庵」と名付しも今はむかし、其魂はいづくの浄土にやとなつかし

5627 ほとゝぎす庵をさる事何百里

松任の千代尼が旧庵をとふ

5628 青かりし昔なつかし古簾

こしの蕉雨が墓へ参けるに、「石碑に墨入よ」と

」ゥ望まれて

5629 一字づゝ涙そへけり墨直し

土佐の乙周と云人、過し三月の末、発句あまた書て判こひにこしけるが、いまだ返事おくらざるに、「其人死せり」と其友なるがいひこしければ、かの詠草に判の詞書て添遣しける

5630 この文をかけてさらせよ墓の松

唖瓜が一周忌に

5631 おもひ出よ裟（娑）婆の豆腐に冬隠

丹頂堂は、惟然坊より道を伝て、世に俳諧の家といふべし。中にも寒鴻は、箕裘の業を守て伝灯の光をかゝげしに、此二月の望の暁終れるは、あが仏の化縁尽て涅槃の相をあらはし給ふ」(26)ごとく、俳諧の化益つきたりや

5632 薪つき火きえて後の春寒し

二十余年がほど、堂上地下に奔走して聖の道を説けるも、果は一ツの土饅頭に、「和田荊山先生之墓」と誌せるのみ

5633 菊かれてのこる名札ぞ便なけれ

〔五六三三句ノ上ニ「去何えの消息には残れると有」ト朱書〕

世に風雅の道といへば、和歌・連歌の優なるを翫ぶ事、この国の習ながら、男はてゝら、女は二布したるいやしきくまぐ〵までをしりわきまふるは、俳諧の徳なるべし。されば国郡を治るの人は、俳諧の下情をしりていつくしみ有をぞ名君とはいふべけれ。何がし露沾の君、その下情をしらしめ給はん為にや、この道に御心をよせさせ玉ひて、今の世までも此道の好士のしり奉ら」ゥざるはあらずかし。ことしの秋、五十回忌にあたらせ給ふとて、懐旧の発句奉るべきよし有けるに

5634 よしや君今もかはらぬは月ばかり

高野山にのぼるとて、この年月ぬけたりける歯を紙に包み、仏の御名書て首にかけもて、奥の院の骨堂に収るとて

5635 わが骨を埋むとすれば夏寒し

」(27)

○　雑の発句

5636 不二の影さのみはゝらず諏訪の海

木曾路にて

5637 三度まで桟（かけはし）ふみぬわが命

越路にて

5638 親しらずわが身もしらぬ浪ま哉

5639 養老や歯のなき我も水結ぶ

いせの杖突坂にて

5640 いつとなく我も杖つく小坂かな

」ウ

蝶夢発句拾葉

刊行俳書（少数の写本も含む）に見える蝶夢の発句を、年代順に配列した。年次は、その俳書の推定される刊行年とした。各年内の配列は、推定されるその書の成立月の順とし、不詳のものは末に置いた。

宝暦四年　二十三歳

追福

6001 光陰も馴るゝ間はやし一夜酒　（明の蓮）

机墨庵主十三回の追善興行は、予が法室に入て宴を求む。諸好士群来りて窓外に満る

6002 蝸牛の家へ維摩の客人数　（〃）

宝暦五年　二十四歳

6003 十がへりの松も恥べき齢ひ哉　（うたゝね）

6004 常に見し大仏賤し炭けぶり　（真空言）

師叟の行脚に古曾部の法師のむかしを思ひ

6005 能因と咄や合ん秋の風　（杖の土―蝶夢と落柿舎）

師翁の歯を寿く

6006 また本にこまがへりたり翁草　（杖の土）

宝暦六年　二十五歳

6007 湯はじめや有馬但馬も常の人　（武然春帖）

鳳声亭の閑居に□（虫）気を述ぶ

6008 貯へは十八粥もなかりけり　（〃）

6009 雪解やみなちかづきの山になり　（風状除元集）

6010 年男女護の島にさたもなし　（晩鈴歳旦）

山家即事

6011 豆腐ある里とは見えずかんこ鳥　（琴柱）

6012 橘やむかしの人の袂くそ　（汝篁二十五回忌集）

6013 枯草やむかし〳〵の風の音　（一葉塚）

6014 一すじの道はまよはぬ夏野かな　（露の一葉―俳僧蝶夢）

6015 北州の嫁入ざかりや生身魂　（もゝなゆた）

宝暦七年　二十六歳

6016 山椒の皮や天狗の太刀の跡　（除元集）

6017 鶯や椽へ引づる置火燵　（五始歳旦）

北山なる寺に宿して

6018 鹿の音や京へ一里とおもはれず　（諫鼓鳥）

宝暦11・白鳥集、明和2・霞かた、同7・あかさの月次、同8・そのきさらき、寛政6・蓮の浮葉（いずれも上五「鹿鳴や」）、明和3・俳諧親仁（上五「鹿の音や」詞書「北山にて」）、寛政4・常盤草再篇（上五「鹿の声」）に重出。

6019 鹿鳴や京へ一里とおもはれず

宝暦八年　二十七歳

冬野の即事

6020 置く霜や鎌よりむごき草の色　（風状除元集）

几圭翁の薙髪を賀す

6021 天窓（あたま）から暑さを遁れたまひけり　（はなしあいて）

伏見の盛を

6022 桃山や是太閤のひやし物　（〃）
6023 塩辛い露も落けり蛍籠　（〃）

三夕の画賛に

6024 搔餅のほしき㒵(かほ)なり秋の暮　（〃）
6025 寄生(やどりぎ)はつき合顔に落葉哉　（〃）
6026 其ころの江戸もかくまで暑さかな　（戴恩謝）
6027 梶の葉や桐は覚悟の上なれば　（七夕帳）

宝暦九年以前

楼間

6028 地下〳〵とさくらをこなすさくらかな　（機嫌天）

宝暦十年　二十九歳

題霖雨

6029 くり言は女の雨か五月空　（裸　噺）

湖水眺望

6030 漫々たり廿四郡の落し水　（〃）

宝暦十一年　三十歳

一夜、幽厳舎に放屁の会をなして

6031 割膝の人は寄せまじとし忘れ　（二柳除元帖）
6032 行鷹や我は須磨から墨直し　（墨直筆ついて）

既白法師と丹州の風景を語る。予が其時の句

6033 橋立や波押分て松の月　（ゆふ日鳥）
6034 行燈をとぼさぬうちぞ秋のくれ　（〃）

安永6・誹諧古今句鑑に重出。

6035 寒き夜や名のなき星の光りまで　（〃）
6036 痩たがる娘の顔やもゝの花　（〃）

既白・鳥鼠の二客に対して

6037 とまれたゞ聞さむ鴨の川千鳥　（〃）

宝暦十二年　三十一歳

後園に書斎を営みて

6038 うき世へは襖一重ぞ冬籠り　（歳旦其しらへ）
6039 けふは又夏書の外や墨直し　（墨直この卯月）
6040 山を出た川とは見へぬすゞみ哉　（三四坊納涼一枚刷）

6041 蒲公英や立て居るのは花ばかり　（蒲公園）

宝暦十三年　三十二歳

6042 獺の祭に恥よ魚の店　（俳諧古選）

6043 帷子は昼出た人か秋の風　（わせのみち）

安永2・鼠のみゝ、寛政6・発句題林集に重出。

6044 日をあてる断橛(キリクヒ)もあり芋圃　（古今俳諧明題集）

6045 枯ながら風は忘れず花すゝき　（粟津吟）

6046 文塚や一くだりづゝ北しぐれ　（文塚集）

6047 名月やもの云さふな影法師　（〃）

6048 入日さす長屋の窓や唐がらし　（花のふること）

明和7・菊の露（上五「夕日さす」）に重出。

6049 夕日さす長やの窓や唐がらし

6050 木がらしや京に寐る夜と思はれず　（うつら立）

安永6・十三興、同6・誹諧古今句鑑、寛政5・山里集に重出。

明和元年（宝暦十四年）　三十三歳

6051 春雨や的張て居る下河原　（影法師）

明和4・霞舟歳旦に重出。

6052 鶯や仏の国へ音を入る　（その行脚）

6053 しぐるゝや夕日は舟にのせて行　（しくれ会）

6054 落る日をかゝへかねたる枯野哉　（〃）

帯河の主にとわれて

6055 せめてもと炭つぎ添る火桶哉　（華洛日記）

6056 おそろしい風ににほふや室の梅　（頭陀にしき）

6057 一あしは下駄も沈まず杜若　（松魚行）

6058 椽先に朝の淋しき団扇哉　（山と水）

明和二年　三十四歳

6059 机にも肘尻いたし秋の暮　（年またき）

6060 寒菊やいろ〳〵の名の枯た後　（止弦歳旦）

明和3・治歴覧古、天明7・誹匠年鑑（いずれも座五「枯て後」）に重出。

6061 糸ゆふにもつるゝ筆や墨直し　（墨直し）

6062 筆のない茶屋の硯や屋万佐久羅　（〃）

6063 加茂川の流れと見えず朧月　（奥羽行）

蝶羅子の文のたよりに、折からの夕まぐれも

6064 さびしさを合点で居ても秋のくれ　（それならは）

明和元・蒿里歌原本は中七「も一ッそへて」詞書同文。

6065 蛙子や何やらしれぬ水の草　（菊の真砂）

6066 あるじなき庵ともしらで水鶏哉　（烏帽子塚）

6067 馬士（うまかた）におさへられたる新酒かな　（〃）

6068 起かへる草木の影や夏の月　（続瓜名月）

6069 明て寝た窓から来るや今朝の秋　（甲相二百韻）

明和8・青幣白幣、刊年不明・蛙蓮台に重出。

桑下に信宿をゆるさゞるは道の通誡、遊戯三昧は我輩のならひなれば

6070 翌（あす）までといふは欲なりけしの花　（蕉門むかし語）

6071 遊び人（と）に罪つくらすや春の雨　（〃）

6072 秋も漸（やや）扇子であるく日影哉　（おしえ鳥）

明和3・越贔屓、同3・真向翁（いずれも中七「扇で歩行」）に重出。

6073 星合や四条の橋も引てから　（華月一夜論）

6074 それほどに草も動かず雉子の声　（蓮の首途―蝶夢と落柿舎）

6075 しら菊や日ぐろみもせぬあじろ笠　（笈の細道）

明和三年　三十五歳

6076 我寺のかねとおもはず夕がすみ　（諸九尼聖節）

明和8・秋のまくら、安永5・続明烏、同7・ますみ集、天明4・古今句集に重出。

6077 七種や余りは牛に祝はせる　（烏明歳旦）

明和6・烏明歳旦に重出。

6078 其鳥の跡をよごすや墨直し　（墨直し）

6079 ちる花や吹ほどづゝは青ふなり　（〃）

茶色の羽織うちまきて物がたりせし俤も夢なれや

6080 かれ芦や難波にふるき人の事　（さし柳）

6081 吹とてもかろき裾なり青あらし　（奉扇会）

6082 郭公かの暁ぞなつかしき　（此あかつき）

6083 門ンからは笠に及ず夏木立　（近江八幡佃房一枚刷）

6084 待宵や夕日の里の飯けぶり　（はし立のあき）

6085 名月や飛あがる魚も金太郎　（〃）
6086 見わたすも枯木のうらや後の月　（〃）
城崎にゆあみして、けふ九日の佳節にあひぬ。さればむかし、「山中や菊は手折らじ」と吟じ給ひしも、今さらに
6087 谷水に温泉の匂ひ有菊の花　（〃）
6088 茶の花や爰へもちりし麦の灰　（しくれ会）
6089 かけはしやうかと見られぬ山桜　（かけはし集）
6090 わら打ッた男等は寝て砧かな　（〃）
6091 曳舟の顔でわけゆく柳哉　（十牛図）
俳諧名所小鏡は上五「舟引の」。
6092 舟引の顔で分行柳かな

明和初年

6093 硯箱に蜜柑の皮や冬ごもり　（蓑生浜集）

明和四年　三十六歳

6094 鶯や障子に笹の影法師　（北勢越智巴龍歳旦）
6095 すゞしさやえだをもる日も水の上　（我　庵）
6096 足元に鳥のあぶなや煤払ひ　（落歯塚）
6097 宵ながら町静なり朧月　（玩世松陰五編）
6098 遠近の筆をあつめて墨直し　（墨直し）
6099 ふつゝかな虻の声かな花さくら　（〃）
6100 めし骨柳の出し所なき花見哉　（宮古のてふり）
6101 橋守の居眠る顔へ柳かな　（一日さくら）
6102 まだ咲ぬ躑躅も見へて諫鼓鳥　（湖白庵集）
6103 菅笠の紐付替ん春の雨　（蟬之別）
九十九庵を訪ひて
6104 若竹や入るほどづゝは風も来る　（こしかけ）
6105 牽牛花や余の草はまだ起ぬうち　（一日記）
6106 昼がほや牛から蠅の立て来る　（〃）
6107 夕皃や蚊遣りの中によごされず　（〃）
6108 菜の花や鼻のよごれた牛が来る　（〃）
明和4・さかみの文に重出。
6109 杜宇つゞゐて暁の鐘の声　（〃）
加茂川のほとりにて

6110 千鳥なく川のけしきや後の月　（信濃左十一枚刷―俳諧摺物図譜）
6111 油買に沙弥は下りけり秋の暮　（わたり鳥―俳諧摺物図譜）
6112 蜻蛉や物に飽たる顔で行　（近江八幡樗良秋興一枚刷）

石碑の不朽ならん事を呪願して

6113 此石の文字そこなふな啄子鳥　（一声塚）
6114 鶯や寐ては居られぬ朝ぼらけ　（〃）

安永3・秋しぐれ、寛政7・きまかせに重出。

6115 かげろふや窓を背中に洗ひ髪　（四十四）
6116 欄干にもたれし跡や橋の雪　（続笈の塵）

明和五年　三十七歳

6117 寄生木も届いて真似る木の芽哉　（烏明歳旦）
6118 春風や菅笠白き勢田の橋　（二六庵歳旦）

上野ゝ赤坂といふ辺にて翁の住給ひける所を尋れば、むかしの無銘庵を其まゝ引うつして今は名も再形庵といへるとぞ。折しも庭に楓のちりしきたるを見て

6119 ちる木の葉踏れし下駄の跡もなし　（みかんの色）
6120 心あり顔に見ありくさくらかな　（墨直し）

明和7・そのきさらきに重出。

6121 梅さくや久しぶりなる窓の風　（俳諧近道）

天明2・都枝折に重出。

6122 あれ程の老のちからや鳴子引　（ちとり塚）

いづれの年やらん、国みやげの笠を贈られし事を思ひ出て

6123 笠くれた人なつかしや五月雨　（其郭公）
6124 鶏頭や一握りづゝ秋の色　（雲と鳥）

安永3・鶏山歳旦に重出。

6125 達磨忌やゝぬくもりし敷ぶとん　（二夜歌仙）
6126 染るにも十日あまりや紅牡丹　（鏡　種）
6127 鐘撞の袂へはいる木の葉かな　（しくれ会）
6128 有がたやけふを忘れずしぐれまで　（〃）
6129 月高し塚は木の葉の山になる迄　（蛸壺塚）

安永2・金花伝（詞書「翁塚を築て」）に重出。

6130 寒けれど葉にもかくれずつはの花　（〃）

6131 暗いから子供の声や門の雪　（〃）
6132 行ぬける袂の風や更衣　（行もとり）
6133 京中にこの淋しさや鉢たゝき　（はちたゝき）
6134 散ぎはもさすが老木の桜かな　（香世界）

明和六年　三十八歳

6135 夜廻りの来ぬ夜となりぬ朧月　（諸九尼聖節）
6136 陽炎や橋の擬宝珠のかげほうし　（鶏山歳旦）
明和8・安濃津民古春興一枚刷（後半「擬宝珠に人の影」）に重出。
6137 抱ながら虫も散行木の葉かな　（秋の燕）
天明2・都枝折に重出。俳諧名所小鏡は中七「虫のちり行」。
6138 消さじとの心ばかりや墨直し　（墨直し）
6139 花ざかり飯売見せも桜かな　（〃）
6140 梅の落る音のするなり五月闇　（有の儘）
明和8・落葉考に重出。
6141 五月雨や川まで曇る温泉のけぶり　（湯の島三興）
6142 桑つみや枝に夕日のあかねうら　（〃）
安永3・類題発句集に重出。
6143 鯖釣や火影にうごく隠岐の島　（〃）
かたへは酒くみかはし弾うたひていとかしましき中に、たゞ硯一ツのみ前にありてさびしげなれど
6144 何もなき床几ひろくてなを涼し　（かきかたひら）
6145 一日は門に居よとや春の雨　（東もとり）
天明6・旅のひとつ（中七「内に居よとや」）に重出。
6146 一日は内に居よとや春の雨　（月のふた夜）
6147 我庵の軒より長きあやめ哉　（おもかけ集）
6148 むし啼やまだ夜の明る鐘ならず
侍
6149 紙かはん此月よりも白いのを　（鴨川八貧集）
6150 掃ながらあけに出るや雪の門　（雁の羽風）
6151 雪垣や隣へ遠き家となり　（しくれ会）
軒ふり雨もりし堂なりしも、風雅の余徳あまねくして、今月今日時雨の会式にあらたに此堂の成就し侍れば

6152 うれしさやけふの御堂の初しぐれ　（〃）

6153 春風にいつ迄栗の枯葉かな　（まことのは）

安永元・其雪影、同3・多胡碑集、同3・軒の栗、天明3・文誰春興、同3・巴牛歳旦、同7・伊奈古万呂、同8・桃くらひ、寛政4・みの虫に重出。

6154 若草や雪のないのが京の道　（南浦の春）

6155 白露や草をこぼれて草のうへ　（合歓のいひき）

明和7・あみた笠に重出。

明和六年か

6156 名月やたゞも寐覚る鐘の鳴る　（八亀春興）

明和3・続名月集寄句留（後半「いつも寐覚る鐘の音」）に**既出**、安永5・続雪見舟（後半「いつも寐覚る鐘の声」）に重出。

明和七年　三十九歳

6157 陽炎や洗ふた鍋を石の上　（烏明歳旦）

明和7・信岩埜、同8・旅ほうこに重出。

6158 わが庵や鶯の啼篁(やぶ)もあり　（風のはふり）

寛政4・初すゝり（座五「藪もあり」）に重出。

6159 昼めしの煙見返る田打かな　（大和耕作集）

6160 年〳〵に濃なる文字や墨なをし　（墨なをし）

6161 花守の耳に付けり虻の声　（〃）

安井の藤

6162 藤咲や花ちる跡のひがし山　（〃）

6163 最(も)う道は草履になりぬ春の風　（はるの遊ひ）

6164 葉ざくらや詠めし花も最むかし　（卯月の鳥）

南無仏と唱へ月花と吟ずるも、たゞ無二無三の信心なるべしと、剃刀をあつるとて

6165 よくたもて郭公には眠る事　（後川剃髪一枚刷）

市遊のぬし身まかりけるよし、遙に都の空まで聞え侍りければ

6166 雲までももらひ涙や夕しぐれ　（珠のしくれ）

6167 梅さかす程の日影になりにけり　（〃）

安永元・みとりの友、同4・いしなとり（中七「ほどの日南に」）に重出。

6168 踊られし面影悲し夜半の月　（風露朗）

むかしより此門に此老人のいます事を聞ながら、唯渭樹江雲のおもひのみにしていまだまみゆる事なかりしに、はからずも訃音をつたへ聞侍りて

6169 鶯や音を入てなを床しさも　（なつほうす）

鉄叟居士七回忌懐旧のこゝろを

6170 ながき夜や七年さきの友の事　（七種花）

6171 つく羽根も脇へはそれず春の風　（私　語）

6172 花も降鳥もうたふや堂供養　（施主名録発句集）

6173 埋火やつゝめど出る膝がしら　（しくれ会）

芭蕉堂の造営も、そこはかとなく一年の春秋を歴ければ

6174 軒にやゝ物ふりにけり夕しぐれ　（〃）

6175 我庵のあたま数にも瓢かな　（武埜談笑）

明和8・田ことのはる、同8・山里六歌仙（座五「ふくべかな」）、安永2・天狗問答、同4・附合小鏡に重出。

津軽のたよりをきゝ侍りて

6176 しぐるゝや三百余里をへだてゝも　（古　机）

6177 嵯峨へ行道はここらぞ虫の声　（〃）

6178 寒月や四条の橋も我ひとり　（〃）

安永4・名所方角集、同4・ふたつ笠（中七「四条の橋を」）に重出。

明和八年　四十歳

6179 春風や草摘ありく絹かづき　（鳥明歳旦）

6180 雪垣の破れに春の日かげ哉　（白兎園宗子歳旦）

酒好みたる人の五十の賀しけるに

6181 酒の徳や老せぬ顔のさくらいろ　（酒興編）

6182 山畑や摘ぬ茶の葉に夏もたけ　（伊豆十二歌仙）

本間美術館蔵短冊は上五「山ざとや」。

6183 朝露や木の間にたるゝ蜘の囲（あみ）　（加佐里那止）

安永2・八亀歳旦に重出。

6184 山吹や日影は垂て水に入　（月見ぬ庵）

6185 松原は千代に限らじ若みどり　（青幣白幣）

6186 青梅や仰げば口に酢のたまる　（〃）

6187 花守りはまだ見付ずや初ざくら　（〃）

6188 棒ふりやむかしは誰が水かゞみ　（〃）
天明2・都枝折、寛政3・心一に重出。
6189 一月の落葉も掃て神むかひ　（〃）
類題発句集は座五「神むかへ」。
6190 盗人の跡ながむれば星月夜　（去来忌）
6191 小六月枯し綿木もゝ白し　（しくれ会）
6192 時雨会やぬれて参るは誰〳〵ぞ　（〃）
逢坂の関にて
6193 此ごろや行もかへるも花をもつ　（梅の草帋）
6194 家〳〵に鉦かすかなり魂まつり　（まつの蟬）

安永元年（明和九年）四十一歳

6195 其梅の匂ひたづねん鶯も　（さとの梅）
6196 ながふなる夜をまちかねて星の宿　（〃）
6197 夜神楽やおし拭たる面の霜　（きさらき集）
類題発句集は座五「笛の霜」。
6198 朧月川には鳥の声もせず　（文くるま）
6199 かくれても谷の長者や夕紅葉　（秋かせの記）
6200 藪陰や踏くだき行落つばき　（石見かんことり塚）
6201 山上にうたふ声あり夕がすみ　（暁の丶ち）
安永4・笠の風に重出。
6202 今に尽ぬ言葉の塵や炭だはら　（かさし梅）
6203 青かりし大根も引て野は赤し　（しくれ会）
此日国分山に登りて、人〳〵とともに椎柴をかり、萩すゝきの枯しをかなぐり、かの石を建ける折ふし、三上の山・水茎が岡のかたよりうち時雨来りて、「芭蕉翁幻住庵旧跡」と書たる石の面もあたりの草木もさながらぬれて、一きわしみ〴〵と見えわたり、そゞろにむかし覚えて哀なれば
6204 ふりし世の庵もかくや夕しぐれ　（〃）
6205 塚の名や萩すゝきにもうづもれず　（〃）
昼夜六時而雨曼多羅華
6206 しつぽりと菜をまく比の雨うれし　（〃）
6207 一枝や花売店のはつ桜　（茶の花見）
寛政2・華鳥風月集（中七「花屋が店の」）に重出。
6208 野に遊べ山に遊べと百千鳥　（鳥のはやし）

述懐

6209 厚氷水もこゝろのまゝならず　（折つゝし）

6210 衣うつやゝ撞やみし建仁寺　（しつほく題）

6211 梅香やおそろしからぬ夜となり　（古河わたり）

6212 白浜に何のゆかりぞすみれ草　（墨のにほひ）

安永5・其唐松集に重出。

6213 ちる木の葉中にちぎれし蔓もあり　（蓑のうち）

安永2・ふくろ表紙に重出。

安永二年　四十二歳

6214 誰やらが住小路なり夜のうめ　（竹のむかし）

6215 筆柿のたねや我らが硯まで　（筆柿集）

6216 夜神楽や空にも風のひしぐ音　（〃）

6217 島からの文のしめりや海苔のしほ　（弥生次郎）

6218 ほたる見や船頭どのはわかい声　（近江八幡竹庵一枚刷）

6219 浜道や砂の中より緑たつ　（あけ烏）

天明6・続一夜松後集、寛政7・きまかせに重出。類題発句集は中七「砂から松の」。

6220 三条へ出てこそ見たれ初茄子　（〃）

6221 渋柿や街道中へ枝をたれ　（〃）

6222 草ともに氷流るゝ野川かな　（豊前鏡の山集）

6223 荻の葉や青いうちから枯し音　（古にし夢）

寛政4・誹諧古今句鑑拾遺に重出。

6224 しぐるゝや百年ちかき塚の様　（しくれ会）

6225 一しぐれ門の菜の葉や背戸の竹　（〃）

安永4・うめとまつ、同9・春秋稿初篇に重出。

芭蕉堂に人々参りける折ふし、時雨の降来りければ

6226 此しぐれ冥加なくてはぬるゝまじ　（〃）

安永三年　四十三歳

6227 今日もまた藁屋の雪の雫かな　（伊賀上野春興一枚刷―俳諧摺物図譜）

正月のすゑ、はじめて歯の落るに

6228 歯固もたのみなき世と今ぞしる　（めのおはり）

6229 まはり椽まはりて見ても秋の暮　（きさらき集）

安永5・松露庵夜話に重出。

6230 初霞どちが高いぞ比叡愛宕　（瓜の実）

安永3・ふたつの文（上五「夕がすみ」）に重出。

6231 夕がすみどちが高いぞ比叡愛宕

6232 はやむかしなれや六日のあやめ草　（みしか夜）

そのぬしはしらねど、その遺文をよみては軸々金玉のこへのありて

6233 泣よとや発句の帳の土用ぼし　（星あかり）

6234 寒念仏骨から出る声すなり　（〃）

6235 裏門へ錫(しやく)よび継ぐや若菜狩　（秋風集）

6236 堀川や柳にかゝる塵芥　（居待月）

6237 送り火やわけて悲しき影ひとり　（秋しくれ）

七月十六日は蘿来のぬしが小祥忌とて、山李坊とゝもに加茂川の辺りに出て、なき人に川水を手向るとて、去年の秋、「送り火や中に悲しき影ひとり」と嘆きたりし事など語出て

6238 ひとゝせの立や麻木の煙るうち　（〃）

6239 寺町や寺のかた行ほとゝぎす　（手向の声）

6240 雲雀から晴上りけり野のけしき　（男郎花）

安永四年　四十四歳

6241 洛中や掃ちらさるゝ春の雪　（烏明歳旦）

安永4・其葉うら、天明4・しらぬひ六歌仙に重出。

6242 行戻りさはってとをる柳哉　（蓼太歳旦歳暮）

天明元・風の君、同5・落葉庵初懐紙に重出。

6243 おくれじと臼つき出して帰雁　（兎弓追善集）

6244 枯芦の根もしみ〴〵と春の水　（涅槃像）

安永5・雨のすさひ（中七「根やしみ〴〵と」）に重出。

6245 鳥の巣に顔出してゐる旭かな　（既七とせ）

安永6・尺五歳旦（中七「顔出して待」）に重出。

秦徐福が墓

6246 はかなしや死ぬ薬を掘し人も　（名所方角集）

安永3・類題発句集に既出。

6247 秋の雨顔も出さずに蛙なく　（はてしは紀行）

6248 しぐるゝや龍が岡には夕もみぢ　（しくれ会）

6249 飛ぶ胡蝶いばらに羽ネを引かけな　（いしなとり）

6250 竹の子やかなぐり出る八重葎　（〃）

6251 いざよひや瀬田の夕日のさめてから　（〃）

安永五年　四十五歳

6252 炉を開て友ひとり得し心かな　（几董初懐紙）

安永5・蓮華会集、天明5・夕暮塚に重出。

6253 雨ほどに露の音聞芭蕉かな　（秋山家）

6254 桃柳さはるや雛のひたいつき　（そのきさらき）

安永9・続寒菊に重出。

6255 我身さへ心いそがし初ざくら　（津守船初篇）

6256 空色や青田の末の鳥羽竹田　（〃）

寛政6・発句題林集に重出。

6257 うごく歯をゆるがして見ん秋の暮　（〃）

6258 遠山の雪かゝはゆき月夜かな　（〃）

寛政5・なもほとけ（中七「雲かゝはゆき」）に重出。

6259 鳴神に紙帳をたのむ心かな　（さひしをり）

安永5・蟻のすさひ、寛政5・あみた坊（上五「雷に」）に重出。

6260 雷に蚊帳をたのむこゝろかな

6261 三ばんと玄猪算るさむさ哉　（〃）

安永5・蟻のすさひ、同5・笠の露（中七「亥の子数ゆる」）に重出。

6262 秋の夜のながめはじめや天の川　（棚さかし）

6263 影いづくおもへばふるき月の友　（笠の露）

不軽品　遠見四衆亦復故往礼拝讃嘆

6264 物いふて行ん野末の案山子にも　（〃）

不楽閻浮提濁悪世

6265 此里の住居いぶせし麦埃　（続明烏）

安永3・類題発句集に**既出**。

6266 仏壇に十日の菊のにほひ哉　（〃）

安永3・類題発句集に**既出**、同9・墨の梅、天明4・古今句集に重出。

6267 雪のくれ馬もひとつはほしきもの　（〃）

天明3・雪のおきな、同5・新雑談集、刊年不明・こまつか集（上五「雪の日や」）に重出。

6268 雪の日や馬もひとつはほしきもの

6269 上る日に跡なく□(虫、消えカ)ぬ初しぐれ　（しくれ会）

6270 花守や秋果ぬれば鳴子曳く　（二季のあした）

安永7・四季のくさ〴〵、天明2・花かき集に重出。

夏のころ身まかりける蝶羅のぬしの訃音を、月を経てわが庵に聞えけるにぞ、としごろの交情今更に、腸をたつの思ひに

6271 今聞て一入悲し秋の風　（蚊蝌内）

安永六年　四十六歳

6272 春の風いづく手斧の音すなる　（几董初懐紙）

浄運の方丈、四十の初度になりぬとて未顕真実の句ありけるをつげらるゝに、なを人天の化益の日多きことを祝ひまいらすとて

6273 八十の涅槃へはまだ春長し　（後の真）

此道に二日坊と聞ば、あやしの田夫野人も風雅の人としたひしは、徳のあまりなりしに

6274 悲しとてうたはじ早苗とる人も　（宗雨追善集）

雨の日、東山の花、見ありくとて

6275 立よりて傘さしかけん花の枝　（芳野行）

6276 葉ざくらや花はさわがしき東やま　（〃）

清水寺の麓、景清の牢の谷といふ所をすぐるとて

6277 きさらぎや爰もひそかに梅柳　（仮日記）

6278 春の月爰にも酔し白拍子　（〃）

安永9・几董初懐紙に重出。

老人、ありしむかしは祖廟につかへ、幻住庵を建けるその遺徳むなしからで、今もこの樹に甘棠のおもひをなす

6279 軒に植し椎もしげりて十七年　（桐の影）

6280 鳴神のけふがる跡やほとゝぎす　（〃）

安永8・其しをり、天明3・とも鶴、同7・葵そら（中七「あとけふがるや」）、寛政4・もゝとせ集に重出。

6281 暑き日や枕ひとつを持歩行　（誹諧古今句鑑）

安永3・類題発句集に**既出**。

6282 俯向けば闇仰むけば若葉哉　（餅黄鳥）

ア(ほ)、蕉門の古老を失ふ事を

6283 あさかはやとしに恨はなけれども　（一葉の数）

年月を経ければ芭蕉堂の茅が軒端に雨の漏ると、
看守の僧の告けるに

6284 しぐれもる音を手向ん芭蕉堂　（しくれ会）

安永七年　四十七歳

6285 たちかくす雲におくある月見哉　（玩世松陰）

6286 わびしさや砧につれて壁の土　（散花集）

6287 こと〳〵と薺をはやす小家かな　（津守船二篇）

天明5・なつな集に重出。

6288 なまなかにかき残されて苣の花　（〃）

6289 大寺やいづれの坊に打きぬた　（〃）

安永3・類題発句集に**既出**。寛政6・発句題林集に重出。

6290 冬川や竹の編橋投わたし　（〃）

天明元・鉢嚢に重出。

6291 暁やばせをを走る露の音　（栗庵句集）

天明元・鉢嚢（上五「曙や」座五「露の玉」）に重出。

6292 曙や芭蕉をはしる露の玉

6293 しぐるゝや隣はむかし無名庵　（しくれ会）

6294 落し水に横ぎる蟹のあゆみ哉　（雪の梅）

安永八年　四十八歳

6295 かき上て見れば川あり萩の花　（二度のはつ老）

天明4・柿の照に重出。六五一七句に「かき上て盥なをすや萩の花」。

6296 その魂も来よ磯山の夕霞　（島塚集）

6297 あはれ世や月のこよひも戸を明ず　（風の蟬）

6298 すみわたる執筆のこゑやゆふしぐれ　（しくれ会）

安永九年　四十九歳

6299 行燈にふためく影や夏の虫　（松露庵随筆）

此会式には、其角がふるきためしによりて

6300 しぐれ会やさゝぐる花もかれ尾花　（しくれ会）

十三日、経塚供養に国分山に登りて、此塚の山
とゝもにあらんことを呪願して

6301 山の木の葉散りうするとも六万字　（〃）

6302 蓬萊に松のみ残る日数かな　（ふた木の春）

寛政5・もゝの枯葉に重出。

さらしなにて

6303 よしや今姥捨るとも春の山　（くらみ坂）

天明3・ものゝおや、寛政6・水薦刈に重出。

6304 軒並に大根白し冬のつき　（〃）

6305 明行や柳二すじ三すじづゝ　（甲斐根百韻）

安永後年

6306 旧みちは下駄が入也梅の花　（養老八詠集）

天明元年（安永十年）　五十歳

築地の中を通りて

6307 年の暮飛鳥井殿も餅の音　（宗瑞歳旦）

6308 あらき音こまかな音や皐月雨　（松露庵随筆）

6309 雨もるやことしの竹の葉のならび　（四季供養）

わかくより此道に志ふかく、人をいざなひ飛花落葉のことはりをもしらしめて、其国に風雅の導師たりしも

6310 浦の月この人あらで誰か見る　（浦の月）

6311 眼をひらきたまへ紅葉に時雨ふる　（金福寺蔵諸家詣芭蕉庵吟）

御命講の誦経のこゑ、十夜の鉦ひゞく中に

6312 この寺やしぐるゝ音の静なる　（しくれ会）

6313 秋寂し雨もこまかに暮のかね　（ゆめの光り）

天明7・乞食ふくろ、寛政元・松露庵随筆（いずれも上五「夕ぐれや」座五「秋の鐘」）に重出。

6314 夕ぐれや雨もこまかに秋の鐘

冬のすえ身まかりける石見の蜨（蝶）鼓翁をいたむとて、その国の神の御歌を思ひよせて

6315 今はとてうき世の年も〔は〕見はてしか　（口髭塚）

6316 降やめば鳴声す也きり〴〵す　（都の三保）

6317 むすぶ手に石菖にほふ流れかな　（木朶義仲寺詣一枚刷）

天明6・葛の葉表、寛政4・椎のわか葉、同4・芭蕉翁石碑選集、同5・冬瓜汁に重出。

天明二年　五十一歳

6318 玉うちに馬乗よける小路哉　（几董初懐紙）

天明2・重厚初懐紙に重出。

6319 はつ午や松風寒き東福寺　（松露庵随筆）

天明4・栗の肆に重出。

宗長法師の記行に、役落しとて年の数銭を乞食の夜行におとしてとらするを、「かぞふれば我八十の雑事銭やくとていかゞおとしやるべき」。このふる物語を思ひいだして、竹中氏の厄払せし賀に

6320 宗長が老にあやかれ花の春　（蘭戸歳祝）

6321 いつとなく加茂まで来たり若菜うり　（宮津蘭巴春興）

6322 草のめの土もち上る垣根かな　（田辺木越春興）

6323 松取りしあと砂白し朧月　（菊隠春興）

6324 やぶ入の日数せはしや春の夢　（日間浦支百春興）

6325 花鳥の衣装くらべや御忌まふで　（中山文二春興）

6326 古御所やひとり柳の浅みどり　（豊岡柳飛春興）

6327 摘ゆくや吉田でなづな加茂で芹　（室津立季人日探題）

6328 横町や雪ある上に玉をうつ　（李山春興）

6329 わか草にころび打居る小犬かな　（豊前小倉春畝春興）

天明2・都枝折に重出。

6330 投渡しなげわたす橋や燕子花　（百花集）

6331 関守の鼻の赤さよけさの霜　（花かき集）

6332 ことさらに名月あかし雨の跡　（続三崎誌）

6333 菊の香や山根落来る湯口より　（幾久の湯口）

6334 香つがんともしかゝげよ夕時雨　（しくれ会）

芭蕉庵にて雪のおもしろかりける朝

6335 日枝に添ふて雪もおくある詠(ながめ)哉　（わすれ花）

寛政5・もゝちとり（詞書「一乗寺の新芭蕉庵にて」）、同5・あさきりに重出。春夜楼社中の天明元・月並句会記にも記録。

年ごろ専修念仏の行者なりしも、その願いあやまたずして

6336 ありがたやをはれる時も御霜月　（雪の台）

ありし世には風流の物数奇多かりし中にも、扇面に時の文人才子に物書しめて翫びけるはかなしと思ひいでゝ

6337 人あらで悲しき冬の扇かな　（〃）

天明三年　五十二歳

6338 流出るところはしらず春の水　（几董初懐紙）
　天明3・安左与母岐（上五「なかれ出し」）、同6・一筆坊歳旦（中七「所はしれず」）に重出。

6339 夕霞都の山はみな丸し　（蓼太歳旦歳暮）

　祖翁の遠忌行はれけるに

6340 手伝ひてともにさゝげん花がたみ　（風羅念仏法会之巻）

6341 夕皃に足さはりけり涼床　（松露庵随筆）
　刊年不明・世美農小川に重出。

6342 火桶抱て盲暦の仮名ふらん　（みちのくふり）

6343 月澄やそのきさらぎのむかし人　（むかし人）

6344 梟や雪止み月も入りし後　（折　鶴）

　富天のぬし、世にいまそかりける頃、としごとに歳旦帳といふものをおくられけるも、はや十七回忌になれりとかや

6345 橘にむかしの春の句なつかし　（景天集）

6346 思ひ捨し春ぞまたるゝ餅の音　（武蔵野三歌仙）
　天明4・鶉鶉帖に重出。

6347 柿釣て冬まつ里の軒端哉　（あきの夜）

6348 さすがなれ月も見はてし身の終　（道の月）

6349 一とせのむかしかたれよきり〴〵す　（〃）

6350 野に山にしぐれ〳〵て九十年　（しくれ会）

6351 ひぐらしや盆も過たる墓の松　（春秋稿三篇）
　寛政7・春秋稿六篇に重出。新類題発句集は中七「盆も過行」。

　二月堂

6352 けしからね冴返りたる沓の音　（五車反古）

　方丈石

6353 持ありく家はいづくへ蝸牛　（〃）

　法隆寺

6354 もろこしの鐘も聞えぬ霜の夜半　（〃）
　右の三句は天明2・俳諧名所小鏡（上）に既出。

　嵐山既望

6355 山ざくら川べりを行る所まで　（花のおきな）

天明三年か

6356 胡鬼の子のゆら〳〵下る日影かな　（重厚初懐紙）

天明四年　五十三歳

6357 我いほの鏡ひらけよ鼠ども　（几董初懐紙）

天明6・宇良不二（中七「鏡ひらける」）、寛政元・奉納集に重出。

6358 夕白やけふも出来ざる車の輪　（松露庵随筆）

天明6・松露庵随筆に重出。

立春遅かりける年なれば

6359 若菜つむ人影もなし野ゝ嵐　（友の春）

6360 白骨や梅のにほひもかりのもの　（から檜葉）

6361 蟻のうへに落かさなりて芥子の花　（無名集）

6362 冬の日のさすや葉もなき桐の影　（〃）

うら盆も十六日といふ夕暮、真如堂なる向井去来先生が墓に詣て

6363 萩すゝきむかしの嵯峨もかくやありし　（むかしきく）

6364 春の日や井桁によりて魚を見む　（春秋稿四篇）

6365 山〳〵やあとほど白くのこるゆき　（〃）

6366 邪魔になる竹は伐れて后の月　（岨蘿袖日記）

天明五年　五十四歳

日ごとに知恩院あたり花見ありくとて

6367 門番に顔しられけり花ざかり　（花をはしめ）

6368 若竹にかさなる家や小野醍醐　（奉扇会）

寛政2・松露庵随筆、同5・旅の日数（いずれも中七「家かさなるや」）、同5・此まこと、同7・継尾五歌仙（いずれも前半「若竹の家かさなりぬ」）、同8・勧進帖（中七「家重りぬ」）に重出。

6369 若竹の家かさなりぬ小野醍醐

此二十余年のほど、春秋の折にふれて月花のたよりを聞しも、老人身まかりしといふに、今更かなしくて

6370 行雁や越路の文も今日限り　（白達摩）

6371 親しらず我身もしらぬ浪間哉　（新雑談集）

6372 三度までかけはし越ぬ我命　（〃）

寛政6・水鷹刈に重出。

深草の上人は、朽ねたゞとよみしに

6373 我かどや人の来ぬほど草茂れ （〃）

寛政4・新華摘に重出。

6374 青柿やはや秋の日のちからなき （魂まつり）

清水寺にて

6375 夕ばえや舞台もたぐる花の雲 （露の月）

まだみぬ亭のかまへは、其名を聞からになつかし

6376 どち見てもながめはあらん月に雪 （四山集）

例のごとく草を影前に立しを拝て

6377 備るも色香はあらず枯尾ばな （しくれ会）

6378 うるわしき女に逢ぬふゆの月 （西の月）

常和居士のをはりめでたくて、如月の句ありける
をおもひいでゝ

6379 きさらぎやおもひさだめし雪の果 （春の笠）

6380 大比叡や小日枝わかれて今朝の雪 （都の冬）

天明7・乞食ふくろ（上五「大比叡と」）に重出。

6381 大比叡と小ひえ分れて今朝の雪

6382 名月の明がたゆかし人通り （春秋稿五篇）

6383 名月や露にたもとのおもきまで （秋風塚集）

寛政5・潮来集に重出。

天明六年　五十五歳

6384 雪汁や小御門出る人の袖 （几董初懐紙）

西行庵にて

6385 花咲ど住捨しまゝか戸も明ず （宿の春）

歳暮述懐

6386 月影に片側は燈籠なくもがな （月花塚）

6387 蓮瓶のことしも破れず雪の庭 （魁春帖）

寛政元・肥後のもの、同2・其みちのく、同6・鈍太郎、
同6・常しへのうめ（座五「雪の中」）、同7・尾華うつし
に重出。

6388 埋火や灰に書見る友の数 （こと葉の露）

6389 年〴〵や風はかはらで奉扇会 （奉扇会）

御即位のあくる日、御庭を拝み奉るとて

6390 万歳の旗音すなり雪おこし （句双紙）

前の湖白庵の主じ浮風居士が三年にあたれるころより、十七年のちかきまでも、後の庵ぬしのとぶらはれけるが、今はその人もなき世とうつりかはれるあはれなり。けふ、その庵ぬしが二十五回忌に、かの辞世の句など思ひいでゝ

6391 それもこれもむかしの声や郭公　（浮風二十五回追善之俳諧）

福徳因縁得生彼国

6392 初茄子こや富士にそふ駿河だね　（〃）

当起氷相見氷映徹

6393 箸とれば唇寒し心太　（〃）

二日房なくなりて後、竹室老人その跡をつぎけるもほどなくうせにしに、林可といふぞその家の風吹つたへける。この人はいとわかければ、行すゑひさしく月雪のかたう人(ど)よとおもひけるも、はかなきたよりをきゝて

6394 とにかくにたのみなき世や雪仏　（ゆきのつゐ）

但馬の湯あみに行て城崎に居けるに、丹後の国人、この地にて翁忌を興行ありけるに、一座の好士十五人つらなれり。何国までも祖徳のあまねきことを随喜して

6395 枯尾花むかししたはぬ人もなし　（しくれ会）

6396 色さめしふる女房やかへりばな　（湯島翁忌）

杉の葉立る又六が門ならで、噲々が家のあたり思ひいでゝ申

6397 春風や酒旗ひるがへる下河原　（遅楊和舞頭歌）

6398 鶯やとしよれば声もつくろはず　（〃）

おのれも住る庵焼しのちにて、造作もまだなかばなりければ、かへし

6399 荒壁に此身のうへも秋さむし　（〃）

天明七年　五十六歳

6400 芹引ば薫る菖蒲の古根哉　（几董初懐紙）

天明7・骨書、同8・完来歳旦歳暮（中七「かほるあやめの」）、文政9・柴の戸二編に重出。

6401 顔入れて馬の髪ひたす清水哉　（松露庵随筆）

6402 凍とけて芹浮あがる汀かな　（嵐亭治助青陽）

天明7・三の朝に重出。

6403 梅咲し坊も見えけり三の寅　（泰渓しゅんてふ）

6404 水落て鼠の走る田面哉　（誹諧歌仙七部拾遺）

天明7カ・一枚刷（俳諧摺物図譜）に重出。新類題発句集は後半「田面をはしる鼠かな」。

6405 花鳥とかえ奉る扇かな　（奉扇会）

山しなの里人、白烏を大内に奉れるを、もとの野へ放たせたまふことあるに

6406 野烏の白きにあひぬ御代の春　（乞食ふくろ）

6407 色つやはさのみに老ず秋茄子　（宰府日記）

白骨観

6408 うつくしく作り立しも霜のきく　（〃）

6409 人まねに猿も啼らん涅槃像　（〃）

6410 草取の脊中吹こす稲葉かな　（〃）

6411 墻はそのまゝよ菊こそ十日なれ　（懐旧之発句）

眉間白毫　右旋婉転

6412 大仏の窓〔定〕を出けり稲びかり　（〃）

6413 夜やしらむ間どほになりし虫のこゑ　（〃）

6414 霎会や木曾塚の柿の葉まで照る　（しくれ会）

6415 蹴そらして白足袋さむき鐙哉　（あまか家）

6416 酒造る家たのもしや冬の里　（きくの宿）

6417 藪陰や冬の日影の干菜寺〔干菜寺〕　（拾遺都名所図絵）

6418 すみれ草古き都のはいり口〔都口〕　（〃）

右の二句は天明2・俳諧名所小鏡（上）に既出。

天明八年　五十七歳

6419 足代つゞる紀の関守や竹暖簾　（蓬莱帖）

後醍醐帝の四百五十年の御忌にまうでゝ

6420 みよし野も隠岐もつゐには嵯峨の秋　（つかのま日記）

6421 しぐれ会や塚のばせを葉も色かはる　（しくれ会）

6422 思ひ出るも悲しき冬の柳哉　（底ぬけ袋）

6423 誰わざぞ定朝が門の雪仏　（遊子行）

6424 雁啼や物着て舟をおして行　（猿墳集）

刊年不明・三崎志改版二冊本に重出。

天明頃

安濃ゝ津に風月のすきもの多かりしも今はあらで、何がし槿馬のぬしの名あり。年賀の句乞けるに西行上人の歌の心に

6425 めでたさやひとり立たる門の松　（槿馬還暦賀集―青裳堂目録）

寛政元年（天明九年）　五十八歳

6426 淡雪やうづもるゝ葉に起る草　（几董初懐紙）

聖護院の仮の内裏の御筑(築)地ちかく、御かぐらの聞え侍る中にも、笛は上の籟を給ふと承れば

6427 冴わたる御笛の音や人ならぬ　（八葉集）

老人のこしかたを思ふに、李完とよびしむかしより万空の今までも同じ心の遊びがたき成しに、ことし正月廿一日の消息に、「冬のすゑよりいとつようなやみて此世にいくべくも覚へず。此文を長きかたみとも見よかし」など書て、

春もまた氷の魚の命かな

とあり。あはれとばかり読しに、ほどもあらで此椎といふ人の許より、「二月三日に往生しぬ」と告こしけるに、そのころは旅にありてしらず、遙に程へて五月のはじめ草庵にかへりて此文を見ゐける折ふし、子規の啼けるに

6428 血になくは鳥ばかりかは我も今　（影法師）

石山寺に奉りし燈籠の前に、桜のほころびかゝるを見て

6429 花も火をともしそへけり此春も　（〃）

6430 松ぞ花西行よりは五百年　（十かへりの花）

6431 戸あくれば蝶の舞こむ日和かな　（こてふつか）

6432 空桶や鮒売きつて杜若　（彦陽十境集）

6433 断食の腹にひゞくやかんこ鳥　（奉扇会）

6434 知恩院のかねめづらしや春の風　（佐賀亭猿）

安永8・松露庵随筆に**既出**、寛政4・霜の声に重出。

むかしは伊勢の西行谷に祖翁の木槿塚を築事あり。ことしの春は肥後の往生院に又此遺吟を碑に建る営ありとかや。一日の栄にたとへてはかなき花も

世に徳をかゞやかす風雅の余光、今更なる事いふべからず。是またく鶏口老人のいさをし成べし

6435 もえ出るや踏ひろげたる道の草　（海　山）

6436 我花とたのみしも雨の曇哉　（かれしきみ）

寛政3・合浦集、同3・演之の集（中七「思ひしも雨の」詞書「夜話聞く」）、同4・奉納其二集に重出。

6437 みよしのや花に隠るゝ山いくつ　（はすの浮は）

即心成仏の法を修せらるゝ叢林にのぞみて

6438 雲の峰に入や青葉の山分て　（おきなくさ）

6439 大仏やうしろにひゞく雉子の声　（観月楼句集）

6440 簑笠で並ぶしぐれの会上かな　（しくれ会）

6441 老らくは月にもうとき宵寐かな　（うらあふき）

寛政元年か

草庵に一木の梅あり。ひとゝせの火に焼残りけるより、いにしへの蜑のたきさしのためしに「琴木の梅」とよぶ

6442 片枝はすがりもやらで梅のはな　（菅の小簑）

寛政5・蕉翁百回忌（中七「すがりもやらず」詞書ほぼ同文）に重出。

寛政二年　五十九歳

6443 沖中のあるゝか一夜鴨の声　（梅人歳旦）

新嘗会

6444 鐘ひとつ撞かで更行霜夜哉　（筆　花）

6445 跡先に我をぞ泣す草の霜　（鐘筑波）

6446 見はてぬる人一代やしぐるゝ間　（〃）

6447 落葉して今は道たへぬ森のかげ　（〃）

6448 行秋やむしさへなかで夕鴉　（曇華嚢）

6449 人の手によごれぬうちを奉扇会　（奉扇会）

6450 うぐひすや内侍処の鈴の音　（冬かつら）

寛政2・其梅（中七「内侍所も」）、同4・ひくらしふえに重出。

旧庵造作なかば雪降けるに

6451 はつ雪の深さこゝろむ軒端哉　（かしま紀行）

6452 味噌の香や焦れていとゞ柚の黄バミ　（はまくり集）

此日は、丹後の天の橋立の一声塚に、百年忌の営みあるにつらなりけるが、遙に粟津の会上をおもふて

6453 雺るゝや爰も波よする松のもと　（しくれ会）

6454 石の面も百とせふりぬむら時雨　（一声塚百回忌）

庵の外を何がし殿下の通らせ給ふに

6455 花の香に捲せ給ふか輿の御簾　（よし野記行）

6456 月見ればたゞ泣れけり七十里　（庭の木のは）

6457 軒の花嵯峨や醍醐は道遠し　（ちとりつか）

寛政三年　六十歳

草庵に花ありて

6458 門も出ず花をほだしの日数哉　（菊渓庵歳旦）

寛政7・来之春興集（詞書「幽居」）に重出。

草庵

6459 梅を折味噌すりて年のいとまなみ　（はつすゝり）

6460 下萌の道や堅田の蚯蚓ほり　（あけほの草紙）

6461 ぬくき風寒き匂ひや岨の梅　（梅花帖）

みかしほのはりまの国に、六十の春をむかへ給ふ人のありて、賀筵をもよふし給ふに、松によせる祝と云ふ事をもとめられけるに、さわ法師の身も人なみにつたなきをもはぢず

6462 声そへてうたはむ松の花むしろ　（千代見草）

6463 ほとゝぎす夜明の鐘ぞ嬉しけれ　（続深川集）

六五一九句に「蕘夜明のかねぞうれしけれ」。

6464 今日や扇あふぎにのせて奉る　（奉扇会）

扇律老人うせて後百日にあたりける日、粟津の義仲寺にふるき友がきを請じて、孝子交信、追善の会もよほされけるに、その日の席上の本尊には、老人のこのとし月いひ出たる句をみづから書置る詠草の一冊なるをもてす。その墨の色の露もかはかぬを見るから、白氏が詩に雪月花時最憶君といゝけむと同じ心に、ありし世のことの頻に思ひ出らるゝに

6465 虫はらふ句帳となるぞ悲しけれ　（扇律老人句集）

「絶〳〵に草の錦の小路かな」と口ずさみしも、い

つか家居建ならびけるに

6466 あやめ葺てかほる錦の小路かな　（ふたり道）

寛政3・追善談言史に重出。

6467 竹の子や虵（くちなは）おそる小野ゝ尼　（去来文）

6468 烏帽子きて若菜つむ野や画の姿　（はすのくき）

学海居士、終りに心みだれずして、一生を露に観じぬることのいとも有がたくて、その言葉のわすれがたきに、冬がれゆく山のあたりおもひやるも

6469 つゐに露つゐに霜をく塚の草　（楽山追福手向草）

6470 人も見ぬ暦の末や二三月　（雪幸集）

寛政6・若菜集に重出。

6471 降雨にしめやかな秋のはじめ哉　（鵜の音）

此道の古書六十部を粟津文庫に収るとて

6472 時雨ふりしものよ猿みの炭だはら　（しくれ会）

6473 拝まれて遅し彼岸の夕日影　（江左追善集）

几董うせて三年にあたりけるころ、もと住し聖護院の森の庵の前をすぐるに、今はあらぬ人のすみけるにや

6474 夕しぐれ葺かへし軒ぞ悲しけれ　（この時雨）

うらがれわたる前栽に、ひとつの蝶の落たるを見て、おのれが蝶とあだ名よばれしも外ならずおぼえて

6475 身のはてもかくや露霜の草のかげ　（むこうほくしう）

新類題発句集は中七「かくや霜置る」。

寛政初年

6476 どの草の葉にかくれしぞ露の野辺　（一幹老人句集）

寛政四年　六十一歳

節分の夜より雪ひたふりに降ける、其あした

6477 門の雪よべ鬼の来し跡やある　（玄兎春の帖）

寛政4・来之春興集（中七「夜べ来し鬼の」詞書「せちぶの夜、雪いたう降ける」）に重出。

閏ありけるとしなれば

6478 わけてことし遊ぶも永き花の春　（なにはの春）

6479 一座みな袖すゞしげや奉扇会　（奉扇会）

幻住の旧庵より移し植たる昔をおもふ

6480 茂るとも剪ことなかれ椎が下　（椎のわか葉）

6481 加茂川を越へぬを我が夏行哉　（〃）

6482 梅柳京の田舎ぞ住よけれ　（まつのしるし）

6483 五月あめ人形も袖ぬらすべし　（法の水）

竹亭陰合偏宜夏

6484 すゞしさや竹の葉ずりの板びさし　（またら日記）

6485 落かゝる月しらけたり嵯峨の山　（夢の松風）

寛政5・これもよしに重出。

蕉翁七十廻忌の時は、故宗匠の発句に、

一椀の茶の香たふとし初時雨　文素

払子にかはる十月の梅　おのれ

脇をつかうまつりしも、やゝ三十年の昔になれり。其比の一座の好士の今日の席につらなれるをみれば、纔に三人あり。巨洲・松笙・菊二なり。かく人はかはれども此会はかはらで、既に百年にいたれること、祖徳の余光なるべし

6486 時雨ふりし寺かな九十九年まで　（しくれ会）

五条坊門に夕顔町といふあり。こは何がしの巻の名をとゞめたるなるべし。洛中火災の後は、家居まばらにかの物がたりの面影おぼへて

6487 夏草やゆふがほ町の小家がち　（時雨塚百回忌）

寛政5・松露庵随筆、同10・百物語に重出。

老のゝちは、人にもまじはらず

6488 さしこめて月にも背く庵哉　（〃）

寛政5・池のむかし、同5・秋の声、同6・松露庵随筆に重出。

聖護院の皇居より内裏へ遷幸の明の日、御門の前を通るに

6489 今日見れば旧き都や菜大根　（古郷塚百回忌）

6490 読をはる朝顔の巻や九月尽　（もゝとせのふゆ）

寛政5・道の燈かけに重出。

上人、世にいまそかりける時は風月の客を愛して、「天の橋立に遊ばむものはかならず我門をたゝくべし」と書給ふけるもむかしがたりに

6491 敲くともこたへはあらじ雪の門　（鷺十上人発句集）

6492　翌日ありとたのむもはかな小晦日　（〃）

6493　雪霜とやゝ古びけり文字の色　（そのかみきぬ）

6494　花鳥の春見おくるや大井河　（一鐘集）

寛政7・衣更着集、同9・春秋稿七篇に重出。

寛政五年　六十二歳

6495　仮橋やふめば沈てなく蛙　（来之春興集）

寛政6・河図巻（上五「板橋や」）に重出。

6496　板橋やふめばしづみてなく蛙

火に焚残らせ給ふける御仏の半面に、この五年がほど造立の願ひみちぬるに

6497　丈六にかさなる年の日数かな　（あけほの草紙）

6498　青柳やいかさま鴨の這入口　（柳荘むめ柳）

寛政8・竹原聖（中七「かならず鴨の」）に重出。

ある茶盧（炉）にて

6499　ゆかしさや釜に枝炭の折る音　（〃）

6500　まち中に梅咲にけり西の京　（ひとはな集）

6501　葉ざくらに今は明ずの御門哉　（奥のしほり）

6502　壁落よ涼風入らん月さゝむ　（もゝにあふみ）

寛政7・雪の光（詞書「草庵」）に重出。

6503　雁かえり鳥むらがる田面かな　（往昔振）

懐旧のこゝろを

6504　ありしむかし五月の雨も限り哉　（後のたひ）

元日子の日なりければ、友人の神楽岡の小松引て去年作りし泊庵の庭に植しを見て、そのかみ西行上人、庭に松をうえて「久にへてわが後の世をとへよ松」と口ずさみ給ひけるを思ひいでゝ

6505　久に経て軒端とゝもに緑たて　（〃）

寛政10・百物語、文化2・ふくるま（後半「わか庵おほへ引し松」）に重出。

同じ島にて

6506　人間の来ればこそあれ秋のはへ　（笠塚百回忌）

俳諧名所小鏡は座五「蝿の声」。

法樹寺の堂前に一株の桜あり。その木陰に蕉翁の碑を造立し花塚と名つく。年ごろ老僧を供養の導師に請じ申されけるに、粟津の本廟に祥月の念仏

会行ふあらまし有て、暇なければ石蘭なるものを代香となしぬ。あはれねがはくは、此寺の庭に、末のよまでも正風宗師の霊迹とあがめられ給んことを

6507 魂かへり石にとゞまりて千代の秋　（花塚集）

おほゐ川のほとりにて

6508 散さくらまて筏士よ酒くれむ　（賤家集）

寛政7・梅の塵に重出。

6509 見かへりて行人うれし門の花　（百とせつか）

寛政5・月の雪に重出。

6510 我花と木陰はなれず虻の声　（百華集）

終身斉家は世に随ふをしへ、捨家棄欲は世を背るの道なり。一ツは身をくるしめ、ひとつは身をやすくす

6511 咲ばかり花とはいはじちるを見よ　（こゝろの友）

日恵の山にこもりて憶慈鎮和尚

6512 きのふまで見しは浮世の月なりし　（ひさこ苗）

6513 遠里や稲葉の末の揚燈籠　（潮来集）

新類題発句集は座五「高灯籠」。

風流の道の友は、しづかならん所にありて硯にむかふてこそ旧きを懐ふの情はうつらむものと、今日はたゞ闌更のぬしとおのれふたりの老人を請じもふされて、此寺の広き客殿何にせむと人知らぬ一間に、花瓶にはなをいけ香炉に香をくゆらせたるありさまは、むかしの冬籠の発句にもいま面影そふこゝちして

6514 うづみ火や壁に翁の影ぼうし　（みちのかけ）

6515 初雪や日枝より南さりげなき　（とをかはつ）

6516 松取りし跡に風情や門の梅　（発句塚集）

寛政12・独喰（座五「軒の梅」）に重出。

草庵の前栽に萩、所せきに

6517 かき上て盥なをすや萩の花　（松葉塚）

六二九五句に「かき上て見れば川あり萩の花」。

捻香

丹後の国河守の清園寺に翁塚造立のことあり。こはことし百年にあたれりけるなれば、おのれその

隣の国城崎に湯あびんねがひありけると所の誰かれ聞て、道のほどよけれればと、其塚の供養に請じ申されけるに、その翁の作善のあらましに付て、秋の日みじかく夜を継て旅すべきいとまあらねば、石蘭入道をして一炷の香をもたしめて、塚の成し千載の祝香となす

6518 菊の香や山路わけ入さゝげもの　（すゝ塚集）

6519 螿夜明のかねぞうれしけれ　（蟋蟀巻）

六四六三句に「ほとゝぎす夜明の鐘ぞ嬉しけれ」。

6520 冬籠養ひたてむ鼠の子　（さゝふね）

6521 浮桶の動くばかりよ夕霞　（雨の音）

寛政六年　六十三歳

六条の月次はじめを東山の閑阿弥に催されけるに、昼より雪うづむがごとくふりて、初夜つぐるころ草庵へ帰らんとするに、般若湯に酔ひて

6522 酌やさけ埋るとても春の雪　（巴陵等春興—三物揃の内）

6523 いと清し加茂川の水に菜雑炊　（二夜庵貞松三朝吟）

文政2・はまちとり（中七「白河水に」）に重出。

6524 明方や一時に蚊のむせぶ声　（水薦刈）善光寺御堂戒壇めぐりといふ事を

6525 彼の道もかふかと悲し朧月　（〃）

6526 なつ木立いとゞ木曾路の空せまし　（〃）

遙に山川を隔て月雪の道を語合しも、やゝ四十年なりし布袋庵主、仏八十の齢まではと頼みおもひしに、如月九日身まかりぬと聞て

6527 涅槃会もまたで悲しきわかれ哉　（春眠集）

6528 草の戸の世にはなりけり今朝の秋　（三つの手向）

6529 けふといへば花もあり月も十二日　（もゝの光）

6530 三月や岐岨の奥まで桜ちる　（老の春）

三十年の昔より上野の国に風雅の友あれど、かの人都にのぼらず己も東にくだらで、たゞ花鳥の折ふしごとに音づるゝせうそこのいつも初音のこゝちしけるが、此さつきのはじめ終に四手の田長となれりと、門人のもとより告こしけるに

6531 蜀魂聞しとおもへばもの悲し　（蓮の浮葉）

6532 雉子啼やこげのこりたる枯尾花　（雁風呂）

寛政7・蓬か室に重出。

6533 時鳥いまも百年の空さびし　（祖翁百回忌）

翁ありし世、東山にて柴の戸の古歌おもひ出られけることを、所も同じ東山なれば

6534 柴の戸やけふも時雨の阿弥陀房　（〃）

草庵へ帰るとて

6535 燈籠の京をはなれて道暗し　（歩月の章）

6536 うす暮や隣の秋も藁びさし　（華の旅）

6537 冥加あり百一とせのこのしぐれ　（しくれ会）

6538 時雨しもあられとなりぬ二の亥子　（松の葉）

寛政七年　六十四歳

冬よりこもりて世の春も見ず

6539 よそしらぬ鶯のみよ庵の梅　（あけほの草紙）

6540 雪解や槙の板はし水ぬるむ　（月館山詩歌連俳）

天明7・曙双帋に既出。

多くの年月、春秋の折ふしごとに消息ありて、その道のまめやかなるはしれど、公につかふる身のならひ都へも登らず、老のゝちつかへをもどし奉公をわすれて心のまゝに都のかたへ、など云こせしもはたさで身まかられけるに

6541 ほとゝぎす姿は見ねど声かなし　（さゝ栗の露）

6542 名月や湖出てぬれた色　（あきの別れ）

6543 しぐれ会や例のごとくの霽ふる　（しくれ会）

6544 行〱て深草に出たり秋の暮　（金剛心）

寛政5・新類題発句集に既出。

蕪村去て十三回、几董が夢もはや七とせの昔しのばれて

6545 むらしぐれつまぐる数珠の跡やさき　（雪の光）

寛政八年　没後一年

6546 さればこそ陽炎もたつ石のひら　（完来歳旦歳暮）

6547 角觝(すまひ)とりはるやむかしのむかふ髪　（勧進帖）

6548 ぼうふりの我世楽しき小瓶哉　（〃）

右の二句は寛政5・新類題発句集に既出。

6549 みな古き鐘の声也しもの朝　（俳諧百家仙）
文化5・俳論（座五「暁の霜」）に重出。

寛政九年以降

6550 風の香や思ひみだるゝ花がつみ　（寛政10・せみつか集）
顧筆硯曰
6551 行年や何してへりし硯石　（寛政12・二季のつゆ）
6552 春の雨順礼うたを所望せん　（享和元・筆の塵）
6553 白鷺の糞落し行根芹哉　（〃・夢の猪名野）
いにしへも稀なりときくなる年をともにむかへ給ふ、もろ白髪のめでたきさへあるを、なほも子にうまごにさかゆく春を見たまふことをいはふ
6554 松に竹そろふて門の春たのし　（享和3・ゆめのあきふゆ）
6555 いとなめよ老に入初る門の松　（文化4・ひとよふね）
蕉翁の書給ひける、天神の名号をうつして試筆
6556 梅がゝの冥加あらせたまへ硯にも　（〃・わすれすの山）
6557 杖になるものとは見えず雪の竹　（〃・雪のふる言）
6558 雪の日や老ゆく杖をつきならひ　（〃）
6559 宵闇のけば〳〵しさよ屋根の雪　（〃）
仏名のこゝろをもつて、難行難修のおもひにて
6560 三千の御名もむつかし南無阿みだ　（〃・無量仏）
6561 虫干ん我は袋の米五升　（文化7・志茂能者那）

類題集所収句

安永三年刊『類題発句集』所収句（四六句）

6562 浜道や砂から松のみどり立　〔一月〕
6563 春風にいつ迄栗の枯葉哉
6564 草ともに氷流るゝ野川かな
6565 我寺の鐘とおもはず夕がすみ
6566 僧脇の顔を背けるけぶり哉　〔二月〕
6567 蛙子や何やらしれぬ水の草
6568 角落てはづかしげ也鹿の顔
6569 菜のはなや鼻のよごれた牛が来る
6570 一日は内に居よとや春の雨　〔三月〕
6571 桑つみや枝に夕日のあかねうら

6572 曲られし枝悲しとや梨の花
6573 麦うちや夕日をまねく竿の影　〔四月〕
6574 なまなかにかき残されて苣の花
6575 まだ咲ぬ躑躅も見へてかんこ鳥
6576 ぼうふりやむかしは誰が水かゞみ
6577 梅の落る音のする也さつき闇　〔五月〕
6578 笠の端のやゝかくれけり二番草
6579 あつき日や枕ひとつを持ありき　〔六月〕
6580 すゞしさや竿にもつるゝ釣の糸
6581 真桑むく手もと涼しき雫哉
6582 鯖つりや不知火ならぬ波の上
6583 大文字や一筆山を染はじめ　〔七月〕
6584 荻のはや青いうちから枯し音
6585 来た道は一ッに成て尾花ふく　〔八月〕
6586 ほうづきやいはぬ恨を口の中
6587 さゞ波につゞきて白しいねの花
6588 あれほどの老の力やなる子引
6589 鹿啼や京へ一里とおもはれず
6590 きせ綿や老行菊の花の顔　〔九月〕
6591 仏壇に十日のきくの匂かな
6592 ほつとして案山子もこける晩稲哉
6593 行燈をとぼさぬうちぞ秋のくれ
6594 一月の落葉も掃て神むかへ　〔十月〕
6595 寒月や四条の橋も我ひとり
6596 ちる木のは中にちぎれし蔓もあり
6597 こがらしや京に寐る夜と思れず
6598 かん菊や色々の名の枯て後
6599 ひとり寐やたゝむもかろき紙衾
6600 硯箱に櫁柑の皮や冬ごもり
6601 夜神楽や押ぬぐひたる笛の霜　〔十一月〕
6602 馬の尾を引ずつて行みぞれ哉
6603 葱の香や傾城町の夕あらし
6604 柊をさすや築地の崩まで　〔十二月〕
6605 草の戸の留守預るぞきり〴〵す　〔雑〕

熊野ゝ浦辺に秦の徐福が塚とてあり

6606 はかなしや死ぬ薬を掘し人も

不楽閻浮提濁悪世

6607 此里の住居いぶせし麦埃

寛政五年刊『新類題発句集』所収句（七四句）

6608 蓬莱に松のみ残る日数かな
6609 わが庵の鏡ひらけよ鼠ども
6610 芹引ばかほる菖蒲の古根かな
6611 あを〳〵と柳のかゝる筑（築）地かな
6612 島からの文のしめりやのりの塩
6613 雪垣の破れに春の日かげかな
6614 山〳〵やあとほど白くのこる雪
6615 夕がすみ都の山はみなまろし
6616 知恩院の鐘めづらしや春のかぜ
6617 梅檀のけぶりか梅の花匂ふ
6618 大仏やうしろに響くきじの声
6619 汐ひるや人の中から淡路しま
6620 新客よまだ見ぬ方の花みせん
6621 かれ芝や中にほのめくすみれ草
6622 つゝましと俯くな鍋の落やせむ
6623 染るにも十日あまりや紅ぼたむ
6624 ぬきん出し杉二もとや夏木立
6625 鳴神のけふがる跡やほとゝぎす
6626 ぼうふりのわが世たのしき小瓶かな
6627 鳴神に蚊帳をたのむこゝろかな
6628 いろ〳〵に山を離れず梅雨の雲
6629 結ぶ手に石しやう匂ふながれ哉
6630 世につれてさかしき形や初なすび
6631 わか竹に家かさなりぬ小野醍醐
6632 笠脱てうた晴らかな夕田かな
6633 草とりの背中吹こす稲葉かな
6634 ものはかな鵜ぶね過行跡の闇
6635 夕顔に足さはり皃すゞみ床
6636 せき竹や節横おれて打みだれ
6637 声のうら声の表や木々のせみ
6638 遠里や稲葉の末の高灯籠
6639 角觝とり春や昔のむかふ髪

6640 露けしや芋の葉かげの蟇の顔
6641 朝がほや何たのしむも露のうち
6642 きり〴〵す夜明の鐘ぞうれしけれ
6643 日ぐらしや盆も過行墓の松
6644 名月の暁がた床し人通り
6645 あさ寒や関の扉のひらく音
6646 あきの雨顔も出さずに蛙なく
6647 色艶はさのみに老ずあき茄子
6648 水落て田面をはしる鼠かな
6649 雁なくや今夜の舟は何地まくら
6650 淋しさを老ての后の月見かな
6651 渋柿や海道中へ枝をたれ
6652 浅茅生や露なめらかに猪口茸
6653 行〳〵て深草に出たり秋のくれ
6654 読をはる朝顔の巻や九月尽
6655 一夜〳〵月おもしろの十夜かな
6656 一しぐれ門の菜の葉や背戸の竹
6657 遠山の雪かゝはゆき月夜かな
6658 かくれなく重なり合ふや冬の山
6659 冬川や竹のあみ橋投わたし
6660 炉開て友一人得しこゝろかな
6661 誰が子ぞ手炉の蒲団のから錦
6662 木枯風や壁にからつく油筒
6663 吹たむる落葉や坂のまがり口
6664 梟や雪やみ月も入し後
6665 京中にこの寂しさや鉢たゝき
6666 犬の毛を目あてに入るや夜の山
6667 すさまじや瓶にきのふの寒の水
6668 片隅に古仏立けりとしのいち
6669 翌ありと頼むもはかな小晦日

公に召れて東へ下りける柴野先生をおくるとて

6670 世のために猶ふみ分よ雪の道

神無月のはじめ、吉野ゝ冬木立見んとて登りて思ふに、この山の花のさかりは、山口の花ちれば奥山の花咲て春とこしなへなるに

6671 落葉には奥口もなし山桜

6672 はし立や松を時雨のこへんとす

弥生の比、さらしな山にて

6673 よしやいま姨捨るとも春の山

三河の長篠の城跡、天正の昔を思へば一場の春夢なり。天明の今を眺れば

6674 麦菜たね春を争ふ色もなし

老のゝち人にも逢ず

6675 さしこめて月にも背く庵かな

うら枯し前栽に、一ッの蝶の落たるを見て

6676 身の果もかくや霜置る草の陰

蕪村老人、世にいまそかりける時は、俳諧に其角が洒落を学び丹青に凱之が風流を写して洛下に紙尊かりしも、今はたゞ一ッの瓶に骨をもるに、涙をそゝぎ念仏して

6677 白骨や梅の匂ひはかりのもの

猿の三番叟の絵

6678 月花にみな人まねのうき世かな

二月十五日に、洛中の寺々の焼跡を見るに

6679 涅槃会や薪尽にし灰ぼこり

大嘗会の比は、都の内外に鐘つく事停止あり

6680 霜の鐘もさえず仏法なき昔

御即位ありける明の日、御庭をおがみ奉るに

6681 万歳の幡音すなり雪おこし

寛政七年刊『俳諧名所小鏡』所収句（一三五句）

上巻（〜六七二七）のみ天明二年刊。

6682 見入れ行牡丹の花や長者町　（山城・町小路）

6683 幻の巻となりけり塚の秋　（〃・紫式部墓）

6684 町中に梅咲にけりにしの京　（〃・西京）

6685 春雨や的張て居る下川原　（〃・下河原）

6686 春の夢や両六波羅も独活畑　（〃・六波羅）

6687 力なげにはらばふ牛や冬の草　（〃・泉涌寺）

6688 しぐるゝや狛のわたりも麦作る　（〃・狛）

6689 春来てもいく重かさねぬ茶の覆ひ　（〃・宇治里）

6690 山桜つゞくや上の醍醐まで　（〃・醍醐）

6691 持ありく家はいづくへ蝸牛　（〃・長明方丈石）

6692 池水に箔はちりけり蓮の花 〔〃・銀閣寺〕
6693 藪陰や冬の日影の干菜寺 〔〃・干菜寺〕
6694 酔ざめか李白が顔の寒げなる 〔〃・詩仙堂〕
6695 すゞしさや枝をもる日も水の上 〔〃・糺杜〕
6696 男さへ凄き宮居や木下闇 〔〃・貴布祢山〕
6697 扉の箔冬の日影の有やなし 〔〃・金閣寺〕
6698 時雨もるやあはれむかしの奢り人 〔〃・印金堂〕
6699 冬の野や虫さへ鳴かで夕烏 〔〃・嵯峨野〕
6700 水草かれてたゞ広沢と成にけり 〔〃・広沢〕
6701 花咲ど住捨しまゝか戸も明ず 〔〃・西行庵〕
6702 つぶら井や飲んとすれば蛙なく 〔〃・宗鑑井〕
6703 すみれ草古き都のはいり口 〔大和・奈良坂〕
6704 けしからねさえかへりたる沓の音 〔〃・二月堂〕
6705 もろこしの鐘も聞えぬ霜の夜半 〔〃・法隆寺〕
6706 崩れたるみむろの岸や蕗の棠 〔〃・三室岸〕
6707 かゝはゆう神も思はん花の昼 〔〃・一言主社〕
6708 あけぼのや桜を出る山がらす 〔〃・吉野山〕
6709 哀いかに鳥居に蔦のめもはらず 〔〃・後醍醐陵〕
6710 花見衆に逢じと爰に住しかや 〔〃・西行庵〕
6711 来ても〳〵はてなし坂や夏木立 〔〃・無終坂〕
6712 雪水に物あらふ女脛赤し 〔〃・久米寺〕
6713 舟引の顔で分行柳かな 〔河内・高瀬川〕
6714 誰人のかよひ妻かも茶摘うた 〔〃・高安里〕
6715 そこをたてかしこをきれと春の草 〔〃・御墓山〕
6716 鳥も居ず竹のみ立りあきの暮 〔〃・西行塚〕
6717 古寺や秋かなしげに仏達 〔〃・観心寺〕
6718 ふき立る雲雀の笛や蝶の舞 〔和泉・草舞台〕
6719 名残おしや桜の中に入日影 〔摂津・家隆墓〕
6720 山や川や春のゆふべの水無瀬殿 〔〃・水無瀬〕
6721 花の井や日黒みの顔もうつせしか 〔〃・古曾部〕
6722 囀りておもひなげ也池の鳥 〔〃・昆陽池〕
6723 足たゝぬあるじも留主か神無月 〔〃・西宮〕
6724 抱ながら虫のちり行木の葉哉 〔〃・処女塚〕
6725 雨の後一二の木戸もちる桜 〔〃・生田森〕
6726 すまの山のうしろや春も松ばかり 〔〃・須磨山〕
6727 しぐるゝや二三の谷は夕日さす 〔〃・一二谷〕

6728 森陰や何となく秋の暮の色　〔伊賀・哀其杜〕
6729 古塚や名はうづもれず草匂ふ　〔〃・兼好塚〕
6730 うらがれや古井にひたるもの丶蔓　〔〃・浅子井〕
6731 なを照らせ河へだつとも夕紅葉　〔伊勢・五十鈴川〕
6732 いにしへのさびしさもかくや秋のくれ　〔〃・西行谷〕
6733 此石やどうこたへても秋のくれ　〔〃・鸚鵡石〕
6734 浦さびし草にしづみし虫の声　〔〃・阿漕浦〕
6735 いつとなう我も杖つく小坂かな　〔〃・杖突坂〕
6736 大宮司が門口しるし松さくら　〔尾張・松子島〕
6737 かげろふや誰が面影のかゞみ堂　〔参河・鏡堂〕
6738 橋やむかしいまは霞をわたる舟　〔遠江・浜名〕
6739 若葉くらし芳野も捨て入し山　〔〃・奥山〕
6740 富士も見ず夏籠る僧や清見寺　〔駿河・清見潟〕
6741 什物の文台かせよ花の陰　〔〃・柴屋寺〕
6742 夕顔に引なづむ駒やうつの山　〔〃・宇津山〕
6743 卯の花や山ほとばしる温泉の煙　〔伊豆・走湯〕
6744 かんこ鳥ふし木の中になく声か　〔〃・土肥杉山〕
6745 うぐひすに富士のうら山見る日哉　〔甲斐・富士山〕
6746 かへる子や底から曇る富士の影　〔〃・井〕
6747 わが旅もいく夜か寐つる春の夢　〔〃・酒折宮〕
6748 さえづりも余の鳥はなしみのぶ山　〔〃・身延山〕
6749 その鳥よ此谷出て四方の春　〔〃・鶯谷〕
6750 月影の谷とこそ見れ夏木立　〔相模・鎌倉〕
6751 麦の穂や谷七郷もみへかくれ　〔〃・〃〕
6752 かんこ鳥の声さへやみぬ板の音　〔〃・建長寺〕
6753 辻番に問へど聞ずと子規　〔武蔵・江戸〕
6754 猪牙舟や春の行ゑを追ごとし　〔〃・隅田河〕
6755 釣ほし菜むかしながらの軒端かな　〔近江・滋賀里〕
6756 水うみの何度かはりし村しぐれ　〔〃・白髭社〕
6757 今宵たれ月出がさきに舟つなぐ　〔〃・月出崎〕
6758 人間の来ればこそあれ蠅の声　〔〃・竹生島〕
6759 萩かれて狼川のうき名哉　〔〃・玉川〕
6760 鳥も啼ず今もかなしき木々のやみ　〔〃・猿丸大夫社〕
6761 夏草に昼はたど〳〵しほたる谷　〔〃・蛍谷〕
6762 此ごろや行も帰るも花をもつ　〔〃・逢坂〕
6763 養老や歯のなき我も水むすぶ　〔美濃・養老瀑布〕

6764 鵜縄干す垣の雫や花木槿 〔〃・長良川〕
6765 物はかなうぶね過ゆく跡の闇 〔〃・〃〕
6766 神垣や結びあふたる夏の草 〔〃・結里〕
6767 我申す念仏こたへずあつ氷 〔〃・念仏池〕
6768 門外に送りてや山のわらふ影 〔〃・虎渓〕
6769 よしやいま姨すつるとも春の山 〔信濃・姨捨山〕
6770 明がたや一時に蚊のむせぶ声 〔〃・善光寺〕
6771 夏木立いとゞ木曾路の空せまし 〔〃・岐蘇〕
6772 三度まで桟こえぬ我いのち 〔〃・桟〕
6773 ほや作る秋なつかしや薄のめ 〔〃・御射山〕
6774 山の端や煙の中に舞雲雀 〔〃・浅間山〕
6775 春雨や森の草木のうちけぶり 〔下野・室八島〕
6776 着たまゝの身こそ安けれ夏ごろも 〔陸奥・葛松原〕
6777 はつ雁にあひぬのちせの山の裾 〔若狭・後瀬山〕
6778 さらばとて奈良へもやらず落し水 〔〃・遠敷山〕
6779 上人の足跡いくつ浜の月 〔越前・気比社〕
6780 夏来てもわづかに木の芽峠かな 〔〃・木芽嶺〕
6781 線香の折るゝ音あり木下闇 〔〃・永平寺〕
6782 石となり塔と成けり村若葉 〔加賀・那谷寺〕
6783 花いばら物むつかしの関の跡 〔〃・安宅関〕
6784 一声の何艘わたるほとゝぎす 〔越中・神通河〕
6785 われも物書ん一こゑほとゝぎす 〔〃・埴生社〕
6786 親しらずわが身もしらぬ波間哉 〔越後・親不知〕
6787 色さめし野山のさまや初しぐれ 〔丹波・紅里〕
6788 松が根にすけて内外の海すゞし 〔丹後・内外海〕
6789 橋立や松を時雨のこえんとす 〔〃・天橋立〕
6790 見わたすもかれ木のうらや後の月 〔〃・枯木浦〕
6791 神の代のうたひ物かも蟬の声 〔〃・内外宮〕
6792 菊の香や山根落来る湯口より 〔但馬・城崎温泉〕
6793 春風の吹やたはめし弓の浜 〔伯耆・弓浜〕
6794 清〳〵し清地にちるも花の塵 〔出雲・大社〕
6795 八重垣をめぐり〳〵て春くれぬ 〔〃・八重垣〕
6796 もと見たる水にはあらずあつ氷 〔播磨・野中清水〕
6797 石の戸もとざして留主の宮居哉 〔〃・静窟〕
6798 行春の音やさら〳〵小松やま 〔美作・久米更山〕
6799 菜の花やけふは三日の月がしら 〔備前・藤戸〕

6800 麦あきや二万の里人手がたらじ　（備中・二万里）
6801 ながき日に此岩はしはかけたるか　（備後・帝釈岩橋）
6802 涼しさや板の間から浪がしら　（安芸・厳島）
6803 夏山やいく重かさなる葉の匂ひ　（〃・瀬野大山）
6804 むかし語れ麦勧進の琵琶法師　（長門・安徳帝陵）
6805 青うめや仰げば口に酢のたまる　（筑前・安楽寺）
6806 把針者に綿やぬかせん旅ごろも　（紀伊・高野山）
6807 曙や何所から落て松の月　（〃・三鈷松）
6808 罪ふかしむすびし松の色かへず　（〃・岩代）
6809 はかなしや死ぬ薬を掘し人も　（〃・秦徐福塚）
6810 秋の空たかし大雲小ぐもとり　（〃・雲取坂）
6811 雨しぶく若葉青葉やけぶり島　（淡路・煙島）
6812 散みだす卯浪の花の鳴戸哉　（阿波・鳴戸）
6813 眉山や朝の雲はく青あらし　（〃・眉山）
6814 書つくしがたしや筆の海に山　（讃岐・筆山）
6815 青あらしその後の世を松やとふ　（〃・西行庵）
6816 橘や右近の陣の世をしのぶ　（〃・崇徳院陵）

短冊・色紙等

6817 仏法は声きくばかり蜀魂　（俳人の書画美術）
6818 山みちやまがりめごとにほとゝぎす　（柿衞文庫蔵）
6819 苗代やいづれの君が歌がるた　（〃）
6820 秋雨や読戻りたる須磨の巻　（〃）

いろ、桜にして

6821 残りなふ景も見せたり五月晴　（今治市河野美術館蔵）

宗任は歌によみ、東芽は絵にかく

6822 みちのくのはてもうめさく花の雲　（柿衞文庫蔵・東芽画梅松図）

追　加

6823 むし聞や寒廻(参)りにもこぬ所　（宝暦12カ・虫聞一枚刷）
6824 はかなさや摘て薬の草もあるに　（明和3・かれあやめ）
6825 盃は大きふなりぬ後の月　（明和3・続名月集寄句留）

北国に老雅の名ある琴泉のぬしに対して

6826 古き物見付だしけり土用ぼし　（〃）

前書略　東面亭ニテ

6827 待宵や東面は明てあり　（明和3・蝶夢翁俳諧集）

6828 風もなし今宵の月も与謝の海　（〃）

6829 若(もし)もやと雨にも出るやけふの月　（〃）

6830 先達の鈴掛重し露時雨　（〃）

人々をともないて、爰の見性寺にやどりて

6831 森陰や幾ツも連て渡り鳥　（〃）

6832 十六夜や坂登る間は闇かりし　（〃）

東面亭にて人々に再会をちぎらんとて

6833 追れても又もどる也秋の蝿　（〃）

岩瀧の浦間、何がしの家に宿るに、汐風に当られていとなやめる事のありしを、あるじの人のまめやかに介抱せられしを謝して

6834 病雁のねぐら安さよ芦の中　（〃）

6835 窓くらき海士が家居や芦の花　（〃）

城の崎旅中の吟

6836 ゆふ虹や外に一すじ渡り鳥　（〃）

6837 稲刈や一束ねづゝ風が減る　（〃）

6838 影法師も一つに寄るや後の月　（〃）

6839 嬉しさに暮るもまたできり〴〵す　（〃）

6840 行秋の当も有けり嵯峨の奥　（〃）

6841 夜もしるき笆(もみぢ)の竹や龍田姫　（〃）

6842 欄干にだまっているやきり〴〵す　（〃）

6843 月花を賄ふ庵の木の実かな　（〃）

6844 松古き宿や小鳥の渡りぞめ　（〃）

6845 物書も梢のあるじや鹿の声　（〃）

6846 菊の香や茶にも薬の水を汲　（〃）

梭(ひ)を投るのいとまなき中にして、風流をわすれずこの夜す(がら脱)にその催し有りて、その会上にまねかれけるに

6847 錦織る野にはれがまし麻ごろも　（〃）

6848 人々はどふ詠むるぞ秋の暮　（〃）

6849 冬待や面白い窓もけふかぎり　（〃）

6850 よわ〳〵と蝶の羽うつ小春哉　（〃）

6851 渋柿の捨られもせずけふ迄も　（〃）

留別の吟

6852 行秋のこゝろ残りや与謝の海　（〃）
〔京ヨリ文通　十月廿二日〕
6853 寒菊や葉に残りたる秋の色　（〃）
6854 麦まきや先へ木の葉も蒔て来る　（〃）
6855 いつ来てもしるい道也夏木立（〃・以下三句は後年作）
6856 嫂（あによめ）は高ふからげて田植かな　（〃）
〔洛の蝶夢師を伴ふて帰ろに、大内峠、雨いとふ降ければ〕
6857 一すじの松は時雨ず与謝の海　（〃）
今としははじめて隠居の人となりて、正月ごとの務もなければ、「二日にはぬかりはせじな花の春」と申されし翁の風流にならはんとおもひしも
6858 鶯や寐ては居られぬ朝ぼらけ（義仲寺誌一六九・明和4作）
ふたりの風人に訪れて
6859 うれしさや一声ならず時鳥　（義仲寺誌一五八・明和6作）
6860 秋迄の楽（たのしみ）にせん若楓　（〃）
6861 筍や垣詰（結カ）廻す嵯峨の奥　（〃）
6862 鹿鳴や今たく柴もあそこから（義仲寺誌一七〇・明和初作）

6863 鶯や今朝はあらわに枝に鳴
（明和8・神風館歳旦―岡本勝・伊勢古俳書解題）
6864 鶯や日あたりのよき杖のうへ　（明和8・冬かゝし）
6865 月寒し按摩の笛の音ひとつ　（明和8・百富士）
おくの細道のむかしを思し出て
6866 物書て引さき給へ此あふぎ　（安永2・続多日満句羅）
6867 ほとゝぎす鳴や矢橋の横わたし　（〃）
主人の在京もはや日を重ね給ひたれば、やがて帰国の催し有けるにぞ、何を贈るべきにも草の戸の侘しげなれば、棚の下にみちのく南部の人の送りける、けふの細布といふもの有ければ、とりあへず是をきりてむまのはなむけとなすとて
6868 夏衣けふのわかれぞむねあはず　（〃）
無常訊（迅）速、観相は勿論ながら、その夜はやどるかたもなくて
6869 今は我も焼野ゝ雉子と成べけり　（なるみ潟・安永3作）
幻住庵の旧跡、国分山の道のしれがたければとて、堺の津の呉逸といふ人、道の枝折の石の施主とな

る。時しも今月十二日といふ朝、梅下法師さたし
て、石山の道のかたはら蛍谷のほとりに建ぬ。さ
るにても、祖徳の世に有がたき事を随喜して

6870 草かれて猶あらはれぬふるき道　（安永6・しくれ会）

曾良・杜国がむかしをしたひて、柳几老人と笠を
ならべたる何がし篁雨のぬしが旅愁をなぐさめて

6871 宿〳〵にさぞや蚊帳のあげ下し　（篁雨九州行脚寄句帳・安永8年4月カ）

6872 初瀬の花に景色添へけり塚の石　（籠人塚建立・蝶夢と落柿舎）

6873 木がらしや住し世おもふ軒の音　（諸九尼全集・天明元作）

6874 背戸も門も日にます桑の茂り哉　（古巣俳諧集・天明2作）

6875 旅に病でいざよふ月の宿かな　（〃）

6876 さばかりに花も曇らずあらし山　（五升庵歌仙控・天明2作）

6877 郭公鳴てわたらん余呉の湖　（〃）

6878 めづらしと見よや草取黒木売　（五升庵歌仙控・天明3作）

6879 若竹のゆらめきたちぬ雨の中　（天明3・笠やとり）

6880 ころもがへ身軽（かろ）き姿うらやまし　（〃）

6881 是を着て古郷へ帰れ菊かさね　（〃）

6882 血に泣し声耳にありほとゝぎす　（浮流一回忌・蝶夢と落柿舎）

年々奉扇会をつとめ侍りしも、今はその事を辞し
ぬれど、猶けふをわすれず人なみ〳〵につらなり
侍りて

6883 夏来ても我は用なき古あふぎ　（天明四奉扇会・蝶夢と落柿舎）

〔同八日、尼子より平尾への道すがら〕

6884 まよふともよし秋の野辺秋の山　（五升庵歌仙控・天明5頃）

亭を三山と名つけありしを方壺とよぶ、これ東海
の中に仙人のすめる所とぞ。ひねもすの雨にぬれ
し旅衣を火にかはかし、醸せし酒をふるまはれて、
一日のうさをわする

6885 いく薬のみてや春の夜寒哉　（綿屋文庫蔵真蹟・天明6作）

6886 家の子に舟をさゝせて春の湖　（綿屋文庫蔵草稿・天明6作）

6887 八重にさく欲はありともけしの花　（〃）

6888 よし雀や樋守の軒消ぬべし　（天明8・松露庵随筆）
（どりカ）

6889 さればこそ陽炎もたつ石のひら　（寛政2・ちとりつか）

この句、六五四六と重複掲出。

立川氏の家に、ことしの春はその父のいにしへも稀なりける年の賀催しぬときくに、いはゐものせむに何まいらせん物のあらぬに、菊のきせ綿といふものを、ある女房の許より給はせけるをおもひいでゝ、ためしめでたければ参らするとて、そゆる発句に

6890 わけて祝へいく世を契るきくの苗　（寛政4・立川家蔵賀文集）

6891 伊賀に隣る里とおもへば虫淋し　（古巣俳諧集・寛政4作）

こよひより八十にならせ給ふ老比丘をすゝめまいらせて、猶ゆくすゑの護、身の御ために、ちかき神楽岡にまうでむ事をいざなひ奉るとて

6892 雲に隣るこれやよし田の里の杖　（寛政5・垂雲軒〈澄月〉八十賀筵全集）

6893 子いくたりうまご幾人はな筵　（寛政7・賀筵二十歌仙）

6894 片庇柳に触し小川かな　〔四〇五八参照〕　（寛政12・独喰）

初茄子

6895 世につれてさかしき形や初茄子　（〃）

6896 声の裏声の表や森の蟬　（〃）

6897 露けしや芋の葉陰の蟇の頰　（〃）

6898 片隅に古仏立けり年の市　（〃）

過し春の比は吉野・初瀬の山〳〵をめぐり、この秋は須磨・橋立の浦〳〵をありかんと立出けるは、月花の順礼と申べき馬瓢をのこの旅のよそほひを見て

6899 蓑すてゝ行けよ月見の旅の人　（享和元・筆の塵）

比えの奥なる飯室の安楽律院に詣て、恵心僧都のみづから植させ玉ふ菩提樹を見るに、むかしの木は二株まで朽のこりて今在は第三株めなりとぞ

6900 尊としな三世にくちず菩提の子　（文化13・のちかなし文）

湖天雅伯、ことし初老の聞へありけるを祝して

6901 朝風に広めよ老のはつ薫り　（宝暦13・不惑賀）

6902 四五日は門明てをけ花ざかり　（八代正教寺蔵短冊）

寛政7作か、衰老の書体。

6903 ほたるちるや昼は道なき八重むぐら　（乾憲雄氏蔵短冊）

6904 雫して雁わたりけりうらの町　（義仲寺蔵短冊）

6905 敷なりにその日ぐらしや紙ぶすま　（奈良大学図書館蔵短冊）

付句等

看経の間に三か月を見はづして
地脉のおぼえはじめ秋たつ　蝶夢
（宝暦6・続霜轍誹諧集）

丁当(カ)を覚ゆるほどに添なれて
つとめのむかしかたるさびしさ　蝶夢　（〃）

松ふぐり野宿の夢や破るらん
両方美男敵討のび　蝶夢　（〃）

墨隈のはけめにぬるゝ鵜のしづく
後住の運に名水は湧　蝶夢　（〃）

淀の堤を女鑓提ゲ　蝶夢
（宝暦6・みつかなわ）

　新しき厠に結ぶいひなづけ
出雲の揚屋冬の大よせ　蝶夢（〃）
　婆々が押す菊いたゞきやうしろ紐
仏がけしてといはぬ日本　蝶夢（〃）
　正直のかうべにて地がしら
葛城の請取普請出来兼る　蝶夢（〃）
品も九ッ池の蓮の芽　蝶夢（〃）
千の数堅田の浪に雁の声　蝶夢（〃）
　千の数堅田の浪に雁の声
壁につゞくり何を恋病　蝶夢（〃）
　町でも月と呼る結講（構）
当分は鹿におびえし祇王祇女　蝶夢（〃）

南天は坊主に成てくばり物　蝶夢（宝暦7・高判机すみ）
継子にも同じ馳走の魂まつり　蝶夢（〃）
囁事のならぬ早口　蝶夢（〃）
源氏より平家の旗に値有　蝶夢（〃）
　笄（かうがい）に昭陽の曲彫はて
暑さのためにならぬ檜扇　蝶夢（天明4・花の友）
　奈須野の石に黒烟たつ
月の雨世界に罪を作らする　同（〃）
　片原町へ落る寒月
夜半から末は殊勝の寒念仏　蝶夢（〃）

細〳〵と下の弓張さし上り
踊の跡へ秋は来にけり　蝶夢　（〃）

片歌

日あたりの辰巳へ廻る茶摘哉　（明和元・片歌あさふすま）
道のべの涼しき風は柳より　（明和4・片歌旧宜集）

和歌・狂歌

忘れてもわすれぬふじの面影を忘れてさらに向ふ富士かな　（天明8・富士美行脚）
御仏のちからならずばつたへこし千引の鐘をまたもえましや　（寛政元・阿弥陀寺鐘の記事）
はるかにも思ひたえにし鐘をいまその暁のためしにぞ聞　（〃）

文章篇

蝶夢和尚文集　巻一・巻二・巻三

五升庵文草　巻一（外題）

五升庵文艸序

いつの比よりか、文てへばからぶりのことゝのみおぼえて、歌よむ人のふつに思ひ絶たるがいきどほらしくて、おのれにものとふ人々には常にこれをしめし、はたそのこふによりて、古きためしとうでゝ著せしものども〔も〕侍り。

さるにはいかい翫ぶ人は、かへりて其ふりの文かくことならはしとなりて、ばせを翁の門に遊ぶ人々らもこれかれをかしうものするが多く、『風俗文選』『本朝文鑑』などいふ集もなりぬ。おのれ、ひそかにはいかいぶりの文の基する所をかゞなふに、『土佐日記』に「一文字をだにひか〔知ら〕ぬもの、しがあしは十文字にふみてあそぶ」とかゝれ、『源氏の物がたり』に「鼻はふげんぼさちのゝりものと覚ゆ」などやうにあるはことばの俳諧なり。同じ物語に近江の君のおろかにいやしげなるさまをあらはし、『うつぼの物がたり』に何がしのおとゞのいたくものをしみし給ふ趣を記されしごときは心のはいかいなり。

爰に幻阿大とこのすさびを見るに、大やう心の俳諧にや、あまりにざればみ、さるがふ事の過たるは、その家ぶりの発句・付あはせなどのむねにもかなはずと、心してもてしづめ給へるならんかし。されば、おなじ道の人々もよしとやおもふらん、乞こと多くなりにし其した書をつどへたるは、この巻なり。これをおのれにかうがへ正せとあるに、何の口いるゝ所かあらん、唯書あやまりにやとおもふ所〳〵をしるして、責をふたぐのみ。はた、はし書をもとめ給ふれば、いさゝかおもふよしをしるすは、うらなきまじらひの年へた〔つたへ〕るに、文かくことを好むこゝろさへひとしきによりてなり。

閑田子蒿蹊述

自序

此草紙は、花のあした月のゆふべの折にふれ〔侍り〕て、筆にまかせたるは更なり、或は人を哭するの文あれば、夢を祝ふの頌あり、塚を祭るの章あれば、神に奉るの辞あり、また序に韓柳の理論を書ば、跋に清紫の風流をのぶる。六義の品〴〵七情の色〴〵を思ふ様に書捨たる、これらや芭蕉翁のの〔書〕給ひし俳諧の文章ともいふべき〔ひ侍る〕ものか。

しらず〔かし〕、かくつたなきもしほ草書あつめ置るもはぢ多かるわざながら、もしや身のゝちに伝りて見ん人のあらんには、かゝるすきものゝ有けり、今はむかしなり、あな哀れなどいひ〔給ひ〕て、今生〔狂言〕綺語の業をしも飄て讃仏乗の因とも見もし給ひて、回向したまへやと書つらね置るも、また罪ふかきわざならんか。〔しらず〕

草庵焼失の後ふたゝび反古をさがし出て、安永午のとし冬のをはり廿三日、五升庵の南窓のもとにして、蝶夢書。

蝶夢和尚文集巻第一

目録

雁の羽風跋　青幣白幣跋
星明の跋　墨の匂ひ跋
新雑談集跋　菅菰抄跋（配列ママ）
年波草跋　鶉立集跋
奥細道奥書　手鑑の裏書
二見形文台裏書　古池形文台裏書

墨直し序※

むかし六条の吾仲、「ちればこそ桜を雪に墨直し」と吟じそめしより蕉門の公式となりて、物かはり星うつれど都鄙の遺弟その志を継ぎ、終にかの白狂の『未来記』に応じ、「北野ゝすゞり洗ひ、東山の墨直し」と、京童べも口ずさみぬ。されば祖翁の戯にも、「我俳諧は京の土地にあはず。蕎麦切の汁の甘さにもしるべし」とはむべなりけり。在世には去来・凡兆の人〴〵、中比は吾仲・百川のともがら、みな我門の名匠たりしも、あるは五人あるは三人に過ざりしに、やゝ艮〔啐〕啄の時至れるにや、蕉門下の風人かしこにずんじ爰に吟じて、九陌にみち〳〵たり。是またくばせを葉の陰ひろくしげれるの徳ならん。

さは其下露に浴するの恩を謝せんとて、おの〳〵碑前に灑〔洒〕掃の如在を尽す。法筵の導師は墨衣の役なればとて、そのゐらびにあひたるも、鼻じろめるわざなれやと、京極なか川の法師書す。

頭陀の時雨序※　常陸五峰撰

「世を旅に代かく小田の行もどり」と、生涯を観ぜられし祖師〔翁〕の風流をしたふを名とし、この比世にもてはやす俳諧の行脚人をみるに、かしこの国に何がしの先生といわれて錦繡八珍の奢をきはめ、撰集・伝書のいつはりをうり、こなたの城下〔府〕にくれがしの宗匠とあがめられて、他を譏、自を賛して、空腹高心の我慢をいひもてゆきて、祖徳をそこのふの輩、指を折にいとまなし。

こゝにひたちなる三日房のぬしは、たゞ煙霞の痼疾にその身をわすれ、しば〳〵風雅のさびしみを得て、やぶれ笠を権貴の門にぬがず、菜雑炊のむしろに俳諧のおかしみを味ひて、松しま・象潟の春に遊び、須磨・はし立の秋を詠て、ことし東の故郷へ帰らんとするの道、あは津の寺にまふでける。

その日しも祖師の祥忌の逮夜なればとて、とみに一座の法筵をもふけて、とし月、蕉門の風雅をうりて東西に遊行〔歴〕せし、その祖恩を謝し奉らんといえる、施主のこゝろざしのあらましを、義仲寺の廟前にして、京極中川の法師蝶夢書。

蜜柑の色序※

伊賀桐雨著

ことし如月のすゑ、伊賀の桐雨、みやこより帰るとて、いざ給へ、祖翁の「音を聞に来よ」とありし蓑虫庵の春の雨の音聞し参らせん、といへるに、その旧き跡のなつかしければ、やがて伴ひて木津川を上り、笠置山のさかしきを歴て、上野の府なるあるじの別業に錫を掛て、或日は故郷塚を拝して「臍の緒になく」句に堕涙の碑の思ひをなし、或日は再形庵にまかりて「米くるゝ友」を吟じ給ひし貧交の往事をしたひて日数をふるに、ある夜のつれ〴〵、あるじ一ッの古がうし（合子）取出て、「是は我家の曾祖父猿雖老人の旧物なり」とて見せけるに、その世の風雅の反古ども多き中に、五十員の俳諧の懐帋あり。これなん、年ごろ世に論ある「蜜柑の色」の句のある希有の一巻なり。

かの壁の中より聖経をうがち得たる心にうれしければ、これをたゞにやはと、あるじにすゝめて一集となし、其名は、発句といひ第三といへる青黄の色をわかたんといふ心に「蜜柑の色」と題し、物さだめの博士顔に、みづから荒涼の詞を発端にしるす。

明和五子年二月、伊賀上野蓑虫庵の竹窓に蝶夢書。

鳰の二声序※

湖南文素可風句集

さゞ波のあは津の原は、そのかみ芭蕉翁この風景をめでゝ錫をとゞめ、なきがらをさえ爰におさめよと、罪ふかき迄もおもひしめ給ふける、風雅に因縁の地なればにや、丈艸・正秀・尚白・乙州のともがらあまたありて、そのこゝろざしをつぎ、此門の風躰をあやまらず。ひとり正秀は宗匠の名ありて、その家の風吹つたへける。その門人の中にも、北川何がし可文といえるは作者の名ありけるとぞ。

その子に兄弟のすきものあり、父の名によりて、兄を文素といひ弟を可風とよぶ。わかくより此道にこゝろざしふかく、或は志賀の〔霞の〕曙に笠をきつれ、あるは鳰の雪の夜は被を同うして、かたみに推敲をなしていたく道を執しけるゆへにや、をのづから世にもきこえて粟津の文素・可風と一つがひに人の口にもいはれ侍りつゝ〔て〕、いづれ難兄難弟のほまれありて、むかしにもはぢぬ上手どもなりけり。

文素はとく家を可風にゆづりて、鳰鳥の「浮巣」といへる庵をしめ、かしらおろしてのどやかに世の外にかくれぬ。可風は世の中をさゞ波の濁らば足をそゝぎ清なば冠を洗はんと観じて、みづから「滄浪」と居を名付け、塩ならぬ海もからき世わたりのいとまに人をさとして、ひたすら此地に風雅の絶ざらん事をつとめ教へけるに、去年の秋のすゑ、いかなる荻の風のこゝちにやありけん、

おとろへの急にみえけり雨の菊

とうちずして、なやめる事五六日あまりにしてうせにける。時しも兄なる文素老人の、

秋悲しさきへ散る葉はちらで扨

と聞えけるもいとおし。連れる枝のちるにつけても、心ぼそうたよりなく、おもひの数のそひけるにや、としごろの病の枕いとゞ重くなりもてゆきて、終にことしの秋のはじめ、桐の一葉の風とともに東岱一すじのけぶりとなん立登りぬ。末の露、もとの雫の〔うき〕世の様〔習ひ〕ながら、かく一とゝせもいまだ過ざるに、同じ秋の雲と消ゆく事の、いまさらにむねつぶれて、かゝる法師の身にも断弦のおもひやるかたなし。

こゝに、浮巣庵の古き几の上に二帖の草帋あり。一帖は、文素のとし月云出せる発句を可風の手してうつしをけるなり。今一帖は、可風のみづからの句ゝ〔×〕を書つゞ〔×〕けゝるものなり。遺文三十軸々〔々〕金玉声よと、みな人泣てえよまず。さばかり、としごろひがらこのみけるこの言の葉のちりうせんをたゞにやはと、門人の誰かれ

にうちかたらひて、梓に上しなん事をはかる。〔さは〕かの師の遺像を黄金に鋳なし〔奉り〕、草案を錦の袋に入れしたぐひにもまさりたらんものぞと、やがて二巻の発句集となして、〔名は〕そのはらからの在し世の声をなつかしみ、「鳰の二声」と題す。

かつ、義仲寺のうしろ龍が岡なる丈艸・正秀の塚にならびて一基の石碑をたて〻〔造立し〕、二人の書残しをける反古ども〔兄弟の名をきざみて風雅の堕涙の碑となす〕をおさめ侍りぬ。四十九日にあたりける夜〔日〕、人々をともなひてその碑の前に香を焚て、この発句集〔書〕のなれるおもむきを〔門人と〻もに〕冥魂に告るものならし。

明和五年子の秋八月、京極中川の法師蝶夢書之。

鉢敲集序※

〔編纂した撰集の部の『はちた〻き』（六九六頁）を参照〕

雪の味序※

豊後荒巻氏追慕

よひ暁のこ〻ろすみたる時、しづかにゆびを折てかぞふれば、二十年前のふるき友だちの、十人酬和せしもいつしか九人はなき世の中ぞかし。

それが中にも、豊後の荒巻何某蘭里と申ける人は、類ひろく家とみさかへ、身わかく風月のざえさへありて、世におもふことなげなりしも、ちかき年より病がちに心むつかしなど聞えけるが、そのなやみおもくなりて、今はみとせむかしの十一月といふに身まかりけるとは、日を経て、友のもとよりいひをこせたりけるに、此としごろ風雅の道にたのみ思ひたる愁傷の、切なきあまりを、

7001　右の手の折れし思ひや枝の雪

とひとりごちて、雨しづくとなきしも、春とすぎ秋とくれて、ことしは大祥忌になりぬとて、一幹老人、なき人の反古どもをかいあつめ、都に持のぼり来りて、そのみづから書をける道の記・発句帳のたぐひをとり出て見せけるに、その日は地主の桜がりにさそはれし、さる夜は鴨川の納涼に伴ひ行けるものをと、今のやうに思ひ出られて、いよ〱かきくらさる〻心地しぬ。

是を梓の木にえりて、ありし世の友にもみせ、かつは家にも残して子孫の記念ともせまほしきあらましにて、

その題号をいかゞ付べしやといふに、今はの時にのぞみて、

有がたふ喰て行ばや松の雪

かく口ずさみたることをかたり出けるに、つら〳〵その句のこゝろを案るに、すでに此界の有漏の美味にも飽たれば、無漏の淡味の雪をなめて、すみやかに常寂光土にまふで行んとの心ばへにや。臨終の一念は百年の業にも勝るといへれば、その心をそのまゝに「雪の味」と題して、作善の一集なれり。

いまや新生の菩薩となりて、人間の狂言綺語とみそなはし給ふとも、これまた口安楽行の功徳ならざらめやは。

蝶夢幻阿啓白。

安永戊のとし秋九月

手向の声序※

鞍馬宜石纂

今はむかし、都の北〔山〕鞍馬の里に、毎日庵〔貫古〕といへる閑人あり。播磨の国の産にして、〔かの地の〕惟然房が風雅をつたう。年ごろ此山ざとにかくれ住て、肘後の術を以て里人の病をたすけ、蕉門の風雅を教て山賤〔有情〕に俳諧の道をしらしむ。

ひとゝせ、芭蕉翁の塚を築て『文塚集』の撰集ありしが、ある秋のすゑ、例ならずなやめると聞てその山家を訪しに、病の床にありてはかなき後の世の物語しける折ふし、後の山に妻こふ鹿の声しけるに、あはれさの身に入て人も泣ば我もなきけるに、日をへずして物故せした〔と聞て〕よりに、

7002　おもひ出て悲しその夜の鹿の声

と断腸の思ひを述しも、はや七年のけふに成ぬとて、門人あつまりて懐旧の俳諧を催しけるころ、また例の鹿の〔声の〕頻に啼〔きこえ〕ければ、其こゑの折にあひたればとて、一集の名をも「手向の声」とは付けりとや〔××〕。かの巫峡の哀猿にあらねど、此集をみむ人、誰かこの声に泪を落さゞらんやと、むかし今の事をおもひ合て、東山岡崎の庵にて蝶夢〔幻阿長跪して〕書。

宜朝追悼集序（ふいの柳序）※

秋の夜やう〳〵ながくなりぬるにや、窓うつ芭蕉葉に目さめ、庭もせになく虫の声に心すみてねるべくもあらず。

枕をそばだてゝ過こしかたを思ひつゞくるに、宜朝とよびし人も、はやひとゝせのむかし人となりぬものをと涙こぼれぬ。この人、世にありては吉備の笠岡に住て、世わたるわざは、からき海のほとりの商人なれど、算盤をひかへて月花の句を口ずさみ、秤の目に生死の罪の重からん事をおそれて、厭欣の心ふかゝりしに、いとおしき子にをくれてよりいとゞ世をはかなみ、幾度か四国の海山の聖跡をもふみめぐりて、むらなき善男子也けり。

こぞの秋のこのごろなるべし。例ならずなやみけるに、日ごろの情しれる人〴〵、足を空にしいく薬をもとめ、神仏に祈りけるも、定業ならんにさるしるしもあらで往生しぬ。

其家には次郎なる子のあれば、跡とふわざはねもごろなれど、常にかたりし発句どものいたづらになりなんも本意なしと、書あつめてなきかたみとも見、またをのれらがつらねし手向の句どもをも牌前にさゝげ、なき魂をなぐさめんといふぞ、あはれにかたじけなき。かくてぞ二世の友とはいふべかめれと、随喜のあまり、事のよしを蝶夢幻阿弥陀仏書。

落柿舎去来忌序（去来忌序）※　嵯峨重厚撰

九月十日は去来先生の祥忌月とて、此日、落柿舎に社友をまねきて懐旧の俳諧を催れける。

所は名にし〔おふ〕小倉山の麓、野々宮の隣なれば、紅葉に霧に鹿に虫に、みるものきくものみな心すみて、世の外のおもひをなしぬ。また壁の下〔上〕に、「柿ぬしや梢はちかきあらし山」の句を書し短冊をかけたり。その墨の色のかうばしく、軒ちかき柿のてり葉にひかりを添て〔ふるけしきに〕、今もその世の俤をみる心地になつかし。

そもや、五十余年絶にし此いほりにして、けふ此会の興行あること、ひとへに重厚入道のいさおしなるべし。されば、この懐帋を板に上してながく此庵の什物にし、猶年〲に此会の懈怠なからんをと、衆議のおもむきを、東山の法師、いさゝか帋のはしに書つく。

類題発句集序※

草の庵の春の雨のつれ〲訪ひ来る人の、垣根に生ふる草の色をいづれをこなぎ・さゐた妻とたづね、秋の月の夜ごろは、庭になく虫の声をどれをいとゞ・かうろぎと問ふに、古き発句を引てこたへければ、客のめでゝ、「いと興ある事なり。あはれ四季にわたる歯固・門松の正月の色〲より〔めでたきより〕、仏名・煤掃の師走のくさ〲まで、ありとある発句の作例を聞む」といへば、おもひ出るにまかせ、むかし今をいはずうろ覚えなるまゝに、我つたなき句さへまじへてかたり出けるを、客のそこはかとなく書つけ置る物あり。

とし月、机の下にひめ置しを、此比、書林何がしなる男の見て、「我に給へ。得分とせん」といふに、「あなおこ、かゝる物人に見すべきにあらず。もとよりひがみたる心に題の心を得たるをむねとして、さらに名句秀逸を撰ぶにあらず。また聞もらし見及ざるも猶多ければ、管見の譏り恐れあり」といへど、例の商人の心に何のわいだめかあらん、ひたすらに得させよとせめまどへば、さのみやはとて、わたくしに「類題発句集」と名付てあたふ。頃は明和七年ときこゆる冬十二月、都の東山岡崎の里、五升庵の窓の雪の光りに覚束なくも、蝶夢みづから序を書。

去来丈草発句集序※

わが世尊に十大弟子とてやごとなき羅漢達のおはしけるにも、智恵第一の何、神通第一の何とかやいふて、その一ツ〱修し得たる徳のおはしける。また、孔子の十哲とてかしこき人〲のいまそかりけるにも、徳行は誰、言語には誰と、己〱が学び得し道の有けるとぞ。

芭蕉翁の風雅の門人にも、其角はその句躰花やかに、丈草は静に、野坡は軽く、土芳はあだに、許六ははたらきあり、正秀は奇に、支考はほどけたりなど去来の評ありし如く、己が好たる句躰の一すじによりて、かた糸のかた〴〵に習ひ得たるなるべし。これみな蕉翁一人の教より出て、かくその句躰のかはりたる、これや世尊の十大弟子、孔子の十哲のたぐひなるべし。

されば、その門人多かる中にも、関東に其角・嵐雪といひ、関西に去来・丈草とて難弟難兄の上足なれども、其角・嵐雪は風雅を弘むるを業とし、もはら名利の境に遊べば、またその流れを汲む輩も多くて、其角に『五元集』、嵐雪に『玄峰集』などいへる家の集ありて、世につたふ。

さるを去来・丈草は、蕉翁の直指のむねをあやまらず、風雅の名利を深くいとひて、たゞ拈華微笑のこゝろをよく伝へて、一帋の伝書をも著さず、一人の門人をもとめざれば、ましてその発句を書集べき人もなし。この寥々たるこそ、蕉翁の風雅〔正風〕の骨髄たるべけれ。

予としごろ、此二人の風雅〔体〕をしたひて、嵯峨野ゝ春の花に遊びては「梢にちかき嵐山」と吟じて落柿舎にむかしをかたり、粟津の浦の秋の月にうかれては「秋の廻るや原の庵」と詠て岡の堂のすたれたるをなげく。かしこにずし爰に思ひ出て、書あつめたる発句を久しく衣嚢の底にかくし置しを、このごろ嵯峨の重厚、粟津の魯江の二法師、写んことをあながちにこひもとめぬるに、見せしむ。かならずや窓の外へ出して、いたづらに古人の心に背く事なかれ。

明和八年卯の春二月、東山岡崎の里、五升庵にて蝶夢記。

筆柿集序※　　石見鳥千法楽

ことし安永二年三月十八日は、石見のや高角山に鎮座ましける柿本大明神千五十〔百〕年〔の御忌〕にあたらせ給ふとぞ。されば、此国にうまれ出て風雅の道に筆をとり侍る人の、和歌は更なり連歌俳諧の道に遊ぶ輩まで、なべて此御神を仰ぎ奉らざるはあらじかし。

爰に、その御社ちかきほとりに住侍る大嶋氏鳥仙〔何がしの官吏〕のぬし、はやくより俳諧〔蕉門〕の風雅をたしなみ侍りて、多年この御社にあゆみをはこびけるに、この春の影供には、雲の〔上は雲井のあたり〕上よりこの海のあたり〔かぎ〕まで法楽の詞の花にほひふかく、もしほ草かきあつめて多き中に、さるあやしき鄙ぶりの俳諧の発句もて奉納し奉らん事もめづらしからじ、などくし思ひ侍るに、いにしへより此御社に筆柿といへる〔柿の〕老樹あり、その様〔実〕、かの御神のもたまへる筆のかたちにいとよく似たればいふなるべし。その木の、余所にもあらで此神垣に生たるは、非情の木といへども、その神の余沢に生出侍るやと申も愚なる神徳ならんか。げにも〔かの〕住よしに姫〔小〕松を詠るためしも侍れば、この筆柿こそよき俳諧〔発句〕の題たるべしと、筆柿を題にて法楽の発句をあつめ、その集の名をも「筆柿集」と名付侍るとや。

その序を予に書ん事をもとむるに、かゝる遁世者のさるもの書ん事、世につゝましけれど、また此御神に法楽〔し奉る〕の集に筆をそへ侍らん事、風雅の冥加にかなひて道の本懐とも申侍らむやと、有がたさのあまり人の譏をわすれ侍りて、都の東山岡崎の草庵にて、蝶夢謹書〔杜多幻阿序す〕。

道の枝折序※

むかし西行上人の曰、「一首読出ては一躰の仏像を造る思をなし、一句を思ひ続ては秘密の真言を唱るに同じ。我、この歌によりて法を得ることあり。もしこゝに至らずして、妄りに人、此道を学ばゞ邪路に入べし」と。芭蕉翁は、ふかくこの上人の徳をしたひて、句〳〵『山家集』の躰をうつし給ひ、あながちに人の是非をとらず、情をなぐさめて、これよりまことの道にも入べきなり、と示し給ひしぞかし。その歌によりて法を得、その句によりて道に入る。かくありてこそ、風雅の道とは申べかめれ。しかるに今の世に、この道に宗匠なる人多けれど、かりにも誹諧に道ある事をわきまへず、いたづらにはいかいの道をひろむるとて人をいざなふも、なべて世わたりのたつき、または己が名のためにして、道を広むるにはあらで、かえりて道をそこなふのみ。

こゝに風葉老儒は、年ごろ、俳諧の句の耳ちかきをもて人にさとすとて、聖賢の語を引て、誠の道に教えみちびくたよりとす。そのつねの云ぐさを木にきざみて、分入る「道の枝折」と名つく。これを見ん人、かならず老人は、よのつねの誹諧に名利をもとむる人にあらず、たゞ道に入らしめんのためなる有がたき心ざしを、随喜し信受すべし。

天明二年五月、雨の窓の下に、蝶夢幻阿弥陀仏書。

百題絵色紙序

奥仙台江刺氏纂〔文十郎所望〕

むかし京極〔の〕黄門、月並の花鳥を絵が〔画て〕ゝせ、それに和歌を題して〔其絵に花鳥の姿を顕し、其歌に花鳥の情を詠じ給ひて〕四季のながめにかへ給ひしとや。今この百題の色紙も、かの黄門の小倉の山荘の古事に思ひよりてや、うつりゆく四時の有様を佐藤氏が絵に書しめ、国〱の風士に讃の発句をこひて笑花亭の宝とせんと、年月、東はその国のかぎりより西はしらぬひのはてまでも便りにまかせて求たりしに、人もその風雅の心ざしにめでゝや、書て贈りけるにぞ、三年をも経ずして百題の絵讃いで来ぬ。

猶その色紙のあまりに物書ん〔事〕を望みけるに、三百里の遠きを隔て辞しなむもおこがましと〔安永ときこゆる秋のころ八月十六日、都の東山五升庵の窓もる月影に、蝶夢序を〕書て贈る。

芭蕉翁発句集序※

もろこしの詩を学ぶ人の初唐・盛唐・中唐の格調をもはらとし、やまと歌を心ざす人は『古今』『後撰』『拾遺』の風躰をむねとす。されば、誹諧の風雅の、上古はいはず、中ごろ守武朝臣・宗鑑入道より長頭丸・季吟法印までうつり来れるも、たゞ句ごとに狂言をもとゝして風雅のまことをしらず。さるを芭蕉翁世に出て、誹諧の道〔あ〕なる事を自得し、句ごとに風雅のまことをあらはせしより、誹諧の風躰さだまりぬとかや。しか有てより今にいたりて百年ちかく、俳諧の風雅を学ぶものゝ、此翁の風躰〔正風〕をしたはざるはあらじかし。

しかるに、翁の発句の世の人の口に膾炙せるは、元禄のむかし、史邦が『小文庫』、支考が『笈日記』、乙州が『笈小文』、桃隣が『陸奥千鳥』、風国が『泊船集』の類の諸集にあらはしたるを〔もて〕いふなるべし。その諸集の句を集めて遙に年を経て後、元文の頃、華雀といへる人の『芭蕉句選』と題したる書あり。世の人、なべてこの『句選』によらざるはあらず。されどもその書、杜撰にして、他の句を載て翁の句となせるの類すくなからず。たとはゞ、支考の『笈日記』に伊丹の田植の句を翁の句となせるを、風国が『泊船集』にあらためしの類、その世の門人さへかくの如し、いはんや後の世の『句選』のあやまりもさる事なるべし。また「句選」といへる題号のよしなきや、翁の秀逸の句を選にもあらず、たゞ一代の家の集なるべき〔××〕をや。

もとより、翁のいまだ正風躰を得ずして、檀林の異風をこのみ給ひし頃の句躰〔×〕をも混じてしるせば、初学の人は、翁といへどもかゝる異風ありとて、是を学びて邯鄲の歩をあやまる人多し。むかし、去来のいへるにも、「師の風雅、『次韻』に改り、『みなし栗』にうつりてよりこのかたしば〱変じ、奥州の行脚より都へ越たまひける頃、当門の誹諧已に一変す。我輩、笈を幻住庵に荷ひ、棒を落柿舎に受て、略その趣を得たり。『瓢』『猿蓑』これなり。其後、又一ッの新風を起さる。『炭俵』『続猿蓑』是なり」。又曰、「『猿蓑集』の前は先師も異様の風ありて、いまだ誹諧のもとひをさだめ給ずと見えたり」と云々。風国がいへるにも、「翁の句、諸集にとゞまりし中に、天和・貞享の頃の句あり、最近来の吟あり、その時代の新古をしらざれば、翁の変化流行の次第をしりがたからん。翁の句なればとて、むかしの流行いたされし躰を改ず今の鑑となさば、都(すべ)て血脈を得がたし。その流行いたされし微意を得て、夫よりこそ先輩未発の場にいたり、千載不易の躰もまた堅固なるべし。今よりはじめて翁の法をしたふて門に入るの徒は、新古の分別に意をつくすべき事ならし」と云々。実もいみじき教なるべし。

予年月、その句の年歴をしりて、流行の様をわきまへしらんとおもへど、其正しき書を得ず、その事の忘がたくて過し明和のはじめ、伊賀の国上野に行て、城士土田何某梨風老人が赤坂の家を訪ふ。あるじは翁の門人杜若が子にして、風雅は翁の上足土芳が親弟なり。一夜閑談の序に、かの翁の句の年歴の事を尋しに、あるじ曰、翁は生涯旅を栖とし給ひしも、なを故郷の忘がたければにや、年〴〵此国に帰りおはしては兄の松尾氏が許にやどり、「江戸にては去年かゝる発句案じたり。都にてはことしさる句ありけり」などうち語給ひけるを聞て、我師土芳みづから写しとゞめて、貞享のはじめふたゝび此国へ帰り給ひしより、元禄七年終焉のみぎりまで、年歴をわかち記し置る書あり。伝写して座右に有とて、出してあたへて曰、「翁に門人多き中にも、土芳は同郷旧友のしたしみより、その心のくまをかくさず誹諧を伝へて、已にその道の髄を得たり。他国の門人はたゞ皮をえ、肉を得たるのみにして、いたづらに俳諧の道を売るを事とし、名利のために翁の本意をうしなふ事を土芳深く嘆き、この書をしも一生涯几の下にかくして、かりにも人に見せざりしぞかし。かならず、他見有べからず」といましむ。

明れば、翁の住給ひし旧庵に伴ひ行て、文庫にひめ置たる土芳自筆の本書を見せしむるに、写したる書に一点も違ず。その本は三寸九分四方に萌黄の絹表紙をかけ、「蕉翁句集」と有。墨付四十五枚、薄様帋に書り。別に『蕉翁文集』『奥の細道』の二冊あり。まことに一誦三嘆して、それより年月、衣嚢の底に入れ、首にかけて秘蔵す。

しかるに去年十月十一日の夜、粟津の庵に通夜して燈前に此書を出し、ひとり八十年懐旧の泪をそゝぎつら〳〵思ふに、かゝる世の宝をしも無下に紙魚の餌となさん事も世に残り多く（便なく）、かの授たりし老人も今は三年ばかりむかしの人となれゝば、よしや饒舌の罪は予に帰すとも、世の人のまよひをとかんこと、おぼろけの功徳ならねばと、やがてその旨趣を芭蕉堂の肖像に告奉りて、かの本書に漏たる『細道』『文集』の句々、その余の諸集に載たるをも書加へ、翠樹なる男に筆をとらせて、百世の明鑑にそなふる物ならし。

安永三午歳如月、都の東山岡崎の里、五升庵の竹窓にして、蝶夢述。

蕉門俳諧語録序※

〔編纂的著作の部の『蕉門俳諧語録』（五八三頁）を参照〕

非傘序

大和歌に、喜撰・浜成等の式多しと聞ど、いまだ見もしらざればいはじ。連歌の本式は、為相卿におこり、新式は為藤卿、追加は二条殿、今案は一条禅閤〔閣〕の御作とかや。誹諧の式は、守武朝臣の『千句』、宗鑑法師の『犬筑波』、貞徳老人の『御傘』など、法式、牛も汗し棟にもみちぬべし。中にも『御傘』をもて、世こぞりてこの道の式目とあふぎて、この道に志す人、この書を亀鑑とせざるはなし。しかるに、『御傘』の中に多く謬有て、後世の学者不審すくなからず〔とぞ〕。

爰に過し宝暦の比、相模の国鎌倉に松下寿来といひける好士、この事を歎きて、『御傘』一部の中の文義の相違をみづから難問して、『非傘』といふ書三巻をあらはす。其書なべて古式を引て、かりにもわたくしの批言をくはへず、さもと覚ゆる事のみ。されば、その争は例の独鈷鎌首に似たりといへども、かばかり此書に心をとめしは、『御傘』の忠臣といはんものか。

洛下の書林、野田・井上の誰かれ、此書に序文を書ん事を望めるに、予いまだ俳諧の式の名をだにもわきまへざるに、したり顔に物書ん事憚有といへども、偃武修文の御代のためし、此道のこの時にあへるよろこびのあまり、例のそゞろ事を〔東山〕神楽岡崎の〔辺りの〕草庵にて〔蝶夢〕書。

飛驒竹母道の記序（つくしみやげ序）※

道の記てふものゝ、ふるき世には増基・貫之をはじめ長明・阿仏の日記まで、よむとも尽ぬ浜の真砂なるべし。

さる中に、多くは東のかたの〔道の〕記にして、西の国〔海〕のことしるせしはまれに、たゞ了俊・宗祇の書る外には多くも見ず。よしや有とも、遙に世へだゝりぬれば、山くづれて舟よする汀となり、海あせて桑植る田とひろごりにし今の御代には、かならずたがふことや多からんかし。

こゝに飛騨の国人竹母といへるは、遠近の名ある所〳〵を見る事をたのしみて、旅をのみおかしと思ひたりしが、ことし春より夏かけて、人もしらぬひの国のくま〴〵までながめありきて、都にかへり〔来て〕わが草の〔草庵〕戸に立より、その日記を見するに、われまたむかし行ける道にて、かたのごとく覚え居れば、いとゞめとゞめて、その山はさかし、この川ははやかりけりと、過し折ふしをおもひ出て万になつかしく、まのあたりにその山河に遊ぶこゝちせらる。さるにても、人もしれる道のこと書つゞけんはめづらしげもあらぬを、かく世に〔人〕しらぬ道のほど書しるしたる、いとよき事なりと、〔後の人の道ゆくたよりとならんものをやと〕同じ心のすき〔もの〕に赤ゐぼしをも着ぬ蝶夢幻阿法師、筆をとりて〔その〕はじめにものかいつく。

芭蕉翁俳諧集序※

むかしは、連歌誹諧とてさせる差別もなく、発句付句とてさだまれる〔格〕式もあらで、たゞ句を人のいひかくれば、其句に付たるをのみいふとかや。しかるに中むかし、連歌の式目いできて後、その中にざればみたる言葉を「誹諧の連歌」と名付けるよりこのかた、詩歌連誹とて、此国の四ツの言葉のもて遊びとはなれりける。夫より守武・宗鑑・貞徳・季吟・宗因などいふ此道の先達世にあまたいでゝ、此道を教けるにも、なべて連歌の付ものをもてし、いたづらに狂言秀句をむねとせしかば、更に風雅のこゝろありとは見えざりける。

爰に、右文の御代のためし、この道のおこるべき時いたりてや、ひとり芭蕉翁、代々うつり来りし連歌の狂言を捨て「俳諧に古人なし」と看破し、其むかし連歌誹諧とわかれざりし古風の句躰にかへりて、無心躰の狂句を用ず、ひたぶる有心躰の句をなして〔吟じ〕、はじめて俳諧の道をおこせり。されども、延宝・天和・貞享の頃までは談林誹諧の異風体〔又〕の余習尽ざりけるを、元禄のはじめよりやゝ正風躰さだまりけるとぞ〔を得たりとぞ〕。これたとはゞ、仏の教の五時あるに似たるべし。『三百韻』『次韻』の集は、邪より正にうつるといへども、風躰の〔いまだ〕まつたからざること華厳より阿含の時なるべし。『冬日』『瓢』『曠野』の集は、方等・般若の時なり。『猿蓑』『炭俵』の集こそ、法華・涅槃の時の無上の醍醐味なるべけれ。さればこの道の好士は、蕉翁一代の風躰にも、浅きより深きにいたりて五時の流行あることをよく思ひ入りて、かならずしも一時の異体になづむべからず。

野衲としごろ、いたく此みちをすいたりければ、この事に思ひをとゞめて、蕉翁一代の付句を見聞の度に写して凡百七〔六〕十余巻、草庵の什物とす。さるにても人にもしらさで、此身なからむ跡に一つかねの反故とならん事のいと本意なければ、今の世、諸集に現在〔存〕したるをはぶきて五〔六〕十余巻ばかり、梓にえりて後学のたよりとす。されば蕉翁、在世に「発句は門人にも作者あり。俳諧は老吟骨を得たり」と戯申されしとか。其語によりて題号をも他にもとめず、「芭蕉翁俳諧集」と名つくるものなり。

安永五年秋のはじめ、〔新涼郊墟に入て燈火したしむべきの比〕東山神楽岡崎の庵に、蝶夢幻阿弥陀仏書〔自序〕。

芭蕉翁八十回忌時雨会序※

夫、世に師父の忌日をとぶらふとて、小祥・大祥の忌よりはじめて七回忌といひ十三年といふ、これかならず年月の数にはあらで、たゞ罔極の恩を忘るまじきためなるべし。

こゝに祖師芭蕉桃青翁、元禄七年十月十二日、難波の浦に遷化し給ひ、此寺に棺を納め奉りしより、ことし安永二年今月今日は八十年に相当せり。されば、その風雅の流に浴しこの道にたどらん人、いかで懐旧報恩の情なからんやと、過し年は諸国の同門の人に告て、此寺に一宇の影堂を造立して芭蕉堂とよび、去年は洛陽・湖南の友をかたらひて、国分山にひとつの碑を建て幻住庵の跡をとゞむ。これみな懐旧報恩の情のあまりなるべし。

されば、人の命の翌をも期せざれば、まして百年忌のいたれるを待べからずと、例の社友、今日此寺にあつまり、香花を供養し懐旧の俳諧を興行して、いさゝか報恩になぞらへ奉る物なり。その世に其角が枯尾花の発句せし初七日追善の会ありてよりこのかた、今日にいたりてすでに八十年、物かはり星うつれど、此会の絶ざる事、不可思議の祖徳たるべく、かつは此地にこの道をつたへたる丈草・正秀・尚白・乙州がむかしの志にも背かず、ちかくは松琵・雲裡・文素・可風がこゝろざしをもつげるといふべし。

猶ねがはくは、祖翁の風雅の余徳倍増威光し、此堂の軒端朽ず、この廟の石かたぶかで、粟津野ゝ風ながく吹つたへ、湖水の月とゝもにあきらけく、百年忌・千年忌にいたらん事を、義仲寺芭蕉堂の影前にて、蝶夢〔合掌〕敬白。

芭蕉翁九十回忌序（しぐれ会序）※

誠や十月十二日は、芭蕉忌を修行するのためし、みちのくの道のかぎり筑紫の海のはてしまでも、此道の好士として誰か報恩の心ざしを尽さゞらむ。まして本廟の此地においてをや。元禄七年、当寺に埋葬し奉りしころ、枯尾花の発句ありて、初七日の法筵をいとなみしをはじめとして、天明三年のことし、九十年にあたれるまで、今日時雨会の俳諧興行、とこしなへに懈怠なきぞ尊き。

野衲も人なみ〳〵に謝徳の心ありて、七十回忌のころ此会に列りてよりこのかた、八十回忌には、芭蕉堂を造立し国分山の庵跡に石を建つ。今まさに九十回忌、像法の時にあたりては、祖翁の影像の相好を荘厳し、霊廟の土石を修補しまいらす。思ふにこの二十余年がほど、月毎に当寺にまうで来りて祖廟に洒掃の礼奠をこたらで、かりにも一杯の土をも取らしめず、影堂に香花の供養を闕で三拝の膝をおり、古人の掟を守ること油鉢をさゝぐるごとくせしも、いかにせん、年の高くなり行まゝに、雪の朝、雨の夕べあゆみをはこぶもくるしければ、今よりは此廟につかえ奉る事を辞して、後の人にゆづるものならし。

もとよりも祖徳のあまねきをいはゞ、琵琶湖の水のつくることなく、粟津野ゝ草のたえざるのことはりなれば、なをも百年、千年の忌にいたるまでも此会〔式〕の〔威光倍増〕あらむこと、うたがふべからざるをやと、蝶夢幻阿弥陀仏祝香す。

芭蕉翁文集序※

ある文章を論ぜし書に、文章は気を以て主とし、気は誠を以て主とすと。そもや〔〳〵〕、この国に誹諧体の句ありて誹諧の文章なきにはあらざらめど、誹諧の文章といふ体格をつたへざるは、たゞ詞華言葉を翫びて、文章〔の道〕に誠あることをしらざるものか。

しかるに芭蕉翁は、世にいふ誹諧の狂句を用ひず、もはらいにしへの俳諧を学びて句ごとに誠を述給ひ、文章また同じく、気を以て〔先と〕し、まことを以て書給へる故に、をのづから俳諧の文章の模範となれる物ならし。しかもその文体、やすらかにしてかりにも奇語怪字なければ、あやしの女童べまでも読て厭ざる事、たとはゞ飯の如し。世の文章は、八珍のごとくうましといへども、常にくらはゞ厭ぬべし。飯は朝夕くらへどもあかず、これ八珍は奇味、飯は正味のいはれなりと、欧陽が文章を称したると同じ。

野衲もまた、つねにこの翁の文章を誦て厭ず、几の上にをく。さればこの年ごろ〔月〕『蕉翁発句集』『俳諧集』等の家の集を編けるに、文章なからではと、土芳が『芭蕉文選』をもとゝし、乙州が『笈の小文』、史邦が『小文庫』、許六が『〔風俗〕文選』、支考が『文操』〔『文鑑』〕『文鑑』〔『文操』〕のたぐひの諸書に散在せしを拾ひて、「芭蕉翁文集」と題して、わが庵の什物とせしを、筑前の蝶酔、これを見て頻にこひ、〔三十九章〕板にえりて蕉翁の文章の不朽の盛事をあらはして、後の好士につたへんといふ。そのいたく風雅にすけるこゝろざしにめでゝあたふる比は、安永五年の春正月人日、東山神楽岡崎の草庵にて、蝶夢幻阿自序。

名所小鏡序※

今はむかし京極中川の寺に住しころより、名所旧跡をみるの癖ありて、都ちかきあたりをつねに見ありきけるが、つゐに煙霞の痼疾とさへなりて、東山岡崎の里にかくれてよりは、遠き海山までもさまよひ行けるに、その景を望み其跡に感じては、古今の人の句をおもひ出るまゝ書つけをくに、さばかり多くの年月を経たれば、やゝつかぬるばかりに成ぬるを、あだにちらさじと板にはのせつ。

されど、かゝる物作りてつや〳〵世にしられんとにはあらず。たゞひとり草の戸のつれ〴〵わぶる折ふし、花の曙に馬かりて出たるおもしろさ、雪の夕に宿もとめかねてわびしかりし時をも思ひいでゝなつかしく、かの臥遊とかやいひしごとく、みづから心をなぐさむるためなり。

さて題号は、去来の詞にも「和歌は制法さだまりて名所も限あり。誹諧は分量なし。詞として誹諧に用ひずといふ事なし」とあるによりて、和歌に読なれたる名所も、俗諺にいひならはせし古跡をもをしなべて、「俳諧名所小鏡」といふなるよしを、見む人とがめ給ふべからず。

蝶夢幻阿弥陀仏書。

新類題発句集序※

すぎし明和のころ、古今の発句を書あつめて「類題句集」と名つけしも、はやく廿年の昔とはなれり。それよりのちこの年比は、さる風月の交りをもせで、ひたぶる草庵にかきこもりゐるにも、猶この道の余習つきずして、たまにとふ人あれば、今の世にはいかなる好士ありて、いかなる発句やあると尋るに、その語れるまゝを書とめ、おのれがつたなき口ずさみまでを書つらぬ。

是みな、今の作者の発句なれば、古き類題の名にならひて「新類題句集」と名をつけて、念誦のいとまの慰めとし浄几のもとに置ぬるを、此ごろ人のいふを聞ば、物の本屋すでに板にえり市に売かふとか。かくも浅ましの書、世に披露すべきならぬを所行ぞ。「こはいかなる」といへど、今はせんすべなし。

しかるに、おのれやゝ老くれて、六識くらく心ほけぬれば、句のよしあしをわきまへず。耳おぼろなれば聞もらし、目うとければ見あやまり、手さへふるひぬれば書たがへぬるも多からむ。まして心あらむ人の見給はんには、「老たる法師の身として後世の勤めをこそむねとすべきを、よしなき風雅のえせごとなすよ」といはんもいとはぢがはしけれど、また思ひかへすれば、今生世俗文字の業を以て当来讃仏乗の因となさんと回向しけるにひとしく、身の後にこの句集見む人の、「さるすきものこそ洛東の岡崎にありけるよ」といひいでられむも、中〳〵罪ほろぶるならんかしと、五升庵のしりへ泊庵にして、蝶夢幻阿弥陀仏、この集のなれるいはれをみづからしるす。時は、寛政とあらたまりぬる年の冬至の日なりけらし。

無公子句集序※

人たれか死せざらん、誰か死をおそれざらん。されど貧賤の人は、飢れどもくらふ食なく病みても飲べき薬あらで、よろづ心にまかせざれば、世をうきものにおもひとりて、をのづから死をもおそれざるなり。富貴の人は、いつも不老の酒に酔ひ不死の薬をなめて、世に思ふことのあらねば、たゞ長生をのみねがひて、死といふ文字をだに忌きらふ。

さるに、筑前の無公と聞えたまふは、かの富貴の人なれど、その富貴につゆまどはずして、かねて死のくることの速なるをしり給ひて、さるばかり国の政をまつりごちて事しげき中に、みづから経典を書写して塔をたて僧を供養したまふも、つねのあらましなりとぞ。

さる心から、霞をあはれみ露をかなしむの情〔ふかく〕ありて、その口ずさみもたえず聞ゆ。その名の無と申せしも、あが仏の道にふかきことはりのあるを、よくもわきまへしり給ふにて、富貴の人には希有なりといふべし。さても、このよの富貴はしばしの間なるに後のよの富貴のかぎりあらじをと、いとたのもしくうらやましくて、貧賤のかぎりなる都のひがし山にすめる法師、その遺文の句集にはしがきす。

芭蕉翁百回忌序（祖翁百回忌序）※

ことし寛政五丑の年十月十二日は、芭蕉翁の百回忌に相当まし〳〵ける。抑ことふりにたれど、俳諧の道は、いにしへより唐土にも大和にも其名ありといへども、和歌の変躰にて、後の世にはまた連歌の変躰となりぬれば、その式法さだかならざりしを、貞徳居士、新式を中興し、季吟法印につたふ。法印、また芭蕉翁にさづくとや。

しかるに蕉翁は、仕官を遁れ名氏をかくせし方外の身の心ゆくまゝに、禅法は仏頂和尚に参じ、風雅は西行上人をしたひて、みづから「俳諧に古人なし」と看破して、生涯を無所住にせし行脚の道人なりけらし。もとより、その道を售(う)るの人ならねど、その道おのづから行れて、大よそわがみかどの六十よこくの中に、その俳諧の風躰いたらぬ山里もなく、島かげもなし。されば、その山里も島かげも、かならず百回忌をとぶらふとかや。

こゝに、近江のくに粟津がはらの義仲寺は、まさしく遺骸を収めまうせし本廟なれば、とし〳〵夏のはじめには、芭蕉堂の肖像に扇を奉る事あり。これを奉扇会といふに、ことし此日をトして四月十日より十二日にいたりて、三日のほどに懐旧之俳諧百巻をさゝげむとて、都鄙の好士ども膝をくみ踵をつらぬるに、やゝ百数十巻におよべり。さることを、かねておほやけに聞えあげて、かたじけなくも、（底本改行）
藤右相公より、「正風宗師」の御贈号の　御額を賜ひ御発句を給ひて、百韻の公式あり。また、本寺なる（底本改行）
三井の御室よりも、さま〳〵のたま物あり。その外、遠近の国〳〵よりも、おのがどし発句のくさ〳〵手向奉る。十月の祥忌には、年ごとに時雨会といふ事あり。ことしは、これも十日より十二日まで別時の念仏会を修行し、道俗に斎会を供養し卒都婆を造建して、志願すでに満足せり。

おのれ当寺にあゆみをはこぶこと三十余年、かの蕉翁初七日の枯尾花の俳諧を相続して、はからざるに百年の今月今日にいたれるは、この道の報恩これにすぐべからず。しかるに蕉翁の病かぎりなる時いへる詞あり、「生死の大事を前に置ながら、寝ては朝雲暮烟の間にかけり、覚ては山水野鳥の声に驚く。これ仏の忘〔妄〕念といましめたまふ所なり。今よりたゞ生前の俳諧をわすれん」と懺悔ありしに、おのれすでに世寿は六十にあまりて、身はいやしくも厭離欣求の浄侶なり。為利作師の凡俗ならず。この遺辞を思惟し、頻にやくなき名利の往事はづかはしく、泪をしだりぬかづきて、蝶夢幻阿弥陀仏、焚香礼書。

蕉翁百回忌集後序※　筑前福岡五竹庵撰

そのむかし元禄十三年、芭蕉翁七年にあたり給ふころ、『雪の葉集』といふ書の撰集あり。そが中に丈草禅師の書し文あり。（底本改行）

「ちかう聞侍るは、肥前の長崎、豊後の肥田（日）、筑前の黒崎に、おの〳〵一面の石を立て香華のいとなみをなせりとぞ。かのほとりは、古翁も行脚の望みふかく侍りしに、吟魂のよろこびいかばかりにやと哀をもよほしはべりぬ。誠に道徳に鳴り、風雅世に時めくは多かれど、此翁のごとくなき跡しのばるゝはまれなり」と書り。

げにも思ふに、蕉翁、いまそかりし世には無所住のおもひせちに斗藪の修行をなして、東は陸奥の白川の関、松島のかぎりまで見尽し給ひ、命あらば西は筑紫の太宰府の御社にぬかづき、都府楼の旧跡など（とひ）ながめありかむ、のつねの言ぐさなりけむ。されば禅師も、かくは書れけめ。されど、終に杖錫は曳給はで終り給ひぬ。しかれども、徒弟に支考・野坡・惟然がともがら、九州に此みちの正風を弘めし名残ありて、今もその国〳〵に作者多し。

福岡の蝶酔もその一人なり。此人は、老のゝち商のわざは子にゆづり、頭の髪を下してひとり五竹庵にかくる。いとまあるをしりて、あたりの好士、花の朝、月の夕べをいはずつどひ集ること年久し。わきてことしは、芭蕉翁の百回忌の旧きを懐ふのあまり、かすみたつ睦月には月と梅の風情を慕ひ、時雨ふる神無月は冬ごもりの風流をなつかしむ。かく月次の十二日に人〳〵発句をなして、やゝ百韻十巻の数にみてり。その懐紙を一つにつかね、梓の木にえりて粟津文庫に奉納せんとて、みやこに登すにぞ、義仲寺の影堂に香を焚て、蝶夢幻阿弥陀仏、謹てよむ。

音長法師追悼和歌跋

この十首の和歌は、音長法師の四十九日にあたれる日、在し世の旧知の人〳〵をわが草庵に請じて興行する所也。故法師は当院八世の僧にして、此寺に住事四十余年、稟性柔和に口に是非をいはず、道業のいとまにははやくより歌道を好みて、姉小路風竹軒の親弟也。風竹軒逝去のゝち武者小路実岳卿の門人となりて、やゝ二条家の奥儀を得て、一時の作者なり。もとより博く内外の書をよみ和漢の筆道にくはしく、悉曇音韻の学にも通じ糸竹の曲をさへよくすといへども、いまだしらざるがごとし。ふかく虚似をいとひて、老の後隠れて人に交らず、明和酉の冬十二月十八日、めで度往生の素懐をとげられける。実に回〔四〕法十種の徳を具したる法師と称すべし。

野衲、恩徳を荷ひ懐旧の情にたへず、一紙に粘して興雲院におく。

雁の羽風跋※　　備后貫千追悼

春の風のいとのどやかに〔×〕なるも、その人の今はの言の葉ぞとおもひ出れば、たゞ秋の風の身にしむ心地に今もわすれがたうかなしとて、此発句集の名をしも「雁の羽風」とは付侍るなるべし。その雁の羽風の便につれて、胡国の八千里はものかは彼国〔極楽〕の十万億土へも此集を吹伝へて、撰者何がしが孝養のこゝろざしを〔しも〕うけ給へと、明和丑のとしの秋も半〔のはじめ〕にはつ雁の羽風き〔聞〕へそむる夜、東山岡崎の庵にして、蝶夢香を焚て書之。

青幣白幣跋※　　筑前計圭撰

跋

計圭老人、〔この〕とし月、箱崎・住吉・宰府の御神に信心のかうべをかたぶけ奉るのあまり、松・梅の発句をあつめて「青幣白幣」と題して奉納し奉んとて、序はその国の神に仕へ奉る物部文雄に作らしめて、ゆふだすきかけまくもかしこき神のおもてをあらはし、跋は釈門の予に書しめて、本地の内証をたふとむ。為度衆生故示現大明神の誓あれば、和光同塵のまなじりに、撰者がまごゝろを納受し給ふべし。

東山岡崎の五升庵にて、僧蝶夢拝書。

星明集跋※　　日向宮崎五明撰

菊路老人没して後、猶風雅の余沢かうばしく、その子五明、この追善の集を撰す。その友に塘雨ありて、序文を書て集の趣をのぶ。されど集の題をさだめずして、法師に題号を付ん事をこふ。されば、世に題号の大事たる事、予もとよりしらずといへども、たゞ人之将死其言也善といへれば、かの子規の一句によりて「星明り」といはんに、この集の題号を見て、その時を思ひ出んこそ、孝子が本意なるものをと、〔らめと云つゝ筆を投ず〕東山神楽岡の僧房にて、蝶夢書。

墨の匂ひ跋※

備中連島季杖編

隣家の笛を聞てだに思旧の詞を賦すは、よのつねの友のまじはりなり。まして、その人のありし世に、このみたる月花の情を書のこせし詠草をみては、「墨のにほひもまだうせぬ心地にかなし」といへるはらからのおもひ、さもとおぼゆれば、一集の題号をしも外にもとめで、そのいへる詞のあはれなれば、「墨の匂ひ」といは〔よば〕んも、むかしの人の袖の香ぞするのためしならんやと、〔かいつけ〕蝶夢書〔おくる〕。

菅菰抄跋（奥細道菅菰抄跋）※

越前丸岡梨一撰

『菅菰抄』いできて後、そのおくに物書そへよといふに、思ふことあり。不読万巻書、不行千里区、無解少陵之詩と。実も『奥の細道』のおくふかき、いろはもじのやすらかなれば、牛追わらべも分入べきやうながら、意味の深長なるは、筆かむ老人たりとも踏やまよふべき。

しかるに、注者の何がし、はやくより此道に心をよせて、奉公のつゐでに海山のふるき跡を見めぐり、閲書のみぎりに和漢の古き語のよりどころあるを書つくるまゝ、つゐにこの抄となりぬと。かく万巻の文をよみ千里の旅をせしこの人ならで、いかで『細道』のかすかなるを尋しるべきや。しかれば、居ながら名所をしれりとおこにたのみたる大かたのすき人達、相かまへて、よのつねのおもひしてよむ事なかれと、書つくるものはな、蝶夢幻阿弥陀仏。

新雑談集跋※

洛几董撰

『新雑談集』とて見す。雑談とは何の雑たんぞ。和歌に清輔が雑談か、連歌に兼栽が雑談かとよめば、俳諧に其角が『雑談』にならふなりけり。法師がわかゝりしよりしれるすきもの共の上を書る中にも、撰者の父几圭老人が月花の折ふしごとに、句案ずるとてはうしろむき膝いだきて、いたく風情をめぐらしける面影まで立そひて、いとなつかしといふも、またさしもなき一ッの雑談をくはふならんと、蝶夢幻阿弥陀仏が老のくり言を書つくならし。

年波草跋（華実年浪草跋）※

この『とし波草』は、ひとゝせのうち、世にありとあるくさ〲を書あらはしたるものにして、まきを出ずして天地の間の事をしるといひしも、この書のことなるべし。こをあらはす人は、従五位下源政明朝臣にておはす。おほやけわたくしのことしげき中に、かく年月をつみてつどへられしは、さうなきすき人なりや。

さてしも、この巻のしりへにもの書よとこはるゝに、その序に人あまた玉の言葉をかゞやかせれば、いまさら何をかいはむ。たゞかたゐ〔かゝる〕法師らが、此世にうまれあひてこの事の時にあへるをよろこべるあまりに、都の東岡崎の野に、蝶夢幻阿弥陀仏なん、扑（てうつ）てしるす。

鶉立集跋※

加賀麦水撰

桑のもとのかりねはわが道の事なるを、此居士のふる舞もまた、竈くろまず畳あたゝかならざるものから、前身野僧かといぶかるも〔又〕むべ〔なり〕、今としはみやこの雪に水ばなをたれ〔花によだれを流し〕、こん春は東の花に涎をながさん事の〔来る秋は更科の月に目をさまさん事の〕うらやましゝ〔又〕と、〔書林〕橘やが店〔家〕にして蝶夢子らく書す。

奥の細道奥書※

井筒屋が家に伝りし『奥の細道』、板行のするゐに、「素龍が跋あり。今略之」とあり。としごろ、その文章のゆかしかりけるに、去年の冬、伊賀の上野に掛錫の折ふし、古き反古の中に此『細道』の原本を得たり。見るに、素龍の跋、去来の伝来の因縁を書たるものなり。見るに、〔見ぬ世の〕むかし忍ばしく、あらたに写して此書の奥にくはふ。

明和七寅年十月翁忌の日、湖南義仲寺の廟前にて、蝶夢書之。

手鑑の裏書（芭蕉門古人真蹟奥書）※

奥書

芭蕉翁遷化ありて俳諧の正法うせしより、既に九十年の春秋を歴ぬ。されば、今の時は此道の像法の時なりとやいはむ。

しかるに、蕉翁〔在世の門人〕の写瓶伝燈の門〔又〕人といへども、たゞその発句のみ世にとゞまりて、筆跡は見ることまれなり。況や今よりするゐの世に、むかしを忍ん好士ありとも、何をもてその在世の名残とはみんものをと、多くの年月こゝろをつくして、まづ蕉翁のうまれ給ひし伊賀の国の藤堂殿をはじめ、骸をうづめにし近江のくに、伊勢に尾張に行脚のゆかりある紫の武蔵野ゝあたりまで、その子孫の家、あるは弟子の門をたづね、ふるき筆の跡をもとめて寄付せしめ、当寺の什物となし、後の人をして、見ぬ世の友に逢ふ思ひをなさしむ。

かならずよ此寺に住持の僧たち、これはこれ寺鎮なるものをや。一石一木をみだりになさんは佳子弟にあらずと云しためしに、おのれが老婆心をわきまへ給へかし。

天明二年寅十月時雨会、於義仲寺芭蕉堂前、蝶夢幻阿弥陀仏謹誌。

二見文台の裏書※

〔此〕二見形文台は、いにしへ西行上人、伊勢の二見の浦におはして、神明法楽の和歌を読〔詠じ〕て道心を祈給ふける『西行談抄』のをもむきにならひて、上人の遺徳をしたひて芭蕉翁の物ずきなりとぞ。材は樫〔板〕の木にして、筆返の竹は翁のもたまへる杖をもてみづから作りたまふものとかや。

この〔其〕文台、并ニ『甲子吟行』一巻と共に門人曾良につたふ。後に〔没後〕、曾良が猶子〔なる〕に信濃ゝ諏訪の住人、笠井何某に伝来す〔相伝せしを〕。また再借して〔×××〕同国岐岨〔の〕贄河の駅長贄河時風〔といふ人〕に譲る。其子青路にいたりて〔といふまで〕珍蔵せしを、過し宝暦のすゑ、野衲善光寺にまうでしころ、其家にてしたしく図のごとくに写し得て、草庵の什物とす。

爰に、湖南国分山の幻住庵の〔旧〕跡に、老たる椎の樹あり。是なむ翁の「まづたのむ」と有し古木也。むかし覚えてなつかしければ、〔あたりちかき〕勢田の〔好士〕乍及といふ男を〔ものにはかりて〕かたらひ、其木をこひてあらたに文台に作らしむ。もろこしの甘棠はきる事なかれといましめしものを、今の椎の樹はきりて〔れ〕猶も蕉翁の徳をおもふならむかし〔ものなりけらし〕。

天明五巳年夏四月、奉扇会の日　蝶夢記之。

古池形文台の裏書

この文台の裏に物書よといふに、其表の絵をみれば、いにしへの芭蕉庵の古池の図を画るなり。

そのいはれは、ひとゝせ法師が東へ下るとてともなひ行ける古静といふ男の、深河わたりにて蕉翁のもとの跡たづねけるに、世かはりて今は何がしの殿の御館となりければ、つねに人の入べき所ならざりしに、門もりの人をこしらへてその庭に入て、古静が手づから写して、友がきにも見せたるものなり。

されば、かのをのこはやくなき人の数に入て多くの年月をへたるに、其図のみうせずしてかく後の好士のためにうつされて世に残れる事、なき人の〔め〕ついぼくはいふもさら也、此道の調度これに過ざるものをやと、行末を祝ひて、

7003　古池のぬなはやながくくりかへせ

五升庵文草　巻二（外題）

蝶夢和尚文集巻第二目録

七老亭之賦〔に遊ぶ記〕

一日、吾東・沂風の二法師にいざなはれて嵯峨に遊ぶ。例の落柿舎を訪ふに、あるじの入道案内して天龍寺のうしろ亀山の上に登る。爰にひとつの亭あり、七老と名つく〔とか〕。いづれの比ならん、此寺の長老七人、この亭を造りて習静の床となせしよりいふとぞ。かの七叟の歌をよみ、七賢の詩を吟じたりしたぐひなるべし。

その欄干によりてうちのぞむに、所は亀の尾山の甲ともいふべく、〔其地山ながら〕方一町ばかりが間たひらかにして、いさゝか踏あやまるべきおそれなし。巌のむかふに嵐山、かしらうつばかりにちかく、松の中に咲みだれたる花の梢より十七瀬（となせ）の瀧の流れ落るさまは、色〳〵のきぬを白糸にてつかねたるが如し。左の方は、渡月橋長く横たはりて、行かふ人の袖たもと春の錦をつらぬ。法輪の甍は竹の林にほのかなる、梅津の里の梅の散はてし、松の尾の宮柱の松のみどりふとしく立る（居）もはつかに、桂わたりの昼の月影も朧げに、うしろは愛太子の高根に見なれし雪もいつしか消て跡なく、高雄の山のそれともなく〔見えで〕青みわたれる、広沢の池のうち霞たる、水の鏡にも心すみぬべきばかりながめ入て、右の方を見んことを忘る。かしこはこの大井川の水上にて、山いよ〳〵重り谷深くせまりて、水藍よりも青く流れいづる、尾上には大悲者〔観世音〕の御堂ならし、瓦ふけるもの見えたり。さるさかしき岨みちを柴荷ひたる山人のうちつれたる、都遠きこゝちぞする。

　山のかひより流れ出る水につれて、さし下す筏士の多くつらなりて、かしこの岩間をまがり、こゝの木かげをさはらじとくゞり出るさま、のりたる人影は鳥などのものにとまりしかたちに、あやうしとも露おもはざる風情目もあやなるに、またさし上る舟の多かる中に、幕うちまはしいとしめやかなるに、何ならん笛の音〔色〕取のたへに籟(ふき)すましたるは、何がしの公達のめされたる御舟にやとなつかし。また押ならびて一ツの舟に、わかき男どもの、腰に蓑うちまとひて扇ひろげたるやうなる網もて、かた手に柄杓持て水底をうかゞふ様にて舟のさきに立たるに、同じ年比の男どもの、赤はだかに腰刀さして河水にうちひたり魚を追ふありさまは、鮎といふ物を汲なるべし。跡なる舟には、老たる人四人ばかり、膝くみかはし身じろきもせで舟ばたにつら杖つき、うち案じて紙に書つくけしき也。そのしりへの舟は、男女うちまじりて今様うたひかなで酒くみて、白拍子めける女の舟の中せましと舞出たるぞ思ひなげなる。

　されば、この河辺に詩歌管弦の舟をならべ給ひしいにしへの、舟せうようの俤もそひて興たぐひなし。「かの大納言の君ならねど、人々はいづれの舟にや乗ん」と問ふに、吾東法師は、「我は第三の舟のしづかなるにのらん」といへば、沂風房は、「第一の舟の管弦こそうらやましけれ」といふ。重厚入道は、「網うつ舟のいさましげなるにのらば、むかし覚て心よからん」といふ。「さらば老僧はいづれの舟にか」といふに、「我はさる詩歌のざえ管弦のたしなみもなければ、第四の舟の破子・竹葉(ささ)とりちらけて、酒飯うちくらふこそ心にかゝりて覚ゆれ」といへば、「さる法師の物のいひやうのあからさまに、きたなさよ」とうちどよみぬ。

山ざくらちるも筏と舟の中　沂風
山ざくら筏士の手のとゞくほど　吾東
花ちりて河水ひろく成にけり　重厚
7004 やま桜ころび落とも大井河　蝶夢

湖水に遊ぶ賦

この比の旱に湖水も涸るゝばかりに、七度桑田になりしを見し神の鳥居さへ湖の中に見えぬといふに、さらばちかき供御が瀬・獅子飛のあたりの景を見むとて、例の人々うちざゞめきて一葉の舟を漕出すに、于蘭盆のけふともいはで網引藻をかる業のいとまなきを見て、波につれて供御が瀬をさし下すに、このわたりは琵琶の海の海老尾になぞらへし細きわたりにて、山せまく向ひたる間〔並び、海細くなりて〕瀬枕をなして流る。

聞しに違ず、日ごろは白浪だちてすさまじき所も、水底の石出て人の行かふ道をなしぬ。虎のはげしき石あれば龍のふしたる巌あり、人の隠るべき岩窟などいくらともしれず。さる岩の間を、白糸をみだしたるごとく藍を流せしやうに水のみなぎる気しき、すさまじくもすゞし。獅子飛と聞えし所は、さしもの湖水ます〳〵せまくなりて、両方の岸の間を獅子の飛かふばかりなるゆゑとぞ。其川下を見やるに、水の漲り落る音の雷などのごとく、飛ちれる水の色は桜の夕風に乱るゝがごとし。されば、此所を桜谷とはいふなるべし。その下流に「米かし」などいふも、その水の霰を飛し雪を降し、米とぐやうなればいふとかや。左の岸の上に古き社みえけるに、しばし涼んとて幣殿にいこふ。神の御名はしらねど、桜谷の宮なれば木守勝手とも申べし。このあたりはさゝほが嶽の西南の麓にて、湖水は山ひとつへだてたり。

爰に人里あり、大石といふ。うごきなき世のゆたかなる様は、桃源ともいふべきかくれ里なり。犬は見なれぬ人を吠、鶏は八ツの時をうたふに、心急きてもとの浜辺に出てかれ飯くひ酒くみかはすに、人々身のほとぼりぬとて湖水にひたるに、智丸・青岢の痩ずねにもたゞ水のみなぎるのみ。巨洲老人の肥ふとりたるが水の中に座したるにも、さゞ波膝をこすに過ず。かたへの簗に魂送る麻がら・蓮葉のかゝりたるは、西近江の仏ならんか、東近江の聖霊なるべしや。

7005 誰送る仏のはてぞ麻木がら

やゝ興じて時もうつれば、黒津の里のくらからぬ間にと舟〔に棹さして湖上〕を漕上るに、石山寺に晩鐘つかんとて法師の楼に上る比なりけり。かねて、こよひの月を此河〔江〕にながめんあらましあり。むかし東坡居士が赤壁の遊びも七月既望とこそ。さるは名月の夜ごろは、湖上すさまじくて夜すがらの興なりがたしとて、時をかうがへたるに、わきてこの夕ぐれは清風おもむろに吹て、波は〔ちりめんといへる〕絹を敷たるごとくえもいへぬ景色なるに、田上山より月のさし出て金の波を引けるに、船中おぼえず嗚呼と〔が〕声をあぐ。されば清風あり、明月あり。酒は大津の諸白あり、核（さかな）は勢多の蜆あり。懐古の情のおこるは、俵藤太の龍宮城の手柄、紫式部が須磨・あかしの筆すさび、みなこの湖上にありといへども、主も客も是を書とるべき才なく文を吐べき口ももたねば、たゞいたづらに杯盤狼藉なるのみ。

7006 簫をふく友がなひとり舟の月

さるにても、世の残暑の堪がたき苦しみも江上の清風に吹はらひ、旱に田畑のやける噂も山間の明月に忘れて、一日の水精宮に遊ぶ。飲給へや飲べしと盃をとりかはすに、何ならん芦間に響きわたれるを船頭にとへば、三井の晩の鐘の声なりとや。

野菊の説〔辞〕

世に菊の花を愛する人を見るに、春まだわかき分芽の朝より、夏すぎ秋のくるゝ迄も水をそゝぎ培て、その苗の直ならんとすれば折まげ、茂らんとすれば葉をむしりて、生出し造化の自然をうしなふ。或は羅の帳にすゞ風の快にもそよがせず、あるは油障子にしら露の清をもなめさせずして、やゝ咲そむる秋の中比より、黄をあなどり白をめづらしからずとし、黒き色あらんことをねがひ、曲尺をあてゝ寸をいやしめ尺にほこりて、千金の価をあらそふにぞ、花の隠逸と書し人も、今は筆の尻をくはへて花の富貴とや書かへなまし。

さるを、この菊の名さへ野菊のをかしくて、田の畔、堤の陰に草かりの鎌をのがれ、牛馬の歯にもあたらで、萩・女郎花のあだめきたるにもけおされず、尾花・かるかやの淋しきにむつれたるを、たとはゞ心高き女の、おのれなりなるかたちに紅白粉の粧もせで、しかも糸竹の一ふしもやまと歌のつゞけがらもしれりとや、心にくうなつかしき様ぞかし。かの千代を経ぬべき山路の袖も、悠然とせし東籬の杖も、みなこの菊をいへるなるべし。およそ〔いかにぞや〕世の人の、あやしき花、めざましき形の流行の色をのみもてはやして、かゝる不易の花は匂ひもなしといへるは、〔いつも野末の霜にかれぬるは、誠に〕菊の花の趣をしらぬとやいはむ。

7007　九日を余所に見て居る野菊かな

蜂の巣の説〔辞〕

草庵の持仏するゑ〔置〕奉る傍に竹の窓あり。そこにいつとなく蜂の二ツ来りて、朝夕に同じ所を立さらで居たりしを、不思議の思ひをなしてみれば、豆粒ばかりの巣なん出来けり。その巣を例の蜂のこよなう閑しげに立まはりて、暫もやまず〔何やらん〕細声によぶ声すれば、又外より蜂の三ツ四ツ来りて同じ様に巣をめぐると見しに、此比はやゝ大さ鶏卵のごとくになりぬ。もし人のよるけはひあれば、顔の色うちあからみ、細腰よりするどき剣をうちふり出て人を追ふけしき、すさまじ。

常によりて聖教〔経〕などよむべき窓の下にむつかし、取てや捨んとおもへど、つら／＼その巣の出来たりし始よりをかうがへ見れば、世の人の住所もとむるとて、陰陽師に地をうらなはしめ、注連うちはり、石をするゑ柱をたて、壁ぬり軒をふき、玉の釘かくし金の襖はりて、吉日・良辰をえらみ、わたましの祝ひを千載の松になぞらへ、また妻子まうけし悦びとて万年の亀にあやからんといふに露たがはず。かの二ツの蜂の、いくばく〔かり〕のからき目を見て、かゝる巣を三ツ葉四ツ葉の殿作りとも楽しみ、子をやしなひては似我／＼と祝して、かしこの花の露こゝの葉末の雫をふくみ来りてその子を育て、あるがうへにたくはへてこの巣を譲りあたへて、長く蜂岡の家のながれ絶ざらん事をねがひ、蜂大臣の血すぢつゞかん事を念ずらめ。

　されどいつしか秋風の立来り、木草の色のかはれる比にもなれば、人を追ふべき剣もをれ、食をもとむべき羽もよはりて、たゞ口のみふう〳〵と老のくり言はいへど、起居もくるしげによろ〳〵とうごめきありき、千年万年もや〔屋〕はか落ん〔じ〕と漆もて付たる巣も、終には野分の風に吹落されていづちの芥の中にやちりうせなむ。

　されば、かれが巣作り子をはごくむも、春のなかばより秋のはじめ迄やう〳〵百日には過ず。かく無常のせまりぬるをしらざる事の無下にはかなしと、その巣にむかひて、

7008　よきほどにはしりありけよ秋ちかし

と独つぶやきながら〔また〕おもふに、愚なる事は人も猶しかなりと仏のおぼし給んかと、つゝましくて持仏の前にさしうつむく。

湯島三興の説（湯の島三興巻首）※

但馬木卯霈

むかし有馬のいで湯に、宗祇法師、宗長・肖柏の二人を具して「湯の山三吟」の連歌あり、中ごろは山中の温泉に、東華坊〔蓮二房〕、昨嚢・伯兎の両士をいざなひて「山中三笑」の俳諧を催しけるとぞ。

　ことし五月雨の頃、伊賀の有無庵〔桐雨〕に誘れて但馬なる城崎に来りて、旅のやどりの草枕もみどりの蚊帳の色すゞしく、純〔緞〕子〔紙〕の蒲団のうすからぬ情なるに、なをあたりちかき豊岡に履長軒の主人〔上〕ありて、茶に仙霊の齢をいはひ、酒に白菊のにほひふかき恵に富る人の有様にも似て、旅情を忘れ〔侍りて〕日夜の談笑のあまりに、かの三吟の風流をしたひ、その三笑の雅興をなつかしみ発句をもとむるに、折ふしの雨のさびしさに「都の空のゆかし」などひとりごちぬるを聞て、つれ〴〵をなぐさめんと、

　五月雨や数ゆればたゞ一廻り　木卯
竿の浴衣をのぼる蝸牛　蝶夢

白鼠の説

洛陽の人のうつり心の多かる、花開花落二十日、一城之人皆若狂とは、牡丹のはやりたるを詩人の見あさみしなり。菊を愛する事また是にひとしく、はなのかたちを競べ、色の異なるをあらそひて足をそらにす。また撫子を合せ、百合をくらべて翫びしもめづらしからずとや。いつしかありとある草木の葉に、ふ入といふ事を興じける。たとはゞ老母草・石蕗の広葉のごとき、緑の色こそむねと見るべきに、白く斑なる色をまじへたる、わくら葉の類にして、ひとへに白癩などいふ病に似ていと見にくうきたなげなる。猶これにもあきて、猿を哀なるものにして肩に寵し、犬をいとをしげに膝に愛す。

　それだにあるを、ちかくは白き鼠をやしなひて、いみじう掌の上の珠の思ひにめでまどふ。「鼠寿満百歳、則色白」とも「黄金精化、為白鼠」とも、唐の書にも書載しいはれあればにや。たま〳〵見るをだに福の神といはひてめで度ためしに引、主にまめやかに仕ふる者を見て「家の白鼠」と名付て世にまれなるたのもし人にいふなるを、この比は、赤き真黒に斑なる毛生たる鼠さへ出来れば、実もいつはり多き末の世の風俗に、忠臣孝子のまぎれものも多きかも。

古声と名つくる説　　備後田房越智某

糸・桐合せて琴となす中に、太古の声あり、その古声、淡くして味なく、今日の情にかなはずと白居易の作り侍りしとや。芭蕉翁の風雅もさるためしにて、点取賭(物)の世の中の俳諧の異なる音色になづまで、風雅といふむかしの声をよく聞得て、風流の糸すぢをあやまる事なかれとて、その名を古声と呼ぶ。

7009　此こゝろ扇に書てわするゝな

枝法と号説　　遠州浜松白輅需

永田何がし別号をもとむるに、枝法と号く。これはむかし弘忍と申せし禅師の、道信といひし大徳に対して、和尚已後横出一枝之仏法と称美せし語とや。かならず蕉門の俳諧の道に一枝の風流をさかせん事を思て、

7010　雪を出て世の目さまさむ梅の花

瓦全と名つくる説　洛陽柏原某

玉砕たらんより〔は〕瓦全にしかずとは詩客のこゝろにして、わが俳諧の道に遊ん人は、よしや石瓦といやしめらるとも、たゞ世の中の全からんこそは今日の風雅なるべけれと、馬耳風の空うそぶける、さる向上の名を改て、瓦全と名つく。

7011　音を入て鶯とばし聞るゝな

なほ、としごとの卯月に、祖翁の影前に、手づから製したる扇を奉りて、例の会式の設をつとめんといふも、道に風流の信なるべし。

7012　扇折ていく世もあふぎたてまつれ

犬をいたむ辞

わがすむ里中に、大きやかなる犬の白き毛なるあり。いみじう年の老にたるにや、毛ぬけてきたなげなる、骨いで痩さらぼひよろめきありくさまは、累々として喪家の犬のごとしといひけるも、かゝるかたちにや。今は、門をもりて吼へ、人をむかへて尾をふるのつとめも得せず、まして一陣をかぎありきて敵の虚実をしり、千里にかけ行て主の音信をなすの達者わざは思たえたり。さるを情しらぬわらべどもの、縄にて足をつなぎて引ずりもて行に、ものむつかしくねたげにしたがひゆくこそ便なけれ。

たゞ常には、家〳〵の戸のかたはらに、尾とかしらと三輪くみて静にうち眠れるに、修行者の鉦ならし行を聞ば、やがて身ふるひ起て、その鉦の音につれて高く吠て、その僧のうしろに立そふは、念仏となふるならん。さるものゝ耳にも、鉦の音のよくも通じて声を合すぞたうとき。たま〳〵鐘声をきくに、あなかしがましといとひて、後世のこと露わきまへしらぬ人には遙に勝るべし。

あした夕べをいはず草庵にありて、粥にもあれみそうづにもあれ、かならず一杯をあたふるを待とて、そのほどをかうがへ覚て庭につくばひ居ぬ。かく有かなきかの住居をさへたのみおもひたる風情もあはれに、もし日比やまし（病）げに物くふ事もあらねば赤小豆を煮てくはしめ、蠅にくるしむを見てはたばこ草の茎をあみてこれにまとはしめけるに、この一日二日は来らず、いかに成けるにやと心もとなきに、あたりの厠の瓶にはまりて飛上らんちからもあらずして、そのまゝにたふれぬと聞に、今さら老ゆくすゑの人のさまもさなんとうしろめたし。されども、称名念仏の功徳には、その糞瓶の中より蓮花化生し即転畜身うたがふべからずと、魂まつるけふしもおもひいでゝ、

7013　白よしろくらへ垣根の萩の花

瓦全に炉縁を贈る辞

草庵にとしごろもてる調度どものありけるを、いつまでかくはと人にあたへ尽して、今はたゞ二ツのみあり。一ツは湛澄ひじりの作れる阿弥陀仏の木像と、半入といふ佗人の細工の炉ぶちなり。仏は朝夕に念じ奉りて、後の世たのみ奉るべき第一のものなればやるべからず。炉ぶちこそ無用の長物といふべしと、茶好む男にうちくるゝとておもふに、このものは、音長法師の、雪のあした月の夕べ、この炉ぶちによりて和歌よみ笛吹、あるは炭をわり大根をきざみて、かくは跡のつきたるなりとわすれがたし。

7014　あはれいかに春やむかしの小刀目

翁草称美の辞　　神沢杜口老人纂

世をのがれすむ身は、耳こそうとくてありたけれ。世のよしなしごと聞かじがためにて、ものゝ幸なるものをや。

爰にこの神沢何がしこそ、其人にておはすれ。耳はかたのごとくうとければ、世のものおとしらで、ひたぶる机にむかひて、むかし今の事思ひいでゝ、目さへあきらかにおはせば筆をのみとりて、此年ごろ、書すさみ給ふける著述の書百五十巻、外に七十余巻あり。題して、「翁艸」といふ。文に心とめて猶もさかゆく八十のこの春よりは、

7015　書そめて百千につゞけ翁草

方違へとて、二日はわが岡崎の庵にやどり給ふ。また節分の夜は、七条わたりの易得亭に行てとまらんとのあらましなるを、

7016 行さきに蓬萊山や松のうち

泊庵を引移す辞

おのれ、此里にかくれしより二十余年を歴ぬれば、「岡崎の法師」と人の呼るもうとましく、剛被世人知住処、又移茅舎入深居と大梅禅師のゝたまひしも外ならで、住る庵のしりへに、山にむかひ水にそふ地を卜して、かたのごとくの庵をかまへて、ひそかに摂心の所とするを、何がし長老の「泊庵」と名つけたびぬ。こは三界如旅泊となん説る経のこゝろとぞ。

しかるに、その庵の壁もまだかはかぬに洛中劫火の災おこり、その煙をのがれんとて、さるせまき庵ともいはで、親をたすけ子をいだきてむらがり入に、いかゞはせん。中にもくすし尚斎・博士荊山らは月を経、年をこえて住るに、その博士もくすしもみな泉下の人となりぬ。

おのれとても住はつまじきこの世は、一夜どまりの泊庵なるをと思ふことのせちなるに、折ふし、ゆかりある寺の焼し跡に仏するゑ奉る所なきを見るに悲しく、やがてかの庵を引うつして三宝に供養し奉らんと、人して軒をやぶり柱をぬかしむるに、

7017 糸ゆふのむすびし庵やしばしの間

阿弥陀寺鐘の記事

こぞの春の劫火に、洛中の寺院のこりなく焼亡しけるが、中にも丈六の弥陀仏を安置して、阿弥陀寺と名によぶあり。その仏は、高野大師の作の霊像にて、今の世まで多くの星霜を経て幾度か火災にもあはせ給ふべきに、つゝがなくおはせしも、此土の化縁こゝに尽て、梅檀ならぬ煙にかくれ給ひぬるぞもたいなき。しかあれば、其寺の名もむなしくいたづらの草むらとなりて、鹿野苑も犬のふし所、白鷺池も蛙の声にあせゆきて跡かたなく、たゞ一口の梵鐘のみ残れり。

こは、その寺の草創の年歴より開山の行業まで鐫勒せ

しなれば、是をこそ其世の名ごりに堕涙の銘とも見るべき寺鎮の旧物なるを、時の住持ことに無慚愧の僧にて、その鐘をしも情なく商人の手に沽却せり。こゝにいたりて、仏宝と恭敬する弥陀の像は焼うせ給ひぬ、僧宝と崇べき住持の人はかく放逸なり。法宝ともたのみ思ひたる鐘さへかたの如くなりにたれば、既に三宝滅尽しぬ。そもや住持とは何ぞ、住持三宝とはいふをと、本寺に沙汰ありて、かの住持の僧は駆擯せられぬ。これ尽寿不与共住の論によれりや。

然るに弟子、むかしその寺に住ける宿因一かたならねばにや、我身ひとつにやるかたなく悲しく覚えて、その寺の僧に親しきあるをさとして、「鐘を沽却しける罪業と、そを買得て供養せむ功徳は、仏こそ知見し給ふらめ。あはれ僧どもをかたらひて、とく鐘の価をつぐのひ、ふたゝびもとのごとくに寺の法宝となせよ」といふに、かれも理にふくし、かたへの僧をすゝめてつぐなふべき財をあつむるに、さるばかり焼たる寺の、もとよりまづしき僧どものいひがひなきなれば、纔に焚残れる衣鉢までを代なして、やう〳〵に銭の数をてうじて商人に出し、「鐘を寺にかへしたべよ」と歎きこしらゆること秋より冬のはてまでなれど、利にわしれる商人のならひに露うけひかざれば、せんすべなくてつひに政所にうたへて、くもりなき鏡にうつしなむとするに、流石の商人どもゝ公のかへり聞給んことを憚りて、今は寺にかへし入れんといふに成ぬ。

扨もその鐘を沽却せし比は、過し秋も于蘭盆会にて有けるに、大路に鐘をころばし行を見て、往かふ人の心あるもなきも、「この鐘こそ何がし寺の鐘なんなり。はや仏法は末の世となりぬ。日も社(こそ)あれ、けふの日は寺道場に物を施行すべき日とこそ聞ものを、什物の鐘うる寺もこそあれ、あな不思議の僧の所行や」と、爪はじきをしてにくみのゝしり、あさまぬはなかりしと聞も、ひとへに仏法をあなどらしむる謗三宝戒にや。我遺弟に悪比丘いで来て、我法を破ること獅子の身中の虫のごとし、といましめ給ふのたぐひなり。

さるを今日、彼鐘をこの寺にかへし入るゝを見て、道のほとりのわらべも門前の姥も、ともに鐘を引て随喜の涙の声をあぐ。況や、まのあたり仏法のはづかしめを雪ぎ、いさゝか仏法興隆のいさほしなれることを、弟子が生前の歓喜、身にあまりて、

御仏のちからならずばつたへこし千引の鐘をまたもえましや

はるかにも思ひたえにし鐘をいまその暁のためしにぞ聞

六斎念仏の弁

いつも于蘭盆会の間は、都ちかき村里より六斎念仏といふ事をなして、都の町小路をありく。そのかみ干菜寺〔といふ〕にたうときひじりのおはして、行ひ給ひける遺風となん。

その様を見るに、老たるは首に鉦をかけ若きは手に太鼓をもち、家〳〵の門にならびて、はじめに一人、鉦うちならし声ふるはして、光明遍照といふ事をえもいへぬふしにてとなふれば、残りの鉦・太鼓一度にうつとて、袖かひまくり、かしらうちふり、腰をよぢらし、或は太鼓をかしらより高く上、或はひきくさげ、撥をくる〳〵とまはしてうつ。半に鉦・太鼓うちしづむれば、傍より、草かり笛といふものを腰より〔やをら〕ぬき出して吹ものあり。その唱歌は「五尺いよこの手拭」などいふ鄙ぶりなめり。さて笛を籟やめば、また前のごとくにうつ。

その者どもの有様をいふに、常は山に行て柴かり野に出て草きるの輩なれば、顔の色は日にやけていときたなげなるに、白き菅笠に涼しげなる布一様に着つれて、いかなる妹がかしつらん、色ごとにひろき帯をにげなき腰にまきて、立ならびたる顔の、わき目もふらでしたり顔に、世にかくばかりのおもしろきわざありとはいかで人のしらん、是ぞ此道の秘曲にして鬼神を泣しめん物をと、いみじう思ひ入たるけしき、高く思ひ上りたる風情はかたはらいたし。ひとへに後生菩提の為かとおもふに、米銭の施物をうく。さらば身のなりはひのたねよと見るに、わづかに一日二日の間、さばかりの事にもあらじ。さらば遊興ならんには、さしもに暑き日影をもいとはで、小

路〳〵のせまきをたゝきありけば、汗あへてくるしげなる。

是を見んとて女・わらべのとりかこめば、すき間の風さへなく、馬・車もこのためにとゞこほりて、道ゆく人のわづらひかぎりなし。さるにても、年に一度、極楽世界より来れる精霊達、常に微妙の音楽を聞なれたる耳に、さぞやかましくうたてしとやおぼさむ。〔もしや地獄の釜の蓋をのがれて、しばし娑婆の魂棚に静に瓜・茄子のもてなしに逢なんと楽しみ来りたる亡者の耳には、またぞや修羅の鉦・太鼓よとむねつぶれて驚きまよひぬべし。〕

つく〴〵かの太鼓・鉦うちたゝきてほこりかなる様を見るに、我すける風雅の道とて何のわいだめもなき。発句など口ずさみて、李白・杜子美の詩にも、定家・西行の歌にもおとらじものと、つたなき心より鼻のあたりうごめき口にまかせて言ちらすを、ものしれる人のきゝ給ひて、例の俳諧師のいたづら言よとわらはれて、さしもに深きことわりある此みちの風雅をしもあなどられんは、かの六斎念仏を世にあらん思ひ出とたのみたる、山賤・田夫の有様にも似たるべき物をと、すゞろに浅ましくものうし。

蕉翁画像讃

芭蕉翁は、柏原の御門の御ながれに、平宗清といふ人あり。伊賀の柘植庄にすみければ、柘植弥平兵衛尉といへり。その末にして世々その所に住て、家を松尾、名を宗房といふ。藤堂氏に仕ふ。弓馬の業のいとまには風月の道を好て拾穂軒に学ぶ。一とせ主君におくれてその孤に忠をつくし、はては主君の遺髪を高野山に収め、しきりに出離の心やまで跡を雲霞にくらます。遙に年経て後、むさしの深河わたりに庵をしめ、芭蕉を植られて芭蕉庵となす。風羅房と呼るも、風に破れやすきの観想なりとぞ。としいまだ四十にみたずして、世の人、翁と称す。或年、庵の火にかゝりける時、炎をのがれて潮にひたり、ことさらに猶如火宅の理りを悟り、やゝ無所住の思ひせちに行脚斗藪をむねとし、禅法は仏頂和尚に参じて『三国相承統記』につらなり、風雅は西行上人をしたひて『続扶桑隠逸伝』に載ぬ。終に元録〔禄〕七年十月十二日、浪速の客屋に卒し、骸は粟津の義仲寺にうづめども、徳は琵琶湖の波と共にとこしなへなるべきか。

雨を祝ふ頌〔辞〕

ことし水無月、雨ふらざる事五十日あまり、さらぬだに土さへ〔さくる〕暑き日に日ごろ降ざりければ、〔その暑さ〕いとたへがたし。中にも此ほとりの百姓のくるしみたとへんかたなし。稲・大豆の枯るゝとてのゝしり、瓜・茄子のまふとてはしりて、日〔も〕すがら培ひ夜すがら水をくみて、夫は暑き日に〔げに〕伸たる髪〔髭〕をしも剃らず、妻はいとをしき子に乳をふくむるのいとまなし。

終に水かれて耘（くさぎ）り培ふの術なければ、かゝる時の例とて、うしろの如意の山の池に龍神のおはしけるに詣て、雨を乞の祈せんとて、里人うちつれてかの峯に上り、老たるは経よみ、わかきは踊て神慮をすゞしめ奉るとぞ。かた言まじりの『般若心経』も「あめたもれ」と押柄げに、不拍子の踊も祈る心のすぐなるにめで給ひてや、里人のいまだ山を下らざるに、どろ〴〵と東南のかたに〔より〕音のすれば、常はおそろしき鳴神も子規の初音まち得し心地にうれしく、やがて空は墨をながせしやうになりて、雨盆をかたぶくるがごとく、やゝ二時ばかり降に降けるにぞ、みな人野に出て抃（てうち）、家には酒をかひ餅をつきて悦び〔庵の南家北隣すべてかくのごとくうち〕ざゞめきて、はては歌もえよまぬ法師までも歌賃の餅を囉ひけるも、またく此神のめぐみなるべし。

7018　夕だちやしほれし草の庵まで

夢祝ひの頌〔会の辞〕　　鯉風需

世にいふ三ッの夢の中に、富士の山の三国一の名山たるは、君に仕へ、芸能に名をもとめ、青雲の望あるはさる事にて、商人の身には高過たるなるべし。茄子は若紫の色もて朱を奪んとする女の、麦藁の上より玉簾の中に寵を得ん前表にはよからんか、されども第三の品におとし入ぬればさらにもいはじ。たゞ此鷹のもろ〴〵の鳥の中にもたくましく達者にして、国の守の腕の上より百姓の足もとまで、野とも山ともいはでかけめぐり、朝とも晩ともわかずかせぎありくぞ、あるじが身に応じてまたなくめで度ゆめなるべし。

7019　勢ひは塒出(とやで)の鷹のするたのし

歳首の頌

こぞより雪ふらで雨がちに暖なれば、垣根の柳みどりたち、隣寺の梅さきほころびたるに、今朝しもあたりの物作りのをのこどもの、袴・かたぎぬして、春のことぶきいひ来れるさまもやうかはりたり。

7020　草木のみか人の言葉も花の春

馬瓢が山家の頌　　湖東平尾里中西氏

家は白鹿脊の麓にありて、門に八束穂の稲なみをなし、軒に千駄の薪木山をつむ。手ならひする子あれば牛ひける女ありて、山里のたのしさ、うき世の外の仙境ともいふべし。こよひ此家にやどりけるに、あるじのもてなしのまめやかなるに興じて、

7021　茶の水も山路の菊のにほひかや

年賀の頌　　筑前博多鼠魯需

筑紫に大果報の人あり。住居は名におふ博多の津にありて、さる絶景を四時にながめ、世の業はくすしをもて人をたすくる。その仁術の徳のあまりにや、子に孫にさかへ〳〵て、身すくやかにことし七十のまれなる春にあふとや。風雅は野坡叟が道をつたへて名誉高ければ、その年賀を祝んとて遠近の友がきより贈り来たれる賀章の、南山とひとしくつみかさねたるを、その子に鼠魯といふ人の書あつめて一冊となし、ことぶきの杯にそへて奉るとぞ。世にかゝる大果報の人、いづれの人かうらやまざらんや。さればこの集を見ん人、あやからん事を思ざらんや。

7022　花の時や子さへ孫さへその身さへ

豊後菊男送別

住居は夏をもつぱらと書しごとく、都のやどりも多き中に、加茂と高瀬の河の間に旅の宿まうけられしもその心なるべし。されどこたびは、母のうへにつまの御もと具せられて、うき世のまじはりもおほしときゝて、おのれらが暇ありげに河風の涼しからむと、うらやまし顔にたづね行んも、はづかしの心なしやとおもふうちに、けふの別れになりぬ。

7023 秋の風つれなや門の舟にのり

悼蕉雨遺文（風露朗序）※　越前小宮山氏

序

すぎし閏六月二日の夜なるべし。竹のあみ戸を、いそがはしげにたゝく音あり。いぶかし、水鶏ならんかし、人ならんに〔いかで〕かゝる庵に何の用の事の侍りて〔訪来ん〕、などつぶやきながら垣を覗くに〔立出るに〕、脚力めきたる男の汗おしぬぐひて、「我は越の敦賀の津、蕉雨老人の過行れしを告まいらする使の者に侍る」とて文を差出すに、見れば、年頃見なれたるその人の筆なり。いと思ずながらよみ侍るに、（底本改行）

已来御床敷候。罷登度心懸申候処、何角うき世の事につながれ、一件の事も先達而申上候通にて、先々致安堵申候。右の用事かたづき次第上京と存候所、以之外大病煩出し、最早養生も難叶躰に御座候。是迄段々御懇意、御礼も難申尽候。是がもはや御暇乞之状と思召可被下候。御社中幷ニ五条皆々様に、別而御なつかしく宜〳〵。

一小子死去後、辞世の句御ざ候はゞ、悴一家どもより可申遣候。小冊之追善集、貴雅御序を被成、御編集可被下候。敦賀に大雲曳尾と申風人、是懇に御ざ候。此人に跋御書せ可被下候。

別而一瘤子へくれ〴〵、音長様、入阿様、必庵様などへ、御心得可被下候。松童師へも頼上候。御社中不残、諸九尼御帰候哉、くれ〴〵奉頼候。皆〳〵様、御さらば〳〵にて御座候。恐惶謹言

六月八日　蕉雨

〔とあり。くり返し読に〕くりかへし侍るに、日頃の筆の跡露たがはねば、猶まことしくも思はざりけるに、使の男のいふ〔口づから〕、「人は此廿八日といふ暁に〔心みだるゝさまなくして〕目出度往生し給ひぬ」といふに、今更の様に〔むねつぶれて〕驚れぬる荻の音かな。

此人〔としごろ〕の振舞、さしも年月は秋の哀もしらぬ顔に、ひたぶる後世の営をなすとも見えず、もとより俳諧の談笑の道に遊れしかば、常に舞うたひうちたはぶ〔はうち諷ひ舞かなでゝ〕れて、わかき人にもいとはれずまじはり、女わらべにもおかしき人と興ぜられしに、かゝる一大事の期に心みだれず尊かりしは、げにも虚仮〔空〕をいとひし誠の善男子〔後世者〕なりけりと、悲しさにまた随喜の涙さへ添て、せきとめがたし。しかあれど、すける〔猶風雅の〕道には心をとめて〔浅からで〕かく申置れけるも、さるべき〔すきの道の〕因縁なるべしや。

斯て、跡より琴路・曳尾の文に辞世の句とて「蓮咲〔ふく〕や病の床と乗かはり」と聞へけるにぞ、さればこそ、〔弾指の間に〕此頃は彼国の八功徳池の涼しき中にうま〔上に至り、例の奇麗ずきの暑がりの癖も、涼しき国の人となりては〕れ出て、此土の残暑の堪がたきを〔昔語りに思ひ出ぬらんと〕しらざらんものをと、そゞろにうらやまし。

けふははての日なればとて、旧知の人々、此庵にあつまりて追善の俳諧を興行し、その送れる文を見て皆よゝと泣て、在りし世をしのびあひ侍る。比は、あきのはじめ十九日といふ夕ぐれ、月さゐ出ず、虫の声〳〵に哀れを催されて、蝶夢書之。

桐雨の誄

それ、世に仏道を修行し風雅の道に分入人の、旅をむねとするもむべなりけり。人の情は、羇旅のうへにしらるゝものぞかし。たとはゞ家とみさかへ勢ひ猛なる人も、千里の外に出てはいとをしき妻子も、をしむべき財宝も何かせむ。妻子珍宝及王位臨命終時不随者と説給ふごとく、心の着をはなるゝこと、旅ならではいかにわきまへん。また、その身健に思ふことなげなるものも、見もなれぬ国の境に入ては、「隔きてそなたとみゆる山もなし雲のいづこか故郷の空」と詠るごとく、物の哀を覚る事、旅ゆく身にしくものはあらず。かゝる時は、同行の友を、親とも子とも財宝ともたのむなるべきや。

桐雨禅門は、我と同じ心に旅を好みて、とし比春秋の折にふれて、踏なれぬこし路のあゆみくるしきには、草鞋の砂をはらひてはかせ、しらぬ火の筑紫の心細き時は、竹杖のよをかぞへてなぐさめ、あるはさかしき山には腰をおし、深き川には手をひき、かたみにたすけて風飡(餐)露宿をともにせしこと廿年あまり、さるべき宿世のちぎりなるべし。

さるを、この近きとしよりなやみがちに、物いふことさへさだかならねど、いまだ此世にありと聞ば、はかなき心にたのみに思ひしものを、この月のはじめ、かねて願ひたる浄土へ首途しけるたよりに、我のみおくれ居て力なく餞別の念仏申とて、

7024　ともなはでひとり行しよつひの旅

去来丈艸伝※

去来、姓は向井、名は平次郎、号義焉と。肥前長崎の人なり。彼地の聖堂祭酒の氏族にして、世々儒を業とす。博く書をよみ天文暦学をきわめ、詩歌を翫ぶ。また沈勇にして、猛猪を刺す。都にありて、何がしの殿下に仕へ奉る。宦(官)袴の暇には芭蕉翁に随ひて、誹諧の風雅を学ぶ。鴨川の東、聖護院村に住り。また嵯峨の小倉山の麓に別荘をいとなみて行通ふ。ある秋のころ庭に柿の落しを見て、その居を「落柿舎」と名つく。菊亭内府公より、その三字を賜ふ。宝永元年の秋九月十日没す。墓は東山真如堂にあり。今の落柿舎は、明和のころ重厚再興して、今存せり。

丈草、俗姓は内藤にして、世々尾張の国犬山の城主に、武を以て仕ゆ。文を右にして和漢の才あり。若きより仏乗に帰して玉堂和尚の禅意をつたへ、奉公を辞して薙髪す。偈曰、多年負屋一蝸牛、化做蛞蝓得自由。〔登〕火宅最惶涎沫尽、追尋法雨入林丘。発句〔に〕「涼風にきゆるを雲のやどり哉」と云々。終に故郷を去りて、湖南の粟津龍が岡に茅屋をむすび、仏幻庵と号し、芭蕉翁を開祖とす。ちかくまでその跡ありて、「岡の堂」といふ。翁の滅後、山に籠りて、師恩の〔を〕報ぜんために一石一字の法華

経を書写して、墳に築く。元禄十七年の春二月廿四日、病床に座化す。塚は、龍が岡の東林の中にあり。正秀が墓にとなる。

松雀老隠之伝（憂世の時雨序）

ことし十月十二日は、例の粟津の寺なる翁忌にまうでゝ、立帰る道のほど木枯のいと寒けきに、この老叟の病、心もとなくて此家に尋よりけるに、はやきのふの暁がたなむ身まかり給ひぬとて、家のうちひそめきけるにぞ、まづ胸ふさがり涙こぼれ落ぬ。

つら〳〵この老人の生涯をおもふに、産は伊予の国にして、姓は太田、名は見良、号を資斎先生と申ける。風雅の名をば松雀老人とは、我輩ぞ呼にける。世々その国の守に仕へ、医をもて業とし、若かりし比より都に遊学してその道をきはめ、国手の名、世に鳴て、杏の林、日にしげり、権門豪家のよせ重かりけれど、たゞ今の世〔様〕の長羽織、乗物〔に塵を飛すの〕の足はやき風俗をにくみ、この十とせ余りは、洛中の紅塵を避てこゝの聖護院の杜の陰にかくれ、病に托して俸禄を辞し、髭に宗祇が香のかほり深く、足に丈山の禁ありて、ふたゝび蟬の小河に影をうつさぬ事十三年、なほ陰徳をしたふ人、門前に市をなせば、「この住居さへかしがまし。いかならん山里にも〔に〕」と常は申されける。しかれども風雅の客を愛して、とし比、月ごとの十二日は人々を招て風興よのつねならざりければ、蕉門の風流ふたゝび都に行れて、「むかしは嵯峨に去来あり。今は東山に松雀います」とは遠近に聞えける。

されば、さりし比、予を病の床にむかへて、「甲斐なき枕の上ながら、此世の限り〔出代り〕こそ近付にけり」とて、〔うちたはむれつゝ〕

何見てもうき世のなじみしぐれけり

と聞えしも、はや一月のむかしとなんなりぬ。

けふは初月忌のいとなみに、生前に好み給ひし道なればとて、令息何がし、例の社友を蘇亥〔荄〕堂に請じて如在の礼奠いとまめやかなるも、此家にしてこの月並の風席もけふかぎりと思へば、そゞろにこゝろさびしく、一句に冬のおもひをのべて捻香の偈となせば、一座その言葉をつぎて、追福の筵をひらく。〔日は明和戌のとし霜月十一日、香のけぶりに筆をくゆらせて、京極中川の法師、其をもむきをしるす。〕

浮流法師伝（長者房句集巻首）※

浮流法師は、俗姓青山にて、参河国赤坂の産なり。わかきより世の事を心にかけず、唐詩を学び和文を書て、風月の才あり。その父〔親〕は、芭蕉翁の門人越人の弟子〔直弟〕なりしとか。常に〔老の後〕其子に示すとて、「我に孝をなさんとならば、一向専修の念仏と蕉門の俳諧をつとめよ」と教へけるとぞ。その言葉をわすれず、東漂西泊の後、終に粟津野ゝ義仲寺に入りて剃度し、浮雲流水の身を観じてみづから浮流と名をつく。

〔頻に〕蕉翁の故郷をなつかしみて、伊賀の友生谷常録寺に住す。其辺りは、いにしへ何がし長者といふものゝ住る跡なればにや、また法師の〔道のいみじく富たるを称してや〕いみじく柔和の相を具して長者の徳あるを称してや、人は長者房とあざ名しける。ひとゝせ〔そのむかしは〕『高野記行』といへる〔ちかきは『年よりごと』など〕もの書し後は、ひたぶる絶筆して〔いふ書をかきけるに〕、世に交ることをいとひて、庵の柱〔壁〕に足不出長者卿〔郷〕と書て虎渓のためしにならゐけるが、としごろの病かさなりて、終焉にいたれるとき、

　血になきて死るをまつやほとゝぎす

とみづから書て、参河のはらからの許へ残す、骨肉同胞の離別をおしむならん。また、

　西向ば病苦去たり夏のつとめ

かく書たるは、都の〔岡崎の〕師の房〔かた〕へをくれとなり。これ、臨終正念のさまを告る〔の心〕なるべし。まことに一期、蕉門の風雅をたのしみ飛花落葉のことはりをさとり、専修の念仏に帰して厭穢欣浄のおもひやまず、かたく父の遺訓を守れる〔全孝の〕人といはまし。時に天明二寅のとし五月廿八日、ほいのごとく往生しぬ。

五升庵文草　巻三（外題）

蝶夢和尚文集巻第三目録

湖白庵記※

諸九尼需

湖白庵の記

世に侘人の住る所には〔×〕、嵯峨・深草の里とはいへど、都へ足駄がけのたよりのわろきや。この岡崎の里は、たゞ千鳥なく加茂の川一すじをへだて、しかも幽閑の地にして、あやしの百姓の草の軒、尼法師の竹の網〔編〕戸、門をならべて、おのづから風流のかくれ家にと、あはれに心とゞまりておぼえけるにや、むかし惟然房、この地に風羅堂を造立して、祖〔ばせを〕翁の遺徳をしたひ侍りしあらましは、『もとの冥加』といへる書に残れるのみ。年月うつりて、今はその名だにしらずなりにき。

さるを近き頃、此里の南、一むら竹のしげれる中に、誰住捨しとも見えず、かたばかりの草の戸あり〔草庵を見出たり〕。所の人に尋れば、「いづれの頃ならん、何某とかや云し俳諧の〔風流〕すき聖の居りし所、と語り伝ふ也」といふにぞ、それこそまぎるべくもなき風羅堂の跡なゝりと、そゞろにむかし覚てゆかし。此とし頃、諸九の尼の、「都ちかきわたりに、さるべき庵もとめてたべ。湖白庵のはかなき跡とも見まし」などたのみをける事の有ければ、かくさいはゐの事こそなけれと、あながちにこひもとめて、庭の根笹かなぐり、軒端のしのぶを葺あらためて、けふしも庵のわたましと成ものから〔に入られける。〕、その庵の有様を見るに、かの日野山の方丈よりは広く、また石〔国分〕山の奥の〔××〕禅床から〔より〕は結構なり。西南の方、松の柱に竹の椽めぐりて、庭にはまづたのむ椎の木かげたのもしく、山吹のみの一ツだになきわびしさをみせ、萩に薄に、植るとしもなけれど、秋まち顔にたをやかにひろごりふしたる。

　東の方に持仏一間をしつらひ、浮風居士が画〔肖〕像をかけて「湖白庵」の三字を額となし、北の壁の下には箏一張をたて、かたはらにちいさき棚をかまへて、硯文台の調度、唐大和の草帋を置けり。襖一重をかぎりて、爰〔こなた〕を夜のふしど〻も、朝夕の柴折くぶる所ともなすなめり。

　その所のさまをいはゞ、門は西にむかひて、あばらなる垣の外面に往来の影たへねば、都の人の錦の袂、紅の裳のあてなるに目もなぐさみぬべく、東は窓ありて竹の林いとくらふ、鳥の声しづかなるに、黒谷の鐘の諸行と撞、寂滅と響く時は、心の濁も澄ぬべし。〔五障の心の氷も消ぬべし〕春〔は〕も若菜を門畑に摘そむるより、花は華頂の山ちかくにほひ、月の如意が嶽よりなごりなくさし入り、〔るも〕雪の聖護院の森の梢に〔をう〕つもれるも〔づむも〕、さぞやと〔今より〕思ひやらる。

　すべて、山林のさびしさもなければ、ひたぶる市中のさわがしきにはあらで〔も〕、月花〔の〕をもて遊ぶ〔び所〕にはたぐひなき所〔庵〕ならむや。もとより主客〔世の中〕の礼〔義〕の〔をも〕むつかしきを〔と〕いとへば、おもふどちのかたらひ〔まじはり〕は、「庵涼し手ごとにむけやふり茄子」ときこへし〔風流〕も、げにか〻る庵の様なるべしと、明和亥のとし五月雨の頃〔十七日〕、庵の硯のよごしはじめに、京極中川の法師蝶夢、筆をとりてしるす。

橘中亭の記　　丹后百尾別荘

亭あり、橘中といふ。橘中とはいかなるゆゑをしらず、たゞその亭のめぐりに蜜柑の樹多ければ、橘中に碁をかこみて遊びにし仙人のためしに似て、世のいとまある日は、この亭にこもりて月花の友をあつめ、与謝の海のからき世をわすれ、万代の浜の尽しなく日月の遅きを楽しみ、天の橋立の風景を四時のながめとなせれば、壺中の天地の窮屈なる事もなく、百味をはこぶ厨もちかければ、石を煮、松の実をくらふのわづらひもなくて、これや人間の遊仙窟ともいはまし。

7025　人のしらぬ仙家なりけり冬ごもり

水樹庵記

筑前福岡梅珠別業

池辺別業是何人ぞと問へば、梅珠老人が隠居なりとや。その庵を「水樹」と名付しいはれはしらず、見しさまをいはゞ、庵のかまへ、町並ふかくおくまりて物音を聞ず、市に隠るゝ大隠といふものなるべし。めぐりに多くの草木を栽、春も、軒端に匂ひ出る梅がゝに羅浮の仙家、桃の色ふかきに武陵のかくれ里に分入し思ひあり。秋は、垣根に萩・きちかうの七種をならべ、菊の百色をこきまぜて、嵯峨・深草の野に住るに似たり。夏は、池水すゞしく俗塵をあらひ、冬は、をし・鴨のうかめる無心を友とす。もとより仏の道にも疎からねば、つねに水に影をうつして真如の月をすましめ、木に心を入れては色相の花を観じて、いにしへの佐国が花を翫び、保胤が亭を作しにもをとらめや。

7026　月を右花をひだりに水樹庵

五升庵記

むかしの人の心高くや有けむ、西行はよし野ゝ庵といひ、蓮胤は日野山の方丈とのみ呼て、更に名ある事を聞ず。さるを世くだりて、肖柏の居を「弄花」と号し、貞徳の家を「芦の丸屋」と名付しごとく、文華に時めく世の様ながらいかめし。されどもこれらはさる名ある人、先徳の上なれば故あらんかし。

爰に予がちかくむすびし草の庵を、人〔には〕たゞ〔東山岡崎あたりの庵とこたふれば、まれ〳〵に問来る人の〕岡崎の竹の庵、東山の柴の戸とそのあたり尋ありけど、もとより無徳の身の世をうしろにせし嗚呼のものなれば、人のしるべき名もなく教ふべきたよりもあらで〔ねば〕、尋ねまどひ侍る、とうらむる人すくなからず。されど、あしの一夜のかりのふしどに、何をか名とさだめんとおもひさだめて、この年ごろ〔二とせ余りを〕歴けるに、去年の冬、伊賀の桐雨居士〔なる男〕の許より、庵の什物にせよとて、

　はる〔とし〕たつや新年ふるき米五升

といへる芭蕉翁の短冊をあたへ〔得させ〕けるに、よしやその翁の隠操はまねぶべくもあらねど、朝に鉢をさゝげて囉〔もら〕ひ、夕に釜に炊てくらふ身に、米五升の貧閑の味をしもわすれまじと、新年の折にあひたるもをかしく、みづから庵を「五升庵」と名付て、試筆の硯にむかふ。〔に〕

7027　凍どけや硯の水もつかふほど

五升庵再興の記

人間に、衣食住の三ツの欲あり。嗜欲、これに過たるはあらじ。衣食はさらなり、住所をいはゞ、おほけなき天子の紫微綾綺〔九重〕のかしこきは申も愚なり。三公九卿の殿〔御殿〕闔とて、檜皮ぶきの三ツ葉四ツ葉〔に筋壁〕の〔いと〕優なる、将軍の城塁〔御城〕は鉄〔の〕門・石〔の高〕垣つみ上たる、あふぎ見るさへすさまじ。夫より国の守、郡のぬしに館あり城あり屋敷あり。直なる真榊のむら立、朱の瑞籬のかう〳〵しきに鈴の鳴たるは、神の跡たれ給ふ所とて、誰も正直の心を起す。松の林の奥深きに、瓦ふけるものほの見えて、鐘の寂滅と告わたるは、仏のすみ給ふ精舎とて、いづれか上求菩提の信を催さざる。藁屋の軒に牛の声するは百姓の家といひ、暖簾に算盤のひゞくは商人の店たるべし。格子作りに乗物つりたるはくすしの宅、門口に皮ほしたるは穢多が村、朝より三味線ひきかなづるは遊女町、暮るまで弓の音するは梓神子が在所ならん。また杉檜のほのぐらきは天狗のやどり、窟のふかきは鬼のすみか、海の漫々たるは鯨、淵の滄々たるは河太郎、蘭菊は狐、萩薄は猪の臥所とおもふ。かゝる目に見えぬ鬼神、空をはしる鳥獣まで、みな住所は、なくてかなはざることわりなるべし。

爰に一ツの栖あり。寺にもあらず農家にもあらず〔で〕、草ぶきの屋根に竹の垣ゆひまはし、柴の扉さして静なるを、唐の詩には竹籬茅舎詩人屈〔屋〕とつくり、やまと歌には「柴の庵と聞ばいやしき名なれども世にこのもし」とは詠た

りける。是を世の人の、隠者の引こみ所とはいふならし。

予も八年ばかりのむかし、寺務をのがれてこの岡崎の里の、うしろに如意が嶽をおひ、右に神楽岡、左に華頂山ありて、山ふところの暖に、前に白〔鴨〕河ながれて涼しく、都の紅塵をよきほどに隔たる地をトして、かの柴の門、竹の垣いとなみて、膝を容るの所とす。

しかるに、今としやよひ七日、嵯峨の嵐やまへ花見にまかりける跡、北の在家より火出て、村〔中〕里百余の家とゝもに、草の戸もめら〳〵と一時の焼原となり、四隣みな灰燼となれゝば、一夜やどるべき所もなくて、

7028　今は身も焼野ゝ雉子と成にけり

今朝、庵を出しまでは、垣根に、山吹の花の物いはねど留守もる様に匂やかなりし、藪の竹に、鶯の人きけかしと囀たりし、その垣も藪もなくなりて、山吹も鶯もいづち行けむ。

7029　見わたせばすぐろの薄さへもなし

三界無安猶如火宅の世の様、何をかたのまむ、よしや今より住所をもとめじ、身は浮草のたゞよひありきて、など思ひさだめけるに、春すぎ夏も来れば、早苗とる歌の庵ちかう聞えしも、蛍飛かふ窓のけしきも思ひ出て、古き住庵なつかしう、あるは樹下石上に夜を明さんとせしも、蚊にくはれ雨にうたれ、昼は照はたゝく三伏の日にうんじて、かゝる下機下根の身のたゆべしとも覚ねば、ひたぶる住所に心まどひして、念仏申べき心もなく、ほ句案ずべき風情もなし。

かくて五月五日なりけん入阿弥陀仏の法兄の寺に居て、

7030　兄の寺にあやめふくのもうらやまし

于蘭盆会になりぬれば、

7031　あはれ世や魂まつるべき棚もなし

さらば、かくてはいかで残生をやしなひなんと、もと住し庵の跡の灰かきすて、焼木とりのけて、小野ゝ炭うる翁が荷ひ来たれる杉の木の枝もはらはで、嵯峨の法師がくれたる雪折竹の折ながらに、柱たて壁ぬり、兎角して八月十五日といふにふたゝび入庵す。月見る料に南おもてにしも建たれば、庵の中へのこりなく月のさし入たる影のそゞろうれしくて、

7032 今宵こそ月の宿とは成にけり

焼原の萩の古枝を折まげて、籬のかたちをなすに、

7033 垣ゆふて一もとほしや菊の花

休可亭記　豊後杵築一幹別業

世の人の隠れ家をいとなむに、なべて山に対し水に臨み、竹を植、鶴をかひて、その物景をむねとし、その静閑を愛す。

しかるに、何がし一幹のぬしは、官途の袴のむつかしきを脱てのち、静に一室にこもりて、老をやしなふのはかり事をなさんとす。その家のまうけ世に殊（異）に、朱欄彫棟の結構をも望まず、茅屋・竹籬の洒落にもかゝはらず、その家のしりへに十笏（尺）に足らざるあやしの小家の有けるに、芦の筵うちしきて浦屋のわびしき様に、あじろ屛風たてまはし、山里のつれ〴〵もさすがに有ながら、市町の中なれば、春の日すがらこほ〳〵と響く碓の音も、秋の夜ごろによゝとなく子の声も厭ず、まことに膝を容るの知足をしり、ひとへに足を伸すの心易さを楽しむ。これらをや、市に隠るゝ大隠のたぐひといはん。

さるばかりの隠家にも、名なくてはと予にこふ。もとより年月あるじが心をしれれば、たゞに「休可」と名付んもしからんか。

7034 壁ふみて足を伸せよ冬ごもり

橋立の秋の記※

名にし〔おふ〕与謝の海の月の秋見むとて、文下・宜甫の両士をいざなひ、大江山生野ゝ道の露を分て、こゝの宮津なる見性精舎に頭陀をおろせば、かねてちぎりし人々むれ来りて、「今宵は草臥もやしつらんとおもへど〔旅づかれやせむ。されど〕、北国日和さだめなき此名月の頃なれば、翌日の夜も覚束なし。いざ給へ、橋立の待宵の月見せ申さむ」と人々に進められて、船に打乗、棹の唄おかしく漕〔めぐ〕わたり、切戸の辺とある松がねに船を繋て、月まつほどのゆふ気しき、花も紅葉もなかりけりとや。

7035 待宵や夕日の里の飯けぶり

夕〔よ〕べにも似ず今宵は打くもり雨そぼちぬれば、船の遊

びの〔も〕心もとなしとて、夕日の里〔浦〕なる対潮庵にいざなはれて、とある欄干につら杖つきて見渡せば、与謝の海、橋立の松をはじめ、えもいへぬ島〳〵まで目の下にありて絵がけるやうなり。かくて、夜更るまゝに雲晴てもれ出る月の海の面に、何やらんひら〳〵とひるがへる物の月の影にうつれるを、傍なる人の、「是なん金太郎鯑とて、此内海の名物なり」とかたれば、

7036　名月や飛あがる魚も金太郎

橋立の月に遊びて後、人々に別れをなして、年比なやめる事の侍れば、但馬なる城崎の温泉に浴する事廿日余りなりしが、又宮津の社中〔人々〕に迎えられて、もと来し道へ立帰り、岩瀧の浦なる千賀何某の家にやどるに、その日しも十三夜の月の名残の夜なればとて、あるじに案内せられて、家の前につなぎし一ッの船に棹さして、やゝ暮かゝるくらき浪間の倉橋川よりうらわこぐよし野ゝあたり漕めぐり、はてはこの磯辺に碇をおろして、

7037　見わたすも枯木のうらや後の月

国分山幻住庵旧趾に石を建し記（しぐれ会序）※

いにしへ祖翁の住給ひし幻住庵は、石山の奥、国分山と申宮山なり。国分村をはなるゝ事二町余りにして、細き流〔谷河〕をわたり翠微に登る事三曲二百歩のうへに、八幡宮た〔わたら〕ゝせ給ふ。その宮の〔傍〕左の方に平らかなる地あるこそ、その庵の跡なりとぞ。

東は石山をうちこして遙に田上山・さゝほが嶽そびへ、黒津の里の網代守が家も〔名残なく見え〕、南は岩間・袴腰の山〳〵ならび、北は三上山の富士の俤にかよひたるも日枝・比良の高根の湖水にうつれる影も、辛崎の松の霞こめたるも、膳所の城の壁の白き〔なゝめなるも〕も、勢多の橋の横おれるも、蜆とり鮒引く舟の行かふも、西は千丈が峰〔嶽〕の名にたかき迄も、『庵の記』に書つらね給ひけるに露たがはねど、その庵はいつの世にかやぶれうせけん、一ッの柱の朽ものこらず、三ッの径の跡だにみえねば、さだかに〔爰ぞと〕しれる人なし。

たゞ、その世の形見とては、「まづたのむ」と口ずさび給ひし椎の木立いとくらふしげり、「みづから炊てと

く〳〵の雫をわぶ」と書給ひし清水のながれ絶ず、うしろの谷陰の木の葉の下にながる。また、石をあつめて法華経を書写し埋み給ひし経塚とて、かたはら〔の岨〕に〔小〕石の堆く残りたるのみ。

さばかり、「やがて出じ」とさえおもひそみ給ふける因縁の地の、いたづらにかたなくなりなん事をみるに心うければ、その宮もりの翁、村のふるき人をかたらひて、その跡を尋とひ、かの峴山に碑を建し心に同じく一ツの石を立て、その庵の跡を世にしらしめ、むかしをしたふ後の好士に堕涙のおもひあらしめんと、洛陽・湖南の人〴〵をすゝめて、明和九年辰の十月十二日、祖翁没後七十九年にあたりける日、蝶夢〔幻阿弥陀仏〕建之。

蝸牛庵記　湖東愛知川〔芦水里秋別墅〕

過し安永の秋の月のころ、此駅のうしろに藪の竹を垂木にきり、畔の檮〔木〕を柱に建て方丈ばかりの庵をむすび、大名の泊のかまびすしき、子の泣声のわびしきを避て半日の閑を偸んといふは、芦水・里秋二人のすきものなり。さるをその地にさはる事の出来ければ、もとより長明がかけがねの巧にも及ず、車二輌にもたらざるばかりのかまへなれば、庵を今の地にとみに引ずり来りける、其無造作なるを見て「蝸牛庵」と友人の云しより、いつしかこの庵の名とはなりしとぞ。

常の〔に〕住〔む〕家よりは言わたるべき道のほどなれば、夕べ・暁をいはずうちよりてかたるに、まして二国のあらそひ有べき交にもあらず、たゞ世の事をわすれて庵に長居し、親や妻ににくまれて、その釜をうちわらるゝ事なかれとぞ。

包丁式拝見の記

ことし、禁中の鶴の庖丁の御式拝みにまかりける。その日は殊に空のけしき春めき、日影うら〳〵とさしいで、いとゞ玉敷る御庭なり。素袍の青侍四人して真那板をかき出る跡より、朽葉色の狩衣に烏帽子引入たる若く清げなる人の、のどやかにあゆみ出たるを見れば、宗直朝臣のむまごの采女正といひける人なりけり。御前の方に向ひて拝をするよと見えしが、やをら真那板にすゝみよりて膝をつき水かきするより、いともてしづめて事になれたる風情は、かの牛を解けん人にもおとらめや。

御簾のうちにはさし覗く女房の衣のけはひしるく、堂上堂下になみ居たる高きいやしき、目をそばめて見居たる有さま、世になきはれわざなめり。まして朝夕見なれたる人なれば、わが身の上に思はれてかたづをのみて守り居けるに、ことなくはてぬれば、かたい法師の身をも忘れてあなしたりやとひとりごちたる、おろかにもをかし。やがて蔵人して御太刀給はせけるに、かしこまりてしぞきぬるぞ、この世のめいぼく其家のふるまひよと目もあやなり。

7038　庖丁にかゞやく春の日影かな

舞楽は振鉾よりはじめ、賀殿・長保楽の一つがひの優なる、散手の恐しげに枯木を折のいはれ、貴徳はなよやかになま木を折のをしへのごとく、童はべの髪ゆら〳〵とむすびあぐるなるに、紅梅の作り花かざして舞出たるよそほひの艶に、ふき立るもの丶しらべは、げにも治れる御代の春の音なるべし。

7039　紅梅のこぼれかゝるや児の顔

芭蕉堂供養願文※　施主名録集序

芭蕉堂供養願文

伏ておもふに、祖師芭蕉翁、在世のむかしより、ひたぶるこのあふみのや粟津の浦辺の風景にめで給ひ、しば〳〵無名庵をむすびまたは幻住庵に住給ひけるも、なをあかずやおぼしけん、禅智山光好墓田のおもひやるかたなく、常に門人に語りて、「死しなばこのさゞ波のよする渚に骨をうづみ侍りてよ」と罪深きまでも宣ひ置しとぞ。その遺辞〔言〕を忘れずして、元禄七年の冬十月十二日遷化のみぎり、遠く難波の芦のかり屋より此寺に棺をうつし、「なきがらを笠にかくすや枯尾花」と挽歌し侍りて葬り奉りしも、やゝ百年に近ければ、石碑の文字は苔にむもれ侍りぬれど、その道の光りは年〳〵月〳〵にかゞやき侍りて、矢橋の浦に舟さす男、草津の駅に馬追ふ童べまでも此塚を拝ざるものあらねば、今は東海道の一名区とはなり侍りぬ。

　さればいづれの頃よりか、此寺にかたのごとくの一宇の堂ありて、短冊堂と名付て祖翁の肖像を安置し奉り、その風雅をしたへる人に値遇の縁をむすばしめ侍りしが、年月久しければ軒端にむかしをしのぶ草生しげりしを、かなぐるに力なければ、諸国の好士に告てあらたに影堂を造りいとなみ、風雅の報恩に擬せんといへるあらましを思ひ立侍けるに、その〔正風の風〕徳の孤ならざればにや、東はこがね花さく陸奥のはてより、西は隼人の薩摩潟まで、もとめずして布金の施主あまた出来侍りて、日あらずして土木の功をなす。されど、軒に鬼瓦のいかめしきを置〔ふか〕ず、垂木に象鼻の巧なるを造らで、たゞ〔××〕、屋根はあたり近き野路の玉川の萩薄をかりて葺しめ、棟〔木〕・柱は醍醐・笠取の松杉をきり、窓・蔀は黒津・田上の竹をもてあみ〔なし〕はべりていさゝかの結構を尽〔さ〕ざるも、祖翁の素意にかなはん事を願ふのみ。

　しかはあれど、堂前の額に「はせを」の三字の大和文字は、ありがたくも竹園の筆を染て賜ひ、堂内の聯に花月の七言の漢の文章は、かしこくも菅家の墨を点じて下されける。これみな祖徳のいたすわざなるべし。しかのみならず、東西の壁の上に親炙の門人三十六人の画像を、その子孫或はその門人に画しめて〔×〕〔其世の発句を讃せさせて〕懸つらねぬれば、まのあたりに其角・嵐雪は左にあり、去来・丈草は右に侍座して、その世の俤を見るがごとし。

　されば今月今日、花もさき〔盛に〕月もみつるいとおもしろき〔日〕折なればとて、影堂落成の供養を修行し侍るに、よしや大仏殿の供養に万部の法華経はいざしらず、道成寺の鐘のくやうの千遍の陀羅尼は物かは、けふ此寺の会上に俳諧の連歌一千句を興行し、且諸国の施主の捧〔げ〕ける短冊の発句を影前に備へ奉れば、忽、天に紛々たる花を文台の上に降しめ、地に嚶々たる鳥の音楽を執筆のうちあげた〔吟じ上て〕る声の匂ひに〔供養し奉る〕、たとひその言葉は三井の浅き狂言綺語文字の業たりとも、飄て心は深く鳰の海の讃仏乗の因縁となるべきものか。しかれば祖翁、この供養をいかで納受し給はざらんや、弟子の至誠を歓喜し給はざらめやはと、

〔沙門幻阿弥陀仏〕僧蝶夢　敬白。

明和七年庚寅のとし三月十五日

橋立一声塚供養祭文※　丹後東陌需

ことし夏のはじめ、天の橋立に芭蕉翁の碑を造立の事あり。その意趣は、此国の宮津の府、岩瀧の浦の人々、祖徳をしたひ奉りて、風雅の余光を百世に伝えんとなり。その塚の高さ六尺あまり、石を三畳にす。碑の面には、古翁の杜宇の遺詠を彫しむるもる（の）なり。その石碑供養の式あらんとて、遠く予を開眼師にむかへられけるに、おもへばさばかりの塚にその神なくてはと、やがて粟津の義仲寺に詣て、古廟の〔に〕一杯の土をこひうけ侍りて、みづから首にかけて此国に下向し、日を卜して今月今日碑の下に収め、社中の人々碑前に法筵をもうけ、華をちらし香を焚て俳諧の連歌一座を修行し、結願には与謝の海の潮をくみ手を洗ひ硯に入れて、塚を祭るの文を書く。時は明和四丁亥の夏五月十二日、京極中川の法師蝶夢、謹てこれを読む。その文に曰、（底本改行）

倩おもへば、むかし阿翁済勝の癖ありて、松島・象潟に錫を飛し須磨・明石に杯を浮め給ふけるにも、そもこの天の橋立の、我みかどの六十余国の中にしも似たる所なき三景と数へたるを、いかで忘れ給ふべきならねど、花のふる日は頭重く雪のちる日は腰いたみぬる多病の身を、いかにせんとおもひとゞまり給ふらんかし。

　されば「江に横たふ郭公」のその発句の一声は、彷彿としてまのあたりこゝの切戸のわたりの風景によくかなひて、今も此地に遊ぶ人の、此景に対してはかならず此句を思ふ事あるも、祖翁のいまだ此地に吟行し給ずといへども、生涯此地の佳景なるをあはれになつかしく思ひやり給ひてこそ、かゝる絶唱をも得たまひつらめと、管見を恐れず、やゝ百年〔後〕の今日にいたりて、此句を碑面にあらはし、遺弟の社友四十二人、をの〳〵一簣のちからをはこびて、終に此塚を此地に築き、はじめて初音の「一声塚」と名つけ、辺〔遙〕に祖翁の吟魂をなぐさめ奉るものか。

　地は、名にしおふ海上禅林の文殊堂前なれば、金を布る真砂地の清き汀にして、松風の琴のしらべ常にかよひ波の鼓の音たへねば、彼国の宝の岸とも申べし。向ふに和泉式部のしるし侍れば、ふるき歌物語にもたよりよく、隣に徳元居士が墓ありて、ちかき俳諧の沙汰も〔風体も沙汰〕有なんかし。

もとより、碑前に香華洒掃の如在怠る事なからましけれど、春の霞の一すじ白糸の浜にうちはゆるは香のけぶり〔と〕になびき、内外の海にすむ月の影は燈明にかゞやき、成相の尾上につもる雪の花迄もをのづから此塚に備へ奉り、なを月〴〵日毎に一句一詠の法施〔楽〕を捧て壺の碑のふるきをしたふ心に、我輩は堕涙の碑ともあふぎなまし。しからば風雅は、此塚の名の一声の〔も〕百千帰りながく此地に聞えて、六里の松の葉のちりうせず、万代の浜千鳥の跡ひさしくとゞまらんことを敬白。

蛸壺塚供養願文※　　播磨山李坊需

蛸壺塚供養之願文

維時明和五年十月十八日、遺弟僧蝶夢謹而芭蕉桃青禅師の碑前に、互〔長〕跪して白〔曰〕。（底本改行）

嘗聞、元禄のむかし、湖東の明照〔遍〕寺に釈の李由、祖翁の檜笠を埋て笠塚と号し祭り初しより七十余年、その風化、月にまし年にさかんにして、鳥が啼東路のはてには松島に朝よさ塚を建、しらぬ火のつくしの海のかぎり〔に〕は長崎に尾花〔時雨〕塚を築くの類ひ、国としてこの塚を祭らざるはなし。その塚の数、大よそ百〔三百〕にあまり九十〔五〕に満り〔なん〳〵とす〕とか。かの南天の八万四千の塔の功力〔利益〕は〔いざ〕しらず、風雅の徳光のあまねきこと、いまだ我国に伝へ聞ざる〔実〕不可思議の事ならんか。

されば、このあかしの浦は、かけまくもかしこき神詠の「ほの〴〵と」聞へしより、代々の文人騒客一度もこの所〔浦〕に吟遊せざるはあらず、（底本改行）祖翁もそのかみ此浦辺にせうようし、夏の夜のみじかきをあはとみるあはぢの島のあはれにも身を観じて、「明石の夜泊」の題有けるとぞ。

爰に当国鹿児川の山李坊令茶、〔その〕社中を勧進して此句を石に勒し、「蛸壺塚」と呼そめ奉る。これまたく、その人の遊憩せし所に碑を建て、遺徳をしたひ〔碑を望て涙を落せ〕し故事になぞらふるもの〔心〕なるべし。

この地の様は、海づらやゝ入りて心すごげなる松の下にして、柿本の宮居近く〔ければ〕、法楽の詩歌耳にみち、供養の香花目に飽くの霊場〔地〕なればと、此地を卜してその碑を建けらし。今月今日、神霊の縁日〔忌日なればとて〕なればと拝殿において俳諧の千句を興行し、すゝんでは　神霊に風雅の冥加をいのり、しりぞいては　祖翁に風流の酬恩に備へ奉らんとなり。希は我門〔の俳諧〕をして、此碑の文字とゝもに朽る事なく、夏の月の涼しき風流に遊ば〔びな〕ん事をと敬白。

島塚願文※　　備中笠岡

発句塚供養願文

「世にふるもさらに宗祇のしぐれ哉」と此句に人生の無常観をなしてより、其人の行脚斗藪の修行をまなび、浮雲流水の生涯にならひて、かれは箱根山にたふれ、これは浪花潟におはれり。共に、旅行に滅相をあらはし給ひけん。遙に世を隔つといへども、行跡の同じきや不可思議の因なること、今更いふべからず。

こゝに此津の吸江山は、かの種玉庵の先徳、留錫の旧跡なるを、ありし世の宿因を思ひて、老若の好士十余輩、子規の遺詠の此岳の景致に似かよひたればと、石に彫て「島塚」と名つけ、（底本改行）
芭蕉翁の神魂を祭り、また子規亭を建て、月花の道場をかまふ。誠にその声の消もせで、百年の後にいたりて遠くこの汀に響て、俳諧の余韻をつたふ。かならず在世の日にあはずといへども、像法の時来りて、石面に其句あれば、まのあたりに石の物いふごとし。

今や、其魂の西方にありて天耳天眼の自在を得んに、我は漢帝の反魂の香をも焚ず、宋生が招魂の文をもえ書ねど、覚束なく呼子鳥なく春の花の散る嘉時吉日を卜して、うや〳〵しく筵に山松の葉をはらひ、硯に渚の潮をくみて供養の一巻を興行せんに、その　翁の魂かへりみて、などかかへりこざらんや、帰り来〔ら〕ざらむや。

7040　その魂も来よ磯山の夕霞　　〔××〕蝶夢

白根塚序文

美濃ゝ国垂井の里にて、むかし芭蕉の翁、「葱白く」といふ口ずさみ有けるを聞つたへて、宋儒櫟原君里のぬし、よのつね俳諧の風雅はしらざれども、かゝる発句のありける事、此里の名誉なりとて、遙に都にいひをくりて野衲にその句を書しめ、石に彫て「白根塚」と名つけ、其傍にひとつの庵を建て五峯廬とよびて洒落のたよりとす。これなむ臭を千載に伝んといひしたぐひにて、また此道の好士の堕涙の碑ともみもし、見せましとなるべし。そのこと書てをくりける筆のついでに、

7041　洗ふたる碑（いしぶ）ミさむし夕しぐれ

山里塚供養文※

越智古声造立

わが世尊涅槃のゝち、あまねく世界に箭塔・髪塔・鉢塔等を建て仏恩を報ぜしためしに、今の世に芭蕉翁の笠塚・蓑塚・発句塚を築く事とし〴〵月〴〵に盛にて、国〴〵にあらずといふことなく、世の中のはやり事のごとく、中〳〵に心ある人はうたてしとやみん。さはいへど、その志ある人の、めづらしからずとて止べきにも非ず。としてもかくしても、おぼろけならぬ風雅の徳のいたれるなるべし。

こゝに吉備の国の奥、田房の庄に、この道に帰依の好士ありて、「山里は万歳をそし」とありける古翁の発句を、所がらの山里の春毎に思ひ出して今更にたうとく覚えけるあまり、一つの石にその句を刻て、臨川庵の庭の梅の木のもとに立て、「山里塚」と名によびて、朝夕洒掃をすとなん。

野衲ことし出雲の大社に詣る道、そのあたりちかき帝釈山に登りけるを聞て、したしくむかへて、その塚の供養の導師となすに、辞すべき言葉もしらねば、たゞ石に向ひて梅の句を吟じかへし奉れば、人々その句をつぎて、とみに一座結願する時、折ふし散のこる梅の雨花〔花雨〕をふらせば、異香空に薫じわたり、雪魄〔魂〕氷魂を招くがごとく、はえある供養の日なりける。比は安永八年ときこふる三月、蝶夢幻阿弥陀仏、事のをこりをしるす。

夕暮塚供養文※　　　武州川越

わが御仏御入〔×〕滅の後に、四処に塔を建し事有。所謂、生処・得道処・転法輪処・涅槃処也。これ其御弟子の、御仏の御徳を慕ひ奉るの余りに立給ふ成べし。おほよそ後の世に、其道の師たるあと〔人〕の因みある地に碑を立るならはし、か丶る縁によれるものか。

いまは昔、麦林居士いまして、親しく芭蕉翁の俳諧の道を受得て、国〲に伊勢の神風吹ったへて此道ひろまれり。中にも関の東に、其家の風を吹する人すくなからず。何がし麦鴉老人も其一人なるに、〔此〕道をたうとみ恩を思ふのせちなるより、武蔵の国日暮の里と云に塚を築て、「夕暮塚」と名つくと聞。是、四処の中に転法輪処に当れりと云べし。

其塚供養の故を世に聞〔せ〕むとて集作りて、始にもの書よといふに、をのれ近き年比は風月の交りをもなさず、さる事書べきこと稍忘れにたれど、さばかり八十にあまれる人のいはん事いなむべきにもあらねば、只塚築ける因縁を随喜にたえで、遙に都の東山にありて蝶夢幻阿弥陀仏書。

故郷塚百回忌法楽文※　　伊賀上野

そのむかし、芭蕉翁つねにのたまふは、伊賀の国の句躰はあどなくてなつかしとや。去来も、あどなき〔だなる〕こと土芳に及ずと。丈艸も、いがの人の句のあどなき〔だなる〕は翁のなさしむる也と。許六も、伊賀の俳諧は天鼓の如し、これ翁のうてる故也とや。むべなり。そのいはれは、其国は、都に隣りたれど、人まご丶ろにいとじちほう（じちょう）〔り〕なる事、都の人は、えもしらぬ唐土の詩のもじも、をよびなき雲うへの歌の手尓乎波も、我のみとした〔×〕り顔に、詩つくらぬ男も歌よまざる女もなきばかりにさえづりもてさはぐに、伊賀の国の風俗は、詩歌わきまへたる人はさる事にて、わきまへざる人は露もしれるふりをなさず。これや、この道の聖の出給える風土のゆゑならむ。されば翁在世の門人にも、他の国にては、言葉の色をうつしたるはあらめど、直き風雅のことはり伝え給ふは、此国の門人のみならむかし。

五十回忌の比は、土芳が門弟ありて、『冬の里』といふ集を手向ぬ。夫より星霜うつりて、いま百回にあたり給ふに、ゆかりの好士あまた有て、往昔蕉翁の奉公し給ひし蟬吟のぬしよりは四代にあたる青吟のぬし、追慕の発句給りしに、蕉翁の菩提所愛染院に、其世の傍輩の子孫あるは門人のするゐあつまり一座の興行ありて、風雅の冥恩にむくゆるとて、遠く都の住庵へ便しておのれを請るに、とみに下向し、其墓所の物ふりたる会席のすさうなるをいまさらに感じおもひ、こしかたの古ことまで覚えしまゝを、蝶夢幻阿弥陀仏、塔前に拝して書。

笠塚百回忌法楽文※

むかし元禄九年、湖東平田明照寺の住職李由と申せしは、芭蕉翁の門人にて、『韻塞集』の序文をみづから書て曰、（底本改行）

「風雅の実躰山埜にみちて、いまだ亡師の跡をさまさず。しかれども取捨の便をうしなひては、やゝ面々の楊貴妃（きりやうカ）に誇り、おのが甲に似せて是非をあらそふに、翁の画像唇をうごかさず。面受口決の輩もひとり〳〵露ときえ雲と成なん后、何を範とし誰を柱とせん。嗟呼悲むべし。俳諧滅尽三十年に過べからず。かの優婆鞠多は数滴の油をこぼし、夫子は觚（こ）ならむや〳〵と嘆ず」と書しは、さる事にて、蕉翁在世の風調の〔は〕後世及べからずといへども、ことし芭蕉翁百回忌の時に当りて、五畿七道の国々に翁の風化到らぬ国もあらず。懐旧の集を手向る数は、湖南の粟津文庫の棟にみち、大津海道の牛も汗すべし。されば李由の言葉の「俳諧滅尽三十年に過べからず」とは云べからず。仏の説給へる末法万年余教悉滅の語のごとく、今の世にさかりなるは深きことはり有なるべし。

其寺の地に翁うせ給ひし後に、翁の笠を乞うけ埋て「笠塚」と名付し事は、『風俗文選』にも載ぬ。これ　蕉翁の塚築るはじめとは、義仲寺の『塚の記』にもしるせり。こゝに〔の〕、平田の寺に蕉翁したしく詣たまひて、

　　百年の気しきを庭の落葉かな

と、道場のものふりたるを称したまひし発句の『韻ふたぎ』の巻の始にあるも、この祥月の折ふしにかなひて其

世ゆかしと、あたりの好士ども語りあひて、九月十二日といふに予修せんと都に使のぼせて、老法師を請じぬるに、やがて下向し、かの寺にちかき何がしが家に古翁の影像を安置し、如法に香花を備へ奉り、一座懐旧之百韻を興行し、懐帋を笠塚の前によみて報恩謝徳になんなす日は、寛政五年秋九月なりけり。

蝶夢幻阿弥陀仏、謹書。

石山寺奉燈願文

つら〳〵おのれが身を思ひつゞくるに、はやくより親の家を出て、遊行ひじりの寺にいりみどりの髪を剃、また吉水の流に白き衣を染るといへども、箒をずしておぼえざるほんしやうなるうへに、雪の中に肘をたちて祖意を悟り、日のかげに頭をわりて仏理をあきらむべき勤もえせず、たゞむなしく出家のかたちをかりて、世わたりのはかりごとゝし、信施をむさぼりて檀那の門にふためきありくさま、鳥にもあらず鼠にもあらざる蝙蝠よと、我ながらうしろめたく、寺務をまぬがれんとすれど道俗ゆるさで、いふかひなく月日をすぐす中にも、せめては霞をあはれみ露を悲しめる心をおこし此世の思ひ出ともせましと、その道をまなばんとするに、もろこしの詩つくらんにも大和の歌よまんにも、つらぬべき文字をしらねば、よのつねいひもてなれし言葉のまゝなる、俳諧といふことをさえづりもて思をのべ、その俳諧のすきに事よせて世をもてはなるゝたよりにせんと、その事に心をかけて、おのづから世出世のことに物うとき体にもてなして、宿因のひらくべき時を待けるが、終に明和の年の比、住こし京極中川の坊を弟子の僧にゆづりて、思ひしまゝに東山岡崎の庵にはひかくれぬ。

是、かの千観の馬おひをなし、理満の船わたしとなりて隠れしためしながら、そは世の為にやくある振舞をなしたる古徳の忍行なり、こはやうなき月花を口ずさむいたづらものとなり、人には葛の松ばらとよばるゝ身のやすくて、既に二十年の春秋をゝくるに、いかにせむ、はじめは身を隠せし俳諧にいつしか我にもあらぬ名のいできて、思はずもその俳諧の名のためにいとまあらで、本意をわするゝことのうたてう浅ましく、この三とせばかりは俳諧のまじはりをもふつにやめて、また俳諧の名をものがれんとす。まして、齢は百とせの半をすぎ、目くらく歯落て、やゝ六根おとろへ六識うせなむとするに、さすがにおろかなる心にも思ひしめて、ひたすら罪障を懺悔し、なほも行業の懈怠なからん擁護をいのり奉らんと、一ッの石もて燈籠をつくりて、石山寺に奉る。

そも、この御寺の救世大士の御うへは更にもいはじ、うちめぐる山のたゝずまゐ、そばだてる石のあやしき、木々のこずゑ、湖のながれ、さながら普陀落浄土と申べき霊地なれば、代々の御門の御幸の跡たへず、あるは源為憲の蓮の曙、あるは紫式部が月の夕べのむかし物がたりをはじめ、今の世の詩人・歌人・山賤・海士をとめの、心なきもこゝろあるもあゆみをはこばざるはあらず、もとも有縁の伽藍なり。さるから、いづくはあれど、こゝにしもこの燈明を供養し奉る。

その燈籠の高さ九尺あまり、中央には、「施燈功徳経」の要偈の若人一燈奉施仏、得福過前無有量、燈油譬如大海水、其炷猶如須弥山の文をかうがへ、前書博士中原朝臣の筆をこひて石にゑり、かたへに蝶夢幻阿法師の名をとゞむ。これぞ、俳諧のあだ名しるせるおはりとはおもふなりけり。その日は、天明五年五月廿日にて、空清くはれ風すゞしく吹わたりて、そらに仏天も感応やし給ふらむと有がたきに、何がし大僧都の御房、御堂にまうのぼり、燈明供養の表白の文読せ給ふを聞からに、二なくかたじけなく、かゝらざりせばかゝるけふにあふべしやと、歓喜の涙ふかくにこぼれぬ。その夜は御堂の東のつぼね、そのかみ式部女が物書し源氏の間といふに籠りて通夜し、夏の夜のみじかきに長き思を書つゞく。

五月やみ　うき世の闇に　なほくらき
廿日ばかりの　よひのほど　御堂にのぼり
かしこくも　内陣ふかく　石ばひの
檀にゐよりて　らいはいし　一ツごゝろに
手をあはせ　見奉れば　御あかしの
昼かとばかり　かゞやきて　光明四方に
あまねしや　大悲者います　御づしには

こがねの扉　きらめきて　てらせる影に
まのあたり　ぼさちもあらはれ　たまふかと
香炉にたける　けぶりには　異香くんじて
みちかほり　香世界とは　おぼえける
うへをあふげば　宝蓋に　妙なる雲も
おほふべく　下をのぞめば　護摩檀に
五色の蓮の　花さけり　夜なほ更れば
堂の外の　山の松かぜ　琴をひき
谷のながれも　伽陀をなし　澄わたる音
たうとくて　世の物音に　まさるゆへ
濁れるこゝろ　はれらかに　きたなき身だに
あざやかに　いける仏の　御国にも
うまれ出にし　おもひせり　暁のかねに
今はとて　名残をしくも　結願の
念珠すりてぞ　ぬかをつく　あふぎ願くは
あがほとけ　慈悲の眼に　見そなはし
造りにし燈籠の　石ひさに　苔むせるまで
かはらけの　土かはかずも　つぐあぶら
雫たえずして　灯しんの　細き一すぢに
かゝぐるも　そのいにしへの　貧女らが
信心（まごころカ）にこそ　おとるとも　まづしきことは
たぐひせる　かたゐほうしが　まごゝろを
うけさせ給へ　無始よりの　つくりし罪は
やまのごと　いやかさなるも　かすかさは
蛍ほどなる　ともし火の　此ひかりもて
もろ〳〵の　闇やぶるべく　もろともに
心はこびし　ひともみな　そなはる功徳
はかりなき　海をためしに　たのもしや
さるははかなく　なきあとに　消ず世をへて
このやまの　石とひとしく　とぼりつゝ
かの御経に　説おける　見他施灯
信心清浄　合十指掌　起随喜心
有がたき哉　燈明を　見む人ごとに
極らくに　生るえにしと　なりなんと
百八のずゞ　くりかへし　くりかへしてぞ
廻向し奉る

蝶夢文集拾遺一

『蝶夢和尚文集』に未収録の序跋などを、年代順に収めた。年次は、その文章の推定される成立時とした。ここに収める他に、芭蕉翁絵詞伝跋・機嫌天序がある。

一　『白鳥集』書入れの識語

敦賀津は、予が蕉門頓悟の地にして、風交また尋常ならず。選集なれりと、白崎琴路の文に添へしは此もの也。

中川の庵に蝶夢記之。

二　「白砂人集・良薬集・未来記」奥書

右者、柿園七部秘抄之中、所謂白砂人集・良薬集・未来記之三部也。勢州春渚老人、雲遊于洛下之時、得之伝写者也。

明和改元申年八月既望、書於京極中川庵。

釈（印「釈」）　蝶夢子（印「蝶夢之印」）

三　俳諧十論発蒙奥書

右俳諧の十論は、享保のむかし伊勢の国山田吹上町といふ所にして、東華坊見龍著述しけるとぞ。此論著述の後より、住日庵をも十一庵と名付しとや。

その庵にして講筵をひらきけるを、神官に武田何がし春波、つねに口下にありて講弁のしたしく筆記せる口授秘訣の数条なり。

爰に春波の舎弟春渚、ことし夏みやこに遊びけるころ、此書を付属して都下に此論を説かむ事をすゝめられけるに、ふたゝび『為弁抄』或は『去来抄』或は『土芳抄』、または他門にても季吟の『埋木』、鬼貫の『ひとり言』等の古き書どもを校合して、私に「十論発蒙」と名して函底にひめ置くのみ。其器にあらずしては一覧をも許す可らず。後の人、心ありてみだりに伝ふる事なかれ。于時明和改元申の冬閏十二月、京極中川の院にして写す。

原本は、播磨の山李、年月此書を授からん事を雪中に臂を断つのまことあるによりて送り与へ、今新たに明和六丑の夏四月、於東山岡崎の庵にて、蝶夢書之。

四　続瓜名月跋

ことしの瓜名月は暁籟のぬしに催れて官舎の後園に遊び、一脚の床に一箇の手桶に、仰ては詠め俯してはくらひて、

7042　瓜皿にあまる影あり望の月

とは申けり。むかし百川法橋が風流ありて後ひさしく此夜のかげを思ひいづる人だになかりしを、今宵の雅筵にふたゝび月の影もすめる心ちなんせらる。されば後の人の今の遊びを想像も、我輩の昔の興をしたふごとくならむものをやと、さやけき月の下にして、京極中川の法師書。　（印「蝶夢之印」）

五　笈の細道跋

行雲老人みちのくの行脚は、遠く円位上人の西住を伴ひ給ひしにも似ず、近く芭蕉の叟の曾良と同行ありしにもあらで、七十に近き痩法師の一本の杖、一蓋の笠にたすけられて五百余里の海山をしのぎ帰られしも、しかるべき風雅の冥加にかなひぬるなるべし、とよろこびのあまり、其道の記のおくに一句を書つくのみ。

京極中川の法師蝶夢

7043　しら菊や日ぐろみもせぬあじろ笠

六　蕉門むかし語序

〔既〕白道人の、〔この〕秋は東海道のかへさ杖〔錫杖〕鉢をこゝ〔わが〕の半閑室に留らるゝに、或夜のつれ〴〵頭陀〔袋〕より一ッの草帋を出して余に校せよといふ。見るに故翁在世のふるきためしを引て、多くは此ごろ蕉門下の人の風俗のくだりもて行をいましめたるなり。

余いふ、「かゝる宜なる辞は実に有難き教なれど、かうおもふ人はえあらじかし。かゐりて師をやにくみ、むかひ火作り罪うら〔をや得〕ん」といふに、道人例の鉄如意を撫て、「蘇良中脳蓋」とあらゝかに云声の恐ろしげなるに、灯さへくろふなりぬれば其儘にやみぬ。

明和乙酉の秋寒き夜、京極中川の法師書。
（印「蝶夢之印」）

七　丙戌墨直し序

ことしは例よりも寒うしてみやこの花の遅かりしも、この墨直しの雅筵のひかりにもとなにがし姫のもうけや有けん、きのふにも似ずけふの空のうらゝかなるに、碑前のさくらの咲みだれしにほひはおのづから香のけぶりにたな引き、鳥の音のはなやかなるは執筆の吟声にうちまじへて、いとをもしろくにぎはしき有ましを、京極中川の法師書。

八　丁亥墨直し序

むかし東華坊、この双林寺に祖翁のかなの碑を造立し、春ごとの弥生十二日を墨直しの会式と定められしも、大やうたがはずと云へる花の盛の頃なれば、さらぬだに都の空のなつかしくて遠き海をわたり近き山をこへ来る風人のために、たよりよき時なればなり。もとより心ざしあつき輩は、其日の施主となりて法筵のもうけをなす事例にして、数十年連綿たるも、またく祖徳の余光ならんかし。

しかれば都鄙の好士、自門他流のわいだめなく蕉門の祖風を仰がん人は、ともにこゝろざしをはこびて、此会式の碑面の文字とおなじく消ざらん事をいのらんのみと、京極中川わたりの法師書之。

九　続笈のちり跋

ことしやよひの末つかた、春渚老人、筑紫より都に帰り登り、中川の庵を訪ひ来まして、四とせあまりの物がたりに生の松原のみどりの色は鬢の髪のかはらぬ挨拶になり、鬼界の島の波の音は疝気の虫のなく噺とかはりて、春の日の長きも暮かゝるころ、風呂敷の中より一冊を取出て、「やよ御房のいとさびしげなるにこの草帋の校合し給てん」といへる、その一巻をみるに、花に月に詠に飽ず句々金玉の声あり。げにや、此師に此弟子ありて九州に蕉門の燈を伝ふる事も幾暁庵の余光と申ながら、またく社中の風雅に志のあつきゆへなるべしやと感ずるのあまりに、京極中川の法師蝶夢、集のしりへに筆をにじるのみ。

一〇　戊子墨直し序

ことしの墨直しは、九十九庵の何がしその日のあるじもうけして、善尽し美つくされける中にも、床の本尊には祖翁の筆なる天神の名号をかけらる。これなんあまねく世にしれる重宝にして、膳所の洒堂より此家に伝はりけるもの也とぞ。百年のむかしも今みるがごとく、折から庭の花の匂みちたるもその墨の香ばしきかとなつかしくをもへられ侍りて、おのづからその翁の前につらなりたる様にいさゝか心もあらたまりて、興あるけふの会式なりければ、猶この御神のめぐみもあらんものから、ながく此道の守りをなさしめ給へやと、卓の前にかしこまりて、京極中川の法師蝶夢書之。

一一　ちどり塚跋

津軽合浦外の浜といへば日の本のかぎりにて、いかれる魚あらき波のみうちよする所までも祖翁の風雅の徳孤ならず、この道をたどる人あまたありて、その翁の魂を塚に築て祭り、猶浜ちどりの跡絶ざらん為にとその句々を木に上せるは、何がし漁光なり。其子に里桂といへるすき者ありて、此一集を袖にし三百里の遠き都にのぼり、予をしてその集のしりへに物書よといふに、とみに筆をとりて書く比は明和五子年夏のはじめ、梅の雨のつれ〴〵に、京極中川の法師蝶夢書之。

一二　備忘集序　いせ入楚撰集

ことし伊勢の神風館に句をえるの沙汰あり、その名を「備忘集」といふとかや。其名のあらましは他の事なし、今のあるじ入楚老人年はやゝ七十にちかしといへども、ちはやぶる神の恵にや、目あきらかなれば神路山の花のさかりも、耳とければ山田の原の郭公も、足さへまめなれば都の月にさまよひこし路の雪をふみ分なん事もいとやすくして、まことに矍鑠たる翁ともいはん。されど物覚る事はさすがにほれ〴〵しくて、遠き国の友どち近きわたりの門人の、文にかき口にかたる四季折〳〵の句々を忘るゝ事のものうしとて、几のうへに常に草帋一ッを置て、きゝもし見もすることの葉草を書つらねて、その題号を「備忘」とは名付たる也。

されば風雅の道には身と世とを忘るゝほんしやうながら、其句をわするゝ事のみかくなやみ思へるも、いと有難きこゝろざしにや。其草紙をしもわすれていたづらに反古とせんも便なしと、梓に上して不朽にわすれまじといふ事を書ん事もまた例の忘やせんとて、予をやとひて其趣を書ん事を望めるまゝ、明和子の年秋のはじめ、京極わたり中川の庵の窓の月影に蝶夢書之。

一三　影一人集序　　蘭二法師追善集

蘭二法師は尾張の国の産にして、一向専修の学徒也。求法のために、都に年月をかさぬ。されば其うまれつきたけく勇める人にして、姿はむかしの武蔵坊一来法師ともいへる様に恐ろしげなれど、風雅の道に情ふかくやさしき事は西行上人・芭蕉翁ともいふべし。この年比、遠く六条の宿りより中川の庵にかよひて、常に薪水の労をたすけ、花の筵、月の窓にさうなき遊びがたき成し。

この秋のはじめ、津の国有馬山より説経の師に請じられて行けるに、猪名野さゝはらの秋風のすさまじきや身にしみけん、なやめる事もなくて、例の平生往生のほゐをとげ侍りけるとなん、庵の軒の荻のはのそよぐにつれてきこえしも、はじめて驚べき事ならねど、此人のすくやかなる、今しもかゝる事のいかにぞや、夢ならん、現なる（ら）べしと露うけがはざりしも、日数ふるまゝに雁の音信の重なりしにぞ、我身一ッの秋のおもひやるかたなし。

さてしも有べきならねば、年月まじはり厚かりし人々をけふ此庵にむかへ侍りて、おもひまうけぬ追善の俳諧を催しけるにも、いつも座上にありて高声に吟じられける其声の、今も耳もとにさながら残りたる心地に侍りて、目くれぬれば筆の立所も覚束なけれど、その断腸の一句を書て香とゝもに霊前に奉る。

一四　猿雖本『三冊子』奥書

白双帋・赤草紙・忘水の三冊は、親弟土芳、祖翁の膝下に在て示教の金言を手づから書写すもの也。此道の極意、此書に過るもの有べからず。他人の見る事を不許ものか。

明和六年の春、於伊賀上野蓑虫庵、得故人猿雖老人が自筆て書写者也。

蝶夢　判

一五　古机序

みちのおく津軽深浦の湊にくすし何がし（千風）といへる人の侍りて、芭蕉翁の風流をしたひ、その地に此門の俳諧をつたえ侍りて、柴かる男網ひく子共をも正風にみちびかれけるとぞ。はやくより龍宮の千金方を得られたるにや、齢は八十のあまり有てめでたかりしも、忍土の習ひとて矣（夷）滅の苦をまぬがれず、去年の冬のはじめ病の床に消がたの霜を観じ、やがて彼国の聖衆の一人となれりとぞ。

さればそのふるき机の上に、むかし今の人の発句を書つらね、またみづからのほくをも書をける巻の侍れば、それを写して一集となしてなき人のかたみとも見ましと、巴琉はその子の孝をつくし、里桂はその弟子の礼を尽し侍れば、予は其友の信をつくして、念仏回向のゝち集の名をしも「古机」と、都の東山岡崎の里五升庵にして蝶夢書之。

一六　米賀集序

播磨がたしかまにちかきわたりに、竹内氏なる一人の孝孫あり。祖母なる人のことし八十八のめで度年に逢て、その年賀の行を催されける。其切なる孝心の通じけるにや、遠く雲の上まで聞しめし上て、何がし大納言の君、「竹久緑」の御詠を下し給ふけるとぞ。もとより親きかぎりの詩客は王母が桃を捧げ、歌人は遍照が杖を送て賀筵を寿き侍りけるとや。

中にも、祖母なる人の息才な手本になれよと口ずさみぬる詞の俳諧の躰有とて、此集の序を予にのぞめるゆへに、詩歌の人にも譲らで筆をとれるも、例の嗚呼のものと人のいはん事をと鼻じろみぬ。されば集の題号を「深

みどり」と名付しも、かの詩歌によれるなるべし。其御歌によりて、

7044 雪どけや猶も千よふる竹の色

と悦びのあまりを東山に住る法師、序す。

一七　梅の草帋跋

そも此集の名を「梅の草帋」と名付るは、祖翁の梅がゝの一句を一集の本尊とあをぎ外に梅の句を載ざる故〔撰者の微意〕にして、かの杜少陵が海棠の詩を作らざりしためしなるべし。

撰者後川は加賀の国の産にして、暮柳舎の子として俳諧の血脈までをつたえ、若きより名誉ありて北国に宗匠の一人にかずまへられしに、俳諧のために花鳥の情をよくわきまへんとてはてはその花鳥に心をなやまし、家産をやぶり世にたはれ男のうき名の立しやしらず。

されど四十といふ年の薬にや、誰いさむるとしもなけれどみづから往事をくひて都に上り、予が五升庵にて年ごろの罪障を懺悔し、髪を剃て後、庵のしりへにいにしへ俊寛僧都の住ける法勝寺の跡とてかたばかりの草の戸有けるに移りて、「松の霜おもへば遠きむかしかな」と懐古の心をのぶ。もとよりうき世の外ののどかなる住居なれば、常に五七五の句を吟じては芭蕉翁の風雅をしたひ、一炷の香を愛しては宗祇法師が風流にならふて、行ひすましたる今の有様〔身の有がたき心ざし〕をその国人にしらさんとて、草紙のおくに僧蝶夢書之。

一八　青岢筆『去来三部抄』奥書

右落柿舎三部抄者、蕉門直指之書也。詫（託）湖南青岢子令写之。

蝶夢（花押）

一九　百尾寄句帳序

橘中亭のあるじ、この一帖を都に上して序を書ん事をもとむ。あるじははせを翁の風雅をしたひて、丹後の国に誰かれと呼れて此道に名高ければ、天のはし立に杖を曳（ママ）く月花にうそぶく行脚はもとより、成相山に柄杓をふ

りありく今生後生の為の順礼までも此亭を訪よれば、その人に四季の発句を書しめて、橘中に碁を囲ふの遊びにかへましとなり。此帖をひらき見ん人、その心えなるべしと、帋のはじめに東山の法師書之。

7045　雪垣のやぶれに春の日影哉

7046　きせわたや老ゆく菊の花の顔　　蝶夢

二〇　都の秋集序　　但馬涼秀著述

ことし秋の長月十三日のつとめて、但馬の涼秀、草庵に尋ねまふ来りて、「山陰の月も見はてつれば、都の月の名ごりながめまほしとのぼりぬ」と語るうちに、湖南の智丸また入来りて、これも「湖水の月もはや興尽ぬれば、洛陽の夜色もゆかしくて」などいふに、風流の先がけられしおもひに、さらばとて、「広沢の池も冷じかりなん、指月のもりも道の程遠し。たゞちかき石川や蟬の小川の清きながれを尋て、すむ月こそよかりなん」と、川に望める楼に上りてうち望むに、こよひは殊に晴わたりて、月は東山の尾上をはなれてこの川水に金波をみなぎらせば、さながら古き詩の俤有て、興たぐひなし。

されば先の名月の夜ごろは、此ほとりは糸竹に舞かなでゝさはがしかりしも、此夜はいと静にして、むかふの野らに稲番の太鼓の音幽に、前なる川原に辻君の立すがたのうそ寒げなるまでものこりなく見えわたりて、都にもかゝる秋の哀は有けりと入興して、かたみにこの月影のかたぶく迄は睡べからず、ねぶらん人は罰に金谷の三盃の酒も、下戸あればみゆるしてこの一盃のさや豆を喰ひ侍りなんと、東山の法師、筆をとりて久風亭の壁に書。

二一　長者房に贈る辞

伊賀の上野ゝほとりの長者庵といふに、浮流が居をトしゝに申おくる。

長者房とはいかなる長者殿ぞや。須達月蓋の金を布し因縁にもあらじ、むかしさる人の住たる跡とも聞えず、かの切株の僧正のあだ名とりたる庵なるべし。

たゞこの法師の本性の世の塵に露も心そまで、三衣の裾やぶれぬればみづからつゞりて人をもたのまず、一鉢の中むなしければ手にさゝげて市にたつ。されば衣食にわづらひなきうへに住所さへもとめたれば、衣食住の三ツ足りて、なほしも月花にうそぶき、雪にころびありきて師走といふ事もしらぬ顔なり。是をや無事、是貴人とも、無心則長者ともいふなるべし。

7047　長が家の梲にあたりて長者房

二二　伊勢紀行跋

世に蕉門の風流をいふ人多しといへども、なべて名利の為にして、風雅の正道をたどるはすくなし。何がし禹柳のぬしは、其父のよの常好みたるとて、その心ざしをつぎてふかくその道に執し、遙なる海山をこえて伊勢の国に下り、古人麦浪舎がために一簣のちからをはこびて碑を立しとや。これらをぞ風雅の道を得たる人といふべし。予此道に年月遊ぶ事ひさしふして、はじめてこの人に逢ふことを悦ぶ。

7048　夏たけてまことにきゝぬほとゝぎす　蝶夢

二三　秋しぐれ跋

いづれの年の冬ならん、東山の五升庵へ蘿来・山李尋来りて一夜やどり、囲炉裡に柴折くべて物語るに、山李がにくさげに肥ふとりたる足を横たふれば、蘿来はなやみがちにかよはき細ずねをさし出してあたる。

やゝ夜ふけ、窓うつ時雨の音に、「腹の寒くなりぬるぞ。粥焚てあたえよ」といひしもいつかむかし語に、そのぬしはなき人の数に入りて、此一冊に吟魂をとゞむるもはかなし。かの一夜宿りたりし岡崎の草の庵さへ、ことし春の焼野ゝ灰とちりうせぬ。いづれつねなき世の有様かくの如くなるべし。しかるに撰者何がし、予に集の終に物書添よといへるまゝ、在し世のはかなしごとの俤にうかみ出けるを思ひ出て、湖南粟津の庵にして蝶夢書。

二四　此葉集序

序

むかし芭蕉翁の人に示す詞に、「志を勤め情をなぐさめ、遙に定家の骨をさぐり西行の筋をたどり、楽天が腸をあらひ杜子が方寸に入るやから、わづかに都鄙をかぞへて十の指をふさず」と。在世の時さへかくまれなり、まして百年の末の今の世の中はたゞ詞花言葉をのみ事として、誠に此道に志を勤る人すくなし。

こゝに周防の良城の住人片山氏は、わかきよりゆゝしきすきものにて芭蕉葉の下陰に遊び、介我のながれをくみて介羅とよび、俳諧に情をなぐさむること三十余年、人にゆるされたる作者なり。老の後までも遠く国々の好士を尋ねありきて句を勧進し、祖翁の石像を刻て此葉塚を建、かの句を一集に著して「此葉」と題す。その事のいまだならざるに、いふかひなく病を受て、此世をさらんとするきはまでも、この集はたしとげん事をのみいひけるとぞ。是しや志をつとめたるの人なるべし。

猶子順甫、その書を持て草庵に来りて序作らん事をのぞむに、いかでさる事書んといなみけるに、其人のかねてこの序文は御房にこそと申をきしといふに、辞せんとすれば其人此世にあらねばせんすべもなくて、筆をとりて集のなれる因縁をしるす。これを序分とは見ん人おもひ給へ。

洛　蝶夢

二五　小本『芭蕉翁発句集』序

今はむかし、京極中川の寺よりこの東山岡崎の草庵にかくれ住けるもはや十年になりぬ。その年ごろつれ〴〵の折ふしは芭蕉翁の発句をよみてひたぶるその世のなつかしさのあまり、土芳が『蕉翁句集』、乙州が『笈小文』、史邦が『小文庫』、支考が『笈日記』、桃隣が『陸奥千鳥』、風国が『泊船集』等の門人の古き句集を輯録し、かつ『芭蕉句選』のあやまりをあらため、『芭蕉翁発句集』を著述して、過し午の年の春ならん梓にのす。

その発句集をしも小冊に物して、花晨月夕に好士の袖にするたよりあらしめんと、書林井筒屋庄兵衛のこふによりて、その句をかたのごとく年歴の次第に書ならべ、年歴の分明ならざるはその句の題のすゐに書て、句体に流行有ことをしらしむ。

四季のあつかひ、手尓於葉のたがひ、諸集の中に同異あるは土芳の句集によりてしるす。『句選』にあつめしは六百三十余句なりしに、かれこれの書に拾ひあつめてさりと覚ゆる句を追加して七百五十余句となれり。さはいへ、きゝたがへ思ひあやまりたること多かるべし。これを正さん事は後の人にゆづるものなり。

安永五年五月あやめ草ふける軒にして、蝶夢幻阿書之。

二六　忘梅序

貞享元禄のころ、湖南の作者に江左氏尚白老人あり。芭蕉翁の門人にて「蕉門の龍象」と呼れ、「江左の風流」と称せらる。今も其家栄えて世々医を業とす。今のあるじはその曾孫なりとや、家の風吹つたえてもとより国手の名あり、また風月の才に富り。名にし「辛崎の松は花より」と聞えしも此家にての発句にして、其短冊を珍蔵せり。其隣に、井口氏とて同癖の好士あり、常に行通ひてさうなき遊びがたきなり。

ある時、かの家の文庫より古草帋をさがし出したるに、まさしく尚白老人の筆にて「忘梅」と題せり。そのかみ老人の没後に、其門弟の輩、哀傷の句を集て「夕顔の歌」と名付たる集の序文を堅田の千那法師の書たる中に、「集を撰ばむとて、根を辛崎の一ッ松に託して忘梅と題す。惜かな其撰、本意を遂ざりき。かの湘臣汨羅のほとり梅をわすれたるに似たりといふ人あれど、たゞ時のいたらずしてやみたるならむ。悲しきかな」と云々。また、彦根の許六も「尚白は忘梅の趣向にたふれ」と書しも、其集のならざりしをいふ。今見る此草紙こそ其「忘梅」の草稿なめりと、主客よみて目をはなさず、主人は曾祖の遺意をつがんと思ひ、客は古徳の遺韻をしたひて木に上ん事をかたみにかたらひて、五升庵にをくる。

実もその句の優になつかしき様は、羅浮の曙の白妙なる暗部の宵闇に匂ひわたれるごとく、その句のいさぎよき体は、氷肌とも玉骨とも申べし。時なるかな、主客の心ありてより、ふたゝび此集の花ぞむかしの香に匂ひけるよと歓喜の余り、安永酉のとし二月、庭前の琴木の梅さかりなる折にふれて暗香浮動月黄昏の窓のもとに、蝶夢幻阿、この集のなれる由縁を書。

二七　冬柱法師句帳序

しづかに思へば過にしかたのこひしき中に、冬柱法師と聞へしは、鞍馬寺の住侶にていまそかりける。いとけなき比より叡山に登りて一心三観におもひをこらし給ひしが、いつしか病がちなる身となりて終に一山の交りをも辞して、さゞ波や大津の浦辺は生縁の地なればそこに隠れて病をやしなふに、三井寺のふもと湖水の汀に志賀の辻子の名のよしばみたればと、かりの住所もとめ給ひける。

昔は何がしの寺の僧都とあがめられ今は志賀の辻子の隠居と呼れ給ひて、この年月籠りおはして後の世の作業には日毎に『法華経』をよみ、此世の楽事には時となく俳諧の句を翫び給ひけるに、山法師のならひ、気すぐに心高く、句のすがた有のまゝに才覚をあらはさんともせで、しかも一ふしおかしく、人にゆるされたる堪能の名ありて此道の長者なり。

もとよりさびしき本性にて、常に訪ひ来る友をもさはがしき人をいとひ給へば、たゞ同じ心のひとり二人の行かよひてかたみにつれ〴〵をわびけるに、去年の秋の閏月といふに、年ごろの病せまりて目出度往生し給ひぬるに、俄に風雅の灯うちけちたらんやうにて悲かりし。なきがらは都の北山市原野に送りて、むなしく中琛僧都の名をとゞむ。

けふ七月十日一周忌にあたりけるに、例の友達あつまりて、今はいづれの浄土にいまそかるらんなどなつかしがるとて、在世にしたしく口ずさみ給ひし句どものわすれがたきを語りあひて、思ひ出るまゝに悲み牌前に奉るよしを、蝶夢幻阿弥陀仏啓白。

二八　風の蟬跋

一集いできて、「風の蟬」と名つくとや。かぎりある身を風の前の蟬の羽と悟りて、病の床に厭(離)求穢土の思ひをなせし欣求浄土の行者は、釈教善入道なり。

遙なるみちのくより故郷へ帰りて、ふたゝび五老井のもとの心をくみ、彦根躰のいにしへの風雅をおこし、善性寺にまふでゝは他力門の信心を決定して、つゐにその道場にして本意のごとく往生しぬ。所こそ多かるにさる霊場に終りをとれること、多生の因縁にして二世の願ひ満足すといはん。まして塚をたて集を編て後のわざを尽せる門人ありて、没後の面目此うへやあるべき。予も随喜のこゝろを帋のあまれるはしに、蝶夢幻阿弥陀仏みづから書。

二九　断腸の文

貴札致拝見候。如仰厳寒に御座候処御安泰の旨、奉存珍重候。野子儀、無別条罷在候。乍憚御安慮可被下候。然者、寒餅一重、遠方之所被思召寄、不浅致賞翫可申候。

今月二日にも廟参ながら可致出津候処、入阿上人命終いたし申候而、前後内外引受致世話申候而、一向無寸暇候。葬式、寺之格とて三日も相務申候。彼是に而漸々此間平生に居申候。乍併、一昨年音呉(カ)和尚、昨年冬柱僧都、今冬は吾東法師・入阿上人と致離別候へば、何とやらん心さびしく候。腸を断と申候事も、少は覚え申候様にて、就夫此間、『北山医話』と申書、致一覧候処、

唐武宗疾篤シ孟才人とイフ寵妃泣曰妾嘗歌一曲を泄ン二其憤一上許ス乃歌二一声河満子一気亟ニ立ニ殞ス上令レ医候レ之曰脈尚温而腸已ニ絶

注曰悲愁不堪則腸断　人猿並同

（唐ノ武宗、疾篤シ。孟才人トイフ寵妃泣テ曰ク、妾、歌一曲ヲ嘗(こころ)ミテ其ノ憤ヲ泄(もら)サント。上、許ス。乃チ一声河満子ヲ歌ヒ、気、亟(すみや)カニ立ニ殞ス。上、医ヲシテ之ヲ候セシムルニ、曰ク、脈尚温クシテ、腸已ニ絶ツト。

注ニ曰ク、悲愁ニ堪エズシテ、則チ腸断ツ。人猿並ニ同ジ。）

如是なれば、腸を少々つゞけたく、断はて候へばたまられずと致思案候。

四日には、吾東法師初月忌に而、追善相務申候。念仏えなりければ、

7049　同音に申すぞうけよ寒念仏

四日の月の寒き面影　　　沂風

人数に三人致出席申候。沂風法師、脇に而泣せ申候。野子、述懐を或夜腹稿いたし申候。

　去年は鞍馬寺の僧都にわかれ、ことしは三条の法師・七条の上人遷化しぬ。今は此世に月花の道かたらふべきたよりも、後世の道すゝむべき人もなしと、ひとりうちかこたれて、

7050　腸のきるゝよとおもふ霜夜哉

法兄あまたありしもみなさき達て、ひとり入阿弥陀仏のみ残り居けるに、もとより風雅の道の人にて、つねに月花の情をかたみにかたりあひしもいかゞせん。

7051　雪折し松の片枝の跡わびし

かくの如き様子にて候へ共、尚少ぞ風流噺にと、十二日比、歳暮参りに木曾寺へもと心懸居申候へ共、もはや、

7052　節季候の来れば風雅も師走哉

にて候へば、いかゞ無覚束候。

貴句「霜消し桃の枝」、めづらしく覚え申候。「一ツ松」めづらしく、実境ならんと思ひやり申候。追而、可致入集候。中々御挨拶こゝろなく候。猶又近日御上京候よし、可得貴意候。可祝。

十二月八日　　蝶夢

菊二　様　貴答

三〇　口髭塚序

石見の国に蝶鼓の翁いまして、此道にいみじきすきの名あり。この年月せうそこをかよはしてかたみに月花をかたれども、つゐにその人にあはず。されどその心の色はとく言葉の花にあらはれて、心をしれる友なりしが、今は三年のむかし、こがらしの風のおし（ママ）からぬに、もとの雲とかしこくさとりて、終りめでたかりきとかや。

さるから孝子万鼓といふ人、とぶらひの句どもを書つらねてひとつの草紙となして、父のこゝろざしをつぐとて言をくりけるは、父の病かぎりなりけるときに、我なく（ママ）らん跡にて追善の集つくらば、その序はかならず都の法師にもとめよと、ねもごろに言をかるとなん。これぞ

身の後までも心をしりし友の契なりけりと、そゞろ悲しくうちなかれて、遙にかの国の方にむかひ、一蓮同生と念仏して、蝶夢幻阿弥陀仏書。

三一　もとの清水序

今はむかし、京極わたり中河の寺に住けるころより、此道にこゝろざし有ければ国々よりとひ来る人〔行脚〕の多かりしに、其人にあふ度にかならず道のことはりを尋しに、「これなん蕉門の面授口決の秘書、俳諧の直指相伝の切紙よ」と口々にいふをひたぶるに求て、おろかにも恐しき誓ごとをたてゝ伝へ写し置しその書の数、やゝ二十余部になれり。

東山岡崎の庵に隠れし後に、集録して読におのがさまぐ〳〵に十冊〔巻〕十色に其趣〔の〕を違ひたるや〔ぞ〕、かの釈迦尊滅後に、諸弟子の一見を執て一大律蔵をわけて五部とせしためしに似たり。されどそれは三賢十聖のうへなり、是はみなおのれが我相より出て邪見につのりたる〔なり〕、たとはゞ許六が正風彦根躰と題せしごとく、〔是たゞみづからの一見をたてゝ公ならず〕何れも風雅の道の為にあらはせし書ならず〔で、ひたぶる〕。たゞ人をあざむきて名利のためにするいつ〔はかり〕はりごとにして、「風雅の道をそこなふのよしなしごとよ」とはじめて感悟し、かゝるものかいやり捨なば、〔もし落ちりなんを〕初学の人の見たらむは人をまどはすの罪ありと心うくて、ことぐ〳〵く焚捨ぬ。

こゝに、〔一祚何がし〕梨一といふ人あり。東都に生れて眠柳居士にこの道を習ひ、はやくより官途にはしりありく事三十余年也しかど、其人廉直にして貪らざれば、家まづしきことといふべからねど、書を読事〔つむこと数千巻〕を好みて〔にあまいて、ほゝ〕博識のきこえありて、蕉門のおもし人也。老の後、越前の国丸岡の城主よりまねかれて儒を以て仕ふ。かゝれば風雅を以て世わたるたよりにするにあらず〔で〕、〔まことに〕たのもしき月花の隠君子也。

予とふるき友なりけるに、あるとし、都に登りて或夜の物語のつゐで、「世に俳諧師といふもの多くおこなるもの有て、此門の風躰をみだす事のうたてく浅まし」と語るに、老人の曰、「我も此〔其〕事を正さまほしく、初学のために、この年ごろ祖翁在世の古書共をあつめて書をける物あり」と出してみするとて、「これや私の一言半句をも用ひずして、なべていにしへの野中の清水の浅からぬをしへなれど、今の世にそのもとのこゝろをしれる人あらず。法師と〔こ〕そ汲分てぬるきをもつめたきをも弁へ給ふべし。猶しも澄にごりを書〔添へ〕てよ」といふに、いさゝか管見の趣をつぎ加へをきぬれど、「かたく人にな見せそ。壁の中に〔ぬり〕こめて見す〔る〕べき人をまて」など老人のいひしまゝにこの十五年の春秋をすごしぬるに、五十になりけることし思ふに、「さばかりの書を、さいへばとていつまでかかく壁の土と共にうもれさせをかん」と取いだしてみるに、また年月へたるもののめづらしき心地すれば、くりかへしみて〔るちなみ〕、すさびに猶おかしと思ひたる一ッ二ッの古き言葉をも書つらねて、もしも芭蕉葉の下のながれのもとのこゝろをしれる人あらば、見る事ををしまじものをや。

天明元年五月雨の窓の下に、蝶夢〔幻阿弥陀仏〕書。

三二　雲橋社蔵芭蕉真跡添書

芭蕉翁真蹟

「たれ人かこも着て居ます花の春」のこ〔の〕句、うらは「洒落堂の記」の文章也。この反古は、伊賀の国、藤堂玄蕃殿家の子、岡本苔蘇のもとにつたえしものなり。苔蘇は祖翁の門人親炙のひとりなり。その孫素梅といふものまで所持せしとぞ。梅没せし後、ゆかりのもとにありしを、こたび遙にその国の好士の道の執心を聞て、藤堂家の長なる安屋甚左衛門俳名冬李のぬしよりつたふ。後のみん人のために伝来のあらましを、蝶夢幻阿弥陀仏書。

天明卯のとし四月奉扇会の日

雲橋庵連衆

三三　雲橋社俳諧蔵書録序

仏の道に正法・像法・末法といふ事あり。これは、仏の世にいます時はまのあたりに説法を聴てそのことはりをもわきまふべけれども、その涅槃の後はたゞ仏像と経巻のみをもて法とす、これを像法とはいふなるべし。俳諧の道もさる事に同じく、芭蕉翁没し給ひて既に九十年の星霜をふれば、蕉門の像法の時にあたれり。

しかれば、その像に対し其句集を読てこそ俳諧の法とはたのみあがむべしと、雲橋庵にことしの秋、祖翁の肖像を安置し、在世の書をあつめて俳諧の一大蔵経とし、時を同じうせずといへども、蕉翁の面を拝し法を伝えて、瓶の水をうつし灯の油をつたふ。

されば、後の好士あらむに、今のこゝろざしをうしなはず、浮言閑語の誹諧の外道に陥入らで、万葉古今の俳諧の実道を踏分て、ながく蕉門の余光をかゝげて、飛花落葉の変化をしるべしと、其書の目録のはじめに、蝶夢幻阿弥陀仏書之。

三四　蓑虫庵句集序

我にひとりの友、ひとりの弟子あり。その友は、としごろ旅ゆくことを好て、生る仏のおはすしなのゝ国の山のおく、もろこし人の来れる火の国の浦のかぎりまでもさそらへありきて、楫枕の波のひゞき、草筵の風の寒けきをもともにせし居士桐雨なり。その弟子は、日ごろ閑居をこのみたれば五升の米をわけ一椀の茶をすゝりあひて、かりにも利をもとめず名をしられん事をはぢらひける法師浮流なり。

しかるにはからずも、その法しはこぞの夏五月の雨となり、その居士は六月の雲ときえぬ。年月のちぎりたがはでわづかに日をへだつること五日ばかりにして、同じく伊賀山の土となりしぞあはれなれ。生死のならひ更に驚くべきにあらねど、我はをろかにもこの二人をこそ老行するゑのかたう（ど）人とたのみしものを、一時に手足もがれぬる心地にむねつぶる。されど、これこそ此身に念仏すゝむるたよりよと思ひかへすれば、また有がたくぞ覚えける。

ことし一周忌になれりとて、居士が家に残りし老たる女法師が庵にかよひけるわかき男どもの、二人のはかなく書捨し反古の中にみえたる発句かひつらねて、「ありし世の友がきにも見せまほし、そのあらまし書てよ」と都にのぼしけるをみるとて、この句の折は花のおもしろかりし、かの句の時は月のさびしかりきと思ひつゞけて、いとゞむかしをしのぶ泪に目くれこゝろまどひて筆のたて所もしらぬをねんじつゝ、持仏の前に香をたきて、蝶夢幻阿弥陀仏書。

三五　桐雨居士伝

桐雨居士は伊賀国上野ゝ住人にて、姓は築山、名は知明といふ。芭蕉翁の親弟猿雖が曾孫なり。うまれつき多病にしてはやくより家業を子に譲り、髪を下して家の傍に卜居し、宿に居る日は門に有の字を題し、居らざる時は無の字を題せしかば、あたりの人は有無庵と申ける。喫茶は宗旦が数奇をつくし、俳諧は猿雖が家風をつたふ。むかし蕉翁の、

みのむしの音を聞に来よ草の庵

とありし蓑虫庵は古人土芳のもと住し跡なるを、別業とし月に雪に行通ひて、この国風俗のあだなる風躰をしたひて、『蜜柑色』『雪五歌仙』等の書を著し、二三子をこの道にみちびきしが、ちかき年より風をわづらひてひた籠りにこもりて人事を謝し、天明二寅年六月三日にをはる。

三六　古今集誹諧歌解序

誹諧歌序

まことや、『古今和歌集』のふかきことはりあることゝ聞しれるも、つねの人のわきまふべき事ならず。そが中にもわけて誹諧歌といふことはひそかにつたふる事にして、たやすくうかがふべきにもあらぬを大かたにしれぬ事になして、しかも世に誹諧といふ道をしも学ぶぞ、我ながらおぼつかなき。

こゝにこのごろ、「誹諧歌の解」といふ書を持来りて見する者あり。めづらしとみるに、そのしるせる所の歌どもの家〳〵にひめ給ふる御説はしらねど、歌のこころのふかさをもをのれごときものゝ耳ちかく、五十余首を掌のうへの菓をみるがごとくにかいつらねたり。かゝることはいかなる和歌の先達なん書残し給ふものにやと思

ふに、あが仏とあふぐ芭蕉翁の門人支考の書るなり。これなん世にありし時は唐やまとの文どもひろく見て、此道に博士の名ありて多くの文どもあらはしける、げにも此人ならではかゝること書べくもおぼえず。

しかるにこのとし月をへて世人しらざることは、いづくの壁の中にもかくして千載の後に見る人をまちしにやと、その心ざしあはれに有がたく覚ゆ。やくなき老の命も、かくふるきふみ見る時ぞうれしきこゝちせらる。今より誹諧といふ道に入らん人は、彼我のおもひあらでまづこの書をよみてのち、はじめて俳諧の句をば学ぶべきことにこそ。

天明三癸卯六月、　　蝶夢幻阿弥陀仏書。

三七　暦の裏序

神風や伊勢の国は、守武朝臣のむかしより俳諧の道をつたへて余所の国にもまさりて今も此道の人多かる中に、何がし素因主人はことさらにすきの名あり。こは同じ国にゆゐありける芭蕉翁の風躰をしたひ学びて、おほやけわたくしの事しげき中にも軒の松風に耳をすまして長松下と号し、門の柳に目をなぐさめて柳陰とよばれ、ひたぶるに此道をたのしみけるに、ちかき年より病によりて奉公の務を辞し、諸縁をやめてわび人となり、月をのみこそ花をのみこそとてみづから耳社翁とは名のりけり。

そも竹馬に乗れる七歳のころより藜杖にすがる六十余歳まで、春秋の折にふれて思ひ出たる発句を年〴〵暦のうらにかいつけて置るものあるを、あたりの人〴〵もとめ出て其家の集となし、名をも其まゝに「こよみの裏」と名付られしをくりかへしよみて、その句〳〵のめでたきは更にもいはじ、猶行すゑ幾甲子をもへて、暦のうらにながく書添へなんことを祝ひて、蝶夢幻阿弥陀仏、このよしをしるす。

三八　東山の鐘の記

岡崎の里は、むかし六勝寺とてやごとなき御願寺甍をならべてありける中にも、法勝寺の塔の影の、遙なる天竺の阿耨達池の上に、東方にいづる日の影とゝもにうつれるなむ、いふばかりの迦(伽)藍なりしとぞ。その名残とて、わづかに田畑の間に塔の段(壇)高く、閼伽井の水たえ〴〵にながれたり。

さる布金の霊地なればにや、今の世にも、左には粟田の山さしいでゝ慈鎮和尚の青蓮院、法然上人の知恩院、右は神楽岡、横をれふして慈覚大師の真如堂、熊谷入道が新黒谷、後は如意宝珠が嶽聳えて、永観律師の禅林寺、後白河法皇の若王子、住蓮房の獅子が谷、夢想国師の南禅寺、義政将軍の銀閣寺、東福門院の光雲寺、前は野面ひろく、鴨河を限りに読誦(どくじゅ)の法華堂、口称(くしょう)の念仏寺有て、朝夕べとなく鐘の音たえず、あなたに諸行無常をつぐれは、こなたに寂滅為楽と響きあひて、いづれを黄鐘調とか聞もさだめむ。

ひとゝせ駿河の乙児と云しすきものゝこの庵にやどりて、

　　みじか夜や鐘いろ〳〵の東やま

とめでぬるに、まして冬ふかきこの比は、豊山のかねの撞かでなるがごとく、鳧氏が鋳たるならずも、さえわたる鯨の音は、迦葉尊者のうつにも、道場法師が撞るにもおとらじものを、かならずしも枕を攲(そばだ)てずして耳にこたへ心にしめて、おのづから百八の韻に百八の結業の夢を覚し、十二時の響に十二の因縁のうつゝなるを悟るのたよりとぞなれりける。

7053　みな古き鐘のこゑなり暁の霜

蝶夢幻阿書之。

三九　芭蕉真跡を再び得たるを喜ぶ文

むかし草庵にひめ置し蕉翁の筆のものゝ、ひとゝせの火にほろびうせしを、とし経て此日しも易得亭に見し事の不可思議なるをよろこぼひて、折ふしの雪に思ひよそへて、

7054　たけの子をふたゝび得たり雪のけふ　蝶夢

四〇　芭蕉真跡箱書

「会理知無我」の偈は芭蕉翁の真蹟にして、湖南の正秀が所持なるを、秀が門人可文にゆ(カ)づる。其子に文素・

可風あり、風、我と友たり。風が没後に、風が記念と見よとて素が手より我に譲る。然るに安永の午の春、五升庵類焼の時、このものも烏有となりぬと思ひしに、はからずも遙に十一年を経て、友人蒿渓（蹊）が家に得たり。その宿因の浅からざることを、蝶夢幻阿弥陀仏誌。

四一　泊庵記

五十不造宅、六十不製衣とは世間の人だにいふを、まいてかりにも出世間の身としていつ迄世にあらんとて心のどめてかゝる庵作らんこと、山を買ふの銭ある富貴の人の物好るごとく、すこぶる境界をわすれたるにゝたれど、おのれむかし京極中河の寺より今の神楽岡崎の里に庵占（カ）しも、既に廿余年の春秋を経ぬれば、花の朝、月の夕をいはず、蝶夢のあだ名たづねて訪ひ来る人多し。その客は半日の閑を得るもあらん、我は半日の閑をうしなふもうたてく、ちかき年より不門（問）にその交をたちぬれど、世にすむならゐ、なをやむまじき人の来るをいかゞはせん。

爰に、住庵の後にいにしへの法勝寺の跡あるに、和歌のすきひじりの住あり。里をうしろにし、山に向ひてかたのごとくに世はなれたる地なれば住まほしく、「庵ならべん冬の山ざとよ」といふに、ともかくもと聖のゆるせるに、やがて其かたはらの枯草をかなぐりて庵をむすぶ。もとより人の為にあらず、おのれがために作れるなれば、ひろさはわづかに方丈、高さは七尺がうちにて、藁をつかねて屋根を葺き、杉の皮をかさねて日かくしを出す。南の方はきりかけ一重に隣をへだて、北のかたは野河に橋二ツをわたして道をさかふ。のどかなる日はこの庵にかき籠りてしづかに三業をおさめ、しばらくも六塵をわすれ後世を念じ、残生をやしなはん便とす。しかれども、なほ影を畏れてはしれるものゝ譏もあらんながら、これぞ出家後の出家と教しを学びて、隠遁後の隠遁なるべし。

7055　月花に又かくれけり雪の庵

そのよし蕉中禅師は「泊庵の記」に著したまひ、澄月上人は壁書の短冊を書てたぶ。その歌は、

心なき人をばよせじ山の辺の庵は中〲ぬしきらふ
なり

こは台〔吉〕水和尚の山居の古歌とか。

東の山根にさし向ひし迦（伽）藍は禅林寺にて、永観律師の持念の阿弥陀仏ぞ立せたまふを本尊とあふぎ、つねに朝日の峯に上り夕陽の山にかゞやくを拝みては光明遍照のおもひをなし、聖衆来迎山の名空しからで、おのれをしも摂取不捨し、かならず顧らせ給ふべしやとたのもし。

かゝる庵に一物の交割おくべきにあらねど、ひとり増賀上人の絵像あり。丸山応挙筆 松波播州刺史讃　先徳多かる中にも、わきて名利を厭ひ給ふなればなり。また、頓阿法師の筆施行歌之切、芭蕉翁筆観空知無我之語、石川丈山硯箱、みな風月の隠逸、先達なる遺徳を慕ひて蔵す。此外には芦屋の鉄釜、清水の土鍋のみ。

7056　我にこと足るや宇治の茶小野ゝ炭

庵の景は、「庵の記」におろ〲書つらね給ふけれど、なをいはゞ雪月花のみならず、春は籬の外面にわか菜つむべき朝より菜の花・麦の穂の夕ばへ、（脱カ）子規に水鶏にほたるに、秋は軒端ちかく大文字の火たく夕べ、稲のほ・草の花の朝露、虫に鹿に梟の啼るまで、有とある四季の気色をそなふ。ともすれば、黒谷中山の荼毘の煙うちなびくに、世の人はいまはしと鼻をほゐど、おのれは迅速の無常観これに過ざるべしと思ふ。

扨しもはかなき命のけふにあへるは、仏祖をはじめ奉り師僧・父母の冥加あるや、まのあたり柱をたてし番匠、壁をぬりし左宦（官）の衆生の恩をさへに廻向す。

天明七未の年臘月十三日、幻阿弥陀仏しるす。

四二　芭蕉塚の適地を卜するの文

富士のうら山見むと重厚・木姿と共に甲斐の国に入て、こゝの落葉庵にやどるに、あたりの名所見せむと、あるじ石牙案内し笛吹川のほとりせうえうするに、行ての岸に岩かさなり木〲茂り、つとさし出たる洲さきあり。「これをぞ名におへる差出の磯といふ」とをしゆるに、見わたせば塩の山は川上に横をれていとちかく、「しほの山さし出の磯」と古歌に詠つゞけしもむべ〲し。

頃しも春もやよひの半なれば、富士の高根は遙にうち霞み、笛吹の川岸はなゝめに桜・やまぶき咲みだれて、えもいへずゆうなるけしきをながめ入て時をうつすに、あるじのいふは、「年月この川そひに蕉翁の塚を築むことを思へど、いまだその地をさだめえず。いにしへ賢憬とかいふ僧の、四神相応の都の地をかうがへしためしあり。けふしもまれに法師のこの国に来ませるも幸なれ。さるべからむ地をさだめよ」といふに、いづくはあれど、かた山岸に右白虎などいふべき岩の、さながら虎のふしたるさまにゝたるあり。人のたくみならで、これおのづから天のたまはせたる地なるべし。

7057　さればこそ陽炎もたつ石のひら　　蝶夢

四三　三峯庵記

道のゆく手のかたはらに、新にむすびしと見えし庵あり。杉の木の間のいとすゞしげなれば立より憩ふに、主の男出できて、「この庵に未だ名はなきに、名付よ」といふ。祭り奉る御神はと尋ぬるに、稲荷をこそ勧請し奉れりと答ふに、頻に都のかたなつかしく思ひいでてしまゝに、「三峯」とこそよばめとなむ。そのいはれは名にたてる三ツ山の間より、すき人達此庵にまどゐし、花にほととぎすにかたらはんには、さながら、かの山の杉の奥深く、うき世の外の谷間に住む思ひなるべく、なほも御神の御歌の三ツの燈の光を添へ、長しなへに風雅の道を照らしたまふべくもやと、いはひごとすとて、

7058　月雪にたかかれ三ツのみねの庵

蝶夢幻阿弥陀仏書之。

四四　眠亭記

あが仏の説事に、煩悩の毒蛇も眠れば心なしと。老子も目に見ずば心みだれずと。また睡方をもとめ、徳を挙し類ひ多し。

このあるじも、その徳の多かるをかうがへてや、常は肱をまげ枕を高うしてうちねむる。これ世の機（識）をわすれむがために別屋をつくりて、それの名を何とつくべしやと問ふに、もとより睡台になぞらへ、愛睡のためしによ

れば「眠亭」といふべきか。されどかれは世外の仙人なり、こは世間のあき人なれば、月をかさねてねぶるべからず、時をかぎりて眠るべしと、おなじねぶる事に欲ふかく、蝶の夢のあだ名よばれし法師が、春のねぶりに暁をおぼへざる泊庵の竹窓のくらきに、うつゝなくもしるす。

四五　こてふづか序

ことし寛政とあらたまりぬる春もやよひのころ、筑前の国鞍手郡若宮郷湯原の里東禅寺に芭蕉翁の石文を建て、句集を著す事あり。その謂を尋るに、その国は九州の中にしも太宰府ありて西の都といふ国なればや、国ひろくゆたかに人の風俗すなほに万に情ふかく、風月のざへある人多ければ、また俳諧の道の人すくなからず。此里にも素釣・石睡といふをはじめ十余人の好士ありて、蕉翁の風躰を慕ふ心せちなるがあまり、里の寺にかたのごとくの墳を築き、蕉翁の蝶の遺詠をこめて「胡蝶塚」と名つくとか。これ、あが仏の転法輪処に塔を立るのためしをおひて、風雅の報恩になぞらふるならむ。

さる折ふし、関東の尺艾、湖南の沂風・祥然といふほうしども其辺りに来れるを請じて墳の供養の俳諧を興行しけるに、塚のなれる事、世に披露すべき句集はいまだあらざりけるに、尺艾がもたる頭陀袋より遠近の友の言草をとう出てえさせける、そが中よりことに春の句のみえりて書つらぬ。こは墳の発句の春の季にならふと也。

かゝる次第書てたべよと里人のいひおくりけるに、おのれ今はさる世俗の文字の業ふつに忘れたりといなむに、胡蝶塚といはむに師が名によせありとひたぶるにこふも、せんなき蝶夢のあだ名よばれしとがにて、またく名来求我とやと猶も恥多かるわざながら、都のひがし神楽をか崎の庵にて、念誦のいとまに、幻阿弥陀仏ぞ筆とる。

四六　几董追悼文

この人の、風雅に才たかくて年のわかくてうせけるをおしといふは、よの常のなげきなり。娑婆のならひならんにいかゞはせん。ひとり法師の老の身は、ことに悲しむにたへざる事あり。つねに主じは、「あたり近く住はべれは、もしも病ひにふし給はん時はたすけまいらすべし。死せなん後は棺を舁て」などいひなぐさめけるも、

7059 跡先に我をぞ泣す草の霜　　蝶夢

小八郎とよびしむかふ髪より、詐善とよぶ剃髪のうしろすがた迄思ひつゞくれば、

7060 見はてぬる人一代やしぐるゝ間

所もこゝの聖護院のさとは、風雅の因ある地にや、むかしは去来が家あり、中比は蘇萫堂に蕉翁のさびしき月雪をながめしが、ちかくは夜半亭に晋子が華鳥もりて遊ぶとみしも、むなしき一場の夢なれ(り)にけり。

7061 落葉して今は道たへぬ森のかげ

南無阿弥陀仏　　々々

四七　鐘筑波跋

追善集なりぬといふに、思ふ事あり。むかし蕉翁遷化の後、纔に日数三七日がほどに『枯尾華集』を編て、其角は東に帰りぬ。今此集もまた、其人のうせてやう〱百日を経ずして、かたのごとくに集なりぬること、ひとへに師恩をおもふの心せちなるがゆへなるべし。されば几董に紫暁のつかふる事、祖翁に晋子のありし如く、まことに師資と言べけれと、悲しみの中によろこびにたえず、蝶夢幻阿弥陀仏、その集のしりへに筆をそふ。

四八　庭の木のは序

はやくよりこの世の夢うつゝなることわりをわきまへて、住る家をも「仮寐庵」と名つけて、手枕に一夜ぐらしなるすきもの李夕といふは、吉備の中国笠岡の湊の人なり。つねになやみがちにて、いまだ五十年の夢をだに見はてずしてうせぬ。

さる心なればや、人よりことに霞をあはれみ露を悲しむ情ふかく、手づから書残せし草紙のあるを、ことしの秋は七年になれりと、むかしをおもふ友のその書るまゝを木にゑりて記念ともし、その頃したしきかぎりよりて手向ける懐紙、また京よりおくりけるをもかいつらねて、なき人のいひける「庭の木の葉」と題したるに、我にも

の書そへよといふを見るから、さらでも泪もろき老のならひに何書べき言葉はなくて、たゞ念仏してありし世をしのぶは、寛政二年の冬のはじめ、わが岡崎のあたりも木の葉うちちりて、いとあはれなりける夕べなりけり。

四九　はなむしろ序

何がしの年賀の催しあると聞て思ふに、清輔朝臣の尚歯会に同じ齢の人の集れるに、おのれ釈氏のものといへども、顕照法師が其座につらなりし故事によらば、かならず行てともにいはふべきも、山川万里をいかゞせむ。

7062　花むしろ白河ならば我ゆかむ　　洛　蝶夢

五〇　続ふかゞは集序

元禄のむかし、膳所の洒堂、江戸に下向し芭蕉庵に随仕して『深川集』を編てより、としはやゝ九十七年になりぬ。ものかはり星うつれど蕉翁の風雅の道は年〴〵にさかへて、已に其地に蕉門の門派多く、其角を学ぶあり嵐雪をならふあり。

そが中に何がし梅人といふは、杉風が風躰をしたひて風が採茶庵の二世をつぐがゆゑに、旧庵に残りしふるき文書どもを捜し一集に書つらねて「続深川集」と題し、蕉翁の百回忌の報恩になぞらふ事と也。是もあが仏の道の伝燈のいはれにして、かの深川の浅からぬおしへをつたふるの続集なることを、遠く都の片ほとりまでも聞伝えて、随喜のあまりに、蝶夢幻阿弥陀仏筆をそふ。

五一　鵜の音跋

加賀の馬来と云すきもの、此集撰びて「鵜の音」と題す。そのいはれは、『芭蕉翁俳諧集』といふ書をうまくよみ、その風躰をしたひて、諺にいふめる鵜のまねすといふの心とぞ。半化房、序者となりて物書るにさる事を書もらしぬるとて、おのれをやとひてその事を書てよとこふに、人の書もらしぬるをしり顔に書んもはしたなかるべしといなむに、さはいはれたれどこと人ならんにかくはこはじ、むかしより我国に、既白が『むかしがたり』、麦水が『鶉だち』等のこゝらの集に法師のもの書ぬはあらぬをと、ふるきためしを引ていふに、せんすべなくて、かの題の心をさらに、蝶夢幻阿弥陀仏しるしぬ。

五二　文台をゆづる辞　　泊庵

この文台は、いつの世に誰が作りけむしらず。むかしより、桐の木もて調度つくれば火にやけずといふ諺あれば、ゆゑ〱しき家の文どもはかならず収め置むに、古き桐の木あつく削らせから櫃などにつくれば、かならず火の災をさくるといふ。されば京極黄門の、和歌の道の書〱を「桐火桶」と名付け給ふもことはりなるべし。

そのしるしは、天明の春のはじめ、都の十万家みなかぐつちの神のいかりにふれて、九重のうちよりはじめ奉り、南は七条、北は清蔵口まで焚らせたること、応仁の乱のごとし。こゝに五条わたりの古家に鏡磨の加賀田河内掾といふ人住けるが、家の宝といふは桐の文台なり、炎に燃ず。心の落つきなれ、ちいさき土のくらにこめて逃のきけるに、やがて火入て衣も銭もみな灰になれるに、文台は其まゝに火にも燃えず、不思議也。

火しめまれば文台をおのれにさづく。しばしは草の庵に宝となせしもさるべき人に譲らむとす。爰に寺の長吏の宮の坊官法印へゆづる。此道の表徳を千影と付けるに、千々の竹の影につたへ給へやとほぎことす。

五三　薯蕷飯の文

此間久宥々得貴意候。殊更枕湖之薯蕷飯難忘候。蕪蔞亭之薯蕷飯とか、漢武の忘かねしと被仰候事、思出申候。詩偈可有之所にて候。

其後、翌十八日、山門え致発山候而、五十年来之月見申候。前夜迄は、枕湖・浮巣・木曾寺と所〱に而月見申候も、所がらのあはれさに、

7063　夕べ見し月はうき世の影なりし

慈鎮和尚の「枕の下にあり明の月」の御歌思ひ出し、折ふし鹿なきければ、

7064　すめる月枕の下に鹿もなく

誠にたゞ有難く、心すむと申事も、深省を発すると申事

もかゝる事なるべく、むろの本尊は分而慈覚大師の阿弥陀ぼとけにて、朝夕拝み申候而ありがたく候。

其後雨天に而、一入山寺之秋情大かたならず、院主は一向に『天台文句』最中に致校合候時也。扨も仏法者有けりと致随喜候而、四日ばかり致逗留候。猶々期近日候。可祝。

八月廿四日　　蝶夢　幻阿（花押）

菊二様　几下

尚〳〵　日外之唐人之筆之名、周壬禄、みせくれ候し男日九衆、此間帰京に存じ申候。是は早々御仕立御見せ可被成候。入らず候者、御戻し可被成候。

今般の句は、野子生涯之感慨四五度之句に存候。句のよしあしは例之俗耳之及ぶべきならず、たゞ自証之句に而候故、風聴申上候。一度登山被成候はゞ、はじめて御感じ可有候。たゞ詞花言葉御捨被成、其夜之風情を写せし所、御思やり可被成候。乍序、『国歌或問』御覧可被成候。気象を御覧可被成候。米塩の気を御忘れ可被成と遣申候。已上

五四　翁草跋

そもこのくにの代々にうまれと生れし人の、おのがこゝろのくま〴〵書あらはせし事、いく千万ぞや。されど二百巻といふばかりの数を著しけるは『類聚国史』とかや、そのほかには聞も及ばず。そは北野の御神にてこそおはせ、さらば、此編者のおきなも仏にてやおはすらん。

其書のはじめには、和漢の博士たちのおほくもの書ぬれば、おなじことはいはじ。おのれは只、此おきなのなほも千々の巻のかずを書つらねたまひなん事を、集の後に、蝶夢幻阿弥陀仏、ほぎことといふ。

五五　支百追悼文

挽詞

年月おのれにひとりの知音あり。常はせう息もせでいとうと〳〵しきにも、人もうらみずおのれもあやしまず、

たま〳〵城崎のゆあみにまかれば、やがて来りて宿をともにし、夜を昼になして、こゝろのゆく所をかたり風雅の交りをむすぶこと、こゝに二十余年なりしに、此二とせばかりは露おとづれなきも、例のあらましになして過ぬるに、そのあたり近き所より五宝氏こそいとつよく悩めりと便するに、又のたよりにははやうことされぬと告るに、はじめて無常のことわりしれらむやうにうちなかれぬるも愚なりや。たゞこれ、多くの年頃おのれを知れる契を悲しみおもふにて、かの琴をたちけんこゝちぞする。

7065　君うせて月花うたふこゝろなし　蝶夢

五六　正因供養文

菊渓庵に、父の十三廻とて供仏施僧の作善有ける。その家にまかりて持仏堂を拝むに、仏の傍に土してつくねし人形立り。こは思ひかけず、いかなるいはれや有と尋るに、あるじがいふは、「我父の病ひかぎりなりける時、あはれ西行上人の土人形の見たきといふに、頓（にカ）て足を空になして深草の里に行て求かへり枕のもとに置を見て、世にうれしげに見やりてゐめるおもゝちの露わすられず。とし月ふれど、其まゝにすゑ置り」とかたる。その孝なるまごゝろの有がたさに、

7066　五月あめ人形も袖をぬらすべし　蝶夢

五七　筆海の序

むかし宗祇法師が風土記の歌に、

すまば都なさけはあづま世はこしぢふることのこる
つくしがたかな

とよめりける、そのくにのふることのふるきもじ古き絵どもかいあつめて一帖となし、「筆海」と名つくとか。世に『三国筆海全書』といふものありて見しに、こは天竺の仏よりもろこしのくじ（孔子）、このくにのいにしへ三筆と申せし（底本改行）嵯峨のすべらき、高野の大師、道風納言を初として、三蹟と聞えし佐理・行成のかしこきをあつめたり。

されど文字のみありて絵をのせず、筆の海の片男波の

かたく〳〵にうちよする詠なるに、この「筆の海」は、もろこしのもじ、大和の絵、やまとの歌、唐土の画ありて、尽しなき大海の広きながめなるべく、げにも杉柿庵の金宝たらん。もとより遙なる境を隔たればその物はみねど、そのくにのふることとの残れるをとそゞろになつかしくて、すまば都ときこえし山かげのほうしそれがしものかくは、寛政四年といふ秋のはじめ、燈火したしむべくなれる夜、泊庵の竹のもとにてなん。

五八　もゝとせのふゆ序

元禄のむかし、芭蕉翁遷化ありてよりすでに百年になれり。さるがゆゑに、遠近の国〳〵に此道の好士の有かぎりは百年忌の法筵をもうくる事あり。

こゝに吉備の国のおくに古声といふ人ありて、とし月そのほとりの人に蕉翁の風雅に道あることをさとしをしゆるに、おのづからその教をうけし人も蕉翁をたふとむべきことはりをわきまへしりて、ことし蕉翁のふるき句に今の句をつぎて懐旧の俳諧を興行し、ちなみに同じ心なる余所のすき人の発句をも書ならべて、ともに道の恩をむくゆるこゝろざしありと、遙なる都のかたまでもうち聞えて頻に随喜にたえず。そのよしきこへしまゝに、

蝶夢幻阿弥陀仏書。

五九　後のたび序

いつのむかしにや、安芸の風律老人あづまのかた見むとて、みやこを出て駿河のくに澳津(おき)のうまやに日ごろとゞまり、朝にゆふべに富士の山うちながめて、今は東の景見はてぬとてもとのみやこに帰り、道のことを「紙魚日記」といふ文につゞれり。

その門人に五鹿といふおのこ、日記をふところにしてこの弥生のすゑより国をいでゝ、日記に書るまゝに不二をみありきて、ふじ河をわたらで都にかへれるは、その教をまもりぬる師弟のちぎりの有がたさなるべし。こゝに「ことしは老人に別れしより十三年になんあたる。わが国にあらばかたのごとくのさるいとなみせんに、旅にしあれば」と岡崎の庵に来て、ふところより例の日記と

り出て文机にをき、懐旧の発句ものするに、粟津の入道もその座にありてやがてわきの句をつぐ。おのれ第三の句なむして一巻となりぬ。

「是をしも古郷の土産とし、友にも見せぬべけれど、老人うせしのちあまたの門葉の人あれど、つゐに手向の草紙をもあらはさず、さるをしたり顔にわれなさんこと、いとはゞかりあり」といふに、おのれがいふは、さはやくなきいひ事かな、まさしく道の祖なる蕉翁のために其角『枯尾花の集』をあらはせり、もしそこの国人の難ぜんには、おのれその罪はをひぬべしと、蝶夢幻阿弥陀仏ぞいふ。

六〇　月の雪序

筆をとれば手ふるひ、わすれがちなる老となるぞわりなけれ。されど、ことしは祖翁百回の遠忌にあたらせたまふて、この道の風光盛なる時にあひ、ねがひのまゝに追福なしけるぞ老のおもひ出なれ。

まかねふく吉備の笠岳(岡)にも法筵をつらねて、手向のくさ〱をひとつかねの集冊として冥恩にむくひむといふ。其はじめにことのよしをしるせよと、はるかに告こしたるにいなみがたくて、老つかれたるたゞむきをあげて、文もなく雅もなくかいやりけるぞはづかしけれ。

泊庵謹書

六一　鳥塚百回忌序

丹後の国田辺の城のもとに慈慧山智恩院あり。そのかみ勝宝と聞えしころ、聖武天皇の勅願により行基菩薩の建立にして、一千有余年、真言秘密の霊場なり。これ仏の道に四恩とて、諸仏・国王・父母・衆生の四の恩をむくふのいはれとぞ。その地は耕織の業、魚塩の利ありて、国富み民楽しめり。

さるが故に寺院も多き中に、この霊地に芭蕉翁の石碑を造立の意趣は、かの翁の入滅より今年まで百年にあたるにいとゞ仰高の徳を感じ、殊に寺の名の智恩のことはりあるの有縁を信ず。幸に今の住侶は、勤行の暇には此道の風雅を翫び給ふ故あれば、同じ志の人々と共に一簣のちからを運び給ひて、とみに石碑成就しぬ。

されば去年の秋、其塚の供養に老法師を請ぜむと、木越が家より使あまたゝび来れりといえども、いかにせむ、遠近の国〴〵よりかの粟津の義仲寺に参詣の好士群集するときくより、石蘭といふものに一炷の香をもたしめて石碑不朽の祝香となす。塚の名をわたくしに「鳥墳」とあがむるは、蕉翁の筆を爰に収めしによりてなりとかや。多くの山川をへだてゝ都にゐて、その日其時を思ひやり遙拝していふ。蝶夢幻阿弥陀仏謹書。

7067　木がらしやけふ百年となくからす

六二　水薦刈序

そもやこの日の本にうまれと生れし人は、後世の願の有もなきも仏と申せば信濃ゝ国善光寺におはすと覚、月と申せば風雅に心の有もなきも更科山こそよけれとしれり。さる国なれば、春浅き朝より木曾路のさかしきに残れる雪をふみ分て御仏にぬかをつき、秋ふかきゆふべにも桔梗原の露にぬれながら名月をながむる人引きらず、をのづから其言草のしげれるを、過し延享の比、元水法師といふ僧つかねて『とはず草』といふ集をあめり。されど其頃までは其国に貞徳老人の俳諧のみにて、霊仏に法楽し名山に吟詠するこゝろを得ず。

寛政の今の時は、芭蕉翁の俳諧行れて心を先にし詞をもとめずなりぬれば、古き集は見るべくもなしと、何がし柳荘といふ人、あらたに一ツの集を作りて「水薦刈」と題す。こは万葉の「みくさかる信濃」といふを近き世には「水すゞ」と訓じ「水薦」の文字とす。なべて篠の子の事にして其国に多き物なれば、やがて国人の句のさはなりといふならむかし。

かくこたび集し物のいはれしるせよと、遙に都までけしきばむに、おのれ若きより其寺にまうでし事三度、はじめは前の撰者元水房に宿りしこし方の因み、まして仏に奉る縁を思へば、恥となるもうちわすれて言こしぬるまゝに、蝶夢幻阿弥陀仏、庵に筆をとる。

六三　浮流・桐雨十三回忌悼詞

都にも二人の遺稿ありて草庵に残る。長者房は五月の曙の雲にかくれ、蓑虫庵は水無月のゆふべの雨に見えず。たゞ四日をへだてゝ往来しけれど、今は涼しき国にすみなれて、汗流す苦しみもあ□(虫、ら)じとうらやまし。

名留半座乗華台　待我閻浮同行人

の契り忘るゝことなかれと、泊庵いふ。

六四　橋立寄句帳序

おほよそ我くにゝうまれとうまれし人の、月花に心あるともがらの、みちのくの松がうらしま、いつきしま、天のはしだてわたらまほしとはつねのねがひなり。されど松島は、霞とゝもにたちし旅ごろもゝ秋風ふきぬるばかりに遙なり。いつきしまじまは、舟の浪かぜすさまじなどいひしろひて、行もはたさぬは世の人のあらましなり。

その中に橋立は、「いく野ゝ道の遠し」などもよめれど都よりは無下にちかくて、しかもその辺りには順礼のたうときやま、しるらめるいで湯にも道のゆくてなれば、登してもかへしてもたよりよき所なればや、見ぬ人はあらじかし。そのみる人、もとより情あるなれば、権なしなさけ深き人を尋ぬ。そのたづね来る人にこの一冊をいだして、物書せむといふ、蘿牛がすけるにかはりて、はじめに筆をとるは例の老法師のさかしだちたる、我ながらものぐるをし。

大内峠眺望

7068　はし立や松をしぐれのこえんとす　蝶夢

六五　弄花亭記　坂本紅羽別業

亭を弄花と名付る事は、かの牡丹花老人が四時の草木を愛して名つけたる風流の弄花にはあらで、あるじの(衍)の入道の、うき世の花の散やすきをさとり、心の花の開覚をもとめてこの地をトて、静に心の花に培ひ養ふを事とす。

所は名におふ天台山の麓なれば、一実円頓の法の花の開法結縁に処を得たり。琵琶の湖もちかければ、漕行舟の跡の波の花に無常の観念も便りありとて、かくは名付しものならんか。むかしは弄華にすきものゝ名を残し、今の弄花は浮世者のかくれ家たり。穴かしこ、例の風流のしれものども、此亭の弄華をわきまへずば、かならず心の花をしらざるの譏を得べし。

六六　墻隠斎記

此亭のかまへたるや、山里のまた閑居なるに、あるじまた閑を好み、つねに机により、物かく(に脱)倦ぬれば園に出て菊を愛す。その愛する事、花の隠逸を愛するなり。所がらの山路の露の千世ふべき、心のどかに悠然として南山にむかひ、あるは東籬にのぞむ。その籬の山の市にはなれたるは、世を墻東に避くといひし人に似たれば、「墻隠斎」と申べき。

7069　きくの花世をへだてたる匂ひかな

六七　杉柿庵の記

寺院の号、さらぬ万の物に名つくること、むかしの人はすこしももとめず、たゞ有のまゝにやすく付けると書るもむべなりけり。

杉柿庵と名つけしも、さるいはれにて、杉・柿の木どものあるあたりにかまへ作れる庵なればなるべし。げにもその名を聞より、杉の梢に吹わたる春のかぜ、柿の枝の色づけるあきの霜まで思ひやられぬる住居にこそあれ。あるじ世のいとまある日は、こゝにはひかくれて市中の名利を離れ、杉たてる三輪の山もと、柿おつるさがのゝ風情に、しばらくもかの玄賓僧都の隠逸、去来処士の清貧の体に心をなして気を養んとなり。

おのれいまだその庵は見ねど、あからさまなる名にその景をしり、もとよりあるじが心もしれゝば、都よりしてみぬ庵の事しるせるも、ありのまゝなるゆへなるべし。

蝶夢幻阿書之。

六八　「花の垣」画讃

南都猿沢の池の傍に、楊貴妃桜と(てカ)ふ樹あり。むかし玄宗といひし法師の愛したるより付しとや。その花のゆかりとて、今も釘貫してさしかためたるぞ、いかめし。

7070 花の垣人に見せじといふ事よ　　蝶夢

（短章）

六九　『しぐれ会』浮巣庵序の添書

右は、古人のさだめ置し一紙を其儘に、年々此集の序文として、此会式懈怠有べからず。蝶夢書。

七〇　芭蕉称号の一行書

正風宗師芭蕉桃青禅師

維時寛政甲五歳十月十二日、幻阿弥陀仏拝書

（他の文人との連作）

七一　嵐山に遊ぶの記

咲はなのいづくはあれど、ゆく水の大堰河・あらし山にたぐへん処もあらじ。そが花見んとは、みゆきふる冬よりもうけ（か）ひて、ことしきさらぎはたちまり三日、伴のぬし、むらひめのきみ・うまばのたゞしのきみ・ずさひき具して春の梅津の里、はたすゝきいやしき宿をとひよりて、「けふなん花見に」といふに、古歳の秋、もみぢの比しもきたり給ひしをおもひいでゝ、なほ、

春秋のはなぞもみぢに契つゝいやしき宿もとはせ我せこ　　閑田子

かへし、

あがせこがことばの花をかぐはしみとひこんことはときわかめやも

かくてともにいでたつ。久かたのそらのけしきうらゝかにて、野辺の若草をりしりがほなるをめでゝ（衍）つゝ、高芝てふ所にて、たゞしのきみのわすれ草とるとて道のおくれければ、

花にのみうかるゝ人はさがのなをいとひてとれるわすれ草かも

とよみて、あら曾川にいづ。「これなん嵯峨の有栖川なめり」と、我処ちかきあたりあないしりたれば、なめげにをしゆ。道の行手、慈済院のあれたる跡に、おきての

ふみいたのみ残れるもあはれなり。川端むらをすぎて、ゆふ月よ（衍か（朱））をぐらの麓を河にそひてのぼるに、しなとの風なごやかにして、枝もうごかぬ花の盛としのばに見れど、あかぬといふもさらなり。

　伴のぬしは、「きのふ蝶夢法師にいひかはせしことのあれば来りてんや。いますこしのぼりて花もみまほし。法師もたづねん」と云に、とくきたりて一木の花のもとにたてり。「時もたがへず、よくも来給ふもの哉」といふほど、和田の博士もおはす。

　よろこぼひて、「さらばこゝにかもしき、うたげせむ」といふに、みなうなづく。むかひめの君、従者のもたむ破子とうでゝ、かれいけ〔乾飯笥〕のふたに御酒のかはらけのせてまゐる。ぬしいで、たれかれとかはらけめぐらさるゝに、ゆくりなう花のかげより六如僧都、人〴〵をいざなひてきたまへば、

　咲はなのいづくはあれどさがの山おなじ心のともしとひけり　閑田子

そが中にからやまとの希（マレ）（朱）びと、はた絵にたへたる人〴〵もありて、こゝのさまのあたりうつし得むことやすかりなんかし。せを下す筏しには「花のおくいかばかり」とはまほしく、薪こる山人には一えだの花をこはまほしき。かれもこれも花にのみうかるゝに、岩のうへに釣たれたる男のあるは、おのがさちならし。岸をひく舟には、大宮人のあでやかなるもあそびておはすに、かもめのうかべれば、

　いにしへをおもひいでつゝ大ゐ川みぎはに馴てあそぶ鷗か　経すけ

いにしへ今をかたらひて酒のみ遊びしに、とものぬし、いつとて見るべき花もおほかれど、こゝぞわなみの見るべき処なりとて、

　呉竹に心をわけぬ人しもぞ此山ざくらみるべかりける　右

たちばなのつねすけ

とのたまへば、かめの尾山のをにつきて、　たゞし

　春もはる処もところけふもけふ見る人もひと花もは
　なゝる

といへば、「こはすがたもことばも、またくふるうたをかすめたるものに」とうしわらひ給ふ。

　そも〳〵この山は、いつの比にか真よしのゝよしのゝ国をうつし、ちもとの花をうゑて、はた蔵王権現のやしろまでつくりそへ給ひしときくに、いまは宮ゐもなくなりしかど、桜はなほみねにたち、いはほにそひ、松にこもりかへでにまじりて、もとよりなしのまに〳〵なるさましたるぞ、中〳〵いにしへにもまさるべきこゝちす。

　さる折しも河かぜいときよく吹きたりて、はなの香も霞のみをににほひわたれば、

7071 　たにはかくくる水ならしはなのなみ

と大とこ口ずさみ給ふ。おのれたゞし、ゑひにゑひしれつゝ、おもゝちはかの峡にさけびし猿ににんかも、言あげして、「さきにつねすけのきみの詠じ給ひしかもめのみぎはちかく馴しは、打ひさすみやぢの人のためにはあらで、あさもよし機（き）をりすれたまふぬしたちによりてこそ」などいへば、うしもひと〴〵も大声してわらひたまふに、あらしの山もどよむなるべし。さて見れば、日は山のはにうすづきぬ。

　さく花のひかりやしるべ夕間ぐれ霞む河せをくだす
　筏し

など、うしの誦したまへば、僧都もかはらけかひやり給ひて、

　日はおつ徠苑花のあたりの磬
　僧はかへる桂水月のほとりのふね
　　右　　　　みなもとのたゞし

　僧都、酔にのりては爰かしこうかれありかむとし給ふが例の事なるを、今も「葉室の山寺に夕景色見ん。いざ」とて大徳の手をとらへて先にたち給へば、いなむともなくすゝむともなくみなしりにつきて行。「松尾に詣るほど誰（カ）にかあらん」「今は暮ぬべし。月なきよひの道、たど〳〵しきをいかにせむ」とつぶやく声の聞ゆれば、

みなことわりと思ひげに、あゆみを梅の宮のかたにうながす。

さこそいへ、まだくらふもなりはてねば、また杜の陰にて酒くみかはすに、この宮人、「みさかなには何よけん」とうたひ給ひ、「あわび・さだをか」にはあらで、此ごろめづらなるあゆのいを丶、白衣に心づくしのつみなを僧達にと饗し給ふ。誰もいよ丶ゐひしれて、若きはそこらの石をもたげて力くらべすめり。かの絵かくわざしる人〴〵は、夕ぐれのけしき、矢立の墨して書すさぶに、ありつる歌どもをもしるす。

右　　閑田子

既而日没継之以火人々以為娯楽不可極辞主人詠而帰客有為優者五歩而為之十歩而為之其声可聴其態可観行人為之捧腹我輩為之解頤

（既ニシテ日没シ、之ニ継グニ火ヲ以テス。人々以為(おもへらく)、娯楽ハ辞ヲ極(いた)スベカラズト。主人、詠ジテ帰ラントスルニ、客、優ヲ為ス者有リ。五歩ニシテ之ヲ為シ、十歩ニシテ之ヲ為ス。其ノ声聴ク可ク、其ノ態観ツ可シ。行人、之ヲシテ腹ヲ捧(かか)ヘ、我輩之ヲシテ頤ヲ解ク。）

右　　荊山

かく僧俗うちまじりて帰るに、従者あまたはしりありきて、あかしともしつれたれば、道もせに咲る菜の花も麦の葉に黄玉青だまの露きらめき、酔人の扇ひらめかしぬるもまばゆきまで夜の色はへ〴〵しく、下戸ならぬこそとうらやまれぬべ〔く〕いかゞはせん。酒のまぬおのがどちは遙に道を引下りてしづかにかたりもて行程に、西〔斎〕院の森もすぎ、朱雀大路に出ぬれば、六条わたりの人〴〵は爰より南のかたへわかれ行に、今迄は男女あとさきになりて物がたりもとり〴〵なりしに、たゞ山〔六如〕の阿闍梨と和田の博士とおのれと三人となりぬ。

それさへ有に、頼ける〔ともし〕火にはおくれぬ。俄に春の夜の闇あやなく、たど〴〵し。そがうへ大井河・梅津のほとりにてくらひしいひ酒の気も、跡なくはかなき夢のごとさめて、腹むなしく夜風いとゞ身にしむに、おのづから誰も物いはむちからもなげなり。からうじて洛中に入て、堀河の橋を東ざまにわたるに、はや四ッの時つぐる音す。此ほとりはまだゆきゝの人多し。

　こゝの辻に、何某の殿にさしかくべき大きやかなる傘を立て、春ざれし柑子のつはれる、紅ふかく春の夜の柿の霜白くすさまじきを売る。また修行者の負ふべき笈のかたちせしものゝ中に火たく影ほのかに、けふがる声して「あんばいよし。めせよ」といふに、例の博士のあやしがりて、「〔そも〕此あんばいよしとはなぞのものぞ。文字には何と書べきぞ」といふに、おのれがいふは、「まさなのはかせや。見ぬもろこしのくじ〔孔子〕の道はろじ給へど、ちかき此国の物はえしらせ給ぬぞ。これ事あたらしきものならず。『拾遺集』の物の名の歌に、〈野をみれば春めきにけりあをつゞらこにやくまゝし若菜つむべく〉とありしこにやくといふものぞ。見せ申べし」とさかしだちて、やがてあたゝかげに湯気立のぼり竹につらぬきたるをもとめてまいらするに、あざりの君は手にもとらで、「賤しき老僧のふる舞や。ながゝるものゝ、いかなるいを・鳥と共に煮たるものかもしらですゝむるはうたてし。年比行ひける戒をしもやぶれ〔とにや〕」といとはらだちにくむを、またいふ、「さるひがことなの給ひそ。雲のあなたの天竺のさか〔釈迦〕ほとけの教はまもり給ふとも、この都ぶりはいかでしらせ給ん。このくらひもの、ふるき世よりなす事にて、『職人歌合』の歌に、〈あたひなきよるをばいかゞせんじもの月見遊びにかふ人もがな〉とこそよみし、せんじものゝ類ひなれ。されば月の夜に〔いでゝ〕かふ人を待とはよみためれ。博士の名をしらぬも、〔あ〕ざりの心もとながれるも、〔みな〕さ〔す〕さうに、古代の人や〈旅にしあれば椎の葉にもる〉とこそいふなるを」といひつゝくらひもてありくに、人も見かへらず、我もはぢず、げに夜こそおかしきものなれ。

　さてもけふの花の下に歓楽を極めたるも、たちまちに哀情のいたれるよと、みなあはれげにいふ。

右　　幻阿弥陀仏

大堰之遊四美備焉二難併焉此不可不記也或謂今日之遊

所歴既多勝賞非一分景配人一行之人共為一篇則不亦善乎僉呼諸々既帰従頭作紀逐番相逓焉而人各座事故曠日未完成逮八月下旬次纔及余時雨鳴芭蕉残蛩在壁燭下展而翫之乃嵐山彩雲樵者迷径堰水錦浪罟師下湾野雉之呴麦隴狂蝶之穿菜畦酒榼茶籃行歌相命之状宛在乎几案之上矣拍案称快不覚秋声酸耳也然巻中之人皆無恙而花下一別不復得賞晤一篇之文殆半年而後成其人々鞅掌不似疇昔酣暢之態者亦可知已蒙荘曰開口而笑者一月之中不過数日而已矣吁以今視之一年一回其亦可謂易得乎痴想之極口与心語喁々乎有声似聞巻中之人皆応之曰信然々々

葛原売痴庵主人題

（大堰之遊ビ四美備ハリ、二タビ併べ難シ。此レ記サザル可カラザル也。或ヒト謂フ、今日之遊、歴ル所、既ニ多勝、賞スルニ一分ニ非ザレバ景ニ人ヲ配シ、一行之人共ニ一篇ヲ為セバ、則チ亦善カラザランヤト。僉(みな)呼ビ諸々トシテ既ニ帰リ、頭ヨリ紀ヲ作(な)シ、番ヲ逐ヒテ相逓(かは)ル。而シテ人各事ニ座ス故ニ、曠日未ダ完成セズシテ八月下旬ニ逮(およ)ビ、次イデ纔(やうや)ク余ニ及ブ時ハ、雨芭蕉ニ鳴リ、残蛩壁ニ在リ。燭下ニ展(ひら)イテ之ヲ翫(め)ヅルニ、乃チ嵐山雲ニ彩リ、樵者径ニ迷ヒ、堰水ハ錦浪ヲナシ、罟師ハ湾ニ下リ、野雉ノ麦隴ニ呴(な)キ、狂蝶ノ菜畦ヲ穿(たつ)ヌ。酒榼・茶籃・行歌・相命之状ハ、宛モ在ルカ、几案之上ニ。案ヲ拍チテ快ヲ称(ほ)メ、秋声ノ耳ヲ酸(いた)マシムルヲ覚エズ。然バ巻中之人、皆恙ナクシテ花ノ下ニ一別シテ復タ賞晤ヲ得ズ。一篇之文、殆ド半年ニシテ後成ル。其ノ人々鞅掌ニシテ、疇昔ノ酣暢之態ニ似ザルハ亦知ル可キノミ。蒙荘曰ク、口ヲ開キテ笑フハ一月之中数日ニ過ギザルノミト。吁(ああ)以テ今之ヲ視ルニ、一年ニ一回、其レ亦得ルハ易キト謂フ可キカ。痴想之極、口ト心ト語ハ喁々タルカ。声有リテ聞クニ似タリ、巻中之人、皆之ニ応ヘテ曰ク、信ナルカナ信ナルカナト。

葛原売痴庵主人題　）

追加

補一　帰白道院檀那無縁塔石文

当院開基以来檀越、弧魂滞魄等之霊名、写小石蔵于此、銘曰無縁塔也。

明和乙酉冬仏成道日　　十一燈釈量的記

補二　「わすれ水」奥書

此書者、伊賀上野蓑虫庵土芳、往昔祖翁在世之時面授口決之数条筆記者也。則彼地築山何某授予所也。明和戌年秋七月、門人麦雨令写者也。

洛蝶夢所持

補三　『三冊子』奥書の付記

風雅の道にかくしぬべきなしといへども、その秘するは道に信あらしめん為なるべし。三鳥三木のたぐひ、みな此国の風儀也。人の信によりて見すべきもの也。

7072 さかせよや雪ふみ分て蕗の桊

蝶夢（花押）

補四　竹圃を悼む辞

すぎし葉月十日あまり、何がし竹圃世をはやふせしよし友のかたよりしらせしに、今更驚くべき世の習ならざれども、かれはまだ若くさかりなる人なれば、日ごろの病ひのよも聞（し脱）ながらさりともとたのみしに、我が悲しみのあまりにはあらじ、父母の力落しをも思ひやりて、何とくやみ言葉も覚えねど、年月このみたる道なればと、六字の名号を句のはじめにすへて発句を案じて、それが霊前に備へ、かつは父母の悲嘆をなぐさめ侍るものか。

7073 何事ぞけしきにけふの鵙の声

7074 むざんやな九日にあはで菊の花

7075 秋風よ枝吹折るゝ情なき

7076 みなやがて行秋ながら若き人

7077 たのもしや彼国へさぞわたり鳧

7078 二親はさぞな夜長の物おもひ

蝶夢上

補五　千代女を悼む辞

世に風月をたのしむ人の、加賀の国に千代女ありとしらざるはあらず。まして俳諧の好士はその句を覚えざるをはぢとす。むべなるかな五十年の作にして、むかしの園女・智月尼にもおとるまじきものなり。はやくよりその発句の家の集は、人あらそひて書林につたへて梓にちりばめしより、洛陽の市に紙のあらそひ、貴きばかりにもとめ翫びける。この道の名誉、未曾有の事なりけり。
しかるにことしの秋のすえ、例の老のなやみ頻にして往生し給ひぬと、白鳥のぬしより告しれけるに、手にもてる念珠もとり落すべくつまどひて、この道の灯をうしなひしよと悲しみし。

7079 世はいかに見るあてもなき冬の山　蝶夢

補六　而后を悼む辞

而后老々人牌前

むかし宰府へ詣ふでける折ふし善導寺にやどりぬるに、都より諸九の尼のしようそくをことづかりけるを宿の男にもたせやれるにはじめて、遙けるより花月の交りたへざるに、こぞのやよひのすゑに身まかりぬと耳泉上人の座よりつげこしけるに、

7080 後世もさぞ花の浄土の門ちかき　蝶夢上

南無阿弥陀仏　々　々

補七　宜朝一周忌俳諧前文

宜朝みまかりて後、ふるくむつびたる到乙といへる人の夢に、まさしくなき人の手に短冊と草紙めく物を持てきたりけるに、夢心に「いかなる所にや住給へる。もたまへるものは何ならん」と問けるに、宜朝のいはく、「我身今は清浄地に住り。この一冊はみづから書し極楽の記也。短冊は此ほど案ぜし句なるを、あはれ此句に句をつらねて一座あらまほし。短冊と極楽の記は残し置べし。李夕へも見せて給れ」といふかと覚えて夢さめぬ、とたよりに聞えしに、むかし道因入道が風雅の道に心とめたる夢物がたりも今更に、あはれさもいやまさりて覚ゆれば、其句につぎてもとしりし法師どもをかたらひ、とみに一折を催し、これをしも讃仏乗の因と廻向するは、ことしの秋も七月、一周忌にめぐれる日、都の東山の庵にて興行す。

補八　笠やどり序

序

もろこしの人のいふめる、我平生三ッの願あり、一には世間の好人を識ん事をねがひ、二には世間の好書を読んことをねがひ、三には世間の好山水を見ん事をねがふとなり。唐も大和も今もむかしも、風流のすきものゝねがふ所、此三ッに過じものをや。

紀の国の香風なる人も、わかきより其ねがひありといへど其時を得ず、家の業のいとまには学問の好書をのみ読ことをなしけるが、ことし世の事をはらからにゆづりて、今は其ふたつのねがひをはたさんとて、先其国の玉津島の神に風雅の行すゑを祈り、三よし野ゝ山ぶみより住吉の浦の潮干をながめ、都の花の友をたづねて、猶行さきむさしのゝはてしなきねがひをしも心にかけたり。

予年来のまじはりあれば、もと見しみちのくまでも、こなたにはさる好山水有、かなたにはかゝる好人ありとをしゆ。かならず饒舌の罪をとがめ給はずして、風餐露宿をあはれみたまへかしと、

都のひがし山岡崎の僧、蝶夢書。

補九　懐旧之発句識語

さる一巻はいづれの秋なりけん、草庵にて諸九尼前と鯉遊老人と三人つらねたる詠草なり。しかるに筑紫の尼はことし七年にあたり、大津の叟も一とせのむかし人となれるに、我のみひとり残れるよと、いとゞ露けき秋の思ひにたへで、幻阿弥陀仏書そゆ。

補一〇　奉団会の手向の文

ばせを翁のうまれ給ふる伊賀の国の上野の者、なきがらを埋けるあふみの国の粟津の寺にとし比行かよひて、たま〳〵その筆の跡迄も拝みぬといへども、けふこゝの奉団会にまうでゝしたはしく拝奉れば、まことに此道の重宝目まがふばかり、是杉風老人、蕉門の曾参といひしは更に、今の採茶主人のいさをしを思ふ。

7081　吹つたふ団(うちは)の風や家の風　　蝶夢

補一一　魚崎集序

いをさき集

みかしほのはりまの国いをさきといふ里に、いみじき果報の人あり。ことし八十の中寿を得たりとぞ。其人のうへを聞に、わかきより家の業をよくつとめてその子にゆづり、いとまある身となりてひたぶる仏の道に入り、かしら下して名を常和といふとや。これなん、衣食住たれば寒からず熱からで、常和調適のことはりにかなひ、もとより家のうちむつまじく子にうまごにあがめかしづけば、おのづから言色常和なるがゆへならん。

そのうへ老のなぐさめに月花の道をしもたのしめるに、洗洲・玄駒などいふしたしき人あまたありて、この年賀のもよほしありといふなるべし。かゝるを誰かうらやまざらん。おのれごときかたひ法師の身すら、うらやむにたへで、なをも上寿の年の賀をなすを指をかゞなへてまつ。猶此冊子の名をこひ給ふに、魚に五百のひゞきあなれば、其まゝ「いをさき集」と蝶夢幻阿ぞいふ。

補一二　伏見の梅見の記

五升庵幻阿

人々は、道のかたはらの家にいこひて、ひるのものくふ。おのれは、「はやく石見介が許に行て、けふのあらましをつげむ。やがて梅の山の福寿観音の寺にてあはめ」と契て、隠岐国造の足すくやかなるをともなひ、はしりてその家にいたりて、「誰かれ来れり」といふに、あるじ、こよなうよろこびて、「さらばその寺に行むかへん」と、ものもとりあへず具して、梅ばやしに入てその寺をみるに、さる人は見えず、酒酬み舞かなづる人のみだりがはし。

御堂の壁に多くもの書たるあり。こは、こゝに遊ぶ人のから・大和の筆すさみなり。けふ来し人の書しもあるやとよめど、なし。さては猶おく深く分入しならんと、あるじ、さきに立てまた南のかたへ横をれゆくに、道もせに袖するばかり咲みちたる梅の中に、さりげなき枝どものまじれるは桃なりけり。

7082　うめがゝや桃のかれ木もほの霞み

宇治見の岡に上りて、かなたこなた目のかぎり見わたせど、人影はあらず。むかしもかゝる梅さく山に入て仙女にあひしためしもあるを、こはあやし、と尋ねまどふ。

7083 夕山や呼べばけうがるきじの声

補一三　はし立や句文

冬もはじめの四日といふに、こゝの樗峠を下るに、内外の海に時雨の雨のけしき立て、北より頻にふり来るさまのいふばかりなきを、

7084 はし立や松をしぐれのこえんとす　蝶夢

補一四　魯白の首途を祝ふ辞

この冬のはじめは、蕉翁の百廻忌に結縁せむと、遠近の人のあふみの木曾寺にまう登る多し。されど、世のなりわひのつゐぐ（追求）は都のかたこそ、とたのみ思ふなるべし。

こゝに何がし魯白のぬしは、いたく此道に心をこめ、かの翁のさがなき跡、むかしの住給ひし山などしのばしく、または友人の懐旧の発句を首にかけて、家には八十の老たる親に暇をこひ、舟のうへに八重の潮路のからきを凌ぎ遙に登りたるぞ、たぐひなき好士なりけり。

さる折ふしなれば、つねはつれ〴〵なる法師の身の、御法の事にかゝづらひて風月の物語るひまもなきに、たゞ一日、粟津に行とて、志賀の山々のふるきに道ふみをせしぞ本意なれ。さるばかりの、やるせなき旅の日数にも道のほども無下に近ければ、伊勢の御神にぬかをつき、舟の道の上に雨の宮の守り風のみやの追手めぐませ給ふべしと、明日の首途をつぐるをいはひて、

7085 神かぜのむかひましせよつくし舟　蝶夢

補一五　荒〳〵ての巻草稿極書

右暴風巻一策元禄七年甲戌之秋阿翁在伊賀州猿雖宅同諸子賦之浄書者卓袋書之而今日昔集業既載焉烏乎此物也翁臨滅之辞而俳諧之遺教経也於是乎雖之家相伝以為秘宝今茲曾孫桐雨于疾病矣乃謂貪道曰凡天下之物常伝于嗜者而亡于不嗜者矣未知余死後帰于誰家也遂属貪道以蔵于湖南義仲寺云

天明壬寅十月十二日　蝶夢幻阿識

（右、暴風ノ巻ノ一策ハ、元禄七年甲戌ノ秋、阿翁ノ伊賀

州猿雖宅ニ在リテ、諸子ト同ジク之レヲ賦シ、浄書ハ卓袋之レヲ書ス。而シテ今日、昔ノ集トシテ業既ニ焉ニ載ス。嗚呼此ノ物ヤ、翁ノ滅スルニ臨ミテノ辞ニシテ、俳諧ノ遺教ノ経也。是ニ於テカ、雖ノ家相伝ヘテ以テ秘宝ト為ス。今茲ニ、曾孫桐雨ノ疾病ス。乃チ貪道ニ謂テ曰ク、凡ソ天下ノ物、常ニ嗜ム者ノ伝ヘテ、嗜マザル者ノ亡ボス。未ダ余ノ死後、誰ガ家ニ帰スルヲ知ラザル也ト。遂ニ、貪道ニ属シテ、以テ湖南ノ義仲寺ニ蔵ムト云フ。

天明壬寅十月十二日　　蝶夢幻阿識ス　）

補一六　芭蕉像三態の説

右の行脚の像は、江戸の蚊足が写せしものにて、素堂の讃あり。

芭蕉翁忌日に、蚊足が絵る(ゑがけ)翁の旅姿にむかひて
けふとてや行脚すがたでかへりばな

今時、東武の書林何某が家にて石刻して流布せり。

中の安坐の像は、江戸の杉風が筆なり。

亡師芭蕉翁の像、杉風画　とあり。

これなむ、祖翁三廻忌のころ書て、正秀が許に贈れりとぞ。正秀の没後、文素に伝ふ。素が老のゝち祖翁の真蹟の席上の条目幷に正秀が自讃せし寿像と共に、秀が菩提所なる京町の唯泉寺に納む。祖翁の像と条目は石刻して当寺に寄進す。

左の馬上の像は、伊賀の百歳の図する所なり。祖翁の筆にて、

野を横に馬ひきむけよほとゝぎす

右の短冊を押たり。百歳は西嶋何がしにて、祖翁の古主藤堂探丸の舎弟とぞ。祖翁を傍に置て面貌をうつせしとなむなるを、同所の野口伊予守といひし方に伝はりしを、こひ得て当寺に寄付す。

三幅写真の肖像は、みな祖翁在世の親炙の門人まのあたりに写したる図にて、その相好うたがふべからず。後の世の好士のために一幅の絹にうつして、祖翁遷化のゝち像法九十年にあたれる今月今日、義仲寺に奉納して、ながく百世の記念とす。

天明三卯年冬十月十二日　蝶夢幻阿弥陀仏　謹誌

（芭蕉像三態を淡彩で描くが略）

補一七　うやむや関翁伝等奥書

（甲）

右うやむやの関秘抄、帋数拾九枚、自賀州行脚僧無外庵伝写之。

（乙）

此一巻者、自筑紫房江桟借用而、令浪子雷夫書写。

宝暦未冬十月十六日　蝶夢房　記

（印「蝶夢之印」）

〔参考一〕

「江州粟津義仲寺芭蕉堂再建募縁疏」前文

元禄のむかし、「なき體（骸）を笠にかくすやかれ尾花」と其角の挽歌せしよりや、七十余年の春秋を暦て、碑面の文字は苔にうもれぬれども、年々歳々芭蕉葉の下陰ひろく茂り、その徳化を仰ぎて拝墳の輩、常に絶ざるにより、終に東海道の一名区となりぬ。されば廟前に一宇の堂ありて蕉翁の肖像を安置し、夏は奉扇会を修して影前に扇を奉り、冬は時雨会を営て堂内に短冊を備へぬる恒例より、世に短冊堂とも号しけるに、物かはり星移りて、軒の瓦松生て長等山の月をやどし、壁の土蔦はひて琵琶湖の風寒く、既に影像の風雨に侵されなん事を見るにしのびず、新に一堂を造立せんの心切なりといへども、貧道の一鉢是をなすの力なければ、あまねく遠近の蕉門の遺弟たる風人に告て一帋半銭の施財を乞ひ、速に輪輿の功を成し、祖翁の風雅の余光をしてながく百世にかゞやかさんことを希のみ。

明和五子年四月奉扇会之日　義仲寺現住　弁誠　（印）

〔参考二〕

『ねころび草』序

わが蝶夢幻阿大徳の曰、「世に風月をもて遊ぶに、詩歌のうへはしらず、発句口ずさむほどの人のさまを見るに、たゞ芸能とのみ覚えて、徒らに詞花言葉に耳目を悦ばしむるを事とし、あるは上手とほこり下手と譏り、あるは名をもとめ利をむさぼるをむねとして、かりにも七情の起るを句になして心をなぐさめ、まことの道に入べきためになす人はあらず。

こゝにこの『寐転草』といふは、懶巣丈草禅師九十年のむかし、芭蕉翁入滅の頃、湖南の龍が岡仏幻庵にて師翁の中陰にこもり居て、折からの哀なるにつけてことに有為の世界を観じ、わけて女の罪ふかき事より一年の行事のはかなきわざをいましめ、おはりには霊照鉄磨が女人ながら参禅の定力ある、または転乗海運が畜類たりしも聞法の功力ありし因縁を引て、もはら世人を教ゆるの文なり。かの蕉翁の、真の道にも入べき器なりと称し給ひけるも、これらの古人をやいふ。わぬしごときかたくなに風雅の信あるもの、是を読ばかならず風雅によりて得脱せんものをや」と見せられけるに、げにも勧善懲悪の文句に微妙の理をふくみていと尊し。

此書享保元年の春にや、禅師の大祥忌に梓せしとあり。されどかゝるもの悦べる人は其世にも稀なりければにや、その書すたれて世に流布せず、わづかに書林橘屋が家に其名の残れるのみ。ことし禅師八十廻忌にあたれるにあひて、頻に其徳を慕ふのあまり、同じ志あらん友にも見せてともにまことの道に入らんと、再び板にほらしむ。

天明三卯とし二月廿四日

丹後日間浦　文百　謹書

紀行篇

蝶夢和尚文集　巻四・巻五

五升庵文草　巻四（外題）

熊野紀行

今はむかし母なりける尼上の、西国の観世音巡礼といふ事をせんとかねて願ひ給ひしに、此世のならひとて、その願ひもみたではかなく過行給ひし事の、この年月まごゝろにかゝりければ、春は花にかこつけて、よし野ちかきゆきゝの岡寺、秋は月を見むとて、湖水のあたりなる三井の古寺などたよりに付て参詣し、その心ざしをつぎけるに、只熊野ゝ山のみまいりもやらで春くれ夏過けるに、ことしの秋の夜ばなしにふと語り出て、「とみにまうでん」といへば、人もわれもとうちかたらひて、八月廿二日といふ有明の影のしらみわたれる比、五条の額田が家より立出て伏見の方へゆく。

きのふまでは、野分気しきに雨けしからず降ければ、此ほとりの沢辺も水こえて、稲の穂先はつかに見ゆるばかりにあふれける。小倉といふ里は人の家の中まで水入りて、機の具・桶・たらひの調度までたゞよひありけば、行かふ旅人をも里人の舟にたすけのせて、村の中を棹さし渡す。常はわづらひもなき大路の一夜のうちにかはり行様こそ、飛鳥川のさだめなき娑婆のすがた成べし。井手のあたりも、なべて水のせき入ければ、

8001　影もなしさしもの秋の水さへも

やぶのわたりをこえて、祝園の社に参る。柞（ははそ）の森と歌にもよめる所なり。そのかみ何がしの人、いまだ童形にて母に具して南都の師のもとへ行とて此森の陰にやすみ

おはしけるに、時の維摩会の講師の、前駆後乗いかめしく引つれ車をとゞろかして都へ登りけるに行あひて、母のその童に、「汝もはやく学文をつとめ、やがてかゝる貴僧と成て輿車にうちのりて、内に参らん事をはげみ申されよ」と教訓ありけるを、年経てかの講師の勅をうけ給りて都へ登るとて、此森の陰にて過し母のいましめをおもひ出て車をとゞめて、懐旧の泪にむせび給ひける事をかたりいでゝ、

8002　初もみぢたれも梢のなつかしき

日暮かゝるころほひ、はせといふ里に宿りもとめぬ。脊戸口の居風呂の中より見わたせば、木津の川水白く流れ稲穂ふく風うそ寒く、衣かせ山の名もおぼえてをかし。（底本改行。以下、※印で示す）

廿三日、外山は霧に遠く、秋篠の里は秋さびたり。

8003　秋しのやいねとりちらす里のさま

飯けぶりたつや露けき藪の中　鯉風

西大寺の門前の柳の浅みどりの色も、いつしかにちり尽てながめもなし。むかしの京の名ごりとて、此ほとりの村里に五条・七条といへる名あり。

8004　綿打に琵琶の音あり西の京

綿畠に三条はありにしの京　鯉風

薬師寺へ参りけるに、何堂かの堂も名のみに、半は礎のみありてわびし。

8005　つく〴〵と仏かと思ふ鶏頭花

南都を東に見やりて、

8006　霧たつやふるき都の竈数

龍田のあたりもまだ紅葉せずと聞ば、行もやらで郡山・田原本をすぐ。音長聖の足の気有ければ、日高けれど八木の町にやどる。軒ちかく香久山のみえけるに、

香久山や月も古びてさしのぼる　文下

廿四日、天気ことに晴わたりければ、

8007　綿とりのうたふて出る日和かな

畝火の山の麓をすぎ、高取の城を見上て壺坂寺に参る。仏前にかしこまりて、慈眼視〔示〕衆生のこゝろを、

8008　照せ月草の葉におく露の身〔ぞ〕も

なをうしろの山に分入れば、爰かしこ苔むしたる巌の

面に、いくばかりともしられぬ仏躰、両界の曼荼羅の図を彫付たり。そのたくみなる事、凡夫のわざと見えず。

8009　恒河沙(がうがしや)やいく世の松露かくつもり

檜垣本の辺より、吉野はたゞ川一すぢへだてゝいとちかければ、

8010　奥ゆかし六田につゞく秋の雲

落鮎の老とも見えぬよし野川　文下

紅葉する桜もさぞなよしの川　鯉風

金剛山の麓、五条の宿を過れば、よし野川はやゝ遠くなりて田の中をたどり行。

寒うなる程肘をはるかゝし哉　文下

8011　畦豆に顔さし出す荷馬かな

待乳峠より雨そぼち出て、暮過る比、橋本にやどる。

廿五日、朝もなほ雨やまねば、「けふの山路はいかに」など、人〴〵思ひわぶ。学文路にて、

秋雨やかるかや堂の軒のもり　鯉風

不動坂を登るに、雨なほいたく降ければ、

岩ねふむ槙の下道霧こめてぬ(〔らし〕)るゝもしらぬ秋のむら雨　音長

この坂の中に四寸岩とて、巌と〳〵の間、いとせまき事四寸ばかりに立ならびたる中を通る所あり。その岩のおもてに二ツの足跡あり。むかしより此所を通る人の、此足跡をふまでは登ることのかたければ、「親の足かた」とは申とぞ。むかし登山したりしわが父なる人も、此跡をや踏て通りけんと、そゞろに思ひ出て、

8012　恋しさや足あとくぼき岩の露

芭蕉翁の「父母のしきりに恋し」と申されしも、此跡ならんか。

一心院谷の何がしがもとにわらぐつをときて、雨にぬれし袖をあぶらんとて囲炉裏によりてその住居を見るに、男のみ住たれば何かくすべき隔もなく、家居のつき〴〵しきさま、うき世の外のおもひありて、心すみぬ。

暁をまつ高野ゝ山のねざめにはよのつねよりも心すみけり　音長

まだくらきに起出て壇上を拝みめぐるに、十七丈五尺の大塔は横雲の上に聳へ、諸堂の甍は明ちかき山の端に

きらめけり。大師、明州の津といふより投させ玉ふ三鈷の、万里の波濤を越て此松の枝にかゝりしより「三鈷の松」とは申とぞ。折から明残る月の、その梢にうつれる影のおもしろかりければ、

8013 曙や何所から落て松の月

蛇柳と聞えしも、朽てやう〳〵一もとばかり立り。

8014 葉のちりて猶すさまじき柳かな

「わすれても汲やしぬらん」とよみ玉ひし玉河は、千手池谷の毒蛇が淵といふより流れ出るとかや。年ごとに修法の事ありて、杉の葉を覆て封じ置となり。

8015 玉河や萩も日かげもうつらねど

奥の院の御廟にまうづ。槙・杉の木立ふかく、心すみて哀に有がたし。

秋すむや仏法僧のこゑまでも　文下

寂蓮法師の、「苔の下にも有明の月」と詠し事を思ひつゞけて、

いつかわれ心もすみて詠ましうき世の外の有明の月　音長

万燈の堂にて、「貧女の一燈」といふことをおもひよりて、

一燈もをし照長き夜もすがら　鯉風

木食上人の室に参りて光明真言授り奉るに、都の事問給ふ顔の、何とやらんむかし見し上人の俤に似たりければ、「さる上人にやおはす」と尋参らせけるに、「その上人は、三とせばかりむかし穢土をさりて、今は都卒の内院にやおはすらん」と語らせ給ふもいと尊し。

爰ら右左りの山の幾重も塔婆ならぬ地なし。うへは天子・将軍をはじめ奉り、何信女・何童子といへる迄も数しれず建ならぶ。中にも多田満仲・武田信玄などいふたけき大将の古きしるし、法然上人・学鑁(覚)上人ごとき古徳の廟など拝むにいとまなし。されば、尊きも賤きも、智あるも愚なるも、勇あるも弱きも皆一仏浄土の土にうづもれ、観見法界の利益にあづかること、大師の慈光は猶さらに、刹利も須陀もかはらざるものをと、今さらに思ひしられて心悲しく、念珠くりてすぐ。

爰より熊野ゝ奥へ分入んに、道のほどもたど〳〵しか

るべしと、あたりの山賤に伝七といふ男をかたらひて、午の貝聞ゆる比、小田原谷をこえて大瀧といふに下る。このほとり華園の庄とて、高野ゝ奥山と〔か〕や。水が峯といふに宿あり。此家に宿らんとてさし入て見るに、戸蔀みなうち明て人の住るけはひなし。山人の過りけるに、「此家のあるじはいづちへ行しにや」と問ふに、「けふなん、此家の夫婦は嶽の荒神へ参りぬ」といふに、せむかたなければまた尾上を行に、五十丁余り来やしぬらんと思ふに、萱ぶきの家一ツ見付たり。さし覗き見るに、軒に恐しげなる熊の手・狼の足などいふものをつりて置り。いかなるものが居所にやとすさまじければ、足ばやに過ぬ。むかし九郎判官どのゝ、鷲尾といひし兵にあひ玉ひしも、かやうの山家なるべし。

とかくして、また五十丁ばかり分入ければ、山にそひ谷にのぞみて家五六軒あり。爰をば大股と申とかや。家ごとに箸といふものを作りて世わたりとすといふ。その箸の木のつみし中にやどりて、榾の火に寒さをしのぐ。

8016　明がたや榾がしらからしらみゆく

廿六日、夜は明ぬれど霧たちこめて、そこともしれぬ山をのぼる。十八丁余りありて、柏小家とて家あり。上面・水がもと・松平などいふ名のみありて、道の程四里計があいだ人家もあらず、たゞさかしき岨(そは)みちをのぼりくだる。

8017　分ゆくや袂にたまる笹のつゆ
花すゝき笠を見せたり隠したり　文下
枝折にとむすびてゆくや萩芒　鯉風

鳥といふものもなければ、人はもとより通らず。木々の梢には兎糸といふものかゝれり、うす青の糸のごとし。霧の凝たるなりとや。なべてあやしき草あやしき木ども多し。

8018　紅葉より外は見しらず山深し

もとこの所は、よし野ゝ奥郡十津川郷にて、むかし芋ケ瀬庄司といひしものゝ住し所なり。今五百瀬村といふ。それが子孫を政所とて、所の長なりと〔か〕や。元享(亨)のみだれに、大塔宮の熊野より落させ給ふ時、此辺にて芋瀬がとり留参らせんとせし時、村上といひし御供の侍の、御旗を奪ひかへし、手柄をあらはしたる地なり。其地の有様、山左右に高く、大河山の腰をめぐりて、一夫槊（ほこ）を横へば万夫もすゝみがたき節所ぞかし。民家は杉・檜の板を壁に、木の皮をもて軒をふき、鹿垣四方に結廻し、人は老若となく毛生ひたる皮にて作れる袴をはき、斧をかたげ山刀を脇ばさみて、木の根も岩角もはしりありくさま猿の木つたふごとく、髪はおどろに、物いふ事も古代に「物くひつべしや」「喰たまへ」などいふさま迄、今の世の人とも覚ず。実も南帝潜龍の時、御味方申て数代こゝろざしを変ぜざりしも、かゝる山里の人の剛直なるゆへなるべし。道の傍に、栗ばかりの大さなる木の実を筵に干したる多し。橡の実といふものとや。

8019　是喰ても生らるゝかや山の秋

もとより稲といふもの作るべき地なければ、草鞋うるべき家もなし。案内の男の、日ごろ履べきわらぢを多く荷ひ来りしを、「けしからぬ用意かな」とあさみわらひけるも、今ぞ思ひしらる。三浦峠・屋倉坂のさかしきを百町あまり越行に、雨さへ降いでゝくのう（苦悩）いふべくもなし。辛うじて屋倉の里にやどる。夜の雨しきりにしていと淋しきに、鹿の声さへ添ひて、枕の下に聞ゆ。

8020　雨の鹿に草の戸おもふこよひ哉
鹿の声栗飯もまた珍らしき　文下
鹿なくや風呂の下うちけぶる時　鯉風
一夜かる柴の庵の折こそあれ哀催す小男じかの声　音長

廿八日、朝日はなやかにさしければ、蓑笠をぬぎて心はれやかに長居といふ里を過行けるに、あゆみわぶるを上なる岨より杣人の見て、哀とや思ひけん、かたへの木うちきり枝はらひて「杖にせよ」とてえさせけるぞ、こゝろありてうれし。

8021　山賤に杖囉（もら）ふたる彼岸かな

谷川に渡しの舟あり。岸の岩の面に、わたし守の料足の定めを彫付たり。いみじき掟なるべし。是より左の方三里あまり奥に、玉置の地蔵とて尊き仏のおはすと〔か〕や。玉置の庄司といふものゝゆかりならんか。はてなし坂は二百町坂と書とか、其けはしきこと、いふばかりなし。
　はてなしや四十に過し旅の秋　　　鯉風
　霧の海果なし坂のはてもなし　　　文下
けふは山道にこうじぬればとて、八鬼大谷といふにやどる。※
　明れば、宿の前より舟にのりて下る。川波立てすさまじ。水上は大峯より流出て、川十ばかり落合ふゆへに、十津川とは名つくとかや。
　本宮の前に川あり、名におふ音なし川なり。
8022 たま〳〵に音するものは河鹿かな
むかし増基上人、久しく此宮にこもりて、翌まかりなんとて是河づらに遊〔そへ〕べば、人〳〵、「しばしさぶらひ給へかし。神もゆるし聞え給はじ」などいふほどに、かしら白き鳥のをりければ、「山がらすかしらも白くなりにけりわが帰るべき時や来ぬらん」と詠けんも此所なり。なべてこの御山の鳥は神の使と聞ば、春日の鹿、山王の猿などいふべくむれてやあらんと思ひしに、さはあらず。鳥井の前に、「禁殺生穢悪」の石文あり。山四方にかこみて森木深し。御宮は近き比火にかゝりて楼門・拝殿・廻廊等一宇も残らず、其跡は蓬が杣となりて、露しげく分かねたり。
8023 薄刈萱通夜せんやうもなかりけり
　露しもにしをれし草の宮居かな　　鯉風
　末の世と思ふもかなし神垣の跡は草葉に秋風ぞふく　　音長
斯ひじりの口ずさみ給ひけるに、またおもひかへせば、「人の力を尽して宮殿の結構をきはめたるよりも、荒はてしや、正直の神の慮にはかなふべき」といへば、またひじり、
　たのもしなかくても神は跡とめて世をばめぐみの草〳〵の露
仮殿のまうけとて、あらき板もてかこひたるをぞ証誠殿とは拝み奉る。後白河法皇の三十三〔××〕度御幸ありし供養の御塔、和泉式部の塔のみ煙をのがれて苔むしたり。此山に、古く歌にもよみたる梅といふ樹、まれに見えたり。
やがて新宮への舟もとめてうちのり出るに、九里八町

といへる道の程、左右の岸は巌たかく峙ち屛風を立たるごときあれば、枕の横たはれるごときかたち有。その間にえもいへぬ樹の生ひたるに、布引・あふひ・銚子の口・雪が瀧など名付る瀑布の三千尺の高き雲間より落るけしき、低く岩間を漲るながめ、こと葉に尽ず。楊枝村といへるは、後白河法皇、得長寿院を建られし時、三十三間の長き柳の棟木を此谷より伐出して奉りし、その柳の株に観音堂をたて楊柳寺と申とぞ。

　舟の下る事矢を射るがごとくなれば、間もなくて新宮の浦につく。両岸猿声啼不止、軽舟已過万重山と賦したるはかゝる所にや。「たが棹さしてみふね島」と聞えしも、左の方の山より川の中に出し岩山なり。新宮は山を左にし河を右にし、海に向ひて立せ給ふ。楼門・廻廊のかまへより、檜皮葺の軒のかさなりたる、目を驚す。また城あり、市町ありて人多く行かふ。熊野ゝ別当・新宮蔵人など、世にいかめしきものゝ居たる所ならん。

　三熊野村の中、海ちかきわたりに飛鳥の社あり、その傍に秦徐福の祠あり。「不老不死の薬をもとむるとて、五百の童男童女をつれて、東海の三山に行し」と『史』に載たるを、遙の後の世に欧陽公といひし人の、「徐福、秦の世を遁れて日本にわたり、経典を伝へし」とさたせしもむべなり。此地を三山といふ。蓬萊山の名あるもかゝることわりなるべし。それが塚とて、田の中に一むら木草の茂れるあり。

8024　はかなしや死なぬ薬をほりし人も

「寒松高く聳て、嵐妄想の夢をやぶる」と書し権現の山に上り、広角わたりの浦を過るに、波あらく気疎し。三輪が崎に磯まくらするに、波こゝもとにありて夢をむすびかねたり。※

　九月朔日、空ことにはれぬ。明ぬより立出て詠るに、南の海のかぎりにて目にさはる物もなきに、朝日大きやかに波の上にさし上るけしき、いはんやうもあらず。惟(維)盛卿の入水し給ひし那智の澳(おき)とは、此海をいふとかや。源氏の聞えをはゞかり、さは披露ありて、密に那智の麓の山里にて目出たく往生し給ひぬとぞ。今も其しるし、かの山里にありといふ。此浦辺の小石は、さながら漆もてぬりたるごとくうるはし。むかしより歌の前書に、「此ほとりにて碁石拾ふとて」など書たれば、碁石に名を得し所なるべし。浜の宮は補陀落山といへり。南へさし出たる海ばたなれば、さもいふならん。

　那智の御山は、下馬といふより杉の並木うちかこみて、鳥井・楼門奥深し。瀧のもとへ行に、拝殿よりは一町余りをへだてぬれど、瀧の水けぶり雨の降るごとく、袂もしとゞに雫するばかりなり。見上れば、三重に漲り落る瀧の水の白き雲のたな引がごとくにて、更に水の落るとは見えず。心も言〔詞〕もおよばれず、その響はあたりの山も巌も崩れぬべく覚ておそろし。

　岩がねに一すぢかゝる白雲の中に音ある那智の瀧津瀬　　音長

　秋の雲くだけて〔×〕落るや瀧の色　　鯉風

　瀧のもとに、「太上天皇恒仁初度」と書る木を立たり。いかなる事にや尋まほしけれど、そのあたり人もなければとはでやみぬ。代々の天子御崇敬多かりし中にも、花山院はわきて此山にあゆみをはこばせ給ひ、この瀧壺に九穴の蚫〔鮑〕の貝、如意宝珠をしづめて、「一度此瀧つぼの水を手に結ばんものは、寿福の願ひを成就せしめん」と御誓ひ有けるぞ有がたき。文覚上人の、いかでかはかくすさまじき瀧にうたれしと思ひ出るも、身の毛よだつこゝちす。十二所権現の宮、観大士の堂、軒をならべて、三山第一の壮麗なり。むかしは那智籠といふ事を行ひけるに、今はさる行人の有とも見えず、籠堂とてはかたのごとくのむろあるのみ。

　拝みはてゝ大雲とりの坂をよぢ上るに、二百丁といふ中ほどにて、日俄に暮て行先も見えねば、あやしの杣が家に立よりて一夜を明さん事をこひてとまりけるに、夜のものもなければ、もとより喰べき物とては、そのものとも見えざるものを、しかもうづ高くもりてすゑけるにぞ、むねふくれてえ喰もやらず。たゞ囲炉裏に柴折くべて夜を明すは、むかし物がたりに山路に踏迷ひたる人のさまありて、われながら哀におぼえぬ。白雲のたえずたな引峯にだにすめば住ぬるともいふべき山の上ながら、「身はならはしの秋風ぞふく」の歌のこゝろに、夜ひと夜寐るともなしに、東かと覚えて軒のしらみわたれるひまを見て立出けるに、谷道いと細く木草茂りあひて、足の立所も覚束なし。

8025　椎栗の落や音せで蛭も降

また小雲とりを上る事百五十丁、

8026　秋の空高し大雲小雲とり

山河をかちわたりして湯の峯に上り、宿もとめ出て湯あみす。温泉は川の中より湧出て、湯玉を飛す勢ひおどろ〳〵しく、家〳〵より女子どもの籠に菜・大根入れ来て、籠ながら湯につければ、忽よく煮ゆ。傍に薬師の堂一宇、塔一基あり。その前に立る巌に、一遍上人の書給ひし名号あり。湯入の人多くむらがり来りて、あやしの別世界なり。三日まへより雨ふりければ、けふは此山に足をやすめて此比のつかれをはらさんあらましなりけるに、午過る比より空晴わたれれば、行先はるけき旅の空の心せかれて、宿を出ぬ。「入りがたき御法の門」と詠たりし発心門を過て、湯川にやどる。この宿のぬしも湯川の庄司が子孫なりとて、古物語をなすに興を催す。※

四日、女夫坂を越て、野中にいたる。野中の王子の宮あり。近露は、大塔宮をむかへ奉りし野長瀬兄弟が住所なり。その末絶ず、此ところに住といふ。爰にも王子の宮あり。古き御幸の記にもみえて、めづらしき地名なり。柏十丈などいふ峠どもを越行。岩田川は山の奥より材木を伐出して、川水に落すさまめさまし。

8027　流し木の押わけ落る尾花哉

塩見峠を過て三須の王子のあたりに宿るに、また雨そぼち出づ。※

五日、空心よし。田辺の町を過れば浜辺に出づ。はてもなき真砂路をたどるに、藻屑の中に葉は老母草に似たる草のいくらも生ひ出たるを、例の聖のちぎりもて行とて、何となう、「三熊野ゝ山の幾重をめぐり来て浦めづらしき浜ゆふの」と口ずさみ申されけるにぞ、其草なりとはしりし。

8028　浜ゆふや初潮に塵も打はらひ

南部とは、むかしの日記には「三鍋」と書り。『いほぬし』のこの浦辺にふりたる人に逢し事を書る、千里の浜もこのほとりなり。岩代の峠に有馬の王子の結び松のゆかりとて、一木道の左に残れり。曾根好忠の、「千とせをふともたれかとくべき」と聞えしにたがはず、今もみどりの色さかえたり。

8029 罪ふかしむすびし松の色かえず

切目の王子につゞきて「跡たるゝ」と詠し塩屋の王子も、みな海辺に立せ給ふ。秋の日せわしくて、日高川の名にも似ず暮かゝる比、この川をわたる。川づらいと広して水すさまじ。

8030 川波や舟よぶ声のうそ寒し

小松原といふ村にやどる。後鳥羽院行幸の御時、昼の御やすらひ有し所とぞ。※

明れば、道成寺にまいる。女の落せし鐘をうづみし跡とて、松生ひたる所あり。鹿が脊坂・鹿の脊山ともいふにや。増基の歌に、この山にて鹿を聞て妻のゆかりに、「脊の山の名をたづねてや鹿も鳴らん」と詠給ひしかとよ。湯浅は入江、「小松原の勝景奇特也」と定家卿の称し給ひし所なり。有田川をわたり、かぶら坂をこゆ。此あたりは、山も尾も蜜柑の木を多くうゆ。

鴨谷をすぐに、藤代峠にかゝる。西に淡路島、北に和歌浦、霞もやらぬ吹上の浜迄、眼下に見えわたりて、無双の眺望なり。藤代の王子は、熊野山の鳥居王子とも申ものか。すべて九十九王子と申は、山城の稲荷よりはじめて、津の国には渡部王子・安部野ゝ王子、和泉に塚王子・大島王子など所〳〵におはして、新宮・那智に終るよし、旧記に見えたれど、今は此宮にて終るなるべし。

8031 かへり見む王子〳〵のむら紅葉

その夜は、今井といふ在家にとまる。※

七日、朝まだきに、紀三井寺に登る。和歌浦、布引の松の朝霧に引はへたる気しき、さらにいふべくもあらず。吹上を余所に、日前の宮にまうづ。此宮は熊野行幸の時、定家卿の奉幣し給ひし事、かの記にしるされたり。むかしより熊野参りの人の、かならず参る宮なるべし。中比此宮につかへ奉りし俊長・行文とて、父子和歌の達者にて、勅撰にも入ぬ。さる優なる人の守りまいらせし宮居とて、竹のむら立も物ふりてすさう（殊勝）なり。

紀の川をわたりて、根来寺を尋ぬ。その道の間は四里ばかりとか、西坂本といへるより山一ッ越れば、やがて寺に入る。めぐりの山は八葉の蓮華のごとくならび、谷河いと清くながれて、高野山に似たり。されど、谷〳〵の坊舎聞しにもあらずやぶれうせて、わづかに残れるも門かたぶき築地崩れて、萩・すゝき露深し。大塔・金堂・錐もみの不動堂のみ、形ばかり残りぬ。傍の堂に丈六の仏の並びおはすに、雨もりて御ぐしにかゝれる跡のところまだらなるぞ、もつたいなき。

8032　膝の箔いつ稲妻と消ゆきし

中ごろ、一山の衆徒、開山の教を守らで闘争を事とし、聖教を捨て剣戟をたしなみける故に、かく法滅におよびけるぞ悲しき。いにしへ、伝法院の一流の目出たかりしを思ふに、

8033　萱すゝき今は鹿ふす野らとなり

古寺や木の実にむかししたはるゝ　文下

粉川寺にまうづ。十五六年あまりのむかし、聖と共に詣し事をかたり出て、値偶(遇)の縁のふかきを歓喜す。こよひは門前にやどりて、かの山賤にいとまとらするとて、酒くみて別をゝしむ。※

八日、明ぬより、雨をしのぎていでたつ。谷河をあまた渡りて、広口といふより槙尾寺へ参らんとて、山を上る事百丁あまり、尾上をゆくに、遙に海みえて須磨・あかしの浦〳〵ものこりなく見ゆ。この山道のたど〳〵しさ、げにも順礼のうたにたがはず。

8034　露しぐれ檜原松ばらはてしなき

和泉の国、横山・天野山・信田森を過て、上野原にやどる。※

九日、けふは節句の祝ひとて、宿のあるじが大根なますのふときに菊の花折そへたるこそ、心ありてやさしけれ。

8035　栗飯をいはふ山家の節句哉

けふといへば膳にも菊のながめあり　文下

朝起も旅も終りやけふの菊　鯉風

〔『吉野の冬の記』は、単行板本を翻刻して別掲。四四八頁参照。『蝶夢和尚文集』所収本は、標題を示さず、ただちに本文に入る。〕

三夜の月の記

としごろ、岩清水の放生会をがまん事をねんじ居けるに、名にしおへる月の夜ごろなれば、かしこの月こゝの月とうかれて、いまだ行もやらず。ことしはひとり思ひさだめて朝とくよりいでたつに、道のほどよければ西山のかた見もて行んと、東寺・四ッ塚を過て久世のわたりをわたる。この川は月の桂の川の末なれば、こよひの月のながめ、さぞとひとりごちて行。

寺戸・西里をへて広き野を行に、稲の穂波さは立て、道さだかならず。いにしへより此辺〔ほと〕りは、まじなひ神ある所にて、邦能俊宣が行幸におくれたるわたりなれば、あやしく道はか行ぬこゝちせらる。物集女の里には淳和天皇の御陵あり。御骨を砕て、西山にちらしけるとぞ。

8036 御陵やこゝを踏なと花すゝき

大原野ゝ春日の社にまうづ。后宮の参り給ふには、南都は道の遠ければと、爰に勧請し給ひける。されば代々行幸行啓のありけるも、世の末になりぬれば其事絶ぬ。

8037 萩すゝきいづく轍の跡もなし

日ごろまうでくる人も見えざりければ、瑞籬のあたり木の葉ふりうづみ苔なめらかにて、在中将の神代の事もおもひ出づ。なべて此ほとりの山を、小塩山とはいふなるべし。

勝持寺は春日の社の西の山にあり、所の人は「花の寺」といふ。大原野ゝ花盛とて、むかしは公武へ注進有ける程なりしとや。西行上人も此寺に住て、「むれつゝ人の来るのみぞあたら桜の咎にはありける」と、半日の閑を妨らるゝ事を歎き給ひし、その桜のゆかりとて、老樹一木、西行庵の上堂の前にあり。光広大納言の此庵に遊び給ひて、

大かたのあはれとは見〔へ〕ず桜花植けむ人を聞に
つけても

と詠給ひしとや。今もその思ひに木のもとをめぐり、庵のあたりさし覗き、立さりがたき心地ぞせらる。

8038 秋風や人すまぬ庵の戸のひづみ

「大原千句」とて、世にしられたる連歌あり。

けふこそは花さかぬ松もをしほ山〔小塩〕

と道澄法親王の御発句なるべし。また、長嘯子も此寺に年月かくれおはして、みづから「山家の記」を書給ひける。その跡は一むら竹の林の中にて、「玄賓石」と名付しも、谷水流れて水草清き所に石の苔の衣着たるが、その人の俤に似たるべしとなり。尾ばな・根笹、脊たけに余りしげりて石はみえず、「人もや見ん」とかの石さへかくれたりやとをかし。「水流れて驢上岩をひたす」と書しも其儘にありて、むかしをしたふ媒たり。

8039 思へばや身にしむ秋の山家の記

さえ野ゝ沼は寺の前の岨かげに、茅・すゝき生たる小池也。

8040 翌の月もさぞやさえ野ゝ沼の中

催馬楽に出たる清加井の水とてあり。鶏は鳴ども遊ばまほしき所なり。

8041 むすび上る手にしみにけり秋の水

此ほとりは廿年ばかりのむかし、音長上人と具して見ありきけるが、年月経ぬれば、山のたゝずまゐはおぼろけに覚えぬれど、水の流れ木だちなど見たる様にもあらず、ふつに覚えず。もとより年わかき時に見たる山川の景色と、四十にもあまりし今のながめは、ことかはりて覚ゆ。ある文の中に、観山水亦如読書、随其見趣之高下と書しもむべなりや。また尋まうでんこともおぼつかなければ、坊に入て寺の草創のはじめより古徳の旧跡など尋けるに、住持の僧出合てくはしくかたりものせらる。折ふし日も午に過けるに、「飢つかれ給ふべし。このあたりはよのつね人の来べき所ならねば、食物のまうけある家も侍らず」とて、みづから飯がひとりてそなへられける。赤き椀に、くろきめしを顔おほふべきばかりもりたるに、萩の折箸そへたるは、山寺の風情ありて興を催す。

さてしも有べきならねば、長峯・灰谷をこえて三鈷寺に登るに、かたはらの谷陰に少し地たひらかなる所あるに、善恵上人の廟堂あり。是なん宇都宮弥三郎入道蓮生がいとなみける、花台廟といふならん。上人在世に、年ごろの住房をのがれて、奥深くこの三鈷寺に山籠していまそかりけん。尊さ今さらにおもひやられて、

8042　かやすゝき墓さへ人に見えじとや

傍に、飛鳥井雅経卿の五百五十年の卒都婆あり。三鈷寺とは、三峰ならび峙て、山のすがたいとよく似たればいふとかや。ふるき霊場なればにや、もろ〳〵の大徳多く住給ひける中にも慈鎮和尚、

この庵はわがふる里のひつじさる詠るかたは宇治の山もと

となん詠給ひけるといふ。常は僧もすまで、あやしの男のひとり薪わり居るあり。白昼だに人気なくて、「恐しき空坊にさる男聖の有がたさよ」とそこら見まはすに、かたへの山の崩れに、

8043　岨かげやこれをもたのむ芋の茎

さすがに捨がたき世なるべし。

善峰寺は、西国の巡礼修行の札所にて、此比も参詣の人まれ〳〵にありて、すさまじからず。慈道法親王の、

わきて猶もみぢの色や深からん都の西の秋の山ざと

かく詠給ひしも、此ごろの秋にや有けむ。山を下りて小塩の里十輪寺に参り、小松原を通りて、粟生の光明寺を拝む。この寺は蓮生の徒弟、幸阿弥陀仏といふ僧の住ける所にて、円光大師の遺骸を爰に渡し参らせ、荼毘し奉りしとなり。その跡に、紫雲松といふ瑞雲のかゝりし松とてさかえたり。折ふしあたりの萩咲みだれたるに、

8044　山風に吹ちるもかなし萩の塵

また大師、四明の黒谷を出てかくれおはしける広谷と申も、此寺の山の奥とかや。

長岡の旧都の地を過るに、天満宮立せ給ふ。其あたりは、左右に梅・さくらの木を植たり。山によりて池水をたゝゆ。男山・羽束師の森・鳥羽田の面まで一瞬に見わたさる。日も暮かゝれば、山崎の方へは行かで左の川づらを下るに、狐川のわたりに出けり。舟に棹さし行に、東南の方鷲峰山の高根に、十四夜の月ほのかにさし出た

り。此あたりは木津・宇治の大河落合て、川はゞ大江のごとくに広し。矢をいるごとくなる流れに、金波みなぎりて面白く、目さむる心地なり。

八幡の清水といふ所にしれる僧の有けるを尋まうでけるに、京よりともなはんと契りし僧も、とくより爰に待居て、足洗ふ湯くませなどしてもてなせば、しばしやすむとて、明り障子押明てみるに、所は鳩の峰の山かげなれば、月かげ木々の葉にうつりて雪かとあやしまる。此山を香炉峰ともいへば、かの簾をかゝげて見し、曙のけしきかとうたがはる。

かくて丑みつごろより、宿院と絹屋殿の間、田中の法印の桟敷にて拝み奉る。遠き近きゐ中より物見にのぼるものゝ、水の流るゝがごとくなるに、男女のざればみたる、老たる人の露寒げなるも、月かげにのこりなく見わたさる。やゝ寅の刻ばかりより、猪の鼻の坂のうへに物の音ほのかに聞ゆるものから、いにしへ此山の権寺主永真といひし僧、「万歳楽を逆にひとりして籟(ふき)しさへおもしろかりし」と古き抄物に書しに、ましてこれは数多の伶人の管を揃へて吹奏したる。空には暁がたの月のすみわたれば、別当行清の、

男山あきの半の御幸をや空にもしりて月はさやけき

と詠しも、今の景色なり。ことしの上卿は櫛笥大納言殿とや。その外六衛府の官人等、神輿を供奉し奉る様、いにしへにも恥ざる行粧なるよと、かたじけなし。放生川の岸には、仮屋を造りかけて、千羽の鳩、千口の魚、ひれをふり羽をたゝきて快楽のおもひをなす有さま、まことに無上の功徳なるべき大会なり。

宿のあるじ、「今宵の還幸の式も拝みてよ」とひたぶるとめ侍れど、「けふは朝より空はれて、こよひの月のおもひやられたれば」とかたりこしらへて、木津川をうちわたり淀の城をすぎて、ふしみより指月を横に、櫃川の橋を渡り、西吾法師がとり地蔵の門前をすぐに、木幡を余所に石田の森を左に、日野を北へ行。長明の方丈石にのぼりてむかしをしのび、かへり見がちに醍醐にかゝるは、午の貝ふく比なり。

かれ飯くひて、はきたるわら沓を見るにやぶれにたれ

ど、料足をしもわすれてなかりければ、もとむべきたよりもあらず。是より山道百五十丁ばかり小石まじりのさかしき道なれば、あやぶみ思ひながら、かゝる時からき目をも見て日ごろの滅罪の縁にもと、うち念じて上る。一丁づゝに石の塔婆を建られたり。僧正成賢の書給ひける梵字とや。それを拝み〳〵て上るに、汗あへてくるし。醍醐水の辺りにては、山風さぶく身の毛いよ立ぬ。順礼の如意輪堂等の諸伽藍拝みめぐりて、東の方へ下る。此山も女の参詣をいましめたれば、人跡絶て鳥の声もまれなり。寂静谷にて心敬僧都の、

散はなの音きくほどの深山かな

とありしも、さることなるべしとおもはる。四方の梢も、麓にはやうかはりて見えわたたる。

8045　初もみぢ下の醍醐は青かりし

笠取の山中を通るに、谷水細く流れ山左右に高くせまりて、人家はそこの岨かしこの岩かげにありて、こゝろ細う枝折をたよりに行。

8046　榧の実の匂ひのみする山路かな

8047　山中や何をたのみに秋の蝶

上り下る事五十丁ばかりにして、また一ツの峰あり。これ岩間寺なり。こゝはあふみの国とや。法施申はてゝ水を掬していこふ。是より東北は湖水の浦〳〵残りなく、南は信楽・田上の山〳〵、麓に黒津の里まで手とゞくばかりに見ゆ。ながめ〳〵て、千丈といふ村に下りぬ。

山に添て石山寺にいづ。例の梅下坊にいたれば、主の悦びかぎりなし。やゝ椽に尻うたげて、石道にかけそこなひたる足を洗ひ居るに、京より瓦全なる男、大津の誰かれをいざなひて来るにぞ、共に手とりかはしてかたる。酒飯したゝめてより、とる物もとりあへず月の上らぬ先にと塔のほとりの楼に上るに、勢多の長橋は夕霧立こめておぼつかなく、空は暮はてゝ水の色もさだかならぬに、湖の向ふ、勢多の山より雲のうすあかうほのめくと見る程もなく、たちまち半輪の影のつと上れば、尾上に立る松の葉までもよむばかりにあざやかなるに、人もわれも物にくるふがごとく、身じろきもせでながめ居れば、はや満月の光みちわたる。

8048 瀬田のやま月載せんとや横をれし
晩鐘は三井なるか月の名にしおふ　瓦全
名月や山低う水の流れ行　菊二
今は出しほの興も見はてぬとて、堂の東の方、名におへる式部の源氏の間といへるをひらきて見やりたるに、月はやゝ三竿ばかりにのぼりて、槙・檜の梢よりもれ出るその影の、この出机の上に名残なくさし入る。つら〳〵思ふに、さる女房の此堂に籠りおはして、今宵の月の湖水にうつれるをながめ、水想観をなしてかの物語を書つらね、たぐひなき名誉を今の世にも伝られし、そのかみの夜の気しきもかくやありけんと、かたみに語りあふ。さばかりの古跡にて、例のいたづら言など云出つべうもなけれど、
8049 名月につら杖のかげおこがまし
月今よひむかしもかくや明かりし　瓦全
名月や古き柱のより所　菊二
ねよとの鐘つくに驚きて堂を下り、楼門の前なる湖水の汀になみ居るに、関の津へ帰る柴舟のいと軽げに流しもて行とて、「今つくは初夜の鐘なりや」と問ふに、とりあへず、
名月や船と物いふ寺の門　鯉遊
月てるや水棹の雫数見ゆる　瓦全
野やまにも置あまりてや湖の月　梅下
われは昼の山路にいたうこうじぬれば、坊に帰りて臥す。前後もしらぬ夢の中にも心猿さはがしく、花の寺の木の間をくゞり、意馬はしりて竹谷の流をわたり、きのふけふの光景なほ思ひわすれず、実に烟霞の痼疾なるべし。人のうちうめく声のふと枕上に聞ゆるに、目さめて見れば、灯青うたてゝ鯉遊はうちしはぶき、菊二は筆をとりてさしうつぶき、瓦全は壁にもたれて吟じ、梅下は盃を挙て生前の一杯にしかずと高く思ひ上りたる風情にて、おの〳〵推敲の最中なり。「いかに」と起上れば、「法師のいぎたなさよ」と笑はれながら、また宵の座になをり付句を案ず。人〴〵「いざ帰らん」といへど、もし道のほど粟津の松原にうちよする白波の恐れすさまじかりなんとて、坊の西の妻戸に月の落かゝるまでかたり

明す。

明れば十六日、蛍谷を分入て国分山にのぼり、幻住庵の跡を見、兼ひらの塚、義仲寺に（衍）にまうでゝ、大津の鯉遊が家に帰りつくに、蕗州・班布の老人ども、「夜べの月いかゞ見給ふ」など伺ひよりて、「いざ給へ。この夜の月を見て三夜の興をはたさん」とて、三井の観音楼に登る。二夜の月の、かゝはゆかりしにはやうかはりて、

8050　いざよひや少しは闇も珍しき

五升庵文草　巻五（外題）

蝶夢和尚文集巻第五目録

〔『遠江の記』は、単行板本を翻刻して別掲。四五六頁参照。『蝶夢和尚文集』所収本は、標題を記さず、冒頭の浜名橋古図とその識語を欠き、ただちに本文に入る。〕

秋好む紀行

秋好む心のおなじきに、足の気のなやみさへ同じく、但馬のしほゆあびに行むとうちつれて出るは、長月十二日といふ曙也。大江山のかたは、あまたゝび行かよひぬれば、こたびはあふみの海の西のへたをめぐりて行んと

さだめあへるに、此ごろの野分に湖のはま道は水あふれて、かち人は行なやむといへれば、都をたゞ北に向ひて、小野山の麓を小原に出て山また山に分入に、実も人のいひしにたがはず、山の岨路の所〳〵水に崩れ橋落て、さらぬだに山みちのせまきがうへに、黒木いたゞける小原女、炭荷へる小野ゝ翁など道もさりあへず通るに、なほあやうし。

小原を過て、伊香立の谷に入る。こゝははや近江の国なり。この谷に、新知恩院といへる寺あり。むかし応仁の乱れに、知恩院の住持のひじり、都にすみうかれて、みづから大師の木像を負ひてこの山のおくに三とせの春秋、安置しける草庵の跡とて、めでたき道場ありて、大谷山華頂寺といへり。遙に都をはなれて、まことに厭離穢土、欣求浄土の人の住べき所なり。

8051　かくてこそ念仏も申せ秋の暮

山を湖のかたへ下るに、雨ふりいでゝ山道いとくるし。真野ゝ入江のあたり、雨霧ふたがりて尾花波よる足もともみえず。

8052　首途から風情過たりあきの雨
　笑止やと人いふ笠の露しづく　瓦全

和尓の浦の榎木といふうまやにやどりて、雨にぬれし衣をかはかす。

十三日、よべの雨跡なく晴て、湖のおもて限りなくながめらる。澳(おき)の島・多景島むかふに見ゆ。比良の裾山を過るに、名にしおふ根おろしの吹もせで、いとのどやかに春の日のおもひせらる。小松といふ里の名のいたづらならで、山より湖の汀まで小松の生ひつゞきたる、子の日の遊びぞせまほしき。弓手の山のかひより、白き絹引たらんやうなるは瀧なりけり。布の瀧とはいふ。瀑布とはもろこし人のいふものを、その文字によれりや。

そこを過て、鎧岩といふあたりよりは、聞しにまさりて水かさ高く、往かふ海道もひたぶるの湖となり、白き波立て通るべくもあらず。舟やとひてこがせゆく。白髭の神の御前にて、此御神の七度まで、湖の桑田になりぬるを見給ひける事、語り出て法楽の句奉る。

白髭やあふぐ尾花の三千丈　全

大溝の町の中も水たゝえて、大路を衣脛にあげてわたる。万木の杜過て、阿渡河を舟にてわたる。水上は朽木谷より出て、朽木の杣河ともよめる、『万葉集』の名所なり。日の入かゝるほど、今津のすく(宿)に入て、湖ちかき家にやどる。今よひ十三夜の月見るべき料なり。夜に入より、やがて宿の後の浜に出てみるに、月はやゝ半天にすみて金波かゞやけり。

8053　照月のくまとこそ見れ竹生しま

北ふくや月も名残の湖のはて　全

月出が崎も北東のかたに、いとちかく見えたり。里人は月どゝいふとぞ。

8054　こよひたれ月出が崎に舟つなぐ

こは頼政卿の、よし野ゝ嶽の歌の心に似たりや。夜更るまゝ、さゞ波のうちよする色もみだれて、めさまし。

8055　月すさまじ北をかぎりの鳰の海

十四日、空心よし。湖をはなれて山のかたへ行〳〵、山中の関あり。

8056　鳥さへとらず関屋の軒の柿

こゝより朽木の谷に入て、都へかよふ追分とはいふ。

行秋や追分の山右へ入　全

熊川は、はや若狭の国なり。遠敷の宮にまうづ。此神の実忠大徳のために、社の清水をあたへ給ひし、その水は上の宮にあり。

8057　さればとて奈良へもやらず落し水

楢の葉の露したゝりて遠敷河　全

小浜の府のもとにやどる。宿の後の山を、後瀬とはいふなり。折ふし雁の啼わたれるに、

はつ雁にあひぬ後瀬の山の前　全

十五日、空きのふのごとし。宿を出んとするに、佐伯氏の来りて対面するに、日三竿ばかりに上る。これより本郷といふまでは、えもいはれぬ島山さし入、海めぐりて行むもをし。若狭路より此あたりまでの道の右左りの並木ども、過し風にたふれて、家居は軒端をやぶり墻をそこなひ、田畑は石まろび入、砂うづみて荒たるを見しも、此里のありさまはなほまさりて、人家・仏寺をいはず風吹たふし水みなぎりて橋なければ、かちわたりすと

て瓦全が細脛をかゝげてわが脇つぼにとり付たる、いと便なし。四大災の恐しきを目の前に見るこそ、うき世の旅なれ。雲の高浜の市町をすぐれば、汐はまあり。

8058 汐くみや秋の日光る桶のそこ

露霜にしほたれ衣の世ぞからき　仝

また、網引ところあり。

8059 引あみや草の花まで真砂まで

徳付し老が笑顔や鰯引　仝

青葉が嶽に上り〳〵て、松尾寺にまうづ。若かりし時まうでし事思ひ出て、なつかしからぬかは。寺を愛葉山といふ。日かたぶきければ、谷陰の杣人が家にやどる。茅が軒あらはに月もり、槙の板戸風入て寒し。ちかく鹿の啼けるに、

8060 枕よりはるか下なり鹿の声

8061 順礼も来ずうらがれの青葉山

青葉やま松尾(の)の寺色かへず　仝

十六日、空くもれり。山を下りて里あり。四六市場と云。こは「志楽の庄の市場」といふべきをあやまれり。何某と申せし尊き念仏者の住し所にて、古く名を聞し里なり。此辺りは丹後の国とか。

田辺の城の下なる妙法寺にやどる。その寺の楼に登り見るに、山のたゝずまゐ入江の色はいふもさらに、折ふしの哀なる夕べに浦の苫屋のながめは、「花も紅葉もなかりけり」と今もいふべき。かたへの御堂に御経うち誦しける声のもれ聞えて、すせうなるに、

8062 江にすめる月に龍女もうかぶ覧

露の身の寺にかりねの北まくら　仝

この寺の旦越なる木越が家に請ぜられて、さま〴〵饗応あるに、

菊の香や四海おなじき酒の友　ゝ

十七日、朝より神鳴てしづ心なかりしも、とゞまるべき旅にしもあらねば寺を出るに、木越が送り来りて別をゝしむ。由良川をわたるほど、しきりに神なり雨ふり来りぬれば、和恵村の田家に入て雨をしのぎ、由良の湊より小舟にのりて、宮津につきて馬吹亭にやどる。（底本改行）

十八日、空きのふに似たり。あるじのとかくとむるにまかせ、くすし跨山がもとに行て、

　嘗てしる人に千種の花問む　　全

といへるに、句を継て一折興行あり。（底本改行）

　この夜、東のかたより将軍うせさせ給ふことの聞えしとて、俄に火うちけちたらんやうにひそまりて、機おり・きぬた打音までとゞめらる。（底本改行）

　十九日、朝とく橋立のかたへ舟にのらんとするに、夏よりこの国に居ける画工海棠が都へ帰り登るを、峰山あたりの其白などいふすきものゝ送り来れるが、おのれ此家にあるを聞てたづね来れば、やがてともなひて共に舟にのりて切戸の方へ漕出る。

　橋立や波にのべふす草の花　　全

　こゝの風景はさらにもいはず、心あまりてこと葉たらずなるべし。岩瀧の浦より、海棠はもと来しかたへ舟をもどせば、われは峰山に行てあぶらやがもとに宿る。

　廿日、空同じくよし。其白が案内にて、はてしなき白浜をこえて志戸の入江ながめ〳〵て、日間の浦の五宝氏が家をあるじとす。この夜、庚申なりといふに、

　浦の秋いろめづらしき咄せよ　　全

　廿一日、天気ほがらかなり。小舟に棹さゝせて、小島の薬師堂にわたる。こゝに、この年月あるじが情しれるより、そのむかし浮流法師わび寐せしころ手なれし茶碗を残し置けるを見るに、其世の忘れがたしとて、この島にうづみ石を立て、「浮流法師茶碗塚」としるせり。その塚に、おの〳〵香を焚て、つら〳〵おもへば、この法師にこの檀那ありてかゝる営みありけること、おぼろけの因縁ならじと随喜して、

8063　老の秋かゝる塚こそうらやまし

　むら尾ばなわれと中よき茶碗塚　　全

其白は峰山に帰れば、おのれらは城崎にわたり着ぬ。

四国にわたる記

寐るとも覚えぬ楫枕に櫓なぐる響するに、目さめて頭もたぐれば、苫屋形に明りのさし入るは、夜の明んとするなるべしと、帆柱のもとにはひ出て見わたすに、海の面はまだくらく、たちならぶ島山のおぼろけなるに、東よと覚えて横雲の棚引を、楫取の翁の立るに「あの方はいづくなりや」と問へば、「虫明」と答ふ。さは聞つたへし虫明の迫門にこそ、曙の空見るべき処ときくを、「思ひがけざるながめよ」とまじろきもせでうち守り居るに、「空はやゝあかねさすよ」と見る間久しくて、波の上に一すぢの紅の色せし波出ると見るより、やがて紫なる黄なる五色の浪うちまじへてよせ来るは、ふるき絵合の巻物に、蓬萊の島根かきたらん見るこゝちす。さし上る日のいろの一入再入などいふべく、大さ車の輪ばかりになりて、波をはなる〔ゝ〕。『玉葉集』のうたに、

　むし明のせとの曙みる折は都のこともわすられにけり

とは、たゞ今の詠なりけり。

8064　曙は春といひしも夏の海

朝和に漕出し舟の帆のならべるは、御祓川にいぐし（斎串）立たらんやうなり。行さきは塩飽の七島とて、小さく大きなる島〴〵のめぐりを漕もてゆくに、昔あそびし陸奥の松が浦島思ひ出らる。よべの宿のあるじ橋野氏は、旅ごゝろしれる人にて、船の中にて着るべき夜のものより、くだもの・みき、万のものまめやかに沙汰し置ければ、弟子の小沙弥も、ともなへる老男ものみくらひて、いとをかしき舟せうよう（逍遙）すと、腹鼓をうちて心よげ也。

　さし向ふかたに筆の山ありてぞ、あたりの海を「筆の海」とはいふめり。左のかたの沖にふせる島山は、さしまといふ。歌には左美島とよむ。醍醐の聖宝僧正の生れ給ふける所とぞいふ。その後のかたの島山を泊といふ。泊の磯とは、そのあたりなるべし。

　多度津につきて、送りこし舟をもどして、今津といふ里の長、山路氏が許を尋ぬ。こは都の内匠権助がたらち

めのはらからの家なるに、助がみむすめもあれば、今宵は都に〔帰り〕すめる心していねぬ。明れば、家の内外見めぐるに、前のあるじこよなき風流の人にて、書院の間ことにきよらを尽し、唐・大和の調度を居、いにしへ今の筆どもをつらねたり。庭には石たて、水をたゝへたる、世にあらばかくてこそとおもふ。

〔伴ひし〕小沙弥はこの丸亀の城に仕しものゝ子なりしが、親にはなれて都にのぼりすけせしが、父の墓を拝んとて下りけるなれば、早つとめて行ぬるに、おのれがつれ〴〵慰んとて、此家のうしろみの何がし案内して、とある寺にゆく。こゝはいにしへわが宗祖大師、当国にさそらへ給ひし比、御船この浦辺に着けるに、海ちかき所の習ひ、水のからくて飲べからざりければ、大師手づから舟の械といふものもて、あたりの地をうがち給ふに、たちまち清らかなる水のほとばしり出たるより、「械ほりの水」とて、まのあたり今も寺のかたはらの岸根にわき出たり。もとも味うまくて、茶に〔を〕煮るべき水とぞ。〔かの弐師将軍のためしなりや、〕権化の利益けちえんなるを随喜す。

8065　とく〳〵と夏にも枯ず械の水

けふは卯月も八日、仏生会なれば、弘法大師の誕生ありける善通寺に結縁せまほしと、あるじを先達に鴨の道隆寺をはじめに、白潟といふ浦づたひに海岸寺にまうづ。これ屛風が浦にて、大師の誕生水とて、松陰に岩をたゝみて水をたゝへし所あり。この日しも、かゝる所にまうでぬる仏椽〔縁〕の程こそ尊けれ。

8066　汲て見ん仏の浴し鉄気水

弥谷寺は、廿余町上りて堂舎あり。山の岨陰の岩の面に、仏像・卒都婆をえりつく。大師の求聞持の法を修し玉ふ跡とて、石窟あり。水茎の岡は、筆のうみのよせ有て古歌にもよめれど、今は海とは隔りぬ。此あたりなべて屛風が浦にて、海ふかく入たるも、桑田とかはりたるならん。西行上人の庵とて、松・杉おひ竹しげり池に橋わたして、あはれげに住なせし所あり。道の行手に出、釈迦寺・曼多羅寺にまうづ。上人の笠掛桜といふもあり。

善通寺は誕生院と号して、筆の山の東南にて、香色山の麓なり。楼ある門たて、筋付し築地めぐりて、堂塔及び僧の室も都めけり。南の門の前、田中に荒たる草むらに、老たる松立り。回り三囲にあまりて、牛をかくすべく下枝はなくて、亭々と高し。是なん『山家集』に、

「善通寺の庵の庭に松のたてりけるを見て、

　久にへて我のちの世をとへよ松跡したふべき人もなき身ぞ

　こゝを又われ住うくてうかれなば松はひとりにならんとす覧」

かくばかり執し給ひし松にて、所の人は「久の松」とよべり。したしく松のもとによりて、在世の昔をしのび値偶（遇）の今をよろこぶ。大かた和歌の古徳多しといへども、わきてこの上人をしたひ奉る事は、詞花言葉をのみもて遊び給ふならで、和歌をもて仏道の助行となし、斗藪をなして頭陀の忍行になぞらへ、「そのきさらぎの望月のころ」と往生の時日をさだめて願のまゝに素懐をとげ給ふ事、かならず凡夫の業ならず、世間の人の風雅の先達となせるはいはず、おのれが身には、さうなき出世の善智識なるべきをやと、その木によりて、松ものいはゞとこそ。「跡したふべき人もなき身ぞ」と有しに、

8067 慕ふわが袂に入れよちり松葉

8068 青嵐その後の世を松やとふ

またの日は、山路がもとを出て象頭山にまうづ。この御神の霊験いちじるしければにや、昔まうでしにもまさりて、都鄙の参詣引もきらず。飯の山は、国の中にある山にて、山の姿の似たればとてにや、「讃岐ふじ」と云。瀧の宮は、菅家この国の守にあらせ給ひし時の、館の跡といふ。

それより野を横に、仏生山にまうづ。この山はわが祖師配流の比、三年が程住せ玉ひける地にて、山、左右をかこみ、水、前にたゝへて、まことに幽閑の地なり。諸堂甍をならべて結構を尽せり。一二をいはんに、二（仁）王門に「仏生山」、四脚門に「法然寺」、楼門に「来迎院」と額をかゝぐ。是祖徳の余光なるか。

十一日、綾川うち渡り、一宮にぬかづき、国分寺にまうづ。山を上ること五十町あまりにして、寺あり、頓証

と名つけ、山を白峯と号す。歌によめる、綾の松山なり。役優婆塞の開基にて、空海大師中興すといふ。観自在たゝせ給ひて、堂塔軒をつらねたり。保元のみだれに、崇徳院を此山の麓、松が浦に遷し奉るに、

こゝも又あらぬ雲井と成に昊空ゆく月の影に任せて

の御製より「雲井の御所」など申奉りし所を、『撰集抄』には「林」とあり、今は林田とよべるとぞ。西行上人の「院のおはしましけむ御跡尋けれど、かたもなかりければ、

松山の波のけしきはかはらじをかたなく君はなりましにけり」

と。「六百年の昔だにさるもの也。今はまして」と見下せば、其所の様、恐しき海の辺りなるに、いかで一天の君をしも捨置まいらせけんと思ひ出るも、泪おちてもたひなき。院かくれさせ給ひて、御からを此山に納奉りける、その御陵の楼門の左右に、六条判官鎮西八郎父子の像、随身の衣袍に弓矢もちてあり〔立〕。神殿は紫震〔宸〕殿をうつせりとて、桜・橘を栽ぬるに、

8069　あぢきなや御階の桜花のこる

8070　橘や右近の陣の世をしのぶ

中央は院、左は待賢門院、右は相模房と申す、鎮守の魔王を勧請し奉るといふ。御陵は山に入て、御門二重に釘貫して、諸木生茂りし中に、纔に土を重ねて苔むせり。その比、例の上人、御陵の前にかしこまりて、

よしや君昔の玉の床とてもかゝらん後は何にかはせん

と詠りければ、御陵鳴動しけるとなんつたへしも、まのあたりに物がなし。

8071　樫ちるや玉の庭〔床〕はく寺男

山を下る岨かげに、湧出る山水あり。かの上人の歌に、

岩にせくあか井の水のわりなきは心すめどもやどる月かな

根香寺といふに下りて、また下ること二十町あまりにして、香西といふ浦のあやしげなるにやどる。

8072　卯の花の明がた寒し窓のもと

弦打山の下を過ぎ、高松の城下なる富山氏が許を尋る

に、あるじも家とうじもひたぶるにとゞむるにまかせて〔せんすべなくて〕、朝よりその家に宿りて、夫婦と共に一座を開く。あくればあるじ名残をしとて、家島の下まで送り来れり。

家島は、前も後も海の中にありけるを、今の世には、前のかたは潮さし入るばかりのせまき入江にて、塩やく浜なり。山を上ること十八丁にして、屋島寺あり。山をうしろのかたへ下れば、壇の浦なり。坂口の木立ある中に、佐藤四郎兵衛が碑あり。八栗山は五剣山とて、さかしき峯聳り。源平合戦ありし八島の内裡と聞えしも、跡は塩屋作りならべたり。田中に門のかたちせし所あり。

8073　麦の穂と立や内裡の門ばしら

道のわきに、九郎太夫尉の布施に引れし大夫黒の塚あり。

8074　人はたゞに夏野ゝ草に埋るを

房崎の入江といふ志渡の浦をすぐるに、ある家より「僧達に御宿参らせん」とよぶ。うれしと入て見るに、此家は、四国辺(遍)路といふ修行者に供養をなすがためなれば、殊にすけ(出家)をとむる也。さる行者のならひに、宿ぬしは一夜をかし、薪をほどこすのみにて、飯は修行者のみづからかしぎて喰ふ法とぞ。伴ひしものと共に、米あらひ水くみて思ふに、江口の君の歌よみかけし風情にかよひて、まことに捨人の宿るべきは、今宵の宿なりけり。

8075　短夜も心とまらぬやどり哉

あくる朝は霧こめたるが、後は日出て心よければ、津田より舟にのりて白鳥につく。この社は、日本武尊、白鳥と化して飛去給ふよりかく申とぞ。「はし鷹のしくも引田」と詠りける浦辺より雨の降出ければ、ある人の家によりてやどる。(底本改行)

あくれば阿波の国境、大坂ごえといふさかしき山をこゆ。金泉寺といふに詣で、吉野川といふを舟にてこゆ。水上は土佐の国より出て、末遠き大河なり。徳島の城のかたほとりなる、青橘居士が家にやどる。

つとめて、窓をひらくに、ひきく横をれる山の眉のごと見えければ、

8076　眉やまや朝の雲はく青あらし

さいふばかりの空といひ、けふは既望なり。「鳴門の潮のさかりなるを見せん」とて、あるじ案内しもてゆく。

助任といふ町に、都の魯堂先生が住る家を尋ね、こしかたを語りて何くれともてなし給ふに、時のうつるをしらず。

その家を出てはてなき野を行き、河いくつとなくわたる。大かた河多き国なり。行〳〵て山の下にいたる。木津神といふ名所とや。撫養といふ里に入て、ある家に案内の人の先入るに、やがてかたへの門ひらかせて、招き入る。路次なゝめに、木立山里めきて、ゆゑ〳〵しき家居なり。あるじ、むかへ出てたいめ（対面）し、道のつかれをねぎらひ、茶点じもてなして、「翌は潮のよきころなり、鳴門見せ申さん。夏の夜の短きにいねさせ給へや」といふに、案内の男と寐ぬ。

丑みつ比にや有けん、物の響し、枕をとゞろかすに目覚て見れば、枕上にある燈の影ゆらめき、油のこぼるゝにうち驚きながら、心のうちに思ふは、「名にひゞける鳴門のわたり近ければ、その潮の響けるならめ、あなあやし」とひとりごつに、かたへの男のがばと起て、「こはけしからずのなゐ哉」と云つゝはひよりて明りせうじをあくるに、家の内さわぎ立て、「世なをし〳〵」と口〴〵にいふ声す。あるじはしそくかゝげて、「まらう人はやく出させ玉へ、あやまちし給ふべし」とどよむに、たち上らんとするに、足のしどろなるに、またふみしめんとする間にすこしなごみぬれば、今はとて、もとの処に下り居るに、おのれいふ。「年月多くの旅はせしかど、さるすさまじきなゐには、いまだあはざりし。如法このあたりは鳴門の灘に近くて、さることの常にあるならん。潮路の旅こそものうけれ」とわぶるを、「いかで此国とてもさることのあらん。我、生出て四十年まり聞も及ばず」といへど、さすがに旅心おちゐず、夢もむすばで明わたるに、あるじつとより起来りていふ。「けふの潮は巳のはじめにぞさす。その潮におくれなば、せんなきながめなり。はや出たち給へ、道のほども遠し」とひしめきて催す。

此家に日ごろ、難波人に豊泉といふ絵博士の来り居るあり。ついでよければと、伴ひゆく。その先に入江あり。「むかふは松山見え、舟ども多く繋てよき所よ」とめづるに、あるじ云。「むべ爰をこそ土佐の泊とて、そのかみ貫之の土佐の任はてゝ上り給ふ記にも、〈おもしろき所に舟をよせて、こゝやいづこと問に土佐の泊といひける。しばし有し所の名たぐひにてあなる、あはれと云てよめる歌、

とし比の住し所の名に〔し〕おへばきよる波を〔を〕も哀とぞ見る〉

と詠し所也。同じ記にある奴島は、東にあたりてみゆる島也。今の人は沼島と書り」とをしゆ。

舟を上りて行〳〵、海を右になして真砂路をあゆむ。磯山を左にす。そこら磯馴松に鶴の巣くひけるが、枝もたはゝに見ゆ。又野馬のいくらとなく汀に下り居けるが、人の来るを見て山の方にかけゆく。こは女馬にて、海鹿といふものゝ海より出て、この馬とまじはれば良馬を得とて養おける牧なりとぞ。かくて松の茂れる中に入れば、山のくぼ〔か〕なる所に人家四ツ五ツあり、孝子田村といふ。ひとゝせ孝子有けるに、国の守より賜はせける地にて、其末の人住るとかや。

山を海のかたへ下る所に小祠立り。「瓶明神」と鳥居に額をうてり。此神は、この海底より漁の網にかゝりて上りし甖(もたひ)なるを、神にいはふ。旱する年は、このもたひの神体をとう出てねぎごとすれば、そのしるしあり。あるじは、したしく其かたちを拝みたるが、「大さ五石ばかり水の入べき甖にて、もろこしの物とこそ見ゆれ」とかたる。神の前に立る燈籠の石など、こと〴〵くたふれふしたるは、「よべのなゐのふりしわざよ」と見やられて、今さらに胸つぶる。

後の山に、海を目の下になしてたひらかなる所あり。国の守の鳴門一覧の所とて、かりそめに茅もてふけるに、竹わたして檻(おばしま)のさまにしつらへる桟鋪める所に、幕引、氈(けむしろ)敷せて座をまうけたり。その座につきて見わたすに、真向ふは淡路の国、「行者がはな」とて海中へつとさし出たる崎にて、その間、海の面〔纔に〕一里といへど、物云かはすべく見ゆ。その海の半に巌いくらも立り、それを中瀬といへり。是、神の代にも「潮早し」と云し粟門にて、人の代には、阿波の鳴門とは訓じぬる也。

しかれども今見るに、〔たゞ〕潮のはやく落ぬる気しきも、響わたる音もあらで、「おだやかなる海よ」といぶかしがれば、あるじ、ほこり顔にて、「今朝しもいそがはしくいざなひ参らせしは、まづかく海の静なる様にやがてあらき波の立ゐる、始め終りを見せまうさめとねんじけるに、思ふがごとくにて高名つかまつれり。さらば」とて、もたせたる破子・竹葉（ささ）とう出てかはらけまいるとて、「みさかなにはなによけん、蚫（鮑）ももとめじ、さだ（栄螺）をかもめづらしからじ。この海のさちなるあかめこそ、鳴門の鯛のいをとて、余の海にまさりたるの名あるをまいらせんに、いかにせん、そうじ（精進）にさへおはすれば、いと口をし。されどこゝに又なき物は、〔あり〕古物語に〈鳴門の少将〉とあだ〔ざ〕名せしゆゑも、此海に生ふ和布にて、あらき潮にもまれていと和らかに味の妙なれば、〈なるとのめ〉とて、もてはやすあり。それまいらせよ」と其まゝ調じ出せるに、実も云しにたがはず、老かむ口にもかなひてこよなき味〔ひ〕なり。あるじをはじめ人〳〵は、かの魚を食ひて、かはらけめぐらすに、絵博士は筆を取て、海の有様を写し居しが、「海の上に白きものの出来しはなぞ」といふに、あるじ、「すは、潮のさし来る時こそ来りたれ」と土器をおくに、誰も箸を捨てあからめもせずにながめ入る。

藍のごとたゝへし海の中に、白き泡の涌上るは、さながら白玉をはじくる如くに、又巴の字をなし、また春のめぐり車の輪のまろぶに似たるに、中瀬に聳立たる岩どもの、見えみ見えずみ白波立さはぐ。その白き波の泡、一すぢの白き海の中川をなして、流るゝ事の早さは瀧川の勢あり。遠眼鏡をかけて見れば、その白き潮の筋は殊に低く、青き潮は高くなりて、白き波、青き濤うちまじりて青白の糸をみだせるに、日の影の波にうつりてきらめけるは、画がける大蛇の金の鱗の光るがごとく、目くれて見るべくもあらず。まして汐の音は数の神の鳴はためくかと覚えて、山にこたへ汀にひゞきわたれり。

8077　散みだす卯波の花の鳴門哉

あるじ、指さしていふは、「はるかに紀の路の方より来る帆の影あり。かの舟どものこの風に乗て、この海をこえんとてはするなり。けふの眺は、この舟にこそあれ」といふに、「〔いかでかく〕遠き舟の、さばかり速に来べきものか」といぶかり思ふに、またゝくうちにその舟ども、この山陰の飛島・はだか島といふ二ツの島陰まで来れり。近くなりて見れば、大キやかなる船にて、帆は九合とかやいふにあげたり。ながるゝ汐の中へ舟をさし向るに、帆は弓の如く張たれど、落る汐の勢にせき落されてや、むかふへはすゝまでたゞ後のかたへ押もどされて、終にもとの島陰にたゞよひて、帆を下す。やゝ暫ありて又帆をあぐるに、「嗚呼の舟人よ」などいふ程に、潮のよはりやしぬらん、中瀬まで乗かけたるを、無下にちかければ見下すに、舟のうちあきらか〔ざや〕に見ゆるに、舟人どもの声を帆にあげて帆綱を引つゆるめぬと見る間に、迫門をこえぬるより、その舟、誠に「天の磐舟のあまかける」などいふべく飛ゆきて、目ふるうちに帆の影ちいさく、はやう鳴門のあたりをすぐといふ。「風はやく鳴戸の空の舟よりも」と女房の身にたとへ、「世の中をわたりくらべて今ぞしる」と法師の世を観じぬるも、いたづらならぬふることよと〔まで〕、数へ出ぬ。

これより帰りに、里の蜑のあたり見んあらましなりしも、迎ひの舟の潮につれて心にまかせず、余所になりぬ。またの日は、淡路へわたらんとて舟はしらせけるに、きのふ見し鳴門の汐の流に舟砕〔か〕れぬべく、物も覚ねば、筆とるべくもあらず。

宇良富士の紀行

ことしの春は、都の中かぐつちの神のわざはひありて、残りなくやけうせぬれば、「よしや花さきぬともはへなからん。ことしげき都のうちはすまぬまさるべし。外つ国の水草きよきかたこそなつかしけれ」と、衣更着のすゑおもひ立て、甲斐がねのあたりに行て富士のうら山みむと、或男をかたらひて、まづ逢坂の関こゆるに、流石に都のかたかへり見がちに、

8078　焼のこる桜かぞへて見ぬもをし

美濃国に入り木曾河をわたりて、虎渓の山寺をたづぬ。この山は、夢想国師、もろこしの廬山に似たりとて、息心棲禅の地となせし跡なり。其比この山に籠りおはして、参学の人に対して、

世のうさにかへたる山のさかしさをとはぬぞ人の情
成ける

とや。げにも山のたゝずまゐ、瀧の音、池の水、すみわたりて見えぬ。池にわたせる橋の半に閣あり。大悲者の堂は、水月場の所を得て二層の甍をかさぬ。開山塔は、「仙壺」の額をかゝげて結構を尽せり。階の前に流るゝ水を桃源水といへば、上巳のけふの節にあたれるも、むかしおぼえて、

8079　草餅の可盞(盈)(×)もや流る〔ゝ〕水のかみ　（八三一三句参照）

こゝの巌に小堂をたて、かしこの島に禿祠をゝく。或は長く横たはれる廓ありて、高く聳たる楼数十にあまれり。門を出れば、山河の色藍をなす、土岐河といふ。橋にたゝずみて見るとて、恵遠法師の社友を送て虎渓を過しは三人と聞に、おのれらは二人なるも、折ふしあたりの山の夕日に映じて川水にうつれるを見るから、

8080　門外に送てや山の笑ふかげ

木曾の谷口なる馬籠の宿より、右のかたへ谷ふかく分入て、蘭(あららぎ)といふ里にいづ。家〱に檜もて笠くむわざをなす、これなむ岐岨の檜笠なれや。猶行て広瀬といふ山ざとにやどりて、里の男らと共に囲炉裡にまどゐしかたるついで、「此山のあたりに、箒木といふものゝ有と

聞しはひが事にや。さる事ありや」と問ふに、中にもひとり、さかしだちたる男のすゝみ出て、「さればこそ、都の御僧とて情おはしけり。御宿まいらせしちなみに、その事かたり申べし」といふに、宿の主とはしりぬ。「さてそも、はゝ木ゞと申は、是より道のほど二十町あまりもさきにて、あたりの杣人は箒谷とあざ名せり。その山の峯に立る木にて、神の代よりありと云つたふ。その山のあなたは、むかしの道にて、薗原・ふせや・駒場など申所を通りて飯田に出る道にて、〈木曾の御坂ごえ〉と申なり。さる道の辺りなれば、道行人もしりたるなり。けふたどり来たまふ道は、後の世に作れる今道にて、飯田へかよふ商人、善光寺へまうづる女などの、いひかひなきものならではかよはざれば、その木の事尋る人もなし。この年まで此里に住たれど、その木のいはれたづねし人は、ひと年、伊勢の国の何がし長者とかいへる人と、御僧ばかりなり。かゝるは此里のめいぼく（面目）なり。明なばをしへ参らせん」と契りていいねぬ。

明れば、あるじの親子とく起出て皮ばかまはき、山刀横たへてかひぐ\しく、親は同行が荷ひぬる雨ぎぬ、子は法師が伽裟（裟）帒首にかけて、木の根も岩かどもいはず、さらぐ\とはしるがごとく先にたちて、程なく保土が原とやらんいふ所にいたり、朽たる木のありしに腰かけて、あるじの男が指させる方を見るに、西南のかたにつゞきたる山のくぼかなる所に、木々生ひかさなり黒みたる中に、こと木にすぐれて一きは高く、五六丈もやと思ふばかり聳えて、木のもとは枝なく梢丸く茂りたるかたちの、人の家にある箒といふものにさも似たり。こはいく千年を経しともしれぬ檜とぞ。はじめの程はよくも見えざりけるが、目をぬぐひ心をしづめて守り居たるにぞ、さだかなりける。「ありとは見えて」など覚束なきためしに、古き歌にもよめるをまのあたりに見たるぞ、はるぐ\尋来りし徳ありてと、うれし。都にて澄月上人、さいつころの行脚に、「一度は見しかどふたゝびはふつに見えず、世にあやしきものよ」とかたり給ふに、橘南渓（谿）先生の紀行にも同じさまに書るを、「いかにや」と思ひわびけるも、本意とげしこゝちせらる。さもあらばあれ、見し

まゝを、

8081 はゝ木ゞやありとは見れど朝霞

箒木やその原に残るおぼろ月　　男

その上をこゆるを木曾峠とはいふ。山を下りはつれば関所あり。如法よのつねの旅人の通る道ならねばいと細く、わづかに足のならぶばかりなるに木を投わたし、その上に柴をならべたり。まして此ごろの雪解に岨の土崩れ落て、先に行し人の足跡もさだかならず、下は底もみえず、谷の水音あるかなきかに聞えて、目くるめき魂きゆ。かくてぞ世のあやうきたとへにいふ「木曾の棧」なるをや。

8082 かけはしや踏ちからなく残る雪

王たひら・勝負たひらとて、いくへとなき山の間にまばらに家あり。是は、南朝のむかし、行良親王のしのびおはせし所を王平といひ、軍ありし所を勝負平とはいふとぞ。此あたりちかく、浪合の関とてあり。乱れし世のならひながら、かゝる山深き所にいかにしておはしましけるよと、思ひやるもかたじけなし。

飯田の旅屋に宿るに、雨しめやかに降いでければ、「行べき道に河多くて水や出ん」といふに、せんかたなく朝より枕とりてつれ〳〵なるに、あたりの老人のとひ来て、この雨のはれ間も見えぬに、「いざ給へ。ある寺に具し行てつれ〳〵なぐさめん」といふに、それよきことよとて、ともなひて長久禅寺といふに行に、住持出てたいめし、「我は業海」と名のるに、おのれも「幻阿」と云て互に首あげて顔をあはすに、住持しばし顔うち守りて、「阿師は木端といひしにはあらずや」といふに、うち驚てまた住持の面を見るに、夢にあひたる人のごとくなれど、その名は思ひいでず。おのれを木端と呼しに思ひめぐらすれば、廿といひし年の比ならむ、普化の振鈴を学びて、戯に尺八の竹を籟(ふき)し知音なり。つら〳〵指を折て数ふれば、既に四十年前の因位なるものをや。しかるに、かれは悟了の尊宿となり、おのれは無慚の狂僧に堕つ。まことに一人は馬にまたがり、一人は馬前の卒となれるのいはれよと、今更に非修非学のこしかたをはづ。一夜その寺に投宿してかたる、旅こそをかしきものなれ。

また野くれ山くれて、大田切・小田切の節所を過て、二日がほどは天龍川の岸にそひて行に、岡の屋といふにいたる。諏訪のうみの落る所にして、この河の水上なり。はじめて湖水に富士の影を見て、

湖解て富士のしら雪影寒し　　　男

衣が崎の城を馬手に、上の諏訪の神宮寺にまうづ。けふしも春の神事ある日にて、人、引もきらず賑はし。御社と拝むべきはなくて、幣殿に玄武・朱雀の四神のかたちを旗の上にさして立たる、かう〴〵しくこそ。十軒屋といふ所に、注連ひき幕うちまはしたるに、真那板の上に鹿の頭をならべて備ふ。遠近より捧る鹿のかしら、おのづから七十五の数にみつといふ。八ッの耳ふり立てといふがごとく、見もなれぬ神わざ也。

8083　声になく秋より悲し鹿の顔

またこゝらの人むらがりて、大木に綱あまた付て引あり。御柱とて、けふ御社に引もて行て、やがての四月に社に立るとなり。七年に一度の神事とや。御射山といふは野山にて、高くはあらず。秋の神事に、薄をつかねて家を作り神人いもゐする事を、「穂屋作る秋の御射山」とは歌によめるならし。こよひ、蔦木の駅にやどる。

あくる日、甲斐の国、教来石の関に入る。日よく晴て鶯の声もはれやかに、富士の山、ゆく道の向にみゆ。

8084　鶯に富士のうら山見る日かな

「雪ふるごとに思ひこそやれ」と詠みし白根は何かたとしらざりしも、けさぞたしかに見る。聞しより見るはまさりて、雪は真冬のごとくまばゆく、鳳凰山も高く天にかける。牧坂・小笠原・牧は、この山の下とぞ。

韮崎の市のあたり、老若、道もさりあへず行かふ。「いかなることありてや」と問へば、「この国の善光寺の御仏の御帳の開かれ給ふを拝まんとて、ゆすりてまうづるなり」といふ。其日は府中の来迎寺にたどり着て、法弟のしたしきにあひて、旅ごゝろをわする。

またの日、善光寺にまうづ。法性院信玄入道、信濃ゝ御仏を遷せしより、寺号となれりとかや。燈籠仏とは、古き金の燈炉(籠)の中にひめたる小仏にておはす。罪深き人

の挙れば磐石のごとく、罪軽き人の捧れば鵝毛のごとき霊験ありとて、国人あがめ奉る。勅封の御仏にてあるを、多くの山河をこえて、おほけなくも勅許の事ありけるこの時に、はからずも参りあひたるは、盲亀の浮木の善縁なり。

酒折の宮は、日本武尊の行宮にて、珥比麼利（にひまり）菟玖波のふることとより続歌のおこれば、此道にすきたる人は、かならずあがむべき御神なり。

8085　わが旅もいく夜か寐つる春の夢

山梨岡もちかしと聞ど、いとこうじぬれば、菜の花の畦に下り居てうちねぶりつゝ夢をむすぶも、夢山の麓なればよしありや。

蝶とゝもに我も昼寐や草むしろ　　男

身延の山ぶみせんと、侍者の僧をやとひて案内にし、青柳の里より舟にのりて富士河を下る。「そもこの国の名をかひとは、山のせばきを峡といふによりて」と順朝臣の書しも、これらの道の上をいふにや。えもいへぬ山〳〵のかさなれる、けしかる巌のそばだてる間を、浪の花をちらし、矢をいるがごとく舟の下る勢ひ、おそろし。河の上六七里がほど行て、大〔火〕野より舟を上るに、その舟は見るがうちに河くまをかくれ行て、けふのうちに駿河の岩淵に着、その間十八里といふ。『駿河風土紀』岩淵の下に、甲斐檜木槙木等着のよしあれば、古き舟の道なり。

身延山の入口には開会門といふあり。民家左右に町をなせり。三門を登るより、伽藍・僧房軒をならべ棟をつらねて、山中とも覚えず。比しも桜の盛りなるに、『法華経』の唯有一乗法、無二亦無三のこゝろを、

8086　此上に二も三もなし山ざくら

8087　囀りも余の声はあらず身のぶ山

谷のうへに廊をかけわたせし、これなん鶯谷と聞に、一天四海皆帰妙法といふに、幽谷遷喬の章まで思ひつゞけて、

8088　その鳥よ此谷出て四方の春

歌書には「蓑夫の里」と書る也。かばかりの山深き所も、妙典弘通のあればぞ、しるしらぬ余所の国よりもあゆみ

をはこぶ霊場となれるに、いにしへ西行上人の行脚の比は、人気なき谷の奥なるべきを、いかにして爰迄〔を〕も分入給ひて、みのぶ・鷲谷の二首の御歌はありけるにや。古徳の修行のおぼろけならざる事、今さらに尊くこそ。「奥の院・七面山は、道さかしく遠し」といふに、「是までよ」とえ登らず、下山に宿る。駿河のかたへ出る道にて、下山通りといふ也。

早河といふ山河をわたり、岸にそひ谷を下るに、猿の声をきかでも腸を断の絶境なり。飯富・曲淵などいふ村〱をすぐ。ふるく名ある兵どもの旧里ならむ。

甲府の城のうしろに躑躅が崎の城墟あり。本丸はその世のまゝに、石垣高く堀の水たゝえたり。

8089　膝くみし十八将よ木瓜すみれ

臥龍も躍馬も終に黄土なるものを〔や〕と、哀に念仏をぞとなふ。その比は、国々静ならざりければ、信玄入道の逝去をかくしてひそかに火葬せし地とて、碑にその事実をしるせり。

この来迎寺の留錫も既に三日になりぬれば、いとまこひて石和河をわたる。日蓮上人、鵜匠を済度ありける鵜飼寺あり。石森の丘は、村里の中に一むらの森あり、その中にいくらとなく怪巌奇石かさなりて、忽に深き谷に入しこゝちす。

此ちかきわたりに落葉庵とて、年比の友の住あり。おのれが此国に来るをはやくもしりて、むさしの国よりも重厚入道、この庵に下り居てむかふ。あるじは、もとより履をさかしまにして門にむかふるに、都に帰りし思ひに、夜となく昼となく語りなぐさむ。

一日、あるじにともなはれて恵林寺にまうづ。後醍醐の朝に、二階堂出羽入道と云し人の本願にて、夢想国師を開基とあふぐとぞ。境地は、古松・老杉枝をまじへて、ものふりたり。門に「雑華世界」と題して桜咲みだれぬ。山門の左右にあるを両袖の桜といふ。

むかし、この花のさかりなる比、信玄入道出陣ありけるを、「など此花を見給はで」と寺より使ありければ、やがて立より入輿（じゆ）し給ひて、

さそはずばくやしからまし桜花さね来ん比は雪のふ

る寺

と詠じ給ふに、時の住持快川国師、

　太守愛桜蘇玉堂　恵林亦是鶴林寺

と作り給ふよしを、高坂弾正が『打聞』に書るも此花よと、一しほに思ひしめてぞ見る。其のち天正十年にこの国の戦やぶれ、敵ども当寺を放火せし時、山門の上に、国師をはじめ一山の禅侶いはけなき喝食までも追上して、火をかけたる無慚の事も今の様に思ひ出られて、

8090　両袖の桜しほるゝながめかな

「時を感じては花にも涙を濺ぐ」とは、これらの事をやいふ。信玄入道世にいまそかりける時、「我なからん世には敵共かならず此国へ乱入し、我像を破らんことの口惜し」とて、みづから肖像を「不動尊の相好に彫み残しなん」と、罪深くおきて給ふける、その像は魂屋に安置す。開山国師の造り給ひける心の池は、方丈の前にあり。中比、「恵林の晩鐘」といふ題にて、外山三位どのゝ、

　静なる夕の鐘の声きゝて見れば心の池もにごらず

見るからに、しばし旅ごゝろもすみて覚ゆ。夢想国師の和歌集に、「笛吹河のほとりに住給ひけるころ、

　流れては里へも出る山河に世をいとふ身の影はうつさじ」

とありしも、この寺ならん。

此寺の東に塩の山あり。小さき山の茂りて、うつくしき也。山の下に寺あり、向嶽といふ。開基抜隊禅師は、もろこしの径山の嗣法とかや。門前に湯のわき出る所あり。なべて温泉は湯けぶり立て熱きものなるに、このいでゆはいと冷たし。されど硫黄の気さかんに匂へり。手足をひたし試るに、はじめはつめたきも、やがてほとぼり出ぬ。飲ば積聚によく、浴れば諸病に功有と。案内せし人はくすしを業とすれば、そのいふこといたづらなるべからず。

　その向ひに森あり、菅田の社といふ。この社に武田の家の重宝、「楯無の鎧」を収むとかや。一日、笛吹河のほとり、差出の磯に遊ぶ。河の面一町余りの石河の、その西の岸にさし出し磯山なり。塩の山ちかく河の上にみえて、げに塩の山・さし出の磯と詠つゞくべき所なるに、

契沖闍梨が、「此国は海〔河〕なき国なれば、越中の国やしからん」と古書を引て書れしは、歌人の居ながらしれる名所にて、こゝの風色をよくもしらぬあやまりならん。富士井といふ里は、不二の山の影のうつれる井あればとか。

此家に居ること三日になりぬ。「桑の下にさへ信宿はせずと聞に」と、出て等力の寺に入る。門に制札あり、「正平七年閏二月三日安芸守」とあり。この寺は天眼寺とて、『風土記』にも載し古寺ときく。一の宮の前に一木の花あり、歌を書て立たり。信玄入道のよめるとや、

移し植るはつせの花の白ゆふをかけてぞいのる神のまに〱

弓矢のみか和歌の道にさへたづさはりて、集外の歌仙の作者にておはす。戟を横たへて詩を賦すといふべき、文武の名将なれや。

黒駒の郷はいにしへの駅路にて、厩戸太子のめし給ふ甲斐の驪(くろ)駒の出し所也。是より山路をこゆるを御坂とて、駿河へ通ふ古道なり。御坂を下れば、二里にあまれる湖水あり、河口の湖といふ。世にいふ富士の八湖とは精進湖・西湖等の八ツ、此国にあり。中にも西湖は、『万葉集』にいふ石花(せノ)海とぞ。河口湖は、『延喜式』にある河口駅也。『三代実禄(録)』に「貞観六年富士山焼し下に河口湖」とあれば、もともふるき所なり。

湖にさしおほへる富士の山の峯は、雪真白に、半より下は草山・木山青みわたれるこそ、目さましけれ。かの田子の浦・清見潟の海をへだて、原・よしはらは足高山・宝永山のさはりあるに、今、この湖の汀にうち出見れば、峰より一点のさはりなく、外山なければ斜にはてなく、山の裾はさながら湖水にひたり入り、鵜の島は中に、産屋が崎はかたへにつらなれり。世に二十四景の富士、百富士の図とて写せし絵もものならず、はじめてしる、富士の風景はこの湖に臨みてこそと。さるをいかでむかし今の人の、この浦辺の眺望の余所にすぐれたるの沙汰なきは、むさしへ通ふ人といへど、笹子山といふをすぐれば見る事あらず、この道はたゞ富士に登る、御嶽さうじ(精進)の輩ならではゆきかよはねば、かくめで度景ともわきまへしらざる也。いでや我国に山の景をかぞへてい

はんに、いづくはあれど此山にまさることなきは、誰も〳〵いふ事にて、おのれも若きより此山みむとて、東のかたにさそらへありくことあまたゝびなりしが、六十の老の後のおもひ出、けふのながめにこそありけれと、そゞろにひとりごちす。

8091　行春やけふまで生しかひの不二

湖をはなれてはまた裾野を行事遠し。富士の鳴沢といふも、此あたりと聞ぬ。いつの比この山の焼し石にや、みちもせにうづ高く、見わたす所此石にて、ひたぶるの不毛の地なり。行〳〵て吉田にいづ。浅間の御社あり。富士に登る山口とぞ。そのかみ宗良の御子の、軍のさわぎに此国におはしましける時、

北になし南になしてけふ幾日不二の麓をめぐり来ぬらん

とよませ給ふもおのれが上にて、この日比はあした夕べにこの山に向ふ。

8092　春いく日ふじをはなれぬ旅路かな

此あたり、歌によめる都留郡にて、郡内とはいふ。今道の方へ出るとて見るに、河はもとより田畑の間に流るゝ溝までも、瀧津瀬をなしてほとばしり落る勢ひは、不二の根かたのいと高くて、水の下ることかくなりや。今道の大月といふよりは、武蔵への駅路なり。

猿橋は、かつら河といふ山河のせまりたるにわたせし橋なり。両岸は削なせる岩の壁なるが、高き事三十余尋といふ。諸木生茂りて、水の色は木の間にみどりに、水の音は梢にかすかなり。両岸より大きやかなる木をさし出し、その上にまた同じ様なる木をかさね〳〵て、其上に板をならべてわたる、その間十一丈とや。百済の人の、猿の手と手くみて川をわたせしを見て巧いでゝこの橋を作りければ、猿橋の名ありとなん。『宗祇法師回国記』に詩歌あり。

雲霞溢々渡長梯　四顧山川眼易迷
吟歩誤令疑入峡　渓隈残月断猿啼

谷ふかみ岨のいはほの猿はしは人も梢をわたるとぞみゆ

このくさ〴〵は、わが幻阿上人の年比の筆のすさみなるを、一とせ都にまうのぼりし折から、草廬にかよひてしたしく見ることをゆるされしよろこびのあまり、「梓にちりばめん」といひ出けるに、「こは人に見すべきにあらず、浦島が子の箱に隠すべし」といなみ野ゝいなみ玉ふを、春のあら田のかへす〴〵ねぎ侍りしに、「さらばなをかうがへて、もれたるをくはへかさなれるをはぶきなん」との給ひつゝ、月日のうつり行ほどに、師ははからず、ふる年の師走の末の四日、泊庵の軒端の霜とゝもにはかなく消給ふけるにぞ。今はむかし、しのぶのねがひしこと葉のまゝに、海に山にひろめんものをと、豊後杵築の益亭にて事のあらましを、菊男しるす。

世に『芭蕉翁文集』ありて、俳諧の文法体格の模範とす。許六の『文選』、支考の『文鑑』、其他の数章皆これによるか。吾師、文に長じて篇をなす。遺稿百篇舞華馥郁として露をふくみ、筆舌水の流るゝがごとし。広才隠操得て見るべし。剗成て五巻、「五升庵文草」と題す。

寛政十年午冬　　五升庵瓦全（印「柏原員仍」）（印「子由氏」）

寛政十一年己未正月

蕉門書林　京寺町通二条　橘屋治兵衛

松しま道の記

松しま道の記（外題）

吉野・はつせの花に酔ひ、和歌・吹上に汐風をひき、与謝・はし立の雪にこゞえしにも、なをこりずまや明石の霧もめづらしからで、今としは、松島や雄じまの月のいかならんと頻にゆかしくおぼへて、越の蕉露が同じ癖あるをそゝのかし、半閑室の几に留別の一句を残し、錫も草鞋も取あへずすゞろにうかれ出るは、弥生の半也けり。

8093　朝風や東をさしていかのぼり

庵にちかき幸神の社は、世にいへる出雲路の道祖神にして、みちのく笠島は此御女神にて渡らせ給ふと聞ば、外ならで途の守りを祈り、はや逢坂の関こゆるより志賀のあたりうち霞て、むかしわすれぬ花ぐもり、哀になつかし。粟津の原なる翁の塚にむかひて、

8094　みやうがあれ奥の細道霞とも

東海・北陸のわかれ路にては、いづれの日か爰に帰り来んと、胸ふたがる。三上の麓、鏡山過がてに見て、老曾の杜は、まだ時ならねばおもひ出にせん初音も聞へず。いさや川の辺のやどりを朝とく出るに、蕉露がいぎたなきに戯て、

8095　眠たがる連も叩らじ床の山

磨針峠の望湖亭に見るまゝを、

8096　八景もちぎれ〳〵や朝がすみ

番場の辻堂にしては、六波羅の軍ばなしに時をうつし、醒井のいづみは、日本武尊のむかし、

8097　脚あらふ加減にぬるむ清水かな

伊吹の峯白ふして、山おろし寒ふ寐物がたりの夢やぶるべし。関の藤川も、今は藤子川と呼ぶ。「荒にし後は」と詠給ひし不破の関は、跡だになし。野上の里は遊君の名だゝる所なりしも、

8098　なつかしや茶を摘歌も所がら

青野ゝ原に一木の老たるを「物見の松」とこそ、南宮のうしろを「美濃ゝ中山」といふとかや。青墓に太夫朝長父子の墳ならびたり。

8099 さばかりの泪にかれず春の草

「旅人の雨に宿かる」笠縫の里も近しとなん。「爰はいづく」と問ふに「昼飯村」とこたふるに、強力の男の、「ながき日やもふなつかしき昼飯むら」と口ずさむに、腹をかゝゆ。谷汲寺に詣たるかへさは、山中に行くれて、一村竹の茂りし中なるあやしの家にあかす。

8100 明方や椽の下からきじの声

いつぬき川・席田をよそに、長良河に棹さしわたれば、聞およぶ鵜舟こそ出来たれ。

8101 若鮎やまだ鵜の觜にかゝりかね

立政寺にしれる僧の有ければ尋いきけるに、むかし、此寺の開山の師の聖教読にかしがましとて呪せられし、蛙のなかぬ池を教ゆ。

8102 うぐひすは経よむゆへに許しけり

稲葉山・うるまの里たどり〳〵て、観音坂は見るもあやうき岨づたひの道の、かたへはかさなりし巌の落かゝりぬべく、かたへはきり立し岸の下に木曾の川水藍をながし、柴つみし舟はえもいはぬ岩間を漕下すさま、大悲の座し給ふ洞のあたり削なせる勢ひ、いかなる神のたくみなせるにや、たゞ一幅の山水を見る心地ぞせらる。暮ちかう雨そぼち出しに、やう〳〵木曾の谷に入りて馬籠の駅に宿るに、くすし亀六先生といへる訪ひ来りて、「木賊かるの薗原山は此家のむかふ也」とかたる。雨おやまねば、月は思ひかけずながら、せめて朧の影もと障子おし明て、夜とゝもいねず。

つとめて木曾の美坂を越るに、雨、盆をうつすごとく、「かくや露けきの小篠原はけふの事にや」とつぶやきて、行なやむ。

8103 谷川や蛙のすがる蓑の裾

湯舟山といふ所は伊勢造営の木を伐出すとて、杣小屋のけぶりたえず。昨日にかはりてうらゝかなる空に、こゝら野馬の多くむれ遊ぶは、都にしらぬながめ也。玄旨法印の、「布引・箕面にもおとらで」など書れし小野ゝ瀧は、此頃の雨になを玉をけづり霰をとばす。寐覚の里なる「寐覚の床」といへるは、さしもの木曾の川せまりて、岩こす浪の色目さまし。行さきは「名にしおえる棧わたるよ」と、かねて胸とゞろく。

8104　かけ橋やうかと見られぬ山ざくら

横雲と共に福島の関立出れば、夕べには似ず雪の白妙なるに、明残れる月のさむげに照わたり、こゝの尾上かしこの谷陰には、桜のいとおもたげに雪の下に咲出たるは、「空にしられぬ」といふ気色にもあらず。かく雪月花を一時に詠るは、いかなるすくせ（宿世）ある日にや。巴が淵・山吹の平、行〳〵て洗馬といへる平原の地に出づ。馬頭初見米嚢花も暗に思ひあはせらる。桔梗が原の古戦場に首塚といふ所多し。蕉露が句あり。

その時の俤見する茅花かな

塩尻峠を登れば、諏訪の湖づらは今も氷をしきたる如く、富士のかげさだかにうつり、釣する舟は時しらぬ木の葉を散せり。高島の城は波の中に涌いで、御射山の笠木は木の間に横り、穂家の薄はまだすゞろにていとねよげなり。其外、平沙のほし網、漁村の炊烟、すべて一眸に入る。気蒸雲夢沢、波撼岳陽城もかくやとばかり、

8105　春風の行わたりてやすわの浪

春秋の宮に心経をずし、宮つこに御渡の事などたづねて、此駅に相しれる岩波氏のもとへ訪ひよれば、あるじ、まめやかにあひしらい、家の前なる出湯に入らしむ。かくて和田峠の羊腸にかゝる。道はのこんの雪、所せきまでかさなりて、寒き事かぎりなし。山路のならひ、俄に日くれぬ。空は墨を流せしやうに、ものゝあや見えず。とある家についまつ求出し、うちふり、からうじて麓のまだ寐ぬ家をたゝきてねぶる。

翌ればまた、長窪の宿より、野道を一すぢに、

8106　寝て見たき所ばかりぞ春の草

上田の町、鼠宿・柏尾といふ所は、後醍醐の皇子の配所とか。筑摩川は綱をたぐりてわたる。「春ゆく水はすみにけり」のこゝろを蕉露、

春もやゝ底迄ぬるきちくま川

河中島は甲越の雌雄を決せし所とかや。大河左右にな

がれ、高山四方をかこみて、実も地理そなはりて覚ゆ。幸(犀)川をこして、善光寺なる元水の坊に尋まかでけるに、はや四年むかしの人と成りて、其弟子に水音といへる法師の、なにくれと心づかひなど侍りけるに、此比のこうじぬるをやすめぬ。

夜半より御堂に通夜す。心すみてかたじけなし。暁方に御帳を挙るには、堂内ゆすりみちて称名す。須弥壇の下を囲繞するを戒壇巡り、六道巡りとかやいふなる。そこともしらず闇き所を念仏して廻る、心細うもいと尊し。

8107　かの道もかふかとかなし朧月

戸隠山はあれかとばかり布引山うち見て、八幡のやしろかう〴〵し。神前にまける銭を里の子のひろいて、鶏をいだき来り、何やらん祝詞申て社壇へはなちやる事あり。いはれ有にや。こゝの庄官何某は、さる風流のしれものと聞て立より、姨捨山の道の事など尋るに、やがて老たる男に命じて道のしるべさせけり。姨石の陰に一宇の草堂建り。一重・二重・冠・有明などいふ山、前後にめぐり、更科・筑摩の流れ帯のごとく、そこら幾らとなき山田のならべるにうつるをぞ、「田毎の月」とはいふなりと。あはれ爰に日を暮さまほし。

8108　なわしろや田毎にのこる足の跡

海野・小諸を歴て、浅間の嶽の下にいたる。五六里にわたりて不毛の地なりと。けふは山風はげしく土砂をあぐるに、雨さへそひて煙も見えず。血河は、あたかも人の血のほと走るかと、おそろし。遠近の里を跡に、碓日の峠は思ひしよりめやすく、絶頂より望めば、関東の国々薺の如し。「吾嬬」と呼玉ひしも、爰よりとなむ。

横川の関過て、妙義の山にさしかゝる。指を立しやうに巌そばだち、立ならびたる峯の、唐の絵に書たるおもかげおぼえて、たぐひなし。松・杉しげりし中に、玉をゑり金をちりばめし宮殿、目を驚す。木のふり山のたゝずまひ、めちかゝらぬ事のみ。銅の華表に「白雲山」と標しぬ。

安中・高崎の府を、倉加野より日光の道に入る。伊香保の沼・佐野ゝ舟橋も遠からずと。御領の関の戸は利根の川なみ漲りて冷(すさま)じく、坂東太郎とは此川をいふとかや。

此辺りに脇屋・大館・篠塚など、『太平記』にしるせし人々の住し所、すべて村里の名となりつ。新田の庄、大光院は、義重朝臣より左中将まで伝領の地也と。

足利に至りては、魚遠といへる人のねもごろに沙汰せしかば、学校の吏案内して、聖堂へ東階より上る。帷の中に安置せし聖像は、宋の時渡せしとぞ。金の団をも給へり。右の壇は参議篁の卿の肖像、左は著室也。顔・曹・思・孟の神主をはじめ、簠・簋・籩・荳(豆)の祭器等かざり置り。中門の額は、宋朝の人の筆となむ。世になき異国の文ども、多く秘め置るとかや。

8109　囀りもよのつねならぬ雀かな

何寺とかや、足利義兼の草創にして、数百年の色残れり。佐野・天明を出て、惣社村、室の八島の明神に参る。木だち物ふり、宮立おくまりたり。池の形せし叢に、かたばかりの八ツの小島有りて、各小祠います。神さびわたりて、いと殊勝也。何とやらん法楽の句奉りしも、かいわすれぬ。

黒川をかちわたりして、壬生の城下に入。此あたりより大杉の列木、日を覆ひ雨をもらさず。日光の御山には永観坊を宿坊とし、寺の童を先達にして、山菅の朱の橋に肝をけし初しより、かけまくもかしこく金殿・玉楼の三ツ葉四ツ葉に造りみがゝれしはいふもさらに、異国より捧し撞鐘・燈籠のたぐひ、生る仏の御国もかうやうにやと拝奉る。雨いたくふりければ、つらなりし軒の金の瓦一入にうるはし。

8110　山吹や流るゝ雨もをのづから

黒髪山は霞こめて、おくあるけしきも、かへり見がちなり。「今朝は衣更する日」と人のいふに、

8111　綿ぬきてまづ歩行よし旅ごろも

と独ごちて、今市を奥道へ、大渡より絹川のはや瀬をこえ、不生・玉生・高内など行過れば、はやくも奈須野ゝ原なり。道縦横にわかれて、かぎりしられず。殺生石はいづくぞと、

8112　鎌の刃も牛も届かぬ夏野かな

芦野の宿はづれに、道の辺の清水いさぎよく、柳のみどりのかげうつりて、立さりがたし。

8113 風呂敷を持せて涼し柳かげ

境の明神の宮、白坂を越れば、「いつかは」とおもひし白川の関山見えたり。夏木立うるはしく、余花の梢かつ〴〵に、麓の小田の青き苗の中に田鶴の下りゐるも、めづらかなり。いにしへ竹田太輔が衣紋つくろいて通りしふる事、かたり出て思ひつゞけしもありしかど、さのみはくだ〳〵しと例のもらしつ。桜が岡・なつかし山・杜鵑山と聞だにゆかし。

阿武隈川打わたれば、岩瀬の杜なり。浅香の沼は田と成て、早乙女のうたひつれたる声賑はしく、浅香山は影さへ見えぬ小さき山なり。山の井は是より遙の山陰なりといへば、立もえよらず。安達が嶽の裾をめぐりて、しのぶの山ふかく、もじ摺の石〳〵と尋ねもて行ば、苔むしてふりたる石の面、さも有ぬべし。かしこに観自在立せ給ふ。霧に埋れし堂の扉に、洛の亡友朧舟が手して、

もじ摺や誰ふところの片しぐれ

と落書せし墨の色、幽に残りたり。さらぬだに、旅の心の一度はかれが行脚の昔をしたひ、一度はいづくの土や我をまつらんものと涙もろなる。伊達の大木戸といへる山の下にはびこれる松をこそ、「判官殿腰かけ松」とはいふめる。鞍割坂・鐙すりの切所は、けはしさ車をかへすべし。槻木はなれて、玉崎の里を山にそひ、野を横に笠島の道祖神にまふでゝ法施奉る。陰形の捧ものする事、今にたへずと。馬塚は祠のうしろに、中将の墓は塩手とかいへる在所の藪の中に、石二ツ三ツかさねたり。

8114 古塚や筍ほりの来る計

と手向しぬ。

名取川より程なく、仙台の町に宿る。翌ればまづ、松しまに心せかれ、おくの細道・十苻の菅沼を見やり、壺の碑の前なる芝についゐてつく〴〵思へば、天平宝字のむかしより宝暦の今に至りて、桑田の海に変ぜしも幾度にや。かくならの葉の古き世の名ごり、それなりに目の前に見る事、雲水の身ならではと、かしこくもおぼゆ。

塩竈のやしろは結構つくせり。泉の三郎の奉納の燈籠に「文治三年」の文字あり〳〵と、御釜の古雅なる、「禹の九鼎」とも云べし。所の長、潮月の許より下知し

て、千賀の浦はよりともづな解て出るは、まだ午にならざりけり。折から糠の雨けぶりて風なく、海の面、綾を敷しごとく、いと静にして櫓の音のみ。凡、島〴〵の松が枝は、雨に翠の色をそへて江の色にゐいず。漕まはし漕まはりて雄島の磯にさし寄るに、名残おしく蓑うちまとひて、竹の浦・小松崎・梅が浦などかぞへがたし。

瑞巌寺・五大堂そこら拝巡り、月見が崎なる家に宿り、欄干につら杖つきて見わたせば、砂清く塵なき干潟に多くの鶴のあさる風情、めもあやなり。はや夕日波をこがし、鐘の音、樹々にかよふ。沖の島かげにいざり火のほのかに見へ初るより、やがて宵月の涼しく夏の霜ををける、みるめ晴たるけしき、六月はなかるべしと羨し。

島〴〵をかぞへればつい明に皃

と蕉露がうめき出けるに、心づき寐なんとすれば、明告る鐘の響に又もや朝の風色見んと浜に出て、浪間の小貝などひろふ。けふは日ほがらかに、空は洗ひしやうなれば、海士の小舟やとひて、きのふ見ざりし高木の引網、磯崎の汐けぶりのいとまなきをながめ〳〵て、富山の梵音閣に登れば、麓の入江をはじめ千島くまなく、金花咲の島山まで名残なく、黛の如く掌の上にあざやかなり。誠や、「六十余国の中に似たる所なし」と書れしも、むべなりけり。立つ居つ物ぐるをしく神を奪はる。振かへり〳〵あかず覚えて、帆のすみやかなるをうらむ。

8115　松しまや帆のふくるゝも青あらし

「千鳥啼なり」の玉川は細く流れ、すゐの松山は野の中に、

8116　まつ山や麦の浪こす寺の門

緒絶の橋も踏まよはで、玉田・横野・宮城野原は渺々たるのらに、萩ともなしに千種のしげりあふのみ。

8117　夏草やさすがに萩は刈残し

もとあらの里には、「ことなる萩の有し」と記せしもしたはしくて分入る。むかし、長櫃十二合に入て上りし人だに有をと、手折て頭陀におさむ。薬師堂は木の下露に日かげすゞし。躑躅が岡の桜の馬場に若侍の馬せむるも、みちのく武士の姿いかめし。「都の土産に見きといはん」と、武隈の松をたづね。いでや、此松の栄枯の

度々なる、元善・季通は茂りしを称し、能因・西行は枯しをなげかれしに、いづれのころ植しにや、二木の陰たれて千とせの色ふかし。

8118　一木づゝ調べ合すや青あらし

竹駒の明神は藤中将を勧請せしと。はゞかりの関のあと、白石の城、甲冑堂などたどるともなふ、下紐の関の辺りに着ぬ。此所は奥より出るものゝ制ある所なりと聞て、しか〳〵の旨言入れば、関守なる人、「さは聞ゆる法師なり」と一間に請じ入られ、もてなしこまやかに、「一夜はぜひ」ととめまどへど、兎角こしらへ馬にかき乗せられて、人々関の外まで見送る。八町目は、鼓が岡の名にひゞく所なり。「安達が原の黒塚に」と詠たる鬼は、此辺りの君どもなるべし。だみたる声して今やううとふに、夜も夜ならでさわがし。

二所が関こえ、もと来し下毛野をたゞちに、宇津の宮過て見わたせば、筑羽根の葉山しげ山の陰はれらかに、古河の渡り・栗橋の関屋は、利根のしら浪うちよする程なり。杉戸・千住など雨たゞふりに降て、笠おもく蓑を通してしのびがたし。

やう〳〵むさし野ゝ草まくらは、増上寺の中なるしたしき友の房にし侍りて、夫よりは足をそらに、或は霞の関の白壁造りに建つゞけし、あるは玉河の茶の水に汲ほさるゝなど。角田川に猪牙舟の飛ちがふにも、遠くも来にけりと、

8119　つく〳〵と我巣は遠しみやこ鳥

海晏寺の夏楓のもとに、日比かたり合し袖をわかち、金沢、鎌倉の古き跡覚束なしと六浦にせうようし、能見堂の庭に草うちしき、瀬戸の唐橋の見馴ぬさまより、島々浦々の佳景、古人の「うらむがごとし」といへるにかよひて、洞庭の屛風の画に彷彿たり。称名寺は金沢文庫の有りし処、四石八木など見尽しがたし。

朝比奈の切通しより雪の下に入る。鶴岡の御前はなゝめに由井の浜に通じ、左右の松原のみどりの陰いはむかたなし。源二位の法華堂には、蓮胤の「むなしき苔を払ふ秋風」とつらねしを、高時禅門の東勝寺にしては、子美が臥龍躍馬終黄土と賦せしを吟じて、小袋坂を上り（るカ）に

円覚・建長の古梵刹は朽かたぶき、苔なめらかに人の跡なし。桐が谷の光明寺、星月夜の井に旅痩の影をうつす。時しも汐風にあやめの幟のひるがへるも、昔しのばしく、

8120　谷〳〵は麦の埃や帋のぼり

稲村が崎の真砂地を、腰越より江の島にいたる。波荒くうち寄て鳥居を洗ふ。窟の中いとくらう雫したゝり、蝙蝠とびかふて冷じ。爰の海上に富士を見るを無双の遠望なりと人の語りしも、けふは汐曇りに見えず、いとねたし。

日蓮上人の龍の口迄さがし、明れば藤沢道場の晨朝に結縁し、鳴立沢もなをざりに、小ゆるぎの磯(行脱)くほど雨降出てわびしけれど、やすらふべきにもあらねばとて箱根の山路をゆく。目のまへに立登る雲のたえ間に、伊豆の海見えわたる。早雲寺に祇法師のむかしの跡をとぶらひ、二子山や芦の浦辺なる、さいの川原には所々石をくみて、さびしう物がなし。念珠すりながら、

8121　積石は誰なでし子の果なるぞ

三島の祠、黄瀬川、六代御前のなき跡は千本の松原にと、浮島が原を望ば、富士は峯より足もとまでさはりなく、かけものぼりつべし。富士川のはやきに目くるめきて、その夜は由井に磯枕しぬ。

此頃は頻に都の空のなつかしく、星に出て月に宿りしも、けふなむさしも聞えし所を夜をこめては浅間しと、日竿たけにして出たつ。薩埵峠より田子の浦・清見潟・三保の松原まで、此年月襖に書、扇にうつせしをのみ見つるもまのあたり、かしらだるきまでに、心あるもなきも足をとゞむ。

洗らふたる富士や五月の雨上り

と同行は云りけれど、予は中〳〵によむことの葉はなかりけり。「富士のしら雪〳〵」とくり返すのみ。「丸子の宿のとろゝ汁」とたはぶれられし所に昼休し、みじか夜の眠たさに宇津の山もうつゝともわかず、大井川の名に立るも鞍にしがみ付て、念なふ菊川の里にして、黄門宗行卿の「南陽県の」とつくられしも今のやうに、

8122　夏菊やされば千代ともいわゝれず

佐夜の中山にかの聖のむかし咄しもて行ほどに、一声

もれしも、
8123　是も又命なりけりほとゝぎす
池田の宿の寺に湯谷がしるし有と聞ながら、天の中川もやす〳〵と、引佐の細江やゝゆきて、舞坂にやどれば初更の鐘ひゞく。
明ぬに舟に乗らんと浜に出けるに、よべより爰に草ぶしせし順礼の、舟にむかひてなげきわぶる。例の舟子共の情なふうけがはねば、便なしとたすけ乗せてかたるを聞ば、「佐渡の国のもの也」と。さるべき縁にやと、かはゆし。浜名の橋の跡、いらこ崎、潮見坂の松のひまより七十五里の灘を見渡し、宮地・二村の山々、矢作の橋ふみならして急ぎしも、八橋の跡を無下にはと沢のほとりにおりゐて、
8124　中食によひ処なり杜若
鳴海潟・夜琴の里・松風の里も横に、竹輿にたすけられて熱田に着ぬれど、「雨降れば舟なし」とて名護屋の城下に泊る夜は、五月の五日なり。
8125　旅籠屋の風呂もあやめの匂ひ哉
鳳皇(凰)山の霊地を礼し、津島の天王の浜より舟さし下し桑名に上れば、はや帰り着し心地して、関に内外の宮居をぬかづき、草津のちまたにしては、手を折て、さいつ比、北に行し事をかぞえ、ふたゝび義仲寺に入りて、「東海道の一筋も」と申されしも今よりはとしたり顔に、
8126　松島の咄手向ん苔の花
つく〴〵思へば、いともはるけき五百余里、萍の身の流れ〳〵て今はた鳰の浮巣の庵にたどり着て、まづ都の音信など尋るも、また塵にまみるゝ始ならむかし。
宝暦ひつじの夏五月七日、京極中川の庵にしるしおはる。
蝶夢房
五十余日行脚の中、あるは送別のかなしき、或は物がたりのつゐでめでたしとおぼえしを頭陀袋より取出て見れば、今しも其人に逢ふ心地にゆかしければ、かいやりがたくてこゝにしるす。」17

江州

聞〳〵てもどれば宿のきぬたかな　粟津 文素
遠里の背戸ばかり見るかれ野哉　可風
しら菊や月の雫に養はれ　姑草 」ウ
菖蒲湯や蓬が島の水の色　草津 推恕
犬の声うつゝに聞や春のくれ　野洲 枕流
松しまや幾十がえりの花の雲　武佐 完車
たのしみの第二はあらじ蝶の夢　柏原 芝闇
菜の花や田舎の道のせめてはと　巴流

濃州

馬の背にあつめて花の山幾重　垂井 禹鼎
花のみや蝶は名もなき草迄も　烏白
鶯や木曾の耳へも届ころ　青墓 木阿
かふも気の落つく物か春の雨　中津川 羽紅 」18

信州

かくれなき春の行ゐや遅ざくら　馬籠 亀六
竹持た耳は寐にくし夜の雪　福島 望尾
わらへとて山こそぐるや春の雨　東陽
むしの音やとらまへて来て淋しがり　巴笑
今起た目をなで直す霞かな　熱河(贄) 青路
草臥ぬ足どり遅し弥生山　洗馬 雨十
見るほどの山に跡せよ花の杖　惟来
行先の花引立よみやこ人　東民
ゆく春の道連もある旅寐かな　諏訪 其白 」ウ
さくら見や風も扇にたゝみこみ　鯉光
見ぬ国の鳥もなじめる柳かな　上田 千苓
我人の世を捨て来て月見哉　麦二
遠き香をまのあたり見る桜かな　文志
遊び人の野にあまるとき汐干かな　矢代 路因
立て居て眠る人あり桃の花　善光寺 猿左
ゆく人をつなぎとめたし糸ざくら　水音
日の脚のこれほどのびて柳かな　小諸 布川
十六夜や一艘ひまな水の上　戸燕
蝶となり花に遊ぶや五十年　追分 虚舟 」19
うたゝねや風の跡おふ梅の花　軽井沢 三橋
蝶々の遊びはるけし峯幾つ　賤士

上州

うき名たつ音や板屋の猫の恋　坂本 其谷
そろ〳〵と頭陀の重みや藤の花　安中 兎尺
糸つけて空へ放すやいかのぼり　高崎 麦舟
花守の夜明は来たりはつ桜　女 一紅

野州

先達の踏こむ音や木下やみ　足利 漁遠
帆柱の伸して行や春の風　雨石 」ウ
御たづねに濁り江見する蛙かな　栃木 青雨
鷺ははや乙鳥にかはる柳かな　日光 都春
宗鑑がすがた一しほ袷かな　今市 珠明
膝までは届かぬ水の柳かな　佐久山 羅雲
思ひがけぬ嬉しき音やほとゝぎす　大田原 楽丸

奥州

卯の花や此関の戸に旅痩れ　白川 柏仙
傘で草つむ花の日和かな　須賀川 桃祖
うの花や鎌を取る手のはづかしき　文利
扇をも開かぬ風のわかれかな　郡山 扇二 」20
むだ草のしげりて細し奥の道　露秀
竹の葉にくるふ時雨や夜半の鐘　元宮 青龍
明やすし指でもさへな蝶の夢　竹堂
星見えて苫のうすさや雁の声　福島 呑溟
蚊帳取て一重近さよ雁のこゑ　猪白
拾はるゝ噺のたねや桜の実　瀬上 双流
あたゝめて延す日和やふじの花　桑折 可貞
都からこゝにも咲や隣草　越川 栄角
帆ばしらを動かす蟬の力かな　斧用
鶯や藪に生れて歌も詠　朝水 」ウ
夕皃やひづんだ屋根を這あがり　枝鳳
藪入や生れた水にあてらるゝ　岩沼 休梓
喰て見て馬の吐出す落葉哉　洗布
葉ざくらやすかして送るうしろ影　雨木
青雲をかこち顔なる蛙かな　砂長
存分に日も長ふしてさくら哉　仙台 丈芝
一ツ宛千島にわたれ夏の月　東鯉
細道のしげり分てや郭公　菊史

行春もやすむ峯あり遅ざくら　芳角
握たる寒さはなすやむめの花　旧山 ⌊21
二三日動かぬ雲や山ざくら　白石 麦螺
うぐひすや日を啼延し〱　錦水
朝起の耳たぶにありほとゝぎす　孤舟
ほしものに下駄のぬかりや梅の花　左杖
鶯が寐れば起たつ蛙かな　二本松 一声
貧しさの下草もなきぼたん哉　岩城 露仏庵

総州

年〲や瀬ぶみも入らであまの川　古河 百尺
あるときは急ぎてまはり燈籠かな　結城 雁宕

武州 ⌊ウ

杖の行方へあかるし花卯木　杉戸 夜叩
木まくらのはづれ時よしほとゝぎす　糟壁 竹露
夢に見た鷹は逃たる水鶏かな　越谷 吾山
白雲を一つかみ宛ぼたんかな　江府 田社
一さしは桜をすくふ扇かな　丹志
とまれども草に音なき胡蝶哉　春堂
蕣や悟れ〱と咲かはり　鳥酔
下掃て置直しけり萩の花　秋瓜
ほし網は中に尖て霞かな　門瑟
空翔る物より高し鹿の声　巻阿 ⌊22
翌来んと山へ預るさくらかな　止絃
星一ッ空にさめけりけさの秋　鳥明
一年に三ツの月夜ぞ郭公　蓼太
嬉しいか桜かぶつて飛かはづ　女 吏流
梅一輪さても老木の物覚へ　雷堂
蚊やり火や沖に一ト里かゝり舟　眠我
ほとゝぎす蚊帳の色濃き夜明哉　鳥暁
何処なりと折て行也桃の花　凉岱
仰向ば星に声あり夕ひばり　川崎 素江
貸人も汚すがてんや田うへ笠　程ケ谷 鳥搓 ⌊ウ

相州

一重散り八重ちり花の袷かな　小田原 芋魁

駿州

卯の華に背中くらべて旅もどり　本市場 宇明

うか〳〵と月の出て居るかれ野哉　吉原 乙児
鶯のいつまで啼ぞ散さくら　興津 曙山
枯〳〵て影は柳にもどりけり　府中 万古
新らしき案山子持けりそばの花　耳得
苗代や風の汚るゝ蓑一ッ　盈行
川狩や帰れと寺の鐘のなる　鍾山 」23
紫陽花やかぞへ〳〵て花一ッ　都雁
出がはりや都によまぬ歌まくら　葛才
つもるなら石に成べし虎が雨　島田 残馬
凌宵にけふも朝から入日かな　桃舟

遠州

逃水の町へ流るゝ菖蒲かな　金谷 白鳥
百草の数に摘るゝほたるかな　百水
めづらしきあやめに見るや蝶の夢　舞坂 左丸
咲日から香は散そめて梅の花　掛川 周竹
ほしておく傘に生るゝ胡蝶哉　呉笠 」ゥ

三州

燕やみな土性の夫婦中　吉田 風麻
二ッ三ッ烏帽子に聞や初時雨　二川 杜鳥
卯の花の旅もこふばし頭陀の中　藤川 左琴
夕顔の軒端にひくき蚊やりかな　矢作 百聊

尾州

十六夜や鬼一口の露かぶれ　鳴海 鉄叟
五月雨を撞ぬく鐘はなかりけり　和菊
よしや君〳〵とて枯野哉　蝶羅
卯の花や雪をいとひし垣ながら　名護屋 白尼 」24
常にしれ〳〵とや涅槃像　八亀

勢州

名月や橋もありげに伊勢尾張　桑名 仙行
酒に今柚のうく時ぞほとゝぎす　李林
山もけふ雪にわかれつ仏にも　古龍

此道の友どち、遠き近きより月花の折ふしごとに聞えしを、筆のつゐでにかいつく。」ゥ

伊賀

染物の干ぬ日も冬の日数かな　上野 梨風

横皃は柳に似たり今年竹　素梅
初雪に木の葉さわりて嫌れな　銀杖

勢州
凬はまだ見る計なりことし竹　山田 麦浪
水鳥も是を啼たかけさの雪　等五
夕立やかたむく草の戸は起ず　津 二日坊
うちつめる鉦は氷らず鉢たゝき　菱波
さびしみも大きな桐の一葉哉　亜誰 ⌊25

武州
三日月のかたいでこぼすしぐれ哉　鴻巣 柳几

奥州
掃てやる箒追来るこてふかな　松前 巴角
水鏡見て髪結ぬ柳かな　津軽 里桂

羽州
鶯や藪に啼ても身だしなみ　秋田 芦水
一口の跡で味あふ清水かな　尾花沢 惟中

賀州
うぐひすや障子一枚払ひさし　金沢 後川 ⌊ウ
聞による傘の雫に蛙かな　半化房
名月や水の上にも幾座鋪　談夕
文箱の内は雪なり水仙花　尼 珈涼
来て見れば寺は沙汰なしはつ桜　ゝ 暫夢
秋たつや草に持こす宵の雨　既白
蟬の行すへの低さやけさの秋　小松 麦水
かへるさも我足跡ぞかんこ鳥　羅嵐
登られぬ女にそふて落葉かな　麁上
梅さくら葉落て白し後の月　山叩
留主の戸に人の引つく夕立かな　大聖寺 素夫 ⌊26
稲妻や障子一重を往つ来つ　紫狐
春雨やうつくしうなる物ばかり　松任 尼 素園
鐘聞て足もとくらき紅葉かな　女 すへ

能州
釣たれる人に裾なし芦の花　七尾 大朋（カ）
卯の花やたゞさへ永き夕日影　正院 如慙

越中
初雪や萍ほしき水の上　富山 麻父

春雨や下駄から京の人になり　不艾

師走へは二三町あり竹の奥　井波 兎因 ⌞ウ

九万里の譬を上るひばりかな　城端 李夫

越後

かけはしや花の上ゆく馬の鈴　村松 澗水

石臼を夢に廻すや春の雨　有扇

名月や嚔（くさめ）はじまる松の影　高田 泰亀

越前

旅人の捨てたつ夜の永さかな　鯖江 松因

長生の欲こそなけれもゝの花　敦賀 琴露

きり〴〵す聞て行義に寐る夜かな　盞江

帋帳にも嵐の音や氷室もり　其雪 ⌞27

起〳〵の水茶や寒し梅の花　雨イ

日南へは華も出て見る小春かな　序睡

花鳥の塵やたゝんで衣がへ　蕉雨

うぐひすや夜着の岩戸も明はなれ　丸岡 梨一

江州

ちる花にことしも惜しき命かな　八幡 佃坊

影ぼしは跡へはぐれて時雨かな　紫芝

牛の寐て草に瀬のつく野分哉　十里

一ッ家に種こぼしてや虫の声　大溝 夕浦 ⌞ウ

濃州

知る人のあちらむき行門すゞみ　北方 五竹坊

雲州

むつかしき枝さえ見へず山ざくら　大社 茂竹

丹後

すゞしさや雨に掃する砂の音　宮津 竹渓

菜の花のゆるぐ所や雉子の声　陵巴

藪入や妹〳〵は土大根　鷺十

但州

行水を寐させてもどる千鳥哉　生野 寒秀

鶯の声もさびたりことし竹　秀里 ⌞28

播州

晩鐘や落る椿も数のうち　姫路 寒瓜

備前

鶏のつゝき出したる清水かな　八浜 桃江

ねはん会や絵で見る鹿は角がある　岡山 成六

備後

藤咲や月引下し〳〵　三原 倚松

芸州

かけはしや手へ来ていぬる藤の花　広島 風律

翅あるものとも見えず杜若　青雨 」ウ

肥前

相垣に其日ぐらしの槿かな　長崎 越語

豊前

次の間は都の外や雛まつり　小倉 鳥鼠

尺八の歯にしむ空や後の月　湖菱

筑前

口ばかり達者に成て火燵かな　轉（博）多 南花

讃州

星合をはづして桐の一葉かな　丸亀 杜帆

打水の渦も見えたり蝸牛　平疇 」29

笠の緒にむすび添たる柳かな　三本松 乙鳥

鶯に宗論はなし寺の内　杜仙

土州

七草やもふ一色は垣根にも　高知 桃吾

紀州

いろ〳〵にして見る秋の枕かな　和歌山 周馬

和州

立琴や壁より落る銀河　郡山 梅園

はつ花や鐘鋳る山の朝ぼらけ　青畦

桔槹やすめばもどる蜻蛉哉　吹雨 」ウ

摂州

ねぢ向ひて馬のはなひる薄かな　浪花 馬明

蕣やけふを始る火打箱　寸馬

遠目鏡も力及ばぬ若葉哉　牛石

朝霜や鶏のつく若菜うり　舞雪

寐た馬子をつら〳〵馬の暑かな　晩鈴

白梅は雲に毛彫の梢かな　叙夕

産ず女に物思せる幟かな　石鼓

そも何を祭る小祠ぞ藪椿　福原 梅史

城州

」30

蝸牛角から先へねぶりけり　伏見 鶴英
蜂の巣の跡もはろふてあやめかな　花汐
八朔やたのふだ人の門ばしら　木幡 鶴砂
独りでに咲たもあれど菊の花　鞍馬 貫古
山ざくら四五日もの〻命かな　宜石
きわついた雪のあたりや蕗の薹　鯉洲
寝所へ碓ひゞく夜寒かな　嵯峨 雅因
吹風のはなれかねたる柳哉　嬉水
猫のうき名飼置人に立にけり　京師 丈石
よし野出て虻のはなれぬ袂かな　富鈴房 」ウ
梅が香や猫の破つた障子より　風状
一艘は山田へか〻るしぐれ哉　一方
鬼燈や青き内より人まかせ　宗専
黄昏は門さす秋と成にけり　嘯山
着心を野へ出て見たる袷かな　武然
しぐる〻や月は其ま〻置ながら　麗白
出女の皃の白さや朧月　桃塢
待宵やけふにかぎりて日の永き　富水

まづ秋の手なみ見せけり散柳　窓鳥
戸を明て寐た夜つもりぬ虫の声　太祇 」31
片口のわぶと答へよ田にしあへ　召波
順礼の目鼻書行ふくべかな　蕪村
もし我も胡蝶の夢か桜がり　山只
けふといへばちろりも菊をかざしけり　松雀
朝顔や人も日に〱同じ事　江棧
牛よける間を手伝ふやわた畠　尼 諸九
呵られて呑さす水やけさの秋　文下
五月雨や何になれとて池の上　女 琴之
山寺の坊主花はく酒のちん　六才女 もと 」ウ
木がらしや頭巾は前へ投て行　安里
鶏の何をさがすぞ桃のはな　泥夫
ひとりぬる遊女もあらむ天の川　雀之
鳥も餌をはむ音ばかり秋の暮　秀草
虫の音や何某殿も田の字　疎文
よい陰は牛にとられて暑かな　竹芽

叢に土俵の跡やむしの声　唖仏
鶯やわすれた音も筧から　子鳳
名月や寒さばかりは冬に似ず　二柳庵 」32

麦の秋風に白川の関こえし法師の、日に黒みし顔
を待つけて

一ふしを聞ばや奥の田うへ歌　唖仏
絵図ひろげれば松風の塵　蝶夢
髭に炷(たく)香炉の加減仕覚へて　子鳳
けふは何にも売に来ぬ也　疎文
降るとても月の佳例はかゝされず　竹芽
乗ものゝ簾を覗く蜻蛉　仏 」ウ
ウ又しては沙弥が手を切る花すゝき　夢
どふ射て見てもほうへは入らぬ　鳳
難波煮にせふかごもくも能ろふか　文
城の太鼓の何時じややら　芽
待なとは書てないかとくり返し　仏
癪に男の力ほしがる　夢
折〱は雀にくらき窓の竹　鳳
とかく田舎のかたが住よい　仏
詑(托)鉢の隙には舟も漕てやり　夢
暖か過て月のどんより　文 」33
御成より花の機嫌のはかられず　芽
蝶も摘こむ袖の若草　鳳
名ウ孝(ママ)行にまづ仲人から惚てゐる　仏
神棚の燈で庭があかるい　芽
草鞋を解ばちら〱雪になり　鳳
鯛に添たる入道の文　夢

など言つゞける折、窓よりむしの入りて、燈をけ
ち侍りければさてやみぬ。」ウ

ふところへ虫の飛こむ夜寒かな　嘯山
合羽にくゝる道草の稲　雅因
浜やしき月見の普請成就して　ゝ
一行物の生たやうなり　山
ウ正直は肝の太さに打消れ　因

ねぢり袴の辻でわかるゝ　山
盛沙を又かき上る村しぐれ　因
七の社の神は請ずも　山
児になる日には治部卿兵部卿　因
飛脚の所あて字まじくら　ゝ
あら馬のはねあふ花の軒口に　山
暮遅いとは隙な故にや　因」(34)
ナ雪解に筧の濁る勝尾寺　因
猶子のもつれいかゞ済らん　山
長者殿ひとりの姫を吹さすり　ゝ
甫令かぶる舟遊びなり　ゝ
三線もぼん〳〵と弾たやら　因
長町裏の十月の月　山
商売は何でもすると寐て計　因
下駄の印に二ッ引両　山
ウはてそれも時「代時」代と流さるゝ　ゝ
療治は補瀉と替り中よき　因
遠やから花見すゝめる棒がしら　ゝ
そよ〳〵風に蝶の居睡り　執筆」ウ

窓に日墨(黒)みの法師にはあらで、都を花のゆきにいで、まつ島の青あらしにすゝむ。それにいざなはれて、わが子なるものゝたび寐を同じうせし道〳〵、もの」跋書て頭陀におさめしをさくら木にきざめるとなんきゝしかばとて、「我にも見せよ」とことづてやる者は誰、越の蕉雨斎。」ウ

宰府記行

宰府記行（外題）

生死のながき眠の中、はかなき夢の戯にもおのれ〳〵がこのむ欲多し。されど欲界の習ひなれば、世にある人の諸欲はさる事なるべし。かゝる世捨人の境界は、たゞ一すぢに欣求浄土こそは今の身の欲なるべきに、いかならん宿因にや、世の中に聞ときく所〳〵のおかしき景、古き所みまほしく、かつはたふとき宮・寺をも拝みめぐりて、わが身の罪障をもほろぼさんとおもふ欲念の、やう〳〵煙霞の痼疾とさへなりて、此としごろ、花によしの山に分入りては高野ゝ暁の鐘をもきゝ、月にさらしなの麓に長居しては善光寺の夕べの御燈をも拝みしに、はては日の本に三景と数えたるみちのくの松がうら島・天のはし立の遠きまでもわたりくらべけるに、なを望蜀のおもひに今一所見残したる安芸のいつくしまの浦げしき、まだしらぬひのつくしなる宰府のふるき跡のおもひ捨がたく、かの御神にかけても祈り奉りしその守りやおはしけん、ことしおもはざるに、伊賀の蓑虫居士が、もろともに行て旅のつかれをもいたはらんといふ。さそふ水のよるべに、雲水の身のかりそめに思ひたちぬ。

かれは従者を具したれば、雨具やうの調度より粉薬・もぐさの類ひ迄用意ねもごろなりければ、いとゞ行すゑたのもしくなん。もとより何に心のとゞまるべき此身ならねど、朝夕念じ奉る本尊の、誰ありて香華の供養すべきものなくて、さびしとやおぼし給らんとひとりごちて、草の戸をかいむすびて立出るは、卯月八日の夕ぐれなれば、

8127　見かへるや躑躅さしたる庵の屋根

日もくれ竹のふしみの舟にのりて難波につくに、こゝらしれる人々名残おしまんとて、共に清水のうかぶ瀬といふ酒楼に上りて、

8128　住よしの松から来たか青あらし

西の海づらを見わたして、あの海の限りまでも行んとおもふもこゝろ細し。此津の留別とて、

うき草や芦も一夜の居り処　　桐雨

十三日といふ暁に、浪華江を漕いでゝ大物の浦に着く。これよりぞ旅の心にはなりけり。雨のふりいでければ、にしの宮の前に草枕をむすぶ。此神に首途をほのめかし奉るとて、

8129 たびごろも足たゝぬ神もうらやまん

けふはきのふにも似ず、摩耶の高根に雲もかゝらで心よければ、芦屋の里もとめ塚を過がてに、見ぬめの浦をたどる。むねのみさはぐひゞきの灘も此海をいふとぞ。されど此ごろは、

音もせぬ浦や卯浪の立もせで　　桐雨

「うら山しくも帰る浪かな」といふべきもなし。生田の杜は若葉しげりて、問べき人の軒も見えず。須摩のあたりはあまたゝび通ひけれど、いつもむかし物語のためしおもひ出てなつかし。

8130 麦秋やどの家見ても人はなし

道もせにほしたる茶のむしろも、

冬がれのやうに吹ちるもみ茶かな　　桐雨

加古のわたり教信寺のほとりより一むら雨のすぎければ、龍泉寺に入りていこふ。住持の上人のひたぶるにとめ給へば、日高けれどやどりぬ。（底本改行。以下、※印で示す）

姫路の城をよぎるに、書写の山も近けれど、「帰るみちにこそ」といひてすぐ。斑鳩寺を拝む。これなん、皇太子大和の国より行啓の跡とかや。仏閣・僧房ならび立たり。今宵は正条といへる駅の本陣に宿るに、その家いとひろくして、奥に上段・付書院のかまへあり、次の間は鑓・長刀をかくるもうけ見えたり。けしからぬ燭台の高きをともし立たるも、かゝるわび寐には似つかで、許六が「大名の寐間にもねたるさむさ哉」と口ずさみたるをおもひ出ておかし。

8131 蚊の声もまばらに広き座敷かな

鶏の声とゝもに宿を出けるに、千種川といふわたりにて、子規の聞えけるに、

子規ふりむかふにも馬のうへ　　桐雨

備前の国の境、三ツ石といふ山にかゝりぬ。左右に木草生ひたるさかしき坂を越るに、むかふより法師原の四五人、僕従あまたつれたるが、行ちがふとて我をきと見て、やがて僕をかへして「いかなる人にて、名は何と申す」と問せしに、いと心得ずながらしかぐ〳〵とこたへけるに、主人とおぼしき法師の笠うちぬぎて、「かくいふわれこそ、肥後の国なる正教寺と申にて侍る」といふ。とし月、文のたよりに付て月花の道をかたみにかたらひしに、「いとふいのたいめんかな」とかたへの石に腰うちかけ、手とりかはしてかたる所の様といひ、その人と申、かの蔦の細道に行あひたる修行者のむかし覚えてなつかしからぬかは。※

伊部村は一トト里陶器をつくる。今川了俊の『道行ぶり』に、「家ごとに玉だれの小がめといふ物を作る所」と書しも、此所をいふか。※

熊山と申は、むかし備後三郎高徳といひし兵の後醍醐天王(皇)を奪ひ奉らんとせし切所とぞ。そのかみの道は遙に山の中にして、今の世は山の麓を通るなりと、所の人いふ。※

刀をきたふ鍛冶の住む長船村は、吉井川の左に有。とかくして岡山の城下に着て、孤島といふものゝ家を音信るに、ひたいに手をあてゝよろこぶこと二つなし。

またの日、つゐでよくて国の守の遊宴の地を拝見す。瀧落し水はしらせて景色ことに、見もなれぬ花木・鳥獣の多くむれ遊ぶ。これをや壺中の天地ともいひてまし。やゝ齢も延る心地す。その帰りに瓶井山といへる山寺にて、成六といふ人のあるじすべきよしにて、ともなはれて一座あり。その道より風の心地に身ほとをり出てなやみけるを、あるじ父子枕のあたりをはなれず、くすしをむかへてさまぐ〳〵の心ざし浅からず。※

廿一日の朝は、やがて身もすゞしうなりければ、備中の方へと出たつ。備前の吉備津宮、備中の吉備津宮とて二社の神おはす。吉備の中山といふ小さき山一つを隔て、国の境とす。その中に落来る谷川を、「吉備の中山帯にせる」と詠し細谷川なり。その川のひろさ、「篳篥といふもの〻ながさばかりありける」と長嘯子の書る所なり。

8132 初蟬や細谷川のおくにきく
一声に備前備中郭公　　桐雨

此山の奥五六町ばかりに、新大納言成親卿のしるしあり。少将成経の鬼界が島より帰洛の時、此所に尋来りて、「古さとの花の物いふ世なりせば」といふ古歌を吟じられしかば、同道の康頼入道も共に袖をぬらしけると聞えし所也。今は孝子成経と書れし塔婆も、いつか朽にけんと哀なり。御社の脇に供御を炊ぐ釜殿あり。此釜の鳴る事、あらたなる事なるべし。※

玄賓僧都の「山田もる僧都の身こそ悲しけれ」と述懐ありし湯川といふ山寺は、右の方山深く入る所なり。左の方に佐々木の三郎の先陣したりし藤戸のわたりみゆ。今は田畑となりて、麦の穂の浪だつ中に浦の男の塚あり。歌枕に載し長尾の村・雄琴の里を過ゆく。横をれる山の下に二万の里あり。

8133 麦の秋二万のさと人手がたらじ

古歌のよせばかりにや、おもふ事いはぬも例の腹ふくる〻もすべなければ。※

玉島の円通寺といふに登りて見れば、児島は長くはらばひ、水島は細く流れて足の下にあり。たそがれのころに笠岡につく。此浦辺にもかねて相しりける人多しといへど、しのびやかに笠をかたぶけて通りけるに、宜朝といふもの〻見とがめて「など一夜は」とゆるさゞれば、思はざるに、その家にわらぐつをとく。※

明れば吸江山といふ浦山に登る。明応三年夏のはじめ、宗祇法師此山に遊びて、「山松のかげやうきみる夏のうみ」と発句のありてより、その跡を「見るが岡」といふとなり。山本ちかき海づらを釣するとてさゝやかなる舟ども漕つれたるは、夏の海に秋の木の葉散やうにぞ有ける。えもいはれぬ松の木だちの浜風になびき村〳〵なみだちたる、見所多し。人〴〵の所望に、

8134 山松の落葉や舟と見るが岡

此句にて一座あり。終日遊びて、その夜もまた同じ浦辺にやどる。※

廿四日、明そむる蔀山をこえて朝川をわたり、備後の

国福山といふ城の下をすぎ、尾の道に宿をもとむ。※
浄土寺は、尊氏将軍の三十三首の法楽の歌奉り給ふ観世音也。門前の制札に「元亨三年五月三日勘解由次官」とあり。これのみならず、山にそひ江にのぞみて堂塔あまたありて、おもしろくすまゝほしき所なり。爰より舟にのりて、糸崎につく。『万葉』に「長井の浦」と詠し所とぞ。三原の城、本郷といふ所を行〳〵て、新庄とかいふ山中に日くれぬ。此あたりは行人征馬のかげもまれなるに、道の程もたど〳〵しければ、あやしの家をたのみてあかすに、竹あめる上に藁むしろたゞ一枚を敷て、蚊帳といふものもあらざれば、蓑を枕のうへにをく。

8135　蚊の声や物をかぶれば蚤の飛ぶ

うき旅や明やすき夜を待かぬる　桐雨

芭蕉の翁の「蚤しらみ馬の尿する枕もと」ゝありしも、かゝる夜の事ならん。
明れば西条といふ村里を過て、やゝ深き山を越る。瀬野の大山とや。

8136　夏山やいく重かさなる葉の匂ひ

海田といふ宿あり。これや滄海の桑田と変じたるをもて名とするか。前は入江にして景望多し。暁ちかふ、雨の音する中に、

此空に帆をかけたかや郭公　桐雨

いづれの国も、道ばたは処せきまで麦をほす最中なり。

8137　麦うちや夕日をまねく竿の影

広島の府に入り、風律老人が隠居にこしかたをかたる。宮島えの舟もとむるに、汐時あしければ、性牛といふ人のもとにやどりて、一折興行あり。※
二十八日の朝、舟にのるに、風心よくて厳島につく。此島の気色をながむるに、うしろは青山峨々として木立くらく、前は白砂渺々として波静によす。本社は中央にありて、回廊、香の図のごとく左右につらなる。その一間ごとに燈籠をかく。むかし平相国の安芸守たりし時、明神大蛇のかたちを現じてまみへ給し、その蟠りたる容をうつしたる宮居とぞ。されば御前の海のうへにつとさし出たる板の間あり。これを「舌先」と申とかや。渚に鳥居立り。表の額は「厳島大明神」、裏の額は「伊都岐

島大明神」とあり。道風朝臣・空海大師の御筆とか。西行上人の抄物に、「御正躰の鏡を、翠簾の上には懸参らせで下にかけ奉るも、かの明神の女房なればかくならはせるやらん」と書給ひし、今もさのごとくに拝れ奉る。実も余国にはたぐひなき宮也けり。神の使者とて、袋角おえる鹿の、人を恐るゝ風情もなくむれ遊ぶ中に、鹿の子のいはけなきもかはゆし。

8138　うれしげに回廊はしるかの子かな

弥山に登らんとて、瀧の宮の瀑布を見る。大なる石のおもてをさら〳〵と落来る瀧の水の下にさし出たる巌にあたりて、小柑子・くりの大さにてみだれちる水の色、えもいはれずすゞし。高倉院御幸の時、公顕僧正の「雲井より落来る瀧のしら糸に」と詠給ひしより、「白糸のたき」とは申とぞ。水晶寺は登る事十八丁、さかしき岩根をつたひ、しげれる松・杉の下をくゞり行て、恐ろしき山の様なり。本尊は虚空蔵菩薩とや。岩のはざまの堂の甍より、護摩のけぶりほの〴〵と立のぼる。苦修練行の道場なるべし。鎮守は三鬼神とて、魔王にておはすとぞ。鐘の銘に「治承元年丁酉三月施主平宗盛」ときざめり。その世にかの一門の崇敬ありし事、思ひやられぬ。はるかに霞める島〴〵は、伊予の国・豊後地といふ。さま〴〵見つくしがたし。

申の剋の下りに山を下るに、折ふし夕潮のさし来りて、御社の下、回廊の板のひた〳〵とするまでみちぬるに、やがて多くの燈籠をさへかゝげつれば、灯の影の潮に映じて、此世にかゝるながめまた有べしとも覚えず、心も空なり。

8139　すゞしさや板の間から波がしら
　　その中に蛍もまぜて燈しけり　桐雨

あはれ、ふる郷の誰に見せまし、かれに詠させなばと、おもふばかりなり。興に乗じて同行が青海波の譜をうたふに、予も助音し、回廊の板を踏ならして夜更るまで徘徊す。こよひこそ三景眺望のほいとげぬと、うれしき事かぎりなし。

御前に悦びのかへりもうしの法味をそなへて、夜半過る比より一葉の舟を風にまかすに、暁方、周防の立石といふ浦にくる。「手向よくせよ」の岩国山の麓なり。爰に錦帯橋とて世に見るものにせし橋あり。橋の数五ッ、はし柱もなくて木をもて組上げたれば、中は次第に高くさゝへて、さうなき巧なり。魯般の雲梯といふも、かゝる橋をやいふ。※

呼坂は誰を呼たるかとおかし。花岡は名の花やかなるにも似ず、小家がちなるむま屋也。此国はいかならん世に、さる福徳ずきの国司おはして名付給ひけるにや、徳山・富田・福川・富海等の名多し。

鯖河の舟橋・鯖山の峠をこえて山口にいたる。大内代々栄耀をきはめし跡にして、地勢またことなり、南はひろき野らにして北は高き山を帯たり。その間に伊勢の両宮より祇園・清水・男山・山王・熊野・泊瀬等の諸寺・諸社をうつせり。また御局小路・諸願小路・銭湯小路などの町々の名も残れり。所〳〵見物して、槃（繁）華のむかしをしのぶ。比は五月朔日なれば、人の引もてありくあやめを見て、

8140　あやめ草檜皮に葺し根なるべし

おもへたゞぼたむの花の廿日ほど　桐雨

湯田の温泉にゆあびす。驪山になぞらへし所なるべけれど、今は荒はてて、たゞ上には藁をつかね、下には小石をならべて、ひなびたる事いふばかりなし。小郡山中を過て船木に宿をさだむ。この船木といへるは、神功皇后三韓を責（攻）給んとて、御船を造らせ給し所となん。

行さき山かさなりたるを分行に、道の傍に札を立て、「羽生浦渡海の事、停止せしむ」と云々。そこらうみの有べしとも覚えぬ山中にて、いぶかしきおもひをなすに、同行のいふ、宗祇の記行に、「深山にいと木ぶかく鳥の音もたえ〴〵なるわたりにて、舟にのれといふものあり。あやし、天の岩舟にやとおもふに、此山のすゑの浦人、旅人をむかへて世のいとなみにする海路のわたし守なるべし。やゝうつり来て、はぶの浦にいたりぬ」と書り。されば、いにしへよりわたし来れる船のみちなれど、ちかき比あやまち有けるを国の守のきゝ給ひて、わたしをとゞめ給ひけるとぞ。いみじき仁政なるべし。※

長門の国府に、宮たゝせ給ふ。楼門・回廊かう〳〵し。

此社の地は、あなど豊浦の旧都の跡にてありけるとかや。沖の方に二ッの小島むかへり。干珠・満珠と名つく。壇の浦と申は、神功皇后ひとの国責給んとて御祈のために壇を築せ給ひしより、かくいふとなり。漁を業とするものゝ住る所と見えて、たくなは・網など干す匂ひのうるせくて、「夜の宿腥し」の句おもひあたる。赤間の関は、山と海の間にていとせまし。

むかふは文字の関にして、豊前の国なり。海の面わづかに八町余といふ。行かふ寸馬豆人のかたちあざやかなり。音に聞しよりも汐の行かふことはやく、うづまく泡白く見えてすさまじ。隼人の社のあれば、隼人の迫門とも申とぞ。いつも師走の卅日の夜、此海の潮さながら干て、沖の石に付し和布を神主の鎌もてかりて神供に奉る事、今に絶ずといふ。また此海の石を硯に賞れば、「硯のうみ」ともいふならんかし。

それに続て田の浦より青柳が浦迄は、元暦のむかし、安徳帝をはじめ奉り、平家の一門の公卿・殿上人・局・内侍以下まで沈みうせし浦はなり。はるかに世へだゝりぬる事ながら、その時の心うき事、沈み給ひし有様まで見る心地せられて、かず〳〵とりあつめたる哀さもおもひ出めり。海士の家の門〳〵に立て、物もろふうたのふしも、所がらとて悲し。

8141　むかしかたれ麦勧進の琵琶法師

平家蟹とて、人の顔のかたちある恐ろしげなる蟹の、植田の畔に這ありくを、

早乙女に顔よごされな平家蟹　　桐雨

中ごろ、伊勢の団友斎といひし人、此所にて此蟹をみて、「生海鼠ともならで哀や平家がに」と発句せしかば、その夜の夢に蟹多く来りて身をはきむ（ママ）と覚しに、忽熱大きに出てなやみければ、「生海鼠ともならで流石に平家也」といひなぐさめければ、やがて熱さめけりとなん。げにもよの常の物とも見えず、さる霊あるものなるべしや。

阿弥陀寺といふ寺に、先帝の宸影よりはじめ一門の画像を安置す。卯塔かず〳〵見えてあぢきなし。かゝる物すさまじき海のあたりも、治れる世とて、商家数千軒岸につらなる。多くの舟のかゝり居る中に、遊女どもの舟

にのりて「白浪のよする渚にはふらかし」とうたひありくも、誰か待ならんとほゝえまる。※

三日の朝、潮につれて舟を出す。竹さき・猪崎を右に見て引島といふを漕まはれば、北海の高波あらく打かけける気疎し。与次兵衛の迫門といふ所は、海の中に石塔あり。同船の中に案内しれる男のいふは、豊臣大(太)閤朝鮮国責させ給ふ時、何がし与次兵衛と申男、舟の事を司りしに、潮時をかうがへあやまりて御船既にあやうかりければ、みづから此海に身をうしなひしとぞ。こなたに巌流島とて松生たる島あり。此名は巌流といへる剣術に名あるもの、むさしといふ武士と此はなれ島にて芸をこゝろみけるが、終に巌流はうたれてうせけるとか。きく程の事みなむねつぶるゝ事のみにして、いとゞ舟の上、心ならざりしに、水主ども潮に落されじと、声を帆に上て櫓をおしければ、内裡の地につく。

此内裏とは、むかし平家の人〴〵、しばらく此浦に里内裡をいとなみ申べき沙汰ありし故とぞ。洲崎にたてる松うるはしくめもあやにつゞきて、舟の中のうさをわする。きくの高浜も此あたりをいふならん。※

小倉の城外、大隆寺の長老にいさゝかのよしみあれば、此寺に投宿して旅中に半日の閑を得たり。

うき草やまづつくしまで流れより　桐雨

此句を続て一折あり。※

黒崎ははや筑前の国なり。そのかみ、伊予掾純友兄弟のこもりし所か。木屋の瀬より川づらにそひて行ば、直方にいたる。文紗(沙)といふ人の別業にやどる。

明れば五日也ければ、節句の祝ひとて粽を盆にすへて出たり。そのさま菰を藁にてむすび、中には強飯をつゝみたり。「旅にしあれば」と詠し様あり。

8142　椎の葉にもりし思ひや飯ちまき

石坂のさかしきを越て、博多の津にいづ。この津は「冷泉の津」ともいひ、「袖の湊」とも詠り。むかしは異国の船入来りて交易の地なりしよし、今も人家軒をあらそひ門をならべ、市女・商人ものさはがし。前には入海はるかにして、舟ども多くかゝれり。右には箱ざきや千代の松原青やかに、手さし出て取るばかりにちかく、むかふは海の中道とて三里あまりの松原、海の中に横たはりて志賀の島につゞく。白き真砂糸を引はへたるやうなれば、唐の人は「白沙塗」と書りとぞ。左は生の松原・百道の松ばらなゝめに、草香の入江・能古の島・韓泊まで見やらるゝ。つくし富士といふ山もさし向ひてほのかに見ゆ。此間纔にきれたる沖の旁に、玄界が島、硯屛を立たるやうにあり。そのうしろはかぎりなき海にして、日よく晴れば、壱岐の国・朝鮮国迄もなごりなく見ゆるとかや。うしろの方は雷公山・背振山・竈門山等の山〳〵聳ゆ。見わたす所、名所ならざるはなし。その景は言葉に及びがたく、筆かぎりあればさし置ぬ。

　此海辺に、異賊襲来の要害の石垣あり。今も見れば、豊後・日向などいふ国の名をほれり。その比、九州の人民に築せしものならんか。菅家「箱ざきや千代の松ばら石だゝみ崩れん世まで君はましませ」とありしも、かゝる故事あるゆへか。されば、九州を筑石と書て「つくし」と読(む)古き説も、この石垣の事ならん。異国の書にも石城府と書ると、此国の宿儒篤信が考あり。

櫛田の社は、菊地寂阿入道が此宮の前にて馬のすくみて行ざりければ、菊地が軍だちにいかなる神かとがめ給ふべきとて、社壇へ矢を射かけて神躰の大蛇を射殺しける宮居也。聖福寺は、栄西禅師帰朝の時、此地に着船して、はじめて禅法を弘通ありし寺にして、後鳥羽院、「扶桑最初禅窟」の勅額を給ひけるとぞ。承天寺は、宋の謝国明といふもの草創す。遠く径山の無準和尚、額を書て送らる。東長密寺は、弘法大師帰朝の時、はじめて密教を興隆ありしと。かゝる古跡枚挙にいとまなし。日もかたぶけば、福岡の城下に扇屋といへるものを尋ぬるに、あるじの悦び大かたならで、五竹庵といふ閑室に日ごろやすみ、くし(屈)はてし旅の心をのどめて、

8143　まづ蚊帳のひろくて嬉し庵より

といひしを発句として、例のすきものども来りて入興す。※

　一日あるじが案内に、城の西の方、荒戸山より姪の浜あたりを見ありきける。そのかみは袙(あこめ)浜と申けるとぞ。北条家の治世には、爰に居城をかまへて九州の探題を置

けるとぞ。生の松原は、東西十二三町もあらんかし。神功皇后三韓を伐んとて松の枝を逆にさして、勝利あらんには此松が枝生(おひ)なんと祈給ひし、その松のゆかり也。「すゞしさは生の松原」と思ひつゞけ給ひし、さる皇大后宮など中奉る御方の、此松原の景色の海にのぞみて、しかも真砂いさぎよく、げにも涼しかるべき境地ぞと、いかでしろしめしけん。「歌人は居ながら名所をしる」の諺にたがはざるべし。※

百道の松原をせうようするに、忽百千の雷の落るがごとき音のしければ、うち驚て人に問ふに、「これは大筒・火矢などいへる火器を稽古し侍るなり」といへば、「都にては聞も及ざるめづらしさなり」といふに、「いざ給へ」とて松のかげに下り居て見るに、陣小屋と覚しきに幕をはりて若との原の多くあつまり、をの〳〵鉢巻し胸あてにこてをさして、海の方なる島山を的にほうろく・火矢などいふ物を数しらずはなす。こなたに相図の幡を上れば、向ふに麾をうちふる。そのいかめしきありさま、右文の世といへども、その武をわすれざる国の掟、かしこくもめさまし。※

或日、箱崎の方を見物しけるに、松原へ入らんとて、かたはら(の脱カ)小池の中にふりたる塚あり。聖武の御時、佐野ゝ近世と言し人の、此国の守に成りてありけるに、その娘を継母のねたみて無実の事を言てうしなひける、ぬれ衣のしるしなり。なき名おひたる事に、歌にも読てふるき跡なめり。事ふりにたれど、此松原を歌には「千代の松原」とよみ、もろこしには十里松といへりとぞ。松高く肥て千尋の陰雲をさゝへ、地は雪を敷たらんやうに、白砂清くめでたし。『指南抄』に南北一里、東西十余町としるせしも、さもと覚ゆ。箱崎の名は、戒・定・恵の三学の箱を埋し故とも、また応神天皇降誕の時、御胞衣を箱に納めて埋し故にかく名付しともいふ。まさしくそのしるしに、植し松を「しるしの松」とて神前に今もあり。「跡たれて幾代へぬらん箱崎のしるしの松も神さびにけり」、これらの古き証歌多し。

広前は遠く海に通り、東北は香椎潟につゞきて、海の中道はるかにめぐり、西南は博多・福岡の人煙たちのぼりて賑し。遠近の島〴〵、所々の山〳〵のけしき、不換三公といふべき江山の佳景なり。発句一句案ぜまほしくうちうめきけれど、絶景にけおされて口をとぢけり。

汀に華表あり。波うちかくるほどなり。松原の中にまた鳥居立り。猶入る程に楼門あり。額は「敵国降伏」の四字也。延喜の御時、神勅ありて宸翰を染られけるとぞ。遙に異国の方に向ひて、敵国降伏の相をしめし給ふぞ忝き。此門は小早川左衛門督隆景の建立也。神殿は大内左京兆義隆朝臣の造立とぞ。松の林の中に松一木有。天正のころ豊臣大閤(太)、此所を遊覧ありけるに、千の宗易、松が枝に雲龍といふ釜をかけて、茶を点じて献ぜし跡とかや。

けふは何がしの別荘にまねかれける。その亭のかまへは松原深く引入りて、一むら竹の奥に池ありて土橋をわたしたり。蔦かづら・昼顔の這かゝれる、揚簀戸も山里のあるじ風にて、風情またいふかたなし。主人の茶道は堺の南之坊より伝えしとかや。同行もおなじ流れを汲たれば、共にその道をかたりあひて、

世の人の捨とも古茶のにほひかな　桐雨
すゞしからねど松の下かげ　秋水

と、亭主ぶりあり。次の間になみ居たる家の子にも、道にすける人あまたありて、とみに一座あり。帰る道は雷雨しきりにて、川の水、大路にながるゝばかり也。※

かくて、あしたの空いとよく晴ければ、太宰府に詣んとて、蝶酔・梅珠を先達にて四十川をのぼる。夕べの雨に堤崩れ橋落て、道みだりがはし。あまさへ暑の堪がたければ、御笠の森の楠の下にやすみて、草かる童に此森のいはれを尋るに、「神功皇后の御笠を風の吹上て、此杜の梢にかゝれるより、かくは詠なり」といふ。此辺りみな御笠郡なるよし。雑掌の隈といふ駅あり。そのかみ、宰府の官人の居たるところならんか。水城は、天智天皇三年大堤を築て水城といふよし。都督府の要害たるべし。その堤のかたち、今に残りて岡の如く長し。その中は田となりぬ。水城の関は、東の山ぎはの通路なり。礎三ツ四ツうちころびて有。里人は関屋といふ。

8144 早乙女や道通さじと苗をうつ

刈萱の関の跡は、松二株、田の中に有るを見やる。此関は中むかしまでも有けるにや、宗祇の『道の記』に、「関にかゝる程に関守立出て、わが行すゑをあやしげに見るも恐ろし。数ならぬ身をいかにともことゝはゞいかなる名をやかるかやの関」と詠したためしあり。鎮西府すたれぬる世にも、博多は九州の要津なれば、関守を置て非常をいましめたるなるべし。

かるかやの関や茂りし草の中　桐雨

太宰府は、都督府・鎮西府または「西の都」ともいへり。いにしへ此所に都より官人を下し給ひて、九州の政事を行しめ、かねて異賊の防ぎに備へ給ふとや。官府の跡は国府村の東、つき山といふ小山あり。其ほとりの田の中に、大なる礎その世のまゝにならびてあり。みな大さ六尺余、柱の立し跡はわたり二尺余也。抑、都府楼と申は都督府の楼なるべし。その地は凡杖をもてはかり見るに、東南(西)十四間、南北六間余にて、礎三十余残れり。今はさながら山田となりて、礎のめぐりは水たゝへて苗をうゆ。

そのかみ、菅家太宰師となりて此地に御座しける御所の跡は、右の方にあり。勅勘の御身をつゝしみ給ふとて、かの御所にとぢ籠りおはして、「不出門」の題ありて、一従謫居就(落在)柴荊、万死兢々踻蹐情、都府楼纔看瓦色、観音寺唯(只)聴鐘声、中懐好逐孤雲去、外物相逢満月迎、此地雖身無撿繋、何為寸歩出門行と七言八句に百千の懐を述給ひしとぞ。日ごろはよのつねに読奉りしも、まのあたり此地に来りてその地形を見るに、御座ありける榎寺よりはたゞ五六町を隔ぬれど、此楼に登臨し給ふ事もなく、纔に瓦の色をのみ望み給ひ、観世音寺は此楼にならび立れど一度も詣給ひもせで、朝夕にたゞ鐘の声ばかり聞給ひけめと、その世の御憂へまで今の様に思ひ出られ奉りて、不覚の泪をさへがたし。

きのふの雨に谷水あふれ出て、崩れたる山田の疇より古き瓦の出たるを、三ツ四ツと拾ふ。此物こそ「纔にみる」と聖作ありし物よとおもへば、よしや銅雀台の瓦もものゝ数ならず。おぼろけには得る事かたしと聞えしに、かく千載の記念をみづから拾ひ得たるも、ひとへに神の

御めぐみと、掌の上の珠の心地す。※

観世音寺は、養老七年沙弥満誓に勅して当寺を造らしめ給ひしとぞ。此時ならん、「とぶさたてあしがら山にふな木きり」と満誓の詠る也。「大弐の御館の清水の御寺、観世音寺に参り給ひし」と『源氏』に書るも、此寺の事なり。今は諸堂あれはてゝ、聞しにもあらず、観大士の御堂のみ、かたのごとくに有。戒壇院は、孝謙天皇天平勝宝八年、唐の鑑真和尚、日本に受戒の教をはじめて行ひ給ひし霊場なり。立よりて結縁す。今も持律の大とこ住持し給ひて、戒珠光りをかゝげて絶ずとぞ承る。かの鐘のこゑの聞捨がたく、鐘楼をかへり見がちにいづ。院のうしろに玄昉僧正の首塚とて古き五輪あり。藤原の広嗣の霊のとりて、首に玄昉の二字をあらはして、広庭に落せしといひつたへたるならん。

此あたりは、竈門山の麓にて御笠山とも申とぞ。『拾遺集』に元輔朝臣此山の下を通るとて、みちづらの木に書つけゝる、「春はもえ秋はこがるゝかまど山」と有けるに、「霞も霧もけぶりとぞみる」とつぎける古の連歌也。此にしのやますそ小野といふ所は、鳥羽院の皇子青蓮院真笯法眼のさそらへましくゝける所とや。学業院は、吉備真備公、太宰大弐に任じ給ひし時創立し給ひし学校の跡也。続命院は、小野岑守、大弐の官のころ此院を置て、都の悲田・施薬の両院の如く、孤独の人・病人等を撫育し給ひし所とぞ。みな田野となりて名のみなり。小弐の宅の跡は、九重原といふ堀土手のかたち残れり。今も御館といふ。これらに、都府の盛なりしいにしへをおもふ。

宰府の在家の入口に流るゝ川は、伊勢の詠し川也。此日ごろのひでりに水のあせなば、無下に口惜からんに、絶ず流るゝぞめでたき。玄旨法印の『道の記』も此頃なりけるにや、「くるゝ夜のほたるやしるべ思ひ川」とあり。「駒なづむ」石踏川は此川の上にて、同じ流の名のかはりたる也。染川はたゞ飛こゆべき細川也。「水やまさらんよどむ時なく」と聞えしにはあらで、むかしの跡と、名に流たるばかりなり。※

聖廟の地は、山左右に高く谷ふところひろし。楠・

松・檜の常盤木枝をまじゆ。鳥居をさし入より、やがて池あり。濁なく水すみてすゞし。池のなりは心といふ字に似たれば、とりあへず、

　　塵もなきこゝろの池や青あらし　　桐雨

池の上には前後に反橋をわたす。中の島には三重の宝塔ありて、爰には平かなる橋をかけたり。下には白鵝の無心なる、鴛鴦のむつまじき、さま〴〵むれ遊ぶ。池のめぐりは、数百株の梅はやしをなせり。羅浮の仙区と申べし。春のにほひおもひやらる。楼門に入れば、回廊左右にひらけ、中には岩を立、水をやり、えもいはれぬ花木を植られたり。御社は、延喜五年八月に味酒安行と申人奉行して造立すと。檜皮葺の三ツ葉四ツ葉に作りて、塵もすへじとみがきなせる玉の階、けざやかなり。御前にかしこまりて法施参らするに、身の毛だち信おこりて、何事のおはしますとはしらぬあやしの身にも、かたじけなさのなみだ膝にこぼるゝのみ。

　かたへに、針貫（釘カ）さしまはしたる梅の古木あり。社僧に問へば、「名におえる飛梅」とこたふ。今も朽ながらみどりの珠をつらねて実をむすびたり。

8145　青梅や仰げば口に酢のたまる

たゞまことをもはらとして、口とく法楽の心をのべ奉るのみ也。やがて此句を巻頭にして、検校坊の客殿にて興行す。一座は桐雨・梅珠・雨銘・波鷗・志風・賀村の数輩にて、執筆は蝶酔なり。満座のゝち燭をとりて後宴の勧盃あり。折しも、うしろの山かげにて鳩の声して啼ものあり。人々「石亀といふものゝなく也」といふ。こよひは山ちかければ、松風夢をやぶる。※

　十二日つとめて、御社の回廊にして、きのふの懐紙を蝶酔なる男に読しめて奉らしむ。例のつたなき言葉も、うち上し声の匂ひに常にやうかはり心すみて覚ゆ。

　社中を拝みめぐるに、一段高き所に法性坊の宮あり。師を敬ひ給ふ神慮なるべし。宰相の社・楓の社などいへるあり。そのいはれ聞まほし。安楽寺の講堂とて、薬師如来を安置す。東法華堂・西法華堂といふもあり。浮殿・神馬屋などかぞふべからず。連歌屋といふあり。笠着の連歌とて、年ごとに六月廿四日の夜、宵やみのくら

きにまぎれて参詣の僧俗笠うちきて顔をかくし、庭上に立ながら文台に向ひて連歌をする事ありとぞ。古き例なるよし。榎寺に参る。これは御神の御在世におはせし跡也。そのゝち都督惟憲卿と申人、かの御跡とて浄妙寺といふ伽藍を建立し給ふ。今は松一むらの中に小祠一宇あり。天判山は右の方に木深き山なり。天拝岩と申も有とぞ。

8146　五月雨や天に届し峯の松
　立あふひ空へ〳〵と上りけり　桐雨

その山の下に、むさしとて温泉の涌出る所あり。『宇治拾遺』に武蔵寺と載し所なるべし。

これより、事のたよりよければ長崎の津に行てもろこし船見ん、かねてのあらましなり。爰に、人〴〵と別んといへば、「あれにかゝりたる橋こそ、大弐高遠のたのもしき名にもあるかな、道行かばまづ幸の橋をわたらんといひし橋にて、行先の旅路をもいはゝん」とて、その橋の上にしてわかる。

折ふし、空かきくもり神の鳴る事おどろ〳〵しく、行道淋しくて心悲し。白川といふあり。大弐興範朝臣に、「としふれば我黒髪は白川の」と詠かけたりし檜垣の嫗が住しわたりとか。『大和物語』に「大弐小野好古」と記せり。肥後の国にも同名の有よしなれど、大弐のまかりわたりて水こひし所といひ、好古は純友を追ひて博多にて合戦せし時なれば、両説ともに宰府ちかき白川を是とすべきか。※

二日市の駅の左に雨山あり。曇りてのみぞ見えわたりける雨山のあたりなれば、「一入に紫おふる野辺」と聞えし紫村の木立もわからず、黒くも見えず、うるし川の水の色もさだかならず。雨ひたふりにふりてしのをつくがごとし。

田代に宿る。此駅は肥前の国にして、対馬の国の領也。宿のあるじ、雨夜の物語をはじめけるに、去る三月十八日、対馬のさぶらひ何がし左五右衛門と申人、朝鮮にて虎を追ひ鑓をもちて虎の耳をつらぬきしかば、朝鮮の国王その勇気を賞して白米を賜りけるよしかたる。はや異国ちかき心地して興あり。

けふも雨猶しきりなれど、さのみやはとて出たつ。行道、川ならぬ所に波をみなぎらし、街道に舟をさしてくなういふべくもなし。轟といふ関あり。むくつけき関守どもの往来をとがむるとて、物いふことのかたくなゝる、にくし。佐賀の城下花房氏に宿る。都にその子の遊学して居ける、その音づれなど語れば、夏の夜の習ひにはやく明ぬ。この城外に法勝寺といふ寺あり。俊寛僧都の墓ありとや。その頃この地は門脇どのゝ采地なりければ、少将成経しのびやかに具し来りて、此地に終りをとれりとぞ。牛津・小田の宿〳〵を歴て、武雄の温泉に入る。此頃の雨にぬれたる衣をもあぶらんとなり。※

薗木の浦は入江ひろく、島山つらなりて景致なり。大村の城下に披明といふものを尋るに、悦びなのめならず。くだ物取ちらしてちそうす。此あたりは、疱瘡をやむものあればふかくいとひにくみて、最愛の子といへども遙なる山の中に捨置べき国の法なりとぞ。まさしく、此家の次郎なるわらはべもさし侍るとかたる。※

雲善が嶽は、こと山にもまぎれず雲のはしにそびへてみゆ。この世ながらの地獄といふ所もありとかや。山のけしき、なべてにはかはりてすさまじ。その下を島原といふ。切死(支)丹の一族のこもりたる所とぞ。

諫早といふ浦に宿りけるに、その家の隣にいはけなきものゝ声して、「げにや遠国にて聞及にし、宇治の里山のすがた川のながれ」といへる唱歌をおし返しうたふ声の枕ちかく聞ゆ。よの常はさらにめづらしとも思ざりし『頼政』の謡も、三百里の遠き国に来りて、都の宇治の名の恋しきに、その声のだみもせで都の音にさもにたれば、頻に故園の情むねにせまりぬ。かの潯陽江上に琵琶を聞しむかしも、たゞ今の哀れにかくなるべしと、枕のもとの壁にふしながらかいつけゝる。

8147　目の前にちらつくや宇治のほたる火も

この一両夜のやどりは、まことにつくしの果とて、いぶせさかぎりなし。喰もなれぬ調菜をすへたり。

8148　やまもゝの山もりわびしやま折敷

矢上の宿より、天草島手にとるばかりに見ゆ。日見といふ峠を越れば、やがて長崎の津也。年比のむつびあれば、勝木氏が家に入りて長途の疲をわする。

暑のたへがたければ夕風にすゞまんとて、あるじの老人と共に大波戸といふ浜辺に出て遊ぶ。此津の有様、三方は山めぐりて、一方は海のさし入る也。女神崎より男神岩といふ迄は、その海東西たゞ三町あまりとかや。その間にもろこし舟をつなぐ。やがてその舟にのりて舟の中を見るに、舟板・帆柱の彩色をはじめ、菩薩棚のかまへまであやしき見もの多し。阿蘭陀人の居れる出島といふは色〳〵の幡を立り。門にはくろぼうといふもの、紅の布にてかしらをつゝみ、あらき衣をきたり。此国の人にかはりたる事、露ばかりもあらで、たゞ顔の色の常の人よりは黒く目の中にごりたるのみぞ、やうかはりてみゆ。楼の上には阿蘭陀人うるはしくしやうぞきて、玉うちといへる戯をなす。※

十八日、けふは唐人の諏訪の社へまふで遊宴の事ありとて、枕山老人の誘引にて、その宮司の書院に通りて見るに、華人五十三人居ならぶ。通辞の人をもて、かの地の土風をとふ。その座に年のころ廿ばかりと覚しき男の通辞に向ひて、予を「いづくの衲子にや」といふ。「洛陽の人也」と答しかば、ゆかしといひて、指にはめたる金の白き牡丹の花のかざりしたるをあたふ。その名をとふに、畳のうへに指して「十官」とかく。

8149　もろこしの事寐てかたれたかむしろ

といふ発句を、通辞の人してその人にかたりければ、うちうなづきてたゞ笑ふも覚束なし。また一人あり、この頃在津の唐人の中に能書の聞えありといへば、料紙あたへて我庵の名の「五升」といふ二字を書しむ。とみに筆をとりて書く。その名は西河王世吉といふ。いにしへ牡丹花肖柏が夢庵の字を仲和といふ唐人に書せて、「かしこしなもろこしまでも筆にさへきゝて染ぬる夢の庵は」と自賛せしにも、おさ〳〵おとらじものか。中に一人、衆にすぐれて背高く髭うるはしき男あり。此人は山西の産にして、関帝のうまれ出給ひし所也。されば、その地の人はすべてかく壮大なりといふ。此人、烟草を同行にくるゝとて「タイミンチンチンハウ」といふ。此辞は「大明のはよし」といふ辞のよし。すべて華人のならひ、草花を愛するとぞ、一間〳〵に花桶置ならべたるは、饗応のこゝろなるべし。

　なげ入や大和なでしこからあふひ　　桐雨

　まことに、見ぬもろこしの遠人に物語をし酒くみかはすなど、めづらしといふもさらに、このたびのおもひでなるべし。また聖堂を拝す。中門の扉は『大学』の一章を書り、呉人の筆とか。その文字の躰格清麗いふべくもあらず。此門を世に大学門と申とかや。堂の額は「万世師表」と有、唐人の書る也。祭酒向井何がしは、古人去来の令甥にしてもとよりしるよしのあれば、謁して落柿舎の物語にやゝ日もくれぬ。※

　一日、坡雲といふ人にさそはれて唐寺を巡拝す。興福寺は、隠元禅師の開基にして、諸堂すべて異国より材木をわたし、かの国の人の造りたるよしにて、我国の様にもあらず、結構たぐひなきたくみ也。海天司命とて、海上を守る神を祭る堂あり。衣冠の像にて、脇士は両童子有て団扇をかざす。階の下に鬼形の像たてり。右を千里耳といひ、左を順風眼といふ。また関羽将軍の像を安置する堂あり。関平因の君、かたはらに侍座せり。威厳生るがごとし。崇福・福済の寺〴〵ども、堂舎こと〴〵く興福に同じ。ひとり福済は石の門あり。また堂前の石欄干によれば、汀に唐・大和の舟ども様〴〵の幡を立たる様、島山のたゝずまゐ、海の面の鏡をかけたらんやうなる、その風景いみじき事、一幅の唐画を見るがごとし。

　わすれては唐かとぞおもふ雲の峯　　桐雨

西湖などいはむ所の風色にも過しものをと、帰るさを忘る。※

　またの日、梅がさきの大徳寺に遊ぶ。庭より唐人のやどる清館、目の下にみゆ。簟（たかむしろ）に座して琴を撫で居る、五柳先生ともいふべき老人あれば、欄干によりて書をよむ、東坡居士とも申べき学生有、牀几に腰をかけて妓女に向ひ盃を挙る、謝太傅ともおもはるゝ少年あり。奴と見えたるは、褌といふ物ばかりを着て、沓をはき水を荷ひ薪をはこぶ躰まで、のこりなく見えわたりぬ。祇園の社にならびて、清水の観音閣あり。その坂の半に芭蕉翁の尾花塚立り。かゝる波濤のすゐ迄も、風雅の余光の及びぬるぞかしこき。丸山といふ遊女町を通りけるに、唐人になれむつぶ女とも覚えず、いと艶にやさし。されど、うたふ声も引糸もさすがに都遠き音色ぞ有ける。その夜は餞せんとて、卓子(しっぽく)のもてなしに色〱のさかなをもとめ出て興ふかきにも、行先のはるけさをおもひわびて悲し。※

廿二日の暁、時津の浦より舟を出すに、風なくて舟の行事遅し。道をいそぎて嬉野の温泉の宿にとまる。※

龍王峠といふを通るに、時ならぬ鶯の啼ければ、

うぐひすよ音を入れに今帰りしか　桐雨

六角のわたしをこえて野を横に見わたせば、沃野千里の青田のけしき、また有べしとも覚えず。扇の風を命にして、行〱ば筑後川の岸につく。その水は宇治川よりもふかく青みわたり、ひろき事は大井川ともいふべし。岸のほとりは古川野辺ならねど、杉の木はやしをなせり。

8150　暑き日や千とせも延る杉のかげ

「君が代は限りもあらじ千とせ川」と詠給ひし所なれば、思ひよりたる也。

久留米の町を過て高良山に上る。坂の間長く、つゞらおりに足たゆし。玉垂の宮と申奉る、片田舎にあるべしとも覚えぬ壮麗の宮居なり。追分といふ駅を過るころほひは、家〱に蚊やりたきたつる程也。日くれて善導寺の門前に宿る。此所に平三郎といふ百性に、風流のしれものあり。ふるくしれるものなりければ、告しらせけるに、とみにその家に来りて夜更るまで語る。御堂は翌こそしるべせめとて、その夜はふしぬ。

明れば、かの男の案内に寺にまふづ。此寺は、我門の第二祖聖光弁阿上人の遺跡なり。この門流をくむを鎮西流とは申なり。諸堂軒をならぶ。上人の廟所はちいさき五輪を立て、銘に曰、専修念仏師聖光聖霊墓、正助行不退遂往生極楽と云々、古代の人の淳朴なる文章に随喜の涙を催す。※

廿六日、明はてぬに、村の男をやとひて筑後川をこし、松崎・石櫃にいづ。右の方に朝倉山あり。「木の丸どのに我居れば」と御製ありし天智天皇の行宮の跡也。

8151　昼がほや木の丸どのに似た軒ば

宰府をわきに見やりて、住吉の社に参る。宮居神さびて殊勝なり。むかし徹書記、今川貞世九州探題にて此国にありける頃、和歌のちなみによりて下向し、歌の道祈り奉らんたよりありとて、此宮ちかき所に庵をむすびけるとぞ。今もそのあたりを正徹潟といふ。

　かならず帰らん道にはと約したる事の有ければ、今宵は福岡に入りて梅珠が別屋に宿る。前には池水ひろく三伏の夏をわすれ、めぐりは草木を植て四季のながめを尽し、ゆへある様にしなしたる市中の閑栖なり。都にもかゝる住居はまれなるべし。あるじはもとより、家とうじも熊野三山のはるかなるまで参りたりし女なれば、旅のうさをもよくわきまへて、心ざしこまやかに日ごろとゞめられて心ゆくばかりなり。

　けふは六月朔日とて、人の許より氷餅を送られけるに、

　浦風にわすれて居たり氷室の日　　桐雨

家居のすゞしさと旅のこゝろをいふか。日数ふるまゝに、なを暑さのいやましければ、宇佐八幡・彦山の方もあやにくなれど、え行かで遺恨すくなからず。※

　三日、昼は暑のくるしければとて、うしみつ頃より出たつ。誰も〳〵別れがたくいひて見送らんとて、さゝべ荷はせ酒ひちさげて、うちざゞめきて追ひ来る。多々良浜にて、「いざ帰り給ひね」といへど、何くれといひて香椎潟までもしたひ来る。社頭は、磯ばたを五六町ばかり山の間に引入ておくまりたり。御社に参り見れば、瑞籬のまはり木深く草高く物ふりたり。祭る神は神功皇后とや。仲哀天皇、此地にて崩じ給ひし御棺を椎の木にかけしに、異香薫じけるより、香椎とは申よし。その木わづかに残れり。

　椎の木や若葉の中に匂ふもの　　桐雨

皇宮（后）、この行宮にて新羅征伐の事をはかり給ひて、是より軍だちし給ひけるとぞ。新羅より帰らせ給ひて、きり耳を埋し馘塚、鎧坂・兜塚の跡あり。此宮の綾杉は歌にもよみて、さる名木也。神主を武内宿祢と申て、その子孫とや。浜男町の茶店に別盃をくむとて、

8152　暑き日にはなれかねたり浜庇

友だちのよしみは中〳〵にて、たゞ所の様をおもひよ

れり。

　なまなかに結びてあつき清水哉　　桐雨

　はかなし言に我も泣ばかれもなくを、とかくこしらへ置て、東西に袂をわかつ。此人〱の心ざしのふかさは、此海にもおとらざるべし。

　これよりは山に入り海ばたに出て、青柳といふ宿に昼のかれ飯をくふ。老たる馬をかりて、その跡に付て宗像の方へ行。蓑生の浦を過るに、この浦に器水といふ好士ありて、度〱都へも消息しけるに、三とせばかりむかしの人となりぬ。世にあらましかばと、はやう住ける家の前を過るとて、世のはかなさもおもひしらる。松原はる〱とつゞきて、真砂路長し。赤人の「鵜のすむ石」と詠しあへ島もむかふに、鐘が御崎の岩うつ波もひゞくほどなり。惣じて此鐘がみさきとは、ある人の鐘をもとめて舟にのせ来りしを、海に取落したり。今も天はれたる日は、龍頭の見ゆるとぞ。

　此国に三はしらの姫神おはす。一はしらは大島とて、此浜辺にちかし。「誰をこふとか大島の」と、小弐の娘の詠し所也。また一はしらは澳（おき）の島とて、遙に二（虫、三カ）十里ばかりの沖にあり。今一はしらはこの宗像の神也。海のかたを向て山をうしろに、木だちしげり苔なめらかに、反橋高くかゝり、御殿・廻廊までふとしく立る宮どころ也。

　此御前に宋朝よりわたしたる石仏あり。うらに『阿弥陀経』を勒（きざ）めり。普通にはかはりて二十余字の文字多し。陳仁陵といふ人の書る也。石の色は紫にして光あり、玉石といふものならんか。神主にたいめしてその由来をとふに、いにしへ小松の内府、沙金を宋の育王山へ施財ありし時、その報ひとて『一切経』と此石仏を、はるかに平家ほろびて後、鎌倉の世となりて此うらにわたしたりしを、時の大宮司、此社に納め置しとぞ。さるにても善種は植べきものなり。その人は六百年のむかし語となれゝど、その福田はます〱さかへて特留此経の利益いちじるし。此大宮司の先祖は遠く宇多天皇の御子にして、それより家とみさかへて勢ひ隣国をうごかし、度々の戦場にも家名を落さず七十三代まで相続しけるに、ちかく天正のすゑ、氏貞といふにいたりて家絶ぬと言。

赤間より底井野を過て芦屋川をわたる。

8153 夕だちや一よにふとるあしや川

「水茎の岡の水門」と詠しも此芦屋の湊也。慈鎮和尚「もろこしの空もひとつに見ゆるかなあし屋の沖にすめる月かげ」。まことや、澳は雲と波のみにてはてもなきを、むべも詠み給ふたりと覚ゆ。古き詩歌も、その境その景を見ずしては、古人の心を味ひがたし。「浪かけの岸」ときくも恐ろしき荒磯なるべし。

小倉の府にて難波への舟もとむるとて、舟宿のいとせまきにありて、あつさいとゞくるし。此所にも祇園会とて、風流のはやし物あり。

帆ばしらを鉾のながめや祇園の会　　桐雨

とかくして津の国の舟の来れるをかりて、ともづなをとくは、六日の暁なり。我山・素蘭といふもの心ざしありて、舟路なれど馬のはなむけす。同船の人は、肥後の国に長尾といふ検校と高野山の使僧に、京より薩摩へ通ふ商人なり。その夜は、豊後の国かゝりといふ浦辺に碇を下す。宵月入りて海のうへくらく西東も見えず。友舟とてもなく、いとゞすさまじくて、舟の底にかしらをつきあてゝうちもねぶらず。苫のひま白くなるまゝに、景色よしとて帆をまく。

周防の三田尻・向島を跡に室積の浦を追ふ。されば性空上人の、生身の普賢菩薩を拝み奉らむと祈誓し給ひけるに、「此津の長者を拝めよ」と告の有ければ、やがて長者が家に行向ひ給ひけるに、長者出あひて酌とり酒をすゝめ奉るとて、「周防のみたらしの沢辺に風の音づれて」とうたふに、上人目をふさぎて観じ給へば、普賢大士白象にのりて見え給ひけると聞ぞ有難き。今も此津はあそび者共多しとや。鼻のさきの赤くて普賢菩薩ののり物に似たる女はありとも、端厳柔和の相なる傾城のあるべしとも覚えぬ島山なり。岩高く松ども老かゞまりておもしろし。日くれて上の関にかゝる。爰にも室の津といふ湊あり。※

朝くもりぬれど、潮につれていづ。かぶろといふを漕過て、伊予の長島を通り、名もしれぬ島かげに釣する船にもやいて、一夜を明す。明ぬれど、東風吹てさまで行ず。あまさへ雨降、神なりて、楫枕いと恐し。泊れる所をとふに、安芸の御手洗といふ水むま屋なり。「飛がごとくに都へもがな」と詠し、かひなき詞もおもひいづ。※

けふもきのふのやうなれば、舟出さず、おなじ所にとまる。泊船寺といふにのぼりて、つれ〴〵をなぐさむ。うかれ女ども浜辺に出て舟をまねくもうらがなしげに聞ゆ。

夏の夜の寐ざめも長し舟よばひ　桐雨

日もにしに入かゝるころ漕いでゝ、はなぐりといふ浦に舟をつなぐ。此海のほとりは、所〳〵に城の跡あり。わきて強盗島といへる島山は、土丸櫓・石垣のかたちそのまゝにあり。これは中ごろまで海賊といふもの楯こもりて、沖通る舟の帆綱を弓をもて射きりて、その舟の財物を奪ひけるとかや。かゝる御代とて島山のかげまでも、何しら浪のかゝるべき恐れもなき四恩の中にも、国王の恩のふかさをも、旅のそらには一しほに思ひもうけてかたじけなし。※

明る朝も船の出がたしとて、此浦にかゝる。夕べ、岩木のほとりをゝふて、ゆげといふ浦の芦火のかげをちからに泊るに、塩やくけぶりさへたえてさびし。

8154 夕ぐれや蚊やり幾すじ浦の家

明れば十三日、順風になりぬとて、舟子どもいそがはしげにはしりまはりて、帆を八分といふばかりにあげゝれば、思ふ方の風そひて舟の行事すみやかに、片時の間とおもふに、備後国あぶとの観音をも遠ざかりゆく。鞆の津の泉水といふ景地を左に見る。海の中へ出たる山に、松の色、巌のかたちまで、わざと造りいでたらん仮山ともいふべし。あはれ、絵にうつさまほし。

8155 よき程に山をならべて夏の海

「景にあふて唖のごとし」といへる如く、かばかりの景に、発句のつたなきぞ本意なし。讃岐の塩飽といふ浦山も跡に見なして、日中に丸亀につく。※

金毘羅権現は海の上を守り給ふ神なればとて、同船の人〳〵と共に参る。道のほど百五十町余りとか。弘法大師誕生し給ひし屛風が浦・弥谷・善通寺も近しとぞ。左の方に飯の山あり。さらには山(端)もなくて、よくにたればとて、讃岐富士と申とか。さても此御山のすがた、象といふ獣の頭に似たれば、象頭山と申ならん。宮居の厳重なる、申も愚なるべし。此御神は、今の世に都鄙をわかずこぞりて崇敬し奉る御山なれば、参詣の人、袖をつらねて道もさりあへず、山下に市町ありて、都のおもひあり。崇徳院の白峯の御陵・八島の浦も見ありかんとちぎりしに、心なき水主楫取の「風のかはらぬうちに急ぎ給ふべし」といふに、心あはたゞしく見ずなりぬ。丸亀の磯に乗捨し船にうつる比は、城の四ツの皷うつころ也。

　一日の道にこうじて、舟の行事をしらず。島山に鳥の啼声に驚て、手あらはんと苫を上れば、東かと覚えて横雲のたな引を、「何所にや」と舟人に問ふに、「都女郎」とこたふ。その名のおかしげなるに立上りて見れば、ほの〴〵明ゆく海の面に、大きなる岩の波の色にはへあひてうつくし。

8156　帷子のうしろすがたや水浅黄

かなたは備前の小島、こなたは小豆島なり。牛窓の浦は神功皇后御舟出の時、大なる牛の御舟をくつがへさんとせしを、住吉の明神の取て投させ給にし牛の、島のかたちとなれりとぞ。「牛まろぶ」と書べきをあやまりて、今のやうにいふとなり。ひが事にや。

　追手の風ゆくりなく吹ば、虫明の迫門、いつとなくこへて、赤穂・室の津も見る間に行。絵島は一点の刷毛を引し如くなり。高砂の浦・明石潟と数ゆるうちに、にし須磨の汀につく。折ふし鳴戸の潮さし来りて舟行ねば、此渚にたゞよふ。こよひは殊に月くまなく、海の上なぎわたりて、雲も海の底もおなじ如くにきら〳〵しく、遠望たぐひなし。わざとも来べき須磨の月夜なりと、舟の舳に苫うち敷てみれば、家〳〵に芦簾かゝげて男女うちむれ物かたる様も、何となふ哀れさに催されて、

8157　月を見る風情やすゞむ海士が軒

海の面、もの一つなくて、此島の名ごりなく見えわたるを、

月すゞしうごくばかりに淡路島　　桐雨

和田の御崎に舟をよせて帆をこしらへ居けるに、此ごろ、世に伊せの御神へぬけ参りといふ事のはやりて、五畿七道の老若うちゆすりて詣づる事の有と聞しにたがはず、夕べよりこの浦辺を通る人もおびたゞし。爰に年のよはひ十ばかりなる赤がしらのわらはべども、此舟にうち向ひて「しかるべき御慈悲に難波の方迄のせてたべ」と手をすりていふ。あらけなき男どもゝ、さすがに神の御事と申、かつはいはけなきものゝ情なしとやおもひけん、やがて舟にいだきのせていたはれり。所を尋るに、「備後の国のものにして、手習ふとて師の許へ行道にて、頻に伊勢といふ国の方恋しくて」などいふ。有がたき我国の神の徳にこそ。やがて難波の津、湊橋といふに着て、

　水鳥の巣を出しけふのおもひ哉　　桐雨

誰まつべき草の戸ならねど、たゞ都の空恋しく、また淀舟に棹さして東山の庵に帰り、ひとり窓のもとに、越へ来し八重の潮路のはる〳〵なるをおもひ出て枕をそばだつれば、

8158　すゞしさや浪にはあらで竹の音

此一冊は、去年の夏、つくし一見の時、五十（ママ）余日のあらましを、同行の蝶夢法師の筆まめに書留られし物なり。或は笠提て立出し野山のおもしろさも、或は苫をかぶりて臥たる海のうへの哀なるも、まのあたりにふたゝびその境に遊ぶ心地して、頻にこしかたのなつかしければ、同志の人にも見せ、かつは吟行のたよりともなるべきものをと、明和辰のとし、春雨のつれ〳〵蓑虫庵の窓の下に、桐雨書。

橘屋治兵衛梓行

養老瀧の記

養老瀧の記（外題）

まち〳〵し月の夜ごろもすぎ、あたり隣の家〳〵にうちたつる砧の音に、いとゞ露けき草の庵とはなれるものから、例の秋このむ心うごき出て、あはれ三日四日ばかりの旅せんをとおもふ時しも、丹後より登り来ぬるをのこのあるに、それに蓑もたせて足のむかん方へ行んと、京よりは東に向ひ、逢坂の関山こえて大津にいづ。

そこの浮巣庵に立よるに、壁に絵なんかけたり。おもしろき瀑布のもとに、柴人のいこひてながめ居るさま也。「こは何所の景ぞ」と問ふに、「さは美濃の国の養老といへる瀧の図とて人の写しえさせし」といふに、おのれ、「としごろ見たしと思ふ所なり。さらばその瀑布を見に行む」といへば、いほぬしの入道も同じ心に「行め」といふまゝ、とみに山田へわたる舟やとひて水うみを横さまに海道をゆく手に、愛智河のうまやの長が家の前をすぐるに、長が見て「いづくへ」といへば、しか〳〵といふに、「我をも具してよ」とともにゆく。

みのゝ国に入ては、不破の関には荒にし後の秋の風をきゝ、野上の里には結びし露の草をふみわけて、高田といふ里にやどる。あくる朝、かの瀑布ある山のかたへゆく。道のほど小松生ひたる芝山をたどり、真砂きよき谷川にそひて、のぼるともなく山の尾をかいめぐれば、やがて瀧のもとに来つきたり。なべて世に瀑布おつる所といへば、かならず物すさまじき深き山、かすかなる谷にて、木草うちおほひてくらく、昼といへども申の刻すぐれば人行ずなどあなるものを、この瀧はさるばかり遠く分入るにはあらず、もとより瀧つぼのあたりはれやかに日影さして、そのあたりの木の葉も草の花も照かゞやき、瀧の水けぶり、木草に露をおきてうるはし。瀧の高さは宮古ちかき箕面の瀧をうち見るやうにて、たゞ一すぢに落下るは、目もあやなるながめもの也。かくばかりおそろしげなき瀑布なればにや、大むかし元正天皇と申せし御門、御幸なさせ給ひて、この泉にて御面を洗はせ給へば、なめらかにならせおはしまし、または人の白き髪黒くなり、くらかりし目あきらかになり、もろ〳〵の病いえぬとて、其代の年号をも「養老」とあらためたまひしとぞ。げにもその瀧のながれのいさぎよく、うまき味ひありて、おのづから齢ものぶるこゝちぞする。

8159 養老や歯のなき我も水むすぶ　　髭風
衿寒し老が目にふるたきの花
瀧津瀬もたゆむ音なし秋のかぜ　　其白

かたへの岨ゆく山人の老たるが、いと軽げに柴荷ひしを見て、

尾花かる翁よ瀧に幾代へし　　仮興

養老寺は山陰に、かたのごとくの草堂あり。住む人とては、あさましげに老たる法師と、おなじころなるおうなと居たるが、ほうしは山根の榿つみて籠に入てもちたり。嫗は谷水に桶ひきさげて衣すゝぐ風情也。「所がらに老人の多さよ」とおぼゆ。

山を下りさまに、木立の中にほのかに家の棟二つ見ゆ。よりて見るに、この瀧のすゑを、「菊水といふ薬のいで湯なり」とちかきころよりいひ出て、その水を湯にわかして湯あみせさする湯舟と、ゆあみする人のやどるべき家也。「めづらし」と見によるに、奥のかたには糸のしらべたえ〴〵にみねの松風にかよひ、はしのかたにはみやびやかなる女の、うちとけすがたなるあまた欄(おばしま)によりてつら杖つき、麓の花野の千ぐさに思ひみだれしありさまは、「山里の興さめぬ」といぶかれば、近江のをのこのさかしらだちて、「これなむ、湯あみのまらうどをなぐさむる、あそびどもなるべし」といふ。「白波のよする渚にはふらかし」とこそ聞しを、けしかる山の中までもとあはれ也。

さてもきのふ来し道に、垂井の駅をすぐるとて、君里先生のかくれ家をとふに、門はさして札をかけたり。「盗人殿御入御無用に候。書物・夜具・鍋釜之外、銭金一切無御座候」とあり。この先生はくじ(孔子)の道をまなびてさる博士にておはす。ふるくかたみにおのれをしりて、

二なき遊びがたきなるを、あはでむなしく通りしを、今日思はずも瀧の麓の里までおひ来り給ふぞ、まめやかにかたじけなき。「いざともに其家にいざなはむ」とあれど、近江の人は世の事おほかる身にて、日数かさねんことなしがたしとて、こゝより別れて関のかたへゆく。おのれらは垂井にやどる。

その朝は杜柳などいふすきもの、先生とおなじう案内して、松立る美のゝ御山の社より、神の代の喪山・藍見河をたづね、青野が原に熊坂の物見の松、青墓に朝長がしるしの塚をさがし、笠結の里にいたる。この里はありとある道の記に書し所也。

そこを過て、赤坂のうまやにつきて、竹中氏が許にやどるに、何くれともてなしのあまりに、「ついでよければ長等川の鵜飼見せ申さむ。いざ給へ」と、あるじのゝしりてさきにたちて行。こゝより五里のほどゝいふ道に、おほきなる河いくつともなうわたる。糸貫川などこそはさる名所の聞えあるを、岐阜の市に入りて便よき宿をもとめ、その家のうしろの河辺に出て、その事見むあらまし也。

こよひは九月二日の空くれわたりて、星もまだ数ふるばかりに出もそろはで、おぼつかなきころほひなれば、川の面まくろに西東もわかず、されど其ひろさは勢田のわたりばかりとぞおぼゆる。その岸につきて舟をつながせ、それにのりて川の上の方を守り居れば、やゝありて、月の山の端にゝほひ出たらんやうにあかしよ、と見るうちに火影の水にちらめけるは、はや七艘の鵜舟の、河の面せましとさし下し来れるなり。

影長しはや瀬おちくる鵜の篝　其白

ちかくなるまゝに見れば、ならびたる舟のさき毎に篝籠さし出して、かゞり火を焼る也。その影、空にうつり水をかゞやかして、河隈の笹の根、蘆の穂のそよめくまで、いとよく見えぬ。その影に鵜つかふ人立り。かしらは布もてつゝみ、腰には蓑をまとひたり。左の手に十二筋の鵜縄をもち、右の手して、鵜の鳥の水の面をかなたこなたへゆくにしたがひて、その縄をみださでもちかふ。あるは水底へ入ればその縄をながくなし、魚を取て浮めば其縄をみじかくなし、其鵜を舟ばたに引上て、觜にくはへしいを〻吐して、また鵜を水に放す。そのひまには篝の籠をうちふるに、火くづ、水の上に散て花火といふもの〻水にほとばしるがごとし。その火影によりて、十二羽の鵜どもの我おとらじとむれさわぐさま、いさまし。

8160　篝ふるかたへ向けり鵜のかしら

夏の夕べみしには、ひときはけしきことにおかしとて、

ものすごき秋の火影やうかひぶね　蘭戸

舟のしりへには、棹さすもの二人づ〻ありて、声たて〻よばふはいを〻おどろかすとぞ。かく見るまもあらぬに、舟は矢をいるがごと、はるかに川下へ下りて、さばかりあか〻りける火影も見えずなりつ〻、今までま昼のごとくなりし河のおもて、たちまちにくらく、星のひかりのみうつりて、さびしげなる秋の夜川とはなれりけり。

8161　ものはかなうぶねすぎゆく跡の闇

されば、めふるまにうつりかはれるを、この世のさまとも観じたまひてや、「おもしろうてやがてかなしき鵜舟哉」とは、むかしもくちずさみ給ひけめ。

その明の日は、河をこして、鵜遣ひの住ける長等の里に行て見るに、夜べの舟どもは門の前につなぎすてたり。

朝寒や鵜ぶねにのこる炭の折　其白

鵜匠何がしが家にさし入て、あたりを見るに、

8162　鵜縄ほす垣のしづくや花木槿

この花につけておもふ事あり。おほかた世の人の時にあひて、官位・俸禄おもふま〻に奢りをきはむるうへをさへ槿花一日栄とはいふなるを、世のいとなみならんには、仏をきざみ鐘を鋳てもすぐべきを、わづかに其身をやしなはんとてかぎりなき殺生の業をなす事の、あまりに心ぐるし、と見るま〻にいふなるべし。あるじの老人にあひて、鵜つかふことのくさ〴〵尋問に、白きかしらうちふりて、したりがほにかたるもかたはらいたく、後の世の事など露しらぬさまぞ便なき。

そも鵜飼とまうすことの、わが国のはじめより鵜飼部といふ姓あり。もろこしの書にも、此わざの我国にたくみなる事をしるしたれば、ゆゑあるふる事なめり。まして古き和歌にも数しらず、公事にも都のにし河・東河に

鵜飼ありて日ごとの供御にそなへ奉りし事あなるを、いつの比よりかその事すたれて、今の世には、この国の此河のあたりならでは、かゝることなせるをきかず。まことにあがりたる世のなごりを見るのひとつよ、と心とゞまりてこそおぼゆれ。

　ながめはてゝ、もとの赤坂の家にかへりけるに、秋の雨しとゞにふりいでゝうそ寒ければ、あるじの心しりが、旅ごろものうすきにものうちきせ酒あたゝめてなぐさむるに、おのれは京物がたりしいでゝ、かの」9渡のべのひじりならねど、

8163 雨にさらばますほの薄はなしせん　蝶夢
秋まち得たるわが家の窓　蘭戸
貢する駒の月毛も衣着せて　其白
まだ横雲のそらくらきころ　夢
川向ひ放下の太鼓うち出し　戸
むきあましたる葮からげおく　白」ウ
二つまでづしより落る鼠の子　夢
通りのたえて雪のちりしく　戸
行かたを占ふて見るうきおもひ　白
つげの小櫛の髪にかゝりて　夢
板の間を蝿とり蜘の飛ありき　戸
竹のあちらは菅原の宮　白
ひろふたる帋重たく捨たうて　夢
さい〳〵ものをことづかりけり　戸」10
立のぼる湯気あたゝかく風呂に入り　白
有明あかき正月のすゑ　夢
花もなき山もゆかしう道のつき　戸
からげし裾へためるくこの葉　白
名 六はらで舞しむかしのはづかしや　ゝ
ともし火あふち障子うつ風　戸
啼てより啼て崩るゝむら千鳥　ゝ
神かへりますしるしなるらむ　夢」ウ
にこ〳〵と日のめづらしくさしかゝり　白
さらばと市女笠をまゐらす　戸
恋路にはかゝるためしも有ぞかし　夢
古き草紙にのりしふる塚　白

花むすぶ隠元豆のもつれあひ　戸
しばしきらめく宵のいなづま　夢
月による連歌の友の墨ごろも　白
たゞ汁の実の工夫するなり　戸」11
赤壁にものゝきたなき漏の跡　夢
十代つゞくこゝの山伏　白
世のためとをしまで薬施さる　戸
めな牛ならぶ町の入口　夢
松こもる中から花のにほはしく　白
うす紫に霞はれゆく　戸」ウ

秋も九月のはじめ、都の幻阿大とこ、わが家に旅寐したまひしが、「これより伊吹の山ぶみして山路の菊見む」と出たちたまふけるあとに、硯の中に書捨給ふものゝありしを見いでゝ、友にも見せましと、赤坂のうまやの蘭戸うつす。」(跋)」ウ

よしのゝ冬の記

よしのゝ冬の記（外題）

としごとの紅葉の秋は、いなり山のまだ青かるころより、高雄・小倉のやま〳〵、八しほ・神楽の岡のべまでもながめありく事なるに、ことしは何がしの僧都御房が、よしの・かづらきのあたりの紅葉の山ぶみの先達にやとはれまゐらせて、宮古を出るとて、もみぢ狩の首途にまづ通天の橋ふみとゞろかし、くれ行秋の水につれて難波に下り、神無月三日といふに、つのくにと和泉のさかひにいづ。

茅渟(ちぬ)の浦辺の呉逸がかくれがをとふに、あるじのいふ。「この四日いつかさきに、牛瀧山のもみぢ見にまかりし。今はひとしほの色まさるらむ。こよひはとまり給へ、明日案内しゆかむ」といふに、「いとよき事なり」とてや

がて浜の方にいでゝ、須磨のうら・淡路の島山ながめくらす。（底本改行、以下、※印で示す）

四日、まだしのゝめに百舌野の陵の方見めぐらすに、くらうこもれる松のまに〲もみぢせし梢はつかに、信太の杜、千枝も色づきて見どころあり。臥石の池をすぐとて、

8164　しぐるゝや落せし跡の池の草

行道のむかふさまより、菅の小笠に紅葉かざし来る旅人あり。ちかくなるまゝに見れば、武蔵の国より都の春秋見むとてのぼりゐる、秋篠の久樹といふをのこ也。「こはいかで」と問ふに、「この朔日ころならむ、醍醐・笠とりのほとりのもみぢにあそびて、むかしいまの歌ども思ひ出る中に、

ゆきて見てもみぢをわくる秋しあらばなにうしたきの山遠くとも

この御歌に、しきりに其山のなつかしく、我にもあらでひとり此国にくだりて、きのふより今朝まで心ゆくばかり見て、今かへるなり」といふに、「いかで見すてゝは、ひとり都へかへらん、東の人のこゝろづよさよ」といふに、「さらばぐしてゆかむ」と、例の紅葉の笠うちかぶりて引かへしけるは、「梶原太郎といふ兵が、こをばい（紅梅）さしかざして、二度のかけしたらむ面影なれや」とうちざゞめく。

今は四たりにさへなりぬれば、道のほどおのがさま〲かたりもてゆく。牛瀧にては、久樹がやどりし本坊といふに入る。「ゆふべのもみぢみむ」と上の方へのぼるに、谷の道もせに紅葉の枝をかはし、瀑布の水、そが上に横をれ落るは、紅のきぬに白糸みだし懸たらむやうなり。日ごろながめし人だに有を、はじめて見る目もあやなり。そのかみ役の優婆塞、山をひらき給ひしところとぞ。この瀧のもとにて、慧亮和尚とまうせしげんざ（験者）の、威徳明王の法行ひたまひし時、青き牛の現じけるより、牛瀧とはいふとなむ。山せまりたる中に、堂塔、建ならびたり。夜更わたりて、こと〲とものゝ音するを「なぞ」と見るに、茅渟男の、拾ひしもみぢ葉を囲棋の盤の上にて、ふところ紙にうつし擣（うて）るなり。碪きくこゝちし

て、旅寐の輿をそふ。※

五日、朝まだきに寺を出て、山また山を河内のかたへこゆ。父鬼とかいふ里まで送り来て、茅渟男はわかれて帰る。天野山とまうすは、真雅僧都の開基にて、堂あり塔あり、中にも南朝の行宮の跡なるは、そのかまへよのつねならで、檜皮もてふける。三つ葉よつばに御階まうけて、月見殿などまうす所のあなる、おくまりて御燈の影ほのかなるを、

燈青し冬がれわたる殿作り　其由

中殿燈残竹裏音と、この国のはかせのつくりし言葉にゝたりや。この山にて、其世のみだれたるをりに、

君すめば峯にもをにも宮ゐして深山ながらの都也けり

治れる今の時におもひあはするも、もたいなし。天野酒とて、寺に酒を醸するわざをせしも、今はさる事はせざれど、なほ僧房六十余宇残れり。

三日市のうまやに出て、観心寺にまうづ。この山の開山実恵僧都を「檜尾の僧都」と申せしも、山を檜尾といふゆゑならむ。堂舎、甍をならべ、僧の室四十余あり。楠判官が建し塔、草もて葺り。後村上天皇の陵はうしろの山に、正成朝臣のしるしは山の下にあり。この夏、四百五十年にあたれりとて、木塔婆立り。当寺は楠氏の菩提寺にて、籠城のころは妻子・所従をかくし置れしとかや。葛城の麓にて、紅葉の木々色をあらそふ。

8165　幾めぐりもみぢをふまぬ道もなし

雨のふりいでにければ、門前の家にやどりもとむ。※

六日、曙ちかく雨はやみぬれど、名にしおふかづらきや高間の山の嶺の白雲たちもさらず、おぼつかなくも千早の城墟に分入るに、礎ところ〴〵に、呉子・孫子まつれる小祠のあたり、日ごろは木草の高かるも枯つきて、あらはによく見ゆ。楠公の首塚は敵の陣より、むなしき首をおくりしを埋しあとゝや。

さかしき道をよぢのぼりて、金剛山の大宿坊にいこふ。当山は、法基菩薩とまうす仏ぞいます。観世音・地蔵薩埵とは常になれ奉りてしたしき思ひをなすに、聞もなれぬ御ほとけの御名、かゝる御山にては猶も心あらたまり

てたふとし。鎮守は葛城の神とて、物はぢしたまひぬる一言主とぞ。山上いと寒く、昼笥くらふに手かゞまりわなゝく。

東の方へひた下りにくだりもて行ば、小春の日影のどかに、大和の国、足の下にあり。からうじて高間彦尊の社に下りつく。高天寺は、鶯の歌よみしところなり。ちひさき山〳〵を爪下りに下りもて行て、とある里の稲とりちらせし門に宿をこふ。里の名を薬水となんいふ。家のめぐりをながるゝ水に籬の菊のおほひかゝりて、影をひたしたるを汲て飲は、かの南陽県といひしところのためしなれや。

8166　菊も残り人も老せぬ山路かな

七日、くらききより松ともしてゆく。吉野河の下淵に出れば、霧こめたる河づら、余の川ともおぼえず。

冬河や筏すわりてもぢりかく　其由

六田の柳かれはてゝ、並木の桜もみぢ、かつ〴〵に散のこれり。蔵王堂の前、いつも花の宿とたのむ林が家にたちよる。此あたり、隣の家〳〵みな蔀(しとみ)下して売かふわざもみえず、院〳〵は門戸とぢて鈴の音だに聞えず、まことに吉野の里びたり。

雪やまつ戸もさしこめてよし野人　其由

たま〳〵往来ふは国栖や夏箕の山人ならむ、柱木を眉のうへにいたゞきし女、杉皮を肩にかけたるをのこのみ。子守勝手の霊社に宜祢(祢宜)が鼓の音なく、蹴抜安禅の宝塔も山伏の護摩たく煙たえて、六田より百町が間は、たゞひたぶるの木の葉の山なりけり。およそ此山の花は、山口の花散れば奥山の花さかりにして、春とこしなへなるものを、

8167　落葉には奥口もなし山ざくら

人の世にある貴賤のしな、老少のわかちもかくのごとく、もろく散る木の葉にかはらぬは死の道ぞかし。

とく〳〵の清水がもとは、春の花に酔ふ人もゆめをさまして、こゝろの濁りをすゝぐならひなるに、まして冬の山草かれわたりて、一きは水の白玉清く、「やがて出じ」と行ひすまし給ふける西上人のかしこきあと、身にしみておぼゆ。久樹がひねり出せる、

もみぢ葉のつもる苔路の跡とめてよしの〻おくの庵
をぞ見る

庵にちかづくに、人あまたが声したる、あやし。山姫・天狗といふもの〻深山にはあなるときくに、とむねつぶれておそろしきに、さにはあらで、杣人どものあつまりて谷の木を引とて、苔清水をはるかに筧にとりて湯わかし、物くらふなりけり。僧都のいふは、年月、心にもあらで公武の門にはしりて沙門の本意をわすれしも、まのあたりこの庵に来りて、上人の籠りおはしけむかたじけなさ、此身のあさましきもおもひくらべて、汗あゆるま〻にとかく、

清水煮て我さへしばし冬ごもり　其由

人〴〵まどゐし榾うちくべて、山踏の寒さをわする。強力をのこにもたせし竹葉（ささ）とうで〻酌かはし、杣人にもす〻むるに、二なうゑみまげたるに、「桜の枝きりてえさせよ。杖にせむ」といふに、つい立て後の岨に入りて伐てあたふ。「この山のさくら木は、神のをしませたまひていむことなり。かならず里人にな見せたまひそ」といましむ。

如意輪寺は、花さける弥生の空だに山陰のいとかなしげなるに、松・杉ふき下す風、もの凄し。南帝の陵は、めぐりの石の瑞籬もたふれて、かれ萩・かれす〻きところせげなり。御墓は都のかたへむかひてつくるべし、と後の御事まで罪深くも思しおきてし遺勅有しとうけたまはりつたふるに、かしこけれど思ひ出奉り、今更にかきくらされ、鳥居の前に膝をりしき、苔に涙の露うくばかり立もえあがらぬに、吉野三郎の鐘聞ゆるにうちおどろきて、「さのみやは」ともとの宿にかへる。

宵月くまなく戸のひまもるに、家の下にからころとうつ槌の音に、

みよしの〻山の秋風さよ更て古郷さむくころもうつ
也

と、久樹がふるきうたずしぬるに、

砧うつて我にきかせよや坊が妻

とかたりつゞけて、目もあはず枕もたげて、今日見し景色を思ひつゞくるに、

外山なるまさきのかづら色づけばよしのゝ冬の奥ぞ
しらるゝ

三芳野の花は雲にもまがひしをひとり色づく嶺のも
みぢば

苔むしろ青根が嶽も見えぬまで紅葉散しくかみな月
かな

これらの歌ども、よくもかなひて、さらになにいふべくもあらず。

猶しづかにおもひかへすに、なべてこの吉野やまはことあたらしけれど、咲出る花の白雲とまがふより、散をはる梢のあを葉になれるまで、ひとへに春の山とのみもてはやし、千本の陰に舞うたひ、遙か谷に詩作り歌よみあそぶ。これらはこゝろある人の上にして、それよりしもつかたは、夏山・秋やまと名付て、御嶽さうじ（精進）の同行等が篠掛に檜杖つき、ほらの貝ふき立たるいかめしさ、あるは順礼・道者の笠にも背にも文字書たるものを着つれて、えもいへぬひなうたさへづりゆくこゑさわがしうひきもきらで、「みよしのゝ奥たのもしきすみか」など慈鎮和上のうらやまれぬるも、「篠ふく風を身にしめて」と頼政卿のなつかしげにながめ給ひけむ風情もなく興さむるものを、こたびはじめてこの冬の山に入りてぞ、時雨ふりおけるならの葉のふるき『万葉集』のあがりたる世、『新葉集』のすゑのよのあはれなるくさ〴〵も、心にこたへおぼえける。

8168　こゝろあらば炭竈つくれよし野やま

こは、今の風景をや見たりけむ。

歌書よりも軍書にかなし吉野山

とは、此山のふるごとよくもしれりよ、とぞおぼゆる。まことに世の中の花にもよらで、よしのゝ芳野なる有さまこそ、この頃日にありけれと、思ひさだめぬ。

8169　人目かれしいまぞむかしの吉野山

八日、宿のあるじにまたこむ春をちぎりていでぬ。桜の渡しをこえて、またも山路に入る。高取の城の高からぬまで高くのぼりて、多武峯にいたり、増賀ひじりの跡をたづぬ。げにもふかく名利のちまたをいとひて山籠りしたまひし所とて、岨道とほく行て、山かげの瓦ふけるものゝ中に五輪の石をかさね、石のおもてに「南無増賀上人」と書たるも、目なれずありがたし。さばかり赤裸になりて遁れおはせしも、廟は紅葉のにしきもてつゝめり。石の階なゝめなる左右に、菩提樹の老木立ならびたり。その実の落しを拾ふに、このひじりの道心をもとめ給ふあまりに、後の世におのれごとき無慚愧のおろものにをしへんとて、かゝる木をや植おかせたまひけんと、古徳のこゝろざしに随喜のなみだせきかねて、

8170　さかせとや木の葉にまじるぼだいの実

一山の境致のおごそかにきら〳〵しきはめづらしからねど、社頭・仏殿の丹青を尽せしに、紅葉のうすく濃く照そひたる、夕日さへうつりて目まどひす。「こよひは初瀬籠りせん」と足をそらに行けど、冬の日のならひ、かいくれて月影とゝもに泊瀬の川岸にやどる。※

九日、子の貝ならんか丑の貝かしらず、ふく音に寐ざめぬるに、また撞いだす鐘のひゞきの籠口(こもりく)にこもりて、たへに枕の上にきこゆ。この山を豊山といへるも、霜おく夜半のかねによしあるにこそ。「もろこしの遺愛寺鐘欹枕聴の句も外ならず」といへば、僧都も「さればこそ、〈夜ふかき月にすましてぞきく〉とこのかねの音をよみしも有けり」と、長物語しいでゝ明ぬともしらぬに、宿の女のけふときこゑして、「飯まゐらせむ。おきさせ給へ。御僧達」と呼ぶにあはてふためきて、久樹が何とやらんつらねし言葉もわすれにけり。

観音堂にまゐるとて廻廊をのぼるに、山の紅葉の雲井の寮にさしかゝる朝日に、二本の杉の寮の陰までもかくれなく映じて、はえある朝のながめなり。堂籠の人の局にはなひる音さへ物語めきたり。「味酒の三輪よ、石上布留の社よ」とをしへゆく。人丸の歌塚の(脱カ)禅師にこしかたをかたりて、南都に入て、猿沢のほとりの家にやどる。「立出て池の月見む」といひし誰もかれも、つかれてやいぎたなし。※

十日、旧都に心落ゐて朝います。東大寺のうしろ弱草山と三笠やまの谷間の紅葉、此わたりの人の「洞のもみぢ」といひはやすに行て見る。「手向山のもみぢ」とよめる名所なるべし。春日の社は造営の事あるころにて、

木だくみよりはじめ、おほかたの下職のものにいたるまで、みな烏帽子・素襖きて立ならび、そのわざ〳〵をつとむるさま、こたい(古体)にすさうなるふるき絵まき物見るがごとし。そが中に鹿どもの、人おそるゝ気もあらでうちむれたる、優にさる神のおはすところとはみゆ。

8171　昼となく神の留守もる鹿さびし

僧都は興福寺の用の事なす間に、久樹と南大門の前に芝ゐするに、佐保風いと寒し。申すぐるころより西の京へいくに、寺〳〵ははや堂の扉さして御仏をがむべきやうなければ、鼠のくひあけし穴より覗て、「にし寺の老鼠」とうたひつゝ郡山の城のもとに草枕しぬ。

十一日、法隆寺の西里に出て、龍田の新宮にまうづ。いにしへより紅葉の名だゝる所なれど、たゞ諸木の色をいふにて、世人のいふ、かへでのもみぢはすくなし。龍田川あなたに見やりて、

散もみぢおくの龍田はしぐれふる　其由

片岡の達磨寺にて、思ふ事あり。この二とせばかりは、稲草みのらで都のうちさへうゐ人多くいできて、世の中しづかならざりしに、この秋は穂にほさかえて、宮古もひなも野に抃(てうつ)ばかりなり。されば、この寺のほとりにも、あはれ親なしと見るべきかたゐもなし。朝の原も夕ぐれかけて、当麻寺より河内の国なる春日部に宿かる。

十二日、けふなん難波津にいらんと思へば、いそぎ出て明ぬからこゝろもとなきに、御墓山めぐり、誉田陵・道明寺もはしり過て、日影の午にかたぶくころほひ、四天王寺につく。この日は芭蕉翁の正忌にあたれば、勝曼坂の塚にまうでゝ、道すがら拾ひ来りしもみぢ葉、ちらしてたてまつる。

右の一冊は、先達の蝶夢幻阿仏の日記なり。よしのゝ里の砧、はつせでらの鐘のかず〳〵までかぞへて筆にしるせしを、難波のあしのかり屋の蘆火のかげに、其由うつす。

とほたあふみのき（遠江の記）

登宝当安布微農伎（外題）

浜名橋古図

『三代実録』曰、
陽成天皇元慶八年九月朔、遠江国浜名橋長五十六丈、広一丈三尺、高一丈六尺、貞観四年修造。歴二十余年、既以破壊。
勅、給彼国正税稲一万二千六百三十束、改作焉。

天明六丙午秋九月朔、応　幻阿老師索、臨摹
海棠思孝識。（印「三熊思孝」）

〔コノ位置ニ、下段ト次頁下段トノ挿絵四面ガアル。〕

ふじの山見むとて、とほく遠江の国まで下りけるに、をりふしの春雨に旅ごろものくづるばかりにあゆみつかれぬれば、入野の江のほとり竹村うし方壺といふが許に宿をかるに、あるじは旅のあはれをもわきまへしをとこにて、「かゝる在家のすまひのいぶせきには一夜のかり寐も心のどめ給じを」と、江のむかひ、臨江寺といふてらに具しゆきて、雨のやどりとす。

なほきのふもけふもかきくらし降雨に、旅の宿のせんすべなく、方丈のおくのかたをたれこめて昼ともいはず枕していぬるを、あるじのをとこ見て、「いぎたなの法師や、なすこともあらでさいぬるほうしは牛になれる、といふものを」とあさむに、「げにも」とおき出て椽行道し、江の上を見わたして「雨亦奇なり」とずして、いたづらに日をくらすばかりなるに、ある朝、軒に雀のさへづるこゑはなやかに聞ゆれば、戸おしあけて見るに、夜べの雨雲なごりなく晴て、江のあなたなる三ッ山といふ松山の上に朝日にほやかにさし上り、はるかに富士の雪の高根あざやかに見えけるに、日ごろの雨のものうさ

もわすらる。

8172　むら松やみどりたつ中に不二のやま

汀には鶴のおほくむれて、蘆のわか葉分ありく。かうやうの景色は大かた都にては硯箱めくものゝ蒔絵、屏風だつものゝうつし絵にのみ見るものをと、めづらしく目みはなちがたくながめ居るに、あるじのをとこいできて、「今日はうどむ華のはなの日和ごさめり。いざやこの江に舟さして、浜名の橋のふるきわたり、とほたあふみの浦〳〵見せまをさむ」とけしきばめば、そこらの人も「ともにあなひせん。舟よそほひせよ」とひしめきて、従者あまたにくらふべき酒飯なにくれとふねにはこび入れさせ、けいめい（経営）せしかば、何がしのかう（督）の殿の舟せうえうなどいふにゝて、捨人の料にはにげなし。

　朝なぎに風なければ帆はあげで、棹のうたをかしく漕出るに、舟の前には見ぬ浦山つらなり、うしろには不尽のやま見ゆるに、ながむることぞおほき。あるじのをとこ、ふるき道の日記どもとう出、くりひろげてよむとて、「まづいまこぎゆくかたの舞坂のうま屋は、もと舞沢が原なり。いにしへ浜名の橋へこの駅よりつゞきたる松原のありて、水うみ・しほうみをへだてたり。其湖の落入る所にわたせし橋なりし。その橋のあたりよりのながめ、世にたぐひなき風景なることを、昔人の多くしるせし、そが中の一二を挙てかたらむに、（底本改行、以下、※印デ示ス）

『さらしなの日記』には　とのうみは、いといみじくあらき波たかくて、入江のいたづらなる洲どもこともものもなく、松原しげれる中より波のよせかゝるも、いろ〳〵の玉のやうにみえて、まことに松のすゑより浪はこゆるやうに見えていみじ。※

『うたゝ寐』には　浜名の浦ぞおもしろき所なりける。波あらきしほの海ぢ、のどかなる水うみのおちいりたるけぢめ、はる〳〵とおひつゞきたる松の木だち、絵にかゝまほし。※

『海道記』には　橋の下にさしのぼるうしほは、かへらぬ水をかへし、上さまにながれ、松をはらふ風のあしは、かしらをこえてとがむれどもきかず。大かた羇中の贈答は此所に儲たり。北にかへり見れば、湖上はるかにうかむで、波のしは水の顔に老たり。西にのぞめば、湖海ひろくはびこりて、雲のうきはし、風のたくみにわたす。※

『東関紀行』には　南には潮の海あり、漁舟波にうかぶ。北には水うみありて、人家きしにつらなれり。そのあひだすさき遠くさしいでゝ、松きびしく生つゞき、嵐しきりにむせぶ。松のひゞき・波のおと、いづれもきゝわきがたし。※

『済北集』には　左海右湖同一碧、長虹合呑両波瀾。

これらのみならず、代々のすき人の、この橋のわたりのけしきのおもしろきさまをものに書、歌によみしことかぞへがたし。

橋のたえし事、むかしも度々ありてや、

「増基法師の記」に、橋のこぼれたるを見て、

中たえてわたしもはてぬ物ゆゑになにゝ浜名のはしをみせけん

「菅原孝標女の記」に、はま名の橋、下りし時は黒木をわたしたりし、このたびはあとだになし。舟にてぞわたる。※

また橋の焼けることもありけむ、

「重之の家集」に、浜名のはしをわたらむとてくるに、はやうやけにければ、

水の上のはまなの橋も焼にけりうちけつ波やよりこざりけむ

かくおほくの年月の間に、さま〴〵のことありしかど、なほ其橋のちかき世までもありけるにや、

「長嘯の記」に、

恋わたる都はとほつあふみなる浜名のはしに心はなぎぬ

とはよめり。さるをそのゝちならむ、つねならぬ大浪の寄けるにうち崩されて、こなたの松原・かなたの橋もいづち行けむ、あらずなりて、今の世には松原のありしあたりを今切のわたりとて、三十町あまり潮うみと水うみ一ッになれるなり。大海より入来る高浪に、往来ふ舟のわづらひありとて、公より数しらず杭の木を海の中にう

たさせ給ひて、其波の荒きをさゝゆるに、いつとなく杭のもとによせたる真砂のおのづから洲となり、そが上に松どもおひたるを見やれば、むかしの海道の松原もかくと面影おぼえぬ。その中を旅人の往来ふ舟は水鳥のうきつれたるごとし。かの橋わたせしあとは、いまの新居の駅・橋本の里より西にかけしものと聞」と、指さしをしふるに、

8173 橋ぞむかしいまは霞をわたるふね

と見るまゝをいひ出れば、京よりともなひし老をのこ、

そのはしのあとさへ見せず朝がすみ　萍江

舟の中の誰もかれもうめき出せるは、

橋ゆかし松のとぎれの一かすみ　報竹

浪のはな跡は朧の橋ばしら　虚白

橋かけてそのあと見せよ帰るかり　方壺

あまた句きゝけるも、景色みるとてうちわすれぬ。

海べたに門いかめしく釘ぬきせしは、新居の関の戸也。橋本は浜名のはしもとにて、むかしは海道の中にても、ことに遊びの多かりし所とぞ。『東鑑』に、於橋本駅、遊女等群参。有繁多贈物云々。梶原景時が、

はしもとのきみには何かわたすべき

と云かけしに、

たゞそま河のくれてすぎばや

と、頼朝卿の連歌し給ひしとや。源太山とは、鎌倉殿の此うまやにとまり給ふ時、梶原太郎この山にありて守りけるといふ。

「こゝに角避彦（ツノサケヒコと書入）の神とておはす、浜名の湖の名神也」などをしへて、「さらば是より浦めぐりせめ」と、舟漕もどさせて、小人見・大人見・乙君・村櫛などいふをよそにこぎ行に、小舟おほくうかみて、春の海に秋の木の葉ちらせるやうなるを、ちかくなるまゝに見れば、舟のさきに人の立て、竿にひしといふ物をさして、水底にいをのあるを見てつらぬきてとることをす。すなどるわざの国々にてかはりぬれど、その罪はひとつに深かるべし。

けふしもやよひの廿日なれば、春やゝふかく、日影うら〳〵と風よきほどにふきて、海のおもて緑のきぬひきたるやうにて、舟の上静なるに、かはらけとりかはし、

人々ゐひてこゝちよげなり。なべてかゝる遊びせんにも、四美といひて、かく空のよき日を嘉辰といひ、こゝろの同じ友を良友といふも、これらの興をや、と思ふ。

とかくするうち、舟は鷲津の浦につきて、本興寺にまうづ。中ごろ飛鳥井雅康卿、この法華堂の柱に書付たまふ歌に、

たびごろもわし津の里にきてとへば霊山説法の庭に
ぞありける

その卿の道の記にありと。汀より寺に入ること二町許、右左に並樹のさくらあり。たとはゞ津のくにの生田の杜の花にゝたり。されどはやうつろひたり。門に「常霊山」の額をかゝげしは、かの御経の常在霊鷲山の文によれりやと、其こゝろを、

8174　このやまやさくらはちれど香はのこり

仏のおはする堂も僧のこもれるむろも、みな蘆もてふけるは、浦里めきてあはれ也。ある室にをさなきこゐしてたからかに御経よめるを、

散りかゝる花ぞ誦経もこゝろあれ　方壺
花ちりて猶もおくある御寺かな　虚白
ちるさくらさらに寺とふ人もなし　斗六

此浦は高師山のうしろにあたれりとかや。新所うらは浜の松どもこと〴〵く渚にかたぶきて、松の梢をあらふ白波と見ゆ。

思ふかたの風そひて、舟の行ことはやく、入出の浦づたひして、正大寺にのぼる。山を渦山といふ。湖にのぞめり。左に太田の江、右に大知波の江たゝへたり。寺の前の桜の、「けふこずは明日は」とばかりに咲みだれたるを見下すに、花の木のまに波の立かゝれば、いづれをさくらいづれを波のはなと見も分がたし。つねに見なれにし嵯峨・醍醐の花にやうかはりて、めさまし。

8175　艫に見つ舳にながめつゝ桜狩
やす〳〵と海の上来て山ざくら　虚白
島山や手折人もなくさくらちる　斗六
舟ぞよき物くひながらやまざくら　方壺

岩崎・千貫松といふあたりをたゞすぎに過て、礫岩といふちひさき島につく。さばかりの湖の中に一ッのつぶ

て石投たらむやうなればならむ。島の木立くらきまでにしげれり。弁財天女のやしろいます。近江の湖の中に竹生島を見るごとし。こゝよりおくのかたを浜名郷といふ。島山せまりし中にわづかにひらけたる所より、舟は出入るなり。そこを迫門口とはいふ。この水うみの奥のかたにて、ことに世ばなれたる所にて、村里にふるごと多く残れりとぞ。もとは伊勢の神領神戸の庄なりし。その余波とてふるき神明の宮あり。岡本といふ里には神木工大夫といふものあり。そが家にとしごとの十一月に家のうちきら〳〵しくいもゐし、一日の中に麻をうみ布に織なして、伊勢へ奉ることたえず。是なん「神衣祭に三河赤引の神調糸もて御衣織作」といひ、または「伊賀・尾張・三河・遠江よりさる物奉る」と、何の式とかいふ書にありとぞ。こは荷前物（のさきト書入）のうちの神衣料なるべし。今も公より大夫が家に米たまはるとなん。

　また、浜名納豆といふ物をてうじて公に奉る、大福寺・摩迦那寺といふ寺あり。荘園たまはりて、ゆゐある古寺どもなり。また、鵺代とよぶ里の名あり。『和名鈔』に浜名郡に贄代の郷名あるを、いひあやまれるなるべけれど、里人は、「頼政といひし大将の鵺といふ化鳥を射たる勧賞に賜ひける地なれば、かく名つくる」といひつたふと。げにも奈良の八重ざくらの料に寄せられし地を、「花垣の荘」とよべるためしもあり。その鵺をさしける猪隼太といひし兵も、この辺りのものなりとぞ。ちかきあたりに猪鼻・井伊谷の名あれば、さはいひたりや。三ケ日の里あり。いとめづらかなる名也。榛間の国にこそ三ケ月といふ所はあるを。このわたり行てたづねまほしけれど、「けふ吹風のあの迫門へ舟を入れんはたよりなし」と楫取のむつかれば、ゆかずなりぬ。

　島風こゝろよく、舟をおふこといちはやくして、三里あまりの海の上をひたはしりにはしりて、官山寺につく。こゝは湖の中へつとさし出たる山崎にて、寺は山のなかばにあり。山のめぐり、赤き岩そばだてり。山は高くけはしきにもあらねど、けしかる岩かさなり、えもいへぬ松老かゞまりて、唐絵見るやうなり。人〴〵その岩に尻うたぎし、その松につらつゐつきて、いこひながめわたすに、例のあるじのをのこがいふ。「まづむかふの入江を気賀の江といふ。気賀の関ある所なり。おくのかたの山を引佐たふげといふ。引佐郡の山なれば也。麓を流るゝ水の江に入るを引佐細江といふ」といへば、かたへの人の云は、「其山より此江の細く見ゆれば、細江とはいふものを」とあらそふ。古歌多き所也。中にも尭孝法印の『富士記行』に、

何かたかいさなほそ江のあまごろもうらをへだてゝ
さだかにもなし

このながめぞ、よくもかなひしにや。しかるに、光広大納言の『東の道の記』には、「舞坂と浜名の間、海道の左に廿間許、地形のくぼかなるあり。これ引佐細江といふ。今は田など作ると見ゆ。さばかりの名所のかくなるはくちをし。

名ばかりは今もむかしにかはらねどいなさ細江をと
ふ人もなき」

かく、あらぬ所を人のをしへまゐらせしや、いぶかし。

そのおくの方に井伊の谷あり。建武のみだれのころは、遠江の介なる人しるよしゝて住ける所にて、井の介とていきほひまうにのゝしりけるものゝふなりけるが、吉野の内裏に二なくつかへ奉りけるゆゑに、宗良親王も此所に御座をうつさせ給ひしか。「井伊の城にありて」といふ御歌、御集にみえぬ。介が女を御子に奉り、したしくつかへ奉りて、よろづ軍の事沙汰せしとや。そのあたり奥の山といふ里に、介が一族奥山六郎次郎といひし人あり。そのころ、かの中務卿の御子と同じ吉野の先帝の皇子に、無文選禅師の御子と申おはしけるが、唐土までもわたりたまひて、禅法のふかきことわりをさとりたまひし、たふとき大（徳）とこにておはしけるを、六郎帰依し奉り、一宇を建て供養しけるに、禅師の御子もろこしにおはせし時、天台の方広寺といふにて瑞相を感じ給ふことありしかば、それによりて、寺を方広と名付させたまひ、今も、めでたくよせ重き寺とぞ。

物語きゝはてゝ、東の方を問へば呉松の江、西北のかたは左久目のえ、南のかたは内山の江など、かぞへばおよびもそこねぬべく、「いづくよりやながめむ」とおも

ふ。もろこしの西湖といふ所のさま絵にうつせしを、今、思ひあはすに、孤山といふ所に露たがはず。此水うみのほとりの第一の景地ならし。おほよそ湖のひろさ、北に入こと五里にあまり、東西四里にすぐ。南はひたぶるの大海なり。山々三方にならび立り。おのれわかきころより、わがみかどの六十よ国の中にゝたる所なしと聞しみちのくの松島より、天のはし立・伊都伎しまをはじめ、かたのごとく見ありきけるが、かく江といひ山といひ、いふばかりなくながめ多き所〔葉〕は見ず。かゝる御代にうまれ出て、何はゞからず足のゝりものにまかせて、人もみぬ浦山までさそらへありくこそ、はかなきかたゐ法師が身のやすき思ひ出なれ。

抑、ことふりにたれど、宮古に近き江ありとてちかつ淡海、みやこに遠き江あるをとほつあはうみと、国の名にしも付させたまひけることの、「おぼろけならじ、あるやうあらむ」と思ひぬるに、まのあたりにながめてぞ、いたづらならぬをも覚えぬ。その近江のうみは、無下に都にとなりたれば、やごとなきたかき人も行通ひ給ひてながめたまふなるに、此遠江の都をへだつとはいへど、さすがに東海道のちまたにあなるも、山道は気賀の関、浜みちはあら井の関のまもりきびしき間にある湖なれば、通行人のかりそめに道のゆく手にもみることのまれなるぞ、いとあたらしき。

かくおろかにも、むかしの事をたづね、今の景をながめつゝ時をうつすに、人〴〵はなほも酒をくみて、「春日すら、はるひすら」とうたひゐるを、舟子どものあいなく、「ぼんのう（煩悩）やくなう（苦悩）や。日もくれぬ。はやふねにのれ」とよばふに、興さめて舟にかへりのれば、やゝ誰かれのそらの月なき宵のほどのおぼつかなく、海のおもてくらくなりぬるに、火の影のちらめき出るは、いをとるなりけり。

いざりびやうらめづらしき春の闇　　斗六

ことし天明むつとかぞふる春の末、蝶夢幻阿ひじり、宮古の花ざかりを見すてゝ、参河の鳳来寺、此国の秋葉寺の山々にまうでたまふを、白菅のわたりの虚白あなひして、我家にいざなひまゐらせけるに、一日この江の遠近に舟さして見せまをしける、そのことを書つらねたまふなり。むかし増基の『いほぬし』に「遠江の道の記」あれど、みづうみのあたりめぐれることはしるさず。いまの記につばらに書たまふこそ、一丘一壑、因人而顕とはいふならめ。

遠江入野の江、三山の下にすめる方壺書そふ。

蝶夢文集拾遺二

雲州紀行（仮題）

そも、この国にうまれ出たらん人の風雅の道をわきまゆる事、いづれか出雲八重垣のこと葉より出ざるはあらずかし。その八雲たつといへる出雲の神にまうでん事、としごろの願ひなりしが、ことし二月も末の一日、空も霞こめて雲雀さえづる野の色にうかれて、沂風法師を具して東山の草廬をいづるに、山陽道の古きをたどらんとて、難波のかたへは行かで油の小路を南へ行に、竹の林の中に小祠あり。道祖神にておはしけるに、

8176　朝がすみたつは首途の宮居かな

唐橋うちわたり、桂川をこえて、久世にいたる。此里に、俊恵法師の老のゝち住ける跡あり。「板井の清水みくさゐにけり」と詠ぜし所とて、田の畔に水あり。あはれと見るほどに、

8177　蛙子や桶すゑし石もたゞ一ッ

向日明神・神足のあたりには、摘菜を藁苞になして家〳〵にうる。都の産にするなるべし。

8178　いくらぞや苞の嫁菜の露こめて

山崎の妙喜庵にいこふ。袖すり松といふ木ありて、茶にすける人のしれる所なり。

8179　袖すりし名残や松の花ぞちる

水無瀬川をわたるに、「見わたせば山本かすむ」の御製もかゝる折にやと、

8180　菜の花や山本までもうちくもり
　山本を過こし色や春の水　沂風

楠判官の子にわかれたりし桜井の宿を通りて、古曾部のおく金龍寺にのぼる。いづれの春なりけん、必庵・無塵の両法師と花見にまかりたりしも、年経ぬれば山道おぼつかなし。花ははや四五日ばかり前をさかりとみえて、堂のあたり庭のくままで、「はらはぬ庭に花ぞ散しく」といとさびしげなるに、山風の吹度に花の波立たる。む

かし能因法師のこの寺に来りて、「山寺の春の夕ぐれ」とながめたりけん落花のけしきも思ひ出されて、鐘楼のかたうちみあげて、

8181　ちるさくら此うへ鐘の聞まほし

といへど、まだ暮かぬる日影に、かへりみがちに麓に下りて、待宵の小侍従の墓より能因のもと住れし家の跡を見る。花の井とて古井あり。永井侯の石ぶみを立られて、その心を彫たり。

8182　米も炊ぎ筆も染しか花の井戸

おなじ入道の古墳は、一村しげりたる木のもとに、藤かづらはひまどひたる、ゆへありて見ゆ。碑の文は林学士の書ける也。かの入道、ありし世に、花の比はかならず都に上りたるに、これは都よりこの所の花をたづねありくを、「その人のありなばうれし」とやいはん。伊勢寺は伊勢の御のしるしあれば、寺の名となりたるならん。総持寺の門前にやどる。（底本改行、以下、※印で示す）

廿二日、夜べより雨しめやかにふり出たり。此寺の西の門の傍に、いぼ桜とて名木あり。前の年は、花さかりにて田の中に花の山をなせしに、こたびはちりはてたり。此木のもとに小社あり。疣瘤をこの神にいのれば平愈すといふ。その社にちかければ、花の名に呼なめり。『徒然草』に書し、「暮露〱多くあつまりて九品の念仏申せし」とある宿河原のこなた、瀬川のうまやより山のかたへ入る。

8183　菜の花のみだれて立る小雨かな

東のかたを見やれば、

春雨やおぼろに丸き生駒山　沂風

勝尾寺に参りつく比は雨はるゝ。観世音拝みはてゝ二階堂にまうづ。いにしへ、円光大師此所に山籠しおはして、「柴の戸に明暮かゝる白雲をいつ紫の」と来迎を待給ふける旧跡なり。山ごえに箕面山にこえて、瀑布の上にいづ。此瀧は、那智の飛泉などいふすさまじきにはあらず。山間ひろくうち見るにもよき程にして、岩の上をすりて落下り、松のさし出たる木ぶりわざとたくみたるやうにて、蒔絵といふものゝごとし。同行法師はけふはじめなれば、「目もあやなり」といふ。

山口にいで丶、弁財天女堂の前うしろ花咲みだれたり。谷の流あり橋あり坊舎ありて、居らまほしき所なり。昆陽の宿に出て、昆陽の池をみる。広沢を四ッも五ッもならべしばかりのめぐりにて、はては霞こめて湖水のごとし。行基菩薩のをしへ今も残りて、露も殺生のわざをする事なしとや。

8184 囀りておもひなげなり池の鳥
芦のめや網のさはらぬ所とて　沂風

かための魚のこと尋ぬべきにも、行かふ人もなきあたりなれば、聞もらしぬ。行基寺とて、堂塔甍をならべし寺あり。かの菩薩の衆生済度の跡ならん。武庫川をかちわたりして、西宮に泊る。この宿より大海道なれば、順礼・参宮の旅人ども多くとまりあひて、旅心となりぬ。※

廿三日、夜の間は雨の音しければ、「翌は須磨の雨中の花みんよ」と心にかけしに、朝戸出より日さし出たり。芦屋の里、もとめ塚すぐ比ほひよりいとゞ空はれわたりて、花みる日和なり。「げに生田の杜の花よからめ」と都にて申あひけるも、すでに開落なかばなり。

浦風や一すぢ花の吹雪する　沂風

古戦場のおもかげうかみたるま丶に、

8185 雨の後や一二の木戸も散さくら

東須磨の里中に、軒端ちかく花の木植たり。

8186 すまの里や酒うる門も桜さく

須磨寺より一の谷のかたへ行道は、小砂まじりの山間也。

8187 須磨の山のうしろや春も松ばかり
所〳〵焼て物うしすまの山　沂風

明石の大蔵谷にとまる。※

廿四日、人麿の社にまうづ。此所にて蕉翁の塚供養の千句興行ありしも、二むかしもや。午時ばかりに加古の渡の山李がかくれ家につくに、年ごろのなつかしさいひ出して物語るに、そこらしれる人の多く来りて、「行さきはるけき道の程なり。足に灸すへよ。杖の竹きりて」といたはれば、二日ばかりこの三眺庵にやどる。※

廿六日、御着・姫路を通りて飾磨津の方へ行。此あたりにも「野中の清水」といふ所あり。印南野なりやいぶかし。されば、古への「野中の清水」と読てしる人なき事によせたれば、さだかならぬもことわりなり。

8188　菜の花のかげにせばまる野川かな

網干の盤瓊(珪)禅師の龍門寺をわきにみて、室津に出て浄運寺にやどる。此寺の前の汀を讃岐浦といふ。そのかみ、円光大師、讃岐より帰路の時、御船この浦に着し故とぞ。寺は大師の門弟信寂上人の開基なり。世に朝日山の信寂、そは此山をいふ故とぞ。そのころ此津の遊女友君といひし女、大師の化益にあひて尼となり、妙心と名付てめでたく往生しけるとぞ。その墓は門前にあり。

8189　青柳のすがたもいつか石の苔

一日、住持の和尚、立季・麦庵といふ人〴〵打つれて、鴨明神にまゐる。社頭は、入江にさし出たる島山なり。社の傍に籠殿あり、長風館といふ。入りて眺望するに、海の上に作りたる楼にて、岸の松の葉末欄をかゝげ、磯うつ浪がしら窓に入る。絵島ははるかに丹青を尽し、家島は門立たるごとく、小豆島は蒔しごとく、唐荷島はひだりに、かつら島・君島は右にならびたり。かばかりの絶景なれば、此楼にのぼる人の風に御する思ひをなせばにや、「長風」の名の心ありておぼゆ。此神の祭には、例の室君ども舟にのりて、髪をむすび下げ菅の小笠きて太鼓うち笛ふく中に、発声の女は、紅の袴ふみしだき仏めきたる冠をうちきて、

たちぬはぬきぬきし人もなきものをなに山姫の布さらすらむ

とうたへば、「同音にうちかへしつゝうたふを棹の歌といふ」と人のかたるに、時しも沖より入来る舟人をむかふるにや、小舟に遊びどもがおほくのりて漕出しを見て、

8190　のどかさや君どもゝ出て棹のうた

廿八日、あるじの和尚、舟よそほひして送る。坂越の浦に着て、赤穂の城下にやどる。花岳寺といふは、もとの浅野氏の菩提所寺ぞ。其寺に忠義塚とて、四十余人の義士の輩の塚かず〳〵ならぶ。※

廿九日、雨ふる。三里ばかりの山路をへて、備前の三ツ石の宿にいづ。この所は坂長の駅とて、『延喜式』に

ものせて古き駅なるとぞ。元亨のむかし、備後三郎が先帝を奪ひ奉らんとせし所なり。

8191 春雨に草木うきたつ山路かな

芦の芽や雨に輪をかく池の面　沂風

熊山をよそに吉井川をわたり行に、道ぬかりてあゆみくるしければ、とある百姓の家に宿をこふに、おくなる一間に請ず。たそがれのくらまぎれにみれば、雛をかざり置たり。衣冠つくろひて男女の雛のならびたる前に、鉢・碓のにげなく所せき中へ、白き奴・赤き奴の鑓・長刀ふりかたげたる、桃の花の枝の大きやかなる、柳のひろごりたるもとに「寐よ」といふに、「かゝる所に法師原のふしなば、事さめぬべし」といへば、あるじとおぼしき翁の声して、うちしはぶき、「僧達ならんに、下座に置ん事便なし」とかたくなにいらへるも、片田舎の人のまめやかなる本性也。

8192 おもひかけず雛と一間の旅寐かな

三十日、朝の間に岡山に入て、孤島老人をたづねて、其まゝ「行ん」といふに、「老の身の再会も期しがたし」とひたぶるにうらめば、其日はその家にとまりて、ひめ置たる書画の色〳〵とり出て見せしむるに、唐大和と目うつりて春の日もくれぬ。※

三月朔日、かさ目山を跡に、吉備の中山の方へ行、細谷河をわたる。

8193 落椿ほそ谷河のなほ細し

谷河やくらき所にすみれ草　沂風

有木の別所とは、この山のうしろなり。山のくぼかなる所に、新大納言成親卿の墓あり。五輪のありしと見えしも皆崩れうせて、空輪の石のみころびありく。古物語に、官は大納言に上り院の御覚えめで度、数ケ所庄園を給りて世に時めき給ひしも、盛者必衰のことわり目の前にあることをと、

8194 月花もみな空輪にかへりしよ

巣をかくるたよりや有とめぐる蜂　沂風

丹波少将の鬼界が島より帰路の時、この墓にて卒都婆を造りてかこたれしありさまも、今のやうにて悲し。

吉備津の宮に参る。此神垣には神供の釜鳴動して吉凶

をしめし給ふ、いちじるき神事あり、釜殿(祓カ)といふ。其神供をかしぐ老女は、国の内にて出る郷里さだまれるとか。

8195　はるかぜにつれてや釜のいさましき

夫より、低き山をこえ広き野を分て藤戸にいたる。南の山際にある里なり。源平の合戦の頃は、此ほとり入海なりしとぞ。北東より西南の方へわたしたるとみゆ。佐々木三郎がわたせし時、鞭をさしてしるしとせし所は、鞭木とて藪の中にあり。今の世はその海の跡も田畑となりて、桑海変をあらはす。海のかたへははるかに遠けれども川に潮のさしくるぞ、むかしの余波なり。

8196　菜の花やけふ朔日の月がしら

案内せし浦の男の塚あり。支考法師、この所一見の比、

生て居て何せん浦の田植時

と口ずさびしも、感慨をもよほしぬ。その夜は、阿知の里の暮松といふ人のもとにやどる。茶をもてなされけるに、よのつねならず覚えけるに、この水は中比、小堀遠州、此あたりを領して賞したるとて、遠州井といふとぞ。さればこそ五椀六碗におよびて、やゝ仙霊に通ずる心地せらる。※

二日、長尾の里・玉島などいふ所を過るに、川にそひて長き堤を行てうんじたり。

8197　つまみ行堤の松のみどりかな

8198　山畑や菜たねまばらに麦低し

笠岡に着て、黒崎屋といふに宿す。※

三日、上巳の節とて家毎に桃・柳の枝を軒にかざす。あやめこそ軒にふくものを、かの陸奥にあやめふくことをしらざりけるに、実方の中将の教へ玉ひしより、はじめて花かつみといふものをふきたりけるにはまされど、いとひなびたり。多くの年月をへて逢たりし人〴〵のかはらぬ有さまに、桃・柳ふきたる軒端の気しきに、桃源の仙境に入しこゝろして、

8199　みなわかき顔見る桃の節句哉

此句にて一座あり。其夜より李山といふ人の別墅にうつりて、このごろの旅心をなぐさむ。※

ある日、此浦山の吸江山に登る。江の中に出たる山也。めなれぬけしき多かる中にも、遠くは伊予・讃岐の山

〳〵横をれふし、近くは神武天皇の御舟着たる神島、能登守教経の合戦ありし水島をはじめ、鞆の津・泉水山の島どもまでなごりなくみゆ。かゝるながめあればにや、中むかし宗祇法師もこの浦山にて、

山松のかげやうきみる夏の海

といふ発句ありしより、「見るが岡」といふ。爰に芭蕉翁の墳を築き一宇の草堂を建て、年月をへていまだ其供養なかりしかば、「ついでよければ其事す」とて六日ばかりがほど此浦べにとゞめらる。※

九日といふに、此浦を出たつに、人〴〵送り来て生江浜といふ所にいたるに、路風といふ人の親のかくれ家あり。うち入より、庭はうしろの山をとり入て桜・つゝじのさかり也。やり水、所〳〵にながれて、杜若の夏待顔に、棚の藤のおぼつかなげにさがりたる下に、待合腰懸の風流をかまへたる。前の入江には舟ども多くつなぎ、塩やくけぶりの絶〴〵にのぼるあり。家のうちまたのどやかに住なして、壁に古き箏の琴を立たり。炉のあたりはわざとならぬ匂ひして心にくきに、あるじの老人よろぼひ出て、茶点じ酒をすゝめたる。世ばなれたる風情は、糸にあらず竹にあらざる「清音亭」とは、むべも名つけて心ある住居なりけり。あはれ、かゝる人のもとへ通ひてむつびたらんこそ甲斐あるべけれど、遙にへだてたるぞ口をし。

是より、一人の男に物荷はせて送られける。其男を先に立て長堤をひた行に行て、新市といふをすぐ。此国の一宮吉備津の宮も近しといふ。元亨の乱れに、桜山入道といひし人、宮方にまゐりて合戦しける所とて、合戦場の名のこれり。さゝやきの橋は府中の入口にあり。

8200　さえづりもやう〳〵低し暮の空

こよひは、府中の町にやどる。※

十日の朝、しのゝめに朝川をわたるもをかし。

8201　わらんぢをしめすや春のあした川

是より山深く入る。木の山峠を上るに、「はるかなる谷陰に白く見えたるは花ならん」といふに、「あのほとりは杉原といふ帋すく里にて紙を干たるなり」といふ。

8202　岨道や折ともなしに蕨もつ

8203　草にころびてつゝじ喰さく子牛哉

上下といふ所は、山中ながら人家つらなりたり。くすし磯田氏は古きよしみあれば宿る。山里のならい、朝は遅くおきいでゝ茶たて餅くらひ、家のうちの人、円居してむつまじきさま、都がたの足をそらにせし人の姿にやうかはりて、悠なるにめでゝ二夜ばかりやどる。※

十二日、あるじの老人とゝもに田房の方へ行に、福田村の長が家によりていこふに、かねて儲たりしにや、書院の飾より酒飯のもてなしまで山里のさまなくてつき〴〵し。硯・料帋出して、「物書よ」といふに、せんすべなくて、

8204　山里の風情そへたり蕗わらび

是より三次への間に、吉舎といふ在名あり。後鳥羽院の隠岐へうつらせ玉ふ時、此里に宿らせ給ひて、「よき舎りよ」と勅ありしより名とすとぞ。

田房ちかくなりければ、越智何某、梅下法師を伴ひて出向ふ。此里にも芭蕉翁の碑を立けるが、けふしも忌日にあたれば、供養の俳諧を興行せんあらましにて、連衆の面々、こゝの岨かげ、かしこの木のもとに袴・肩衣にて出向ふたるは、にげなき心地ぞする。やがて臨川庵にして一座あり。かゝる山の奥までも風雅の道の行わたりたる、翁の徳光のいたりなるべし。

夫より雨のふりつゞきたるに、山里のつれ〴〵をわびて、四日五日が間、いたづらにくらす。ある日、雨のはれまに、「帝釈山へ参らん」と麻直といふ男を案内にして、谷をわけ山をこえて行。五里がほどゝかや。行〳〵て九折なる所を下れば谷川あり。その上にわたしたる、岩橋也。聞しよりは見るはまさりて、其橋はおのづからの岩をわたせるにて、人工の跡あらず。水際より高き事五丈余、幅六間余、長さは十五六間もやあるべき。上には草木生ひて、たゞ坂道を行心地す。天台山の石橋といふも此たぐひなるべし。かの久米路の岩橋を夜毎に神のわたせしためしおもひあはせて、

8205　長き日にこの岩はしは懸たるか

いははしや上は草木に春の色　沂風

その谷川をつたひ行に、数十丈高き岩のはざまの、門

のかたちしたる奥より水のほとばしり出る所あり、唐門といふ。

8206　この門の中見てくるか上り鮎
唐門を吹ぬけにけりはるの風　麻直

帝釈堂は、壁のごとく立たる巌の面に、階をかけたるを攀上る。巌の中に堂ありて板もて葺たるに、窟(ほこ)らの中なれば雨露のもるべきにあらず、「漏らぬ窟も」と詠しさまなり。おなじ天部と申せど、毘沙門天のごときは衆生に気ぢかう馴給ふに、この天を勧請せし所はまれなり。開基事跡をたづぬるにさだかならず。此山のうしろより出る砂のしらげよりも猶白きを、「備後砂」とて世にもてあそぶ。前に人家ありて、未渡邑といふ。

8207　苗代にはや小屋建し山田かな

十七日、日ほがらかなれば此家を出立に、あるじも、「出雲の方見ざれば送らん」とて従者に物荷はせていづ。今は四人になりければ、行先たのもし。家の内の男女、一里の老若おの〳〵どよみて見送るぞ、山里の風のいみじきなり。

門出のほだしや雨の蛙まで　古声

けふは旅立なればと、はやくも実留といふ所の堀江氏が許に宿る。

8208　よき家や門に青麦背戸に柴

この句に言つらねて一座あり。※

十八日、貝石の出る庄原をすぎ、西城川をわたり、半の谷峠にかゝる。道もせに蕨の生ひたり。後鳥羽院みづから折せ玉ひてより、こゝの蕨は灰汁なしといふ。かゝる事、国〴〵にいひつたふる事多く、あやしき事にてよき人のいふべき事ならねど、あやしの山人・野夫までも帝徳をあがめ奉るのいたりにて、ありがたき人情なるべし。

8209　折持て蕨焼せん晩の宿

十九日、高野山は、地うちひらけて人家多し。鎌倉将軍の比、山内須藤刑部丞、此所を領しけるとぞ。夫よりさるべきもの住けるなるべし。ちかき毛利の旗下に高野山入道と云しも、此所の住人ならん。蔀山は、茂りたる青山なり。後鳥羽上皇の、

蔀山おろす嵐のはげしきに紅葉の錦着ぬ人もなし
と御製ありしといふ。

花の雲もたれて高し蔀山　古声

夏ちかう明行色やしとみ山　沂風

道をまがへて鐘尾越にかゝる。問べき人もあらねば三里ばかり行て杣人に尋るに、「こは安芸の国へ行道也」といふに、興さめてもと来し道へ帰り、辛うじて高野山の功徳寺につく。此寺は後鳥羽院の皇居となりし跡とて、仏殿に擬宝珠付たる高欄・玉階のかたち、今もあり。「千秋山万歳院」と勅号ありしとぞ。是より西北の方に大内村あり。隠岐の島の風波あらき比なりければ、此所にて年をこえさせ給ひて、明るとしの春かの島へうつらせ給ふ。其間の皇居の跡にて、黒木の御所の跡、また御手づから作らせ給ふ観音の像のこれり。同じ上皇をいはひ奉りたる小祠ありとぞ。行て拝まほしけれど、いたくこうじぬれば此寺に投宿し、蔀山の春の夕暮をながむ。

8210　蔀山日は下れども暮遅し

廿日、広き野を行。和南原といふ。備後と出雲の境也。

8211　牛馬の楽げに寐たり春の野べ

揚雲雀おもふ事なき日和かな　沂風

山深く入て川のほとりにいづ。これを簸の川上といふ也。素盞烏尊の大蛇を退治し玉ふ所也。蛇頭宮・蛇頭坂・稲田姫の社など、左白村にあり。

川の向ふに湯村といひて温泉あり。三沢庄なれば、「三沢の湯」といふ。『出雲国士（志）』に、三沢三刀屋などいひていかめしきものゝふのありしも、此辺りか。川はゞ一町あまりなるに、刈柴をならべてあみたるせまき柴橋をわたしたり。わたらんとするに、ふむ足落入る下はおそろしき岩波の立に目くるめき魂きえて、しばし立やすらはんとすれば、橋頬にゆりて足立所も覚えず。せんすべなければ、「あやまちすな」とかたみに声を力に手を取かはして、わなゝきながらわたりはてぬ。湯壺といふも、川岸のあやふげなるに、薄・萱をつかねながらおほひたる岩のはざまにはひ入て、わきかへる土砂の上にたゞ浸なり。

陽炎や温泉に見えすく岩の角　沂風

日の影や朧に匂ふ湯のけぶり　　古声

簸の川の上なれば、神代に稲田姫のみかたち、酒瓶にうつりしこゝろを、

8212 霞引や湯つぼにひたすみだれ髪

一夜やどる家といへど、藁筵の上に湯入のものゝあやしげなるが、手足さしのばして、むらい（無礼）にざこねして、だみたる声にてさえづりあふに、いもねられず。思ひつゞくるに、有馬・城崎の湯入の染浴衣にきよらを尽し、湯女がぬり下駄の音のなまめけるだにつれ〴〵わぶるに、いかでかゝる侘しき所に日数へて、露うんじたる色もなくたのしみ思ひたる有さま、是皆、羲皇上世の民にして、すせうなる人心や。※

廿二日、けふも簸の川にそふて下るに、木次といふ市場あり。左右に山ある中を川流れ舟行かひて、景致あり。川堤のなゝめなるを、あからめもせで下ること七八里ならん。

今市といふにいたれば、川をはなれて山遠く分内ひろし。むかし塩屋判官と云し人の住し館の跡といふ。是より神門郡といひて、神のいます地なればにや、山のたゝずまひ、水のながれ、木草の色うるはしく、田畠の阡陌、大路の竪横、畳を敷たるごとく、そのいさぎよき事、他の国にていまだ見ず。杵築の町に入て、赤塚といふ神官の家を宿とたのむ。※

廿三日、社人の案内にて御社にまうづ。此国の『風土記』に「八雲立」と有しより、「出雲」とはよぶとか。その八雲山は社の後山也。右に鶴山、左に亀山あり。その八雲山ふところに宮柱ふとしく立しなり。地を杵築とは、諸神、地杵築玉ひて宮を建しよりとぞ。『神代記』に、高皇彦（産）霊尊、勅大己貴神曰、汝応住天日隅宮者、以千尋栲縄、結為百二（八）十紐、其造宮之制者、柱則高太則広（板脱）厚とあるごとく、材木なべてつぎはぎを用ず、こと〴〵く一木一枚なり。神代には三十六丈なりしが、人の代となりて十六丈、今の世には八丈、床の高さ一丈二尺、巾六間四方に、扉一口柱九本を以てたつ。檜皮をもて葺き、千木・かつほ木あり。普通の神社にたぐふべき所あらず、高楼のかたち希有の宮のかたち也。めぐりは瑞籬・玉

垣・荒垣とて三重にかこみ、其外、観祭楼・庁屋・拝殿等三ツ葉四ツ葉に作りみがゝれたり。かゝる波濤のすえに有べき結構にあらず、聞しよりは過てたふとく覚えけり。左に熊野川、右に素鵞川流れて社をめぐる。誠に清地と神代よりいひつたへし事、いたづらならず。何事のおはしますとはしらず、六根清浄といふやうに心すみぬ。法楽に、

8213 花といふ一字も神のめぐみかな

8214 八雲山今見れば松のみどりたつ

春風や松よりうへは八雲たつ　古声

中にこめて霞もふかし八雲山　沂風

鳥居は木にて額かけなし、燈籠・鰐口の類もあらず、余所の社にことかはりてめとゞまりてかう〴〵し。傍に十九社とて常は空社あり。十月ごとに諸神を勧請すといふ。摂社の中に野見宿祢の社あり、国造の祖神なり。国造の館は左右にあり。往古は国〳〵に国造ありけるに、今は絶て此国にのみ神孫の絶ざるぞ、かしこき。

社頭拝みはてゝ、日の御崎に参る。昼笥荷はせ酒もたせて、人あまた案内す。海辺より山をこえて瓜生浦あり。漁家のみありて、和布（め）刈鎌、漁火の篝の籠といふものなど、見もなれぬものとりちらしたり。

8215 門〳〵に和布をかる鎌の雫かな

日最中や鎌に和布の匂ひする　古声

日の御崎は日輪西海に沈給ふ渚なれば、「日沈の宮」と申とぞ。天照太（大）神にてわたらせ玉ふよし、三重の塔婆・楼門・堂社、零落年を経たりとみゆ。

8216 長き日をいつ日沈の宮居かや

左の方に、石見の三瓶山・七ツ山といふ山〳〵あり。見わたしたる所、漫々たる滄海にてかぎりしられず、異国にもほどちかきにや、年ごとに異国舟の来るといふ。今月十九日、西風に、近きさすみ浦に唐人十六人のりたる舟の漂着す。鰯のいを積る舟となり。

澳中や鷗の跡にかすみ引　古声

その夜は宿に帰りて、けふ拝みめぐりし所〳〵の事尋とふに、此家の一族に向井何がしといふ人も来りて語る。「まづ神在月の事いかに」と問ふに、「大むかしの物には

あらぬかたしかならねど、記録にはしるしあり」といふ。古き神楽・神歌の事ども尋るに、十一月新嘗会の時、大庭にて国造、榊葉をとりて天地を祭る事あり。その傍に人ありて、琴板とて琴のかたちのさゝやかなる板を、梅のずはえにて打てうたふ。其歌に、

スベガミノヨキヒニマツリシアスヨリモアケノコロモヲケゴロモニセン

これを百番の舞といふとぞ。なほ社説どもかたりつゞけしも、春の夜のならひ、いとねぶたくてふしぬ。※

廿四日、杵築を出て三里ばかり、左の山一ッこえて、鰐淵山に参る。堂舎あまたありて、観音の霊場也。推古天皇の御宇、智春上人と申大徳、この山の奥の岩窟に行ひすましておはしけるが、ある時花皿を淵へ落し給ひしに、程へて日の御崎へ舟にのりて上人の参詣し給ひし時に、鰐のくはへて花皿を捧しより名付くといふ。堂の傍に弁慶水あり。山僧に尋れど、「弁慶の事さだかならず」といふ。

山を下りて海ちかくいづ。龍蛇の上る佐田の社の方へ行んとするに、平田といふ所より便船ありければ、舟にのりて湖水をわたる。夜すがら苫うちまとひてねぶる。

夜の明る比ほひ、松江の橋の下につく。そもこの松江といふは、この江の鱸の巨口細鱗なる、もろこしの松江の鱸に似たれば湖水の名とせしとや。東西三里、南北六里の大湖也。右に荒隈、左は乃木浜、中に夜洲島ありて、美景いふべからず。城楼、湖水に近く、市町、湖水をかこみて、天府といふべき地勢なり。

此町の長に小豆沢といふ人のもとへ尋けるに、饗膳に美を尽して日うつる。此人の父は常悦とて和歌の道に長ぜし人にて、都にも住て古きよしみなればなり。佐竹村の八重垣の社へまゐる。素盞烏尊・稲田姫を祭る。八重垣とて、杜の中に柴垣をいくへともなう結廻したる所なり。

8217 八重垣をめぐり〳〵て春くれぬ

八重垣にかさなる春の草木かな　古声

大庭の社は、神魂の神社といふ。神代よりの神火を伝へたる所にて、国造のかはりに此宮にて神火をつぐ事あ

りといふ。是より、左の方の入江にそふて汀を行。錦の浜・手間の関などいふ名所も、此あたりならん。右の方の山に、尼子、代々住たる富田の城跡あり、今は広瀬といふ。こよひは八杉といふ駅にやどる。※

廿五日、米子の城の下をすぐ。城は海辺の山城也。是より伯耆の国なり。日野川といふ大河をこえて、をだかといふ所より大山にのぼる。山道三里也。山より見下せば、左に出雲の三保が関さし出たり。古書にある三穂三崎なめり。八穂米支豆支御崎、都豆の三崎、これを三崎といふか。これより隠岐の国へわたるといふ。海上十八里といへれど、手とゞくばかりに見ゆ。両方に長き島二ッ、中に小き島二ッあり。誠に滄海の一粟といひしごとく、人など住べきとも見えぬに、天子をもうつし奉りしむかしの世の中おもひ出るも、もたひなし。今も配流の人などのあらんに、けうとく心ぼそく悲しかりなんかと眺やりて、

8218 島人よ春の霞に見やるさへ
夕がすみ風のわたるや隠岐の島　古声

右の方に長くまがりたる出崎は弓の浜とて、伯耆の国也。

引まはす小貝の色や弓の浜　沂風
春風の吹たはめてや弓のはま　古声

後醍醐の天皇の、あの隠岐の島よりしのび出させ給ふて伯耆の地へ着せ給ひし名和の湊、また名和長年が栖籠りたる舟上山も、大山のうしろにあたれりとぞ。さばかり万乗の天子の御身として、かゝるすさまじき荒海の上をめざすもしらぬ夜に、小舟にめされてのがれ出させ給ふを、追手の兵船追かけ奉りてあやふかりし有様、かの御門の長年に賜りし勅書の趣おもひいでゝは、今も見るごとくおもひやり奉る。御心のたけ〴〵しき、天運のめでたきとは申ながら、太平の世にうまれ出てはいかでさる事やおはしまさんとまことしからぬも、まのあたりにながめやりたるぞ、旅行の徳なるべき。

大山は火神岳とて、軻遇突智を祭る火の山といふべきを、後の世に大の字にあらためて角盤山大山寺といふ。山上にまた一ッの嶽あり、雪つみて猶きえず、雲おほひ

てあやし。加行僧侶ならざれば上らずと。社は其麓にあり、大智明権現と申奉る。廻廊・石階、厳重也。本地は地蔵菩薩と拝み奉る。

残る雪も桜もうつるかゞみかな　古声
火の山や今に火ともす遅桜　〃

根本中堂・釈迦堂・大日堂・弥陀堂・金剛童子堂、其外、坊舎数をしらず、尾上・谷陰にあり。杉・檜の老木うちかこみ、家ほどの巌のふたつ立たる、金門といふ。此中を通りて往来ふ、たゞものすさまじき霊山なり。ちかき世までも大山衆徒とて、戦場に出て国郡をあらそひし也。禅林院といふは、同行が祈の師なれば其坊にやどるに、雨風あれければ翌日もとまる。※

廿七日、空快ければ山の男案内して、三朳邑へ下る。是より美作国とぞ。湯原といふ温泉の地にやどる。過し出雲地の湯にかはりて上方ちかき風ありて、げにゝくからず。

8219 男湯を中にへだてゝ春寒し
女湯をのぞきて蝶のねぶり哉　古声
暁やさえかへりたる湯のあつさ　沂風

廿八日、三坂といふ難所をこゆ。『著聞集』に、「美作国中山かうやと申神おはします。かうやは蛇、中山は猿丸にておはす」と書たるはいづくにや。また、後醍醐帝の行宮へ児島高徳が行て、御庭の桜の木に物書しは、院の庄とて右の方津山道なりときけど、日かたぶけば行ず。北条といふ里にて、あやしげに老たる尼が出て「宿参らせん」といへば、思ひかけずながら葎生たる庭に入て見るに、奥には持仏あり。口には火たくかまへあれど、足洗ふべき湯もなく、「あなわびし」と従者がつぶやけど、「かゝるやどりこそ、をかしき旅の情なるものよ」といひなぐさめて、仏の御前に足もえのさで、ねじとて寐ぬ。

米かしげ我苣かゝん庵のぬし　沂風
8220 先たのしくふほど垣の小米花

廿九日、小松しげる平山の間をゆく。すなはち久米の庄にて、久米の皿山なり。

8221 行春の音やさら〱山の松

さら山の更に花なし小松原　　古声

誕生寺は祖師の「御伝」に、「美作国久米南条稲岡」と載し所也。時国の館の跡と見えて、山低く地うちひらけたり。祖堂・弥陀堂等の諸堂多し。時国夫婦の御墓所を勢至堂といひて、菩薩の像を安置す。祖師、化身にておはせばなるべし。誕生の時、白き幡のかゝりたる椋の木の古木あり。かゝる所に誕生まし〳〵て、四海の導師となりたまひしこゝろを、

8222　椋の葉にひかりそへたる春日かな

行春ををしみてながき念仏哉　　古声

寺に由縁あれば、方丈に入て酒食の饗あり。寺より人を送らせらる。

其人を導に山を分入るに、燈明松といふあり、父母の誕生を祈て、本山寺の観音へ灯明を奉り給ひし松といふ。本山寺は、役行者の開基にて観世音を本尊とす。この仏の告子なれば、円光大師の親観音といふ。また剃髪の地の菩提寺は、東北にあたるとぞ。今は寺はなくて、銀杏の老木のみ残れりといふ。

大戸といふ所に出て、喜楽といふ医師の家に宿りて、送りの人をかへす。此家の前の川舟にのりて、明なば備前の方へ行んとなり。三月尽なれば、

8223　春の道もけふばかりなりやれ草鞋

山に向ひて春ををしむや旅の宿　　沂風

四月朔日、朝まだきに柴舟に便船す。此川は津山のかたより流れ出る早川なり。「袷着る日よ」と人のいふに、

8224　船引の裸めさまし衣がへ

霧はれて綿をぬくなり舟の上　　沂風

舟の道七里といふ。右手は山平かに人里つらなり、弓手は山さかしく岩そばだちて見所多く、舟の早きをうらむ。午の時ばかりに左福といふに着て、舟はますぐに下れば、人は山の間をたどりて三ツ石の宿にいづ。けふは空のけしきはや夏になりて暑ければ、なやみて此宿にやどる。※

二日、春通りし海道を上るに感あり。

8225　わが旅も麦のあからむ日数かな

8226　たびごろも脱かへんにもたゞ一つ

正条より横をれて室津へ行、浄運寺にやどる。※
三日、加古のわたりにつくに、淇園といふものゝ追善興行あり。
8227 花となき若葉とうつる日数かな
五日、垂水、塩屋の里も塩まくさまはあらで、
門並に茶をほす湯気の匂ひかな　沂風
須磨のけしきも行し比の春にはかはりて、
8228 青あらし淡路へも手のとゞくべし
8229 すま寺や葉桜くらう奥せまし
8230 芦すだれ青くもかへす須磨の里
西すまやすだれにしらむ麦ぼこり　古声

東遊紀行（外題）

こぞはいかなる年なりけん、法兄とあがめたる入阿上人、弟子とたのみたる吾東法師に、一月ばかりが間におくれぬ。ひとりは、駆鳥のころより同じ師の室に入て朝夕になれむつびて、したしき事、此人にすぎず。まして和歌の道に堪能の誉ありて、かたみに月雪をかたりあいて物さだめの博士とたのみ、ひとりは、京極中川わたりのおなじ流れに住て常に行かよひ、へだてなき風雅の方人なり。ことさら念仏三昧の聖にて各留(カクル)半座(ハンザ)の契ふかく、わが死ん跡のきはにも棺のもうけせんはこの僧をこそと、たのもし人に思ひしも、同じ冬の霜と消けるよと、めづらしからぬ此土のならひながら、浅間しくちからなき心地に覚えられて、春たつ朝のうぐひすの声も、はつ芝居の太鼓の音も物うげに聞しに、さらば、此春は東の方へ行て富士の山の曙のけしき詠て、日ごろのむねあく時なきおもひをもなぐさめ、善光寺へまふでゝ、なき人のう

へをもいのらんとおもひたつに、わがさる道の程を足なれたるをしりて、「人も行ん、我もともなはん」といふに、うちつるゝなり。

きのふより、雨降て道ぬかりてあゆむべくもあらねど、同行の人みな商人にて世のことわざしげき身なれば、しばしもさはりなきうちにと、午の刻過るより出たつ。折ふし草庵の庭もせに桜の咲みだれたるを、

8231　帰るまで散らずにまてよ軒の花

同行の家〳〵より男女の子ども従者（ズサ）多くざゞめかして、栗田口へ送る。去ル人〴〵は、つかふる親やいとおしき妻子あれば、心とゞまる事多かるべし。此世のほだしもたらぬかゝるするすみの身だに、見なれたる松坂・日の岡こゆるにも、「またいつかは」と見かへりがちなり。大津のうま屋に宿りて、井口氏が家に行て別おしむは、三月六日の夜なりけり。（底本改行、以下、※印で示す）

七日、空はる。同行は打出の浜出して舟にのれども、をのれと古静といふ男は木曾寺にまふで、勢田のはしわたりて、そのあたりの人に別をつぐ。野路の玉川にて、

8232　焼し萩の根を見てありく川辺哉

草津より北へ横をれて鏡山をすぎ、愛知川の駅にやどり、芦水・師由の面〳〵にあひて、蝸牛庵に鶏うたふまで語る。※

八日、空ます〳〵晴る。多賀の神社にまふで、彦根の大洞の天女の宮に参る。湖水の汀にてしれる僧にあふに、都の人なれば「浦山敷もかへる波哉」とやいはん。磨針峠の望湖楼にいこふ。湖上うち霞て詠ふかし。人々めづらしとて、時をうつす。番場の辻堂のかたへの家に寐る。※

九日、きのふにまさりて空よし。朝まだきに宿を出て行に、春の夜のならひ、いとねぶくて思ひ出し事あり。むかし頓阿法師、朝とく馬ねぶりして、此駅にて、

短夜の朝のねぶりさめが井の耳もをどろく水の音かな

と聞へしも、かゝる時の事ならむ。その醒井の本に、日本武尊の御足ひやさせ給ふ腰かけ石とて、水の中に垣ゆひまはしぬ。

8233 いさぎよう鮎わき上る岩根かな

柏原は伊吹の山の麓にて、雪真上に白し。寐ものがたりといふ所をしゆるとて、

8234 あちらのは近江のふじか田植うた

山中村に、九条雑仕常盤女が墓あるを案内す。不破の関は杉一むらある所なり。下に流るゝ関の藤川にわたせし橋の落たるに、「荒にし後はたゞ秋の風」とありける古歌を思ひあはせらる。

8235 春やむかし橋さへ朽て木瓜すみれ

その橋を作りかゆるとて、番匠多くあつまりてその事をいとなむ。足利公方の此辺り一見し給ひし頃、あらたに関屋を造りあらためければ、

ふきかへて月こそもらね板びさしとくすみあらせ不破の関もり

と不興の気ありけるも、優（ユウ）なる物がたりにや。野上の里をすぐるとて、いにしへはてくゞつ多かりし所なるを、

8236 此里のむかし模様や桃のはな

諷ひものに作りし鶏籠山は、上なる山をいふとぞ。垂井の宿に櫟原氏をたづぬ。その家にある聖堂を拝するに、かゝる駅の中に孔孟の道を伝へて、馬おふわらべ駕荷ふ男までに五常の事など教さとすぞ、有がたき心ばへなめり。垂井の水は玉泉寺といふ前にあり。涌出る水の玉のごとく、清冷いふべからず。春王・安王の金蓮寺、後光厳帝の行宮の跡など見めぐりて、南宮の社に参る。此国の一の宮にて、堂社甍をならぶ。「美濃ゝ御山中山」と詠る名所なり。神主大庭何某に逢て事跡をとふ。道の案内にて、櫟原先生、杜柳といふ人と共に先に立て行。左の方の山は神書に載たる喪山（モヤマ）、下の川は鮎貝川なり。今は垂井河とぞいふ。雉子矢田と申所も此国にあり。

青野が原に分入て、熊坂と云し盗人の大将軍の物見の松をみる。此野はいと広くて人気うとき所也。青墓の宿に大夫進朝長の塚あり。誠に、東北の方のやまに有よし。道の左右に、梨の木を藤のごとくに棚を構へて作る。余所の国には目なれず。赤坂の駅の竹中氏が許に宿る。蝶伍・木固の二老人来りて、夜一夜かたる。※

十日、日なを照りぬ。美影寺の宿に人多くむらがりて、

老たるもわかきも念珠もちて物待顔なるを、「いかなる事のありて」と尋るに、「信濃ゝ国より阿弥陀ぼとけの登らせ給ふを拝ん」と也。やがてをのれらも其国にまふで行て拝むべきなれど、かく道に参りあひ奉りしぞ、尊ふとき。

　同行の野田なる男の尋べき所あれば、うちつれて糸貫河わたりて、北方といふ里につきて其家をとふに、八十の翁なるがよろ(ぼ脱)ひ出て、うちしはぶきて語る。堅固のふる人也けり。黒野といふ所をも尋行て、野を横さまに長等河をわたり、岐阜の町をすぎ加納の城下に出れば、別れたる同行の宿りたる家をたづねて入る。※

　十一日、空きのふにまさる。馬にまたがりて各務野を行に、道の脇に小松多き中に、牛をかくす計の桜の樹の「けふ来ずは翌は雪と降なまし」の盛なるに、

8237　人足も駕をろしけり花のかげ

　鵜沼を過、太田の渡りをこゆ。御嶽にとまる。此宿は蔵王権現を祭れる寺あれば、駅の名によぶ。※

　十二日、空くま無し。細久手・大久手の間の山道を上り下る、十三峠とかいふ。西行坂にその上人の塔あり。国〳〵所〳〵に西行庵・西行水など申所の多く残れる風雅の余光、申も今更なるべし。いにしへ唐土に蘇東坡の経過せし所を、後の人、「来蘇」と名付てその来りし事をみめある事にせしためしならし。大井の駅より日くれかゝりて、夜に入て中津河につく。※

　十三日、暁ちかく雨の降出けるに、木曾の御坂こゆるより空ひきかへて晴わたる。薗原は三里ばかり山深き所といふに、箒木といふものありける事かたり出て、

8238　山桜有とは見えで道遠し

此辺りに兼好法師の隠れ住し所あり。『風雅集』やかの法師の家の集にも載し、「木曾のあさ衣浅くのみ」と聞ゑし跡ならん。今はゑんこう屋敷とも猿屋敷とも里人は伝へあやまりしとて(ぞカ)。

　妻籠といふ宿より、女の善光寺へまふづる道はあり。さらぬだにもの恐しき木曾の奥の、道もさだかならぬ所を分入る女心の便なさ、老たる人などの手を引、腰ををして行風情の哀なる、仏、いかでか此こゝろを納受し給

はざらんや、とたのもし。三留野の宿は、二とせばかりの前の年も宿し所なりしに、こと〴〵く焼うせて跡かたもあらず。そのころ一夜やどりし家もいづくならんかしれず、常なき世のすがた。是より木曾河にそひて行に、霞こめたる谷陰に花の咲出たる、芳野川の面影覚えて道の程もわすらる。

8239　三月や木曾のおくまで花のちる

信濃路や桃とならびて梅のはな　古静

けふは桟の道多くあやふければ、日高けれど野尻にとまる。宿りし家の前の山にけぶりの立登るを、

8240　山焼や花のさく木も有べきに

十四日、空曇りて駒が嶽も見えず、風こしの嶺は萩原の駅の右にあたりてみゆ。

8241　奥は雪残るか下す風寒し

臨川寺の庭に寐覚の床を案内し見するに、雨の降いでゝわびし。なべて此木曾の道は、岨陰の人の足たつべき便なき所に、山より谷の上に木をわたし柴を敷て渡るかまへなり。「青天に上るよりもかたし」と書し蜀の桟道になぞらへて、すさまじき限りに言伝へたる中も、此あたりは桟を長く渡したる所なれば、桟とのみは此あたりをさしていふ。おのれわかき頃より旅を好みて、年ごとの春秋にはかならず旅に遊ぶに、年すでに五十にちかく、四十余年の世の中の行路難をおもひかへせば、ひとりおかしくひとり悲し。

8242　三度まで桟こえぬ我よはひ

桟や今も弥生の雪をふむ　古静

雨なをやまねば福島に宿り、巴笑老人をとふに、親も子も出来りてかたる。其夜は、本陣の五左衛門といふ者の家にまねかれて、夜更る迄語る。※

十五日、雨のをやみを待て、遅くいづ。福しまの関をすぎて、宮の腰より空はれぬ。鳥居峠こへて奈良井に宿る。

十六日、雨後の空洗ふたるがごとくになりぬ。山中のならひ、春の霜なを深くいと寒し。贄河(行)の宿のこなたにさる遁世(トンセイ)の聖あり。ひとゝせ都へも登り、いさゝかしれるものなりければ尋るに、庵にはあらで、けふがる法

師の一人居たり。硯めくものもとめ出して、物書てをく。世をのがれたるはかゝる所に住てこそと、そゞろにうらやまる。本山・洗馬を出(衍)しるより、山左右にひらけ、空の景色もはれらかなり。

8243　木曾の谷もやゝ出ぬけたり夕ひばり

此洗馬といふ地名を、木曾義仲の馬洗ひしより名とすと。かゝるよしなし事、諸国に多く聞ゆ。『東鑑』に、「信濃の国洗馬の庄、蓮華王院の御領」とあれば、そのかみよりの名なること、いちじるし。桔梗が原を馬にのりて行に、道の傍に首塚といふもの六十三あり。其頃のみだれ、思ひやるも恐ろし。

富士の山見んとて塩尻峠に登るに、思ひし山の影、夕日にうつろひて残なく見ゆ。同行の人々は年頃扇に書しよりはしらねば、皆手打てよろこぶ。諏訪の湖は真下に舟のうかべる、高島の城の洲さきにさし出たる、またなき詠なり。ことしは寒気いと強くて、此月の始めまで、氷の渡りありしとぞ。もと来し塩尻の駅に帰りて宿る。※

十七日、きのふにすぐれて天ほがらか成り。桔梗の原の広きを横ぎりて、松本の町に入り、雨艸が家を尋るに、酒求め出しかはらけあまたゝびにめぐらすに、山路といふ男の酔過て旅ともおもはず、かの家より人して送り来りて、筑摩の湯に下り居てゆあみ、日比の疲れをはらすに、昼のあるじ、別れがたく思ひて酒肴持せ来りて、夜と共酌かはす。「下戸ならぬこそ」とおもはる。※

十八日、岡田より道に出る比、少し曇りしも、頓て空はれて立坂をこゆ。青柳の駅に、ちかき年宿りし家も火の災にあひて、焼原と見なしぬ。けふはさかしき坂多くこへて苦しとて、早〱麻績(ヲミ)の宿に泊る。※

十九日、けふは月の名所見るべきに、「空いかゞ」とねんじたりしに、いとよく晴ぬ。猿馬場より更科山に分登る。姨石の上に登りつ、地蔵堂に下り居つ眺望するに、こゝかしこの尾上・谷陰に花の咲ほころび、雉子・鶯のもろ声なる、月すみ渡る秋の夜も思ひかけず。

8244　よしや今姨すつるとも春の山

四十八枚の田どもも里人出て鋤かへす時なれば、都がたの野山のけしきにかよひておもひ出ぬ。

丹波島より雨ふりいで風さへ吹て、犀川の渡りすさまじく渡りかねたり。馬手の方の山ぎは二三里が間、桃・桜の盛りにて、雪をつかねたるごとく思ひもうけぬ詠也。善光寺の別当にしれるよし有に、宿房薬王院といふをた(と)ふ。※

廿日、空よけれど、「日比のやすみよ」と逗留す。戒壇めぐりすとて、同行を伴ひて如来のおはする壇の下を右遶（ウネウ）す。もとよりめざすもしらぬいと暗き所にて、先へ行人の念仏する声をたよりにたどるに、世の中のあらゆる見る事聞ことの心をみだす事あらず、もはら心を一ッにして仏たのみ奉る声の、男女と声はかわれども、その人は見ず、聞およぶ六道の辻といふ処に死してさまよひ行と聞し、身にしみて覚ふ。廿年計のむかし、此処にて、

8245　かの道もかうかと悲し朧月

と口ずさみしも今の様に思ひ出て、境内拝みめぐりて、後の山の刈萱道心の往生院に参る。ちなみある塚本道有といふくすし来りて語る。※

廿一日、つゞきて日よし。明ぬより宿房の僧の案内に、御堂の内陣に入り、ちかく居よりて朝御帳の法会拝み奉るに、光明我人の頭を照らして有がたき。そも此御前に、こたびにて三度迄詣来りたる事、不可思議の因縁なる。今は此世にて詣ん事もあらじとおもへば、何となふ泪をさへがたし。外陣のかたは田舎人ども多く立こみて、肩をならべ膝をくみて所せく、おどろ〳〵しきまで念仏す。

8246　曙や雉子も念仏に声をそへ

寺を出るより、雨風いやふりにいやふきにしてあゆみ兼たるに、筑摩河のほとりにて、同行の人ののりたる馬の泥になづみて膝打ければ、その人落て膝の口をいためぬるに、まだ昼の時ならねど矢代の駅にとゞまる。けふは都の方は御影供にて賑しからんものをと、人〴〵いひ出しこひしがる。※

廿二日、空名残なふ晴。朝まだきに宿を出るに、筑摩河をへだて更科山に月の白く残りたる、「かゝる折ならでは」と行もやらず、

8247　姨すてやとり残れて月かすむ

またこなたの方を見て、思ひつゞける。

8248　片はれや有明山に霞むかげ

此道の上は川中島の陣の時、越後がたの陣所にせし西条山なり。笄(かうがい)の渡しといふは、其比村上と申大将の軍やぶれたるに、其女房の落行が、こゝの渡し守にとらすべき料足のなかりければ、頭にさしたる玉の笄を手づからぬきてあたへしよりいふとなり。坂木は村上が城跡、鼠宿は元亨帝の皇子の配所なり。

上田の城下を通るとて、麦二がもとを尋て、しばしの間に昔今を語りあふ。海野のあたり春風砂をふき上て、行ともなくあゆむとも覚へず、石高くてありきわづらふ。小諸の城は穴城といふものにて、道よりは遙にひきく地下りて、世にまれなる構なり。日暮て此所にやどる。※

廿三日、朝寒し。空、けさも昨日に同じ。浅間山けぢかくながむるに、煙のなゝめなる、

8249　山の端やけぶりの中に啼ひばり

麓は数里が間、不毛の地にて、焼たる石ども原中につめり。

8250　焼落し石の下にも春の草

沓懸・追分の間に、遠近の社、をちこちの里と申有。『伊勢物語』に「遠近人の見やは」とよめるより、好事のものゝもうけたるなるべし。はかなき筆のすさみを聞もわきまへず、神をいわひなどする、うたてしや。碓日峠は信濃・上野の境なり。しなのゝ方は地高くて上るはしばしなるに、上野の国の方へ下るは、さかしさ車をころばすべし。日本武尊のこの嶺より弟橘姫をしたひて「吾嬬者那(アツマヤ)(耶)」と宣し心を、

8251　花ぐもり京なつかしと我はいはん

坂本のうま屋に宿らんとするに、西の国の守多くとまりて、家〳〵人みちてやどるべき家もあらねど、さればとてさきの駅までは道遠し、やう〳〵小き家に入りてやすむに、遊びどもよびて同行の男ども酒たうべけるよしなれど、例のいぎ(衍)かたなくてしらず。※

廿四日、空かわらずよし。横河の関をすぐ。関の戸ちかき所に、けふとき刑にあひたる者あり。往来のかたはらにかけて、人に見するなり。是は、此関の戸は女の通

る事をゆるさぬ法なるを、しのびて女をつれて通りし男なりとぞ。身体髪膚をそこなふ事を不孝と申に、いましむるなるに、かく国の掟までをかしたる、その身さへかく浅間敷ありさまなる、六塵の楽欲の中もわきて罪ふかきまどひなるか。川をわたり里をこへて、妙義山に詣ぬ。むかし見しにもまさりて、宮居のきら〳〵しき、目を驚を。此山は恐ろしきまで験ある御神にて、関東の国人あがめ奉る御社なり。高崎の町屋に宿る。※

廿五日、朝雨ふる。生方氏が家をたづぬるに、やう〳〵起出し程なるに、立ながらあひてわかる。うらめしげにいふも、ねたし。倉加野より左に日光へ行道あり。玉村より雨晴れて、五料の関にいたる。関守にしるしの物出して通る。関の前に利根河流る。此河は、赤城山を出て沼田・厩橋の城どもを経て、大河の一ッにて、「坂東太郎」と川をあざ名す。伊香保の山やいか月の沼も近し。

道の右のかたに、世良田の長楽寺あり。新田の庄にならびたり。鎌倉のすゑに、世良田・新田の庄は富る者多しとて課役をかけし事の、『太平記』に載し所也。徳河村は今の　将軍家の御先祖の地にて、一村の年貢を許されて、その由縁の人住居し給ふとかや。岩まつ村には、まだ岩松殿といふ人あり。みな新田の氏族にておはすとぞ。今宵の宿は木崎といふ所にて、田舎道のならひ、よろづ鄙びて旅心そひぬ。※

廿六日、空の色霧たちこめて覚束なし。太田といふ新田の庄なり。大炊助義重より義貞卿迄居住し給ふ地なり。菩提寺を大光院とて、庄園あまた寄られて目出度御寺なり。此あたりは、鳥山・脇屋・篠塚・江田・由良・大館・堀口等の村里の名あり。みな一族郎等の住し在所なめり。足利は左の方にあり。足利学校など旧跡多けれど、去ル古への事わきまふべき同行にもあらねば、行ず。天明は釜に名ある所也。犬臥までもこと〴〵く佐野ゝ庄なり。富田の本陣に宿る。※

廿七日、朝より雨風のあはたゞしければ、橡木より蓑まとひ行。室の八島もちかけれど、「雨の道物うし」と同行のかこたんもうたてく、わきに見やりて、

8252　春雨や森の草木のけぶりたつ

ふりみふらずみにて、金崎合戦場をすぐ。鹿沼の宿より雨また篠をつく。道の左右に杉の並木あり。右衛門太夫正綱と申せし人の植給ひしとぞ。「甘棠翦(カントウキルコト)なかれ」の徳沢なるか。文挾(フバサミ)の駅にやどるに、雨、夜すがらふる。※

廿八日、雨なをやまず。板橋をわたり、今市の駅なる斎藤氏を尋るに、三とせ昔の人と成て、其子とてきびはなる、それの母の親もいざり出てねも比にもてなす。また当社に仕ふる高野ゝ何某も年比の友なれば、「夫をもとぶらはん」と云ふに、是も今はなき人に成れりと聞て、旅の心よはくてなかれぬ。日光山は仏岩といふ谷の常久房にやどる。雨やまねば社へ参るは翌こそ、と炉のもとにまどゐして、ぬれたる衣をあぶる。※

廿九日、雨降しきり、神さへ鳴りて、山寺の人気すくなき、心ぼそし。午の貝すぐるより、雨のやみたるひまに　御宮へ参る。ちかきとし、　将軍家の御社参とて、世に残る人なくゆゝしく見さはぎける跡にて、わきて光りをそへ、めさめたる心地ぞする。生る仏の御国とは、爰を置ていづくをやいはん。堂舎拝みまはりて、

8253　花鳥と数へつくして春くれぬ

瀧尾の社、素麺の瀧の所〳〵見めぐるに、けふの三月尽の日をも旅行心せわしく、物にまぎれて日の移り行をもしらざりしに、あはたゞしく驚れて山中の見るまゝを、

8254　春雨の名ごりやつたふ杉檜

四月朔日、雲行立かはりて晴ぬるに、宿房を出たつ。大沢といふ宿よりあなたは、杉の並木見へず。衣かへる日なれば、

8255　山を出て綿ぬく気には成にけり

古静なる男の足疼みて物うがれば、宇都宮に宿る。爰はみちのくの海道にて往来多し。※

二日、空晴わたりて、清和の天とやいふ。兼て鹿島の方へ行んとかたらひしも、同行のなやめるに、その事やみぬ。黒髪山はうしろに、雪まだ白く、筑波山は前にみへたり。

8256　つくばねや麦の穂ずへに黒きもの

小金井の宿の左、半計(道脱カ)に薬師寺あり。昔は筑前観世音寺・南都東大寺と当寺、戒壇を許れし事ありしとぞ。道鏡法師も此寺の別当職に左遷せられしと聞ぬ。詣まほしけれど、人〴〵皆旅にうんじて、「早く江戸に出なば」など、おのがどちしりうごちければ、行ず。小山の駅は、小山判官と云し人の住し所とぞ。家多く立ならびぬ。こなたもかなたもかぎりしれぬ野らなり。下毛野と聞へしもむべ也。間々田に日高く宿るに、旅の徒然なぐさめんとて遊びをむかへてうたはせけるに、その声のだみたる、糸の調べも聞なれぬに、遠くも来りにけりと思ふ。※

三日、空同じ。「枕香の許我のわたり」と聞へしは、古河の城ちかき栗(栗カ)橋の渡りなめり。川は利根河にて、前の渡しよりは川はゞはるかに広く、盞をうかめし流れも楚に入ては船をもて渡るためし也。関所は川のへたにありて、いかめしきかまへをなす。夫よりは堤をなゝめに、なが竹むら立て、行〳〵子の声かしまし。

8257　ねぶたさや柳絮(ハタ)ちる長堤

堤のかげに、あやしの家三ツ二ツづゝならびたり。或家の内に一人の翁ありてさゝやかなる笛を作るを、立寄て「いかなる音をやなす」と尋るに、やがてすげみたる口してふくに、あたかも初春の明わたる、窓の竹、門の梅の枝にほのめけるはつ音のごとし。「されば鶯笛とはいふ也」と。そのあたひをとふに、「銭一文をもてかゆる」とことふ。世わたる業の様〳〵に、鳥を網に竿にさして殺生の業をなしむしんなること多(か脱)るに、かく風流なる工をなして朝夕をおくれるは、いかなるかしこき人の世をのがれてかくれすむならん、かの西行上人書給ふける『撰集抄』とかいふ中に有べき人ならんよ、と物なつかし。

下総の国をはなれて、武蔵の境に入り、杉戸の宿につく。けふも日高けれど、「足のうらいたみてうごかれず」とわぶる人あればとまる。※

四日、空けふもかはらず。四方見わたさるに、たゞ水田のみ目もはる〴〵なり。げにも武蔵野ゝ、行ともはてしなき詠なり。粕壁・越谷を過て、江戸に入らん(と脱)するに、千住の駅の家〴〵に、君どもなまめかしく居ながれて糸ひきうたうたふに、同行のわから人、心うかれて「道行べき心もなし」といふに、をのれのみ「いぶせし」と行んも、例のむくつけ法師よ、と思ひはゞからんにや、と長が許にたちよりて笠をぬぐに、「こゝろとむな」といふべきあるじぶりにもあらで、また申のかしらより宿りて寐にけり。※

五日、空曇りながら降もやらず。浅草の門を入て、石町わたりの、しれりける山崎といふもとに宿る。こは唐大和の書をひさぐすぎわひなれば、家のくま〴〵せまきまで書どもつみかさねたり。日ごろとゞまりて、静に見まほし。此あたりは、府中第一の繁花の市町にて、市女・商人の行かひ馬・車のけぶりたちて、ものさわがしき事いふべからず。されどもこよひは、旅の心のどめて前後もしらずふしぬ。※

六日、雨つよくふりて、見ありくべきやうなければ、「歌舞妓狂言見せん」と宿のあるじ催して、「羽左衛門」といふ芝居を見る。※

七日、雨はあがりぬれど、道あし。ちかきわたりの、烏明・吐月が庵を尋ねて、御城の四方見めぐり、四ツ谷の萱堂といふ人の許へまかる。其家の楼に上りて語るに、あたりの人多く来りて一座の会あり。ねぶたかりつるおりなれば、其夜は其家に宿る。※

八日、けふもまた照りぬ。李十・素門の二人、道の案内し、平河天満宮より増上寺に参る。灌仏の日なれば、常は人の詣る事もあらぬ所まで拝ますに、老若群集をなす。青松寺・愛宕社えも登り、はては武蔵・下総の境なる両国橋わたり、深河の雪中庵、また泰里の隠家をもたづぬ。其家にとまりてこよなく語るとて、「ことしは杜宇の遅くていまだ聞ず」といふに、

8258　江戸でさへまづ一声やほとゝぎす

かゝるよしなし事いひて、其夜は明ぬ。※

九日、空曇りがちなり。長慶寺の芭蕉翁の塚に参る。此塚は、元禄のころ杉風が建たる碑にて、石の面、苔にふりたり。雨のふり出たるに、吹矢町の芝居を見物す。萱堂のぬしがあるじせし也。都にて見ける歌舞妓どもあまたありて、興を催す。日くれて、旅宿に帰る。同行の

人〴〵はいづくにかうかれけん、あらず。※

十日、朝の雨しとゞに降る。西村といふ書肆の許に行て、書を見る。巳の刻すぐるより雨晴ければ、本庄の方に行て、門瑟(シツ)が庵をとひて、また雪中庵にとひよりけるに、雨の降出ければ、あるじの老人とさしむかひて、

8259　わか葉うつ雨やむかしの庵の音

是は、此庵は芭蕉庵の古きをうつしたるなればなり。これに句をつぎて、執筆の人と四人の一座となる。※

十一日、雲なく成てはれらかなり。あるじを伴ひて河上庵にいたる。此家のかまへ、木草庭もせにしげり、池水すゞしくたゝへ筧の音たら〳〵に、此ごろの市中のかまびすしきを忘れて、

8260　しづかさは京かとぞおもふ夏木立

此句にて一会あり。鶏口・登舟・蓼太・予・古友、連衆なり。当座に、

8261　小ぐらきは東叡山かほとゝぎす

十二日、空また曇る。あるじ泰里案内にて、家の前より小舟をさしかへて、永代大橋・両国の橋〳〵を漕とおりて、角田川に遊ぶ。舟さす男の一人あるが、この河水にたゞよひありきながらも無下のしれものにて、「三囲の社、関屋の里は」と尋れど「ふつにしらず」といふに、まして「都鳥は」ととふとも、わきまふべきならず。「木母寺の方へは、あの川島へや舟つかふまつらんや」と覚束なげにいふも、たど〳〵し。

8262　葉柳をあてに棹さす小舟かな

浅草寺は、参詣の貴賤とろ〳〵と水の流るゝごとし。此国に昔よりおはします観世音にて、霊験の事は、かけても申さじ、この年月の火にも焼で(濁点ママ)、御堂物ふりにたり。「火不能焼」のちかひなるか。大我和尚の愛蓮庵を尋ね、上野の東叡山を拝みめぐり、此山下にかくれすみける秋瓜が庵をとひて、昌平橋をわたり、旅宿に帰る。※

十三日、空の景色心もとなけれど、江戸橋より舟に乗て深河にいたり、しれる人〴〵に別をいふ。同じ所に、遠江守と申御館の中に芭蕉庵の跡ありときゝ、門もりの翁に物とらせて言入るゝに、御館をあづかる武士も、さすがに情しらぬにはあらで立出てかたる。「此所中、む

かしは杉風と言しもの丶別業なりし。其比芭蕉翁の住給ひて、人もかく呼びならはせしとぞ。あが国の御館となれ丶ど、仕ふる殿の昔忘れさせ給はで、〈かの蛙飛込むとかありし池水も其世のま丶に、汀の草をもかなぐらでおくべし〉と仰事ありて、其御いましめをまもりて、あらぬさまなれど、さる事しとふ輩ならんには」と案内せられけるに、かたりしにたがわず、水草しげりて、そこともしれぬうもれ水なりけり。貞享・元禄のありし世のさま思ひいで丶、古池の水のこ丶ろいかんとぞ、

8263　水くらし刈らぬ菖蒲の五六尺

村雨やうき草の花のこぼす音　古静

八幡宮の茶店にて、旅宿の主じ見送りの酒をくむ。けふがる男の出て、声うちゆがみうたふ。また舟に乗て石河島・つなだ（くカ）島を過て、筑地の本願寺に参るに、雨横に降しきて、いたふぬれて旅宿に帰る。※

十四日、空うち曇りぬ。柳几が隠居へ文をくるに、とみにはしり来りて、「けふ迄もしらさゞりける事のうらめし」といふに、うちつれて小柳町といふ所の別屋に行。神田の社・湯島の社・忍ばずの池の弁財天など拝みて池水にのぞむに、水すゞしくた丶へ蓮葉うかみていと広し。柳原といふちまたは、川岸に柳枝をつらねて、其陰に小袖・帷子を売る商人軒を並ぶ。

8264　衣がへによりそふ人や柳かげ

十五日、空おもふことなげに晴たれば、一きはうき立て旅宿を出たつに、しばらくのやどりも別れの物うし。宿のあるじ見送りて、高縄の泉岳寺を案内するに、古墳の塁〲たるあはれに、世のすゐとも覚へぬ節義の人の名どもよむに、泪ぞ先だちける。

品川のうまやにて、旅宿のあるじわかれの酒くむ。六郷の河は矢口の渡りなり。此川上に義興の霊を祭りて、新田の社と申とぞ。此河はむさしの玉川にて、調布さらす名所にて、ふるく人のしりし所なり。上野の国より此辺り迄、賤の家の棟に土を置て射干を植たるに、そのかみ何がしの君の、筑地の上に撫子をうへさせて詠給し風流の事ならねど、

8265　しやが咲や崩れし棟に花みだる

神奈河の台は、海を目下に景よき所也。そこをすぎて程が谷に宿る。※

十六日、空みどりの色をますほどに、富士の山はれらかに見ゆ。戸塚より鎌倉の山の内へ入る。まづ円覚寺より小袋坂を登りに、(衍)建長寺に参る。世の諺に、「建長寺の庭を鳥箒もて掃しごとく」といゝ伝ふも、大檀那は時頼朝臣にて、隆蘭渓の住持し給ひける時の(二)になふときめきしをいふならん。今の世はよのつね人の詣来る影もあらで、誠に仏法のところしなへにあるものをと、信をこる。

8266 かん(こ脱)鳥の声さへやみぬ板の音

鶴岡の八幡宮を拝し、段(ダン)かづらより見めぐらすに、由井の浜辺の一の鳥居までなゝめに、谷〴〵の景色のこりなし。懐旧の心を、

8267 麦の穂や谷七郷の見へかくれ

雪の下の茶店にいこひて、日蓮上人の首題となへ初し比企谷(ヒキガヤツ)の妙本寺、記主禅師の念仏すゝめられし名越の光明寺、長谷の観音、大仏等も一覧し、星月夜の井に旅瘦の影をうつし、極楽寺の切通しをこへ、七里が浜にいでゝ小余綾(コヨロギ)の急ぎあるけど、砂道のはてしなく腰越に宿るに、伊豆の大島は南に、駿河の富士は西の海中に、夕景かぎりあらず。※

十七日、海の面静に、風あらねば江の島へわたる。上下の堂塔、異国の碑文など見て、渚に下りて龍穴に入りみる。天女のあらはれ給ひし巌屋といふ、其奥いと深く、松どもともし、打ふりて行。此磯より海をへだてて、富士の山麓のながれまでかくれずみゆ。今は年頃の願ひも心やれるおもひなして、下りゐて詠。

固瀬(カタセ)川・唐が原を過て、藤沢寺に参る。馬入河をこして、大磯の虎の石を見る。鴫立沢の庵によるに、いほぬしは、他国に行てあはず。酒匂川を人の肩にまたがりて渡る。夕つげ行風に富士の山雲よくはれて、西日の影に雪のいろの黒くうつりて見へたる、めづらし。今宵は小田原に宿るに、夜一夜波の音ひゞきて、市中ながらの磯枕なり。※

十八日、すこし曇る。坂を登りに、(衍)湯本の早雲寺に参る。北条五代の廟あり。それにならびて、宗祇法師の墓

あり。竹木うちかこみて物ふりにたり。

8268　道もあらずたゞ咲苔の匂ひかな

山陰にわく温泉を「芦の湯」といふ。箱根権現の御社は、山によりたる湖水の汀にていと清く、神の跡たれ給ふべく覚ゆる所也。曾我の五郎が童形にて居たりし僧房もあり。関所を過て湖水を見わたすに、曇りければけふも(は)富士の影もうつらず。くなうして三島の宿に下りてやどる。三島の明神にまふで、朝日氏が許へしらするに、取る物もとりあへず旅宿に来りて、年比のたへ〴〵しさをわぶ。※

十九日、天むら〳〵と曇りて、原・よし原の駅をすぐるにも、富士のかたは雲おほひかくして根もとのみ、おのれも人も本意うしなひしおもひに過そ(すカ)なり。吉原にもと住し乙児が門人に三浦氏のくすし、古きよしみなれば尋るに、かれも頭白く成て六十の翁とは見へぬ。をのれも「見わするばかり也」とかたみに老をかたる。「けふなん、富士をながめざる事口惜し」とかこつに、同行の心なきも有るも同じ心にいへば、「もし雨雲のはれなば、山の見へやせん」と空だのめに蒲原のうま屋に宿る。※

廿日、いさゝか雨ふり出ぬ。由井をすぎて薩埵峠にかゝるに、雨雲墨を流せしやうに、富士の方そこともしれず、足高山のかたちは雨の中に朧なり。田子の浦にも塩やくけぶりもたゝず、さしもにねんじたる詠はけふにこそあなるに、「いかなれば去ル神のにくみ給ひて、かばかりの景をかくせしや」とうちうめくのみ。清見寺に入りて、

8269　真砂地や山は若葉に清見潟

是より身延山の方へ分入りて、甲斐の国より富士の景を見んあらましなりしも、雨の空のおそろしく、山深く入べき心もあらず。顔見合して、誰「行ん」ともいはねば、やみぬ。遺恨すくなからず。雨次第に盆をうつせば、府中の町にやどりて、月巣が許をとふ。※

廿一日、日なをあし。されどけふは、名にし大井河こゆる道のりなれば、雨をつきていそぐ。安倍川のあたり、木枯の森のかたを見やるに、まだしのゝめのたしかにも見へざる比なり。鞠子の宿より、古静とおのれと柴屋寺

に立よる。海道よりは引入りたる山ふところに、心細く住なしたる草庵なり。わざとならぬ庭の草木、雨の中に一きはしみ〴〵とみゆ。前に立し山のするどく天をさゝへたるごとくなれば、「天柱峯」といひ、後の山より月のさし登れは、「吐月峯」とは名付しなるべし。宗長、此所にかくれし事は、みづから書し『宇都の山の記』にあれば、人もしれる所也。

8270 什物の文台かせよわか葉かげ

一ツ二ツ塚のかざしや藪つばき　古静

宇都の山こゆるに、むかし蔦の細道などおもしろく聞えしは、下の谷道とぞ。今は上の尾をこゆるに、此ごろ何某の殿の入部ありとて、草はらひ砂敷わたしたり。

8271 御通りに蔦のしげりもなかりけり

8272 青葉わか葉うつゝにこへぬ雨の中

岡部の里の名はむなしからず、左右に岡ある所也。午の下りに、島田の宿にはしり入て大井川の岸に望に、「たゞ今ぞ、わたり瀬とまりぬ」とのゝしりて行たる人もむなしく帰れば、せんすべあらで駅にやどる。いつまで宿るべしともしれねば、人々、たゞ日の経ぬる数をけふ幾日、廿日、卅日とかぞふれば、およびもそこなはれぬべし。千布といふ老人をたづねて、それが閑居にいざなはれて遊ぶ。※

廿二日、朝の空ははれぬといへども、川わたりべき（るカ）とも覚へず。起もあがらず、「日比の眠たさをわする計に寐ん」といふに、俄に「川の口あきぬ」と里人どよめば、おもひかけず、あはてふためきて川原にいづ。かの千布が方より人もてをくらす。其男はしりありきて、川ごしの者をかたらひ、をの〳〵二人ヅヽ、台にのせて、六人してかきもて行。わたり瀬は六すぢにながれて川波白く、わたる人の頭、鳥などの浮たるやうに見ゆるに、台の上にもさと水のみなぎるに、わなゝき〳〵目くるめくをねんじて手取かはして、台に居る心地もせず。金谷の岸につきてふりかへり見れば、富士山いとよく晴て、三保の松原・田子の浦はまで見わたさる。「昨日ならましかば」とうらめし。菊川の宿は、承久のみだれに、宗行卿の「東海道の菊川に命終る」と書付給ひし所なり。小夜の

中山をすぐる頃、杜宇の百千がへり啼けるに、

8273　爰で聞も命なりけりほとゝぎす

「横をりふせる小夜の中山」と詠しも、布引山といふよりはじめ、なべて横をれし山のみあり。古人の詞いたづらならず、例の居ながら名所をしると、思ひあがりたる歌人ぞ心もとなき。掛川の城より秋葉山の方へ行。野こへ山こへ道にて、此ごろの海道にはかはりゐ中びたるに、旅の哀れもまさりて興あり。森といふ里に宿る。※

廿三日、晴行朝風つめたきに、四十八瀬といふ川〴〵をわたりて、山深く入る。作るべき田畑も見へねばにや、村里多く茶を作りて、たづきとすなめり。

8274　摘〳〵て一尾根取し茶山かな

秋葉の麓を流るゝは天龍川の上にて、信濃ゝ諏訪より流れ出るとや。舟にてわたる程也。山へ登る事五十町、銅の華表に金の額かけたる、三所に立り。老たる杉・檜しげりあひて、目ざすもしらず。社頭は前に本地堂あり、正観音にておはします。本社は女人の参りちかづく事を許さず。別当は秋葉寺とて禅院にて富る寺也。此神は都鄙ゆすりて渇仰し奉る。同行の内二人は、「鳳来寺へ参らん」といひて、別れて麓の宿に帰る。※

廿四日、暁ちかふ雨そぼち出ぬ。また川をこして山にかゝる。上り下り百町とかいふ岨道さかしく、木立くらし。此山にも光明山権現と申神おはします。からくて山を下りて、二股といふ里あり。また天龍川をわたる。雨はれて、四方の夏野みどりにめもあや也。犀（サイ）が崖（ガケ）・味方が原の古戦場を横に見て、黄昏の比浜松の城下につく。しれる武士の許へ告るに、使をこせられて、いたく草臥ければ「翌こそ行め」とふしぬ。※

廿五日、空清し。中畝が家に行て、妻子や永田氏にもあふ。舞坂の長が許より人送り来りて、舟にのす。この海より富士の山ほのかにみゆると聞しを問ふに、楫取の、「けふの空にはいかで」とあいなくいふもねたし。おもふ方の風そひて、時の間に荒井の関につく。此ほとり浜名橋の跡にて「はし本」とよぶ。

8275　もかり舟はま名の橋の跡かたれ

海を見こしに磯馴松むれ立て、風景たぐひあらず。白菅・二川をすぎて、吉田城下にしる人多けれど、家々もこと〴〵く焼ほろびていづく尋んもしれず。国府のあたりにも日比の友あれど、日は暮かゝる。馬に乗たれば心にまかせず、御油にやどる。※

廿六日、朝日よし。赤坂にいたりて、太田氏が家をとふ。こゝは浮流法師が古郷なり。法師とくより爰に有て、をのれをむかふ。共に旅の日数をかたりあふ。あるじは、丹青に妙に風流の才に富る人也けり。法師も共にうちつれて登らんとて、ともなふ。道心の坊一人あり、是は尾張の国迄行人也。けふこそ日比の旅にも似ず、法師三人うちつれて、こゝろ静にかたりもて行。

宮地山は、赤坂のうしろの山をさす。古き記行に、「宮地山中に宿る」と載し所ならん。　持統天皇の頓宮の跡などありとぞ。二村山は法蔵寺の山をいふ。藤河の長は法師がはらから也。けふはよりて対面するに、酒食の饗応ありて時すぐ。岡崎の城・矢矧の橋のほとりまでは、去年の秋、水あふれ出て、城の門をはじめ多くの在家ながれたゞよひぬと。海道も淵とかわりたる所多し。跡の吉田は火にほろび、此辺りは水にうせぬ。此世の四大災も眼前に恐ろし。八橋の寺へ行て見るに、まだ残りたる花の有けるに、古き跡のいたづらならぬを、

8276　二番咲も色浅からずかきつばた

『伊勢物語』の詞に、「沢の辺に下り居て、かれ飯くひけり」と書しこゝろを句に作らんと、

8277　めしの茶は寺でもろふや燕子花

池鯉鮒の（にカ）宿る。馬市ありてやかましきまぎれに、法師を見うしなふ。※

廿七日、よき日和つゞけど暑し。鳴海の駅を行に、したしきものもあれども、とめまどはん事のむつかしければ訪ずしてすぐるに、名所問んたよりもあらず。こゝに里人の、年のほどさだすぎたる男のくはしくしれるにあいて、不審せし所々をさして教ゆ。「此うま屋を〈松風の里〉とは昔申せしと。〈夜寒呼続の里〉はさだかならず。星崎はさしつゞきたる村里にてあなれ」といふに、

8278　星崎や昼もほのぐらき木下闇

笠寺、観世音の笠めし給ふ故とぞ。熱田の宮に参る。同行の人〴〵は名護屋・津島の方へ行ば、おのれのみ荷物もたせて七里の渡をこえんとするに、折ふし風むかふて舟道ゆゝしと、この駅にとゞまる。※

廿八日、空曇れども風よしとて、朝とく舟に乗るに、はからずも、きのふ見まどひける法師も同じ舟に来りて、舟の中つれ〴〵ならず。左は尾張の知多といふ郡、海の中へさし出たり。右は美濃の山〳〵ならび立たり。昼の鼓の城に聞ゆる比、桑名につく。同行の人〴〵も間なく来りて、朝気川わたる比ほひより雨ふりて、四日市に宿る。※

廿九日、雨やまねど、都ちかく成ぬればむご（無期）に急れて、飛がごとくに都へもがなといはましと、たゞ急ぎて出たつ。日永の里をすぐるに雨ふりに降たれば、「雨に日永の団買れぬ」と口ずさみけるに、折ふし都の山伏のしれるが馬に乗て行に逢ぬるに物いふを、「篠懸を馬の前輪にくゝり付」と傍に居たる人の付たる興あり。杖突坂上るに、

夏草や泥によごれし杖ふむ（を脱）　古静

庄野・亀山のあたり、雨しめやかに野山見わたされて、

8279　うなだるゝ麦の穂なみや雨雫

法師は、「この雨に谷河の水出なば、道のわづらひならん」と別れて、兜越にかゝる。人〴〵は雨にあゆみかねて、関に宿る。例の君ども多き所なれば、うしろ髪ひかれてにや、しらず。※

晦日、朝小雨す。鈴鹿山こゆるより、日の影ほのめく。松尾川の橋の上にて、郭公の音もおしまで笠の端ちかく啼けるを、立どまりて聞居るに、老たる僧の行ちがふとて、「ほとゝぎすや聞給ふ」といふてすぐる。心ありげなり。

8280　ほとゝぎす聞やと尋ぬ人は誰

（他の文人との連作）

天明二年八月 湯あみの日記

湖東　古巣園　蔵

」表紙

（印「朝日のや」）

」見返し

こぞの夏は、例のあしの気に身さへはれびれてくるしかりけるに、此病をこたりなば但馬の国の湯あびせんことをねんじ思ひしも、とかくことにまぎれてすぎぬ。春はとく行んとせしも、「都の花いかでみすぐしなん。心なや」など人のいふに、さらばと詠ありくうちに、若葉とうつり行日影のいとあつげになれば、今はおもひたえしも、近江よりひとりの男登りきて、「稲葉もそよぎたちぬ。此ごろぞ湯あぶべき比なめり」とすゝむるに、ちかきわたりにもおなじ心なる男もいできて、「我も行ん」と手ひきたつれば、ともにうかれ出づ。

さても、行さきの老の坂は幾度かこえきたればめづらしからず、こたびは長坂ごえと聞えし古道をゆかんと都のうちを横に千本を上るに、紫野を」1すぎて今宮の社を首途の神と拝み、千束より長坂をこゆるに、葉月も十日ばかりなれば、

8281　木〴〵も色見えず長坂はてしなき

氷室村を通るに、両山うちおほひてみるから寒し。

8282　肌寒き道やひむろの山のかげ

杉坂といふあり。

杉坂の秋や色なき風の音　　都の男

〔コノ下ニ付箋ノ上端ガ見エ、欄外ニ「鰭紙・都の男友幸、近江の男去何（南部晋錫馬朱書、以下同断）」トペン書キ〕

こゝに、小野道風朝臣を祭りて武明神と申す神おはす。これは世にしれる入木の道の祖にて、此国に筆とれる人の高きもくだれるもあふがざるはあらず。

筆ゆふて神にさゝげん村すゝき　　あふみの男

宮の辺りに和香水といへる水あり。此水をもて硯の水と

なせば、筆妙をうといへり。
8283 此水で書ともいかで五十雀 」ウ
都を出て遠からねど、山のふかければにや、
8284 山下や屋ねに咲たつ草の花
杉丸太といふものを、おほく藤かづらにつなぎて持出る山人のひきもたえず。
8285 あき風につれてくだるや柱売
牛よけてのぞけば寒し秋の水　近江の男
細河といふよりは丹波の国とか。水草きよく家のあたり垣ゆひまはして、ことさらびたり。
八月も一時あつし赤木槿　都の男
宇津といふ谷に入ばおもひかけず大いなる川あり。このごろの雨風にいとゞ水まさりてすさまじ。細き一枚の板をわたしたも(カ)、めくるめく。此川は鞍馬の奥より出て、此国を廻り、大井川とはなれりとぞ。筏おほく流したり。
」2
〔コノ下ニ付箋ノ上端ガ見エ、欄外ニ「鰭紙・此里の以下いふめるノ一行、蝶夢筆」トペン書キ〕

此里のおくにしれる僧の住けるに行てとまる。鬱桜寺とはいふめる。鬱桜寺のいはれあるや、鬱然と桜の木立ふりたるをいふ成べし。今はそのゆかりとてもあらず、いと口おしけれど、月の秋のこのごろぞ、くまなかりける。
8286 月見せんために桜はきりけるか
月澄や春こそ花の鬱桜寺　都の男
桜さくころにも似たり薄月夜　近江の男
我がはらからなりけるものゝ、みどりごの比より、丹波の国のとある山里に捨けるとは、母なる人のかたりけるも、その比はをのれもいと若うて心とむる事もあらざりけるに、老行まゝに其ことのなつかしく、此年月たづねもとめけるに、近きころぞ此山里に住けるとは聞えける。年経て此秋ぞ道の序よければ、おほくの山川を越て、其家をたづねけるに、そのものは四とせばかり(前)の春の霜となりて、今の主は」ウよにいふ行あひ兄弟といふものなめり。さすがに(哀)しりて、山人のむくつけくもあらで、在し世の事をかたるに、

8287 あはで消ぬ連る枝の末の露

〔コノ下ニ付箋ノ上端ガ見エ、欄外ニ「鰭紙・十二日以下、蝶夢筆」トペン書キ〕

（十二日）よべは枕のうへに雨の音せしも、今朝は空はれて快し。寺を出て嶮き山を登り、をるれば谷村といふに出づ。此あたりは多くたばこをつくる。世にいふ丹波たばこといふものなるべし。

8288 秋雨や夫婦むかひてたばこのす

殿田・しわかの道すがら、ある家によりていこふ。其(カ)家の前に萩の花のみだれ咲けるに、酒くまゝほしといふに、「昨日より酒はのみ尽して、けふなん須知の町へ買に出ぬ。しばらく」3待給へ、やがてぞ帰らん」と、老刀自のいふに、

酒なくて誉ちからなし萩のはな　みやこの男

しうちの宿のはづれに出る。なべてけふの道はひくき山の間に稲むしろ見わたして、人気遠し。

狼に何ぞくるゝか山田もり　あふみの男

くれなゐの里は、歌枕にものせて、古き名にやふ。

紅のさとにもきりの落葉かな　みやこの男

大原の社のかたを遙拝して、水飲といふ里にやどる。宵のほどより台所のかたに碪の哀にきこふる。

うつ砧見れば給仕の女子かな　あふみの男　」ウ

寐入まで打てきかせよからごろも　みやこの男

8289 衣うつをとや風呂たく火のあかり

十三日、立出る足もとよりさかしき山路にかゝる。日ごろの雨に岩かどおどろ〳〵しくそばだちて、踏べき土もあらずしてくるし。是なんくさを(草尾)峠といふ。みちもせに真葛しげりて、蔦の細みちなどいふべし。

8290 葛の葉のうらもかへさず実のしげり

山家といふ所は、名にしおふ山家にて、山かこみ水ながれたり。その谷水、藍のごとくして、岩垣すさまじく、舟にて渡るに、今や船のさきの岩にふれなんかと、肝きゆ。又一ツの谷川ながれいづるに、板橋斜にわたしたり。山のたゝずまゐ」4水のながれ、見ぬもろこしの景もかくやと覚ゆ。上のかたに城山あり、木々くらきまで茂り、

谷水、山根をめぐりて、いかならん世に兵のかこみせむるとも落べき様にもあらじ。

尚、町すこし尾上につゞき並びて、しばしゆくほどに、この頭の道に、見もなれぬ松の枝をかはしてならびたてり。

めづらしの並木の松や秋のせみ　　みやこの男

山里は藤笠きたるかゝしかな　　あふみの男

梅迫といへる所は山ふところに、春もはやく暖なる成べし。富るものゝ家居と覚えて山里のわびしき風情もあらず。くろ谷（カ）といふは丹波・丹後の境にて、家ごとに紙すく業をなす。夫より道のほど松うへ、道ひろくて歩むとも覚えず。

田辺の町」ゥに入て、逸見氏の家にいこふ。あるじの悦び限りなし。

発句　　木越

〔コノ下ニ付箋ノ上端ガ見エ、欄外ニ「鰭紙・木越　丹波田辺　壺屋与一右衛門　逸見氏」トペン書キ〕

是に継て一巻とす。

十四日、背戸より舟にて送らる。とある岸に舟を繋ぎて、酒肴携へ来りて、いとねもごろにもてなされて、是より草鞋しめ（つけ）舟と陸とにわかる。

此国のならひ、山坂のたど〳〵しきに谷川けふの暑さ、夏にもまさるばかりなれば（るに）、谷川の（幾つともなふ渡れば、足より）ほめきて、あがりて打なやむに、同行のおのこ共のあはやと驚きたすくといへども、此あたりしばしのいこふべき家居もあらねば、こゝの岩角かしこの」5木の根に尻うちかけて、大雲川わたり（三庄太夫が）由良の湊につく。

こゝにて宿もとむれば（めんといふに）、あやしの男の出来りて（いふやう）、「まだ日も高う候へば、舟めされて宮津のかたへわたり給ふべし。（しかし此間は七まがり八峠とて恐しき難所なれば）見まいらせば、御足のいたげに見えさせ給へば、舟まいらせん」とて、（はや〳〵こなたへ」といふに）纜かひぐ〳〵しくとくに、〔コノアタリ推敲未了カ〕道のほど七八九町ばかりゆきて見れば、ちいさき舟の覚束なきにのりて、纜をとけば、（名にしおふ由良）北海のならひ（の戸の）波風頬に吹きたりて、今やかやらん（絶なん）とする事度〳〵なれば、みやこの男のはじめはつぶやきしも、いつしかい（夢）きたる心地もなく（中のごとくなりし）、〔なかりし〕ぞ、力なかりし（き）。　」ゥ

〔ココニ、折込ミノ風景画一葉ガアッタ。コピーデハソノ一部、首部ト尾部ノミヲ残ス。欄外ニ次ノペン書キ。

折込「天橋立景観図」の首尾〔縦二二・八糎、横八一・〇糎〕。南部晋筆。淡彩。朱筆説明。中央手前ニ

「粟田峠眺望　此処与真写」トアリ。

画中ニ「犬之堂」「宮津町」ノ書込ミアリ〕

〔六丁目初頭右下部ニ「此処裏面ニ墨書〈由良以下三枚ハ京麦宇筆〉」トペン書キ〕

由良

秋のかぜ由良の戸を漕舟はたれ　　去何

暮かゝる程より、こゝの人々にいざなはれて、待宵の月みんと名におふ与謝の海に舟あそびするに、此海の名物を調へて盃たび〳〵めぐる。宵の間は曇りがちなりし月影も、更行まゝにいと心よう晴わたりて、今宵の興むなしからずおぼゆ。

はし立の柱根みゆる月夜かな　　去何

舟より上りて橋立明神にまうでぬ。此辺りは松の木立一際生茂りて、いとゞ神さびて尊とし。傍に磯清水あり、内外の海のなかばに塩ならぬ水のきよらなるも、又めづらし。　」6

月影の前に澄けり磯清水　　麦宇

白糸の浜をつたひて小石をひろひ、松がねをめぐりて松露をさがしなどするに、夜いたう更ぬれば、今宵はまづ宿りに帰りなんと人々に申て、

待宵や六里の松を半まで　　麦宇

もとの舟に乗て内の海に棹さすに、折ふし汐のさすとて切戸のわたりは川浪の漲がごとくなれば、しばらく舟をとゞめて、

冷じやきれどをこゆる汐がしら　　去何

やゝ汐もさだまりぬれば、切戸をわたり磯づたひに漕か

へりて、何某の家にやどる。

十五日

朝の間の空はうちくもりて、巳のさかりよりすこし晴」ウ渡れば、蘭巴のぬしに案内せられて成相寺の観世音に詣づ。けふは舟にはのらで犬の堂の辺りより磯べをつたひ鶏塚など見ありきて、泪が磯に和泉式部のむかしをおもひ出て、旅の心いとかなし。

ことさらになみだの磯や露しぐれ　去何

文殊堂に詣でんとするに、渡し守の出て「舟のってあり。急にのれ」といへば、門のこなたよりふしおがみて、やがて舟に乗る。切戸をわたりて彼六里の松原をゆく。島〳〵浦々をながめて、やゝ観音の御山近うなりぬ。

松原を過て」7稲葉の中を行に、道の側に鳥井あり。豊受大明神に〔の〕（社あり。）額うてり〔御前にまいりてぬかをつく。〕。反橋をわたりて御社の前（に）ぬかづく。それよりはさかしき山の九折なるを登るに、秋の日なれどいと暑し。ところ〳〵の松影にやすらひて海の方を見かへりてぞ、心は涼しかりける。漸に御堂〔山〕にのぼりて拝礼す。（底本改行）

――院へ立よりて、庭より橋立を見やれば、内外の海の中へさし出たる松がねに白波のすき通りたる切戸のあたりの、遙〳〵と見えわたりたる、いふもさら也。夕暮ちかう成まで眺望して、道をかへてくだる。松の木のまより左の方を」ウ見わたせば、冠島・沓島、年取などいへる島までも程近うみゆ。すべて此浦の名だゝる所〳〵あげていひ尽べからず。

麓におりてもとの松六里にかゝる。暮わたる海を左右に見つゝ帰れば、はるかなる霧のひまより紅葉の色こく〔き〕覚〔たゞ〕へ一木見へたるを、夕日の里なりと蘭巴子のをしへけれ。

何の木の紅葉ぞ里の夕げしき　去何
はつ紅葉ゆふ日の里はまだ暮ず
〔右ノ句、抹消カ。上五ニ墨線ヲ引ク〕

雁がねの来るや枯木の浦づたひ　ゝ

よしの山は紅葉の名ある所なれど、まだ染なせる景色も見へず。

海暮てもみぢのよし野霧白し　麦宇

切戸ちかうなる程に、名におふこよひの月の、みがき出せるがごとく」8さしのぼるにぞ、おの〳〵帰ることをわする。

月代や六里の松に風わたる　　去何
夕風に橋吹あげて海の月　　〃
はし立や内外へちる波の月　　〃
とし比ののぞみや月のよさの海　　里秋
月の廻るかたをおもてや余謝の海　　麦宇
はし立やわたりくらぶる月と雁　　〃
橋立や月も一すぢ海のうへ　　〃
龍燈の松のくろさよけふの月　　〃

夜に入て、文殊堂にまうでぬ。堂の右の方に蕉翁の墳あり。その前にかしこまりて、

名月や海に横たふ松の影　　去何　」ウ

〔コノ面ニハ、去何ノ発句七句ヲ、書留トシテ記載。略ス〕　」9

〔コノ丁ノ用紙ハ、縦ノ長サガ、天部ヲ空ケテ二一センチホド短イ。糊付ケシテ挟ンダモノカ。裏面右下ニ付箋ノ上端ガ見エ、欄外ニ「鰭紙・留別以下結文〈たかべ鳴也〉迄、蝶夢上人筆」トペン書キ〕

留別

わかるとも共に寐覚ん雁の声　　去何

玄旨の（名□（所カ））小日記ニ

頓阿法師、志戸の湊江に旅寝して

（草庵）
芦の葉に夜の音（雨）聞くみなと江に波の枕をいかで明さん
冬寒み雪ぞ降つむ湊江に朽て残れる蜑の捨舟
浪あらふしどの入江の夕日影残る芦間にたかべ鳴く也

湯の山や鐘さへきかで夜のながき
温泉にかよふ下駄のとぎれや虫の声
茸狩の膳の具はこぶ小舟かな

雨の夜は内へ来てなききり〴〵す
砂山や何に露をく秋のくれ
朝霧や海越す鳥の羽の雫

」ウ

〔コノ下ニ付箋ノ上端ガ見エ、欄外ニ「鰭紙・以下発句、蝶夢上人自筆」トペン書キ〕

菊の日

8291

菊の香や山根落来る湯口より　蝶夢
湯あがりのかざし色〳〵やけふの菊　麦宇
栗のある山見て祝ふ節句かな　髭風
門口に菊咲にけり湯女かな（はの匂ひや）　去何
夕ぐれやきり残されし菊の花　東走
父母のなきもの同士や秋のくれ　由璉
朝露や茄子ばたけに二度（カ）の色　〃

」10

さま〴〵の花咲中に野菊哉　清虚
夕ばへや菊色〳〵のともうつり　昌竿
ひ（虫）れふすや野分の跡の芋の茎
□〳〵に花にもならでちる薄

」ウ

此湯島日記ハ、天明二年壬寅八月九日五升庵出立にて、丹後・但馬逍遙の道の記なり。此年蝶夢上人年五十一、随行門人去何年二十二、門人麦宇。

京人麦宇、通称寺沢友幸。後ニ江戸浅草とひこ（り）へ明神前ニ住す。名所小鏡ハ此人の筆なり。（印「南部晋印」）

速水
古巣園　蔵
（印「古巣園」）

」裏見返し

道ゆきぶり（題簽）

」表紙

道ゆきぶり　完

」見返し

（印「紫水文庫」）

都の花はあかぬものから、すこしひなびたらん春のけしきもあはれ成べしと、五升庵の大とこ催し給ふにひかれて、如月も廿日まり六日の朝、霞と共にたちいでぬ。

ふしみより淀にいたる道、小舟に乗る。岸根には桃・柳枝をまじへて、舟人のすめるあやしの家居も錦の戸張(トバリ)せるこゝちす。さきに伏見江に、何がしの国の守の御舟よそひたるがいときら〳〵しかりしも、「くらべてはおもひおとさるゝ」などわらふ。

8292　もゝ柳かゞやく川のながれ哉　　大とこ

顧れば、伏見山の桃盛なるに遠ざかるが、名残おぼゆ。

」1

こぎめぐる舟のまに〳〵伏見山かくるとみれば又も
みえゆく

淀姫の御社は大荒木の杜にあり。「駒もすさめず」と聞えし下草も、今ははらひきよめてなん。一、二の鳥井は永井侯の建給ふよし、法童坊孝以の筆して其由しるさる。是よりわたりをこえて、山崎のかたにすゝむ。道、うちはれてよし。

大とこは、去何なる人のあないして宝寺に登らるゝあいだ、おのれは離宮にまうでゝやすらひつゝまつ。西の方の家に添て、宗鑑が井有。関戸を経て、水無瀬殿の中門よりほのかに御廟を拝むもかたじけなし。「山本かすむ水無瀬川」の御製、まさにおもひ」ゥしらるゝけしき也。

桜井は、楠公父子たいめの所なれば、何ならぬ木草にも目とまる。此かみに、待よひの小侍従の墓ありときゝてのぼるに、ふた木の松たてる山のはらに、まろなる石のしるし、永井侯の碑もあり。

哀なりわかれのとりも待よひの鐘も昔の春のゆめ人
神内(カウナイ)・梶原などいふさと〳〵をへて、西のかたに入つゝ、山川の流にそひて金龍寺にのぼる。此寺は、古曾部入道、いりあひのうたよまれし所といふ。けふはまだちりもはじめぬ花のしらくもに、鐘楼のはつかに」2もれ出たるけしき、絵がけるやうにぞ。

いにしへの春をもかけて山寺の夕の花の哀そひぬる

此寺や花に微妙の鐘の声　去何

かの入道は、春毎の花の比、必都にのぼられしといふに、ともなへる大とこはしも、たび〳〵此寺の花にとひぬると、いとほこりかにて、

8293 とし〳〵やわれは来てみる山の花　大とこ

別所むらに入道のかたみの花の井、同じく故墳、ともに例の永井侯のいしぶみたてり。

夕にせまりたれば、伊せの御(ご)の寺はそれと計、しげき梢のみ」ゥゆるをばはじめたる人にさし教へて、芥川にやどる。(底本改行、以下、※印で示す)

廿七日、けふは法師かはりて道行ぶりかゝんと、筆もてさきにたちゆく。まづ惣持寺の大悲者にまうづ。門を出て、遙に北さまに花の咲るをみる。此木のもとに小祠あり。此神に祈ればかならずいぼの落るとて、「いぼ桜」とはいふ。これはみやりたるまゝにゆかず。

津の国の名におへる玉川は、そこら一面にながるゝ浅沢也。堤なゝめにめぐりて、「卯の花咲る」と詠めしもいまはひたぶるの柳原にて、千枝万朶をまじゆ。

青柳も影をうつして玉河の流れに春の光をぞみる」3

河中に人のたちて、網もていをとるあり。

たま河や玉とみなぎる小鮎くむ　去何

8294 種つけてたま川の水は濁けり　法師

里の玉川の名はいはずして西面(サイメ)とよぶ。かく名ある所なれば、西面の武士どものすめるゆゑならし。

8295 里ふりぬ道もせに捨し田螺がら　同

三しま江のわたり、舟かりてわたる。松がはなの堤をゆくに、むかふのかたより、髭白くながく鶴の毛ごろもといふものきたる人の、我を見てよぶあり。「あやし絵

にかける仙人・道士のたぐひなるにや。さる」ゥ人にあふべきよしなきに」といひつゝみれば、はりまの赤松子にておはしけり。都の花みんとて、いそぎのぼれる也。蔦の細道にけうがる修行者に逢しだになつかしきためしに書しを、まして文字のはかせにて、年比世のたのもし人にさへおはすれば、いとうれしく、みたり手とりかはして語りて、「いざわしの尾山の花にともにゆかましや」とそゝのかするに、従者の男どものむつかるさまなるに、心ならでわかる。

それよりは、ひろき野を横さまに、あるは東にむかひ、南をさしてぞゆく。

8296 麦にすれ菜たねにすれぬ旅衣　法師(ママ)」4

道のかたへに、雁塔(ガントウ)とていしぶみたてり。これは中むかし文明のころ、此あたりに猟(カリ)を好める人有けるが、ひとつの雁を弓にて射おとしぬるを、てうぜさせしに其頭をうしなふ。とかくもとむれどもなかりしに、またのとし同じやうなる雁をゐけるに、其鳥の翅の下に雄鳥の首有けるを見て、去年うしなひし鳥のかしらとしりて、鳥にしかざりし殺生の罪をくひて、其鳥を塚に築にしものと書たり。瘞鶴(インクハク)の碑(ヒ)といひしことをこそ聞も伝へしに、情ありけるむかし語りなれ。」ゥ

帰る雁塔に名ごりのこゐかなし　去何

「春をとめよ」とよみし鶯(ママ)の関は、西のかた□□(堀溝カ)といふに、鶯関寺のあと残れりとかや。

刈やといふ里の口に、おほきやかなる楠の木の、もとよりふたつにわかれて三囲ばかりなるもとに、（此木、都のかたにのみ枝さしたり、と人のいふにたがはず。）楠正行朝臣のしるしとて、苔むしたる石あり。「楠」といふと「正平」といふ文字のみみえて、大かたさだかならず。さても其むかし、きのふ通リける、桜井の宿にてわかれし時に、父のいひ教へし言葉をわすれず、吉野殿につかへ奉りて、二十六歳といふに、国の為に討死して忠孝を」5 またくせし人也。いにしへ今に至りて此道をおもはざる人あらねど、君と父とに一ッの命を捨て、龍門原上に骨はうま(も)れぬれど名はうもれざる(ママ)も、たぐひなきいさほしと申べしと、石にむかひて吾も人もと泪したでぬるに、例の居士がうちうめけるをきけ

ば、

ちゝの実の　父のみことの　まごゝろを
心に継て　海ゆかば　みづくかばね
やまゆかば　草むすかばね　すべらぎの
君がみために　たまきはる　命捨べみ
とても世に　ながらふべくも　あらぬてふ
言をとゞめて　あづさゆみ　ひきもかへさず
この野辺に　うつせみのよを　」ゥ　みはてつる
いにしへ人の　名ごりかなしも

其たゝかひの所は、二、三町へだてゝ南の方にあり。ふるき（ママ）高野街道とて、やはたよりつゞきたる道也。是、四条縄手とぞ。まのあたり古戦場の懐古を、

8297　其跡やつくしをれ違ふ土手の原（はら）　法師

野崎の観音堂は、国ゆすりてまうづる寺なれば、堂のかまへきらめきたるに、庭に桜・山ぶき咲まじへて時えがほなり。爰を過て鷲尾にのぼらんとす。此あたりなべて生駒の山にて、峯の雲のたてるもたゞならずとて、居士、」6

生駒山見あぐる峯に居る雲を花の林のしるべにぞゆく

谷の流れにそひて、里の家〳〵に水車といふたくみをなして、多くの貝のからを碓にふませて白き粉となして、さらせる事をなすに、見るまゝを、

8298　山桜ちるや故（胡）粉を干せるうへ　法師

廿余町がほど、道の左右に桜のわざと植けんやうにつらなり咲たる、「むかし誰、かゝるさくらの種を植て」といはまし。麓はや散がてなるに、奥ある花の色たのもしく。たとはゞこゝによし野の御嶽のうごき出たらんごとし。」ゥ

8299　分入れば小吉野なれや花の雲　法師

もろこしに（ある山のかたち）、廬山のたゝずまゐにさも似たるとて、「小廬山」と名を呼しによれるものか。かくながめ〳〵て鬱（攀）登つゝ、日落かゝるころ〔五字抹消〕寺にいりて宿をこふに、若き僧の出て、「師の聖は、高野の山に登りてあらず。宿し参らせんことといかゞ」といなみけるを、「はや日もくれぬ。花みるべきたよりも

あらず」といひこしらへ、室に上リ居て、一ト日の面白かりし景色、悲しかりし風情を語ぬる間に、小夜もふけぬらんと覚えて、透間の風に灯のうごくに、」7 さらばとてふしぬ。

雲霧に夢静なり花のかげ　　去何

廿八日、つとめて起出、筧の水むすびて口そゝぎ、御堂に登りてあたりみめぐるに、軒近き花の木の間に霞こめたる山のふかさ覚えてめづらし。斎の飯くはせんとて、下法師の持出たる折敷に、峯に折しわらび、谷にほりし独活などとり〴〵に取ちらしたる、山寺めきて入興す。「またこんはるも」と契て山をくだるとて、

わすれめやわけし千本の花の香を袂にしむる春のたびねは　」ウ

尾上を下リ〳〵にながむるに、露おける花の色のうるはしきに日影うら〳〵とさしわたれる、「朝日かげにほへる山のさくら花」とうたひて、うちながめつゝ岩に行あたり、木の根につまづくもうつゝなし。

山桜唯白たへの目うつしに岨の一木の松もめづらし

このうたにいふべきこともあらず、かへりみがちにくだりて、暗たうげの岐をすぐ。こゝは南都に通ふ道也。孔舎衛坂といふめるを草香の峯といひならはし、それをあやまりて「くらがり」とはいへる成べし。

此国の一ノ宮と聞えし枚岡の社にぬかをつく。神代より」8 跡垂レ給ひて、我みかどの六十六国のうちにて古き神のかぎりとて、宮垣かう〴〵しく神さびわたりて、さゝやかなる社ぞ四ッ並びおはす。

何事のおはしますとはしらねど、かたじけ(ママ)なき教興寺は、「高やすの里は荒にし寺とこたへよ」と詠し所也。龍田ごえは、いまの世の十」三峠にや。高安の城とは、天智の御宇にはじまり文武の御時にすり(修理)せさせ給ふこと、国史に載しときけど、其所はたしかにしる人なし。たゞ「烽火上しみね(ママ)の鉢」伏セ」とて名残れり。

恩地といひし兵の住ミし恩地村あり。国府のわたりは、」ウ 大和より流れ出る川也。舟さしてわたる。玉」手片」山といふうしろの谷を入リて、駒が谷より壺井の社・通法寺にまうでゝ、山またやまにいるに、山路のな

らひ日はやく入リて、たそやかれととふ比ほひ、弘川（ヒロカハ）の里のゆかりある家にやどる。※

廿九日、夜中（ヨナカ）に目さめて、所がら瀧河の音なめりとおもふに、よくきけば雨也けり。

山水の流れの末も弘川の音かときけば雨になる空

やまざとの哀もいとゞ深きよの雨に旅ねの袖ぞひがたき

おもひかねて、さしもなきことをつぶやくなり。」9 あけなばうへの寺にまうでゝ、さて久米の岩橋見にとおもひつるを、此雨にては山ふかくわけなんことかたかるべしと、ねんなくて、

年をへておもひわたりし岩橋も一夜の雨にみずややみなん

雨唯ふりにふれば、頭さし出すべくもあらず。老杜が、客舎雨連レル山ニと作れりしも、所がら其東柯谷にかよひておもひよせらる。けふは居士、日記の任（マケ）にあたりたれば、筆とりすさび、はたよしなしごといひかはして、昼つかたに成たるほど、雨すこしをやみたれば寺にまゐる。例のさまなる石の階（キザハシ）もなく、苔滑（ナメラカ）にものふりたる道の傍ラに、」ウ おもほへず大きやかなる石の重リたる礎などもみゆるは、昔の伽藍の名ごり成べし。此寺は、行基ぼさちの開き給ひ、弘法大師再び発し給ふときこゆ。後鳥羽院の賜りし額も有しを、今はうせたりといへど、下乗の石ぶみあるなん、其かたみならし。これかれ故ある所なれど、それは猶たぐひ有べし。西行上人の終焉の所なるをぞ、たれも〳〵忍ぶことには侍れ。此よしは慈鎮僧正の『拾玉』、五条入道殿・京極黄門の集などにもしるし給へるを、世にしる人もまれに、はた上人の塚もさだかならざりしを、似雲法師、石山にこもりて夢の告のまに〳〵もとめ出たるとぞ。其時、」10 塚のしるしの石たて、上人の像、文覚法師の作られしをも（宝蔵より）さがし出てなん、堂構へてすゑられしとかや。望（モチ）の日こそ過たれ、きさらぎに詣来つるも契むなしからずと思ひつゞけて、

衣更着の花にとひ来て望月のかくれしかげぞさらに恋しき

しのばしや其きさらぎの花もちり　去何

此上人の事におきては、似雲法しのいさほし尠(スクナ)からず。されば其からをもこゝにうづみて、上人の塚に倣へり。

かしこくも弘川寺の跡とめて昔を人にしのばする哉

と口号(くちずさみ)て手向ぬ。猶、此上ミつかたに、こもられし庵も有。こゝにて「葛城百首」などよまれしとかや。春「雨「亭」ゥといふもけふにあひたり。

8300　其春のあはれしれとや庵の雨　大とこ

大とこは、三たびまでのぼりしも「命也けり」と涙おとさる。

けふは日たけたりと、あるじしひてとゞめて、草の餅てうじ、酒あたゝめなど心のかぎりもてなしつゝ、さて似雲法しのかたみの物さま〴〵とうでゝ見す。此いへは、法師山ぶみしそめしより終リまでとかくあつかひぬるとかや。其世の物語なども、さま〴〵聞ゆるうちに日くれぬ。雨の中ばかりより晴たるぞ、何よりもうれしき。※

卅日、日さやかにさし出たるに、おもひ絶にし岩橋も、けふは」11とて葛城の山路□(遙カ)にのぼる。いへあるじ、あないし聞ゆる也。持尾(モチノヲ)村を過、羊の腸といへらんやうに行廻リて、小笹・うばらのしげれるを分わびつゝ、からうじていたる。其岩橋は、たいらなる石の闊(ひろ)さ五尺計ながさ七尺計なるに、板を架(カケ)たるごとき、きざみ五ッ。ひとつは、左より右リにかけて欠(カケ)たる所に纔に残る。両の端やゝ高し。かうやうのはしは、もろこしの絵に有べし。されど、大かた人のわざになしうべきさまにもあらず。〔十一丁裏ヨリ十二丁表ニカケテ五行抹消。「□□□□□□□□□□る持尾村の上に碁局〈ゴバン〉のさまにて十九の□□□□る石を、宝永の比□出しと、並河氏の『河内志』に」ゥ記されしを、わすれて尋ねもみざりしが、かれも是もおのづからなる天メのたくみか。唯此はしは、役のうばそくの□たり□□□。」〕勢(イキホヒ)南に及ばんとするもあやし。

よそながらおもひしよりも葛城やみるはあやしき久米の岩橋

岩橋や霞もかけずおそろしき　去何

8301　いは橋やはかなく消(明)し春の霜　大とこ

此山の大和にわたりたるかたに、一言主の御社もありといへり。役ノうばそくに役(エダチ)せられ給ひしといふことは、

〔四字抹消。「語伝へて」〕（伝へ来ぬる世がたりのまゝに）歌にも〔四字抹消。「其まゝに」〕よみ来れるものから、まことゝもうけがたく。かたじけ」12なけれど、大泊瀬帝の御狩の時、同じ御さまにて顕れ給ひし事は『日本紀（ヤマトフミ）』に見えたれば、もとより此山にます神にこそおはすめれ。

　さて、高貴寺へくだる。此寺もいとものさびたり。弘法大師の開給て、三宝之声聞㆓一鳥㆒と詠給ひしもこゝにての事とぞ。

8302　末の代や仏法としも囀らず　大とこ

こゝをば平石村といふ。山中に岩船明神の社おはす。岩船といふ石もあれど、させるものにはあらず。

　科長（シナガ）の邑に出て、初メて山尽たれば、「険桟を過、褒斜を出」とうち唱へられて、まことに家に帰るに似たり。」ウ此わたり、御陵多かるを、今はしる人も稀成べし。唯、聖徳太子の御廟のみ、弘法のものし給へるといへる梵字（ボジ）かける石建廻らし、拝堂・廟門など厳（イカシク）、このために叡福寺といへる寺建られて、本堂などもいと大きなり。なほ、古代の石「塔」婆こゝかしこに見ゆるを、妹子の臣（オミ）のしるし、あるは太子に侍りし三人の尼のなど里人のいへるは、まことにやしらず。

　是より、もとこし壺井わたりを経て誉田にいたる。これは誉田ノ帝の御陵也。此ごろたくみをくはえて、いときら〳〵しく見ゆ。大とこのしれる供「僧をとひければ、」13御陵拝ませ、やがて道びきて土師（ハジ）のみちに出しむ。

　道「明寺は、天神の御像（カタ）おがまするをりにて、さとびたる男をみな（女）あまた行つどふも、日比にはやうかはれり。椋本（ムクモト）寺は、下ノ太子とよぶ。暮にせまりたれば、門とぢて得まうでざりき。

　酉の半（ナカバ）刻計に平野にやどりたりしが、おもひかけず夜（ヨ）半（ナカ）に門たゝく事たび〳〵にて、「何ぞ」ととへば、浪花の北堂島・田みのゝしまわたりに火ありて、とみにはしる人々、其ことかの事とて入来ていひのゝしる也けり。又なくむさ〳〵しき家のうたてきを、眠にまぎらはさんとおもひしにたがひて、くるし。」ウ

　朔日、よべの雨の名残にふりみ降らずみなれば、蓑うちかけていづ。朝風のいと寒きに、手さへこほりて、筆

とることむつかしとなれば、また法師ぞ執筆せる。宵のうまや（駅）のさはがしかりし、焼亡の猶やまずとて、こゝらの人、足を空にしてかけりゆく音の、道もせにかしまし。

四天王寺に入れば、花くま〴〵にさきつゞきて、さすがに静なるに、心のどめて拝ミめぐる。

さかりなる浪花わたりの花もあれど都の春ぞ今はこひしき

勝曼寺のうしろの野に、壬生ノ二位の碑あるを案内す。雨後の日影に菜の花かゞやきて、日想観の心地」14せらる。（さても）此四日、五日のたび路に、いたる所、山ぶきの花の、里の垣ね谷のながれをいはず咲るに、などや一首一詠のなき。ものいはぬ花の色なりとも、心なしとつぶやかんや、しらず。

あけの日、旅装（ヨソヒ）の中（チ）より此日記とうでたるに、大徳の書さしたるは、やがて其山吹の色に倣（ナラ）へるかも。川舟の苫もる雨にわびつゝも、のぼり来たる心地いと嬉しかりき。そも〳〵こたびのありき、見ものは鷲ノ尾の花にきはめ、あはれは四条縄手の古ル塚にとゞむ。」ゥ弘」川寺のさびたる、岩橋のあやしきまで、後のおもひでならずやは。酒にともしく、湯あみにうとかりしまで、さらにおもへばをかしくこそ。

天明四のとし、やよひ三日

（印「わたやのほん」）

このみちゆきぶりに、居士とあるは閑田蒿蹊先生の事なり。大とこ又法師とあるは蝶夢幻阿上人の事なり。共に月花のおもし人にぞおはしける。おのれ、旅すがらかしづきまいらせて、いとま申にいたりて、先生の書たまへるかたをたふべける。いまも、その名ごりつきせずぞ。　去何謹書。

（印「去何」）

」裏見返し

（参考・同行者の作）

くらま紀行（扉題）

（可風著）

さみだれの夕つかた、詞友松笙に訪はれて、例の閑談にうなづく中に、「いでや、くらまの山のほとゝぎすも折からならん。雨後の晴色を詠め、志賀の山ごへせばや」となり。誠にこの三とせばかり「子規・鹿なん聞せばや」とくらまなる一瘤法印の招かれける事をおもひ出し、いとやすく諾す。

さいわいに雨の霽けるにぞ明ぼのゝ空をまち得て、長瓢舎をいざなひ侍る。首途、

頭陀かけて垣根を出るや蝸牛　可風

三井寺の下道を横さまに志賀の旧都をさして行。

古寺の夜は卯の花に明にけり　可風

錦織のさとを過、正光寺村とやらん竹の細みちおぼつかなくたどりて、山道にかゝれば、

山ばなや岩にもたれて百合の花　松笙

やまゆりの葛の葉分て咲にけり　可風

明智日向の守が古跡を見やりて、

夏山や城あとめぐる水のをと　可風

茨・卯の花を分つゝ翠微にのぼれば山中峠なり。東に望めば琵琶湖渺々として、から崎の松は麓にくろく、真野ゝ入江の水長ふしてむかふに三上・鏡の山〳〵を並べ、膳所の城郭・大津の家居まで一眼中に入る。頭をめぐらせば帝都九万の甍、霞のたへまにあらはれて、絶景いふも更なり。

水うみをはなれて跡の暑かな　松笙

卯の花に牛のすれ行雪吹かな　可風

山中の茶店にやすらふ。此里に薪負ふ馬を牽出すを見れば、皆女なり。此辺よりも京師に通ふと見へたり。

小原女の脛の白さよ花卯木　松笙

此山里をはなれ二百歩ばかり過れば、岩崖の澗水、左に流れ右に落る、あるは飛流し水簾を作す。まことに山水の佳景、いわんかたなし。

涼しさや岩うつ瀧に手も届き　松笙

蟬立て瀧の音聞く山路かな　可風

右手の川中に牛石とて、さも似たる奇石あり。

夏川や巣父は去て牛ひとり　可風

白川山は、峨々として雲に聳へ、岩壑そばだつて翠色こまやかなり。或は千尺の岩洞に蔦の青葉生かさなり、緑陰に松門とも云つべき穂屋づくりなる石工が仮住居など、いかなる画工が胸をいたましめん。行先〳〵すべて玄翁の音喧し。

白川や切出す石に苔の華　松笙

石切の簀（あじか）掛けり合歓のはな　可風

行尽して白川の里に着く。

夫より花洛に出て、彼信長公の古墳を残せる京極中川の寺を尋ぬ。こゝに生涯を風雅にやつれて世をのがれたる僧あり。扉をおしあけて案内すれば、けふしも北野の聖廟にまふでられしとぞ。

待かねて芥子は散なり留主の庵　可風

此句をかいつけて留主守るおのこにあたへ本意なく立出んとすれば、やがて何がしの僧帰て、「あはや其まゝやるべきぞ。いで、北やま道の案内せばや」とあるに力を得侍りて、夫より三人打つれ、下加茂をさして糺の杜にしばらく床几をかりて、

8303 涼しさや枝をもる日も水のうへ　蝶夢

影落て青葉のうへの涼かな　松笙

涼しさや木の間に交ることし竹　可風

神前にぬかづき、北をさして畔道をたどり、みぞろが池に出る。田植の最中なれば池はなかば干て、萍の花盛也けり。

河骨や菅の葉ごしの朝日影　可風

水逃てよは〳〵と咲くあやめ哉　松笙

岩倉にまふで侍るに、眼をなやみし人のあまた籠居ける、いとも哀を催し侍る。

8304 下闇や盲目の杖の音高し　蝶夢

岩倉山より北にあたりて、緑樹生茂りたる所を朗詠谷といふ。そのかみ四条の大納言公任卿の朗詠集を編たまひし古跡なりとぞ。

鶯や夏はこゝらへ引籠り　可風

鞍馬川・貴船川の落合を二の瀬といふ。林家の祠堂ありて、則、同家の領地なるよし。

日の西にかたぶけば、漸、くらまの円光院に頭陀をおろす。されや院主一榴子は、朝とく出て洛にいまそかりしよし、老たるおのこひとり居侍れば、蝶夢法師もろ共に茶の下をさし入、箒をとりなどして興じあへり。

夕ぐれになり侍れば、此地の詞宗毎日庵に遊ぶ。うしろは数峯千仞にかさなり、下は渓水洋々として山水に富る住居也けり。

見おろせば見あぐれば山や子規　可風
添水へもれてかする夏川　貫古
うたひ連若殿原のとり〴〵に　蝶夢
大燭台に寄る風もなし　梅人
画ちらす萩の中なる薄月夜　松笙
秋の布子の垢に重たき　桃牛

下略

各詠

8305 夕ぐれの山だけ早しほとゝぎす　蝶夢
月あらばせはしき夜半を子規　松笙
闇の底いくつぬけてや蜀魂　桃牛
とかくなき三日の月夜やほとゝぎす　可風
唯(誰)がためにかき立る燈ぞほとゝぎす　貫古

かく興じ歌仙も満ければ、夜半ばかりにもとの院へ帰ける。梅人子も見おくりながら、直さま寺に一夜を明されける。

扨、ほとゝぎすの啼やらんと待侘るに、いまだ一声も音づれずして、

8306 さらぬだに寐たらぬ夜半を子規　蝶夢
老の身の恋に戻るやほとゝぎす　可風

「いかなるぞほとゝぎす、何がしの僧の留主さへあるを、谷峯を駆めぐりてはる〴〵こゝに来り、いかで一声も音なへぬ事やはある」などつぶやく程に、「障子のすこしあかければ、夜の明ぬるや」といふ程こそあれ、うしろ

の山より一声聞へけるにぞ、「さはや」とうちおどろき雨戸おしやりなどして立聞し侍るに、かなたの杉こなたのひの木、谷〴〵峯〴〵よりつゞけ啼に啼けるにぞ、おの〳〵うち興じて夜もほの〴〵と明わたれば、硯をならして、

雨戸深し山ほとゝぎす過行ぬ　梅人
ほとゝぎす扨こそ峯の朝ぼらけ　可風
明かしな啼山床し子規　松笙
8307 子規つゞいて明の鐘の声　蝶夢

世の人の望も多き中に、風雅にあそぶものゝ、かゝる折から啼かずはいかで有べきとおもひつるに、とし月の望もたりぬれば、「いざや」と院を立出て山上なる本堂にまいりて敬す。されや此御山は藤原の伊勢人、貴船の明神の御おしへによりてつくりしとも、天武天皇の御馬とめ給ひし故の名とも、ふるき抄にもまち〳〵に見へ侍れば、いづれかしらず。

僧正が谷に分入れば、杉の落葉道をうづみ、槇の雫・篠の露、袂を浸す。西をさして下れば、貴布祢の神社、宮はしらふとしく立せ給ふ。老杉生かさなり、前は澗水漲りて碧潭に落る。丁々たる伐木の響さへなく、水の音・鳥の声のみして誠にさびしき宮所なりけり。

8308 男さへ凄き宮居や木下闇　蝶夢
静さは木の間に昼の蛍かな　可風

本社は大破に及び、檜皮苔むして、茨・錦木の生茂れるを、

五七尺家根にそよぐや夏木立　松笙

もと来し二の瀬を過て京師の方におもむけば、斯山みな卯の花のさかりなり。

8309 卯の花や登りのぼれば寒い所　蝶夢

市原野を過る。

鶯やおのとはいわで老を啼　可風

神山・二葉山を左に詠やりて、

山の名の二葉も過て若葉哉　松笙

上鴨の広前に跪き、森々たる緑陰の青芝に笠を敷て、

昼白や爰は祭の車道　可風
卯の花や木の間を祢宜の行戻り　松笙

鴨堤を十歩ばかり過れば、道の傍なる藪陰にあやしの庵あり。くぼみ堂西念寺とかや。円位上人、剃髪の地也とぞ。とめこかしの梅樹、今に残れり。

青梅のさびしく落る垣根かな　　松笙

堤を十町ばかりあゆめば、農夫、鋤・鍬を携てあまた寄集り居ける。中川の僧の云、「鴨川の水、此樋よりせき入て禁庭へ流れ、花の宴・月の御遊に御船を浮めさせ給ふも、此水なり。ことし早苗とるさつきの空、雨しか〳〵降らず、村民の患、此時なるをあはれみ給ひ、しばらく此樋をとゞめてあたへ給へば、村翁悦て、今や千町の小田に分入る」とぞ。君が代のかしこきおゝんめぐみ、竹の園生の末葉までもありがたさのいやまさりて、発句せんもおゝけなければやみぬ。

中川の寺に帰れば、くらまの一瘤法印・越の蕉雨老人、待まふけ居られける。一瘤子は、「二とせ三とせ約せしに、けふにかぎりて洛に出ける事よ」と其悔少からず。せめては洛に会して、共にひと夜二夜はいかいに遊んとなり。

越の老人は、今、九十九庵に仮寐して都の月華に逍遙せられけるが、其庵の主人文下子は、くらまへ詣ける日、こゝの中川にて出あひ侍れば、「かならず、あすの夜は茅屋に留べき」などありけるに、越の老人を此寺までゆませ、「きのふの約のごとく彼庵へいざなはん」とあるに、それこれの深切もわりなくおぼへて、僧あり俗有、優婆塞あり、おの〳〵打つれて雨のそぼふる夕まぐれ、五条あたりなる九十九庵につどひける。折からや、浪華の寸馬、岡崎のかくれ家なる諸九尼も此庵に来られ、あるじの風流はいふも更にして、家婦琴之女も此道に志深く、醇酒佳魚のもてなしに夏日の旅づかれを忘れて、そゞろに興じ侍る事になん。

夕がほや今はわびしき宿ならず　　可風
筵のよごれかくす苗時　　文下
友どちの雨もいとはず寄合て　　浪花 寸馬
ことしの酒の殊に出来ばへ　　松笙
遠乗の月毛も繋ぐ松の陰　　ツルガ 蕉雨

尾花の波のつゞく四五丁　クラマ 一瘤
垢付た守りは肌にひや〳〵と　蝶夢
障子の夢の醒す伽羅の香　女 琴之
口上も局〳〵のむつかしく　尼 諸九
右一巡満座下略

富士美行脚（内題）　（木姿著）

今年の春の花の都は、時の間の煙となりしに、仮りの宿りはことゆへのなきにしも、せつに思ひあまりありて、岡崎の老師とともに甲斐がねや武蔵野ゝ旅に出るとて、

逢坂の関に出てこそはつ桜

老師も、都のかたをかへり見て、

8310 焼のこる桜かぞへて見ぬもおし

きさらぎ廿六日、晴天。大津、菊二子の餞別の発句に、

行先の花にあそばん月と駒
清水もぬるみ関越る今朝

此句に脇をつけて、道すがらの人〴〵（に）一順の一句を乞ふて、百員の俳諧を思ひ出とす。

粟津・瀬田と湖水の眺望も、いつもながら飽ず。野路の玉川を過て、草津山城屋に泊る。

森山・野須川・馬淵、住蓮・安楽坊の石碑も哀に鏡山の麓を過るとて、

菜の花にあたりまばゆし鏡山

「あづまじの思ひ出にせんほとゝぎすおひその森の夜半の一声」とかや詠じ給ひしところもゆかしく、

思ひ出や都をあとに百千鳥

愛知川の本陣仮興亭に訪ひしが、折ふし雨ふりてこゝに泊る。

大名の御枕かせよ春の雨

此句に続て、廿七日、爰の人〲と終日の雨に遊ぶ。

翌廿八日、里秋・師由・引牛など老分を送りて多賀の社に詣で、其由法師・塘里子などに対し、人〲とともに五老井の旧地を尋るに、夢師、「こゝは彼〈五老井の記〉に書しにたがはず、其世の面影を見るがごとく、桜はほころべどさすがにものいはず、椿は落て徒に道をうづむ。水すじをたづねて見れば、柳いつか朽にけん。一字をかへて思ひをのぶ。

8311 水すじを尋て見れば柳なし　」

静さや古井にのこる春の陰　　予

原村に昼寐塚あり。床の山の麓とかや。すりはり峠は、湖水の絶景なり。茶店の額に、「望湖堂 朝鮮仁山」「望広懐 中山梁素」。

湖つきじ見ぬ唐土の春霞

『太平記』にのせし両六原の、四百余人自害しける番場の辻堂とかや。番場の吉野や泊。

廿九日、朝途出の景色に思へば、鶏声茅店月、人跡板橋霜とありしもかゝる所にこそ。醒が井の宿には、そのかみ日本武尊、腰かけ給ふける石とて清水の流にありて、いときよし。此水を矢立にひたす。

世にしるき神のめぐみや花の水

柏原は、伊吹山の麓にて、艾うるもことはりぞかし。「とし月はいつか伊吹の峯におふるさしも思ひの煙としらまし」と詠じ給ひしも遠くながめつゝ、今は麓にきて老し身のほどを思ふ。行先の山中に常盤御前の廟所ありて、むかし翁の句に、「義朝の心に似たり秋の風」とありしとや。

世をせまく風にまかせよ落椿

関の藤川に橋あり。むかしに替る代のためしなるを、

静さや関の戸さゝぬ春の山

月見の宮、向にあり。不破関、駅也。此あたり、一円に関ヶ原と云。古歌に、「鶯の啼つるつる(行)声にしきられて行もやられぬ関ヶ原哉」とよまれしに、

駒とめよ鶯にきく此あたり

野上の宿、あれにし跡は、狂女のむかしもなをあはれにこそ。竹中、わらじ売あばら家の辺も興しありて、

暮おしき野上の里や扇凧

垂井の宿なる君里主は、老師の旧友とて訪ふ。暫く物がたりのうちに、珍味などもてなされて出る。熊坂が住し青野が原も、今は花咲く木〲の中に、

行道やもの見の松に春の風

青墓の宿も過て、幽の東に又松の一木は御勝山とかや。ゆゝしき赤坂宿なる蘭戸亭に留。其日は金生山に登り、美濃国一円に見る。

石生る山やうごかぬ八重霞

弥生朔日は、雨ふりてこゝに休ふ。

8312 泊れとて春雨きかす軒端哉

と云老師の句に続けて、一座の俳諧営。

二日、日和に望行。美江寺宿、河渡、渡し舟あり。飛騨の流れにして、伊勢の海へつゞきて大河也。岐阜を左に見て、加納の城下に至る。各務野(カヾミ)かふ〲と広野なれば、草臥の足をやすむ。向ふの犬山の城も里数を隔て、なつかし。「はし鷹の羽風に雪はちりみだれ朝風寒き犬飼の山」と歌によみしもことはりならめ。鵜沼宿にとまる。

三日、雨天ながらも出て、旅のあわれを知る。観音坂にかゝれば峨々たる奇絶に川音みなぎり、さすがに木曽の流と見ゆ。嚢沙の謀をめぐらせし灌(漢)楚のむかしなど、得しらぬことも思ひ合すも、又旅の一つなりぬ。太田宿 渡し舟有 ・今渡 是より虎渓へ別道 ・比女 川有 ・大針 大森・大原の別。

虎渓山は、もろこしの廬山に似たると。彼の無相国師の開基にして、永保寺と号す。開山堂、額に、勅諡／仏徳／禅師 無／相 僊／壺。左に風(カ)景を記す。四天石・梵音岩 瀧有 ・水月場・臥龍地 池中ノ橋ノ上 ・哀勝閣・東

西蔵・霊庇廟・桃源水。庭中の内に橋四ッ有りて、めぐりの山高からずして閑境、「階の前に流るゝ水を桃源水といへば、上巳のけふの節にあたれるもむかしおぼへて」とて老師のほ句に、

8313 草餅の可盞(盈)もや流る水のかみ　（かえハ草ノ古代語）

けふさらに(カ)風景の曲や春の水　予

巌に小堂を建す。かしこの禿祠おゝくて、門外の山河は、土岐川の流とて波をなせり。久尻といふ所に宿りをもとむ。

妹が子の雛かたづけて簟(たかむしろ)

四日、わけ行、土岐・郡上・市場、こゝにはじめて駒ヶ嶽の真白なるも見へて興とし、釜戸の入口に温泉あり。此村の医師安藤松軒といふ人、花木を好、庭上門外奇麗に、所がらの風仁なり。往来の人の杖をとゞむ。門外に今を盛の桜木は、世に稀なる大木と見るうち、主じ賞(招)じ入てさまぐ\もてなさるに、

糸ながき桜に透や雪の山

細き流に春さむき里　主 白兎

西行坂、此所伊勢京道の別、是より木曾の本街（道）なり。太田よりこゝまで、道十三里十二丁かや。十三峠あるよし。伏見・御嶽・細久手・大久(ク)手といふ所は通らず。西行坂にて、

歌人の名残の雪や杖の先

大井も過、茄子河に泊る。

五日、晴天。中津川、ゐな山の麓、船子せ山とやらん云。落合（信州木曾路と飯田街道の別）は、橋を越るなり。馬籠・押手・蘭は、谷深き木曾の山中、家〱に檜笠くむ、櫛挽くなるは、賤女のわざなりぬ。広瀬の穴沢源右衛門にやどる。

梢焼や弥生なかばのなだれ雪

其夜はまどひして、箒木のことまめやかに老師問ひ給ふて、六日には、主じ親子が案内にて、二十町計脇へ入て保上(土カ)が原といふ所より見せしむ。其箒木のあたりは、むかしの道とて、飯田へ出る「御坂ごえ」と申よし、薗原・臥屋・駒場など今に有とかや語る。保上が原より西南のかたに、覆ひかさなる木〱の中に、一木は高く、

其形は酒造る家に遣ふ箒草のごとし。

〔約半丁分挿絵。箒木ヲ描クカ。細字デ「箒尽にも、こゝに画す」「保上ガ原」ノ書込ミアリ〕

8314 はゝ木々やありとは見れど朝霞　蝶夢

箒木やその原に残る朧月

保上が原より東にのぞみて登れば、木曾峠とて雪や氷をふみて越れば、一村ありて、幸義親王の落居させ給ふ所なると。皇子と唱ふ。又、勝負原も古戦場のあとゝかや聞ゆ。一ノ瀬、こゝに関所ある。過れば川の辺に氷室守納屋の見へて、制札を立り。橋を渡りて峨々たる岨をつたふ。

桟やあやうくも踏春の霜

此岨、砂なだれて桟を埋み、蹈どころさだかならず。その上にかけ橋をしつらふとかや聞へて、今も其用意をなす。

桟も行わたり鳬はるの風

山深く出てきて、いさゝか春気きと思へど、飯田の町え出るまでは花咲色も見ざりしが、城外の花、殊に見事なりぬ。亀や小源太に泊る。

七日の雨天に、山中の労を休む。素人老仁を訪ふに、風友連集りて遊ぶ。人〴〵の句に春雨にかこつけて袖とゞめ、はや「遠近や親はなきより雨の花」など挨拶ありて、悉く脇をかいつけて此頃の思ひを忘る様に、素人の老仁、老師をともなはんと旅宿に来り、長久禅林に入ば、彼方丈、はからずも老師と昔のちなみありて、互にかぎりなく語らひ、よろこびに絶(堪)ず。饗応され、其夜は和尚、寺にとめられて、老仁ふたりと宿にかへる。

八日、雪ちら〴〵と降ると見へしが、さすがに春の日和となるにまかせ、和尚をとゞむるもいとはず、さきをいそぐ。山吹の前ともいふ所へ出れば、

雪解や馬骨のかゝる檜き原

大島、川越有。駒が嶽の縁、片桐・七々・久保、是より本郷え別道、壱里ほど東の方也。本郷の桃島(沢)茂兵衛とて歌人の方にとゞめられて、夜もすがらかたらふに、こゝの松植てしときに枯しを、西三条殿の御歌に、「花の咲ためしも有をこの松のふたゝび春のみどりとも哉」

と書付置しが、再びみどり立茂し故、又主が「かしこくも茂る影哉こと木迄枯んためしの松の言の葉」とよみしとや。老師と予にほ句を乞れて、短冊を認おきぬ。

九日、晴天。太田切橋・飯島、こゝに嵐雪の発句塚あり。

雪中へゆきを投こむ遊び哉

苔よりも雪の花さけ塚の上　蓼太

追引・中田切川越、大竹をもてわたす。雪解の水に石も流るゝと見ゆ。小町や茶店に、都の浪人とて揚豆腐の名物有。上穂（ウハフ）・小田切川・宮田、沢渡、大河を東に見て行。是や諏訪湖より遠江へ落るを天龍川と唱。稲辺の川の向谷間に高当の城の見へて、『甲斐軍記』のことを思ふも更也。殿村に泊る。也有、七十三にて翁塚を建る。

花の陰うたひに似たる旅寐哉

十日、快晴。木下・松島、松本道の別有。天龍川をわたりて諏訪へ趣く。

信濃路や盛くらべる梅桜

湖水。天龍川の落口。岸にそふてのぼれば、湖辺の岡の屋・小口、此ところ、松本・福島、塩尻峠を越えて出ると飯田街（道）との出合なり。こゝにはじめて不二眺望、諏訪湖を前へにうけて重る山の南にあたりて、弥生半の空に真白にぬつと雲をつらぬく気色、まことに三国一の名山に、われを忘れて暫く居しか（ぬ脱）る。

〔半丁分挿絵。諏訪湖ヲ前ニシタ富士山ヲ描ク。細字デ「春を待すはのわたりもあるものをいつを限りにすべき氷を　西行」ノ歌、「追河」「赤堀」「衣崎」ナドノ書込ミアリ〕

湖解て富士の白雪影さむし

下諏訪、湯の町、油（屋）にやどりて半日温泉入てやすらふ。

十一日、余寒甚しといへども上諏訪へ趣く。高島の城は湖水に築いでゝ、まことに甲斐の根城なりしことも思ひ出らるゝ。この町の自徳子を訪ふに、翁の雪月花に筆をとり給ふ器物見せらるゝを、

水入の囀りきくや諏訪の湖

幸なる哉、けふや上の諏訪　明神の祭とて、人々群参

せらるに時得て、ともに神宮寺へもふでる。本社、世に稀なる宮殿、軒両、茅葺の新敷宝殿、軒の滴、寒暑とも絶ずとかや。普堅(賢)堂・布橋きらびやかならず、古代の様也。十軒堂は廿町計所を隔つ。こゝにあらゆる供物、贄競の中に鹿の頭七十二持て参るも、神妙不思議とや云ん。

　生のばす命を鹿の頭かな

あるほどの禽獣魚肉を魚板にのせて捧こと終て、群参のものいたゞき酒汲こと、広大なるよし。けふや又、此国の人〴〵大木を八本、山奥より引出して、卯月の祭礼に年々新に建るを、「御柱」とかや聞へて大造なり。

　金山穂屋の宿、御社山とも。「穂やのすゝきの刈残し」と翁の詠じられし面影もありて、此あたりのいと哀なるに、夜寒の比は妻乞ふ鹿の声を歌によみ給しも、ことはりなりぬ。机村、蔦木に泊る。

　十二日、開(快)晴。教来石関所は、甲信の境なり。信玄の代の兵なりしも、爰の地名に残りて、哀を催す。

　うら富士や霞の中に雪光る

堀畑・白砂・台が原・水木・円井(ツブライ)、祖母石もすぎて川原づたひに柳の林を過るに、晴天の裏山に旅の労れを忘れて草筵に座し、やゝときをうつす。

　忘れてもわすれぬふじの面影を忘れてさらに向ふ富士かな

と詠じ給ふも、さらに、

〔半丁分挿絵。富士山ヲ大キク描ク〕

　とし〴〵の願ひも甲斐の国にきて不二のうら見も晴るゝいやよひ

と狂歌して、同行に語らひ行。

　韮崎・龍王・宇津谷・府中、来迎精舎の方丈は、老師法縁有りて、十三日も逗留して所々参詣す。中にも新善光寺は、河中島より信玄公甲府に遷して、籠仏と申奉るは三国伝来の三尊仏とて、開帳の折に逢ふも偏に尊し。勅封の御印状を拝して、難有と申もおろかにめで（た）し。此寺西なる東光寺の上に、夢見山あり。

　蝶とともに我も昼寐や草筵

　東の方にのぞめば、酒折の宮。其むかし　日本武尊、征蝦夷而後、此（処に）居給ふとかや。尊、のたまひけるは、「ニイバリツクバヲイデヽ、イクヨカカネツル」。火焼の老仁、次句、「ヨニハ九ヨ、ヒニハ十カヨ」とありし、是を連歌のはじめとかや。

8315 我旅も幾夜か寐つる春の夢　　蝶夢

言の葉の花は幾代か咲かへて　　木姿

十四日、身延山へ詣とて、来迎寺の住僧に、玉川浄降寺教順和尚を案内として、老師を賞(招)ぜらるゝ。西条・曲淵、不二見へる。ふじ白根、花の梢の朝ぼらけしつゝ、興也。中辺・布施・釜なし川、渡し舟。南五・青柳まで四五里がほど行て、船に乗りて富士川を六里下り、身延山の麓、葉切といふ所よりあがる。双門の額に「開会関」と有。夫より左右に町屋・坊舎とところどころにありて、三門を登れば、伽藍・僧坊・回廊、棟を並ぶ。幽の谷の底に壇所現然たり。西上人の歌によみ給ひし鶯谷は、今の回廊の所とぞ。

囀の真似して渡る小僧哉

日にそふて桜匂ふか久遠山

(夢師云)「『法華経』の唯有一乗法、無二亦無三のこゝろを、

8316 此上に二も三もなし山ざくら　　蝶夢

8317 囀りも余の声はあらず身延山　　同

一天四海皆帰妙法といふに、幽谷遷喬の章まで思ひつゞけて、

8318 その鳥よ此谷出て四方の春　　同　」

身延山をいでゝ、下山に泊る。

矢川渡、綱面白くめづらし。飯富・八日市・切石・西島・富士川、早瀬の岨にきり通しの桟道峨々として、不二の山も見ゆる奇絶也。本島・鰍沢、関所有。青柳、もとの船場にかへるに、道をかへて西、南五に行。東土鏡・中乗・水ノ宮、遊行派の一蓮寺に参て、古風の建立ゆかしき。

十五日、来迎寺に帰りて滞留。

十六日は、教順和尚の案内にて、信玄僧正の古城あたり、墓所は円光寺の前、畑の中に有ぬ。躑躅が崎の城跡、其世のまゝの石垣に面影残り、戦毎に勝給ふなるも、いわゆる善ならざる事も哀深し。来迎寺にいとまごひして、

府中を出る。

途中にて重厚入道に逢ふも、不思義に嬉し。川中島の善光寺え入道、志あるよし、和尚に逢ふて、無下に東都へ帰りともなはるゝ。川田、敲氷（を）田中へ訪ひ、石森の社の寄（奇）石重なれるもめづらしく、日蓮上人、鵜匠済度ありし鵜飼寺も過て、小原、落葉庵を訪ふ。二人の大徳は、石牙主と無二の旧友なれば、昼夜をわかたず語りつくせり。

十七日、主のともなひ、恵林寺へ詣る。後醍醐の朝に二階堂の本願にて、夢相国師の開基なる。境内に古木おひ茂りて、精静の禅林なり。山門額に、雑／華／世／界とあり。両袖桜。

前大僧正信玄

さそはずばくやしからまし桜花重こん比は雪の降寺

制札有、

太守愛桜蘇玉堂　恵林亦是鶴林寺　　快川国師

信玄公自作の不動と称して自像を彫て、開山堂にひとしく築地の内に建て、是を安置し給ひ、末世に残されしとぞ。

塩の山、向嶽寺の霊場たりしも、近比焼失して、今再建のしたくもあるや。築地・山門は残りて現然たり。寒泉の池は寺より二町ばかり東にて、湯あみは夏に限り、湯つぼ干上り、井戸側のごとくなる湯口に満る。

塩の湯の口やつめたき春の味

菅田の社は、今の代には　天神宮と崇けるといへども、新羅三郎より武田家へ伝はれる「楯なしの鎧」となん聞ゆ。けふもはや日も暮かゝれば、此奥なる雲峯寺えはまいらず。重宝の旗の文をこゝに記す。

静如林。不動如山。如風犯。掠如火。

此四流は、武田家数度の軍功に用ひ給ひし也。

十八日、信玄公出陣の時、祈願をなし給ふ正八幡の大社へ参。こゝの風士、かしこの神祢宜の家々にいざなはれ遊び、人〴〵にいざなはれ、さし手の磯に会す。ふるき歌に、「塩の山さし手の磯に住千鳥君が御代をば八千代とぞ啼」とありしも、今にめでゝ、

啼止ば千鳥かくるゝ朝霞

青麦の浪やさし出の磯の風

おの〳〵の句もあれども、こゝにしるさず。

十九日、落葉庵をいとまこふに、かのさし出の磯に翁の石碑を建んとて供養の俳諧に、各無是非ことに滞留して、一座の会を催す。

8319 石文はこゝをせにせよ木瓜躑躅

と和尚の一句につゞけて、歌仙行。

廿日、石牙亭をいでゝ綿塚に行に、主じはじめ見送らるゝ。こゝの季之・春路の二人、和尚を賞(招)じ入、新庵の名を求んとありて、「三峯庵」とよばせむと筆をとりて書残さる。おの〳〵杉の御坊まで送りて名残をおしむ。

境内に芭蕉塚有。「行駒の麦になぐさむ宿（り）哉」とは、誠に其あたり土肥て民家ゆたかに、たゞ物静なり。聖太子の馬蹄石、此庭前に有。親鸞上人の箸の杉とやらんも、今は焼うせて杉木堂建。黒駒むらは、太子の駒の出しと唱ふ。駒木野 関所有 、藤の木といふ山中に泊る。三坂峠の麓也。

廿一日は、此山を一里半登る。八湖の一ッを不二の裾野に見ながし、さはるもののなきは百地の見所ありといへども、絶景此上やあらじ。

打明て見塚の富士や花の空

〔半丁分挿絵。湖ヲ前ニシタ富士山ヲ描ク。細字デ「三坂峠」「産ヤガサキ」「川口」ノ書込ミアリ〕

川口、沢、浅河、湖辺。

めぐり行不二の裾野や春おしき

吉田 千軒社迄、是より十三町、三坂峠よりこゝに五里 ・小沼 此あたりより郡内島織 ・十日市場・谷村 秋本侯の城下成しも、今御領と成、平岡御代官 、鶴郡、郡内郷は名産島 山賤しづの女の、桑も見事 。むかし翁、こゝ路に暫脚をとゞめ給ふとや。此町にやどる。

廿二日、井倉・田くら往来の左右の山中は、小山田佐兵衛の古城、岩殿山也。常楽院は聖護院門下の山伏にて、其末院覚養院と申人と道連となるに、春の都の大変に彼宮の御所恙なかりし事を問ひことふに、此山伏よろこぶにかぎりなく、予に酒をほどこすといへども、もとより下戸にて不興にもみちをいそぐ。ほどなく大月の宿にい

たる。こゝは府中より東海道本宿、笹子峠よりいづる出合なり。三坂越は漸壱里半遠し。翁、此猿橋を渡り給ひて、山家の吟に、

行駒の麦になぐさむやどり哉　　ばせを

〔散ラシ書キノ右ノ句ノ下ニ、挿絵。猿橋ヲ描ク〕

犬目・野田尻・鶴川橋、上野原、泊。

廿三日、須波、甲斐・相模の境、関屋有。

信濃からおふじ見そめしはつ恋も甲斐の名ごりにむつの花ごと

ゝ、狂歌おかしく口ずさむ。関の原・よし野・小原・小仏峠、御関所横川、箱根と同く厳重たり。川原宿・駒木根・八王子・本郷・八木・八幡・日野、府中に泊る。

廿四日、武蔵の国に入て、山遠く渺々たり。

武蔵野ゝ末や春行雲の中

河原・布田・高井戸、四ッ屋の見付にて支度して中洲の多賀屋敷に着。

廿五日、白銀町、由利何某の方へ行。

廿六日、老師・其由法師と三人、深川辺長慶寺、芭蕉翁・其角・嵐雪などの墓所え参。雪中庵を訪ひ、語らひて霊巌寺・八幡・す崎の弁天。南海の眺、一円に上総・下総を見わたす。

廿七日、由利氏手代案内して、神田明神・湯島天神、上野へ弁才天・東御堂。此寺内、神田山と中寺に佐野善左衛門勇士の墓所、毎も参詣多し。浅草の観音にて浮世物真似も三都随一にて、興しありて帰る。

廿八日、雨天。向井氏の宅に重厚入道おはしますにかたらひ、松露庵を訪ひ、其由師旅館に遊ぶ。

廿九日、和尚と二人遊行。

8320 猪牙舟や春の行ゑを追ごとし　　蝶夢

行春や流れは尽ぬ隅田川

愛宕山・増上寺、きらびやかに広大なり。青松寺・神明・山王、霞ヶ関なる筑前岩瀬山琢老を訪ひ、糀町・四ッ谷へ出て帰る。

晦日は、白銀町伝佐惣兵衛と二人、糀町の屋敷へ見廻、永野氏に対して終日もてなされて、一件の始末など語り、古郷なつかしく遊ぶ。

四月朔日、大下馬先にて、御登城拝見して、
　風わたる大下馬さきや衣更
それより重厚師・白雄坊を尋て、又、多賀屋敷にて如毛子の帰りを見送る。
二日は、この屋敷にて洞月の席画など見つゝ、人〴〵と語らひ居る。
三日、深川河上庵泰里・古友のもふけに、和尚・重厚・其由と共に会す。和尚、ほ句に、
8321　悠然と春行みづやすみだ川
とし給ふにつゞけて俳諧に遊ぶ。
四日、白銀町。中洲にすいに休ふ。
五日、白銀町にかたらひ、本庄の内田氏の方へ由利氏御同道被下、むかし物語も一入に、酒食に飽。
六日、夢師・其由法師と三人遊覧、伝通院・護国寺・護持院、曹司谷の茶店の藤の花は今盛なれば、暫く休む。
　青嵐ふくや王子に雑司谷
瀧の川の弁天は此地の侯（カ）景、珍らし。水の流は岡に曲り、岩窟の九折は高からずしてそば立、底深き所に床几ありて、時をうつす。若王子宮稲荷・飛鳥山・道灌山・日暮、根津権現まで見巡り帰る。
七日、和尚・重厚・其由・麦宇と共に、御蔵前の成美子のいざなひに角田川の船に遊び、饗応。
〔以下、約二丁ノ四面ニ挿絵。隅田川ヲ描キ、第一面ト第二面、第三面ト第四面ガ絵柄連続。第一面ニ「嬉しの森」「御厩渡」「柳橋」「首尾松」、第二面ニ「花方の渉し」「鷺森」「大橋、俗に東ばし」、第三面ニ「真乳山」、第四面ニ「長命寺」「木母寺・梅若の墓」「角田川渡し」「真崎稲荷」「朝日神明」ノ書込ミアリ〕
　旅ごゝろあらはん夏の角田川
　土運ぶ舟や卯浪の綾せ川
　遠の山こちの海飛ぶほとゝぎす
八日・九日、由利氏閑話。
十日、主人、都のかたへ登り給ふ。人〴〵と六郷の渡し迄見送る。品川にて、
　満汐に藻の花かゝる船木（カ）哉
道すがらの遊興に、夜に入て帰る。

十一日、老師・院主、三人、五本松あたり五百羅漢・さゝい堂・亀井戸の天神・恵香(回向)院、折節角力も休て、馬谷が講釈も束の間にして、中洲え帰泊。

十二日、白銀町伝佐と糀町の屋敷へ見廻。

十三日、白銀町より勘三が芝居え行。退屈して昼過、中洲え行。はや両法師、即透(誘カ)引して日暮の法団(奉)会に行給ふと聞へて残多し。

十四日は、多賀の御祭とて其由僧都の元へ招れ、完来・下叟・兎男も見へて饗応にて、終日語らふ。

十五日、由利氏の宅にて、初鰹など振舞に酒を汲む。

十六日、江戸発足。院主の元を出、河岸ばたにて、

首途やはつ郭公影も見で

時鳥に行違けり日本ばし

と口ずさむ。芝泉岳寺の四十七士の墓へ参。

忠誠院刃空浄剣居士　大石内蔵輔義雄　行年四十五

と有。余略。

品川・河崎・生麦、茶店絶景、往来多し。神奈川、程ヶ谷に泊。主の女が光り物の噺も中洲に居て知らず、はじめて聞。

十七日、

朝途出てほどがやに聞く杜宇

武蔵・相模の境、上鶴間・寺尾　入口にて不二見へる　・戸塚、鎌倉・街の別れ道　立石あり。

長沼、長永寺、親鸞上人旧跡。鎌倉小袋谷、円覚寺　五山　・建長寺・勝地寺、扇ヶ谷、こゝに水戸公建立の英勝寺、境内に阿仏の墓有。比企ヶ谷の妙本寺、判官のおはせし所とかや。鶴ヶ岡の八幡宮は、名にしおふ霊場也。一ノ鳥井より三の花表まで拾八丁、南海の側へ続く。公卿の銀杏、左の柳、社の左右に有。

兵の影見るごとし夏木立

頼朝屋敷、畠山等の住捨し跡も、むかしのおも影を思ふもさら也。

谷ッ〳〵の住かわる世や麦の秋

星の井の辺り、坂下三左衛門とて此辺の剛家と見えしも、泰里庵主の文の案内によりて留らる。家主の老女は、仙鳥といふ風流の人なり。けふや見残せし所々まめやか

に案内ありて、再古跡を見廻る。夜に入て此家に泊る。

　前書略

　とゞめぬる言葉の花の鰹かな　　仙鳥

　　はつ郭公名にしあふ宿　　木姿

老師に物書てもらはんと、予もともにせつかれ認置。

　十八日、朝とでに、ひたすらとゞめんと乞れしもすげなく出るに、文台もて裏書をたのまれ、是非なく和尚も筆とりて暫く時うつる。

　極楽寺の切通しを越るに、義貞の有し世のことなど思ひつゝ、七里が浜づたひに腰越より江の島へわたらんとするに、折も汐時よければ歩足渡りして、さゝゆ（もカ）ゝしき関東第一の絶景も、雨気に打曇りて富士の山も見へず。此島の山めぐり、世に類稀なるにや、案内者せつくもことわりぞかし。されども同行和尚は遠近をあまた度遊行なせる人にて、まめやかに教へ給ふて、生涯の鬱散いふばかりなし。天女の岩窟は、しほじを経てはるかの奥深く入。「江の島やさして塩路に跡たるゝ神はちかいのふかき成べし」と、古歌にも有。

　江の島の奢や夏の雨曇り

　もとの腰越に帰り、浜辺へわたりて浦人に問ふて、あやしき村を過、藤沢山清浄寺へ参。馬入川・花水の橋、曇りて富士見へず。平塚・大磯、和泉屋に泊。鳴立沢の庵主訪ふ。

　うき草の旅や流れの花ごゝろ

と一句を残し帰らんとするに、庵主、脇を付て留らるゝを、

　大磯の小磯の浦のうら風に引ともしらずかへる袖哉

と旅宿にやどる。

　十九日の朝、和尚とともに庵主に対し、鳴立沢のそこらあわれしり顔に見て、道をいそぐ。帰命堂・国府、真楽寺、開山上人七歳の旧跡。さかは河 四十八文、川ましてれん台渡 ・小田原、成美子の教にしたがひ小清水やにて伊豆の街を尋、海辺へ出て熱海へ志。石橋山の麓に石投村あり。往来より一町計登れば佐奈田与市義忠の墓所、杉木下に有。治承四年庚子八月廿三日の夜と有。名だゝる勇士の後世に名を残せることは世の常にして、あつぱれ

也。

　鶯の老やむかしをいまに啼

こなたの岸のうへに与市の良等文三墓ありて、同月同日なり。道のかたわらに矢の根石などいふあり。米かみ村、坂の下に茶店、こゝら難所。根部川御関所、箱根に同、小田原御支配。江の浦 岩むら・真奈鶴 、往来より下にて、江戸へ石切出す所。沖なる大島は曇りて見へず、利しまみゆる。久峯山長徳寺は山谷に見ゆ。真奈鶴錠口とて出茶屋。吉浜に泊る。浦浪の音、家を震ひ、寐られぬまゝに二人、夜もすがら語らふ。

頼朝公を隠せし辻堂は今の頼朝寺とて、吉浜にあり。ふし木隠れの跡は、此村奥にありとかや。岩村・五味・青木と名に呼ぶ者、あかしより　朝公、柴船に隠し鎌倉へ送り奉り（し）よし。

門河・吉浜の間に橋有、伊豆・相模の境とぞ。堀の内、常願寺、土肥次郎・実平の兄弟、廟所あり。其古城にいぶきの大木ありといへども、少し廻り道、難所とて尋ず。伊豆山権現大社、地領三百石のよし、別当槃（般）若院。瀧の湯は麓の海側、湯壺の下に汐汲海士が家も有。湯あみしてすゞむ。水湯也。

　海晴て瀧の湯かくす夏霞

古々井社の名所につれ〲となく郭公をきゝて、興じながして、

　余所は兎もかくもこゝゐの時鳥

熱海渡辺彦左衛門と申人のもとへ、江戸より文通ありて、廿日の昼過着て、湯に入。江戸より湯治ありて賑ふにや、家〱華美にして一間（軒）〱に湯壺、他にすぐれて弁（便）也。日金山の石碑の摺ものなん、主じの男くれらるゝ。

〔半丁分挿絵。熱海ノ海ヲ描ク。「熱海」「真ナヅル」「岩村」ノ書込ミアリ〕

伊豆の七島といへども、八丈ヶ島は尚見へず、大島・利島・三宅じま・神津島・三蔵島・はつ島とやらんきゝしも、漸三島ほど見へぬ。

　島〲の帆に薫り梟青嵐

天木山にて、内裏炎焼の御用木を伐出すよし噂にきく。天木山は麓に下田の湊、通船、日和を窺ふすいへと（ん脱）

ぞ(カ)。熱海より廿里隔て難所なるよしも、辰巳に当りて山を指て教らるゝ。

廿一日、こゝより直に峠にかゝる。箱根山のうら道なり。見かへれば見飽ぬ海道、行人はまれ也。「箱根路をわれこへくれば伊豆の海や沖の小島に浪のよるみゆ」とよみ給ひしもかゝるをやと弐里行ば、軽井沢・鬢沢、平井までは山路なる。大土肥・大場などゝ武士の名にきこへて、よしありげに、左へ行ば韮山、こゝを蛭が小島と云とぞ。今は御代官江河氏の古く住居とかや。此家の棟札は日蓮上人の題目なるよし。右に行ば三島明神の社、駿河国沼津は水野の城下、乙児六花庵なる官祖主を訪ふ。こゝにとゞめられて泊る。

廿二日、原・よし原、不二川の大河。ふじの眺、こゝらにしかずと聞しも、曇りて裾計見へてくやし。「時しらぬ山は富士の根いつとても鹿子まだらに雪のふるらん」と業平の歌も思ひ出して、なをざり歩行がたし。岩淵 不二のりあり。

五月雨や弓手の不二に矢のごとく

神原(蒲)・由比・さつた峠、こゝも小雨にふじみへず。興津、山形屋に泊る。「おきつ潟磯手に近きいはまくらかけぬ浪にも袖はぬれけり」と詠じ給ふもか（く）也。

清見寺・江尻橋の不二。

旅心放てすゞし清見潟

江尻より久能山へ道あれども、雨天ゆへ不行。三保の松原向に見て、曇りし不二を見かへる。

府中・阿部川 四十五文 ・丸子、とろゝ汁に昼したゝめ、宇津の山路に望(臨)。「駿河なるうつの山辺のうつゝにも夢にも人にあはぬなりけり」とありしはむかしのことにして、今の道はゆきゝ絶ず。さながら物うき山の奥に、宗長の旧地とて尋ぬ。柴屋寺の庭めぐりに、天桂山吐月峯とて奇なる山有。

鶯も老にけらしな柴屋寺

8322 血をはける鳥や月吐峯の上　老師

うつの山、十団子、家〳〵かけならぶ。峠に地蔵堂、千代の古道は別なるとぞ。「色ふかき蔦はふ跡の露しげみ心細きはうつの山道」、慈鎮和尚の歌のごと関東第一の往還となれども、大井川も近くなりて、五月を質に入るゝの盗もつきまとひて、何となく長途旅に心細し。

岡部・藤枝、田中の城下町、端にいさきら川有。無理におひわたす。島田宿、こゝの長たる油屋何某は、和尚知れる人、手をとりとゞめられ、宗長庵主阿人も見へて、夜と共に語らふて、千布主（に）対して、

　ほとゝぎすきくや名にあふ大井川
　　紐解く頭陀のかほる柚花　千布

廿四日、阿人草庵に、翁塚、嵐雪と幷ぶ。

　五月雨の雲落つけよ大井河　芭蕉
　浅き瀬を人に教へよ燕子花　嵐雪

千布と二人、河辺え出て、八人の男をそろへて連台に乗せて渡らす。

八十六文の川とて、台に水をひたすもことゆへなく越へて、金谷の宿も過て、坂中に不二見台の山有。駿河・遠江の境に菊川 こゝに矢根鍛冶あり 、「渡らんとおもひやかけし東路にありとばかりは菊川の水」。

なか山、「命なりわづかの笠の下涼み」翁。「とし経ても又来るべきと思ひきや命なりけり小夜の中山」と西行上人のよみ給ひしも、又、「甲斐が根はさらにも見しかけゝら鳴くよこおれふせる小夜の中山」とも。名にしあふ無間の鐘のところも、向の山なりとか。日坂、蕨餅。八幡宮、事のまゝの神と崇して、旧掛川、 太田備州公 城下。袋井、川岸に泊る。

廿五日、見付・池田 湯ノ谷墓あり ・天龍川 三十四文定目、別舟のまし十六銭 、至て大河也。

　鮹(たこ)のぼす天龍川に雲の峯

と一句述るも、所がらの習ひにや、夏凧をのぼせる。浜松 城主井上河州公 、蓮花寺に泊る。入野ゝ方壺・白輅の風士はじめ人々、和尚を待設けて、夜となく昼とわかずいとまなき雅談に、

　蓮花寺の古池を見れば、明照寺の百年のけしきも
　　ありし昔も床しくて
　短夜や春思ひでゝ啼蛙

廿六日、方壺主いざなひに、白輅・柳也とともに入野ゝ臨江寺に遊ぶ。斗六主も見へて、壺主のもてなしに

8323

旅の労を忘る。

　不二見へて卯浪しづけし臨江寺

夢師、土産を賞して言葉書あり。略。

　麦秋の埃きよめて神遷　　方壺
　　白重なる袖と拝めよ　　蝶夢
　友得ては旅の思ひをとり〳〵に　　白輅
　　鶴の股(もも)毛のそよぐ浦風　　木姿
　松一木見こしに薄き昼の月　　柳也
　　けふは角力のはじめ成とや　　斗六
　　　　下略

　　探題

早乙女や簗摩の里の笠着連　　白輅
藻の花や人の一期もうきしづみ　　木姿
暮残る山田の畔や花茨　　斗六
青鷺や草刈笠もたゞ一人　　方壺
筍のつらぬく露の蕗葉哉　　蝶夢

　廿八日、方壺の案内にて、和尚見残し置れし遠州の旧地を尋ぬ。刑部は、信玄公の三方が原合戦に出張の陣所とて、山のたゝずまひなり。こゝの夾(莢カ)全子訪ふに、とゞめしもいとはず初山宝林寺に参。黄檗木庵開基、唐めく墓所の門に、唐／林　此門深入見大唐／孤子報酬営一塔。堂舎、山林の風情、まことに大和ぶりあらぬ山谷なり。

　金指 関所 、荒井・気賀また裏関町にひとしく、市場・井伊谷、龍潭寺、井伊家の開基とて寺領百石とやらん。前の田の中に井戸有て一構へ、門の内に石碑建て、「井伊氏祖備中守」と有。奥の山の旧跡は奥深く入、所〳〵民家あれども往かふ人稀に淋し。後醍醐天皇、吉野より遷座ましませし方広寺は霊場、幽谷なり。

　山深き雲のうへ哉木下闇

三州に越んことを問ふに、人跡絶〳〵に蛭ふる難所とて四里ほど戻れば、雨しきりに道ぬかり、小川の水増りて夜をしのぶに、はや莢全主が迎ひの人をこして、ことなく刑部にやどる。

廿九日、落合川、わたし舟、気賀関所、荒井のうら、遠つうみを左に行ば、引佐（イナサ）峠、清輔のうたに、「逢ふことは引佐細江のみをつくし深きしるしもなき身也けり」。

　古道や細江〳〵の早苗舟

三日比村に泊る。日比沢・楠の大木、十三抱有。此辺、浜奈の郷、本坂（本坂越といふ古道也）。此峯、遠三の境、南の海一円に見わたし尽し、

　江や河やどちら向ても子規

三河嵩山（スセ）村に泊て、三たり夜すがらの噺して、壺子のねもごろなるにいねず。

　五月朔、旦に嵩山正宗寺禅林を右に見る。ほど無、吉田城下に出る（松平豆州公）。浜松より本坂越にして、舞坂・荒井を不通。木朶・古帆の風士に対して、方壺主は三日、和尚を送りてこゝにて別をおしむ。留別、

　国ごへのわかれ五月の空闇し

　国府の傍なる久保といふ所に、得々とて二葉のときから和尚をしたふ人とて、未、朝ながらも人なふ留られて、挨拶句、

　こゝろ有軒や青葉の森林

此句に主じの脇して歌仙執行、此処に秋葉・鳳来寺の別れ道有。

　五月もはや二日なれば、御油（東うらに楠大木あり）・赤坂（間の山中なる法蔵寺は　神君の結所とかや）・藤川・大平（土橋）・乙川の流・岡崎（本多家居城）、橋、日本一の結構、弐百間。豊川・池鯉鮒（馬市場）・野路、小川に橋有、三尾の境也。有松（しぼりの名あり）、鳴海宿。こゝの千代蔵と呼ぶ人、和尚と因ありて訪るゝ。「小夜千鳥声にぞちかく鳴海潟かたぶく月に塩やみつらん」には時たがふて、

　蚊の声や波もあやなき鳴海潟

三日、天林山笠覆寺の庭なる芭蕉塚に、「星崎のやみを見よとや鳴鵆」。「古郷にかわらざりけり鈴虫の鳴海の野辺の夕暮の声」、為仲卿も詠じ給ふ。予も、

　ほし崎の暮待えてや飛ぶ蛍

宮、熱田大社、爰の大主は木曾の深山木を領地したまふにや、宮居、結構なり。是より名護屋の城下と続く。町並、豊也。町〳〵の寺社見めぐり、一筆坊を訪ふ。そ

れより琵琶島・清須・稲場・萩原を過、起の宿に泊る。尾美の境は川を隔。

四日、きこゆるおこし川、舟にて渡。須の又、是も又大河、船わたし。古川、結明神、「なぎの葉にみかける露のはや玉を結ぶの宮や光りそふらん」。大垣 城主戸田公、株瀬川の辺、木因旧庵。芭蕉翁の塚は、忌中間に木因の建る。

垂井、君里雅家に泊る。きさらぎ晦日比には此軒を問ひて、不二を巡りて十国余を経たり。はや菖蒲葺日とこそはなりぬ。大とこのまめやかなるにしたがふて、かた時も労せず、今もとの道にかへれば、都のかたもなつかしく、五日は、雨しきりにふれど、東雲に出て、

関の戸もさゝでこと足る幟哉

二人が馴ぬ酒を汲かわして、道すがらの雨をしのぐ。須瀬の柏屋にて、

不破こへてもろこ心や菖蒲酒

艾売軒の匂ひや笹粽

もとの道なれば記すにおよばず。愛知川、芦水亭に待やもふけられて、泊る。

六日、横田川・野須川の水まされどいとひなく、成市の若者と連だち、道をいそぐ。

8324 徒の旅や六日の菖蒲草　蝶夢

あふみ路や見馴し山の五月晴

草津の山城屋は首途の日の宿りなれば、又、此家に三人泊る。

七日、日和よければ矢走の船に乗りて、大津、菊二亭に休らひ、昼過には京へ帰る。

世の中は、皆我にしてわれを知らず。富士の山を見んと年比の願ひも、天命の年も過て既に思ひ得たり。何ごとも、己はおのれに問ふて、ことうる事なし。その時の風に乗じて、転化することゝのみ記す。

不二めぐり花ほとゝぎす杖を引

都三条、袖の河原辺、獅子庵の木姿、旅の日記を草考して置ぬ。比は天明八ッのとし申の五月中旬。

俳論篇

門のかをり（童子教）

（ゴシック体漢数字ハ、後掲ノ追加ノ段ノ位置ヲ示ス）

童子教（外題）

　南殿の花の下に冠をかたむくる何がしの納言、西楼の月の陰に筆をかむ〔く〕それがしの博士は、かけ〔て〕ともいはじ、たゞあやしの我如きものは、花は咲にけりとたゝずみ、月はくまなしとうち詠たるのみにして、もとより周南・召南のむつかしき文字、難波津・浅香山のやさしき詞は聞もしらず。しかはあれど、花に啼うぐひす水にすめる蛙までも、いづれか歌を詠ざりけんといへる大和の国に生れ出て、いかでか蛙鶯にもおとりなん事の無下に心うしと、みづからかへり見おもはん人は、この俳諧の風雅をしも学び給ふべし。（底本改行）**〔一〕**

　俳諧と誹諧の字義の事、きはめたる重事にして、誹諧の文字は代〳〵の勅撰に見えたり。音韻相違のみ〔こと〕は故実なれば正して益なく、かつ〔今〕その字にさだめ給へる歌仙の冥慮も恐れ奉らんものか。俳諧の文字は音韻かなひて、字義は『史記』の「滑稽伝」より出て、諷諫・談笑の道ありとか〔ぞ〕。いづれも『八雲御抄』の一名たれば、只其人の好む所に随ふべきものか。（底本改行）

　俳諧の道の伝り来れる次第をいはゞ、唐の『詩経』のたぐひ、我国にしては『日本紀』『万葉集』・神楽歌・催馬楽等、みなこと葉をかざらず、その世の俗談のありのまゝなる詞にて、その世の人情を述たるごとき、こと〴〵く俳諧の躰なり。『万葉』『伊勢物語』の類には、その句にその句を付て、つぎ歌となんいひて、その式とてもさだかならず、遙なる後に、為相卿・為藤卿など連歌の式をさたし給ひけるとぞ。その連歌の式になぞらへて、中比、守武朝臣・宗鑑法師、〔今〕その式をはじめ、長頭麿・季吟法印にいたりて、いよ〳〵その法式さだまりぬ。**〔二〕**

　されば、古への守武・宗鑑より貞徳・季吟にいたり、又はせを翁までの風躰に新古の差別あり。その風躰のかはり来れるを能〳〵みて、芭蕉翁の俳諧の正風なる事をかんがへしるべし。その事実は、許六の〔が〕書る『歴代滑稽伝』に尋てしらるべし。（底本改行）

俳諧の道をたしなまん人は、第一に、むかし今の詩歌のをもむきを、その人のほどに応じ、人にも問ひ、我もよみて、いさゝか唐の詩といへるはかく、大和の歌・連歌のしなはかくと、詩歌連歌のすぢをわきまへ、ことにふれて情を先にし、物のあはれをしり、花と〔ち〕り、木の葉の落るをも目にも心にもとゞめて、風雅の〔のか〕大意をしるべき事、ゆゝしき大事なり。次に、俳諧は和歌の一躰たる本意をも、かまへて思ふべし。この事をあきらめざれば、たゞ世の中のいたづら言にして、うたてう見苦敷、今の世にもてはやす誹諧の点とり・前句付などいへるみだりがはしき躰になりて、大に風雅の道〔とり〕に背きて異風と成なり。

異風の誹諧に遊ぶものゝ様をみるに、その師に教ゆべき道なければ、その弟子に習ふ礼をしらず、ひたすら己が口にまかせて言出せるを、例の点者といへるものゝ、大かた句の黒白をもしらで、みだりにその句の好悪のわいだめなくその点をなせる、礼物の料足をむさぼらんが為に、さしもなき句を賞して、其人にへつらひもて行ば、〔今〕その作者はみづから堪能の上手と思ひあがりて、昨日の弟子はけふの師と成、かたみに鼻のあたりうごめきて、己がこゝろ〳〵に申ありきて、しな〳〵はかなき言葉にもはぢず、はては酒肆淫房の興とさへなせれば、傾城・歌舞妓のものにも句などとりかはすことを名望となせるより、物もわきまへぬ人の子弟〔弟子〕たるもの、ひとへに此事をのみうらやみまじはりて、はては空腹高心の放蕩人となりて、終にその身をそこのふ事多し。

かゝればにや、ちかき比の儒者の、「いたく誹諧をこのむ人に、よき人を聞ず」といましめしも宜なることぞかし。かくも誹諧の道のくだりもてゆく末の世の様とは申ながら、かなしくも浅間しくも、和歌三神の御罰やかふむりなん。もとより我門の正風の俳諧と、かゝる異風の誹諧と日を同うして語るべきならねど、その句を作るおもむきは同じ雪月花に過ざれども、たゞ風雅の大意をしらずして、世のいたづら言のみを誹諧と心得たる故なるべし。しかればかならず此道に遊ばん好士は、此風雅の大意を明らめなん事こそ、肝要の事たるべし。(底本改行)

俳諧の道を修行する事のいとやすき、詩作る人の韻字・平仄など、歌読人の読方つゞけかた〔ら〕の心得にも及ず。たゞよのつねにいひもて来れる俗談平話の常語をもて、月にまれ花にまれ、いひたき事をいひつらねて、なを歌人・詩客の筆の及ざる恵方棚・福引の行事より寒声・餅搗の人事まで、世の中にありとあるものゝその情をのべ、その姿を形容し、風雅の真趣をあからさまに述る事なり。
(底本改行)

俳諧の風雅の真趣を述るとは、たとはゞ、むかし鎌倉の源二位の奥州陣の時、

頼朝がけふの軍に名取川

といへる発句の有けるも、例の常談〔語〕にして俳諧也。「けふの軍に名取川」と聞ば、上は雲の上人のやごとなきより下は犬うつ童べの耳までも、奥州陣の中にしての発句とはしれるなるべし。如斯に人情を有の儘に詞をかざらず、雪月華は勿論、生とし生ける物のたぐひにものいはせたらんを、俳諧の風雅の真趣を述るとも〔は〕いふなるべし。

詩歌の人は常談〔語〕を用ひ〔ず〕、或は箱根の関の名の俗なりとて函谷関に擬して賦し、近江の湖とは詞おかしからずとて「さゞ波や鳰の」とうちきくは、艶にやさしけれども、我如きものゝ耳に通じがたし。通ぜざればえ心得ず、感ずる事もなく侍る也。

さるを世の人ごゝろに、詩作り歌読りといへば、まことにゆへ〳〵しうざへあるよしに、人にも尊まれ我もほこらんとおもへる心のみにして、そのこゝろ風流にして、風雅の道をもて遊ぶといへる人はまれならん。かの葉公の龍を愛せしためしに、たゞ騒客と呼れ文人と称せらるゝ才能の名のみ好む人にして、まことの風雅の真龍を見せましかば、おそらくは驚て逃まどひぬべし。まことの風流に遊び、風雅の道に執する人ならんには、いかで詩といひ歌連歌といひ、俳諧とても、霞をあはれみ露をかなしむの風情のかはり侍らんや。

また此道をわきまへぬ人の、俳諧は和歌連歌の妨など

沙汰する事〔×〕有。かた腹いたき事なるべし。いにしへの歌仙達、みなこの俳諧躰をよく読給ふけること、数るにいとまなし。近くは宗祇法師・玄旨法印・光広大納言・貞徳翁など、歌連歌に名誉ありて此道にも〔また〕先達たること、世にしれることとなり。されば、かゝ〔く〕る俗談平話をむねと教ゆる此道なれば、夕顔棚の下にてゝらながらに碓ふむ男も、榾の火の影に二布して臼引女も、俳諧の風雅は口にもいひ耳にも聞えぬれば、たゞいひかひなき下様のものゝもて遊ぶすゞろ事のやうに、風雅の名を好むなま才覚の人のいひおとしめ、あざけるあり。きはめたるひがごとなり。

たとはゞ唐の代に、白香山の鵲巣禅師とやらんに参じて、仏法の一大事を問尋せられけるに、「諸悪莫作、修善奉行」と示されければ、白居易の曰、「かゝる詞のいと浅はかなる、三尺の童子だもよくしれる所也」と難じ申されけるに、禅師の曰、「三尺の童子もよくしれりといへども、六十の翁も修することあたはず」と難破せられしとぞ。

俳諧の風雅の道、またさなん。かゝる一文不通の碓ふめる男、臼ひく女とてもしれる道ながら、弘才博覧の老僧も弁舌利口の宿儒なりとも、風雅の名利におぼれて、風雅の姿情をしらざる人は、俳諧の実境に入る事覚束なし。かやうのおもむきのあればにや、種玉庵の俳諧の道は、道にあらずして道を教へ、正道に非して正道をおしゆるとも示し給ふけるものか。（底本改行）〔三〕

俳諧に新古風躰のかはりの事は、和歌の道にも世々の歌仙にあらそひたへず、たやすくさだめがたしとぞ。俳諧とても上古はさし置て、中比、守武・宗鑑の比は、たゞ和歌連歌の席みちて、「いざや俳諧の狂句して遊ばんものを」と烏帽子をかなぐり袴をぬぎて笑ひ興ぜしを、俳諧の会とはいへりけりとぞ。貞徳・西武にいたりても、たゞ誹諧の比興の躰をのみ学びぬと。さるを芭蕉翁初て、秋の葉〔暮の〕さびしき姿を枯枝にとまれる鳥に見開き、春の夜の静なる情を古池に飛こむ蛙に聞得て、俳諧の風雅の躰を大悟せられしとかや。しかれば、むかしの誹諧は誹諧を躰とし、今の俳諧は風雅を躰とす。六義の中にしも、比興と風雅の違ひめあり。是らは俳諧の道にしては、穴かしこ、秘蔵の事なり。故に芭蕉翁は、「俳諧に古人なし」とは密に申されけるとぞ。（底本改行）〔四〕

俳諧の道に伝受口訣の事あり。またく連歌の省法なれば、さのみ此道に口伝切帋のあらましも、嗚呼がましかりぬべし。此国の習にて、おほけなき三鳥三木の御沙汰より、いづれの道にも雪中に臂を断の信を顕して伝ふる事也。此俳諧の道とてもその習なきにもあらねど、所詮は耕雲法師の説に、「歌道に付て古事口伝などは、古草帋一ツもとめぬればをのづから不審はるゝなり。又、しらずともわづらひなし。たゞ読いだす歌の六義にかなひて、人倫をやはらげ、鬼神を感ぜしむることこそ、此道の詮要なれ」と云々。和歌の家にだにかくのごとし。そも〳〵道の伝受はその道をあがめ尊くし、その道に心ざしふかゝらしめんが為のいはれながら、かへりて今の世の人ごゝろに、その身はすきものゝ様にいつはりて、風雅をうり利をもとむるの輩多ければ、これによりて此道をあなどるのもとひともなる事多し。此道に執あらん人は、発句の切字より脇・第三の様、〔四〕口折八面の躰、月花の大概をしらば、その余は蛇に足をそゆるの費ならんか。ゆめ〳〵もとめずとも有なんかし。（底本改行）〔五〕

俳諧の文章の事、うち〳〵に漢文をひたすら読て、序は序、記は記、銘は銘と、一躰をよく明らめ心得べし。詞は、此国の古き物語・草帋どもいさゝかめでたきよし、古人申残し侍る。（底本改行）

俳諧の句案じ方の事、芭蕉翁没し給ひて後に、門人の誰かれ、をの〳〵その門をたて流をわけて教ゆる著述の書、まことに牛も汗し棟までも充るがごとし。これみな、かたみに彼をそしりわれを賛て、風雅のこゝろざしをうしなふ事、血を以て血を洗ひ、汚るゝ事益（ますます）はなはだし、といへる本文にひとしく、ことにふれて失多く、初学の人のまどひ多ければと、その一、二を挙て多岐のまどひを導くのみ。（底本改行）〔六〕

俳諧の道に、不易流行といへることあり。いまだ古人のさとさざる事にして、芭蕉翁はじめて此二ツを示し給へり。

千載不易の句とは、

春もやゝけしきとゝのふ月と梅

名月や池をめぐりて夜もすがら

一時流行の句とは、

景清も花見の座には七兵衛

三井寺の門たゝかばやけふの月

これらをやいはんか。不易とは正風の地の躰なり、流行とは正風の曲節の躰なり。不易の句をひとへにしらざれば、風雅の意をあやまりぬべく、流行の句をいさゝか学ざれば、俳諧の躰を得がたし。しかれども初学の人は、常に不易の句躰をわすれず、ふかく心にいれて修行し給ふべし。不易の修行地より、をのづから流行の句躰はあんぜられぬべし。流行の句躰と〔を〕のみ修行あらば、百尺竿頭に一歩をあやまり、風雅の実地を踏たがへて異風に落ぬべき事也。（底本改行）

俳諧の句の姿は、五尺の菖蒲に水をそゝぐがごとくならんこそとは、和歌連歌も同じ。（底本改行）〔七〕

俳諧の付句の事は、連歌の庭訓にも、「上手の付句は他人の中よきがごとく、下手の付句は親類の中あしき」とも。又は「付句は、蓮の茎を引折りて糸を引がごとく、前句をはなれずして、しかもはなれたるがごとく〔し〕」とも。又は、「前句わかちがたうして、これにや付べく〔き〕かれにや付べし〔ん〕と付まどふ時は、夜の柱とて、たとはゞくらき夜にふと起上りたるに、燈もうち消て東とも西ともわかでまどひなんに、常に見なれたる柱によりて東西をしるがごとく、前句をよく吟じかへして、その付べき所をもとめしれよ」とも。また、乞食ぶくろとて、「雪月花はさらなり、よしの・龍田の名所、節句正月の様より唐大和のことくさ、あらゆる世事をも一ツも嫌はずして一ツ袋に入れ置て、その席に向ん時、いかにもとり出し用ゆべし」とも。（底本改行）〔八〕

俳諧付句の躰の事は、いかにも百韻百躰にして、躰をきはめざるべし。芭蕉翁在世に尾張の野水、翁にかたりて曰、「ちかき比、大津の人〴〵、翁に十七躰の付句の躰、伝授いたし（されカ）侍のよし申され〔聞り〕ける。かゝる事も侍るにや」とたづねければ、翁曰、「そゞろなるひが言なり。いづれの年やらん、加賀の人の許より、常に遠国に侍れば、したしき教をうけず、あはれ付句の躰書しるし給ふべし、と申来りけるに、是がためとて付句の大数を書出し侍りしが、よく〳〵思ひめぐらするに、如斯書しるしなば、〔付句は茲にとゞまりぬと〕かへりて初学の人のまどひとなりて、さら〳〵せんなきことなから〔るカ〕んと、終にその書を反古とせしを、かの人〴〵の其反古をひろひみていへるなるべし」とて、笑ひ給ひけるとぞ。さも有べき事なり。〔去来の論に見へたり。すべてかやうの事は翁の心にあらざる事、明らかに知るべし。〕しかれども初学の人の会席につらなりて、面に墻せし如くならん時の料には、かの夜の柱のたよりあらんも一助なるべしやと、古老もおもひよりてにや、其角に八条目、嵐雪に拾七ヶ条、露川に名目伝、支考に七名八躰、許六に三躰、野坡に二十一品、土芳に『わすれ〔水〕』等の教かたの書、数ゆるにいとまなし。皆己〳〵のこのむ所にして、さまで是非の論なかるべし。〔九〕

嵯峨の去来の曰、「我、蕉門に久しく遊びて虚名ありといへども、句に於て静なる事は丈草に及ず、はなやかなる事其角に及ず、軽き事は野坡におよばず、句のほどけたる事支考に及ず、化(あだ)なる事土芳・半残に及ず、働あること許六に及ず、奇なる事正秀に及がたし。曲翠・野水・越人・洒堂の輩、この道にほこらずといへども、をの〳〵ゑ〔撰〕るべき一すじあり。常に此人〴〵を予が師とし侍る也。もし芭蕉翁の流を学び給ん人は、この人〴〵を用ひ給はゞ、よき階梯ならんかし」と云々。実にめで度教なるべし。

爰に挙るは、その数条の多端をはぶきて大躰をしるす。

其人　能登の七尾の冬は住うき
　　魚の骨しはぶるまでの老をみて

其場　堤より田の青〳〵〔やぎて〕といさぎよき
　　鴨のやしろはよき社なり

天象　上のたよりに上る米の直
　　宵のうちばら〳〵とせし月の雲

時分　何事も無言のうちは静なり
　　里見えそめて午の貝ふく

時節　こちにも入れど碓をかす
観想　方〴〵に十夜のうちの鉦の音
　　さま〴〵に品かはりたる恋をして
　　うき世の果は皆小町也
俤　妹をよい所からもらはるゝ
　　僧都のもとへまづ文をやる

右の数条は、〔×〕芭蕉門の俳諧の道に遊ぶ童子の指南の為に、管見を書つくる物にして、他門の人の見ん事をはづ。

宗長法師のよめるうたに、

　我家の仏尊としとみはやせば人めゆるさず箱にひめおけ

明和五子の夏六月廿五日　京極中川の庵なる半閑室の竹窓にして、蝶夢書之。

明和六丑どし夏五月写之。主　青岢亭慶叔。（コノ行、巻頭見返シニ記ス）

〔付〕『俳諧童子教』における追加の段

（梨一著『もとの清水』の抜粋）

一　梨一云。凡、生とし生る物、かならず情あり。情あれば感あり。情、物に感じて終に言に発す。発してあきたらず、故に風詠して志をのぶ。是詩歌連俳の起る所なり。『尚書』舜典に、詩ハ言レ志ナリ。歌ハ永レスル言ヲ。といふ。『子夏詩』序に、詩ハ志之所レ之ク也。在レヲ心ニ為レシ志ト発レスヲ言ニ為レ詩ト。情動ニキ於中ニ而形ニル於言ニ。言之不レ足故ニ嗟ニ嘆ス之ヲ。嗟ニ嘆シテ之ヲ不レ足故ニ永ニ歌ス之ヲ。としるせる、此謂なり。

二　梨一云。俳諧はもとより、式は連歌をもとゝするに似たれど、事は『古今』の俳諧歌より出るとは、代々の先達も沙汰しをけり。あるは神代のあなむましを引、人の代のにゐばりつくばをとり、『伊勢物語』のつゐまつの歌をよりどころとするなど、是継句の証といふべく、連俳一句の志とする所にはあらざるべし。

三　梨一云。蕉門の俳諧のむねとする所は、身を巧言令色の中にをくとも、心は風流洒落の高上に遊び、綾羅錦繡の上に臥しても、短褐乞丐の質素をわすれず。顔回の一瓢、原憲の蓬戸、よく貧うして楽しむもの、近くは俳諧の一道なるべければ、是を道に入の門といはんもまた宜ならずや。故を以て祖翁の曲翠に示し給ふ書にも、世上の俳諧に遊ぶものゝ是非を三等に分て、「最上は、志をつとめ情をなぐさめ、あながちに他の是非をとらず、是より誠の道にも入ぬべき器なり。遙に定家の骨をさぐり西行の筋をたどり、楽天が腸を洗ひ杜子が方寸に入やから、わづかに都鄙かぞへて十の指をふさず」とは示し給ひけるなり。しかれば、蕉門の俳諧にこゝろざしあらんものは、たゞ花晨月夕の折ふしに情をなぐさめ、礼節の和をもつぱらとして、朋友の信に違はざるを、よく俳諧をしれる人とは称すべきにこそ。

四　梨一云。夫、変化といひ流行といふは、ひとり我道の俳諧のみならず、天地の間にある森羅万像(象)皆しかり。唐の詩も初中盛晩の四度に変じ、我朝の二十一代集もまたをの〳〵其風を異にす。連歌も同じく其世其時のけじめありて、心敬・宗祇・宗長より紹巴の輩まで、いづれも其調なきにあらず。俳諧は、むかし連歌の戯言より一変して、終に談林の塗炭に落たるを、芭蕉翁ひとり『古今』の俳諧歌にもとづきて、西行・宗祇の趣をさぐり、はじめて正風の源をひらき給へり。去来の曰、「先師はもと季吟の弟子にて、初は其風を学び給ひ、晩年にいたりては、あながち其師によらざるに似たり」とぞ。さるを、世にみだりなる宗匠ありて、やう〳〵一郷一村の人を導くやいなや、「当時の流行は兎なり角なり」など、己が癖をしへもて行けば、初心の人は是をわきまへしる事あたはず、「世上の変化といふものは是なり」と、其顰に效ひ声に吠て、他をそしり我を高ぶるにいたる。これ所謂一盲衆盲をひくとやらんなるべし。

五　梨一云。詞ハ以レ旧可レ用。情ハ以レ新為レ先。と定家卿は示し給ひ、山谷は換骨奪胎の法をさだめたるに、誰が伝へし、「俳諧は平話のあたらしみを本意として、あながち古人の詞を用ひず」といひて、剰(あまつさへ)、傾冶の艶言、歌舞の荒唐、俚語・俗詞ならねば俳諧ならずと、此すぢの魔道に陥るもの多し。是また形容の新奇を好むの弊なるべし。許六の曰、「新らしきとは、古人の取残したる所を取をいふ。今の人の求る所は、皆今様のめづらしき事にて、是を今めかしといふべし。新らしきにはあらず」といへり。確論といふべし。又是をにくむ輩の、せめて古人の糟粕を甘んずるにもあらず、たゞ五七五の噺する如くなる句を古への質素と心得たる、是らや、跡をも踏ず室にも入らぬ迷ひものにして、いづれもあやしき修行者にこそ。祖翁の正道に志あらん修行者は、たゞ古書にしたがひ旧式にまかせて、見ぬ世の翁を師とあふぎ、古人を友として自己の明鑑を磨くべし。

六　梨一云。俳諧の大意は前にいふごとく、其月花に感じて詞に出るもの、則これ発句也。其さまに至ては、眼前体を以て第一とする事、いにしへよりの教なり。しかはあれど其眼前体と称するものは、常の人の常の眼を以て見たる所をいふにはあらず、風流の志よりして、其眼にさへぎりうつる所の眼前体なり。林希逸が、『荘子』を見んものは別の双眼を以て見るべし、とは此事也。

七　梨一云。発句に詞書するは、其句の光りをかゝげん為なりと、許六もいへり。去来も此説をしかりとす。今、みだりに長〳〵と詞を書ちらしたる多し。笑ふべし。

八　梨一云。蕉門の付合は、前句の一体をよく見定て、夫に相応の趣向を求め、扨、其趣向を余情に置て、句面はたゞ其用を以て作り、又、前句に必とすべき詞・手尓葉など有をよく弁へ、夫につなぐべき詞を用て当句を潤色す。故に是を付句といふ。付句とは、是を以て彼に付合するの名也としるべし。祖翁の曰、「前句は耳を以て聞べからず。目を以て見るべし」とぞ。耳を以て聞とは、前句の詞にすがりて付るをいふ。是連歌の付方なり。故に連歌を又続句といふ。目を以て見るとは、前句一体の有様をよく見分て付るをいふ。是蕉門の付合のむねとする所なり。付句と続句との名目のわかちも、茲にしるべき事にこそ。さるを、「付句は前句の中より出る」といひふらしたるものも有ゆへに、初心の輩、あるひは前句の噂付となり、或は前句に思ひよらぬ事まで深く捜りもとめて、かへつて前句と当句のはなれ〳〵になるを弁へず、是を蕉門の付方と覚たるものも多かるべし。これらは蕉門の教にあらず。学者、必混雑すべからず。

九　梨一云。発句・付句ともに、蕉門の扱ひは他に異なり。

取わき差別あるは、恋の付句なり。いかにとなれば、他流は恋の詞といふものを定て、其詞さへあれば、句中に恋の意なしといへども恋句とす。故に其制やすし。蕉門の恋句は、前句のうけかた、または一句に其情をふくむを以て恋句とす。詞をもて恋を定めず。故に、恋の詞ありても恋句ならざるあり、詞は常なれども意の恋なる句あり。其趣をさだむべからず。爰を以て其制かたし。

双林寺物語

双林寺物語（扉題）

きさらぎ望の日は、花の下にて吾〔春〕死んとねがひ給ふける西上人の忌日なれば、春ごとにこの日〔いつも〕東山の双林寺にまふでぬること、例の事なり。ことしは春くはゝれる年にて、梅も散つき、やゝ桜の咲ほころぶべき比ほひなれば、朧の月かけて夜参せまほしく、黄昏ちかく祇園林に分入るに、真葛原に風もさはがず、長楽寺の鐘うち霞て、またなき春の夕べ也けり。

双林寺に入るより、まづ上人の御しるしに洒水し奉り、心ゆくばかりぬかづきて、またかたへの康頼入道・頓阿法師の墳にむかひて廻向すとて、むかしの面影うかびてそゞろに思ひつゞけられぬ。

あら垣の外面に芭蕉翁の碑立り。かれといひこれといひ、つねならぬ風雅の古徳のなき名の跡とめてかくならびたるも、さゝるべき値偶〔遇〕の縁ならめと、そこらたちもえはなれで時をうつす程に、東のかた霊山の峯の松原あらはに月あかくさし登れば、いとゞあはれに覚へられて、此夜を無下にやはと、西行庵の籬のもとに立よるに、桜の木ずゑの景色ばみたるに、月影木の間をもれ来て、価千金と称せし夜もかゝるをやいふならむかし。

上人の木像拝まほしく、枝折戸をし明て庵の椽に上るに、燈の影かすかにあかり障子にうつりて宵ながら更わたれるさまに、わざとならぬ香のかほりして人のけはひするに、今宵しも上人の仏事の和歌の会なめり、いかなる人やあつまりぬらむ、発声・披搆〔講〕のこゑをも聞まほしと、やをら板敷にかしこまり居て耳かたぶけつゝ聞ゐるに、

〔左〕右のかたに老たる人のこゑとして、「在し世には朝夕院中になれつかふまつりて、したしく龍顔を拝み奉りしものゝ、はからざるに世のみだれいできて、ためしもあらぬ一天の主を遙なる島国にうつし奉りけるに、此身なまじゐに近き衛りの数に入りながら、とりとめ奉るべき事もえせで余所に見奉れるほゐなさに、今は身をなきものになして、せめては仏法修行し無為の道に入りて真実報恩者の心に、かけまくもかしこき御菩提をしもとぶらひ奉らんと、最愛の妻子をも捨て髪をしきり、衣を墨に染なし讃岐国にわたり、白峯の御陵に参りて見奉るに、むかしは清涼・紫震〔宸〕の間にあらせたまひて百官の臣下冠をかたぶけ、後宮・後房のおくには三千の美人笄をならべてかしづかれさせ給ひしも、松の一むらしげれるほとりに釘ぬきまはして、法華三昧つとむる僧の一人もあらで、たゞ暁の木がらしの音、夕べの猿のさけぶ声（濁点ママ）より外になく、玉躰は落葉おどろの下に朽させ給むものをと、今更かきくらされて物も覚へず、

よしや君むかしの玉の床とてもかゝらん後は何にかはせん

とうちかこたれ奉りて、刹利も須陀もかはらず、宮もわら屋もはてしなきことわりに、いとゞむつかしき世とはかたく思ひとりて、夫より尊ふとき山〳〵寺〴〵いたら

ぬ所もなく拝みめぐりて、当時〔そのかみ〕より釈迦如来御入滅の日、終をとらんことを読とて、

ねがはくは花のもとにて春（吾〔春〕）死んそのきさら着のもち月のころ

其願ひむなしからで、河内の国の弘川といふ山寺にて、けふしも往生をとげてけり。其ころつねにむつびにし和歌のかたう人〔ど〕なりける俊成〔の〕卿の、

ねがひ置し花の下にてをはりけり蓮の上もたがはざらなむ

同じ息の左近中将定家朝臣は、

もち月の比はたがはぬ空なれどきゑけん雲の行ゑかなしも

〔×〕など詠て、菩提院三位中将の許へ申をくられけるに、返しとて、

紫の色ときくにもなぐさむるきえけん雲はかなしけれども

など思ひ〳〵に詠れけるも、いかばかりの年月やへたりけめ」といふ声のしたどに聞ゆるに、かのさはがしかりきときこゑし、上人の物いひなめりと覚ゆ。

また右の壁のもとより、うちしはぶきて、「実もその年月こそ多く過ためれ。我とても同じ思ひに。其ころ一院の仰も有とて中御門どのよりめしありて、法性寺の執行の房が鹿谷の山荘にあつまりけるに、大納言どのゝ思ひの外なる大事申出されけるを、いかゞあらむと案るうちに、西光法師すゝみ出て、〈此ごろの伊勢平氏等の振舞のきつくわいなる、人〴〵は腹ぐろにはおぼさずや。こと更、院の震〔宸〕襟〔を〕やすめ奉ること、けふの今にあり。この事背きなん人は、院宣に背き奉る也〉と居たけ高にのゝしるに、誰も〳〵今の世の平家の一門のわれは顔なるに目をそば立る折ふしなるに、何と思ひわく事はあらねど実もとおもふ色もみへぬるに、座に有ける瓶子に立まふ袖のかゝりてたふれぬるを、〈へいじこそたふれにけり。ものはじめよし〉とうちさゞめくに、はじめは此事いかにと眉をひそめし人さへ、土器のめぐるにしたがひて酔ごゝろに声高になり、〈王事もろきことなし。何ぞ平家ならぬものは人にあらずや。はやく追討して叡

感にあづかれ〉と、例の上達部やわかき官人共の我しらず口〴〵にいひしことの、はやくもれ聞得〔え〕て六波羅へめしとられ、手かせ足かせのうきめにあひ、くらき一間にをしこめられて、月日の光りだに見ず覚束なき日数ふる間に、罪状を読きかせて鬼界といふ島へ送らんといふになりて、思ひかけず法性寺の執行と丹波の少将と共に其島に行ことになりぬ。

　たゞ一人の悲しき母の上にもまみゆる事も〔を〕ゆるされず〔ねば〕、こゝろつくしをさして、見もなれぬ波の上をうきぬ沈ぬ夜昼のさかいもあらでこがれ行にも、〈兎もかくも都のうちにてならんには、せめて都の土にもなりぬべきを〉など、かたみにいひくらして楫枕やすからざりしも、〈今ぞ着ぬ〉といへば、さすがに心うれしかりしもはかなし。

　かくて島にありては僧都と〈少将と〉三人、島かげの岩間に芦を〔×〕りまげて雨露をしのぎ、藻をかきあつめてしとねにしく。少将の女の親のかたより申下し、ゆるされをかうむりて、しらげの類をくりしをこそ朝夕のたよりとす。世に故郷の悲〔恋〕しきことは人のつねのならゐなるに、ふるさともふる郷、都の花の春を思ひ秋を悲しむ中にも、八十になれる母の上の御ことのみいふに、少将は〈父の亞相のいづくの国にかうつされ給ひし。残せし女君に撫子の露わすられず〉となげきたも〔あ〕ふを、せめてのなき母〔ぐさめ〕にせしが、さてもかゝる身にも神仏といふもののまもりやあらんものかと、とある山のかげに熊野権現を勧請し奉りて、日ごとにまふづることを所作とす。ぬさになすべき料帋もあらねば、汀にうちよする藻くずをとりて幣とし、ふたゝび娑婆に帰らむことを〔と〕今まで祈りけるに、僧都は仏の道の人なれば、そのことはりをしれるゆへにや、〈かゝるはかなし事に何の神のめぐみか有べき。さばかりをろかなる心にて、かゝる大事にくはゝりけんこそかたはらいたけれ〉とわらへど、〈さりとて、何をたのみにかひなき命の終るをまつべしや〉とあらがひて、其事をこたらづ〔ず〕。

　少将は、まだ年のわかければさすがに世ごゝろのありて、蜑の女になれむつびけるもたのもし。我は、ひとへ

に母の上の御事のみわすられず、爪木ひろふ中にすこしひらめなる木をけづりて、卒都婆のかたちにきざみて、

さつまがた沖の小島に我ありと親にはつげよ八重のしほ風

となん書付て浦波にうち入れて、都の方へうちもよせよと祈り奉る。そのまごゝろを神やうけひき給ひけめ、二年めの秋といふに赦免の舟の来りけるに、はじめて、このとし月聞ざりける都の人の声をも、なつかしかりし文どもをも読ぬることの、よみがへりぬる心ちぞせし。

中にも僧都は、〈罪深しとて島に残さるゝさだめ也〉と使のものゝいふに、会者定離のくるしみ今さらせつなり。夜の帋ぶすまといふものを形見に残しをきて、〈やがて都の事よきにこしらへて、迎ひにまいらせんものを〉といひなぐさめて、心ならねど舟のとも綱を解しに、浜の真砂の上にふしして足ずりせしすがたの、今も目の前にうかみて哀に覚ゆ。

かくて〔春になりてぞ〕都には入りける。少将は門脇どのゝよせおもければ、遠きさかいまでも人多く迎ひにいでけるに、我が所従の者はいかになりしやらん、迎ひに出るものゝひとりも見へず。そが中にめのとの子なるとしごろ〔の〕男ありけるが、鳥羽の南門迄は出来りし。

是を見るよりまづ〈いかにぞや母の上は。事なくてましますにや〉と余の事いはで問ふに、男もさとなきて、〈去年までは夜も昼も御事のみ仰出されて、老の御くり言に、わかき者は聞あき奉るとあさみ笑ひしなり。其うへ御なやみがちにて絶入らせ給ふ〔事〕も常の事にて、かく申すをのれらまでもてあつかひ奉れるほど也しに、御帰洛の沙汰きこゑてよりは、やゝ御枕をかろくもて上させ給ひて、《今幾日ばかりにか帰り着給はん。六波羅殿に参りて承れ》とせちに申させたまふを、冬の間は波風立て海の上あやうしとて、春ならでは御上らせなきよしすかし奉り置しに、はや春立はじめより《春にこそなりぬ。海の上もしづかに成ぬべきを、何としていそぎ上り給はざる。老ぬればさらぬわかれをこそむかしの人の親もなげきしに、わが子ながら情なき》とひとりごち給ひ、御念珠に日数を数へておはせしに、此比になりては、《は

やく輿にたすけのせよ。迎ひに出ばや》と御身をもみてあこがれさせ給ふを、見奉るももたいなけれど。遠所へうつらせ給ふ後は、六波羅どのよりさま〴〵あなぐりといふ事ありて、富小路の御館も引はらひて、あらぬ平家の侍どもの住かはり、知行せさせ給ひし木幡の荘もはなされぬれば、もとよりめし遣れし誰もかれもちり〴〵になり行て、今はをのれら親子こそ上の御身にはなれ奉らで、御先祖よりしろしめされし八坂の郷の双林寺にて、親は糸つむぎ機おるわざをし、をのれは心ならずも平家の公達の薩摩守どのゝ家に通ひて、わか侍どもの肩をなで足をさすりて料足をこひて、やう〳〵朝夕のけぶりをたてゝはごくみ奉るたよりとす。

かく悲しき身とは露もしらせ奉らで、ありし世のさまにもてなし奉りて、長からぬこの御世をめでたくすごさせ奉らんものをとねんじ居りける中に、御輿奉るべきもうけなどかあるべき（濁点ママ）や。もしからうじてやぶれ車をもかりてのせまいらすべけれど、鬼界が島より少将殿・判官殿の帰り登らせ給ふをみんとて、京わらべの習に、この鳥羽のあたり人の立こみたるならん中を、見ぐるしき有さまを世の人に見せなんこと、この御かげにも御おもてぶせにていと口惜しくて、こゝろづよくもいひなだめ参らせて、をのれひとりぞし（濁点ママ）のびて御迎ひに参りぬ〉といひもあへず、水晶の玉ばかりの泪こぼすを見るに、我しらず手取かはしてなく。

やがてかの男に案内せさせて行に、はやくもかうし上させてまろび出給ひし母の御かたちの、年頃の御もの思ひに御髪の真白なる、目くれ心まどひし中にも、〈汝が島より流せし卒都婆の、難波の浦にたゞよひよりしとて人の得させしに、つゝがなきとはしりしものを〉と手箱の中よりとりいだして見せ給ふに、思はずまた泪ぐまれぬ。そこら見まはすに、かの男のまめやかに守れるにや、むかし見しまゝ也。

古里の軒の板間に苔むして思ひしよりももらぬ月かな

やがてこゝにかくれて三年の夢を思ひつゞくるに、人間の八苦こと〴〵く身に覚えぬ。世間の事どもを聞にも、栄枯地をかへて浅間しき事の多かる中に、嵯峨の釈迦ぼとけの此国の化縁尽て天竺へ帰らせ給ふといふ事を聞て、するの世のさまのこゝろうくて、とみに嵯峨へまふでゝ、其夜の通夜物語を筆につらねし『宝物集』こそわが身の形見也けり」と語るは平判官入道ならんかし。

また、柱によりたる人のこゑして、

跡とめて見ぬ世の春をしのぶ哉そのきさらぎの花の
　下陰

とうち吟じて、「あなあはれ〳〵、実もこよひの御物語に、此花の下陰のみにも侍らず、月うち曇れる島山の夜ごろまで思ひぞやられ侍る。さらば此身の上のむかし語をも申侍りて、御物語につゞけ侍るべし。

それがしも、みだれたる世にうまれ侍りて泰尋と名のりしころ、人なみ〳〵に世にしたがひて吉野ゝ奥の行宮につかふまつり侍りぬるに、山ふかきならゐに、峯の松風、谷の炭煙より心はるけぬべき事もはべらで、たゞもとの都の方のみなつかしく覚え侍るに、あるなま上達部の〔×〕、

君すめば山にも尾にも宮居して深山ながらの都也け
　り

かゝることを言の葉につらね侍りてなぐさめ草となして、人もわれも、あはれふたゝび君を還幸なし奉りて〔ぞ〕旧都の月をも花をも見侍んことを、とのみいひあへるなるに、大舟のごとたのみ〔に〕頼ませ給ふ和田・楠と申すものゝふどもゝ、あるひは城を落され命をうしなひて、わづかにこのほとり十八郷とやらんの山人共の、春は蕨・いたどり、秋は椎栗やうの物、貢に奉れるを、朝夕の供御にも備ふばかりにて、たゞ国栖人の奉れる鮎のいをのみあざらけくむかしにはぢぬ物から、節会・公事行ふべき沙汰も絶て、伺候の人の装束も、山ぶきかさね、萩す〔り〕るのわいだめもなく、夏冬の衣がえもあらず〔で〕、なへたるすがたわびし。

かくはか〴〵しき事も侍らで、いづれ〔つまで〕かこの山中を皇居とし給ふべき、など申侍るのみにて、かくと叡慮をなぐさめ奉らん事もえせず、むなしく此山の草木と共に朽ぬべしやと物うくはべりて、よしや吉野ゝ世はかくこ

そと、ひそかに吉野殿を出て比叡の山に登り侍りて、一心三観の天台の法文に眼をさらし侍りしも、山徒のまじはりかしましくて住もつかず、深草野にかくれ侍りて、三心四修の浄土の仏号に心を入侍りぬ。また伊賀の国分寺に十楽庵をむすびて、述懐の歌とてかく、

　とにかくにうき身を猶もなげくこそ心にすてぬこの世なりけれ

この歌のごとく、なれし都のわすれがたくて立かくれつゝ見あるき侍るに、年ごろのみだれに内裡・仙洞みな焼うせ侍りてありしにもあらず、たま〳〵に残り侍る竹園・椒房のいみじかりしも、けふがるゐびす共の住所となりもて行侍るぞ悲し。

　されど猶、余習つきがたく、四条道場・仁和寺・三室戸と所さだめず住侍りしを、いつしか人の聞しりて、兼好・浄弁の輩の同じ心のすきものにもなれ侍りて、月花のむつびをなせば、心の外に公武の門にもまねかれ侍りて、すこぶる本意たがひぬる心ちせられ侍りける。され共、上人の御跡を慕ふこゝろざしはたがはで、当寺に蔡花園をいとなみて住はべりしも、さるべき因縁なるものを」とあるは、物がたりのはじめ終り、頓阿法師とは〔ぞ〕聞えけり〔る〕。

　こゝに灯台のかたはらより人影のうごき出て、「三たりの翁の御物語こそ世に有がたく、数百年のことも見るがごとく、心すみて承りぬ。この翁も、只今の御物語の国分寺よりは東のかたにこだかき岡山あり、今の世には上野と申候て、国の守の城地にて候、その所にうまれて、わづかの仕官懸命の身なりしが、たのみし主にをくれて、二君に仕えん事をいなみて世外の身となりて候。さても御物語の後を申つゞけんは世継の翁めき候ものながら、事のつゐでに、をしうつり来れる世のさま、風雅の道のなり行けるうへをも、おろ〳〵申候べし。

　かの吉野殿の御すゑ、つゐに都に入らせ給ひて、南朝・北朝とかはる〴〵御位をつがせ給ふべきになりて、しばらく世の中静なりしかど、足利の政たゞしからで国〴〵ふりの如くわかれて、かたみに軍をことゝし心〴〵になり候ものを、織田と申す大将の尾張の国よりをこり

て五畿内のあたりを責(攻)たいらげ候に、また豊臣と申す嗚呼の大将、その後にいでて日の本のくま〴〵ことなく治めて、唐・かうらいの海のあなたまでうちしたがへて、この国の威をかゞやかせしかど、文徳のなかりしにや、やがてあとなくほろびぬ。

今の政所と申は、文武かね備へ給ひて、日の光、四海の内を照らし、風の音、八島の外までなびきふして、万の道の絶たるをつぎ、すたれしをおこして、道〳〵のさかへ此時を得たり。中にも大和歌〔は〕この国の風俗なれば、ことに道の人多くいでゝ其道〔の〕さかふるにつけつゝ、上人の道徳を尊び、法師の風躰を学べば、世にありとある人の『山家』『草庵』の二集もたらぬはあらず。かく申すものゝごときは、和歌和歌(衍)のつゞけがらをもわきまへしらねば、みじかき才のまゝにみじかきほ句なんもてこゝろざしをのべ申すとても、かならず御歌の躰をもとゝしけるこそ、有がたく覚え候」といふは、芭蕉〔翁〕なめりとをしはからる。

時に、判官入道のこゐとして、「まことに上人の風義をしたひて、詞花言葉をむねとせず、〈一首読ては一躰の仏像を造り、一句読ては秘蜜(密)の真言を唱るに同じ〉の教えを守られけるゆへにや、をのづから其道のひろまりて、かく石文など〔の〕いかめしく立しぞ、すゑの世の此道の徳者にこそおはすれ」と有に、

法師のいはく、「〈人の心を種として、よろづの言の葉となれる〉といへるにより侍りて、唐やまとのやさしき詞、京田舎の賤き諺までみな句になし侍りて、詩歌の言葉の及ざる所にいたり侍る俳諧の利益すくなからず。されば、この上人を和歌の道の大聖人と申けるも、和歌はもとより俳諧のうへとても、この風躰ならでいづれの躰をや学び侍らん。むべも『山家』のさびしき躰によられ侍る事ぞかし。そのむかしわれも、歌の道の『玉葉』『風雅』に風躰のそこなはれはてぬるを、いにしへにかへさんものをと心を入れ侍るに、〈よしなき風月の情に過たるよ〉と友どちの諫し事も侍りしぞかし。

しかるにぞ、この碑をみ侍るに、女もじの文を石にきざみて、もろこしの孝女の碑の躰にならひ、なぞ文とい

ふものに書侍りて、〈俳諧元祖芭蕉翁〉とあり。そも〳〵誹諧の名は、躬恒・貫之の比ほひよりいでゝ、其句躰は守武神主・宗鑑入道らにさだまり侍りぬと聞ぬ。其外ちかきころ、貞徳と申せしものも此道の中興ともあふぐべきに侍るものを、何とて元祖とは書侍りしやらん」と問ふに、

芭蕉翁のいはく、「げにも御不審いはれあり。かゝること書しは、をのれがすゑの門人に支考と申せしゑせ法師なるが、もとは参禅の僧にていさゝか祖録のかたはしをも聞たるものにて候ものゝ、むかしの誹諧には狂言利口の花のみにて候を、上人の風躰に発明して、おのれはじめて俳諧と中道の実を得たるとて、我寺の仏尊しと、かれがひがめる心のまゝに担板漢のわたくしに書るものならんをやと、つゝましく嗚呼がましく、おそれ多く覚へ候。

また石文にひらがなの文字にて書候事、覚束なく候。この支考と申せしもの、己がさかしきほんしやうにまかせて、あらぬ事ども書つゞりて候事ども多し。これ道をひろむるを名として、己が世わたるたつきのための利となせし、いやし人にて候へば、さばかりの古徳達の御尋にも、はゞかり入候ものか。しかれども、其かなに書し心を思ふに、天竺の梵字を唐土の漢字にうつし、其字をこの国の大和がなに書得て、人の読やすからんためになせしものならん。

かく申さん事はおそれ有といへども、和歌は古き作例による事、常の習也と承りぬ。今の俳諧と申は、いにしへの俳諧にて、中ごろの連歌の誹諧とて狂言秀句をむねとせしには事かはりて、『万葉』『古今』の歌の詞より今の世の田植・米踏の唄まで、世にありとあらゆる言葉をすぐさまに句になし、物わきまへぬ女・わらべまでも〈生としいけるものゝ、いづれか歌をよまざりけん〉の道をゝしへ、しかも霞をあはれみ露を悲しむの情ふかく、まことの道にたどらせんとをしへ候を聞て、かのいやし人のひらがなもじにて石にもの書つらねし、例のあるなきにもよらず、たゞ読よからしめんと思ひよりてぞ、〔候事〕かゝるすじなきくはだてをなして、世の譏りをうける

こそ、いと念なき事にて候もの哉。この身露もしらざる事なり。許さしめ給へ」といふに、

上人の曰、「世にはかゝる事のみぞ多かる。何かはとがむべきや。なべて其道をそこなひやぶるは、其道の人のなすわざならむ。また、そこの碑文を元祖とさだめて、其石のならびにそのいやし人、其つぎにその弟子、其つぎにその跡の人と、名〔石〕をかたのごとく建ならべて、俳諧の道の伝灯、天下の宗匠といふしるしよと、をのがじゝいひあへるものとぞ。是なん、もろこしに秦と言し世の御門の、みづからは始皇と御名をよばせ給ひて、その御ぞうの万世までもめでたくつゞき給は〔ふ〕ん事を、あらかじめいはひてなし給ひしに似たりや。されど、それは大国の天子の御上なればかけてもいはじ〔ず〕ぞ、また引かけむもあまりにこと〴〵し。かりそめも風月のすき人といはれんものゝ、かゝる条こそうけられね。わが風躰を学び流れのすゑをくめると聞ば、余所ならでともに汗あゆるこゝちせらるれ」とあれば、

法師の曰、「そが上に其名〔石〕をならべ侍ることを、つたなきいなかう人ど〔と〕ものあらそひ侍りて、公の庁にうたへ出しと聞はべりぬるこそけしからね。これを風雅の道とやいひ侍らんか。そのあらそひは君子なりとも誰かはいはん」などきこゆるに、芭蕉翁の影ぼうのさしうつぶきけるとみるうちに、宵に聞し長楽の鐘〔の〕声の花外にひゞきけるに、枕もたげ〔ぐ〕れば一場の春の暁の夢なりけり。

右、

蝶夢幻阿上人真筆写。

芭蕉翁三等之文

芭蕉翁三等之文（外題）

俳諧三等文序

俳諧に新古風体の差別ありて、芭蕉翁にいたりてこそ、花実ともに備はりて、めに見へぬ鬼神をもあはれとおもはせ、たけきものゝふのこゝろをもなぐさむるといふ、風雅のまことある道となれりけるとなん。

予若きよりこの道に心をよせて、都岡崎なる蝶夢上人を師とし学ぶといへども、海陸はるかにへだてたれば常にしたしき教を聞ず。多岐のまどひにおぼつか波のよるの道たど〳〵しくて、ひたすら教示をこひけるに、ある時のたよりに、祖翁の真蹟なる「三等の文」といふに半時庵のそへ書あるをうつし、ほど〳〵に註をくはへをくりたびけるを、衣のうちの玉とりえし心地して、つねに机上にさゝげてその正風の真趣をうかゞひつゝ、おなじ道にあそべる友どちにも見せひろめて、浅茅のやどの什宝とはなしける。

さてしもあたへしぬしは昔になり給へども、教は千載の記念（かたみ）なるべきものを、われのみひめ置なんやと、こたび梓にのぼし、はまのまさご尽せぬ道のたからとなして孝養に備ふべしと、寛政十年午春二月、日向国城ヶ崎の可笛・五明発起す。

五百年にして必五者の興る事あり。其間必世に名有ものありとは、いつはりならぬ雪の解の滴の春の街にわかれ〳〵て、かんこ鳥、ねぶの花見に雨をもとめ、秋の月の影明く可成、文のおもての誹諧の三等、誠に此道の守護たるべし。無下に読人、浅にしかるべし。嗟、〽広沢、〽古池、および〽つゝじの女房、もろ人口にいひもてはやして清味をしらぬ輩、万を以数ふ。彼も一時、此も一時と、半時庵拍掌して端をはらふ。

（花押）

六月みそか

芭蕉翁真蹟

（六丁ニワタリ芭蕉書簡ノ模刻アリ。省略）

こなたよりも愚墨進覧の処、其元よりも預御音問忝、御対顔の心地にて拝見仕候。愈御堅固に被成御座候旨、千万目出度奉存候。竹助殿御沙汰、いづれの御状にも不被仰下候。御成人わるさ日〴〵につのり可申と奉存候。

按るに、竹助とは曲翠の長子なり。後に内記といふ。

御歳旦三ッ物の事（は）先書に具に申上候。愚句御感心のよし、珍碩より被告候。年〴〵（は）口にまかせ、心にうかぶ計に申捨候へども、もはや是を歳旦の名残にもやなど存候而、少は精を出し候所、御耳にとゞまり候得ば、甲斐ある心地せられて悦にたへず候。

此歳旦はいづれの年やらむしらず。然るに次の文言に幻住庵の上葺の事あり。しかれば、かの国分山の山籠の後ならむ。その山に芭蕉翁安居し給ふは、元禄三年の夏なり。四年の冬より江戸におはして、（底本改行）

五年の春は、　とし〴〵や猿にきせたるさるの面

と観想あり、（底本改行）

六ねんのはるは、　人も見ぬ春や鏡のうらの梅　と

述懐也。（底本改行）

七年の春は、　蓬莱に聞ばや伊勢の初だより　とわけて古郷の空のなつかしげにきこえしは、かならず命終のとしの歳旦の句なるにこそ。

一、幻住庵上葺被仰付候半由、珍重（に）奉存候。うき世のさた少も遠きは此山のみと、をり〳〵の寐覚難忘候。

按るに、当庵は、江州勢田のおく石山寺のうしろ、国分村の山にありて、「幻住庵の記」の文のごとく、曲翠の伯父の僧の山居の跡也。蕉翁こゝに一夏安居しおはして、麓の谷川の石を拾ひて一石一字に法華経を写し給ふ所也。その経石を埋し所に、今も文字ある石出づ。其所に近き比、勢田の住人雨橋・扇律といふともがら、経塚のしるしの石たつ。此所、蕉翁住庵のゝち年経て曲翠の家絶ければ、其庵を膳所の城の西なる別部村にうつすに、宝暦のすゑ、或禅尼ありて、蕉翁の遺跡なる事を諸国の好士に告て施財をあつめて再興し、今も幻住庵といふ。もとの庵の跡は、木草しげり三径うもれてさだかならぬを、おのれ親しく里人の老残りたるをかたらひ、むかしの庵の跡を尋ね方角を正し、「幻住庵旧趾」と石に刻て建しは、蕉翁の八十年に当れる安永二年の時雨会のころほひなりけり。

露命にかゝり候はゞ、二たび薄雪の曙など被存候。

露命とは、人命のはかなき事を「如露」亦「如電」など仏の説給ふよりいふ。蕉翁の無所住の境界にも、此山居の事のみは忘れがたく、とりわけ雪の明方の湖水のながめ、ひとしほなればと也。

一、風雅の道筋、大かた世上三等に相見え候。

按るに、風雅とは、風賦比興雅頌の六義を略しいふにて、詩歌連誹いづれも風雅の道ながら、是は誹諧の上をさしていふ也。世の中に此道をもてあそぶ人を見るに、其品三ッにわかれて見ゆるとぞ。これ此道の好士の品定にて、「三等の文」といふ題号と見るべし。

一、点取に昼夜を尽し、勝負をあらそひ、

点取といふ事は、歌合の褒貶よりはじまりて、連歌の家にもこれにならふ。誹諧の家にては、すでに貞徳居士に、誹諧花の下免許の沙汰ありて点引ことはじまり、それより季吟法印につたへられし也。

蕉翁も点引給ふ事あり。懐紙の残れるを見るに、和歌連歌にならひて、引墨をし長点をくはへ丸をつけたるのみ。門人の中にも其角・嵐雪・去来・丈草などいひし高第〔弟〕の有けるが、其角・嵐雪は江戸の人にて点者を業となしければ、その土地の風俗にしたがひてや、判の詞にかへて点印を彫て押ぬ。去来・丈草は都かたの人なり。去来は儒を学び、丈草は禅を学ぶの余力に風雅を楽しむの隠者なるゆゑにや、点印の沙汰はあらず。

中ごろ、其角がすゑに淡々といふ人あり。京都・難波の浮薄の人情をよくわきまへ、其点印の員数をまし、朱印に青色をくはへて人をよろこばしむ。そのころよりぞ、頻に初心の輩、わづかに十七字の仮名をならぶれば発句とおもひ、其句に七々の文字をつゞくれば付句とおもふばかりなる。作者も、かりそめに点者の点の数多く押せるをたのみて、おのがわきまへなきこゝろより、「我こそ高判を得たり」「かゝる名句つかうまつれり」とみづから思ひあがり、又は其句を板に書しるして寺社に奉納し、是を此道の名誉とほこれるぞ、はかなき。かゝるを見て、世の詩歌のすき人の、誹諧といふものは無下にいやしきわざ也とおもひおとしぬるも、むべなり。

此「点取」と蕉翁のいひ給ふは、在世の比のたゞ引墨せし上をいふなり。況や今の世の風俗を見給ひなば、いかに爪はじきしたまはむ。

道を見ずして走り廻るものあり。

かくいたづらに点者の点にまかせ、点の数の勝負のみにして風雅といふ道を見ざるは、盲目の東西をもしらで足にまかせたるがごとし。

そも「道」とは、万の上にわたりていふべし。道は須臾も離るべからず。離るべきは道にあらずとや。儒釈の道はいふにも及ず、風雅の道といふも、おほよそ『詩経』『万葉』のいにしへより、詩歌連誹いづれか道を離るべき。まして誹諧の道は、俗談平話の有のまゝに、詩にいふ「思無邪」とも、歌にいふ「人の心をたね」とするなるに、道といふ事をわきまへずして、たゞ口にまかせて云のみならむは、枕もとらぬ寐ごとなるべく、何を以て此国に詩歌連誹の四つの風雅の名とはなるべしや。

彼等は風雅のうろたへものに似申候へども、点者の妻子腹をふくらかし、店主の金箱を賑はし候へば、ひが事せんにはまさりたるべし。

かの輩の道を見ざるは、まことに盲目也。その盲目には猶杖のたより有。かゝる輩は何を探ん便なく、闇よりくらきに迷ふ風雅のうろたへものなれども、思ひかへせば、点者に点料をあたへ、店ぬしに其点料もて宿賃を償ふたよりとさへなれば、酒色の遊びに家をほろぼし身をうしなはんにはまさりて、かの博奕といふわざの猶已にまされりの教のごとく、世わたりの一助よと人を捨ざる徳者の語にして、いと尊くこそ。

又、其身富貴にして、目に立慰は世上を憚り、人事いはんにはしかじ（と）、

按るに、此段は、前の人よりはすこしものゝ心をも弁へし人の上をいふ。其人富貴の家に生れて、万の遊びなさんことくらからねど、打囃子のしらべ、蹴鞠の沓音もあたりの人の聞をはゞかり、あるは唐詩つくらんとて周南・召南の風をしたひ、あるは和歌よまむとて難波津・浅香山の体にならひ、または連歌の筑波の葉山しげやまのさはり多かるをいとひて、誹諧の柿園の「しぶき」「あまき」と云なれたる詞のまゝに、耳ちかきをいとやすしとおもふばかりにて、風雅といふ理りは露しらで、ひたぶるのなぐさみとなす也。

「人事云む」とは、世の人のよしあしのかげ言にて、金を銷(とか)し石をとらかすの害となれるよりはよからむ

とぞ。こゝは、「人」の字を他の字に見るこゝろならむ。「しかじ」は、それよりはよからむと也。

日夜二巻三巻点取、勝たるものもほこらず、負たるものもしゐていからず、

富貴の人のほんしやうをあかす也。身におもふ事のなきまゝに、先祖の功労をもわきまへず世人の飢寒をもあはれまで、「今日は茶の湯、明日は誹諧の会よ」とひしめきて、夜昼をわかたず其事にすさめるは、やがて倦て捨べきしるし也。その巻の点に勝ても負てもそれにいさゝか心なきは、其日〳〵のつれ〴〵をなぐさむる、せんかたなさの戯れごとにて、道に執有し独鈷鎌首のあらそひはなきさまなり。

いざま一巻など又とりかゝり、線香五分の間に工夫をめぐらし、事終て即点など興ずる事（ども）、偏に少年のよみがるたにひとし。

わづか線香のたつひまに一巻をつゞり速になるをよしとして、曾て推敲の思ひなく、口にまかせし戯なり。かの李白の詩百篇、家隆の歌万首は尋常の人の学ぶべくもなきをや。かく巻を速になしやがて点者に点をこふに、例の点者の点料をむさぼる心より宵暁をいはず点を押すを、「多し」「すくなし」とわらひ興ずるは、かるたうちといふ博奕にゝたりと也。

此「かるた」とは、紙牌にあやしき夷の気形を絵きたるに、甲乙の品あるをよみかぞへて勝負とす。ゆゑに「よみがるた」とはいふならし。その物は寛永の比、阿蘭陀人よりはじまりて、公のいましめあるものとぞ。それを、道しらぬ誹諧のいやしき人にたとへしなり。

されども、料理を調へ酒を飽までにし（て）貧なるものをたすけ、点者を肥しむること、是亦道の建立の一筋なるべきか。

かくやくなき戯のわざながらも、世にはぶれたる貧しき者に物くらはしめて、つれ〴〵のなぐさみとな

すも、猶あまれるをもて足らざるをおぎなふ世の中の一助也と。しかるに其貧なる誹諧師といふ輩の、富貴の人に尾をふり頭をうごかして狗法をなし、こびへつらひありきて牽頭(たいこもち)のあだ名呼ることのあさましく、点をなすとても、たゞ点料を得んがために心をもこめずしてみだりに点を押す事、まことに風雅の道の冥加をしらぬにゝたり。

「道の建立の一筋」とは、さる人の風雅に道といふ事、夢にだにしらざるも、かりそめに誹諧の句いひならひて、「鶯は正月に啼鳥よ」「時雨は十月に降雨よ」といふ事をおぼえなば、後には風雅といふ道にも分入らむ一筋のたよりとなるべし、といふ事にや。

(△)又、志をつとめ情をなぐさめ、あながちに他の是非をとらず、

按るに、此段は、前の二等の人とはかはりて、まめやかに風雅の道をしりてたのしむ人の上をいふ也。前の二等は此段を云べき為にして、たとはゞ、釈尊の説る諸経をもさして未前の経といひて、とりわけ『法華』『涅槃』を説んがためといふがごとし。まづ「志をつとめ」とは、誹諧をゆめ〳〵前の二等の人のごとき戯ごとゝ思はずして、つとめ行ひなす也。

「情をなぐさめ」とは、貫之の「歌にのみぞこゝろをなぐさめける」と書給ふけるにおなじく、人に七情とて色々の思ひあるを、句にうつして心をなぐさむること也。蕉翁の句にていはゞ、喜びのあまりには、

　誰人か菰着ています花の春
　有がたやいたゞいてふむ橋の霜

これ、君が代の春にあへるを祝ひ、国の恩を思ふの類ひ、よろこびをいふ也。哀さのあまりには、

　おとろへや歯に喰あてし海苔の砂
　此秋は何でとしよる雲に鳥

これ、わが身の老行かなしさをいふならん。みなこれ思ふ事を言葉にあらはしたる也。是を「詩は思な

り」とも、「歌は言を永うする」ともいへり。なべて世の中の憂につけたのしきにつけて、心にあまれるをかく句となして、その心をなぐさむる也。さるを今の人は、「此比は目出度ことあり」「悲しき事のまぎれに発句すべきいとまなくて」といふ。かゝる人は、「なす事なくてせんかたなき時にぞ句は案ずるものよ」とおぼえたる、（かゝる脱カ）すき人こそおぼつかなけれ。

「他の是非をとらず」とは、唯みづから怡悦すべしと。嶺の白雲の跡なきも、白珠はよししらずとも我しれらばとや。その衣のうらの珠は人の見るためならで、わが心を照す玉ならんを。もし人に見すべき玉ならば、十城の価ありてつたなき商人の手に墜ん。其事を蕉翁もさとして、「句は人の為になす事ならば、なしよからん。おのれがためにすればなり」とはをしへ給ひぬるも、今の学者は人のためにするのいはれなりや。しかれば、他のよしとほむるにも驚かず、あしと譏るにも恥ずして、ひたぶるに思ひを句にのべてたのしむべし。句のおもてを論ずるは、たとはゞ、鶴の足の長き鴨の脛のみじかきも、おのれ〳〵が生れ得しものなるを、その長きにまねんと短きをわすれ、よしなき名のためにくるしみて、楽しむべき風雅の本意をうしなふぞ、おろかなる。

これよりまことの道にも入べき器なりなど、

此「まことの道」ぞ、神儒仏はいふに及ず、かりそめの詞花言葉の上にも究竟は「実」の一字にとゞまりぬ。その実に付て、神儒のうへはいはず、わが仏の道の一端をいはむに、栂尾の明慧上人の歌に、

世をわたるたつきのはしとふみゝしがまことの
道に入ぞうれしき

さるばかり無極の道心者におはせしだに、はじめは聖教を読給ふも、「ひとへに世に学者の名をもあらはし、公請（くじやう）にもあづかりて」など思ひ頼み給ふなるも、やゝ蛍雪の窻をつみ徳たけたまひて、おのづから無為の相をさとり、「実の道に入りける事よ」と、

ひとり歓喜の心を詠給ふにや。

その「道」とは何ぞや。風雅の道に、月花とて大せちにいふなる、ゆゑ有ことはいかにとなれば、そも花の匂ひ、濃にうるはしく咲ほこれる盛りの春もはやくも散かひくもり、月の影のくまなくすみて照わたる最中の秋も忽にかたぶきぬるよと、朝に夕に忘れずして、無常迅速のことわりを観じつれば、おのづから霞をあはれみ露をかなしむの情せちにして、後の世の事は更にもいはじ、此世さまのよろづにつけても情深からむをこそ、風雅のまことをしれる人といはむに、いかにぞや、今の世の風雅のすきものを見れば、君父のつかへさへしらず、家の業に疎かに、よこしまなる才にほこり、花の下に酔ひ月の陰に臥すをのみ風雅とこゝろえて、はては家をうしなひ身をはぶらかし、せんすべなければ、わかき男どもの、心にもあらぬ頭まろめて風月のうかれ人となれるぞ、うるせき。これ月花の道ある事をしらで、たゞ、かりの月花にたはぶれたるのみのあやまちなりや。

「器」とは、方円のかたちのとり〴〵なるが如く、おなじ誹諧を学ぶといへども、前の二等の輩は風雅といふゆゑをしらざれば、盃の底なきが如くやくなき器なるに、こは誹諧に実の道ある事をしりて修行すれば、文は貫道の器なる理りにて、おのづからその実を入るゝ器となるべきいはれならむ。

はるかに定家の骨をさぐり、

「遙に」とは、むかしの事をも、いや高き教をもさしていふか。京極黄門の和歌の道を立させ給ひ、此国の風雅の中興とあふがれ給ふより、ことさらにかくはいふならん。

「骨」とは、五体の柱にて一身のもとなる也。その「骨を探る」とは、譬ば達磨尊者、門下の人をさして「尼総持は吾皮を得たり。道育は吾肉を得ぬ。慧可は吾髄を得たれ」と有しも、また東坡居士が「天下に幾人か杜甫を学ぶ中に、誰人か其皮を得、その骨をえたる」と書したぐひにて、和歌の骨髄を探る也。されば誹諧の稽古の人も、其身の程々につけて唐大和の文どもはつとめて読べき事なるを、いたづらに季よせのたぐひの楽な草帋をあが仏とたのめるも、くちをし。「あながちに誹諧は詩歌によらず」といふは自暴自棄のひがごとにて、おのが文に目盲(めしひ)たるをかくさむとていふか。

西行の筋をたどり、

和歌の古人多かる中に、わきて蕉翁の此上人をしもあげ尊み給ふをかうがへるに、上人の詞に「我、歌を読は尋常に異なり。花・子規・月・雪すべて万物の興にむかひて、凡(すべて)の有相虚妄也と観じ、読出す言句も、一首よみ出ては一体の仏像を造る思ひをなし、一句を読ては秘密の真言を唱るに同じ。我、此歌によりて法を得る事あり。若、爰に至らずしてみだりに人此道を学び(べ)ば、邪路に入べし」と云々。蕉翁、これらの趣を深く信じ給ひてや、句毎に『山家集』の面影をうつし、又は『西行談抄』の故事によりて二見形の文台を作り給ふも、もはらその道心を慕ひ、かつ生涯を旅に暮し給ふけるも、みな上人の遺風を学び給ふなり。ゆゑに其「筋をたどる」とはいふなり。「筋」は筋骨とて、人の支(肢)躰に骨あるも、筋の有て屈伸の自由をなすにたとふなり。

楽天が腸をあらひ、

唐三百年の間にさしも多かりし詩人の中に、白居易の詩の調はことにやすらかに有し、つねに詩を作れる毎に門前の姥に聞しめけるとぞ。詩家には「其格調賤し」といへれど、俳諧の道は俗談の耳ちかきを以て、詩歌の及ざるをも句になし、しかも余情の多ければ、かの『白氏文集』の躰にさもにたること、又は「今生狂言綺語の業をもつて讃仏乗の因となさん」と書し心の円位聖の歌の趣にかよひたるを随喜したまひて、かくは有けるか。「腸」はその筋骨をも養ふ物なり。それを「洗ひ」ては、能見るたとへにや。

杜子が方寸に入るやから、

是また前に同じく、唐の世の詩聖と称する杜子美なり。杜子とは其人を崇るの語なり。「方寸」は一身の中、六識の君たれば、心王ともいふなり。万物に感じて風雅の情の動く根本なり。子美は唐の天宝の頃の乱にあひて、国をうれひ君を思ふこと殊に深かりしかば、子美に愁詩多しと云り。是、人間の大節なる君忠父孝の実より出るなり。

前の「定家の骨」「西行の筋」「楽天の腸」までも、こと〴〵くに「杜甫が方寸」より起るもの也、と結語せしか。

わづかに都鄙をかぞへて十の指をふさず。君も則この十の指たるべし。

物を数ふるに、一ッ二ッと指折て数ふるさま也。これ禅門にいふ、「馬祖の門人に知識八十四人有けるも、まことに馬祖の正法眼を得たるはたゞ「両三人」といへるがごとし。蕉翁に親炙の門人多きが中に、其角・嵐雪は江戸の芭蕉庵にて入門せし輩なり。去来・丈草は大津の無名庵、勢田の幻住庵にての随身の人也。これらの上足の外にも、嵐蘭と云し人の愛弟なりけるよしは、はやう失ける時に桑の杖とたのみ思ひ給ふ哀情にいちじるし。伊賀の土芳は竹馬の親しみ有て、衣鉢をうけたり。此文のぬしの曲翠を数ふれば、既に七人あり。其余は誰ならんかしらず。かくその人をもさだめんこと、饒舌の罪あり。猶も、後の人のかうがへあるべきものをや。

能々御つゝしみ御修行、御尤に奉存候。

此文言こそ、三等の一章の結句なれ。分て心を付てみるべし。「御慎」といましめ、「修行あれ」と勧しはいかなるにや。此人仕官の人にて、かならず俳諧の道の人ならず。それ武士の家の修行とは弓馬をこそはいふべきを、爰に一双眼をとむべき也。今の世の俳諧師といふ者の、えもいはぬ初心の句を誉そやし、いはれなき伝書の沙汰に新学をまどはしむると同じ日に語るべからず。もとより此曲翠うし、俳諧を浅〳〵しく詞花言葉の芸能とのみ思へる人ならんには、何ぞかく厳に示し給ふべきや。

一、路通事は、大坂にて還俗いたしたるもの（と）推量いたし候。其志、三年以前より見え来ることに候へば、驚にたらず候。とても西行・能因がまねは成申まじく候（へば）平生の人にて御座候。常の人、つねの事をなすに何の不審か可有御座や。於拙者は不通仕まじく候。

按に、路通は蕉翁の末弟なり。「西行・能因」は、風雅の隠逸なればいふなり。いづれも選集の歌仙にて世にしる所なり。

俗になりて成とも、風雅のたすけに成候半は、むかしの乞食より勝り可申候。

「風雅のたすけ」とは、帰俗しぬとも生死の大事をわすれぬ心ざしあらばと也。とくより其不法の心はしり給ひながらも、四大海水の如き長者の寛恕の意見るべし。世に蕉翁をたゞ俳諧の先達と而已（のみ）おぼへたるは、いとあたらし。俳諧の名に、その徳のおほはれたるか。かの『続扶桑隠逸伝』に載たるぞ、心ありて覚ゆ。

「昔の乞食」とは、路通が其あらまし『蕉翁頭陀物語』にくはし。乞食とは頭陀の行にて釈門の一行なるを、今は野伏・非人の名とす。そのむかし、路通が旅立けるに蕉翁示し給ひて、（底本改行）

草枕まことの花見しても来よ

と有しは、路通が未前のいましめなりけるものか。

二月十八日　　ばせを

曲水様

曲翠とも書り。姓は菅沼、名は外記、馬指堂は別号なり。

跋

三等とはなぞ、三ッの品なり。祖翁の在世にだも、俳諧の道におこなる事のありてや、膳所の曲水へをくり給ふ文に、道の邪正を三ッに分ちて教給ふける品さだめなゝり。かの雨夜の物がたりは紫女の筆鋒より出て、をとめ〳〵の品をさたして、すぐなるみさほの教とはなすならし。さは、筑波山このもかのもの道ことなれば、こも〳〵していふべきにはあらざめれど、岩はしやかけてかよへるかづらきの、まさしき道にいざなへる心はおなじ品さだめなるか。

されば、可笛・五明のつなひきて、人をしてやをら正風に帰せしめん心ざしのいとおいらかなるに、洛の雅石も一簣のちからを合せて、上木の功をぞとげたりける。そのいみじき心をめでゝ、巻のしりへに瓦全ことわりをのぶ。

（印「柏原員仍」）（印「子由氏」）

五升庵所蔵

書林野田治兵衛

編纂的著作

蕉門俳諧語録

蕉門俳諧語録　上（外題）

古人云る事あり。匹夫にして百世の師たり、一言、天下の法となると。芭蕉翁の風雅の徳これにひとしく、没後百年近くその誹諧の正風躰世にひろまりて、道もなき山のおくに炭焼おのこ、かぎりしらぬ海のほとりに潮くむ女までも此翁の道をつたへて、春の花の盛りに世の栄耀をたのしむも、秋の月のかたぶけるに人の無常を観じて、をのづから真の道にも入ぬべき心のいで来るぞ、ひとへに教の尊きいはれなるべし。

其道の世にひろまるにしたがひて、其道の先達なる人さはに有て、おのが様〳〵に門派をたて、我こそ翁の伝燈をかゝぐれ、某のみ直指の旨を得たりと、かたみに「己にしかず」とあらそひ、あまさへさだかならぬ伝書・切帋のそら事をかまへ出して、名聞利養の為に道を売の輩多ければ、初学の人は、東へや行ん西へやゆかむと、多岐のまどひに泣なる。是ぞ仏の「末世に我弟子の邪説をひろめてわが正法をやぶるは、獅子の身の中より虫の出て其肉を食ふ」と喩させ給ふにひとしく、蕉門の誹諧は世上にさかむに学ぶといへ共、正き道のことはりはいつしかすたれうせて、異風と成しぞ浅間し。

野衲、不堪の身といへども駆烏の比より此道を翫ぶに、師とたのむべき人にしも逢ざりければ、たゞ此年月翁在世の古き書をひろげて、みぬ世の人を師とし友とす。其書の中にいみじと思ひたるを一言半句といへ共捨ず、読度に写し聞たびにしるして、しのびに座の右に置てこの道の知識とたのむ書あり。わたくしに「蕉門誹諧語録」と題す。此書をたとはゞ、釈迦尊涅槃の後、諸羅漢あつまりて一代の仏説を貝葉にしるして経文となし、孔夫子易簀の跡に、諸門生の聞をける一生の聖語を竹簡に書て『論語』といへるとか。今の世に伝へ、童蒙ももてはやして、儒釈の大道とあふぐが如し。

野衲、もとよりさる事を簡択すべきたぐひにしもあらねど、この道にわりなき老婆心のあまりに書あつむるものか。もし此道に心ざゝん人の有て此書をよまば、必ず撰者のいふかひなきをあなどらず、この書の博からざるをもあざけらで、まのあたり翁をはじめ二、三子が面授口決の趣をならひ得て、誠の誹諧の正風躰のことはりをしらば、自利理（利）他、平等心ならむものをや。安永三年四月祭のころ、

神楽岡崎の草庵にて、

蝶夢幻阿書。

蕉門誹諧語録　上

誹諧の名義の事

芭蕉翁曰、昔の誹諧は歌なり。雑躰数多なれど、わきて言葉の色をはなれ、まめやかに思ひ入たるは、この躰なるべし。『古今集』の中に、

　冬ながら春の隣の近ければ中垣よりぞ花はちりける

　思ふてふ人の心のくま毎に立かくれつゝ見るよしも哉

是らの品、誠に浅からぬたぐひ也。中昔もてはやせしは、誹諧の狂(句)なり。たとはゞ、

　　鎌倉山に油ぬらばや

と云に、

　　頼朝のまちやる月こそきしみけれ

などいふたぐひの、しどけなき軽口のみ言出て、月も花も笑ひあかして、静なる事侍らず。夫より世になる宗匠あまた出て、

　　摺子木も紅葉しにけり唐がらし

の赤きを興じ、

　　蛇のすしや下になれぬる沖のいし

の重みをもてあつかひたるばかりなりしを、世に賞翫し人も悦びしに、貫之の「糸による」と詠じ給ひしかすかなるすぢ、伝教大師の三藐三菩提と誓給ひし丈夫心一ッに合し、諸法実相の観となし、人間の常のあらましにつけて情をはこび、思ふ事あらば速に言出べし。かりにも古人の涎をなむる事なかれ。

誹諧の名は昔の誹諧なり。されど誹諧の名のみありてその物にまことなく、代々をしう

1　芭蕉翁行状記。

2　三冊子・白冊子。

つり来ること、いかにぞや。この道に古人なし。

誹諧の益は俗語を正すなり。常にものをゝろそかにすべからず。

3　三冊子・黒冊子。

去来曰、いにしへより名人多しといへども、始て誹諧の神を入たる人は、わが翁なり。

4　俳諧問答・答許子問難弁。

凡、吟詠するもの品〳〵あり。歌は其一ッなり。その内に品あり。誹諧もその一ッなり。その品〳〵をわかちしらるゝ時は、誹諧はかくの如くなる物なりと、をのづからしらるべし。夫をしらざる宗匠達は、誹諧を仕るとて、詩やら歌やら旋頭・混本歌やらしれぬ事を云り。是らは誹諧に迷ひて誹諧連歌といふ事をわすれたり。誹諧を以て文を書ば誹諧文也。歌を詠ば誹諧歌也。身を行はゞ誹諧の人なり。唯いたづらに見を高し、古へを破り、人に違ふを手柄にあだ言いひちらしたる、いと見苦し。

5　去来抄・修行。

「誹諧は火を水に言なす」と清輔がいへるに迷ひて、「雪の降日は汗をかきけり」といふてもくるしからずといへる人有。火を水とばかり心得て、風雅といふ所に心付ざる故也。雪の日、汗かくやうに一句を能々いひなされなば、さも有なん。

6　去来抄・修行。

和歌は制法多くさだまりて、題も名所も限り有。誹諧は分量なし。題として誹諧ならずと云事なく、詞として誹諧に用ずといふ事なし。たゞ和歌の見所と誹諧ににらむ所に趣違ひあるのみ。たとへば、花は和歌の題、菜種は誹諧の題といへばよし、花は誹諧の題にあらずといふは非なり。芳野は和歌の名所、如意は誹諧の名所といふはよし、芳野は誹諧の名所に非ずといふは非なり。此故に、花やよしのを詠ぜんと、少しも和歌の題（領）を誹諧よりをして作るに非ず。花・よしのにも誹諧の領あり。その景情の和歌にもれてやむまじき所

7　旅寝論。

あるを以て、誹諧は行れたり。是を双方に引分たる物のごとく沙汰せんは、古風に近し。誹諧を学んと思ふ人は、先代の集の誹諧・和歌の分ちをしり、誹諧といふものゝ本意を知るべきなり。

土芳曰、夫、誹諧といふ事は、代々利口のみにたはぶれて、先達、終に誠をしらず。中頃難波の梅翁、自由体をなして世に弘むといへども、詞のみにかしこくて誠をしらず。しかるに亡師芭蕉翁、此道に出て三十余年、誹諧はじめて実を得たり。師の誹諧は名はむかしの名にして、昔のはいかいにあらず。誠の誹諧なり。

『古今集』に、ざれ歌を誹諧歌とさだむ。是になぞらへて、連歌のたゞ言を世に誹諧の連歌といふ。

詩歌連誹はともに風雅なり。上三ツの物にはあます所有、其あます所まで誹はいたらずといふ所なし。花に啼鶯も、「餅に糞する椽の先」と、まだ正月もおかしきこの頃をみとめ、水にすむ蛙も、「古池に飛こむ水の音」といひはなして、草村より池に飛こむ響に誹諧を聞付たり。見るにあり、聞にあり、作者感るやいなや句と成る所、則誹諧の誠なり。

支考曰、我朝の誹諧は宗鑑をしたひ、守武を学びて、誹諧の詞はひろまりたれども、誹諧の心を伝へたる人なし。此故に我翁は、誹諧に古人なしといふ事を、ひそかに門人にさゝやかれし也。昔の誹諧に道をわきまへず、今のはいかいに道を得たりといはん。

誹諧といふに三ツ有べし。花月の風流は風雅の躰なり。おかしきは俳諧の名にして、淋しきは風雅の実也。この三ツの物に及ざれば、世俗のたゞ言と成ぬべし。

8　出典不詳。

9　三冊子・白冊子。

10　三冊子・白冊子。

11　三冊子・白冊子。

12　俳諧十論・二・俳諧ノ道。

13　続五論・滑稽論。

歌よみ連歌する人の、雲の上人はいさしらず、町人百姓の質置の筆をとめて兼題の歌を作り、麦刈の男を呼上て連歌の一順をまはす。よしや蔫槌の歌よみて己が身にも行ふべけれども、薪に花の口質は遁れまじ。然るに俳諧といふものは、中品以下に風雅をひろめんと、中品以下の言行を以て中品已下の人をみちびかんに、何かは学びがたからん。その身其まゝの俳諧は置て、及ばぬ空の月を望て猿に烏帽子の喩ともなれる、なべて愚なる世情のならはせぞや。

14　俳諧十論・八・言行論。

連歌と俳諧の差別の事

翁曰、春雨の柳は全躰連歌也。田螺とる烏はまつたく誹諧なり。

15　三冊子・白冊子。

五月雨に鳰の浮巣を見に行ん

といふ句は、詞にはいかいなし。「浮巣をみに行ん」といふ所、俳諧なり。

霜月や鴻のつく〴〵並び居て

といふ発句に、

冬の朝日の哀也けり

といふ脇、こゝろ・詞、共に誹諧なし。発句をうけて一首の如く仕なしたる所、誹諧也。詞にあり、心にあり、一すぢに思ふべからず。

嵐雪曰、花にうかれ月を悲しめるは、詩歌連誹ともに同じこゝろながら、

金捨るとも花はちらさじ

16　出典不詳。

是は歌連歌の心にて、俳諧はこの艶意に遊ばず。

　花散すとも金ははなさじ

かくいふこそ、わが家の俳諧なれ。

　土芳曰、連俳もと一ッなり。心・詞ともに連歌あり、誹諧あり。

許六曰、当流とて発句する人、多連歌なり。滑稽のおかしみを旨とせざれば、誹諧にあらず。滑稽の入れがたき所には、連歌にせぬ詞続をきりこみ、誹諧にしてする物なり。「暮て行春の別」は連歌也。「けふ切の春の別」ははいかいなり。昔の誹言といふはなけれども、連歌につゞけぬ詞はみな誹諧なり。○賤しき詞を誹諧と覚へたる、大きなる悪説也。誹諧は自由体なる故に、貴賤・親疎・都鄙・遠近一事も残らず、いはずといふことなし。

　野坡曰、

　　寒菊や砂に四五返沓の跡

　　　海を見はらす窓の木がらし

この脇の句は連歌也と難ず。答曰、連歌も誹諧も脇句は脇句となり、第三は第三と成。脇は発句有ての脇故、是非とも発句を守たし。脇ばかりにては、ぬしなき句也。其時に、この上の句は「庭に沓の跡」といふ誹諧の句なる故に、脇句、誹諧なる事たしか也。誠の情は高下の句合してこそしれ侍れ。

　文考曰、昔の誹諧には誹言なしといふ批言あり。その世は例の軽口をたくみて連歌師の余興にもいひ捨たれば、さる脇書もすべけれど、今や我門の俳諧には、俳諧の心といふ物

17　三冊子・白冊子。

18　歴代滑稽伝・一枚起請。○以下、篇突・発句調練の弁。

19　樗庵艸結。

20　俳諧十論・十・法式ノ論。

はあれども、俳諧の詞といふ物はなし。たとひ筑波の体を尽し、八雲の詞をかさぬとも、連歌と誹諧の姿は別なり。この故に、我家には雅言のぬめりには俳諧の躰なしとも、俗語のいやみには俳諧に非ずともいへり。

俳諧は、はいかいの心あり。連歌は、連歌の心あるべし。言語ばかりの物なれば、詞の強柔にて連・誹の分ちは有まじ。　21 東西夜話・中。

渡し舟堤にみゆる人まちて

「俳言侍るや」と人の問しに、「人が渡舟まつ」とは連歌の心也。「渡し舟が人を待」とは誹諧のかけりなり。さる人は、「堤に見えた人まつて」など、詞のあれを俳諧と思へるなるべし。

誹諧の法式の事

翁曰、われ誹諧に於て法式を増減する事は、大むねふまゆる所ありといへども、今日の罪人たる事をまぬかれず。たゞ以後の諸生をして、此道にやすく遊ばしめん為也。　22 旅寝論。

去来曰、先師は誹諧の法式を用ひて、なづみ給はず。思ふ所ある時は古式をやぶり給ふも有。されども私に破り給ふはまれなり。第一、先師の誹諧は、長頭丸已後の誹諧を以て元来とし給はず、たゞ代々の誹諧躰よりもとづきたまへり。凡誹諧は、付句已に久しといへども、連誹となるは長頭丸以来にして、いまだ法式なし。仍て連歌の式をかり用ひらる。かさねて誹諧の式を改作らるゝにも及ず。又上よりたまはりたる法式にもあらじ。若、其　23 去来抄・故実。

人あらば、是を損益有とも罪なかるべし。其時の宗匠達は皆連歌師たる故、連歌の法式をかり用ひらるゝなり。

先師も『次韻』の頃までは、多く法式を破り給といへども、後はもとに帰りたまふ。

許六曰、先師誹諧の法式、差合、手尓於葉のことは、先輩の式に似たれど、当流の用捨格別の事多し。

野坡曰、『炭俵集』撰の時、

　御頭へ菊もらはるゝめいわくさ

とありて、四句ばかり有てまた御袋といふ句あり。同意の同字いかゞあらんと尋ければ、翁こたへて曰、もしも難ずる人あらば、不吟味なりといひて有なんかし。

支考曰、中古の誹式に、差合も去嫌もたゞ連歌より放埒せむとは、自放(暴)自棄の沙汰にして心得がたし。

中古の誹諧は、みな〳〵連歌の式目をもて俗談平話をあつかはんとすれば、琴の爪かけて田草を取にひとしく、言行の違ひなからんや。げにそれ誹諧の掟といふは、その事を取なし其詞を云かけて、連歌の付心にかはらねば、かしこには、法式の名を先にして、曾て法式の故をさとさず、宗匠は一字一言の指合をとがめんとす。こなたには、法式の故を先にして、かつて法式の名にかゝはらず。まして文字の去嫌をとがめず。

24　旅寝論。
25　宇陀法師・当流活法。
26　出典不詳。
27　俳諧古今抄・上・指合と去嫌の事。
28　俳諧古今抄・序。

不易流行の事

翁曰、我ら此道に出て百変百化す。然れどもその境、真草行の三ツをはなれず。その三ツの中にも、未一ツをもつくさず。○先徳多かる中にも、宗鑑あり、宗因あり、白炭の忠知あり。△上に宗因なくば、我〳〵の誹諧、今以貞徳老人の涎をねぶるべし。宗因は此道の中興なり。

其角曰、誹諧に新古の境分がたし。いはゞ情の薄き句は、をのづから見あきもし、聞ふるさるゝにや。又情の厚き句は、詞も心も古けれども、作者の誠より思ひ合せぬる故に、時にあたらしく、不易の功あらはれ侍る。高位の人の取あへず思ひ出給へる句、少年・遊女・禅門などの折にふれたる事いひ出しは、心とこゝろのむかひあへる故に、等類ある句も聞ゆるされ侍る。

去来曰、誹諧の新古をしらんと思はゞ、宗鑑・守武・貞徳以来の誹諧をよく考へ、何れの世の風、いづれの宗匠の風と云事をよくみしり候得ば、新古自然にわかれ侍る也。

蕉門に、千載不易の句、一時流行の句といふ有。是を二ツに分て教へ給へる、そのもとは一ツ也。不易をしらざれば基たちがたく、流行をしらざれば風あらたならず。不易は古人によろしく、後世にかなふ句なる故、千載不易といふ。流行は時〳〵の変にして、昨日の風、今日よろしからず、今日の風、明日用ひがたき故に、一時流行とはいふ。○不易の句は誹諧の躰にして、いまだ一ツの物数寄なきなり。

月に柄をさしたらばよき団かな　宗鑑

29 三冊子・赤冊子。○以下、初蟬・序。△以下、去来抄・修行。

30 雑談集。

31 出典不詳。去来抄・修行に相似た記事がある。

32 去来抄・修行。○以下も去来抄・修行。

是はくとばかり花のよし野やま　貞室

秋風や伊勢の墓原なをすごし　芭蕉

これらの類なり。魯町曰、「月に柄を」と団に見立たるは、もの数寄ならずや。答曰、賦・比・興は誹諧のみに限らず、吟詠の自然なり。凡、吟にあらはるゝ物、此三ツをはなるゝ事なし。物数寄とは云がたし。流行の句は、己に一ツの物数寄有て、はやるなり。装束・髪容・諷物・器物に至るまで、時〳〵のはやり有がごとし。たとはゞ、

蒸やうに夏にこしきの暑かな　松下

海老肥て野老(ところ)痩たる友ならん　常矩

或は手をこめ、或は歌書の詞遣ひ、または諷のこと葉どりなどを物数寄したる有。是にも一時流行し侍れど、今日は取上る人なし。魯町曰、「蒸やうに夏にこしき」といふは、縁に非ずや。答曰、縁は和歌の習にて、物数寄にはあらず。手をこめるは縁とはかはるなり。魯町曰、不易流行、其もと一ツとはいかん。答曰、あらまし人体にたとへていはん。まづ不易は無為の時、流行は坐臥・行住・屈伸・俯仰の形同じからざるが如し。一時の変風なり。その姿は時にかはるといへ共、無為も事あるも、もとは同じ人也。基をしらずして末を変る時は、或は誹諧をはなれ、或ははなれずといへども、拙し。魯町曰、基より出ると出ざる風はいかに。答曰、基をしらずしては解がたし。たとはゞ先師の風といへども、

あけぼのや白魚しろきこと一寸　芭蕉

丁固が松布(けさ)に門には女どもきほへ(有)

瀧あり蓮の葉にしばらく雨を包しが　素堂

これらは詩か語か。また文字数合たるにも、

散花にたゝらうらめし暮のこへ　幽山

この句は謎なり。誹諧歌に謎の体侍る事にや。これらは皆、誹諧歌より出ず。察しらるべし。魯町曰、先師ももとひより出ざる風侍るや。答曰、奥羽行脚の前はまゝ有。この行脚の内より工夫し給ふとみえたり。行脚の中にも、

あなむざんやな兜の下のきり〴〵す

といふ句あり。後に「あな」の二字を捨られしとぞ。是のみに非ず、異体の句どもはぶき捨給ふ、多し。此年の冬、はじめて不易流行の教説給へり。魯町曰、不易流行の事は古説にや、先師の発明にや。答曰、不易流行は万事に渡るなり。しかれども誹諧の先達、是をいふ人なし。長頭丸以来年を経て、一体久しく流行し、

角樽やかたぶけのもふうしの年

花に水あげてさかせば天龍寺

といふまで吟じつめぬれど、世人、誹諧はかくの如きものとのみ心得て、風を変ずる事をしらず。宗因師、一たび其こりかたまりたるを打破り給ひ、新風天下に流行し侍れど、いまだこの教なし。しかりしより此かた、都鄙の宗匠達古風を用ず、一旦流〳〵を趣(起)せりといへ共、又その風をながく己が物にして、時〳〵変ずべき道をしられず。先師はじめて誹諧の本体を見付、不易の句を立て、また風は時〳〵に変ある事をしり、流行の句は別に教

へ給ふ。門人しらずば有べからず。

不易流行は、大事の物にあらず、六ヶ敷事に非ず、数有ものに非ず、かくれたる物にあらず、今日はじまりたる物にあらず、たゞ正風と変風の名なり。

33　旅寝論。

丈艸曰、不易の句も、当時其体を好みはやらば、是もまた流行の句といふべし。

34　去来抄・修行。

土芳曰、師の風雅に万代不易あり。一時の変化あり。この二ツに究りて、其本は一ツなり。其一ツといふは、ふうがの実なり。不易をしらざれば、実にしれるにあらず。不易と云は、新古によらず、変化流行にかゝはらず、誠によく立たる姿也。代々の歌人の歌を見るに、代々変化あり。また新古にもわたらず、今みる処昔見しにもかゝはらず、哀なる歌多し。是まづ不易と心得べし。又、千変万化するもの、自然の理也。変化にうつらざれば、風あらたまらず。是にをしうつらずといふは、一端の流行に口質時を得たるばかりにて、その誠をせめざる故也。せめず、心をころ(ら)さゞるもの、誠の変化をしるといふ事なし。たゞ人にあやかりて行のみ也。せむるものは其地に足をすゑがたく、一歩自然にすゝむ理也。行すゑ幾千変万化するとも、誠の変化はみな師の誹諧なり。かりにも古人の涎をなむる事なかれ。四時の押うつるごとく物改るやう、皆かくの如し。

35　三冊子・赤冊子。

野坡曰、よく流行する時は不易を背かず。不易かならずしも流行にあらざれども、不易を委しく悟ざる流行は、例のばさらごと也。嫂水に溺るゝ時、手を取て助るは流行也。不易の理を守る時は、嫂の溺死る事速なり。しかれば不易も害となり侍る。また流行にのみ目を付たる風雅は、其時は興も有なんながら、後はいひ出すべくもなし。

36　袖日記。

許六曰、誹諧に不易流行といふ事あり、此二躰の外はなし。近年、不易流行に自縛して、誠の誹諧血脈の筋を失ふ。或は不易がよし、又は流行がすぐれたりといふ族もあれど丶(衍)曽て甲乙なし。血脈相続して出生すれば、不易流行の形はをのづから備はり、男と成、女となるがごとし。口より出るとひとしく、千里をはしる物也。あながちに不易流行を尊とする物に非ず。『万葉』『古今』より相続し来れる血脈あり。師、この血脈を発明して世上に弘め給ふ。後世の学者、よく此血脈を見届て、芭蕉流の血脈の門人と成べし。

『曠野』『瓢』『猿蓑』『炭俵』『後猿』と段〳〵その風躰改り来るに似たれど、『曠野』の時はや『炭俵』『後猿』のかるみは急度顕れたり。たゞ時代の費を改て通り給ふまでなり。初心の人、去来の『猿蓑』より当流誹諧に入べし。『炭俵』『後猿』は『前猿』有ての上の集なり。

師遷化の後、正秀が詞に、流行頼なし、不易の句ならでは作るまじ、といひけると。此事いぶかし。翁滅後なり共、流行たのみなきと申は何ぞや。不易流行は誹諧の姿なり。誹諧つぶやく中に、不易流行二ツながらなくてかなはざる物也。血脈相続の人(の句)は、口より出るとひとしく、不易流行の二ツならでは外に何といふ事もなし。不易に非ざれば流行なり、流行の姿ならざれば不易也。この二ツをはなれて句といふものはなし。

支考曰、不易にくはしきものは、流行に手をはなつことあやふし。流行にとりひろげたる者は、不易のたへなる所をしらず。○我家の俳諧集は、天和の比に濫觴せしが、『冬の日』『春の日』は論に及ず、姿情は凡『瓢集』にわかれて、花実はまさに『猿蓑集』にとゝ

37 篇突・発句調練の弁。

38 宇陀法師・誹諧撰集法。

39 俳諧問答・俳諧自讃の論。

40 梟日記・下。○以下、出典不詳。

のふ。さるをこの頃の『炭俵集』は変化の中の曲節にして、誹諧はかく三変としるべし。

切字手尓葉の事

翁曰、切字の事、昔より用ひ来る文字ども用べし。連誹の書に委しく有事也。切字なくては発句の姿にあらず、付句の躰也。切字を加へても付句の姿ある句あり、まことに切るゝ句あり。その分別、切字に第一也。其位は、自然としらざれば知がたし。　41 三冊子・白冊子。

切字を入るゝは、句を切るため也。切れたる句を字を以て切るにも及ず。いまだ句の切れざるを知らざる作者のため、先達、切字の数をさだめらる。この定たる字を入る時は、十に七、八はをのづから切るゝ也。残り二、三は入て切ざる句、また入ずして切る句あり。此故に、或は「此やは口合のや、此しは過去のしにて切れず」、或は「三段切、是は何切」などゝ名目して、伝授の事とせり。　42 去来抄・故実。

切字に用る時は、四十八字みな切字也。用ひざる時は、一字も切字なし。　43 去来抄・故実。

手尓葉留発句の「なり」「けり」等のいひつめたるは、常にもすべし。「らん」「て」「に」其外言残したるとまりは、一代に二、三句、過分の事なるべし。　44 三冊子・黒冊子。

去来曰、蕉門の発句に切字なき句多く侍る事は、尤習ひあり。爰をしりたる者は、用捨、句によれり。此故に、切字なき句もまゝ見へ侍る。その中に、切字もなく、句も切れざる句の侍るは、いまだ切字の事を伝へずして、みだりに切字なき句も先師はとり給ふと思ひ誤りて、作する成べし。また、切字有てもよし、なくてもよしと云句あり。これは、法の　45 旅寝論。

ごとく切字入侍るをよしとす。たゞ切字をいれ侍ればあしくなり、切字を除侍ればよろしくなる句に、切字入るゝは見ぐるし。

蕉門に手尓葉留の脇、字留の第三を用る事は、惣じて発句・脇は歌の上下也。是を連る 46 去来抄・故実。
を連歌といふ。一句〳〵に切るは、長くつらねんためなり。歌の下の句に字留といふ事はなし、文字留と定るは連歌の法也。これらは連歌の法によらず、歌の下の句の心も、昔の誹諧の格なるべし。むかしの句に、

　守やまのいちごさかしく成にけり
　　うばらもさぞなうれしかるらん
　まり子川蹴ればぞ波のあがりけり
　　かゝりあしくや人の見るらん

これら、手尓葉留の脇の証句なり。第三も同じ。

手尓波は天下一まいの手尓葉にて、誰もしる物なり。一字も違ひあればかならず通ぜず。 47 去来抄・故実。
また伝授ある手尓葉といふに至ては、天下にしる人すくなし。堂上にも、伝授の人は多くましまさずとや。此伝授し給ひて後、はじめて人の歌も直し給ふとかや。また地下に伝授の一すぢあり。紹巴・貞徳も此伝也。先師も此伝と承る。我輩、猥りにいふ事に非ず。

48 三冊子・白冊子。

土芳曰、師あるとき、

　あこくその心はしらず梅のはな

といふ句をして、切字入るゝ事を案じられし傍に居て、此句は切字なくて切るゝやうに覚

え侍るといへば、師曰、切るゝ也。されども切字はたしかに入たるよし、初心の人の道のまどひと成て、あしゝ。常につゝしむべし。ましてさせる事もなき句は、句を思ひやむとも常にたしなむべし。

許六曰、

あなたうと春の日みがく玉津島

此句、連歌の大廻しに引れたれども、大廻しに非ず。五文字にて切たるよし、先師、相伝申されけり。玄旨法印の、玄妙切・大廻しの仕様習ひ置たれども、終にせず。今までせざる程に一生すまじき也。六ヶ敷事したがりて、用がなき也。人のしりて面白がるやうにしたるがよき也、と申給ふ也。先師一生、大廻し・玄妙切の句なし。

手尓葉のあしきといふは、飢たる時、飯をこのむ心あり、「われ已に飢たり。飯を喰すまじき」と云が如し。師の句に、

うき我をさびしがらせよかんこ鳥

此句、「さびしがらするかんこ鳥」とせば、何を以てか人の心のやはらぐ事あらん。これ常也。「さびしがらせよ」と手尓葉を以てする故に、武士の心をやはらげ、目に見へぬ鬼神を泣しむる事也。

支考曰、切字の用といふは、物に対して差別の義也。それは是と、埒をわけて物を二ッにする故に、始あり終ありて、発句とはなれり。凡、切字の品といふは、或は一字のはたらきある「や」の字、「よ」の字をいひ、或は余韻の助字となせる「し」の字、「む」の字

49　宇陀法師・当流活法。

50　俳諧問答・俳諧自讃の論。

51　俳諧古今抄・上・発句に切字の道理ある事。

の類をいふ。其外に「何」「誰」とうたがひ、「哉」「けり」と治定するは、迷へば悟り、動けば静るといふ、物に相対の道理なり。しからば発句の切とのみ云て、字をさだむるには及ばねど、「や」とうたがひ、「哉」「けり」と治定すれば、道理しらぬ人もをのづから発句のさまとなれゝば、十八字とは切字の法としるべし。

発句の事

52 翁曰、発句は、頭よりすら〳〵と言下し来るを上品とす。発句は、もの二ッ三ッとり組てなすはよからず。黄金をうちのべたる如く作るべし。（去来抄・修行。）

53 発句案る事、題の中より案じてはなきものなり。題の外より尋れば有ものなり。（旅寝論。）

54 発句は、取合せものとしるべし。二ッ取合せてよく取合するを上手といふ。（旅寝論。）

55 発句は、落付ざれば真の句にあらず。（去来抄・先師評。）

　君が春蚊帳は萌黄に極りぬ　越人

越人が句、已に落付たると見ゆれば、また重み出来たり。月影・朝朗などゝ置て、蚊帳の発句となすべし。その上、かはらぬ色を君が代に引かけて歳旦となし侍る故、心おもく句奇麗ならず。

56 懐紙発句はかろきをよしとす。時にもよるべきながら。（三冊子・白冊子。）

57 其角曰、趣向にかゝはる人は、すべて発句成がたし。風景をしる人、思ひ出多し。（雑談集。）

58 去来曰、蕉門の発句は、一字不通の田夫、十歳以下の小児も、時によりて好句有、却て（去来抄・修行。）

他門の功者といへる人は覚束なし。他流は其流の功者ならでは、其流の好句は成がたし。第一、案じ処に違ひ有とみゆ。蕉門は、気(景)情ともに其ある処を吟ず。他流は、心中に巧るゝ事見えたり。たとはゞ、

蓬莱に夜はうすもの着せつべし

鴨川や二度目の網に鮎ひとつ

みな、これ細工せらるゝなり。

59　去来抄・修行。

七情万景(心)にとゞまる所に発句あり。付句は常也。たとへば、「鶯の梅にとまりて啼」といふは発句ならず、「鶯の身を逆様に啼」といふは発句なり。

60　去来抄・修行。

発句を見るに、或は感偶即興なる物は格別、或は題を取て案じ、あるひは兼て案じ、或は即席に案るにも、其題の曲輪を千里に飛出て案べし。曲輪の内を案る時は、多くは古人の糟粕のみにて新作なりがたし。先年、築(筑)紫にて或人の句を見せられけるに、毎句たゞ、梅に鶯、霞・紅葉には霜・しぐれ・山里とのみ曲輪の内をはなれず。予、右のあらましを物語けるに、

雷やとつくり提て行かゝり

といふ句を作られ侍る。句の好悪はさしをき、一句の躰あたらし。勿論、曲輪を飛出て案るは、初学の人、大なる助也。

61　出典不詳。去来抄・修行に相似た記事がある。

発句はわすれたり、蔦の葉の谷風に一すぢ峯まで裏吹かへす、といふ句成よし。先師曰、発句はかくのごとく、くまぐ\まで言尽す物に非ず、と也。支考傍に居て大きに感驚し、

62　去来抄・先師評。

初て発句と云物をしり侍ると云り。

　魂棚の奥なつかしや親の顔　　63 去来抄・先師評。

はじめは、「俤の朧に床し魂祭」と云句也。此時の添書に、祭る時は神いますが如しとやらん、「魂棚の奥なつかし」と覚え侍るよしを申。先師伊賀の文に、魂祭尤の意味ながら、この分にては古びに落申べく候程に、「玉棚の懐しや」と侍るは何とて句に成侍らん、上の文字やはらかなれば、下をけやけく「親の顔」と置ば句に成べし、と也。其思ふ所、直に句と成事をしらず、深く思ひ沈て、かへりて心重く詞しぶり、或は心たしかならず。是らは初心の輩、覚悟有べき事也。けやけく置て然べし。これ即、俤のみえし成べし。

　下臥につり分見ばや糸ざくら　　64 去来抄・先師評。

先師語て曰、この頃其角が集に此句有。いかに思ひて入集しけん。予曰、糸桜の十分に咲たる形容、よくいひおほせたるに侍らずや。先師曰、言おふせて何か有。爰に於て肝に銘ずる事有。始て発句に成るべき事と成間敷をしれり。

　此木戸や錠のさゝれて冬の月　　其角　　65 去来抄・先師評。

『猿蓑』撰の時、此句を書贈り、下を「冬の月」「霜の月」とをきわづらひ侍るよし聞ゆ。然るに始は文字つまりて、「柴の戸」と読たり。先師曰、角が冬・霜に煩ふべき句にも非ずとて、「冬の月」に定め入集せり。其後、先師大津よりの文に、「柴の戸」に非ず、「此木戸」也。かゝる秀逸は一句も大切なれば、たとひ出板に及ぶ共、急ぎ改べし、と也。凡兆曰、「柴の戸」「此木戸」させる勝劣なし。予曰、この月を柴の戸に寄てみれば尋常の景色也。是を城門にうつして見侍る時は、其風情、哀に物凄くいふ計なき有様也。角が冬・霜にわづらひけるも理り也。

唐黍にかげろふ軒や魂まつり　洒堂

66 去来抄・同門評。

この句を路通難じて曰、唐黍は粟にも稗にもふるべし。発句となしがたしと。予曰、路通いまだ句の花実をしらず。この句は、軒の草葉に灯影のもれたる賤が魂祭を賦したるにて、一句の実、爰にあり。其草葉は唐黍にても、粟・稗にても其場にかなひたるらん物を用べし。是は一句の花也。その実は魂まつりにて、うごくべからず。うごけば外の句也。花はいくつも有べし。その内に雅なる物を撰て用るのみ。

つかみあふ子共のたけや麦ばたけ

67 去来抄・先師評。

凡兆難じて曰、この麦畑は麻畠にもふれん。予曰、麦、麻に成ても蓬に成てもくるしからず、と論ず。先師曰、又ふるふれぬの論かしまし、無用なり、と制したまふなり。見る人、察せよ。

魯町、予に露といふ題、菊といふ題を出す。

68 去来抄・同門評。語句の順の異同がある。

露落て尻こそばゆき山路かな

菊咲て屋根のかざりや山ばたけ

十題十句、言下に賦しぬ。如此、句は口を開けば出る物なり。予は蕉門に遅吟第一の名有すら如此。況や集にも出たる先師の句〳〵、格別の所有と思ふべし。当時世間の作者、

朝顔にわれはめしくふ男かな

道野辺の木槿は馬に喰れけり

などいふ句躰のまゝ侍るに迷ひて、浅間敷句を咄(吐)出して芭蕉流とおぼえたる族あり。其輩にしらせん為に記し侍る。

蕉門に無季の句、折〳〵有。興行はいまだ聞ず。先師曰、発句も四季のみならず、恋・旅・名所・離別等、無季の句有たきもの也。されども、いかなる故ありて四季のみとはさだめ置れけん。其事をしらざれば、暫もだし侍ると也。その無季といふに二ツあり。一ツは表裏に季と見るべきものなし。落馬の即興に、

歩行ならば杖つき坂を落馬かな

また、詞に季なしといへども、一句に季と見る所あり。

年〳〵や猿に着せたる猿のめん

嵐雪曰、発句の題に、うごく動ぬといふ事、たとはゞ『雷電』の諷に、法性房の「普天の下、王土に非ずといふことなければ、勅使三度に及びなば勅に応じ奉るべし」と有けるに、菅丞相大きに怒らせ給ひ、「御前の石榴をかみくだき、妻戸にくはつと吐かけ給へば、火炎と成て」と書し文勢の如く、この御前に有ける物、饅頭・羊羹ならむに(は脱)火炎となる文勢あらじ、きはめて石榴なるべし。是をや、題のうごく動ぬなるべし。

野坡曰、下の七五に発句調ひ申句は、五文字にわきて骨折る事にして、五文字を置、発句に成事也。

発句は、季と季物と物取合せて、心の通ひ第一也、と許六がいへども、此場は初心の人

69 去来抄・故実。

70 出典不詳。（参考）左比志遠理・雑話に相似た記事がある。

71 許野消息。

72 許野消息。

も能しり候。しかれども、たゞ今の取合せは、別になる句多し。発句は、しまりを第一とすべし。

　うぐひすや餅に糞する椽のはな　73 許野消息。

此句を許六評して、鶯に餅の取合せ奇妙也といへども、更にさに非ず。「餅に糞する」といふ七文字なくば、益なかるべし。鶯に餅を取合せ候事は、此後も有べし。「餅に糞する」とは、ふたゝび申間敷候。この七文字の神妙なる故也。和歌に制の詞をたてられ候事も、神妙のところなり。

　鶯や柳のうしろ藪のまへ　74 許野消息。

是も、鶯に柳は幾度も取合すとも、難なし。「藪の前」をかさねて「樫の後」「杉の前」とも申され間敷候。後の作者、猶、鶯に柳のあたらしみをさぐりて、手がらなるべし。

　御命講や油のやうな酒五升　75 許野消息。

日蓮の文に、南無妙法蓮経と回向申候と遊されし、是より出たる句なり。酒五升は何にもかよふ句なり。故に御命講の五文字を定め給へるなり。下十二字より五文字をことはり侍る句なり。

　題の心たしかに有やうにするが、上手ののがれ成べし。八朔の句に、　76 樗庵艸結。

　八朔や浅黄の紋のあたらしく

此句を先師曰、是は頭の五文字をのけて、外の「七夕や」としても夫になり、「菊月や」としても九月の句に成る事なり。題の心うすき也。八朔ならではそれとしれぬ様に、治定

の句を工夫すべし、といふに、

　八朔や上着下着を取てをき

「七夕や」にては少しもおかしからず、右の句なれば治定の八朔也。けふばかりのはれなればや、取出して少かびくさき気も有べし。八朔の五文字たしかに居はるなり。

許六曰、発句の大事とは、正風躰をむねとする也。これ見聞たる処を句作る也。是にては多く面白からぬ故に、幽玄のさび・ほそみへかけて、人の感ずる事をする也。田家の情をいはゞ、臼に麦入れたるは常なり、芋を入れたるといふが、さび・細み也。第二に、かけ合といふ事、当流の眼也。此かけ合をよくしる人は、日〱夜〱、行先〲に発句はある也。常に発句なきとてくるしむ事を、先師常に悲しめり。其懸合といふは、花に翌ならふの木をかけ合し、名月に三井寺の門たゝく事をかけ合する也。其中にとり合をよき様に、つぎ目を合て発句にする事也。季と季との詞をとり合せも同前、猶以、名人の作なり。

　青柳の泥にしだるゝ潮干かな

潮干と青柳のかけ合、これ名人の作也。古しと云ば古し、新しといへば是よりあたらしきものはなし。泥はむすびにして継目也。舟と成とも、心にためておもしろき物を継合する也。第三番に、うごくか動ぬかといふを、最初より案ずるなり。春風が陽焔にうごき、野菊が撫子にうごく類ひ、ひたものあれ是とうごかし、決定の上にて手尓葉を改め、句作るものなり。

発句案るに、皆題号の中より案ずる、是なき物也。余所より求来れば無尽蔵也。たとへ

77　歴代滑稽伝・一枚起請。

78　篇突・発句調練の弁。

ば題を箱に入置、其箱のふたの上にて乾坤を広く尋る物也。題号の中を尋てあたらしき事なきといふは、たま〳〵万が一残りたる物有とも、隣家の人、同日に同題を案ずる時、同じ題の曲輪なれば、残りたる物にひしと尋当べし。曲輪を飛出て案じたらんは、親は子の案じ処とちがひ、子は親の案じ候作意と格別なる物なり。

発句は、題の噂と覚えたるがよし。たとへば花の句せんに、花とばかりは文字十七の数ならざれば、風に花の散といふ事、一度はおかし、二度はおかしからず。晩鐘に散ともいひかへ、風の吹ぬにちるなど、随分噂を尽したれど、上手はよき噂を尋出し、下手は下手にて噂わろし。発句は物数寄とも云べし。上手は物ずきよく、下手は物数寄わろし。

御玄家（おげんちよ）の餅に銀杏を付る事を李由句にせんといふに、予曰、然べし。然れども御玄家の句ならば、大きに古からむ。銀杏の句にして然べしといへば、

御玄家も過て銀杏の落葉かな　　李由

「比良より北は雪景色」といふ句に、李由久しく五文字を置かねたり。翁に尋けるに、早速に「鱈舟や」といふ五文字を置給へり。この時翁曰、凡兆が句に、「雪つむ上の夜のあめ」といふに五文字なし。情をこらして案じ、「下京や」とをけり。同じ五文字、容易にすゑ給ふと案じ給ふとは如何なる子細にや、と思ふに、鱈舟は取合せもの也、下京は例の翁の血脈を入れられたり。二ツの五文字、同じ事とおもふ人は、五文字をく事なりがたし。

支考曰、発句はなるべきとなる間敷を見る事、第一の工夫なるべし。

水無月や鯛はあれども塩くじら

79　篇突・発句調練の弁。

80　出典不詳。俳諧問答・自得発明弁に相似た記事がある。

81　俳諧問答・自得発明弁。

82　葛の松原。

83　葛の松原。

水無月の塩鯨といふものは、清少納言もゑしらざりけむ。いとめづらし。風情のうごかざる所は、自知り、みづから悟るの道ならんかし。

毛衣につゝみてぬくし鴨のあし

一物の上にて作りたりとて、予に語りて興じたまひぬ。

84 旅寝論。

蕉門誹諧語録上之終

蕉門俳諧語録　下（外題）

蕉門誹諧語録　下

付句の事

翁曰、発句はむかしより様〳〵かはり侍れども、付句は三変なり。昔は付物を専とす。中比は心付をもつぱらとす。今はうつり・ひゞき・匂ひ・位を以て付るをよしとす。

85 去来抄・修行。

付句は、大木倒すがごとし。鍔もとに切こむ如し。

86 三冊子・赤冊子。

西瓜きるが如し。梨くらふ口つきのごとし。

87 三冊子・赤冊子。

付ごゝろは、薄月夜に梅の匂へる心地こそめでたけれ。

88 出典不詳。頁末の注参照。

一巻表より名残まで一体ならんは、見ぐるし。 89

誹諧に思ふ所あり。能書の物書る様に行んとすれば、初心、道をそこなふ所あり。 90

歌仙は、三十六句ともやり句なるべし。 91

たとへば、歌仙は三十六歩也。一歩も跡へ帰るこゝろなし。行にしたがひ心のあらたまるは、たゞ先へ行こゝろなればなり。 92

景色はいかほどつゞけんもよし。天象・地形・人事・草木・鳥獣の遊べる、その形容みなけしきなり。 93

付句の教のざれ歌に、 94

　三句目のはなれもしらずなを四五句同じ所に迷ひ子の身は

　下手は付上手は寄といひをける古き詞に泪落けり

其角曰、付句はこと更、時の宜きをうかゞひぬべし。翁、尾張にて、 95

　宮守が油提ゆく小夜ふけて

といふ句を付合せられければ、熱田の宮のいまだ造営なかりし年にて、人〴〵の心も神さびたる折ふしにかなひて、みな誹諧の眼を付かへし(けり)。

「品かはりたる恋」といふ句に、 96

　百夜の中にゆきの少将

といふ句を付て、忍の字をふかく取たるよ、と自讃申けるに、『猿蓑』の歌仙に「品かはりたる恋をして」と云句に、

89　去来抄・修行。
90　三冊子・黒冊子。
91　三冊子・赤冊子。
92　三冊子・白冊子。
93　去来抄・修行。
94　出典不詳。
95　雑談集。
96　雑談集。
(注) 88は、これに相似た記事が蒼虬発句集・伝に見え、123も伴う。

うき世のはてはみな小町なり

と云翁の句聞えければ、此句のさびやう作の外をはなれて、日〳〵の変にかけ時の間の人情にうつりて、しかも翁の衰病に遣れし境界にかなへる所、誠に疎ならず。少将といへる句は、予が血気にあひぬれば、句ぶりもさかしく聞へ侍るにや。この口癖、いかに愈(癒)しぬべき。

97 利休の茶の湯にあひて事を好む輩、其折ふしの道具を「是は古し、これはあたらし」などゝ誉あひければ、利休、さん〴〵不興にて、新古の目利は商人にこそあれ、道を好む輩は、たとひかけ摺鉢なりとも、時によろしく、茶の湯に用ゆると用ひられざるとの境をわきまへて、物数寄を誉べき也、と有しとかや。誹諧もまたさのごとし。句は道具なり、点は商人也。誹諧過ての点なれば、其席にまじはりて、「是は長、是は丸、珍重」などゝ点にあてゝ目利せらるべきは、本意なるまじくや。打越のむつかしき所か、席のしぶりたる時に、よろしく付流したらば、たとひ無点の句也とも、是用なり。用・無用の境、新古の分別、志を高く守らば、自然の風流あらはれて、幽玄の一句もいかで思ひはづしぬべき。

98 一巻にわが句、九句十句有とも、一、二句好句あらばよし。残らず好句せんと思ふは、却て不出来なる物也。

99 嵐雪曰、付句の変化は、大むね、料理のうまく、あはく、酸く、からきが如し。能もよからず、あしきもあしからず、時によろしきを変化といふなり。

100 連座の心もちは、自句を遺言とおもふべし。いかやうの悪人にても、跡のあしかれとは

97 雑談集。
98 去来抄・修行。
99 俳諧無門関。
100 出典不詳。

せぬなり。

去来曰、付句は、むかしは付物・景色、或は情にて付来り侍るを、今は付物にて付る事を用ず、景色の外は一句の惣躰を取て、心にて付侍る。○蕉門の付句は、前句の情を引来るを嫌ふ。たゞ前句は、いかなる場、是いかなる人と、その業、其位を能みさだめ、前句をつきはなして付べし。

付物をはなれ、情をひかず付んには、前句のうつり・にほひ・響なくしては、何れの所にてか付んや。

付句は、一句取放して、さしてみる所なき様なる句も、前句によりて大なる手柄あり。

付句は、何事もなく、さら〳〵と聞ゆるをよしとす。巻をよむに思案して付句を聞んは、苦〳〵敷事也。

付句は、付ざれば付句に非ず。付過るは病也。今の作者、付る事を初心の業の様におぼへて、かへってつかざる句おほし。

先師の付方十七体の教有とて、路通、人に伝授し侍ると聞て、かゝる事も侍るやと尋しに、先師曰、これ誠に斗方もなき事也。先年、加賀の国何某が許より、常に遠国に侍れば親しき教を受ることもかなはず。願はくば付句の躰、書記し給ふべきよしを望む。是が為に付句の大数を書出し侍れど、後〳〵芭蕉の付方は是に限りたると、初心の迷ひなるべしと、是を破捨し也。さだめし反古のはしを拾ひみて是を云なるべし、と大笑し給ひし。思ふに、この文を調へ給ふ事は、大津にての事也。路通久しくかしこに侍れば、其文を見て

101　出典不詳。○以下、去来抄・修行。
102　去来抄・修行。
103　出典不詳。
104　去来抄・修行。
105　去来抄・修行。
106　旅寝論・余評。「後〳〵……限りたると」などは去来抄・修行。

其旨をしらず、猥に伝ふ成べし。尤、付句は千変万化にして、数を以て云物非(に)ず。

107 許六曰、当時世間の誹諧を見るに、つかぬがよきとてほどらいをしらず、百句ともにならべたる物也。されば、五句七句引のけても、又、二句三句入ても其きは見えず。当流は間に髪といれず、一字もうごかし難し。「付る」と「つく」との差別也。人作分別にて付る故に、理屈に落るなり。「つく」といふは自然なり。

宇陀法師・巻頭並俳諧一巻の沙汰。

108 支考曰、世の人、誹諧に打越をくるしむは、付方の変化をしらざる故也。昔の誹諧はさる事にや。今のはいかいは、打越曾てくるしからず。付方幾筋もわかれて、一句〳〵の変化也。打越の苦敷とは、人の付し跡を付んといふひと也。尤、打こしの筋をかへて、一句に七句も十句も有べし。

東西夜話・上。

109 付句は、句に新古なし。付る場に新古あり。

去来抄・修行。

110 趣向は、古き事がらを付所あたらしく句作り、めづらしうしたらんぞ、不易の正道とは承りしを、珍ら敷事のあしゝといふにはあらねど、人のこゝろは常に変をこのむなれば、いかなる道にたゞよひ侍らん。

出典不詳。

111 世に、誹諧の「夫は古し、是はあたらし」と云は、付所の全体をしらずしていふ事也。飢(ひだ)るきに物喰ふとも、寒きに物着るが古しとて、其外に新作をもとめぬれば、晋子が作ばかりに落ぬべし。あたらしき句の二句もつゞきたらんに、古き句のめづらしからむ。

東西夜話・中。

112 付句は、一句に一句也。其場・其人・其節などの前後の見合せありて、一句に多くはなき物也。去来、是を弁じて曰、付句は一句に千万也。故に誹諧変化きはまりなし。支考が

去来抄・修行。

「一句に一句」といへるは、付る場の事なるべし。付る場は多くはなきものなり。句は、一場の内にも幾つもあるべし。

付句は、「付」と「付ざる」とを論ずといへども、

113 松葉のごみに煮るなべぶた

如意輪の像の頰杖もうき

といふ句は、なまじゐなる前句を聞んよりは、此句ばかりがおもしろきぞかし。句毎に季のなき発句をすると思へ、と先師も申されし。

114 名家の一巻をみて、始終の変作をかへりみず、「此句はおかしからず、其句は味なし」などいふべけれど、一巻をつらぬる事、あながちに一句の上を論ぜず。

発句と付句の差別の事

115 翁曰、発句もの、脇の物、第三・平句ものと、物にその位ある事也。悉(ことごとく)かく云には非ず。其位を見知るべし。

116 其角曰、発句と付句との差別は、きはめて物数寄あるべし。

鼻紙を扇につかふ女かな　信徳

是は、「盃ほしかぬる」などいふ句に付句也。もと付合の道具なるをめづらしと思へるは、未練なるべし。

川舟やみよしかくるゝ芦の花　亀翁

113 葛の松原。
114 出典不詳。
115 三冊子・黒冊子。
116 雑談集。

是は水辺に付合の句なるを、一句に優ありとて発句に直せし也。芦間がくれに乗こす舟、工夫に落ずして響たしかなり。

土芳曰、発句は行て帰る心の味ひ也。たとへば、

　山里は万歳遅し梅のはな

といふ類なり。「山里は万歳遅し」と云放して、「梅の咲り」といふ心の如くに、行て帰るの心、発句なり。「万歳遅し」とばかりは、平句の位なり。

許六曰、「紺屋の窓」に「菜の花」よし。五月雨になめくじり、ケ様に一風づゝうごく物は、平句道具なり。発句道具は、一切うごかぬ物なり。予ある誹諧に、「泥によごるゝ瓜の網の目」といふ句せし。翌年、翁の句に、

　朝露によごれて涼し瓜の泥

といふ句出たり。はじめて発句の道具たる事をしれり。あたら「瓜の泥」を平句にせしと、無念也。

句作の事

翁曰、句を作るに、作り過ては心の直をうしなふなり。心の作はよし、詞の作、好べからず。

句は、七、八分にいひつめては、けやけし。五、六分の句はいつまでも聞あかず。

躰格はまづ優美にして、一曲あるは上品也。また巧をとり、めづらしき物によるは、其

117　三冊子・黒冊子。
118　俳諧問答・自得発明弁。
119　三冊子・黒冊子。
120　出典不詳。
121　三冊子・赤冊子。

次なり。中品にして多くは地の句なり。

句は、数寄屋を立たる如し。丸木の柱、壁に鏝目をみせて塗りたるは、荒く見へ侍れども風流也。在辺の灰小屋・石切小屋は荒うとばかりにて風雅もなし。

句のすがたは、青柳の小雨にうたれたるがごとく、折〳〵微風にあやなすもあしからず。

人の案じぬ所をいたさんとて、心のかよひなき事を行過とは申べく候。たとはゞ、四月朔日衣がえのあさ、例より寒く小袖かさねざれば寒きとし、帋帳を売ありくが如し。人の売ぬ先に売取んとふれありき候得ども、人の心いまだ冬をわすれず、蚊の事などは思ひよらざれば、人も買ず候。蚊の出る比ならねば、人の心、はつとは思ひよらず候。いにしへの歌人の正風体と申てよみ給ふ歌ども丶、此処にて候。

　日の春はさすがに鶴のあゆみかな　　其角

此五文字よろしからず。「春の日」か「立春は」と置べき句也。されども其角が手振なり。其時は花やかに聞(な)へ侍りしが、今是を味ふにあやし。

　春風にこかする雛の駕の衆　　半残

伊賀の連衆は、かくの如くあだなる所を作りて、なつかし。

　舞(散)銭も用意顔なり花の森　　去来

「花の杜」とは名所ならんはしらず、聞なれず。「森の花」とこそ申なれ。詞を細工して、か丶るつたなきこと云べからず。

　早稲の香やわけ入る右は有磯海

122　袖日記。
123　出典不詳。88の注参照。
124　許野消息。
125　袖日記。
126　去来抄・先師評。
127　去来抄・先師評。
128　三冊子・赤冊子。

一尾根はしぐるゝ雲か不二の山

もし大国に入て句をいふ時は、かゝる心得有べし。ある名ある人、加賀の国に行て、くんぜ川とかいふ河にて、「ごり踏」といふ句あり。たとへ佳句とても、その信をしらざればなり。

句は、天下の人にかなへる事はやすし。一人二人にかなゆる事かたし。人のためになすことに侍らば、なしよからむ。

129　三冊子・黒冊子。

其角曰、其句に魂の入ざれば、夢に夢みるに似たるべし。かの西行上人の、骨にて人を作たてゝ、声はわれたる笛をふくやうになん侍ると申されける。人には成て侍れ共、五の声のわかれざるは、反魂の法の疎に侍るにや。されば魂の入たらば、アイウヱヲよくひゞきて、いかならむ吟声も出ぬべし。たゞ誹諧に魂の入たらんにこそとて、我翁行脚のころ、伊賀越しける山中にて、猿に小蓑を着せて誹諧の神を入たまひければ、忽断腸の思ひを叫びけん、あたに懼るべき幻術也。

130　猿蓑・序。

一句のすがたたしかならぬは、趣向なき事を口先にてまぎらかしたるなり。

131　葛の松原。

発句・付句ともに、句のぬしに成こそ、得がたき也。万歳扇に名をはるやうにて、作者の名、句毎に有とも、一躰を立ざれば其名しかと定がたし。たゞ持扇の様に、名をはり付ずして、たしかなる句のぬしと云れん様に心得べし。すべて有躰なる句にて秀逸なるは、妙を得し上手なり。

132　雑談集。

大かたの月をもめでし七十二　　任口

手がはりなる句作にて主にならんとたくむは、伊丹の歳旦帳見るやうにて、をのづから興さめぬべし。

133 雑談集。 今や誹諧の正風行れて、心の上に功をかさね、何事も一句の上にいひとらずといふことなし。然ども、是ぞと手に取て覚えたる人はなくて、たゞ句作りをあやかり、いきかたを真似て、夫か是かと紛はしきばかりなる聞取法問也。夫をいかにといふに、古風の真たゞ中にうまれて今は六十に余りし人の、昔風は申けれども今風は得申されず、と卑下せらるゝにて知べし。その昔風といへる時の、正章・重頼・立圃・宗因、一句とてもあだなる句はなし。時代蒔絵の堅地にして、尤秘蔵せらる。又むかしとても、下地麁相に念の入ざるは、兀(はげ)やすく破れやすし。今何の用に立ず。当時の作者、此心を得て、随分念を入て句案せよ。千歳の後も至宝なり。時の用に立んとて、趣向をぬすみ、手尓葉を人にまかせ、差合は『はなひ草』に見合せ、点に長をさへとらばとおもふは、いと兀やすき事なり。金銀にて彩りたる筆をもて心の色を分ち侍る、覚束なし。

134 旅寝論。 今同門の輩、先師の変風をしたふものを見るに、先師の「梅がゝにのつと日の出る」と吟じ給へば、或は「すつと」「きつと」ゝいへり。師の「のつと」は誠の「のつと」にて、一句の主なり。門人の「きつと」「すつと」は、きつともすつともせず、尤見苦し。晋子、これを学ぶ事なし。去来こたへて曰、是たゞ師の一句になづむもの也。かゝる詞を用ひ侍るは、歌道にては制の詞といふ。この道とても遠慮すべき事なり。しかれども、初学のものは、詞を似せ詞によるも又よし。此句にあたつて外に譲べき詞なくば、あながち是を嫌ふべからず。

嵐雪曰、花に対して信なくば、花恨あらん。句は是にならふべし。花に問ば、花、語事あらん。姿はそれに随ふべし。

わが句を人に聞しめ、「聞へぬ」と申所あらば、寄直すべし。已に聞得たるは、口論のいつも我に理あるが如し。

去来曰、凡誹諧は、ふつゝかなる句もいとふべからず。たゞ拙き句、古き句をいとへり。翁の句をうかがふに、厳なるものあり、艶（やさ）しき物あり、狂賢（狷）なるものあり、実体なる物有、深遠なるもの有、健なる物有、哀れなるもの有、ふつゝかなる物あり。なを千姿万体ありといへども、さび・しほりあらざる句はまれ也。

凡、さび・しほりは風雅の大切にして、わするべからざるもの也。然ども随分の作者も、句にさび・しほりを得がたからむ。今日我等如きの作者、何ぞさび・しほりなき句をいとひ捨んや。是を常にねがふといはんは、むべなり。又、あるはなきにましたりといはんはよし。又、壮年の人の句は、さび・しほり見えざるも、却てまたよしといはんか。初心の作者は、さび・しほりを容易に説べからず。却てその吟口重く閉て、新味にうつりがたし。是、先師の教也。

しほり・さびは、趣向・言葉・器の閑寂なるをいふに非ず。さびと、さびしき句は異也。しほりは、趣向・詞・器の哀憐なるを云べからず。しほりと、哀なる句は別なり。たゞ内に根ざして外にあらはるゝ物也。言語・筆頭を持てわかちがたからん。強て是をいはゞ、

135　俳諧無門関。
136　出典不詳。
137　俳諧問答・答許子問難弁。
138　俳諧問答・答許子問難弁。
139　俳諧問答・答許子問難弁。

さびは句の色に有。しほりは句の余勢にあり。しかれども、趣向も詞・器共に撰ずんば有べからず。趣向拙からば、無塩の面に西施の鼻を添たるがごとくならむ。趣向よしといふとも、詞・器よろしからずば、梅花に糞をぬりたるに同じからむ。

140　句のさびは、句の色也。閑寂なる句を云に非ず。たとへば、老人の甲冑を帯し戦場にはたらき、錦繡をかざりて御宴に侍りても、老の姿有がごとく、賑なる句も、静なる句にも有物也。今一句をあぐ。

花もりや白きかしらをつきあはせ　去来

先師の曰、さび色よくあらはれ悦ばし、となり。　去来抄・修行。

141　句のしほりは、哀成句に非ず。細みは、たよりなき句にあらず。しほりは句の姿也。細みは句意にあり。

鳥どもは寐入て居るか余吾の湖　路通

先師の云、この句細みあり。

十団子も小粒になりぬ秋の風　許六

先師曰、此句しほりあり。　去来抄・修行。

142　句の位とは、

卯の花のたえ間たゝかん闇の門　去来

先師曰、句の位、尋常ならずと也。予曰、この句、位たゞ尋常ならざるのみや、高位の句とはいふべきや。必竟、句位は格の高きに有。句中に理屈をいひ、或は物にたくらべ、或　去来抄。修行。

はあたりあふたる発句は、大かた位下れる也。

句に句勢といふ物あり。詩賦・消息・物語、或は謠・平話等、をの〳〵其勢ありと也。誹諧の句に俳諧の句勢なくば、誹諧の句成まじ。近年蕉門の徒、俗談平話を用る事をしりて、句勢をしらざる故に、あさまなる句多し。たとはゞ、

あくるがごとくこぬか雪ふる

と侍るを先師評して、これ文勢也、など「打明る（ごと）」といたし侍らずや。答曰、「如く」といふ詞つまりたるやうに侍る。先師曰、「我も物や思ふらん」と古人も申侍りきと。又「左様の事は存ぜず候」、是文勢なり。「左様の事はいさしらず候」、これらは謠の詞遣ひ也。かやうの事にて、能考へ給ふべし。○句に語路といふ物有。一句、言葉つゞきよく、盤上に玉をはしらする如く、たるみなかるべし。

句に姿といふ物有。姿なき句は雅ならず。先年愚句に、

散る花も丹波から来る川ながれ

妻こふ雉子のうろたへて啼

先師評して曰、汝いまだ句の姿をしらず。同じ趣を述んに、

妻こふきじの身を細ふなく

といはゞ、一句雅にして、なつかしかるべし、と也。これらは詞の俗に、いやらしきと風流なるとの分ちに非ず。直しの如きは誠に見所あり。支考は是を風姿と書り。

句中に優を取て、たとへば柳糸の風に吹るゝごとく作たる句あり。

143　出典不詳。去来抄・修行の記事に加筆か。○以下、去来抄・修行。

144　出典不詳。去来抄・修行に相似た記事がある。

145　出典不詳。去来抄・修行に相似た記事がある。

摩那が高根に雲のかゝれる

走らすべき句なるを、中に優を取て、かくのごとく作りたり。たゞ句中、詞行とゞこほり、句しぶりくだけたる、嫌ふなり。

猪の寐に行かたや明の月　　去来

この句を窺ふに、先師暫く吟じて兎角を宣ず。予思ひ誤り、師といへども帰る鹿の気色しりたまはずやと、しか〳〵のよしを申。先師曰、面白き所は古人もよくしればこそ、「帰るとて野辺より山に入る鹿のあと吹をくる萩の上(下)風」とは詠り。和歌優美の上にさへ、かくまで作りたるを、誹諧自由の上に、たゞ尋常の気色作らんは、手柄なかるべし。

うぐひすの身を逆さまに初音かな　　其角

鶯の岩にすがりてはつね哉　　素行

其角が句は、漸く暖なる頃の乱鶯也。初に黄鳥の身を逆にする、曲なし。初の字、心得がたし。素行が句は、なく鶯の姿に非ず。岩にすがるは、物におそはれて飛かゝりたる姿、或は餌をひろう時、又爰かしこへ飛移らんとしたる様也。其角が句は、「啼音哉」と留、素行が句は、「岩に泊りて」など侍らば、首尾相応すべし。凡物を作するに、本性を知べし。知らざる時は、珍ら敷もの、新しき物に魂を奪れて、外の事になれり。魂を奪るゝは、物に着する故也。是を本意をうしなふと云へり。其角が功者すら、時に取て過あり。初学の人、慎べし。

先師は門人に教へ給ふに、大きにかはりたる事あり。たとへば予に示し給ふには、句

146　去来抄・先師評。

147　去来抄・同門評。「其角が句……相応すべし」は旅寝論。

148　去来抄・修行。

〳〵さのみ念を入るゝものに非ず、又、一句は手強く、誹意たしかに作すべし、と也。凡兆には、発句、僅に十七文字也、一字も疎に置べからず、誹諧もさすがに和歌の一体也、一句にしほりの有様に作すべし、と也。是は、作者の気象と口質によりてなり。あしく心得たる輩は、迷ふべきすぢ也。

岩端や爰にもひとり月の客　　去来

洒堂は此句を「月の猿」と申侍れど、予は「客」まさりなむと云。先師曰、「猿」とは何事ぞ。汝、この句をいかに思ひて作れりや。予曰、明月に乗じて山野を吟歩し侍るに、一人の騒客を見付たる、と申。先師曰、「爰にもひとり月の客」と名乗出んこそ、幾ばくの風流ならん。たゞ自称の句となすべし。退て考るに、自称の句となし見れば、狂者の感もうかみて、はじめの句にまされる事、十倍せり。

咲かへて盛りひさしき朝顔をあだなる花と、趣向より入ると、詞・道具より入るとなり。詞・道具より入る人は、頓句多し。趣向より入る人は遅吟、句すくなし。されど案方の位を論ずる時は、趣向より入るを上品とす。

許六曰、あたらしきといふは、趣向に有。あたらしみといふは、句作りに有。毎度あたらしき趣向はまれなる故に、句作りにてあたらしみを付る也。心は梅に鶯、古今かはらず。惣別、流義といふも、句作りの事也。

随分腸を強く案じて口外へ出す時、無分別に理屈なくいふ事なり。

先師、世に誹諧は三合は(ほ)か出ず、七合は残たり、と申されけり。一年、芭蕉庵にて三吟

149 去来抄・先師評。

150 去来抄・修行。

151 宇陀法師・巻頭並俳諧一巻の沙汰。

152 宇陀法師・巻頭並俳諧一巻の沙汰。

153 歴代滑稽伝・俳諧指南。

の誹諧有ける時、

寒菊の隣もありや生大根　許六

冬さし籠る北窓の煤　翁

この句、世間に雪とする所也。煤の一字は誹諧の読方にして、達人の手柄也。第三、嵐蘭にあたれり。「宿のよせ馬」といふ句をして、「かゝる横小路へいつも牽入れ候」と申ければ、先師曰、「よせ馬といふ句、何度か出候。是みな世にある三合の内也」と申されければ、「在郷より宵から馬をつれ来り、寒がらせ申候」とかさねて嵐蘭申ければ、真直にそれこそ第三にて侍るとて、

月もなき宵から馬をつれて来て　嵐蘭

と先師句作り申されたり。また『深川』にて、

綿たてならぶ冬むきの里

といふ脇あり。世間にて「冬枯の里」とする句也。是、三合のうちなり。平話に、「夏向」「冬むき」とは云也。誹諧にはつゐにせず。是、読方の一手柄なり。他門にては、「夏むき」「冬むき」古しとて、人のいはぬ「春むき」「秋むき」あたらしきとていふ。皆此たぐひ、無理にして正風にはあらず。

加賀北枝、翁三年忌に木曾塚へ参りて、

笠提て塚をめぐるや村しぐれ　北枝

中の七文字の「や」、うたがひ也。遙に加賀より師のびやう所へ上りて、何のうたがひあ

るや。自句・他句の事をも知らぬ程の作者也。此句、北枝が句に非ず。他句也。加賀の友などの句にて、北枝が事を思ひやりたる句なり。又、自句をするとて、丈艸が草庵といふ句も聞あき侍るなり。

野坡曰、寒き物にさむき事を合せるは、誹諧のちからのなき也。又、さびしき物に閙しき事をとり合せ侍ることは、誹諧の手がゝり有もの也。此二ツを踏やぶりて、自由体に到る修行有べし。

155 袖日記。

青柳の泥にしだるゝ潮干かな

156 許野消息。

是は季節相対の場なり。「泥にしだるゝ」と置給へる故、潮干の神さだまり侍る。

新麦や竹の子時の草の庵

157 許野消息。

いづれも誹諧に便ある道具也。取合せたるのみにて、いまだ句の神入ざるを、「草の庵」とすへ給へるゆへに、神さだまり侍る。新麦・竹の字は得がたくして尋ね安く、「草の庵」はたづねやすくして置がたき所也。

清瀧の水汲よせて心太

158 樗庵艸結。

これ清たきの水は、朱也。水にて心太を喰らは（ふ脱）、また是、朱なり。赤き也。清瀧の水を心太に寄たる作、誠に冬の夜はいとゞ寒さ堪がたく覚え侍る。その堪がたきは、朱の白みなり。変は清瀧にとゞまり、常は常の心太ならん。

文庫から朽木の肴ふるひ出し　楓子

159 樗庵艸結。

一寸の蚊の斧にむかへる　其角

此句、伽羅の事なるべし。伽羅といふておかしく作るが、変なるべし。朱の心に白み有はづを、かたから朱を白いと云たる句作、変ばかりを云し也。この真似をする人、後には百尺竿頭にて中返りをし、或は水底にて奈良茶飯喰やうの事有べしと、先師はいましめ申されし。

160 葛の松原。
支考曰、蛙の水に落る音しば〳〵ならねば、言外の風情、此すぢにうかびて、「蛙飛こむ水の音」といへる七五は得給へり。晋子が傍にありて、山吹と云五文字をかふむらしめんなど、をよづけ侍るに、たゞ古池とはさだまりぬ。是を論ずるに、「山ぶき」といふ五文字は、風流にしてはなやかなれど、古池といふ五文字は質素にして実なり。実は古今の貫道なればならし。されど花実の二ツは、其時にのぞめる物ならし。

161 葛の松原。
句ごとにめづらしき名目を好むは、中分以下の作なるべし。何となくいひ出たる句にも、いさゝかなる処に楽しみは有ものを、風情あしきはいかにし侍らん。

162 葛の松原。
詞をつくらひ、艶しくせむとする人は、精進を「いもゐ」といひ、客人を「まろうど」ゝいふ。其風流なきにしもあらねど、はては『合類節用』を見る心地ぞせめ。

163 葛の松原。
この比一般の才人、おそろしき詞を好み、針灸秘訣の諺をめづらしと言出たるに、しらぬ人はしらず、しる人はいかに浅間敷とは思ふらめ。

164 出典不詳。
世に俳諧の晴ヶ間敷一座の人に顔をまもられて、今更浅はかに思れむはと人の耳遠きこと葉をたくむも、人情の気はひなれど、誹諧の明と不明とを察すべし。

165 俳諧十論・八・言行論。
我門の学者達は、門前の姥にも聞合せて合点をせぬは俳諧にあらずと、己が心の行過を恥べし。

月花にかぎらず、春秋の季をむすばんに、其季を先に工夫せば、あたらしき趣向なかるべし。当季は後にくはへたるがよし、と承りぬ。曲水、歳旦の第三に、

　お葛籠（つづら）に花の端綱のするゐふりて

といふは、葛籠より趣向は起りて、花は末後の一決なるべし。

166 葛の松原。

誹諧の風姿・風情とは、中古の誹諧に、「双六な世の歳旦や」といへば「目出たし」と詞をむすび、姿をとゝのへず。今の誹諧は、古池の蛙に姿を見さだめて、淋しき風情を、目に其姿を見て、言語の外の情をふくむ。風雅の余情とは此いはれなり。

167 俳諧十論・五・姿情ノ論。

讃・名所句の事

翁曰、すべて物の讃、名所等の句は、其讃、その場をしるを肝要とす。西行の讃を文覚の絵にも書、明石の発句を松島にも用ひ侍らんは、浅間敷事なるべし。句の好悪は第二の事也。

168 旅寝論。

絶景にむかふ時は、うばゝれて句をなす事かなはず。物を見て取る所を心にこめてわすれず、書写して静に句すべし。うばゝれぬ心得も有ことなり。その思ふ所しまりて句にかなはざる時は、書うつすなり。あぐむべからず。

169 三冊子・黒冊子。

名所のみ、雑の句有たし。季をとりあはせ、うた枕を用る十七字には、いさゝか心ざし述がたし。

170 三冊子・赤冊子。

其角曰、景に合せては情負る故、情をこらして、さて景を尋るが、此道の手成べし。富士を見ては発句ちいさく成ぬるは、心の及ざる故なり。

171 雑談集。

五月雨にかくれぬものや勢田のはし

此橋の名、大かたの名所にかよひて、矢矧の橋とも申べきにや。長橋の天にかゝれる、勢田のはしにもかぎるべからず、と難ぜしよし、京・大津より聞え侍るに、去来が、

湖の水まさりけり五月あめ

といへる、まことに湖鏡一面に曇りて、「水接天」とみえぬ。八景を亡ぜし折から、この一橋を見付たる、時といひ所といひ、一句に得たる景物のうごかざる場を、いかで及ぬべき。文章の見ものにあづからず、といへる瞽者のたぐひ成べし。

172 雑談集。

去来曰、賢人・義士の類の讃のごときは、かならず不易を以て句案る事を要とす。

173 俳諧問答・答許子問難弁。

行春をあふみの人とおしみける

此句を尚白が難に、「あふみ」は難波にも、「行春」は行年にも成べしといへり。先師曰、汝いかゞ聞侍るや。予曰、湖水朦朧として春をおしむにたより有べし。殊に今日の上に侍るといふ。先師曰、しかり、古人も此国に春を愛する事多く、都にをとらざるものを。予曰、此一言、心に徹す。行とし近江に居給はゞ、いかでこの感ましまさむ。行春難波に居まさば、本より此情うかぶまじ。風光の人を感動せしむる事、誠なる哉と申。先師曰、汝は風雅を語べき者なりと、殊更に悦給ひき。

174 去来抄・先師評。

等類の事

翁曰、野明が方に残したる、

清瀧や波にちりなき夏の月

この句に似たる句、この頃、園女が許にて、

しら菊の目に立て見る塵もなし

と作りぬれば、清瀧の句を案じかへたりとて、

清瀧や波にちりこむ青松葉

去来曰、和歌には作例を証歌に引るゝと聞ぬ。されど、等類は是を憚る。誹諧には等類は云に及ず、かの作例も事により用捨有べし。

『猿蓑』撰の時、

面楫よ明石のとまり郭公　野水

此句は、師の「野を横に馬牽向よ」と同じ。先師曰、野水が句は、明石の郭公を吟ず。等類遁るべし。答曰、「明石の子規」と云へる分にては、和歌に詠ずる所とひとし。一句たゞ、馬と舟とかはり侍るのみ。是を誹諧にらみたる場は、「面楫よ」と乞たる船中の眺望に有。是また師の「牽向たる馬」に蹴出されたり。句主の手柄なし。先師曰、句のはたらきに於ては、一歩もはたらかず。明石を取物にして入れば入なん。撰者のこゝろなるべし、となり。終に除き侍る。

同じ時、

175 旅寝論。

176 旅寝論。

177 去来抄・先師評。「是を俳諧に……蹴出されたり」は旅寝論。

178 去来抄・先師評。

月雪や鉢敲名は甚之丞　　越人

此頃、伊丹の句に、

弥兵衛とはしれどあはれや鉢扣

といふ句あり。越人が句、入集いかゞ侍らん。先師曰、「月雪」といへるあたり、一句働きみへて、しかもすがたあり。「しれどあはれや」と云下せるとは格別なり。されど鉢敲の俗躰を立て、俗名を以て句かざり侍れば、尤遠慮有べし。

桐の木の風にかまはぬ落葉哉　　凡兆

其角曰、此句は、先師の「樫の木の花にかまはぬ」の句の等類なり。師の「樫の木」は、多く風景を見尽し、ねり出したる一句なり。凡兆が一句は、やう〳〵樫の木にとりつき、指頭に拾ひあつめし句なり。凡兆曰、ことばつゞき似たるのみにて、心かはれり。去来曰、等類とは言がたし、同巣の句なり。

許六曰、

朝顔のうらを見せけり風の秋

といふ句せしを丈艸にかたりければ、翁の「面みせけり」の葛の葉の句の作例たるべしといふ。予思ふに、翁の句は、「葛のうら」といふ古歌の詞をかへして、はじめて「葛のおもて」とはいはれたり。是、をのづから別（制）なり。「くずの裏」といふ事、古今、歌・誹諧共別（制）なし。予が句、「くずのうら」に対してあたらしみを言たる句なり。曾て翁の句に類することなし。

179　去来抄・同門評。「師の……あつめし句なり」は旅寝論。

180　俳諧問答・自得発明弁。

外郎（ういろう）買に荷は先へやる

といふ句せしに、退て思ふに、不玉が『継尾集』の誹諧に、

荷は先へやる堂のちか道

といふ句あり。これ等類なり。「荷は先へやる」といふ字にて、下はいかやうにも成る也。此句の魂は、「荷は先へやる」といふ事なり。

舟のたよりに荷は先へやる

丁稚をのせて荷は先へやる

支考曰、順徳院の御製に、

ちくま川春行水はすみにけり消て幾日のみねのしら雪

心敬僧都の連歌に、

水青し消て幾日のはるの雪

といへるは、浅間敷等類とのみ思ひ侍りしが、「澄」は情なり、「青し」は姿なり、と連歌師の申されし。

文章の事

翁曰、世上、誹諧の文章を見るに、或は漢文を仮名にやはらげ、或は和歌の文章に漢章を入れ、詞あしく云なし、或は人情をいふとても、今日のさかしきくま〴〵を探りもとめ、西鶴が浅間敷下れる姿あり。我徒の文章は、たしかに作意をたて、ぶん章はたとひ漢章を

181 俳諧問答・俳諧自讃の論。

182 十論為弁抄・九段。

183 去来抄・故実。

かるとも、なだらかにいひつゞける事は、鄙俗の上に及ぶとも、なつかしくいひとるべし。

惣名を文章といふ也。序・跋・記・銘・讃・詞書のたぐひまで、強て和に習ひ、意すくなからん。たゞ漢になぞらへて書に、難なからむ。

去来曰、誹諧を以て文を書ば、誹諧文なり。歌を詠ば、誹諧歌なり。

前書の事、講釈のごとくならんは、其発句の光りをうしなふに似たり。

許六曰、『源氏』『狭衣』のたぐひ、男女の中を尽し、実は歌よますべき道びき成べし。共に歌連歌の文法にして、誹諧文章の格式、一言もなし。先師芭蕉翁、はじめて一格をたてゝ気韻生動をあらはせり。たとひ鄙言・漢字をまじへたりとも、こゝろは吉野・たつ田の花紅葉をうらやみ、和歌のうらにこゝろざしをよせて、難波津の細きよしあしをたどりしるべし。縦横自在を尽したりとも、一ツの趣意をたつる所なくては、童蒙の丸い物づくしに落て、果は松坂を仕舞となせる、甚無下の事なるべし。

当時の前書を見るに、その句の講釈なり。前書といふは、其句の光りを添る事也。

支考曰、詩歌にも文章あれば、連誹にも文章あり。文章は其四ツをひろむるものなり。その詩には杜陵を学び、其歌には人丸をしたふ。連歌には宗祇あり、俳諧には芭焦ありて、更に古人をたづぬるにも及ばず。されど連歌には、文章の筆格をたてず、をのづから和歌の家に制せられて、『源氏』『狭ごろも』のぬめりを伝ふ。連歌は、いまだ文格あらずともいはんや。今や誹諧の文法は、はじめて芭蕉の筆頭より出て、詩歌連誹の姿をわかち、風・賦・雅・頌の躰をそなふ。

184　出典不詳。三冊子・白冊子に相似た記事がある。

185　去来抄・修行。

186　旅寝論。

187　本朝文選・許六序。

188　旅寝論。

189　出典不詳。

昔も誹諧の文章は有ながら、蜂のさしあひ、蟻の腰折など、浮言閑語の拍子にかゝりて、王侯の前には翫びがたからむ。夫を古今の差別と知べし。 190 出典不詳。

第一に、文章の虚実をしるべし。教書・詔状の理論には非ず。第二に、文章の起情を知べし。一篇の断続たしかならざれば、埒なし。第三には、二句の長短をしるべし。句読の法にかなはざれば、読がたし。第四には、仮名と真名との配りをしるべし。和文には、手尓於葉の事な(あカ)ればなり。第五には、誹諧の筆格をたてゝ、歌人(衍カ)・連歌の跡を追はざるべし。 191 出典不詳。

雑　談

翁曰、高く心をさとりて俗にかへるべし。常に風雅の誠をせめさとりて、今なす所、誹諧に帰るべし。 192 三冊子・赤冊子。

常に風雅に居るものは、其心の色、物と成て句姿さだまる物なれば、取物自然にして子細なし。心の色うるはしからざれば、外に詞をたくむ。是則、つねに誠をつとめざる、心の俗なり。誠をつとむるといふは、風雅に古人のこゝろを探るなり。 193 三冊子・赤冊子。

格をさだめ、理をしる人は、風雅中位に至る。格をはなれ、理を忘れ侍る人は、此道の仙なり。 194 許野消息。

風雅の道すぢ、大かた世間三等に相見え候。点取に昼夜を尽し、勝負をあらそひ、道を見ずして走り廻るものあり。彼等、風雅のうろたへものに似申候得共、点者の妻子腹をふくらし、店主の金箱を賑はし候得ば、ひが事せんにはまさりたるべし。又、その身富貴に 195 二月十六日付け曲翠宛芭蕉書簡。

して目に立居候得ば、世上をはゞかり、人事いはんにはしかじと、日夜二巻三巻点取て、勝たるものもほこらず、負たるものもしゐていからず、いざま一巻など又取かゝり、線香五分の間に工夫をめぐらし、事終て即点など興ずる事ども、ひとへに少年のよみがるたにひとし。されども料理をとゝのへ、酒を飽までにし、貧なるものをたすけ、点者を肥しむる事、是また道の建立の一すぢなるべきか。また、志をつとめ情をなぐさめ、あながち他の是非をとらず、是より実の道にも入べき器なりなど、遙に定家の骨をさぐり、西行の筋をたどり、楽天が腸をあらひ、杜子が方寸に入るやから、わづかに都鄙をかぞへて十の指ふさず。君も則この十の指たるべし。能々御つゝしみ御修行御尤に存候。

学ぶ事は常にあり。席に臨て、文台と我間に髪といれず、思ふ事速に言出て、爰にいたりて迷ふねんなし。文台を引下せば反古なり。

懐紙の事、百韻、本式なり。五十韻・歌仙、みな略の物也。

古今の人の名、表に出す事、今の人の名はつゝしむべし。古人の名は、物によりてくるしかるまじ。されども好がたし。心嫌故なり。

何の花は夏か秋かと、やゝもすれば人に尋る人多し。是、心がけあしき故なり。四時の景物は、目を閉て見れば、目前に春夏秋冬さへぎる物なり。季節を取違へるは、無念の事なり。

其角は、同席につらなるに、一座の人の興に入る句を言出て人〳〵いつとても感ず。我は其事なし。後に人の言出る句はあり。

196　三冊子・赤冊子。
197　三冊子・白冊子。
198　三冊子・白冊子。
199　出典不詳。
200　三冊子・黒冊子。

発句は門人にも作者多し。誹諧は老吟、骨を得たるがごとし。
其角曰、俗に誹諧を座興ヶ間敷言なし、神仏の道を犯して五倫をそむけたるなど、又は、勝たり負たりなどいどみて、本心をうしなへる輩の、上をはゞからず下をあなどるは、こと更に僻事なるべし。
家を売たる淵瀬にと、盛衰の至誠をよまれたり。負物いたく成ぬれば、風雅なりとて人ゆるさず。されば、白炭と聞えし忠知が、

霜月やあるはなき身の影法師

と辞世して腹きりける、いかにせまりたる浮世にか有けん、と哀なり。かの沽(沾)木をさへ、忠知が子なりといへば、人も憐と見かはしけり。五十年来の誹諧の正風を知れるもの、たゞ一人なり。

元日や何にたとへん朝ぼらけ　忠知

「双六な世の歳旦やあふ目出た」など聞もうとましき拙(掘)句する世に、「何にたとへん」と思ひさだめし死活の境、未来記なり。

歳旦を我も〳〵といたしけり　春澄
みな人は蛍を火じやといはれ梟(鳬)

かく自暴自棄の見に落て、言ふべき句も放散して、人の句も心に入ずして朽すたりしは、いかに松の葉のちりうせず、正木のかづらなどたとへ置れし聖作にも背ける誹諧の罪人、これらなるべし。今は春澄ともいはず成けり。かくいへば名利の境に落侍れども、忠知が

201 三冊子・黒冊子。
202 末若葉・下。
203 雑談集。

名のとゞまるに付ても、誹諧の信、をこたるべからず。

寐られぬ夜、思ひ出せし句を書とめて、朝に成て吟じ返してみれば、句のふりもいさゝかかはりて、心もたがひ有やうに覚えぬるは、陰気・陽気の間か、句の浮沈覚束なし。

去来曰、芭蕉翁の誹諧を学び給んとならば、先師在世の集、其外高弟達の集をよく見習ひ給べし。其外不審の句も多かるべし。其不審の句を打捨て、たゞおもしろしと思ひ給ふ句をより上て学び給ふべし。先師眼前の誹諧といへども、其中、あしき句有間敷ものにも非ず。『猿蓑集』にも先師の心にかなはぬ巻二ッ侍るよし、常に承り侍る。句を聞しる事は、己が作のたけにもより侍れば、初学の人のまよひ、道にすゝみがたきはしなり。

蕉門の高弟達、世上の人のしりたるはみな名家なり。其中をの〳〵得たる所、得ぬ処有べし。其長をまなびて短をとがめ給ふべからず。予不才なりと云共、蕉門に入て久し。此故に世人みな二、三子の数に思ひ給へり。しかれども句のさびしき事丈艸に及ず、句のはなやかなる事其角に及ず、はたらき有こと許六に及ず、奇なる事正秀に及ず、軽き事野坡に及ず、あだなる事土芳に及ず、ほどけたる事支考に及ず、常に此人〴〵を取て予が師とし侍る也。其中、其角は蕉翁第一の高弟といへども、先師老年の風にあはず。惟然は先師遷化の期に随へる門人なれども、其後の見解、先師にやゝかはりあり。

丈草曰、かり初の処にいたりて言捨し口ずさみも、としをかさね境を隔て是を見れば、ひし〳〵と其時のなつかしく哀を催して、是なくばいかでとぞ思ふ。

土芳曰、季の事に、「年の松」「年の何」などゝ、近年歳旦に季にして用る事いかゞ。師

204　雑談集。

205　去来伝書。枇杷園随筆にこの記事を載せ、駄道伝来の去来正筆とする。

206　出典不詳。其角以下の特性をいう記事は弁篇突集・序に出る。

207　出典不詳。

208　三冊子・黒冊子。

曰、達人の態にあらず、論に及ず。

　節季候の来れば風雅も師走かな

此句、「風雅も師走哉」と俗と一ッに言侍る、これ、先師の心也。人の句に、

　蔵焼てさはる物なき月見かな

　飛蝶の羽音やかましき住居かな

と云句あり。高くいひて、心俗なり。味ふべし。

209 三冊子・赤冊子。

師の神楽堂といふ句を難ずる人あり。師曰、誹諧は平話を用ゆ。常に神楽堂といひならはし侍れば深き事はしらず、となり。其後、人の尋しかば、師曰、唯一の神道には神楽殿、両部に神楽堂といふ。むつかしき言訳して益なく、たゞ誹諧には神楽殿おかしからず。

210 三冊子・黒冊子。

野坡曰、先師、誹諧を説る事、たゞその姿を言て、さらに理をいはず。

211 袖日記。

許六曰、我、師に対面せざる以前、其角に句評をこふ。今日、師の感給ふ句と相違す。師弟の胸中、ケ様にかはりては頼母しからず。必竟、誹諧は言勝とけつ定し侍る也。予が誹諧と其角が誹諧と合ず、師の風雅と予が風雅符合せし事いかに。翁曰、汝は閑寂にして山林にこもる心地する事を悦ぶにあらずや。答曰、しかり。翁曰、我も好く所かくのごとし。其角が好く所は、此趣に非ず。誹諧は伊達風流にして、作意のはたらき面白き物とす。其好き出たる所の相違也。故に、汝と其角と句意合ず。しかれども、我が風は、閑寂を好みて細し。其角が風は、伊達を好て細し。其細き所、我が流なり。

212 俳諧問答・俳諧自讃の論。

其角が門人は、其角が手筋を残し、嵐雪が門葉は、嵐雪が手筋を残す。諸国の誹諧の体

213 歴代滑稽伝。

も、其処の宗匠の手筋と成て、桃青の血脈相続する物は稀也。
連衆を撰てすべし。先師一代、こゝろざしの通ぜぬ人と誹諧せず。
文考曰、有情の物は更にもいはず、無情の草木・瓦石より道具・ひやうしき（表色）に至る迄、
己〳〵が本情をそなへて人情にかはるべからず。其本情にいたらぬ人は、月花に対して月
花をしらず。

金屛の松の古さよ冬ごもり

『炭俵』の序に、「此句に魂すはりて」と書しが、其魂といふは何ぞや。金屛は暖に銀屛は
涼し。是、をのづから金屛・銀屛の本情なり。されば、金・銀屛の涼・暖を、今の人の見
付たるには非ず。そも天地よりなせる本情也。然ども、金屛・銀屛のうち出たる本情は、
貴人・高家の千畳敷と思ひよるべし。夫を「松の古さよ」といはれたれば、牒つがひもは
なれ〴〵に兀かかりたる芭蕉庵六畳敷の冬籠と見え侍るが、風雅の実情なるべし。

蚊帳しまふ夜や銀屛の花すゝき

かくいへば、奥八畳鋪・次十畳敷の座鋪に椽の月かげもきらめきわたり、「玉階夜色涼如
水」といへる其夜の有様ならん。始の金屛は松の古びて取籠たる座敷と見え、後の銀屛は
花すゝきのはなやかにして取ひろげたる座敷と見ゆ。是も銀屛は本情にして、花薄は風雅
なり。この本情と風雅の二ツを知りて、はじめて俳諧をしれる人と云べし。

蔦の葉は茶をのむ人をなぐさめて

湖南の珍碩が評に、花・紅葉ならば酒をこそ飲べけれと。「風雅はいかにし侍らん」と問

214　宇陀法師・誹諧撰集法。
215　続五論・滑稽論。
216　蔦の松原。

ふ人に、「まづ此第三をあかし給へ」といふに、よき人はよく、あしき人は彼翁の口癖にて、また寂寞をやられたるよと、平呑にあひたるは、いと口惜し。

今のなま物識は、万葉仮名を書たがり、ひが〱しき真名を用る故に、一字か二字にとゞこほれば、跡先の道理をうしなふ。まして風雅は吟声の感仰なれば、人に尋て泪はこぼされず。

たゞ己が好む所をはなれて俳諧は自由なるべきを、面〱の作意を用る事、浅間し。俳諧は無分別の所にありて理屈なしとのみいへば、我門にもあやまりたる人ありて、眼前にさへぎりたるものを口にまかせて言ちらし、切字・手尓葉の詮義もなく、付句は付もつかずも一字半言も心に置ざれば、人にへつらひなしといふたぐひ、風雅の罪人たるべし。

217 出典不詳。

218 東西夜話・中。

219 続五論・新古論。

蕉門俳諧語録下之終

一とせ、洛の岡崎なる五升庵に宿りけるに、ある日、あるじの法師は京の方へ行ける。留主のつれ〴〵、そこらの窓のもと見廻りけるに、机の上に二冊の草紙あり。読てみれば、祖翁并に古門人の金言を集たるの語録なり。みな江西・湖南の垂辞にして、此道の公案ならずといふ事なし。誠に蕉門の『正法眼蔵』、初学の単刀直入、この書にすぐべからずと、密に写して書肆に銭をあたへ、板に鏤めぬるに、もしや法師の止々不須認と弾呵せんも恐ろし。

安永六酉の冬芭蕉忌の日、吉備の国田房

古声謹書

蕉門俳諧書林　井筒屋庄兵衛
　　　　　　　橘　屋治兵衛　板行

蝶夢子著述書目

芭蕉翁発句集	二冊	鉢　敲　集	一冊
同　俳諧集	三冊	宰府紀行	一冊
同　文　集	二冊	去来丈艸句集	二冊
芭蕉堂施主名録集	三冊	類題発句集	五冊
蕉門俳諧語録	二冊	誹諧名所小鏡	三冊

芭蕉翁絵詞伝

芭蕉翁絵詞伝　上（外題）

芭蕉翁のしぞくを尋るに、柏原の御門の御ながれ、常陸助平正盛と申人のするゐに右兵衛尉平季宗、その子に弥平兵衛尉宗清と申人あり。六波羅の入道相国の一門にして、よせおもく、平家の士の中にも宗徒の人にて、むらなき兵なりしとぞ。

愚按、『東鑑』ニ弥平左衛門尉、『大系図』ニ右兵衛尉季宗子宗清。『武家系図』ニ左衛門尉季宗弥平左衛門尉宗清。『参考保元平治物語』ニ弥平兵衛宗清平季宗子。

平治の乱に、左馬頭義朝の男右兵衛佐頼朝を生捕けるに、宗清なさけぶかきものゝふにて、世になくいたはりまいらせける。その宗清が主とたのむ人に、池の尼と申ありけるが、頼朝を見て、我子の先だちし面影に似たりとあはれがりて、入道相国へいろ〳〵にこしらへ申なだめて、つひに頼朝の命を

①芭蕉の出自
柏原の御門の御ながれ……弥平兵衛尉宗清と申人あり。 川口竹人著『蕉翁全伝』所収の「松尾家系略図」の一部を文章化。
平治の乱に……見送りまいらせける。 『平治物語』巻下の関係記事を要約。

乞ひ、伊豆の国へ流しつかはされける。その折も、宗清はことに名残をしみて、遠く近江の国までも見送りまいらせける。そのゝち、世かはりて、平家はおとろへ源氏はさかへて、頼朝朝臣は鎌倉殿と申て勢ひまうになり給ふにも、そのむかし、池の尼御前や宗清兵衛がわりなかりし恩をおぼしめしいでゝ、尼御前の子の、池の大納言のもとへ使ありて、「御一門こそ都は出させ給ふとも、御身の上は頼朝が奉公にかへて申なだむべし。あはれ、宗清兵衛尉めし具して鎌倉に下向し給へかし」とねもごろに仰送られければ、一門はみな西国へ落ゆくに、大納言はひとり東国に下向すべしと、ひそかに宗清をめしいでゝそのよし仰けるに、宗清いうやう、「戦場に向はせ給ふべくは、おのれすゝみて先陣に候べし。おのが身の徳つかむとて鎌倉へ下向しなば、御一門の人〴〵、傍輩のめむ〳〵には何のめいぼく有てまみえむ。君は東国に下向し給ふべし。おのれは西国にはせ下り、御一門の御先途を見奉り、傍輩の士どもとともに骸をさらさむこそ、弓矢とる身の本意にて候ものを」と云に、大納言も、「汝が申所はさることなれど、鎌倉よりも汝をかまへて具せよと申おこせしものを」と、とかくにすゝめ給へども、宗清さらにうけひかず。かくあらがひける評定の間に、はるかに日数の立ければ、今はをくれて西国へ下向せむもおもてぶせなりとて、年ごろ領せし伊賀国阿拝郡の柘植庄にいたり、もしかまくらよりもとめ出られむもつゝましと、さまをかへて

そのゝち、世かはりて……宗清さらにうけひかず。『平家物語』巻十・『源平盛衰記』巻四十一の関係記事を要約。この内、「戦場に向はせ……先陣に候べし」は、補注に引く『東鑑』の記事の一部を利用。

かくれしのびて住しとや。その子家清、土師三郎といふ。

愚按、『東鑑』巻三、武衛、招二請池前亜相一給。是、近日可レ有二帰洛一之間、為二餞別一也。中略　武衛、先、召二弥平左衛門尉宗清一。左衛門尉季宗男　平家一族也。是、亜相下著、最初被二尋申一之処、依レ病遅留之由、被二答申一之間、定、今者令二下向一歟之由、令二思案一給之故歟。而未二参著一之旨、亜相、被レ申レ之。太違二亭主御本意一云々。此宗清者、池禅尼侍也。平治有レ事之刻、奉レ懸二志於武衛一、仍為レ報二謝其事一、相具可二下向給一之由、被二仰送一之間、亜相、城外之日、示二此趣於宗清一処、宗清云。令レ向二戦場一給者、進可レ候二先陣一、而倩、案二関東之招引一、為レ被レ酬二当初奉公一歟、平家零落之今参向之条、尤称二恥存之由一、直、参二屋島前内府一云々。

愚按、『東鑑』にかくあれど、其外の書に宗清の終りし事つまびらかならざれば、伊賀の『芭翁全伝』、あるは伊賀の国人の説にしたごふ。そがうへ『大系図』に、宗清が母の系譜に柘植弥平左衛門尉宗清妾、家清母とあり。住所を称して柘植と号したるならん。たとはゞ同時に同国同郡、服部の人に服部平内左衛門尉家長あり。これ、世にいふ伊賀平内左衛門尉也。今も柘植郷には松尾といふ家多し。

夫より五代を歴て、清正といふ人に子あまたありて、家をわかち、山川・

その子家清、土師三郎といふ。　「松尾家系略図」の一部を文章化。

『東鑑』巻三……　同書元暦元年六月一日の条の大半を引く。

②家族と出仕のこと

勝島・西川・松尾・北河と名乗る。代々柘植庄に住り。その末に、松尾与左衛門と申せし人、はじめて国の府なる上野ゝ赤坂に住り。これ蕉翁の父なり。母は伊予の国の人とや、姓氏さだかならず。其子、二男四女あり。嫡子儀左衛門命清、後に半左衛門といふ。二男半七郎宗房、童名金作、これ蕉翁なり。後に名を更て忠右衛門といふ。正保のはじめに生る。明暦の比出て、藤堂新七郎良精の嫡子主計良忠に仕へらる。良忠の別号蟬吟といふ。弓馬の業のいとまには、風月の道を好み、和歌及び誹諧をもて遊びて、時の宗匠北村季吟をもて師とす。宗房ともに随ひて学ばれしとぞ。

愚案、『蕉翁全伝』には、蕉翁の俗名藤七郎とあり。藤堂の家には、半七郎とよべりとぞ。兄を半左衛門といへばなるべし。さるを浪花の遊行寺に、野坡が建し碑には甚質と書り。京都の双林寺に、支考が立し碑に百地党と書しは、松尾氏の先祖に百司と云し別姓あり、その謬なりと、伊賀の国人伝ふ。

（絵一・藤堂家出仕の図）

さるを、寛文六年四月といふに、思ひかけずも主計うせられけるに、宗房、そのなき主の遺髪を首にかけて高野山に登り収めしより、

愚案、高野山の宿坊、報恩院の過去帳に、「遺髪の御供、松尾忠右衛門殿」

夫より五代を歴て……松尾・北河と名乗る。「松尾家系略図」の一部を文章化。

代々柘植庄に住り。……正保のはじめに生る。『蕉翁全伝』冒頭部に沿った記述。

明暦の比出て……風月の道を好み、　冬李「蕉翁略伝」（自筆本）に沿った記述。出仕を明暦とするのは梨一「芭蕉翁伝」（『奥細道菅菰抄』収）による。

③伊賀上野出奔のこと

さるを、寛文六年……松尾忠右衛門殿」と記せり。　補注部分をも含め、「蕉翁略伝」に沿った記述。この内、「思ひがけずも」は原資料の「病の為に」を、「遺髪を首にかけて」

絵一・藤堂家出仕の図

絵二・伊賀出奔の図

と記せり。

頻にこの世をはかなみ、身を遁れんの心せちなりければ、いとまをこふといへども、さる文武のざへあるをゝしみてゆるさねば、おなじ秋のすゑなりけむ、主の館に宿直しける夜、門のかたはらなる松をこへ出て、わが住る家の隣なる城孫太夫が門のはしらに、短冊に書て押ける発句に、

雲とへだつ友かや雁の生わかれ

愚案、此時、良忠の子息良長、いまだ三歳なりしを、宗房、二なく忠を尽し、家を続しむ。されば、『続扶桑隠逸伝』第三巻「芭蕉翁伝」に、仕府主君而有忠勤 云（々）。宗房の住し家は、上野ゝ玄蕃町といふ所にあり。

（絵二・伊賀出奔の図）

これより延宝のとしまでは、跡を雲霞にくらますたつのごとく、山にや蟄せし、海にやかくれし。（底本改行）

しかるに、いづれの年にや、むさし野ゝ草のゆかりもとめて、深川といふ所に住給ふとて、芭蕉を栽るそのこと葉に、風土芭蕉の心にやかなひけむ、数株茎をそなへ、葉茂りかさなりて庭をせばめ、萱が軒端もかくるゝばかりなり。人よびて草庵の名とす。この葉のやぶれやすきに世を観じて、

は原資料の「遺髪を供して」を改めた。

頻にこの世を……忠を尽し、家を続しむ。 補注部分をも含め、「芭蕉翁伝」に沿った記述。この内、「頻にこの世をはかなみ」「文武のざへあるをゝしみてゆるさねば」「主の館に宿直しける夜」「門のかたはらなる松をこへ出て」「（門）のはしら」は蝶夢の補記。また「わが住る家の隣なる城孫太夫」は、原資料の「同僚城孫太夫」を「蕉翁略伝」によって改め、「二なく忠を尽し家を続しむ」は原資料の「二君に仕ざるよしを告」を改めた。

宗房の住し家……玄蕃町 「蕉翁略伝」による。

④消息を絶つこと

⑤深川庵に芭蕉を栽えること

風土芭蕉の……人よびて草庵の名とす。 俳文「芭蕉を移す詞」（蝶夢編『芭蕉翁文集』収、以下『文集』と略）による。

やぶれやすきに世を観じて、 俳文「芭蕉を

芭蕉野分して盥に雨をきく夜かな

　愚案、是より住庵をばせを庵とよび、芭蕉翁と呼りとぞ。その比、年いまだ四十歳にいたらざるに、此道の師とせし、季吟・湖春父子をはじめ、翁の号をよべる事も、ひとへに隠徳のあまりなるべし。はじめの名は桃青といひ、別号を風羅房と云しも、芭蕉と云へるにひとしく、風に破れやすき身を観ぜしとぞ。一名を泊船堂と名せしも、深川は海に近き地にして、「門泊東呉万里船」の詩の景にかなへばなるべし。『隠逸伝』にも、造廬於深川、扁号泊船堂　云々。

つれ〴〵なる折にや、笠をはり給ふ詞に、（底本改行）

秋風さびしきおり〳〵、竹取のたくみにならひ、妙観が刀をかりて、みづから竹をわり竹をけづりて、笠つくりの翁と名のる。朝に帋をかさね夕べにほして、またかさね〳〵て、渋といふものをもて色をさはし、廿日すぐる程にやゝいできにけり。そのかたち、うらのかたにまき入、外ざまに吹かへり、荷葉の半ひらくるに似て、おかしき姿なり。西行法師がふじみ笠か東坡居士が雪見がさか、宮城野の露に供つれねば、呉天の雪に杖をやひかん。霰にさそひしぐれにかたぶけ、そゞろにめでゝことに興ず。興のうちにして、俄に感ずる事あり。ふたゝび宗祇の時雨ならでも、かりのやどりに袂をうるほし

移す詞」による。ただし、原典の「破れやすきを愛す」を改めた。

是より住庵を……芭蕉翁と呼りとぞ。「芭蕉翁伝」による。

⑥笠貼りのこと

秋風さびしき……書つけ侍る。俳文「笠張の説」（『文集』収）による。

て、笠のうらに書つけ侍る。

世にふるもさらに宗祇のやどりかな

（絵三・芭蕉庵笠はりの図）

あるとし、庵のあたりちかく火おこりて、前うしろの家どもめら〳〵とやくるに、炎さかむにのがるゝ方あらねば、前なる渚の潮の中にひたり、藻をかづき煙をしのぎ、からうじてまぬかれ給ひて、いよ〳〵猶如火宅のことわりを悟り、ひたすら無所住のおもひをさだめたまひけるとや。

（絵四・深川火難の図）

そのころ、円覚寺の大巓和尚と申が、周易の文にくはしくおはしけり。ある人、翁の本卦をうかゞひけるに、かうがへ給ひければ、萃といふ卦にあたれり。こは、一もとの薄の風にたふれ雨にしほれて、いのちつれなく世にあるにたとへたり。されど、あつまるとよみて、その身は潜むとすれど、外よりつどひあつまりて、心をやすくする事あらずとかや。まことに聖典のいつはらざることはさのごとく、道を慕ふともがら、蟻のごとくあつまれりとぞ。

（底本改行）

貞享元子のとし、芭蕉庵の春をことぶきたまふならむ。

⑦天和の火難
庵のあたり……おもひをさだめ　其角の「芭蕉翁終焉記」（『枯尾花』収、以下「終焉記」と略）を多少改め用いる。

⑧大巓和尚の本卦占い
そのころ、円覚寺の……道を慕ふ　「終焉記」による。

⑨貞享元年春、幾霜に の句
貞享元子のとし……　蝶夢の補記。

絵三・芭蕉庵笠はりの図

絵四・深川火難の図

幾霜に心ばせをの松かざり

江戸を出て海道を上り給ひけるに、富士河の辺りにて、三つばかりの捨子の泣あり。この河のはや瀬にかけて、うき世の波をしのぐにたへず、露ばかりの命まつ間と捨おきけむ。小萩がもとのあきの風、こよひや散らん明日やしほれむと、袂よりくふべきものなげて通るに、

猿をきく人捨子に秋の風いかに

いかにぞや、汝、父ににくまれたるか母にうとまれたるか。父は汝をにくむにあらじ、はゝはなむぢをうとむにあらじ。たゞ是天にして、汝が性のつたなきをなけ。

（絵五・富士川の図）

芳野ゝ奥に入給ふに、西上人の草の庵のあとは、奥の院より二町ばかり分入るほど、柴人のかよふ道のみわづかにみへて、さかしき谷をへだてたる、いとたうとし。かのとく〳〵の清水はむかしにかはらずと見へて、とく〳〵と雫落けり。

露とく〳〵こゝろみに憂世すゝがばや

伊勢にまうで給ひて、西行谷のふもとのながれに、里の女のものあらふを見て、

⑩富士川の捨子　**富士河の辺り……つたなきをなけ。**「甲子吟行」（『文集』収）による。

⑪吉野とく〳〵の清水　**芳野ゝ奥に……雫落けり。**「甲子吟行」による。

⑫伊勢西行谷の芋洗う女　**西行谷の……あらふを見て、**「甲子吟行」による。

絵五・富士川の図

絵六・西行谷の図

芋洗ふ女西行ならば歌よまむ

（絵六・西行谷の図）

長月のはじめ、古郷に帰り給ひけるに、北堂の萱草も霜がれはてゝ今は跡だになし。何事も昔にかはりて、はらからの鬢白く眉しはより、たゞ命ありてとのみ言つゝ、兄の守ぶくろよりとう出て、「母の白髪おがめよ。浦島が子の玉手箱、汝が眉もやゝ老たり」とうち泣て、

手にとらば消ん涙ぞあつき秋の霜

貞享二丑のとし、伊賀の山家に年こへ給ひて、

誰聟ぞ歯朶に餅おふうしの年

奈良の二月堂に参籠し給ふ。

水とりやこもりの僧の沓の音

（絵七・二月堂参籠の図）

大津の尚白が家にて、湖水眺望に、

唐崎の松は花よりおぼろにて

卯月のすゑ、江戸に帰り給ひて、

夏ごろもいまだ虱をとりつくさず

⑬帰郷と母の白髪
長月のはじめ……うち泣て、「甲子吟行」による。

⑭貞享二年春、誰聟ぞの句
貞享二丑のとし、伊賀の　蝶夢の補記。以下も年次・地名の補記が多い。
山家に年こへ給ひて、「甲子吟行」による。

⑮二月堂お水取り
二月堂に参籠し給ふ。「甲子吟行」による。

⑯近江唐崎の松
大津の尚白が家にて、『雑談集』によるか。
湖水眺望に、「甲子吟行」による。

⑰江戸帰庵
卯月のすゑ、江戸に……「甲子吟行」による。

絵七・二月堂参籠の図

絵八・草庵雪夜の図

秋も半の夜、ことにはれわたりしにや、
　名月や池をめぐりて夜もすがら
貞享三寅のとし、草庵の春の夜に、
　古池や蛙とびこむ水の音
雪のいとおもしろう降ける夕べ、おなじ心なる人のあつまりて遊びけるに、もとよりまづしき庵なれば、人〴〵、薪買に行あれば酒かひに行もあり。
　米かひにゆきのふくろや投頭巾
（絵八・草庵雪夜の図）
貞享四卯の年、春も弥生の空長閑に、うち霞たる夕暮ならし、
　花の雲鐘は上野か浅草か
鹿島あたりの月見むとて行給ふに、雨しきりにふりて、月見るべくもあらず。根本寺の前の和尚おはする寺を尋入てふしぬ。すこぶる人をして深省を発せしむと吟じけむやうに、しばらく清浄の心を得るに似たり。
　寺に寐てまこと顔なる月見かな
　愚按、この道の記、『かしま記行』あり。この和尚は仏頂禅師とて、江戸臨川寺に住持し給ひて、蕉翁常に参禅し給ひけるとぞ。されば、其角が書し

⑱名月やの句
⑲貞享三年春、古池やの句
⑳雪の夕、米買いの句。
㉑貞享四年春、花の雲の句。
㉒鹿島行、寺に寐ての句
鹿島あたり……得るに似たり。「鹿島紀行」（『文集』収）による。

『終焉記』にも、仏頂和尚に嗣法して開禅の法師といはると 云々。又、『三国相承宗分統譜』に、臨川仏頂・芭蕉翁桃青と法脈をひけり。

神無月のはじめ、空さだめなきけしき、身は風雲の行ゐなき心地して、とありて、

　旅人と我名よばれむ初しぐれ

参河・尾張のかたに日ごろあそび給ひて、「桑名よりくはで来ぬれば」といふ日永の里より、馬かりて杖突坂をのぼるほど、荷鞍うちかへりて馬より落ぬ。「便なの旅人や。ひとりたびさへあるを」と馬士にしかられながら、

　歩行ならば杖突坂を落馬かな

（絵九・杖突坂落馬の図）

伊賀に帰りつき給ひて、

　古郷や臍の緒になくとしの暮

㉓江戸出立、旅人との句
神無月のはじめ……行ゐなき心地して、「卯辰紀行」（『文集』収）による。

㉔杖突坂の落馬
参河・尾張の……あそび給ひて、　蝶夢の補記。
桑名よりくはで……馬より落ぬ。「卯辰紀行」による。
便なの旅人や。……しかられながら、　蝶夢編『芭蕉翁発句集』（以下、『発句集』と略）詞書による。詞書の原拠は支考編『笈日記』。

㉕帰郷と臍の緒の句

絵九・杖突坂落馬の図

絵十・新大仏の図

芭蕉翁絵詞伝　中（外題）

貞享五辰のとし、伊賀に春をむかへ給ふ。

　春立てまだ九日の野山かな

阿波の庄の新大仏にまうでんとて、意専・惣七の人〳〵を伴ひ行給ふに、そも此所は、南都東大寺のひじり俊乗上人の旧跡なり。仁王門・鐘楼のあとは枯たる草の底にかくれて、「松ものいはゞことゝはむ礎ばかり菫のみして」といひけむも、かゝる気しきにゝたらむ。猶わけ入て蓮華座・獅子の座など、いまだ苔の跡をのこせり。御仏はうづもれながら、わづかに御ぐしのみ現然と拝れさせ給ふに、上人の御影はいまだまったくおはしまし侍るぞ、其世の名残疑ふ所なく、誠にこゝらの人のちからを費したる上人の御願、いたづらになり侍る事の悲しく、涙も落そひて物語もなし。むなしき石台にぬかづきて、

　丈六にかげろふ高し石のうへ

（絵十・新大仏の図）

探丸子、別埜（墅）の花見もよほし給ひけるにまかりたまひて、

　さま〴〵の事おもひ出す桜かな

㉖貞享五年春、春立ちての句

㉗伊賀新大仏

阿波の庄の……石台にぬかづきて、『発句集』詞書による。この内、「御ぐしのみ現然と……疑ふ所なく」の部分は「卯辰紀行」によっている。詞書の原拠は、『芭蕉庵小文庫』所収の俳文「伊賀新大仏之記」。

㉘探丸子別邸さま〴〵桜

探丸子、別墅の……まかりたまひて、『発句集』詞書による。詞書の原拠は、土芳編『蕉翁句集』。以下、特記せぬ場合は同書。

愚按、良長成人の後、別号を探丸といふ。蕉翁が宗房たりし時の忠節をおぼし出て、はじめて対面ありし時とぞ。この句に探丸の脇の句あり。「春の日はやく筆にくれゆく」云々。翁の執筆にて一座あり。その筆の跡、今に伝はれりとぞ。

参河の杜国をめし具し給ひ、初瀬・龍門にかゝり吉野ゝ花に三日とゞまりて、曙・たそがれのけしき、有明の月の哀なるさまなど、心にせまり胸にみちて、あるは西行の枝折にまよひ、貞室がこれは〳〵とうちなぐりたるに、我いはむこと葉もなくて、いたづらに口をとぢたる、いと口をし、とぞかい給ふ。

（絵十一・吉野山の図）

それより須磨に遊び給ふに、空もおぼろに残れる、はかなきみじか夜の月もいとゞ艶なるを、

月見てもものたらはずやすまの夏

東須磨・西須磨・浜すまと三所にわかれて、あながちに何わざするとも見へず。「もしほたれつゝ」など歌にも聞へ侍るも、今はかゝるわざするなども見へず。きすごといふ魚を真砂の上にほしちらしけるを、烏のつかみさる

忠節をおぼし出て、　蝶夢の補記。

対面ありし時……今に伝はれりとぞ。　鳥酔「伊賀実録」（『冬扇一路』収）を多少改め用いる。

㉙吉野の花見

吉野ゝ花に……いと口をし、とぞ　「卯辰紀行」による。

㉚須磨の月

空もおぼろに……いとゞ艶なるを、　「卯辰紀行」による。

㉛須磨の蜑

東須磨・西須磨……いと罪ふかし。　「卯辰紀行」による。

絵十一・吉野山の図

絵十二・須磨の蜑の図

をにくみ、弓をもておどす、海士のわざとも見へず。もし古戦場の名残をとゞめて、かゝる事をなすにやと、いと罪ふかし。

　　須磨の蜑の矢先に啼やほとゝぎす

（絵十二・須磨の蜑の図）

この境「はひわたるほど」ゝいへるも、こゝの事にや。

　かたつぶり角ふりわけよ須磨明石

　　愚按、去年よりことしの夏までの道の記あり。「卯辰記行」とも、「笈の小文」ともいふ。

美濃ゝ国長良川の辺にさすらへありき、鵜遣ふさまを見給ひて、

　おもしろうてやがて悲しき鵜船かな

（絵十三・長良川鵜飼の図）

更科の里おばすて山の月見むと、頻に秋風の心に吹さはぎて風雲の情をくるはす、とて行給ふに、姨捨山は八幡といふ里より南にあり。西南に横をれて、冷じく高くもあらず、かど〱しき岩なども見へず、たゞあはれふかき山のすがたなり。「なぐさめかねし」といひけむもことわりにしられて、

㉜明石の浦
この境「はひわたる……こゝの事にや。『発句集』詞書による。

㉝長良川鵜飼い

㉞姥捨山の月
更科の里……落そひければ、「更科紀行」（『文集』収）による。

絵十三・長良川鵜飼の図

絵十四・姨捨山の図

そゞろに悲しきに、何ゆゑにか老たる人をすてたらむとおもふに、いとゞ涙も落そひければ、

面影や姨ひとり泣月の友

（絵十四・姨捨山の図）

元禄二巳のとし、江戸の春にあひ給ひて、こぞの更科の秋やおぼし出けむ、

元日に田ごとの日こそこひしけれ

立そむる霞のそらに白川の関こへむと、そゞろ神の物につき侍て心をくるはせば、とるものも手につかず、もゝひきのやぶれをつゞり、笠の緒つけかへて、松島の月まづ心にかゝる。曾良は常に軒をならべて薪水の労をたすく。こたび松島・象潟の眺ともにせむ事を悦び、且は羈旅の難をいたはらむといふに、めしつれたまふとや。（底本改行）

下野の那須野を行給ふに、野飼の馬あり。草刈おのこになげきよれば、野夫といへども、さすがに情しらぬにはあらで、「此野は縦横にわかれて、うひ〳〵しき旅人の道ふみたがへむ。あやしう侍れば、此馬のとゞまる所にて馬をかへし給へ」とかし侍りぬ。ちいさきものふたり、馬の跡したひてはしる。ひとりは小姫にて、名を「かさね」といふ。聞なれぬ名のやさし、とは書たまふる。

㉟元禄二年春、元日にの句。

㊱奥羽旅行発起
立そむる霞のそらに……難をいたはらんと　蝶夢校訂『奥の細道』の冒頭と日光黒髪山の段による。

㊲那須野
野飼の馬あり。……名のやさし、　『奥の細道』による。

絵十五・那須野の図

絵十六・白河の関の図

（絵十五・那須野の図）

心もとなき日数かさなるまゝに、白川の関にかゝりて旅心さだまりぬ、とか。「いかで都へ」と便もとめしもことわりなり。中にもこの関は三関の一つにして、風騒の人こゝろをとゞむ。秋風を耳に残し、紅葉を面影にして、青葉の梢なほあはれなり。卯の花の白妙に茨の花のさきそひて、雪にもこゆるこゝ地ぞする。古人冠を正し衣裳を改し事など、清輔が筆にもとゞめし。「この関いかにこえつるや」と人の問ふに、

　風流のはじめやおくの田植うた

（絵十六・白河の関の図）

しのぶもぢ摺の石を尋て、忍ぶの里をわけ入給ふに、山陰に石なかば土に埋てあり。里の童べのおしへけるは、「むかしは此山の上にはべりしを、往来の人の麦草をあらして、この石を試みはべるをにくみて、此谷に落せば、石の面下ざまにふしたり」と云。

　早苗とる手もとやむかししのぶ摺

武隈の松にこそ、目覚る心地はすれ。根は土際より二木に分れて、昔の姿うしなはずとしらる。まづ能因法師おもひいづ。往昔、むつの守にて下りし

㊳白河の関　**心もとなき日数……と人の問ふに、**『奥の細道』による。

㊴文字摺石　**しのぶもぢ摺の……ふしたり」と云。**『奥の細道』による。

㊵武隈の松　**武隈の松……松のけしきになむ、**『奥の細道』による。

人、この木を伐て名取川の橋杭にせられたる事あればにや。「松は此たび跡もなし」と詠たり。代々、あるは伐あるは植つぎなどせしと聞に、今時千載のかたちとゝのひて、めでたき松の気しきになむ、と称し給ふ。（底本改行）

つぼの石ぶみは、高六尺余、横三尺ばかりか、苔を穿て文字幽なり。昔よりよみ置る歌枕、多く語つたふといへども、山崩れ川落て道あらたまり、石は埋もれて土にかくれ、木は老て若木にかはれば、その跡たしかならぬ事のみを、こゝに至りてうたがひなき千載のかたみ、今、眼前に古人のこゝろを閲す。行脚の一徳、存命のよろこび、羇旅の労を忘れて、泪も落るばかりなり、とは書給ひける。

（絵十七・壺の碑の図）

松島にわたり、雄島の磯につきたまひて、其景を書つらね給ふに、松島は扶桑第一の好風にして、凡洞庭・西湖に恥ず。東南より海を入て、江の中三里、浙江の潮をたゝふ。しま〴〵の数を尽して、欹だつものは天をさし、ふすものは波にはらばふ。左にわかれ右につらなる。負へるあり、抱るあり、児孫を愛するがごとし。松の緑こまやかに、枝葉しほ風に吹たはめて、屈曲おのづからためたるが如し。そのけしき窅然として、美人の顔を粧ふ。ちはやぶる神のむかし、大山ずみのなせるわざにや、造化の天工、いづれの人か

今時　原典の「今将」を誤る。

㊶壺の石ぶみ
つぼの石ぶみは……落るばかりなり、『奥の細道』による。

㊷松　島
松島にわたり……言葉を尽さむ。『奥の細道』による。

絵十七・壺の碑の図

絵十八・松島の図

筆をふるひ言葉を尽さむ。

（絵十八・松島の図）

出羽の国月山に登り給ふとて、木綿しめ身に引かけ、宝冠に頭をつゝみ、強力といふものに道びかれて、雲霧山気の中に氷雪を踏て登る事八里とかや。

雲の峰いくつ崩て月の山

（絵十九・月山の図）

象潟ちかく、しほ風真砂を吹あげ、雨朦朧として鳥海の山かくる。「雨も又奇也」と雨後の晴色たのもしく、蜑の苫屋に膝をいれ、雨の晴間を待給ふに、その朝天よく霽けるほどに、象潟に船をうかぶ。まづ能因島に船をよせて、三とせ幽居の跡をとぶらひ、むかふの岸にふねを上れば、「花の上こぐ」とよまれし桜の老木、西行法師のかたみをのこす。南に鳥海山、天をさゝえ、その陰うつりて江にあり。西はむや〱の関、路をかぎり、東に堤を築て秋田に通ふみち遙に、海、北にかまへて浪うち入る所を汐ごしといふ。江の縦横一里ばかり、面かげ松島にかよひて、また異なり。松島は笑ふがごとく、象潟はうらむがごとし。さびしさに悲しみをくはへて、地勢魂をなやますに似たり。

㊸月　山　**月山に登り……登る事八里**　『奥の細道』による。

㊹象　潟　**象潟ちかく……なやますに似たり。**『奥の細道』による。

絵十九・月山の図

絵二十・象潟の図

象潟の雨や西施がねぶのはな　（絵二十・象潟の図）

北陸道を歴て上りたまひ、越後の国出雲崎にて見わたしたまふに、佐渡が島は海の面十八里、東西三十五里に横をりふしたり。むべ此島は、黄金多く出てあまねく世の宝となれば、かぎりなきめでたき島にて侍るを、大罪朝敵のたぐひ遠流せらるゝによりて、たゞおそろしき名の聞へあるもほゐなく、窓おしひらきて暫時の旅愁をいたはらんとするに、日既に海に沈て月ほのぐらく、銀河半天にかゝりて星きら〳〵と冴たるに、沖の方より波の音しば〳〵はこびて、魂けづるがごとく、腸ちぎれてそゞろに悲し。

あら海や佐渡に横たふ天の河

一ぶりの関にとまり給ふ夜は、今日なむ親しらず・子しらずなどいふ北国一の難所をこへて疲はべれば、枕引よせ寐たるに、宿の一間へだてゝ、若き女の声二人ばかりと聞ゆ。年老たるおのこのこゑも交て物語するを聞ば、越後の国新潟といふ所の遊女なりし。伊勢参宮するとて、此関まで男の送て、翌日古郷にかへす文をしたゝめ、はかなき言伝などしやる也。白波のよする汀に身をはふらかし、あまの此世をあさましう下りて、定なきちぎり日〳〵の業因、いかにつたなしと、ものいふを聞〳〵寐入て、朝たび立に、我〳〵

㊺佐渡が島　**北陸道を歴て……そゞろに悲し。**俳文「銀河の序」（『文集』収）による。

㊻市振の関　**一ぶりの関に……やまざりけらし。**『奥の細道』による。

に出むかひて、「行ゑしらぬ旅路のうさ、あまり覚束なう悲しくはべれば、見へかくれにも御跡を慕ひ侍ん。衣の上の御なさけに、大慈のめぐみをたれて結縁せさせ給へ」と涙を落す。不便(憫)の事には侍れども、「我〳〵は所〳〵にてとゞまる方多し。たゞ人の行にまかせて行べし。神明の加護、かならず恙なかるべし」と云捨て出づ。哀さしばらくやまざりけらし。

一家に遊女も寐たり萩と月

（絵廿一・市振の宿の図）

加賀の太田の神社にて、実盛が兜・錦のきれを見給ふ。往昔、義朝より賜はらせ給とかや。げにも平士の物にあらず。目庇より吹返しまで、菊から草のほりもの金をちりばめ、龍頭に鍬形うちたり。実盛討死のゝち、木曾義仲願状にそへて、此社にこめられ侍るよし、樋口次郎が使せし事ども、縁起に見へたり。

むざむやな甲の下のきり〴〵す

（絵廿二・太田神社実盛兜の図）

全聖寺といふ寺にとまりて、朝、堂下に下り給ふに、若き僧ども紙・硯をかゝへ、階のもとまで追きたる。折ふし庭中の柳散れば、

㊼実盛の兜
太田の神社にて……縁起に見へたり。『奥の細道』による。

㊽全昌寺
全聖寺といふ……柳散れば、『奥の細道』による。「全聖寺」は、原典の「全昌寺」を誤る。

絵廿一・市振の宿の図

絵廿二・太田神社実盛兜の図

庭掃て出るや寺に散やなぎ

愚按、春より秋までの道の記、「おくの細道」といふ。

伊勢に尾張に近江をへて、伊賀に年こへ給ふ。

芭蕉翁絵詞伝　下（外題）

元禄三午の年、都ちかき伊賀にとしをとり給て、

薦をきて誰人います花の春

神路山にまうで給ひては、西行の涙をしたひ増賀の信を悲しむ、とありて、

何の木の花ともしらずにほひかな

裸にはまだ衣更着のあらしかな

二見のうらにて、

うたがふなうしほの花もうらの春

（絵廿三・二見が浦の図）

ことしの一夏は国分山に籠り、山を下らで、里の童に谷川の石をひろはせ

㊾旅後、伊賀で越年のこと
伊勢に尾張に……　蝶夢の補記。

㊿元禄三年春、薦を着ての句
都ちかき伊賀にとしをとり給て、『発句集』詞書による。ただし、「伊賀に」は原典の「所に」を改めた。

(51)伊勢詣で
神路山に……信をかなしむ、『発句集』詞書による。

(52)二見が浦

(53)A　国分山で写経のこと

絵廿三・二見が浦の図

絵廿四・国分山の図

て、一石に一字づゝの法華経をうつし給ふことあり。その記に、（底本改行）
石山の奥、岩間のうしろに山あり、国分山と云。そのかみ国分寺の名を伝ふなるべし。ふもとに細きながれをわたりて、翠微に登る事、三曲二百歩にして八幡宮たゝせ給ふ。神躰は弥陀の尊像とかや。唯一の家には甚忌なる事を、両部光をやはらげ、利益の塵を同じうしたまふも、また貴し。日比は人の詣ざりければ、いと神さび、物しづかなるかたはらに住すてし草の戸あり。よもぎ・根ざゝ軒をかこみ、屋根もり壁おちて、狐狸ふしどを得たり。幻住庵と云。あるじの僧何がしは、勇士菅沼氏曲水子の伯父になむはべりしを、いまは八年ばかりむかしになりて、正に幻住老人の名をのみのこせり。
予また市中をさる事十年ばかりにして、五十年やゝちかき身は、蓑虫のみのをうしなひ蝸牛家を離て、奥羽象潟の暑き日におもてをこがして、すなごあゆみくるしき北海のあら磯にきびすを破りて、今年湖水の波に漂。にほの浮巣の流とゞまるべき蘆の一もとのかげたのもしく、軒端茨あらため墻根結そへなどして、卯月のはじめ、いとかりそめに入しやまの、やがて出じとさへおもひそみぬ。
先たのむ椎の木もあり夏こだち

愚按、「幻住庵記」は『猿蓑集』にあり。国分山の庵の跡には、蕉翁八十

(53)B　幻住庵の記
石山の奥……おもひそみぬ。　俳文「幻住庵の記」（『文集』収）による。

年に当り給ふとき、おのれ、しるしの石を建つ。また、石経を埋給ふ上には、
勢田の住人雨橋・扇律ら、「経塚」の二字の石を立ぬ。

（絵廿四・国分山の図）

雪のあした、湖水をながめ給ひて、
　比良三上雪かけわたせ鷺の橋
元禄四未のとし、粟津の無名庵に春をむかへ給ふとき、
　大津絵の筆のはじめは何仏
湖水を望て、春を惜しみ給ふに、
　行春をあふみの人とおしみける
嵯峨なる去来が別業落柿舎に、日比掛錫し給ふに、作りみがゝれし昔のさまより、いまの哀なるさまこそこゝろとゞまれ。彫せし梁、画る壁も、風にやぶれ雨にぬれ、奇石怪松も葎の下にかくれたる。竹椽の前に柚の木一本、花かうばしければ、
　柚のはなに昔をしのぶ料理の間
　さみだれや色紙へぎたる壁のあと

（絵廿五・落柿舎の図）

㊹湖水眺望、比良三上の句
湖水をながめ　『発句集』詞書による。
㊺元禄四年春、大津絵の句
粟津の無名庵に春をむかへ　『発句集』詞書による。詞書の原拠は『篇突』。
㊻湖水眺望、行く春をの句
湖水を望て、春を惜しみ　『発句集』詞書による。
㊼嵯峨落柿舎
作りみがゝれし……かうばしければ、　俳文「徒然の詞」（『文集』収）による。

絵廿五・落柿舎の図

絵廿六・四条河原納涼の図

小督の局の旧跡にては、昭君村の柳、巫女廟の花のむかしおもひやらる、とて、

うきふしや竹の子となる人の果

愚按、『嵯峨日記』にあり。

四条河原の納涼を見て書つらね給ひけるは、夕月夜のころより有明すぐるまで、川中に床をならべて、よすがら酒のみものくらひ遊ぶ。女は帯のむすびめ厳めしく、男は羽をり長う着なして、法師・老人ともにまじはり、桶屋・かぢやの弟子こまで、いとま得がほにのゝしる。さすがに都の気しきなるべし。

河風やうすがきゝたる夕涼

（絵廿六・四条河原納涼の図）

月見むとて、船を堅田の浦にうかめ給ふに、待ほどもなく月さし出て、湖上花やかに照わたれり。かねてきゝぬ、仲秋望の日は月の浮御堂にさしむかふを鏡山といふなるよし。今よひなほそのあたり遠からじと、かの堂上の欄干によるに、水面に玉塔(蟾)の影をくだきて、あらたに千躰仏の光りを添ふ。

鎖明て月さし入よ浮御堂

---

⑱嵯峨小督旧跡
昭君村の……おもひやらる、 俳文「小督塚の辞」（『文集』収）による。

⑲四条河原納涼の景
四条河原の……けしきなるべし。『発句集』詞書による。

⑳堅田浮御堂の月見
船を堅田の浦に……光りを添ふ。 俳文「既望の賦」（『文集』収）による。

（絵廿七・浮御堂の図）

三秋を歴て江戸に帰り、住庵におちゐ給ふに、旧友・門人いかにとゝへば、
　ともかくもならでや雪の枯尾花
元禄五申年、江戸に春をむかへ給ひて、
　年〳〵や猿にきせたる猿の面
　数へ来ぬ屋しき〳〵の梅柳
　ふるき庵ちかく、あらたに庵を作りて人〴〵のまいらせけるに、茅屋つき〴〵しう杉の柱、竹の枝折戸、南にむかふ。地は富士に対して、柴門景をすゝめてなゝめに、浙江の潮、三股の淀にたゝえて、月を見るたよりよろし。名月のよそほひにとて、まづ芭蕉をうつす。その葉広うして琴を覆ふに足れり。或は半吹折れて鳳鳥の尾をいため、青扇破れて風を悲しむ。たま〳〵花さくも花やかならず、茎ふとけれども斧にあたらず。かの山中不材の類木にたぐへて、その性よしとや。
　深川大橋の造作のころ、
　　初雪や懸かゝりたる橋のうへ
元禄六酉のとし、江戸におはして、かくれ家の春のこゝろを、
　人も見ぬ春やかゞみのうらの梅

㉛江戸帰庵、ともかくもの句
三秋を歴て……いかにとゝへば、『発句集』詞書による。
㉜元禄五年春、年々やの句など
㉝芭蕉庵を再興すること
ふるき庵ちかく……その性よし　俳文「芭蕉を移す辞」（『文集』収）による。
㉞深川大橋、初雪やの句
深川大橋の造作のころ、『発句集』詞書による。底本は、ここで改行せず、前段に連接させる。
㉟元禄六年春、人も見ぬの句

絵廿七・浮御堂の図

絵廿八・雪芝亭松植えの図

みちのく岩城の、露沾のきみが館の花見にまねかれたまひて、当座、
　西行の庵もあらむ花の庭
深川のすへにて、船に月見たまふ折ふし、
　川上とこの川下や月の友
元禄七戌のとし、春たちそむるより、古郷のかたゆかしとやおぼしけむ、
　蓬莱に聞ばや伊勢の初だより
上野ゝ花見にまかり給ふに、幕うちさわぎ、ものゝ音さま〴〵なる。かたはらの松かげをたのみて、
　四つ五器のそろはぬ花見ごゝろかな
尾張にて、旧交の人に対して、
　世を旅に代かく小田の行もどり
伊賀の雪芝が許におはせしとき、庭に松うへさせけるを、
　涼しさやすぐに野松の枝のなり

（絵廿八・雪芝亭松植えの図）

嵯峨の小倉山なる、常寂寺にまうで給ひて、
　松杉をほめてや風のかほる音
おなじく大堰河のほとり、せうようし給ひて、

⑯露沾邸の花見

⑰深川、船上の月見
深川のすへにて、船に　『発句集』詞書による。

⑱元禄七年春、蓬莱にの句
古郷のかたゆかしとやおぼしけむ、　蝶夢の補記。

⑲上野の花見
上野ゝ花見に……松かげをたのみて、　『発句集』詞書による。

⑳尾張で、世を旅にの句
尾張にて、旧交の人に対して、　『発句集』詞書による。

㉑伊賀上野雪芝邸の松
伊賀の雪芝が……松うへさせけるを、　『発句集』詞書による。

㉒嵯峨常楽寺

㉓大堰川逍遙

六月や峯に雲おくあらし山

（絵廿九・嵐山の図）

旧里に帰り、盆会いとなみ給し時、
家はみな杖に白髪の墓まいり

月の夜ごろ、同じ国におはして、
今よいたれ吉野ゝ月も十六里

九月八日、支考・惟然をめしつれて、難波のかたへ旅立給ふ。こは、奈良の旧都の九日を見むとなり。はらからも遠く送り出て、たがひにおとろへゆく身の、この別の一しほちからなく思ゆるとて、供せし支考・惟然に、「介抱よくして」などいゝて、うしろ影みゆるかぎり立ておはしけるとぞ。其夜は、猿沢のあたりにやどりたまふに、月くまなく、鹿も声みだれてあはれなれば、
びいとなくしりごへ悲し夜のしか

（絵三十・奈良夜鹿の図）

明れば重陽なり。
菊の香や奈良には古き仏たち

⑭故郷の盆会
旧里に帰り、盆会いとなみ　『発句集』詞書による。
⑮伊賀の名月
⑯伊賀出立と奈良泊りのこと
九月八日……あはれなれば、　『笈日記』を多少改め用いる。
⑰奈良、重陽の日

絵廿九・嵐山の図

絵三十・奈良夜鹿の図

十三夜の月かけて、住よしの市にまふで給ひて、
　升買て分別かはる月見かな
古郷を出たまひて後は、なやみがちにわづらひたまふに、あるときひとりごち給ふは、
　此秋は何で年よる雲に鳥
三十日の夜より、泄痢といふ病にいとつよくなやみたまひて、物のたまふも力なく、手足こほれるごとくなり給ふと聞より、京よりは去来、太刀もとりあへず馳くだり、大津よりは木節、薬囊を肘にかけてかちより来つき、丈草をはじめ、正秀・乙州が輩まで、聞にしたがひて難波に下り、病の床にいたはりつかへ奉る。もとより心神のわづらひなければ、不浄をはゞかりて、人をちかくも招きたまはず。
十月五日の朝より、南の御堂の前、静なる所にうつしまいらす。

　愚按、此家、花屋仁右衛門といふが別屋にて、今にあり。

八日の夜ふけて、かたはらに居ける呑舟と云おのこをめして、硯に墨する音のしけるを、いかならむと人〴〵いぶかりおもふに、
　旅に病で夢は枯野をかけめぐる
また、「枯野をめぐる夢心」ともせばやとなむ。是さへ此世の妄執ながら、

⑱十三夜、住吉宝の市
十三夜の月かけて、住よしの市にまふで『笈日記』による。
⑲旅中、老いを懐うこと
古郷を出たまひて……わづらひたまふ『笈日記』を改め用いる。
⑳発病・経過・辞世句のこと
三十日の夜より……招きたまはず。「終焉記」を改め用いる。この内、「太刀もとりあへず」「薬囊を肘にかけてかちより」は蝶夢の補記。

十月五日の……うつしまいらす。『笈日記』による。

八日の夜ふけて……いぶかりおもふに、『笈日記』を改め用いる。

また、「枯野を……せつに思ふなり。「終焉

風雅の道に死せむ身の、道をせつに思ふなり。生死の一大事を前に置ながら、この道を心にこめ、いねても朝雨暮烟の間にかけり、さめても山水野鳥の声におどろく。「これを仏の妄念といましめたまへるも、今ぞ身におぼへ侍る。此のちは、たゞ生前の誹諧をわすれ侍らむとのみ思ふよ」と、かへす〴〵もくやみ給、とかや。

（絵三十一・花屋病床の図）

九日、十日、ことにくるしげなるに、十日の暮より、その身ほとをりて常にあらず。いよ〳〵たのみすくなく、人〴〵心ならず思ふ。夜に入て去来をめして、やゝ物がたりあり。みづから一通のふみしたゝめ給ふ。兄の許へおくらる成べし。そのころ、其角は人とゝもなひて、紀の路まで上りし道、さるべき契ありてや、此地にかくなやみおはすと聞て胸さわぎ、とく尋まいりて病床をうかゞひ、ちからなき声をきゝて、こと葉をかはせりとぞ。十一日夜、木節をめしてのたまひけるは、「わが往生も明暮にせまりぬとぞおぼゆる。もとより水宿雲棲の身の、この薬かのくすりとてはかなくもとむべからず。願くは老人の薬をもて唇をぬらしさぶらはむ」とふかくたのみおき給ひてのちは、左右の人をしりぞけて、不浄の身を浴し、香を焚て安臥し、ものいひたまはず。

記」による。

生死の一大事を……くやみ給、とかや。『笈日記』を多少改め用いる。この内、「生死の一大事」は、原典の「生死の転変」を改めた。

(81)終焉・柩を淀舟で送ること
九日、十日、ことにくるしげなるに、「終焉記」による。
十日の暮より……おくらる成べし。『笈日記』を改め用いる。この内、「いよ〳〵たのみすくなく」は蝶夢の補記。
かくなやみおはすと……こと葉をかはせり「終焉記」を多少改め用いる。この前の部分も同書によろう。
十一日夜、木節を……ものいひたまはず。『笈日記』を改め用いる。この内、「わが往生も」は、原典の「吾生死も」を改めた。

絵三十一・花屋病床の図

絵三十二・淀川柩航送の図

十二日申の刻ばかりに、ねぶれるを期として、死顔うるはしく笑を含みたまふ。行年五十一歳なり。そのからに物うちかけ長櫃に納て、その夜ひそかに商人の用意にこしらへ、川船にかきのせて、去来・其角・丈草より寿貞が子の次郎兵衛まで十余人、なきがらを守り奉り、夜すがら苫もる露霜のしづくに袖寒く、ひとり〳〵声たてぬ念仏もうして、としごろ日ごろのたのもしき詞、むつまじき教をしのびあふ。つねに東西にまねかれて、越のしら山のしらぬはてにてかくもあらば、聞て悲しむばかりならむに、一夜もなきがらにもそひ奉る事たがひの本意なれと、あるはよろこび、あるはなげきて、十三日の朝、伏見につく。

（絵三十二・淀川柩航送の図）

この夜、膳所より、臥高・昌房・探志の面〳〵は、行ちがひて難波に下り、伊賀のしたしき誰かれは、大和路をこへて同じく来りしも、むなしきからにさへおくれまいらせて、悲しく別れゆきしとぞ。（底本改行）

伏見より手〳〵にかきもて、粟津の義仲寺にうつし奉る。こゝなむ、国分山の椎がもとはうき世へ遠くて、跡とふものゝ水むけむにたよりあし、木曾殿と塚をならべてとありし、常の言ぐさによるものならし。からにめさせ奉る浄衣は、智月の尼、乙州が妻ぬひてきせまいらす。十四日、夕づくようち

十二日申の刻……死顔うるはしく　「終焉記」を改め用いる。

笑を含みたまふ。　蝶夢の補記。

行年五十一歳なり。　蝶夢の補記。

物うちかけ……伏見につく。　「終焉記」を改め用いる。この内、「なきがらを守り奉り、夜すがら」は蝶夢の補記。また、「ひとり〳〵声たてぬ念仏もうして」は、原典の「座禅称名ひとり〴〵に」を改めた。「十三日の朝」は『笈日記』。

(82)臥高等、亡骸に会えぬこと
この夜、膳所より……別れゆきし　路通編『芭蕉翁行状記』による。

(83)義仲寺に埋葬すること
伏見より手〳〵に……徳光のいたりなるべし。「終焉記」をかなり自由に改め用いる。この内、「粟津」「国分山」「跡とふものゝ水むけむにたよりあし」「夕づくようちくもりがち

絵三十三・義仲寺の図

くもりがちに、物おもへる月影のいとあはれなるに、木曾塚の右にならべ、土うがちておさめ奉る。義仲寺の直愚上人を導師としておの〳〵焼香し奉るに、京・難波・大津・膳所より披（被）官・従者までもこの翁をしたひ奉り、招かざるにきたりあつまるもの、三百余人なり。此地に、おのづからふりたる松あり、柳あり。かねて塚となるのいはれならむとそのまゝに、卯塔をまねび、あら墻をゆひ、冬枯の芭蕉を植て名のかたみとす。常に風景を好みたまふ癖ありけるに、所は長等山をうしろにし、前にはさゞなみ清くたゝえて、遺骨を湖上の月に照すこと、かりそめならぬ徳光のいたりなるべし。

（絵三十三・義仲寺の図）

愚按、「芭蕉翁」の三字の石碑はその時に僧丈艸が筆にて、其角・去来の輩建ぬとかや。廟のめぐりの石墻は百川法橋経営し、行状の碑文は角上老人彫刻す。芭蕉堂は蕉翁八十年のむかし、おのれ蝶夢造立し、粟津文庫は百年のいま、沂風成功す。

絵　　法橋狩野正栄至信（花押）

に物おもへる月影のいとあはれなるに」「松あり」は、蝶夢が配意した補記。「清くたゝへて」「徳光のいたりなるべし」は、蝶夢の芭蕉讃仰の修辞。「十四日」は『笈日記』。

癸丑五月、写為（底本改行）
蝶夢師縮狩野正栄原図、少有所改定云。
田偃武（花押）

いかなるすくせの因縁にや。おのれ烏を駆るのころより、手ならひ文学ぶのいとまあれば、芭蕉翁の風雅の躰を慕ふのあまり、ありし昔の跡をなつかしみて、はじめ伊賀の国にうまれ、浪花の津に終り、粟津の寺に葬り奉りしまでのあらましを、絵にあらわさまほしく、近きとし、友なりける狩野法橋をかたらひよりけるが、すでに筆をとりけるきは、はからずも内裏造営の御事はじまりて、公のつとめにひまなく、やゝ六年を歴てことしの秋のすへ、『蕉翁絵詞伝』なりぬ。その詞は、翁のみづから書給ひし、または其角がものせし『終焉記』、支考が『笈日記』のかず〳〵をもてつゞる。

さるに詞を書むに、「時の右筆は誰ならむ」と議するに、法橋のいふ、「よしなのわざや、名筆ゑらみて何せむ。さは、世にある人の手鑑などいひて、筆の宝あつむるがごとし。たゞ法師のありのまゝなる筆の、つたなきあとを残しなむこそ、後に此道の人の見て、むべかゝる筆にもつゆはぢずみづから書るぞ、おこながらみちにまめやかなりし法師なりしよ、といはむは本意ならずや」といさむるに、げにもさはいはれたり、かならず人に見すべきの料ならず、ひとへにこたび蕉翁の百回忌の懐旧の手向にこそ、とおもひかへし、わなゝかれたる老の筆をそめて、義仲寺の、（底本改行）芭蕉堂の影前に奉るは、（底本改行）寛政四年子の冬十月十二日、

蝶夢幻阿弥陀仏

謹書。

寛政五年癸丑歳四月

湖南菊二井口保孝応需書。（印「保孝之印」）（印「東籬主人」）

蕉門俳諧書林　井筒屋庄兵衛

橘　屋治兵衛

編纂した撰集

機嫌天

機嫌天（題簽）　」表紙

」見返し

清女の、「画に劣るもの、桜なに〳〵」と書しもむべなり。まいて、あやしの句など言出んは、花の思はん事も片腹いたけれど、社友の左袒に、名だゝるを共に探りて題となんなすも、」（序）手折らで見ぬ人のためともならんかと、したり顔に帋のはしにかい付るは、僧の蝶夢なりけり。（印「天外想」「勝久」）　」ウ

地主桜　一舟
たきのいとも三筋調子やさくらがり　」（1）

彼岸桜　提山
出ぬ人にそびかけひかんさくらかな（濁点ママ）　」ウ

山桜　鉛子
柴はこぶめの童あり山ざくら　」（2）

糸桜　管子
いとざくらとろ〳〵眠るすがたあり　」ウ

楊貴妃　珍志
温泉上りを唐の名取のさくらかな　」（3）

嵐山　如礫
花ぞいまうき世にもどすあらし山　」ウ

普賢象　喜円
母見せて父は沙汰なきさくらかな　」（4）

熊谷
先がけの家督をゆづるさくら哉　文汪　」ウ

遅桜
おくれても高名あるはさくらかな　北枝　」(5)

婆桜
名は仮のものにしておけうばざくら　瓜流　」ウ

浅黄桜
湖の色をしてとるさくら哉　虚山　」(6)

江戸桜
恵兜登名遠余婦也沙軀螺農京満艖離　和水　」ウ

西行桜
捨た世に一木伴ふ佐具羅哉　井上　」(7)

児桜
手習の君のすさみやちござくら　井梧　」ウ

塩竈
あけぼのの烟は花の薫りかな　叟助　」(8)

金龍寺
撞出すや入日をしほるさくら狩　荷蝶　」ウ

桐谷
鎌倉を出て訛らぬさくらかな　除雪　」(9)

汀ざくら
寂しさや桜にあづけ院の留主　秋谷　」ウ

泰山府君
金札にちがひぞしるきさくらの寿　陶泉　」(10)

不断桜

白絹を縫ふやさくらの君しかず　婦山

」ウ

曙桜

月と日の間にほんのりさくらかな　岸抜

」(11)

御室

阿字一刀女もゆるすさくらかな　蝶車

」ウ

楼間

地下〱とさくらをこなすさくらかな　蝶夢

」(12)

「さのみ目にて見る物かは」と書れたれど、
我等ごときは、へつきりいはさねば腹ふくれず　嘯山

巨燵ある住居すげなし桜月

」ウ

はちたゝき

はちたゝき（題簽）

」表紙

」見返し

雪吹ちらす風、おどろ〳〵しく、月もくろう、都の空さへいと物すごき夜、人々この中川の庵にまどゐし侍りて、から錦たゝまくおしく更行まゝに、垣の外面に例の鉢扣の、たへにおもしろく聞ゆる物ゆへ、をの〳〵頭つどへ耳をかたぶけつゝ聞居る中に、一人の居士、やゝ頭もたげて、「あなめづらし。かゝる三条」1 九陌の今様・なげぶしのえんなる中に、かうしもこたいなるしらべをきゝ侍る事よ」とうちしはぶきてあはれがれば、又一人わかき男の、「かれが声はさて有なん。たゞ姿のいとあやしく、鉦に瓢にならしありく様こそ、今の世の人ともみへず」とうちわらふに、あるじの法師、「さればこそ、此ものに風雅のさびしき」ゥ 情あり、俳諧のおかしき姿そなはりたるを、むかし芭蕉の翁もなつかしとやおぼしけん、嵯峨野ゝ草まくらに此鉢扣を聞もし給ひけめ。さるにても京童べの風俗の昨日とうつりけふとかはる習なるに、ひとり市上人の遺教をまもり侍りて八百余年、今もかゝる修行のかたのごとく世に有がたうすせうなる、」2 などやこの雅興に一詠なからでは」とそゝのかし聞ゆれば、一座ゐつぼの会となりぬ。なを、むかし今の人にもこの発句あるを、一ッふたつとかたり合て、燈のもとに夜の墨つぎもたど〳〵しく書つらぬれば、はや東の窓のしらみわたれるにぞうち驚て、筆をさし置のみ。

明和子のとし臘八　　蝶夢 」ゥ

」3

鉢敲詩　　紫野一休和尚

尽不着皆夜不茵　（尽ク皆(そしり)ヲ着(おも)ハズ、夜ハ茵(しとね)セズ、
東西南北自由身　東西南北、自由ノ身。
一瓢拝畢有何答　一瓢拝シ畢リ、何ノ答カ有ラン、
華発十方濁土春　華発(ひら)ク十方、濁土ノ春。）」ウ

鉢扣歌　　霊山長嘯子

いつも冬になれば、寒き霜夜の明がた、何事にかあらん、高くのゝしりて大路をすぐる。かれが声いとたへがたく、めさめて不図聞つけたるは、卯の花の陰にかくるゝこゝちす。

はちたゝき暁がたの一こゑに
冬の夜さへもなくほとゝぎす」4

鉢敲唱歌　　惟然

まづたのむ〳〵、椎の木もあり夏木立。
おとや霰の檜木笠、折れて悲しき桑の杖。
南無阿弥陀仏〳〵。
初雪や、穂屋の薄のかり残し。
友をこよひの月の客。雪の袋やなげ頭巾。
南無阿みだ〳〵。
ともかくも、ならばや雪の枯尾花。
空也の痩も寒の中。墓をめぐるか鉢たゝき。」ウ
南無阿みだ〳〵。
古池に、蛙飛こむ水の音。
鐘は上野か浅草か。京なつかしやほとゝぎす。
南無阿みだ〳〵。
やがて死ぬ、けしきは見えず蟬の声。
はかなき夢を夏の月。峯に雲おくあらし山。
なむあみだ〳〵。
魂まつり、けふも焼場のけぶりかな。
夢はかれ野をかけ廻る。さとらぬ人のたふとさよ。
南無阿みだ〳〵。

此文は、「風羅念仏」と名付て、惟然坊洛に乞食せし頃、古翁の句をあつめて鉢扣の唱歌となせりとぞ。」5

鉢敲辞　　去来

師走も廿四日、冬もかぎりなれば、鉢扣聞むと例の翁のわたりましける。今宵は風はげしく雨そぼふりて、とみにも来らねば、いかに待わび給ひなんといぶかりおもひて、

　箒こせ真似ても見せん鉢たゝき

と灰吹の竹うちならしける、その声妙なり。「火宅を出よ」とほのめかしぬれど、猶哀なるふし〴〵の」ゥ似るべくもあらず。

　かれが修行は、瓢単（簞）をならし鉦うちたゝき、二人三人つれてもうたひ、かけ合ても諷ふ。その唱歌は、空也の作なり。かくて、寒の中と春秋の彼岸は、昼夜をわかず都の外、七処の三昧を巡りぬ。無縁の手向のたふとければ、かの湖春も「わが家はづかし」とはいへりけり。常は杖のさきに茶筌をさし、大路小路に出て商ふ業かはり」6ぬれど、さま同じければ「たゝかぬ時も鉢扣」とぞ曲翠は申されけり。

　あるひは月代を剃り、或は四方にからげ、法師ならぬ姿の衣引かけたれど、それも墨染にはあらず、多くは萌黄に鷹の羽打ちがへたる紋を付て着たれば、「月雪に名は甚之丞」と越人も興じ侍る。されば、其角法師が去年の冬、「こと〴〵く寐覚はやらじ」と吟じけるも、ひとり聞にやたへざりけむ。」ゥ「打とけて寐たらむは、かへり聞んも口おしかるべし。明してこそ」との給ひける。

　横雲の影より、からびたる声して出来れり。げに、老ぼれ足よはきものは友どちにも〔あゆみ〕おくれ、ひとり今にやなりぬらんと、翁の、

　長嘯の塚もめぐるかはちたゝき

と聞へ給ひけるは、此暁の事にぞ有ける。」7

納豆切る音しばしまて鉢扣　　翁
米やらぬ我家はづかし鉢たゝき　　湖春
千鳥たつ加茂川こへてはち扣　　其角
今少し年寄見たし鉢扣　　嵐雪
一月は我に米かせはちたゝき　　丈草

その古き瓢単見せよ鉢たゝき　去来
嫁入の門も過けりはちたゝき　許六 └ウ
鼻息の夜は何時ぞ鉢たゝき　涼菟
鉢扣昼は梟に衣かな　支考
たゝかずに行夜も有を鉢扣　露川
われてこそ空の一字ぞ鉢たゝき　北枝
投ぶしのその跡からやはちたゝき　野坡
前髪は修行はじめかはち扣　正秀
瓢単は手作なるべし鉢たゝき　桃隣
鉢たゝき七ツの月は西院のはて　洒堂 └8
幽霊に水呑せたかはち扣　尼智月
鉢扣あはれは顔に似ぬものか　乙州
横雲を声の別やはちたゝき　千那
臘八は何と扣ぞ鉢たゝき　木導
鉢扣たゝき納めの夜を聞ん　路通
世の中はこれより寒し鉢扣　尚白
おもしろや扣ぬ時もはちたゝき　曲翠
酒入れて出よ寒き夜の鉢扣　万子 └ウ

月雪や鉢扣名は甚之丞　越人
鉢扣聞ばつめたし夜着の襟　怒風
狼のひよつと喰べし鉢たゝき　野童
はちたゝき湯屋の戸たゝく時もあり　風国
慰に斎(とき)ふるまはんはち扣　舎羅
鉢扣から鮭売をすゝめけり　馬覚
　鉢たゝき聞んとおもふ夜、寐忘れて
はち扣あはれ跡なき夜明かな　野経 └9
鉢扣うき名忘れそ鉦たゝき　之道
長袖の部によまれけり鉢扣　知足
狼を送りかへすかはちたゝき　沾圃
飯時やかならず下手の鉢扣　路草
朔日は猶あはれなり鉢たゝき　柴雫
豆腐引寒さくらべよはち扣　落梧
弥兵衛とはしれど哀や鉢扣　蟻道
辻君に時問れけりはちたゝき　丹野 └ウ
鉢扣夜も鷹の羽の装束か　潘川
寒き夜をよつて出るか鉢扣　芙雀

声せぬは誰ぞ粥くはす鉢たゝき　法三
声よきは廓へ廻れはちたゝき　洞水
鉢敲古うもならず空也より　鬼貫
更行や松原通はちたゝき　雲鼓
人魂の果やみるらん鉢たゝき　言水
耳塚は何唱るかはちたゝき　倶占　└10
千鳥聞く外の寐覚や鉢扣　吾仲
夜〱に痩にありくか鉢たゝき　反朱
粥腹もしば〱むなし鉢敲　乙由
何経のはしくれなるぞはち扣　曾北
鉢扣一夜茶筅の物がたり　山隣
罪になる笛屋の門や鉢扣　孟遠
手の内も都の米やはちたゝき　林紅
雪の庭ふるや涅槃の鉢扣　里紅　└ウ
明がたは俗にかへるや鉢たゝき　巴静
おもしろう聞人は寐て鉢敲　温故
念仏の外百番なり鉢たゝき　可笑
昼見れば娑婆の人也はち扣　松琵

今迄にいくつ破たぞ鉢たゝき　兎士
牛若も笑ふて出るや鉢たゝき　希因
郭公の来た道もそれ鉢扣　助然
凩の姿見せたりはちたゝき　曾夫　└11
色〱の瓢のはてやはち扣　柳居
瓢単に浮生の種や鉢たゝき　百川
極楽は酒屋の門ぞはちたゝき　茂秋
先にたつ子の声高し鉢敲　巴人
雪山の鳥の啼音かはちたゝき　露水
霜をうち雪をはぢきて鉢扣　春波

汝をしれるものは若狭の少将か、芭蕉庵の翁か

知り人なき京に無益な鉢扣　原松　└ウ
湯わかして待妻もあり鉢たゝき　浮風
おかしさも淋しさも寒し鉢敲　木児
葉も蔓もその身も枯れて鉢扣　馬明
京に居てあはれことしもはち扣　麻父
瓢単のうつゝに覚ぬはちたゝき　淡々
花も実もぬけた音なり鉢たゝき　竹茂

仏名におかしみもありはち敲　乙語
門口はかれた葎や鉢たゝき　可風
市中やわきめもふらず鉢扣　文素
恋塚は七ツの外かはちたゝき　杜菱
髪ゆふて出る夜もあれどはち扣　貫古
祖師の痩声につたふや鉢敲　鳥酔
衣着ぬ時の名は何はちたゝき　蘭二
大津絵の開眼たのまん鉢扣　不知作者

当時同詠

冬の日を急ぐ気もなし鉢扣　伊賀 桐雨
雨の日は茶筌削るや鉢たゝき　東巴
鬢ばかり仏に遠しはちたゝき　伊勢 二日坊
粥腹の軽き拍子や鉢たゝき　入楚
兄弟が同じ声なるはち扣　樗良
正月を扣き出しけり鉢敲　志摩 丸夕
月の夜も門は敲かで鉢たゝき　尾張 也有

淡とちる茶筅の雪やはちたゝき　白尼
戻りしとおのが門の戸はち扣　鳥申坊
大津画に有たきものや鉢扣　八亀
鉢扣その花折れとの給ひしに　参河 才二
瓢単に剃た影ありはち扣　杜鳥
まだ剃らぬ空也に青き瓢かな　遠江 周竹
夕顔の実のなる果や鉢たゝき　雨葉
痩に出る心でもなし鉢たゝき　駿河 乙児
譲らるゝ瓢も幾世はちたゝき　金皃
暁の五条わたりや鉢たゝき　梅富
からびたる音なを寒し鉢扣　甲斐 蕉雨
聞時はむかしの京やはち扣　孤山
もの言ぬ花の果なり鉢たゝき　伊豆 括羽
木仏に成た音なりはちたゝき　相模 得魚
入月に我から暗しはちたゝき　鳥秋
我声のさびしき顔やはち扣　東都 秋瓜
いつの間にさう習たぞはちたゝき　門瑟
哀がりおかしがりけり鉢扣　巻阿

月雪のもの狂ひ也はちたゝき　烏明
月影に天窓(あたま)ふたつや鉢たゝき　止絃
昼は何入るゝ瓢ぞはちたゝき　玄武坊
鉢敲月夜は見えて哀なり　蓼太
かしましと捨たる物を鉢扣　柳几　」ウ
物音の中にすみけり鉢たゝき　上総 雨林
是も氷るものゝ音なりはち扣　下総 弄船
夢の世と寐てもすまさず鉢敲　常陸 三日坊
雨漏の跡に音ありはちたゝき　陸奥 里桂
雪の夜に物音ひとつ鉢たゝき　丈芝
曙は声からしけりはちたゝき　露秀
よく見れば若いお顔や鉢たゝき　出羽 荷笠
その種ももとは一ツとはちたゝき　惟中　」15
瓢とはどう心得てはちたゝき　上野 素輪
駒の出ぬ瓢は軽し鉢たゝき　下野 青雨
一生は壱升入ぞ鉢たゝき　信濃 巴笑
よく見れば木の端でなし鉢扣　香都良
影法師はそれから出たかはち敲　飛驒 兎来

又六が門に浮けりはちたゝき　眠呼
夜あらしに頭巾とられな鉢扣　美濃 五筑坊
彼里の西へも行か鉢たゝき　以哉坊　」ウ
堀川にかたよる音やはち扣　和巾
我庵へ来たらばとめん鉢たゝき　松夢
敲ても霜おく夜半の瓢かな　隆五
まつ妻のありとは見えず鉢扣　近江 佃坊
雪の夜の白道行や鉢たゝき　琶洲
煩脳(悩)の火燵を出てやはち敲　越前 梨一
我が軒は風のならすや鉢たゝき　蕉雨
白粥に鼻あたゝめてはちたゝき　松因　」16
鉢扣夜〳〵竹を起しける　加賀尼 素園
暁に京は古びてはち扣　麦水
いかならん祖師の心ぞ鉢敲　半化坊
鉢扣捨し人よりもからびけり　既白
軒数の十万億やはちたゝき　巨井
ふらついて独更けり鉢たゝき　見風
雪道も迷ぬ蔓やはちたゝき　能登 見椎

垣根では花の回向かはち敲　越中 敲下 」ウ
米のせて扇も出たりはちたゝき　柳波
浮の世は花の明りや鉢扣　玉斧
いつ喰ふて出て暁の鉢たゝき　越後 泰亀
鉢敲あはれは是も秋の種　霞舟
水鶏きく夜は短きにはち扣　鷺大
まづうかむ米の菩薩や鉢敲　佐渡 百和
子のないもありや夜すがら鉢扣　石見 蝶鼓
夕顔と詠れしも此はちたゝき　梨般 」17
三味線の寐る門〳〵や鉢扣　但馬 寒秀
鉢扣瓢に雪は積らせず　伴山
角入れた顔なをおかし鉢敲　木卯
頭巾取れば男也けり鉢たゝき　丹後 渭柳
瓢単で酒のむ身なり鉢扣　季友
数珠をくる手の隙はなし鉢敲　百尾
更るほど落つく声やはち扣　馬吹
氷踏む音も聞えてはちたゝき　簡兮 」ウ
はちたゝき淋し千鳥の声よりも　風草

鉢敲老のちからの有たけか　播磨 山李坊
おそろしき闇もはれよと鉢扣　五橋
黄昏は夫かとも見めはちたゝき　布舟
世をわたる人とは見えずはち扣　写竹
極楽のうら道寒し鉢たゝき　備前 白翁
雪の夜はかはりて見たし鉢敲　松宇
鉢敲鬢がくろうてあはれなり　備中 暮雨 」18
尊さは頭の雪やはちたゝき　季杖
鴛鴦の別て聞や鉢たゝき　備後 倚松
泣子には鬼にしておけ鉢たゝき　我睦
有明に初音がましや鉢たゝき　安芸 風律
島原の姉見がてらやはちたゝき　芦路
鉢扣煤掃門に消にけり　周防 礎洞
宵〳〵の道一すぢに鉢扣　専理
飲明た跡の懺悔やはち敲　壺外 」ウ
宵の茶のむくひに聞や鉢扣　豊前 抱村
有明に打ほそめたる瓢かな　箕笠
梟に跡はわたしてはち扣　豊後 逸之

瓢単を提ても寒し鉢たゝき　蘭里
我影と二人連なりはちたゝき　有峨
加茂川の千鳥起すやはち敲　筑前 風猪
人よくる拍子も軽し鉢たゝき　杏扉
鉢敲昼は凡夫にもどりけり　筑後 亀紅 」19
鬢付の世を残しけり鉢たゝき　肥前 枕山
己が妻さびしからずや鉢扣　苔峨
折〳〵は霰のうつかはちたゝき　肥後 文暁
市人のうしろに淋し鉢敲　日向 流水
夕べより声も痩たり鉢たゝき　薩摩 春翅
磧より後の哀やはちたゝき　讃岐 周雨
昼見れば何の事なし鉢扣　杜帆
鉢扣一町づゝに更わたる　一峰 」ウ
はちたゝき来るや火燵のさむる時　土佐 百曲
声かれてこそ鉢扣殊勝なれ　伊予 青梔
何の木の端のひゞきか鉢扣　東里
夜明ては人も笑ん鉢たゝき　紀伊 風後
扣立て駒ふり出せよはち扣　大和 玄糸

修行者と呼だらいかに茶筅うり　浪華 寸馬
餅突(搗)の火にあたらすや鉢たゝき　旧国
鉢扣雪吹か声の狂ひけり　春塘 」20
闇りの姿とやいはん鉢たゝき　粟津 卜士
暮ぬから夜の闇ありはちたゝき　巨洲
下着には伊達あはれなり鉢敲　応澄
藁葺の家で聞たし鉢たゝき　魯江
種入にかしてとられなはち扣　智丸
昼来るはその身のためか鉢扣　青岢
今にまだ夏の衣やはちたゝき　松笙
月夜とも闇とも見えず鉢敲　紀風 」ウ
水鶏かと出て見る軒にはち扣　亀石
茶筅うる功徳のありや鉢たゝき　菊二
瓢より痩の見えけり鉢たゝき　荷浄
捨し身も都は捨ずはちたゝき　泰勇
持料に風の音ありはち扣　華洛 子鳳
百生りに昼の渡世や鉢たゝき　李完
衣着たむかし男やはちたゝき　文下

男ぶり見せてやすむや鉢敲　安里 └21
よい声のあたら物なり鉢たゝき　萍江
歯のぬけた声おもしろや鉢扣　素流
鉢扣捨子に瓢見せにけり　吟風
茶筌にも似た天窓なり鉢敲　可因
花でさへ淋しき物を鉢たゝき　宜甫
化物といふべきなりぞはちたゝき　鶴之
鉢扣朝日にしほれ帰りけり　巴陵
月花に飲しまふたかはち扣　似水 └ウ
瓢単も重き夜明や鉢たゝき　百長
悟ても月夜はよけれはちたゝき　用舟
顔よりも古びた声や鉢たゝき　鯉風
かたげたる月影寒し鉢扣　可磨
瓢単を風に落すなはちたゝき　七哦
冬枯の人といふべしはち敲　紅羽
痩るのは祖師の教か鉢たゝき　徐来
かた手には盃持よはちたゝき　附尾 └22
戸が明て拍子くるふや鉢たゝき　啞瓜

二人なら踊て見せよはちたゝき　吾東
諷ひ行や師走の市を茶筅売　只言
あの声は昼の男か鉢たゝき　麦雨
浮世をばつゝむ頭巾や鉢扣　五禽
さびしさを配りありくや鉢敲　秋烏
ふり廻しよい拍子なり茶筌売　洞六
扣かでもないはしれけり鉢扣　其朝 └ウ
音せぬは友とかたるか鉢扣　琴堂
半分は仏なりけりはちたゝき　九湖
極楽の次郎太郎や鉢たゝき　一瘤
あはれさも闇こそよけれ鉢敲　女 琴之
鉢敲こはい所を念仏かな　ゝ 恵無
瓢単の図子で逢たり鉢扣　尼 諸九 └23

偶興

京中にこの淋しさや鉢たゝき　蝶夢
障子にさゆる明星の影　文下

乗懸に赤い蒲団を引はりて　李完
扨もあぶない橋をかけたり　用舟
屋敷もり月の秋にもいそがはし　素流
捨た団(うちは)も此暑さには　魯江 」ウ
雁がねの竿にもなれば輪にもなり　鯉風
禿のうちが仏さまぞや　巴陵
痩れたる我影法師をつくぐ〱と　吾東
夜半撞出す音も幽に　夢
苫くゞる雨か干鰯(ほしか)の俵の上　下
こかしてならぬ酒のとつくり　完
寺子共いなせた跡の涼しうて　舟
月にむかしのおもひ出さるゝ　風 」24
初汐のさすがに広き角田川　江
手に〱鷹を若き殿原　流
まだ暮はせじ此頃は花ぐもり　陵
火燵塞げばもとの三畳　東
胡葱(あさつき)を喰ふた匂ひはかくされず　夢
男の様な細い帯して　下

叢の所〱を水の行　完
寒き日南に牛の皮ほす　舟 」ウ
錫杖に窓から拳さし出して　流
伊予の人なら外ならぬ也　江
心ありげにも一声ほとゝぎす　東
筆の鞘ちる翠簾の追風　陵
まだ泣て御座るか埒の明ぬ事　風
はばけて見れど多葉粉粉ばかり　夢
片破の月でも昼のかはり程　舟
鳥居の奥は露のほろ〱　完 」25
折にあへば秋風楽を籟(ふき)かへし　下
顔はみずともうしろ影でも　東
むしやくしやとむすぼふれたる機の糸　陵
降うとてやら煙る事かな　風
へだてなう遊ぶ庵の花の友　江
幾春にほへ文台の梅　執筆

洛陽書林　野田次兵衛梓行

」ウ

解題

発句篇

発句篇には、草根発句集の五本の写本、綿屋本・洒竹甲本・洒竹乙本・宮田本・紫水本と、編者が編んだ蝶夢発句拾葉とを収める。

蝶夢には、刊本の発句集が残されていない。しかし、刊行の企画があったのは、橘屋治兵衛の刊行俳書目録の集冊（刊本。半紙本一冊。「俳諧目録」と墨書で外題、九州大学附属図書館支子文庫蔵）に、

草根集　蝶夢叟発句集　四冊

とあることからも明らかである。他の書と異なって価格を記さぬので、未刊の時点で目録に登載されたのだろう。すぐ前の『水薦刈』が寛政六年の春の刊行ゆえ、この頃には企画が在ったものと推定できる。それがなぜ日の目を見なかったのか、おそらく蝶夢の発病によると思われるが、その刊行の中止が、後の世の蝶夢評価に大きく影響したことを考えると、惜しむにあまりある（百回忌行事の渦中にあった九月廿七日付け白輅宛書簡に「草根集どころにあらず候」とある）。

本篇に見る蝶夢の作句活動は、まことに意欲に充ちたものである。かなりの句数の多さであり、幾種類もの句集を残していることに、その編纂への熱意をもうかがい得る。つとに安永三年の師走に自序を認めて「草根句集」と命名しており、その発句集への思いは深かったようだ。

伝存する句集には零本も含まれるが、各段階の句集が残っており、蝶夢発句拾葉を加えると、蝶夢の発句のおおよそを拾い得たと思われる。

五点の写本の関係は次頁の図の通りである。

翻刻に際し、本文の難読部分を、行の右側に〔　〕を付して本篇中の他の写本の本文で補うことがある。この場合、写本名を記すことは省略した。

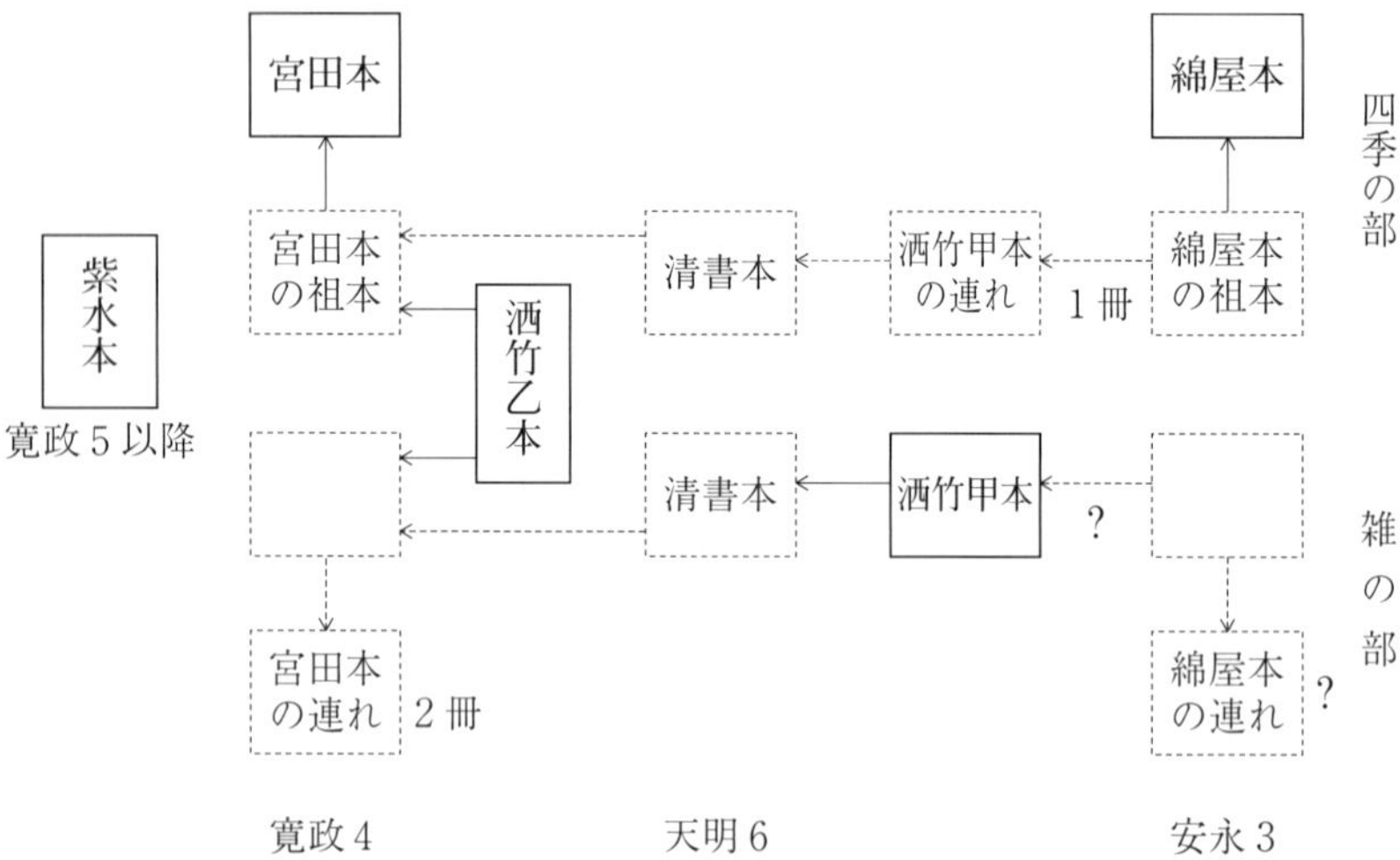

草根発句集綿屋本

天理大学附属天理図書館蔵（以下、天理図書館蔵）。わ一六二‐九一　翻刻番号一一一八。写本一冊。横一七・二糎、縦二三・二糎。茶色表紙。題簽、左肩、二段に仕切られた子持ち枠は摺り物。上の枠内に「安永／午出」と角書き、下の枠内に「草根発句集　全」。内題「草根発句集」。墨付き四五丁、遊紙なし。丁付けなし。安永三年師走の蝶夢自序を付す。

句の上部に、幅五粍、縦三乃至八粍ほどの朱色の付箋の残欠がとどまることがあり、冬の部にとくに多い。また、残欠はとどまらぬものの、付箋がはがれた跡に、朱色がにじむ句もある。翻刻では、残欠がとどまる場合は、句の下に小黒点を付して示した。

かなり後の転写本で、親本の虫食い跡を余白にしている。書写者不明。

句数八九六句。春二五三、夏一七九、秋二五五、冬二〇九。四季分け。それぞれの季の中は、おおよそは年代順に配列されている。このことは、蝶夢の手元にあった書留めに作句のたびに記載されていった、その資料が基礎になっていることを思わせる。明和元年前後から安永三年までの作品であるが、宝暦七年の句も含まれる。

当書は、蝶夢が初めて自句集のかたちを整えようと試みたもの。他に、次の洒竹甲本のような雑の部一冊が在ったかは定かでないが、洒竹甲本には当書に見えぬ明和期の句を多く含んでおり、その蓋然性は高い。

草根発句集洒竹甲本

東京大学総合図書館蔵。洒九五八。写本一冊。横一六・四糎、縦二三・四糎。水浅葱色表紙。打付け書で、右肩に「蝶夢自筆句集」と朱の外題、その下に同じく朱で「洒竹珍蔵」とある。大野洒竹筆。内題「草根発句集」。墨付き一〇二丁、遊紙なし。柱に「下一」～「下百二」の丁付け。推敲の跡多く、抹消のために紙を貼りつけてその上に書く、付箋に書いて貼る、などの措置もとる。印記、裏見返しに「約」「我」の小角印。

句数九〇三句。恋七、送別四一、留別一八、羇旅三六、名処古跡三六七、哀傷九〇、懐旧三一、述懐七一、贈答五九、釈教四三、神祇一〇、絵讃八〇、賀五〇。この一三項目は、雑の部の下位分類であるから、四季の部が他に存したことになる。その句集は、次に掲げる洒竹乙本ではなく、柱に「上」の丁付けをもつもので、今その所在は知れない。つまり当書は、もと二冊本の零本と考えられる。蝶夢の自筆草稿本である。

明和二年頃から天明五年頃までの句を収める。綿屋本に連れの雑の部が在ったとするなら、当書はその雑の部の祖本の増補本ということになる。

当書の上下揃いの二冊本をもとにして、精選された今は幻の清書本（二冊カ）が完成したのは、天明六年秋（宮田本の蝶夢序）と考えてよかろう。

草根発句集洒竹乙本

東京大学総合図書館蔵。洒九五八。写本一冊。横一六・四糎、縦二三・三糎。水浅葱色表紙。外題・内題と

もなし。墨付き三八丁。遊紙なし。丁付けなし。裏見返しに、迷雨楼と大野洒竹の奥書。印記、最末丁の表面に「約」「我」の小角印。

句数二六一句。春三八、夏二〇、秋三四、冬三六、雑として送別五、羇旅二、名処古跡五三、哀傷一三、懐旧一〇、述懐一五、釈教一一、神祇六、絵讃一三、賀五。雑の部の下位分類は、洒竹甲本のそれにほぼ一致する。やはり推敲の跡あり、貼紙もあって、蝶夢の自筆草稿本である。

当書は、洒竹甲本の上下揃いの二冊本をもとにした幻の清書本が完成してから後、すなわち天明六年秋から後、寛政四年までの句を収めている。すなわち、精選された幻の清書本の追加句集である（なぜか、二三四〇・二三四一と二三二五・三三二六など、一部に重複もある）。

草根発句集宮田本

奈良大学図書館蔵。宮田正信文庫九二三。写本一冊。横一二・七糎、縦一八・七糎。日焼けで朽ち葉色に見えるが、もとは水色系の色の布目入り表紙。題簽、中央、無辺、「草根句集」。内題「草根発句集」。墨付き九六丁。遊紙なし。丁付けなし。天明六年秋の蝶夢自序、寛政四年師走の澄月序を付す。印記、五ケ所にハート型の「星二」。

句数一〇二六句。春二四九、同附録三八（小計二八七）、夏一六八、同附録二〇（小計一八八）、秋二五七、同附録三三（小計二九〇）、冬二二五、同附録三六（小計二六一）。序などに朱の訂正が見える。

当書は、四季分けをし、それぞれの季に附録の句を付帯させている。この四ケ所に置かれた附録の句は、洒竹乙本の内の四季の句と、句数・配列ともに一致する。秋の部だけ異なるが、それも句数が一句少ないだけの違いである。すなわち当書は、先の精選された幻の清書本の四季の巻に、洒竹乙本の内の四季の部を加えたものである。この付加の作業が行われた際、雑の部についても同様の作業が行われたであろう。従って当書もまた揃いの連れを失った零本で、澄月序に「三巻となれり」とあるから、三巻の内の上巻であったわけだ。雑の部は二冊ということになる。（極月五日〈寛政四カ〉付け白輅宛書簡にも「句集草根三巻」とある。）

ところで当書は、蝶夢筆ではなく転写本である。書写者不明。旧蔵者の宮田正信氏は、澄月写と考えていたという（永井一彰氏示教）。寛政四年までの句を収めており、刊本（四冊の企画）の本文として準備されつつあったものであろう。

木村善光『近江の連歌・俳諧』（サンライズ印刷（株）出版部、一九九〇年）に翻刻がある。

草根発句集紫水本

明治大学図書館蔵。〇九二・四-四五。写本一冊、上下二巻。横一七・五糎、縦二六・八糎。朽ち葉色表紙。題簽、左肩、薄茶色の打曇り模様入り、「草根発句集」。扉の一丁があり、表面中央に草花などを画いた金粉散らしの華麗な題簽を貼付、「草根発句集」。内題「草根発句集　上」。墨付き五八丁、遊紙三丁（内一丁は扉）。各丁裏のノドに丁付け。上巻に「序壱」「序二」、「壱」～「二十九」、下巻に「壱」～「十三」、「二十弐」「二十参」「二十」「二十壱」「二十四」、「二十三」～「三十壱終」。重複や順序の乱れがあるが、本文については現状の配列で問題はない。安永三年師走の蝶夢自序を付す。印記、「旭山」「北田紫水」「北田紫水蔵図書記」「南部氏蔵書印」。

句数六四〇句。春一七〇、夏一六二、秋一四一、冬一四八、雑一九。四季の部が主で、申し訳のように雑の部を付す。しかもその雑の部も、「雑の発句」の標題は後半の五句の前におかれ、前半の一四句の前は〇印のみである。渡辺去何筆。近江速水（現湖北町内）の古巣園旧蔵書。

当書は、寛政五年までの句を収め、編纂はもっとも新しい。綿屋本から宮田本にいたる一連の編集過程と一線を画し、別の方針で編まれたようで、雑の句の扱いを見ると、未完成の部分を残すようである。上下の二巻に分けるのも当書のみである。秋の句が少なく、夏の句が多い。他にも素材源があったか、右に挙げた綿屋本以下の四点の句集に含まれぬ句がある。四季の句の中に、洒竹甲本・洒竹乙本の雑の句を多く吸収して、蝶夢句集縮約版の趣をなす。寛政五年には天明六年の蝶夢序が在ったのに、安永三年の蝶夢序を付すのも不審である。編纂に蝶夢がかかわったか否かも問題になる。とすると、去何など近江俳人の関与を考えるべきであろう。

北田紫水『俳僧蝶夢』（大蔵出版株式会社、一九四八年）に翻刻がある。

蝶夢発句拾葉

刊行俳書などに見える発句を拾い、一集とした。寛政九年以降刊行の書については、採録は一部に限った。類題集に見える句は、重複を顧みずすべて収めた。短冊の句は、他に見ぬものだけを拾った。

文章篇

文章篇は二部から成る。まず、刊本の『蝶夢和尚文集』（以下、和尚文集と略称）の巻一・二・三を収め、次いで和尚文集未収の諸編を集録した蝶夢文集拾遺一を配した。

文章を書くことを好んだ蝶夢は、その才をここにおいて大いに発揮した。その文集は、自序によると、最初の発句集と同じ安永三年の師走、四十三歳にして早くもまとめられた。後述の泊庵文草を見ると、その草稿本の内題は「草根文集」であり、「草根句集」に見合う書名である。泊庵文草の表紙に「草根集 文章」とあるのを見ても、当初、両者を一書と意識していたことがうかがえる。

蝶夢のごく親しい友人に、『近世畸人伝』を著した伴蒿蹊がいた。蒿蹊は、寛政頃か、当書のために親しく序を贈っている。その文章史論『国文世々の跡』が同じ安永三年に刊行されたのは偶然に過ぎないが、蒿蹊の影響もあって新たな文章観をいだき、文章へのつよい意欲をもっていたことは十分に察し得る。蒿蹊序の「文かくことを好むこゝろさへひとしき」は、そのことを裏付ける。

蝶夢における文章の重要性は、弟子たちにつよく意識されていたのであろう、和尚文集は没後三年にして刊行されている。

蝶夢和尚文集　巻一・巻二・巻三

紀行篇に収めた蝶夢和尚文集の巻四・五も、合わせて書誌を記す。

田中道雄蔵。ただし、取り合わせ本ゆえ外題は国立国会図書館蔵本（一四五・一二九）による。半紙本、五巻五冊。薄茶色斜め縞刷毛引き表紙。題簽、中央、無辺、薄鬱金色、「五升庵文草」。序題「五升庵文艸」、目録題「蝶夢和尚文集」。丁数、巻一・四九、巻二・三四、巻三・三二、巻四・四八、巻五・五六。ちなみに、後刷りの九州大学文学部図書室本（国文・二七E・一一九）の外題は「蝶夢和尚文集」である。

裏面ノドの丁付けはやや複雑である。巻一は、「序一」～「序四」、「一ノ目」、目録二丁目は丁付けを欠き、「一ノ一」～「一ノ四十三」。巻二は、「二ノ目」、「二ノ一」～「二ノ卅三」。巻三は、「三ノ目」、「三の一」～「三十」、「三十」（「三十一」を誤る）、裏見返しにも版面がある。巻四は、目録（一丁目）に丁付けを欠き、「四ノ一」～「四ノ二十」、二十二丁目は丁付けを欠き、二十三丁目は「ヨの一」とあって「ヨノ十五」（三十七丁目）まで続き、三十八丁目は「三夜ノ一」とあって「三夜ノ十一」（四十八丁目）まで続く。巻五は、一丁目の表面は目録で裏面はすぐ本文になり「トノ三」とあって「十八了」（十六丁目）まで続き、十七丁目は「秋好ノ一」とあって「秋好七」（二十三丁目）まで続き、二十四丁目は「四国ノ一」とあって「四国ノ十五」（三十八丁目）まで続き、三十九丁目は「ウラフジ一」とあって「ウラフジ十六終」（五十四丁目）まで続き、五十五丁目つまり跋一丁目に「初バツ」とあり二丁目に欠き、刊記が裏見返しにある。

巻四の二十二丁目から三十六丁目まで、巻五の一丁目から十六丁目までは、それぞれ既刊の単行紀行本『よしの〻冬の記』『遠江の記』の板木を再利用しており、丁付けも既刊単行本のそれに一致する。『秋好む紀行』と『四国にわたる記』とは、配列の順序が逆の伝本もある。

伴蒿蹊序・自序（安永三年十二月二十三日）・菊男跋（寛政八年カ）・瓦全跋（寛政十年冬）を付す。寛政十一年一月、京都橘屋治兵衛刊。底本は備後尾道の夕田鶴社文庫、また富岡鉄斎旧蔵。

巻一は序・跋など四〇編、巻二は賦・説・辞・弁・頌・伝など二七編、巻三は記・願文など二〇編（小計八七編）、巻四は紀行三編、巻五は紀行四編を収める。

歩蕭は蝶夢の文集を「俳諧近体之文章也」と評している（雲橋社俳諧蔵書録）。

佐々醒雪・巌谷小波校訂『名家俳文集』（俳諧叢書五、博文館、一九一四年）に翻刻がある。この翻刻の底本は、今、ソウル大学図書館蔵。参考論文に、松尾勝郎「『蝶夢和尚文集』と俳僧蝶夢」（『松蔭女子大学紀要』三号）がある。

当書には、その稿本が存する。明治大学図書館蔵の『泊庵文草』写本三巻三冊である。〇九二・四-四四。上巻は横一六・七糎、縦二三・六糎、中巻は横一八・一糎、縦二七・四糎、下巻もこれに等しい。表紙の色が上巻の水浅葱色に対し中・下巻が薄黄色であるのを見ても、上巻と中・下巻とは、成立の時期を異にする。題簽、左肩、無辺、「泊庵文草　上」。上巻のみ、表紙中央に打付け書きで「草根集　文章」と記す。内題、上巻にのみ「草根文集」。上巻に蝶夢自序、下巻に伴蒿蹊後序（「泊庵文草序」と標題）を付し、この二つは蝶夢和尚文集の二序そのものである。上巻・五六丁、中巻・四五丁、下巻・四〇丁。上巻末に「右は、老師の自筆の本をもて謹て写之畢。門人去何謹写」、中巻末に「右泊庵文草、門人去何拝書」、下巻末に「去何拝書」と奥書あり、渡辺去何筆。古巣園旧蔵書。

上巻には文体の分類なしに四一編、中巻には紀行三編、下巻には文体の分類なしに二三編と紀行一編とが収まる。すなわち当書は、序・跋など紀行以外の六四編と紀行四編とを収める。大まかに見ると、配列は成立の順に従うだろう。

収録作品を次に示す。

（上巻）　野菊の辞・墨直し集序・蕉門昔語集序・橋立の秋集序・鶉立集跋・頭陀の時雨集序・橋立一声塚供養祭文（目次では願文）・古声と名つくる説・橘中亭記・湖白庵の記・夢祝の会の辞（目次では序）・鳰の二声集序・備忘集序・影一人集序・蛸壺塚供養願文・古机集序・湯島三興序・雁の羽風集跋・落柿舎去来忌序・米賀集序・五升庵記・芭蕉堂供養願文・雨を祝ふ辞・梅の草紙跋・弄花亭記・湖水に遊ぶ詞・青幣白幣集跋・蜂の巣の辞・都の秋集序・六斎念仏の弁・国分山幻住庵の旧跡に石を建る辞・筆柿集序・七老亭に遊ぶ記・百題絵色紙序・星明集跋・**秋時雨跋**・墨の匂ひ集跋・五升庵再興の記・**手向声序**・休可亭の記・**筑紫果報人辞**（年賀の頌）・非傘序・憂世の時雨集序（松雀老隠之伝）・蝸牛庵記

（中巻）　熊野紀行・三夜の月の記・裏富士記行

（下巻）　道の枝折序・竹母が道の記序・無公子句集序・芭蕉翁百回忌序・音長法師追悼和歌跋・新雑談集跋・手鑑の裏書・二見文台の裏書・白鼠の説・瓦全と名つくる説・犬を悼む辞・炉縁を贈る辞・翁草称美の辞・泊庵を引移す辞・蕉翁画像讃・馬瓢が山家の頌・桐雨の誄・包丁式拝見の記・島塚願文・白根塚序文・山里塚供養文・夕暮塚供養文・宜朝追悼集序・**泊庵記**・四国にわたる記（目次では冒頭に出る）

当書の目次には、右にゴシック体で示した、本文を伴わない作品名四点が見出される。この内、「手向声序」「筑紫果報人辞（年賀の頌）」は和尚文集に採録されている。

上巻は、天明初年までの作品を収めてほぼ成立年代順に配列し、下巻は主に天明二年からの作品を収める。上巻の成立は、去何が蝶夢に入門してさほど年を経ぬ天明元年頃で、中・下巻の成立は、寛政五年以後である。伴蒿蹊の後序は寛政五年頃か。

和尚文集の編纂に際して、この泊庵文草が基礎資料となったことは疑いない。その本はおそらく、この去何筆本の親本の蝶夢自筆本であったろう。

和尚文集は、泊庵文草の序・跋など六四点の内から八点（蕉門昔語集序・備忘集序・影一人集序・古机集序・米賀集序・梅の草紙跋・弄花亭記・都の秋集序）を省き、残る五六点を材とした。紀行四点はすべて採用された。五六点には、泊庵文草で考慮されなかった文体による分類がほどこされ、それぞれの巻に配された。その際に、各文章の題において、辞が説・頌・記に、詞・記が賦にと、文体の名を改めることもあった。和尚文集はまた、他に序・跋など三一点（巻一・一九、巻二・八、巻三・四）、紀行三点を増補した。

翻刻に際しては、各作品の初出本文を得る場合には、その初出本文を底本とした。ただしその際も、標題は和尚文集に従った。よって、初出本文が標題を伴う場合は、重ねて示すことになる。初出本文を底本に使用する場合は、標題に※印を付した。

初出本文を底本とするもの（※印がある）については、和尚文集との本文の異同の主要なものを掲げた。また、和尚文集の本文を底本とするもの（※印がない）については、泊庵文草に同じ作品があるなら、泊庵文草との本文の異同の主要なものを掲げた。

いずれの場合においても、対校本の本文は、行の右側の〔　〕の内に示し、あるいは、行の中に挿入した〔　〕の内に補った。

初出本文を底本とするもの（※印がある）の内、泊庵文草に同じ作品があるなら、泊庵文草との本文の異同でとくに重要なものを、この解題の各項の中で指摘した。

巻一

墨直し序　明和二年三月頃刊の『乙酉墨直し』（蝶夢編）の序。墨直会は、例年三月、京東山の双林寺で催された、美濃派系の芭蕉追悼行事。東京大学総合図書館竹冷文庫蔵本による。〔泊庵文草本文〕法師書す→法師みづから序を書。

当書以下の蝶夢編『墨直し』の翻刻は、田中道雄「翻刻・蝶夢編『墨直し』六種」（『佐賀大学教養部研究紀要』二八巻）に収める。

頭陀の時雨序　明和三年十月頃刊の『しぐれ会』の序。この年の施主となった常陸の三日坊五峰の編という形をとる。時雨会は、例年十月に義仲寺で催された芭蕉追悼行事。底本は題簽を欠き、書名は「頭陀の時雨」か。公益財団法人　柿衞文庫蔵本による。

当書以下の『しぐれ会』の翻刻は、田中道雄他編『時雨会集成』（義仲寺・落柿舎、一九九三年）に収める。

蜜柑の色序　明和五年二月頃刊の『みかんの色』（蓑虫庵桐雨編）の序。蝶夢が、桐雨に同行して伊賀上野の芭蕉旧跡を探索した記念の集。天理図書館蔵本による。

鳰の二声序　明和五年八月頃刊の『鳰の二声』（蝶夢編）の序。湖南の浮巣庵文素と滄浪居可風の遺句集。国立国会図書館蔵本による。〔泊庵文草本文〕被を同うして→痩を同うして、さゞ波の濁らば→さゞ波や濁らば、遺文三十軸→遺文三千軸、としごろひがら→年比ひがみ、秋八月→秋八月廿三日。

鉢敲集序　解題中の、編纂した撰集の部の『はちたゝき』を参照（七七二頁）。

雪の味序　安永七年九月頃刊の『雪の味』（一幹編）の序。豊後杵築の蓬戸亭蘭里の三回忌追悼集。天理図書館蔵本による。

手向の声序　安永三年九月頃刊の『手向の声』（白雲亭宜石編）の序。鞍馬の毎日庵貫古の七回忌追悼集。天理図書館蔵本による。

宜朝追悼集序　天明二年（高木蒼梧編蝶夢年譜〈以下、高木年譜と略〉による）七月頃刊の『ふいの柳』（梅下編）の序。備中笠岡の宜朝の一回忌追悼集。豊橋市図書館蔵本による。

落柿舎去来忌序　明和八年九月頃刊の『去来忌』（重厚編）の序。去来の六十八回忌追悼集。天理図書館蔵本による。

類題発句集序　安永三年三月刊の『類題発句集』（蝶夢編）の序。序は明和七年十二月成。天理図書館蔵本による。

当書の翻刻は、『俳諧類題句集・後編』（俳諧文庫二三、博文館、一九〇一年）に収める。

去来丈草発句集序　安永三年六月刊の二部作『去来発句集』『丈草発句集』（蝶夢編）の序。序は明和八年二月成。板下は翠樹筆。天理図書館蔵本による。

当二部作の翻刻は、『名家俳句集』（有朋堂文庫、一九一八年）・『元禄名家句選』（日本俳書大系五、一九二六年）・『俳文俳句集』（日本名著全集二七、一九二八年）に、前者のみは『去来先生全集』（落柿舎保存会、一九八二年）にも収める。

筆柿集序　安永二年三月頃刊の『筆柿集』（仰柿館大島烏仙編）の序。石見の高角山の柿本大明神千五十年忌の法楽のため、境内の筆柿の句を集めた。雲英文庫蔵本による。〔泊庵文草本文〕などくし思ひ→などへし思ひ、神の余沢→神の風雅の余沢。

道の枝折序　天明二年五月頃刊の『道のしほり』（矢野風葉著）の序。備後上下の風葉の俳論。風葉は旧姓磯田氏。天理図書館蔵本による。

百題絵色紙序　安永三年八月十六日成の『百題絵色紙』の序。陸奥仙台の江刺氏の依頼による染筆。色紙貼込みの折帖か。和尚文集による。自筆草稿が八代市正教寺にある。

芭蕉翁発句集序　安永三年七月刊の『芭蕉翁発句集』（蝶夢編）の序。序は同年二月成。天理図書館蔵本による。出資し、板下を書いた翠樹の跋を次に掲げる。

　壁の中に書を得たるたぐひにはあらねど、わが師のこの句集を得るのよろこびをわれも悦のあまり、筆を執てうつし行に、ある時はおくの細道の行脚を思ひ、或時は湖南の留錫をしたひて、涙は硯の海をひたす。句ごとの妙絶に、月はまのあたりにすみ、雪は降やうになん俤にたちて、墨つぎをおぼへず。とみに書つけおはりて、その拙き筆のあとを梓にちりばめて、書林井筒屋五代目の荘兵衛にあたふるのあらましを、但陰豊岡川のほとり、佳言楼にして
翠樹謹書。

当書の翻刻は、『名家発句集』に収める。論考に、萩原恭男『芭蕉句集の研究』（笠間書院、一九七一年）・永井一彰「板木をめぐって―『芭蕉翁発句集』の入木―」（『奈良大学総合研究所所報』八号）がある。

蕉門俳諧語録序　解題中の、編纂的著作の部の『蕉門俳諧語録』を参照（七六七頁）。

非傘序　安永中後期成か（泊庵文草での配列から推定）。書肆の依頼で書いた、『御傘』の難書の序。和尚文集による。

飛驒竹母道の記序　天明二年十二月頃刊の『つくしみやげ』（竹母著）の序。飛驒高山の竹母の西国旅行記。奥書の安永九年六月は旅を終えた月、蝶夢序もこの頃成る。愛知県立大学長久手キャンパス図書館蔵本による。〔泊庵文草本文〕海あせて桑→河あせて桑。

芭蕉翁俳諧集序　天明六年七月刊の『芭蕉翁俳諧集』（蝶夢編）の序。序は安永五年七月成。天理図書館蔵本による。出資した曾秋の跋を、次に掲げる。

　この「芭蕉翁俳諧集」は、わが五升庵大徳のとしごろひめおかれしを、同じ友にこの国の北浅井の住人何がし去何、ひそかにうつしけるなり。

　そもいまの世にこの道にあそぶ人の、この翁の遺風をしたはざるはあらず。さればこそ「続扶桑隠逸伝」の蕉翁の讃に、「この風雅は仏祖の肝胆なり、衆生の心性也、濁海の宝筏なり、夜闇の明燈なり、と示し給ふ」とはあり。かくまでいとたうときことわりあるを、ひとりのみ見んも無下なり。ひろく同志の人にもしらせまほしく梓にちりばむるよしを、近江国甲賀山の杉風庵にて、曾秋謹書。

当書の翻刻は、贅川他石編『芭蕉全集』（日本名著全集三、一九二九年）に収める。

芭蕉翁八十回忌時雨会序　安永二年十月頃刊の『しぐれ会』（蝶夢編）の序。奈良大学図書館宮田正信文庫蔵本による。

芭蕉翁九十回忌序　天明三年十月頃刊の『しぐれ会』（蝶夢編）の序。天理図書館蔵本による。

芭蕉翁文集序　安永五年一月頃刊の『芭蕉翁文集』（蝶

夢編）の序。天理図書館蔵本による。出資した蝶酔の跋を、次に掲げる。

このごろ都のたよりに、この二冊の草帋をおくらる。これなん世にいふ芭蕉翁の文集なりと。つら〳〵読に、そのはじめ賦よりをこりて誄にをはるまで三十九篇、もろこしの『文選』の例になぞらへて載す。まことに祖翁の文集と仰べく、この道の好士の真宝なるべし。

しかるに辺鄙の人の写し得る事のかたからん事をおもひ、いさゝか彫工に賃をつぐのひて此文集を梓にちりばめて、あまねく都鄙の友の見んことをねがふも、此道に遊ぶの冥加をおもふといふべしや。

筑前福岡、五竹庵のあるじ、蝶酔書之。

当書の翻刻は、贄川他石編『芭蕉全集』（日本名著全集三、一九二九年）に、一部省略で収める。

名所小鏡序　天明二年八月刊（上巻）、寛政七年十月刊（中・下巻）の『俳諧名所小鏡』（蝶夢編）の序。序は天明二年成。名所旧跡で分けた類題句集。板下は麦宇筆。天理図書館蔵本による。富山県立図書館志田文庫蔵本には、次の跋が備わる。

「名所小鏡」四巻は、わが師蝶夢の雑纂にして、巻をひらけば、其地を踏ずして山野の名区にあそび、河海の勝景に対し、古今の人を一時に友とするに似たり。実に几辺嚢中の奇珍といふべし。

寛政七乙卯冬　　瓦全跋（印「五升庵」）

当書の翻刻は、村松友次・真下良祐編『俳諧名所小鏡』上・下（古典文庫五二一・五二五、一九九〇年）に収める。

新類題発句集序　寛政五年七月刊の『新類題発句集』（蝶夢編）の序。序は寛政元年十一月中旬成。板下は去何筆。天理図書館蔵本による。

当書の翻刻は、『俳諧類題句集・後編』（俳諧文庫一三、博文館、一九〇一年）に収める。

無公子句集序　寛政三年十一月頃刊の『むこうほくしう』（花朗尼編）の序。筑前福岡の望海楼久野無公の一回忌追悼集。愛知県立大学長久手キャンパス図書館蔵本による。

芭蕉翁百回忌序　寛政六年九月刊の『祖翁百回忌』（蝶夢等編）の序。序は寛政五年十月成か。天理図書館蔵本による。

蕉翁百回忌集後序　寛政五年十月頃刊の『蕉翁百回忌』（五竹庵蝶酔編）の序。筑前福岡連衆の百回忌追悼集。豊橋市図書館蔵本による。

音長法師追悼和歌跋　明和三年二月六日頃成。短冊帖か。蝶夢が恩義をいだく音長法師の七七忌の供養。音長は、阿弥陀寺の塔頭興雲院の八世住職。和尚文集による。

雁の羽風跋　明和六年八月頃刊の『雁の羽風』（貫千・冬芽編）の跋。備後府中の鬼明斎如芥の三回忌追悼集。大文字屋文庫蔵本による。

青幣白幣跋　明和八年九月頃刊の『青幣白幣』（竹裏巣計主編）の跋。箱崎・住吉・太宰府の三社への奉納句集。計主は筑前春吉の人。大内初夫氏示教の本文による。

星明集跋　安永三年六月頃刊の『星あかり』（五明編）の跋。日向城ケ崎の日高菊路の一周忌追悼集。天理図書館蔵本による。

墨の匂ひ跋　安永元年七月頃刊の『墨のにほひ』（季杖・親純編）の跋。備中連島の六雅の一回忌追悼集。明治大学図書館蔵本による。

菅菰抄跋　安永七年八月刊の『奥細道菅菰抄』（蓑笠庵梨一著）の跋。梨一は越前丸岡の人。佐賀大学附属図書館大内初夫文庫蔵本による。

新雑談集跋　天明五年七月頃刊の『新雑談集』（几董著）の跋。俳文・随筆・俳諧作品を収め、父几圭の俤をも伝える。天理図書館蔵本による。

年波草跋　天明三年九月刊の『華実年浪草』（鹿文著）の跋。画期的な歳時記の大著。大文字屋文庫蔵本による。

鶉立集跋　宝暦十三年十二月頃刊の『うづら立』（麦水編）の跋。加賀金沢の麦水の行脚記念集。天理図書館蔵本による。

奥の細道奥書　明和七年十月頃刊の『おくのほそ道』（蝶夢校訂）の奥書。天理図書館蔵本による。

手鑑の裏書　天明二年十月成の『芭蕉門古人真蹟』（蝶

夢編）の奥書。当書は、義仲寺蔵の蕉門俳人真蹟の貼込み帖で大型折本。奥書は蝶夢自筆。この原本の複製は、一九九三（平成五）年十一月、義仲寺・落柿舎の刊。富山奏氏による別冊の解題・翻刻・註解を付す。

その模刻本は、つとに寛政元年春に刊行されており、ここに用いた本文は、模刻本の複製（古俳書文庫・篇外、天青堂、一九二五年）による。模刻本刊行に出資した、依兮の序を次に掲げる。

こぞの天明六年の秋、あふみの粟津義仲寺に住る沂風法師、とほくこの国に来り、宰府まうでのつゐで、わが家に旅ねしける比、ある夜がたりに、「其寺の什物の中に、芭蕉翁の旧きものはなぞ」と問に、「まづ一の宝は、もたまへる椿の木の杖あり。二のたからは、その在世の門人の筆をあつめたるあり。二そが中に、去来は唐土の男もじのかたき、丈草は大和の女文字のなだらかに」とかたるを聞からに、そゞろに見まほしく、「帰り上らば、かまへてその筆ども写して見せよ」といひしを、法師しちぼくにわすれずして、この夏のはじめに写しておくるを、取る手もあへず見るに、皆名誉の古人なり。

その言ぐさは今の世にもかたりつたへたれど、まさしくその筆の跡を見ては、百年のむかし人にしたしく物いふ心地に、いやめづらし、たとひ佐理・行成の名筆ならずも、此道の至宝これにすぐべからざるものをや、我のみならず人もさおもふべし、又すゑの世に散らせなん事もおぼつかなしと、写しこせしまゝをひそかに木にえりて、人にも見せ、世にも残さむと、

筑前の国飯塚のうまやなる、依兮発起す。

なお、当模刻本には異版が存し、三面に異同が見られる。久富哲雄「板本『芭蕉門古人真蹟』二種」（『俳文藝』四三号）参照。原本の箱の題「芭蕉翁并門人真跡」。

二見文台の裏書　天明五年四月十二日成。義仲寺蔵の、二見形文台の箱蓋の裏書である。蝶夢自筆。この文台の画は法眼琢舟が描き、芭蕉句は蝶夢が書く。和尚文集の本文との主要な異同を、行の右側と行中の〔　〕内に示

した。奈良大学図書館蔵の文台の裏書は、天明四年きさらき十六日の日付。蝶夢自筆。

古池形文台の裏書　成立年不明。和尚文集による。

巻二

七老亭之賦　安永二年頃成か（泊庵文草での配列から推定）。吾東・沂風・重厚の三人との、春の嵯峨の遊行を述べるもの。和尚文集による。

湖水に遊ぶ賦　明和八年頃成か（泊庵文草での配列から推定）。智丸・青岢・巨洲の三人との、七月十五日の湖南の船遊びを述べるもの。和尚文集による。

野菊の説　明和元、二年頃成か（泊庵文草での配列から推定）。和尚文集による。

蜂の巣の説　明和八、九年頃成か（泊庵文草での配列から推定）。和尚文集による。

湯島三興の説　明和六年五月成（解題中の蝶夢文集拾遺一の補二を参照）。その頃刊の『湯の島三興』（木卯編）の巻首の文。桐雨を伴っての、但馬の城之崎への旅行記念の小集。第三は桐雨の詠で、以下三吟百韻を興行するが、第三以下の九八句を省略。慶応義塾図書館奈良文庫蔵本による。〔泊庵文草本文〕やどりの草枕も↓やどりの草枕に。

白鼠の説　成立年不明。和尚文集による。

古声と名つくる説　明和七年夏成（『しぐれ会』での俳号から推定）。泊庵文草では、標題の下に「備后越智吉左衛門」と記す。享和元年十二月頃刊の蝶夢七回忌集『日兄の月』（眠亭古声編）にもこの本文を収める。和尚文集による。

枝法と号説　安永八年成か。遠江浜松の白輅の求めに応えたもので、同人宛て蝶夢書簡に記事が見える。和尚文集による。

瓦全と名つくる説　安永二年成か。和尚文集による。

犬をいたむ辞　成立年不明。和尚文集による。

瓦全に炉縁を贈る辞　成立年不明。和尚文集による。

翁草称美の辞　寛政元年一月成。神沢杜口著の膨大な随筆『翁草』の完成を讃えて贈ったもの。文中「八十のこの春」とあり寛政元年としたが、この後も増補された。

和尚文集による。

泊庵を引移す辞　寛政五年春成。天明七年十月頃に五升庵の裏に建てた別庵を、天明八年一月の大火で焼失した京極中川の帰白院の、仮の堂宇として移築した折のもの。成立時の推定は、このことを記す六如の文がこの年十月であり、蝶夢の発句が春季ゆえ。和尚文集による。

阿弥陀寺鐘の記事　寛政元年成。天明八年の大火を浴びた中川の阿弥陀寺の梵鐘を寺僧が売却したので、募金して買主に償い、とり戻した折のもの。和尚文集による。

六斎念仏の弁　明和八、九年頃成か（泊庵文草での配列から推定）。近郊の念仏宗徒による、京の盂蘭盆の年中行事。和尚文集による。

蕉翁画像讃　成立年不明。蝶夢の芭蕉肖像への讃は、天理図書館蔵の杉風画模写の芭蕉座像など、多くこれを用いる。和尚文集による。芭蕉肖像への讃は、他に、これを抄出した、

禅法は仏頂和尚に参じて／三国相承統記に□（つら）なり、

風雅は西行上人を慕て／続扶桑隠逸伝に載ぬ。

蝶夢幻阿弥陀仏謹書

がある（呉春画、現蔵者不明）。また、芭蕉発句を認めた、

ともかくもならでや／雪のかれ尾花／芭蕉

蝶夢謹書

物いへば唇寒し／あきの風

蝶夢拝書

などもある。前者は西下華酔翁画で広島県甲山・正満寺蔵、後者は為明肚良画で江東区芭蕉記念館蔵。この他に、「続扶桑隠逸伝曰」の題で始まる漢文体のものもある。天明六年時点で、続扶桑隠逸伝にかかわる讃を四十幅も書いたという（五月二日付け白輅宛書簡）。

雨を祝ふ頌　明和七、八年頃成か（泊庵文草での配列から推定）。和尚文集による。

夢祝ひの頌　明和四、五年頃成か（泊庵文草での配列から推定）。鯉風は蝶夢に親炙した京の俳人。和尚文集による。

歳首の頌　成立年不明。和尚文集による。

馬瓢が山家の頌　成立年不明。馬瓢は近江平尾の人。そ

の家宅の山里の趣あるを讃えた。和尚文集による。

年賀の頌　安永中後期成か（泊庵文草での配列から推定）。泊庵文草では、「筑紫果報人辞」の標題のみ目次に見える。筑前博多の医師で、野坡系俳諧を嗜む人の七十の賀。子の鼠魯の求めによる。和尚文集による。

豊後菊男送別　成立年不明。菊男は豊後杵築の人。和尚文集による。

悼蕉雨遺文　明和七年九月頃刊の『風露朗』（錦渓主人白鳥編）の序。越前敦賀の手打庵蕉雨の百箇日の頃の、友人の手に成る追悼集。大阪府立大学学術情報センター図書館山崎文庫蔵本による。

桐雨の誄　天明二年六月成。伊賀上野の蓑虫庵桐雨の没直後の供養文。和尚文集による。

去来丈艸伝　安永三年六月刊の二部作『去来発句集』『丈草発句集』（蝶夢編）の各集の巻頭に掲げた略伝二編を一文にまとめた。序の明和八年二月頃に成ったか。天理図書館蔵本による。

松雀老隠之伝　明和三年十一月成。松雀の初月忌の追悼文。泊庵文草には「憂世の時雨集序」の標題で収まるが、刊本の伝存を知らない。和尚文集による。

浮流法師伝　天明三年六月頃刊の二部作『蓑虫庵句集』『長者房句集』（蝶夢編）の各集の巻頭に掲げた略伝二編の内の後者。長者房浮流は、三河の産だが伊賀友ノ生に住む。天理図書館蔵本による。

巻三

湖白庵記　明和四年五月成。諸九尼の結庵を賀したもの。この頃刊の入庵記念集『湖白庵集』（諸九尼編）に収める。佐賀大学図書館大内文庫蔵本による。

橘中亭の記　明和四年頃成か（泊庵文草での配列から推定）。丹後宮津の百尾の別荘の脱俗を賀したもの。和尚文集による。

水樹庵記　明和八年頃成。筑前福岡の梅珠の別荘の脱俗を賀したもの。和尚文集による。

五升庵記　明和七年一月成。明和五年の末頃入った岡崎の庵には名がなかったので、新たに命名し、そのいわれを述べたもの。和尚文集による。

五升庵再興の記　安永三年八月成。この三月七日に焼失した庵の再興を喜んだもの。和尚文集による。

休可亭記　安永中後期成か（泊庵文草での配列から推定）。豊後杵築の一幹が設けた別荘の簡素を賀し、命名のいわれを述べたもの。和尚文集による。

橋立の秋の記　明和三年九月頃刊の『はし立のあき』（閑雲楼鷺十編）に収める。この年の八・九月、文下・宜甫の二人を伴って宮津・城之崎に遊んだが、歌仙三巻を折り込んだその時の紀行文から、歌仙部分を除いて一文としたもの。三句の発句の後は、それぞれ脇句以下の三五句が略されている。蝶夢等の旅にちなみ、同書には古今の橋立の句をも収めた。天理図書館蔵本による。〔泊庵文草本文〕さだめなき此名月→さだめなきかの名月。

国分山幻住庵旧趾に石を建し記　明和九（安永元）年十月頃刊の『しぐれ会』（蝶夢編）の序。石碑は、大津市国分二丁目の近津尾神社境内に現存し、正面に「芭蕉翁幻住庵舊趾」とある。右側面にも刻字が認められるが、風化で判読できない。『近江の俳蹟』（滋賀俳文学研究会、一九六九年）によると、裏面に「明和九年壬辰十月十二日僧蝶夢勧洛陽湖南道弟建之」と刻むという。大阪府立大学学術情報センター図書館山崎文庫蔵本による。〔泊庵文草本文〕城の壁の白きも→城の壁の斜なるも、横おれるも→横をれたるも。

中森康之撮影

蝸牛庵記　天明初年成か。近江愛知川の芦水・里秋の新庵の簡素を賀したもの。和尚文集による。

包丁式拝見の記　天明二年春か。禁裡の古式ゆかしい儀式の拝観の記。和尚文集による。

芭蕉堂供養願文　明和七年十月刊の『施主名録発句集』（蝶夢編）の冒頭に掲げた願文。願文は同年三月成。大文字屋文庫蔵本による。〔泊庵文草本文〕此寺の会上に→此寺の此会上に。

橋立一声塚供養祭文　明和四年十月頃刊の『一声塚』（東陌編）の冒頭の、序を兼ねた願文。丹後宮津の芭蕉塚の建碑記念集。序は同年五月頃成。天理図書館蔵本による。

蛸壺塚供養願文　明和五年十月頃刊の『蛸壺塚』（山李坊編）の冒頭に掲げた願文。播磨明石の芭蕉塚の建碑記念集。天理図書館蔵本による。〔泊庵文草本文〕四千の塔→四千の宝塔。

島塚願文　安永八年三月頃刊の『嶋塚集』（一桃舎野牛等編）の冒頭に掲げる願文。備中笠岡の芭蕉塚の建碑記念集。天理図書館蔵本による。

白根塚序文　安永四年十一月（出口対石『芭蕉塚』）頃成。美濃垂井の櫟原君里が芭蕉塚と草庵を建てた記念の集、安永五年三月刊『しろね塚』に寄せた賀章。安藤武彦氏蔵。未見。美濃派俳書で半時庵系俳人も出句。安藤『武将誹諧師徳元新攷』参照。和尚文集による。

山里塚供養文　安永八年三月頃刊の『山里塚』（眠亭古声編）の序。備後田房の芭蕉塚の建碑記念集。天理図書館蔵本による。

夕暮塚供養文　天明五年二月頃成。武蔵川越の麦鴉が江戸日暮里の青雲寺に乙由の句碑を建てた記念の集『夕暮塚』の序。伊勢派との親交を示す。公益財団法人　柿衞文庫蔵本による。

故郷塚百回忌法楽文　寛政四年（青吟詞書）八月頃成。この頃か翌五年の刊の『古郷塚百回忌』（蝶夢閲・呉川等編）の序。法要は、古巣俳諧集によると八月十六日。故郷塚に拠る伊賀上野連衆の百回忌追悼集。天理図書館蔵本による。

笠塚百回忌法楽文　寛政五年九月成。その頃刊の『笠塚百回忌』（蝶夢閲・馬瓢等編）の序。笠塚に拠る近江湖東連衆の百回忌追悼集。表紙に画く紅葉は、裏表紙に「海棠主人」と署名する三熊花顛の作（口絵参照）。愛知県立大学長久手キャンパス図書館蔵本による。

石山寺奉燈願文　天明五年五月成。石山寺への石灯籠の奉献に際しての願文で、蝶夢の思想をよく伝える。石灯籠は同寺（大津市石山寺一丁目）に現存し、正面に「若

田中滉大撮影

人一燈……如須弥山」の七字四句の偈が、向かって右の側面に「天明五乙巳年夏至日」、左側面に「蝶夢幻阿法師建之」と刻まれている。寛政八年十月刊の蝶夢一回忌追悼集『意新能日可麗（石の光）』（瓦全編）にも、「石山奉燈之記」の題で収める。和尚文集による。

蝶夢文集拾遺一

蝶夢和尚文集に漏れた序跋など八〇余編を拾い、ここに収めた。標題は、多く編者が与えた。原典に付されている題は、（原題）と付記して区別した。

『白鳥集』書入れの識語　公益財団法人　柿衞文庫蔵『白鳥集』（錦渓舎琴路編）の裏見返しに書入れられた蝶夢自筆の識語。当書は宝暦十一年十月頃刊。受贈早々の執筆か。一丁目表には「蝶夢之印」の丸朱印を捺す（口絵参照）。

「白砂人集・良薬集・未来記」奥書　貞門系伝書を、明和元年八月、春渚所蔵本から転写した、その折の奥書。文藻舎春渚は伊勢の行脚俳人安楽坊春波の弟で、この頃は九州へ行脚して活動していた。東京大学総合図書館洒竹文庫蔵本による。

俳諧十論発蒙奥書　『俳諧十論』の支考自らの講釈の春波の筆録を、春渚から借りて転写して明和元年閏十二月に奥書を記し、これに『去来抄』その他の記事を加筆して「俳諧十論発蒙」の書名を与え、さらに明和六年四月、再転写した、その折の奥書。「付属」は思想の伝達の意。本文は、佐々醒雪・巌谷小波校訂『俳諧註釈集』下巻（俳諧叢書二、博文館、一九一三年）の翻刻による。佐々・巌谷が使用した底本は、端麗な蝶夢自筆本で、瓦全・菱田百可と伝来したものという。岐阜県立図書館にも写本一冊が伝わる。

続瓜名月跋　明和二年六月頃刊の『続瓜名月』（李完編）の跋。京住の豊前の李完が、百川編の『瓜名月』（元文四年刊）にならって夏の月を楽しもうと企てた雅集。富山県立図書館志田文庫蔵本による。

笈の細道跋　明和二年秋頃刊の『笈の細道』（西角庵一方入道行雲編）の跋。この三月に京を立った行雲（六九歳）の旅の記念集。天理図書館蔵本による。

蕉門むかし語序　明和二年秋頃刊の『蕉門むかし語』（無外庵既白編）の序。加賀の行脚俳人既白が、自己の俳論等を述べ諸家の句を収めた集。大文字屋文庫蔵本による。泊庵文草の本文との異同を、行の右側と行中の〔　〕内に示した。

丙戌墨直し序　明和三年三月頃刊の『丙戌墨直し』（蝶夢編）の序。加藤定彦氏蔵本による。

丁亥墨直し序　明和四年三月頃刊の『丁亥墨直し』（蝶夢編）の序。明和六年の『己丑墨直し』、同七年の『庚寅墨なをし』もこの序を掲げた。富山県立図書館中島文庫蔵本による。

続笈のちり跋　明和四年十二月頃刊の『続笈のちり』（春渚編）の跋。春渚の九州行脚の成果をしめす撰集。書名は、兄春波の『笈塵集』（延享四年刊）の後を継ぐ。慶応義塾図書館奈良文庫蔵本による。

戊子墨直し序　明和五年三月頃刊の『戊子墨直し』（蝶夢編）の跋。金沢市立玉川図書館蔵本による。

ちどり塚跋　明和五年五月頃刊の『ちどり塚』（漁光編）の跋。陸奥津軽深浦の芭蕉塚建碑記念集。碑には「竹越里圭建立」とある（弘中孝『石に刻まれた芭蕉』）。天理図書館蔵本による。

備忘集序（原題）　明和五年七月頃刊の『備忘集』（神風館入楚編）の序。伊勢の入楚が、到来した諸家の四季の句を集めた集。刊本の伝存を知らない。泊庵文草に収める。

影一人集序（原題）　明和五年秋成か（泊庵文草での配列から推定）。蝶夢の同朋、蘭二法師の追悼集。刊本の伝存を知らない。泊庵文草に収める。

猿雖本『三冊子』奥書　明和六年春成。伊賀上野の桐雨宅で、猿雖写の『三冊子』を転写した、その折の奥書。この後に天明五年七月の渡辺去何の奥書が続き、蝶夢筆本から写したという。南信一校『三冊子〔石馬本・猿雖本〕』（古典文庫六六、一九五三年）の翻刻による。

古机序　明和七年十月頃刊の『古机』（四六庵巴琉編）の序。陸奥津軽深浦の英洵堂千風の一回忌追悼集。天理図書館蔵本による。泊庵文草の本文との異同を、行の右側に示した。

米賀集序（原題）　明和七年前後成か（泊庵文草での配列から推定）。播磨飾磨の竹内氏の求めで、その祖母の米寿の賀集に「深みどり」と名を与えたことを述べるもの。この書は貼込み帖か。泊庵文草に収める。

梅の草帋跋　明和八年十一月頃刊の『梅の草帋』（暮柳舎後川編）の跋。加賀金沢の後川が、京に上り、蝶夢に庵を与えられて再起をはかり、父希因伝来の芭蕉同座歌仙を冒頭に掲げて編んだ撰集。大文字屋文庫蔵本による。泊庵文草の本文との異同を、行の右側に示した。

青峕筆『去来三部抄』奥書　明和九年二月成。新たに見ることを得た『去来抄』を青峕に転写させ、その後に認めた奥書。蝶夢自筆。前には、書写終了の年月を記した青峕の奥書、後には、この書を蝶夢から譲られたこと、中に梨一の校合の筆跡があることを述べる渡辺去何の奥書がある。古巣園旧蔵書。天理図書館蔵本による。

百尾寄句帳序　明和末年成（既白の没年が明和九年であることから推定）。外題に「俳人墨蹟帖」とある写本（一冊）の序。蝶夢自筆。丹後宮津の木下百尾が、己れの橘中亭に来訪する雅客に求めた寄句帳。舞鶴市教育委員会（郷土資料館）蔵本による。

都の秋集序（原題）　明和八、九年頃成か（泊庵文草での配列から推定）。但馬の涼秀、湖南の智丸とともに、京都の月夜を楽しんだ折の一集の序。刊本の伝存を知らない。泊庵文草に収める。

長者房に贈る辞　安永二年冬成。三河の浮流が、伊賀の友生村に結庵した折の祝章。文化十四年七月頃刊の蝶夢二十五回忌集『時雨の古ごと』（巍道編）に「先師蝶夢遺文」と題して収める。天理図書館蔵本による。

伊勢紀行跋　安永三年五月頃刊の『伊勢紀行』（麦籬亭禹柳著）の跋。讃岐の禹柳（麦浪門）の安永二年閏三月から六月にかけての伊勢への旅の記。蝶夢序は安永二年夏成。天理図書館蔵本による。

秋しぐれ跋　安永三年七月頃刊の『秋しぐれ』（雨人編）の跋。播磨の時雨庵蘿来の遅れて出た一回忌追悼集。「はらから」（山李坊序）の雨人は播磨林田の人（泊庵文草裏文書）、姫路屋助太夫（五束斎俳友名簿）。天理図書館蔵本による。

此葉集序　安永四年春頃刊の『此葉集』（片山介羅編）の序。周防良城の介羅が、諸国を巡って句を求め、芭蕉塚をも建てた記念の集。野口義廣氏蔵本による。

小本『芭蕉翁発句集』序　安永五年五月頃刊の小本版の『芭蕉翁発句集』（蝶夢編）の序。天理図書館蔵本による。

忘梅序　安永六年二月頃刊の『忘梅』（尚白編）の序。井口菊二が、尚白が編んで未刊に終わった草稿を曾孫宅で見出し、版行に至ったもの。東京大学総合図書館洒竹文庫蔵本による。

冬柱法師句帳序　安永八年七月頃刊の『冬柱法師句帳』（蝶夢編か）の序。近江辻子の冬柱法師の一回忌追悼集。慶応義塾図書館奈良文庫蔵本による。

凩の蟬跋　安永八年八月頃刊の『凩の蟬』（蒼浪観有中編）の跋。近江の幻住庵祇川の追悼集。一回忌だろう。天理図書館蔵本による。

断腸の文（原題）　安永八年十二月八日成。入阿上人ほか多くの同朋との永訣を訴える、近江大津の井口菊二宛て書簡。寛政八年六月刊の蝶夢一回忌集『かなしぶみ』（菊二編）に原簡の模刻を収める。天理図書館蔵本による。

口髭塚序　天明元年中刊の『口髭塚』（万鼓編）の序。石見日原の百草園大石蝶鼓の一回忌追悼集。蝶夢序に「今は三のむかし」とあり、天明元年になる。大庭良美校訂『石見かんこどり塚』（内田繁一発行・日原町教育委員会取扱、一九八八年）に収める翻刻による。

もとの清水序　天明元年五月成。越前丸岡の一祚梨一著の俳論書（明和四年秋自序）の序。底本は、天明元年七月十日の渡辺去何奥書によると、蝶夢架蔵本による去何の写しで、古巣園旧蔵書。天理図書館蔵本による。今、改稿された松宇文庫本の本文との主要な異同を、行の右側と行中の〔　〕内に示した。

雲橋社蔵芭蕉真跡添書　天明三年四月成。蝶夢の斡旋で、伊賀上野の冬李が所蔵する芭蕉真跡を、飛驒高山の雲橋社に収めるに至った経緯を述べたもの。加藤誠氏蔵・飛驒高山まちの博物館寄託資料による。

雲橋社俳諧蔵書録序　天明三年頃成。飛驒高山の雲橋社が設けた俳諧文庫の目録の序。蝶夢自筆。写本一冊、外題「俳諧蔵書録」。加藤誠氏蔵の博物館寄託資料による。

蓑虫庵句集序　天明三年六月頃刊の二部作『蓑虫庵句集』『長者房句集』（蝶夢編）の序。前者に収める。二部作は、桐雨と浮流の一回忌追悼集。豊橋市図書館蔵本による。

桐雨居士伝　前項二部作の、各集の巻頭に掲げた略伝二編の内の前者。豊橋市図書館蔵本による。

古今集誹諧歌解序　天明三年六月頃刊の『古今集誹諧歌解』（伝支考著）の序。同書は、江戸山崎金兵衛他二軒刊（刊記天明二年）。依頼により序を与えたが、蝶夢は支考仮託書と認識していなかった。簑田将樹「『古今集誹諧歌解』の出版と懐徳堂」（『近世文藝』九四号）参照。天理図書館蔵本による。

暦の裏序　天明四年二月刊の『暦の裏』（長松下素因著）の序。伊勢津の茨木素因が、永く暦の裏に書き付けていた自句を一集とした。天理図書館蔵本による。

東山の鐘の記　天明五年十二月成（十一日付け白輅宛書簡に記事）。岡崎の草庵の、寺々に囲まれた清浄な趣を述べたもの。寛政九年十一月頃刊の蝶夢三回忌集『遠山の雪』（魯白編）に収め、「この一冊は、泊庵和尚の遺文也。魯白、往年都にのぼりて机上に謁せし折から、筆を染てたびけるを、臨写してこゝに載畢」と添書きする。臨写の底本は、福岡市の佐藤太兵衛氏が現蔵する。大阪天満宮蔵本による。

芭蕉真跡を再び得たるを喜ぶ文　天明五年冬成。安永三年春の火災で失ったと思いこんでいた芭蕉真跡を、はからずも伴蒿蹊宅で見出した折のもの。新日吉神宮蔵の蘆庵文庫の藤島宗順筆『雑々歌留』所収。大谷俊太氏提供の写真による。蘆庵文庫研究会編『蘆庵文庫目録と資料』（日本書誌学大系九八、青裳堂書店、二〇〇九年）で、「閑田子誌」の題を与えられた一文の前半で、文の後半は蒿蹊の作、これに次の下りがある。

……けふなん蝶夢大とこのとぶらひ給へるに、とうでゝみせたれば、とりもあへず、涙をおとしてよゝとなかれぬ。「こは何事ぞ」といへば、「世にはふしぎなることも有けるよ。これは人の記念にてあがもたるもの也。ひとゝせいほりのやけしをりに、うせにたれば、ひたぶるに、かぐつちの神におほせて過にしを、はからざりける契りかな。いかにして得たるぞ」と問たまふに、……ぬしをしりてかへすこゝろ、いとうれしきに、まして大とこは、あしのふみどもたど〳〵しげにて……

芭蕉真跡箱書　天明五年冬成。前項の真跡を収めた箱の蓋の裏に書いた識語。横約七糎、縦約四一糎。蝶夢自筆。箱蓋のみの伝存。復本一郎氏提供のコピーによる。

泊庵記　天明七年十二月十三日成。五升庵の後に、新たに泊庵を建てた折の記。東京大学総合図書館洒竹文庫蔵の『双林寺物語』なる写本に、後に続く大典の「泊庵記」とともに収める。当写本は蝶夢関係文献四点を集めたもので、寛政九年七月の漣月の奥書がある。この文は内題を欠くが、この前に挟まれた白紙一丁に記す扉題「泊庵記」が、二つの記の題を兼ねるものと思われる。文化四年刊の蝶夢十三回忌集『ひとよぶね』（去何編）にも同じ題で収める。曾秋が「泊庵の記」を上木したという（『萩のむしろ』の瓦全序）が、確認し得ていない。

芭蕉塚の適地をトするの文　天明八年三月成。『宇良富士の紀行』の旅の途次、甲斐小原の落葉庵早川石牙の求めで、差出の磯で芭蕉塚の適地をさがした折のもの。寛政二年十月頃刊の『ちどりづか』（月朶園里塘・水玉〈石カ〉楼魚君編）に収める。今、脇句以下の一七句（半歌仙）を略した。当書は、この地の芭蕉百回忌追悼集で、芭蕉塚建碑記念を兼ねるため、繰り上げて営んだ。豊橋市図書館蔵本による。

三峯庵記（原題）　天明八年三月二十日成。前項の旅の途次、甲斐綿塚の季之・春路の求めで、その新庵に命名した折のもの。北田紫水『俳僧蝶夢』二九一頁の翻刻による。同氏蔵で蝶夢自筆という。

眠亭記（原題）　天明末寛政初年成。田坂英俊氏は天明八年頃かとする。備後田房の古声の求めで、新たな別屋に名を与えて祝ったもの。享和元年十二月頃刊の蝶夢七回忌集『日兄の月』（古声編）に、「先師、生前に書て給ひし言種をこゝにあげて、文塚集の荘厳とす」と添書きして収める。豊橋市図書館蔵本による。

こてふづか序　寛政元年三月頃刊の『こてふづか』（素釣・石睡編）の序。筑前湯原の芭蕉塚建碑記念集。来遊中の尺艾が集めた句も収める。豊橋市図書館蔵本による。

几董追悼文　寛政二年二月四日頃成。寛政二年二月頃刊の『鐘筑波』（宮紫暁編）収。几董の百箇日追悼集。天理図書館蔵本による。

鐘筑波跋　寛政二年二月頃刊の『鐘筑波』の跋。天理図書館蔵本による。

庭の木のは序　寛政二年十月頃刊の『庭の木のは』（路風・湖嵐等編）の序。備中笠岡の仮寝庵李夕の遺句集に、天明四年九月の追悼歌仙二巻を付す。七回忌の刊行である。蝶夢序には名乗りがない。東京大学総合図書館洒竹文庫蔵本による。

はなむしろ序　寛政三年三月頃成の『はなむしろ』（鳳仙居竹母編）の序。飛騨高山の編者の古稀賀集。当書は未刊か。加藤誠氏蔵の博物館寄託資料による。

続ふかゞは集序　寛政三年春頃刊の『続ふかゞは集』（採茶庵梅人編）の序。江戸の梅人が、芭蕉・杉風等の遺章を収め、書名に凝り、芭蕉百回忌にこと寄せて編んだ撰集。田中善信『芭蕉の真贋』（ぺりかん社、二〇〇二年）は、この序を梅人の偽作とする。天理図書館蔵本による。

鵜の音跋　寛政三年九月刊の『鵜の音』（槐庵馬来編）

の跋。加賀金沢の馬来が、諸家の四季の句、門下の月並歌仙、芭蕉等の霜の薄歌仙を一集としたもの。天理図書館蔵本による。

文台をゆづる辞（原題）　寛政初年成。天明の大火を免れた文台を加賀田氏から譲られた蝶夢が、それをさらに近江三井寺の敲月居千影に譲った折のもの。西村燕々「近江俳人列伝・八・敲月居千影・一」（『月刊太湖』一七号）の翻刻による。燕々は、千影の前号は露光かという。

薯蕷飯の文（原題）　天明三年か四年の八月成。大津の菊二宅に泊まった後、比叡山の一院に宿り、明月に法悦を覚えたことを伝える菊二宛て書簡。草根発句集洒竹甲本二三四〇・二三四一、同乙本三二二五・三二二六、同紫水本五三八九、蝶夢発句拾葉六五一二の諸句を参照。寛政八年六月刊の蝶夢一回忌集『かなしぶみ』（菊二編）に原簡の模刻を収める。天理図書館蔵本による。

翁草跋　寛政四年一月頃成の『翁草』（神沢杜口著）の跋。国立国会図書館蔵本による。

支百追悼文　寛政四年三月頃成。丹後日間浦の仰止亭五宝支百を追慕するもの。寛政九年頃刊の支百追悼集『波南乃千利（花の塵）』（支澗編）に収める。繰り上げた七回忌か。東京大学総合図書館洒竹文庫蔵本による。

正因供養文　寛政四年五月成。京の正因の十三回忌の供養に参じた折のもの。寛政四年夏頃刊の『菊渓法の水』（菊渓庵都雀編）に収める。天理図書館蔵本による。

筆海の序（原題）　寛政四年七月成。筑前飯塚の杉柿庵依兮が集めた、絵画・筆墨の貼込み帖に与えた序。享和三年十月頃刊の『ゆめのあきふゆ』（菊谿編）に収める。当書は、素柳の七回忌と依兮の三回忌の追悼集。豊橋市図書館蔵本による。

もゝとせのふゆ序　寛政四年十月頃刊の『もゝとせのふゆ』（古声編）の序。備後田房の芭蕉百回忌追悼集。天理図書館蔵本による。

後のたび序　寛政五年五月頃刊の『後のたび』（五鹿編）の序。安芸の五鹿が、師風律の十三回忌に当たり、師の旅にならって富士見をした記念の集。豊橋市図書館蔵本による。

月の雪序　寛政五年十月頃刊の『月の雪』（李山等編）の序。備中笠岡の芭蕉百回忌追悼集。豊橋市図書館蔵本による。

鳥塚百回忌序　寛政五年十月頃刊の『鳥塚百回忌』（木越編）の序。丹後田辺の芭蕉塚建碑と芭蕉百回忌追悼を兼ねた集。表紙に画く三羽の鳥は、裏表紙に「海棠主人」と署名する三熊花顚の作。豊橋市図書館蔵本による。

水薦刈序　寛政六年一月頃刊の『水薦刈』（柳荘編）の序。善光寺詣・姥捨の月など、信濃の風物を詠んだ古今の句の撰集。天理図書館蔵本による。

浮流・桐雨十三回忌悼詞　寛政六年六月頃成。この頃刊の『浮流法師／桐雨居士十三回』（曾秋・杜音等編）に収める。雲英文庫蔵本による。

橋立寄句帳序　寛政年間成か。「橋立句帖」の書名で登録されている写本（一冊）の序。蝶夢自筆。蘿牛が、天の橋立に来訪する雅客に求めた寄句帳。蘿牛は未詳。慶応義塾図書館奈良文庫蔵本による。

弄花亭記（原題）　成立年不明。近江坂本の紅羽の別荘（『俳僧蝶夢』四二五頁）に寄せたもの。泊庵文草に収める。

墻隠斎記（原題）　成立年不明。備後田房の古声に、新たな斎号を与えた折のもの。『日兄の月』に、「眠亭記」に続いて収める。豊橋市図書館蔵本による。

杉柿庵の記（原題）　成立年不明。筑前飯塚の依兮の庵を讃えたもの。享和三年十月頃刊の『ゆめのあきふゆ』（菊谿編）に収める。豊橋市図書館蔵本による。

「**花の垣**」**画讃**　成立年不明。画者不明。矢羽勝幸氏示教の本文による。

（短章）

『**しぐれ会**』**浮巣庵序の添書**　明和五年十月成。この年の『しぐれ会』の序に、蝶夢は明和元年の『しぐれ会』の浮巣庵文素の序をそのまま掲げた。この明和五年七月に没した文素の意志を継ぎ、元禄以来の伝統ある行事を末長く継承させたいとの願いからである。添書は、その趣意を簡潔に述べたもの。以後例年この序文を掲げるという蝶夢の意図は、安永六年の『しぐれ会』までは実行され、この添書もともに掲げられた。富山県立図書館志田文庫蔵本による。

芭蕉称号の一行書　寛政五年四月か十月成。芭蕉百回忌の百歌仙興行か正当忌日に、芭蕉の霊名を一行書きに揮毫した軸物。短章ゆえ断定しづらいが蝶夢自筆であろう。サイズ不明。つとに用いた「芭蕉桃青禅師」（蛸壺塚供養願文）に新たに授与された「正風宗師」（祖翁百回忌序）を冠し、この年に成った称号だが、他に用例を見ない。「甲」は誤り。蝶夢等は十月十日より二夜三日の別時の念仏会を修し、十二日は時雨会の百年懐旧之俳諧を興行した。鈴木勝忠氏提供の写真による。

（他の文人との連作）

嵐山に遊ぶの記　天明七年春成（六如が新号を用い、この折と覚しい句が、天明六年秋以降の作を収める草根発句集洒竹乙本に出る）。二月二十三日、和学者橋本経亮（橘の経すけ）・歌人源詮（うまばの源のただしの君・楠山詮）・伴蒿蹊・儒者和田荊山・僧六如と六人連れ立ち、蒿蹊の妻君（むかひめの君）や従者をも伴って賑々しく嵐山の観桜を楽しみ、その遊行の記を連作したもの。呼びかけは、詩文をまとめた六如か。東京大学総合図書館洒竹文庫蔵の『双林寺物語』なる写本に収める。他に、絵師円山右近がいたか（草根発句集洒竹乙本）。

蝶夢の文だけは、文政元年四月頃刊の蝶夢二十五回忌集『新能布九散（偲ぶ草）』（雨銘編）に「蝶夢師遺文」の題を付して収まり、「此嵐山のあそびは往昔のはるの事にて、伴蒿蹊先生・楠山詮ぬし・六如あざり・荊山儒士と同じく、其日の興のおもひ〳〵に和漢の文を書せられし中の先師の一章也。これを此巻のはじめにかゝげるも、ふる事をしのぶひとつの手向ならんかし」と添書きする。『新能布九散』所収の本文との主要な異同を、行の右側と行中の（　）内に示した。

（追　加）

帰白道院檀那無縁塔石文　明和二年十二月八日成。阿弥

陀寺の帰白院歴代住職の墓碑のかたわらに築いた、無縁塔の裏面の刻文。石塔の下に納めた、戒名を墨書する多くの小石の上には、「願以此功徳平等施一切同発菩提心往生安楽国　南無阿弥陀仏」と蝶夢筆で回向文を記す、縦九糎横七糎の平石（口絵参照）一箇が置かれていた。藤堂俊英氏提供の写真による。

「わすれ水」奥書　明和三年七月成。伊賀上野の桐雨から借りた『三冊子』の内の一巻を、麦雨に書写させた折のもの。沖森直三郎氏蔵の写本、『はねかき五歌仙・わすれ水・芭蕉翁伝記・文台の説』の内。ちなみに、この奥書の次に、左の奥書がある。

此書者、伊賀築山氏俳名桐雨、城崎温泉ニ洛蝶夢房同道来過、其時予見写許。則蝶夢房ヨリ明和六丑八月到来、写之。但馬豊岡木卯所持

『三冊子』奥書の付記　蝶夢文集拾遺一の一四「猿雖本『三冊子』奥書」の付記。翻刻では、付記が分離されているが、沖森直三郎氏蔵の別本によると、もとは一体のものである。沖森氏蔵の別本すなわち重厚本による。

竹圃を悼む辞　明和六年九月頃成（蝶夢と落柿舎）。竹圃は、『しぐれ会』明和五年本に見える丹後宮津の俳人であろう。舞鶴市教育委員会（郷土資料館）蔵。

千代女を悼む辞　安永四年十月成。九月八日に没した加賀松任の千代尼の追悼文。中本恕堂『加賀の千代全集』（同刊行会、一九五五年）の翻刻による。二五〇六句詞書は、この辞の縮約である。

而后を悼む辞　安永天明年間成か。而后は筑後善導寺の野坡系俳人。佐賀大学図書館大内文庫蔵の写本の内。

宜朝一周忌俳諧前文　天明二年七月成。『ふいの柳』に収める供養俳諧に付した前文。豊橋市図書館蔵本による。

笠やどり序　天明三年四月一日成。紀伊田辺の宗祇庵香風のために添状風に記した、紀行文『東行日記笠やどり』の序。公益財団法人　柿衞文庫蔵本による。

懐旧之発句識語　天明七年九月十日成。諸九の七回忌に編んだ、全六丁の簡素な追悼集の識語。内容は末に付した三吟歌仙にかかわる。豊橋市図書館蔵本による。

奉団会の手向の文　天明八年四月十三日成。梅人が日暮

里で開いた芭蕉供養の法会に、折から江戸に在った蝶夢が参じた。奉団会は奉扇会にならうか。田中善信『芭蕉の真贋』は梅人の偽作とするが、出席の事実は『富士美行脚』も記す。久富哲雄「梅人著『桃青伝』」（『俳文藝』二号）の翻刻による。

魚崎集序　寛政二年春成。播磨魚崎の常和の八十賀『魚崎集』の序。講談社松宇文庫蔵本による。

伏見の梅見の記　寛政三年二月十三日成。「嵐山に遊ぶの記」と同形式の連作である。西山拙斎の序（寛政四年二月）を付し、「小羅浮記（梅渓雑集）」と題する一集（画巻であろう）に収まる。橘南谿の招きで西山拙斎が催した雅遊で、吐雪庵慈延・易得亭伴蒿蹊・隠岐国造幸生・五升庵幻阿・江雲山本元龍・楮園若槻敬（子寅）・西山拙斎の順で詩文の作を出し、ほかに佐野之憲元章・野村某（杢蔵）・良斎佐長秀も参加、総勢十名の賑わいだった。ただし、行き違いあって全員の出会いは成らず、蝶夢と蒿蹊・隠岐国造の三名は先に去った。ここには、蝶夢の文章だけを掲げる。広常人世編『西山拙斎全集』三（浅口市教育委員会、二〇〇八年）の翻刻による。

はし立や句文　寛政初年頃成。蝶夢自筆。田中道雄蔵書幅。

魯白の首途を祝ふ辞　寛政五年冬成。蝶夢自筆。泊庵を訪れた魯白が、さらに伊勢へと志した折のはなむけの文。福岡市佐藤太兵衛氏蔵。

荒〱ての巻草稿極書　天明二年十月十二日成。『芭蕉門古人真蹟』に収まる、芭蕉たちの連句草稿のための極書。原本にはなく、模刻本にのみ付す。蝶夢の数少ない漢文資料の一である。田中蔵本による。

芭蕉像三態の説　天明三年十月十二日成。蝶夢自筆。生前の面影を写したと信じる芭蕉の肖像三態を一枚の絹に描かせ、芭蕉九十回忌に義仲寺に奉納した際の解説的な讃。箱書「朝日庵珍蔵」。「写真」の語を使う。画者不明。右図は、鼯翅画の天理図書館蔵「吉野行脚図」と同じく背負った荷を両手でおさえる図柄。中図は、天理図書館蔵の杉風画模写座像のように、蝶夢がたびたび讃を書いた図柄。左図は、菊山当年男著『はせを』の口絵に出る騎乗の図柄。今治市河野美術館蔵。

うやむや関翁伝等奥書　前半蝶夢筆、後半几董筆の伝書の奥書。高橋昌彦氏蔵。年譜宝暦十三年条参看。

〔参考一〕

「江州粟津義仲寺芭蕉堂再建募縁疏」前文　明和五年四月成。蝶夢は、廃れた義仲寺の芭蕉堂を再建するための浄財を、全国の俳壇から募金した。そのために刷られた趣意書の前文である。義仲寺の弁誠の名で出されたが、文案作成には蝶夢が関わったと思われ、明和七年の「芭蕉堂供養願文」との類似が見られる。天理図書館蔵『施主名録発句集』に合綴されている。田中道雄「蕉風復興の宣言―「義仲寺芭蕉堂再建募縁疏」をめぐって―」(『ビブリア』一一六号)。

〔参考二〕

『ねころび草』序　天明三年に再刊された丈草の随筆の序。蝶夢の慫慂を受けて出資した支百が、蝶夢の俳論を引いて述べた。二月二十四日の忌日、蝶夢はこの書を龍が岡の墓前に供えている。支百も同道か。天理図書館蔵本による。

紀行篇

紀行篇には、紀行文一二編と、他の文人との連作として書かれた紀行文二編を収めた。また参考資料として、同行者による紀行文二編を付した。

蝶夢は多くの旅を重ねた。その折々に紀行文を認めたはずで、散佚したものも多いと思われる。蘭戸は『養老瀧の記』の跋に、「硯の中に書捨給ふもの丶ありしを見いで丶、友にも見せまし」と写した、と記している。これは文章のあやかも知れないが、蝶夢が書き留めたものの公刊にさほど積極的ではなかったのは、確かなようである。現存する紀行文の中には、門人の蝶夢を慕う思いから、辛うじて残されたものも少なくない。

そのような中で、蝶夢が明確に刊行を意図して成ったものとして、宝暦明和期には『松しま道の記』と『宰府記行』の二編がある。芭蕉を敬慕する蝶夢にとって、奥の細道のあとをたどり、芭蕉の果たせなかった西国への夢を実現したこの二つの旅は、思い入れの深いものであったろう。

『宰府記行』は、蝶夢が自らの手法を獲得するという点で画期的だったが、『養老瀧の記』『よしの丶冬の記』『遠江の記』の三編もまた、蝶夢の紀行文にとって重要な位置を占めるだろう。初期の紀行作品に比べると、この三編はより洗練され円熟味のあるものとなっている。光の変幻をとらえた表現の巧みさ、冬の吉野に美と情趣を見いだした新しさ、全体の構成に配慮した変化の妙など、紀行文への表現意欲をしのび得る。

蝶夢は、まことに多くの旅を試みた。それは芭蕉の旅の風雅を継承するもののようであるが、『宰府記行』は太宰府参拝、『雲州紀行』は出雲大社参拝というように、明確な目的意識があっての旅が多い。隠者を取り繕う旅や、俳圏の拡大をめざす旅の体は、本意ではない。まことの風雅に徹する旅の目的を実現する過程で、実景を写実的に描写してよどみがなく、豊富な古典の知識に裏打ちされた紀行文が形成された。また、旅中での人々との交歓など、実情的体験を織り交ぜるなどの工夫も、蝶夢の紀行文の特徴である。

蝶夢和尚文集　巻四・巻五

書誌は、蝶夢和尚文集巻一・二・三の解題において、合わせ述べた。

ここには、七編の紀行文が収められている。巻四に、熊野紀行・よしの丶冬の記・三夜の月の記の三編、巻五に、遠江の記・秋好む紀行・四国にわたる記・宇良富士の紀行の四編である。この内、よしの丶冬の記・遠江の記の二編は、単行本としても刊行されているので、和尚文集の後に別掲した。

泊庵文草に同じ作品がある場合は、泊庵文草との本文の異同でとくに重要なものを、行の右側の〔　〕の内に示し、あるいは行の中に挿入した〔　〕の内に補った。

巻四

熊野紀行

書名は、目録では「熊野詣の紀行」。宝暦末年成（音長法師は明和二年十二月没）。「五升庵上人年譜便覧」は宝暦十二年とする（『俳僧蝶夢』もこれに従う）が、根拠不明。

八月二十二日から九月九日までの、一七日間の小旅行記。同行者は、音長法師・文下・鯉風。旅の動機は、蝶夢の母が西国巡礼の願いを果たさず身罷ったので、その遺志を継いで那智観音（青岸渡寺）への参詣を思い立ったものである。京から南下して西大寺・薬師寺・壺坂寺を訪ね、高野山に参詣し先人の遺徳を慕う。さらに人跡稀な険難の岨路を越えて八鬼大谷に出、舟を利用して本宮・新宮に参詣した。那智の瀧を見、雲取坂の険路を越えて田辺に出、道成寺・紀三井寺・根来寺・粉川寺の諸寺に参詣して和泉の国に入る。叙述はやや羅列的であるが、高野の奥山からの険阻な山越えの様子は、目前の実景を写実的に描写して鮮やかである。蝶夢の両親についての記事も、他に見ないだけに貴重である。

三夜の月の記

安永六年成か（『しぐれ会』への出句は、梅下が安永五年以降、班布は安永六年のみ。ちなみに、飛鳥井雅経卿五百五十回忌は明和七年）。

八月十四日から十六日までの三日間の小旅行記。石清水の放生会を拝もうとして出かけ、その後に湖南に至ったもの。初日は同行者なしで出発したが、八幡の清水に、約束していた僧が先着して待っていた。従者か。久世・物集女の里から大原野神社・勝持寺・三鈷寺・善峰寺・光明寺、また長岡の旧都を巡り、それぞれで往古をしのんだ。木津川・宇治川の落ち合い辺りで十四夜の月を仰ぎ、石清水の放生会を拝覧。次の日は石山寺の梅下宅で瓦全・菊二・鯉遊も合流して勢田に十五夜の月を観賞。十六日は国分山幻住庵・義仲寺に詣で、三夜の月の興にと三井寺の観音楼に登った。十五夜に各人が苦吟する場の描写は写実的で、吟行後の推敲の実態を伝えて面白い。

巻五

秋好む紀行

天明六年成（「将軍うせさせ給ふ」とある。十代将軍徳川家治は、この年九月八日没）。旅の目的の一に、茶碗塚建碑供養への出席があったろう。その記念集が支百編『遅楊和舞頭歌（茶碗塚）』である。五宝氏は支百。

九月十二日から二十一日までの一〇日間の小旅行記。同行者は瓦全。暴風雨の後の若狭路を進んで十七日丹後の宮津へ着いて馬吹宅に泊まる。十九日、峰山の其白の案内で日間の浦の支百を訪ね、二十一日、小舟で小島の薬師堂に赴き、浮流法師の茶碗塚に詣でて焚香した。その後、城之崎に入湯し、芭蕉忌をこの地で営んでいる（しぐれ会）。路次、画師三熊花顚に会っていた。日を追っての羅列的な叙述で、やや暢達に乏しい。

四国にわたる記

寛政元年成（寛政元年閏六月二十日付け白輅宛書簡に「当春四国え野子下向……仏再興の事と西行上人遠忌の参詣にて候」）。「六百年の昔」とあるのは西行の六百年祭で寛政元年。ちなみに、崇徳院の六百年祭は宝暦十三年。

四月六日から同十八日（日付は推定）までの一三日間ほどの小旅行記。同行者は、弟子の小僧と老僕。寛政元年四月二十八日付け路風宛書簡によると、帰京は四月二十三日、一ヶ月近い旅だったというから、出発は三月二十五日頃か。旅の目的は、大火で失われた阿弥陀寺の仏像再興のための勧化と、西行六百年遠忌に因む参詣にあった。紀行は、虫明の迫門を経て多度津に着くところから始まる（右の路風宛書簡等によると、蝶夢は船路で備中笠岡に着き、李山等の歓待を受けた後、四国に渡っていた）。善通寺・金比羅宮に詣で、西行や法然のゆかりの遺跡では、長く佇んで悲嘆回顧した。白峰で昔をしのび、高松を経て阿波に入る。この藩に招かれていた儒者那波魯堂（同年九月没）を訪ねた後、鳴門海峡の潮流を観賞して淡路へ去る。撫養の宿で地震にあった折の驚愕のさま、虫明の迫門の夜明けや鳴門の渦潮の刻々の変化など、その写実的描写は精緻を尽くし、躍動的な筆致は圧巻である。蝶夢の紀行文の枠をなす。

宇良富士の紀行

天明八年成（「ことしの春は、都の中かぐつちの神のわざわひ」）。板下筆者は、木姿かという（俳僧蝶夢）。

二月末に京を立ち、東国を巡った旅であるが、日付の記載はなく、猿橋までを記して擱筆する。同行者は但馬豊岡の木姿。その木姿の『富士美行脚』（五二四頁）によると、二月二十六日発足、猿橋通過は三月二十二日、京都帰着は五月七日。従って、本作の記載日数は三一日である。大火で焼け尽きた都を後にし、木曾路を遡る。飯田からさらに遡って諏訪の神宮寺に参詣、韮崎を経て府中の来迎寺で法弟に再会。青柳より富士川を下り駿河の岩淵に出、身延山に参り、さらに鶉飼寺・恵林寺に詣でて、西行・日蓮・信玄などの往古を回顧、河口湖に富士の絶景を見た。本作には、古歌・漢詩・史書・経文の引用が比較的多い。また、箒木を望見しての喜び、長久禅寺で旧友業海と四十年ぶりに邂逅しての感慨、身延山や恵林寺で往時をしのんでの想い、落葉庵石牙や重厚との再会など、記事も変化に富む。最後の壮大な富士眺望の場は、一編のフィナーレとして置かれたと思しく、紀行をここで打ち切っているのも、そのような構成意識によるだろう。実景と実情を織り交ぜ、こまやかな配慮ある紀行文である。

松しま道の記

大庭勝一氏蔵。同氏提供のコピーによる。半紙本一冊。天理図書館綿屋文庫本（わ一四九・六四）につくと、表紙は薄卵色の地の右上部・左下部にかすれた緑色を散らす。題簽、中央無辺、「松しま道の記」、薄緑色の地の上部に金色の龍文様を配す。全三五丁。各丁の柱に丁付け、「一」〜「卅三」・欠（卅四）・「跋」。刊記なし。越前の蕉雨（同行者の父）の跋を付す。紀行文の末に「宝暦ひつじの夏五月七日」付けの奥書あり、宝暦十三年の旅と知れる。刊行は、この年の秋だろう。

ちなみに、三十四丁目は版下筆者を異にし、丁付けもない。綿屋文庫本（わ一四九・六四）も同じ。綿屋文庫本（わ一四九‐五二）・国会図書館蔵本はこの一丁を欠く。また後の二本は薄茶色表紙。なおこの内の綿屋本は、橘屋治兵衛の刊記をもつ。

信濃史料刊行会編『連歌俳諧信濃紀行集』（一九七九年）に翻刻がある。なお、以下の四編とともに、北田紫水『俳僧蝶夢』にも翻刻がある。

三月中旬から五月初旬まで、五〇日余りの東北地方への旅行記。同行者は、越前敦賀の蕉露。中山道をたどり塩尻から上田を経、日光街道を通って白川の関を越え、芭蕉の足跡を追って松島へ赴く。帰路は、江戸・鎌倉を見、箱根を越え、富士を眺望し、東海道を経て帰庵した。いわゆる『奥の細道』追慕ものであるから、松島の条をはじめ、史跡の各地で往古をしのぶが、叙述はやや羅列的で暢達に乏しい。ものの見方が従来の型にとらわれ、新味を欠く。

当書は、半ば撰集の性格をもつ。このことは、蝶夢の最初の編著の刊行として、きわめて大きな意義をもつ。既に『機嫌天』を出してはいたが、この書は、地方系俳壇に転じた蝶夢が、己れの存在を内外に宣明したものとして重要なのである。諸国俳人の二四五句を集め、帰庵祝いの歌仙一巻（未完）を添える。また底本は、他に嘯山・雅因両吟の胡蝶（二四句）一巻を加える。諸国発句に、丈石・富鈴房・風状また嘯山・武然・蕪村など、都市系の京俳人がなお出句するのが注意される。

宰府記行

公益財団法人芭蕉翁顕彰会（芭蕉翁記念館芭蕉文庫）蔵。桐雨旧蔵本か。芭一六〇・四。枡形本一冊。紺に紅の二色をつかった松皮菱・若松・三つ巴・小桜・丁字散し模様の表紙。題簽、中央無辺、白地に銀粉散し、「宰府記行」。全四六丁。各丁の柱に丁付け、「一」～「四十六」。刊記、最末丁裏に細字で「橘屋治兵衛梓行」。明和九（安永元）年春の蓑虫庵桐雨（同行者）の跋を付す。その跋に「去年の夏」とあるから、旅は明和八年夏である。本文の改行が三十回ほど施され、段落意識があるのが注目される。判型は、『奥の細道』にならうか。

ちなみに、大阪府立大学山崎文庫本（ヤ二一・三〇）の表紙は、薄赭色の輪繋ぎ七宝・花菱模様、題簽は白地に銀粉散し。天理図書館綿屋文庫本（わ一六〇‐七）の表紙は、紅・紺二色の小桜・松葉を散らした薄茶色で、題簽はやはり銀粉散し。

清水孝之他『中興俳論俳文集』（古典俳文学大系一四、集英社、一九七一年）に翻刻と注釈がある。

四月八日京を立ち六月中旬ごろ帰庵するまでの、七〇日余りの中国・九州旅行記。厳島・太宰府・長崎を訪ねるのが主な目的だった。同行は、伊賀の桐雨とその従者。山陽道を西下し、往古の史跡を懐旧しながら厳島へ、さらに岩国の錦帯橋を見物、下関では壇の浦合戦を回顧、小倉に渡海し、博多・福岡の旧跡をめぐり、太宰府に参詣した。長崎では華人と交流し、唐寺を巡り、再び福岡に戻った後、小倉から船に乗り、丸亀で金比羅宮に参拝して帰った。福岡で蝶酔・秋水・梅珠等に、長崎で枕山に迎えられ、三ツ石の山中では肥後八代の文暁に出会う。当書は、『松しま道の記』とは格段に異なる面白味をもつ。福博・太宰府という西国の文化風土、長崎での異文化体験、これらを自らの眼で伝えようとする。蝶夢が、写実的な文学手法を獲得しつつあったことをしのばせて、興味深い。『土佐日記』の文章を取り入れたりして、豊富な古典の知識を駆使し、その一方で民衆の実生活も描く。そのような新しい紀行の文体が示された佳品である。

養老瀧の記

愛知県立大学長久手キャンパス図書館蔵。〇二七・一‐四一九。縦細形大本一冊。白茶色の地、鵜縄干す庭を表に、鵜舟を裏に描く表紙。絵は、朱・紫・緑・黒の墨を用いた手書き。裏表紙に「海」「棠」の小朱印を捺し、三熊海棠筆と知れる。題簽、左肩無辺、黄土色、「養老瀧の記」。全一二丁。各丁の裏面ノドに丁付け、「一」～「十一」・欠（跋）。刊記なし。十二丁目表に赤坂の蘭戸（同行者）の跋を付す。本文用紙は唐紙。旅は、天明元年と推定され、刊行は翌二年か。天明三年と考えられる五月十六日付け里秋（歩蕭）宛蝶夢書簡にこの書贈呈の記事あり、天明二年は、八月九日から九月末まで天の橋立・城之崎へ旅している（湯あみの日記）。

ちなみに当本の裏表紙の裏紙は剥離しており、しかもその裏紙には、別本の最末丁を用いている。最末丁は蘭戸の跋の丁だが、その跋（表面）は、左端の二行のみを残してその前にあった本文六行を切り除き、さらに天地を逆にして綴じ込まれている。すなわち、本来の裏面（白地）が裏紙の表面ということになる。その版面で注目すべきは、「蘭戸うつす」の次に細字で「洛橘治梓」とあることである。或いはこの一丁の付加利用は、刊記ある摺り本の存在を示唆するものか。

また、加藤誠氏蔵の博物館寄託本の巻末には、「幻阿大とこよりこれ見よとておくり給ふけるがいとうれしく、冬籠の灯火かゝげてつら〱よめば、老を養ふよすがとはなりぬ。／歩蕭」の識語がある。なお市橋鐸氏に、当作の紹介「蝶夢の美濃紀行―養老滝の記を語る」（喜寿記念論文集刊行会刊『俳諧史諸論』、一九七〇年）がある。

八月末から九月三日までの、五日ほどの小旅行記。同行者は、丹後の其白と大津の浮巣庵に仮寓していた但馬豊岡の髭風、それに愛知川の仮興。髭風・仮興が近江に去った後、赤坂で蘭戸が合流する。養老の瀧では、その名にちなむ故事に思いをはせ、新たな風俗に目をひそめる。長良川の鵜飼の場面は、闇の中に火影が現れ、華やかな技を見せた後たちまちもとの闇にもどるさまを、鮮明な筆致で精緻に描写して見事で、蝶夢が写実的文章に工夫をこらしたことを、よくしのばせる。蘭戸・其白との三吟歌仙を付し、蝶夢の心にかなう作であった。

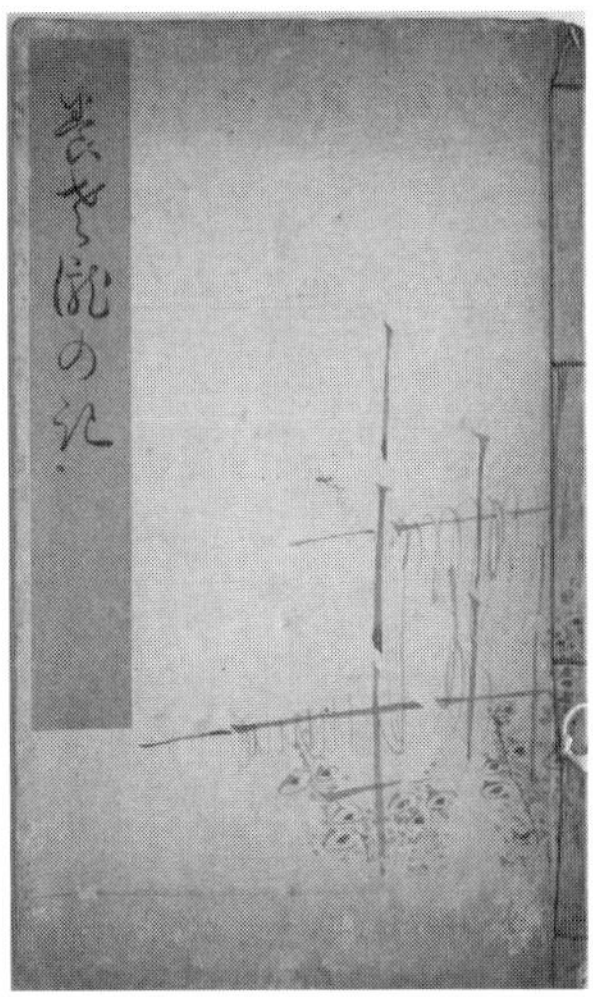

飛騨高山まちの博物館寄託本の表紙。口絵の愛知県立大学本と図柄が異なる。

よしの丶冬の記

天理図書館蔵。わ一六四‐六七　翻刻番号一一一五。縦細形大本一冊。薄茶色の横刷毛目模様の地に、穂の垂れた黍を表・裏に描く表紙。薄墨色だけの手書き。署名なし（三熊海棠画か）。題簽、左肩無辺、黄土色、「よしの丶冬の記」。全一六丁、第一丁目は遊紙、第二丁目以下の各丁の裏面ノドに丁付け、欠（一）・「二」「三」・欠（四）・「五」〜「十五」。刊記なし。巻末に其由（同行者）の識語を付す。本文用紙は唐紙、藤井紫影は板下筆者を上田秋成とする（江戸文学考説）が、秋成との交渉を裏づける資料は皆無で、疑わしい。旅は、この書について記す正月十四日付け白輅宛蝶夢書簡が天明五年と考えられるので、天明四年であろう。刊行も年内。文中に、この夏は楠木正成の「四百五十年にあたれり」とあるが、これは天明五年になる。

十月三日から十二日までの、一〇日間の小旅行記。同行者は、其由法師と途中出会った武蔵国の久樹。堺の呉逸（喜斎）をも一時伴った。大坂を経て牛瀧山の紅葉を見、葛城山の麓を通り金剛山に登って吉野に入る。帰路は、奈良を経て大坂四天王寺に出、芭蕉塚に詣でたところで筆を擱く。南朝の悲史を回顧し西行の行跡を慕う人事に、枯れすさぶ季節はずれの吉野の自然美が奇妙に調和した、不思議な魅力をもつ佳作である。蝶夢自ら風流の学者向きで「俳諧師は面白からぬもの」と言う（右書簡）。

とほたあふみのき（遠江の記）

大文字屋文庫蔵。縦細形大本一冊。雲文繋ぎに春の七草模様の押型ある砥粉色の表紙。題簽、中央無辺、茶褐色、「登宝当安布微農伎」。全一九丁、第一丁目は遊紙。第二丁目以下の各丁の裏面ノドに丁付け、欠（一）・欠（二）・「三」〜「一八了」。刊記なし。遠江入野の方壺（同行者）の跋を付す。本文用紙は唐紙、巻頭見開き四面の浜名湖古図（三熊海棠画だろう）は黄蘗色・濃い薄墨・淡い薄墨・主板（骨板）の四度刷で彩色。板下筆者は、高安芦屋という（前記市橋鐸論文）。旅は、跋にある通り天明六年の春の末、刊行は三熊思孝（海棠）の識語に九月朔とあり、その少し後であろう。

自筆稿本を天理図書館が蔵する。わ一七五-一一一。表紙共一六丁。天明六年春の別筆奥書あり。方壺旧蔵。和尚文集の本文は、巻末近くの一カ所（十六丁目裏）が異なり、「ながめ多き所」の「所」を入木で「葉」と改めている。稿本は「所」。

田中道雄他『天明俳諧集』（新日本古典文学大系七三、岩波書店、一九九八年）に翻刻と注釈がある。

晩春のまる一日の浜名湖周遊記である。伴って来た老僕（萍江）の他に、方壺・報竹・虚白・斗六が加わった賑々しい舟遊びで、水上より景勝を探索し、時に上陸して本興寺・正太寺・館山寺などに詣でた。『さらしな日記』など九種の古典から浜名湖の記事をひくなどの考証的態度、観察的とも言える風景描写、古歌や史書などの多様な取り込み、折々に詠む発句の挿入など、内容が変化に富み、全体の構成にも大いに配慮した、蝶夢の紀行文の熟達を思わせる優品である。

蝶夢文集拾遺二

蝶夢和尚文集に漏れた紀行四編を拾い、ここに収めた。その内の二編は、他の文人との連作である。他に参考として、同行した可風の『くらま紀行』と、木姿の『富士美行脚』の二編を付した。

雲州紀行

広島県慶照寺（田坂英俊住職）蔵。文政二年刊の古声編・蝶夢二十五回忌追悼集『はまちどり』に収める。原題を欠くので、七月四日付け杜音宛蝶夢書簡に従い、「雲州紀行」と仮題する。旅は、『はまちどり』の古声序に「安永亥の年の春」と述べるので、安永八年である。古声序によれば、原本は古声が秘め置いたもの。

田坂英俊編『江戸期における府中の俳諧―その黎明と躍動―』第五集（私家版、一九九〇年）と『俳僧蝶夢』に翻刻がある。

二月二十一日に京を立ち四月五日に帰路で須磨に着くまでの、四四日間の旅行記。帰庵は奉扇会の頃だった（五月三日付け白輅宛蝶夢書簡）。同行者は沂風、田房からは古声とその従者も伴う。途中、備中笠岡の李山、備後上下の風葉、田房の古声など、有力門人との交流をもちつつの旅で、笠岡では島塚の、田房では山里塚の建立供養の俳諧があった。備後を北に向かって出雲大社に詣で、帰途は宍道湖を渡り松江に赴き、伯耆の大山寺、美作の誕生寺に参詣、大戸から吉井川舟を利用して備前三石に出て帰った。三沢の湯の近くの難所の描写は臨場感あり、出雲大社についても細部を具体的に述べる。

東遊紀行

明治大学図書館蔵。九一五・五‐一七。写本一冊。横一二・〇糎、縦一七・七糎。布目入り褐色表紙。題簽なく、打付け書で左肩に「東遊紀行」と外題。全九二丁、墨付き八八丁。丁付けなし。『俳僧蝶夢』は木姿筆とするので、安永九年である。旅は、冒頭に入阿上人・吾東法師の没した翌年とあるので、安永九年である。

当写本は、「東遊紀行」の他に、蝶夢の「遠江の記」「裏不二紀行」と木姿の「富士美行脚」と都合四編を収め、「東遊紀行」には三〇丁を充てる。『俳僧蝶夢』に翻刻がある。

三月六日に京を立ち四月晦日に帰路で近江松尾川を過ぎるまでの、五四日間の旅行記。同行者は京の古静と幾人かの町人。木曾の難所を三度越える感慨にひたりながら中山道をたどり、塩尻・上田・浅間山麓を通って碓氷峠を越え、信濃から上野国の高崎へ。日光街道を経て東照宮に参った後、下総・武蔵を経て江戸へ出た。帰路は、鶴岡八幡宮・藤沢寺・湯本早雲寺・三島明神などを参拝し、各地の旧跡で往古をしのびつつ東海道を通った。江戸で芭蕉旧跡を訪ね、烏明・蓼太・泰里・門瑟・鶏口・古友等の江戸俳人と親しく交わる記事など、この紀行で特徴的である。文芸的洗練を考慮せぬ、記録本位の紀行なのだろう。

（他の文人との連作）

湯あみの日記

現蔵者不明。櫻井武次郎氏提供のコピーによる。写本一冊。横一五・六糎、縦二三・五糎。表紙の色不明、右下部に「湖東古巣園蔵」と打付け書き。題簽、中央無辺、「天明二年八月　湯あみの日記」。全一〇丁。ただし、本文五丁目までの用紙はやや小振りで横一四・五糎、縦二一・三糎、五丁目と六丁目との間に折込みの挿絵一枚を挟む。また、南部晋による朱書の鰭紙があり、その説明によって、蝶夢・麦宇二人の筆跡を交互に混じえたことが分かる。ただし文章は、十四日の日中（五丁目裏）までは、蝶夢を主体として述べている。その夕刻からは、蝶夢は休息したか、行動に参加していない。麦宇の奥書を付す。印記、見返しに「朝日のや」、裏見返しに「南部晋印」「古巣園」。一部に添削の跡を多くとどめ、未定稿と思われる。古巣園旧蔵書。当書については宮田正信氏が、昭和五十二年度の俳文学会で発表した「俳壇落穂拾い」の中で紹介した。旅は、外題肩書・麦宇奥書に明示するように、天明二年である。

八月九日に京を立ち十五日に天の橋立を巡るまでの、七日間の小旅行記。同行者は去何・麦宇の二人、文中、近江の男・都の男と記されたりする。十三日は、田辺の木越宅に宿った。十五日で紀行文は中断されたらしく、この後に幾群かの発句書留があり、その中に菊の日の温泉の句があって、九月上旬までは城之崎に滞在したと思われる。厳密な意味での連作とは言えないが、協同作業的な仕立てに遊び心が見られる。

道ゆきぶり

天理図書館蔵。わ一七三‐九一　翻刻番号一一一六。写本一冊。横一八・六糎、縦二五・五糎。褐色表紙。題簽、中央無辺、ごく薄い灰青色に金粉散し、「道ゆきぶり」。全一四丁。裏見返しにも本文あり。伴蒿蹊の跋、去何の奥書をもつ。当作は蝶夢と蒿蹊との連作で、部分によって文章の主体が異なる。蝶夢は二十七日・二十八日・一日を担当したか。その二人の下書を蒿蹊が浄書したものである。印記、一丁目表に「紫水文庫」、裏見返しに「去何」。伴蒿蹊筆。削除・訂正も多い稿本である。古巣園旧蔵書か。濁点が多く使用されているが、当作に限って「濁点ママ」の注記を省いた。旅は、奥書に明示する天明四年である。

『俳僧蝶夢』に翻刻がある。

二月二十六日に京を立ち三月一日に大坂四天王寺に着くまでの、六日間の小旅行記。同行者は、伴蒿蹊・去何の二人。文中、蝶夢は大とこ・法師、蒿蹊は居士と呼ばれる。摂津に入って総持寺や野崎の観音堂、河内では枚岡社、高安の教興寺、西行ゆかりの弘川寺など、多くの寺社を参詣し、史跡を訪ねる。お目当てだった生駒山の鷲の尾の桜は、ことに印象深く記された。途上で播磨の儒者赤松滄洲に会っている。

（参考）

くらま紀行

滄浪居可風著。

乾憲雄氏蔵。いま、大庭勝一氏提供のコピーによる。中本サイズの写本一冊。著者自筆であろう。外題「くらままいり」、扉題「くらま紀行」。本文一三丁。可風は明和四年秋末の没、文中に見える諸九尼の岡崎結庵は同年の五月十七日、よってこの旅は、明和四年六月頃である。

乾憲雄「蝶夢と「くらま紀行」」（『義仲寺』五〇号、二三二号に再掲）に翻刻、同『くらま紀行』（夢望庵文庫、二〇一〇年）に影印と翻刻がある。

可風と松笙が、鞍馬の一瘤法師に招かれて近江からその地への旅を思い立つ。京で蝶夢を誘い、三人で鞍馬に分け入り、ホトトギスを聞いて下山し、行き違いになった一瘤と京で会う。鞍馬の貫古、敦賀の蕉雨、浪花の寸馬、京の文下・琴之・諸九も登場し、明和初期の蝶夢の身辺を如実に伝える好資料である。

富士美行脚

木姿著。

明治大学図書館蔵。書誌は、東遊紀行の解題において、合わせ述べた。当作品には三五丁を充てる。一〇面にわたる挿絵八点がある。旅中の手控えから転記した、木姿の自画であろう。旅は、蝶夢の「宇良富士の紀行」と同時ゆえ、天明八年である。

『俳僧蝶夢』に翻刻がある。

本作は、三月二十三日以後の旅の経過をも記録して、「宇良富士の紀行」を補完することにまず意義がある。二十二日以前の記事も、蝶夢の記事との違いを見せて面白い。

俳論篇

蝶夢の本格的な俳論は、『門のかをり』一編のみである。これを補うものとして、芭蕉書簡を解説した『芭蕉翁三等之文』があり、他に物語風に述べて俳壇を批判する『双林寺物語』がある。この篇には以上三点を収めたが、編纂的著作の部に収めた『蕉門俳諧語録』も蝶夢の俳論観をよく示し、文章篇に収めた序・跋のいくつかも本篇に関連する。なお、初期の蝶夢が関心を寄せた伝書資料として、『うやむや関翁伝等』（宝暦十三写）・『白砂人集・良薬集・未来記』（明和元写・蝶夢筆・洒竹文庫蔵）・『白砂人集・口秘書要決』（明和初写・蝶夢筆・洒竹文庫蔵）『俳諧十論発蒙』（明和初写と思われる岐阜県立図書館本・明和六写の俳諧叢書翻刻）・『芭蕉翁十六篇自解』（明和三写・蝶夢筆か・柿衞文庫蔵）の五点が伝わる。参考資料とはなり得ようが、ここには割愛した。

ここで、蝶夢の俳論について概観してみると、その俳諧観は、芭蕉の言「これよりまことの道にも入べき器なり」に注して述べた、

此「まことの道」ぞ、神儒仏はいふに及ず、かりそめの詞花言葉の上にも究竟は「実」の一字にとゞまりぬ。（芭蕉翁三等之文）

のくだりに集約的に現れ、「道」と「まこと」がキーワードとなる。すなわち、神道・儒教・仏教そして俳諧にまで普遍的に通底する「道」としての「まこと」を、至上のものと措定する。よって文芸を、人の生きるうえでの思想と等価値に置くことになる。

この原理から、蝶夢の俳論は、①俳諧は道である。②

俳諧の道は、文芸に限定されず、人間の生きる道となる。③俳諧は心が大切である。④俳諧の心は、「まこと」の心である。⑤俳諧の道とは、心の「まこと」を得る道である。という言説が展開されることになる。しかしてこの理念は、蝶夢の芭蕉観と表裏一体のものであった。それは、①それ以前の無心体の狂句を捨て、もっぱら有心体の句を詠んだ。②このことで、初めて俳諧を「道」たらしめた。③よって芭蕉の作品は、すべて「まこと」を述べたものである。④ここで俳諧の風体が定まり、後の人でこの「正風」を慕わぬ者はいない。⑤芭蕉の俳諧は、「炭焼き男」「潮汲み女」にも理解でき、広く浸透している。という理解であった。

このように、俳諧を「まことの道」と考える蝶夢は、その対極にある名利を求める俳諧を厳しく指弾する。蕉門俳人への評価も、この観点から去来と丈草を最も評価する。ところが、俳論面での蝶夢への影響という点で最重要な蕉門俳人は、俳魔とさえ陰口された支考である。次に、このことを考えてみる。

蝶夢の支考観は単純ではない。確かに一方で、「白馬訓、一字録其外、これらなべて支考が偽書にて候」（安永三年七月廿一日付け白露宛蝶夢書簡）「蓮二房はなき事を用ありげに書て、俗人をおどし申候気象見へ申候」（安永四年正月廿一日付け白露宛蝶夢書簡）と批判し、『双林寺物語』では、芭蕉に「支考と申せしゑせ法師」「この支考と申せしもの、己がさかしきほんしやうにまかせて、あらぬ事ども書つゞりて候事ども多し。これ道をひろむるを名として、己が世わたるたつきのための利となせし、いやし人にて候へば」と語らせている。蝶夢は、支考が伝書をつくって伝授し、賢しらに大仰な論を展開して自分の俳圏を拡大するなどは、決して容認していない。だが他の一方では、支考を評価もするのである。

たとえば右の『双林寺物語』の中で、非難した直後に、支考創案の仮名詩碑について、その仮名文字表記についてだけは、「其かなに書し心を思ふに……人の読やすからんためになせしものならん」と、芭蕉に支考の意図に理解を示す発言をさせる。つまり蝶夢は、支考の俳諧観の中核にある、平易性の主張にはまったく賛同しているのである。「門前の姥にも聞合せて合点をせぬは俳諧にあらず」（俳諧十論・八）ということを、蕉門俳諧の要件と考えていたのである。蝶夢は、『蕉門俳諧語録』には支考俳論も多く採り、支考の著と信じた『古今集誹諧歌解』には序を与えている。

実は蝶夢が支考を評価したのは、単に表現の平易という点だけではなかった。先に蝶夢俳論の特質として列挙した内の①②③が、そのまま支考俳論の主張に重なるのである。支考は芭蕉の俳諧を、従来の「おかしみ」の俳諧から離れた幽玄（風雅）の俳諧ととらえ、ここに「俳諧の心」が具現して俳諧は「道」となる、と考える。俳諧において重要なのはこの「心」で、その「俳諧の心」の本質は、「虚実自在」ということにある。何ものにもとらわれぬ、自由な心である。このように自由であるので、俳諧は文芸の次元に限られず、「日常を生きる思想」となり、生活の中にある人々に自在に応じ得るだけに、儒仏老荘思想が及ばぬ精神的効用をも担い得るものとなる。これが支考の俳諧観である。こうして見ると、蝶夢の俳諧観は、支考のそれに、深い部分で通じ合っていたことがわかる。

それでは、支考と対比した場合の蝶夢の独自性とは何だろうか。それは、「俳諧の心」を説くに当たっての、それぞれが用いたキーワードの違いに見出し得る。支考は「虚実自在」と言い、蝶夢は「まこと」を用いたのである。その違いはおそらく、二人が置かれた時代状況の差から生じた。支考は、蕉門俳諧の宣布を自らの使命とした。人々に対して、「そも〳〵風雅はなにの為にするといふ事ぞや」（葛の松原）と俳諧の存在意義を繰り返し問いかけ、『俳諧十論』では「俳諧の徳」の段を設けてその効用を諄々と説く。その際に支考は、儒仏老荘とは異なる、「日常を生きる思想」としての俳諧の価値を提示するが、そこでは、既成の思想用語を用いる理論展開は効果を生まず、俳諧独自の用語の創出へと向かう。その語は、「まこと」の如き民衆が理解しにくい抽象的理念であってはならず、日常の心の在り方を具体的に述べた、「虚実自在」という語が選ばれることになる。

これに対する蝶夢は、すでに蕉門俳諧が世を席捲する勢いに乗った時代に登場する。俳壇に向かって初歩的な啓蒙の言辞を用意する必要もない。心おきなく芭蕉の用語を主張の中心にすえ、新たな概念を込めたのである。

用語に違いがあるとは言え、蝶夢が、俳諧思想の系譜において、支考の流れに立つのは疑いない。蕉門拡大のためとは言え、支考はさまざまに卑俗な方法をとった。これに対し蝶夢は、門派を形成せず文人的生き方を貫いた。蝶夢は、支考から俗臭を取り除き、より洗練されたかたちで「俳諧の心」を説いた、と言えるだろう。

蝶夢の俳論に関し、なお二、三のことを述べたい。まず、近世中期から流布した、多様な俳諧伝書にかかわる問題。

今はむかし、京極わたり中河の寺に住けるころより、此道にこゝろざし有ければ国々よりとひ来る人の多かりしに、其人にあふ度にかならず道のことはりを尋しに、「これなん蕉門の面授口決の秘書、俳諧の直指相伝の切紙よ」と口々にいふをひたぶるに求て、おろかにも恐しき誓ごとをたてゝ伝へ写し置しその書の数、やゝ二十余部になれり。（もとの清水序）

宝暦・明和の蝶夢が、蕉門俳諧を学ぼうとして、熱心に伝書を収集した様子を伝える、貴重な証言である。その伝書へ不信の念を抱くようになるのは、明和六年に『三冊子』、明和九年に『去来抄』に接したからであった。或いは別本によって、これ以前に読んでいたかも知れない。となると蝶夢の蕉風俳諧観は、年とともに変わり育っていったもの、と考えるべきであろう。このことに関して興味深い事実がある。

蝶夢は、支考が伊勢で行った『俳諧十論』の講義の筆記録『俳諧十論発蒙』を、明和元年に写した。その転写本の本文が二種知られる。一つは岐阜県立図書館にある写本一冊、一つは俳諧叢書に翻刻されている佐々醒雪旧蔵本である。岐阜県図本の本文の方が古く、佐々旧蔵本はその後の明和六年の写しである。両者の本文には違いが見られる。この書の本文には、細字書き込みの注が多くあり、その大半は蝶夢によると考えられるが、その蝶夢の書き込み記事が異なるのである。たとえば『去来抄』の名は、前者ではごく少ないのに後者では大幅に増える。また、前者で「白馬ノ教戒訓ニ」とある部分は、後者では「為弁抄に」となる。「白馬ノ教戒訓ニ」は『十論為弁抄』に出る字句だが、蝶夢は、「白馬訓」が支考の偽書であることに気づいてこの名を避け、出典の名に置き換えたのだろう。明和三年刊の『十論衆議』、曲水宛芭蕉書簡（芭蕉翁三等之文）からの引用記事は、後者にのみ見る。こうして見ると、伝書を排し『去来抄』等を求めて行った軌跡が明らかになる。その曲がり角は、五升庵を結んだ頃よりも、少し前であったろう。ただ留意すべきは、この時点においても蝶夢が『俳諧十論』を尊重していたことである。

いま一つ重要なことは、蝶夢が自由な立場で、流派を越えて採るべきは採るという姿勢を示したことである。

嵯峨の去来の曰、「我、蕉門に久しく遊びて虚名ありといへども、句に於て静なる事は丈草に及ず、はなやかなる事其角に及ず、軽き事は野坡におよばず、句のほどけたる事支考に及ず、化（あだ）なる事土芳・半残に及ず、働あること許六に及ず、奇なる事正秀に及がたし。曲翠・野水・越人・洒堂の輩、この道にほこらずといへども、をの〳〵恐るべき一すじあり。常に此人〳〵を予が師とし侍る也。もし芭蕉翁の流を学び給ん人は、この人〳〵を用ひ給はゞ、よき階梯ならんかし」と云々。実にめで度教なるべし。

（門のかをり）

去来らしいまことに謙虚な蕉門人物評だが、蝶夢はこれに深く共感するのである。このような姿勢あってこそ、『蕉門俳諧語録』のような網羅的な書が生まれ、俳壇統一を実現させるのである。こうした立場にあれば、特定流派への傾斜は忌むべきものになる。よって、独善的な美濃派などへは厳しく対することになる。

最後に、蝶夢が、「案じ方」等の創作の方法論を、さほど重視していないことを指摘しておきたい。たとえば風葉に対して蝶夢は、「句の拙きをはづべからず。心の誠なきこそはづかしけれ」（蝶夢訪問記）と諭している。「心のまこと」の絶対的尊重の前に、表現手法の問題が相対的に地位を低めたわけである。

門のかをり（童子教）

岡山市立中央図書館燕々文庫蔵。九一一・四‐三〇四。写本一冊。横一六・一糎、縦二三・五糎。布目入り薄朽葉色表紙。題簽、左肩無辺、「童子教」。全一二丁。裏見返しにも本文あり。昭和初期の西村燕々の写しで、表紙右肩に「江燕亭蔵書」のラベルを貼る。明和五年六月二十五日の蝶夢の奥書があり、さらに見返しには翌明和六年五月の青岢の識語がある。青岢は蝶夢に親炙した湖南の人、燕々が見たのは青岢筆本であったろうか。

対校本の一には、天理図書館綿屋文庫蔵の『門のかをり』（わ一五五‐五）を用いた。当本は化政期の写しか。燕々文庫本と同じ蝶夢奥書をもつ。紺色表紙。題簽、中央無辺、「門能可遠里」。全一三丁。印記、「円夢舎所蔵書」「杉浦蔵書」。「門のかをり」が原題と思えるので、ここでの標題は、綿屋文庫本に従う。

対校本の他の一には、寛政九年十月、瓦全により『俳諧童子教』の名で橘屋から刊行された刊本を用いる。跋を寄せた髭風等の出資と思われ、巻末に「師伝」と題する漢文の蝶夢伝（瓦全撰）を付し、三回忌追悼の意をこめる。半紙本一冊。綿屋文庫本（わ一八七‐三五）は小菊紋押型に布目入りこげ茶色表紙。題簽、中央単辺、「俳諧童子教」。全二三丁。瓦全の序を付す。刊記、「皇都　五升庵蔵版／書林　野田治兵衛」。この刊本の本文中には、九カ所にわたって梨一の言説の補記が認められる。これは、梨一著『もとの清水』からの抜粋記事である。当翻刻においては、その梨一の補記を、『門のかをり』本文の末尾に一括して掲げ、刊本における補記各条の挿入位置を、底本本文中に漢数字で示した。補記は、瓦全のさかしらであろう。本文の一部欠落も同じだろう。

本文の右側に細字で示す、また行中の〔　〕内に補う対校本の本文は、綿屋文庫本にはゴシック体、刊本には明朝体を使って区別した。

ここに『俳諧童子教』の序・跋を記しておく。

俳諧童子教序

和歌と俳諧とは其詞こそかはり侍らめ、故実と心ばへは何のわいだめか侍らむ。かやうの事をもしらで、俳諧とても恣にし侍らんはまことに遺恨の事なりと、季吟法印の判の詞に書れたり。そもことふりにたれど、風雅の道はちはやぶる神代よりつたへて、まことをのぶるをもて道とするに、なまじゐに格もなきわたくしのこと葉をもてあつかひ、口には芝蘭の露を吐とも心の蓬直からずして風情をうしなひ、道をそこなひ、あだなること葉はかなき事のみいでくるを、祖翁もなげき玉ひぬとかや。

予、若かりしむかし此書を授与せられて三輪の山もとたどるほどに、越の丸岡の梨一老人来りて、閑談のつゐでに此書をよみて章段を書くはへられしが、ほどなくあだし野ゝ露と消て『菅菰抄』に名をとゞめぬ。時うつりことさりて、師も三とせさきの冬の嵐に鳥部山のけぶりとなり玉ひて、いまは記念となりぬ。

されば此書はわが仏にて、花すゝき穂にいだすべきにあらねど、ことし大祥忌の追福にひろく遺弟に見すべしと、たれかれのすゝむるにまかせ、巻尾に師伝を書のせ上木して、報恩に備へ侍る。返す〴〵俳諧にあそばむ同志の人は、此「童子教」にならひて浅香山の浅きより難波の海の深きにいたるべし。遠き所もいでたつあしもとよりはじまりて、あま雲たなびくまでおひのぼれるといへる、其いでたつ一歩に心して、千里の道をふみたがふことなかれとぞ。

寛政九丁巳孟冬　　五升庵瓦全述。

跋

この「童子教」は、わが師蝶夢幻阿和尚の書捨られしもの也。されど例の名望をいとはれしからに、同門の人といへどもしる人まれにて遷化し給ひぬ。もとより生前に著されし抄物あまたなれど、皆古徳の教のみを挙て、自己の発明をしるされしは此「童子教」ばかりとみゆ。正風の骨髄をさぐりもとめて、翁の俳諧の極致を尽せり。しかも其言葉易簡にして、此道の「三綱領」、風雅の『大学』ともいふべし。

さるを呑魚の餌となさん事、本意なければ、同門の東走なるものに語り合、洛の瓦全叟とひとつ心に上梓し、はいかいの磨草ともなれかしとおもふよしを、但州豊岡川のほとりに住る、懐花楼の髭風謹書。

蝶夢が自らの俳諧理念を体系的に述べた唯一の書である。内容は、①俳諧のすすめ。②俳諧と誹諧の字義の違い。③俳諧の起源と歴史。④初心者の心得。⑤俳諧という様式のありがたさ。⑥新古の風躰の違い。⑦伝授・口決は必要ないこと。⑧俳諧の文章のこと。⑨句の案じ方について。⑩付け句について。など十余条に分かって展開するが、紙数を費やす④と⑤が、俳諧理念を説く山場となる。すなわち、④では、今昔の詩歌をよく知ること。情を先にし、物のあはれをしること。和歌の一体であると心得て、堕落した異風の俳諧を遠ざけること。が強調され、⑤では、俗談平話で人情をありのままに述べる平易さ。庶民にもつくれる親しみやすさ。和歌・連歌・漢詩と肩を並べる風雅の「道」であること。が揚言されるのである。

論調の形成過程を明らかにし得ないが、当書では「まこと」の強調がまだ見られない。一方、⑨の不易流行について「正風の曲節の躰」「不易の修行地より」と解説するくだりは、支考の「其地をよくしれば、曲節は時に自在なる物也」（十論為弁抄・六・曲節地）に通うものがある。支考俳論がなお影響することを、見落としてはなるまい。俗談平話の主張もしかりである。一書中の核心となる言辞を挙げるなら、それはおそらく④の「ことにふれて情を先にし、物のあはれをしり」と、⑤の「人情を有の儘に詞をかざらず、雪月華は勿論、生とし生ける物のたぐひにものいはせたらん」になるだろうが、その成立の背景については、同時代の歌論なども参照して、今後さらに検討されねばならない。

この書にかかわる資料として重要なのは、備後の風葉が蝶夢を訪問した際の聞書『蝶夢訪問記』（仮題）である。訪問は明和六年初夏で、内容的に重なる部分がある。

田坂英俊「風葉作『蝶夢訪問記』」（『連歌俳諧研究』八三号）にその翻刻がある。

双林寺物語

東京大学総合図書館蔵。洒四七五。写本一冊。横一七・一糎、縦二四・一糎。唐草らしい模様の押型ある紅色表紙。左肩に打付け書で「双林寺物語」と外題、ただし下半は不鮮明。全三八丁。一丁目は扉で、中央に「双林寺物語」と書き、改装前の表紙と思われる。二丁目以下の二一丁が「双林寺物語」に充てられ、これに一〇丁を充てた「嵐山に遊ぶの記」と六丁を充てた「泊庵記」を付す。丁付けなし。裏見返しに「寛政九丁巳年七月写之　漣月」の奥書（印「松印省因」「漣月」）、「双林寺物語」の末尾に「右、蝶夢幻阿上人真筆写」との識語がある。誤写が多いが、漢字仮名の書き分け方など、次に挙げる杜音本の本文と一致し、その点では蝶夢自筆本の本文を反映すると思われる。

杜音本と呼ぶのは、俳誌『倦鳥』昭和六年十月～十二月号に掲載された、片岡砂丘艸氏の翻刻である。次の奥書をもつ（一部、誤りを正した）。

この一冊は、東山幻阿法師のかき給ひけるを、天明四辰年春、あふみの国の速水庄高田むらの、去何なる人うつし給ひしを、天明八（七）丁未の秋菊月中旬うつし侍る。

すみつき十四枚　富田杜音

杜音は、伊賀国阿拝郡柘植村に住む蝶夢の有力支持者、去何もまた有力門人で、信頼できる奥書だが、翻刻には誤りが多く、片岡氏の恣意もうかがえる。よって当本は、洒竹本の本文に近い伝本が、他にも存したことを証するものとして価値を有することになる。また、当作の成立時を、天明四年春頃と推定できるのも有難い。本文中にも「ことしは春くはゝれる年にて」とある。岡山市立中央図書館には、この杜音本を墨書した西村燕々の写本一冊がある。

対校本としては、明治大学図書館蔵本を用いる。〇九二・五‐三四。写本一冊。横一七・〇糎、縦二三・八糎。

紺色表紙。題簽、左肩無辺、「双林寺物語」。全一九丁。丁付けなし。本文は十行罫紙使用。次の奥書をもつ。

于時天明七龍集丁未暦春衣更着麗日書写之竟。

湖東　寸流庵胆山　（印「胆山」「釈慧照」）

胆山曰、此書作者しれず。しかれども言葉のはしを見るに、神楽岡崎の隠者たるべけれど、名を出さむことを憚りたるなるべし。此人、当時蕉門正統の豪傑とぞ。蝶夢幻阿是也。

当本は、漢字仮名の書き分け方が洒竹本と大いに異なり、その点で自筆本本文を反映していない。一行の脱文もある。しかし、誤写少なく、洒竹本の誤写部分に対応する本文は、その七割強が杜音本の本文に一致していて、信頼度を推し量り得る。右奥書に「作者しれず」とあるが、正月十四日付け白輅宛書簡に「作者御吟味被下間敷候」とある。意図的な韜晦は美濃派への気遣いか。

この書はまた、刊本をもつ。本文が、文化八年刊の魯白編の蝶夢十七回忌追悼集『後のひかり』に収まるのである。ところがこの本文は、脱字脱文がはなはだ多いだけでなく、核心ともいうべき仮名詩碑の部分をほとんど省いている。「しかるにぞ、この碑をみ侍るに」以下をすべて欠き、直ちに「長楽の鐘の声」で結ぶのである。瓦全がかかわった仕事ゆえ、美濃派への配慮があってのことか。冒頭に「蝶夢幻阿師遺文双林寺物語といふを、こゝに浄写して追福に備ふ」と題する。

翻刻本文において、行の右側の〔　〕の内に示し、あるいは行中の〔　〕の内に補う対校本の本文は、明大本のそれである。

双林寺というのは、京都市東山区鷲尾町、円山音楽堂の東に隣接する天台宗寺院である。山号、金玉山。実は、元徳期から明治初年までは時宗寺院として栄え、国阿派の本山であった。その本堂の向かって左に、三基の供養塔が東面して建ち、北からそれぞれ西行・平康頼・頓阿の碑とされ、頓阿碑の表に「頓阿法師」、裏に「延宝二甲寅年建之」とある以外は風化で読めない。別に、円山音楽堂の南に道を隔てて西行庵があり、芭蕉の仮名詩碑と支考以下の美濃派歴代宗匠の墓碑が並ぶ。ところが、

この仮名詩碑と文考等の墓碑は、かつては本堂前に、西行等の三基に続いて一線上に東面して配列されていた。その画証を、寛政二年刊の『双林寺碑銘註昼錦抄』に得ることができる。それが幕末に（花洛名勝図絵）、分離移転されたのである。ここは美濃派の一拠点で、毎年春に墨直会が催され、蝶夢は、明和二年から六年間その墨直会を主催していた。当書は、この移転以前の石碑群を舞台に物語を繰り広げる。

創作した物語によって俳壇批判を試みたもので、夢幻能に発想を得たであろう。前半は、春夜に双林寺に詣でた主人公（蝶夢であろう）の前に、西行・平康頼・頓阿が次々に現れ、己れの生涯を回顧する。後半で芭蕉が登場して西行・頓阿の風に学んだことなど語り、話題は仮名詩碑や美濃派道統の墓碑のことに移って、三人がこもごも批判することになる。謎文による仮名詩碑の妖しさ、歴代宗匠の墓碑を林立させる売名性などが指弾されるが、蝶夢の執筆意図は、最後の「あらそひ侍りて、公の庁にうたへ出し」の部分にあろうか。おそらくこれは、美濃派の以哉派・再和派の分裂騒ぎを難じたのだろう。とすると、蝶夢は、美濃派の動向を気にしていたことになる。文中、芭蕉の言に託して、自己の文考観・蕉風俳諧観をも披瀝している。

芭蕉翁三等之文

東京大学総合図書館蔵。洒二八五七。半紙本一冊。雲文繋ぎに春の七草模様の押型ある胡粉色表紙（口絵は天理図書館わ一八八‐八五）。題簽、中央単辺、「芭蕉翁三等之文」。全三二丁。丁付け、序二丁・跋二丁には欠、本文では柱に「一」～「二十七」。刊記、「五升庵所蔵／書林野田治兵衛」。寛政十年二月の日向城ケ崎の可笛・五明の序、瓦全の跋を付す。可笛・五明が共編、また両名と京の雅石が出資した。

本文冒頭の半時庵淡々の極書二丁、芭蕉書簡七丁半、つまり九丁目表面までは、いずれも原本の模刻である。芭蕉書簡は、元禄五年二月十八日付け菅沼曲水宛て。この芭蕉書簡は、淡々の極書とともに『校本芭蕉全集』第八巻（角川書店、一九六四年。富士見書房、一九八九年）の口絵に写真が掲載されており、現存する。その口絵によると、この二点は一続きに表装されている。

ちなみに、天理図書館本（わ一八八‐五九）の表紙は、小菊紋押型ある紺色表紙、愛知県立大学本（四七一）は押型ある濃緑色表紙。

『芭蕉書簡集』（改造文庫、一九三一年）・『芭蕉』（国語国文学研究史大成一二、三省堂、一九五九年）に翻刻がある。

芭蕉の書簡の一つに注を加えて、自己の蕉風俳諧観を述べたもの。成立は天明年間中葉か。芭蕉書簡は、俳諧に遊ぶ者の品を三段階に分け、点取り俳諧の勝負に没頭する大衆、点取りの勝負にこだわらずこれを悠々と楽しむ富者、「まこと」の道に入る法と考える真の俳人とする。蝶夢はそれぞれの品を一行一行かみ砕くように解説するが、第三の品の中で持論を展開し、風雅の道は、人の評価を気にすることなく「ひたぶるに思ひを句にのべてたのしむ」もので、風雅のまことをしるとは、「無常迅速のことわりを観じ」ることによって、「おのづから霞をあはれみ露をかなし」み、「後の世の事は更にもいはじ、此世さまのよろづにつけても情深」くあることだと説く。俳諧は「日常を生きる思想」であるとの理念が、ここで力づよく訴えられるのである。そして「世に蕉翁をたゞ俳諧の先達と而已（のみ）おぼへたるは、いとあたらし」との芭蕉観が、明確に示されることになる。

編纂的著作

蝶夢の著作の内には、すでに流布する多くの文献から、その一部の章句を丹念に拾いあげ、その数々をモザイク風に集成して、あたかも一編の著作のように編み上げたものがある。これは、何よりも原典を尊重しようとする姿勢と、多くの資料を己れがいだく理念に立って有機的に再構成しようという意図との、この二要件を両立して生まれた方法であった。よってこの形式は、それ自体が蝶夢の個性をにじませる。

ここに含まれるのは、『蕉門俳諧語録』と『芭蕉翁絵詞伝』の二編である。組み込まれた資料の名を、脚注に示した。

蕉門俳諧語録

東京大学総合図書館蔵。洒一五〇六B。半紙本二冊。茶色の横刷毛目模様の表紙（口絵には天理図書館わ一六五‐五一を用いた。茶細格子縞表紙）。題簽、中央無辺、「蕉門誹諧語録　上」。内題・巻尾題「蕉門誹諧語録」。丁数、上巻・三六、下巻・四五。丁付け、柱に「上序一」〜「上序三」・「上一」〜「上三十三」・「下一」〜「下四十五」。跋は下巻の四十五丁目、その裏面末に刊記、「蕉門俳諧書林　井筒屋庄兵衛／橘屋治兵衛　板行」。裏見返しに「蝶夢子著述書目」を掲げる。安永三年四月の蝶夢自序、安永六年十月の古声の跋を付す。古声が出資者である。

ちなみに、早稲田大学図書館中村俊定文庫本（五三四）の表紙は、茶色の格子刷毛目模様である。

巌谷小波校訂『俳諧論集』（俳諧文庫一三、博文館、一八九九年）・巌谷小波他編『校註俳文学大系』第八巻随筆編（大鳳閣書房、一九三〇年）に翻刻がある。

脚注に記したのは、それぞれの条の出典名である。この調査のほとんどを、伊集院頼子氏の鹿児島大学教育学部昭和五十四年度卒業論文「蕉門俳論の研究―『蕉門俳諧語録』について」に負うている。脚注のアラビア数字は、編者が与えた段の通し番号である。

蕉風俳諧の要諦や秘訣をのべる言辞を、事項に偏りなく諸書から抜き書きし、内容ごとに分類して配列したもの。当初は、蝶夢が自らの心覚えのために始め、座右に置いたものであった。画期的な企画であるので類書にとぼしく、昭和十四年刊の小宮豊隆・横沢三郎共編『芭蕉俳諧論集』（岩波文庫、一九三九年）を見る程度である。誹諧の名義の事、連歌と俳諧の差別の事、誹諧の法式の事、不易流行の事、切字手尓葉の事など一三章に分けられ、各章の諸段は「……曰」に始まる。書名は、何々禅師語録のような仏書によっている。

段の数は二一九段あり、一段が複数の資料を使う場合もあって、二三一点の記事が使われている。その出典を検討してみる。まず、使われた文献の数は二七種である。出典不詳の記事が三〇点ある。残る二〇一点の内、もっとも多いのは去来抄の五二点、次に三冊子の三六点、旅寝論（弁篇突集を含む）の一九点が続き、この三種で半ばを占める。俳人別に見ると、最多は去来（去来抄・旅寝論・弁篇突集・去来伝書・俳諧無門関）の七四点で、以下は、許六（歴代滑稽伝・本朝文選序、共編の俳諧問答・宇陀法師・篇突・許野消息）の三八点、土芳（三冊子）の三六点、支考（葛の松原・続五論・梟日記・東西夜話・俳諧十論・十論為弁抄・俳諧古今抄）の二七点、其角（雑談集・末若葉・猿蓑序）の一四点、野坡（袖日記・樗庵艸結）の九点、の順となる。去来・許六・土芳を主体とすること、支考・其角・野坡をも含めて蕉門を網羅すること、とくに支考については文献が七種にも及んでいること、などが見てとれる。ここに、流派を越え蕉門俳論を正しく継承しようとの、蝶夢の清い意志がうかがえる。すでに、かつて収集した「白砂人集」などの伝書は含まれず、芭蕉の生の言葉を中心にすえて、蕉風俳論受容の新時代を告げるのである。

217段の「感仰」は、底本では「感耶」とも読めるが、他本に従った。

芭蕉翁絵詞伝

中野三敏氏蔵。大本三冊。「粟」「津」「文」「庫」の四字と松葉を散らした押型ある布目入り縹色表紙。題簽、中央無辺、金粉散らし、「芭蕉翁絵詞伝　上」。丁数、上巻・二六、中・三一、下巻・三二、各巻とも第一丁目は遊紙。各面には単辺の匡郭を施す。全丁の柱に「芭蕉翁絵詞伝」と記し、巻次・丁付けを示さない。寛政四年十月の蝶夢自跋が二丁半あり、その後の半丁は、寛政五年四月の井口保孝（菊二）の奥書および刊記「蕉門俳諧書林　井筒屋庄兵衛／橘屋治兵衛」。奥書の通り、版下筆者は井口保孝である。

　挿絵、全三三図。上巻・九、中巻・一三、下巻・一一。下巻二十九丁目裏に寛政五年五月の吉田偃武の奥書あり、挿絵の筆者が偃武であること、狩野正栄至信の原画を縮約したことが知れる。当中野氏本の挿絵は、これに筆で彩色を施しており（口絵参照）、特別誂えの珍本である。当翻刻中の挿絵には、国立国会図書館蔵本（一四六・一六八）のものを用いた。この本は、阿波国文庫・不忍文庫の旧蔵本で、管見の内では最も古い版である。

　ちなみに、題簽の色は、伝本によって朽葉色のものがある。芭蕉翁記念館本・敦賀市立博物館本など。挿絵も、後刷本になると、須磨の蜑の図で三羽の鳥を加え、那須野の図で白衣を黒衣に変える、などの入木が見られる。また、『二〇〇八年国際稀覯本フェア目録』（ＡＢＡＪ日本古書籍商協会、同年）に載る一本の表紙は、全面に芭蕉葉をあしらう模様である。

　当書の板木四三枚を今も所蔵する芸艸堂は、明治以後たびたび後刷り本を刊行しており、最近は一九八九年に刷られた。『袖珍名著文庫』一（冨山房、一九〇三年）・『芭蕉翁全集』（俳諧叢書七、博文館、一九一六年）・『校訂評註芭蕉文庫』一二（春陽堂、一九二五年）・『新型名著文庫』六（冨山房、一九二六年）・『芭蕉全集』（日本名著全集三、一九二九年）・『冨山房百科文庫』三六（冨山房、一九三八年）・芸艸堂後刷り本の別冊解説（芸艸堂、一九八九年）に翻刻がある。

　当書には、これに先立つ蝶夢自筆の写本があった。今仮に原本と呼んでおく。宗教法人義仲寺蔵。巻子本三巻。紙高、三七・八糎。全長、上巻は一一・八九㍍、中巻は一二・六三㍍、下巻は一五・四八㍍。用紙、鳥の子紙で紙背は金粉蒔地。巻端の外面は、縹色緞子織絹布に、岡本保孝筆「粟」「津」「文」「庫」の四字と松葉を散らして織り込む。内面は、銀切箔散らし金紙貼り。濃緑色平打ち紐付き。題簽は、横五糎余、縦二〇糎余、金地茶色横縞模様入りの絹布に、佐竹重威筆で「芭蕉翁絵詞伝上」と記す。巻軸、黒檀製。贅を尽くしたつくりは、義仲寺へ奉納された品であることをよく物語る。三三葉の挿絵は狩野正栄至信が画いた。

　漆溜め塗りに高蒔絵の金泥文字で書名（佐竹重威筆）を記す内箱と、桐作りの外箱による二重箱入り。外箱の表面には、竹村方壺の筆で、書名や筆をとった者の名、それに「寛政五年癸丑十月」の年次が記され、箱の底面には、「絵伝檀越名録」として、全国にわたる六二名の出資者の俳名が記録されている。

　原本の本文は、修正加筆を示す刊本の本文とやや異なる。その詳細は、下記の田中論文を参照されたい。

　この原本には草稿が存在し、岐阜県高山市の加藤誠氏が所蔵する（飛驒高山まちの博物館寄託）。また原本の複製が、一九七八年二月に成った。芭蕉翁三百回忌記念事業の一として義仲寺と落柿舎が刊行したもので、保田与重郎氏が解題（昭和五十二年時雨忌）を執筆している。

　当書は、晩年の蝶夢が、芭蕉百回忌に向けて精魂を傾けた、畢生の大作、大振りの絵入り本である。伊賀などで収集した芭蕉所伝など取り込むが、新事実には乏しい。しかし、芭蕉を蕉風俳諧の祖師と見る立場からその生涯を全円的に叙述し、鑑賞に値する最初の本格的芭蕉伝として仕立てた、その意義は大きい。挿絵を伴うため、五十年を生きた実在の人間として芭蕉を深く印象づけ、芭蕉を義と情に厚い人物とし、旅に過ごした生涯というイメージを与え、それを俳壇にとどまらず、広く世に伝えたのである。制作手法としては、芭蕉の紀行や発句前書等を綴り合わせて語るという方法をとり、作品鑑賞を兼ねる伝記となった。形態・内容ともに『一遍聖絵』の影響が認められる。田中道雄「『芭蕉翁絵詞伝』の性格」（『鹿児島大学教育学部紀要』二九・三〇号）・同じく田中の芸艸堂後刷本の別冊解説。

編纂した撰集

蝶夢が編纂した撰集には、明和二年から明和七年にいたる各年の『墨直し』、明和五年より安永八年にいたる各年の『しぐれ会』、そして大撰集ともいうべき明和七年の『施主名録発句集』がある。また長い年月をかけた労作『類題発句集』『新類題発句集』『俳諧名所小鏡』も重要で、その他にも手掛けた俳書は多い。蝶夢の本つくりの才をよくしのびうるが、その多くは割愛し、とくに重要な二点のみを収める。

機嫌天

酒田市立光丘文庫蔵。C九‐一三六。小本一冊。白表紙。大和綴じ。題簽、左肩単辺、「機嫌天」。丁数、一三丁。柱刻・丁付け・刊記なし。巻首に「光丘文庫」「本間氏蔵書」、巻尾に「本間西室洞」（香炉形）の蔵書印。

蝶夢の序、嘯山の軸句を備えるので、蝶夢・嘯山共編であろう。当書に出句する和水・井梧・荷蝶は宝暦四年刊の巴人十三回忌集『明の蓮』（宋屋編）に、管子・珍志・如礫・瓜流・和水は明和五年刊の宋屋三回忌集『香世界』（武然編）に見えるので、当書は宋屋系俳書と知れる。都市系俳諧時代の蝶夢の、数少ない資料の一である。また、蝶夢の最初の編著としても貴重である。宝暦中葉の刊行で、この頃、蝶夢と嘯山が、協力して一書を編むほど親しい仲であったことも証される。

内容は、社友各人に各種の桜の題を与え、二四人が一句ずつを詠んだ、趣味性が濃い発句集。書名は、桜花爛漫の春日和の意か。

はちたゝき

天理図書館蔵。わ一五五-一一　翻刻番号一一一七。半紙本一冊。水浅葱色表紙。題簽、中央無辺、「はちたゝき」。見返しの瓢箪の絵の中に「鉢たゝき」と内題。丁数、二五丁。丁付け、柱に「一」～「二十五終」。刊記、最末丁裏に細字で「洛陽書林　野田次兵衛梓行」。見返しと三丁目表に挿絵、後者は酔月画。挿絵二図は、聖心女子大学図書館蔵本（九一一・三三-C五三）による。明和六年初頭刊か。

明和五年十二月八日に、前夜から帰白院に連中が集って鉢たたきを聞き、歌仙を興行した記念の集。併せて古今の鉢たたきの句や文を収めた風雅な集で、蝶夢の念仏聖への敬慕をしのばせる。「蝶夢子著述書目」（六三九頁参照）にも掲げており、蝶夢の愛着が察せられる。この催しには、蝶夢の帰白院への決別の意があったかもしれない。

滋賀俳文学研究会編・刊『はちたゝき文集』（一九六九年）に翻刻がある。

（粟津文庫旧蔵品のこと）

知られるように蝶夢は、寛政三年、義仲寺内に粟津文庫を創設して、俳諧資料の収集を図った。明治に入って散逸したが、その全容は、沖森直三郎氏蔵の同文庫目録（『義仲寺』誌一三六～一三八号に翻刻）にうかがい得る。その中には当然、多数の蝶夢関連資料が含まれ、中でも次は注目に値する。

蝶夢上人随筆		三冊
湯あみの日記	蝶夢	一冊
草根句集	蝶夢	二冊
泊庵文草	蝶夢文集　去何	三冊
道ゆきぶり	伴蒿蹊・蝶夢道の記	一冊

右の内、『湯あみの日記』『道ゆきぶり』は当全集で底本として使用、『泊庵文草』は対校に用いた明治大学図書館蔵本に近い本であろう。『草根句集』は、草根発句集宮田本（「草根句集」と外題、一冊）と関連あるものか。

『蝶夢上人随筆』は、『俳僧蝶夢』によると、一冊本を北田紫水氏が所蔵していたことが知られるが、現在は所在不明。『たそがれ随筆』によると、随筆の一冊は歌人の家集や教え、一冊は多くの国書の誤りを正し、歌人の美談を集める、という。また、芭蕉七部集の解も含むらしい。

牛見正和氏によると、粟津文庫本は、後刷本であることが多く、右の目録に載らぬものもよく見る、という。

（著述書目と価格について）

同時代の俳書には、蝶夢の編著をまとめて示す広告がまま見られる。最初は「蝶夢子著述書目」と題されており、本書六三九頁に翻刻した『蕉門俳諧語録』付載のものなどで、一〇点（A）を掲げる。同じ題で、『芭蕉翁俳諧集』（わ一七五‐五三）付載のものでは、Aから宰府記行を除き、芭蕉翁絵詞伝・吉野の冬の記・遠江の記を加えた一二点を掲げる。

次いで『俳諧名所小鏡』（洒竹三七九三）『芭蕉翁発句集』小本（芭蕉文庫一七九‐一五）付載のものは「蝶夢叟書述目録」と題され、Aに芭蕉翁絵詞伝・吉野の冬の記・遠江の記・芭蕉門古人真蹟・養老瀧の記・新類題発句集を加えた一六点（B）を掲げる。ただし、両書での配列は異なる。

さらに、『芭蕉翁発句集』小本（芭蕉文庫一七九‐一三）付載のものは「蝶夢子書述目録」の題で、Bから芭蕉門古人真蹟を除き、芭蕉発句集小本・松島道の記を加えた一七点を掲げている。

ちなみに、蝶夢関係俳書の価格はいかほどであったか。解題冒頭に紹介した橘屋の刊行書目によると、芭蕉翁発句集は五匁、俳諧集は六匁五分、文集は四匁八分、芭蕉堂名録集は六匁、蕉門俳諧語録は五匁、去来丈草発句集は三匁八分、類題発句集は一二匁五分、俳諧名所小鏡上巻のみは三匁八分、同揃い一二匁五分、松島道の記・宰府記行・養老瀧の記・吉野の冬の記はいずれも二匁五分、遠江の記は三匁である。

（文章の連作について）

蝶夢たちは、嵐山に遊ぶの記・湯あみの日記・道ゆきぶりにおいて連作を試みている。その表現意図や文壇での拡がりについては、よく知り得ていない。

後掲の「同時代の主な蝶夢伝資料」に収めた各資料の、底本の所蔵者は次の通りである。

師伝	俳諧童子教	天理図書館
『意新能日可麗』序	意新能日可麗	同
僧幻阿	続近世畸人伝	国会図書館
俳諧蝶夢五升庵記	艸廬文集	同
泊庵記	北禅文草	同
題蝶夢老人泊庵	松蘿館詩文稿	同

頴原退蔵博士讃の旭山が模刻した僊武画蝶夢肖像。「御像の眼すゞしき若葉かな　退蔵」。尾形仂博士愛蔵品。長崎県立長崎図書館蔵。

芭蕉百回忌に、蝶夢が義仲寺境内に建てた卒塔婆。

鈍雅画蝶夢像。寛政八年刊『俳諧百家仙』収。玉城司氏蔵。

臥牛粛画蝶夢肖像。僊武画蝶夢肖像かそれを模刻した『石の光』口絵の模写。淡彩。義仲寺蔵。

文人僧蝶夢

——その事績の史的意義

田中道雄

まえがき——忘れられた巨星

歴史の中では、偉大な業績を残した人物が、人々から次第に忘れられていくことがある。忘れられるには、それなりの事情があるのだろう。たとえば、その人物のはたした役割が、人々に十分に理解されていなかった場合などである。蝶夢の業績も、まさにそのケースと思われる。

蝶夢は、芭蕉顕彰における第一の功労者と考えられてきた。実は、それ以上の大きな役割をはたしたのだが、その部分を人々は知らなかった。一般には分かりにくい事柄だったとしても、蝶夢を評価すべき立場の人々も、それを十分には解明してこなかったから。

蝶夢の芭蕉顕彰の事業は、明治大正ごろまでは高い評価を保っていた。たとえば『芭蕉翁絵詞伝』は、明治から昭和まで、六回も形を変えながら出版されている。江戸時代に木版本として何度も増刷されていたこの書は、芭蕉伝記の基本図書なのであり、日本人がいだく芭蕉像はこの書によって形成された、といっても過言ではない。これだけでも偉大な功績である。しかし、近代的な伝記研究が進むにつれ、この書は次第に読まれなくなる。また、『芭蕉翁発句集』『芭蕉翁俳諧集』『芭蕉翁文集』の三部作は、いわば最初の芭蕉全集ともいえるものなのに、明治以後は、一度活字本になるだけで絶えてしまう。近代のより合理的な俳諧研究の前で、蝶夢の近世的俳諧学は影を薄くしていく。このように、芭蕉研究における近世最高の功労者が忘れられるのは、時の流れにそう、やむを得ぬ事象ではあった。

だが蝶夢に、もし芭蕉顕彰にとどまらぬ功績があったとしたら、そう簡単に忘れ去られてよいものか。

一　生涯と俳壇活動

この解説で私は、何よりも蝶夢の事績の文学史的意義を述べたいのだが、それに先立ち、ひとまず生涯の活動の全体を概観しておこう。

1　生い立ちと教養

蝶夢は、享保十七年（一七三二）に京都で生まれた。芭蕉が没して四十年ほど後のことである。いまだに俗姓名が明らかでない。両親は京都で暮らしていたが、越前敦賀から出て来た人らしい。中流以下の階層に属したと思われ、職業も知れない。夫婦ともに信仰心が篤かった。弟が一人おり、はやく里子に出された。蝶夢が八歳にして寺に預けられたことも考えると、生活はかなり厳しかったようだ。両親については「熊野紀行」で短く語るだけで口を閉ざす。そこに深い思いを知る。

蝶夢が預けられたのは、東山にある時宗の法国寺だった。住職の禅量和尚は、幼い蝶夢の聡明さをいちはやく見抜いて暖かい目を注いだ。九歳で剃髪し、「木端」と呼ばれた。蝶夢の法号・詮誉幻阿量的の「量」は、あるいは禅量に因むかもしれない。法兄に後の入阿上人がおり、ながく契りを結んだ。

最初に時宗の僧になったことは、後の蝶夢の活動を考えるうえで留意すべきようだ。だが、十三歳か十四歳になって浄土宗の寺に移る。中川にある、阿弥陀寺の塔頭の帰白院である。禅量和尚の弟がその住職を務めており、心頑和尚といった。その心頑が弟子の僧を喪ったので、蝶夢を所望したのである。若年ながら、師の信頼を得ている蝶夢の姿がうかがえる。

ところがこの心碩和尚が、蝶夢が移ってきて間もなく遷化してしまう。ここで蝶夢が住職になるには、まだあまりにも早すぎる。住職不在の長い年月、蝶夢を励まして帰白院を守ってくれたのは、別の塔頭興雲院の住職・音長法師だった。蝶夢はこの音長法師に深い敬愛の情をいだいている。

蝶夢がこの十世心碩のあとを継いで帰白院の十一世住職となったのは、かなり若年のことだろう。この塔頭を句会の会場に提供している宝暦四年四月は、すでにその地位を得て何年かたつように思われる。

ところで蝶夢は、どのようにして教養を身につけ得たのか。蝶夢はしばしば自分に師がいないことを公言する。それは俳諧についていう場合が多いが、当時の教養の基本とされた儒学や歌学についても同じで、私塾で学んだ形跡はない。とすると、寺の生活の中で導いてくれた僧たちこそ蝶夢の教師であり、その教えに従って自学自習して自らを磨いたのだろう。

法国寺の禅量和尚は、常陸の国から歌学のために上洛し、梅月堂（香川宣阿）に入門していた（三二〇七詞書）。終生兄事した入阿上人は、武者小路実岳や澄月に近い有力歌人だった。また阿弥陀寺で長く接した音長法師は、姉小路風竹軒（実記）・武者小路実岳に学び二条家の奥義を得ていた。このように見ると、和歌・和学については大いに学び得たと思われる。一方、儒学については自ら「野子…儒学に疎き故」（五月六日付け白露宛書簡）と記すとおりのようだが、悉曇音韻の学に通じた音長法師の影響もあってか、漢詩文にもかなり詳しい。

青年期の蝶夢について、二つを知り得る。一は二十歳の頃、同朋の業海と「普化の振鈴を学びて、戯に尺八の竹を籟（ふ）」（宇良富士の紀行）いたこと、一は親友の伴蒿蹊が「若き時は頗る放蕩なりし」（続近世畸人伝）と評していることである。前者については分かりづらいが、これらの挿話は、若い蝶夢が、もてあます何かを内に抱えていたことを物語る。

2　都市系俳諧に遊ぶ

俳諧については早くから親しんだ。法国寺の文庫で『枝葉集』という作法書に出会って俳諧に興味をもち、帰白院では住職心碩と法兄が、般亮および一松の俳号で二世米史の門に遊んでいた。蝶夢もこれに参じ、「蝶夢」の俳号を得る。

米史は貞門の人だった。京都はもともと貞門俳諧発祥の地、この貞門と、これに淡々の一派を加えた京都俳壇は、まさに都市風の俳諧の独擅場だった。淡々は蕉門の其角の流れを汲む。蝶夢も米史の門に入ったのかもしれないが、今その資料を見出だせない。初期の蝶夢の資料は、同じ都市系ながら、やはり其角・嵐雪の流れを汲む宋屋の俳書に現れる。宝暦四年、二十三歳の時である。

その作例を見てみよう。

光陰も馴るゝ間はやし一夜酒

宋屋の師、巴人の十三回忌の追福の句で、この句の良さは、歳月が過ぎ心が落ち着いてきたという「馴る」を、酒が一夜のうちに発酵することに掛け、ともに「はやし」とまとめたところにある。つまり巧みな言語表現の面白さである。ここに都市系俳諧の本質がある。この巧みさ・面白さの追求ということが過剰になり、それを競うゲーム感覚の点取り俳諧が都市系俳壇に蔓延してくるのは、まことに自然な成り行きだった。蝶夢もこれに興じた。

千の数堅田の浪に雁の声

壁につゝくり何を恋病み　　蝶夢

前句に気の利いた句を付けると高い点がつくわけで、蝶夢のこの付句はどこが評価されたのか。前句は近江八景の堅田の落雁のもじり、「つゝくり」はつくねんと、の意。千羽の雁の声の騒ぎは、沈み込む人の苦しみの深さか。これなどいい方で、点取り俳諧の句は、奇を衒いすぎて意味を解しがたいものが多い。

正直のかうべにて地がしら
葛城の請取り普請出来兼ぬる　蝶夢

この付合いになると、謎めいて一筋縄ではいかない。

この時期、蝶夢が俳壇でどれほど知られていたか分かりにくい。宝暦七年三月、後々まで交わる大坂の旧国（大江丸）がわざわざ訪ねて来ており、或いは一部に名が伝わっていたか。

3　地方系俳諧への俳風転換

このような都市系俳諧にどっぷり浸かり、何の疑いももたなかった蝶夢に、ある日、天の啓示を受けたかのような一大転機が訪れる。越前敦賀でのことなので〝敦賀体験〟とも呼べようか。蝶夢の生涯にとって、大げさに言えば日本詩歌史にとって記憶さるべき重要な事件であった。

宝暦九年九月二十日、蝶夢は敦賀の気比神宮に詣でた。この日この神社の境内である、お砂持ちの行事を拝むためである。この行事は、『おくのほそ道』にも見え、藤沢の清浄光寺から遊行上人が来遊して修されるもので、この年は五十二世の他阿一海が営んだ。蝶夢が事前にこの行事があること知って出かけたのは、一海の相手としてお砂持ちの片方を担ぐ役に、法国寺十世の順察が選ばれたからである。順察は蝶夢の兄弟子だった。父祖の地でもある敦賀で、法兄が行う時宗の珍しい行事を拝観できるというので、蝶夢の心は動いたのである。二十八歳の秋である。

この盛儀のあと蝶夢は、富商琴路の邸で催された地元俳壇の俳席に出る。この座での体験が蝶夢の心をゆすり、それまで属した都市系俳諧に決別し、以後の人生を地方系俳諧に託すことになる。

その覚醒の発端は次のようなものだった。

敦賀白崎氏にてはじめて蕉門に入り候事、是は付句の法をしらず、点取の衆中故不付候故に、俳諧に道のある事を自悟せしにて、何も一句の上にて発明など申、尤なる事にてはあらず候。（十一月廿三日付け白輅宛書簡）

地方系俳諧は連句を重視し、謹直にその作法を守る。都市系の点取俳諧は二句の付合いだけを重んじ、連句の一巻を調和的に整然と完結させるという観念に乏しい。ルールに従って句が次々に詠み継がれていくさまに、蝶夢は「道」を読み取ったのである。ここではまだ、一句の詠みぶりは問題にされていない。右の体験を他の書簡では「俳諧に恥をかきてより」と述べている。異なる文芸様式に初めて触れたショックが、蝶夢に、都市系俳諧に対する疑いをいだかせ、俳諧へのかかわりを一変させた。

都市系俳諧は、貞門・談林や蕉門の其角・嵐雪の流れを汲み、言語表現の面白さを追うもので、〝滑稽〟という俳諧本来の価値を求める。それがきわまって勝ち負けを競う点取り俳諧を生み、遊技性が濃い。これに対する地方系俳諧は、蕉門の支考や乙由などの流れを汲む。蝶夢は、

都下の俳諧に遊びて空腹高心の人となりしに、さるべき因縁の時いたりてや、越の敦賀の浦にて芭蕉翁の正風躰を頓悟して……。（綿屋本草根発句集自序）

とも言っており、遊技的な都市系俳諧とまったく異なり、座という場が連衆の心を一つに結合させる、質実な俳諧が在ることに驚いたようだ。そこに精神的な意義を見出したわけで、僧侶らしい意識も働いたのだろう。

蝶夢を地方系俳諧へとつよく勧誘したのは、金沢生まれの行脚俳人の二柳だった（五月朔日付け白露宛）。当時、二柳は敦賀に滞在して、琴路所蔵の『おくのほそ道』（西村本）を閲覧するなどしていた。おそらくお砂持ちも拝観したろう。二柳は、乙由に始まる伊勢派の色が濃い俳人で、敦賀俳壇も伊勢派だった。

このようなことで蝶夢は地方系俳諧に俳風を転じるが、具体的には、京都に戻ってから、京の地方系俳壇に身を置くことになる。そこへ蝶夢を紹介したのは、おそらく二柳だろう。この直後に琴路が編んだ『白烏集』には、京都の句として、宋是・蝶夢・飛良ら六人の名が出る。宋是は、蕪村の弟子として著名な几董の父で、二柳と親しかったようだ。二柳は他にも京都に知る人があったろう。宋是は都市系、飛良は地方系の伊勢派俳人である。

この頃の京都の地方系俳壇は、きわめて微弱な存在だった。たとえば、子鳳を頭とする、伊勢派の小さいグループがあった。京都に戻った蝶夢が近づくとすると、まずこの人たちだろうが、当初は二柳にかかわる活動が多い。いずれにせよ、蝶夢の当初の筋は伊勢派と考えておいてよい。

蝶夢は地方系の作風をいちはやく身につけていき、宝暦末には、

寒き夜や名のなき星の光りまで　（宝暦十一年）

入日さす長屋の窓や唐がらし　（宝暦十三年）

の句を得ている。この頃はすでに、「花洛社中」と呼ばれる小俳壇を形成していた（文塚集）。

4　〝蕉門の棟梁〟になる

宝暦十三年三月、蝶夢は芭蕉にならって、敦賀の蕉露を伴い東北地方へ旅する。この紀行が『松しま道の記』で、最初の著作となる。造本にかなり贅をこらしており、旅もまた、蕉露の父の富商蕉雨の出資によったことを思わせる。

この旅中、小諸で建部綾足と同宿した。蝶夢は気づかず、綾足は気づきながら名乗らなかった。蝶夢が東国の一部で知られていたことを物語るが、伊勢派の情報によったことを思わせる。

『松しま道の記』の後半部は撰集で、かなりの数の諸国俳人の句を収めている。その末に、京俳壇の山只・松雀・

諸九・文下・安里・疎文・竹芽・啞仏・子鳳・二柳らの名が見え、これらが蝶夢にもっとも近しい俳人だったと思われる。山只は支考流、諸九・文下は野坡流、子鳳・二柳は乙由流と、地方系蕉門の諸派が寄り合って蝶夢を囲んでいる。

このような状況の中で、蝶夢はたちまちリーダーの地位に就く。明和元年の師走に上洛した讃岐観音寺の帯河が、その日記に蝶夢のことを「花洛蕉門の棟梁ナリ」と記しているのである（ここで蕉門というのは地方系蕉門に限る語で、其角流・嵐雪流を含まない）。棟梁と呼ばれた蝶夢はまだ三十三歳という若さ、規模が小さい京都の地方系俳壇が、中核となる人物の存在を求めていたことがうかがえる。それは、京都が文化の拠点であることによる。諸国の俳人が集い、地方系俳書は京都の書肆でつくられ、全国に送られていた。

蝶夢に早速役割が振り当てられた。墨直会（すみなおしえ）の主催である。東山の双林寺という時宗の寺（現在は天台宗）に、かつて支考が建てた仮名詩碑という芭蕉顕彰の遺跡がある。墨直会は、毎年三月十二日、その石碑の文字に墨を差し直す行事で、地方系蕉門俳人が全国から集まる。その奉納句を収めた句集も刊行される。その主催者として、かつて時宗僧だった蝶夢はまさにはまり役だった。明和二年から同七年までの六年間、立派に勤めはたして役を退くが、この間に多くの地方俳人を知友とし得た。

敦賀体験以後、蝶夢の帰白院には遠来の客が増えてくる。二柳の手引きによるのだろう、宝暦十一年十月、加賀の既白が来院して泊まる。翌十二年から十三年にかけ二柳と麦水がたびたび来遊し、明和二年の秋にはまた既白を迎えている。これら加賀俳人はその頃、先端的な俳論を展開して俳壇の変革を迫っていた。彼らが蝶夢に多くを鼓吹したことは疑いない。既白と親しかった闌更の影響も十分に考えられる。越前の梨一の感化もきわめて大きい。

加賀・越前のエリートたちの俳論の核心をなしたのが、俳壇の退廃現象への厳しい批判であり、詠句の際の感動の重視、表現における平明さの主張である。蝶夢は、自院に迎え入れた彼らとの対話の中でこれら新思想の洗礼を受け、その清新な俳論に刺激される。そして自らの論として昇華し、俳壇統一の活動に乗り出すことになる。

5　嘯山という親友

蝶夢の古い友人に三宅嘯山がいる。都市系俳諧をともに楽しんだ仲で、二人で編纂した『機嫌天』と題する小さな撰集もある。嘯山は、中国白話に通じて中国の新しい小説を翻訳し、漢詩にもすぐれ、学識深い俳人だった。その嘯山の文学史上の著名な業績として、宝暦十三年刊の『俳諧古選』がある。貞徳以来の歴代の俳人の句を時代順に配列したアンソロジーで、漢文の評語によって人気が出、当時の『唐詩選』ブームに乗って売れに売れた。その批評態度をこまかく分析すると、素直な表現――表面的な技巧を避け、一見平明でありながら、しみじみとした味わいが内から静かににじみ出るような作風を、もっとも評価している。これはちょっと意外な思いをさせる。なぜなら、嘯山は都市系の俳人だから。蝶夢は嘯山と親しかった時代、このような嘯山の批評の価値基準を聞いていたかもしれない。そうだとすると、加賀のエリートたちの俳論も受け入れやすかったろう。

その嘯山が、蝶夢のことを「元来、我等ニ停タル者、故有リ此方ヨリ絶交」と認めた文書が残されている。「我等」というのは宋屋門をさし、蝶夢が都市系から地方系へ転じたことを嘆く内容である。それにしても「絶交」とは激しい。両者の間に抜き差しならぬ対立が生じたのだろう。ところで、それはいつのことなのか。『松しま道の記』では、嘯山は勿論、宋屋一門の人々も名を見せていた。決裂にいたったのは明和の初めと思われ、この頃から、蝶夢の俳壇における旗幟がより鮮明に打ち出された。

嘯山は、その後も蝶夢を大事に思っていた。蝶夢も嘯山の活動に無関心ではなかったろう。嘯山の側には蕪村もいた。異なる二つの立場は、相手を意識し合うことで、安永天明期の俳諧に、それぞれの華を開かせることになる。

6　地方俳人の糾合

先に、墨直会を通じて蝶夢が地方俳人を知り得た、と述べた。もう少し具体的に説明してみよう。明和二年に参列した素風は豊後杵築の、同三年参列の竹渓は丹後宮津の、蝶車は筑前福岡の出だが、この三地はいずれも、後に蝶夢の活動を支える有力な支持基盤となる。この出会いを端緒に、蝶夢との交流の絆を強めていくのである。この三者にとどまらず、墨直会で生まれた人脈は多い。

明和三年八月、蝶夢は文下らを伴い宮津・城之崎に旅する。一ヶ月ほど滞在し、多くの家に泊まり、連日のように俳諧を興行、大歓迎を受ける。丹後へは後もたびたび出かけて交わるが、ここに厚い支持層を得たわけである。この年の春の、竹渓の墨直会参加で縁が結ばれたのだろう。

明和六年四月、豊後杵築の蘭里が入洛し、東山に席を設けて俳諧を興行した。蝶夢が発句を蘭里が脇を詠み、連衆には京・大津の俳人に交じり、近江八幡の可昌・砆石、播磨の羅来、豊後の竹馬が同座している。多分、伊勢の民古も加わったろう。蝶夢は、上洛した各地の俳人を交流させる存在ともなる。このような中で、全国俳壇が一つにまとまっていく。

蝶夢の支持基盤となる地方俳壇は、さらに増え続ける。

7　二人の先達

蝶夢の初期の活動を理解するには、範としたと思われる二人の存在を無視できない。宝暦六年から九年にかけて上方に滞在した江戸の大宗匠・鳥酔（明和六年没）と、延享四年から義仲寺を守った行脚俳人・雲裡坊（宝暦十一年没）である。鳥酔は伊勢派、雲裡坊は美濃派。

鳥酔は、大坂に居た頃、伊賀上野に出かけ、芭蕉関係の遺跡や資料を調べていた。京都では子鳳のグループに接触していたから、蝶夢は子鳳たちを通じて、上野調査の重要さや鳥酔の説く俳論を知ったろう。蝶夢の芭蕉研究は、原資料を重視するところに斬新さがあった。明和も早い頃から上野に分け入り、生涯たびたび訪れた。蝶夢の実証的ともいえる方法は、鳥酔に示唆を得たものだろう。

江戸で鳥酔を継承した俳壇に、烏明が導く一派があった。京の子鳳のグループは、烏明が編む俳書に毎度常連として出句していた。蝶夢も明和元年から出句し、同三年からしばらくは月並常連の扱いを受けるようになる。これで蝶夢は、江戸の俳壇と緊密に繋がることになり、活動を全国規模にひろげる道をまた一歩進めた。後に巨匠となる鳥酔門の白雄が、明和八年に江戸から上洛して半年滞在し、蝶夢とも密に交わる。この重要な出会いも、右の動きの中にある。鳥酔門では俳論が革新されつつあった。これも蝶夢に刺激を与えたろう。

江戸俳壇との連携では、大宗匠蓼太と交流が開けたことも重要である。蝶夢の編書に早くから句が見え、東西を結ぶ太いパイプになっていく。

雲裡坊は、芭蕉が墓所に選んだ義仲寺を守った。死の直前まで務めを果たし、宝暦十一年に没してしまう。本来無住で檀家もないこの寺は、雲裡坊以前は、心ある者によって断続的に護持される、というのが実態だった。従って、管理も十分ではなかった。雲裡坊逝去は、そのような危機的状況の再現となる。見かねて護持の役を買って出たのが、地元粟津の富家、文素・可風の兄弟だった。同十三年には、二人によって芭蕉忌の供養がもたれ、記念俳書も刊行される。丁度、芭蕉の七十回忌に当たり、芭蕉を顧みる気運もあったのだろう。この後、供養と俳書刊行は恒例となり、例年の芭蕉忌には時雨会（しぐれえ）、記念俳書には『しぐれ会（え）』の名が定まり、天保年間まで続いていく。

ところが、明和四年・五年に兄弟が相次いで没してしまう。義仲寺の護持の大役を、兄弟を支えてきた蝶夢が担うことになる。蝶夢はこれを見事にやり遂げ、義仲寺の盛時をつくりだしていった。蝶夢がこの事業を、雲裡坊以来の伝統と理解していたのは疑いない。

8　芭蕉堂の再建

蝶夢は、明和四年の時雨会から施主を務め、天明三年まで続けた。芭蕉追慕の深い情が、僧である蝶夢には墓所の絶対的尊重として現れる。その心情から思い立ち、最初に成し遂げた大事業が、頽廃していた寺内の芭蕉堂の再建だった。芭蕉の座像を安置する堂である。

明和五年四月から募金を始め、同七年三月十五日に落成供養を営んでいるから、ほぼ二年を要した。募金の実態を伝える、僅かな資料がある。明和六年正月、伊勢久居の有季堂桃渓が記した覚書である。

○金百疋　荷遊　○銀五匁　交桜・桃渓　○弐匁五分　籬江・鷺洲　○弐匁　松濤・柳条　○壱匁五分　鼓水・洲鷗・君山・三（已カ）有・幽谷・枝風　○壱匁　文蟻・石水

〆金三百疋　人数十五人也　（三重俳諧年表）

久居の小俳壇の一五人が、いずれもいとわずに拠金するさまが金額の差からうかがえ、少額であろうとも真心が尊重されたと知る。蝶夢は、多数の人による誠心こめた事業をめざしたのである。

ここで注意したいのは、寄付の取り扱いのすべてを、書肆の橘屋野田治兵衛らに委託していることだ。蝶夢は、寄付の斡旋を書肆の業務の一部とさせ、短期間に組織的・合理的に再建の寄金を集め得た。蝶夢の活動には斬新さが伴う。

蝶夢は、寄付金に添え、それぞれが発句を奉納することを求めた。それを集成して『施主名録発句集』三巻が編まれた。蝶夢にとって、最初の本格的な大編著である。五〇の国々から一三九三人が句を出している。拠金者はこれを上回るだろう。これだけ多くの人の目を義仲寺に集め得て、蝶夢の声価は急速に高まったろう。芭蕉の俳諧を再生させようとする俳壇の気運、蕉風復興運動もまた勢いづくことになる。

ところがこの『施主名録発句集』には手本があった。雲裡坊が宝暦二年に出した『蕉門名録集』四巻である。蝶夢の雲裡坊継承の意志はここに明らかである。

『施主名録発句集』は明和七年の十月の刊行、新しい『おくのほそ道』が売り出されたのも同じ頃である。先に伊賀上野で、元禄版の良い伝本が得られた。その探索の成果を生かして新たな版に起こしたもので、後に蝶夢本と呼ばれる。

9　退隠と五升庵結庵

このように俳諧の活動が旺盛になっていく中で、蝶夢は住職という役が重荷になってくる。明和三年には退隠を決意し、翌四年の春は自由の身となった。三十六歳である。その後しばらく、半閑室と呼ぶ院内の書斎で暮らし、やがて下岡崎村に小さな庵を結ぶことになる。平安時代の名刹・法勝寺の遺構の西、ほど遠からぬ地である。隣は諸九尼の庵だった。入ったのは、明和五年の暮れである。やがて、伊賀上野の桐雨から芭蕉の短冊をもらい、その句「はるたつや新年ふるき米五升」に因んで、庵を五升庵と呼ぶようになる。以後、揮毫などで「五升庵」の号を併用する。

ところで蝶夢は、なぜ岡崎の地を選んだのか。当時の岡崎は農村地帯だった。折から、田園美を求めて散策する

岡崎村辺りの風景（文化五年刊『花洛一覧図』。公益財団法人角屋保存会の提供）
右下は三条大橋、中央の集落が岡崎、手前は聖護院の森。横山華山画。

〝郊行〟が漢詩人の間で流行し始めており、岡崎は、京の町からもっとも手近な郊外だった。それに、古くから隠棲の適地でもあった。個性的な詩僧たちも、歌人の澄月・慈延・蒿蹊・芦庵も、時を異にしながらここ岡崎に庵を求め、大商人下村正巴の別邸もあった。蝶夢は、俗塵から離れた静雅の地として岡崎を選んだ。毎月通う義仲寺へ近づき、寺町通二条下ルの書肆橘屋にも少し近くなる。

僧がもう一度外に出る、それは二度目の出家ともいえる。古くから、徳の高い僧が選ぶ道だった。蝶夢の新しい生活が、稔り多い活動が、この五升庵を舞台に展開していく。芭蕉堂を再建した翌年の明和八年四月、蝶夢は桐雨を伴って二ヶ月ほど中国・九州を旅行し、多くの俳人と絆を結ぶ。大凡このあたりまでを、蝶夢の蕉風復興の活動の第一期と見るべきだろう。宝暦末年からの十年ほどである。

この旅の紀行が『宰府記行』で、前作『松しま道の記』とは格段に違い、人間生活の具体的描写に冴えを見せるようになる。

この第一期に、蝶夢は自分の主張を初めて俳壇へ発信した。

しかれば都鄙の好士、自門他流のわいだめなく蕉門の祖風を仰がん人は、ともにこゝろざしをはこびて……。

（丁亥墨直し序）

流派を越えて俳壇は一つになろうとの呼びかけである。明和四年の春である。蝶夢は、俳壇の変革を目指して動き出した。例えば伊賀上野の俳壇は、たびたび訪れる蝶夢の指導によって、他門とも交わるようになる（もろつばさ）。こうして蝶夢の蕉風復興運動が始まるが、その俳壇統一という発想の根底にあるのは、皆が同じ価値、つまり芭蕉が説く「まこと」の俳諧をめざすべきだ、という思想である。そう説き続けて二十余年、寛政五年に遂にその実現を見る。蝶夢は、何よりも唱導家、運動のリーダーであった。

「自門他流のわいだめなく」とは区別なくの意で、「自他も親疎もいわず」とも使われる。都市系俳諧から地方系俳諧に転じた蝶夢だからこそ、この柔軟さを示せたのである。

10　稔りの十五年と石灯籠寄進――第二期

蝶夢の活動の第二期を、明和八年六月から天明五年五月までの十五年間に区切ることができる。石山寺への石灯籠の寄進が、大きな心境の変化に基づいており、それが深い思いを伴っているからである。四十歳から五十四歳まで、いわゆる働き盛りの時代にあたる。

蝶夢の主要な編纂活動は、多くがこの期に実を結び、この期に想を得ている。また、多くの序跋を書き、こまめな啓蒙的発言で俳壇に思想的影響を与えていくのもこの期が山になる。

たとえば、史上最初の芭蕉全集とも言える芭蕉翁三部書は、『芭蕉翁発句集』が安永三年、『芭蕉翁文集』が同五年の刊行、『芭蕉翁俳諧集』も同五年には成っていた。また『芭蕉翁発句集』は、好評に応えて携帯しやすい小本版を同五年に出す。芭蕉の新たなテキストが、勢いに乗って俳壇に普及していくさまが察せられる。『発句集』は、刊本として初めての制作年代順による配列で、俳人たちは、芭蕉の生涯を俳風の変化に重ね合わせて考えるようになる。

この三部書をとりあげる際は、安永六年の『蕉門俳諧語録』の刊行にも思いを及ぼす必要がある。この書はよく売れたらしく、『去来抄』や『三冊子』が普及するに先立ち、伝書類に代わって芭蕉その人の生の言葉を数多く弘めた。こうして、純正な芭蕉の作品や言説を提供され、俳壇に芭蕉への讃仰熱が高まっていくのである。

刊行物としては、安永三年の『類題発句集』と天明二年の『俳諧名所小鏡』上巻（五畿内編）も重要である。言うまでもなく、類題和歌集や名所和歌集を意識したもので、俳人たちの渇を癒すものとして、よく売れたに違いない。以上いずれも、多年にわたる資料収集なくしてはあり得ない。根気よく丹念な作業を続けてきた、その成果としての編纂と刊行である。その底に、芭蕉と俳諧に対する敬愛の熱さがある。

またこの期には、資料の保存という、俳諧の歴史にとって未曾有の事業を始める。蕉門の名家の真跡を全国から収集して義仲寺に保存することを着想、実現させて天明二年に一旦、奉納する。その後、これを義仲寺の外にまで広く公開するため、今なら写真集とでもいうべき模刻本を企画、その『芭蕉門古人真蹟』の刊行は寛政元年である。これには、天明五年寄付の追加分も含んでいる。年次が知れる最古は安永八年で、収集事業が安永末から天明にかけて長く行われたことが分かる（七九点現存）。蝶夢の事業はどれも息が長い。最初の俳諧図書館である義仲寺内の粟津文庫は、構想が天明二年頃に成り、寛政三年に完成した。鎌倉期の金沢文庫にならうもので、蝶夢の発想の柔らかさに驚く。かの畢生の作『芭蕉翁絵詞伝』の発案も安永末年と考えられ、活動の多彩さに、この期の蝶夢の、溢れ出るような精神の充実がうかがえる。

全国各地の多くの俳人から、序跋をまた発句を望まれ、快く応じた。活動を支援する地方俳壇もさらに増えていった。蝶夢の名は全国に知れわたった。大きな旅も二つあった。安永八年、出雲へ、翌九年、江戸へ。江戸では、烏明・蓼太・泰里らと親しく交わった。

自らの句集・文集を、安永三年に初めてまとめてみた。瀟洒で美しい俳書もこしらえた。天明二年頃の『養老瀧の記』と同四年の『よしのゝ冬の記』である。

一方で、つらい出来事もあった。安永三年春、五升庵が類焼し、多くの書き物を失った。雅友にも逝かれた。安永八年冬に、弟子の吾東法師と法国寺以来の法兄入阿上人を、天明二年夏に、後を託した浮流法師と永年の朋友桐雨を、いずれも相次いで喪っている。天明三年暮には蕪村が没した。長い詞書をもつ追悼句を『新類題発句集』に載せるところに、直接交渉を絶っていた蕪村への思いの深さがしのばれる。

五升庵には、京近江は勿論、全国からの俳人がしばしば立ち寄った。まさに交流センターの趣きである。それは、「諸国風客入集ひ申候て日夜騒々敷、一向執筆も不得致」（五月三日付け白輅宛）と、蝶夢の生活をおびやかすほどになる。そのような中で、安永八年九月二十日の来客は、特筆されてよいだろう。蒐集家として知られる大坂の偉大な文人・木村蒹葭堂が来庵しており、そこに京の儒者・和田荊山と、彦根藩儒を辞して京にもどっていた漢詩人・龍草廬が同席したのである。龍草廬からは、すでに「俳諧蝶夢五升庵記」の一文を得ていた。このように、蝶夢の文人たちとの交わりはこの期から深まっている。

ところで、天明五年五月、石山寺境内の石岩の前に建立された高さ九尺の石灯籠は、どのような動機による寄進だったのか。その心境を蝶夢は、長歌を付した長い願文で述べている。

やうなき月花を口ずさむいたづらものとなり……既に二十年の春秋をゝくるに、いかにせむ、はじめは身を隠せし俳諧にいつしか我にもあらぬ名のいできて、思はずもその俳諧の名のためにいとまあらで、本意をわするゝことのうたてう浅ましく、この三とせばかりは俳諧のまじはりをもふつにやめて、また俳諧の名をものがれんとす。

三年ほど俳諧の交わりをやめた、というのは、月次会や春興刷り物の中止をいうのだろう。俳諧に名が出たとは、芭蕉堂再建から第二期にいたる活動のすべてにかかわるだろう。そのために「本意をわするゝ」とは仏業がおろそかになった、との意。だから、俳諧の交わりを絶ちたかった、と。そこで、老境に入ることでもあるし、これまでの罪障を懺悔し、この後の行業に懈怠がないよう擁護を祈るためにこの石灯籠を寄進した、と言う。芭蕉顕彰のために誠心努力した、それは蝶夢の名を高めたが、一方では仏者蝶夢の心を苦しめてもいた。『芭蕉翁俳諧集』は、すでに安永五年に成っていたのに、刊行されたのは十年後の天明六年である。この事情を蝶夢は、「余り一時に名望を好候様に人口を懼(おそれ)、致遠慮申候」(正月廿九日付け白露宛)と述べている。この書簡は安永六年、みずから世間を気遣わねばならぬほど、蝶夢の活動が華々しかったことを物語る。それは一方で、力を出し尽くすことでもあった。天明二年、すでに「近年兎角気根薄く罷成」(六月廿四日付け白輅宛)と嘆いており、積年の疲れがうかがえる。ともあれ石灯籠寄進が、蝶夢の仕事の一句切りだったことは疑いない。蝶夢はこれを逆修とみなしていた。

古い親友嘯山は、宝暦十三年、東行する蝶夢に「坊は蓮社者流にして而(しか)も念仏好にもあらず。さるを風雅といふ大魔王皮肉の間に分入て常に三昧の尻をそゝのかし」(律亭画讃集付録)と餞していた。仏業と俳諧の間に生きた蝶夢の姿をよく語っている。

11　芭蕉百回忌に向けて――第三期

蝶夢の最後の活動は、天明五年六月から没する寛政七年十二月までの十年余にある。五十四歳から六十四歳まで。この期の特徴の第一は、寛政五年の芭蕉百回忌が頂点として意識されていたことにある。蝶夢は、それに向けて着々と準備を整え、その盛儀を見事に営み、その収束の中で生涯の活動に幕をおろした。そして世を去る。その中核にある事業が、芭蕉の正式の伝記を編み、それを義仲寺に供えることであった。そのために蝶夢は残る命を捧げた、といっても過言ではない。

　祖翁句集より文集・俳諧集等の梓行も致候段、名利の為とは露も不存候。……右の如く蕉翁の事、我身一ッに致世話候事も前世の因縁やと思ふ事に候。もはや此事なしはて候へば、蕉翁の事は尽し申候。此後はいかなる人のいで来ても、蕉翁の事績は屋漏にも恥申間敷候様にいたし置申候。（四月十五日付け里秋宛）

本格的な執筆にかかる前の覚悟の言だが、作品を整備し終えたので、総仕上げとして正伝を書く、という意識が明確に示されている。

『芭蕉翁絵詞伝』（原本）とよばれる芭蕉の正伝は、その名のとおり、三三葉の絵を伴う絵巻だった。その制作は、絵師も加わる大がかりなものとなる。蝶夢は、事実に忠実な伝記をめざした。よって作業は、多々の伝記的事実の確認調査から始まる。安永末年から長期にわたり、伊賀上野での探索を繰り返した。次は想を練り伝記原稿を執筆する段階、事業は天明七年頃から本格化したというから、天明七年から寛政初年にかけてである。その後の絵巻の詞としての本文の浄書には、蝶夢自らが筆を揮った。すでに中風に冒されており、墨跡に震えが残る。一方の絵は、下絵描きが寛政元年から同三年に及び、本絵を狩野正栄が手がけたのは寛政四年に入るようだ。仕上がった詞と絵は、大振りな巻子本三巻（紙高二八糎・各巻一〇米以上）として装幀が施され、この年の十月、義仲寺に供えられた。

この書は、ただちに三冊の刊本に仕立て直され、幕末まで何度も刷られた。芭蕉の生涯は多くの日本人に知れわたり、西行同様、旅の中に風雅の道を求めた理想の人物として意識されていく。巻子本の三三葉の絵は、吉田偃武が冊子向けに縮めて描き直した。その親しみやすい挿絵が〝旅行く芭蕉〟のイメージを定着させていくのである。

編纂刊行物としては、第二期の活動を引き継いだ、寛政五年の『新類題発句集』と同七年の『俳諧名所小鏡』（五畿内以外）があった。いずれも年月を経た労作、それを世を去る間際に仕遂げた幸運は、蝶夢の熱情が招いたものだろう。しかし蝶夢は、自分自身の句集『草根発句集』については、きわめて淡白だった。天明六年に自序を書き、寛政四年に澄月の序を得、橘屋が広告を出すに至りながら、ついに日の目を見せていない。自らの作を控え、編纂物を優先させたのである。諸人、つまり他者の作を。

この期の行事として特筆すべきは、勿論、寛政五年の芭蕉百回忌法要である。四月十日からの三日間、義仲寺で営まれ、全国から五百人ほども集まり混雑した。俳諧史上に残る屈指のイベントである。さらに十月の正当忌には、十日から十二日まで別時念仏会を催した。僧である蝶夢にとって、供養への思いは深かった。しかもその思いは、まことに純粋そのものだった。法要への案内の回状は二年ほど前に配られたが、これに関して次のように述べる。

此度は誰が発明御取たてに非ず、たゞ義仲寺よりのにて、自他も親疎もいわず、たゞ芭蕉翁をいふもの〻百廻忌をに申にて候。少も自己を御申間敷候。……是にて蕉門の面をおこし可申候。（三月廿六日付け白輅宛）

〈主催者は蝶夢などの個人ではない、墓を守る義仲寺の呼びかけなのだ。流派を問わず、芭蕉を偲ぶすべての者の真心から営まれる供養なのだ、この大きな行事を蕉風復興の契機としたいのだ〉というのである。無事なしとげ、三十年来の願いがかなった蝶夢は大きな安堵と喜びを味わう、そして疲労困憊してしまう。自分の「草根集どころにあらず候」（九月廿七日付け白輅宛）というほどに。

百回忌の事業は義仲寺にとどまらなかった。全国の俳壇で営まれたからである。蝶夢は、かなり多くにかかわることになる。寛政四年八月は伊賀上野の故郷塚へ、同五年九月は近江平田の笠塚へ供養に出向く。その他、多くの行事に力を貸した。

この期の功績として、天明八年一月の京都大火で被害を受けた、阿弥陀寺や帰白院への強力な支援も漏らしてはなるまい。焼けた阿弥陀像のため募金して回って再建させ、堕落僧によって失われた梵鐘を取り戻すために奔走し、急場の寺室とするため自らの庵を移して捧げた。この「泊庵」と呼ばれる次庵は、天明七年十月、五升庵の裏に建てられ、多くの文人から祝われたものだった。これらいずれも、蝶夢は自発的な挙に出たのである。

この期の第二の特徴として、広く文人たちと交わるようになり、文人的生活が色濃くなることがある。その諸相を、後にくわしく述べよう。

この期にも、重要な旅がいくつかあった。天明六年三月、三河・遠江へ旅し、完成度が高い紀行『遠江の記』を成した。同八年春には、三度目の江戸への旅を果たし、完来・成美・白雄・泰里らと交歓した。寛政元年四月は、阿弥陀像再建の勧化を兼ねて四国へ、翌年九月は、明和初年からなじみの丹後に心ゆくまで滞在した。

交遊の面では、几董と密に交わったことがある。『新雑談集』に跋を寄せ、『点印論』の相談にのり、一緒に一枚刷を出した。几董は隣の聖護院村に住み、しばしば訪ねて来ていた。古い俳友几圭（宋是）の息であり、向髪のころから知っていた。例の蝶夢と嘯山・蕪村との確執の間で複雑な立場にあったが、蕪村すでになく、交わりは深まる。その几董が寛政元年十月に急逝した。自分の棺をかつぐはずだったのにと、年下の親友の死で悲嘆にくれた。

12 終焉

芭蕉百回忌を終えた蝶夢は、その使命を果たした安堵感もあって、急に弱ってくる。それを覚ってだろう、寛政六年五月頃、五升庵号を瓦全へ譲った。そして秋に長く病み、一度は回復するものの、翌寛政七年（一七九五）春から再び病みがちになり、九月から重くなる。そして、十二月二十四日早暁、ついに入寂した。行年六十四歳。最期を看取ったと思われる西昌寺は、過去帳に次のように記す。「火」は火葬の意。

十二月廿四日

火　禅蓮社詮誉幻阿量的蝶夢法師　岡崎泊庵蝶夢事
阿みた寺中　帰白院隠居

年末故、訃報を出すのを控えてひそかに黒谷へ送ったが、聞き伝えで知って、多くの人が棺に付き添った。葬儀の後、帰白院墓地に葬られた。年明けて諸国の俳人が弔問のため上洛してくる。但馬の皿茶は、春に「胸ふたがりてえのきもやらず、ひとりごちて塚のめぐりをひためぐり」、備中の李山は夏に「恩を謝し奉んと船出して」来る。但馬の東走は七回忌の正当日に参っており、墓参者は相次いだ。

人々の蝶夢への思慕の深さは、追悼俳書の多さからも推し量り得る。正式の追悼俳書『意新能日可麗』を除いても、初回忌に一点、三回忌に三点、七回忌に一点、十三回忌に四点、十七回忌に一点、二十五回忌に三点、計一三点が刊行されている。しかもそのすべてが地方俳壇の編に成り、筑前福岡俳壇など、三回忌・十三回忌・十七回忌・二十五回忌と四回にも及ぶのである。これほど繰り返し追悼俳書を出してもらった俳人は、芭蕉を除くとまずいない。もって、蝶夢の慕われた人格を察し得る。句碑や供養碑も全国各地に建てられている。

墓碑・供養碑

阿弥陀寺内帰白院墓地
（田坂英俊撮影）

昭和四十八年再建
（保田與重郎筆）

西昌寺

大津市竜が丘俳人墓地

兵庫県豊岡市　来迎寺
（中森康之撮影）

広島県庄原市総領町稲草
（田坂英俊撮影）

句碑

我寺の　阿弥陀寺
（田坂英俊撮影）

昭和三十年再建

むら松や　浜松市入野　臨江寺
（中森康之撮影）

名月や　兵庫県朝来市竹田　法樹寺
（田坂英俊撮影）

はし立や　京都府与謝野町岩滝
（中森康之撮影）

初雪や　義仲寺

戸明れば　広島県府中市上下　専教寺
（田坂英俊撮影）

二　人間像

1　人柄

蝶夢は、多くの人から慕われた。それは魅力的な人物だったことを物語る。そのことを、考えてみる。

まず、蝶夢の人柄について。一言でいうと、かぎりない暖かさをもつ人だった。こまやかな情にみちていた。つまり豊かな感情の持ち主だった。ということは、一方では激しさを伴う。芭蕉の人間味への共感は、芭蕉の顕彰のもろもろの活動として現れる。その激しい情熱が人々を一つの方向へと誘い込む。都市系俳諧から地方系俳諧へ移る行動にも、当時の人は常識を越える過激さを見たろう。それを敢えてする人だった。若き日に「頗る放蕩なりし」というのも、これを裏づける。

こまやかさは、日常生活で他者へのねんごろな接し方として現われる。天明三年四月、紀伊から香風という俳人がやってきた。東国へ旅するという。これまでさほど親しかったとは思えぬのに、先々への添書を書いてやり、行脚の心得を懇切に説いて聞かせ、南禅寺辺りまで見送った。九月の帰路、預けていた袷を受け取りに立ち寄った香風の顔を見て、〈四月には励まして送り出したが、長旅なので心配していた。浅間山の噴火があってからはなおのこと〉と涙を流して喜んだ。去何の旅の思い出によると、「かひぐ〵しき人にて、険難などにては我手をとりたすけいたは」った、という（たそがれ随筆）。去何は弟子である。権威にこだわらぬ、暖かい人間味をここに見る。

遠来の客に丁寧に接するのは、蝶夢のいつもの習いだった。飛騨の竹母が九州旅行を終えて五升庵に立ち寄ると、その夜は四条河原の納涼に誘った。七条にある伴蒿蹊宅で尾張の木吾に初めて会った際は、夕餉の後、旅宿にもどる木吾に「道すがら咄しながら三条まで同道すべし」とすすめ、橋の東袂まで来て別れた。蝶夢には何気ないことだが、木吾は、その親身の情が心にしみた。

彦根に居づらくなった行脚俳人の祇川を幻住庵に住まわせ、公のことで失態あった豊岡の髭風をしばらく粟津の浮巣庵に引き受ける。備前の宜朝の一周忌には、遺族の訴えに応えて五升庵でも別に供養を営んでやる。人の難儀や哀れを見捨てておけない蝶夢が、俳人たちの活動に手を貸すのは当然のことだった。もろもろの俳書への出句、俳書の編纂や刊行、行脚の際の添書、人への斡旋や紹介、書物や筆跡の推薦や購入、そして芭蕉塚の建立等々、さまざまに人の世話を焼いた。絵に讃を書き、俳書に序跋を与えたのもその心からである。依頼者が故人や老者であると、突然の未知の人の頼みにも応え、序を書いてやった。

そのようなことで、「貧賤の者もこゝろ風雅なれば是を愛すること親族の如くなりければ、なつきしたふものも亦すくなからずして、草庵に客の訪ざるひまもなかりけり」（石の光）という状況になる。その人望は地方にまで広がり、「二葉のときから和尚をしたふ人」（富士美行脚）が現れたりする。

その蝶夢を人々は「まめやか」また「心切（親切）」と評し、蝶夢自身にも「案内好の野子」（三月廿四日付け杜音宛）の語がある。また自ら「惣て野子は生得少律義なるにて」（七月十八日付け歩蕭宛）と認め、何事によらず心をこめて丁寧に処した。ことに対人関係を尊び、「野庵は旧交を捨不申候心にて候」（十一月廿一日付け白露宛）と交わりの積み重ねを大切にした。渡辺京二の名著『逝きし世の面影』は、江戸時代人の情の濃さを伝えて余すところない。蝶夢は、まさにその典型的人物であったわけである。

もう一面の激しさの表出も、決して稀なことではなかったようだ。

或時は声あらゝかに呵（しか）り給ひ、又和（やは）らかに示されしも、共に老婆深切なりけり

どの声にまねて申さむ寒念仏　盧中　（石の光）

右の詞書によると、日常にも厳格な一面があり、人々はその両面備えるのを蝶夢の人格として受け入れていたらしい。叱責や叱咤の言葉を伝える資料も残る。白輅への書簡では、武士として家督相続したのに俳諧へ深入りするのを厳しく意見し、庵住に安んじている石蘭へは、「などか此道に縦横せざる」と叱咤の書簡を送った。蝶夢の代理として各地に出向いた人である。

このように叱ることも少なくない蝶夢だが、ユーモアのセンスも持ち合わせていた。自分の出自を述べた時に「最早聟入の望も仕官の望も無御座候へば」（九月六日付け白輅宛）と付け足し、虚白の五升庵初訪問の際には、「虚白は翁さびたりと戯れたまひしを慈愛のはじめとす」（しら梅・木朶序）というように客をくつろがせた。ふくらみも十分備えた人だった。

また蝶夢は、公平な物の見方ができる人だった。「片より給はず、少しもなづみたる所なし。よて人の師たりしと也」（たそがれ随筆）と讃えられている。冷静な知慮による、幅がある人物だったのである。まさに、「自門他流のわいだめなく」との運動理念を掲げるにふさわしい。

2　手紙の力

蝶夢のまめやかな情を今も雄弁に語るのは、その書簡の数である。四五〇通ほどが現存するが、これは全書簡の半数にも及ぶまい。受信者はきわめて多かったはずだから。

その受信地も重要である。現存書簡は、陸奥の素郷宛一五通、遠江の白輅宛八六通・方壺宛五〇通、三河の古帆宛二〇通、飛騨の歩蕭宛二九通、伊賀の杜音宛三一通、丹後の百尾宛七九通、筑前の魯白宛八九通、日向の可笛宛一三通等々。日本列島を縦につなぐ地名に、蝶夢が全国規模で地方俳壇へ発信していたさまがうかがえる。

一人に八〇通ほどの例もあり、蝶夢が書簡を通じて教化しようとした熱っぽさが今に伝わる。地方に住む受信者は、その教えを干天の慈雨のように待ち焦がれ、読後は、実意あふれる書簡を大切に保存した。木朶は「二十余年、都のそらより千束の文に示教の数〳〵」（無量仏）と回顧し、備後の山奥に住む古声が蝶夢没後に文塚を築いたのは、手紙にこもる言霊に祈りたかったのだろう。

馬瓢は、臨終六日前の手紙を受け取った。可卜宛の書簡はついに発信できず、没後に瓦全が届けた。蝶夢にとって、手紙は命がけの仕事だった。

兎角文通に命もちゞまり可申候旨、人も諫申候故、書不申候へ共、無拠日々二三通は認申候。あはれなる生涯にて候。

（三月廿一日付け白輅宛）

この書簡を受けた白輅が「其懐しみ父に等く」（枝法文集）としのぶように、読む者は蝶夢に心酔した。蝶夢には、それほどまでして人を動かしたい意志があったのである。

『芭蕉翁絵詞伝』原本を収めた外箱には、六二名の俳号が記されている。出資者の名録で、ほとんどが地方の俳人たちである。各地の俳壇を糾合し、その経済的支援を受けることで、蝶夢の諸々の事業は実現していった。その支援者は、主に地方都市の新興町人たちだった。地域で新たな時代を開きつつあった彼らは、蝶夢の新しい作風を受け入れる。彼らは生活に潤いを得る喜びに応え、蝶夢の事業に協力して行く。そのように互いに支え合う構図がここにある。蝶夢の大量の書簡は、その構図のメカニズムを有効に機能させる潤滑油として機能した。まめやかな情がこもる文ゆえに。

蝶夢は、白輅宛の書簡で、文通相手に適当なものとして、二九名の俳人の名を住地とともに知らせている。蝶夢と地方俳人との文通に加えて、地方俳人相互の文通が開けてくるわけで、しかもこのネットワークが全国規模に築かれ、全国俳壇が縦横に結ばれて一つにまとまっていく様相を見せてくる。

蝶夢は、自分には一人の弟子もいない、と公言することがある。これは田坂英俊氏の示教によると、一切の人々が弥陀仏の弟子という浄土教の思想に出るものらしい。とすると俳諧では、誰もが芭蕉の弟子ということになろうか。また、蝶夢が通常の俳諧宗匠ごとき師弟関係をつくらなかった、このことにもかかわろう。しかし、蝶夢が弟子と意識しないとしても、書簡の受信者たちは弟子として教えを受けた。蝶夢への返信につけて、さまざまな品が届けられる。金子が添えられることも多く、これが生活の資となった。

3　文人との交わり

先に述べたように、第二期に文人との交流が見えはじめ、第三期では濃密なものになる。このような中で、蝶夢の生活は文人的色彩を帯びてくる。この実態を見てみる。

その最も早い例は、明和六年冬、奇僧蘭陵が筑後を去って入洛し、五升庵に三ヶ月ほど寄寓したことである。転がり込んだという感じで、書肆額田文下の依頼にでもよろうか。蝶夢は、しばらく新築の五升庵を提供し、伊賀上野あたりに旅したらしい。事情は分明でないが、超俗の文人との出会いは、蝶夢の心に何がしかを残したはずだ。

最も親しかった文人が、当時の和歌四天王の一人、和文文章史を著した伴蒿蹊だったのは重要だ。文芸理念・文章論において、相互に影響し合ったはずである。『蝶夢和尚文集』の序者でもある。蒿蹊の明和五年の岡崎結庵が契機となったかは定めがたいが、安永初年には交遊が始まっていたろう。名月の夜、曇りなので蝶夢が早寝すると、蒿蹊がやって来て揶揄する。蝶夢が詫びの句を詠む。共に旅して『道ゆきぶり』を連作したり、気心合う一歳違いの朋友だった。

和歌四天王の内の澄月・慈延とも親しかった。二人とも岡崎住。澄月とは五日ほど湖南の旅を共に楽しむほどの仲、五升庵の花見に招いたりもした。旅中、年上の澄月が「坂にては蝶夢老人に腰をゝされて」という情景からも、心の通いが察せられる。『草根発句集』の序を頼んでもいる。慈延は、蝶夢の没後に五升庵跡に来て「とひなれし跡は七とせふりし庭に」と詠んでいて、日常的に出会っていたと知れる。著名な歌人たちとの交わりは、蝶夢に和歌と異なる俳諧独自の価値を考えさせもしたろう。こうして見ると、四天王の残る一人、芦庵と接触した様子がないのが不思議である。蝶夢の俳論にそっくりの歌論を述べて高名なだけに、かえって気にかかる。

漢詩人では、当代を代表する大典・六如とも親しかった。大典には、浅間山の噴火の時、その地の記録『上野大変記』を持参して見せ、大典はこれを漢訳した。泊庵を建てた際には「泊庵記」を贈られる。共に真如堂に遊び、大典が五升庵を訪ねることもあった。

暮春、蝶夢法師ノ幽居ニ過ル

青蘿春長シテ房櫳（ろう）ヲ掩ヒ　心遠ク地偏ナリ村巷ノ中

一榻（たふ）依然タリ胡蝶ノ夢　任他ス花木ノ已ニ空ト成ニ

これは五升庵を讃えるが、六如は泊庵のために筆をとった。泊庵を帰白院に移すに際し、その挙に応えて大典の「泊庵記」に加える一文を撰したのである。

六如で印象深いのは、天明七年の嵐山の花見である。伴蒿蹊・和田荊山ら多くが参加し、帰りは六如・荊山との三人連れで夜道をたどる。おでんを売る屋台があり蒟蒻を求めると、初めての六如が卑しい食べ物だとののしる。蝶夢は故実を引いて反論し、食らいながら歩く。雅の詩人と俗に親しむ俳人、雅俗それぞれの文人が戯れ合う微笑ましい光景に、新しい時代相が見える。六如は田園散策を好んで、自然美を讃える清新な詩を生みだしていた。生活の中で得る感動こそ俳諧の本質、と考える蝶夢ときわめて近い。新文芸理念誕生の舞台裏である。

蝶夢が文人を招くこともあった。この天明七年には五升庵の花見に和田荊山・伴蒿蹊・慈延を誘い、寛政三年には澄月を花見に招いて、西山拙斎を伴うよう頼んでいる。その頃、備中の拙斎が上洛しており、数日前には、旅行記で名高い橘南谿や蝶夢・蒿蹊・慈延らとともに伏見の梅見に出かけていた。

拙斎は儒者だが、蝶夢は儒者とも親しかった。とくに和田荊山とは終生の友だった。皆川淇園とは、浜名湖からもどって早速報告する仲、ともに銀閣寺に詣でたこともあり、蝶夢の追悼集『石の光』をひらくと、淇園は赤松滄洲とともに悼詩を寄せている。この詩によると、五升庵を訪ねていた。阿弥陀寺の檀家でもあり、心安かったようだ。蝶夢は、四国旅行の際に、かつて聖護院村にいた那波魯堂を訪ねていた。柴野栗山の東行の餞別会では賀句を詠んでいる。巌垣龍渓からは「題蝶夢老人泊庵」の一文を得ていた。

毛色が変わった文人に、故実家の公家・高橋図南がいる。岡崎に越して来たので親しく交わり、有名な鯛の味を知らぬというので、備中からわざわざ取り寄せて贈ったりした。図南は手紙で、「五升庵近所にて毎々出会、珍らしき事共承り益を得」ると人に告げている。文人との交わりは、相手にも多くを与えていたから成り立ったのである。大随筆『翁草』の著者・神沢杜口とも親しかった。老衰の杜口を励まそうと、手土産の海苔やもずくを提げて、岡崎から西八条まで歩いて来る蝶夢のことを、「万歩の労を厭はず折々に訪ひ来まし」と杜口は感謝している。寛政二年頃だから、蝶夢自身老いていたはずである。杜口は、几董とおなじく、五升庵を方違えに利用する仲でもあった。

絵師にも多くの友がいた。蝶夢の俳書を多く手がけた三熊海棠は勿論、『絵詞伝』を頼んだ狩野正栄とも既知の間だった。

このように、蝶夢は京都の最高レベルの文人と交わっていた。同じ情景を、蝶夢の支援者たちにも見ることができる。例えば豊後杵築の菊男は、先覚的な儒者・三浦梅園の『玄語』『贅語』の出版の費用を差し出し、梅園から「益亭記」の一文を贈られていた。筑前福岡の蝶酔の弟は、人情を尊ぶ儒者・亀井南冥の親友だった。三河吉田の古帆は、賀茂真淵に入門し本居宣長をも訪ねていた。備後田房の古声は、高名な詩僧・道光上人を宿していた。こうして見ると、蝶夢の支援者は地域の文化を担う存在だった。新しい俳諧は、中央でも地方でも、新しい思潮の近くにあった。

4　日常生活

蝶夢の暮らしは、まさに清貧そのものだった。「その平生、口に淡薄をあぢはひ、身に麁(粗)着をふれて、質素をむねとせられければ、貪ざれども朝暮に乏しからず」（石の光）と方広が述べる通りである。「麦の粥、菜のあつものにて腹ふくらし」（八月十八日付け杜音宛）というのも珍しくなかったらしい。

清雅曲

いと清し白河水に菜雑炊　遺吟

其貧清き雪の岡崎　古声

（はまちどり）

追悼連句の冒頭である。古声に限らず、誰にもその記憶が残ったはずだ。

では蝶夢は、なぜ貧を尊んだのか。それは、風雅に相応しいと考えたからである。「富たるはおかしからぬものにて候。風雅は別して貧ならでは、風流難得候か」（正月廿一日付け白露宛）。白輅に物を贈られた蝶夢は、次のように答えた。

仏家に施物を囉(もら)ふ事を、波羅夷罪とて恐れ候事にて候。併(しかし)ながら右申せしごとく、肌寒にせまらば何ぞや辞儀申べく候や。いまだ夫（それ）ほどにはなく候。御覧の通の菅笠も木綿ぬのこも路費の銭も御座候身に、此上の事はむさぼるにて候。念死念仏とて死を思ふが浄土の法文の第一にて候ものゝ、これをもはらとしてだに心いやしくなり候ものにて候。

（七月廿六日付け白輅宛）

富家ではない白輅への配慮もあるが、まず、最低限度の喜捨しか受けぬ覚悟を披瀝している。そして、成仏であれ物であれ、何かを求めることが心をいやしくする、と考えている。求めると心がけがれ、それゆえ風雅から遠ざかる、そこで貧を尊ぶのである。よって、富者との交わりには用心した。

衣食と同様、住についても同じだった。晩年、内での臥遊を楽しむため五升庵の裏に建てた泊庵は、わずか四畳半一間だった。

蝶夢関係の俳書は、大方質素に仕立てられる。その中で、『遠江の記』など少数は、大変優美な造本である。天明の飢饉のさ中、方壺が梨一の俳論『もとの清水』の刊行を申し出た。蝶夢は、次のように批判した。〈先に『遠江の記』の刊行で名を立て、またそのような企てとは穏やかでない、今は飢饉に役立つ『救荒本草』こそ相応しい。地方から持ち込まれた風雅な新版企画も、皆見合わせるよう勧めた。華やかな刷り物を出そうとした五来を叱りつけてやった〉。

蝶夢の判断基準は、「衆人と共に楽しむこそは風流なるべけれ」（八月三日付け白輅宛）というところにあった。人々の幸せな暮らしにこそ最上の価値があり、文芸はこれを越えるものではない。文芸にたずさわる者には、その謙虚さが求められる。慎み深い生活は、蝶夢の考えをそう思わせる。

因みに記すと、優美な造本は、蝶夢の意志ではなく、出資者の意向にそったものだろう。『養老瀧の記』『よしのゝ冬の記』の表紙の絵は三熊海棠の手書き、後援書『笠塚百回忌』も同人による。

5　五升庵の風景

五升庵がある岡崎の里は、「うしろに如意が嶽（大文字山）をおひ、右に神楽岡（黒谷・真如堂がある岡）、左に華頂山（知恩院がある山）ありて、山ふところの暖に、前に白河ながれて涼しく、都の紅塵をよきほどに隔たる地」（五升庵再興の記）で、四季の風物に欠けるものはなかった。その豊かな自然環境はおき、ここでの蝶夢の暮らしぶりを、いくつかのショットで紹介しよう。

その一。竹がそよぐ小窓の前に、小さな仏像を安置して朝夕祈りを絶やさない。気がつくと、その窓際に二匹の蜂が来て動かぬ。よく見ると豆粒ほどの巣ができていた。日ごとに蜂の数が増え、巣は鶏卵大になり、誦経の折に飛びかかって来そうで危ない。一旦は取り除こうと思うが、小さな命の営みに見とれてしまう。思う存分飛び回れと、そのままにして仏に仕えた。（蜂の巣の記）

その二。岡崎の里をうろつく野良犬がいた。老いていて白い毛もぬけ、大きな体軀も骨が突き出るほど痩せ、醜い姿でよろよろ歩く。力も失せ、悪童に縄で引きずられる惨めさ。いつも五升庵に来ていて、蝶夢が粥やみそうづ（味噌入り雑炊）の残りを与えるのを待つ。病んで食欲がない日には赤小豆を煮て喰わせ、蠅にたかられ苦しむので煙草の茎を編んで着せてやる。やがて糞壺に落ちて死ぬ。庵で供養をしてやり、今は糞壺から天に昇り蓮華に転生しただろうと、犬のかつての姿を思い出す。（犬をいたむ辞）

その三。日照りが続いて岡崎の農民たちは大困り。雨乞いのため老若が如意が嶽に登り、経を読み下手な拍子で踊る。その甲斐あって車軸の雨、村は男女共に野に出て手を打って喜び、酒を用意し餅をつく騒ぎ。雨乞い歌を詠まなかった蝶夢の庵にまで、歌賃ということで餅を届けてくる。喜びのお裾分け、蝶夢も村人の心になる。（雨を祝ふ頌）

その四。寒い冬の日、播磨の山李坊（青蘿）が蘿来を連れてやって来た。勿論泊まりがけ。俳談にうち興じ夜になる。囲炉裏に柴をくべるが寒がつのり、思わず火に近づく。差し出した二人の客の足は、山李坊のはにくらしいほど肥え太っており、一方、病がちな蘿来のは驚くほどやせ細っていた。それが蝶夢の眼に焼きついた。夜が更け、時雨が窓をうつ音が聞こえてくる。一人が「お腹が冷えてきた。粥でも温めてよ」というので、応えてやった。（秋しぐれ跋）

その五。天明四年の時雨会の催しが終わった後、下総から来ていた行脚俳人の尺艾が、沂風に連れられて京の五升庵までやって来た。自分の主張に共鳴し、蕉風復興のため関東で活躍する若い尺艾の来訪が嬉しく、蝶夢も熱が入っていつまでも語り続けた。気がつくと夜が明け、庭の竹がしなうほど初雪が積もっていた。それを見て蝶夢は、「とにかくに風雅も直き竹の何しら雪にうつぶきやすからんがごとく、世を静に渡れかし」と諭してやる。「我を捨よ」と。（奉納雪の道）

6　旅好き

蝶夢は旅行が好きで、「やう〳〵烟霞の痼疾とさへなりて」（宰府記行）「おのれわかき頃より旅を好みて、年ごとの春秋にはかならず旅に遊ぶ」（東遊紀行）と自認していた。

東北には若くして行った。九州にも出雲にも、四国にも紀伊にも旅し、信濃を経て江戸に出、東海道を戻るコースは二回も経験している。地図に足跡を書き入れてみると、日本列島をあらかた見巡った感がある。

かような大旅行とは別に、近場への気軽な旅も大いに楽しんだ。ことに丹後・城之崎辺りは気に入り、「あまたゝび橋立をわたりくらぶるにあかず」（一声塚百廻忌）というほど出かけた。これらの近い旅には、記録に残らぬ例も多いようだ。久しぶりに顔を見せた蝶夢に杜口は、「此みそか余りうとかりしは、例の鄙ありきにや」とたずねている。

一月ほど都を抜け出すのは、常のことだったらしい。

その出かけ方には、独特の剽軽（けい）さがあった。几董が五升庵を訪ねると、近所の人が「ふた日ばかり前の夕、ふと出給ひぬ」（几董句稿）と答えた。鞍馬へは、近江から来た可風に誘われ即座に同行しているし、養老の瀧へは、「足のむかん方へ行ん」と東に出て、途中、その瀧の絵を見たのがきっかけで養老の瀧に決めている。これは文飾かもしれぬが、ふいに出で立つ、気ままな旅が多かったのは確かだ。文人暮らしの気安さ、というところか。五升庵類焼の直後にやって来た木吾は、すでに但馬の湯に出かけたと聞いて、「その境界の安さを思へば」と前置きし、「羽根軽し焼野を蝶の飛手際」と詠んでいる（もろつばさ）。

蝶夢の旅の特色は、それが俳壇経営という実利的目的を伴わないことだった。美濃派宗匠などの旅とそこが異なる。純粋に山水を楽しみ、社寺に詣でる旅である。勿論、旅先で用意された俳席に臨み、結果的に支持者を糾合させることがあったとしても。

蝶夢が旅を好むのは、実利に代わる別の大きな目的があったからである。明和度に、すでに次のように述べている。

古き詩歌も、その境その景を見ずしては、古人の心を味ひがたし。（辛府記行）

つまり、実地に赴いて古人の心を追体験すべし、というわけで、真意はこうだろう。古来詩歌に詠まれてきた山水・寺社等の本当の良さは、自らの眼で見、自らその場を実体験しなければ理解できない、すなわち、直接、自分の感覚を使って再確認する手続きが不可欠である、との考えだろう。だから貪欲に見て回ったのである。そのような考えをもつに至ったのは、歌人たちの詠み方に、ある疑念を抱いたからでもあるようだ。

7　時に激しい言葉

蝶夢は、時に鋭い言葉を吐く。それは聞く者、読む者の心に深く刻み込まれたろう。その二三を挙げてみる。

俳諧売・芭蕉屋連は……風雅にて妻子をやしなふ者共にあまり申尽も気の毒故……。（四月廿一日付け白露宛）

世にはびこる俳諧の金銭化、俳人の職業化を嘆く端的な表現が「俳諧屋」などの語だった。自ら体験した点取り俳諧などを頽廃現象と見、そこから離脱した精神性ある俳諧の復興が蝶夢の使命となる。ある日、著名な行脚俳諧師の仏仙が五升庵へ来て、「蝶夢子、行脚もよきもの也。是見給へ」と袂から判金を出して見せた、そのことを後で蝶夢たちが笑った（たそがれ随筆）。このような話に事欠かぬ世だったのである。

蝶夢は、弟子に向かって経世家的発言をすることがままあった。伊賀柘植の大庄屋だった杜音が、ある年、乞食・非人への施しを禁じた。それを耳にした蝶夢が激しく戒める。

乍併孤独鰥寡（くわんくわ）は天下の四患、可愛者とは兼て御案内の事に候処、如何なる思召にや。何分、仁恕の二字に対しても、風雅の二字に対しても、無心許御事にや。……一村一郷の長なる人の一話は大切なること、御存候事にて候ものに候。……古文真宝も、子曰も、蕉門俳諧も、窮竟は此事に止り可申哉と平生致覚悟候故、一点も私あらず申試候。……。（十一月五日付け杜音宛）

蝶夢の弟子は、その多くが地域のリーダーだった。蝶夢は、かねて彼らに心得を説いていた。仁を施す指導者であれ、と。それが蕉風俳諧への道だ、と。孤独鰥寡は身寄りのない者。

天明七年、相国寺の大典が幕府に召された折、蝶夢は備後の儒者・風葉に「鉦（かね）をたゝきて婆媽（ばばかか）を極楽へやるよりは、まさしく生民途（塗）炭を救ふは、夫（それ）にも増り申べく候か」（臘月四日付け風葉宛）と喜びを伝えた。一浄土僧としてはかなり思いきった発言で、蝶夢が、為政者に近い、高い次元から世相を見ていたことを物語る。蝶夢の蕉風復興のさまざまな活動は、このような思いの延長上にある。

もう一つ、火難にあった弟子への「風雅はかゝる時の役に立申候ものにて候」（五月十六日付け里秋宛）という励ましも、ここに加えてよいだろう。より深い句ができるようになるとの言で、ここで蝶夢は、芭蕉が大火で猶如火宅の理を悟ったことを思い出していたろう。

三　芭蕉顕彰の事績

1　事業の多彩さと独自色

ここで、蝶夢が各事業で残した功績を整理しておこう。

第一は、芭蕉を祭る営みを、多面的に、確実に丁寧に営んだことである。それには、施設と行事という二つの側面がある。

施設については、明和七年の芭蕉堂再建が最初の事業となる。全国規模での募金によることは、先に述べた。その後も、墓域の改修などを行っている。施設の整備は、行事の盛行を促した。

行事については、例年の三月十二日に行う洛東双林寺の墨直会と、十月十二日に行う義仲寺の時雨会がある。前者は、明和二年から同七年までの六年間、その主催者となった。後者は、明和四年（推定）から天明三年まで一七年間も主催した。その前後の数年も後見役を務めていた。墨直会は刻まれた謎文の文字に墨を入れる行事で、いかにも支考らしい秘儀性を伴う。時雨会を営む義仲寺は真正の芭蕉墓所ゆえ、追慕の心情によく応え得る場である。蝶夢が前者を去り後者に半生を打ち込むのは、自然の成り行きだった。前者で知り得た多くの地方俳人は、やがて後者の参拝者となる。

芭蕉の墓といえば、詣で洒掃するため、月ごとの十二日に京から一人通っていたのも奇特である。その蝶夢の芭蕉讃仰の念は、寛政五年四月の百回忌大法要と同十月の別時念仏会に結実した。いずれも三日間、追悼行事の頂点をつくる。このような追悼行事は、全国の俳人を蕉風復興運動に糾合する最適の機会となる。多くの人の心に、芭蕉讃慕の意識を植えつけていく。

蝶夢は、頼まれて芭蕉肖像にたびたび讃を書いた。天明六年すでに、『続扶桑隠逸伝』を引く讃だけでも、凡そ四十幅にもなるという（五月二日付け白輅宛）。これは、俳諧の座に掲げられ、また家々で芭蕉を祭るものとなった。各地域ごとの祭りの場が芭蕉塚であり、その建立にも蝶夢は大いに力を尽くした。

これらの活動が、その後の芭蕉の神格化への道をひらいたのは否定できない。しかし、それを差し引いても、芭蕉を世に弘めた功は大きい。

第二に、人々に、当時として最上の芭蕉作品テキストを提供したことがある。『芭蕉翁発句集』『芭蕉翁俳諧集』『芭蕉翁文集』の三部作である。蝶夢はかねてから心掛け、散り散りになり埋もれていた芭蕉作品を見るたびに書き留めていた。それを編集して版におろして、芭蕉の作品の全体像を世に知らしめたのである。

ことに『発句集』の時代順配列は大きな意義をもつ。この配列法は、依拠した土芳の稿本『蕉翁句集』がすでに採るが、蝶夢はこれを、作風のたびたびの変遷こそ芭蕉理解の基本的問題だ、という立場でつよく提示している。この芭蕉理解は、現在の研究も一般読者も基本的な方法として継承しており、蝶夢の偉大な遺産の一といえる。

『おくのほそ道』の刊行も重要である。このことについて清水孝之氏は、「それが元禄板本の入手難を打開して、大衆的な観光ルートの開発に拍車をかけたであろうことは想像に難くない」（清水『加藤暁台』）と、『おくのほそ道』ブームに関連付けて高く評価している。こうして、テキストの不足ない提供が、世間の芭蕉への関心を高めていく。

第三に、芭蕉という一俳人の生涯のイメージを多くの人々に伝え、これが広く日本人全体で共有されるに至ったことを挙げる。いうまでもなく、寛政五年の『芭蕉翁絵詞伝』の版本化がもたらした結果である。明治以後の活字本も多い。

この書は、伝記的事実を項目として並べた従来の資料とは異なり、芭蕉の生涯を全円的に網羅して述べ、一編の読み物として鑑賞に値するよう仕立てた最初の本格的な芭蕉伝である。伊賀上野で実地調査して出自等につき正確を期そうとしたり、芭蕉の作品をふんだんに盛り込んで感動を与えようとしたり、そこに工夫と苦心がうかがえる。また芭蕉を、義と情に篤い人間像に造形している。そして何よりも重要なのは、芭蕉の生涯を旅の連続のように印象づけていることである。〝旅行く芭蕉〟という我々が抱く芭蕉観は、実はこの書によって与えられた。三三葉の挿絵が、視覚的にもそのイメージを創りあげたのである。

人々にはすでに、旅行く歌人として西行のイメージがあった。人々は芭蕉を西行に重ね合わせ、俳諧を文芸として確立した気高い人物として理解するようになる。すなわち、「俳聖芭蕉」の誕生である。この書が百回忌に奉納されたことは、芭蕉が祭られる存在となったことをよく示している。芭蕉を尊敬する僧蝶夢にとって、それは何よりも願わしいことであった。芭蕉を日本人にとって親しみ深い理想の人物とするうえで、この書ほど功あるものはない。この芭蕉観は今なお続くから、まさに蝶夢の最大の遺産の一である。しかしこのイメージが、西行に通じる中世的求道者の色合いを含む点は、十分心得ておくべきかも知れない。芭蕉にならって西行を篤く崇慕する蝶夢は、墓所がある河内の弘川寺に、三度も詣でていた。

この書は、時宗の開祖の伝記である『一遍聖絵』をモデルにして創られた。蝶夢は芭蕉を、蕉風俳諧の祖師として仰ぎ、その祖師伝を編んだのである。この祖師という視点をもつゆえ、伝記としての統一性が保たれ、従来の資料的伝記をはるかに越える独創性を得たのである。

以上の三点が、芭蕉顕彰にかかわる上での蝶夢の重要な事績である。芭蕉顕彰に関連して、『蕉門俳諧語録』や『去来発句集』『丈草発句集』の刊行など、蕉門俳論や芭蕉高弟の作品を整備提供したことも大きな意義をもつ。蕉門諸家の真跡資料の収集と保存、そしてそれを『芭蕉門古人真蹟』の模刻本として弘めたこと、義仲寺境内に一宇を建てて粟津文庫を創設し俳書の収集と保存に努めたこと、これらも蝶夢ならではの独自な進んだ発想といえよう。

俳諧一般で言えば、『類題発句集』『新類題発句集』『俳諧名所小鏡』の三点の編纂と刊行も、俳壇に良質の基本的作品集を提供したわけで、多大な恩恵を与えたに違いない。後述するように、いずれも年月をかけた労作なのである。

蝶夢の功績を挙げるときりがないが、そのすぐれた活動の前提に、地方に多くの支持俳壇を得、その俳人たちを育て、全国に蕉風復興のネットワークを作りあげた、ということがある。この基盤あってこそ、蝶夢の数々の事業は日の目を見たのである。そしてその組織化は、芭蕉百回忌という一つの目標をもっており、そこへ向かう勢いが全国俳壇を一つにする。この俳壇の組織化・全国一体化ということも、蝶夢の功績の一に数えるべきだろう。なぜなら、蝶夢という個性的な人格あってこそ、多くの人々を糾合できたからである。蝶夢は、まことに優れた組織者だった。蝶夢は、地方の俳人たちに、新しく興った階層が内に秘めるエネルギーを感じとっていたに違いない。それを見逃さずに汲みとり、各種事業への財的支援も得たのである。

蝶夢のこのような、全国俳壇の組織化ということを、裏から支えた重要な存在が、書肆・橘屋治兵衛だった。芭蕉堂再建の際、その拠金はすべて橘屋らのもとへ届けられた。膨大な量の蝶夢の書簡、また同じ量の返信を無事に双方に届けたのも橘屋だった。安永九年の江戸旅行の折には、この橘屋も同行している。書肆は蝶夢にとって、いわば事務局的な役割を担っていたのである。この橘屋の協力あって初めて蝶夢の大事業は完遂できた。前代の行脚俳人の戸別訪問に代わって、書肆という商業機構が多岐にわたり役割をはたすことになる。この点に、安永天明期の新しい文芸の在り方が見えてくる。橘屋が蝶夢に企画を持ち込み、蝶夢がこれに応じて編纂するという場合もあり、相互扶助の関係とも言えるが、ともあれ蝶夢は、その書肆のもつ力にいちはやく着目し、それを最大限に生かした。蝶夢は、有能な実務家でもあったのである。

その両者の協力関係は、最大の事業であった『絵詞伝』編纂に際しても、遺憾なく発揮された。

覚

一金　壱両弐分

内　百足　竹母子／同　長等子／同　可夕子／同　其川子／同弐(ママ)百足　御連中

右慥ニ致落手候而、書林橘屋江預ヶ置申候。追而成就之上、披露可申上候様如此ニ御座候。

四月十五日　　幻阿（花押）

雲橋庵

右は、飛驒高山俳壇の拠金の実態を示す領収書である（飛驒高山まちの博物館寄託）。蝶夢という人格と橘屋の業務があいまって、確かな実を結んだことを伝えている。

2　計画性・意志力・情熱

蝶夢の合理的な思考の在り方は、事業を行うに際しての、周到で緻密な計画性に見ることができる。その二三の例を見てみよう。

『芭蕉門古人真蹟』の原本は、今も高い価値をもつ蕉門俳諧の資料集である。八〇点ほどの資料を収めて壮観だが、それは同じ数ほどの寄贈者と同じ数ほどの寄付行為があったことを意味する。いずれの資料にも、寄贈者の名をしるす極書が添えられており、その寄付の営みをうかがい得る。例えば、凡兆の色紙には、「香貫氏家宝なりしを、蝶夢乞て当寺の交割（宝物）とす」と極書あり、木節の資料には、確執あった例の嘯山が、蝶夢のつよい願いに応えて贈る旨を書き留めている。この書は、このように人々の協賛の姿を随所にとどめ、蕉風復興運動の熱気を肌で感じさせる。

ところでこの収集の在り方については、蝶夢が跋で、「その子孫の家、あるは弟子の門をたづね」と述べており、係累・縁者という資料伝存の可能性が高い人をさがして回ったことが分かる。

其御家中に松倉嵐蘭子の由縁候よし、何にても反古のはしを一枚、嵐蘭子孫誰寄付と御書添、義仲寺古人手鑑に御寄進候様に被仰通可被下候。いまだ嵐蘭の手跡なく候。……尤由縁なき人よりは不申請候事にて候。

（四月廿一日付け白輅宛）

右は、収集の実態をよく伝える書簡で、縁ある人からの寄進という基本方針がうかがえる。また、蕉門の人を網羅したいと考えていたことも知れ、里秋宛書簡では「いまは杜国の筆無御座」と頼んでいる。興味深いのは、重要とされた露沾の場合である。内藤家の家宝の短冊帳から真筆一枚を抜いて寄進し、代筆の短冊をその跡に貼って余白をふさいだのであり、その事情を沾山が記している（延岡市内藤記念館蔵・内藤政栄和歌俳諧短冊）。内藤家も蝶夢の熱意に負けたのだろうが、臣下の露傘が寄進したかたちになっている。

実は、事業に縁者たちの力を組み入れて使う方法は、先に芭蕉堂再建の際にすでに体験済みだった。芭蕉堂の両側の壁には、詩仙堂の詩人肖像にならって、芭蕉の直弟子三六名の肖像を飾る。その絵や発句の讃は、それぞれの子孫や縁者に依頼して成っていた。『芭蕉門古人真蹟』の収集事業は、この時の経験を生かして、周到に企画されたのである。

『俳諧名所小鏡』も、蝶夢ならではの編著であろう。全国の名所を詠んだ句を蝶夢のもとに集め、それを一書にするのだから、まずそのそれぞれの名所の句がなければならない。ない場合はその地の人に詠んでもらわねばならない。人脈を広くもつ蝶夢にしても、かなり大変な事業である。江戸の吟江の句稿に「洛の蝶夢に関東名所の句、所望されて」の詞書が見え、全国網羅に努めた様子がうかがえる。しかも、かなり早い時期から、地域ごとに人を選んで、精力的に集句方を依頼したようだ。三河あたりの句を集約する木朶には、安永五年に依頼し、同七年正月にとりまとめを指示した（正月元日付け木朶宛）。遠江の白露には、安永六年七月の書簡（廿一日付け）で「不足の分、書付上申候。其辺の分のみ」として改めて追加分を頼み、次の名所を列挙した。

遠江　腹川　背川　引馬野　菊川　桜が池　天龍川　高師山　池田の宿　秋葉山

参河　二村山　宮池山

芭蕉堂に飾る肖像画の依頼の際も、こまやかな指示を出していた（見風宛書簡）が、蝶夢の仕事は緻密である。この『名所小鏡』は天明二年にようやく上巻のみ刊、尾張・三河・遠江が載る中・下巻の刊行ははるかに遅れ、寛政に入る。これだけ周到に準備したのに、この書の編纂には長い年月を要した。蝶夢は粘り強く処して、遂に入寂の二ヶ月前に刊行させたのである。蝶夢は、優れた企画力のほかに、強靭な意志が支える実行力を有した。

天明四年春であろうか、蝶夢は沂風を、粟津文庫のことで江戸へ差し向ける（二月十八日付け古帆・木朶宛）。沂風はその途中でも活動し、三河吉田で多くの寄金を得た。また古人真蹟への寄付も頼んだようだ。沂風はこの他、天明六年秋に祥然とともに九州へ下っており、さらに寛政三年春にも一萍とともに西下した。また芭蕉百回忌の前後には、蝶夢の代理として石蘭（一萍改号）があちこちに出かけている。これらは、蝶夢が各種事業の推進にあたり、計画的・組織的にことを運んだことを思わせる。義仲寺の看主に、重厚・沂風などの俳人をすえたのも、蝶夢の深い思慮あってのことだろう。

蝶夢はこのように、各種の事業を次々に実現させていく、卓越した知力や才を持ち合わせていた。しかしこれだけでは事は成るまい。それを推し進めた内面の激しさを思わねばなるまい。その人間的な情熱こそ、そのつよい意志の底にあるものだろう。蝶夢は知・情・意を兼ね備えた人だった。

先に述べた、阿弥陀寺の仏像の再建のための勧化、売り払われた梵鐘の買い戻しも、見事にすばやく実現させている。蝶夢の清い情熱と、決然とした行動力がよく人を動かしたのである。

四　新たな文芸理念の確立

1　二つの「まこと」の強調

つづいて、蝶夢の文芸理念の新しさについて述べよう。これこそ、蝶夢の最大の功績の一と思われるものである。まず順序として、蝶夢が芭蕉のいう「風雅の誠」を二つの「まこと」として理解していたことを述べるが、これに先立ち、安永天明期になって、地方系蕉門の一部に、きわめて先鋭的な俳論が現れたことを紹介しておきたい。（詳しくは田中『蕉風復興運動と蕪村』を参照。さらに陽明学の影響も考慮すべきだが、しばらく措く）
周知のように芭蕉は、俳諧の神髄を「松の事は松に習へ……習へと云は、物に入て、その微の顕て、情感るや句となる」（赤冊子）と教え、「そのものより自然に出る情にあらざれば、物と我二つになりて、其情誠にいたらず」と説いた。物に入るのは我だろう。そうすると物から情が顕れ、その情において物は我と一体になる、ということだろうか。しかし、我が物に入るというのは、比喩的表現だとしても、現代の私たちには理解が難しい。それを、安永天明期の俳人はこう考えるようになる。〈名句「枯枝に烏とまりけり秋の暮」の情景は、芭蕉は前にも見たことがあるだろう、誰だって一度は見たことがあろう。しかし、心にとめなかった。それを芭蕉がある時たまたま見て、その時にかぎってつよい感動を覚え、その情と景が一体化してあの句が成ったのだ〉と。この説明は、私たちにも大変理解しやすい。

元禄期の芭蕉は、物の美しさは物そのものの内にあるから、我がその美しさを句にするには、我が物と一体化するしかない、と考えた。これは、和歌・連歌の伝統を継承した観念に影響されている。これに対して安永天明期の俳人は、物が美しいというのは、我が美しいと感じる時に初めて「美しい物」と見なされるのであって、我がそれを感じることがまず大切だ、と考える。つまり、元禄期と安永天明期とでは、美しさにとって優位にあるものが逆になる。物が先なのか、我が先なのか、と。安永天明期には、社会全般で事物の認識のあり方が変わってくる。我、すなわち人間を主体として考える態度がつよまってくる。俳諧にもこの傾向が反映した。すなわち、何を見るにも、事物という客体と、それを見る人間という主体という二つの立場がはっきり区別できる、そこでこの二つを一対のものとして考えよう、とするのである。つまり、一元論的な元禄期に対し、安永天明期には二元論的な物の把握の仕方が生まれたのである。蝶夢はこれを踏まえることになる。

ここで、論を二つの「まこと」にもどそう。一つ目の「まこと」は、客体を目にしたそのままに詠む、ということである。蝶夢は、浜名湖に遊んだ自分について、「〈橋ぞむかしいまは霞をわたるふね〉と見るまゝをいひ出れば」と、その詠み方を直截簡明に表現している。これが対象に向かい合う際の基本的態度である。

その態度は、文芸表現は作者が体験した事実に忠実でなければならない、という信念に基づいていた。すなわち、文芸表現が認識の営みに従うものとなる。たとえば、この『遠江の記』の編纂の折の逸話である。この作は船遊びの周遊記で、地元俳人も同行する。ところが、この旅の世話をした愛弟子の白輅は所用で参加できなかった。そこで、作品の中では参加した形にしてほしい、と頼んだのである。これを蝶夢はきっぱり断り、事実に基づかないことを書き込むと、「文章古雅ならず候」と説き、その日限りの同船者といえど、それが登場するのは事実だから当然だ、と答える。「有そうなる人のなきこそ面白かるべし」と。代作のような作為をきらう、絶対的事実尊重の立場である。

一つ目の「まこと」を、当時は「実境」「実景」と言った。

『遠江の記』は、遺跡探索が目的の旅でもあったので、浜名橋の彩色口絵を載せている。これを巡っての言。

　遠江記の絵は、かならず海棠が作画ならず候。これは官庫に御座候浜名橋の古図の（にカ）芙蓉先生の秘図を得て、海棠に写させ申候。能々（よくよく）今の荒井とは違ひ申候。典故なき事をさかゝせ可申候哉。あまりに情なき誉やうにていと口惜しく候。一字もむさとは書申さず候。　（九月十四日付け素郷宛）

口絵を担当した三熊海棠に資料を提供し、史実に近いものを描かせた、との主張だが、事実尊重が考証をうながしたことを物語る。蝶夢はこの絵図を、来庵した皆川淇園に見せていた（石の光・追悼詩）。淇園の儒学は、主客二元論を明確に説くところがあった。蝶夢の文芸理念は、新たな思想に通底している。

　この実証的態度は、さまざまに現れている。『俳諧名所小鏡』の編纂の折には、鳴海の蝶羅に「冬牡丹千鳥よ雪の」他の芭蕉の三句を示し、桑名での作というが「彼地に慥（たし）か）なる証跡もありや、正しくれよ」と頼んできた。蝶羅はさらに木吾に依頼、木吾が調査してやった（もろつばさ）。『芭蕉翁絵詞伝』那須野の段の馬上の芭蕉像は、伊賀の百歳が描いた芭蕉像を下敷きにした図柄である。これを使ったのは、百歳が芭蕉をそばに居らせて写生した、という伝承があった（六月四日付け白輅宛）からだった。『芭蕉翁絵詞伝』を芭蕉作品中の文言で綴ろうとしたのも、粟津文庫への資料収集も、すべてこの「まこと」尊重の意識の現れと考えられる。「写真」の語も使っている（芭蕉像三態の説）。

　蝶夢がかように実証を重視するに至った一因に、和歌では事実に無頓着な詠み方が多い、と考えていることがあった。「例の居ながら名所をしると、思ひあがりたる歌人ぞ心もとなき」（東遊紀行）という思いが常にあったのである。実地を踏まぬ題詠が念頭にあろう。安永九年の旅で、木曾山中の箒木をわざわざ実見しに行ったのは、澄月・橘南谿に聞いて心ひかれ、自らの眼で確かめようとしたのである。この点にこそ、俳諧の意義があると。

同時代の俳人たちは、この問題を「ありのまま」という語でも語った。蝶夢俳論の特質を、この「ありのまま」をより突き詰めていった、その徹底性に見ることができる。

いま一つの「まこと」は、主体の表出のことにかかわる。蝶夢の句の巧拙を問われて、麦宇はこう答えた。

> 下手也。されどもよのつねの宗匠に異なる事あり。句にかゝはらずして思ふ事をたゞちに句となす人也。老て後我住武江に赴れし時、「かけはしを二度まで越るいのちかな　蝶夢」と申されけるが、又東国行脚の時、「三度まで桟こえぬ我いのち」と、世の人の褒貶にかゝはらず思ふまゝを申されし也。　（たそがれ随筆）

「三度まで」の句について几董は「工まずして名所の実を得たる成べし」（新雑談集）とほめており、親しい几董だけに蝶夢の句の本質を見抜いていた。麦宇のいう「句にかゝはらず」とは、句の巧拙にかかわらず、の意。右の二句は、ことさら秀句というほどではない。しかし、難所に臨んで感慨がこみあげた実感は、確かに表出できている。ここには、体験した事実としての感動、それを表現することこそ俳諧である、とする信念がある。太宰府天満宮の境内で蝶夢は、

　青梅や仰げば口に酢のたまる

と詠み、「たゞまことをもはらとして」と説明した。いかにも酸っぱそうな青梅を眼にして思わず唾をのみこむ、そのささやかな感覚的ショック、この新鮮な体験が印象深い、よって句になる。このように実体験としての感動を詠んだ句が、何よりも価値をもつ「まこと」ある句なのである。当時は「実情」の語が多用され、蝶夢も、

夕風や厠(かはや)の窓へちる桜

を自評して「実情に候。御一笑可被成候」（三月廿三日付け歩蕭宛）と使っている。思いがけぬ実景に思わず感を催した、そのうぶな感動をいうらしい。

　蝶夢は、景色の美しさは、見る人のその時の心の在り方で決まる、と考えていた。例えば、晩年に成美と会った際、景色が若い時とは違って見えると、「風色も、見るものからの心にて、さま〴〵に詠(ながめ)らるべし」としみじみ語った（一陽集）。主体の優位を覚っていたのである。

　二つ目の「まこと」は主体にかかわるものだった。蝶夢は、この主体の内からわき出る情を何よりも重んじ、作句においてこれを貫き通すことを求める。「他のよしとほむるにも驚かず、あしと譏(そし)るにも恥ずして、ひたぶるに思ひを句にのべてたのしむべし」（芭蕉翁三等之文）というのである。蝶夢は、何によらず自己の意志を尊重するよう説く。作風については、「人の体によらず自己を御たしなみ被下」（六月十五日付け里秋宛）「ただ人にかまはぬ事にて候。自己に御楽しみ可被成候」（五月晦日付き白露宛）と言っていた。

　かような主体重視は、個々人の学習の在り方にも求められる。蝶夢は、秘伝口授の類をことごとく排除した。「もとの清水序」で語るように、若い頃に行脚俳諧師からたびたび得、後にすべて焼き捨てた、という苦い体験があったのである。ではそれに代わるものは何か。伝授を求める木朶に伝授をせず、蝶夢はこう答えた。

　汝は弟子にあらず、今別れても親族なり。仍而(よつて)つたへず。其意味は、伝授口伝さのみむつかしき事にあらず。さあれどはやく覚ゆると修行おろかに成るもの也。剰(あまつさへ)、他の罪を咎ておのが非をしらず也。只、日夜世用の隙に怠らず勤めよや。伝授口伝の品々、みな修行の道々にこぼれちりてあるなれば、一つゞゝ拾ふて我ものにすべし。

（故五束斉草稿）

〈簡便に得る知識より、自ら主体的にさがしだして自分の中に積み上げていく知識こそ身につく本物の教えになる。血縁のように思うお前だからこそ、この方法を選ばせたいのだ〉というのである。中世以来、秘伝口授は絶対的権威を伴って与えられた。それを盲信することの愚かさ、無意味さを蝶夢は覚っていた。そこで、中世的な上からの教え方を捨て、自ら学びとる新たな教え方に変えようとする。この資料を紹介した鈴木勝忠氏は、権威の否定による伝授の相対化が、蝶夢あたりからつよまった、と見ている。この伝授口伝への批判は、明和五年の『門のかをり』にすでに現われていた。

このように蝶夢は、主体表出に際してのまことと、客体把握におけるまことと、「二つのまこと」を重んじた。とは言うものの、二つの「まこと」も、主体の「まこと」により傾きがちだった。その言説で、主体の重視を説くことが圧倒的に多いのである。その結果、対象の精確な受容つまり客体の純化も、主体の徹底した純化によって実現し得るかのような印象を与えることになる。

右に見るように、事実認識の問題でも、伝授の問題でも、蝶夢は生き生きと働く主体をいちじるしく尊重する。この態度は、蕉風復興運動を主導した力強い行動性と見事に重なり合う。

この事実認識の在り方についての蝶夢の理解は、当時としてはもっとも徹底した鋭さをもっていた。これこそが和歌と異なる俳諧の本質である、その正風である、との信念をいだいていた。朋友和田荊山は、芭蕉の「其ノ源ニ遡ル者ハ、惟ダ幻阿師一人耳」（句双紙跋）と言い切った。考えてみると、蝶夢は確かに芭蕉の「松の事は松に習へ」を受け継いでいる。芭蕉が史上初めて意識した、文芸における対象との対決、事実認識の難問題を、百年の後、見事に解決して見せたからである。蝶夢は、物と離れてある「我」の存在を、多くの人々につよく〝意識化〟させたのである。とくに、和歌ではなく俳諧において、作者の感情の重視の言説が現われた意義は深い。

2　俳論の真意――「いのち」を詠む

蝶夢の俳論の核心は、簡単に言えば「物に感じて情を述る」（十月廿九日付け白露宛）というものである。蝶夢に影響を与えた梨一も「情、物に感じて終に言に発す」と述べ、つとに宝暦から交わる闌更も「只、物に感じて情を動かし、終に言葉に吐て」と説いていた。いずれもその俳論の冒頭の言である。これがこの運動を牽引した最初期の人々の通念だった。蝶夢の論は、これを一段深めており、一味も二味も異なるものになる。

蝶夢の活動の核心にあるものは、芭蕉讃仰である。蝶夢の俳論を考える前に、まずその内容をうかがっておこう。

蝶夢は、芭蕉のことを「生涯を無所住にせし行脚の道人」（芭蕉翁百回忌序）と見定める。「誹諧の道なる事を自得し、句ごとに風雅のまことをあらは」（芭蕉翁発句集序）して俳諧を文芸として確立したからである。その芭蕉は、「道」を西行から学び、その西行を〈歌によって法を得た〉人と考えていた。そこで蝶夢も、「その歌によりて法を得、その句によりて道に入る。かくありてこそ、風雅の道とは申べかめれ」（道の枝折序）と主張する。では、「歌により て法を得る」とは、一体どのようなことか。蝶夢は、西行の言葉として次を引いていた。

我、歌を読は尋常に異なり。花・子規・月・雪すべて万物の興にむかひて、凡（すべて）の有相虚妄と観じ、読出す言句も、一首よみ出ては一体の仏像を造る思ひをなし、一句を読ては秘密の真言を唱るに同じ。我、此歌によりて法を得る事あり。（芭蕉翁三等之文）

これに従うと、西行は、物の一つ一つに「虚妄」（無）を見ていたので、一首詠む場合も祈りの心で詠んだ、ということになる。とすると、芭蕉の句の詠み方もこれに近いと解される。

ここで蝶夢の俳論にもどってみる。最も論書らしくまとめられた『門のかをり』の中で、核心部分と見なせるのは次の二条である。

Aことにふれて情を先にし、物のあはれをしり、花ちり、木の葉の落るをも目にも心にもとゞめて、風雅の大意をしるべき事、ゆゝしき大事なり。

B人情を有の儘に、詞をかざらず、雪・月・華は勿論、生とし生ける物のたぐひにものいはせたらんを、俳諧の風雅の真趣を述るとはいふなるべし。

まず、Aにつくと、外界に接する際の「情」の重要さが説かれ、「情」が「物のあはれ」をとらえるとする。その「物のあはれ」は花が散ったり、木の葉が落ちたりする折に現れるらしい。とすると、次の記事は、これを敷衍したものであろう。

花の匂ひ、濃にうるはしく咲ほこれる盛りの春もはやくも散かひくもり、月の影のくまなくすみて照わたる最中の秋も忽にかたぶきぬるよと、朝に夕に忘れずして、無常迅速のことわりを観じつれば、おのづから霞をあはれみ露をかなしむの情せちにして、後の世の事は更にもいはじ、此世さまのよろづにつけても情深からむをこそ、風雅のまことをしれる人といはむ……。（芭蕉翁三等之文）

人は匂う花を見る時も散ることを、澄んだ月を見る際も傾き沈むことを忘れずに味わうべきだ、という。つまり、無常迅速という真理を身に体して美しい物に向かい合え、というのである。この発想が、右の西行の教え、引いては芭蕉の教えにそのまま重なるのはただちに了解できよう。いかにも、浄土僧らしい論で、中世的な無常観ただよう仏教色を帯びている。蝶夢は、右の後段に出る「霞をあはれみ露をかなしむの情」を『門のかをり』でも引いて、この点において、俳諧は和歌・連歌と同列なのだ、と説いている。

しかし、Bを読むにいたって、蝶夢の真意はより明確になる。無常をいう言葉は、これを反転させると、生きることの尊さを訴える最高の言葉として光りだす。蝶夢の真意は、無常迅速を自覚することで、「雪・月・華は勿論、生とし生ける物のたぐひにものいはせ」よというところにある。「ものいはせ」よというのは、実在感を与えよ、ということである。つまり、物それぞれの本質的なものを表現せよ、というのである。本質的なものとは、その物が内包する「いのち」と言い変えることもできよう。すべての物に命がある。何よりも、物それぞれがもつ生命感を句に吹き込め、というのである。

この感覚は現代の私たちにも通じよう。花を見て美を感じる時、私たちはその花の命に打たれている。こんこんと湧き出る泉は、大地にも「いのち」あることを思わせる。次は、現代の彫刻家・舟越保武（二〇〇二年没）の言葉である。

人の心に映るすべての生命の存在を凝視する、高い視点から生まれる想いが、詩心であり、これを源にして、言葉になれば詩であり、形になれば絵になり彫刻になるのだと思う。（舟越保武全随筆集）

蝶夢が明和度に獲得したこの俳諧理念は、素朴ではあるが、右の舟越の言と比べて本質的な点であまり距離はない。蝶夢の論が他の俳人の論に比べ斬新なのは、「物に感じて情を」という際の「物」について、その迫るべきポイントを明確に具体的に示しているからである。

物の「いのち」に迫ろうとする時、作者は緊張せざるを得ない。蝶夢が作者主体の情をことさらに重視するのは、把握すべき対象が「いのち」であることに関連しよう。より強固な自我が要求されるからである。思えば蝶夢は、生活の中でも蜂や犬の「いのち」さえ大切にする人だった。

蝶夢は俳論家ではない。支考のように体系的な理論を組むタイプではない。直覚的に把握した俳諧理念を、短い言葉に託していたのである。こうして芭蕉の真意を正しく継承し、理解しやすい表現で次代へ伝えたのである。

このような俳論の成立の背景には何があったのか。今後、歌論なども含めて検討されねばならない。

3 表現面の問題

こうして見てくると、蝶夢の理論は、事実認識の次元の問題としては、表現主体と表現対象について重要な提起をしており、詩歌史上の重大事として見逃せない。とするなら、文芸を考察するうえで欠かせぬ、それどころか、最重要とも言える言語表現についてはどう考えていたのか。これまた興味深い。

蝶夢は、言語表現の問題では大きく身を引いている。それに触れないではないが、発言がまことに少ない。というのは、句の出来映えにあまりこだわらぬ、という立場だからである。「句の拙きをはづべからず。心の誠なきこそはづかしけれ。世の人、只巧拙の間に眼をかぎり、詞に花を咲せ、面白云出せるを此道の達人と思ふぞ、いと本意なし」（蝶夢訪問記）と考える。それは、この言からも知れるように、「心の誠」の重視が自ずから招いた結果であった。蝶夢は、言語化される以前の、無垢な感情の生起を何より尊いとする。よって、作者にとってすでに客体の位置しか占め得ない作品なるものは、その方法の問題は二次的な意義となる。しかし詠句する者にとっては、「ありのまま」でよい、事実の通りでよいとだけ説かれても物足りないだろう。もっと細やかな方法を示してほしいだろう。主体の純化だけで対象の「まこと」に迫り得るとするのも、多少楽観的に過ぎよう。

こういうわけで、蝶夢の作句の在り方は、一部では批判を生む。瓦全が、蝶夢は芭蕉に倣う故に「実ヲ旨トシテ、辞ハ必ズシモ麗ヲ事トセズ」（師伝）「かりにも虚麗のこと葉をかざらず」（日兄の月）と述べたのは、蝶夢が表現面に地味で関心も薄いのを弁護したのだろう。そのところを、方広（沂風）は正直に打ち明けた。「風雅のうへにとりても、もはら実をもとゝして、詞花言葉の彩を願ざれば、傍にはまた謗る人も有けるとぞ」（石の光・序）。

外からの批判の資料が残る。蝶夢没後のことだが、難波の升六は日向に住む蝶夢門の可笛に対し、句の仕立てが律義すぎるので平凡な作になるとして、「故蝶夢師之預教示被申候御方多くはかよふに成り行申候。一句すべて実に落て虚なる処なし」（霜月念三付け）と意見している。

「虚なる処なし」ということで、重厚のことを思い出す。重厚は蝶夢を支え、いわば弟分のような位置にいた人である。この重厚が流行に走りすぎるとして、蝶夢が「さいたら畠へ行也」と評したというのである（備後俳諧資料集二の祐晶書簡）。才太郎畠とは、筋がはずれることをいう。重厚の句を見ると、蝶夢の句とはかなり趣きを異にする。

鯨つく噺も尽きて門涼み

ひろはれし児（ちご）おひたちぬ春の山

鯨突きの体験話とか拾い子は、重厚の空想の産物である。こういう素材の創出で句が面白くなるわけで、趣向として読者に喜ばれもしたろう。この種の句が重厚には非常に多い。蝶夢は、重厚がかかる作法に傾くのを、感動を伴わぬとして嫌ったのである。これが「虚なる処」で、蝶夢は言語芸術の魔術のような面白さを避けたのである。実情と実景の重視に傾くゆえに。伴蒿蹊は蝶夢の立場を「心の俳諧」と評した（五升庵文草序）。「詞の俳諧」の対語である。

ともあれ蝶夢は、表現面について消極的だった。ある時、山李坊が人へ「し損ずべしとすべし。さやうなくてはよき句なし」と教えた。これを聞いた蝶夢は「野衲（なふ）はたゞし損ずまじとする也」と笑ったという（たそがれ随筆）。言葉そのままに受け取れぬとしても、この傾向があったのは否めぬようだ。大胆さを避けるのは律義な性格にもよろうが、この点をまた先の升六が、「踏はづすまじきと思ふ処」から古みに落ちるのだ、と評したのである。

4　蕪村への影響

前節で「趣向」の語を出したが、「趣向」こそ江戸時代文芸の骨格をなす文芸理念であり、勿論、表現面の面白さを担っていた。この趣向をとくに重視した俳人に蕪村がいる。

先に蝶夢が嘯山と対立したことを述べたが、蕪村は嘯山と同じサイドにいる。よって蕪村は蝶夢をつよく意識しており、そのことこそが蕪村自身の新しい俳風を生む契機となった、と考えられる（前掲拙著参照）。明和六年の『平安二十歌仙』序で「今の世にもてはやす蕉門とやらむ質をもはらにする」と名指しであげつらう相手は、蝶夢が指導した俳人集団しか考えられず、この集団またその俳風に対する蕪村の対抗意識は、生涯続くのである。「質」は質素の意。少し例を挙げてみる。

蕪村は、亡くなる四ヶ月前に如瑟に手紙を書いた。

　さくらなきもろこしかけてけふの月

の自句を示し、〈これは今流行している蕉風のつくり方ではない、最近の蕉門とやらは、たよりない句風で俗耳をおどかす偽物だ。それ故、私はわざとこのような句を詠むのだ〉と説く。この蕪村の句の読みどころは「さくらなきもろこしかけて」と詠んだ趣向のけざやかさにあるだろう。また、ある人の、

　湖の汀すみけりけさの秋

という句を評して、「よき句なれど、俳諧の流行、只洒落にけしきの句のみに成ゆきて、俳力日々に薄く成るのなげかはしければ」という理由で撰からもらしている。「洒落にけしきの句」というのは、趣向をこらさぬ、あっさりした実景風の句の意で、まさに蝶夢の句風に一致する。「俳力」とは、俳諧のもつ趣向の力、ということになろうか。蕪村は、流行の実景風の句風にも、認めざるを得ない新鮮さを感じてはいたのだろう。そこで蕪村は、実景風に見えて、さらに趣向の面白さを加味した句風を追求することになる。

　うめちるや螺鈿こぼるゝ卓（しょく）の上

「こぼるゝ」は欠け落ちた、の意である。この句はこの景だけでも十分面白い。しかしその上に趣向までも秘めてい

た。『徒然草』八十二段の、〈巻物の絹の表紙が少しほころび、軸に施した螺鈿細工が少し欠けているほどが趣きある、と頓阿が言った〉という話を下に踏まえるのである（清登典子説）。確かにこの趣向により、この句は格段に奥深い味わいを与えるものとなる。「俳力」は、読者の心をとらえる。

しかしここで、実景風の場面と趣向の両立という新たな作法が、蝶夢への対抗意識の中で育ったことを、もう一度確かめておきたい。

蝶夢が重視したもう一つのまこと、「実感」「実情」については、どうか。

斧入れて香におどろくや冬木立

この句は、蕪村が山に入って斧を振るったかのような臨場感を与える。しかし、これは「寒林伐木」という画題による作で、それが趣向でもある。蕪村は、蝶夢の主張を意識し、実体験を経ぬとも情感こもる句が成ることを示したのである。

ところで蕪村は、文芸における「情」の意義をどのように意識していたのか。たとえば名作「春風馬堤曲」において、蕪村が自ら創作の成功に満足していたとするなら、どの点で満足していたと見定めるべきか。一つは、当時の漢詩壇で流行していた郊外散策詩の方法を俳諧の中で実現させたこと、一つは、それを藪入りで帰郷する少女の視線として描いたこと、の二点になろう。この二は、まさに趣向である。ところがこの作について蕪村のコメントはこうだった。信頼する女性に、「懐旧のやるかたなきよりうめき出たる実情にて候」と、この創作行動を推進させた原動力は望郷の念、つまり「実情」だった、と打ち明けていたのである。

たしかに蕪村も、趣向だけでなく実情を考えていた。ところで蕪村の言う「実情」は、文芸の成立の要因としてのそれなのか。「実情」を文芸の中心、主たる要因と考える蝶夢に対し、蕪村はいかがか。

題にむかひても、其実情を趣向の料にするが、題詠の本意なるべし。（国雅管窺）

これは、ほぼ同時代の歌論書の一節である。「実情を趣向の料」とは、趣向を主とし実情を従とする意であろう。しかして実情も文芸の一要因として機能する、と。この論は、先の「斧入れて」の句の手法をまことによく説明する。蕪村も、「実情」を文芸の要因とみなしていたのである。ただし、従の立場で。

ところで、この句における情と、「春風馬堤曲」における「実情」とでは、その感情の力において大きな隔たりがある。「斧入れて」における情は、蕪村が想像してみた情である。これに対し「馬堤曲」における情は、蕪村の内からほとばしり出た情である。文字通りの「実情」である。これは、蝶夢のいうそれに等しい。

この場合の蕪村の「実情」は、蝶夢からの影響というより、この時代に高まる主体重視の思潮を背景にもつのであろう。

5　文芸理念の転換を促す

この章の最後に、蝶夢が、詩歌史上で果たした役割について考えてみる。それは、詩歌の文芸理念に大きな問題を提起した、ということである。文芸の根本理念に変革を迫ったのである。

先に、蝶夢が表現面を重視しなかったことを述べた。「世間の是非によらず御楽可被成候」（五月廿六日付け白輅宛）と言うように、自分で楽しめる、自分にとって納得できる句を詠むことが重要で、他者を楽しませる配慮に乏しい。すなわち、かなり主観的で主体偏重が過ぎる。詠句は作者にとっての道の実践、という観念がつよすぎるのである。

蝶夢は、俳諧を生活手段とする人たちを「俳諧屋」などと厳しく指弾していた。その人たちと異なり、蝶夢には売れる句を詠む必要はなかった。あくまで文人の境地での詠句であり得たからである。

晩年の秋の日、近江の小旅行の後、比叡山の五智院に宿る。琵琶湖に映る月の澄み切った美しさに打たれ、法悦を覚える。折から鹿が啼いた。慈鎮和尚の「麓には千里の波をかた敷て枕の下に有明の月」を思い出して句を詠む。

　よべまでも見しはうき世の月なりし
　月すめり枕の下に鹿もなく

この句を振り返り、蝶夢は「野子生涯の感慨四五度の句に存候。句のよしあしは例の俗耳の及ぶべきならず、たゞ自証の句にて候」（薯蕷飯の文）と言う。とくに前の句のことだろうが、〈今夜の月こそ霊界の真如の月なのだ。それを初めて体験し得た〉との、己れの大きな感動体験をありのままに言葉にし、蝶夢にとっては十分価値ある句となった。生涯において稀なほどの。「自証」とは、わが心に悟ることをいう。この句は、それがあるから巧拙の次元を越えている、と満足する。

この句は弟子たちにも伝えられ、まことに蝶夢らしい詠みぶりである。言語表現について工夫することもなく、内にわいた思いを日常の言葉でつぶやいただけである。この句の場合、蝶夢において、言語表現の問題はすでに意識から消えたように見える。蝶夢は、詩歌は己れの心だけを述べればよい、言葉の巧みなど必要ない、と言語表現の問題を投げ捨てたようにさえ見える。同時代の俳論を見ても、言語表現の問題を蝶夢ほど冷淡に扱うのは珍しい。白尾（白雄）が明和末に「かざりなし」の語を標榜するのは、入洛して蝶夢に会ったすぐ後のことである。表現面を低めにおく立場を、蝶夢はすでに人に語っていたのかもしれない。

〈文芸は作者の心を言葉にするもの、心と言葉の関係は車の両輪のようなもの〉という観念は、蕪村にも蝶夢にもない。蕪村は、〈趣向が主で実情は従〉と考えた。これに対して蝶夢は、〈実情が何より大切〉と考えた。趣向は言葉にかかわる。蝶夢はその言葉の問題を軽んじる。伝統的な和歌は、言葉をことさら大切にしてきた。縁語・掛詞・本歌取り等々、伝統修辞の生き生きとした働きによって古典和歌は文芸として輝いた。このような言語表現の巧みの流れが、江戸時代文芸ではさまざまな趣向の面白味として受け継がれる。今、蝶夢は、文芸表現における言葉の巧みをほとんど取りあげない。趣向について言及しないではないが、ほとんど問題としていない。古典的修辞も、四季の発句ではごく稀にしか使わない。「竈の前にこがるゝ猫のおもひかな」「線香の立ゆく年の余波かな」など、少数例を見るものの、控え目に使うゆえ、修辞の存在に気づかぬほどである。表現面への蝶夢の関心の薄さは、詩歌の歴史において、表現面についての空白期間が生じたような印象を与える。

私は、このことから次のように考える。古典的修辞は、嘯山が最上の句の条件の一に「云カケ（掛詞）モナク」（雅文せうそこ）を挙げたように、俳諧では次第に使用が減っていくだろう。ところが蝶夢の四季の発句では、すでに断絶に近い。これは、つよい実情と実景の重視の裏の現象であるだろう。文芸は言語の芸術だから、言語表現の方法はつねに語られねばならぬはずである。伝統的修辞が終焉を迎えるなら、これに代わる方法が示されねばならぬ。しかし蝶夢は、実景の重視を言いながら、その表現方法の具体的明示に消極的である。つまり、蝶夢において、詩歌の主たる要因は作者の純粋な感動体験の表出にあり、言語表現の問題は二次的なことだという観念が、一時的であれ成立した、と言えるのではないか。詩歌の歴史において表現理念が転換した。蝶夢がそれをつよく促進したということになる。文芸についての思考の枠組み、パラダイムに変化が起きる、それは大きな事件といえる。これまで名も忘れられている蝶夢は、詩歌史の中で再認識されてしかるべきだろう。

私は、蝶夢の説く文芸の在り方は、蕪村よりも、より近代に近く位置にすると考える。それは、近代の文芸は主題を必須とし、近代叙情詩においては作者の感情を主題とするからである。蕪村・蝶夢・近代叙情詩のそれぞれの作品の構造的特質を、私が描いたイメージに基づいて、模式図で示すと次のようになる。

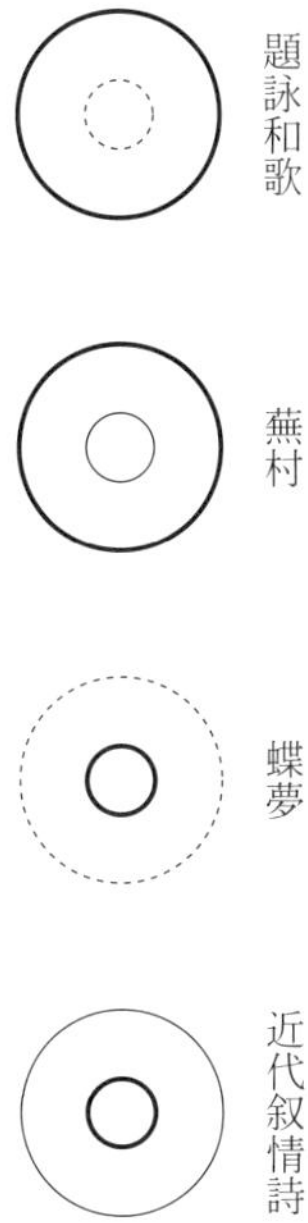

一番上は、量産される平凡な題詠和歌である。言語表現を巧むことに心をそそぎ、内容としての情はお定まりの「本情」ですませる。二番目は蕪村。言語表現の趣向が主で、実情にも心するが従の位置にとどまる。三番目は蝶夢。何よりも実情を重んじ、言語表現への関心が薄い。最後は近代の叙情詩。感動が主題となり、それに応じて構成などを確かなものにする。巨視的また概念的に過ぎるが、日本詩歌史には、蝶夢の〈実情の重視と表現面での淡白さ〉に象徴される言語表現上の空白期があって、そこを転換点として近代へ向かうことを伝えたいのである。

五　生活の発句化と句風

蝶夢の発句についてまず思うのは、その数の多さである。知れる限りは本書に収めたが、書簡にはきまって数句を書き添えるから、本書未収の書簡篇にさらに多くが残されている。詠んだ句を必ず句帳に書き留めるという意識が薄く、詠んだ句を推敲して磨きをかける努力もかなり乏しい。何よりも〈感動に応じて詠み出す〉という行為にこそ価値がある、との観念がしからしめたのである。作家・井上ひさしは一茶の句の多産性を「日常に俳諧がある。息を吐くように俳諧していた人だ」と評した（一茶の総合研究）が、蝶夢の詠みぶりもまさに、息を吐くように句を吐いたのだった。

　ということは、蝶夢は生活の中で起きる感情をこまめに句にしていた、と言える。『草根発句集』洒竹甲本をご覧いただきたい。これは雑の部のみで、蝶夢の人的交流の多彩さを伝えて興味つきない。その出会いや別れ等々、蝶夢の生活の一こま一こまが発句で再現されている。蝶夢は、人と会うたび、花や虫を見るたび、日々刻々に生まれる感情の動きを発句に詠んだ。つまり、生活を発句化した。その詠み振りこそ、「実情」重視の俳論に応じたものだろう。

　蝶夢は、蘇東坡の言を借り、平易な文章を書くことを説いて、「たとはゞ飯の如し」（芭蕉翁文集序）と言った。奇を衒う華やかな文章は八珍のようにうまいが毎日食うとあきてしまう、「飯は朝夕くらへどもあかず」よって「正味」なのだ、と。文章を書くことが日常なら、発句を詠むことも日常の営みの一つと考えていたろう。毎日の生活とともにあること、それが蝶夢の発句の基本的条件である。従って言語表現も、「たゞよのつねにいひもて来れる俗談平話の常語」（門のかをり）を用いるのが基本となる。

　蝶夢が、いかなる句風を求めていたか、初めにそれを確かめておきたい。「野句の句体ただ言にて、発句は一節ありて、見付候一物ありたしとや」（五月六日付け白露宛）。平凡な表現の中に、一つの味わいと一つの発見があればいいと言うが、はたしてどうか。

　　夕がすみ都の山はみな丸し
　　小刀を添て出しけり盆の栗
　　白露や草をこぼれて草の上
　　美しき女に逢ぬ冬の月

簡潔に言い切り、くっきり描きだした景の中の趣き。やわらかさ、輝き、可憐な動き、美の冴え。これらはとても只言の句ではない。

また、こうも言う。「言葉色をはなれ、まめやかに思ひ入たる体」（六月四日付け白露宛）「平生体とは申ながら、一趣の見出したる事なくては浮言閑語、勿論の事にて非に候。朝〳〵（浅）と言下して水澄たる蜺（にじ）のけしき、あはれ一ふしある体」（四月十九日付里秋宛）をめざせ、と。平易であっても、美濃派のような平凡にとどまらず、澄み切った虹のような景をめざせ、と。

蝶夢の句の中で、最も心に残るのは、その清澄をめざした句の数々である。蝶夢の発句の特色の第一とすべきだろう。

芹引ば氷付たる白根かな
芹引ばかほる菖蒲の古根かな

蝶夢は、透明な氷と香りに敏感である。そして水の流れを好む。

草ともに氷流るゝ野川かな
むすぶ手に石菖にほふ流れかな

「いのち」を思わせる水の諸相。

枯芦の根もしみ〴〵と春の水
すゞしさや飛こゆる石を水の行（ゆく）
涼しさや枝をもる日も水のうへ
ころ〳〵と小石うごかす清水哉

この清澄感は、広い景にも小さな物にも及ぶ。

遠山の雪かゝはゆき月夜かな　（かゝはゆきは、まぶしいの意）

はれらかや雪つむ上の朝の月

しみ〴〵と刈田に冬の日影かな

きら〳〵と雨もつ麦の穂さきかな

朝露や木の間にたるゝ蜘(くも)の囲(あみ)

おく露やいとゞ葡萄の玉ゆらぐ

従来、秀句とされた次の句もこの系列だろう。

浜道や砂から松のみどりたつ

この一群は、いかにも仏僧の求める心境に近い。

特色の第二は、さまざまな生命への慈しみの眼差しだろう。この手の句がはなはだ多い。

我庵の鏡ひらけよ鼠ども

飛小蝶いばらに羽ねを引かけな

しら魚に疵ばしつけな籠のそげ

硯にて足よごすなよきり〴〵す

炭負へる翁ころぶな年の市

これらは呼びかけの措辞を伴い、蝶夢のあふれ出る慈愛を現す。これも仏者ならではの句である。西行のように祈る心で詠んだのだ。右の措辞によらずとも、その情はにじみ出る。

生飯(さば)のめし拾ひ覚えぬ雀の子　（生飯は、食を少し屋根にまくこと）

散花や暫くは手へうけて見る
　雨の日、東山の花、見ありきて
立よりて傘さしかけん花の枝
春の日や井桁によりて魚を見む
草とりよ其手で汗もぬぐはれじ
冬ごもり養ひたてん鼠の子
可愛さよ荷を負ふ牛の鼻の雪
足もとに鶏のあぶなや煤払

これらの句を見ると、実景風に客観的に詠んでいても、そこに「いのち」への畏敬・慈愛を含むと理解できる。

花見るか門にたゝずむ物もらひ
わか草にころび打居る小犬かな
子の声の中にころがるゝ蚊遣かな
蚊遣火の煙の中になく子かな
夕影や流にひたす蜻蛉の尾
籠の目に髭出してなく蛬（きりぎりす）
秋の蚊のたゝみこまれし紙帳哉
暗いから子供の声や門の雪

蝶夢の俳論の核心は「いのち」を詠むということだった。蝶夢はそれを詠句で実践した。「生とし生ける物のたぐひにものいはせた」句の数々である。句中の「いのち」は、自らの「いのち」に重なる。

草庵自適

ぼうふりのわが世たのしき小瓶(がめ)かな

甕の中のボウフラをいつまでも見る蝶夢、ボウフラの生と己れの生と。

第三の特色は、みずからの生活をそのまま詠む句の多さだろう。

餅くふて眠気つきけり今朝の春
梅一枝買ばや庵の事はじめ
暑き日や枕一つを持ありき

草庵の所せげなるに行水せんとて

かき上て盥なほしぬ萩のはな
雪隠のうちに秋ふる団扇かな
暁やねござつめたき秋となり
一ッ囉(もろ)て幾日もくひぬ唐がらし
きり〴〵す啼や起出て茶や焚ん
あきの暮白き髭をや数へ見る
水洟(ばな)に灰の立たる火桶かな
炉を開て友ひとり得し心かな

雪の降ける日、おもふ事有

蓮瓶のことしもわれず雪の庭

切り取られた生活の一場面、そこに心境もにじみ、静かな時が流れる。どの句にも味わいがある。文字通り、実境と実情による句である。

その他にも佳句は多い。目についたものを掲げてみる。

ことくくと薺をはやす小家かな　（薺を板上で叩いて祝言を唱える）
胡鬼の子のゆらくく下る日影かな　（はねつきの羽子）
からくくと釣菜落けり春の風　（大根など、保存のため内に干している菜）
舟引の顔で分行やなぎかな　（岸から舟を引く人足）
荷車の音も優なり朝がすみ
陽炎や洗ふた鍋を石の上
菜の花や行あたりたるかつら川
蟻のうへに落かさなりて芥子の花
寺町や寺のかた行ほとゝぎす
真瓜むく手もとすゞしき雫哉
折くくは顔もほのかに蛍うり
夕顔に足さはりけり涼み床
月影の蚊帳にひらめく団扇かな
撫子や布をおさゆる石の間　（鴨川河畔の景。染めた布を洗って干す）

蜻蛉や桶ゆふ竹にはぢかるゝ
降やめば鳴声す也きり〴〵す
ふくろうや竹の葉光る隣の燈
ふし漬の枝はみどりに芽立けり　（ふし漬は、捕魚のため川につけておく柴の束）
凩や壁にからつく油筒　（竹製の油入れの空に近いさま）
軒並に大根白しふゆの月

これらは、いずれも確かな詠みとりの冴えを見せている。次のような一群もある。

空色や青田のすへの鳥羽竹田
蝸牛（でゞむし）か竹ちる中に落る音
夕月や一ッのこりしせみの声
よすがらや壁に鳴入るむしの声
梟や雪やみ月も入し後

読む者を静寂の世界に引き入れ、心を落ち着かせる。いわゆる自然観照の句と呼べよう。次の句々も心に残る。

寐て見たき処ばかりぞ春の草
今朝ばかり我に掃せよ雪の門
草のめの土もち上る垣ねかな
秋の雲つらぬく星の光かな

前の二句には童心を、後の二句には見逃さぬ眼を感じる。

こうして見てくると、蝶夢が安永天明期のすぐれた俳人の一人であることが分かる。麦宇が「下手也」と言った（八二六頁）のは、趣向に乏しいことをさすのだろう。その趣向の利いた句も、蝶夢は少しは試みていた。

春の夜やこゝにも酔し白拍子　（白拍子は、歌舞をした平安末頃の遊女）

夕顔やけふも出来ざる車の輪

誰わざぞ定朝が門の雪仏　（定朝は平安の仏工。雪仏は雪だるま）

多くを作らなかったのは、好みに合わなかっただけだ。心が「遊ぶ」ことへの抵抗感があったのだ。とはいえ、句の表現についてまったく無関心だった、というわけではない。

おんぼりと朝あたゝかし軒の月

「おんぼり」は京言葉だろう。方言の柔らかい感覚を活かそうとした蝶夢は、言葉に興を覚えぬではなかった。句の推敲も、試みる例が残らぬではない。次など、永年にわたっての改作である。

秋寂し雨もこまかに暮のかね　（天明元年）

夕ぐれや雨もこまかに秋の鐘　（天明七年）

暮がたや雨もこまかに虫の啼　（寛政四年）

「雨もこまかに」という表現を捨てきれず、鐘を虫に置き換えることで落ち着いた。平易な表現の中で心を砕いていたのが分かる。

最後に、俳書にたびたび採録された句のことを考えてみる。

鹿の音や京へ一里とおもはれず　（宝暦七年）

春風にいつ迄栗の枯葉かな　（明和六年）

この二句がもっとも多く採られ、いずれも実情の句である。「鹿の音や」の成立が、地方系俳壇へ移る前の作であることに驚き、不思議に思う。

結び

見てきたように、蝶夢は十八世紀後半を力いっぱい生きた、新しいタイプの人だった。

壁落よ涼風入らむ月さゝむ

この句に見るように、心に激しいものを宿していた。それ故、多くを成し遂げ得た。その事業の数々は、蝶夢を俳人とのみ呼ぶことを許さない。さりとてどう呼べばよいのか。浄土僧、俳諧宗匠、本つくり、新しい道の唱導者、俳壇の組織者等々いくつもの顔をもつ。澄月は「俳諧宗匠にて面白人」（二月廿四日付け片桐栄宛）と呼んでいた。宗匠という枠からはずれたところに魅力を感じたのだろう。この時代は、このタイプの創造的な教養人を多く輩出した。先学に従って、私も文人の名で呼んでおく。名利を放下した蝶夢の個性豊かな人格、その生涯の活動で磨かれた人格こそ、文人の名を裏打ちする。この時代、強烈な個性をもつ人々が多く現れ、畸人また狂者と呼ばれる。蝶夢もまた、その一人に数え得る。

蝶夢を語るキーワードは、〝主体のつよまり〟ということだろう。自我の主張と言い換えてもよい。それが、多面的・精力的な活動の源泉でもあり、俳論の基調ともなった。私は、日本人独特の色を帯びた自我意識がつよまる、という線に沿って、安永天明期の俳論が主客二元論による認識の在り方を獲得したこと、「思いやり」の語の多用に見るように情の尊重傾向が現れることを指摘してきた（前記拙著）。これはこの期の文化の全般に通底している。近時、中野三敏氏が「近世的自我」という語を使ってこの問題を重視しておられ（『江戸文化再考』その他）、深く共感する。ポストモダンの思潮は近代の絶対的優位の観念を消し去った。しかし、近代という時代が歴史上に在った事実は動かない。そこで問われる近代的自我は、道徳的主体としての確立を得ぬまま、その概念の意義自体が今や大きくゆらいでいる。とすると、その前代にあった近世的自我について考えてみねばなるまい。近世を知ろうとする者の営みは、近代を知ろうとする者にも益しよう。

ここで私は、もう一度嘯山を思い出す。嘯山はかの名著『俳諧古選』の中で、最上の句は〈平穏な表現に深意を含むもの〉と揚言した（田中「『俳諧古選』の成立」を参照）。これは、技巧を好む都市系俳諧の作風と異なる。都市系俳壇に属する嘯山が、流派を越える価値を提示したのである。蝶夢は、この嘯山の影響あって、地方系に移り、流派を越える文芸価値を指向していったのではないか。「鹿の音や」の句をいち早く成したのも、その影響ではないか。先の中野氏は、陽明学左派の近世思潮への影響を指摘され、宝暦の上方にも及んだとされる。嘯山の大胆な主張の背後に、この動きを考えるべきかもしれない。

蝶夢は、芭蕉の生涯を旅の連続として理解する観念と、芭蕉の作品を時代的な変化の相でとらえる態度とを近代まで伝えた。さらに、古典的修辞法や俳論の秘伝としての伝達を断ち切ろうとした。詩歌の営みの中の中世的残渣に決別した。それに代わるものとして、作者の主体的な感動こそが詩歌の営みの根源であること、その感動は己れの日々の生活の中で得るべきこと、この二を高らかに主張した。これらは、近代の詩歌と構造的にほとんど一致する。とするなら、蝶夢の活動は、近代の詩歌の遠い先駆けの位置に立つことになる。鍵和田釉子氏は、つとに蝶夢の句が現代俳句に連なると喝破された（荻田釉子「蝶夢研究」『国文』昭和二九・一二）。蝶夢の句は、疑いなく近代俳句の淵源をなすと考えてよい。

詠句に際しての主体の感情の過大尊重、また言語表現の方法や作品の題材の日常性への接近などは、西欧の詩作における近代化の先駆的諸現象に相似るところがある。日本詩歌史を考えるためには、この点も心にとめておくべきだろう。

蝶夢の俳諧についての新しい意識は、明和度にほぼ成立していたと推定できる。十八世紀後半の京都の輝かしい文華の中に、この蝶夢の新しい文芸理念を置いてみよう。新しい文章を模索する伴蒿蹊は親友だった。みずみずしい田園詩を詠む六如は蒟蒻をめぐって戯れる仲だった。新しい歌論で名を高めた芦庵の〈己れの今思うところを述べよ〉との主張の、何と蝶夢の論に似ることか。少し時代をずらし、視野を広げてみる。備後の漢詩人・菅茶山の父芦丈は、その句集を編む相談を蝶夢に持ち込んでいたようだ。歌人・大隈言道が出た筑前福岡は、蝶夢の門人の層がもっとも厚い街だった。蝶夢との関係の中で考えることで、新たな見方が生まれるだろう。白雄らの新しい俳論の成立も、はたして無関係であったか。

これほど大きな存在である蝶夢が、これまでなぜ忘れられていたのか。人々が芭蕉顕彰の功績しか知らなかったから。その句集が刊行されず、良質の句が伝わらなかったから。高きを得た俳論が広まらなかったから。つねの宗匠と異なり、組織としての門下をもたなかったから。そして何よりも、蝶夢自身が我が名を包もうとしたからである。これだけの佳句を成しながら、『草根発句集』の広告まで出ていながら、蝶夢は他者の句を満載する『俳諧名所小鏡』の刊行を優先させた。文集も出していない。そして没した。その蝶夢の心根を思う。清らかな、慎みの深さを思う。つよまる主体を底で支えていた……。

その諸作が公になった今、私たちは、改めて蝶夢の生涯とその仕事を思い返すべきだろう。

年譜

京・大津の俳人は所名を記さない。没後は、簡略に従う。
発句の各俳書への出句は、その多くを立項しない。蝶夢発句拾葉をも参照されたい。四桁数字は、関連する発句の句番号。「高木年譜」は、高木蒼梧『蝶夢と落柿舎』所載のもの。

享保十七年　一七三二　一歳

○京都に生まれる（五月朔日付け白露宛書簡）。「五升庵上人年譜便覧」（以下、「年譜便覧」と略）は十一月一日とする。先祖は越前敦賀の出（同上書簡）、その地に墓もあった（嘯山詩集）。弟が一人おり、里子に出された（湯あみの日記）。

元文　四年　一七三九　八歳

○時宗の松圃山法国寺（元、豊国寺）に入る（草根発句集宮田本自序）。現在の東山区遊行前町（五条通東大路上ル）に在ったが廃寺、その跡に建った歓喜光寺も他へ移る。

元文　五年　一七四〇　九歳

○其阿上人（九世禅量）に剃度される。木端と称す。

延享元年（寛保四年）　一七四四　一三歳

○寺の文庫にある『枝葉集』（起丸著、正徳元年刊）を見て俳諧を覚え、自ら睡花堂蝶夢の俳号を得る（三月廿日付け白輅宛書簡）。草根発句集自序によると号は中川で得る。

延享元年か二年　一三、四歳

○浄土宗の蓮台山阿弥陀寺の塔頭・帰白院に移る。上京区鶴山町（寺町今出川上ル、通称中川）。師般亮・法兄一松に俳諧を聞く（発句集綿屋本自序）。二人は貞門系の四時堂二世米史門。般亮は十世心碩和尚（安誉叡広）だろう。心碩が延享二年十二月十一日に遷化、帰白院住職は空席となる。

延享　四年　一七四七　一六歳

○この年か、音長法師（阿弥陀寺塔頭興雲院の僧、すでに八世住職か）に伴われ、紀伊の粉河寺に詣でる（熊野紀行）。

宝暦元年（寛延四年）　一七五一　二〇歳

○友の業海と、普化の振鈴を学び、戯れに尺八をふく（宇良富士の紀行)。「若き時は頗放蕩なりし」(続近世畸人伝)というのはこの頃か。

宝暦　四年　一七五四　二三歳

6月6日頃　巴人の十三回忌俳諧に同座。その場は帰白院。すでに十一世住職に就いたか。年譜便覧は住職就任を六年とする。

9月5日　其阿上人遷化。

宝暦　五年　一七五五　二四歳

6月　大坂の紹簾の八十賀俳諧に同座。

9月　嘯山らと宋屋の帰庵・尚歯賀の『杖の土』を編む。

冬　武然が催した俳諧に同座。

○この年頃の春、嘯山と**『機嫌天』**を編み、刊。

宝暦　六年　一七五六　二五歳

1月　武然の歳旦帳に出句。自室を鳳声亭と呼ぶ。

1月　風状の歳旦帳に出句。

1月　大坂の晩鈴の歳旦帳に出句。

○この年刊の『続霜轍誹諧集』(宗順編)『みつがなわ』(風状編)その他に高点付句の作が見える。

宝暦　七年　一七五七　二六歳

1月　五始の歳旦帳に出句。

1月　北野で開かれた宋屋の古稀の賀筵に出席(俳僧蝶夢)。

3月　大坂の旧国(大江丸)が訪ねてきて、初見(石の光)。

○この年か、音長法師とともに、花の寺とよばれる山城の勝持寺(乙訓郡大原野)に遊ぶ(三夜の月の記)。

宝暦　八年　一七五八　二七歳

6月　巴人の十七回忌俳諧に同座。6026

夏　几圭の薙髪賀俳諧を興行、発句を詠む。6021

宝暦　九年　一七五九　二八歳

6月　大坂の左橘の六十賀俳諧に同座。

9月20日　**越前敦賀へ旅。**気比神宮で、遊行上人五二世他阿一海が修するお砂持ち行事を拝観。相肩の法国寺住職順察は蝶夢の法兄。この頃、敦賀の琴路の催す俳席に出、蕉門俳諧の正風体に目覚める(草根発句集序他)。ここで加賀の二柳に会ったはず。旅立ちに際し、嘯山から送別の七律を贈られる(嘯山詩集・六)。

宝暦　十年　一七六〇　二九歳

○この年、慶長年中の東本願寺の余材の欅で、二見形文台を作る（年譜便覧）。

宝暦十一年　一七六一　三〇歳

1月　二柳の歳旦帳に出句。
3月　旅先の須磨から、二柳催しの墨直会に出句。
4月27日　雲裡坊没。
6月　嘯山選『俳諧古選』付録に入句。6042
10月頃　入洛した加賀の既白に親しく交わる。鳥鼠とともに帰白院に泊めたろう。6033〜6037
10月頃　琴路から届いた『白鳥集』に識語を書き入れ。

宝暦十二年　一七六二　三一歳

1月　二柳の歳旦帳に出句、後園に書斎を営むという。『松しま道の記』に出る半閑室か。6038
閏4月12日　二柳催しの墨直会（双林寺）に同座。
5月　浮風の訃に接し悼句。6052
夏　越の桂甫を迎えた二柳催しの四条河原納涼に、秀草・風悟・都夕とともに参加。
8月22日　この年か、8月22日から9月9日まで**熊野へ旅**。音長・文下・鯉風と高野山などを巡る。『**熊野紀行**』を成す。文中、父母の追想あり、これ以前に没していた。（年譜便覧は旅をこの年とする）2220
秋　この年か、加賀の麦水や啞仏・羽鱗とともに嵯峨野で虫聞き（義仲寺誌一五六・古市駿一稿）。その作を簡素な刷り物にする。6823

宝暦十三年　一七六三　三二歳

1月　周防山口の雪洞庵湖天の不惑賀集に出句。湖天は野坡系。6902
春　旅中の二柳に、几圭（几董の父）の訃を知らせる。二柳と「忘年の友なりし」という（壬午紀行）。
3月中旬　この頃から5月7日まで**東北へ旅**。初めての東下。蕉露（敦賀の蕉雨の息）を伴い、中山道を経て奥羽へ向かい、江戸に出て東海道を戻る。『**松しま道の記**』を成し、刊。旅立ちに際し、嘯山から送別の七絶（嘯山詩集・七）、また「蝶夢坊が東行を送る序」を贈られる。
木曾贄川の青路宅で、芭蕉作と伝える二見形文台を書き写す。高島（諏訪）では「相しれる岩波氏」を訪ねるが、曾良の一族か。善光寺で水音（元水門）のもとに宿る。
3月27日、小諸で涼岱（綾足）と同宿して気づかず。江戸で涼岱を訪ねるつもりで、子鳳を伴っていた（片歌道のはじめ）。江戸では増上寺の友の坊に泊まる。
5月7日　帰白院で帰洛を祝う俳諧を興行。

5月　鳴海の五世常和（和菊）に出状（千代倉日記宝暦十三年八月一日条）。
10月12日　浮巣庵（文素）発句で芭蕉七十回忌俳諧を興行（義仲寺）。既白を伴う。 6045
10月16日　江桟から借りた『季吟翁芭蕉翁茶話伝』を雷夫（几董初号）に写させ、奥書を記す。この頃、既白が伝えた『うやむや関翁伝』を写し、奥書を記す。
10月頃　紹簾三回忌に悼句。 6080
10月頃　鞍馬の観音寺の芭蕉塚建碑を賀し、貫古を招いて社中で俳諧興行。
10月頃　半化坊編『花のふるごと』に出句。
12月頃　麦水の撰集のため「うづら立跋」を書く。麦水を帰白院に泊めたろう。

明和元年（宝暦十四年）　一七六四　三三歳

3月頃　鳴海の和菊に出状したか（千代倉日記宝暦十四年三月六日条）。
夏　春渚（伊勢の人、行脚俳人）から『俳諧十論』講義録を借りる。
8月16日　春渚から借りた『白砂人集・良薬集・未来記』を写した別本に、奥書を記す。
9月頃　鳴海の四世亀世（鉄叟）の訃に接し悼句。 6064
10月12日　伊勢の樗良詠発句の時雨会（義仲寺）に同座。
10月頃　亀世追悼俳諧を社中で興行。
12月7日　讃岐観音寺の帯河が来院、「花洛蕉門の棟梁」と評される（華洛日記）。
閏12月　春渚から借りた『俳諧十論』講義録を写した別本に、加注して「十論発蒙」と命名、奥書を記す。
閏12月　帰白院で句会を開き、帯河も出席。
○この年刊の鳥明編『山と水』に出句。鳥明俳書での初見。

明和二年　一七六五　三四歳

1月　江戸の止弦の歳旦帳に出句。
1月19日　法然上人御忌で知恩院に詣でる（華洛日記）。
3月上旬　越前丸岡の梨一が来院、御室の花見に案内。
3月12日　墨直会を催す。梨一も同座。その「序」を書いて、『乙酉墨直し』を刊。 1045
3月19日頃　加賀金沢の後川が入洛（華洛日記）、来院したはず。
4月12日　奉扇会（義仲寺）に同座。
4月19日頃　霊山で開かれた帯河留別俳諧に同座。
4月27日　帰白院で雲裡坊の二年遅れの三回忌俳諧を興行。これをも収めて、文素・可風が追悼集『烏帽子塚』を刊。同集に収める皇都連の追善歌仙（山只発句）に蕪村が同座して蝶夢欠席。蝶夢が嘯山から絶交されるのはこの前後か。
5月7日　備中笠岡の南江の訃に接し悼句。 6824

6月　暁籟（李完の別号か）が催した夏の月見を楽しみ俳諧興行、「続瓜名月跋」を書く。

夏　来院した既白を泊める。

7月頃　姫路の寒瓜の訃に接し悼句。2470

秋　来院した行雲の帰洛をめで、「笈の細道跋」を書く。

秋　来院した既白を泊める。社中で催した送別俳諧に同座、その俳論書のため「蕉門むかし語序」を書く。6070

10月12日　時雨会に同座か。

12月8日　帰白院墓地に檀那無縁塔を建て、その「石文」を書く。

12月18日　音長法師遷化。

明和　三年　一七六六　三五歳

2月6日頃　音長の七七忌に追悼歌会、「音長法師追悼和歌跋」を書く。

3月12日　墨直会を催す。その「序」を書いて、**『丙戌墨直し』**を刊。

3月12日　宋屋没。

4月12日　既白発句の奉扇会に同座、既白と再会。

4月　涼莵五十回忌俳諧を社中で興行、これを伊勢の入楚に送る。

7月　伊賀上野の桐雨がもつ『わすれ水』を麦雨に写させ、奥書を記す。

8月　この月半ばから9月にかけて初めて**宮津・城之崎へ旅**。文下・宜甫を伴い、「橋立の秋の記」を書く。各地で多くの俳諧を興行、また同座。宮津の鷺十宅・竹渓宅（見性寺）、岩瀧の友枝宅に泊まる。鷺十が『はし立のあき』を刊。

10月11日　五峰発句の時雨会に同座、「頭陀の時雨序」を書く。既白も参加。既白は当時幻住庵に滞在、四月からか。

11月11日　松雀の初月忌俳諧に同座、「松雀老隠之伝」を書く。2472

12月18日　音長の一周忌に当たり墓参。2587

○この年からしばらく、烏明俳書で月次常連の扱いを受ける。当年の『治歴覧古』、明和五・七年の『烏明歳旦』など。

明和　四年　一七六七　三六歳

1月　旧年末に帰白院住職を十二世松童に譲り、心新たに院内の半閑室に隠居。所感を「元日や今までしらぬ朝ぼらけ」と詠む。1002 2855

1月　駿河府中の盤古（雪門）の丁亥旦暮帖に出句（加能俳諧史）。

2月頃　豊後杵築の竹茂の訃に接し悼句。2471

3月12日　墨直会を催す。その「序」を書いて、**『丁亥墨直し』**を刊。序に「自門他流のわいだめなく、蕉門の祖風を仰がん人はともにこゝろざしをはこびて」と説き、俳壇統一の啓蒙色を示し始める。
3月末　九州行脚から戻った春渚が来院し、『続笈のちり』の原稿を託される。
3月　五好（都市系）が来院、退隠を賀して発句脇の唱和。
5月12日頃　**天橋立へ旅**。この日、智恩寺に義仲寺の土を埋め一声塚を建立、供養を営みその「祭文」を書く。東陌が『一声塚』を刊。2724
5月17日　諸九尼の湖白庵入庵賀俳諧に同座、「湖白庵記」を書く。
6月頃　大津の可風と松笙に誘われて**鞍馬へ短い旅**。鞍馬で貫古らと、帰洛して鞍馬の一瘤、越前の蕉雨、大坂の寸馬、京の文下・琴之・諸九尼と俳諧に同座。
8月頃　梨一の来院があり、『もとの清水』草稿を託されたか（もとの清水序）。
9月頃　可風の訃に接し悼句。2475
秋　近江八幡に在った樗良の秋興一枚刷に出句。
10月12日　時雨会に同座か。
12月頃　春渚の行脚記念集のため「続笈のちり跋」を書く。
冬　備後田房の風路（のち古声）が来院か（古声年譜）。初会。

明和　五年　一七六八　三七歳

2月末　**伊賀上野へ旅**。桐雨の案内で故郷塚・再形庵を巡り、猿雖遺品の「蜜柑の色五十韻」を見る。俳諧に同座。桐雨宅に泊まり「蜜柑の色序」を書く。桐雨が『みかんの色』を刊。上野への旅は前にもあったはずで、「芭蕉翁発句集序」に、「明和のはじめ」土田梨風宅で土芳自筆の『蕉翁句集』と『蕉翁文集』『奥の細道』を見たと記す。
3月12日　文下発句の墨直会を催す。その「序」を書いて、『**戊子墨直し**』を刊。
4月12日　「義仲寺芭蕉堂再建募縁疏」を配り、この頃から義仲寺の芭蕉堂再建の募金を始める。
4月頃　筑前福岡の江楼（野坡系）の一周忌に悼句。6123
5月17日頃　双林寺で浮風七回忌俳諧に参じる。2581 2725
5月頃　陸奥津軽合浦の里桂（建立者漁光の息）が来院、その地の建碑記念集のため「ちどり塚序」を書く。
6月25日　俳論『**門のかをり**』を脱稿、奥書を記す。
7月5日　大津の文素没。
7月頃　伊勢山田の入楚の撰集のため「備忘集序」を書く。
8月23日　文素の七七忌に当たり、龍が岡に文素・可風の供養碑を建てて句稿を納め、「鳰の二声序」を書き、二人の遺句集『**鳰の二声**』を刊。2477
8月頃　伊勢山田の麦浪の訃に接し悼句。2476

秋　この年か、帰白院で蘭二法師追悼俳諧を興行、追悼集を編み、「影一人集序」を書く。2480

10月8日　帰白院で芭蕉忌俳諧を興行。

10月12日　時雨会を催す。当年の『**しぐれ会**』を刊。

10月18日　播磨加古川の山李坊（青蘿）に招かれ**明石へ短い旅**。この日、人麿社の月照寺で蛸壺塚供養を営み、その「願文」を書く。2730

12月7日　この夜から翌朝にかけて、帰白院に文下・李完ら集い、鉢叩きを聞いて俳諧興行。『**はちたゝき**』を刊。

冬　武然編『香世界』に宋屋追悼の出句。供養俳諧への同座はない。

12月　下岡崎村の新庵に入る。先にこの地に結庵していた諸九尼が、「酢をもらふ隣出来たり庵の春」と喜び迎えた。諸九尼の湖白庵は風羅堂跡という（湖白庵の記）が、その位置は定かでない（京都坊目誌に記すのは幕末のそれ）。蝶夢の庵は法勝寺の礎石が残る所に近く（東山の鐘の記）、その西に数百歩を隔てる（泊庵記）というから、岡崎法勝寺町一二四伊地知有四郎氏邸の西三〇〇メートルほどの地点か。1084 2862

明和　六年　一七六九　三八歳

3月12日　墨直会を催す。『**己丑墨直し**』を刊。

春　**伊賀上野へ旅**。桐雨宅で猿雖本『三冊子』を写し、奥書を記す。また付記を認める。

4月12日　奉扇会に出席（高木年譜）。

4月　『俳諧十論発蒙』を再び写し、山李坊に与える。

4月　備後上下の風葉が来庵し、入門を乞うて俳諧の道を問う（蝶夢訪問記）。

4月頃　江戸の烏酔の訃に接し悼句。2481

4月頃　近江辻村の千梅の訃に接し悼句。6169

4月末頃　加茂の祭の日、近江八幡の可昌・砆石が来庵。上洛中の豊後杵築の蘭里の招きでともに東山に集い、俳諧を興行（義仲寺誌一二三・一五八・古市駿一稿）。この頃、伊勢の民古も来庵したろう。

5月　諸九尼・素流・蘭里らと東山に遊ぶ（諸九尼年譜）。

5月　桐雨を伴って**城之崎へ旅**。但馬豊岡の木卯に迎えられ三吟俳諧興行、「湯島三興の説」を書く。6141〜6143

5月　蝶夢の運動への関心や反発が、俳壇にきざし始める。当月刊『平安二十歌仙』の序で蕪村は「今の世にもてはやす蕉門とやらむ質をもはらにする」と指弾したが、「当時流行の蕉風」への対抗意識は終生つづいた。その中心人物であった蝶夢は、つねに蕪村の念頭にあったろう。

6月15日　蘭里の招きの四条河原での俳諧に同座。1331

8月15日　讃岐の非焉の招きで、鴨川河畔に月見の宴あり、深川八貧にならって八人で探題の句を詠み、俳諧興行。非焉は『鴨川八貧集』を刊。

8月　麦雨に写させた『わすれ水』を、託送して木卯に貸す。

8月頃　備後府中の如芥の三回忌集のため「雁の羽風跋」を書く。

9月　丹後宮津の竹圃の訃に接し追悼文を送る。

秋　豊後へ帰る蘭里・竹馬を見送る。2014

秋　白雄編『おもかげ集』に出句。

10月8日　自庵で芭蕉忌俳諧を興行。

10月12日　時雨会を催す。芭蕉堂が落成。当年の『**しぐれ会**』を刊。

冬　三ヶ月の間、筑前を去って入洛した蘭陵を自庵に仮萬させる（中野三敏・江戸狂者傳）。額田文下の依頼によるか。蘭陵は奇傑の禅僧。

冬　**伊賀上野への旅**があったか（奥細道奥書）。この時、『おくのほそ道』の善本を得たという。

冬　桐雨から芭蕉短冊「年立や」を贈られる。

明和　七年　一七七〇　三九歳

1月　芭蕉句に因んで新庵を「五升庵」と命名、「五升庵記」を書く。5003 5004

3月12日　墨直会を催し、この年限りで退く。『**庚寅墨なをし**』を刊。

3月中旬　荒天のため遅参した播磨高砂の布舟のため、双林寺で後宴俳諧を催す。

3月15日　義仲寺で芭蕉堂落成供養を営み、「芭蕉堂供養願文」を書く。粟津生蓮坊で俳諧興行。芭蕉堂には、芭蕉像を囲むように、三六人の蕉門俳人の肖像画が掲げられた。肖像には発句の讃を付す（凡兆画像の讃は蝶夢筆）。2728

3月　蕪村が几董を入門させ、夜半亭を継ぐ。

3月　後川が来庵。4月半ば後川を剃髪し、五升庵の近くに別庵を与えて住まわせる。

4月14日　駿河の乙児が来庵、泊まる（大和紀行）。初見。2671

夏　乙児・後川との三吟俳諧を興行。

4月下旬　この頃から5月にかけて、乙児を案内して**天橋立・城之崎へ旅**。馬吹宅・百尾宅泊。桐雨・秋鳥も同行か。

5月5日　近江八幡の可昌・十里が後川を伴って来庵（義仲寺誌一三三）。後川は、この月か翌月、近江八幡の竹庵に入る。

夏　備後田房の古声に号を与え、「古声と名つくる説」を書く。

6月　三本木久丸亭で、古声の招きの俳諧に同座。乙児発句。

6月下旬　几董が来庵、扇を贈り「水無月のあとにまかりて扇哉」と詠んで遅参を詫びる（几董句稿）。

7月19日　五升庵で、蕉雨の追悼俳諧を興行、「風露朗序」

を書く。
9月　四世亀世（鉄叟）の七回忌に当たり悼句。6170
秋　重厚が再興した嵯峨の落柿舎を訪ねる。再興を後援したはず。2678
10月8日　五升庵で芭蕉忌俳諧を興行。
10月12日　時雨会を催す。当年の『**しぐれ会**』を刊。奉納句を収めた『**施主名録発句集**』（三冊）を刊。井筒屋元禄版に伊賀上野で得た素龍跋・去来由来書と奥書を加え、『**おくのほそ道**』を刊（いわゆる蝶夢本）。『施主名録発句集』は最初の本格的編著で、井筒屋庄兵衛・橘屋治兵衛・伊勢屋正三郎（額田文下）の刊。蝶夢の編著の多くは井筒屋・橘屋の二店、とくに橘屋を版元とする。（蕉門諸家の肖像を収めた施主名録集上巻は、書肆の賢しらか『芭蕉堂歌仙図』として流布。）
10月頃　陸奥津軽深浦の千風の一回忌集のため「古机序」を書く。
12月　永年集句した編成り、「類題発句集序」を書く。

明和　八年　一七七一　四〇歳

1月　年頭の所感を詠句。2605
1月　入楚の七十賀に句を贈る。2865
1月　奥羽信夫の子治の五十賀に句を贈る。6181
1月　『俳諧小槌大成』刊。平安宗匠家一四名の一人に挙げられる。
2月　重厚・魯江のすすめもあって、永年集句した編成り、「去来丈草発句集序」を書く。「去来丈草伝」もこの頃か。
3月18日　越前福井の声々（祐阿坊）が来庵し、発句脇の唱和（旅ほうご）。
3月27日　桑名近郊の寄潮（伊勢派）が来庵し、発句脇の唱和。
3月下旬　諸九尼の東北行脚に送別句。2019
3月　陸奥盛岡の素郷が来庵、句評を乞われ、その才を「我ガ道、東スカ」と称える（柴の戸）。
4月8日　この日から6月中旬まで**九州へ旅**。桐雨を伴い、山陽道を下り、瀬戸内の海路で戻った。『宰府記行』を成す。1343
4月中旬、備前三ツ石の山中で肥後八代の文暁に会い、備前岡山の孤島宅泊。下旬、備中笠岡の宜朝宅泊、広島の風律に会い、性牛宅泊。5月上旬、筑前直方の文沙宅、福岡の蝶酔宅泊、秋水の別荘に招かれる。中旬、肥前佐賀の苔峨宅泊（帰路にも）、長崎の枕山宅泊。下旬、筑後の善導寺で平三郎（而后か）に会い、福岡の梅珠宅泊。
7月15日　この年か、智丸・青岢・巨洲と湖南で船遊びをし、「湖水に遊ぶの記」を書く。
9月10日　落柿舎で、重厚を扶けて去来懐旧俳諧を興行、

「去来忌序」を書く。

9月下旬　上洛中の白雄（江戸生まれ、信濃で活動）が来庵し、「冬ちかし炭われ瓢先見せよ」と詠む。6月頃には対面して信濃の刷り物をもらっており、数度の風交があったらしい（加舎白雄年譜）。

9月頃　筑前の三社奉納句集のため「青幣白幣跋」を書く。

10月8日　五升庵で芭蕉忌俳諧を興行。

10月12日　時雨会を催す。当年の『しぐれ会』を刊。

11月　後川の撰集のため「梅の草帋跋」を書く。

12月　湖白庵で、野坡三十三回忌俳諧に同座。2560

安永元年（明和九年）　一七七二　四一歳

2月　『去来三部抄』を青岢に写させ、奥書を記す。貼紙あり「梨一老人校正」と記す。

春　『宰府記行』を刊。

4月11日頃　伊勢の春波（春渚の兄）の十七回忌供養に詣でる。2562

4月17日頃　近江堅田本福寺の千那五十回忌供養に詣でる。俳諧興行もあったろう。2729

4月　三本木水楼で、肥後の蘭居の招きの俳諧に同座。蘭更も出席。

7月16日頃　播磨林田の蘿来の訃に接し悼句。2491

7月頃　盂蘭盆を過ぎ、既白・乙児・蘿来の相次ぐ死を悲しみ詠句。5342

7月　備中連島の六雅の一周忌集のため「墨の匂ひ跋」を書く。

8月3日頃　正秀五十回忌に当たり龍が岡に墓参、3日、唯泉寺で俳諧興行。2561 2734

9月13日　この年か、但馬の涼秀、湖南の智丸と久風亭で月見の宴を開き、「都の秋集序」を書く。

9月　駿河の乙児を偲んで悼句。2490

10月8日　五升庵で芭蕉忌俳諧を興行。

10月12日　時雨会を催す。当年の『しぐれ会』を刊。国分山の幻住庵跡に石碑を建て、その「記」を書く。

安永　二年　一七七三　四二歳

3月　信濃上田の雲帯と柳渚が来庵（閏三月十日付け雲帯ら宛東巴書簡）。

3月　自ら写した『三冊子』を重厚に貸して、書写させる。

3月頃　石見高角山の柿本大明神の法楽に因み「筆柿集序」を書く。

3月　この年か、吾東・沂風・重厚と嵯峨の亀山に登り、春の嵐山を愛でて「七老亭の記」を書く。

閏3月30日　惜春の所感を詠句。4242

4月8日　鳴海の蝶羅が君栗を伴って来庵、初見（続多日満句羅)。

4月11日　唯泉寺で待ち合わせ、蝶羅を龍が岡・別保の幻住庵・国分山の幻住庵跡・石山寺へ案内、魯江・巨洲ら同行。

4月12日　新霊山の坊で、蝶羅発句の奉扇会を催す(続多日満句羅)。6867

4月15日　蝶羅の宿を訪ね俳諧に誘うが、断られる。

4月23日　蝶羅が暇乞いに来て発句脇の唱和。南部産の狭布の細布を切って贈る。6869

5月12日　二柳・旧国らと、遊行寺(大坂)にあった芭蕉座像を梅旧院の新堂に移し、法会を営む(高木年譜)。

5月28日　讃岐大野の禹柳が来庵、その紀行のため「伊勢紀行跋」を書く。禹柳は伊勢派の人。

7月16日　鴨川河畔で山李坊と、蘿来一周忌両吟俳諧を興行。
6238

8月1日　留守中に几董が来庵、句を残して去る。

9月　新霊山で、可風七回忌俳諧に参じる。2563

秋　几董編『あけ烏』に出句。几董序は蝶夢に呼応か。

10月8日　五升庵で芭蕉忌俳諧を興行。

10月11日　時雨会の逮夜に、『芭蕉翁発句集』刊行を思い立つ。

10月12日　時雨会を催し、「芭蕉翁八十回忌時雨会序」を書く。当年の**『しぐれ会』**を刊。

冬　浮流の伊賀友生での結庵を賀し、「長者房に贈る辞」を書く。結庵は蝶夢の導きによろう。2684

安永三年　一七七四　四二歳

1月　風葉の六十賀に句を贈る。2871

1月末　はじめて歯が落ちる。前年か。6228

2月15日　嵯峨清涼寺の柱松明を拝む。2422 2423

2月　編成り、「芭蕉翁発句集序」を書く。編纂資料として、明和五年以前の伊賀探訪で得た土芳編自筆の『蕉翁句集』を利用。

3月7日　嵐山の花見の留守に、五升庵が類焼する。入阿上人の迎称寺(真如堂前)に身を寄せる。2609 2610

3月中旬　下旬にかけて、塘雨を伴い**城之崎へ旅**。不在中、尾張津島の木吾が来庵(もろつばさ)。2058

3月　**『類題発句集』**を刊。井筒屋・橘屋の他に、江戸の西村源六・西村市郎右衛門も名を連ねる(初刷は橘屋のみか)。

4月中旬　永年収集した蕉門俳諧の金言を一書に編み、「蕉門俳諧語録序」を書く。

6月　**『去来発句集』『丈草発句集』**を刊。翠樹が施版(高木・随筆義仲寺・四)。

6月　日向宮崎の五明が来庵、その亡父菊路の一回忌集のため「星あかり跋」を書く。

7月頃　蘿来一回忌集のため「秋しぐれ跋」を書く。遅れて三回忌頃刊。

7月　但馬豊岡の翠樹の出資で『**芭蕉翁発句集**』を刊。

8月15日　再建した五升庵に入り、「五升庵再興の記」を書く。龍草廬から「俳諧蝶夢五升庵記」を贈られたのは、安永七年頃か。他に「蝶夢ニ贈ル」と題する七絶もある（艸廬集五編・七）。奥羽仙台の江刺氏の貼込み帳のため、「百題絵色紙序」を書く。2873

9月10日　落柿舎で去来忌俳諧に同座。

9月頃　貫古七回忌集のため「手向の声序」を書く。2479

10月12日　時雨会を催すか。

10月頃　江戸の秋瓜の訃に接し悼句。2500

12月23日　自らの文集の序を書き、「草根文集」と命名。

12月　自らの句集の序を書き、「草根句集」と命名。

安永　四年　一七七五　四四歳

1月　蝶酔の四十賀に句を贈る。2875

1月　江戸の蓼太の歳旦帳に出句。

春　周防良城の順甫が来庵、その亡父介羅の撰集のため「此葉集序」を書く。

5月頃　入楚、伊勢洞津の二日房と相次ぐ訃に接し悼句。2501

6月13日頃　文下の訃に接し悼句。2502

8月13日　九十九庵で文下の追悼俳諧を興行。

8月頃　陸奥弘前の呉江（都市系）が、留守中に来庵（井上隆明・東北北海道俳諧史の研究）。

10月12日　時雨会を催す。当年の『**しぐれ会**』を刊。

10月頃　加賀の千代の訃に接し悼句。悼み文も書く。2506

11月中旬　美濃垂井の君里の建碑を賀し、「白根塚序文」を書く。

安永　五年　一七七六　四五歳

1月7日　永年収集して編成り、「芭蕉翁文集序」を書く。

3月初　**大和・河内へ短い旅**。興福寺尊行院の八重桜・高安の里・木村長門守の墓など巡る。不退寺の聖のもとに宿る（三月十六日付け白露宛書簡）。2198 2199 2205

3月頃　春渚の訃に接し悼句。2507

5月5日　小本『芭蕉翁発句集』の序を書く。井筒屋から刊。

6月13日頃　九十九庵で、諸九と文下一周忌両吟俳諧を興行。琴之の『笠の露』刊行を扶ける。2736

7月　永年収集して編成り、「芭蕉翁俳諧集序」を書く。

7月頃　蝶羅の訃に接し悼句（千代倉日記廿六日条に来簡を記録）。6271

9月　彦根に居づらくなった祇川を、幻住庵に住まわせる。

10月12日　時雨会を催す。当年の『**しぐれ会**』を刊。

11月頃　筑前福岡の蝶酔の出資で『**芭蕉翁文集**』を刊。

（十一月廿五日付け風葉宛書簡に報ず。後刷本には、井筒屋・橘屋二店の他に江戸・山崎金兵衛の名を連ねるものがある。）

12月　蘭里の訃に接し悼句。2510

安永　六年　一七七七　四六歳

1月　風律の八十賀に句を贈る。2878

2月26日　信濃岩村田の鶏山の訃に接し悼み文を送る（高木年譜）。

2月　菊二が発見した尚白の遺著刊行のため、「忘梅序」を書く。

春　「隣壁に草庵一宇」を建てる（五月朔日付け白露宛書簡）。

4月　塘雨・瓦全らと**高野山へ旅**。落ちた歯を奥の院骨堂に納める。2616

4月12日　奉扇会に同座（右書簡）。

4月　風葉に招かれ、双林寺紋阿弥亭で俳諧興行。

4月27日　幻住庵で、雲裡坊十七回忌俳諧を興行。その後、石山で蛍見物。2584 6279

5月1日　大坂の二柳に、江戸行の際の添書を頼まれ、白露にこまやかに申し遣る（同日付け白露宛書簡）。

5月　この月刊の一鼠編『十三興』で、「こがらしや京に寐る夜と思はれず」の句を、麦水から「此発句、真に落木の候悲哉耳にあり」と評される。

5月頃　二日坊の三回忌集に出句。6274

夏　重厚の九州行脚に際し送別句。2033

秋　義仲寺翁堂の芭蕉座像が江戸で開帳される事件がおき、心を痛める（七月廿一日付け白露宛書簡）。

8月14日　この年か、14日から16日まで、**石清水などへ短い旅**。放生会を拝し、湖南へ廻って観月。紀行『**三夜の月の記**』を成す。

10月12日　時雨会を催す。当年の『**しぐれ会**』を刊。「多年不風雅の僧」が住み開帳などの問題を起こしたので、この日から義仲寺の管理を引き受け、初め重厚、のち沂風に看主を託す（正月廿八日付け白露宛書簡）。

10月12日　堺の呉逸が、蛍谷に幻住庵跡への道しるべ石を建てる。6871

10月頃　備後田房の古声の出資で『**蕉門俳諧語録**』を刊。

○この年、丹後宮津の百尾の『秋のわかれ』刊行を扶けた（高木年譜）。

安永　七年　一七七八　四七歳

1月　三河吉田の古帆が来庵（岡崎市史・植田義方年譜）。初会。

3月2日　遠江浜松の白露に、枝法の別号を与える（同日付け書簡）。

4月　**北陸へ旅**。桐雨を伴い、越前木の芽峠・加賀安宅関跡を経て越後に至り、予定より早く帰途につき信濃姨捨山・木曾路を通って帰る（五月廿六日付け白露宛書簡）。越前丸岡で梨一を訪問（続近世畸人伝）。

8月頃　梨一の注釈書のため「奥細道菅菰抄跋」を書く。

8月頃　冬柱法師（前号一瘤）の七七忌に当たり、墓参する。 2514 2515

9月9日　更科の月を観た重厚・浮流が来庵。 2694

9月　豊後杵築の一幹が来庵、蘭里の三回忌集のため「雪の味序」を書く。

10月12日　時雨会に同座。脇句は沂風。当年の『しぐれ会』を刊か。

安永　八年　一七七九　四八歳

2月21日　この日から4月中旬まで、沂風・古声を伴って**出雲へ旅**。山陽道を下り、備後を北上、備前を南下する。**『雲州紀行』**を成す。

2月下旬、山李坊宅および孤島宅泊、3月上旬、笠岡の李山別宅および風葉宅泊。3月4日、笠岡の島塚建立供養を営み、その「願文」を書き、12日、備後田房の山里塚建立供養を営み、その「供養文」を書く。田房の宿は古声宅だろう。3月9日には、生江浜の路風の父の別宅を訪ねている。

春　弟が丹波の山村で没（湯あみの日記に「四とせばかりの春」）。

4月12日　奉扇会に出席（高木年譜）。

4月中旬　鴨川水楼で、古声招きの俳諧に同座。

初夏　木曾路を経て江戸の烏明が来庵（安永九年の松露庵随筆）。

5月頃　九州行脚へ行く武蔵鴻巣の柳几を迎え、詠句。 5191 6872

5月下旬　筑前直方に帰住する諸九尼が別れに来て、「わするまじ身にしむ今日の物語」と詠む（六月十五日付け里秋宛書簡）。

7月10日　冬柱の一回忌供養を営み、その「序」を書いて**『冬柱法師句帳』**を刊。

8月　近江速水の去何が来庵して師弟を契る（年譜便覧）。

8月頃　幻住庵にいた祇川の追悼集のため「風の蟬跋」を書く。

9月20日　大坂の木村蒹葭堂、和田荊山・龍草廬が来庵（蒹葭堂日記）。蒹葭堂と草廬の出会いが図られたか。

9月　可風の十三回忌俳諧に同座。 2589

10月12日　時雨会を催す。同年の**『しぐれ会』**を刊。

10月16日　聖一国師五百回忌に当たり、東福寺に詣でる。 2740

11月4日頃　弟子の吾東法師遷化。その訃に接し悼句。2518
11月上旬　柘植の杜音宅に泊まる（十一月九日付け杜音宛書 2519
簡）。伊賀上野への旅もあったか。
11月上旬　後桃園院の葬儀の後、泉涌寺に詣でる。2556
11月27日　法兄の入阿上人遷化（七条金光寺にいた）。その訃に接し悼句。2520 2521
12月8日　冬柱・吾東・入阿と相次ぐ死を悲しみ、菊二へ書簡（断腸の文）。

安永　九年　一七八〇　四九歳

1月　年頭の所感を詠句。4006
1月　入阿上人の七七忌に当たり墓参。2522
1月頃　石見日原の蝶鼓の訃に接し悼句。2525
2月7日頃　橘屋が営んだ支考五十回忌に詣でる。2564
2月25日頃　昌房（雨橋の曾祖父）の五十回忌俳諧に参じる。2565
3月6日　この日から5月3日まで、**江戸へ旅**。古静・橘屋治兵衛らを伴い（素郷宛書簡）、信濃を経て下り、東海道を戻る。『**東遊紀行**』を成す。
　3月上旬、愛知川の芦水・師由、垂井の君里を訪ね、美濃赤坂の蘭戸宅泊。3月下旬、信濃上田の麦二（白雄門）を訪ねる。江戸では、通り町十間店の書肆山崎金兵衛に宿る。4月7日、烏明・吐月、8日、蓼太・泰里を訪ね、泰里宅泊。9日、長慶寺の芭蕉塚に詣で、10日、書肆西村源六に寄る。同日、門瑟・蓼太を訪ね、蓼太らと俳諧興行。11日、泰里の別宅河上庵で泰里・鶏口・登舟・蓼太・古友と俳諧興行。12日、泰里の案内で隅田川船遊び、13日、深川の芭蕉庵遺跡を訪ねる。14日、柳几とその別宅で会う。下旬、駿河島田の千布を訪ね、遠江浜松の白輅と初めて会う。26日、三河赤坂で浮流と落合い、27日、鳴海の学海を訪ねる予定で問わず（学海日記に「蝶夢子も立寄被申候筈之処、立寄なし」と）。
　3月下旬、留守中に飛騨高山の竹母が来庵。
春　この年か、大和の何来らが、初瀬に芭蕉の籠人塚を建てたのを賀して詠句（高木年譜）。6873
6月1日　九州行脚から戻った竹母が来庵、三ツ物唱和あり、「つくしみやげ序」を書く。竹母を誘い、四条河原で納涼。
6月　幻住庵に滞在する名古屋の暁台に対し、静観をたもつ（六月十三日付け素郷宛書簡）。
7月15日　入阿上人・吾東法師のため盂蘭盆会を営む。5343
10月11日　義仲寺で芭蕉忌逮夜俳諧に同座。
10月12日　時雨会に同座。この年から、沂風が脇句を詠み儀式の表に立つ。当年の『しぐれ会』を刊か。
10月13日　国分山で経塚建立供養を営む。蝶夢の意を受け、10月11日に扇律・雨橋が幻住庵跡に標石を建てた。芭蕉が書写した一石一字の法華経を埋めている、との伝承による。2742
10月14日　大津の鯉遊宅で俳諧に同座。
11月5日　三本木で、飛騨高山の其川招きの俳諧に同座。
12月4日　光格天皇の即位式翌日で、御所のお庭拝見を許される。2884

天明元年（安永十年）　一七八一　五〇歳

1月　年頭の所感を詠句。2649
1月　江戸の宗瑞の歳旦帳に出句。
春　江戸の鶏口の、肥後熊本の往生院での芭蕉塚建立を賀して詠句（弘中孝・石に刻まれた芭蕉）。6435
5月頃　風律の訃に接し悼句。2532
5月上旬　留守中に丹後田辺（舞鶴）の木越が来庵。10日、木越を、髭風とともに石山近くまで送る（身延山参詣記）。
5月　十五年前に託された梨一の俳論書のため、「もとの清水序」を書く。この時点での序の執筆は、刊行企画あってのことだろう。
閏5月　三河吉田の木朶が来庵（豊橋市史）。初会。
6月頃　江戸の吟江（陽子）に、関東の名所の句を依頼（吟江句稿）。『俳諧名所小鏡』中・下巻編纂の一環であろう。
7月10日頃　病床にあって、去何へ『もとの清水』を貸し与える。
7月頃　宣朝の訃に接し悼句。2529
8月　美濃黒野の以哉坊の一周忌に当たり悼句。6348 6349
8月15日頃　丹後宮津の東陌の追善俳諧のために発句を送る。6310
8月末　この年か、この頃から9月3日まで、**美濃へ旅**。其白・髭風・仮興・蘭戸を伴い、養老の瀧・鵜飼を見、君里・蘭戸宅泊。蘭戸・其白と三吟俳諧興行。紀行『**養老瀧の記**』を成す。刊行は翌二年か。蘭戸が出資。
10月頃　諸九尼の訃に接し悼句。2530
10月10日　洛北金福寺で、其川招きの芭蕉画像開眼供養俳諧を興行。2745
10月12日　時雨会に同座。脇句は沂風。当年の『しぐれ会』を刊か。
10月22日　諸九尼七七忌俳諧を興行。
11月23日　『俳諧名所小鏡』を、五畿内編だけ先に刊行することを決める（十一月廿三日付け白輅宛書簡）。
○この年、蝶鼓の一回忌集のため「口髭塚序」を書く。
○この年、三河吉田の木朶が遠江白須賀の虚白を伴って来庵。

天明二年　一七八二　五一歳

1月　丹後日間浦の支百の四十賀に句を贈る。2898
2月28日　落柿舎で菊二と両吟俳諧興行。

3月12日　宋屋の十七回忌に当たり追慕の句を詠む。2571
春　蘭戸の厄払いに賀句を贈る。
春　重厚の東北行脚に際し送別句。2038
春　この年か、禁中の鶴の包丁の儀式を拝し、「包丁式拝見の記」を書く。
4月1日　近江の幽篁亭で去何・塘里と三吟俳諧興行。
4月上旬頃　この年か、用あり、十日ほど**越前敦賀へ旅**（高木年譜・四月廿一日付け里秋宛書簡）。
4月13日　菊二宅で俳諧興行。
5月　風葉の俳論書のため「道の枝折序」を書く。
5月21日頃　高橋図南（公家・故実家・歌人）が、御厨子所に候し齢八十に及ぶのに備後味潟の浮鯛の味を知らぬと嘆くのを聞き、笠岡の李山に頼み、取り寄せて贈る。図南はこれを梨木祐為に分け与え、二人は歌で応える（五月廿一日付け要蔵宛図南書簡―続備後叢書、森繁夫・人物百談）。これより前に図南が岡崎の別荘に退隠、しばしば往来していた。
5月28日　浮流没。その訃に接し悼句。2535〜2538
5月　この年か、架蔵の芭蕉筆尉の図の写しと、杜口の書簡・猿雖の発句切れとの三点を、高山の文庫（雲橋社蔵書）に寄付する（五月十六日付け里秋宛書簡）。
6月3日　桐雨没。その訃に接し、「桐雨の誄」を書く。
7月15日　浮流・桐雨・子鳳と相次ぐ死を悲しみ、盂蘭盆供養を営む。4445
7月21日頃　桐雨の七七忌に当たり悼句。2539
7月頃　宜朝の一回忌集に当たり、五升庵で俳諧を催し、「ふいの柳序」（宜朝追悼集序）を書く。
8月　永年集句した編成り、『**俳諧名所小鏡**』上巻を刊。序もこの頃か。
8月9日　この日から9月末まで、去何・麦宇を伴って、**天橋立・城之崎へ旅**。連作の紀行『**湯あみの日記**』を成す。
旅立ちに先立ち五升庵で送別の俳諧興行に同座。丹後では、田辺の木越宅に泊り、宮津の蘭巴宅での興行その他の座があった。8月11日、丹波の山中の村で、幼時に里子に出された弟の消息を求め、四年前の春に没したと知る。9月9日、支百の案内で城之崎に遊び、日間浦に回る。支百が『幾久の湯口』を刊。2065
9月14日頃　露沾五十回忌に当たり、懐旧の句を詠む。2572
10月12日　時雨会に同座。脇句は沂風。永年収集した編成り、奥書（手鑑の裏書）を記して、『芭蕉門古人真蹟』原本を奉納する。当年の『しぐれ会』を刊か。桐雨遺品の「荒〱ての巻草稿」のために極書を書く。粟津文庫の正面の扁額、この頃成る。長崎の枕山門人蘭圃の刻。
冬　長崎の枕山の訃に接し悼句。2544
○この年から、五升庵の月次会を止め、春興の刷り物も中止（十一月廿日付け白輅宛書簡）。

天明　三年　一七八三　五二歳

1月　澄月の古稀を賀し頭巾を贈る。2890

2月24日　丈草八十回忌に当たり龍が岡に墓参、支百出資による再版本『寝転草』を供える。義仲寺でも法要があった（高木年譜）。2574 2748

3月上旬　**摂津へ短い旅**。住吉浜で潮干狩り。次いで金龍寺（現高槻市内）で能因桜の花見、その作を刷り物にして刊。住吉行の前か、多田庄の跡（現川西市内）を訪ねる（三月廿二日付け白輅宛・四月十九日付け里秋宛書簡）。2277〜2279

3月15日　暁台が洛東安養寺で催した芭蕉百回忌の、後座乱吟俳諧に同座し第三を詠む。5133

3月24日　安徳天皇六百回忌に当たり、高倉清聚庵で平家物語を聞く。一年取越して営む。2575

春　風葉から頭巾を贈られる（右白輅宛書簡）。

春　生間彦太郎の花下鯉の包丁始めを見る（右白輅宛書簡）。

4月1日　紀伊田辺の香風が来庵。東国行脚のために添書を与え、袷を預かる。その紀行のため「笠やどり序」を書く。

4月中旬　古静を伴って**伊賀上野へ旅**（右里秋宛書簡・同日付け杜音宛書簡）。杜音につよく望んでいた、浮流の供養碑の建立式に出席か。

4月12日　伊賀上野の冬李が蔵した芭蕉真蹟を、飛騨高山の雲橋社に斡旋し、その経緯を「雲橋社蔵芭蕉真跡添書」に記す。「雲橋社俳諧蔵書録序」を書いたのもこの時か。奉扇会の折だろう。この年を限りに、その施主を辞す。

4月頃　加賀津幡の見風の訃に接し悼句。6370

5月28日　浮流の一回忌追善会を催して詠句（高木年譜）。6883

5月頃　これまでに粟津文庫の構想が成り、芭蕉門古人真蹟の収集はなお続く（内藤家短冊帳沾山識語）。

5月頃　大坂の富天（淡々門）の十七回忌に悼句。6345

6月15日　三本木で、筑前福岡の梅珠招きの俳諧興行。

6月頃　急ぎ編んだ『**蓑虫庵句集**』『**長者房句集**』を刊。その序と「桐雨居士伝」「浮流法師伝」もこの時。

6月頃　持ち込まれた支考遺著と称する書のため、「古今集誹諧歌解序」を書く。

6月頃　浅間山噴火の報に接してであろう、大典のもとに一紅作『上野大変記』を持参して見せ、大典はこれを漢訳する（北禅文草・四）。

7月下旬　出羽増田の保紅（美濃派）が大坂の鯉川を伴って来庵、庭の芭蕉を詠句（旅の道草）。

8月　江戸の陽子の訃に接し、兄の成美に悼句を送る。2543

8月　五日ほど、澄月と**湖南へ旅**。志賀の山越え、唐崎・堅田・坂本を経て比叡山の諸堂を巡り、黒谷から大原に至る（九月五日付け堀田知之宛澄月書簡）。

9月9日　帰路にある香風が来庵、預かっていた袷を返す。発句脇の唱和あり。

9月　可風十七回忌に当たり龍が岡に墓参。5372

9月頃　麁文の歳時記のため「年波草跋」を書く。

10月6日　新霊山で芭蕉忌俳諧を興行。

10月11日　義仲寺で芭蕉忌逮夜俳諧を興行。

10月12日　塋域の補修などして時雨会を催し、「芭蕉翁九十回忌序」を書く。当年の『**しぐれ会**』を刊。義仲寺の世話をこの年で辞する。絵師に描かせた芭蕉像の讃として「芭蕉像三態の説」を書き加え、義仲寺に奉納。

10月15日　大津の浮巣庵で俳諧に同座。

11月　盛化門院の葬送を拝す。5514

12月25日　蕪村没。

冬　沂風と吾東法師追善両吟を巻く。『**吾東法師終焉記**』を成している（十一月廿日付け白輅宛書簡）が、刊本か不明。

天明　四年　一七八四　五三歳

閏1月1日　所感を句に詠む。4013

早春　蕪村の霊前に詣で、追悼句を詠む。2545

2月頃　伊勢津の素因の句集のため「暦の裏序」を書く。

2月16日　二見形文台の箱蓋に識語を記す。奈良大学図書館蔵のもの。

2月　この年か、粟津文庫のことにつき、沂風を江戸に差し向ける（二月十八日付け古帆・木朶宛書簡）。

2月26日　この日から3月3日まで、伴蒿蹊・去何とともに**摂津・河内へ旅**。蒿蹊との連作紀行『**道ゆきぶり**』を成す。途上、播磨の赤松滄洲に会う。

3月3日頃　評論風創作『**双林寺物語**』成る（たそがれ随筆は右の旅から戻った夜という）。

3月21日　弘法大師九百五十年忌に当たり、東寺に詣でる。2750 2751

4月12日　奉扇会に出席（高木年譜）。

7月　文素の十七回忌を営む。5355

7月10日　冬柱法師の七回忌を営む。2753

7月16日　去来の八十回忌に当たり、真如堂に墓参。天明三年か。2578

9月14日　義仲寺で李夕追悼の俳諧興行。

10月2日　この日から中旬まで、**吉野へ旅**。其由（月川上人）・呉逸・久樹を伴う。京を出、堺を経て吉野に入り、12日に大坂に着くまでを、紀行『**よしの丶冬の記**』に成して、刊。2580

往路は東福寺通天橋・牛瀧山の紅葉を観、帰路は遊行寺の芭蕉塚で芭蕉忌に参じて、時雨会を欠席。呉逸宅に一泊。

10月中旬　時雨会に出席した下総の尺艾が沂風と来庵、夜明けまで語り合う。
10月頃　素因の訃に接し悼句。2553
12月頃　大津唯泉寺の魯江上人の訃に接し悼句。2549

天明　五年　一七八五　五四歳

2月頃　鳴海の常和の訃に接し悼句。2554 6379
2月頃　武蔵川越の麦鴉の乙由句碑建立に際し、「夕暮塚供養文」を書く。
3月9日　東山で、杜音・青容ら地方俳人を交えた俳諧に同座。
春　五升庵で、鶴人・旧国・二柳らと俳諧興行。
4月12日　幻住庵跡の椎を材として二見形文台を作らせ、その箱蓋に識語を記す（二見文台の裏書）。奉扇会は欠座。
5月20日　俳諧への傾倒を反省して、石山寺に九尺余の石灯籠を奉納し、その「願文」を書く。供養会を営み、油料をつのる。源氏の間で通夜。
7月頃　几董の雑纂のため「新雑談集跋」を書く。
9月6日　近江速水の古巣園で其白・去何と三吟俳諧に同座。
秋　伊勢御園の巴水の別宅新築を賀して詠句。6376
10月12日　時雨会に同座。粟津文庫の柱立てが行われ、そのための募金も実施。
11月　大典・西尾氏らと真如堂の某館に遊び、席上、大典から五律を贈られる（北禅詩草・四）。
12月11日頃　「東山の鐘の記」を書く。
冬　失せていた芭蕉真跡を伴蒿蹊宅に見出し、それを「喜ぶ文」を書く。また、箱に識語を記す（芭蕉真跡箱書）。
○この年と推定される三月廿四日付け・五月十一日付け杜音宛書簡で芭蕉伝の細部につき多々調査を依頼、安永末にはじまる『芭蕉翁絵詞伝』編纂関連の作業が本格化に向けて増えてくる。
○この年か、偃武に自らの肖像を描かせる（年譜便覧）。
○俳論『**芭蕉翁三等之文**』の成立は、天明年間中葉か。

天明　六年　一七八六　五五歳

1月　新年の所感を詠句。4010
春　三河への途次、義仲寺で近江和田の馬瓢と会い俳諧。6552
　この頃、几董が義仲寺で沂風により剃髪。
3月下旬　**三河・遠江へ旅**。鳳来寺・秋葉山を巡った後、入野に着く。方壺の案内でこの地の人々と浜名湖めぐりをし、「遠江の記」を成す。方壺招きの俳諧に同座、4月2日帰庵。この形勝を六如に報告、六如は七律を成す（小雲棲詠物詩・上）。来庵した皆川淇園に、浜名湖の新写の図を見せる（石の光）。
4月12日　奉扇会に欠座、献句のみ。
4月　但馬豊岡の菊隠が、盲人ながら蝶夢を訪ねようとして果たさず、「美知農記」を書く（木兔二ノ八・若尾瀾水稿）。蝶夢は後、奥書を与えたという（豊岡市史）。

5月頃　備後府中の可卜を幻住庵の跡に案内、後日来庵する（葵そら）。

5月12日　義仲寺で月並の俳諧に同座。

5月17日　浮風二十五回忌の俳諧興行。

7月　近江和田の曾秋の出資で**『芭蕉翁俳諧集』**を刊。

8月10日　旅に出る馬瓢が来庵、発句脇の唱和。

9月1日　この日、三熊海棠が題詞を書き、方壺の出資で**『遠江の記』**を刊。

9月12日　この日から10月27日まで、瓦全を伴って**宮津・城之崎へ旅**。**『秋好む紀行』**を成す。16日、木越宅、17日、馬吹宅、20日、支百宅泊。21日は、日間浦で浮流の茶碗塚供養、10月12日は、城之崎洗心亭で木越催しの芭蕉忌に列席。支百の『遅楊和舞頭歌』刊行を扶ける。6395

秋　『草根発句集』宮田本の序を書く。

秋　沂風と祥然が九州へ旅立ち、のちに『宰府日記』を成す（翌七年六月帰庵）。義仲寺の資金調達などの意図あってか。

閏10月28日　重厚の江戸移住に際し送別句。重厚の見送りを兼ねて**伊賀上野へ旅**か（十一月五日付け杜音宛書簡）。2048

11月1日　五升庵で、木姿送別の俳諧に同座。几董・閑更・二柳・暁台・青蘿も出席。

11月1日　三敲所持の二見形文台に裏書きする（高木年譜）。

天明　七年　一七八七　五六歳

2月　几董から、『点印論』の著述につき相談を受ける（二月三日付け白輅宛書簡）。

2月23日　六如・伴蒿蹊・和田荊山らと嵯峨で花見をし、「嵐山に遊ぶの記」を連作する。3136

2月　五升庵の庭で、和田荊山・伴蒿蹊・慈延を招いて花見（二月二十九日付け素郷宛書簡）。

2月　湖東の寸流庵胆山（釈慧照）が、「当時蕉門正統の豪傑」と評す（明大本双林寺物語奥書）。

3月　石山寺に詣で、花の下の石灯籠を見る。

春　大典が来庵し、七絶「春暮過蝶夢法師幽居」を贈られる（北禅詩草・四）。

4月12日　奉扇会に同座。

4月13日　青蘿・木姿・瓦全と山踏み、石山より笠取山・醍醐を経て帰庵（四月十五日付け里秋宛書簡）。

5月23日　二日坊の十三回忌に当たり悼句。5271

9月10日　岡崎の庵で、諸九尼七回忌供養を営む。七回忌集**『懐旧之発句』**を編み、刊。6411

9月頃　蓼太の訃に接し悼句。3189

秋　この年か、几董「月と成」、蝶夢「水落て」、重厚

「秋雨や」の三句の一枚刷りを刊（俳諧摺物図譜）。3020

10月12日　時雨会に同座。

10月　五升庵の東裏手に、にわかに思い立って別庵を建て、11月に大典から「泊庵記」を贈られて「泊庵」と命名。澄月から壁書の短冊を、巌垣龍渓から「題蝶夢老人泊庵」の一文を贈られる（松蘿館詩文稿）。伴蒿蹊は「蝶夢法師の泊庵に題す／おもしろき磯辺によせよ泊り舟よしや一夜の浮寝なりとも」の一首を（閑田詠草）、翌年、六如も七絶を贈る（六如庵詩抄二編・二）。「三面景望之地に四畳半之雅庵」で、澄月の短冊は、蝶夢の頼みで拾玉集の「心なき人をばよせじ山のべのいほは中〳〵ぬしきらふなり」を書く（十二月十二日付け堀田知之宛澄月書簡）。

12月13日　自ら和文の「泊庵記」を書く。3110

12月　京の嵐月編の『誹匠年鑑』刊。「現世之宗匠」の一人に挙げ、編著として類題集・芭蕉句集・蕉門語録の三書を掲げる。

天明　八年　一七八八　五七歳

1月1日　卓錐禅師・江雲処士と神楽岡に登って小松を引き、泊庵の庭に植える。3007

1月　柴野栗山の昌平黌赴任の餞別会に列席し、賀句を詠む。5544 5614

1月30日　京都大火。泊庵に避難客を受け入れ、混雑する。

2月頃　柳几の訃に接し悼句。6527

2月下旬　この頃から5月7日まで、**江戸へ旅**。木姿を伴い、中山道を経て下り、東海道を戻る。**『宇良富士の紀行』**を成す。3216

2月下旬、仮興宅泊、里秋・師由・引牛・其由法師・塘里に会い、君里を訪ねる。3月7日、飯田で旧友業海に邂逅。8日は澄月の添状によるか、本郷の桃沢匡衛（のち夢宅・歌人）宅に宿る。12日、府中の来迎寺に法縁を求め、旅の目的の一を果たす。16日、川田の敲氷を尋ねて留守、重厚に会い、小原の石牙宅泊。19日、石牙らと差出の磯に芭蕉塚の適地を卜し、その「文」を書いて、俳諧興行。20日、綿塚の季之・春路の新庵を賀し、「三峯庵記」を書く。24日、江戸着。26日、深川の長慶寺に参り、完来を訪ね、4月3日、泰里・古友の接待を受ける。7日、成美の招きで（その前か、成美は蝶夢の旅宿を訪ねた）隅田川船遊び、重厚・其由・麦宇・木姿同行。13日、梅人が日暮里で開いた芭蕉供養の奉団会に出席し、「手向の文」を書く。9日から15日までのいずれかの日、品川海晏寺で白雄が催した芭蕉百回忌法要に列席、俳諧には欠座（矢羽勝幸・俳人加舎白雄伝）。17日、泰里紹介で鎌倉の仙鳥宅泊、23日、千布宅泊。25

日、浜松着。この日から5月1日まで、方壺の接待を受け、白輅らも加わる。臨川寺で俳諧興行。1日、吉田の木朶・古帆に会い、2日、鳴海の宿へ千代倉の人が訪ねて来る。3日、名古屋で一筆坊を訪ね、4日、君里宅泊。

7月18日　近江和田の曾秋また和田荊山・塘雨が来庵（曾秋随筆）。

8月15日　泊庵で月見。 3079

8月16日　後醍醐天皇四百五十年忌に当たり、天龍寺へ詣でる。 3202

10月6日　比叡山大講堂で法華の論議を聴聞、安楽律院の紫巌比丘を訪ねる（十月七日付け白輅宛書簡）。

10月12日　時雨会に同座。依兮が、施主として『芭蕉門古人真蹟』模刻本の初刷を供える。

10月17日　この年か、曾秋・何某宗兵衛を伴い、東福寺へ紅葉見、沂風・誓好両法師に会う。次いで万寿寺に江雲隠士、菅谷に鈴木脩敬を訪ねる（曾秋随筆）。

12月　明けて四十歳になる去何を励まして詠句。 5611

○天明末頃、肥後熊本の鳳朗が来訪して道を問うた（自然堂鳳朗小伝）。

寛政元年（天明九年）　一七八九　五八歳

1月2日　神沢杜口（其蜩）の八十賀を祝い、『翁草』の完成を讃えて「翁草称美の辞」を書く。方違えする杜口を泊める。 3257

2月16日　西行六百年忌に当たり、双林寺の供養塔に詣でる。 3204 3205 5069 5070

3月　筑前湯原の素釣・石睡の建碑記念集のため、「こてふづか序」を書く。

春　筑前飯塚の依兮の出資で**『芭蕉門古人真蹟』**（模刻の板本）を刊。版元は、橘屋儀兵衛の他に井筒屋・橘屋の二店。依兮の出資は、沂風の天明六年秋の西下を契機とする。

4月初　足利義政三百年忌に当たり、銀閣寺に詣で、皆川淇園らと分韻して詠句。 3206

4月上旬　この頃から下旬まで、仏像再建の勧化と西行供養のため**四国へ旅**。備中笠岡から多度津へ渡り、鳴門から去った。6日から18日までを、紀行**『四国にわたる記』**に成す。

15日、阿波徳島の青橘宅泊、16日、助任の那波魯堂を訪ねる。

5月5日　几董が来庵。

5月16日　樋口道立が留守中に来庵（几董句稿）。

5月18日　几董が留守中に来庵。

5月24日　几董が来庵。

5月頃　豊前小倉の李完（万空）の訃に接し悼句。若い頃、京詰めの武士か。 2022 6428

6月17日　几董が来庵。

6月21日　几董から、着荷早々の成美編『浅草集』が届けられる。

夏　この年か、大坂の若翁（肥前大村の人）から、寛政二年三月に開く百回忌供養の案内を受け、詠句する。若翁が二柳・旧国と連名で配ったその趣意書（枯野集発起）は天明八年三月付け。3208

7月　小本の『芭蕉翁発句集』を再版する。井筒屋・橘屋刊。

7月　江戸へ帰る五雲の留別集『ふた夜の月』に、句なく名のみ出る。

9月1日　去何・木姿を伴って竹生島に詣で、三吟俳諧興行。3182

10月12日　時雨会に同座。

10月23日　几董没。「追悼文」を書く。3194 3195

11月中旬　永年集句した編成って、「新類題発句集序」を書く。

12月頃　大坂の旧国に頼まれ、その歳暮三ツ物の第三を詠む（加藤定彦・大伴大江丸の研究）。旧国は、ある年の秋は江戸の巻阿らと来遊した蝶夢を升市などに案内しており（俳懺悔）、「ものをたづねし」人々の内の一人に蝶夢を挙げる（俳諧袋）。

○この年、売られた阿弥陀寺の梵鐘を買い戻し、その「記事」を書く。

○この年、曾秋に頼まれ、その随筆を添削する（立川欽一氏蔵草稿）。

寛政　二年　一七九〇　五九歳

2月4日　几董の百箇日。追悼集のため「鐘筑波跋」を書く。

3月下旬　海苔などを手土産に、西八条の神沢杜口宅を訪ねる（翁草百六十九）。

春　播磨魚崎の常和（青蘿系）の八十賀のため、「魚崎集序」を書く。

4月8日　この頃、備後神辺の藤井暮庵（菅茶山門人）が来庵。用件は、茶山の父芦丈の句集『三月庵集』の編纂にかかわるか（広島県歴博紀要四・田坂英俊稿）

4月12日　奉扇会に同座。

5月　比叡山の灌頂に結縁する（五月六日付け白輅宛書簡・五月九日付け杜音宛書簡）。

9月19日　勢田の扇律の百箇日に、義仲寺で供養を営む。6465

9月下旬　この頃から10月へかけて、沂風を伴って丹後へ旅。城之崎で入湯の後、10月1日、日間浦の昌竿宅で芭蕉忌俳諧を興行、12日、天橋立の一声塚で芭蕉百回忌供養を営む。百尾らが『一声塚百回忌』を刊。6453

10月3日　不在中に、伊勢へ向かう蒹葭堂が来庵（蒹葭堂日記)。

10月　備中笠岡の李夕の追悼集のため、「庭の木のは序」を書く。

11月22日　新内裏の造営成り、主上の還幸を拝す（十一月廿九日付け白軺宛書簡）。 3109

11月　暁台たちの二条家の俳諧への出席を、本願寺門跡の相伴で庶民が素袍・烏帽子を着たに等しい、と評す（右白軺宛書簡）。

冬　学海の供養のために悼句。 6469

寛政三年　一七九一　六〇歳

1月　大坂の旧国の古稀に賀句を贈る。また俳文の祝章を贈る（きのふの我）。 5012

1月　播磨の近藤有隣（青蘿門）の六十賀に詠句。 6462

2月13日　上洛していた備中鴨方の西山拙斎が催し、橘南谿が案内した伏見の梅見に参じ、その「記」を書く。慈延・伴蒿蹊も参加。 5036

3月20日　澄月を泊庵の花見に招き、拙斎を誘うよう頼む（兼清正徳・澄月伝の研究）。

3月頃　竹母の古稀賀集のため「はなむしろ序」を書く。

春　百回忌事業宣布のため九州へ下る沂風（旅中に得往と改号）・一萍（石蘭と改号）に送別句（得往は翌四年夏、石蘭は五年春に帰庵）。二人は5月12日、豊後杵築の法西寺で時雨塚建立供養に列席、得往が導師を勤める。この流れで、翌四年十月に菊男が『時雨塚百回忌』を刊。 3131

春　江戸の梅人の撰集のため「続ふかゞは集序」を書く。

4月12日　奉扇会に同座。義仲寺境内に粟津文庫が完成（工事中断があったか）。金沢文庫にならうもので、沂風の出資か。沂風の先の西下は、これにかかわるか。

6月17日　青蘿没。

8月上旬　青蘿の七七忌に悼句。 3198

8月15日　曇天ゆえ月見せず早寝、そこへ伴蒿蹊が来庵、詫びの句を詠む（九月四日付け白軺宛書簡・同廿四日付け杜音宛書簡）。 3220

8月19日　愛知川衆（芦水・師由か）が来庵して泊まる（右杜音宛書簡）。

9月　加賀金沢の馬来の撰集のため「鵜の音跋」を書く。

9月　近江平尾の馬瓢宅に一泊、白鹿脊山で茸狩りし、「馬瓢が山家の頌」を書く（高木年譜）。

秋　**伊賀上野へ旅**。上野での百回忌予修の打合せ、『絵詞伝』のための調査（右杜音宛書簡）。

10月2日　和田荊山没。その訃に接し悼句。 3201

10月12日　時雨会に同座。粟津文庫に所蔵の古書六十部を寄進。

10月頃　几董の三回忌に当たり追慕する。6474
11月頃　筑前福岡の無公の一回忌集のため「むこうほくしう序」を書く。

寛政　四年　一七九二　六一歳

1月　曾秋の父、政峯の古稀の賀に詠句。6891
1月頃　杜口の随筆のため「翁草跋」を書く。
閏2月24日　伴蒿蹊宅（深草か）を訪問中、尾張津島の木吾が訪ね来て初見（羇中日記）。
3月頃　支百の訃に接し、「追悼文」を書く。
4月頃　若翁が4月12日に遊行寺で催す百回忌俳諧に招かれて欠席、句のみ送る。3208
4月12日　奉扇会に同座。この後、重厚が義仲寺看主となる。
4月27日　義仲寺で、雲裡坊三十三回忌俳諧に同座。6480
5月　正因（都雀の父）十三回忌に参じ、「供養文」を書く。
5月頃　上野前橋の素輪の訃に接し悼句。6531
7月　依兮の貼込み帳のため「筆海の序」を書く。
8月中旬　去何らと**伊賀上野へ旅**。11日、近江和田の曾秋宅で俳諧興行、13日、柘植の杜音宅で俳諧に同座、14日頃、伊賀上野の呉川宅に遊ぶ（古巣句集）。16日、愛染院で故郷塚百回忌予修を営み、その「法楽文」を書く。青吟の『故郷塚百回忌』刊行を扶ける。

秋　ある人の依頼で、月渓が芭蕉の句文章による絵を十二枚の屛風に描くのを、指図する（極月五日付け白輅宛書簡）。未完か。
10月12日　時雨会に同座。浄書を終えていた『芭蕉翁絵詞伝』原本に、跋を書いて供える。
10月　天橋立の真性寺で鷺十上人供養俳諧あり、発句を贈る。
10月頃　備後田房の古声が編む百回忌集のため「もゝとせのふゆ序」を書く。
12月　澄月から『草根発句集』の序を与えられる。
12月　阿弥陀像の再建（頭は天王寺の康朝、体は知積院の宗慶作）、『絵詞伝』の編纂を果たし、感慨をこめ詠句。5620 5621

寛政　五年　一七九三　六二歳

1月　澄月の八十賀に詠句。6893
1月　伴蒿蹊の六十賀に杖を贈る。3259
2月　橘長門介の病気見舞いを兼ね、伏見に梅見（二月廿三日付け去何宛書簡）。
3月　古声の鳴海での翁笈一見につき添状を与える（千代倉日記三月十九日条）。
春　泊庵を、焼けた帰白院の仏室とするため、その境内に移し、「泊庵を引移す辞」を書く。

4月10日　この日から12日まで、義仲寺で芭蕉百回忌法要を営み、懐旧俳諧百巻を興行。藤右相公（二条治孝）より芭蕉に「正風宗師」の贈号あり、紋入りの紫幕一張も贈られた。全国からの五百人に及ぶ参詣者で大混雑。蝶夢は心労つのり、重厚に託して8日に帰庵（視聴随筆）。

4月20日　上岡崎の澄月宅を訪ねる。ここで上洛していた備中岡田の古川古松軒に会う。初見。（澄月伝の研究）

4月　『芭蕉翁絵詞伝』板本の井口保孝による板下浄書が終わり、5月、吉田偃武の挿絵も仕上がる。

5月8日　木吾が来庵、百回忌法要のことなど語る（視聴随筆）。

5月　安芸の五鹿が来庵、風律十三回忌俳諧あり同座。「後のたび序」を書く。

6月頃　筑前笹栗の其両の訃に接し悼句。6541

7月　**『新類題発句集』**を刊。

9月12日　近江平田の明照寺で笠塚百回忌供養を営み、その「法楽文」を書く。馬瓢らの『笠塚百回忌』刊行を扶ける。

9月頃　都雀催しの芭蕉百回忌俳諧に同座、一日は闌更と二人のみ招かれて、円山勝興庵に参じた。6514

秋　但馬竹田の法樹寺の花塚建立に際し、導師を石蘭に代行させ、句を贈る。6507

秋　丹後河守の清園寺のずゞ塚建立に際し、導師を石蘭に代行させ、句を贈る。

10月5日　双林寺西阿弥亭で、芭蕉百回忌俳諧を興行。6533

10月5日　丹後田辺の智恩院の鳥塚建立に際し、導師として石蘭を代行させ、「鳥塚百回忌序」を書く。木越の『鳥塚百回忌』刊行を扶ける。

10月10日　この日から12日まで、義仲寺で二夜三日の別時念仏会の芭蕉百回忌供養を営み、境内に芭蕉の卒塔婆（風化で読めぬ刻字は、大庭勝一氏によると「翠紅塔」の三字）を建立。俳諧を興行して、「芭蕉翁百回忌序」を書く。表装を終え二重箱に収めた『芭蕉翁絵詞伝』原本を奉納、**『芭蕉翁絵詞伝』**板本の刊行もこの頃か。

10月　備中笠岡の李山が編む百回忌集のため「月の雪序」を書く。

10月　六如が、大典の「泊庵記」に付記を書き添える。

11月　嵐露（嵐雪系か）の百箇日に参詣、上洛中の完来に会う（十一月六日付け白輅宛書簡）。

冬　筑前福岡の蝶酔が編む百回忌集のため「蕉翁百回忌序」を書く。

冬　百回忌のため上洛していた福岡の魯白の伊勢行に餞し、「魯白の首途を祝ふ辞」を書く。

○この年頃か、『泊庵文草』中・下巻が成り、伴蒿蹊から後序を得る。

寛政 六年 一七九四 六三歳

1月 信濃善光寺の柳荘の撰集のため「水薦刈序」を書く。

3月 双林寺西阿弥亭で、闌更催しの芭蕉百回忌俳諧に同座。5134

春 東山の閑阿弥亭であった六条の月次初めに出席、雪見酒に酔う。6522

春 この頃か、橘屋の書目に『草根発句集』の刊行予告が載る。

4月 『芭蕉翁絵詞伝』草稿三巻を雲橋社へ寄付（四月十五日付け歩簫宛書簡）。

5月頃 五升庵号を瓦全へ譲る（五月十四日付け白輅宛書簡）。「草庵へは遠し、不致介抱候得ども死期近付候故に形見と遣候」。

5月頃 大典の「泊庵記」を刷り物にし、親しい人に配る（右書簡）。六如が浄書、喩々が刻した。

6月 「浮流・桐雨十三回忌悼詞」を書く。

秋 百余日の長病に苦しみ、一命をとどめる（閏月六日付け歩簫宛書簡）。

9月 重厚と編んだ『**祖翁百回忌**』一〇冊を刊。

10月12日 時雨会に献句のみ。

寛政 七年 一七九五 六四歳

春 蕪村十三回忌・几董七回忌に悼句。6545

8月26日 西の国々を旅してきた柳荘が来庵、「秋風の身にさむければ旅は猶」の句を贈る（柳荘句日記）。そばに重厚が侍っていたか。

9月 春より病み、この月重くなる。最寄りの西昌院（浄土宗・繁樹山西昌寺・西寺町二条下ル正往寺町）の援助が有ったろう。その過去帳に蝶夢の記事あり、しばらく居住したか終焉を迎えたか、深い関わりを考え得る。丈左書簡に「蝶夢法師は中性（中風）の気味」（栗庵似鳩日記九月四日条・矢羽勝幸氏示教）、十一月五日付け澄月書簡に「五升庵蝶夢も放心、きめうなる顔色して存命候斗なり」（澄月伝の研究）。

10月12日 時雨会に献句のみ。

10月 『**俳諧名所小鏡**』中巻・下巻を刊。

12月24日 早暁に入寂。黒谷の金戒光明寺で葬儀。同所で茶毘に付し、阿弥陀寺内の帰白院墓地に納骨する。墓碑「禅蓮社詮誉幻阿量的法□」、台座「帰白院十一世／詮誉量的法□」。□は「師」か「眼」か判読しづらい。西昌院でも墓を築き、自筆の「蝶夢幻阿法師」の六字を刻む（古巣句集）。

没後

寛政8年1月24日、重厚が、龍が岡に供養碑を建て、蚊山筆の一石一字の阿弥陀経を埋める。浜松連が出資（八月八日付け風葉宛瓦全書簡）。

同　8年4月24日、備後田房の古声が、その地に蝶夢書簡を納めて文塚を建てる。裏刻「此墳者洛陽蝶夢和尚之書翰也　寛政八丙辰夏四月廿四日埋之」。径四八糎、厚さ二〇糎の円形。

同　8年6月24日、白輅ら（方壺は病臥中）が遠江入野の臨江寺境内に蝶夢句碑「むら松やみとりたつ中に不二のやま」を建て、緑塚と呼ぶ（枝法文集）。

同　8年6月　菊二がいち早く追悼集『かなしぶみ』を刊。

同　8年10月　筑前福岡の蝶酔の出資で、瓦全が方広（沂風）の協力を得て一回忌集『意新能日可麗（石の光）』を刊。冒頭に遺影と遺文「石山奉燈之記」を掲げ、赤松滄洲・藤原憲（佐野山陰か）の詩など多くが寄せられた。

同　9年閏7月23日、方広が催し瓦全が輔けて、下岡崎の本光寺で大祥忌を営む。

同　9年10月　日向城ヶ崎の猶𪆐と梅雨が三回忌集『くさのかげ』を刊。

同　9年10月　但馬豊岡の髭風と東走の出資で、瓦全が蝶夢伝を付して『**俳諧童子教**（門のかをり）』を刊。

同　9年冬　筑前福岡の魯白が三回忌集『とをやまのゆき』を刊。

同　10年2月　日向城ケ崎の可笛と五明が『**芭蕉翁三等之文**』を刊。

同　10年2月　方広が三回忌集『萩のむしろ』を刊。瓦全序に、追悼事業に曾秋の「泊庵の記」の上木、馬瓢の「笹魚の紀」の石刻もあったというが不明。

同　10年10月　東走が、豊岡の来迎寺境内に蝶夢の塚（供養碑）を築き、表に「蝶夢翁墳」、裏に「謝（中央に刻字）幻阿上人蝶夢翁京人也　幼齢出家求道専修浄業　壮歳不懌院務而勇退洛東念仏修懺　性好為俳詠粗究芭蕉氏玄奥焉　翁没後其徒東走立碑遺徳　乃請余為墓誌　因綴語且銘曰　念仏念俳非異非同　遊心方之外　観世如夢如幻　滑稽即仮談空　門人東走起塔　斗山併仰此翁　時寛政戊午年十月　無頼子識」と刻む。

同　11年1月　豊後杵築の菊男の出資で、瓦全が『**五升庵文草**（蝶夢和尚文集）』五冊を刊。

享和元年12月　古声が七回忌集『日兄の月』を刊。瓦全も七回忌集を刊という（高木年譜）が不明。大津の五来・杜凌・岸渓が、阿弥陀経二百部を刷って配り供養とする。瓦全が文化四年から例年編んだ春帖『さくら会』には、蝶夢追悼の記事が見える。

文化4年4月　近江速水の去何が十三回忌集『ひとよぶね』

を刊。
同　4年12月　三河吉田の木朶が十三回忌集『無量仏』を刊。
同　4年12月　蝶酔が十三回忌集『わすれずの山』を刊。
同　4年12月　古声が麦宇の協力を得て十三回忌集『雪のふるごと』を刊。
同　5年　但馬竹田の魚潜が、法樹寺境内に蝶夢句碑「名月や野道を来てもはれかまし」を建てる。（同じ石に瓦全・魚潜の句も刻み、月塚と呼ぶ）
同　8年12月　魯白が十七回忌集『後のひかり』を刊。『**双林寺物語**』を収める。
同　11年11月　瓦全が阿弥院寺境内に蝶夢句碑「我寺の鐘とおもはす夕霞」を建てる。裏刻「文化甲戌仲冬二基造立五升菴瓦全」。
同　11年　丹後宮津の阿誰・跨山が、樗峠（大内峠）妙見堂下に、蝶夢句碑「はし立や松を時雨の越んとす」を建てる。（年次は高木年譜。のち二声塚と呼ぶ）
同　14年4月　丹後宮津の巍道が取越の二十五回忌集『時雨の古ごと』を刊。
文化年間　備後上下の素夕が専教寺境内に蝶夢句碑「戸明れは蝶の舞こむ日和かな」を建てる。（同じ石に芭蕉・風葉の句も刻む）
文政元（文化15）年4月　筑前福岡の雨銘が二十五回忌集『新能布九散（偲ぶ草）』を刊。瓦全跋に、備中の李山・斗外も二十五回忌集を編んだというが不明。
同　2年12月　古声が二十五回忌集『はまちどり』を刊。『**雲州紀行**』を収める。
明治15年11月　近江速水の古巣園錫馬（旭山、去何の末）が、偃武画の蝶夢肖像を模刻して頒布する（年譜便覧）。
同　28年12月　無名庵十五世魯人が、蝶夢百回忌に当たり、義仲寺境内に蝶夢句碑「初雪や日枝より南さりけなき」を建てる。裏刻「蝶夢法師岡崎住　曾於当寺尽力功績不少今当百回忌建立　明治二十八年十二月　魯人誌」（義仲寺と蝶夢）。
同　32年6月　錫馬と魯人が、粟津文庫の俳書目録（稿本）を編み、五百部八百三十三冊という（沖森直三郎氏旧蔵）。
同　33年7月　錫馬が、『五升庵上人年譜便覧』の、翌三十四年六月に『五升庵道統系譜』の稿本を成す。（いずれも明治大学図書館蔵）
同　44年　無名庵十六世露城が、義仲寺で蝶夢百二十回忌取越供養を修し、供養碑を建てる（高木年譜）。
昭和23年3月　北田紫水『俳僧蝶夢』刊（大蔵出版）。
同　39年12月　高木蒼梧『蝶夢と落柿舎』刊（落柿舎保存会）。
同　45年12月　義仲寺史蹟保存会が、白河院（私学共済宿泊所）の門の脇に、湖白庵・五升庵跡の石碑を建てる。
同　47年11月　高木蒼梧『義仲寺と蝶夢』刊（義仲寺史蹟保

存会)。
同 48年3月 義仲寺史蹟保存会が、かつて別墓があった西昌寺に、蝶夢の墓碑を再建。
同 51年11月 義仲寺史蹟保存会が、失われていた粟津文庫を義仲寺境内に再建。
同 53年2月 義仲寺と落柿舎が、義仲寺蔵の『芭蕉翁絵詞伝』原本を複製して刊。
同 54年2月 『芭蕉翁絵詞伝』原本が、大津市文化財に指定される。
平成5年11月 義仲寺と落柿舎が、義仲寺蔵の『芭蕉門古人真蹟』原本を複製して刊。
同 5年11月 義仲寺と落柿舎が、『時雨会集成』を刊。石井大・石川八朗・井上敏幸・大内初夫・田中道雄・若木太一の共編。

同時代の主な蝶夢伝資料

師伝

柏原瓦全撰（寛政九年刊『俳諧童子教』収）

師伝

幻阿師京師人也以享保十七年生幼投洛東法国寺師事其阿其阿遊行之徒鑑児穎敏九歳剃度終遡吉水之流学成乃住于中川阿弥陀寺中帰白院然常不喜徒食檀施於是明和四年三十六歳付其院法嗣某而洛東岡崎村縛小庵静心念仏居焉師有雅情以故山人墨客締交浄業余暇常為方外之遊自玩誹諧深慕芭蕉翁之風致蓋翁之誹諧旨実而辞不必事麗是師所以欽慕也已近世誹道盛行苟少有雅思則至于女子無不玩之者則由斯道者可以恒沙喩也是以遊師之門者亦不少焉栗津有翁墓地雖風天雨路毎忌日詣此不怠或再建影堂或造立文庫凡三十年矣又上国分山尋翁幻住庵旧蹤建碑表焉天明乙巳仲夏造石燈台高九尺余建之石山寺施無畏閣前戊申孟春京師大災阿弥陀寺仏殿僧房及本尊丈六阿弥陀像一時焚焼幸有洪鐘依然出於灰中寺僧檀徒挙珍重焉然貫主独竊謀商（估）家沽之師風聞阿弥陀寺鐘出市驚愕而嘆曰本尊焼矣法鐘失矣何以徴仏境哉乃急走諭商（估）主還寺如故師又探得本尊片頬于灰中而掛之於頸募縁于諸州困苦数年遂補造新像於是乎阿弥陀寺再得拝阿弥陀像及聞梵声也師例歳春秋之際托事花月山川勝景諸州名区少所不遊寛政七年乙卯季秋臥病自知不起謝来問唯念仏勉之耳同年臘月念四詰旦安静而逝矣世寿六十有四法臘五十有六幻阿法諱隠遁而後以

蝶夢一ヲ行フ蓋シ雖ドモレ似タリトレ因ルニ二荘子ノ意ニ一恐クハ本二テ仏語ニ一析キ二用ユルカ
夢幻之字ヲ一乎又因テ二翁之句ニ一号ス二五升庵ト一所ロレ著ハス有リ二数十
部一恐レテレ繁キヲ不ズ二枚挙セ一焉

（印「議曲所人」）（印「五升庵」）

師伝

幻阿師ハ京師ノ人也。享保十七年ヲ以テ生ル。幼フシテ洛東法国寺ニ投ジテ其阿ヲ師トシ事(つか)フ。其阿ハ遊行ノ徒ナリ。児ノ穎敏ナルヲ鑑ミテ、九歳ニシテ剃度セシム。終ニ吉水ノ流ニ遡ル。学成テ、乃チ中川阿弥陀寺ノ中帰白院ニ住ス。然レドモ常ニ徒ニ檀施ヲ食フコトヲ喜(この)マズ、是ニ於テ明和四年、三十六歳ニシテ其ノ院ヲ法嗣某ニ付シ、洛東岡崎村ニシテ小庵ヲ縛フデ、静心念仏シテ居レリ。

師、雅情有リ、故ヲ以テ山人墨客ト交リヲ締ブ。浄業ノ余暇、常ニ方外ノ遊ヲ為ス。自ラハ俳諧ヲ玩ビ、深ク芭蕉翁ノ風致ヲ慕フ。蓋シ翁ノ俳諧タル、実ヲ旨トシテ辞ハ必シモ麗ヲ事トセズ、是レ師ノ欽慕スル所以ナリ。

已ニ近世俳道ノ盛ニ行ハル、苟モ少シク雅思有レバ、則チ女子ニ至テモ之ヲ玩バザル者無シ。則チ斯ノ道ニ由ル者、恒沙ヲ以テ喩トスベシ。是ヲ以テ師ノ門ニ遊ブ者モ、マタ少カラズ。

粟津ニ翁ノ墓地有リ。風天雨路ト雖ドモ、忌日毎ニ此ニ詣ズルコト怠タラズ、或ハ影堂ヲ再建シ、或ハ文庫ヲ造立ス、凡ソ三十年ナリ。又、国分山ニ上リテ翁ノ幻住庵ノ旧蹤ヲ尋テ、碑ヲ建テ、表ス。天明乙巳ノ仲夏、石燈台高サ九尺余ナルヲ造リテ、之ヲ石山寺ノ施無畏閣前ニ建ツ。

戊申ノ孟春、京師大ニ災アリ。阿弥陀寺ノ仏殿・僧房及ビ本尊丈六ノ阿弥陀ノ像、一時ニ焚焼ス。幸ニ洪鐘有テ、依然トシテ灰中ヨリ出ヅ。寺僧・檀徒、挙ツテ珍重ス。然ルニ貫主、独リ竊(ひそ)カニ估家ニ謀テ之ヲ沽(う)レリ。師、風(ほの)カニ阿弥陀寺ノ鐘、市ニ出ルト聞テ、驚愕シテ嘆ジテ曰ク、本尊焼ケヌ、法鐘失セリ、何ヲ以テカ仏境ヲ徴サンヤト。乃チ、急ニ走リテ估主ヲ諭トシ、寺ニ還スコトモトノ如ス。師、又、本尊ノ片頬ヲ灰中ニ探リ得テ、而シテ之ヲ頸ニ掛ケ諸州ニ募縁シ、困苦スルコト数年ナリ。遂ニ新像ヲ補造ス。是ニ於テ阿弥陀寺、再ビ阿弥陀ノ像ヲ拝シ、及ビ梵声ヲ聞クコトヲ得タリ。師、例歳春秋ノ際(あひ)ダ事ヲ花月ニ托シテ、山川ノ勝景、諸州ノ名区、遊バザル所少シナリ。

寛政七年乙卯季秋病ニ臥シ、起(た)ゝザルコトヲ自知シテ、一ニ来問ヲ謝シ、唯、念仏之ヲ勉ムルノミ。同年臘月念四詰旦、安静トシテ逝キヌ。世寿六十有四、法臘五十有六、幻阿ハ法諱ナリ。隠遁シテ而シテ後、蝶夢ヲ以テ行フ。蓋シ荘子ノ意ニ因ルニ似タリト雖ドモ、恐クハ仏語ニ本テ夢幻ノ字ヲ析(さ)キ用ユルカ。又、翁ノ句ニ因テ五升庵ト号ス。著ハス所、数十部有リ、繁キヲ恐レテ枚挙セズ。

『意新能日可麗』序

爾時庵方広（沂風）識（寛政八年刊・追悼集）

生ずるものはかならず滅し、あふものはさだめてはなるゝの理りはさることながら、おろかなる心には思わかちがたくて、月日やう〳〵へだちぬれど、苔の衣手なほ露ふかく柴の扉たてこめがちに、朝ゆふべ香をたき花をさゝげてずきやう念仏するに、在し世の俤まなこにそひ心にうかびて忘がたし。

しばらくその心の妄想をのぶるに、吾師幻阿老人は、もとより桑門の身なれば、その作業の事はさらにもいはず、風雅のうへにとりても、もはら実をもとゝして詞花言葉の彩を願ざれば、傍にはまた誇る人も有けるとぞ。その平生、口に淡薄をあぢはひ身に麁着をふれて質素をむねとせられければ、貪ざれども朝暮に乏しからず。

すべて道徳の人を尊び、学才のひとを敬ひ、風雅の人を好せられしかば、其まじはり都鄙にひろく、徳者あり、学者あり、詩人あり、歌人あり、書家あり、画工あり、もとより心高うして、富貴の人は多くは心拙きものなりとて、みだりに門に入事をゆるされず、貧賤の者もこゝろ風雅なれば是を愛すること親族の如くなりければ、なつきしたふものも亦すくなからずして、草庵に客の訪ざるひまもなかりけり。

春秋は年々旅に志して、花にみよし野、月に姨捨をはじめ、遠きつくし・みちのくにいたりて古き跡をしたひ、南は紀の路、北は越のはてまで杖を曳て、あらゆる名区霊場をさぐり、山を愛し水を楽しみて、吾に烟霞の固疾ありと申されける。

又、世にひろむる所の物は、翁発句集・文集をはじめ語録・俳諧集等のごとき、古人のなし置るまゝを出して少しも私意を用ゐざれば、ひとへに古へをあらはし、後をみちびく志にして、さらに自己の名誉を願ず。人を教るにも正しきをもて本とせられしかば、その門に遊ぶ輩、おのづから風化せられて、邪見のものは正見に帰し無道のものは道心にもとづきし類、幾ほどゝいふことをしらず。

なほ道を思ふことの切なるものから、終り、祖翁の絵詞伝を著すにいたりて、その丹青に心をこらしその章句に思ひをめぐらし、在世の時の諸書にわたりて年月をかうがへ、生焉の旧地にはしりて事実をたゞし、勤苦することと已に六年過し寛政丑のとし四月、祖翁百回の遠忌の時、やうやくにして功なりぬ。みづから是を粟津の影前に諷し、歌仙百巻を興行して報恩に心をはげまし、十月の正当には、二夜三日の別時法事をいとなみ、衆僧を供養し塔婆をたてゝ追福に力をつくす。

抑この粟津の祖廟に志をはこぶこと、およそ三十年、或時は諸国をすゝめ影堂を再建して千句の大会を催し、或時は粟津文庫を造りてあまねく古門人の筆跡を諸国にもとめて是を納め、又、国分山によぢのぼり蓬をわかち茨をしのぎて幻住庵の旧跡をもとめ、しるしをたて額をかけて、後人の尋やすき便りとす。

かくの如く、功をつみ徳をかさねて月毎の参詣懈怠なかりしも、此時ぞ今生の名残なりける、自ら申されけるは、わが年来の所願もすでに満ぬ、今よりは身の本懐とする増進仏道の外、他事にわたるべからずと。心やう〳〵ゆるみぬれば、又の年の春より病生じ、気おとろへ躰つかれてありしにも似ず、いとかなしき気しきなれば、京ゐなかの門人とやかくと心をくるしむれども、自らはおどろく色なく、齢すでに耳順をこえ、又生を貪るべき身のうへにもあらねばとて、年ごろ相しれるくすし簣山に生死ともにうちまかせて、さらに搏薬の事をゆるされず。

かくてその年も過行に、すこしは取直すべきかたも見ゆれば、あはれ今ひとたびはと優曇華の春をまちけるに、去年の秋の末よりしきりにたのみすくなければ、又さらにあはてかなしみて、神に祈り仏にねがへども定れる業にや、そのしるしもなく、冬の日数も終におしうつりて、師走廿四日のあかつき、禅定に入がごとく正念往生の本意をとげられき。

さてしも今は年せまりぬれば、四方へ訃音すべきよしもあらで、ひそかに程ちかき黒谷の荼毘所へ送るに、都の博士・文人をはじめしたしきかぎり、追〳〵に聞伝へ、棺にしたがふ人あまたなり。これひとへに、平生交のまことのあらはれしなりけりと、かなしき中にもまたうれしかりき。

程なくその年もくれ、あら玉の春に立かへれども、かはらぬものは泪にして、中陰のいとなみおこたらず。このこと次第に世の中にきこえぬれば、諸国の門人つどひのぼりて思ひ〳〵に追善の会をもよほす事もあまた度にて、果の日にいたりて書捨られし反古の中より石山寺奉燈記を見出て、是なん日ごろ仰せられし救世大士の御うへなれば、よき追福ならめ、いざや梓にのぼして四方に結縁せんと、今の五升庵のいふに、己も同じ心なれば、事のあらましを書しるすは、寛政八のとし残菊にほふ窓のもとにして、洛の方広、筆をとり畢ぬ。

僧幻阿

伴蒿蹊著（寛政十年刊『続近世畸人伝』巻之二収）

僧幻阿

幻阿、蝶夢法師は京師の人、寺町の上、阿弥陀寺の子院帰白院に住す。若き時は頗（すこぶる）放蕩なりしかども、俳諧をこのむこと人に過ギ、四方の国々に行脚して此道を執行す。後、洛東岡崎に閑居をしめ、俳諧をもて聞ゆるものなり。こゝろざし仏乗に帰す。

其大功をいはゞ、天明申の年の火災に、阿弥陀寺焼失してなにおふ本尊弘法大師の作といへるも、丈六なるがゆゐに動かし得ず灰燼となり、はつかに右の御片頰（かたつら）のみ寒灰の中より出たりしを、いたくなげきて、仏工の妙手をえらみ浪花の田中康朝に（初版ハ「孝伝に托し」）許多の金、さま〴〵のものをさへ贈りて、（仏工をよろこばしむれば、仏像円満にと丶のふものとかや。むかしより例ありとなん。）此残りしに継て御首（みぐし）を修（しゅ）せしめ、総身は五条の仏工隆慶に作らしめて、本寺に安置す。又、此寺の鐘は、本尊の縁記（起）を鋳つけて名鐘のきこえあるが、幸に烟にもれしを、時の住寺（持）無慚愧の悪僧にて是をさへ他へ売渡したるを、幻阿さま〴〵はかりて金を捨て、取返されたり。此人なかりせば、本尊も鳴鐘もなのみならましと、人々称嘆せり。是よりさき、石山寺に常燈を供（ぐ）せられしこともありき。

はいかいの事におきては、粟津のばせを堂を再建して風流をつくす。又、ばせをの絵詞伝を著してこ丶の什物とし、其写しを印行して世に弘むるをはじめとし、所々に芭蕉塚を建て其旧跡をしらしむるなど、其徒の称せる業多し。

天明の中比にや、もと住る五升庵の後（しりへ）の空地に泊庵（はくあん）といふものをたて丶、同志の人をのみつどへ、花月を翫ぶ料とす。しかるに、いくほどなく洛中大火の後、こ丶をかりて住る友人これかれ有てやう〳〵住荒したれば、はじめの興も夢と覚て癭瘤（ゑいりう／こぶ）のおもひせしが、つひにこぼちて彼帰白院におくり、内仏場とす。此「泊庵の記」は、相国寺蕉中長老著し給ひ、破りてのちに六如上人の「添記」有り、今左に掲ぐ。

生涯の発句・付合・文章などは、印行の書どもにあまたなれば、こ丶に贅せず。久しく病して、つひに其冬臘月廿五日の暁、身まかられぬる。齢は六十有四なりき。

泊庵ノ記

〔本文ハ後ニ掲ゲルノデ略ス〕

天明丁未十一月　　淡海竺常撰

泊庵本ト為ニシテ二朋簪ノ一而設ク。既ニシテ而以謂ク。樹下塚間非ズ二敢テ所ニレ望ム。降セバレ此ヲ則チ一把之茅猶為二有余一ト。豈ニ可ケンレ有ル二長物一乎ヤト。遂ニ乃チ捐テレ之ヲ移シ二於帰白道院一ニ。替ヘテ為ニ二仏室一ト。略無二シ顧惜ノ念一。於レテ是ニ泊庵之ノ為レル泊。名実僉副ス焉。即チ大典禅師所レモ命ズル亦タ為リトスレ得二其ノ実一ヲ矣。唐詩有リレ之。縦然一夜風吹キ去ル。只ダ在二リト蘆花浅水ノ辺一ニ。法師之視二ルモ泊庵一ヲ殆ンド亦如レキ斯ノ夫カ。比二スレバ之ヲ平泉之石一ニ。賢愚相距タルコト何如也。因リテ記シテレ之ヲ以テ付二ス前記之後一ニ。

寛政癸丑孟冬　　六如杜多慈周識

泊庵、本ト朋簪ノ為ニシテ設ク。既ニシテオモヘラク、樹下塚間敢テ望ム所ニ非ズ、此ヲ降セバ則チ一把ノ茅、猶有余トス、豈ニ長物有ルベケンヤト。遂ニ乃チ之ヲ捐（すて）テ帰白道院ニ移シ、替ヘテ仏室トス。略、顧惜ノ念無シ。是ニ於テ泊庵ノ泊タル、名実僉副ス。即チ、大典禅師命ズル所モ、マタ其ノ実ヲ得タリトス。唐詩コレ有リ、縦然一夜風吹キ去ル、只ダ蘆花浅水ノ辺ニ在リト。法師ノ泊庵ヲ視ルモ、殆ンドマタ斯ノ如キカ。之ヲ平泉ノ石ニ比スレバ、賢愚相距タルコトイカン。因リテ之ヲ記シテ、以テ前記ノ後ニ付ス。

寛政癸丑孟冬　　六如杜多慈周識ス

俳諧蝶夢五升庵記

龍草廬撰（天明三年刊『艸廬文集』巻之三収）

俳諧蝶夢五升庵記

蝶夢梵師ハ者吉水之法孫ニシテ而其有レル徳望二于緇林一ニ者固ヨリ也嘗テ卜二シ隠ヲ乎澆東ノ岡崎邑一ニ而頤二養スル清閑一ヲ者蓋シ十ニ有余霜于今ニ矣厥ノ性嗜二ミ詠謌一ヲ而于レ花于レ月以テ優遊自適ス焉実ニ肥遁之一閑人也曩者ニ梵師結ブレ廬ヲ之初メ詠友伊賀人桐雨ナル者来ッテ贈二ル一短冊子一ヲ乃チ是レ詠之翹楚芭蕉翁ノ所二自ラ咏ジ自ラ書スル一之米五升之句ニシテ而普ク膾二炙于世之人口一ニ者也梵師獲テレ焉ヲ甚ダ喜ンデ以為ラク是レ大ニ副二フ己ガ之隠趣一ニ直ニ以テ名ケテ二于厥ノ庵一ニ曰フ二五升庵一ト蓋シ梵師之山ニ斗スルコト於翁一ヲ可キ二以テ見一ツ焉而已矣後ニ梵師西ノカタ遊ビ二瓊浦一ニ遇フテ二華客西河王世吉ナル者一ニ而匄二フテ五升之ノ写字一ヲ以テ帰ル榜シテ二于簷一ニ以テ楽シムレ焉者亦タ有リコトレ年矣今茲甲午暮春七日忽チ罹リ二欝収之災一ニ闔庵悉ク為ル二烏有一ト可キレ惜ム也雖ドモレ然リト蕉翁ガ冊子与二世吉ガ写字一トハ則為メニ二祝融ノ一所レ脱セレ依然トシテ亡ケレ恙ガ不二ヤ亦タ幸ナラ一乎同年夏六月再タビ

誅茆以落成乃挂冊子于牀壁顔写字于簷端以頓復旧観焉豈不愉快乎豈不愉快乎今焉梵師欲使公美記厥事遠寄書乎江之東以言之公美一読梵師之所図状則厥庵之概略歴歴在心目之間焉厥地竹密樹邃四絶市声之喧雑寔可謂羽客化人之境哉庵則面于西背于東華門茆屋松以為桷竹以為柱槿花之籬蘚苔之逕不事金碧煇煌之美第為淡泊瀟灑之趣耳如意之山白駒之岳屹立乎東壁之後西則邨落之艸舎三三五五数処鱗次日与田畯野老農譚茗話而已出門四顧則盧谿之雲埋人間之跡白河之水濯塵世之纓加旃名藍古刹掩映于林叢之間皆接壌此庵華鐘之声梵唄之響或邇或遠晨晨昏昏綿連絡繹相聞而弗止以足省覚夢幻之人身南並北隣則竹裡之月為布金之色松上之風和鳴琴之韻夏則宜蛍火冬則宜乎雪景大凡庵中之所見聞千態万状都是亡匪雅致風流者也於乎勝区也哉於乎勝区也哉夫人之処世也高堂大厦亦不過容膝也五鼎八珍亦不過適口也然則胡為労厥心于居処焦厥思于口腹日夜役役以斃耶其不知之者匪癡則狂耳今也梵師之米五升庵一宇悠悠然以卒歳亦換南面王之楽者非邪孰不歆艶以言覩哉大哉乎公美雖未面于梵師乎久聞芳名以傾葵焉則不恥蕪陋之辞作記以贈焉亦顔之厚也

俳諧蝶夢五升庵ノ記

蝶夢梵師ハ吉水ノ法孫ニシテ、其レ緇林ニ徳望有ルハ固(もと)ヨリ也。嘗テ隠ヲ澠東ノ岡崎邑ニトシテ、清閑ヲ頤養スルコト、蓋シ今ニ十有余霜ナリ。ソノ性、詠歌ヲ嗜ミテ、花ニ月ニ以テ優遊自適ス。実ニ肥遁ノ一閑人也。

サキニ梵師廬ヲ結ブノ初メ、詠友伊賀人桐雨ナル者来ツテ、一短冊子ヲ贈ル。乃チ是レ、詠ノ翹楚芭蕉翁ノ自ラ詠ジ自ラ書スル所ノ米五升ノ句ニシテ、普ク世ノ人口ニ膾炙スルモノ也。梵師、コレヲ獲テ甚ダ喜ンデオモヘラク、是レ大イニ己ガ隠趣ニ副フト。直チニ以テソノ庵ニ名ツケテ、五升庵ト曰フ。蓋シ梵師ノ翁ヲ山斗スルコト、以テ見ツベキノミ。

後ニ梵師、西ノカタ瓊浦ニ遊ビ、華客西河王世吉ナル者ニ遇フテ五升ノ二写字ヲ匃(こ)フテ、以テ帰ル。簷(のき)ニ榜(かけふだ)シテ以テコレヲ楽シムハ、マタ年有ルコトカ。

今茲ニ、甲午暮春七日、忽チ欝攸ノ災ニ罹リ、闔庵悉ク烏有トナル。惜シムベキ也。然リト雖モ、蕉翁ガ冊子ト世吉ガ写字トハ、則チ祝融ノタメニ脱セラレ、依然トシテ恙ナキ、マタ幸ナラズヤ。

同年夏六月、再ビ茅ヲ誅シテ以テ落成ス。乃チ冊子ヲ牀壁ニ掛ケ、写字ヲ簷端ニ顔(あらは)シテ、以テ頓ニ旧観ニ復ス。豈ニ愉快ナラズヤ、豈ニ愉快ナラズヤ。

今ココニ梵師、公美ヲシテ、ソノ事ヲ記サシメント欲シ、遠ク書ヲ江ノ東ニ寄セ、以テ之ヲ言フ。公美、一タビ梵師ノ図状スル所ヲ読メバ、則チソノ庵ノ概略、歴々トシテ心目ノ間ニ在リ。ソノ地、竹密ニ樹邃四モニ、市ノ声ノ喧雑ヲ絶ス。寔ニ羽客化人ノ境ト謂フベキ哉。庵ハ、則チ西ニ面シ東ニ背キ、華門茅屋、松以テ桷トナシ、竹以テ柱トナス。槿花ノ籬、蘚苔ノ径、金碧輝煌ノ美ヲ事トセズ。第、淡泊瀟灑ノ趣ヲナスノミ。如意ノ山・白駒ノ岳、東壁ノ後ニ屹立シ、西ハ則チ村落ノ草舎、三々五々数処ニ鱗次シ、日ニ田畯・野老ト農潭茗話スルノミ。

門ヲ出デ、四顧スレバ、則チ、盧谿ノ雲、人間ノ跡ヲ埋ミ、白河ノ水、塵世ノ纓ヲ濯フ。加フニ旃(これ)ナラズ、名藍・古刹、林叢ノ間ニ掩映シ、皆、壌ヲ此ノ庵ニ接ス。華鐘ノ声・梵唄ノ響、或ハ邇(ちか)ク或ハ遠ク、晨々昏々綿連絡繹、相ヒ聞ヘテ止マズ。以テ夢幻ノ人身ヲ省覚スルニ足レリ。南並北隣、則チ竹裡ノ月、布金ノ色ヲナシ、松上ノ風、鳴琴ノ韻ニ和ス。夏ハ則チ蛍火ニ宜シク、冬ハ則チ雪景ニ宜シ。大凡、庵中ノ見聞スル所、千態万状、スベテ是レ雅致風流ニアラザルモノナキ也。アア、勝区ナルカナ。アア、勝区ナルカナ。

夫レ人ノ世ニ処ルヤ、高堂大厦、マタ膝ヲ容ル、ニ過ギザル也。五鼎八珍、マタ口ニ適フニ過ギザル也。然レバ則チ、ナンスレゾ、ソノ心ヲ居処ニ労シ、ソノ思ヲ口腹ニ焦ガシ、日夜役々トシテ、以テ斃レンヤ。其ノ之ヲ知ラザル者ハ、癡ニアラザレバ則チ狂ノミ。

今ヤ梵師ノ米五升庵、一宇悠々然トシテ以テ歳ヲ卒フ。マタ南面王ノ楽ニ換ル者ニ非ザルカ。孰レカ歆艶シテ、以テ踶ナル哉、大ナル哉ト言ハザランヤ。公美、未ダ梵師ニ面セズト雖モ、久シク芳名ヲ聞テ、以テ傾葵スルトキハ、則チ蕪陋ノ辞ヲ恥ヂズ、記ヲ作ツテ以テ贈ル、マタ顔ノ厚キ也。

泊庵記

釈大典撰（寛政四年刊『北禅文草』巻之二収）

泊庵ノ記

幻阿法師。不レ慕二栄利一ヲ。不レ驚二寵辱一ニ。所レノ談ズル者ハ清玄。所レノ詠ズル者ハ俳諧。性好二山水一ヲ。探二名区一ヲ。攬二勝概一ヲ。足跡幾極二テ四海之浜一ヲ。而一ニ寓二ス諸ヲ諷詠一ニ焉。其ノ居レ于二岡崎一也。並二街巷一ニ背二ク山野一ニ。所ハレ為下聘二テ心目一ヲ而寄中ルコトヲ遊暢上ヲ。乃馮二レバナリ神足之通一也。近更ニト二ス一宅一ヲ。乃東ニ距コト数百歩。為二古法性寺ノ跡一。因テ結二団瓢一ヲ。分テ二白河ノ水一ヲ帯二トシ其門一ニ。横ヘテ二略約一ヲ入レ之ニ。只尺ノ間頓隔二凡境一ヲ。南面二華頂山一ニ。紫翠聳二ス出列松之際一ニ。東ハ則南禅之楼。禅林之殿。正ニ爾与二軒楹一相当リ。時ニ則作二ス鐘磬之響一ヲ。如意瓜生ノ諸峰。邐迤トシテ而北シ。至テ二比睿一ニ更ニ開テ二一窓一ヲ受レ之ヲ。乃黒谷蓊鬱トシテ擁シ二其前一ヲ。使二四明ヲシテ迴ニ以臨一焉。至テハレ於二雪月花一樹為ガ二之装飾一ヲ。則四時ニ変ジ。旦暮ニ換ル。不レ可二勝テ状一ス。蕞爾タル一団瓢。席僅ニ函レ丈ヲ。而シテ気象百千尽在二几席ノ間一ニ。不二亦奇一ナラ乎。法師既ニ多ク二四方ノ交遊一。戸外之屨未レ免二雑遝一ヲ。則今之所レ営ズル。唯同調ノ者ニシテ而得二ト以下レコトヲ榻ヲ云。乃謁シテレ余ニ謂テ曰。某老タリ矣。不三復従二セ運東西一ニ。此其レ臥而遊ンレ之ニ乎。顧ニ某ガ所レ宗トスル厭レ穢ヲ而欣レ浄ヲ。是誠何ノ心哉。師其忖度シテ而命ゼヨレ之ヲ。余曰。有レ是哉。其惟泊乎。夫泊ハ也者。寄二身ヲ一葦之上一ニ。下無レ所レ定ル。四維無レ所レ亞。必也知二テ其所ヲレ止而後止焉。然レドモ目不レ得レ不コトヲレ視。耳不レ得レ不コトヲレ聴。彼ノ寒山之鐘。江楓之火。亦無シテレ所レ待而有レ所レ待者也。経ニ不レ言乎。見聞如二幻翳一ノ。三界如二ト旅泊一ノ。故ニ見テ而翳トスレ之ヲ。是ヲ謂二不見之見一ト。聞而幻ニスレ之ヲ。是ヲ謂二不聞之聞一ト。居界ニ出レ界ヲ。方便之門。其在レ茲ニ与。君豈ニ所レ待スル是舎レ諸。且夫華頂禅林黒谷ナル者。皆君所レ宗トスル宗匠之跡。非レ所四以ニ糞三墻スル于二旦暮一乎。昔者吾ガ正覚国師居二相之三浦一ニ。名レ庵ヲ曰二泊船一ト。聞ク芭蕉翁寓二武之深川一ニ。亦有二泊船之堂一。是猶有レ繋二乎水ト与レ船者也。今法師之営。非レ水ニシテ而山。不レ船シテ而泊。泊之時義於レ是ニ遠矣哉。法師曰。善哉。請記シテ二斯言一ヲ勿レ忘ンコト。

泊庵ノ記

幻阿法師、栄利ヲ慕ハズ、寵辱ニ驚カズ。談ズル所ノモノハ清玄、詠ズル所ノモノハ俳諧。性、山水ヲ好ミ、名区ヲ探リ、勝概ヲ攬(と)リ、足跡幾(ほと)ンド、四海ノ浜ヲ極メテ、而シテ一ニ諸(これ)ヲ諷詠ニ寓ス。其ノ岡崎ニ居スルヤ、街巷ニ並ビ山野ニ背ク。心目ヲ騁(とふ)テ遊暢ヲ寄スルコトヲ為ス所ハ、乃チ神足ノ通ニ憑(よ)レバナリ。近ゴロ更ニ一宅ヲトス。乃チ東ニ距タルコト数百歩、古法性寺ノ跡タリ。因リテ団瓢ヲ結ビ、白河ノ水ヲ分チテ其ノ門ニ帯トシ、略約ヲ横タヘテ之ニ入ル。只尺ノ間、頓ニ、凡境ヲ隔ツ。南ハ華頂山ニ面シ、紫翠、列松ノ際ニ聳出ス。東ハ則チ南禅ノ楼、禅林ノ殿、正ニコレ、軒楹ト相当タリ、時ニ則チ鐘磬ノ響ヲ作ス。如意・瓜生ノ諸峰、邐迤トシテ北シ、比叡ニ至リテ、更ニ一窓ヲ開テ之ヲ受ク。乃チ黒谷蓊鬱トシテ其ノ前ヲ擁シ、四明ヲシテ迥(はる)カニ以テ臨マシム。雪月花ニ至リテハ、樹、之ガ装飾ヲナシ、則チ四時ニ変ジ、旦暮ニ換ル。勝(あ)ゲテ状スベカラズ。蕞爾タル一団瓢、席僅カニ丈ヲ函(い)ル、而シテ気象百千、尽ク几席ノ間ニ在リ。マタ奇ナラズヤ。法師、既ニ四方ノ交遊多ク、戸外ノ屨、未ダ雑遝ヲ免レズ。則チ今ノ営ズル所、唯同調ノ者ニシテ、以テ榻ヲ下スコトヲ得ルト。乃チ、余ニ謁シテ謂テ曰ク。某、老イタリ。マタ東西ニ従運セズ。此レ其レ臥シテ之ニ遊バンカ。顧ミルニ、某ガ宗トスル所、穢ヲ厭ヒテ浄ヲ欣ブ。是、誠ニ何ノ心ヤ、師、其レ忖度シテ之ヲ命ゼヨト。余、曰ク。是有ル哉、其レ惟(こ)レ泊カ。夫レ泊トハ、身ヲ一葦ノ上ニ寄セ、下定マル所無ク、四維亞(つ)グ所無シ。必ズヤ其ノ止マル所ヲ知リテ後、止マル。然レドモ、目、視ザルコトヲ得ズ、耳、聴カザルコトヲ得ズ。彼ノ寒山ノ鐘、江楓ノ火モ、マタ待ツ所無クシテ待ツ所有ル者也。経ニ言ハザルヤ、見聞ハ幻翳ノ如ク、三界ハ旅泊ノ如シト。故ニ、見テ之ヲ翳トス、是ヲ不見ノ見ト謂ヒ、聞テ之ヲ幻ニス、是ヲ不聞ノ聞ト謂フト。界ニ居リ界ヲ出ヅル方便ノ門、其レ茲ニ在ルカ。

君、豈ニ待スル所、是、諸(これ)ヲ舎(お)カンヤ。且ツ夫レ華頂・禅林・黒谷ナルハ、皆、君ノ宗トスル所ノ宗匠ノ跡、旦暮ニ羹牆スル所以ニ非ザルヤ。昔、吾ガ正覚国師、相ノ三浦ニ居リ、庵ヲ名ツケテ泊船ト曰フ。聞クナラク芭蕉翁、武ノ深川ニ寓シ、マタ泊船ノ堂有リト。是、猶、水ト船トニ繋リ有ルモノ也。今、法師ノ営ミ、水ニ非ズシテ山、船ニアラズシテ泊、泊ノ時義、是ニ於イテ遠キ哉ト。

法師、曰ク。善キ哉。請フ、斯ノ言ヲ記シテ、忘ル、コト勿ント。

〔東京大学総合図書館蔵『双林寺物語』付載の「泊庵記」の本文は、次の二行を付して結ばれる。

天明丁未十月経営略成、姑従其規画紀之云

万年山主　顕常撰

東大本本文は欠文多く、初稿本文に近いと思われる。『続近世畸人伝』に収める本文は、ほとんど同じ。「古法性寺」を「古法勝寺」、「横略約入之」を「横略彴入之」、「顧某所宗」を「願某所宗」とする。〕

題蝶夢老人泊庵

巌垣龍渓撰（寛政三年頃成『松蘿館詩文稿』収）

題蝶夢老人泊庵

泊庵何、幻阿法師游息之処也、淡泊之泊与、泊舟之泊与、抑以其咫尺于白水、合字而名之与、彼白水者、莫有洪流畳波之蕩漿回棹焉、何泊舟之謂、合字則戯謔伝会之耳、法師素修浄業、且善俳諧歌、三衣一鉢、行雲其身、流水其心、吟嘯悠々、入游戯三昧矣、何淡泊加之、是其命名之義也与、若夫東村、西背京城、而三面皆山、連亘抱田野、春麦夏秧、濃翠淡緑、湛々乎万頃、微風乍過、起漣灔之瀾、而是庵也、在其中央、宛如孤舟之在於嶴中、法師曲肱草窓、泛々鳥為江湖之想、当与彼舟居非水者、争滑稽之雄也、合字伝会、亦将令師嗒然一咲、曰起予者也已、泊乎々々、何其多義也、哿哉荘生之言、呼我牛也、而謂之牛、呼我馬也、而謂之馬、一号三義、何不可之有、且法師既以蝶夢為別号、則心酔漆園、亦可知云、

蝶夢老人ノ泊庵ニ題ス

泊庵トハ何ゾ、幻阿法師遊息ノ処也。淡泊ノ泊ト、泊舟ノ泊ト。抑モ其レ白水ニ咫尺スルヲ以テ、合字シテ之ニ名ツクカ。彼ノ白水ハ、洪流・畳波ニ檝(かい)ヲ蕩(うご)カシ棹ヲ回ラスコト有ル莫シ。何ゾ泊舟ノ謂、合字則チ戯謔シテ之ヲ伝会スルノミ。

法師、モト浄業ヲ修メ、且ツ俳諧歌ヲ善クス。三衣一鉢、行雲ノ其ノ身、流水ノ其ノ心、吟嘯悠々トシテ、遊戯三昧ニ入ル。何ゾ淡泊、之ニ加ヘン。是、其ノ命名ノ義也カ。若シ夫ノ東村、西ニ京城ヲ背ニスレバ、而シテ三面皆山、連亘シテ田野ヲ抱ク。春麦夏秧、濃翠淡緑、湛々タルカ万頃、微風過ギ乍ラ漣灔ノ瀾ヲ起ツ。而シテ是ノ庵、其ノ中央ニ在リ。宛モ孤舟ノ澳中ニ在ルガ如シ。

法師、草窓ニ曲肱シテ、泛々タル鳥ノ江湖ノ想ヲ為ス。当ニ彼ノ舟居ニ与シテ水ニ非ザルハ、イカデカ滑稽ノ雄ナランヤ。合字伝会、マタ将ニ師ヲシテ嗒然トシテ一咲セシメ、予ヲ起コスト曰フノミ。

泊カ泊カ、何ゾ其ノ多義ナルヤ。哿(よ)キ哉、荘生ノ言、我ヲ牛ト呼ベバ、而シテ之ヲ牛ト謂(おも)ヒ、我ヲ馬ト呼ベバ、而シテ之ヲ馬ト謂フ。一ニ号シテ三義、何ゾ之レ有ルベカラザランヤ。且ツ法師、既ニ蝶夢ヲ以テ別号ト為ス。則チ心、漆園ニ酔フ、マタ知ルベシト云フ。

蝶夢同座の連句目録

蝶夢が同座した現存の連句作品を、興行の年代順に配列した。「〜三ウ十二句」は「三折裏面十二句目まで」の、「蘭里招」は「蘭里が招待して興行」の意。

1 巴人十三回・春の来て百韻（〜三ウ十二句）〔続余韻〕
宝暦四・六　明の蓮
烏暁・墨雅・**蝶夢**・幸水・一二・鈿車…可遊・楚江等の一巡七六名

2 巴人十三回・我今に百韻（〜名オ六句）
宝暦四・六（帰白院）　明の蓮
巌水・宋屋・練石・丈石・隆志・八百彦・竿秋・壺角・五始・風状…机蝶・松江…**蝶夢**・仙李・嘯山・鶴英…移竹・賈友…琴之…武然等の一巡八四名

3 紹簾八十賀・寿や歌仙
宝暦五・六　うたゝね
牙川・几圭・百歩・子曳・孤舟・青眣・**蝶夢**

4 宋屋帰庵賀・おろかさは百韻（百四句）
宝暦五刊本に出るが延享四カ　杖の土
宋屋・松江・旭…竿秋…丈石…八百彦…**蝶夢**…嘯山…羅人…雅因…武然等の一巡一〇四名

5 宋屋尚歯・また本の歌仙
宝暦五刊本に出るが延享四カ　杖の土
蝶夢・宋屋・嘯山・李郷・都夕・蝶車

6 編纂成就・月雪に短歌行
宝暦五・九　杖の土
嘯山・**蝶夢**・宋屋

7 雪の日や歌仙
宝暦五・冬　宝暦六武然春帖
武然・夏樹・百絮…鈿車…**蝶夢**…魯水・松翁等の一巡三六名

8 几圭薙髪賀・天窓から歌仙
宝暦八・夏　はなしあいて
蝶夢・几圭・青眣・瓜流

9 巴人十七回・我宿と半歌仙
宝暦八・六　戴恩謝
亡巴人・宋屋・千虎・宗専・**蝶夢**・嘯山…武然…雁宕・蕪村・几圭…等の一巡一八名

10 左橘還暦賀・よゝ籠よ歌仙
宝暦九・六頃　寅卯草
机墨庵・賈友・嘯山・陶泉・**蝶夢**・婦山…琴之…

宗専…武然…等二九名

11 実ざくらや歌仙
宝暦十二・閏四・十二（双林寺）　墨直この卯月
三四坊・羽鱗・賈友・子鳳・杜帆・錦里・百寿・稲太・佰石・嘯浦・野聴・不艾・都川・**蝶夢**・橘治

12 一ふしを歌仙（名ォ四句で中断）
宝暦十三・五（帰白院）　松しま道の記
啞仏・**蝶夢**・子鳳・疎文・竹芽

13 芭蕉七十回・一碗の百韻（初折のみ）
宝暦十三・十・十二（義仲寺）　粟津吟
浮巣庵・**蝶夢**・子鳳・啞仏・竹芽・惟中・可風…既白等の一巡二二名

14 建碑賀・文塚や半歌仙
宝暦十三・十カ（帰白院カ）　文塚集
蝶夢・貫古・胡盧・似水・竹牙・百長…松雀等の一巡一八名

15 亀世追悼・さびしさを歌仙（〜初ゥ六句）
明和元・十頃（帰白院カ）　蒿里歌
蝶夢・似水・用舟・七哦・巴陵・鯉風…等の一巡一二名

16 塚のしぐれ百韻（〜初ゥ八句）
明和元・十・十二（義仲寺）　しぐれ会
檮良・文素・可風…子鳳・**蝶夢**・一瘤・紀風…等の一巡一六名

17 糸ゆふに百韻（〜二ォ十二句）
明和二・三・十二（双林寺）　乙酉墨直し
蝶夢・李完・松雀・安里・竹芽…子鳳…貫古…梨一…文暁…等の一巡三四名

18 奉扇会・玉巻て百韻（六句のみ記録）
明和二・四・十二（義仲寺）　義仲寺誌一六九古市稿
文素・可風・**蝶夢**・湖夕・巨州・洞雲

19 帯河留別・明け安き三ツ物
明和二・四・十九頃（霊山）　帯河華洛日記
帯河・李冠・**蝶夢**
（歌仙を満尾したが、四句目以下を記載しない）

20 雲裡坊三回忌・あるじなき半歌仙
明和二・四（帰白院）　烏帽子塚
蝶夢・胡盧・松雀・似水・李完・巴陵…等の一巡一八名

21 手桶にも歌仙
明和二・六　続瓜名月
李完・**蝶夢**・子鳳・胡盧・素風

22 既白留別・音のある歌仙
明和二・秋　蕉門むかし語
既白・子鳳・**蝶夢**・胡盧・竹芽・用舟

23 其鳥の百韻（〜二ウ十一句）
明和三・三・十二（双林寺）　丙戌墨直し
蝶夢・胡盧・李完・竹芽・子鳳…可風…竹渓…既白…仏仙…等の一巡四七名

24 散るあとも百韻（〜二オ二句）
明和三・四・十二（義仲寺）　奉扇会
既白・文素・**蝶夢**・可風・湖夕…風律・蕉雨・諸九…等の一巡二三名

25 涼菟五十回・郭公表八句
明和三・四（帰白院カ）　此あかつき
蝶夢・李完・子鳳・百長・鯉風・安里・松雀・諸九

26 風もなし歌仙（〜初ウ六句）
明和三・八（天橋立）　舞鶴市郷土資料館蝶夢翁俳諧集
蝶夢・東陌・竹渓・季友・宜甫・文設・文下・馬吹・起龍・百尾・竹甫・南畝

27 待宵や歌仙（〜初ウ五句）
明和三・八・十四（天橋立）　蝶夢翁俳諧集
蝶夢・季友・文設・建山・東陌・馬吹・竹甫・起龍・宜甫・百尾・文下

28 待宵や歌仙
明和三・八・十四（天橋立）　はし立のあき
蝶夢・鷺十・竹渓・季友・宜甫・文設・馬吹・斗杯・文下
（右の二つの歌仙は、発句・脇の二句のみが同じで、第三以下すべて別句になる。脇の詠者も異なる。後の歌仙は、版本向けに別に調えたものか）

29 はつ雁や五十韻
明和三・八・十四カ（蛙庵）　蝶夢翁俳諧集
季友・宜甫・文下・鷺十・**蝶夢**・陵巴・竹甫

30 若もやと歌仙
明和三・八・十五（成智院）　蝶夢翁俳諧集
蝶夢・東陌・宜甫・鷺十・文設・季友…竹甫…文下・百尾・馬吹…等一五名

31 名月や歌仙
明和三・八・十五（天橋立）　はし立のあき
蝶夢・東陌・建山・陵巴・文下・宜甫・起龍・百尾・竹圃・南畝・梅夫

32 南瓜に五十韻
明和三・八・十六カ（東面亭）　蝶夢翁俳諧集
文下・季友・鷺十・**蝶夢**・宜甫・陵巴・百尾・馬吹

33 十六夜や歌仙
明和三・八・十六（宝寿寺）　蝶夢翁俳諧集
蝶夢・文設・建山・起龍・鷺十・季友・宜甫・陵

巴・浦曲・百尾

34 まだ庭の五十韻
明和三・九・十三（蛙庵） 蝶夢翁俳諧集
竹渓・**蝶夢**・起龍・斗盃・季友・梅夫・馬吹…東陌…鷺十…百尾等一四名

35 見わたすも歌仙
明和三・九・十三（天橋立） はし立のあき
蝶夢・友枝・浦曲・渭柳・芝月・鼎二・夏炉・有中

36 嬉しさに百韻
明和三・九（斗盃宅） 蝶夢翁俳諧集
蝶夢・斗盃・米珠・建山・鷺十・季友・馬吹…竹渓…文設・起龍等一四名

37 夜もしるき歌仙
明和三・九（千鳥庵） 蝶夢翁俳諧集
蝶夢・季友・東陌・鷺十・浦曲・竹渓・馬吹・起龍・泉笑・兎葉

38 欄干に歌仙
明和三・九（一二庵） 蝶夢翁俳諧集
蝶夢・南畝・鷺十・季友・竹甫・起龍・馬吹・泉笑…東陌・梅夫等一二名

39 松古き歌仙
明和三・九（梅夫宅） 蝶夢翁俳諧集
蝶夢・梅夫・季友・東陌・馬吹・文設・建山・南畝…竹甫・泉笑・起龍等一二名

40 菊の香や百韻
明和三・九（巴岐宅） 蝶夢翁俳諧集
蝶夢・馬吹・渭柳・夏爐・東陌…起龍・季友…鷺十・竹渓・百尾…等一九名

41 錦織る歌仙
明和三・九（水上洞） 蝶夢翁俳諧集
蝶夢・起龍・鷺十・馬吹・季友・南畝・竹甫・西取（カ）

42 人々は五十韻
明和三・九（竹甫宅） 蝶夢翁俳諧集
蝶夢・竹甫・鷺十・馬吹・百尾・梅夫…竹渓・東面・季友…等一四名

43 芭蕉忌や百韻（～二折表面）
明和三・十・十一（幻住庵） しぐれ会
五峰・文素・既白・可風…李完・一瘤・**蝶夢**…等一六名

44 遠近の百韻（～二ウ二句）
明和四・三・十二（双林寺） 丁亥墨直し
蝶夢・安里・文下・巴陵…子鳳…琴之…蕉雨…可風…等の一巡三八名

45 退隠賀・何有む発句脇唱和

明和四・三　杉家集
五好・**蝶夢**

46 一声塚供養・一声の四十四
明和四・五・十二（丹後智恩寺）　一声塚
翁・**蝶夢**・東陌・季友…竹圃…百尾…馬吹…阿誰
…鷺十・南畝等の一巡四三名

47 入庵賀・子規歌仙
明和四・五・十七（湖白庵）　湖白庵集
諸九・文下・**蝶夢**…琴之・巴陵…蕉雨…一瘤・子
鳳・李完・宜甫等一八名

48 見おろせば表六句
明和四・六（鞍馬毎日庵）　くらま紀行
可風・貫古・**蝶夢**・梅人・松笙・桃牛

49 夕がほや歌仙（～初ウ三句）
明和四・六（京九十九庵）　くらま紀行
可風・文下・寸馬・松笙・蕉雨・一瘤・**蝶夢**・琴
之・諸九

50 川水の歌仙
明和五・二（伊賀上野）　みかんの色
魯石・松舟・**蝶夢**・素梅・桐雨・冬李・有隣

51 尊さの百韻（～二ウ十二句）
明和五・三・十二（双林寺）　戊子墨直し
文下・**蝶夢**・諸九…琴之…子鳳・一瘤…阿誰・有
隣…枕山…等の一巡四八名

52 翁忌や半歌仙
明和五・十・八（帰白院）　しぐれ会
徐来・**蝶夢**・可磨・春塘・用舟・啞瓜等の一巡一
八名

53 あれほどを百韻（～初ウ十句）
明和五・十・十二（義仲寺）　しぐれ会
青岢・**蝶夢**・李完…文下・一瘤・智丸・紀風…等
の一巡二一名

54 月高し百韻（～三オ十句）
明和五・十・十八（明石月照寺）　蛸壺塚
蝶夢・山李・黄裳…文下・用舟…布舟…羅来…等
の一巡六〇名

55 京中に歌仙
明和五・十二・八（帰白院）　はちたゝき
蝶夢・文下・李完・用舟・素流・魯江・鯉風・巴
陵・吾東

56 消さじとの百韻（～二ウ八句）
明和六・三・十二（双林寺）　己丑墨直し
蝶夢・吾東・汀雨…文下…諸九…阿誰…山李…羅
来…等の一巡四四名

57 秋迄の歌仙（～初ウ四句）
明和六・四末頃（東山・蘭里招）義仲寺誌一五八古市稿

蝶夢・蘭里・素流・諸九・李寛・可昌・砄石・阿
誰・羅来・竹馬（・民古）

58 五月雨や百韻
明和六・五（但馬城崎）　湯の島三興
木卯・**蝶夢**・桐雨

59 涼しさや歌仙
明和六・六・十五（四条河原）　かきかたびら
蘭里・一瘤・素流・李完・**蝶夢**・竹馬・阿誰

60 八人の歌仙
明和六・八・十五（鴨川水楼）　鴨川八貧集
非焉・**蝶夢**・李完・文下・寸馬・阿誰・素流・秋
鳥

61 けふといへば半歌仙
明和六・十・八（岡崎庵）　しぐれ会
可磨・**蝶夢**・文下・附尾・阿誰・吾東等の一巡一
八名

62 その雪の百韻（〜二オ八句）
明和六・十・十二（義仲寺）　しぐれ会
紀風・**蝶夢**・応澄・文下・智丸・青岢・魯江・松
笙の一巡三〇名

63 年〴〵に百韻（〜二オ二句）
明和七・三・十二（双林寺）　庚寅墨なをし
蝶夢・智丸・魯江・七哦…文下…木卯…一瘤…等
の一巡二四名

64 このころの歌仙
明和七・三・中旬（双林寺）　庚寅墨なをし
布舟・**蝶夢**・山李坊・巴陵・後川・青雨・李完・
麦雨・用舟・素流・梧泉

65 芭蕉堂供養・花も降百韻（〜三オ二句）
明和七・三・十五（粟津生蓮坊）　施主名録発句集
蝶夢・魯江・卜士・巨洲…布舟…後川…寸馬…山
李…重厚…等の一巡五二名

66 白雨や歌仙
明和七・夏（五升庵）　梅の草帋
乙児・**蝶夢**・後川

67 川音の百韻（〜初ウ二句）
明和七・六（三本木久丸亭・古声招）　大和紀行
乙児・古声・**蝶夢**・如髪・二得・一瘤・麦雨・李
完・風律・文下

68 蕉雨七七忌・踊られし歌仙
明和七・七・十九（五升庵）　風露朗
蝶夢・吾東・文下・巴陵・李完・七哦・用舟・鯉
風・附尾・可磨・魯江・一瘤

69 こゝろざす百韻（〜初ウ六句）
明和七・十・八（五升庵）　しぐれ会
文下・**蝶夢**・吾東・七哦・秋鳥・用舟・附尾・鯉

凮…等の一巡一四名

70 此塚の百韻（初折のみ）　しぐれ会
明和七・十・十二（義仲寺）
汀雨・**蝶夢**・後川・文下・諸九・魯江…桐雨…子鳳…等の一巡二三名

71 うぐひすや発句脇唱和　旅ほうこ
明和八・三・十八（五升庵）
声々・**蝶夢**

72 友ひとり発句脇唱和　はるの道中
明和八・三・廿七（五升庵）
寄潮・**蝶夢**

73 落のこる歌仙　去来忌
明和八・九・十（落柿舎）
重厚・**蝶夢**・文下・吾東・七哦・秋鳥・此行・紅羽・沂風

74 しぐるゝや百韻（〜初ウ六句）　しぐれ会
明和八・十・八（五升庵）
鯉風・**蝶夢**・重厚・用舟・紅羽・文下…沂風…等の一巡一四名

75 しぐれ会や百韻（初折のみ）　しぐれ会
明和八・十・十二（義仲寺）
松笙・**蝶夢**・魯江・巨洲…蘿来・一瘤・山李…重厚…文下…等の一巡二一名

76 野坡三十三回・寒梅や歌仙　かざし梅
明和八・十二（湖白庵）
諸九・文下・**蝶夢**・後川・李完・琴之・吾東・子鳳・素流・宜甫

○藻の花や歌仙　露葵庵蘭居遺稿
明和九・四（三本木水楼）
蘭居・髭風・闌更・子鳳…**蝶夢**・麦雨・用舟…の一〇名
（藁井信恒氏の示教によると、収録書は文暁が闌更序を付して天明六年刊、正教寺蔵本は蝕害で判読不能。蘭居は文明の号で詩作、正教寺住職、文暁の叔父）

77 正秀五十回・塚の名や歌仙　しぐれ会
明和九（安永元）・八・三頃（唯泉寺）
蝶夢・魯江・智丸・青岢・鯉丈・巨洲・松笙・泰勇・重厚

78 国〴〵の百韻（〜初ウ十句）　しぐれ会
明和九・十・八（五升庵）
此行・**蝶夢**・吾東・沂風・文下…重厚…等の一巡一八名

79 けふ建し百韻（〜初ウ十句）　しぐれ会
明和九・十・十二（義仲寺）
智丸・**蝶夢**・冬柱・松笙…文下…重厚…等の一巡

一八名

80 奉扇会・夏山や百韻（初折のみ）　続多日満句羅
安永二・四・十二
蝶羅・**蝶夢**・魯江・青岢・汀雨・度水・巨洲・松笙・冬柱・重厚・羅川・山李・瓦全・荷浄・涼秀・素郷・子鳳・泰男・些芳・浮流・文下・可磨の一巡二二名

81 雨の日に発句脇唱和
安永二・四・二十三（五升庵）　〔なるみ潟〕
蝶羅・**蝶夢**

82 蘿来一回忌・ひとゝせの歌仙
安永二・七・十六（鴨川河畔）　秋しぐれ
蝶夢・山李坊

83 翁忌や百韻（〜初ウ八句）
安永二・十・八（五升庵）　しぐれ会
吾東・**蝶夢**・箕山・秋鳥・麦宇…沂風・瓦全…重厚…等の一巡一六名

84 芭蕉八十回・しぐるゝや百韻（〜二オ五句）
安永二・十・十二（義仲寺）　しぐれ会
蝶夢・魯江・汀雨…冬柱…重厚…塘雨・桐雨・冬李…旧国…浮流…の一巡二七名

85 去来忌・柿買に歌仙
安永三・九・十（落柿舎）　落柿舎日記
重厚・規慶・**蝶夢**・用舟・吾東・鯉風・瓦全

86 文下追悼・影いづく百韻（〜二オ八句）
安永四・八・十三（九十九庵）　笠の露
蝶夢・琴之・子鳳…麦宇…瓦全・重厚…桐雨…塘雨…素郷…冬柱…等の一巡三〇名

87 しぐれ会や百韻（初折のみ）
安永四・十・十二（義仲寺）　しぐれ会
鯉遊・**蝶夢**・魯江・鯉丈…青岢・冬柱…吾東…重厚…等の一巡二二名

88 文下一回忌・めぐり来る歌仙
安永五・六・十三　笠の露
諸九・**蝶夢**

89 折からの百韻（〜二オ二句）
安永五・十・十二（義仲寺）　しぐれ会
鯉丈・**蝶夢**・松笙…冬柱・諸九…馬瓢…重厚・曾秋…桐雨…等の一巡二四名

90 雲裡十七回・住し庵の百韻（〜二オ四句）
安永六・四・廿七（幻住庵）　桐の影
巨洲・**蝶夢**・路州・応澄・汀雨…魯江…青岢・菊二…冬柱…等の一巡二六名

91 葉ざくらや歌仙（〜初ウ十一句）
安永六・四（双林寺紋阿弥亭・風葉招）　芳野行
蝶夢・風葉・其陌・虎白・東歩・吾東

92　あの雲も百韻（～二オ二句）
安永六・十・十二（義仲寺）　しぐれ会
汀雨・蝶夢・応澄・度水…冬柱…重厚…塘雨…槿
馬…の一巡二四名

93　けしからぬ百韻（～二ウ二句）
安永七・十・十二（義仲寺）　しぐれ会
松笙・沂風・魯江・菊二…重厚…賈友…騏道…蝶
夢…等の一巡三八名

94　祇川百箇日・あはれ世や百韻（～初ウ六句）
安永七・十一・十四　風の蟬
蝶夢（届いた立句）・有中・文舟・其友・梅風・風
光…等一四名

95　島塚供養・その魂も歌仙
安永八・三・四（備中笠岡）　嶋塚集
蝶夢・宜朝・風綾・李三（山）・路風…李夕・湖嵐
…沂風…野牛…等一八名

96　山里塚供養・山里は歌仙
安永八・三・十二（備後田房）　山里塚
翁・古声・蝶夢・机友・聴耳・瓢之…風葉…等一
九名

97　塚供養成就・茂る草歌仙
安永八・四・中旬（鴨川水楼・古声招）　山里塚
古声・重厚・髭風・用舟・蝶夢・菊二…蝶酔・瓦
全・泰里……等一二名

98　十分の歌仙
安永八刊本に出るが興行時不明　冬柱法師句帳
鯉遊・蝶夢・冬柱・青岢・木卯

99　しぐるゝや百韻（～二オ十句）
安永八・十・十二（義仲寺）　しぐれ会
鯉遊・蝶夢・魯江・松笙…髭風…去何…雨橋・古
静…東走…等の一巡三二名

100　雨晴て歌仙（～初ウ六句）（五升庵月次）
安永九カ・春（五升庵）　慶大五升庵歌仙控
瓦全・重厚・吾東・蝶夢・用舟

101　短夜を三ツ物
安永九・六・一（五升庵）　つくしみやげ
竹母・蝶夢・竹母

102　蓑虫の半歌仙（通夜）
安永九・十・十一（義仲寺）　明大古巣俳諧集
去何・髭風・蝶夢・沂風・巻阿

103　吹よする百韻（～二ウ十句）
安永九・十・十二（義仲寺）　しぐれ会
巨洲・沂風・髭風…雨橋…蝶夢…浮流・去何…東
走・杜音…等の一巡四六名

104　粥に物歌仙（～初ウ四句）（時雨会満座後）
安永九・十・十二（義仲寺）　古巣俳諧集

巻阿・浮流・東走・髭風・呉琴・杜音・去何・師由・**蝶夢**

105 時雨るや歌仙
安永九・十・十四（大津鯉遊宅）　慶大三つの歌仙
雨篁・髭風・鯉遊・菊二・**蝶夢**

106 水仙や歌仙
安永九・十一・五（三本木・其川招）　三つの歌仙
其川・**蝶夢**・浮流・瓦全・沂風・重厚・歌夕・滄浪

107 町はしの歌仙
安永九又ハ天明元・冬（大津菊二宅）　五升庵歌仙控
梅下・菊二・露光・**蝶夢**・鯉遊・重厚

108 東陌追悼・浦の月百韻（〜二オ十句）
天明元・八・十五頃（丹後閑雲洞）　浦の月
蝶夢（届いた立句）・鷺十・百尾・馬吹・山呼…一声…等の一巡三三名

109 雨にさらば歌仙
天明元・九・三（美濃赤坂）　養老瀧の記
蝶夢・蘭戸・其白

110 芭蕉画像開眼・眼をひらき歌仙
天明元・十・十（金福寺）　雲橋社歌仙巻（金福寺諸家吟記録には初ウ三句まで）
蝶夢・其川・重厚・塘雨・露光・東走・朶路・瓦全・麦宇

111 時雨会やならびし百韻（〜二折表面）
天明元・十・十二（義仲寺）　しぐれ会
青岢・沂風・応澄・瓜泥…髭風・**蝶夢**・曾秋…重厚・臥央…古静等の一巡三六名

112 諸九七七忌・木がらしや五十韻
天明元・十・廿二　湖白庵諸九尼全集
蝶夢・琴之・麦宇…簣山・重厚…瓦全…用舟…古静・沂風・髭風等一五名

113 鷺橋入門記念・我迷ふ歌仙
天明元・冬以降付廻し　あきのそら
鷺橋・闌更・都雀・車蓋・二柳…青蘿…**蝶夢**・重厚…等三六名

114 さま〳〵の三ツ物
天明元以前の秋（金福寺）　金福寺諸家吟記録
如風・桐雨・**蝶夢**

115 しぐれ来や表六句
天明元以前の冬（金福寺）　金福寺諸家吟記録
浮流・てふむ・重厚

116 咲たらぬ歌仙
天明二・二・廿八（落柿舎）　五升庵歌仙控
菊二・**蝶夢**

117 背戸も門も三吟（三句のみ記録）

天明二・四・一（幽篁亭）　古巣俳諧集
蝶夢・去何・塘里

118 郭公歌仙
天明二・四・十三（大津菊二宅）　五升庵歌仙控
蝶夢・菊二・鯉遊・青岢・沂風・瓜泥

119 宜朝一回忌・風の雪百韻（初折のみ）
天明二・七（五升庵）　ふいの柳
夢想句（宜朝）・**蝶夢**・梅下・沂風

120 蝶夢送別・右ひだり歌仙
天明二・八・九（五升庵）　古巣俳諧集
鯉遊・去何・髭風・**蝶夢**・雨篁

121 旅に病で百韻（〜初ウ五句）
天明二・八・十六（宮津蘭巴宅）　古巣俳諧集
蝶夢・百尾・跨山・馬吹・東陌・去何・麦宇…里
秋・蘭巴・鷺十…等一三名

122 菊の香や歌仙
天明二・九・九（但馬城崎）　幾久の湯口
蝶夢・支百・髭風・昌竿・由璉

123 後の月歌仙
天明二・九・十五頃（但馬城崎）　幾久の湯口
支百・髭風・**蝶夢**

124 鱸つる歌仙
天明二・九・十五頃（丹後日間浦）　幾久の湯口
（古巣俳諧集は初ウ四句まで。五宝氏宅とする）
去何・支百・麦宇・其白・**蝶夢**

125 時雨会やひそかに百韻（〜二ウ二句）
天明二・十・十二（義仲寺）　しぐれ会
汀雨・沂風・菊二・青岢…臥央・**蝶夢**…塘里・雨
橋…騏道…等の一巡三八名

126 投渡し歌仙
天明二刊本に出るが興行時不明　百花集
蝶夢・柳几・杉夕…亀文…等一四名
（柳几控えの蝶夢句を立句にした、脇起し）

127 明庵湖坊追悼・月澄や歌仙
天明初年秋（但馬豊岡）　むかし人
蝶夢・由璉・野弓・髭風・木卯・東走・柳飛…木
姿…等一三名

128 芭蕉百回・景清も百韻（〜初ウ十二句）（後座乱吟）
天明三・三・十五（洛東安養寺端寮）　風羅念仏
翁・暁台・**蝶夢**・甫尺・秦夫・良水・瓦全…髭風
…明挙等の一巡二〇名

129 めづらしと歌仙
天明三・六・十五（三本木・梅珠招）　五升庵歌仙控
蝶夢・梅珠・重厚・瓦全・闌更・菊二・鯉遊・髭
風

130 年寄て発句脇唱和

天明三・九・九（五升庵）　笠やどり
香風・蝶夢

131 是を着て発句脇唱和
天明三・九・九（五升庵）　笠やどり
蝶夢・香風

132 九十年表八句
天明三・十・六（新霊山）　しぐれ会
髭風・蝶夢・杜陵・雨石・文耕・之英・湖舟・荷
浄

133 月しぐれ百韻（〜初ウ八句）〔逮夜〕
天明三・十・十一（義仲寺）　しぐれ会
青蘿・蝶夢・素兄・其白・布舟…瓦全…去何…塘
雨・髭風…等の一巡一六名

134 芭蕉九十回・野に山に百韻（〜二ウ七句）
天明三・十・十二（義仲寺）　しぐれ会
蝶夢・沂風・汀雨…髭風…去何…青蘿…塘里・布
舟…駄道…等の一巡四三名

135 冬がれや百韻（〜二ウ七句）〔後宴〕
天明三・十・十二（義仲寺）　しぐれ会
良聖・蝶夢・露光・青蘿…布舟・瓦全…塘雨・髭
風等の一巡一八名

136 遊びたき半歌仙
天明三・十・十五（浮巣庵）　古巣俳諧集
去何・髭風・瓜泥・文耕・雨石・蝶夢・青岢

137 李夕七忌・月見れば歌仙
天明四・九・十四（義仲寺）　庭の木のは
蝶夢・沂風・髭風・菊二・鯉遊

138 よる波の歌仙
天明四刊本に出るが興行時不明　まつかさね
歌川・古友…亀文・泰里…青蒲・蝶夢・沂風等九
名　（青蒲以下は最末の三句を詠む）

139 閑さや百韻（〜二ウ二句）
天明五・三・九（東山）　五升庵歌仙控
杜音・青容・沂風・東走・塘里・曾秋・菊男・布
舟・蝶夢・瓦全・牛周・其川

140 春雨や歌仙（底本ノ誤写ニヨリ、表六句ノミ）
天明五・春（五升庵）　五升庵歌仙控
鶴人・蝶夢・旧国・效枝・二柳・左人

141 楽〳〵と半歌仙
天明五・九・六（古巣園）　古巣俳諧集
其白・去何・蝶夢

142 ふすぶりも半歌仙
天明五〜七・秋（近江土田塘里宅）　五升庵歌仙控
塘里・蝶夢・其白

143 まよふとも歌仙（〜初ウ六句）

天明五〜七・秋（平尾への途上）　五升庵歌仙控
蝶夢・塘里・其白・呉琴

144 奥ふかく半歌仙
天明五〜七・秋（近江平尾馬瓢宅）　五升庵歌仙控
其白・馬瓢・**蝶夢**・塘里・呉琴

145 しぐれ会や百韻（〜二オ十句）
天明五・十・十二（義仲寺）　しぐれ会
荷浄・沂風・青岢…祥然・**蝶夢**・重厚…雨橋・布舟…東走…等の一巡三二名

146 我かどや歌仙
天明五刊本に出るが興行時不明（五升庵）　新雑談集
蝶夢・几董・闌更・重厚

147 春の雨歌仙（〜初オ四句）
天明六・春（義仲寺）　筆の塵
蝶夢・馬瓢・沂風・萍江

148 家の子に歌仙
天明六・三・末（遠江入野）　綿屋文庫草稿
蝶夢・方壺・白輅・萍江・虚白・報竹・斗六・柳也

149 村時雨る百韻（〜二オ六句）〔義仲寺月並〕
天明六カ・五・十二（義仲寺）　備後俳諧資料集一二
五来・髭風・青岢・菊二・鯉遊・松笙・九柳・荷浄・五浮…**蝶夢**等二〇名

150 浮風二十五回・それもこれも半歌仙
天明六・五・十七　湖白庵諸九尼全集
蝶夢・琴之・巴陵・只言・瓦全・東走・鯉風

151 馬瓢送別・蓑すてゝ発句脇唱和
天明六・八・十（五升庵）　筆の塵
蝶夢・馬瓢

152 茶碗塚供養・汲てしる歌仙
天明六・九・廿一（丹後日間浦）　遅楊和舞頭歌
支百・**蝶夢**・昌竿・清虚・瓦全・其白

153 芭蕉追悼・翁忌や歌仙
天明六・十・十二（但馬城崎洗心亭）　湯島翁忌
木越・**蝶夢**・瓦全・其白・野牛…昌竿・髭風・支百…由璉・東走等一五名

154 木姿送別・虚言つかぬ歌仙
天明六・十一・一（五升庵）　古巣俳諧集
木姿・重厚・其白・呉琴・几董・巴橋・曾秋・闌更・月川・凡十・若翁・半桂・二柳・布舟・紫暁・塘里・去何・里秋・椿華・瓦全・蛙声・菊二・五来・青岢・巴川・三敲・暁台・青蘿・九皐・素寮・太渓・鳴泉・倚川・履道・**蝶夢**・東走

155 粟津野ゝ百韻（〜二オ六句）
天明七・四・十二（義仲寺）　奉扇会
魚傘・瓜泥・龍川・家年…青蘿・木姿・**蝶夢**・布

舟・瓦全…等の一巡二七名

156 空を見る歌仙
天明七刊本に出るが安永五カ　懐旧之発句
諸九・鯉遊・**蝶夢**

157 声尽て百韻（〜二オ十二句）
天明七・十・十二（義仲寺）　しぐれ会
馬田・祥然・雨石…扇律・沂風…**蝶夢**・飛川…等の一巡三四名

158 庵に花発句脇唱和
天明八・三・十八（甲斐石牙宅）
れもん昭五二・六・池原練昌稿
敲氷・**蝶夢**

159 さればこそ半歌仙
天明八・三・十九（甲斐差出磯。石牙宅カ）　ちどりづか
蝶夢・石牙・重厚・木姿・里塘・魚君・春鱗・梅夜・桂児

160 麦秋の歌仙
天明八・四・廿五（遠江入野臨江寺）　綿屋文庫草稿
（富士美行脚は廿六日とし、表六句のみ）
方壺・**蝶夢**・白輅・木姿・柳也・斗六

161 まさにふる百韻（〜二オ十二句）
天明八・十・十二（義仲寺）　しぐれ会
立ト・沂風・応澄…雨橋・千影・木姿…去何…**蝶夢**…等の一巡三四名

162 人間の表六句
寛政元・九・一（竹生島拝殿）　古巣俳諧集
蝶夢・去何・木姿

163 しぐれ会や百韻（〜二オ十句）
寛政元・十・十二（義仲寺）　しぐれ会
雨橋・一萍・五来…得往…木姿・巴陵…**蝶夢**…玉屑…等の一巡三二名

164 歳暮・としひと夜三ツ物
寛政元・十二（付廻し）　加藤定彦・大伴大江丸の研究
旧国・鳥明・**蝶夢**

165 一幹追善・どの草の歌仙
寛政初刊本に出るが興行時不明　一幹老人句集
蝶夢（届いた立句）・杜由・青容・磨牛・柯鳥・蝸茗・此柱・菊男

166 宇宙に百韻（初折のみ）
寛政二・四・十二（義仲寺）　奉扇会
五来・一萍・蚊山…千影・沂風・応澄…騏道・**蝶夢**…等の一巡二二名

167 芭蕉追悼・翁忌や歌仙
寛政二・十・一（丹後日間浦昌竿宅）　波南乃千利
支百・**蝶夢**・得往・昌竿・江濛

168 芭蕉百回・石の面も五十韻

寛政二・十・十二（天橋立一声塚）　一声塚百回忌
蝶夢・百尾・山呼・一声・裸木・阿誰・跨山…馬吹…尺布…其白…等二三名

169 芭蕉百回・時鳥歌仙
寛政二刊本に出るが興行時不明　華鳥風月集
翁・**蝶夢**・蘭更・沂風・桃路・泰渓・瓦全・眉山

170 風月の百韻（〜初ウ十二句）
寛政三・四・十二（義仲寺）　奉扇会
芄支・実門・五来・千影・松笙…荷浄・応澄…**蝶夢**…等の一巡二〇名

171 けふや往昔百韻（〜二オ四句）
寛政三・十・十二（義仲寺）　しぐれ会
千影・実門・蚊山…瓜泥・木姿・**蝶夢**・蘭更…等の一巡二六名

172 奉扇会百韻（〜二オ四句）
寛政四・四・十二（義仲寺）　奉扇会
笙洲・実門・蚊山・千影…蝶酔…重厚・**蝶夢**・瓦全…木姿等の一巡二六名

173 雲裡房三十三回・昔植し歌仙
寛政四・四・廿七（義仲寺）　椎のわか葉
応澄・巨洲・**蝶夢**・葛巾・千影・青峕…重厚・得往…蝶酔…等一七名

174 伊賀に隣る半歌仙
寛政四・八・十一（甲賀山曾秋宅）　古巣俳諧集
蝶夢・曾秋・杜音・去何

175 限もなく半歌仙
寛政四・八・十三（柘植杜音宅）　古巣俳諧集
去何・杜音・曾秋・青李・**蝶夢**

176 芭蕉百回・百とせの五十韻
寛政四・八・十六（伊賀上野愛染院）　古郷塚百回忌
青吟・**蝶夢**・呉川・青李…槐主・未塵…曾秋・盧中・杜音・去何等一六名

177 月花の百韻（〜二ウ二句）
寛政四・十・十二（義仲寺）　しぐれ会
五来・重厚・得往…千影…**蝶夢**…木姿…都雀・其成…等の一巡三八名

178 鷺十追善・敲くとも百韻（〜二折表面）
寛政四・十（天橋立真性寺）　鷺十上人発句集
蝶夢（届いた立句）・鷺九・百尾・白児・阿誰・跨山…馬吹…等の一巡三六名

179 芭蕉百回・草いろ〳〵百韻
寛政五・春（大坂花屋の亭）　百華集
芭蕉・尺艾・二柳・逮雅・蘭更・野鶴…**蝶夢**・盛雅等九九名
（蝶夢は名ウ七句目、付廻しだろう）

180 芭蕉百回・時鳥表六句（百歌仙の首巻）

寛政五・四・十（義仲寺）　祖翁百回忌
蝶夢・重厚・得往・千影・青岢・巨洲

181 風律十三回・虫ぼしを歌仙
寛政五・五頃（五升庵）　後のたび
五鹿・重厚・**蝶夢**・瓦全

182 芭蕉百回・百年の百韻
寛政五・九・十二（近江平田明照寺）　笠塚百回忌
芭蕉・**蝶夢**・馬瓢・如毛・芦水・塘里・月川・去何・里秋…瓦全等四四名

183 芭蕉百回・初雪や歌仙
寛政五・九十頃（円山勝興庵カ）　みちのかげ
翁・志諺・都雀・**蝶夢**…車蓋…紫暁…蘭更・其成…等一六名

184 芭蕉百回・旅人と歌仙
寛政五・九十頃（円山勝興庵カ）　みちのかげ
翁・都雀・**蝶夢**・巨洲・蚊山・乍及・石蘭・千影…重厚…等三六名

185 芭蕉百回・旅人と歌仙
寛政五・十・五（双林寺西阿弥）　祖翁百回忌
翁・**蝶夢**・巴陵・其争…效枝・志諺…瓦全…木姿・紫暁・都雀…蘭更等一九名

186 芭蕉百回・塚に伏て五十韻
寛政五・十・十二（義仲寺）　祖翁百回忌
重厚・**蝶夢**・石蘭・魯白…得往…千影…石牙・瓦全・紫暁・其成…都雀・志諺…芦涯…駅道…等四八名

187 芭蕉百回・百年の表八句
寛政五・十カ（義仲寺）　祖翁百回忌
完来・重厚・**蝶夢**・歌白・石蘭・午心・馬肝

188 芭蕉百回・唐土の百韻（〜名オ十句）
寛政六・三（双林寺西阿弥亭）　もゝの光
翁・蘭更・広明・芦涯…亀選・車蓋・其成…志諺…月峰…土卵・巴陵…古声…木姿…甫尺…都雀…士朗・玉屑…定雅…完而・**蝶夢**・百池等の一巡八八名

189 聞とめぬ歌仙
寛政六刊本に出るが天明二以前　浮流法師／桐雨居士十三回
浮流・**蝶夢**・露光

190 うぐひすに半歌仙
寛政六刊本に出るが天明二以前（京）　浮流法師／桐雨居士十三回
桐雨・**蝶夢**

191 髭風還暦賀・子いくたり歌仙（表六句）
寛政七・四・十四　大阪府立図賀筵二十歌仙
蝶夢（届いた立句）・髭風・由璉・釣水・楚蘭・南華

192 うめがゝの両吟歌仙
文化四刊本に出るが興行時不明　わすれずの山
（たそがれ随筆にも収）
蝶夢・重厚

193 虫干ん歌仙
文化七刊本に出るが興行時不明（五升庵）　志茂能者那
蝶夢・湖嵐・重厚・梅珠

蝶夢書簡所在一覧

現在読むことができる蝶夢の書簡について、その所在を示した。ただし、現時点での所在確認は行っていない。

A　一括して保存されているもの。

1　素郷宛て書簡　一五通
国分保雄氏蔵。岩手県二戸市福岡字町裏三五
※小林文夫は「蝶夢覚書」(『連歌俳諧研究』一一号)で概要を報告し、全文の翻刻を『蝶夢書簡集―蝶夢から素郷への―』(昭和二十九年十二月一日奥書、ペン写本一冊)に残したが、その所在は不明。

2　白輅(白露)宛て書簡　八六通　原簡からの写し。
『蝶夢和尚消息集』　東京大学総合図書館蔵。洒二二九九　写本一冊。迷雨の識語あり、白輅筆とする。

『蝶夢上人消息集』　明治大学図書館蔵。九一六・五-五　写本一冊。同じ迷雨識語あり。両書の親子関係は未調査。洒竹本が親か。
※安永三年から寛政六年までを、受信順に配列。高木蒼梧『義仲寺と蝶夢』に翻刻。高木は、誌名不詳の俳誌にも、「蝶夢和尚書簡集」の題で一九回にわたり翻刻。

3　方壺等宛て書簡　五〇通
天理図書館蔵。内一通は木朶宛て。

4　古帆宛て書簡　二〇通
原簡の写真を、豊橋市図書館が所蔵する。原簡所蔵者は不明。『植田古帆宛蝶夢書簡集』。A二八九-二六九

5　歩蕭(里秋)宛て書簡　二九通
加藤誠氏蔵。岐阜県高山市有楽町二一(飛騨高山まちの博物館に寄託中)
※昭和四十八年頃の大庭勝一の調査では全点を確認しているが、現在右博物館に寄託されているのは四点のみ。残りはまだ加藤家にあるか。大正十五年刊の『蘭亭遺稿』前篇に翻刻あり、ほぼ受信順の配列である。昭和三十四年六月～十一月の『こよろぎ』誌、『義仲寺と蝶夢』に高木氏が翻刻するのは、右書によろう。

6　杜音等宛て書簡　三二通　原簡からの写し。
原簡は、三重県阿山郡伊賀町柘植の福地宗彦氏(杜音末裔)が所蔵したが散逸。野田別天楼が全文翻刻して『蝶夢法師書簡写』(昭和六年七月自序、ペン写本一冊)を成したが、これも所在不明。杜音宛て二五通、曾秋宛て二通、杜音・曾秋宛て三通、浮流宛て一通。

※高木蒼梧の翻刻が昭和三十三年十月～三十四年六月の『こよろぎ』誌と『義仲寺と蝶夢』にある。野田の調査には北田紫水も同行（俳僧蝶夢）。

7 百尾等宛て書簡　七九通
京都府立丹後郷土資料館蔵。竹圃宛て一通、百尾・馬吹宛て二通、百尾・竹圃宛て一通、馬吹・百尾・季友宛て一通、季友・馬吹・百尾・竹圃宛て一通、文設宛て一通を含む。

8 可卜宛て書簡　四通
芭蕉翁記念館蔵。
※田坂英俊『江戸期における府中の俳諧』二集・同『備後俳諧資料集』十二集に翻刻。

9 風葉宛て書簡　五通
田坂英俊氏蔵。広島県府中市出口町一一六五
※田坂『備後俳諧資料集』一集に翻刻。

10 魯白宛て書簡　八九通
佐藤太兵衛氏蔵。福岡市中央区赤坂一‐一五

11 可笛宛て書簡　一三通
宮崎県立図書館蔵。『五升庵蝶夢書簡集』。杉田文庫・書簡一八

B　単一の資料として保存されているもの。

1 一幹宛て　二月廿六日付け　奈良大学図書館蔵

2 淇園宛て　正月廿五日付け　写真提供の大庭勝一によれば帰白院蔵。

3 菊二宛て　八月廿四日付け　原簡の模刻。
※高木蒼梧『義仲寺と蝶夢』に翻刻。

4 菊二宛て　十二月八日付け　同
※右二点は『かなしぶみ』収。本書三一六・三三〇頁に翻刻。

5 巨石宛て　後三月廿五日付け　大阪府立大学図書館蔵（ヤ四十五‐八四『名家消息』第三巻の内）

6 尺布宛て　正月廿八日付け　義仲寺蔵

7 杜音宛て　正月廿一日付け　写真提供の大庭勝一によれば伊賀町岡島四郎氏蔵。
※A6の野田別天楼の調査には含まれていない。

8 杜音宛て　九月廿六日付け　伊賀市　村主種次郎氏蔵

9 杜音宛て　日付なし　同
※9は断簡。右二点は田中他編『天明期諸国俳人書簡集』に翻刻。

10 木朶宛て　正月元日付け　那賀山乙巳文編『五束斎木朶』に写真と翻刻。

11 木朶宛て　二月五日付け　豊橋市　横田正吾氏蔵

12 百尾宛て　後正月十三日付け　宮津市　三上誠一氏蔵

13 百尾宛て　二月十四日付け　同
※右二点は尾形仂提供の写真による。貼り交ぜ屏風。
14 圃丈宛て　五月六日付け　今治市河野美術館蔵
15 路風宛て　三月十八日付け　笠岡市　清水正毅(カ)氏蔵
16 路風宛て　卯月廿八日付け　同
※右二点は田坂英俊提供のコピーによる。

C　翻刻だけが残るもの。

1 去何宛て　二月二十三日付け　高木が『こよろぎ』二〇九号と『義仲寺と蝶夢』に翻刻。
2 見風宛て　日付なし　『黄橙』昭和五年九月号と蔵角利幸『加賀の俳人河合見風』に翻刻。断簡。
3 古帆・木朶宛て　二月十八日付け　『豊橋市史』に翻刻。

D　来簡

1 可昌発　三月十三日付け　近江八幡市　大文字屋文庫蔵
2 可昌・扶石発　九月八日付け　同
※右二点は、『義仲寺』一五八号に古市駿一が翻刻。
3 古帆発　十月廿一日付け　広島県府中市　田坂英俊氏蔵
※田坂『備後俳諧資料集』一集に翻刻。
4 素園発　卯月九日付け　『思文閣古書資料目録』一八九号に写真。
5 冬李発　七月廿三日付け　臼人『芭蕉伝』に写しが収まる。
※田中「『芭蕉翁絵詞伝』の性格」に翻刻。
6 二日坊発　五月中旬付け　福岡市　中野三敏氏蔵

付記　右の他に、伝存を確認できるもの。

1 一舟宛て　正月七日付け　宮田正信氏旧蔵。『思文閣古書資料目録』七二号に写真がある。
2 鶏山宛て　日付不明　長野県佐久　瀬下良康氏蔵
※玉城司「綾足の動静を伝える書簡三通」（『近世文芸研究と評論』三一）に、貼り込みの一巻の内と報告。
3 古帆宛て　正月十八日付け　『文藻堂書画目録』一七号に写真がある。
4 竹母宛て　卯月十二日付け　写真提供の永井一彰が京都の某店で確認。

索引

人名索引は、蝶夢の人との交わり、蝶夢が重んじた先人（芭蕉を除く）を主眼として選んでおり、人名のすべてを網羅するものではない。数字は頁。同一頁内で同じ名が複数回出る場合、記載は一回にとどめる。

発句索引は、本書中の蝶夢の発句（解説中を除く）をすべて検索できるように編んだ初句索引である。文字によらず、原文の現代における読み方（発音）に従って五十音順に排列している。数字は句番号。各項の標示となる上五や中七の表記（濁点付き）は、番号が若い句のそれに従う。

人名索引

す

せ

そ

発句索引

あ

い

か

き

け

さ

し

す

せ

そ

た

ち

つ

に

ふ

へ

ほ

む

よ

ら

り

る

ろ

わ

あとがき

それは昭和三十七年（一九六二）の夏だった。何事も遅い私は、博士課程の三年目というのに論文のテーマを決めていなかった。迷った末、佐賀大学以来の恩師である大谷篤蔵先生に相談した。先生はしばらく考えてから、「蝶夢はどうだろう」とおっしゃった。

先生は、明治大学の阿部喜三男教授に頼んでくださった。明治大学図書館には、北田紫水旧蔵の蝶夢コレクションが収まったばかりだった。まだラベルも付いていない蝶夢資料に初めて触れた。十月二十九日のことである。

つとめて機会をこしらえて天理図書館に通ったが、蝶夢の資料はなかなか増えなかった。職場をいくつか変わり、昭和四十三年頃は九州工業大学に勤めていた。ある日、義仲寺史蹟保存会専務理事（のち会長）の大庭勝一氏が、わざわざ戸畑区の陋屋に足を運び、協力を求められた。荒廃していた義仲寺は、昭和四十年に篤志家によって再建され、翌四十一年にこの史蹟保存会が発足したのである。

鹿児島大学に転じたのは昭和四十六年だったが、その年の十月、大庭氏から大内初夫氏と私に対して『蝶夢全集』編纂の依頼があった。（その後、大内氏の了解を得て、田中一人で編纂することとなる。）活動範囲が広い蝶夢の資料を得るには、同時代のほとんどの俳書を見なければならない。そのためには、天理図書館に内地留学しなければならない。しかし赴任早々の私に、学内で予算配当を得る順番はすぐには回って来なかった。大庭氏は、その費用を提供することを申し出られ、昭和四十八年の前期に私費留学することになった。教育学部は前期に行事が多くて忙しい。それを理解ある同僚は許してくれた。天理図書館が夏期休館になると、全国の図書館や大学を巡った。

大庭さん（あえてこう呼ばせていただく）は、私の仕事を全面的に支援してくださった。俳書を購入し、資料をコピーし、次々に届けてくださる。高山その他へ自ら調査に出かけ、撮影した写真を送ってくださる。大庭さんからいただくお手紙は、いつも封筒がふくらんでいて重かった。保存しているだけでも一三七通、いずれにも蝶夢への熱い思いが溢れている。

大庭さんは、昭和五十四年十月に逝去された。私は二年後に佐賀へ移った。『時雨会集成』の編纂に手を取られたりし、蝶夢の仕事は中断気味になった。平成十六年に別府大学を退職してしばらく休養し、いよいよ『蝶夢全集』をと書簡の解読を始めたが十分に読みこなせない。とりあえず書簡篇抜きの編纂をと決め、その意中を畏友・長友千代治氏に漏らしたのは平成二十年三月十五日である。島津忠夫先生が、ご自分の著作集の完結にあたり関係者をご招待くださった会の後だった。長友氏はただちに島津先生に頼んでくれ、島津先生は和泉書院にこの企画を持ち込んでくださった。

編纂の着手に際し、田坂英俊氏と中森康之氏に助力をお願いした。田坂氏は、永く地域資料の発掘につとめ、蝶夢資料の紹介もなさっている。中森氏は、蝶夢が読んでいたと思われる美濃派の俳論に詳しい。

今振り返って、多くの方々の風貌が目交いを去来する。

高木蒼梧翁のお宅は南林間にあった。新宿を出た電車はいつまでも田園の中を走り続けた。「ここはもう武蔵野ですね」というと、高木翁は「いや、相模野です」とおっしゃった。火鉢に両掌をかざしながら、北田紫水著の『俳僧蝶夢』のほとんどを執筆したことなどを話された。翁の蝶夢書簡の翻刻に、どれほどお世話になったことか。

池上義雄氏には、ついにお目にかからなかった。私が安永天明期俳諧を手がけることを殊の外喜んでくださり、蝶夢の珍しい句を数句書きつけたお便りには、かつて校訂された、可憐な造本の俳書文庫が数冊添えてあった。

帰白院の清山善信住職は、口数の少ない方だった。（詩人・伊東静雄の日記によると、京大入学後の伊東は、清山師の夫人が同郷で伊東の友人もおり、ここをしばしば訪れている。）西昌寺の老夫人は、今も若い日の私を覚えていてくださる。

大谷篤蔵先生は、珍しい蝶夢資料を見るたびに筆写して知らせてくださった。気づいてみると、九州大学の国文科研究室には、中村幸彦先生が新たに公費購入された『蝶夢和尚文集』の版本が備えてあった（口絵参照）。宮田正信氏は、ご秘蔵の『草根発句集』を快くお貸しくださった。

尾形仂氏は、沖森書店に蝶夢の句集（宮田本）が出ていること、また百尾宛て書簡が丹後に在ることも教えてくださった。小林文夫氏は、素郷宛て書簡を撮影するため、一五〇キロ先の二戸にまで出かけられた。鈴木勝忠氏の孔版の東海地方俳書目録は、資料の宝庫（豊橋市図書館など）へいざなってくださった。

天理図書館の研究者、木村三四吾氏・石川真弘氏・牛見正和氏は、いつも支えてくださる頼もしい存在だった。中野三敏氏・雲英末雄氏・櫻井武次郎氏は、新資料をたびたびお送りくださった。雲英氏には蝶夢の短冊までいただいた（口絵参照）。

宮本三郎氏は、俳諧研究のうえの師表だった。清水孝之氏は安永天明期俳諧研究の、拝眉していない西山隆二氏は二柳・蝶夢研究の先達だった。保田與重郎氏の蝶夢を讃える評論に鼓舞された。

矢羽勝幸氏は、後期俳諧を探求する同志だった。加藤定彦氏・永井一彰氏・玉城司氏からは、かねて多くをお教えいただいた。

復本一郎氏・大谷俊太氏・高橋昌彦氏・野口義廣氏は、新資料を提供してくださった。

学友の白石悌三氏・石川八朗氏は、いつも助言してくれた。先輩の大内初夫氏・棚町知彌氏・中西啓氏にもしばしば扶けられた。

伊集院頼子さんには、卒業論文で『蕉門俳諧語録』の出典を調べてもらった。

右の方々の内には、すでに鬼籍にある方も多い。でも、ここに生まれようとする一書には、右のすべての方々のお力が今も生きてこもっている。そう思うと、感謝の念いが静かに確かに深まっていく。

明治大学で資料を見てから、ちょうど五十年がたつ。顧みて、あまりもの遅滞ぶりに我ながらあきれてしまう。それでいて自ら「あとがき」を書く日を迎え得た希有さを思うと、何ものかに守られていたかにさえ感じる。懶惰な私だが、本書の編纂を忘れることはなかった。それは、次の句をいつも思い出していたからである。

窓おし開けて残生を守る　南
上梓する蝶夢全集花のころ　素紈

素紈は大庭さんの号である。昭和四十七年八月十二日に青山の青学会館で巻かれた、東京義仲寺連句会の歌仙の名残裏五句目（義仲寺誌七〇号）。これを読み、大庭さんの夢を心に刻んだ。大庭さんの赤心が、炬火のように私を導き続けた。

これまでの蝶夢研究でもっとも印象に残るのは、東大図書館で接した自筆句稿である。細かな文字で推敲を重ねるだけではない、余白や行間にこまごまと加筆し、抹消部分に紙を貼ってその上に書き、さらに別紙に書いたものを貼り、その上にもう一枚貼りつけ……。蝶夢の気質もうかがえるが、それ以上に、蝶夢の自句集への深い愛着を十分にしのばせる。

その句集の刊行を、蝶夢はなぜ思いとどまったのだろう。それは、確実に蝶夢の意志に基づくようだが。私は、その理由を理解し得ないまま、蝶夢の内面の複雑さに心ひかれている。これが近世的自我であろうか。

幸田露伴は、明治三十六年に校訂した袖珍名著文庫の『芭蕉翁絵詞伝』に序を誌し、さらに昭和十三年に新訂した富山房百科文庫の同書に新たな序を付した。そこで「蝶夢もまた世俗猥薄の俳諧者流にあらず。風流蘊藉、韻趣を以て勝るの人たり」と評している。蝶夢の人格は、これからさらに究めらるべきだろう。

蝶夢研究における書簡の重要さは重々承知していたつもりだが、全集編纂の過程で改めて痛感させられた。幸いにも、田坂英俊氏が私と心を同じくし、その解読を始められている。近く、本書の続編としての刊行を期したい。

本書の編纂に着手してからも、多くの方々のお力を得た。

まず、貴重な資料底本や写真などの使用をお許しくださった、ご所蔵の機関や皆様に深く御礼申しあげる。（永年、調査させていただいた諸機関のご恩は、言葉に尽くしがたい。）

帰白院の住職・藤堂俊英氏には、外部の者が知り得ない貴重な資料をご提供いただいた。高橋昌彦氏は、漢文の読みの誤りを正してくださった。中野沙恵氏・本間正幸氏からは、尾形仂氏旧蔵の頴原退蔵博士讃・蝶夢肖像の写真をお送りいただき、学問の祖師である方の蝶夢への敬崇の念いに接し得た。

鳥津亮二氏・藁井信恒氏にお教えを得た。御名を記さぬが、多くの方に助けられた。

田坂英俊氏・中森康之氏は、力づよく私を支えてくださった。田坂氏には校正までご協力願った。

島津忠夫先生には、和泉書院をご紹介くださるにとどまらず、序文まで頂戴した。初学びの手ほどきを得た先生に、永い歳月を経て編著の巻頭を飾って頂けた喜びは大きい。長友千代治氏の友情の有り難さ。

和泉書院の社長・廣橋研三氏と専務・廣橋和美氏には、五年間、本当にお世話になった。自筆句稿の複雑な推敲過程の印刷面での再現は勿論、最終段階でのしつこい注文の数々もすべて受け入れてくださった。細部まで行き届く、当社の真心こもるお仕事でつくられた、この書の幸せを思う。

右のすべての方々に、厚く御礼申しあげる。

本書の刊行に際して、義仲寺史蹟保存会・落柿舎保存会から多額の協賛金を頂いた。両会の役員の中井武文氏と中川栄次氏のご芳情に対し、心から感謝申しあげる。

義仲寺史蹟保存会は、調査や資料撮影につき最大の便宜をはかってくださった。

この書ができあがったら、私は京都に行こう。まず帰白院の蝶夢の墓に参り、次いで蝶夢を葬送した黒谷にある大谷先生のお墓に詣でよう。そして東京の世田谷に歩を移し、大庭さんの墓前にこの書をそっと置こう。

二〇一三年四月二十五日

田中道雄

■編著者紹介

田中道雄（たなか　みちお）　一九三二年生。
佐賀大学文理学部卒業。九州大学大学院博士課程単位取得退学。現在、佐賀大学名誉教授・義仲寺落柿舎役員。（主要著作）『蕉風復興運動と蕪村』二〇〇〇年、岩波書店。『時雨会集成』共著、一九九三年、義仲寺史蹟保存会落柿舎保存会。新日本古典文学大系73『天明俳諧集』共著、一九九八年、岩波書店。

田坂英俊（たさか　えいしゅん）　一九四八年生。
龍谷大学文学部卒業。龍谷大学大学院博士課程（仏教学専攻）単位取得退学。現在、慶照寺住職。（主要著作）『歴史に埋もれた府中の文人　枕雲上人伝考』一九九一年。『枕雲上人の和歌』一九九九年。『道光上人年譜考（二訂）』二〇一一年。『備後俳諧資料集』第1集〜第12集、一九九一年〜二〇〇九年。いずれも私家版。

中森康之（なかもり　やすゆき）　一九六五年生。
神戸大学教育学部卒業。神戸大学大学院博士課程単位取得退学。現在、豊橋技術科学大学准教授。（主要著作）俳句教養講座2『俳句の詩学・美学』共著、二〇〇九年、角川学芸出版。「蝶夢と支考―俳諧における「まことの心」の系譜―」（『国語と国文学』八八巻五号）。21世紀日本文学ガイドブック5『松尾芭蕉』共著、二〇一一年、ひつじ書房。

蝶夢全集

二〇一三年五月三一日初版第一刷発行
（検印省略）

編著者　田中道雄
　　　　田坂英俊
　　　　中森康之
発行者　廣橋研三
印刷所　亜細亜印刷
製本所　渋谷文泉閣
発行所　有限会社　和泉書院
大阪市天王寺区上之宮町七－六
〒五四三－〇〇三七
電話　〇六－六七七一－一四六七
振替　〇〇九七〇－八－一五〇四三

装訂　上野かおる
ISBN978-4-7576-0663-0　C3095